劉禹錫集箋證

〔唐〕劉禹錫 著
瞿蜕園 箋證

一

上海古籍出版社

圖書在版編目(CIP)數據

劉禹錫集箋證 / (唐) 劉禹錫著;瞿蜕園箋證.—
上海: 上海古籍出版社, 2023.3 (2024.7 重印)
(中國古典文學叢書)
ISBN 978-7-5732-0630-5

Ⅰ.①劉… Ⅱ.①劉… ②瞿… Ⅲ.①劉禹錫(772-843)—全集 Ⅳ.①I214.242

中國國家版本館 CIP 數據核字(2023)第 033378 號

中國古典文學叢書
劉禹錫集箋證
(全四册)
〔唐〕劉禹錫 著
瞿蜕園 箋證
上海古籍出版社出版發行
(上海市閔行區號景路 159 弄 1-5 號 A 座 5F 郵政編碼 201101)
(1) 網址: www.guji.com.cn
(2) E-mail: guji1@guji.com.cn
(3) 易文網網址: www.ewen.co
商務印書館上海印刷有限公司印刷
開本 850×1168 1/32 印張 59.5 插頁 21 字數 1,805,000
2023 年 3 月第 2 版 2024 年 7 月第 2 次印刷
印數: 1,101—1,900
ISBN 978-7-5732-0630-5
I·3707 平裝定價: 238.00 元

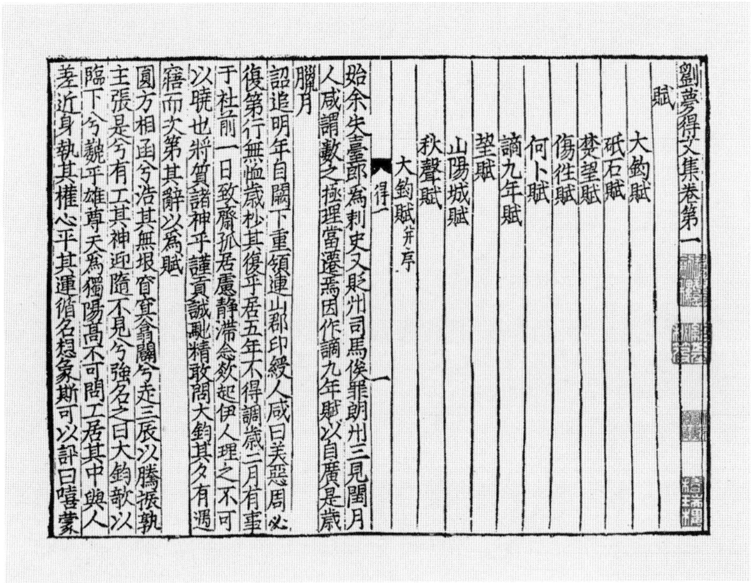
劉夢得文集卷第一
賦
大鈞賦
砥石賦
楚望賦
傷往賦
何卜賦
謫九年賦
望賦
山陽城賦
秋聲賦
大鈞賦并序
得一
一
始余失臺郎爲刺史又貶州司馬俟罪朗州三見閏月
人咸謂數之極理當遷焉因作謫九年賦以自廣是歲
臘月
詔追明年自闕下重領連山郡印綬人咸曰美惡周必
復第行無恤歲杪其復乎居五年不得調歲二月有事
于社前一日致齋孤居慮靜滞念歘起伊人理之不可
以曉也將質諸神乎謹貢誠馳精敢問大鈞其夕有遇
寤而次第其辭以爲賦
圓方相函兮浩其無垠窅冥兮翕闢兮走三辰以騰振執
主張是兮有工其神迎隨不見兮強名之曰大鈞歘以
臨下兮巍乎雄尊天爲獨陽高不可問工居其中與人
差近身執其權心平其運循名揆象斯可以訐曰噫蒙

宋刻本《劉夢得文集》

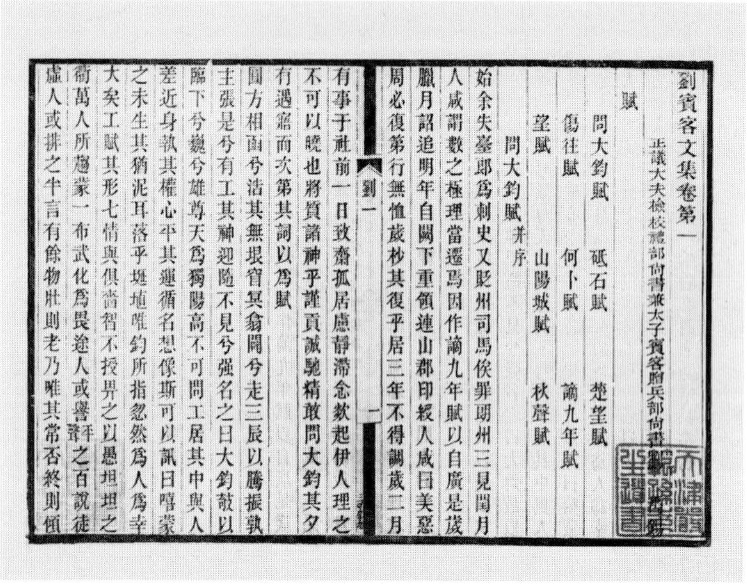

劉賓客文集卷第一

正議大夫檢校禮部尚書兼太子賓客贈兵部尚書劉禹錫

賦

問大鈞賦　砥石賦　楚望賦

傷往賦　何卜賦　謫九年賦

望賦　山陽城賦　秋聲賦

問大鈞賦并序

始余失臺郎爲刺史又貶州司馬俟罪朗州三見閏月人咸謂數之極理當遷焉因作謫九年賦以自廣是歲臘月詔追明年自闕下重領連山郡印綬人咸曰美惡周必復第行無恤歲杪其復乎居三年不得調歲二月有事于社前一日致齋孤居慮靜滯念欻起伊人理之不可以曉也將質諸神乎謹貢誠馳精敢問大鈞其夕有遇寤而次第其詞以爲賦

圓方相函兮浩其無垠窅冥翕闢兮走三辰以騰振孰主張是兮有工其神迎隨不見兮强名之曰大鈞敢以臨下兮巍兮雄尊天爲獨陽高不可問工居其中與人差近身執其權心平其運循名想像斯可以訊曰嘻蒙之未生其猶泥耳落乎埏埴唯鈞所指忽然爲人爲幸大矣工賦其形七情與俱啇智不授畀之以愚坦坦之衜萬人所趨蒙一布武化爲畏途人或譽乎聱之百說徒盧人或排之半言有餘物壯則老乃唯其常否終則傾

劉一　一

清朱氏結一廬刊本《劉賓客文集》

出版説明

劉禹錫（公元七七二—八四二），字夢得，唐代著名文學家。洛陽（今河南洛陽）人。父名緒，天寶末避難舉族東遷，嘗爲浙西觀察使韋元甫幕僚。禹錫出生在其父遷徙之後，故童年時代曾生活在江南。禹錫弱冠即有文名。貞元九年（七九三），年二十二歲登進士第，復登拔萃科。授太子校書。後爲渭南主簿。貞元十九年（八〇三），擢監察御史裹行，與王叔文、韋執誼等始有過從。德宗以貞元二十一年（八〇五）正月卒，太子李誦即位，是爲順宗，改元永貞。時韋執誼爲相，王伾、王叔文爲翰林學士，叔文旋爲户部侍郎、度支鹽鐵副使。柳宗元、劉禹錫諸人均擢居要職，宗元爲禮部員外郎；禹錫遷屯田員外郎，實掌度支鹽鐵使之文案。正當吏治革新之時，宦官集團與藩鎮勢力内外勾結，逼迫順宗遜位，擁立李純爲憲宗。於是，革新集團成員盡遭迫害。禹錫初貶連州刺史，再貶朗州司馬。遂居朗州十年。元和九年（八一四），永貞時被貶諸人得以召還。禹錫於次年二月自朗州回京，三月復貶爲播州刺史。播州遠而請改連州，因復居連州六年。至長慶元年（八二一），得量移改授夔州刺史。長慶四年（八二四），轉授和州刺史。大和二年（八二八），起爲主客郎中，充集賢院學士，遂重返京師。未幾，除禮部郎中，仍兼集賢院學士。大和五年（八三一）十月，爲蘇州刺史。八年（八三四）七月轉汝州刺史，九年（八三五）除同州刺史。開成元年（八三六），授太子賓客分司東都。三年（八三八）改秘書監分司之職。會昌元年（八四一），加檢校禮部尚書兼太子賓客。會昌二年（八四二）七月卒，年七十一歲，贈户部尚書。

劉禹錫生活的七十年，正值唐王朝經安史之亂而日趨衰敗，藩鎮割據、宦官擅權、統治集團中各種矛盾激化的時代。故其一生的進退出處，無不與當時的社會政治緊密相關。永貞革新失敗後他顛沛困頓三十餘年。然而政治上的失意，並未使這位才華出衆的文學家有所懈怠。相反，在逆境中，他積極從事詩文創作，取得了輝煌的成就。著名的樸素唯物主義哲學論著天論三篇，即成於初貶朗州時。其「能執人理，與天交勝」的觀念，是他對自然現象與社會現象深刻觀察思索的結晶，也是他身歷目擊當時政治風雲反思的悟徹，這使他對貶謫生活采取了不同流俗、超越同儕的態度，在憤懣中表現出豪健的氣概，並貫串于其創作中，這在其詩歌中表現尤爲特出。

朗州期間他還創作了不少寓言詩，諸如聚蚊謡、百舌吟、飛鳶操、秋螢引等，均寓託遥深，是發抒政見的怨誹之作，爲集中之表表者。

劉禹錫無論在什麽環境中，始終具有一種樂觀奮發的精神，他被貶斥十年後與柳宗元等人復歸京師，有感而作戲贈看花諸君子詩：「紫陌紅塵拂面來，無人不道看花回。玄都觀裏桃千樹，盡是劉郎去後栽。」至大和二年（八二八），起爲主客郎中，又有再遊玄都觀絶句：「百畝中庭半是苔，桃花淨盡菜花開。種桃道士歸何處，前度劉郎今又來。」即是這種樂觀進取精神的一例。至如酬樂天揚州初逢席上見贈：「巴山楚水淒涼地，二十三年棄置身。懷舊空吟聞笛賦，到鄉翻似爛柯人。沉舟側畔千帆過，病樹前頭萬木春。今日聽君歌一曲，暫憑杯酒長精神。」則在回顧自己的坎坷經歷後，現出企圖振拔的努力。

劉禹錫在朗、連、夔諸州，所至必表其風物之嘉，民俗之厚，創作了數量衆多、膾炙人口的佳作。如在夔州所作的竹枝詞，清新悦目，具有濃郁的鄉土氣息。浪淘沙詞、楊柳枝詞，亦明快爽朗，節奏感强而富有民歌的特色，對於詞的形成，其功孔偉。至其詠懷古蹟，指點江山，如金陵五題、西塞山懷古，則寄意深遠，具有高度的藝術感染力。即使晚年與白居易等唱和之作，雖遠離政治，以詩酒留連、亭榭勝遊爲多，但也都表現出活潑的意興和超脱的妙理。

劉禹錫詩上承大曆而予以新變，善用典實而透脱不滯，詞采豐美而筆致流利，特别是其中的豪健之氣，矯拔之致，讀來别有一種深長的韻味，在當時就赢得白居易「詩豪」之贊。在詩史上與樂天並稱劉白，其實劉詩拔戟自成一隊，對後來温李詩派，有多方面的影響。

在唐代，詩文並擅的作者並不很多。劉禹錫即爲其中之一，詩歌而外，其文章的成就，也可列入屈指可數的大家之内。除天論三篇等哲學政論著作廣爲人們所注意外，其碑、記、表、狀、啓、銘、集紀、祭文等，均即體成勢而因時制宜，顯示了這位文學家的全面才華。他的許多作品，往往具有想像豐富、説理透闢、比喻精巧、徵引貼切、論證嚴密而氣機暢達的特點。他在祭韓吏部文中以「子長在筆，予長在論」自許，道出其文長于説理的優點。禹錫在唐代古文運動中的地位，正如李翱所云：「翱昔與韓吏部退之爲文章盟主，同時倫輩，惟柳儀曹宗元、劉賓客夢得。」（唐故中書侍郎平章事韋公集紀引）確實在唐代古文史上，劉文能在韓、柳、白外别樹一幟。

現在出版的劉禹錫集箋證，是瞿蜕園先生的遺稿。瞿先生博通經史，對兩唐書、通鑑以及歷代職官深有研究。他早在五十年代末即已開始從事劉集的箋證，至一九六五年，已完成全稿和四個附録。箋證包括劉禹錫集三十卷，外集十卷。附録爲劉禹錫集傳、劉禹錫交遊録、永貞至開成時政記、餘録。全稿注釋精要不繁，尤深於名物典章的詮解與史實人事的考訂。間參評語，則發微探隱，於唐代詩史多獨到之見。歷經二十多年，此稿已有數卷缺佚散亂，編輯部指定專人從瞿先生草稿中鈎取散佚，整理補苴，得成全帙。爲保持原稿面貌，内容方面不作改動，只作技術性的加工。深爲遺憾的是，瞿先生在十年動亂中慘遭迫害而離開了人世。故此書的出版，也是對他的一種紀念。

上海古籍出版社
一九八七年十一月

校記序例

劉禹錫集，今世所傳景印宋刊兩種，最爲近古，其次則明郭氏刊中山集及清雍正中趙氏刊劉賓客詩集。然摹印既不免失真，流傳亦苦於罕見，試加讐斠，互見短長。茲取習見之結一廬本爲底本，以校兩宋本，參以全唐文、全唐詩及文苑英華以下各選本，并有關諸書，輯爲校記如次。凡字體異同之無關宏旨者，或顯爲傳寫偶誤者，皆不一一具録，以省繁文。惟取其有裨於考證詩意及史事者，比而觀之。確然有據者，定其是非；介於兩可者，存而不論。以供治此集者之參考。大抵各本之必不可從者，一由于不知詩意。如卷二十四李賈二大諫拜命後寄楊八壽州：「肯放淮陽高卧人」，淮陽或作淮南，此不知楊歸厚曾以劾中官得罪，故用汲黯爲比也。一由于不諳唐制。如卷二十七邊風行：「出號夜翻營。」或作寒號，或作安號，此不知出號爲唐軍中習用語，本集即屢見也。一由于不知出處。如卷三十哭王僕射相公：「子侯一日病。」或作于侯，此不知語出史記封禪書，比王播之暴卒也。所據結一廬本，雖訛脱不尠，然亦有獨勝處。

如卷一問大鈞賦：居三年，他本皆作五年，據禹錫在連州不及五年，知三年爲是。全唐詩多由館臣竄改，然如卷二十傷我馬詞，「前日」句無「前」字，尤合古義，外集卷六酬淮南牛相公述舊見貽詩，「三入」句不作「三日」，尤合事實。故知皆有不可盡廢者。至於兩宋本之多存古義，於禹錫原作爲合，更不待言。如紹興本卷九連州刺史廳壁記「庚其責」，卷三十文宗挽歌「兄日下西山」，皆經前人指出多被校者臆改，幸尚能存其真。崇蘭館本卷二奚公神道碑：京兆充，謂李充也，而紹興本「充」字亦有改竄痕，此又校者疑其不合文義而臆斷爲「尹」字。此則崇本又勝紹本處。各本於寫刻之際，不能審慎，或删去箋表之年月，或删去自注。若不擷取衆長，則於詩文本事必滋扞格，此誠不可稍忽者。不能備舉，幸覽者詳之。

各本簡稱列舉如左。

紹本　景印紹興八年本。

崇本　景印崇蘭館本。

畿本　畿輔叢書本。

結一本　朱氏結一廬刊本。

明鈔本　傳鈔傅增湘藏校本。

中山集　明郭氏刊本。

英華　文苑英華　明隆慶刊本。

文粹　唐文粹　杭州許氏校刊本。
樂府　樂府詩集　文學古籍刊行社景印宋本。
絶句　唐人萬首絶句　文學古籍刊行社景印明嘉靖刊本。
又玄集　古典文學出版社景印日本江户昌平坂學問所官板本。
才調集　四部叢刊景印述古堂鈔本。
全唐文　清嘉慶内府刊本。
全唐詩　揚州詩局本。
其他偶引羣書如本事詩、唐詩紀事、方輿勝覽、雲麓漫鈔、金石萃編，皆不作簡稱。

目録

卷四　碑下……一一七

卷五　論上……一四三

卷六　論中……一六五

卷十四　表章四　牋附……三六九

卷二十三 古調十六首

卷二十四　七言五十六首

卷二十五　雜體詩三十九首……七七九

卷二十六　樂府上

卷二十七 樂府下

外集

卷一　詩

卷六　律詩

劉禹錫集箋證卷第一

賦

問大鈞賦 并序

始余失臺郎爲刺史，又貶州司馬，俟罪朗州，三見閏月。人咸謂數之極，理當遷焉。因作謫九年賦以自廣。是歲臘月，詔追。明年，自闕下重領連山郡印綬。人咸曰美惡周必復。第行無恤，歲杪其復乎！居三年不得調。歲二月，有事于社。前一日致齋，孤居慮静，滯念欻起。伊人理之不可以曉也，將質諸神乎！謹貢誠馳精，敢問大鈞。其夕有遇，寤而次第其詞以爲賦。

圓方相函兮，浩其無垠。窅冥翕闢兮，走三辰以騰振。孰主張是兮，有工其神。迎隨不見兮，强名之曰大鈞。攲以臨下兮，巍兮雄尊。天爲獨陽，高不可問。工居其中，與人差近。身執其權，心平其運。循名想像，斯可以訊。曰：「嘻！蒙之未生，其猶泥耳。落乎埏埴，唯鈞所指。忽然爲人，爲幸大矣。工賦其形，七情與俱。嗇智不授，畀之以愚。坦坦之衢，萬人所趨。蒙一布武，化爲畏途。人或譽之，百説徒虚。人或排之，半言有餘。物壯則老，乃唯其常。否終則傾，亦不可長。老先期而驟至兮，否踰數而叵量。雖一夫之不獲兮，亦大化之攸病。謹薦誠上問兮，俛伏以聽。」

是夕寢熟，夢遊兮無何有之鄉。抗陛級于重霄兮，異人間之景光。中有威神兮，金甲而煒煌。頷之使前兮，其音琅琅。曰：「吾大化之一工也，居上臨下，廉其不平。汝今有辭，吾一以聽。播形肖貌，生類積億。橐籥圈匡，鎔鍊消息。我之司智，初不爾嗇。不守以愚，覆爲汝賊。既賦汝形，輔之聰明。盍求世師，資適攸宜。胡然抗志，遐想前烈？倚梯青冥，舉足斯跌。韜爾智斧，無爲自伐。鑿竅太繁，天和乃洩。利逕前誘，多逢覆轍。名腸内煎，外火非熱。今哀汝窮，將厚汝愚。剔去剛健，納之柔濡。塞前竅之傷痍兮，招太和而與居。恕以待人兮，急以自拘。道存邃奥，無示四隅。軋物之勢不作兮，見傷之機自無。汝不善用，吾焉嗇乎？且夫貞而騰氣者膴膴，健而垂精者昊昊。我居其中，猶輪是蹈。以不息爲體，以日新爲道。倮鱗蜚走，灌莽苞阜。乃牙乃甲，乃殈乃剖。陽榮陰悴，生濡死槀。各乘氣化，不以意造。賦大運兮無有淑慝，彼多方兮自生醜好。爾奚不德余以驟壯，姑尤我以速老邪？觀汝百爲，又或不然。赤子哇哇，急其能言。亦既名物，幾時蹁躚。春耕其丘，投種之日。釋耒而歎，何時實栗？望所未至，謂余舒舒。欲其久留，謂我瞥如。我一子二，誰之曲歟？彼蒹葭之蒼蒼兮，霜霰苦而中堅。松竹之皸皴索籜兮，不若梢筍之可憐。納材葦而構明堂兮，固容消而力完。揚且之晳兮，不可以常然，當錫爾以老成。蒼眉皓髯，山立時行。去敵氣與矜色兮，噤危言以端誠。俾人望之，侮黷不生。爾之所得，孰與壯多？不善處老，問余而何？」

受教而回，蘧蘧形開。嚮之威神，孰爲來哉？乃遽衣促盥，端慮滌想。委佩低簪，持簿叩顙而言曰：「楚臣天問不訓，今臣過幸，一獻三售。始厚以愚，終期以壽。忘上問之罪，濯已然之咎。心憎故術，腹飽新授。馳神清玄，拜手稽首。」

【校】

〔人咸曰〕紹本、崇本曰均作謂，文粹無人字。

〔三年〕紹本、崇本、畿本、中山集、明鈔本、英華、文粹三均作五。按禹錫授連守在元和十年（七九四），至十五年（七九九）正月，穆宗即位，必有大赦，則量移在即，且禹錫亦丁母憂行矣。似以作三年者爲是。

〔欻起〕全唐文欻作數。

〔走三辰〕文粹無走字。

〔巍兮〕紹本、崇本、畿本、中山集、明鈔本、文粹、全唐文兮均作乎。

〔斯可〕崇本可下有得字，英華、全唐文斯均作或，注云：一作斯。

〔其猶泥耳〕崇本耳作爾，全書均同，以後不複舉。又句首無其字。

〔幸大〕崇本作大幸。

〔工賦〕畿本作上賦。

〔畀之〕崇本畀作卑，下注去聲。

〔或譽〕結一本下有「平聲」兩字，此爲後人所加，今删，後同。

〔一夫之不獲〕崇本無之字。

〔寢熟〕文粹寢作寐。

〔遊兮〕崇本、畿本、全唐文兮均作乎。

〔無何有〕文粹無有字。

〔抗陛級于〕紹本、崇本、全唐文于均作乎。

〔兮金甲〕紹本作巾金巾。按：周禮春官鄭注：巾猶衣也。中山集、文粹、全唐文均作巾金甲，於義爲長。英華作巾金巾而注云：見黄庭經，一作甲。

〔頷之〕全唐文頷作命，畿本頷下注云：一作命。明鈔本與一作同。

〔肖貌〕紹本肖作宵，誤。

〔積億〕紹本、崇本、億均作意。按：文以億叶息、嗇、賊爲韻，作意非。

〔汝賊〕崇本賊作賦。按：此似涉下而誤。

〔盍求〕崇本盍作去。按：去疑是盍字之壞。

〔抗志〕文粹志作心。

〔傷痍〕英華痍下注云：一作疾。

〔與居〕文粹與作興。

〔恕以〕紹本、崇本、全唐文恕均作貫。

〔邃奥〕崇本邃作宧，紹本、畿本、英華、全唐文均作壼。按：作宧較近於古。

〔軋物〕明鈔本、文粹軋均作軌。

〔死藁〕全唐文作槁，英華藁下注云：一作蕘，畿本與一作同。

〔淑慝〕紹本、崇本、中山集、明鈔本、文粹、全唐文慝均作惡。

〔急其〕畿本、全唐文急均作忽。

〔實栗〕紹本、崇本、中山集均作栗實。按：實栗句出詩生民：「實穎實栗」，似爲淺人所改。文粹作實栗，不叶韻，尤非。

〔而回〕英華回作巡。

〔心憎〕崇本、英華、文粹憎均作增。

〔稽首〕畿本、中山集首下均有兮字，非。

【注】

〔大鈞〕鈞是作陶器的轉輪。「大鈞播物」，語出漢書賈誼傳。

〔臺郎〕禹錫在永貞時自監察御史遷屯田員外郎，臺郎是沿用東漢習慣，以尚書爲臺，尚書郎爲臺郎。唐代制度，郎官爲要職，出任刺史是降調，所以説失臺郎爲刺史。見兩唐書本傳。

〔州司馬〕唐代中期以後的州司馬是有名無實的官，專以位置閑散及得罪的人，詳見白居易江州司馬廳壁記。

〔三見閏月〕舊時曆法五年再閏，三閏約等於九年。禹錫以永貞元年（八〇五）貶朗州司馬，元和九年（八一〇）召還京，共九年。

〔詔追〕唐人公牘中以召爲追。

〔圓方〕指天地。

〔三辰〕日月星。

〔主張〕用莊子天運篇語：「天其運乎，地其處乎，日月其事於其所乎，孰主張是？」

〔埏埴〕陶工燒製粘土的器具。

〔橐籥〕冶鑄所用的風箱。老子：「天地之間其猶橐籥乎？」

〔圈匡〕即圓方之意。周禮考工記輪人：「規之以眂（視）其圜也，萬（矩）之以眂其匡也。」圈當即圜。

〔膴膴〕〔昊昊〕前者形容大地，後者形容上天。詩大雅緜：「周原膴膴。」

〔苞阜〕苞是茂盛之意，阜是穀實而未堅之意。以上幾種都是指動植物的各種不同情況。

〔殈〕禮記樂記：「卵生不殈。」鄭注：殈，裂也。

〔瞥如〕即一瞬間之意，以上以撫養孩童及種植穀物爲比，謂希望早些長成，就嫌造物的太慢；希望能够久留，又嫌造物的太快。

〔皸皴索簩〕大概指松竹營養不良的狀態。

〔樠〕竹木直豎狀。

〔揚且之晳〕語出詩鄘風君子偕老。

〔天問〕楚辭天問王逸注：「屈原放逐，見楚有先王之廟及公卿祠堂，圖畫天地山川神靈，琦瑋譎詭，及古聖賢怪物行事，因書其壁，呵而問之。」禹錫與柳宗元所貶皆古楚地，故引以爲比。宗元亦有天對。

〔三售〕指以下三點，即：厚以愚，期以壽，濯已然之咎。

【箋證】

按：此賦序中明言作此賦之時在作謫九年賦之後。所謂自闕下重領連山郡印綬，謂元和十年（八一五）再貶連州刺史也。云居三年不得調，歲二月有事于社，則當是元和十三年（八一八）之春，殆無可疑者。

又按：此賦以問大鈞爲名，實即質問秉政之宰相，故曰：「天高不可問，工與人差近。」天指時君，工指時相。唐人習慣，以宰相爲操化權，本集中即屢見。按之實際，唐時仕宦之升沉進退，固大半由宰相操其柄。禹錫元和十年（八一五）連州之貶，其時秉政者爲武元衡，最與禹錫不協。未幾元衡遇刺，裴度繼相，則於禹錫相知稍深。至十二年（八一七），度平淮西後復知政事，資望既高，而在用兵奏凱之後亦宜有寬宥之典，禹錫望度之援必甚切。（見本集卷十八上門下裴相公啓）及至平淮西後而仍未獲量移，則不能不甚感失望矣。此文中「居三年」一語，各本及文苑英華、唐文粹，三皆作五。考之史實，元和十年之後，若更經五年，則穆宗即位，朝政一新，流人之牽復不問可知，禹錫亦不須作此賦矣。朱氏結一廬刊本獨作三，雖未知其何據，似有可取。且元和十五年之春，禹錫已丁母憂，揆之情理，似亦非作此賦之時。賦中「剔去剛健，納之柔濡」，「去敵氣與矜色，噤危言以端誠」等語乃自明韜晦以祛疑忌之意。

又按：韓愈集中有孟東野失子詩，詞意及結構均與此賦相似，蓋一時之文風如此。

砥石賦　并序　時在朗州。

南方氣泄而雨淫，地慝而傷物。媪神噫溼，渝色壞味。雖金之堅，亦失恒性。始余有佩刀甚良，至是澀不可拔。剖其室乃出。迦陽眇眂，傅刃蒙脊。鱗然如痏痂，如黑子，如青蠅之惡。鋭氣中錮，猶人被病然。客有聞焉，裹密石以遺予。沃之草腴，雜以烏膏，切劘下上，真質焯見。躊躇四顧，逌奈周切爾謝客：「微子之貽，幾喪吾寶。」客曰：「吾聞諸梅福曰：『爵禄者，天下之砥石也。高皇帝所以礪世磨鈍。』有是耶！」余退感其言，作砥石賦。

我有利金兮，以利爲佩。遭土卑而慝作兮，雄鋩爲之潛晦。如景昏而蝕既兮，與肌漆而爲癘。顧秋蓬之不可剸兮，尚可遊乎髖髀之外。利物蒙蔽，材人惆悵。俾百汰之至精，蟠一檢而多恙。豈害氣之獨然兮，將久不試而然！彼屠者之刃兮，獵者之鋋。不灌不淬兮，揉錯銜鉛。日鼓月揮兮，刲腴擊鮮。睍燿熯以耀芒，翕淫夷而騰羶。豈不涉暑而蒙沴兮，鼎用之而成妍？

有客自東，遺余越砥。圭形石質，蒼色膩理。刻其鱗皴，滑以滫瀡。如衣澣垢，如鼎出否。霧盡披天，萍開見水。拭寒焱以破眥，擊清音而振耳。故態復還，寶心再起。既賦形而終用，一蒙垢焉何恥？感利鈍之有時兮，寄雄心於瞪視。

嗟乎！石以砥焉，化鈍爲利。法以砥焉，化愚爲智。武王得之，商俗以厚。高帝得之，傑材以湊。得既有自，失豈無因？漢氏以還，三光景分。隨道闊狹，用之得人。五百餘年，唐風始振。懸此天砥，以礱兆民。播生在天，成器在君。天爲物天，君爲人天。安有執礪世之具而患乎無賢歟！

【校】

〔媪神〕紹本、崇本媪均作嫗，崇本神作伏。

〔乃出〕崇本乃下有能字。

〔傅刃〕全唐文傅作傳。

〔裹密石〕紹本裹作衷，崇本裹作袖，殘本裹下注云：一作衷。全唐文與一作同。按：衷當是衷之誤。

〔烏膏〕崇本烏作鳥。按：古以鷿鵜膏瑩刀劍，以作烏者爲是。

〔磨鈍〕紹本、英華磨均作摩。按：漢書梅福傳作摩。

〔顧秋蓬〕明鈔本作拂秋風，似非。

〔尚可〕明鈔本、英華、全唐文可均作何。

〔材人〕崇本材作才。

〔蟠一〕結一本蟠作播。

〔之刃〕崇本、明鈔本、英華、全唐文刃均作刀。

〔不滓〕紹本滓作碎，明鈔本作辠，誤。

〔日鼓〕崇本日作曰，下文日亦作曰。

〔睆〕紹本、畿本均作晥，注云：一作睆。

〔爗熿〕明鈔本、文粹熿均作爗。英華此句注云：一作䰟爗熿以輝芒。

〔豈不〕崇本、全唐文不下均有以字，按：似不當有。

〔成妍〕紹本妍作研。

〔以湊〕崇本注云：一作奔走。明鈔本、英華均與一作同。

〔天秖〕紹本、崇本、全唐文天均作大。

〔天爲物天〕此句明鈔本作天爲物君，英華作天爲人君，皆可通。

【注】

〔媪神〕古代指大地的神，語出漢書禮樂志。

〔遡陽眇眂〕眂同視，意即向陽光中微閉眼瞼以細察之。

〔青蠅之惡〕古語謂糞爲惡。

〔鳥膏〕古代所用以淬刀的油質。爾雅釋鳥郭注：「鷿鷉似鳧而小，膏中瑩刀。」杜甫詩：「鐫錯碧罌鷿鵜膏。」

〔躊躇四顧〕語出莊子養生篇：「躊躇滿志。」

〔逌爾〕自得之貌，見列子力命篇釋文。

〔梅福〕事詳漢書本傳。

〔利金〕指鐵，見卷四夔州始興寺移鐵像記一文。

〔肌漆〕生漆粘在皮膚上生癩瘡，語出史記刺客列傳。

〔秋蓬〕喻最脆弱之物。説苑：「秋蓬惡於根本而美於枝葉。」

〔髖髀〕髖髀是牛身最堅之處，屠牛時在此處須用大斧。漢書賈誼傳：「屠牛坦一朝解十二牛而芒刃不頓者，所排擊剝剥，皆衆理解也。至於髖髀之間，非斤則斧。」

〔鼎〕鼎有方意。鼎用之即方用之。參漢書匡衡傳注。

〔越砥〕古代優良的砥石出於越地。李尤佩刀銘有「礪以越砥」語，可證。見初學記二二引。

〔瀡瀡〕禮記内則：「瀡瀡以滑之。」疏：「以物相和，瀡瀡之令柔滑也。」

【箋證】

按：本集卷二十二武陵書懷詩有云：「塵翌劍成痕」，以此知江鄉卑溼之地，刀劍繡翌，是禹錫初至朗州所覩之實事，故以形之詩文。此文云：「故態復還，寶心再起。既賦形而終用，一蒙垢焉何恥？感利鈍之有時兮，寄雄心於瞪視。」有百折不撓之勁節，有待時而起之雄心，禹錫所以自處者於此可見。題下「時在朗州」四字，疑是自注。即無此注，參以武陵書懷詩亦可斷定其作於朗州矣。

楚望賦　并序

予既謫于武陵，其地故郢之裔邑，與夜郎諸夷錯雜。繫乎天者，陰伏陽驕是已。繫乎人者，風巫氣竅是已。囂雰浮浮，利于樓居。城之麗譙，實鄰所舍。四垂無蔽，萬景坌入。因道其遠邇所得，爲楚望賦云。

翼軫之野，祝融司方，陰迫而專，專實生沴。天濡而雺，土洩而泥。氣罕淑清兮，淫氛曀曀。中人支體兮，爲瘥爲瘵。以廣滌煩兮，利居高于物外。我卜我居，于城之隅。宛在藩落，麗譙渠渠。四阿垂空，洞户發樞。眸子不運，坐陵虛無。歲更周流，時極慘舒。萬象起滅，森來貺予。

櫺軒之外，羣山寵嵸。岡陵靡陁，勢若相拱。出雲見怪，窈蔚森聳。露夕霞朝，望如飛動。簷廡之下，大江澒洞。支流合輸，泄入雲夢。羲和望舒，出没兩涯。涵泳之族，聱牙巇呀。秋水灌盈，漩石飄沙。流枿軒昂，舞于盤渦。逮及收潦，澮如醁醽。白石磷磷，倒影羅生。蘋末風起，有文無聲。悠遠煙緜，與空蒼然。

湘沅之春，先令而行。臘月寒盡，温風發榮。土膏如濡，言鳥嚶嚶。三星噆其晚中，植物颯以飄英。雲歸高唐，草蔽洞庭。日與天盡，神將化并。圓方相涵，遊氣杳冥。熙熙藹藹，藻飾羣形。枿樹童立，積空凝青。環洲曲塘，含景曜明。恢台之氣，發于春季。涉夏如爍，逮秋愈熾。土山焦熬，止水瀵沸。翔禽跕墮，呀呿垂翅。曦赫歊蒸，陽極反陰。二儀交精，下上相歆。雲興天際，欻若車蓋。凝矑未瞬，彌漫霮䨴。驚雷出火，喬木糜碎。殷地爇空，萬夫皆廢。懸霤綆縋，日中見昧。移晷而收，野無完塊。

少陰之中，景物澂鮮。丹葉星房，燭耀川原。夕月既望，曜于丹泉。上鏡下冰，湔塵濯煙。宿麗潛芒，獨行高躔。皓一氣之悠然，潔有形而溢清玄。杳微明而斐亹，想遊目於化先。夜無朕以徂征，金霞暈乎海壖。明星方揚，斜漢西懸。璿柄如墮，半沈層瀾。

雞啁哳而晨鳴兮，日荏苒以騰晶。動植瞭兮已分，山川鬱乎不平。復人寰之喧卑，洶浩浩以營營。追向時之景光，不可驟得以再更。意華胥之夢還，獨彷像而馳精。

日次于房，天未降霜。百卉猶澤，水泉收脈。故道晙音宣削，衍爲廣斥。水禽嬉戲，引吭伸翮。紛驚鳴而決起，拾絲翠于沙礫。時時北風，振槁揚埃。蕭條邊聲，與雁俱來。寒氛委積，萬竅交激。楚雲改容，飛雨凝滴。灑林遞響，淅瀝梢槭。飛電照雪以騰光，柔蔬傲霜而秀坼。

躔次殊氣，川谷異宜。民生其間，俗鬼言夷。招三閭以成謠，德伏波而構祠。投粔籹尼呂反以鼓檝，豢鱣魴而如犧。蟠木靚深，孽祅憑之。祈年祛癘，蠲敬祗威。擊鼓肆筵，河旁水湄。薦誠致祝，卻略躨跜。

渚居鱻食，大掩水物。罟張餌啗，不可遁伏。顯舉潛縋，晝撞夜觸。設機沈深，如拾于陸。彼遊儵之瑣類，咸跳脱於窘束。雖三趾與六眸，時或加乎一目。亦有輕舟，軒輊泛浮。杝綸往復，馴鷗相逐。暮夜瀓寂，嘯歌羣族。傖音俚態，幽怨委曲。逗疏柝於江城，引哀猿於山木。

巢山之徒，捽木開田。灼龜伺澤，兆食而燔。欝攸起于巖阿，騰絳氣而蔽天。熏歊雨濡，穎垂林巔。盜天和而藉地勢，諒無勞而有年。

罷士閑人，逸爲末作。求金渚涘，淘汰瀺灂。流注瀵沱，繁光熠爚。貪賈來貿，發於懷握。無翼而飛，潤于豐屋。哂耕耘之悒悒，徒胼胝以自鞠。

我處層軒，日星回還。閱天數而視民風，百態變見乎其間。非耳剽以臆説兮，固幽永而縱觀。觀物之餘，遂觀我生。何廣覆與厚載，豈有形而無情？高莫高兮九閽，遠莫遠兮故園。舟有檝兮車有轄，江山坐兮不可越。吾又安知其所如？悅臨高以觀物。

【校】

〔司方〕全唐文作所司。按：方字失韻，未知爲何字之誤。日知録雖云古詩有不用韻之例，唐人作賦恐不如此。

〔淫氛曀曀〕英華注云：一作漫淫氣曀。

〔支體〕紹本、畿本均作體支，崇本作體胑。

〔以廣〕紹本、崇本、畿本、全唐文廣均作曠。

〔謷牙〕紹本、全唐文牙作耴，崇本、明鈔本均作取。按：作取必非。

〔嘒其晚中〕崇本作明其曉中，紹本、畿本、明鈔本、全唐文晚均作曉。

〔日與〕紹本、崇本、畿本、全唐文日均作目。

〔童立〕紹本、崇本、中山集、明鈔本、全唐文立均作丘，英華此二字作同丘。按：立必爲丘之壞字。

〔呀味〕畿本呀作呃，全唐文味作喙。

〔反陰〕英華反作友，全唐文作召。

〔曜于〕英華曜作躍。

〔悠然〕全唐文作悠悠。

〔獨仿像〕紹本、崇本、中山集、全唐文獨均作猶。

〔百卉〕崇本百作木。

〔捨綵翠〕紹本、崇本、畿本、明鈔本、全唐文捨均作拾，是。

〔時時〕全唐文作於時。

〔秀拆〕英華、全唐文秀均作透。

〔祛癘〕紹本、崇本、全唐文祛均作去。

〔躨跜〕此下結一本注云：「躨跜，虯龍動貌，見靈光賦。」不知何人所加。

〔如拾〕英華拾作捨。

〔柁綸〕紹本、全唐文柁作拕，崇本作拖。按：此皆柁之別體或誤刊，後不複舉。

〔捽木〕紹本、崇本、中山集、明鈔本、英華、全唐文捽均作抨。

〔自鞠〕紹本、崇本鞠作鞫，非。

〔幽永〕紹本、崇本、畿本、明鈔本、全唐文永均作求。

〔江山〕英華山下注云：一作上。

【注】

〔陰伏陽驕〕指氣候多暖少寒。

〔風巫氣窳〕風巫指風俗迷信，氣窳指風土耗薄。

〔麗譙〕城上的高樓，見莊子徐無鬼篇。

〔翼軫〕翼、軫是星宿名，古代認爲星宿各有分野，翼軫分野爲楚地。見漢書地理志。

〔四阿〕四面有簷下垂之屋，見周禮考工記匠人。

〔羲和、望舒〕詞賦中常用爲日與月的代詞。

〔蘋末〕文選宋玉風賦：「夫風生於地，起於青蘋之末。」

〔三星〕詩唐風綢繆：「三星在天。」毛傳：「三星，參星也。」

〔恢台〕形容夏天，楚辭九辯：「收恢台之孟夏兮。」

〔伏波〕指東漢馬援曾有遺迹，見卷二十二經伏波神祠詩。

〔粔籹〕古代蜜和米麪煎成的食品，語出楚辭招魂。

〔三趾〕〔六眸〕語出文選郭璞江賦：「有鼈三足，有龜六眸。」

〔鬱攸〕指火氣，見左傳哀公三年注。

〔末作〕不屬農業生產的職業，語出管子侈靡篇，并見周禮太宰疏。

〔豐屋〕易豐卦：「豐其屋。」

【箋證】

北齊顔之推有觀我生賦，取易觀卦之語爲名，紀其一生之遭際，禹錫襲其意而以二語括之曰：「觀物之餘，遂觀我生。」二語乃此篇之警策，以敍武陵之物色。其敍物色處當與本集卷二十二武陵書懷詩及卷二十五晚歲登武陵城顧望水陸悵然有作二首參看。賦之第一段至「森來貺予」，總敘登樓所見。第二段至「與空蒼然」，敘江水。第三段至「含景曜明」，敘春時。第四段至「野無完塊」，敘炎熱之候。第五段至「半沉層瀾」，敘秋夜之景。第六段至「獨仿像而馳精」，敘由夜而晨。第七段至「柔蔬傲霜而秀坼」，敘冬景。第八段至「卻略躚踠」，敘民間祠祀。第九段至「引哀猿於山木」，敘漁業。第十段至「諒無勞而有年」，敘畬田。第十一段至「徒胼胝以自鞠」，敘淘金。以下總結觀物之意。畬田淘金二事，集中又別有詩。（見本集卷二十六莫傜歌、卷二十七畬田作及浪淘沙詞）此文中「哂耕耘之悒悒，徒胼胝以自鞠」等語，深爲勞苦之農民致不平，其文固非苟作也。本集卷二十一賈客詞「農夫何爲者，辛苦事寒耕」，亦猶此意。

〔楚望〕左傳有「江、漢、沮、漳，楚之望也」一語（見哀六年），但此賦命名，不過寫所見之景物，非用左傳原意。

〔麗譙〕據吴景旭歷代詩話云：「莊子：魏武侯欲偃兵，徐無鬼曰：君亦必無盛鶴列於麗譙之間。注：麗譙，戰樓名。一云，魏城門名。漢書陳勝傳：戰譙門中。師古注：門上爲高樓以望，故曰譙門。劉貢父云，譙，陳之旁邑，此通譙之門耳。猶宋門、鄭門之類。楊升庵云：城門名麗譙者，麗如魚麗之麗，力支切，譙呵之譙，謂守門人成列而譙呵之也。余觀劉賦中有云：我卜我居，於城之隅。宛在藩落，麗譙渠渠。是時謫武陵，謂以身居其中也。而全文皆居高望遠之詞。李嶠亦作楚望賦，傷劉也。序云：思必深而深必怨，望必遠而遠必傷。賦云：生遠情於地表，起遥恨於天末，則麗譙於譙望之義居多。」按：禹錫在朗州，居招屈亭附近（見本集卷二十四酬朗州崔員外詩），據輿地紀勝，招屈亭在安濟門之右。又卷二十觀市：「余得自麗譙而俯焉。」又卷二十二武陵書懷詩引亦云：「招屈亭，今郡城東南亭舍。」皆足見禹錫在朗州，所居實近城樓，吴氏之説深與此文相發明。

傷往賦 并序

人之所以取貴於飛走者，情也，而誕者以遣情爲智，豈至言耶！予授室九年而鰥，痛若人之夭閼弗遂也。作賦以傷之，冀夫覽者有以增伉儷之重云。

歎獨處之悒悒兮，憤伊人之我遺。情可殺而猶毒，境當歡而復悲。人或朝歎而暮息，夫何越月而逾時！太極運乎三辰，轉寒暑而下馳。有歸於無兮，盛復于衰。猶昧爽之必暮，又安得而怨咨？我今怨夫若人兮，曾旭旦而潛暉。飄零日及之蕚，日及，槿也。朝生暮落，一名王蒸。爾雅。倏忽蜉蝣之衣。川走下而不還，露迎暘而易晞。恩已甚兮難絶，見無期兮永思。

我行其野，農民桑者；舉桉來饁，亦在林下。我觀于途，裨販之夫；同荷均挈，荆釵布襦。羽毛之蕃，鱗介之微；和鳴灌叢，雙泳漣漪。薨薨伊蟲，螽螽伊豸；遊空穴深，兩兩相比。何動類之萬殊，必雄雌而與俱！物莫失儷以孤處，我方踽踽而焉如！

我復虛室，目淒涼兮心伊鬱，心伊鬱兮將語誰？坐匡牀兮撫嬰兒；何所匄沐兮，何從仰飴？襦袴在身兮，昔圍差跌；鞶囊附臂兮，餘馥葳蕤。誠天性之潛感，顧童心兮如疑。嘵然有難繼之慕，漠然滅好弄之姿。指遺衽兮能認，遡空帷兮欲歸。

我入寢宮，痛人亡兮物改其容。寶瑟僵兮弦柱絶，瑶臺傾兮鏡匳空。寒鑪委灰，虛幌多風。隙駟晨轉，窗蟾夜通。步摇昏兮網黏翡翠，芳褥掩兮塵化蛩蛩。閲刀尺之餘澤，見巾箱之故封。玩服儼兮猶具，繁華謝兮焉從！想翩躚於是非，求僁窣與冥蒙。信奇術之可致，嗟此生兮不逢。徒注視以寂聽，恍神疲而目窮。還抱影以獨出，紛百哀而攻中。

系曰：龍門風霜苦，别鶴哀鳴夜銜羽。吴江波浪深，雌劍一去無遺音。悲之來兮憤予心，洶如行波洊浸淫。悵緣情而莫極，思執禮以自箴。已焉哉！苒苒生死，悠悠古今。乘彼一氣兮，聚散相尋。或鼓而興，或罷而沈。以無涯之情愛，悼不駐之光陰。諒自迷其有分，徒終怨於匪忱。彼蒙莊兮何人，予獨累歎而長吟。

【校】

〔飛走〕紹本、崇本、畿本、文粹、全唐文飛均作蜚。

〔日及〕紹本日作白，誤。崇本及作反。

按：此顯係及字形壞，爲校者所誤改。此句下「日及槿也」云云，當是舊本相沿，揆諸外集卷一蘇州白舍人寄新詩有歎早白無兒之句因以贈之一詩之注例，蓋禹錫之自注也。禹錫亦慮後人不知出處而妄改耳。英華注云：「日及，木槿也，晉成公綏、潘尼有賦。」則不知何人所加。文苑英華辨證云：「凡草木名有訛舛及與他本異者，……劉禹錫傷往賦：飄零日及之蓴，集作日反。按廣志：日及，木槿也。晉成公綏、潘尼並有日及賦，反字恐非。」據此，則彭氏所見之劉集作日及也。

〔永思〕紹本思作患。

〔目淒涼〕崇本目作自，非。

〔差跌〕全唐文差作蹉。

〔遺袿〕中山集袿作挂，是。

〔瑟僵〕紹本、崇本、英華僵均作偃。按：瑟僵似用漢書金日磾傳語，瑟偃無據。

〔隙駟〕紹本、畿本、全唐文駟均作駒。

〔蛩蛩〕全唐文作蚷蛩。

〔翩躚〕文粹、全唐文躚作翻。

〔恍神疲〕紹本、崇本、畿本恍均作悦。

〔憤予心〕紹本、畿本、中山集、全唐文憤均作憒，崇本注云：一作憒。按：作憒近是。

【注】

〔夭閼〕挫折阻礙，語出莊子逍遥遊篇。

〔日及〕日及指槿花，蜉蝣是生存期極短的蟲，都比喻人的夭折。

〔舉桉來饁〕舉桉用東漢梁鴻妻孟光事，饁是婦女向田中工作的男子送飯。

〔遊空、穴深〕前者指飛蟲，後者指地下的無足蟲。蟲豸之别，見爾雅釋蟲。

〔匡牀〕方牀。

〔遺袿〕文選潘岳悼亡詩：「遺挂猶在壁。」袿是借用字。

〔蛩蛩〕即爾雅釋地之邛邛岠虚，是一種獸名，據説與蹷共同生活。山海經作蛩蛩。但在此處恐不如此解，蛩似指鳴蟲，上一字或是别一字，方能與上文翡翠爲對偶。

〔奇術〕也是用潘岳詩：「獨無李氏靈，髣髴覩爾容」之意。李氏指李少君，據説爲漢武帝招來所愛李夫人的幽靈。

〔雌劍〕傳説干將莫邪爲楚王作劍，一雄一雌。見搜神記。

【箋證】

禹錫娶薛謇之長女，見本集卷三薛公神道碑。據碑，禹錫之婚於薛氏，在入尚書省爲屯田員外郎之前一年，即貞元二十年（八〇四）也。是時禹錫已三十三歲，恐初娶不應如此之遲。此文云：「授室九年而鰥。」今試推之，禹錫二十二歲登第，若於此時授室，則九年之後爲三十一歲，悼亡之後，間一、二年，乃續娶於薛，於事理較合，故此文似悼其元配而作。文中無一語及於遷謫，尤爲明徵。惜未能考其元配爲何氏耳。但仍有可疑者，本集卷三十有謫居悼往詩，且有「牛衣獨自眠」及「長安遠如日」之語。據此，則禹錫初貶之時，必喪偶而尚未續婚，與薛公碑中語殊有抵觸。豈薛謇以女許字禹錫而未及成婚，彼此睽隔，禹錫遂仍以獨身往貶所耶？又豈婚於薛氏後再度悼亡，故有謫居悼往之詩耶！疑莫能明，特拈出以俟知者。又禹錫所撰各碑多著録於金石録，薛碑未見。然其文確爲禹錫手筆，絶無可疑，其婚於薛氏，亦禹錫身世中一大事也。據文中「坐匡牀兮撫嬰兒」及「誠天性之潛感，顧童心兮如疑」等語，知禹錫元室已生有一子，且亦非甚稚矣。

何卜賦

余既幻惑力命之説兮，身久放而愈疑。心回穴其莫曉兮，將取質夫東龜。楚人俗巫而好術兮，叟有鬻卜而來思。乃招而祝之曰：「嘻！人莫不塞，有時而通，伊我兮久而愈窮。人莫不病，有時而間，伊我兮久而滋蔓。吾聞人肖五行，動止有則。四時轉續，變於所極。一歲之旱，人思具舟。三月之熱，人思具裘。極必反焉，其猶合符。予首圓而足方，予腹陰而背陽。胡形象之有肖，而變化之殊常？經日剥極則賁，居賁而未嘗剥者其誰？否極受泰，居否而未嘗泰者又其誰？鶴胡不截？鳧胡不禪？夔何罰而踸踔，蚿何功而扶持？紛紜恣睢，交作舛馳。似予似奪，似信似欺。孰主張之？問于子龜。」

卜者曰：「招我以粗，問我以微。有天下之是非，有人人之是非。在此爲美兮，在彼爲蚩。或昔而成，或今而虧。君問曷由？主張其時。時乎時乎，去不可邀，來不可逃。淹淹兮孰捨孰操？烏喙之毒堇，雞首之賤毛，各於其時而伯音霸其曹。屠龍之伎，非曰不偉。時無所用，莫若履豨。作俑之工，非曰可珍。時有所用，貴於斲輪。絡首縻足兮，驥不能踰跬。前無所阻兮，跛鼈千里。同涉于川，其時在風。沿者之吉，泝者之凶。同蓺于野，其時在澤。伊穜之利，乃穋之厄。故曰：是耶非耶，主者時耶！諒淑惡之同出兮，顧所丁之若何！夫如是，得非我美，失非我恥。其去曷思，其來曷期！姑蹈常而俟之，夫何卜爲！」言訖，執龜而起。

予退而作何卜賦。於是蹈道之心一，而俟時之志堅。内視羣疑，猶冰釋然。

【校】

〔幻惑〕紹本、畿本、全唐文幻均作幼。

〔回穴〕崇本穴作泬。

〔東龜〕籤本、全唐文東作秉。按：東龜出周禮春官，爲六龜之一。張衡思玄賦云：「懼筮氏之長短兮，鑽東龜以觀禎。」籤本必爲淺人所改。

〔祝之〕崇本、明鈔本、全唐文祝均作訊。

〔人肖〕紹本肖作宵，崇本作稟。

〔人思〕紹本、崇本、籤本、明鈔本、文粹、全唐文思均作斯。

〔予首〕紹本、全唐文予均作子，下予複同。

〔有肖〕崇本肖作宵。

〔居賁〕崇本脱此二字。

〔人人〕崇本、明鈔本、文粹、全唐文均作仁人。

〔爲蚩〕紹本、崇本、籤本蚩均作嗤。按：妍媸之媸，古多作蚩，作嗤非。

〔淹淹兮〕全唐文作淹兮，下注闕字。

〔烏喙之毒堇〕紹本、崇本烏均作堇，堇作苓，籤本、全唐文烏均作豖，文粹作堇之毒豖苓，恐有誤。

〔作俑〕崇本俑作踊。按：作踊本於左傳昭三年屨賤踊貴之語，文意似合。

〔時耶〕崇本此下有主者命耶四字。按：紹本、崇本、籤本凡耶皆作邪，合於古義，後不複舉。

〔所丁〕全唐文丁作卜，恐誤。

〔其去〕崇本去作惡。

【注】

〔烏喙〕急救篇：「烏喙附子椒芫華。」注：「烏喙形似烏之喙。」按：此句皆毒藥名。

〔雞首〕莊子徐無鬼：「雞廱也。」注以爲即雞頭，一名芡，服之延年。按：兩句分舉毒藥良藥，謂各有所用之時。

〔屠龍〕莊子列禦寇篇：「朱泙漫學屠龍於支離益，單千金之家，三年技成而無所用其巧。」因此以屠龍喻技巧雖高而無用。

〔履豨〕莊子知北游：「正獲之問於監市，履豨也，每下愈況。」注：「豨，大豕也。履，踐也。夫市魁履豕，履其股脚豨難肥處，故知豕肥也。問道亦況下賤，則知道也。」

〔作俑〕俑是殉葬的冥器。

〔斲輪〕語出莊子天道篇，習用以指熟練的技工。

〔伊穜〕周禮内宰鄭司農注：「先種後熟謂之穜，後種先熟謂之稑。」似即今早稻晚稻之别。王應麟云：「劉夢得何卜賦云：同涉於川，其時在風。沿者之吉，泝者之凶。同藝於野，其時在澤。伊穜之利，乃稑之厄。東坡詩：耕田欲雨刈欲晴，去得順風來者怨。本此意。」（困學紀聞）按：問大鈞賦云：「望所未至，謂余舒舒。欲其久留，謂我瞥如。我一子二，誰之曲歟！」禹錫固屢揭此義矣。

〔淑惡〕善惡。

【箋證】

賦之名取左傳「卜以決疑，不疑何卜」語（見桓十一年）。假卜人之辭以明卜之無益，與外集卷十絶編生墓表之言一致。蓋其平昔深知卜筮之妄，故屢形於言也。此文駁列子力無如命何之論，而以各有所當釋吉凶利害之不齊。此以爲吉者，彼或爲凶，此或爲害者，正彼之利。然若如莊子所言「此亦一是非，彼亦一是非」，則又不軌於正矣。故禹錫明揭二語曰：「有天下之是非，有人人之是非。」人人之是非，私也，各有其是非可也；天下之是非，則公也，一而已矣，不容辯也。是非明，則守之亦不容變也。賦末云：「蹈道之心一而俟時之志堅」，與砥石賦所云：「故態復還，寶心再起。感利鈍之有時兮，寄雄心於瞪視。」語意相合。

謫九年賦

古稱思婦，已歷九秋。未必有是，舉爲深愁。莫高者天，莫濬者泉。推以極數，無踰九焉。伊我之謫，至於數極。長沙之悲，三倍其時。廷尉不調，行當跂而。天有寒暑，閏餘三變。朝有考績，明幽三見。顧堯之明兮，亦昬墊而有歎。歎息兮徜徉，登高高兮望蒼蒼。突弁之夫，我來始黄。合抱之木，我來猶芒。山增昔容，水改故坊。童者鬱鬱兮而涸者洋洋。天覆地生，翕兮無傷。彼族而居，歸之投荒。彼軒而遊，昨日桁楊。信及澤濡，俄然復常。稽天道與人紀，咸一僨而一起。去無久而不還，棼無久而不理。何吾道之一窮兮，貫九年而猶爾。噫！不可得而知，庸詎得而悲？苟變化之莫及兮，又安用夫肖天地之形爲？

【校】

〔推以〕崇本以作已。按：已、以古多通用，以上、以往等語用已字，唐代猶習見，但此處仍以作以爲宜。

〔九焉〕全唐文焉作年，誤。

〔明兮〕紹本、崇本、畿本、中山集、全唐文明均作民，注云：一作明。

〔鬱鬱兮〕此句崇本、紹本、畿本均無兮字。

〔俄然〕英華然作病。

〔噫不〕崇本噫作意。

【注】

〔長沙之悲〕漢書賈誼傳：「誼爲長沙王太傅三年，有服飛入誼舍」三倍其時，則九年也。

〔廷尉〕史記張釋之傳：「釋之以訾爲騎郎，十歲不得調。」廷尉指釋之後此所至之官。

〔昏墊〕書益稷：「禹曰：洪水滔天，浩浩懷山襄陵，下民昏墊。」文中用此，指堯時有九年之災。

〔突弁〕詩齊風甫田：「未幾見兮，突而弁兮。」意謂忽已成人加冠。

〔始黄〕新唐書食貨志：「凡民始生爲黄，四歲爲小。」

〔桁楊〕語出莊子在宥篇。指囚犯所上的刑具。以上四句是説：從前投荒的人已經成了大户，囚犯也成了富人。

〔信及〕易中孚卦：「信及豚魚。」意謂對動物都不失信。

〔肖天地之形〕指人類。文章最後一句是説既是一個人，就應當能掌握變化，否則何貴於爲人呢？與卷五天論中人勝天之説相通，可見是禹錫一貫的見解。

【箋證】

按：禹錫以永貞元年（八〇五）謫官，此賦以謫九年爲名，則當作於元和八年、九年（八一三、八一四）之間。九年，李絳罷相，李吉甫卒，新入相者爲武元衡、張弘靖、韋貫之；與禹錫或無深分，或非素交，其不能援手，抑可知矣。此禹錫所以不能無慨也。然終篇云：「不可得而知，庸詎得而悲？」禹錫之意仍不肯委之於運命。謂既爲智之所不及，則亦悲之所不必施。後申論之曰：「苟變化之莫及兮，又安用夫肖天地之形爲？」其意若曰：既已爲人矣，則人能造命者也。能造命，則必能待其變化而善爲因應。此亦與本集卷五天論中人誠務勝乎天之説相合。蓋禹錫謫居朗州既久，故能爲深湛之思，天論殆與此賦之作相先後。元和九年以後，人事漸繁，又有吏職之責，未必能從容爲文。本卷各篇，除山陽城、秋聲二篇外，皆作於在朗州時。

又按：賦中「推以極數，無踰九焉」一語，謂常語中極言天之高則曰九天，極言泉之深則曰九泉，數皆至九而極。凡言九者，極言盈滿而已，非以此計實數也。汪中釋三九之例，禹錫早見及之。

望賦

邈不語兮臨風，境自外兮感從中。晦明轉續兮，八極鴻濛。上下交氣兮，羣生異容。發孤照於寸眸，騖遐情乎太空。物乘化兮多象，人遇時兮不同。嗟乎！有目者必騁望以盡意，當望者必緣情而感時。有待者瞿瞿，忘懷者熙熙。慮深者瞠然若喪，樂極者沖然無違。外徙倚其如一，中紜紛兮若迷。

望如何其望最樂，晞慶霄兮遡阿閣。如雲兮天顔咫尺，如草兮臣心踊躍。扇交翟兮葳蕤，旗升龍兮蠖略。日轉黄道，天開碧落。凝瑞景於庭樹，掬非煙於殿幕。

望如何其望且懽，登灞岸兮見長安。紛擾擾兮紅塵合，鬱葱葱兮佳氣盤。池象漢兮昭回，城依斗兮闌干。避御史之驄馬，逐倖臣之金丸。

望如何其望攸好，宗萬靈兮越四隩。漢帝仙臺兮，秦皇海嶠。霓衣踊于河上，馬跡窮于越徼。紫氣度關而斐亹，神光屬天而照耀。睆眷眷以馳精，聳專專而觀妙。

望如何其望有形，視蠢蠢兮窮冥冥。楚塞氛惡兮，蕭關燧明。暈籠孤月兮，角奮長庚。沙多似雪，磧有疑城。煙雲非女子之氣，草木盡王者之兵。審曳柴之虚響，破來騎之先聲。信有得於風馬，示無言於旆旌。

望如何其望且慕，恩意隔兮年光度。雕輦已辭兮，金屋何處？長信草生兮，長門日暮。徯翠華之儻來，仰玄天以自訴。況復湘水無還，漳河空注。淚染枝葉，香餘紈素。風蕭蕭兮北渚波，煙漠漠兮西陵樹。夫不歸兮江上石，子可見兮秦原墓。拍琴翻朔塞之音，挾瑟指邯鄲之路。

望如何其望最傷，俟環玦兮思帝鄉。龍門不見兮，雲霧蒼蒼。喬木何許兮，山高水長。春之氣兮悦萬族，獨含嚬兮千里目。秋之景兮懸清光，偏結憤兮九回腸。羨環拱於白榆，惜馳暉於落桑。諒衡斗兮誰見，伊戴盆兮何望？平聲

豈止蘇武在胡，管寧浮海。送飛鴻之滅没，附陰火之光彩。鶴頸長引，烏頭未改。恨已極兮平原空，起何時兮在山東。永望如何，傷懷孔多。降將有依風之感，宫人成憶月之歌。歌曰：張衡側身愁思久，王粲登樓日回首。不作渭濱垂釣臣，羞爲洛陽拜塵友。

【校】

〔晦明〕文粹作明晦。

〔若迷〕紹本、崇本、畿本、文粹、全唐文迷均作斯。按：唐人不以齊韻叶支微，迷字似非。

〔交翟〕崇本翟作鳳。

〔攸好〕文粹攸作彼。

〔霓衣〕英華、全唐文衣作裳。

〔沙多〕英華多作長，按：於義爲勝。

〔來騎〕崇本騎作鏑。按：文意是言風聲，故用史記匈奴傳「鳴鏑」之語。注：韋昭曰：「矢鏑飛則鳴。」作騎疑是淺人所改。

〔風馬〕紹本、崇本、畿本、全唐文馬均作鳥。

〔可見〕崇本可作何。

〔拍琴翻朔塞之音〕崇本拍作柏，誤。英華拍琴作拊瑟，之音作之思。

〔俟環玦〕明鈔本俟作佩。

〔落桑〕紹本、崇本、中山集、明鈔本、全唐文桑均作棠。

〔在山東〕紹本、崇本、畿本、中山集、英華、全唐文均作東山在。按：似是用謝安東山事，於義較長。

〔羞爲〕英華爲作隨。

【注】

〔金丸〕西京雜記：「韓嫣好彈，常以金爲丸。」韓嫣是漢武帝的倖臣，見漢書佞幸傳。

〔紫氣〕傳説關令尹登樓望見紫氣而知老子將經過，杜甫詩「東來紫氣滿函關」，指此。

〔觀妙〕馳精觀妙都是追求渺茫無稽之説。以上一節説求仙者的望。

〔蕭關〕漢書匈奴傳：孝文十四年，匈奴單于十四萬騎入朝那蕭關。

〔曳柴〕〔風馬〕「輿曳柴而僞遁」，「馬牛其風」，都是左傳中寫戰場中的情景。以上一節説軍人作戰時的望。

〔長信〕〔長門〕都是漢代長安后妃所居宫名。

〔湘水〕〔漳河〕前者指傳説中虞舜的二妃，隨舜往南方，在湘水爲舜哀哭，淚滴竹成斑。後者指曹操遺令（見文選陸機弔魏武帝文中告戒他的妃妾要時常望他的西陵）。以下北渚波、西陵樹仍是指此兩事。

〔拍琴〕指蔡文姬作胡笳十八拍。

〔挾瑟〕漢書張釋之傳：「上（文帝）指視慎夫人新豐道曰：此走邯鄲道也。使慎夫人鼓瑟，上自倚瑟而歌，意悽愴悲懷。」以上一節説帝王后妃的望。

〔環玦〕荀子大略篇：「絶人以玦，返人以環。」注：「古者臣有罪待放於境，君賜以環即返，以玦即去。」

〔白榆〕〔落桑〕古樂府：「天上何所有，歷歷種白榆。」初學記一：日西垂，景在樹端，謂之桑榆。兩句對照，喻天象也有變化。

〔管寧〕管寧於漢末避難至遼東，至魏初始浮海而歸，見三國志本傳。

〔降將〕指李陵與蘇武詩：「欲因晨風發，送子以賤軀。」

〔宮人〕指班婕妤怨歌行：「裁爲合歡扇，團團似明月。」以上一節説逐臣遷客的望。

〔張衡〕張衡四愁詩有「側身東望」等句，望四方各成一首，所以名四愁，都是對當時黑暗政治的憂憤。

〔王粲〕王粲登樓賦第一句是「登兹樓以四望兮，聊假日以銷憂」，也是他在荆州時爲時局動亂而寫的。

〔渭濱垂釣〕指吕尚釣於渭濱，佐周文王伐商。此句是説自己不去希冀這種際遇。文王遇吕尚時有「太公望子久矣」一句話，所以禹錫借這個望字發揮。

〔洛陽拜塵〕晉書石崇傳：「與潘岳諂事賈謐，謐與之親善，號曰二十四友，廣成君（謐母）每出，崇降車路左，望塵而拜，其卑佞如此。」以上張衡、王粲、吕尚、石崇四事，各寓一望字。

【箋證】

此文第一段至「中糾紛兮若迷」，敍人對外物之感應不同，而以「物乘化兮多象，人遇時兮不同」二語括之。以下分詠：望最樂、望且懽、望攸好、望有形、望且慕、望最傷，略仿江淹別賦之體，即別賦所謂「別方不定，別理千名」也。但前五者皆賓，而以「望最傷」爲主，故曰：「俟環玦兮思帝鄉」，又曰：「諒衝斗兮誰見，伊戴盆兮何望！」鬱伊感憤之意如見，然最後四語尤見禹錫之性格，以張衡、王粲自比，則不止遷客之思，尤切憂時之意也。以吕尚、石崇爲喻，則謂倘不逢時，必不附和權貴，苟求利禄也。

山陽城賦　并序

山陽故城，遺趾數雉，四百之運，終於此墟。裔孫作賦，蓋閔漢也。詞曰：

我止行車，霣涕于山陽之墟。是何蒼莽與慘悴，舂陵之氣兮焉如？蹈昌運於四百，辭至尊而伍匹夫。有利器而倒持兮，曾何芒刃之足舒！懿王迹之肇基，曁坤維之再敷。邈汜陽與鄗上，悦蛇變而龍攄。痛人亡而事替，終此地焉忽諸。嗟乎！積是爲治，積非成虐。文景之欲，處身以約。播其德芽，迄武乃穫。桓靈之欲，縱心於昏。然其妖燄，逮獻而焚。彼伊周不世兮，奸雄乘釁而騰振。物象灌以易位，被虛號而陽尊。終勢殫而事去，胡竊揖讓以爲文？嗚呼！維神器之至重兮，蓋如山之不騫。使人得譬乎逐鹿，固健步者所先。諒人事之云爾，孰云當塗之兆也自天！

亂曰：久矣莫可追，陞彼墟兮噫嘻。躅遺武兮貽後王之元龜。

【校】

〔肇基〕英華肇作聿。

〔坤維〕明鈔本、英華坤均作絶。

〔德芽〕紹本芽作牙。

〔然其〕紹本、崇本、明鈔本、全唐文然均作爇。

〔灌〕全唐文作擢。

〔勢殫〕紹本、崇本勢均作世。

〔固健步〕明鈔本、英華固均作因。

〔躅遺〕紹本、崇本、畿本、全唐文躅均作獨。

【注】

〔山陽故城〕三國志魏志文帝紀：「以河内之山陽邑萬户，奉漢帝爲山陽公。」據通鑑胡注，此城乃魏所特築以囚獻帝者，且設軍以監之。至晉武帝時始廢。

【箋證】

此篇似非空詠古跡。禹錫自貞元末登朝以後，連年外謫，大和以後，來往京、洛近畿，無緣行至山陽。殆有感於唐自天寶以後，岌岌不保者屢矣，而主德之昏如故，終必有勢殫而事去之一日。故篇末有「貽後王之元龜」一語，以明其非泛然弔古。李賀於金盤仙人辭漢歌序自稱唐諸王孫，禹錫於此亦自稱裔孫，殆皆有深意。

秋聲賦 并序

相國中山公賦秋聲，以屬天官太常伯，唱和俱絶。然皆得時行道之餘興，猶動光陰之歎，況伊鬱老病者乎？吟之斐然，以寄孤憤。

碧天如水兮，窅窅悠悠。百蟲迎莫兮，萬葉吟秋。欲辭林而蕭颯，潛命侣以啁啾。送將歸兮臨水，非吾土兮登樓。晚枝多露蟬之思，夕草起寒螿之愁。至若松竹含韻，梧楸蚤脱。驚綺疏之曉吹，墮碧砌之涼月。念塞外之征行，顧閨中之騷屑。夜蛩鳴兮機杼促，朔鴈叫兮音書絶。遠杵續兮何泠泠，虚窗静兮空切切。如吟如嘯，非竹非絲。當自然之宫徵，動終歲之别離。廢井苔合，荒園露滋。草蒼蒼兮人寂寂，樹摵摵兮蟲咿咿。則有安石風流，巨源多可。平六符而佐主，施九流而自我。猶復感陰蟲之鳴軒，歎涼葉之初墮。異宋玉之悲傷，覺潘郎之幺麽。嗟乎！驥伏櫪而已老，鷹在韝而有情。聆朔風而心動，眄天籟而神驚。力將痑兮足受紲，猶奮迅于秋聲。

【校】

〔行道〕紹本、崇本二字均乙。

〔猶動〕紹本、崇本、全唐文動均作有。

〔吾土〕鐵本吾作我。按：此用王粲登樓賦「雖信美而非吾土」，不當作我。

〔草起〕紹本、崇本均作蔓趣，崇本趣下注云：一作起。

〔當自然〕紹本、崇本、明鈔本、全唐文當均作合。

〔苔合〕紹本、崇本、全唐文合均作泠。

〔九流〕明鈔本流作品。

【注】

〔天官太常伯〕唐高宗一度改六部尚書爲太常伯，天官借用周禮冢宰之稱。

〔安石〕〔巨源〕安石爲晉謝安字，以比李德裕之爲宰相。巨源爲山濤字，晉書本傳説他選舉得人，而又善於揣摩君主的意旨，所以説巨源多可，以比令狐楚之爲吏部尚書。

〔六符〕語出漢書東方朔傳，古代傳説天象與人事相應的徵兆。

〔幺麽〕瑣細的意思，潘岳有秋興賦，意謂潘岳所感慨的未免顯得瑣細了。

【箋證】

中山公爲李德裕初封之號，見新唐書一八〇本傳，舊唐書失載。此文稱相國中山公，必作於其初入相之時。德裕集中載其秋聲賦原文云：「昔潘岳寓直騎省，因感二毛，遂作秋興賦。況余百齡過半，承明三入，（原注：自中書舍人及今三參掖垣。）清秋可悲。尚書十一丈，鵷掖上僚，人文大匠，聊爲此作，以俟知音。露華肅，天氣晶。碧空無氛，霽海清明。當其時也，草木陰蟲皆有秋聲。自虛無而響作，由寂莫而音生。始蕭瑟於林野，終混合於太清。出哀壑而憤起，臨悲谷而怨盈。朔雁聽而增逝，孤猿聞而自驚。此聲也，異桐竹之韻，非金石之鳴。足以動羈人之魄，感君子之情。況乎臨淄藻思，薛縣英名。遽興華屋之歎，預想曲池之平。豈待琴而魂散？固聞笛以涕零。亦有毀家蔡琰，降北李卿。聽朔吹之夜動，見霜鴻之曉征。既慷慨而誰訴，獨汍瀾而流纓。雖復蘇門傲世，秦青送行，詎能寫自然之天籟，究吹萬之清泠？客有貞詞瀏亮，逸氣縱橫。賦掩漏卮之妙，文同蟠木之精。聊染翰以寫意，期報之以瑤瓊。」據文中十一丈一語，若爲同姓，則當是李夷簡。武元衡有酬李十一尚書書懷見贈詩。然夷簡爲相，在元和十三年（七九七），亦未嘗爲吏部尚書，與文中天官太常伯語不合，且已早卒矣。以其時考之，當爲令狐楚。楚之行第是否爲十一，無他證，但大和中德裕入相之時，楚正爲吏部尚書。楚有文名，於文中「人文大匠」一語亦較合。德裕云「承明三入」，蓋并學士、舍人及入中書計之。然則文當作於大和七八年（八三三、八三四），是初相之際，未能大行其志，故有抒懷之作。至於禹錫，此時方六十二三歲，在蘇州刺史任，故有「伊鬱老病」之語。大和七年之春，德裕入相，其夏，楚除吏部尚書，秋聲之賦，蓋即在是年之秋。次年秋初，禹錫移刺汝州，或即由德裕與楚之推挽。未幾，德裕遂出鎮矣。文末

「驥伏櫪而已老，鷹在韝而有情」二語，固是禹錫陳情自效之意，亦足見禹錫不肯作頽唐蕭索之態，所謂「異宋玉之悲傷，覺潘郎之幺麽」也。賦中安石風流指德裕爲相，巨源多可，指楚爲吏部尚書。又，錢大昕十駕齋養新録一六云：「李德裕有秋聲賦，在歐陽公之前。」平步青霞外攟屑七云：「秋聲賦，今人傳誦者，歐陽文忠作耳。劉賓客文集秋聲賦序云……又會昌一品集亦有秋聲賦，是唐人賦此者不知幾篇也。猶之劉賓客陋室銘亦皆傳誦，今按：新唐書崔沔傳，當作陋室銘以見志，在劉前。」平氏蓋不知相國中山公即李德裕，誤爲别一人。

劉禹錫集箋證卷第二

碑上

代郡開國公王氏先廟碑

唐制，五等有爵服而無山川。登于三事，得立四廟。備物崇祀，以交神明，敬先報本，以輔孝治，有國之令典也。維長慶三年，前相國王公始卜廟于西京崇業里。公時鎮劍南東川，上章曰：臣涯官秩印綬品俱第三，請如式以奉宗廟。制曰：可。是歲仲冬，申命長男孟堅祔其主于三室。明年，公入爲御史大夫，復以十二月躬行烝祭。開歲，公出梁州，就拜司空，禮崇異數，廟加祀室。大和二年，增新室既成，祔顯考于尊位，告饗由禮，觀之者以爲世程。

第一室曰上儀同豳州別駕府君諱元政，以妣博陵崔氏配；第二室曰湖州安吉縣令贈尚書刑部員外郎府君諱實，以妣贈扶風縣太君馬氏配；第三室曰朝散大夫青州司馬贈户部侍郎府君諱祚，以妣贈武威郡太夫人賈氏配；第四室曰温州刺史贈太尉府君諱冕，以妣贈魯國太夫人博陵崔氏配。

初，周靈王太子晉遇浮丘公，化爲神仙，時人號曰王家。其後遂以命氏。顯於秦者曰翦，三世將秦師，子孫分居晉代間。東漢有徵君霸，霸孫甲亦號徵君，徙居祁縣，爲著姓，故至于今爲太原人。自漢涉魏，益以熾昌。凡十葉，至後魏度支尚書廣陽侯冏。廣陽有二子神念、神感。神念南奔梁，神感北仕齊。惟儀同府君，廣陽侯五代孫也。唐興于太原，實從義旗，佐成王業，故有開府儀同之寵。惟刑部府君以功臣子理二邑，不躋貴仕，故有錫羨後大之祥。惟户部府君幼孤，以孝聞於鄉曲。未冠，以文售於有司。由前進士補延州臨安縣主簿。會詔徵賢良，策在甲科，授瀛州饒陽尉。歲滿遷渭南。天后在神都，而東畿差重，遂由渭南轉河陽。適逢建萬象神宫，甸内吏分董其役，因上書切諫。繇是名益聞。開元初，以大理司直馳軺車，聯讞大獄。閩禺朔漠，所至決平。蚤以欒棘傷生，晚成劇恙，樂就夷曠，故不至大官。惟太尉府君生於治平時，以文學自奮。年十有五，賁然從秋賦。明年春，升名于司徒。又一年，玄宗御層樓，發德音，懸文詞政術科以烝髦士。府君策最高，授太常寺太祝。未幾，復以能通道德、南華、沖虚三真經，進盩厔尉。天寶中，歷右拾遺、左補闕、禮部、司駕二外郎。屬幽陵亂華，遣兵南服，因佐閩粤，改檢校比部郎中、行軍司馬。時中原甫寧，江南爲吉地，二千石多用名德，乃以府君牧温州。朝廷虚公卿以俟高第。及聞訃，永嘉人輟春罷社，搢紳間以不淑相弔焉。雖位負于道，而邁德垂矩，後之人得以纘承丕揚之。其儲休啓祐，有自云爾。生三子，皆聰明絶人。長曰沼，以神童仕至檢校禮部郎中。次曰潔，以奇文仕至國子司業。今代郡公實季子也。早在文士籍，射策連中，咸世其家。貞元中，德宗聞其名，自藍田尉召入禁中視草。厥後三典書命，再參内廷。憲宗器之，付以國柄。翊贊有道，雖册免常居大僚。今年自梁州請覲，上思用舊臣爲羽儀，遂領太常，其公府如故。以一心事六君，顯官重務，靡不揚歷。且夫起諸生至三公，而心愈卑，道益廣。出授黄鉞，以伯諸侯；入服華章，以謁家廟。追崇極大位，血食備多室，享全榮而奉昭薦。嗚呼！公侯之孝歟！宜書廟器，以視喬公之三鼎。其辭曰：

閟宇神庭，邃清而嚴。上公之儀，四室耽耽。犧以潔牲，粢以大糦。交神尚敬，合魄尚氣。子姪宗工，駿奔奉事。副笄侈袂，儼恪居次。孝孫兢兢，執爵而升。以裸以濯，以伏以興。水陸具來，籩薌畢登。列于圜方，其氣增增。乃禴乃嘗，敬而追遠。

二昭二穆，孝以尊本。瞻瞻几幄，蹜蹜堂楹。禮成起慕，涕落玄衮。濡露踐霜，誰無永懷？不如達者，哀與榮偕。逢時奮庸，誰不得位？不如仁人，以道爲貴。惟公之達兮，名以顯親。惟公之仁兮，德以澡身。六朝之清臣，一代之全人。宜其世家，翼翼振振。罔不祗肅，于廟之門。

【校】

〔題〕全唐文此篇題作唐興元節度使王公先廟碑，次篇則作東都留守令狐楚家廟碑，按：必非原本如是，乃館臣改定。興元節度使尤不典之甚，唐人無此稱也。

〔印綬〕崇本綬作授。

〔十二月〕崇本二作一。

〔開歲〕紹本、崇本、全唐文開均作間。

〔祀室〕紹本作常祀。

〔大和〕幾本作太和。按：唐文宗第一紀元爲大和，前人已據碑刻證實，各書刊本有作太和者，乃誤字，本集各集本作大者，其作太者或未悉改，此後不複舉。

〔豳州〕紹本、全唐文豳均作幽。

〔諱冕〕全唐文冕作晃，按：史傳作晃，冕乃誤字。

〔曰蒴〕紹本、崇本曰作王。

〔錫羨〕結一本羨作美，誤。

〔渭南〕崇本南下有尉字。

〔而東〕崇本無而字。

〔朔漠〕崇本、畿本漠作漢，誤。

〔以烝〕紹本、崇本烝均作罝，畿本、明鈔本、全唐文均作置，則又爲罝之誤。

〔及聞訃〕紹本、崇本均無訃字，是。

〔文士〕結一本、崇本、明鈔本士均作仕，似非。

〔以伯〕崇本、全唐文伯均作臨，似是。

〔喬公〕紹本喬作橋，是。

〔以濯〕紹本、崇本、中山集濯均作擩。

〔其氣〕明鈔本、全唐文氣均作器。

〔乃論〕崇本論作礿。

〔几幄〕結一本几作凡，誤。

【注】

〔司直〕據舊唐書職官志，大理寺置司直六人，從六品上，掌出使推按。此猶唐初之制，中葉以後，司直出使者漸不見記載。

〔決平〕漢書杜周傳：「周爲廷尉，其治大抵放張湯，而善候司，客有謂周曰：君爲天下決平，不循三尺法，專以人主意旨決獄，獄者固如是乎？」決平二字本此。

〔三真經〕據新唐書選舉志：「明皇注老子道德經成，詔天下家藏其書，貢舉人減尚書、論語策，而加試老子。」藝文志：「天寶元年，詔號莊子爲南華真經，列子爲沖虛真經，文子爲通玄真經，亢桑子爲洞靈真經。」

〔輟舂〕〔罷社〕鄰有喪，舂不相，語見禮記曲禮。然此文實用史記商君列傳：「五羖大夫死，秦國男女流涕，舂者不相杵。」本當云輟相，不當云輟舂，蓋六朝人已習用輟舂。任昉出郡傳舍哭范僕射詩「已矣余何歎，輟舂哀國均」是也。罷社事出三國志魏志王脩傳，云：「母以社日亡，來歲鄰里社，脩感念母，哀甚。鄰里聞之，爲之罷社。」

〔不淑〕古語不淑不弔皆哀惜之詞，禮記雜記：「寡君使某，如何不淑。」即左傳之「有君不弔」。淑、弔本一字，前人以不善釋不淑，實未盡合，此文以不淑相弔，亦仍舊説耳。

【箋證】

按：此文爲王涯作。涯，舊唐書一六九、新唐書一七九均有傳。禹錫與涯相知較早。本集卷二十四有逢王十二（當作二十）學士入翰林詩，即指涯。其時在貞元末。據文中「今年自梁州請覲，遂領太常」等語，參涯本傳（舊唐書一六九、新唐書一七九）所載仕履，乃大和三年（八二九）

事。禹錫方以郎官直集賢院。集中徇人之請而作碑誌，多在此時及晚年退居洛陽時，蓋惟此數年中身名稍泰也。

又按：禹錫與涯相知雖早，後此蹤跡非親。大和末，涯被甘露之禍，在作此文後六年，集中遂無一語及之。

〔得立四廟〕新唐書禮樂志：「開元十二年著令，一品二品四廟，三品三廟。三品以上，不須爵者亦四廟。」此文云：「唐制，五等有爵服而無山川，登于三事，得立四廟。」三事，謂涯官司空也，司空秩正一品。

〔崇業里〕唐兩京城坊考四：崇業坊在朱雀門街之西。

〔温州刺史贈太尉府君諱冕〕按據世系表，王涯之父温州刺史名晃，新舊唐書本傳同。集作冕，恐誤。世系表他事皆與碑合，疑即據此碑。殆字形相近，寫刻之訛。又王晃事見太平廣記二一七，云：「補闕王晃，七月内訪卜於路生。路云：九月當入省，官有禮字。時禮部員外郎陶翰在坐，乃曰：公即是僕替人。九月，陶病請假，敕除王禮部員外。後又令卜，云：必出，當爲倉字官。果貶温州司倉。既而路生以其二子託晃，晃又問畢竟當何如，路云：某所以令兒託公，其意可知也。」郎官石柱考題名二一〇引此，云與碑不合。按：碑云：「幽陵亂華，遣兵南服，因佐閩粤」，蓋晃以陷身安史貶官，碑特隱約其詞耳。廣記所載卜者之詞純爲妄説，但藉此得爲此文佐證。

〔廣陽有二子神念神感〕據世系表云：「烏丸王氏，霸長子殷……六世孫光，後魏并州刺史，生冏，度支尚書護烏丸校尉，廣陽侯，因號烏丸王氏，生神念。北齊亡，徙家萬年。」與碑大致相合。神念事見南史六三，云：「仕魏位潁川太守，與子僧辯據郡縣歸梁。」

〔再參內廷〕舊唐書王涯傳：貞元二十（原脱十字）年（八〇四）十一月，自藍田尉召充翰林學士，拜右拾遺、左補闕，起居舍人，皆充內職。元和三年（八〇八），爲宰相李吉甫所怒，罷學士，守都官員外郎，再貶虢州司馬。五年（八一〇），入爲吏部員外。七年（八一二），改兵部員外郎，知制誥。九年（八一四）八月，正拜舍人。十年（八一五），轉工部侍郎，知制誥。此文所謂三典書命者，元和三年以前，雖轉官，仍充翰林學士，一也。七年，又以兵部員外郎知制誥，二也。九年，正拜舍人，即當出學士院，而仍知制誥，三也。所謂再參內廷者，以翰林學士爲一參，以知制誥爲再參也。傳云爲李吉甫所怒者，新唐書本傳云：會其甥皇甫湜以賢良方正對策異等忤宰相，涯坐不避嫌罷學士，再貶虢州司馬。

〔雖册免常居大僚〕新唐書涯傳云：「俄拜中書侍郎同中書門下同平章事，坐循默不稱職罷，再遷吏部侍郎。穆宗立，出爲劍南東川節度使，長慶三年，入爲御史大夫，遷户部尚書，鹽鐵轉運使。」碑云：雖册免常居大僚，指此。

彭陽侯令狐氏先廟碑

今上元年七月十三日，汴州刺史、宣武軍節度副大使知節度事、汴宋亳等州觀察處置使、銀青光禄大夫、檢校禮部尚書兼御史大夫、上柱國、彭陽縣開國伯令狐公西嚮拜章上言：守臣楚蒙被恩澤，列爲元侯，得立家廟，以奉常祀。制書下其奏于有司，於是善相考祥，得地于京師通濟里。居無何，新廟成。公以守藩故，申命季弟監察御史定卜牲練日，越八月丁亥，祔饗三室。垍墉以尚幽，設幄以迎精。禮無尤違，神用寧謐。第一室曰秦州上邽縣尉諱濬，以妣太原王氏配；第二室曰緜州昌明縣令贈吏部尚書諱崇亮，以妣贈太原郡夫人河東柳氏配；第三室曰太原府功曹參軍、贈太子太保諱承簡，以妣贈魏國太夫人富春孫氏配。

明年十月公由浚郊以介圭入覲。真拜户部尚書，進爵爲魯侯。既辭戎旃，得以列侯謁三廟。是歲南至，上不視朝，又得以時展祭。先期致齋，栗然以敬，既齋盡志，歆然永思。奉其百順，陳以具物。始躋而虔恭，終獻而汍瀾。既卒事，顧麗牲之石，宜有刊紀，乃俾家老，授其諜于所知云。

令狐，晉邑也。晉大夫魏顆以輔氏之功始封焉。其易名曰文，國語所謂令狐文子是已。其先周文王之昭，畢公高之裔。畢萬爲晉卿，始封于魏，自萬至顆蓋四世。其後三十七世藍田侯虬仕拓跋魏，爲燉煌郡太守，子孫因家，遂占數爲郡人。藍田之孫熙，在隋爲納言。惟上邽府君，納言之玄孫，道克肖而位不至。惟尚書府君，西州之右族，光未耀而德已基。惟太保府君志爲君子儒，以經明居上第，調補陽安縣主簿，歷正平尉，汾州司法參軍，陝州大都督府兵曹，終于太原府首掾。始以顓經進，既仕，旁通百家。愛穀梁子清而婉，左丘明國語辨而工，司馬遷史記文而不華，咸手筆朱墨，究其微旨。愷悌以肥家，信誼以急人。德充齒耋，獨享天爵。故休祐集于身後，徽章流乎佳城。凡以子貴承澤降命書告第者，始贈尚書祠部郎中，再贈禮部尚書，三加右僕射，四爲今稱。先夫人亦四徙封。蜜印纍纍，邦族聳慕。生三子皆才，彭陽公爲嗣。次子從端實肅給，今爲檢校膳部郎中參河東軍事。季子前所謂監察御史，今主柱下方書，温敏而有文，綽綽然真令兄弟。

唯彭陽以詞筆取科名，累參侍從。由博士主尚書牋奏，典内外書命，遂登樞衡，言文章者以爲冠。擁節總戎，率身和衆，留惠于盟津，變風于浚都，言方略者以爲能。夫浚師嘍啨難治，乘釁竊發，寖成習俗。莅止五載，飲和革心。東馬來朝，熊羆隕涕。問公還期，觴必祝之，留爲常伯，旋命居守。汴人聞公之東，近而愈懷，翹翹瞿瞿，盡西其首。言遺愛者可紀焉。貴而率禮，老而能慕，怵惕乎霜露，齋莊乎廟祧，睦其仲季，施及鄉黨。言孝悌者歸厚焉。勒名于碑，以代夷鼎。文曰：

已孤之孝，莫如備物。顯顯新廟，四阿三室。時惟仲月，卜用柔日。醴醆苾芬，牲牷博腯。籩甒在堂，蕭膋在庭。孝孫烝烝，躬若奉盈。低簪委紳，薦俎登鉶。肸蠁交感，涕流緣纓。禮以備儀，誠以致美。祖考來格，錫之丕祉。工祝告訖，退循軒戺。乃授風人，作詩以紀。猗歟彭陽之寵光，佐憲皇穆皇。西省東臺，迭爲侍郎。國之大政，咨爾平章。敬宗凝旒，俾鎮雎丘。入爲地官。令守東周。彭陽之忠厚，宜介福以壽。東郊既釐，可復朝右。緜緜其胄，系于周舊。由我顯起，必昌其後。大和紀元，作廟之首。刻碑廟門，龍集己酉。

【校】

〔題〕文粹作唐宣武軍節度副大使檢校禮部尚書令狐公先廟碑，按：此乃節碑文中之結銜而製題，但恐非作者本意，蓋結銜非可删節也。

〔申命〕結一本申作甲，誤。

〔第三室曰〕崇本脱曰字。

〔太子太保〕英華作司空。

〔魯侯〕紹本、崇本均無魯字，似是。按：唐制未見以大國爲侯封者，魯字可疑。

〔戎旃〕崇本旃作旗。

〔以時展祭〕崇本時展二字乙。

〔諜〕按：此爲譜牒之牒，當作牒，但古書多已通用。

〔經明〕崇本、畿本、英華、全唐文均作明經，文粹作經學。

〔陽安〕文粹作安陽。

〔正平〕文粹作平正縣。

〔身後〕崇本注云：一作支後。

〔四爲今稱〕英華、全唐文此句均作四進太保、五爲上公。

〔蜜印〕除結一本外，各本蜜皆作密，依周密説，作蜜爲是。

〔唯彭陽以詞筆取科名累參侍從〕英華此句作唯彭陽公以才名翰飛參侍從。

〔束馬〕文粹束作車。

〔熊羆〕英華作憑熊，取憑晝熊軾之意，似與束馬爲對。然文意乃言士卒之戀慕而隕涕，似不當云憑熊。

〔仲季〕文粹二字乙。

〔夷鼎〕崇本、畿本、明鈔本、文粹、全唐文夷均作彝。

〔蕭脅〕紹本、崇本蕭均從竹，按：依禮記郊特牲當作蕭。

〔丕祉〕英華、全唐文丕均作休。

〔穆皇〕畿本、中山集、全唐文均作穆穆皇皇，文粹則無穆皇二字。按：下文稱敬宗，則此處不得無穆皇二字，就文體而言，亦宜以參差之句法與上文相平衡。此必校者未諦觀上下文而臆改。

【箋證】

按：彭陽侯謂令狐楚。舊唐書一七二、新唐書一六六均有傳。禹錫與楚訂交，始於楚貶衡州刺史時，見外集卷九彭陽唱和集後引所云：「公登用至宰相，出爲衡州，方獲會面。」其時爲元和十五年（八二〇）。及長慶、大和之間，禹錫自和州北歸，楚方鎮宣武，曾與白居易訪之於汴州。此後唱和頻仍，情好逾篤。觀楚之爲人，在當時黨派之中，所親者爲皇甫鎛、蕭俛，所惡者爲元稹、李紳，與禹錫趨舍異趣，而交誼反似逾於他人，蓋純爲文字因緣耳。彭陽唱和集引云：「丞相彭陽公始由貢士以文章爲羽翼，……鄙人少時亦嘗以詞藝梯而航之。」後引又云：「貞元中，予爲御史，彭陽公從事於太原，以文章相往來有日矣。」唐人以幕府箋奏爲專門之學，禹錫與楚皆長於此事，皆由使幕出身。楚傳云：「德宗好文，每太原奏至，能辨楚之所爲，頗稱之。」其爲朝野上下所豔稱如此。故楚以其學授李商隱，而商隱亦爲名使幕。禹錫此文云：「言文章者以爲冠。」挽詩亦有「文章不朽」之語。而和楚之詩，一則曰：「更能四面占文章。」再則曰：「人間聲價是文章。」禹錫殆亦但以文章許之。

又按：馮浩樊南文集詳注云：「文苑英華，劉禹錫有令狐楚家廟碑。蓋大和元年（八二七）楚鎮宣武，奏立家廟於京師通濟里。唐制，貴臣得立廟京師，必奏請而後立。英華、文粹諸廟碑可證。廟中第三室曰太原府功曹參軍贈司空諱承簡，是爲楚之父，故曰『先人亦贈司空』，鈔本劉集作『贈太子太保』，小異。其時楚爵方自彭陽縣開國伯進爲侯，至五年（八三一），在天平鎮，進爵爲公，見楚所作刻蘇公太守二文記，至九年（八三五）乃進爲郡公，見紀傳也。」以楚之禄秩衡之，似以贈太子太保爲是。又文中「四爲今稱」句下，結一本注云：「一作四進太保，五爲上公。」殆即太子太保與司空所以兩歧之故。

〔宣武軍節度副大使〕紀傳皆不云副大使，按唐制：親王出鎮稱節度大使，出鎮者多不行，以副大使知節度事。然其後雖無親王出鎮，亦稱副大使，蓋以不欲遽授旌節之故，史文亦遂略之，但稱節度使，其實無别也。

〔彭陽縣〕徐樹穀李義山集箋云：「漢地理志，安定郡有彭陽縣，周封令狐熙之父以此。唐無彭陽，其封彭陽，蓋仍其先祖之號耳。」

〔通濟里〕唐兩京城坊考三：通濟坊在朱雀門街東第三街。

〔監察御史定〕楚本傳云：「弟定，字履常，元和十一年進士及第，累辟使府。大和九年（七九五），累遷至職方員外郎，弘文館直學士，檢校右散騎常侍、桂州刺史，桂管都防禦觀察等使，卒贈禮部尚書。」碑有「公由浚郊以介圭入覲」之語，指大和二年（八〇七）楚之徵入爲户部尚書。其稱定官爲監察御史，在遷職方員外之前故也。

〔埳壛〕埳壛謂藏主之處。通典吉禮七載糜信引衞次仲曰：「宗廟主皆用栗，若祭訖則納于西壁埳中，去地一尺六寸。」續漢書禮儀志劉注引漢舊儀曰：「高帝崩三日，小斂室中墉下，作栗木主置墉中，已葬，收主爲木函，藏廟太室中西墻壁埳中。」又祭祀志注引摯虞決疑要注曰：「毁廟主藏廟外户之外，西墉之中。」

〔藍田侯蚪〕世系表云：「令狐氏出自姬姓，周文王子畢公高裔孫畢萬爲晉大夫，生芒季，芒季生武子魏犨，犨生顆，以獲秦將杜回功，别封令狐，生文子頡，因以爲氏。世居太原。秦有太原守五馬亭侯範，十四世孫漢建威將軍邁，與翟義起兵討王莽，兵敗死之。三子：伯友、文公、稱，皆奔敦煌。伯友入龜兹，文公入疏勒，稱爲故吏所匿，遂居效轂（當作穀）。稱六子：扶、堅、由、羡、瑾、猛。由字仲平，後漢伊吾都尉。六子：禹、霸、容、明、涣、淳。禹字巨先，博陵太守。四子：輝、洽、延、溥。溥字文悟，蒼梧太守。三子：潢、叡、湯。溥五世孫晉諫議大夫馨，馨孫亞，字就胤，前涼西海太守，安人亭侯。二子：瑆、綏。亞孫敏，字永昌，前涼鳴沙令。四子：達、忠、襲、越。敏五世孫蚪，字惠獻，後魏敦煌郡太守，鸓陰縣子。」以上蓋即令狐氏之譜牒，禹錫此文所謂授其諜于所知者，新唐書亦據以爲表。然據史記魏世家，畢萬生武子，自萬至顆實三世，此云四世，不合。又周書令狐整傳云：「父蚪，仕歷瓜州司馬，敦煌郡守，郢州刺史，封長城縣子。」無藍田縣侯之文。

〔蜜印〕齊東野語一：「蜜章二字見晉書山濤等傳，然其義殊不能深曉。自唐以來，文士多用之。近世若洪舜俞行喬行簡贈祖母制亦云：欲報食飴之德，可稽制蜜之章。蜜字皆從虫。相傳謂贈典既不刻印，而以蠟爲之。蜜即蠟，所以謂之蜜章。然劉禹錫爲杜司徒謝追贈表云：紫書忽降於九重，密印加榮於後夜。李國長神道碑云：没代流慶，密章下賁。宋祁孫奭謚議云：密章加等，昭飾下泉。又祭文云：恤恩告第，蹏書密章。密字乃並從山，莫知其義爲孰是。豈古字可通用乎？或他别有所出也。」按：從山當是寫刻之訛，仍以從虫爲是。權德輿詩以蜜印對龍泉，足徵唐人決不書作密。權詩見本集卷二十二箋證。又：桂馥札樸四云：「古官印有殁後殉葬者。吴志孫綝傳云：發孫峻棺取其印綬，是也。有繳上者，晉書陶侃傳：遣左長史奉送太尉章，荆、江州刺史印，是也。若追贈之爵，則用蜜印，亦不復用。魏志王基傳：贈以東武侯蜜印綬，晉書山濤傳：策贈司徒蜜印紫綬。唐音癸籤，贈官刻蠟爲印，謂之蜜印。西京雜記：南越王獻高帝蜜燭二百枚。即今之蠟燭。」

〔尚書箋奏〕舊唐書楚本傳：「貞元七年（七九一）登第，桂管觀察使王拱愛其才，欲以禮辟召，懼楚不從，乃先聞奏而後致聘。楚以父掾太原，有庭闈之戀，又感拱厚意，登第後逕往桂林謝拱，不預宴遊，乞歸奉養，即還太原，人皆義之。李説、嚴綬、鄭儋相繼鎮太原，高其行義，皆辟爲從事，自掌書記至節度判官，歷殿中侍御史。……丁父憂……免喪徵拜右拾遺，改太常博士，禮部員外郎。母憂去官，服闋以刑部員外郎徵，轉職方員外郎，知制誥。」碑所云典尚書箋奏，指爲郎官。

〔内外書命〕唐宋相承，皆以中書舍人之職爲外制，翰林學士之職爲内制。中書舍人或不親職事，則帶知制誥者即外制也。據楚本傳，楚與皇甫鎛、蕭俛同年登進士第。元和九年（八一四），鎛初以財賦得幸，薦俛、楚俱入翰林充學士。遷職方郎中、中書舍人，皆居内職。其以職方員外郎知制誥者，乃所謂外書命，翰林學士雖遷至中書舍人仍未出院者，即内書命也。楚後以草裴度招討淮西制不合度意，罷内職守中書舍人，則出院專任舍人，不掌内制矣。此讀唐人文字所不可不細察者。參見本集卷十九唐故相國贈司空令狐公集紀箋證。

〔盟津〕盟津即孟津。唐於河陽縣置孟州，河陽節度使先治懷州，後乃移孟州。據楚本傳，元和十三年（八一八）四月，出爲華州刺史，其年十月，皇甫鎛作相，其月，以楚爲河陽節度使。文中「留惠於盟津」語指此。

〔飲和革心〕舊唐書楚本傳云：「汴軍素驕，累逐主帥，前後韓弘兄弟率以峻法繩之，人皆偷生，未能革志。楚長於撫理，前鎮河陽代烏重胤，重胤移鎮滄州，以河陽軍三千人爲牙卒，卒咸不願從，中路叛歸，又不敢歸州，聚於境上。楚初赴任，聞之，乃疾驅赴懷州，潰卒亦至，楚單騎喻之，咸令櫜弓解甲，用爲前驅，卒不敢亂。及蒞汴州，解其酷法，以仁惠爲治，去其太甚，軍民咸悦，翕然從化，後竟爲善地。」此文所謂「變風於浚都」及「飲和革心」，即指其事。參見外集卷一和汴州令狐相公詩。

〔常伯〕唐高宗時曾改六部尚書爲太常伯，故唐人文詞中往往猶以此爲稱。據楚本傳，大和二年（八二九）九月，徵爲户部尚書，三年（八三〇）三月，檢校兵部尚書東都留守。所謂「留爲常伯，旋命居守」，即指此也。

〔躬若奉盈〕金石録跋尾云：「右唐令狐公先廟碑，劉禹錫撰。集本云躬若奉盈，而碑本躬作躹。按史記周公世家云：躹躹然如畏。徐廣曰：躹躹，謹畏貌也。出三蒼。後人不知躹字所出，遂改爲躬，誤矣。其他異同尚多，不盡録矣。」又金石録列此碑爲第一千八百五，云：「劉禹錫撰并正書，大和五年（八三一）。」但據碑銘末云：「大和紀元，作廟之首。刻碑廟門，龍集己酉。」己酉，大和三年（八二九）也。金石録或誤三字爲五字。此文蓋楚自洛陽乞禹錫爲之。

〔光佐憲皇穆皇〕穆皇二字，畿本、中山集、（明郭氏刊本）、全唐文均作穆穆皇皇，文粹則並此二字無之。按：下文稱敬宗，則此處不得無穆皇二字，文體亦宜用參差之句法，與上文相平衡。必校者疑其用「天子穆穆，諸侯皇皇」之語，未諦觀上下文而臆改。

高陵縣令劉君遺愛碑

縣内之大夫鮮有遺愛在其去者，蓋邑居多豪，政出權道，非有卓然異績結于人心，浹于骨髓，安能久而愈思？大和四年，高陵人李士清等六十三人思前令劉君之德，詣縣請金石刻。縣令以狀申府，府以狀考于明法吏，吏上言：謹按寶應詔書，凡以政績將立碑者，其具所紀之文上尚書考功，有司考其詞宜有紀者乃奏。明年八月庚午，詔曰：可。今書其章明有以結人心者，揭于道周云。

涇水東行注白渠，釃而爲三，以沃關中，故秦人常得善歲。按水部式：決洩有時，畎澮有度，居上游者不得擁泉而顓其腴。每歲少尹一人行視之，以誅不式。兵興已還，寖失根本。涇陽人果擁而顓之，公取全流，浸原爲畦，私開四竇，澤不及下。涇田獨肥，它邑爲枯。地力既移，地征如初。人或赴訴，泣迎尹馬。而占涇之腴皆權倖家，榮勢足以破理，訴者覆得罪。繇是咋舌不敢言，吞冤銜忍，家視孫子。

長慶三年，高陵令劉君勵精吏治，視人之瘼如瘭疽在身，不忘決去。乃循故事，考式文暨前後詔條。又以新意請更水道入于我里。請杜私竇，使無棄流。請遵田令，使無越制。別白纖悉，列上便宜。掾吏依違不決。居二歲，距寶曆元年，端士鄭覃爲京兆，秋九月，始具以聞。事下丞相、御史。御史屬元谷實司察視，持詔書詣白渠上，盡得利病，還奏青規中。上以谷奉使有狀，乃俾太常撰日，京兆下其符。司録姚康、士曹掾李紹實成之，縣主簿談孺直實董之。冬十月，百衆雲奔，憤與喜并，口謠手運，不屑鼛鼓，揆功什七八。而涇陽人以奇計賂術士上言曰：白渠下高祖故墅在焉，子孫當恭敬，不宜以畚鍤近阡陌。上聞，命京兆立止絶。君馳詣府控告，具發其以賂致前事。又謁丞相，請以顙血污車茵。丞相彭原公斂容謝曰：「明府真愛人，陛下視元元無所恡，第未周知情僞耳。」即入言上前，翌日果有詔許訖役。

仲冬，新渠成。涉季冬二日，新堰成。駛流渾渾，如脈宣氣。蒿荒漚冒，迎耜澤澤音釋。開塞分寸，皆如詔條。有秋之期，投鍤前定。孺直告已事，君率其寮躬勞徠之。烝徒讙呼，奮襏襫而舞，咸曰：吞恨六十年，明府雪之。擿姦犯豪，卒就施爲。嗚呼！成功之難也如是，請名渠曰劉公，而名堰曰彭城。按服引而東千七百步，其廣四尋而深半之，兩涯夾植杞柳萬本，下垂根以作固，上生材以備用。仍歲旱沴，而渠下田獨有秋。

渠成之明年，涇陽、三原二邑中又擁其衝，爲七堰以折水勢，使下流不厚。君詣京兆索言之，府命從事蘇特至水濱，盡撤不當擁者。繇是邑人享其長利，生子以劉名之。

君諱仁師，字行輿，彭城人。武德名臣刑部尚書德威之五代孫，大曆中詩人商之猶子。少時好文學，亦以籌畫干東諸侯，遂參幕府，歷尹劇縣，皆以能事見陟，率不時而遷。既有績于高陵，轉昭應令，俄兼檢校水曹外郎充渠堰副使，且錫朱衣銀章。計相愛其能，表爲檢校屯田郎中兼侍御史，斡池鹽于蒲，錫紫衣金章。歲餘，以課就加司勳正郎中，執法理人爲循吏，理財爲能臣，一出於清白故也。先是高陵人蒙被惠風而惜於捨去，發于胸懷，播爲聲詩。今采其旨而變其詞，志于石。文曰：

噫！涇水之逶迤，溉我公兮及我私。水無心兮人多僻，錮上游兮乾我澤。時逢理兮官得材，墨綬藥兮劉君來。能愛人兮恤其隱，心既公兮言既盡。縣申府兮府聞天，積憤刷兮沈痾痊。劃新渠兮百畝流，行龍蚍兮止膏油。遵水式兮復田制，無荒區兮有良歲。嗟劉君兮去翺翔，遺我福兮牽我腸。紀成功兮鐫美石，求信詞兮昭懿績。

【校】

〔士清〕崇本、文粹、全唐文士均作仕。

〔思前令〕崇本、文粹思均作具。按：作具似是，上文已有思字，不當重用。

〔申府〕文粹申下有于字。

〔寶應〕全唐文作天寶，無據。

〔今書〕明鈔本、全唐文今均作令。

〔白渠〕文粹無白字，下同。

〔已還〕全唐文還作遷，誤。

〔四竇〕結一本竇作瀆，按：各本均無作瀆者，據下文亦當作竇。

〔瘭疽〕紹本、崇本、中山集、文粹瘭均作㥽。按：漂疽疥癰語見莊子則陽篇，本亦作瘭。

〔盡得利病〕文粹盡作書，似非。

〔司録〕文粹無此以下二句。

〔鼙鼓〕崇本鼙作鞶，誤。

〔上言曰〕畿本注云：一無曰字。全唐文無。

〔具發〕紹本具作且。

〔情僞耳〕崇本耳作爾，紹本耳字亦有改竄痕。按：作爾近古，疑唐人寫本如是，後來刊本從簡也。

〔漚冒〕畿本冒作胃，注云：一作冒。

〔迎耜〕英華耜作稆。

〔澤澤〕紹本、全唐文作釋釋，崇本作釋怨。按：詩周頌載芟：其耕澤澤。爾雅疏：澤音釋，故作釋亦通，作釋怨則義乖矣。可證崇本有字壞而爲校者所臆改處。

〔卒就〕文粹就作孰，似非。

〔而名堰〕文粹無名堰二字。

〔按服〕紹本、崇本、中山集、明鈔本、文粹、全唐文服均作股，畿本注云：一作股。

〔明年〕文粹作二年。

〔以折〕文粹折作析。

〔少時〕紹本、崇本均無時字，䥴本無少字，非。

〔籌畫〕英華作書字。

〔正郎中〕崇本無中字，英華、文粹均無司勳正郎四字，似是。

〔惜於〕紹本、崇本於作其。

〔今采〕紹本采作來，誤。

〔蘂兮〕崇本蘂作榮，文粹蘂作移，均誤。按：此蓋校者不知語出左傳哀十三年而臆改。

〔百畝〕紹本、䥴本、明鈔本畝均作畎。

【箋證】

按：此文爲劉仁師作。新唐書地理志，京兆府高陵下注云：「有古白渠，寶曆元年，令劉仁師請更水道，渠成，名曰劉公，堰曰彭城。」蓋即采禹錫此文。

又按：涇水經流之地，鄉里豪族，倚恃權勢，壟斷水源，蓋已非一日之事。韓愈虢州司户韓府君墓誌銘載韓紳卿爲涇陽令，破豪家水碾，利民田頃凡百萬，事在大曆中。禹錫此文曲折述涇陽豪家挾制官吏，欺壓良民，行賄造謡，熒惑觀聽諸情狀，備見任事興利鉏姦破邪之難有如此者。固非高陵、涇陽二邑爲然。唐之官政民瘼，舉此亦足概其餘矣。且豪族之壟斷白渠水利，至宋時猶如故，見宋史陳堯佐傳。禹錫作此文時，據碑當爲大和五年（八三一），禹錫方在長安。

又按：劉仁師爲王仲舒壻，見韓愈集中王仲舒墓誌。

〔遺愛〕日知録生碑條云：「唐武后聖曆二年制，州縣長吏非奉有敕旨，毋得擅立碑。劉禹錫……舊唐書鄭瀚傳：改考功員外郎，刺史有驅迫人民上言政績請刊石紀德者，瀚探得其情，條責廉使，巧跡遂露。人服其敏識。是唐時頌官長德政之碑，必上考功，奉旨乃得立。」此文謂上尚書考功，有司考其詞宜有紀者，即指此。

〔水部式〕唐之水部爲工部子司之一，舊唐書職官志云：「掌天下川瀆陂池之政令，以導達溝洫，堰決河渠。」式謂所定之科條禁令也。

〔端士鄭覃〕鄭覃舊唐書一七三、新唐書一六五均有傳。據傳，寶曆元年（八二五），自御史中丞權工部侍郎拜京兆尹。覃爲珣瑜之子，史稱其長於經學，稽古守正，故文中稱爲端士。當時爲京兆尹者，多熱中之人，視爲傳舍，以爲獵官之階梯，從未有久於其任者。

〔御史屬〕唐制，御史臺無屬官，若主簿、録事，但主臺内文書，不能按事，此所謂御史屬，即指三院御史，謂侍御史、殿中侍御史及監察御史也。

〔姚康〕新唐書歸融傳：「户部員外郎盧元中、左司員外郎判户部案姚康受平糴官秦季元絹六千匹。」藝文志：「姚康科第録，字汝諧，南仲孫也，兵部郎中，金吾將軍。」未知即其人否。又全唐詩小傳：「姚康字汝諧，登元和十五年（八二〇）進士第，試右武衛曹參軍，劍南觀察推官，大中時終太子詹事。」

〔丞相彭原公〕寶曆元二年間，爲相者有李程、竇易直、李逢吉、韋處厚。惟李程封彭原郡公，亦禹錫故人也。

〔刑部尚書德威〕〔詩人商〕劉德威，舊唐書七七、新唐書一〇六均有傳。劉商官至汴宋節度判官，見唐詩紀事。全唐詩有商詩二卷，小傳云：字子夏，彭城人，少好學，工文善畫，登大曆進士第。

唐故朝議郎守尚書吏部侍郎上柱國賜紫金魚袋贈司空奚公神道碑

嗚呼！有唐清臣尚書吏部侍郎奚公，貞元十五年十月甲子薨于位，詔贈禮部尚書。太常考行，謚曰某。是歲臘月丁酉，葬于萬年縣之某原。後三十有四年，子爲諸侯，爲大夫，門户有煒，於是門下生琢石紀德揭于新阡云。

公諱陟，字殷衡，其先在夏爲車正，以功封于薛下，故以降爲譙郡人。或因仕適楚，復之秦，今爲京兆人。隋唐之際，再世以明經爲博士，家有賜書。曾祖簡亦以文學爲太子司議郎。大父乾繹，仕至光州刺史。烈考諱某，有道而尚晦，終徐州司功參軍，贈和州刺史，由子貴也。

天以大運生萬物，而以正氣鍾賢人。至和來宅，其德乃具，公實有焉。幼而擢陵苕之秀，長而成清廟之器。羣倫月旦，咸以第一流處之。及從鄉賦，暨升名太常，果居上第。明年，詔郡國徵賢良，設四科以盡材。公居文詞清麗之目，授弘文館校書郎。

時德宗新即位，聲怛虜庭，西戎畏威，底貢内附。詔諫議大夫崔河圖，持節即虜帳以報之。使臣欲盛其賓寮以自大，遂嘿表公爲介，换大理評事。除書到門，公方爲人子，不敢許以遠，稱病弗果行。歸寧壽春，養志盡敬。丞相楊炎勇於用才，擢公爲左拾遺，奉安輿而西。未幾再集荼蓼，居後喪將闋，是歲，建中四年，京師急變，黄屋順動，狩于巴梁。公徒行間道以歸王所。既中月而詔授起居郎，充翰林學士。創鉅愈遲，病不拜職。改太子司議郎。從大駕回，入尚書爲司金元士，且參榷筦之務。有頃，持慼册宣恩于薊門，將行，錫銀朱於青蒲上。復命稱旨轉吏部外郎。是曹在南宫爲眉目，在選士爲司命。公執直筆，閲簿書，紛拏盤錯，一瞬而剖。時文昌缺左右丞，都曹差重，遂轉左司郎中，尋遷中書舍人。執事者緊公識精，以斟酌大政，非獨用文飾也。

會江淮間民被水禍，上愍焉，特命公宣撫之。時以便宜及物。赤車所至，如東風變枯，條其利病，復奏咸可。轉刑部侍郎。時主計臣延齡以險刻貴倖，而與京兆尹相惡，以危事中之，尹坐譴，已又逮繫其吏，峻繩之，事下司寇，主奏議者欲文致而甘心焉。公侃然持平，挫彼嶽嶽。君子聞之，善其知道不私。刑曹既清，以餘刃兼領選事。居一年，授權知吏部侍郎，又一年即真。是秩言能審官者，本朝有裴、馬、盧、李四君子，物論以公媲焉。時得疾發癱，有國醫方直禁中，上促遣如第，且敕之曰：「某賢臣也，悉術以治之。」及有司以不起聞，上震悼加等。

公娶琅琊王氏石泉公之曾孫，友壻皆一時彦士。長子某，早不禄。第二子敬則，歷太僕少卿，今爲濮州刺史兼御史中丞，賜金紫，以廉最就加貴秩，俾視九卿。第三子敬玄，以詞藝似續，登文科，歷左補闕，今爲尚書刑部郎中。第四子炅，舉進士。最小子某。咸砥礪纂脩，宜爲名公家子。其邁德垂裕之光乎！

公少以名器自任，及顯達，急於推賢。視其所舉，則在西省薦權丞相，由右史掌訓詞；在中銓表楊僕射，由地曹郎綜吏部。二公後爲天下偉人。凡執文章權衡以揣量多士，一入中禁考策詞，三在天官第章句。披沙剖璞，由我而顯者落落然居多。推是風鑒，移于大冶，則鎔範之内無非祥金。嗟乎！天不遐其福而孤民望，使由庚之什不作於貞元中，惜也。初公既齊終，詔贈大宗伯，後以第三子在郎位被霈澤，再追褒至司空。故昔之葬儀用常伯，而今之碑制用三公云。銘曰：

仁麟智龍，爲瑞一辰。未若君子，瑞于人倫。惟唐德宗，道類漢宣。責實繩下，風稜言言。公丁斯時，籍在雋賢。從難表節，執羈而還。帝曰汝器，黄流瑟然。可爲大僚，左右化源。乃飾王度，乃馳輶軒。既執刑柄，亦操吏權。陽和熙熙，貯在顔間。守法持正，嶷如秋山。火不侵玉，倖臣畏伏。鳳鳴祥煙，梟噪低跧。帝方倚用，天不假年。公寐無寤，其名愈遠。門人達者，赤舄玄衮。公居甚卑，其德愈尊。兩子朝服，駢驅朱輪。佳城何在？胄貴之里。螭首龜趺，悳煇是紀。嗚呼後人，下拜于此。

【校】

〔爲大夫〕崇本無爲字。

〔新阡〕紹本、崇本新均作我。

〔殷衡〕兩唐書本傳均作殷卿。按：其名爲陟，其字取書序「伊陟相太戊」之義，故疑殷衡、殷卿兩用。

〔故以降〕紹本、崇本、全唐文故均作古。

〔鍾賢〕緐本鍾作録，恐非。

〔有焉〕崇本有作具，按：與上具字複，恐非。

〔第一流〕文粹無此三字。

〔聲怛〕紹本怛作炟，有改竄痕，畿本注云：一作烜。文粹、全唐文均與一作同。按：似本爲烜字，宋諱缺筆，復訛作怛，崇本、畿本均作洎，似校者臆改。

〔换大理〕紹本、畿本、全唐文换均作授，非。按：自校書郎正九品上换評事從八品上，所差一級，故云换。

〔許以遠〕崇本、明鈔本許均作訴，恐非。英華作辭，亦費解。

〔擢公〕崇本無公字。

〔後喪〕文粹後上有從字。

〔薊門〕明鈔本薊作蘇，誤。

〔外郎〕崇本、畿本、文粹、全唐文外上均有員字。

〔緊公〕畿本、文粹、全唐文緊均作繄，似誤。

〔時以〕紹本、崇本、明鈔本、文粹、全唐文時均作許，似是。

〔京兆尹〕崇本尹作充，下同，紹本尹字有改竄痕。按：充者李充，事具兩唐書本傳，與裴延齡稱名一例，作尹者必校者不詳其事而臆改。

〔尹坐譴〕文粹無尹字。

〔峻繩之〕結一本繩作絶，誤。

〔餘刃〕結一本刃作力，誤。

〔友壻〕結一本友作女。按：此校者不知古稱僚壻爲友壻（見漢書嚴助傳），以形近而臆改。

〔兼御史中丞〕全唐文御上有侍字，非。

〔廉最〕崇本、全唐文廉作課，注云：一作連；紹本、畿本均與一作同。按：唐制觀察使稱廉車，支郡刺史由觀察使舉劾，故可云廉最，廉最猶察最也，作連最則謂一再舉最也。

〔右史〕明鈔本、英華俱作右掖。按：權德輿本傳，自起居舍人知制誥。起居舍人例稱右史，屬中書省，亦得稱右掖，兩者均合。

〔一入〕崇本入作人，誤。

〔剖璞〕結一本剖作割，誤。

〔齊終〕畿本齊作齋，全唐文無齊字。

〔刑柄〕畿本刑作利。按：作刑者與所歷官尤合。

【箋證】

按：此文撰於貞元十五年（七九九）後之三十四年，當是大和六七年（八三二、八三三）。禹錫他碑皆作於在長安時，此則已至蘇州刺史任矣。

〔奚公〕謂奚陟，舊唐書一四九、新唐書一六四均有傳。

〔清臣〕謂有清節之臣，與本卷王氏先廟碑「六朝之清臣」語意同，與外集卷一河南王少尹宅宴……詩之「三省清臣到外臺」語意略異。

〔太常考行〕據舊唐書職官志，太常博士之職，凡公以下，擬謚皆迹其功行，爲之褒貶。大行大名、小行小名之，所謂考行也。

〔京兆人〕柳河東集先侍御史府君神道碑陰先友記云：「奚陟，江都人，柔敏，至吏部侍郎。世謂陟善宦，然其智足以自處也。」此碑云京兆人，蓋奚氏爲外州人之占籍京兆者。觀下文有「歸寧壽春」之語，則其家亦不居江都。

〔及從鄉賦暨升名太常〕此謂郡試得解後進士及第也。馮浩樊南文集詳注解祭裴氏姊文「既登太常之第」，一語云：「漢書儒林傳，置博士弟子，太常選民年十八以上者補之，郡國謹察可者，常與計偕詣太常，得受業如弟子。一歲皆輒課，通一藝以上補文學掌故，其高第可以爲郎中。太常籍奏，即有秀才異等，輒以名聞。揚雄太常箴：『翼翼太常，實爲宗伯。』通典：唐龍朔二年，改禮部尚書爲司禮太常伯，咸亨元年復舊。侍郎一人，掌策試貢舉及齋郎、弘、崇、國子生等事。」按：唐人通以登進士第爲登太常第，蓋借用常與計偕詣太常之意。漢代無禮部一官，即以太常當之，故揚雄箴有是語。至高宗時所改之太常伯，乃以太常伯代尚書，非以太常伯代禮部，太常與太常伯截然爲二事，馮氏似誤會。

〔崔河圖〕兩唐書吐蕃傳皆載是時入蕃使爲崔漢衡，崔河圖未詳。

〔黄屋順動〕此指朱泚之亂，德宗出奔興元。

〔中月〕儀禮士虞禮："中月而禫。"注："中月謂間一月也。"

〔司金元士〕此謂尚書金部員外郎之職。

〔榷筦〕此當謂充鹽鐵判官之類，本傳不載。

〔懸册〕貞元元年（七八五），幽州節度使劉怦卒，即以其子濟繼任，是德宗姑息藩鎮之始。蓋遣陟奉使弔祭，兼授新命也。本傳亦不載。

〔在南宫爲眉目〕趙殿成王右丞集注云："唐人通呼尚書省爲南宫，後人因禮部郎有南宫舍人之目，及杜工部寄禮部賈侍郎詩有南宫吾故人之句，遂謂南宫專稱禮部，誤矣。白樂天詩：我爲憲部入南宫，是其除刑部侍郎時詩也。盧綸詩：南宫樹色曉森森，是酬金部王郎中詩也。李嘉祐詩：多雨南宫夜，仙郎寓直時，是和都官員外詩也。因話録：尚書省東南隅通衢有小橋，相承目爲拗項橋，言侍御史及殿中諸郎久次者，至此必拗項而望南宫。參互考之，其義見矣。"按：吏部爲尚書省六部之首，吏部又爲本部之頭司，故曰南宫眉目。

〔都曹〕左右司在尚書左右丞下，分轄六部，故曰都曹。謂總爲都，乃唐人常語。

〔赤車所至〕赤車爲漢時使者所乘，見漢書司馬相如傳。據唐會要七七"貞元八年八月詔……宜令中書舍人奚陟往江陵及襄、郢、隨、復、鄂、申、光、蔡等州……宣撫，應諸州百姓因水不能自存者，委宣撫使賑給，死者各加賜揚"此即其事。

〔主計臣延齡〕舊唐書一三五裴延齡傳："時鹽鐵轉運使張滂、京兆尹李充、司農卿李銛以事相闕，皆證延齡矯妄。德宗罷陸贄知政事，爲太子賓客；滂、充、銛悉罷職左遷。十一年春暮，上數畋於苑中，時久旱，人情憂惴，延齡遽上疏曰：陸贄、李充等失權，心懷怨望。今專大言於衆曰：天下炎旱，人庶流亡，度支多欠缺諸軍糧草，以激怒羣情。後數日，上又幸苑中，適會神策軍人訴度支欠廐馬芻草。上思延齡言，即時迴駕，下詔斥逐贄、充、滂、銛等，朝廷中外惴恐。延齡方謀害在朝正直之士，會諫議大夫陽城等伏閤切諫，事遂且止。贄、充等雖已貶黜，延齡憾之未已，乃掩捕李充腹心吏張忠，捶掠楚痛，令爲之詞，云前後隱没官錢五十餘萬貫，米麥稱是，其錢物多結託權勢。充妻常於犢車中將金寶繒帛遺陸贄妻。忠不勝楚毒，並依延齡教抑之詞，具於款占。忠妻、母於光順門投匭訴冤，詔御史臺推問，一宿得其實狀，事皆虚，乃釋忠。延齡又奏京兆府妄破用錢穀，請令比部勾覆。以比部郎中崔元翰（翰字缺，依奚陟傳補）嘗爲陸贄所黜故也。」奚陟傳云：「元翰曲附延齡，劾治府史，府史到者，雖無過犯，皆笞決以立威，時論喧然。陟乃躬自閲視府案，具得其實，奏言：據度支奏，京兆府貞元九年（七九三）兩税及已前諸色羨餘錢共六十八萬餘貫，李充並妄破用。今所勾勘一千二百貫已來是諸縣供館驛加破，及在諸色人户腹内合收，其斛㪷共三十二萬石，惟三百餘石，諸色輸納所由欠折，其餘並是準敕及度支符牒給用已盡。」此文謂陟侃然持平，即指此事。

〔而與京兆尹相惡〕尹字景印崇蘭館本（後簡稱崇本）作充，下同，是也。李充事見前條，與裴延齡稱名一例。作尹者必校者不詳其事而臆改。

〔裴馬盧李〕舊唐書一〇〇盧從愿傳云：「初高宗時，裴行儉、馬載爲吏部，最爲稱職，及是從愿與李朝隱同時典選，亦有美譽，時人稱曰：吏部前有馬裴，後有盧李。」

〔石泉公〕石泉公謂王方慶。據舊唐書八九方慶傳：周少司空石泉公褒之曾孫，則天時自廣州都督遷洛州、并州長史，入相，以好著述藏書畫名。

〔友壻〕結一本作女壻，非。此指王氏之壻，非陟之壻，友壻即僚壻也。釋名：「兩壻相謂曰亞，又曰友壻，言相親友也。」友壻之稱見漢書嚴助傳。

〔右史〕唐之門下省居東爲左，中書省居西爲右。起居舍人屬中書省，掌修記言之史，古者右史記言，故號爲右史。西省亦指中書省。

〔第三子敬玄〕按：新唐書陟本傳云：子敬玄位左補闕，似漏采本文「今爲尚書刑部郎中」一語。

〔權丞相〕〔楊僕射〕謂權德輿及楊於陵。德輿傳：「貞元十年（七九四），遷起居舍人，歲中兼知制誥。」此文所謂「由右史掌訓詞」也。於陵傳：「貞元八年（七九二）始入朝爲膳部員外郎，歷考功、吏部三員外，判南曹，遷右司郎中，復轉吏部郎中。」此文云「由地曹郎綜吏部」，微不合。德輿，舊唐書一四八、新唐書一六五，於陵舊唐書一六四、新唐書一六三均各有傳。

〔中銓〕據職官志：吏部侍郎二人分爲中銓及東銓。

〔公居甚卑〕奚陟官不爲卑，此語殆指其居處之儉。據傳云：「擢拜中書舍人……先是右省雜給率分等第，皆據職田頃畝，即主書所受與右史等。陟乃約以料錢爲率，自是主書所得減拾遺。時中書令李晟所請紙筆雜給皆不受，但告雜事舍人，令且貯之，他日便悉以遺舍人。前例，雜事舍人自攜私入，陟以所得均分省内官。又躬親庶務，下至園蔬皆悉自點閲，人以爲難，陟處之無倦。」柳宗元先友記云陟善宦，此殆其一節。

劉禹錫集箋證卷第三

碑　中

唐故福建等州都團練觀察處置使福州刺史兼御史中丞贈左散騎常侍薛公神道碑

薛在三代爲侯國，介于鄒、魯間，傳世三十有一，爲齊所并。其公子奔楚，錫土田于沛。漢末避仇之成都。曹魏平蜀，徙家汾陰，遂爲河東臨晉人。自奚仲爲夏車服大夫，距今數千年，乘軒服冕，舄奕冠世，言氏族者署爲關内甲姓。天意若曰：始有功於車服，錫爾子孫，世世有之。

公諱謇，字某。曾祖寶胤，以名家子且有學行，歷尚書郎、雍州司馬、邠州刺史。王父繪，有雋材，刺三郡金、密、緜，皆以治聞。累績至銀青光禄大夫，封龍門侯。烈考承矩，以文亡害仕至大理丞。公幼承前人之覆露，補崇文生，歲滿得調主簿，書于亳之譙、苦二邑，又尉于東畿之河清。

貞元中，上方與丞相調兵食，思得通吏治而習邊事者，計相以公爲對，乃授監察御史裹行充京兆水運使。局居鴈門，主穀糴，具舟檝，募勇壯且便弓矢者爲榜夫千有餘人，隸尺籍伍符，制如舟師。詔以中貴人護之，聲震塞上。每發粟泝河北行，涉戎落以饋緣邊諸軍及乘障者，雖河塞回遠，必克期如合符，一歲中省費萬計。累加侍御史内供奉，賜緋魚袋。有司條白其勞，入拜殿内史。未幾，淮海節將以戎倅缺聞，事下丞相御史擇可者。僉曰公政事已試，遂授檢校户部外郎兼御史淮南軍司馬，尋轉駕部郎中，錫以金紫。遇府遷，申命真相趙國公帶中書侍郎代之。公主行臺留務，趙公文茵及境，視置郵供帳；及郊，視將迎部伍；下車，視簾幃器備。乃曰：信奇才也，此不足以展驥。朝廷知之，擢爲泗濱守。既報政，就加御史中丞。俄遷福建都團練觀察使。閩有負海之饒，其民悍而俗鬼，居洞砦音寨家桴筏者，與華言不通。公兼戎索以治之，五州民咸説。元和十年某月某日薨于位，年六十七。贈左散騎常侍。

夫人趙郡李氏，無兒早世。繼夫人隴西李氏，檢校禮部尚書河東節度使説之女。生子凝爲嗣。季子茂弘，以諸侯禮儀返葬故里蛾眉原，從周也。後二十有三年，元曰開成，凝爲平盧從事，謹按甲令，礱碑石，來乞詞以垂于悠久。初公治粟于朔陲，愚方冠惠文冠，察行馬外事，聆風相厚，謂可妻也，以元女歸之。明年，愚入尚書爲郎，職隸計司，因白計相，召公來會府。行有日矣，遇内禪惟新，愚以緣坐左貶，間關外役，竟不克面。然而公之德善灌注心耳。孝悌爲根柢，誠明梗葉之；直方爲天質，禮讓緣飾之。所至藹然，繇此道也。公初下世，故人丞相李太師誌其墓，其略曰：弘深莊重，幹敏絶人，此與遊者傳信之詞也，豈誣也哉！故作銘曰：

河汾斎淪，鼎氣歊雲。散爲昌光，凝爲賢人。常侍之生，其宗孔碩。從祖昆弟，詵詵三百。文館入仕，幽龍未光。尺木爲階，欻然欲翔。司會知材，績宣朔方。邊師萬喉，俟我贏糧。泝于黄河，路出戎疆。募乃勇士，皁衣挽航。膺索臂弧，穹廬在旁。虜聞公名，憚不敢攘。安北以南，列城相望。率有儲偫，皆成金湯。入居殿中，分巡輦下。淮海軍大，往爲司馬。軍中之治，可移諸民。乃牧于泗，乃廉于閩。閩悍而嚚，夷風胣急。恩信綏之，妥然如蟄。閩方不淑，天奪其福。公薨于寢，玄旐以復。天王廢朝，贈之金貂。莓莓晉原，鬱矣中條。大墓舊阡，松楸蕭蕭。笳鼓以歸，德音孔昭。

【校】

〔題〕結一本御史中丞上有侍字，誤。

〔介于〕崇本介作分，非。

〔王父繪〕英華繪作會。

〔承矩〕崇本承作丞。

〔文亡害〕崇本亡作毋，誤。

〔募勇〕崇本募作慕，銘文同，非。

〔殿内史〕英華、全唐文殿下有中字。

〔兼御史〕崇本兼下有侍字，是。

〔主行臺〕結一本主作至，誤。

〔年六十七〕崇本年上有享字。

〔左散騎〕紹本、崇本、英華、全唐文左均作右。

〔生子〕崇本無生字。

〔禮儀〕紹本、崇本儀均作議，明鈔本作義。

〔白計相〕崇本無白字。

〔外役〕結一本役作没，誤。

〔梗葉〕紹本、崇本、全唐文梗均作枝。

〔其略〕紹本其作具，非。全唐文無其字。

〔欻然〕崇本欻作㰦、英華、全唐文均作俄。

〔以南〕紹本、崇本、全唐文以均作已。

〔儲偫〕崇本、明鈔本、英華偫均作峙。

〔妥然〕崇本、全唐文妥作委。

〔天奪〕英華奪作集。

【箋證】

按：薛公謂薛謇。憲宗紀：元和八年（八一三）十一月，以泗州刺史薛謇爲福建觀察使。新、舊書皆無謇傳。是時在相位者，爲李吉甫、李絳、武元衡，不知爲謇援者何人。禹錫娶謇女，似非元配，參見本集卷一傷往賦箋證。此文作於開成元年（八三六），是禹錫退居洛陽時。

又按：通鑑二三八：「（元和六年四月）庚午，以刑部侍郎鹽鐵轉運使盧坦爲户部侍郎、判度支。或告泗州刺史薛謇爲代北水運使，有異馬不以獻，事下度支，使巡官往驗，未返，上遲之。……」所謂代北水運使即此碑所云充京兆水運使，局居雁門也。謇事見史者僅此。謇得罪後，以韓重華代之，韓愈集有送水陸運使韓侍御歸所治序即述其事。

〔徙家汾陰〕世系表：「薛氏……永字茂長，從蜀先主入蜀，爲蜀郡太守。永生齊，字夷甫，巴、蜀二郡太守。蜀亡，率户五千降魏，拜光禄大夫，徙河東汾陰，世號蜀薛。」按：此後河東汾陰遂爲薛氏一族聚居之地，在南北朝時，幾與仇池楊氏之勢力相埒。

〔奚仲〕世系表：「奚仲爲夏車正，禹封爲薛侯，其地魯國薛縣是也。」

〔文亡害〕猶文無害，語出史記及漢書蕭何傳，舊注解其義多牽强。王先謙漢書補注據漢書通例釋之曰：宣紀詔云：能使生者不怨，死者不恨，則可謂文吏矣。文者循理用法之謂，過於理則爲文深，爲無文。集解引漢書音義云：無害者猶言無比，陳留間語也。此無害之確詁。文無害猶言文吏之最能者耳。周亞夫稱趙禹云：極知禹無害，然文深不可以居大府。既言禹無害，又云然文深，則無害非無嫉害不刻害之義甚明。按：此文云以文無害仕至大理丞，蓋亦謂明習法令能任事也。

〔崇文生〕新唐書選舉志云：「東宫有崇文館，生二十人，以皇緦麻以上親、皇太后、皇后大功以上親、宰相及散官一品、功臣食實封者，京官職事從三品、中書黄門侍郎之子爲之。」又云：「貞元……是時弘文，崇文生不補者，務取員闕以補，速於登第，而用蔭乖實，至有假市門資，變易昭穆，及假人試藝者。」蓋其後定制已隳矣。

〔殿内史〕殿内史蓋即殿中侍御史之别稱。唐制，侍御史從六品下，殿中侍御史從七品下，此當是真授殿中侍御史。

〔趙國公〕趙國公謂李吉甫，據紀，元和三年（八〇八）九月，吉甫罷相，出鎮淮南，替王鍔。文中所謂主行臺留務，謂鍔有河中之新命，不及待吉甫交代，以謇任留後也。

〔行馬〕隋書百官志載御史中丞之職云：「掌督司百僚，皇太子已下，其在宮門行馬内違法者，皆糾彈之，雖在行馬外，而監司不糾，亦得奏之。」故察行馬外事者，魏、晉以來各御史之通職也。禹錫時爲監察御史，故云。

〔計相〕漢書張蒼傳：「遷爲計相。」注：「專主計簿，故號計相。」永貞元年（八〇五），同平章事杜佑爲度支鹽鐵使，王叔文爲副使，此計相指佑。曰職隸計司者，謂禹錫以屯田員外郎判度支鹽鐵案也。唐制，非正官之所屬必有判官，以綜理其職任内之文書事務。

〔李太師〕李太師謂李逢吉，舊唐書一六七、新唐書一七四均有傳。逢吉以元和十一年（八一六）入相，與薛謇之下世不遠。逢吉與裴度水火，禹錫與之無深交，文中所稱故人，謂謇之故人耳。外集卷六將赴蘇州途出洛陽留守李相公累申宴餞寵行話舊形於篇章謹抒下情以申仰謝詩，雖亦有「洛水故人别」之句，與此文所指不同。又逢吉爲太子太師在大和五年（八三一），禹錫以丞相李太師稱之者，所以别於其他李姓之爲相者也。

許州文宣王新廟碑

歲在丙辰，元曰開成，許州牧尚書杜公作文宣王廟暨學舍于兑隅，革故而鼎新也。前年，公受社與鉞，且董淮陽、汝南之師。八月上丁，釋菜于宣父之室。陋宇荒階，不足回旋，已事而歎，乃詢黄髮。有鄉先生前致辭曰：「自盜起幽陵，許爲兵衝，連戰交捽，卒無寧歲。耳悦鉦鼓，不聞弦歌，目不知書，不害爲智。爾來生聚教養、起居祖習，壹出於軍容。今幸天子憐許民，爲擇賢侯，此人人思治之時也。」公曰：「諾，吾當先後之。」於是，元年脩戎律以通衆志，次年成郡政以蠲民瘼，季年崇教本以厚民風。

我言既從，乃卜新宫。潩水之瀕，城池在東。登登其杵，坎坎其斧。繩之墨之，鑿枘枝梧。載塈載塗，默焉陵虚。寢廟弘敞，齋宫嚴閟。軒墀廂廡，儼雅清潔。門庭牆仞，望之生敬。外飾觚稜，中設黼幄。嚮明當宁，用王禮也。堯頭禹身，華冠象佩之容，取之自鄒魯；及門都奥，偶形晝像之儀，取之自太學。尊彝籩豆、青黄規矩之器，秉周禮也；犧牲制幣、薦獻陞降之節，遵國章也。藏經于重檐，斂器于庋櫝。講筵有位，鼓篋有室。授經有博士，督課有助教；指蹤有役夫，灑埽有廟幹。公又割隙地爲廣圃，蒔其柔蔬，而常菹旨蓄之禦備。捨己俸爲子錢，榷其孳贏，而鹽酪釭膏之用給。濟濟莘莘，化行風驅。家慕恭儉，户知敬讓。父誨其子，兄規其弟。不遊學堂，與撻市同。繇是麾勇爵戴鶡冠者，往往弭雄姿而觀習禮。矜甲胄者知根於忠信，服縵胡者不敢侮逢掖。教化之移人也，如置郵焉。

冬十一月，許人以新儒宮成來告，且乞詞，欲行乎遠也。公名悰，字永裕，故丞相岐國公之孫。岐公弼諧三帝，碩學冠天下，嘗著書二百餘篇，言禮樂刑政，古今損益，統名曰通典，藏在石室，副行人間。今孝孫聿脩之，刑乎事業，播于聲詩，懿哉能世其家也！禹錫昔年忝岐公門下生，四參公府。近年牧汝州，道許昌，躬閲其政，故不得讓。遂銘于麗牲之碑。銘曰：

許分韓魏，四征之地。兵興已還，其鬭嚬嚬。亦有儒宮，軋于兵間。賢侯戾止，思樂泮水。俾人嚮學，王化之始。便地爰相，新規鬱起。廟貌斯嚴，堂煌有煒。秩秩禮物，祁祁冑子。入于門牆，如造闕里。春誦夏弦，載颺淑聲。風于閭閻，浹于郊坰。途讓斑白，家尊父兄。與化而遷，其猶性成。昔之委巷，相詬交侮。今逢親戚，不道媟語。昔之連營，誇力使酒。今遇賓客，歛容拱手。魯有泮林，鳥革其音。許崇學斆，民説其教。鐫于圭石，以志新廟。

【校】

〔元曰〕崇本、結一本、全唐文曰均作日，誤。按：前篇薛公神道碑句法相同可證。

〔淮陽〕全唐文陽作揚，誤。

〔交捽〕崇本捽作抨。
〔卒無〕紹本、崇本、英華、全唐文卒均作率。
〔瀷〕崇本作翼，中山集作潩。
〔載塈載塗〕繼本注云：一作載塗載奐。全唐文與一作同。
〔默焉〕紹本、中山集、全唐文默均作黓，崇本、明鈔本均作黟。焉作烏，英華作黝。
〔都奥〕紹本、崇本、中山集、明鈔本、全唐文都均作覩。
〔制幣〕崇本制作贅。
〔重檐〕崇本重作童，非。
〔皮櫝〕崇本皮作虔。
〔蒔其〕繼本蒔作萌，誤。
〔許分〕明鈔本，英華、全唐文分均作介，是。
〔堂煌〕紹本、崇本、中山集、全唐文煌均作皇。
〔春誦〕英華誦作詠。

【箋證】

按：此文爲杜悰作。杜悰事附載舊唐書一四七杜佑傳中。佑之次子式方，子悰以蔭三遷太子司議郎。元和九年（八一四）選尚公主，召見于麟德殿，尋尚岐陽公主，累遷至司農卿。大和六年（八三二），轉京兆尹。七年（八三三），檢校刑部尚書。出爲鳳翔尹、鳳翔隴右節度使。丁内艱，八年（八三四）起復，授忠武軍節度使。開成初，入爲工部尚書、判度支。據文宗紀，大和九年（八三五）九月，以李聽爲忠武節度使，旋復以命杜悰。開成二年（八三七）十一月壬戌，以太子賓客分司東都殷侑爲忠武軍節度使，蓋即替悰者。故此文敍開成二年事，悰尚未離任。又據傳，會昌中入相，無他長，常延接寒士，甘食竊位而已。舊五代史趙犨傳亦云：「唐朝駙馬都尉杜悰位極將相，以服御飲食自奉，務極華侈。」此文亦僅以能世其家許之。禹錫於杜佑雖不廢府主之禮，而元和初佑在相位，於禹錫恩紀不終。詳見本集卷十上杜司徒書及卷十八上杜司徒啓。

又按：金石録列此碑爲第一千八百三十，云：劉禹錫撰，盧遥正書，開成二年二月。與碑中年月合。禹錫作此文時已罷同州退居洛陽矣。

〔受社與鉞〕社謂民政，鉞謂軍事。社指許州刺史陳、許、蔡觀察使，鉞指忠武軍節度使。下文云：且董淮陽、汝南之師。淮陽謂陳州，汝南謂蔡州。此時忠武軍轄此三州，而節度使則駐許州，故於許州特修孔廟。文中首稱許州牧，而不入節度觀察使銜，以節度觀察使銜中不能表明許州爲治所也。唐中葉以後，方鎮區畫時有變置，銜號往往不與事實相應。如宣武節度、宋、汴、亳、潁觀察使治汴州，淄青、平盧節度使治青州之類是也。他如湖南初治衡州，後治潭州，浙西初治蘇州，後治潤州，考史者須就其時代而決之。

〔岐國公〕岐國公謂杜佑，弼諧三帝，指佑在德、順、憲三朝皆爲宰相。

〔四参公府〕此禹錫自言四度爲佑之幕僚，據外集卷九子劉子自傳：徐泗掌書記，一也。淮南掌書記，二也。崇陵使判官，三也。判度支鹽鐵案，四也。

〔道許昌〕禹錫以大和八年（八三四）七月自蘇州刺史移汝州，蓋取淮泗道西行，先過汴州，繼過許州。

唐故朝散大夫檢校尚書吏部郎中兼御史中丞賜紫金魚袋清河縣開國男贈太師崔公神道碑

太師名倕，字某，清河東武城人。太公望既封于營丘，子伋嗣侯，伋之孫曰穆伯，食邑于崔，遂以爲氏。後十四世至秦末，東萊侯意如，東萊之子伯基，始居清河。又十五葉生琰，爲魏名臣。又九葉生休，仕後魏爲七兵尚書。七兵之弟曰寅，爲樂安太守。公即樂安八代孫。始以門子補鄭州參軍，力行好學。於子道以孝聞，處伯仲間以友聞，讀易至編絶，以精義聞。至德中，戎羯猾夏，王師出征。公少有奇志，思因時以自奮，乃作伐鯨鯢賦上獻。既聞爾矣，果器之。會第五丞相以善言利得幸，盡付利權，始有鹽鐵使之目。慎選寮屬，表公爲介，轉臨晉縣丞，處繁應卒，鋩刃不頓。府罷再遷至太子司議郎。韓晉公時爲户部侍郎，掌邦賦，急於用材，薦公爲監察御史，主有成，詔書顯揚，就加真秩，益以金紫。建中初，德宗始親萬幾，儲精治本，有漢宣與我共理之歎。謂大臣求可當良二千石者，遂以公帶本官權知袁州刺史。期月河東租庸之務。尋轉侍御史，充京東平糴使。

居無何，韓晉公爲丞相，制國用，思公前績，乃傳召之。抵京師，授檢校户部郎中兼侍御史，斡池鹽于蒲，脩牢盆，謹衡石，煎和既精，飴散乃盈。商通而薦至，吏懼而循法。民不絓綱而國用益饒。歲杪會其所入，羸羨什百。詔下褒其能，轉吏部正郎兼御史中丞，且加五等之爵。方倚以重任，天富其材而不遐其福。享齡六十有五，貞元七年某月某日遘疾，終于治所。上聞悼之，因降愍册，贈鄭州刺史，賚錢三百萬以備飾終之禮。明年某月某日，返葬于成周之偃師，從世墓也。累贈至太師。

夫人隴西李氏，汾州司倉參軍成一之女。生才子六人。長曰郊，及公時已爲左拾遺，後至太常。次曰酆，至太府卿。次曰鄜，至外臺尚書。次曰郇，今爲廷尉。次曰鄯，至執金吾。季曰鄲，今爲太常卿同中書門下平章事。惟夫人姑臧冠族，以蘋蘩組紃輔佐君子爲令妻，積三十餘年，以慈儉忠厚訓誡諸子，爲賢母二十有三年。當永貞初，順宗踐阼，澤流自葉。長子郊時爲詞臣，草册書，以文當進階，遂上疏乞移榮於親。優詔允之，特封清河郡太君。士林聳慕，皆自痛其不及。郊爲太常。酆爲大農，咸白髮貴綬，以奉膳脩；諸季各以簪裾給事左右，愉愉然先意無違。言世榮者，舉無與比。以子貴累封贈至涼國太夫人。元和八年三月十六日捐館舍，壽七十有九。是歲十月某日合祔。

惟太常及尚書暨今相國，皆自中書舍人爲禮部侍郎，凡五貢賢能書，得士百四十有八人，言兄弟者許爲人瑞。崔氏之門六人，皆入文昌宫，其間三人歷八侍郎。統而論之，三大卿，兩連率，二翰林學士，一執金吾，言冠冕者許爲世雄。與姑臧李、范陽盧世爲婚媾，入于姻黨，無第二流，言門閥者許爲時表。太常二子亦以才能同入尚書，璜爲吏部郎，瓘爲司勳郎。其它支孫未登金閨籍者，詵詵然魚貫而進，文業甚似而孝謹不衰。猗歟！君子之澤，其所從來遠而有光乎！

開成己未歲七月甲辰，相君受詔于明庭，始操國柄。仲月，奉嘗事于家，禮成起慕，悄然永懷，曰：古者卿大夫，廟有鼎，墓有碑，皆銘之以紀先德也。今備位宰相，敢不歇前人之耿光？乃俾家老條白事功，咨於學古者徵其詞，尚信也。又命宗祝卜柔日告于廟，盡誠也。儀甚備而敬有餘，斯所謂達禮之君子。遂刊勒如式，揭于道周。銘曰：

奕奕四姓，崔爲之冠。瞻其門牆，倬若雲漢。善積家肥，子孫多材。如彼榱棟，必生徂徠。太公之後，彌二千祀。炯如貫珠，焯見圖史。顯顯太師，丕承德基。構于其堂，亦既塈茨。生逢艱虞，戎夏交師。獻賦伐叛。忠存乎詞。兵興事叢，飛輓四馳。歷踐劇職，視屯如夷。乃主平糴，乃分竹使。治粟爲邦，其道一致。蒲實近地，鹽爲利泓。使車來思，剗弊立程。吏廉商通，歲倍其贏。奏課連最，德音褒明。就加執法，好爵兼榮。天賦之才，不與壽并。生樹德本，没揚淑聲。上聞軫懷，侑樂爲停。贈襚之禮，侔于公卿。萬石貽訓，根於孝友。太丘種德，乃稔身後。家有令子，妻爲壽母。三十餘年，人倫之首。六子來侍，如龍如虎。衆婦來饋，維筐及筥。佩玉鳴環，交響庭户。中中秩秩，歡不踰矩。昔爲甲族，今爲興門。天爵人爵，蔚然兩尊。先德蔭之，黕如重雲。孕和含粹，濯潤本根。景亳之原，圖書之川。陽陵帝壇，旁礴回環。世安其神，世嗣其賢。聆德風者，拜于碑前。

【校】

〔字某〕全唐文作字平仲。

〔門子補〕全唐文作闕閱授，恐是竄改。

〔戎羯〕全唐文此二句作「時有邊警，從師出征」，未知所據。

〔思因時〕全唐文作思越拘攣，未知所據。

〔聞爾〕紹本、崇本爾均作耳。按：此句仍有疑義。全唐文聞爾作上聞。

〔爲監察〕崇本無爲字。

〔之目〕全唐文目作官。

〔府罷〕全唐文此句云：再遷至大理評事，府罷歷河中府司隸參軍。

〔建中〕全唐文此上云：尋轉殿中侍御史，後遷侍御史，充京東和糴使。

〔共理〕崇本理作治。全唐文作此，用漢書原文。按：唐人應諱治字，上文治本、下文治所亦當作理，此後人校書或改或不改也。

〔兼侍御史斡池鹽〕全唐文無兼侍御史，斡作輯，非。

〔正郎〕全唐文作侍郎，非。

〔某月某日〕全唐文作二月二日，未知所據。

〔治所〕全唐文作官。

〔三百萬〕畿本、全唐文三均作五。

〔明年某月某日〕全唐文作明年八月二日，未知所據。

〔夫人隴西〕全唐文此上無累贈至太師一句。

〔成一〕紹本、崇本、畿本、中山集、全唐文成均作咸。

〔及公時〕崇本公下有卒字。

〔今爲〕全唐文此句作：自太常卿加同中書門下平章事，今爲尚書侍郎平章事如故。

〔自葉〕全唐文自作百，似是。

〔貴綬〕中山集綬作緩，誤。

〔膳脩〕紹本、崇本脩作羞。

〔諸季〕按：此句以下，全唐文頗不同，今録至「世雄」爲止如左。諸季皆翩翩人傑，各以簪裾給事左右，愉愉然承順無違。鼎鐘致養，居然一室，雍熙太和，言世榮者舉無以比。以子貴累封贈至涼國太夫人。元和八年（八一三）三月十六日捐館舍，壽七十有九。是歲十月十八日合祔。惟太常及尚書暨今相國皆自中書舍人爲禮部侍郎，凡五貢賢能書，得士百四十有八人，言兄弟者許爲人瑞。崔氏之門六人皆入南宫賜金紫，其間三人歷八侍郎，統而論，四卿一相兩連率，二翰林學士，一執舍吾，言冠冕者許爲世雄。

〔得士百四十有八人〕按：登科記考云：「按太常謂邠，尚書謂鄘，相國爲鄲。今數五知貢舉，凡進士一百四十六人。」蓋登科記有誤字。

〔奉嘗事〕崇本嘗事作常有，非。

〔儀甚備〕崇本甚作其，非。

〔顯顯〕紹本、崇本、畿本、中山集、明鈔本、全唐文均作顯允。

〔戎夏〕全唐文作中外。按：此顯爲館臣所改。

〔上聞軫懷侑樂爲停〕全唐文作里巷罷春音樂爲停。未詳其故。

〔萬石〕結一本石作古。按：以萬石君比崔氏最允當，作古必非。

〔孝友〕崇本孝作季，非。

〔三十餘年〕紹本、崇本、全唐文三均作二。

〔之首〕結一本首作道，誤。

〔兩尊〕崇本尊作存。

〔蔭之〕全唐文作陰隲。

〔黖〕紹本作黖。

〔含粹〕崇本、畿本、全唐文含均作合。

〔陽陵帝壇〕全唐文陽作湯、帝作之，恐是竄改。

【箋證】

按：文中有云：「生才子六人，季曰鄲，今爲太常卿同中書門下平章事。」是碑爲鄲在相位時所立。舊唐書一五五崔邠傳附載鄲事云：「登進士第，累遷監察御史，三遷考功郎中。大和三年（八二九），以本官充翰林學士，轉中書舍人。六年，罷學士。八年，爲工部侍郎集賢殿學士，權知禮部，真拜兵部侍郎。……開成二年（八三七），出爲宣州刺史、兼御史中丞、宣歙觀察使。四年（八三九），入爲太常卿，七月，以本官同中書門下平章事。……會昌初，李德裕用事，與鄲弟兄素善，鄆在相位累年，歷方鎮、太子師保卒。」然考宰相表，會昌元年十一月，鄆檢校吏部尚書同平章事，劍南西川節度。是與德裕同時爲相亦甚暫。其人蓋亦庸謹無他能者，此文僅據其家門之盛而鋪敍之耳。與次篇王質神道碑皆似緣德裕所厚而乞得禹錫之文。禹錫與德裕之交誼亦於此可見。

又按：金石録列此碑爲第一千八百五十八，云：「劉禹錫撰，柳公權正書，會昌元年（八四一）五月。」若撰文後即立碑，則此殆禹錫碑誌中絶筆之作矣。又跋尾云：「右唐崔倕碑，據新唐史倕子郇傳云：倕位吏部侍郎，今以碑考之，倕仕至檢校吏部郎中兼御史中丞爾，蓋傳誤也。」檢舊唐書云倕官卑，則新唐書侍郎二字當爲郎中之誤。然倕已加金紫，帶臺長，云官卑亦未允當。

〔第五丞相〕第五丞相謂第五琦，舊唐書一二三、新唐書一四九均有傳。舊唐書琦本傳云：「奏言方今之急在兵，兵之强弱在賦，賦之所出，江淮居多。若假臣職任，使濟軍需，臣能使賞給之費不勞聖慮。玄宗大喜，即日拜監察御史，勾當江淮租庸使。尋拜殿中侍御史，尋加山南等五道度支使。促辦應卒，事無違闕。遷司金郎中，兼御史中丞，使如故。於是創立鹽法，就山海井竈收榷其鹽，官置吏出糶。其舊業户并浮人願爲業者，免其雜傜，隸鹽鐵使。盜煮私市罪有差。百姓除租庸外無得横賦。人不益税而上用以饒。遷户部侍郎，兼御史中丞，專判度支，領河南等道支度都勾當轉運租庸鹽鐵鑄錢司農、太府出納、山南東西江西淮南館驛等使。乾元二年（七五九），以本官加同中書門下平章事。」史之所言，此碑以數語括之。

又按：新唐書食貨志云：「永泰二年（七六六），分天下財賦鑄錢常平轉運鹽鐵置二使，東都畿内、河南、江東、西、湖南、荆南、山南東道，以轉運使劉晏領之，京畿、關内、河東、劍南、山南西道，以京兆尹判度支第五琦領之。及琦貶，以户部侍郎判度支韓滉與晏分治。」崔倕與禹錫之父緒皆鹽鐵轉運使下之僚吏，崔氏隸琦與滉，而劉氏則隸晏，兩家當早有淵源，此可就緒在江淮之行止而推知者。

〔韓晉公〕韓晉公謂韓滉，舊唐書一二九、新唐書一二六均有傳。據傳，滉以貞元二年（七八六）十一月，自鎮海節度使同平章事入朝知政事，兼度支轉運鹽鐵等使，三年（七八七）二月卒，崔倕之被召即在此時。

〔外臺尚書〕崔郾官至浙西觀察使，贈吏部尚書，故以外臺尚書稱之，别於正任尚書也。其兄弟事跡均詳舊唐書一五五、新唐書一六三崔邠傳中。

〔言門閥者〕唐語林一：「博陵崔倕，緦麻親三世同爨，貞元已來，言家法者以倕爲首。倕生六子，一爲宰相，五爲要官。太常卿邠，太原尹酆，外臺尚書郎郾，廷尉郇，執金吾鄯，左僕射平章事鄲，（原注：郾及鄲五知貢舉，得士百四十八人。）兄弟亦同居光德里一宅。宣宗嘗歎曰：崔鄲家門孝友，可爲士族之法矣。鄲嘗構小齋於别寢，御書賜額曰德星堂。」與此文可相參證。語林「外臺尚書郎」衍郎字。注云「郾及鄲五知貢舉」即禹錫文中所謂五貢賢能書。知貢舉者，據傳尚有崔邠。此文云：「六人皆入文昌宫」，謂入尚書省也。此文云：「鄯至執金吾」，據傳，大和元年（八二七）自太子詹事拜左金吾（衛）大將軍，十二衛於古無徵，姑以漢之執金吾當之耳。可見語林即采禹錫此文。

〔景亳〕史記殷本紀集解：「宋州北五十里大蒙城爲景亳，湯所盟地，因景山爲名，河南偃師爲西亳。」此文之景亳乃借用。史記五帝紀集解引皇甫謐説：「高辛都亳，今河南偃師是。」崔氏世葬於偃師，故云。

唐故宣歙池等州都團練觀察處置使宣州刺史兼御史中丞贈左散騎常侍王公神道碑

常侍諱質，字華卿。始得姓自周靈王太子晉，賓天而仙，時人曰王子，因去姬爲王氏。自秦、漢以還，世多顯名。由今而上十有一代名傑，仕元魏爲并州刺史，子孫因家，遂爲太原祁人。并州六代孫名通，字仲淹。在隋朝諸儒，唯通能明王道，隱居白牛谿，遊其門皆天下儁傑，著書行於世，既没謚曰文中子。文中生福祚，爲蔡州上蔡主簿。上蔡生勉，舉進士，徵賢良，皆上第，仕至河中府寶鼎令。寶鼎即公之曾祖也。祖諱怡，渝州司户參軍。考諱潛，揚州天長縣丞，贈尚書吏部郎中。公其季子也。

始文中先生有重名於隋末，其弟績亦以有道顯于國初，自號東皋子，文章高逸，傳乎人間。議者謂兄以大中立言，弟遊方外遂性，二百年間，君子稱之，雖四夷亦聞其名字。

公雅有遠志，常自忖度，我大名之後，不宜無見焉。遂力學厚自淬琢，於春秋得其公是，於禮得之約。僑居淝水上，躬督穡事，善積於己，而淮楚間羣彦多與之遊。公歉然自少，無進取意。與遊者激之曰：「卿文儒家子，篤志如是，盍求發聞，去聲。俾家聲不頹。今夫以文學茫洋當世者，誰如華卿，庸自棄邪？」入謀于閨門，咸以外言爲是。因決策而西，在貢士籍。天和内充，不以時尚屑意。角逐攻取，初無此心。如楩枏生于深林，未始自貴，而度材者一眄，歆然在懷，故以不争而速售。

既登第，東諸侯交辟之，從主者書記于嶺南，授正字；參謀于淮右，進協律郎。其後佐許下暨梓潼、南梁，率爲上介。官至兼監察御史。司憲聞其賢，徵入南臺，轉殿内，歷侍御史，改尚書户部外郎。復爲知己所薦，遷檢校司封郎中攝御史中丞，紫衣金章，充山南西道節度副使，入爲尚書户部郎中。以方雅特立，除諫議大夫。會宋丞相坐狷直爲飛語所陷，抱不測之罪。大僚進言無益，公率諫官數輩，日晏伏閤，上爲不時開便殿。公於旅進中獨感激雪涕居多。由是上怒稍解，得從輕比。公終以言責爲憂，求爲虢州刺史。宰相惜去，又重違誠請，增之以兼御史中丞，用示異於人也。

大凡以智謀而進者，有時而衰，以朴厚而知者，無迹而固。公雅爲今揚州牧贊皇公所知，人不見其迹。方在虢略，贊皇入相，擢爲左曹給事中。凡有大官缺，必寵薦。居數月，遷河南尹。又未幾，鎮宛陵。是三者，中外所注意，不旬歲而周歷之，時論不以爲黨。河南，帝之别京，其治尚體度風采，而别白區處之。宣城，國之奥壤，其治在束吏惠下，蘇罷羸，讋剽輕，而勞徠澄汰之。公兩得其道，不由一揆。率身以儉，而素風存；任人以誠，而羣務舉；遇中貴人以禮，而故態革。内潔其志，下盡其忠，外無以撓於理。三者具，求政之有秕曷由哉？在鎮三載，開成元年十二月八日薨于位，享年六十三。監軍使上言，有詔軫悼不視朝。贈左散騎常侍。明年八月十一日，葬于河南府永寧縣洛川鄉史原，從舊阡也。

初，公娶于滎陽鄭氏，生三女而没，今蓋祔焉。一子曰慶存，方齔矣。猶子前太原府參軍扶，執宗長書來請曰：「扶也早孤，荷世父常侍之覆露。今其嗣幼，未任克家，姑封琴書，司管鑰以俟其長。竊懼世父之德音不𣪋，思有以垂于後者，以誠告于從叔大司農，復命曰俞。謹礱貞石以乞詞，無忽。」余昔爲郎，與常侍同列，已熟其行實。及讀墓誌，即今丞相益州牧趙郡李公之文，自稱爲忘形友。其在宣州，李公再入相，議以第一官處之，牢讓不取。羔鴈所禮，則河東裴夷直、天水趙晳、隴西李行方、吴郡陸紹、梁國劉蕡、博陵崔珦，人咸曰得士。夫揚州少與也，而見器；益州寡合也，而見親；六從事材不一也，而畢樂用。是足以觀德，庸可勿紀焉？銘曰：

隋有文中，紹勳微言。當時偉人，咸出其門。粹氣紆餘，鍾于後昆。常侍恂恂，文中來孫。發原高麓，中泳後大。蘭芽茁然，秀出叢薈。善不近名，其聲日彰。行勇於退，其道愈光。哲者知之，寘如周行。以正持憲，以文爲郎。以和佐戎，以惠臨邦。以直司諫，以公駁正。守于三川，頑民底定。乃鎮于宣，先馳淑聲。邑中婆娑，瞻我旆旌。問誰詢謀？濟濟君子。問誰出内？潔潔廉士。道本乎心，暢于四支。治本乎正，形于百爲。黠吏斂手，齊民揚眉。江淮藪空，夜柝弗施。公卧于齋，邦民悽悽。公衣升屋，邦民行哭。牙璋斯來，柳翣言旋。棠樹未老，周人慕焉。熊耳之陽，泱泱洛川。佳城在兹，既固且安。松楸颼然，石馬矯然。過者必敬，宛陵之阡。

【校】

〔傳乎〕英華、全唐文乎均作在。

〔二百年〕全唐文二作三，非。

〔雅有〕紹本、崇本雅均作性。
〔今夫以文學〕崇本無夫字，學作字，英華、全唐文文均作字。
〔從主者書記〕崇本、英華主均作至，書記作記室。
〔檢校〕英華作秩授。
〔飛語〕崇本飛作非。
〔輕比〕纖本比作吪，誤。
〔方在〕中山集在作其，誤。
〔一揆〕紹本、崇本、中山集揆均作檢。
〔三者具〕紹本具作其，誤。
〔六十三〕全唐文三作八。
〔樂用〕崇本、英華樂上無畢字。
〔中泳後大〕按：此句疑有誤字。
〔寘如〕紹本、崇本如均作于，英華作於。
〔駮正〕紹本、中山集、全唐文正均作政。

【箋證】

按：金石録列此碑爲第一千八百三十九，云劉禹錫撰，并正書，開成四年（八三九）十一月。

蓋既葬而後立碑，碑紀葬之年月爲開成二年（八三七）八月也。

又按：碑爲王質作。質，舊唐書一六三、新唐書一六四均有傳。據舊唐書質傳：「大和中，王守澄搆陷宰相宋申錫，文宗怒，欲加極法，質與常侍崔玄亮雨泣極諫，請付外推，申錫方從輕典。質爲中人側目，執政出爲虢州刺史。質射策時，深爲李吉甫所器，及德裕爲相，甚禮之，事必咨決。尋召爲給事中、河南尹。八年（八三四），爲宣州刺史兼御史中丞、宣歙團練觀察使。在政三年，開成元年（八三六）十二月，無疾暴卒，時年六十八（碑作六十三），贈左散騎常侍，謚曰定。質清廉方雅，爲政有聲，雖權臣待之厚，而行己有素，不涉朋比之議。在宣城辟崔珦、劉蕡、裴夷直、趙晳爲從事，皆一代名流。」新唐書質傳略同，惟敍德裕事則云：「雖與德裕厚善，而中立自將，不爲黨。」所辟從事，去崔珦，增李行方。其實兩傳皆據此碑，而於當時朋黨之争，殊未能揭發隱微。考舊唐書一七三李固言傳云：「（大和）四年（八三〇），李宗閔作相，用爲給事中。五年（八三一），宋申錫爲王守澄誣陷，固言與同列伏閤論之。八年（八三四），李德裕輔政，出爲華州刺史，其年十月，宗閔復入，召拜吏部侍郎。九年（八三五）五月，遷御史大夫。六月，宗閔得罪，固言代爲門下侍郎平章事，尋加崇文館大學士。時李訓、鄭注用事，自欲竊輔相之權，宗閔既逐，外示公體，爰立固言，其實惡與宗閔朋黨。九月，以兵部尚書出爲興元節度使，李訓自代固言爲平章事。訓、注誅，文宗思其讜正，開成元年（八三六）四月，復召爲平章事，判户部事。二年（八三七），以門下侍郎平章事出爲成都尹、劍南西川節度使，代楊嗣復。會昌初入朝，歷兵、户二尚書。宣宗即位，累授檢校司徒，東都留守，東畿汝都防禦使。」據此，碑中所謂「李公再入相，議以第一官處之」者，亦正質暴卒之歲也。質處於德裕、固言之間，而爲固言所厚如此。碑云：「雅爲今揚州牧贊皇公所知，人不見其迹」，蓋發其覆而譏之也。（開成初德裕方鎮淮南，故云揚州牧。）傳云：「不涉朋比之議」，亦是微詞。當時反復兩黨之間，以爲得計者，蓋多有其人，不足異也。

〔太原祁人〕據世系表，王離二子，元、威。元之後爲琅邪王氏，威之後爲太原王氏。自東漢王允以後，史皆云太原祁人。今此文云：王傑仕魏爲并州刺史，子孫因家，遂爲太原祁人，未知所本。

〔文中子〕王明清揮麈前録三云：「文中子王通，隋末大儒，歐陽文忠公、宋景文修唐書，房、杜傳中略不及其姓名，或云，其書阮逸所撰，未必有其人。然唐李習之嘗有讀文中子，而劉禹錫作王華卿墓銘序載其家世行事甚詳，云門多偉人，則與書所言合矣，又何疑之有？又皮日休有文中子碑，見于文粹。」按：王氏此論是矣，然猶不甚確。新唐書隱逸傳云：「王績字無功，絳州龍門人，兄通，隋末大儒也。聚徒河汾間，仿古作六經，又爲中説以擬論語，不爲諸儒稱道，故書不顯，惟中説獨傳。」舊唐書隱逸傳亦載於王績傳後，云：「兄通字仲淹，隋大業中名儒，號文中子，自有傳。」是新舊唐書皆未嘗遺此人，舊唐書或本欲立傳而未果，或已立傳又以其爲隋代人而删去耳。又：唐語林一：「文中子隋末隱於白牛谿，著王氏六經。北面受學者皆時偉人，國初多居佐命之列，自貞觀後，三百年間號稱至治，而王氏六經卒不傳。至元和初，劉禹錫撰宣州觀察使王質碑，盛稱文中子能昭明王道，以大中立言，游其門者皆天下俊傑，自餘士大夫擬議及史册，未有言文中子者。」其推重此文如此。然此文乃作於開成中，絶非元和初也。其實王通事迹，唐人紀之多矣。四庫全書總目提要但據楊烱集有王勃集序，稱祖父通云云。今考全唐文一三三薛收文中子碣銘：「……十八舉本州秀才，射策高第，十九除蜀州司户，辭不就列。……乃續詩書，正禮樂，修元經，讚易象……兩加太學博士，一加著作郎。……先君内史屈父黨之尊，楊公僕射忘大臣之貴，漢侯三請而不覿，尚書四召而不起，……以大業十三年五月甲子，遘疾終於萬春鄉甘澤里第，春秋三十二。」其行履年月尤爲詳確。又全唐文一三五杜淹文中子世家，所述加詳，有云：「門人自遠而至，河南董恒、太山姚義、京兆杜淹、趙郡李靖、南陽程元、扶風竇威、河東薛收、中山賈瓊、清河房玄齡、鉅鹿魏徵、太原温大雅、潁川陳叔達等，咸稱師北面，受五佐之道焉。」（王績遊北山賦自注略同。）與禹錫此文所云游其門皆天下儁傑者合。此文云著書行於世，而新傳云，不爲諸儒稱道，故書不顯，似相抵牾。考王福畤王氏家書雜録（見全唐文一六一），通之中説，經杜淹告通弟凝，始求得其草於家，其他六經亦有亡佚，凝以授福畤，而福畤亦僅云：「空傳子孫，以爲素業。」故當禹錫之時，雖行而猶未行也。又王績遊北山賦（見全唐文一三一）有云：「白牛溪裏，峯巒四峙。信兹山之奥域，昔吾兄之所止。」又答馮子華處士書有云「吾往見薛收白牛溪賦」，即禹錫此文所謂隱居白牛谿。

〔東臯子〕新唐書王績傳云：「遊北山東臯，著書自號東臯子」。舊傳則云：「嘗躬耕於東臯，故時人號曰東臯子。」

〔入謀于閨門〕質本傳此句作「白於母」，傳雖取材於碑，似以碑此句爲得其旨。

〔宋丞相〕宋申錫被禍事，舊唐書一六七、新唐書一五二均有傳，舊傳頗多徇隱，新傳詞繁。今據通鑑挈其綱領云：「上（文宗）患宦者强盛……嘗密與翰林學士宋申錫言之，申錫請漸除其偪……大和四年（八三〇）七月癸未，以申錫同平章事。……（五年）申錫引吏部侍郎王璠爲京兆尹，以密旨諭之。璠泄其謀，鄭注、王守澄知之，陰爲之備。上弟漳王湊賢，有人望，注令神策都虞候豆盧著誣告申錫謀立漳王。……三月庚子，申錫罷爲右庶子。……癸卯，貶漳王湊爲巢縣公，宋申錫爲開州司馬，坐死及流竄者數十百人。」此寃獄之大出情理外者。杜牧有詩（或作許渾詩）云：「鼂氏有恩忠作禍，賈生無罪直爲災。貞魂誤向崇山殁，寃氣疑從汨水回。」新傳云天下以爲寃，是也。是時禹錫方爲集賢學士，於此事亦親所見聞。據新傳又云：「召三省官御史中丞、大理卿、京兆尹，會中書集賢院雜驗申錫反狀。翌日，延英召宰相，羣臣悉入。初議抵申錫死，僕射竇易直率然對曰：人臣無將，將而必誅。聞者不然，於是左散騎常侍崔玄亮、給事中李固言、諫議大夫王質、補闕盧鈞、舒元褒、羅泰、蔣係、裴休、竇宗直、韋温，拾遺李羣、韋端符、丁居晦、袁都等，伏殿陛請以獄付外。帝震怒，叱曰：

吾與公卿議矣，卿屬第出。」玄亮、固言執據愈切，涕泣懇到，由是議貸申錫於嶺表。」玄亮與申錫尤舊交，禹錫之同情申錫亦不待言，但以己無言責，且黨争方烈，不欲置身其中，故集中詩文未嘗顯言之。是年之冬，禹錫即出爲蘇州刺史，蓋亦利於居外以避禍。

〔遷河南尹〕文宗紀載大和七年（八三三），給事中王質權知河南尹，次年爲宣歙觀察使，皆李德裕初相時事。舊傳無權知字，蓋紀據實録官書，而傳據私家碑狀。

〔開成元年〕紀又載：開成二年（八三七）正月乙丑朔丙寅，宣州觀察使王質卒，蓋實以元年（八三六）十二月八日卒，至次年正月始聞於朝，官書但據聞報之日。

〔從叔大司農〕此人未詳，是時户部侍郎判度支爲王彦威，或即以大司農稱之。

〔丞相益州牧〕丞相益州牧謂李固言，據傳，固言，趙郡人，開成二年（八三七）十月以門下侍郎平章事出爲西川節度使。所謂再入相者，固言以大和九年（八三五）自御史大夫入相，旋出鎮興元，開成元年（八三六）復召入相也。

〔裴夷直〕新唐書一四八張茂昭傳云：「夷直字禮卿，亦踔亮，第進士，歷右拾遺，累進中書舍人。武宗立，夷直視册牒不肯署，乃出爲杭州刺史，斥驩州司户參軍。宣宗初内徙，復拜江、華等州刺史，終散騎常侍。」又通鑑二四六開成五年（八四〇）正月「武宗敕，大行以十四日殯，成服。諫議大夫裴夷直上言期日太遠，不聽。又故事，新天子即位，兩省官同署名。武宗即位，夷直漏名，十一月，出爲杭州刺史。」此裴夷直之略歷。

〔趙哲〕李商隱集有贈趙協律哲詩，首四句云：「俱識孫公與謝公，二年歌哭處還同。已叨鄒馬聲華末，更共劉盧族望通。」自注云：「愚與趙俱出今吏部相公門下，又同爲故尚書安平公所知，復皆是安平公表姪。」吏部相公謂令狐楚，安平公謂崔戎。張采田玉谿生年譜會箋云：趙哲充兖海判官，見文集狀。

〔李行方〕唐詩紀事五二：元和十一年（八一六），中書舍人李逢吉下三十三人，所擢多寒素，李行方輩皆預選。又據郎官石柱題名，行方曾任吏部郎中、吏部、户部員外。

〔劉蕡〕此似即大和二年（八二八）對策之劉蕡。舊唐書一九〇、新唐書一七八均有傳，據傳云：令狐楚在興元，牛僧孺鎮襄陽，辟爲從事，却不言宣州事。

〔崔珦〕據世系表博陵崔氏：「頲，同州刺史。八子：瑄、珦、珙、琪、瑨、球、顒、頵。」舊唐書崔珙傳則云「父頲，有子八人皆至達官，瑄、珙以外有瑨、璪、璵、球、珦。」與表不甚合。

唐故邠寧慶等州節度觀察處置使朝散大夫檢校户部尚書兼御史大夫賜紫金魚袋贈右僕射史公神道碑

僕射名孝章，字得仁，本北方之强，世雄朔野。其後因仕中國，遂爲靈武建康人。

曾祖道德，贈右散騎常侍，封懷澤郡王。祖周洛，銀青光禄大夫、檢校太常卿兼御史中丞、北海郡王，贈太子太保。考憲誠，早以武勇絶人，積功至魏博節度使，終于河中晉絳慈隰等州節度觀察使，檢校司徒兼侍中，河中尹，贈太保。其薨也，大臣中書令晉國公裴氏爲之碑，其名益顯。公即侍中之元子，母曰冀國夫人李氏。幼而聰寤，父母賢而加愛焉。及長，好學遷善，秀出儕輩，鄴下諸兒號爲書生。元和中，太尉愬爲魏帥，下令掄才於轅門，取大將家翹秀者爲子弟軍，列于諸校之上。公獨昌言願效文職，太尉深奇之，遂假魏州大都督府參軍。

長慶二年，常山衆叛，害其帥沂國公田司徒於帳下。沂公發迹于魏，人猶懷之。詔命其子布以尚書授鉞，統魏兵問罪于北疆，且報家禍。布既啓行，士氣不振，涣然内潰，獨與冗從之旅，偃旗而歸。百憤攻中，卒自引決。先侍中時爲中軍都知兵馬使，兼御史中丞，全師在野，閧然推戴之，請爲假侯以鎮定。中貴人飛駬上聞。穆宗夜召翰林學士草詔書，以真侯命之，實有魏土。從衆而合權也。是歲，公自攝官轉本府士曹參軍兼監察御史，賜朱衣銀印，推恩以及子也。一旦跪於父母前進苦言曰：「臣竊惟大河之北，地雄兵精，而天下賢士心侮之，目曰河朔間，視猶夷狄，何也？蓋有土者多乘兵機際會，非以義取。今臣家父侯母封，化爲貴門，君恩至矣。非痛折節礪行，彰信於朝廷，無以弭識者之譏，痦明君之意。節著於外，福延于家。乘時蹈機，禍不旋踵。」言訖，泣下數行。父俞母贊，天性交感，三心既叶，萬衆潛化。天子聞而嘉之曰：「彼真有子。」乃授檢校太子左諭德兼侍御史，充節度副使。累遷至散騎常侍兼御史大夫，賜金印紫綬。既貳軍政，事如命卿，弛張損益，得以參決，潛革故態，人知嚮方。

大和二年，滄景節度使李全略卒，其子同捷竊據故地，詔下以文告，弗革。遂用大刑。先侍中表請率先諸侯，使元子以督戰。制曰：可。公承君父之命，乃捐其軀，一舉而下平原、壓滄壘，由是加工部尚書。及王師凱旋，上表願一識承明廬，詔允之。遂赴北闕下，得覲於便殿。上曰：「嚮吾始征滄州，議者皆曰：彼魏之姻也，慮陰爲寇謀。吾發使數輩以偵之，其還也，僉曰：爾父瀝款於賓筵，爾母抗詞于簾下，願絕姻以立效，其經始啓發，出於爾心。今滄海底平，策勳之日，宜貴爾三族。命爾父爲侍中，遷鎮于近地。加爾禮部尚書，析相、衛、澶三州爲鎮以居之。俾爾一門大榮，以誇天下。」公拜稽首，謝父還，讓己爵，禮無違者。翌日，詔下于明庭，人咸曰：史氏之寵光，古無有也。

牙旗碧幢，方指東道。侍中以帳下生變聞，泰極而否，當歌而哭。迎柩于路，仰天長號。因葬于洛陽之邙山，冀國夫人祔焉。寢苫枕塊，以所仇同天爲大酷。未幾，詔舉金革之義，起爲右金吾將軍。累表陳乞，有司以違命督之，輿疾即路。間歲擢授鄜坊丹延等州節度觀察處置等使。居四年，遷鎮于滑。一歲，入爲右領軍衛大將軍，旋改右金吾大將軍。又授鉞于邠土。孟秋至治所，首冬遘疾，拜章入覲，不克展和鸞鞗革之儀。薨于靖恭里之私第，享齡三十九。當開成三年十月二十日。上聞而悼之，不視朝一日。贈尚書右僕射。明年二月，歸葬于洛都，夫人琅邪王氏祔焉。繼室深澤縣君博陵崔氏，有一子，曰煥，生七年而孤。僕射之喪，自復魄至葬，當門户，備祭祀，建碑表，皆縣君之能。且命其家老具事功來請曰：「嫠不恤家而憂幼嗣不知其先人之官業，乞詞以傳于後也。」君子以爲知禮，謹書之。銘曰：

斗極之下，崆峒播氣。鍾于侍中，孔武且貴。奉上致命，宜昌後嗣。僕射承之，良弓不墜。耳煩鉦鼓，心説文字。虎穴之中，生此騏驥。大和紀元，滄景不虔。子弄父兵，跳踉海壖。有鄰陰交，蝟起雞連。詔下薄伐，艮隅騷然。時惟侍中，實統魏師。蓄鋭未發，衆心危疑。僕射爲子，陳謀盡詞。興言涕零，有感尊慈。絶姻效節，精貫神祇。滄波底寧，王師褒之。乃遷元侯，來鎮近畿。乃胙元子，別建旌麾。一門四節，焜燿當時。倏忽變生，魏郊紛披。喬木雖大，盲風不知。干雲之臺，列缺焚之。

哀哀孝嗣，丁此大酷。迎護幃輤，葬于東洛。訴天觸地，血染縗服。禮有金革，詔書敦促。不遂枕戈，驟膺推轂。雕陰白馬，暨于郃谷。雖榮三鎮，不荷百禄。綺紈之間，珪組纍纍。如彼晨葩，日中而萎。有妻名家，有子稺齒。行號執禮，歸窆蒿里。洛水之陽，循邙之趾。昭尊穆敬，幽顯同理。舊松新柏，亦象喬梓。刻石紀功，垂于萬祀。

【校】

〔憲誠〕明鈔本、文粹誠均作成。

〔長慶二年〕全唐文作三年，誤。

〔北疆〕紹本北作比，英華、全唐文均作此。

〔禍不旋踵〕崇本禍作必。

〔慮陰〕崇本慮作虜。

〔播氣〕崇本播作撞，誤。

〔王師〕紹本、崇本、英華、全唐文師均作命。

〔乃胙〕崇本胙作祚。

〔循邙〕全唐文循作修。

〔昭尊〕崇本作尊卑，非，英華此句作尊穆敬恭。

〔垂于〕紹本、崇本于均作千。

【箋證】

按：此文爲史孝章作。孝章，舊唐書附一八一史憲誠傳，新唐書一四八有傳，多取於此文。惟新唐書不載其爲義成節度使，而載其本名唐，後改今名。此文所述憲誠事當與田弘正事比而觀之。舊唐書一四一田弘正傳云：弘正本名興，魏博節度使田季安卒，軍中推興爲留後，興以六州歸朝，遂予以節鉞，仍賜名弘正。元和十年（八一五），朝廷用兵討吴元濟，弘正遣子布率兵三千進討，俄而成德王承宗叛，詔弘正以全師壓境，承宗懼，遂獻德、棣二州以自解。十五年（八二〇），王承宗卒，穆宗以弘正爲成德節度使。弘正以新與鎮人戰伐，有父兄之怨，乃以魏兵二千爲衛從。……明年七月，歸卒于魏州。是月二十八日夜軍亂，弘正并家屬參佐將吏等三百餘口並遇害。布，弘正第三子。弘正移鎮成德軍，仍以布爲河陽三城懷節度使。長慶元年，移鎮涇原。其秋鎮州軍亂，害弘正，都知兵馬使王庭湊爲留後。時魏博節度使李愬病不能軍，無以捍庭湊之亂，且以魏軍田氏舊旅，乃急詔布至，起復爲魏博節度使，乘傳之鎮。布以魏軍三萬七千討之，以史憲誠爲先鋒兵馬使。時朱克融囚張弘靖，據幽州，與庭湊犄角拒命。河朔三鎮素相連衡，憲誠陰有異志，而魏軍驕侈，怯於格戰，又屬雪寒，糧餉不給，以此愈無鬭志。憲誠從而間之。俄有詔分布軍與李光顔合勢，東救深州，其衆自潰，多爲憲誠所有，布得其衆八千。是月十日還魏州，十一日會將卒復議興師，而將卒益倨，咸曰：尚書能行河朔舊事，則死生以之，若使復戰，皆不能也。布以憲誠離間，度衆終不爲用，即日密表陳軍情，奉表號哭，授其從事李石，入啓父靈，抽刀自刺。此文所謂百憤攻中，卒自引決，謂此事也。及觀史憲誠傳，則云：時幽州朱克融援助庭湊，布不能制，因自引決，軍情囂然，憲誠爲中軍都知兵馬使，乘亂以河朔舊事動其人心，諸軍即擁而歸魏，共立爲帥，國家因而命之。已與弘正傳語氣不侔矣。要之，憲誠爲悍將，爲害布之主謀，顯然可見，禹錫爲憲誠之子作碑，不得不斡旋其詞，非實録也。又討李同捷之役，據舊唐書憲誠傳敍其事云：「憲誠與全略婚媾，及同捷叛，復潛以糧餉爲助，上屢發使申諭，及滄景平，憲誠心不自安，乃遣子孝章入覲，又飛章願以所管奉命，移鎮河中，夜爲軍衆所害。揆其情勢，蓋魏軍不願隨憲誠赴河中，而恨憲誠之歸朝爲獨爲身計耳。碑文飾詞以美孝章，讀者勿以詞害意可也。

此文開成四年（八三九）禹錫退居洛陽時作。

〔靖恭里〕唐兩京城坊考三：靖恭坊在朱雀門街東第五街。靖一作静。

〔雕陰白馬〕史孝章凡居鄜坊、義成、邠寧三鎮，文意蓋以雕陰爲鄜坊，然雕陰爲隋郡名，實當以夏綏爲主。白馬則以義成軍治滑州，滑州有白馬津也。

劉禹錫集箋證卷第四

碑　下　釋門銘記附

大唐曹溪第六祖大鑒禪師第二碑

元和十一年某月日，詔書追褒曹溪第六祖能公，謚曰大鑒，實廣州牧馬總以疏聞，繇是可其奏。尚道以尊名，同歸善善，不隔異教，一字之褒，華夷孔懷，得其所故也。馬公敬其事，且謹始以垂後，遂咨於文雄今柳州刺史河東柳君爲前碑。後三年，有僧道琳率以其徒由曹溪來，且曰願立第二碑，學者志也。

維如來滅後，中五百歲而摩騰竺法蘭以經來，華人始聞其言，猶夫重昏之見曶爽。後五百歲而達摩以法來，華人始傳其心，猶夫昧旦之覩白日。自達摩六傳至大鑒，如貫意珠，有先後而無同異，世之言真宗者，所謂頓門。

初，達摩與佛衣俱來，得道傳付，以爲真印。至大鑒置而不傳，豈以是爲筌蹄邪，芻狗邪！將人人之莫己若而不若置之邪！吾不得而知也。按大鑒生新州，三十出家，四十七年而没，百有六年而謚。始自蘄之東山從第五師得授記以歸，高宗使中貴人再徵，不奉詔，第以言爲貢，上敬行之。銘曰：

至人之生，無有種類。同人者形，出人者智。蠢蠢南裔，降生傑異。父乾母坤，獨肖元氣。一言頓悟，不踐初地。五師相承，授以寶器。宴坐曹溪，世號南宗。學徒爰來，如水之東。飲以妙藥，差其瘖聾。詔不能致，許爲法雄。去佛日遠，羣言積億。著空執有，各走其域。我立真筌，揭起南國。無脩而脩，無得而得。能使學者，還其天識。如黑而迷，仰見斗極。得之自然，竟不可傳。口傳手付，則礙於有。留衣空堂，得者天授。

【校】

〔孔懷〕崇本、文粹孔均作也，英華亦作也，而上夷字作衮。
〔率以〕纖本、全唐文率下均無以字。
〔摩騰〕崇本摩作麽，下同，誤。
〔同異〕全唐文二字乙。

〔而没〕崇本、明鈔本、全唐文没均作歿，下有既歿二字。

〔以歸〕文粹歸作師，誤。

〔寶器〕結一本器作氣，誤。

【箋證】

按：此文有云：「今柳州刺史河東柳君爲前碑，後三年，有僧道琳率以其徒由曹溪來，且曰願立第二碑。」則此文之作在元和十三四年（八一八、八一九）間，禹錫在連州時。

又按：柳河東集舊注云：「公在柳州時作此碑，時年四十三。（宗元以元和十四年卒，年四十七，則作碑時當爲元和十年，要之爲初至柳州時。）東坡嘗曰：子厚南遷，始究佛法，作曹溪、南嶽諸碑，妙絶古今，儒釋兼通，道學純備，自唐至今，頌述祖師者多矣，未有通亮簡正如子厚者。邵太史曰：「東坡於古人但寫淵明、子美、太白、退之、子厚之詩，爲南華寫子厚六祖大鑒禪師碑，南華又欲寫劉夢得碑，則辭之。」其實宗元之文專記馬總奏請賜謚之事，而於慧能之立南宗未有所敍述，是其意有所專主，而第二碑所以亦不可無也。後人軒輊之論恐未得古人之意。文中標舉大鑒置衣鉢而不傳，似亦略有破除迷執之微旨。當參看下篇佛衣銘。

〔能公〕舊唐書一九一僧神秀傳：「初，神秀同學僧慧能者，新州人也。與神秀行業相埒。弘忍卒後，慧能住韶州廣果寺，韶州山中舊多虎豹，一朝盡去，遠近驚歎，咸歸伏焉。神秀嘗奏則天，請追慧能赴都，慧能固辭。神秀又自作書重邀之，慧能謂使者曰：吾形貌短陋，北土見之恐不敬吾法。又先師以吾南中有緣，亦不可違也。竟不度嶺而死。天下乃散傳其道，謂神秀爲北宗，慧能爲南宗。」又：傳燈録：「大鑒即慧能禪師，俗姓盧氏，父武德中仕於南海之新州，遂占籍焉。始因聞客讀金剛經，遂問法焉，客以得於黄梅忍法師爲對。師去直抵韶州，與尼無盡藏者解説涅槃經，尼驚異之，告鄉里耆老云：能有道者。居人於是競來瞻禮，且營葺寶林古寺舊地居之，師謂我求大法，豈可中道而止？明日遂行，遇智遠禪師請益，遠曰：菩提達摩傳心印於黄梅，宜往參决。師辭去，遂造焉。忍默識之，後果傳衣法。至儀鳳元年（六七六），届南海，遇印宗法師於法性，師大異，因請出所傳信衣瞻禮，會諸名德，爲之剃髮，受滿分戒於智光律師。明年，要歸舊隱，遂返曹溪，學者不下千數，中宗嘗詔之不起，後化於新州國恩寺，肅宗、代宗皆敬事之。至憲宗時始賜謚大鑒禪師。」

〔馬總〕馬總以元和八年（八一三）十二月自桂管觀察使除嶺南節度使。舊唐書一五七、新唐書一六五均有傳。

〔曹溪〕傳燈録：「梁天監元年，有僧智藥泛船至韶州曹溪水口，聞其香，嘗其味曰：此水上流有勝地。遂開山立寺曰寶林。」此後曹溪遂爲佛教名區。

〔高宗使中貴人再徵〕據傳燈録高宗作中宗。

〔五師相承〕舊唐書於神秀傳中具述禪宗源流曰：「昔後魏末，有僧達摩者，本天竺王子，以護國出家，入南海得禪宗妙法，云自釋迦相傳，有衣鉢爲記，世相付授。達摩賫衣鉢航海而來，至梁，詣武帝，帝問以有爲之事，達摩不悦，乃至魏，隱於嵩山少林寺，遇毒而卒。達摩傳慧可，慧可嘗斷其左臂，以求其法，慧可傳璨，璨傳道信，道信傳弘忍。弘忍姓周氏，黄梅人。初，弘忍與道信並住東山寺，故謂其法爲東山法門。神秀既師事弘忍，弘忍深器異之，謂曰：吾度人多矣，至於懸解圓照，無先汝者。」此文「後五百歲而達摩以法來」，以至「從第五師得授記以歸」，皆敍此事。達摩爲初祖，慧可二祖，璨三祖，道信四祖，弘忍五祖，而神秀與慧能俱爲六祖，分啓南北二宗。柳碑則但以「梁氏好作有爲，師達摩譏之，空術益顯，六傳至大鑒」數語括之。

佛衣銘 并引

吾既爲僧琳撰曹溪第二碑，且思所以辯六祖置衣不傳之旨，作佛衣銘曰：

佛言不行，佛衣乃争。忽近貴遠，古今常情。尼父之生，土無一里。夢奠之後，履存千祀。惟昔有梁，如象之狂。達摩救世，來爲醫王。以言不痊，因物乃遷。如執符節，行乎復關。民不知官，望車而畏。俗不知佛，得衣爲貴。壞色之衣，道不在兹。由之信道，所以爲寶。六祖未彰，其出也微。既還狼荒，憬俗蚩蚩。不有信器，衆生曷歸？是開便門，非止傳衣。初必有終，傳豈無已？物必歸盡，衣胡久恃？先終知終，用乃不窮。我道無朽，衣於何有？其用已陳，孰非芻狗？

【校】

〔僧琳〕英華琳作珠，非。

〔有梁〕紹本有作存。

〔狼荒〕全唐文荒作䚄。

〔衣胡〕崇本、全唐文胡均作乎。

【箋證】

按：高僧傳三集八：「系曰：佛衣至能不傳，莫同夏禹之家天下乎？通曰：忍言受傳衣者命若懸絲，如是忍之意也。又會也禀祖法則有餘，衍化行則不足，故後致均部之流，方驗能師之先覺，不傳，無私悋之咎矣。」

又按：同卷神會傳：「先是兩京之間皆宗神秀，若不淰之魚鮪附沼龍也。從見會明心，六祖之風蕩其漸修之道矣。南北二宗，時始判焉，致普寂之門盈而後虛。天寶中，御史盧奕阿比於寂，誣奏會聚徒，疑萌不利，玄宗召赴京，時駕幸昭應湯池，得對，言理允愜，敕移往均部。」今此文有「佛衣乃爭」及「忽近貴遠」之語，於禪家之競立宗派各不相下，言之頗切至，可見當時佛教之弊。

〔履存〕晉書五行志：「惠帝元康五年（二九五）閏月庚寅，武庫火。張華疑有亂，先命固守然後救火，是以累代異寶，王莽頭，孔子屐，漢高祖斷白蛇劍，及二百八萬器械一時蕩盡。」據陶穀清異録，唐宣宗令有司仿孔子履製進，名魯風鞵。時尚傳其形製，故禹錫引以爲言。又演繁露續集四云：「東坡跋歐公家書曰：仲尼之存，人削其迹，夢奠之後，履藏千載。劉禹錫佛衣銘曰：尼父之生，土無一里，夢奠之後，履存千祀。東坡語意或因劉耶？然其作問處不如東坡脈貫也」。

唐故衡嶽大師湘潭唐興寺儼公碑

佛法在九州間，隨其方而化。中夏之人汩於榮，破榮莫若妙覺，故言禪寂者宗嵩山。北方之人鋭以武，攝武莫若示現，故言神通者宗清涼山。南方之人剽而輕，制輕莫若威儀，故言律藏者宗衡山。是三名山爲莊嚴國，必有達者，與山比崇。南嶽律門以津公爲上首，津之後雲峯證公承之，證之後湘潭儼公承之。星月麗天，珠璣同貫。由其門者，爲正法焉。

公號智儼，曹氏子，世爲郴之右姓。兆形在孕，母不嗜葷。成童在侣，獨不嗜戲。其夙植固厚者歟！生九年，樂爲僧。父不能奪其志，抱經笥入岣嶁山，從名師執業，凡進品受具聞經傳印，皆當時大長老。我入明門，不住諸乘。我行覺路，徑入智地。居室方丈，名聞大千。護法大臣，多所賓禮。嗣曹王皐之鎮湖南，請爲人師。自是登壇莅事三十有八載，由我得度者萬有餘人。人持寶衣解瓔珞爲禮，公色受之。謂門弟子曰：「彼以有相求我，我以有爲應之。」凡建寶幢、修廢寺、飾大像，皆極其工，應物故也。無有壞相。嗚呼！豈生能全吾真，故死不速朽，將有願力邪！余不得而知也。

元和十三年九月二十七日中夜，具湯沐剃頤頂，與門人告别，即寂，而視身與色八十二，問臘六十一。葬于寺東北隅。傳律弟子中巽、道準，傳經弟子圓皎、貞璨與其徒圓静、文外、惠榮、明素、存政等欲其師之道光且遠，故咨予乞詞。乃作長句，偈以銘之曰：

祝融靈山禹所治，非夫有道不可止。中有毗尼出塵士，以津視儼猶孫子。登壇人師四十祀，南方學徒宗奥旨。幼無童心至兒齒，識滅形全異凡死。長沙潭西幾五里，陶侃故居石頭寺，門前一帶湘江水。吁嗟律席之名兮，與湘流而不已。

【校】

〔題〕崇本、英華大師上均有律字。

〔破榮〕崇本無此二字，多一利字，似非。畿本榮下注云一有利字。
〔神通〕崇本通作道。
〔津公〕崇本津作律，下同。
〔正法焉〕畿本焉作馬，誤。
〔郴〕全唐文作柳，誤。
〔固厚〕崇本、畿本、中山集固均作因。
〔傳印〕畿本即作印，誤。
〔我行〕全唐文行作得。
〔剃頤頂〕崇本頤作頭。按：此爲校者臆改，頤指剃鬚，頂指剃髮，不當頭頂並言。
〔即寂〕崇本、全唐文即上均有既字。
〔文外〕崇本文作丈。
〔塵士〕崇本士作土。
〔兒齒〕崇本兒作齯。
〔潭西〕崇本潭作湘，注云：一作潭。
〔律席〕崇本席作虎，誤。

【箋證】

按：碑載儼公以元和十三年（八一八）卒，知禹錫作文時必尚在連州。文中稱「嗣曹王皐之鎮湖南，請爲人師」，據韓愈曹成王碑，臯爲湖南觀察使在建中二年（七八一）。越三十八年則爲元和十三年，與此文「登壇莅事三十有八載」之語合。

又按：此文以嵩山之言禪寂，清涼山之言神通，衡山之言律藏並舉，具見唐代釋門趨尚隨兩戒山川風土而殊。至其謂「人持寶衣解瓔珞爲禮，公色受之，謂門弟子曰：彼以有相求我，我以有爲應之」云云，世俗以佈施爲福田，其迷妄於此可見。

牛頭山第一祖融大師新塔記

初，摩訶迦葉授佛心印，得其人而傳之，至師子比丘凡二十五葉，而達摩得焉。東來中華，華人奉之爲第一祖。又三傳至雙峯信公，雙峯廣其道而岐之。一爲東山宗，能、秀、寂其後也；一爲牛頭宗，巖、持、威、鶴林、徑山其後也。分慈氏之一支，爲如來之別子。咸有祖稱，粲然貫珠。

大師號法融，姓韋氏，延陵人。少爲儒，博極羣書，既而歎曰：「此仁誼言耳，吾志求出世間法。」遂入句曲，依僧炅，改逢掖而緇之。徙居是山，宴坐石室。以慧力感通，故旱麓泉涌；以神功示現，故皓雪蓮生。巨蛇摧伏，羣鹿聽法。貞觀中，雙峯過江，望牛頭頓錫曰：「此山有道氣，宜有得之者。」乃來，果與大師相遇。性合神授，至于無言。同躋智地，密付貞印。揭立江左，名聞九圍。學徒百千，如水歸海。由其門而爲天人師者，皆脈分焉。顯慶二年，報身示滅。道在後覺，神依故山。戒香不絶，龕坐未飾。夫豈不思乎？蓋神期冥數，必有所待。

大和三年，潤州牧、浙江西道觀察使、檢校禮部尚書趙郡李公在鎮三閏，百爲大備，尚理信古，儒玄交脩，始下令禁桑門皈佛以眩人者，而於真實相深達焉。常謂大師像設宜從本教，言自我啓，因自我成。乃召主吏籍我月入，得緡錢二十萬，俾秣陵令如符經營之。三月甲子，新塔成，事嚴而工人盡蓺，誠達而山神來護。願力既從，衆心知歸。撞鐘告白，龍象大會。諸天聲香之藴，如見如聞。即相生敬，明幽同感。尚書欲傳信于後，遠命愚志之。

夫上士解空而離相，中士著空而嫉有。不因相何以示覺？不由有何以悟無？彼達真諦而得中道者，當知爲而不有，賢乎以不脩爲無爲也。

【校】

〔摩訶〕結一本訶作阿，誤。

〔巖持〕紹本持作待，英華、全唐文巖均作嚴，皆非。

〔徑山〕崇本徑作經，誤。
〔炅〕明鈔本、文粹均作晁。
〔乃來〕英華、全唐文來均作東。
〔神授〕英華、全唐文授均作契。
〔貞印〕畿本印作邱，誤。
〔示滅〕結一本示作不，誤，畿本二字作示賊，亦誤。
〔月入〕結一本月作日，誤。
〔知歸〕文粹此下作歸重造白，誤。
〔示覺〕結一本示作不，誤。文粹作視覺。
〔爲無爲也〕全唐文無下爲字。

【箋證】

按：文中之趙郡李公謂李德裕。舊唐書一七四德裕傳載：「元和已來，累敕天下州府不得私度僧尼。徐州節度使王智興聚貨無厭，以敬宗誕月，請於泗州置僧壇，度人資福，以邀厚利，江淮之民皆羣黨渡淮。德裕奏論曰：王智興於所屬泗州置僧尼戒壇，自去冬於江淮已南所在懸榜招置。江淮自元和二年（八〇七）後不敢私度，自聞泗州有壇，户有三丁，必令一丁落髮，意在規避王徭，影庇資産，自正月已來，落髮者無算。臣今於蒜山渡點其過者，一日一百餘人，勘問唯十四人是舊日沙彌，餘是蘇、常百姓，亦無本州文憑，尋已勒還本貫。訪聞泗州置壇次第，凡僧徒到者，人納二緡，給牒即迴，別無法事。若不特行禁止，比到誕節，計江淮已南失却六十萬丁壯，此事非細，繫於朝廷法度」。又寶曆二年（八二六）亳州言出聖水，飲之者愈疾。德裕奏曰：「臣訪聞此水本因妖僧誑惑，校計丐錢，數月已來，江南之人奔走塞路，每三二十家都雇一人取水。昨點兩浙、福建百姓渡江者，日三五十人，臣於蒜山渡已加捉搦。」以上皆德裕深抑僧徒之事。及第二次入相，會昌五年（八四五），拆天下寺四千六百餘所，還俗僧尼二十六萬五百人，即其平日宗旨。禹錫此文所謂下令禁桑門皈佛以眩人者。

又按：德裕以長慶二年（八二二）鎮浙西，大和三年（八二九）八月内召，凡七年，故文云在鎮三閏，其修塔即在去鎮之年。禹錫方在長安，直集賢院，故文云「遠命愚志之」，蓋德裕未自料亦將入朝也。

〔牛頭山〕據一統志等書，牛頭山在江寧南三十里，又稱雙峰、天闕、破頭山、牛首山。相傳梁武帝於此建精舍，唐貞觀中，法融禪師駐此山幽棲寺之北巖石室。四祖道信聞之，往尋訪，因附法，自是法席大盛。法融下智巖、慧方、法持、智威、慧忠，六世相付。慧忠下有維則，則下有雲居智，又智威之門有玄素，素下有道欽，欽開徑山，欽門有鳥窠道林，與白居易問答有名。此牛頭一宗之大要也。高僧傳二集一：遺則傳：「始天竺達摩以釋氏心要至，傳其道者有曹溪能、嵩山秀，學能者謂之南宗學，學秀者謂之北宗學。而信祖又以其學傳慧融，融得之居牛頭山，弟子以次傳授，由是達摩心法有牛頭學。」李華徑山大師碑銘：「初，達摩祖師傳法三世至信大師，信門人達者融大師居牛頭山，得自然智慧，大師就而證之。……融授巖大師，巖授方大師，方授持大師，持授威大師，凡七世矣。……門人法欽，徑山長老是也。」（見唐文粹六四）

〔雙峯〕此文雙峯信公即道信。能、秀、寂即慧能、神秀、惠寂。三人已見曹溪第二碑。

〔巖持威〕巖即智巖。高僧傳三集八，法持、智威皆有傳。智威傳云：隸名於幽巖寺，因從持禪師諮請禪法。

〔鶴林徑山〕按：高僧傳三集九潤州幽棲寺玄素傳：「因事威禪師，躬歷彌載……開元年中，僧汪密請至京口，郡牧韋銑屈居鶴林。」又杭州徑山法欽傳：「年二十有八，俶裝赴京師，路由丹徒，因遇鶴林素禪師……德宗貞元五年（七八九）……欽之在京及迴浙，令僕、王公、節制、州邑名賢執弟子禮者，相國崔渙、裴晉公度、第五琦、陳少遊等。」又李吉甫杭州徑山寺大覺禪師碑銘云：「自達摩三世傳法於信禪師，信傳牛頭融禪師，融傳鶴林馬素禪師，素傳於徑山，山傳國一禪師，二宗之外又別門也。」（全唐文五一二）又李德裕奏云：「潤州鶴林寺故禪師元素傳牛頭山第五祖智威心法，是徑山大覺之師，伏請依釋門例賜謚號大額。」（全唐文七〇一）

袁州萍鄉縣楊岐山故廣禪師碑

天生人而不能使情欲有節，君牧人而不能去威勢以理。至有乘天工之隙以補其化，釋王者之位以遷其人。則素王立中樞之教，懋建大中；慈氏起西方之教，習登正覺。至哉！乾坤定位，有聖人之道參行乎其中，亦猶水火異氣，成味也同德；輪轅異象，致遠也同功。然則儒以中道御羣生，罕言性命，故世衰而寖息。佛以大悲救諸苦，廣啓因業，故劫濁而益尊。自白馬東來而人知象教，佛衣始傳而人知心法。弘以權實，示其攝脩。味真實者，即清浄以觀空；存相好者，怖威神而遷善，厚於求者，植因以覬福；罹於苦者，證業以銷寃。革盜心於冥昧之間，泯愛緣於生死之際。陰助教化，總持人天。所謂生成之外，别有陶冶。刑政不及，曲爲調柔。其方可言，其旨不可得而言也。惟四海之大，羣倫之富，必有以得其門而會其宗者，爲世導師焉。

禪師諱乘廣，其生容州，姓張氏。七歲尚儒，以俎豆爲戲。十三慕道，遵壞削之儀。至衡陽，依天柱想公，以啓初地；至洛陽，依荷澤會公，以契真乘。洪鐘蘊聲，扣之斯應。陽燧含燄，晞之乃明。始由見性，終得自在。常謂機有淺深，法無高下。分二宗者，衆生存頓漸之見；説三乘者，如來開方便之門。名自外得，故生分别；道由内證，則無異同。遂以攝化爲心，經行不倦。愍彼南裔，不聞佛經。由是結廬此山，心與境寂。應念以起教，隨方而立因。居涉旬而善根者知歸，逮周月而帶縛者漸悟。以月倍日，以年倍時。瘖矇洞開，荒憬潛革。邑中長者，十方善衆，咸發信願，大其藩垣。法堂四阿，服引僧舍，身心恒寂，象馬交馳。墮其去來，皆得利益。踰嶺之北，涉湘而南。仰兹高山，知道有所在。此地緣盡，倏然化俱。神歸佛境，悲結人世。自趺坐而滅至于荼毗，三百有六旬矣。爪髮加長，容澤差衰。真子號呼，圍繞薪火，得舍利如珠璣者數十百焉。於戲！肖圓方之形，故寂滅以示盡；入菩提之位，故殊相以現靈。亦猶鳳毛成字，麟角生肉，必有以異，不知其然。於是服勤聞法之上首曰甄升，乃率其徒圓寂、道弘、如亮、如海等相與抆淚具役，建塔於禪室之右端，從衆也。

初，廣公始生之辰，歲在丁巳，當玄宗之中元。生三十而受具，更臘五十二而終。終之夕，歲直戊寅，當德宗之後元，三月既望之又十日也。後九年，其門人還源，以爲崇塔以存神與建銘以垂休，皆憑像寄懷，不可以闕一。謬謂余爲習於文者，故繭足千里，以誠相攻。大懼其先師德音與時寖遠。且曰：「白月中黑，東川無還，颺于金石，傳信百劫。彼墮淚之感，豈儒家者流專之？」敬酬斯言，銘示真俗。文曰：

如來説法，徧滿大千。得勝義者，强名爲禪。至道不二，至言無辯。心法東行，羣迷丕變。七葉無嗣，四魔潛扇。佛衣生塵，佛法如綫。吾師覺者，冥極道樞。承受密印，端如貫珠。一室寥然，高山之隅。爲法來者，千百人俱。裔民嗤嗤，户有犀渠。攝以方便，家藏佛書。願力既普，度門斯盛。合爲一乘，散爲萬行。即動求静，故能常定。絶緣離覺，乃得究竟。生非我樂，死非我病。現滅者身，常圓者性。本無言説，付囑其誰？等空無礙，後覺得之。像閟虚塔，迹留仁祠。十方四輩，瞻禮於斯。

【校】

〔中樞〕紹本、崇本、明鈔本樞均作區，畿本注云：一作區。
〔有聖人〕紹本、崇本、全唐文有均作而。
〔弘以〕畿本弘作私，誤。
〔權實〕英華權作確，誤。
〔生死〕崇本二字乙。
〔有以得〕金石萃編有下缺一字，非二字。
〔扣之〕金石萃編之作至。
〔帶縛〕傅增湘校石刻本帶作滯。
〔洞開〕畿本開作聞。

〔長者〕金石萃編下有衆字。

〔服引〕紹本、崇本、中山集服均作股，英華作復，金石萃編作股宏，誤。

〔墮其〕紹本、崇本、全唐文墮均作隨。

〔數十〕崇本作幾百千，畿本十作千。

〔現靈〕崇本靈作虚。

〔甄升〕傅校石刻本升作叔，云：「甄叔大師塔銘今在楊岐山。」按：英華亦作叔，叔、升二字草書近似而訛。

〔抆淚〕崇本作校徒。

〔禪室〕金石萃編室作堂。

〔相攻〕全唐文攻作投。

〔徧滿〕崇本徧下注云：一作普。

〔無嗣〕結一本嗣作詞，誤。

〔嗤嗤〕明鈔本作蚩蚩。

〔犀渠〕崇本渠作磲，非。

〔既普〕紹本普作昔，誤。

〔生非我樂〕英華此下四句作：「死即我休，生非我病，常藏者身，常圓者性。」

〔無礙〕紹本礙作得。

〔於斯〕傳校石刻本此下尚有：「時宜春得良守齊□，理行第一，雅有護持之功，化被于邑之庶僚及里之右族，咸能回向如邦君之志，故偕具爵里名字，刻于其陰。」又碑末行有：「元和二年五月二十七日建。」

【箋證】

按：錢大昕潛研堂金石跋尾云：「右楊岐山禪師廣公碑。廣公者，乘廣也。古人稱僧曰某公，皆以名下一字，故支道林曰林公，佛圖澄曰澄公，竺道生曰生公，慧遠曰遠公，寶誌曰誌公，齊已曰已公。宋元人稱僧或名字兼舉，若洪覺範、妙高峰、柏子庭、噩夢堂、訢笑隱、泐季潭之類，亦取名下一字。今世知之者尠矣。此文載於劉賓客集，以石刻校之，不同者廿餘字，皆當以石本爲正。乘廣弟子甄叔亦有塔銘，今集本叔作升，誤之甚矣。碑文之末有：時宜春得良守齊□（似是君字），理行第一，雅有護持之功，化被於邑之庶僚及里之右族，咸能回向如邦君之志，故偕具爵里名氏列于其陰，凡五十字，集本無之，當是夢得編定文集時刪去之耳。碑云：始生之辰，歲在丁巳，當玄宗之中元，終之夕，歲直戊寅，當德宗之後元，考明皇三改元，先天、開元、天寶，則開元爲中元也。德宗亦三改元，建中、興元、貞元，則貞元爲後元也。夢得自署銜云朗州司馬員外置同正員，蓋當時遷謫惡地不必待缺，大率員外置之，東坡詩云：逐客不妨員外置，正用唐故事。」又云：「右甄叔大師塔銘，甄叔者，乘廣之弟子也，卒于元和庚寅（八一〇）正月，至大和壬子（八三二），沙門至閑爲製塔銘，相距二十有三歲矣。題稱塔銘而篆額作碑銘，篆人爲琅邪王周古，書碑人則僧元幽也。此碑向無著録者，餘姚邵二雲侍讀爲余言，在萍鄉之楊岐山，訪之廿年不得，頃澤州胥燕亭訪余吴門，燕亭嘗宰萍鄉，檢匧中乘廣、甄叔二碑相贈，喜海内之有同好也，因書數言識之。」

又按：二碑皆著録於金石萃編。惟石本容有不易辨者，錢氏云「與集不同者廿餘字，皆當以石本爲正」，亦不確。傅增湘劉集校本録有黄丕烈校語云：「趙氏金石録云：唐乘廣禪師碑，劉禹錫撰并正書，元和二年（八〇七）五月。右唐乘廣禪師碑，劉禹錫撰，余爲金石録，頗采唐賢所爲碑版正文集之誤。禹錫之文，所録才數篇，最後得此碑，以板是正者凡數十字。以此知典籍藏久，轉寫脱誤，可勝數哉！乾隆癸丑十二月，得此碑搨本校之甚有益。劉賓客書法從歐、虞兩家得來，體密而神和，想在當時亦一書家，金石録中載有數碑也。」

又按：碑文有云「繭足千里，以誠相攻」，知必由乘廣門人之聞風乞請，而未著作文之時與地，賴諸家據石本知爲元和元年（八〇六）在朗州時。是時禹錫與釋氏之徒往還爲多。

〔楊岐山〕據輿地紀勝，楊岐山在萍鄉縣北七十里，世傳楊朱泣岐之所。江西通志勝蹟略：普通禪寺在萍鄉縣北宣化里楊岐山下，舊名廣利，唐開元間廣利禪師所創，歿後立塔。似即乘廣之訛。

夔州始興寺移鐵像記

佛薪盡于乾竺，而象教東行。是法平等，故所至爲浄土。是身應供，故隨念如降生。先是魚復人有以利金爲彌勒像者，重千鈞，晬容瑞相，人天兩足。𣆀氏卒事而他工未備，故寓于西偏，不知其幾年矣。寺僧法照，瞻禮發信，赤肩白足，入諸大城，乃至聚落，無空過者。積十餘年，得信財無量。繇是購工以償巧，募徒而畢力。四輩增增，工麾以肱。中樞外脈，陰轉陽動。欻如地踴，岌如山行。大匠無言，尊容嚮明。青蓮承趺，金獸捧持。藻井花鬘，葱蘢四垂。邑人膜拜，如佛出世。法照以願力能就，泣于佛前，因持片石，乞詞以示後。

按此寺始於宇文周初，瀕江埤庳。皇唐神龍中，爲水所壞。有波那賴耶國僧廣照浮海而至，頓錫不去，遂移於今道場所，山曰磨刀，嶺曰虎岡。其經始與克脩，皆蕃僧是力。後之有志者，豈無人哉？

法照，夔人，姓穆氏。年十有五出家，依江陵名僧受具。肇自貞元二十年甲申，歸此寺願，崇建有爲，凡脩大殿，立菩薩，大弟子侍佛左右。逮長慶癸卯有成，其善植德本者歟！

【校】

〔彌勒〕崇本彌作珍，誤。

〔欻如〕結一本欻作凝，誤。

〔膜拜〕崇本膜作瞻。

〔如佛〕結一本如作於，誤。

〔頓錫〕紹本錫作湯，誤。

〔道場所〕結一本脱所字。

【箋證】

按：文中有「長慶癸卯」語，是長慶三年（八二三）禹錫任夔州刺史時作。

〔利金〕國語齊語：「美金以鑄劍戟。」利金蓋亦此意。

毗盧遮那佛華藏世界圖讚

佛説華嚴經直入妙覺，不由諸乘，非大圓智不能信解。德宗朝有龍象觀公，能於是經了第一義，居上都雲華寺，名聞十方。沙門嗣肇是其上足，以經中九會纂成華藏，俾人瞻禮，即色生敬，因請余讚之，即説讚曰：

清淨不染花中蓮，捧持世界百億千。湧出香海浩無邊，風輪負之晝夜旋。大雄九會化諸天，釋梵八部來森然。從昏至覺不依緣，初初極極性自圓。寫之綃素色相全，是色非色言非言。

【校】

〔直入〕崇本作真人，誤。

〔華藏〕崇本、畿本、明鈔本、英華、全唐文藏下均有圖字，是。

成都府新修福成寺記

益城右門衜大逵，坦然西馳，曰石筍街。街之北有仁祠，形焉直啓，曰福成寺。寺之殿臺與城之樓，交錯相輝，繡于碧霄，望之如崑閬間物。大和四年，蜀帥非將材，不脩邊備。南詔君長諜得内空，乘隙坌入，鬬于城下，或縱火以駭衆，此寺乃焚。高門脩廊，委爲寒燼，如是者再歲，帝念坤維，丞相復來。山川如迎，父老相識，環視故地，寺爲焦墟。載興起廢之歎，爰有植因之願。乃命主俸吏以吾緡錢三十萬爲經營之基。自公來思，蜀號無事。時康歲稔，人樂檀施。公言既先，應如决川。乃傾囊楮，乃出懷袖。勝因化愚，慧力攝慳。男奔女騾，急於徵令。匠者度材以指衆徒，藝者運思以役衆技。斤鋸磨礱，丁丁登登。陶者儲精，圬者效能。欻自火宅，復爲金繩。治故鼎新，因毁成妍。華夷縱觀，萬目同聳。既告訖役，公來慶成。雲鮮日潤，輝映前後。

於是都人舞抃而謡曰：昔公去此，福成以燬。今公重還，福成復完。民安軍治，亦如此寺。庸可勿紀乎？公實聞斯言，遂折簡見命，謹月而日之。時大和某年某月日，大檀越具官封爵段氏，其他發大願者、程功董事者，自中貴人及賓寮將吏若僧徒，偕籍之而刻于石。

【校】

〔門衔〕全唐文無衔字，畿本注云一無衔字，英華衔作街，城下有有字。

〔緡錢〕畿本緡作絡，誤。

〔囊楮〕畿本楮作袖，下袖字作神，誤，紹本、全唐文作褚，是。

〔董事〕紹本董作量。

【箋證】

按：通鑑二四四載：「（大和三年）十二月己酉，以東川節度使郭釗爲西川節度使，兼權東川節度事。嵯顛自邛州引兵徑抵成都。庚戌，陷其外郭，杜元穎率衆保牙城以拒之。……釗兵寡弱不能戰，以書責嵯顛，嵯顛復書曰，杜元穎侵擾我，故興兵報之耳。與釗修好而退。蠻留成都西郭十日，其始慰撫蜀人，市肆安堵；將行，乃大掠子女百工數萬人及珍貨而去。」此文云：「蜀帥非將材，不脩邊備，南詔君長諜得内空，乘隙坌入，鬬于城下，或縱火以駭衆。」即其事也。又云：「如是者再歲，帝念坤維，丞相復來」者，四年（八三〇）十月，李德裕自滑州移西川，六年（八三二）冬，德裕内召，段文昌代之，文昌於長慶元年（八二一）曾自中書出鎮西川也。禹錫蓋在長安，承文昌之命而作。

劉禹錫集箋證卷第五

論上

辯迹論

客有能通本朝之雅故者曰：「時之污崇，視輔臣之用房與杜，迹何觀焉？建官取士之制，地征口賦之令，禮樂刑法之章，因隋而已矣。二公奚施爲？」余愀然曰：「三王之道，猶夫循環，非必變焉，審所當救而已。隋之過豈制置名數之間邪？顧名與事乖耳。因之何害焉？夫上材之道，非務所舉必的然可使户曉爲迹也。吾觀梁公之迹，章章如懸寓矣。曷然哉？請借一以明之。史不云乎！初，太宗怒渾戎之横于塞也，度諸將不足以必取，當宁而歎曰：得李靖爲帥，快哉！靖時告老且病矣。梁公虚其心以起之，靖忘老與病，一舉虜其君，郡縣其地而還。夫非伐國之難能，起靖之難能也。靖非不克之爲慮，居功之爲慮也。古之爲將，度柄輕不足以遂事，重則嫌生焉。是以有辭第以見志，有多産以取信，有子質以滅貳，有嬖監以虞謗。其多患也如是。若靖者，名既成，位既崇，重失畏偪，其患又甚焉。微梁公之能盡材，能捍患，能去忌，能照私，彼姑藉舊勞居素貴足矣。惡乎起哉？夫豈感空言而起邪？心相見久矣。夫豈飾小信而要邪？道相籠久矣。其後敬玄擅能，失材臣而敗隨之。林甫自便，進蕃將而亂隨之。由是而言，固相萬矣。子方規規然窺上材以户曉之迹，此吾之所不取也。若杜萊公者，在相位日淺，將史失其傳。然以梁公之鑒裁，自天策府遂以王佐材許之，則是又能以道籠房公者矣。房之許與，迹孰甚焉？」客無以應而作。

子劉子曰：「觀書者當觀其意，慕賢者當慕其心。循迹而求，雖博寡要，信矣。」

【校】

〔污崇〕纖本崇下注云：一作隆，英華、全唐文均與一作同。按：唐人不當用隆字，變污隆爲污崇，必原本如是。

〔施爲〕纖本爲作焉。

〔懸寓〕紹本、纖本寓作寓。

〔當宁〕紹本宁作守，誤。

〔爲帥〕紹本、全唐文帥均作師，誤。

〔伐國〕畿本伐作滅。

〔敬玄〕崇本敬上有李字。

〔之所〕英華所上有以字。

〔其意〕全唐文意作志。

【箋證】

按：此文所謂「上材之道，非務所舉必的然可使户曉爲迹」，其意蓋謂賢相之所爲，有不能僅以事迹爲衡者，得一志同道合之賢才而能盡其用，此即其所施爲之大者。房玄齡傳稱其不以求備取人，不以己長格物。又云：房知杜之能斷大事，杜知房之善建嘉謀，蓋唐時之輿論如此。然文中獨舉玄齡勸李靖自請將兵一事，而再三申説靖之以功名之際爲難居，其意必非專以贊玄齡也。蓋德宗之於李晟，憲宗、穆宗之於裴度，皆幾有不終之虞，非但鳥盡弓藏爲君主之常態，而小人之讒間尤足令人短氣。禹錫距晟之時稍遠，未必指晟，則此文殆爲裴度發也。裴度於平淮西後，亦頗有「名成位崇，重失畏偪」之患，禹錫不獨諷當時之君相，或亦譏度之晚節頹唐歟？房玄齡起李靖事，新舊唐書靖傳皆但言靖往見玄齡請行，而玄齡傳中亦不言之。不如此文之詳，似禹錫專假此以發意而已。又鄒炳泰午風堂叢談云：「劉禹錫辯迹論云：觀書者當觀其志，慕賢者當慕其心，循迹而求，雖博寡要。其論房梁公，特舉其起李衛公一事，能盡才捍患，去忌照私，與人心相見，持論獨見其大，如此，可以論世。」此文知者甚少，鄒氏注意及之，固爲難得，但亦恐未能深體作者之意。

〔敬玄〕舊唐書八一李敬玄傳：「爲洮河道大總管兼安撫大使，仍檢校鄯州都督，率兵以禦吐蕃。及將戰，副將工部尚書劉審禮先鋒擊之，敬玄聞敵至，狼狽却走，審禮既無繼援，遂殁于陣。」似指此事。

〔林甫〕舊唐書一〇六李林甫傳：「嘗奏曰：文士爲將，怯當矢石，不如用寒族、蕃人……自是高仙芝、哥舒翰皆專任大將，林甫利其不識文字，無入相由，然而禄山竟爲亂階。」

明贄論

古之人，動必有以將意，故贄之道，自天子達焉。夫芬芳在上，臭達于下，而温粹無擇，有似乎聖人者，鬯也；故用於天子。清越而瑕不自揜，潔白而物莫能污，内堅剛而外温潤，有似乎君子者，玉也；故用乎諸侯。執之不鳴，刑之不嘷，似死義，乳必能跪，似知禮者，羔也；故卿執焉。在人之上而有先後行列者，雁也；故大夫執焉。耿介而一志者，雉也；故士執焉。視其所執而知其任。

是故食愈重而志愈卑，位彌尊而道彌廣。耿介之志，唯士得以行之。何也？務細而所試者寡，齒卑而所蔽者衆。言未足以動聽，故必激發以取異；行未足以應遠，故必砥礪以沽聞。借令由士爲大夫，捂雉而執雁，其志也隨之，故耿介之名不施於大夫矣，況其上乎？然則爲士也，不思雉之介；爲卿也，能思羔之禮歟？今夫或者不明分推理而觀之，則曰，此居下而嗜直者，是必得志而稔其訐矣。彼當介而務弘者，是必處高而肥其德矣。曾不知訐當其分，則地易而自遷；弘非其所，則志遠而無制矣。於戲！責士以卿大夫之善，猶諭君以士之行耳。予以執贄之道得其分，苟推分明矣，求刑賞之僭濫得乎？

【校】

〔故贄〕全唐文故下有執字。

〔沽聞〕崇本沽作姑。

〔借令〕紹本、崇本、中山集令均作今。

〔故耿介〕英華故作顧。

〔志遠〕紹本、崇本、全唐文遠均作遂。

〔刑賞〕全唐文賞作罰。

【箋證】

按：禮記曲禮：「凡贄，天子鬯，諸侯圭，卿羔，大夫雁，士雉。」正義云：「卿羔者，鄭注宗伯云：羔，小羊，取其羣而不類也。白虎通云：羔取其羣而不黨，卿職在盡忠率下，不黨也。大夫雁者，鄭注宗伯云：雁取其候時而行也。白虎通云：雁取飛有行列也。大夫職在奉命使四方，動則當以正道事君也。士雉者，雉取性耿介，唯敵是赴，士始升朝，宜爲赴敵，故用雉也。羔雁生持，雉則死持，亦表見危授命，書云二死一生，是也。故鄭注宗伯云：雉取其守介而死，不失其節也。」此文於羔雁不取鄭義，於雉則兼取白虎通説，蓋以所重在雉，其他可不斤斤也。文之要旨在「食愈重而志愈卑，位彌尊而道彌廣」二語，謂在上位不可驕人，欲其謙以自牧，寬能容衆。然此二語猶非禹錫爲文之主旨，主旨在唯士能行耿介之志。以士在下位，居卑職，無可自表見。若不耿介其行，有以矯異於衆，則不足以申其所蓄也。禹錫於貞元、永貞之際，鋒芒顯露，致來讒疾，必有人規其以激切賈禍，故爲此文，婉其詞以自明所守。然此非獨禹錫爲然，唐代由科名進身者，年少初仕，頗能自厲風節，但久歷仕途，則圭角漸刓者亦比比也。

華佗論

史稱華佗以恃能厭事爲曹公所怒。荀文若請曰：「佗術實工，人命繫焉，宜議能以宥。」曹公曰：「憂天下無此鼠輩邪！」遂考竟佗。至蒼舒病且死，見賢偏反。醫不能生，始有悔之之歎。嗟乎！以操之明略見幾，然猶輕殺材能如是。文若之智力地望，以的然之理攻之，然猶不能返其恚。執柄者之恚，真可畏諸，亦可慎諸！

原夫史氏之書于册也，是使後之人寬能者之刑，納賢者之諭，而懲暴者之輕殺。故自恃能至有悔悉書焉。後之惑者，復用是爲口實。悲哉！夫賢能不能無過。苟寘于理矣，或必有寬之之請。彼壬人皆曰：「憂天下無材邪！」曾不知悔之日方痛材之不可多也。或必有惜之之歎。彼壬人皆曰：「譬彼死矣將若何！」曾不知悔之日方痛生之不可再也。可不謂大哀乎？

夫以佗之不宜殺，昭昭然不可言也，獨病夫史書之義，是將推此而廣耳。吾觀自曹魏以來，執死生之柄者，用一恚而殺材能衆矣。又烏用書佗之事爲？嗚呼！前事之不忘，期有勸且懲也，而暴者復藉口以快意，孫權則曰：「曹孟德殺孔文舉矣，孤於虞翻何如？」而孔融亦以應泰山殺孝廉自譬。仲謀近霸者，文舉有高名，猶以可懲爲故事。矧他人哉？

【校】

〔實工〕畿本工作上，誤。

〔悔悉〕崇本悉作恚。

〔惑者〕紹本、崇本惑作或。

〔不可〕紹本、崇本、中山集、英華可均作足。

【箋證】

按：此文假魏武帝殺華佗事立論，其用意在「寬能者之刑，納賢者之論，而懲暴者之輕殺」數語。德宗一朝，先誅劉晏，次殺竇參，而陸贄亦幾於不免，其猜忌好殺亦已甚矣。然此皆禹錫少時之事，恐此文非因此而發，殆仍是爲王叔文、韋執誼一案言之耳。文中「執死生之柄，用一恚而殺材能」一語最爲其主旨所在，此譏君主，非刺時相也。憲宗之誅王韋，固緣王韋力主改革，爲宦官、藩鎮及守舊徇私之士大夫所排陷，其本人之隱衷，則尤以王、韋專附順宗，不欲憲宗嗣位，故恨之最深。以至終憲宗之世乃至終唐之世，此案不能平反。所謂「用一恚而殺材能」，明王、韋之觸怒别有在也。唐代君主嗣立之際，宫廷中皆有陰謀，舊唐書一五九衞次公傳云：「德宗昇遐時，東宫疾恙方甚，倉卒召學士鄭絪等至金鑾殿，中人或云：内中商量所立未定，衆人未對，次公遽言曰：皇太子雖有疾，次居冢嫡，内外繫心。不得已猶當立廣陵王（即憲宗），若有異圖，禍難未已。絪等隨而唱之，衆議方定。」即此可知德宗死時，宫廷中亦尚有欲别立諸王者。王、韋之受禍，蓋中人甚言其事以媒糵於憲宗之前，情事固可揣也。

〔憂天下無此鼠輩邪〕魏志華佗傳，此句作「不憂天下當無此鼠輩邪」。此文無「不」、「當」二字，語意較順，未知傳誤抑禹錫竄改。

天説

柳宗元

韓愈謂柳子曰：「若知天之説乎？吾爲子言天之説。今夫人有疾痛、倦辱、飢寒甚者，因仰而呼天曰：『殘民者昌，佑民者殃！』又仰而呼天曰：『何爲使至此極戾也！』若是者，舉不能知天。夫果蓏飲食既壞，蟲生之；人之血氣敗逆壅底，爲癰瘍、疣贅、瘻痔，蟲生之；木朽而蝎中，草腐而螢飛，是豈不以壞而後出邪？物壞，蟲由之生；元氣陰陽之壞，人由之生。蟲之生而物益壞，食齧之，攻穴之，蟲之禍物也滋甚。其有能去之者，有功於物者也；蕃而息之者，物之讎也。人之壞元氣陰陽也亦滋甚：墾原田，伐山林，鑿泉以井飲，窾墓以送死，而又穴爲偃溲，築爲牆垣、城郭、臺榭、觀游，疏爲川瀆、溝洫、陂池，燧木以燔，革金以鎔，陶甄琢磨，悴然使天地萬物不得其情，倖倖衝衝，攻殘敗撓而未嘗息。其爲禍元氣陰陽也，不甚於蟲之所爲乎？吾意有能殘斯人使日薄歲削，禍元氣陰陽者滋少，是則有功於天地者也；蕃而息之者，天地之讎也。今夫人舉不能知天，故爲是呼且怨也。吾意天聞其呼且怨，則有功者受賞必大矣，其禍焉者受罰必大矣。子以吾言爲何如？」

柳子曰：「子誠有激而爲是邪？則信辯且美矣。吾能終其說。彼上而玄者，世謂之天；下而黄者，世謂之地；渾然而中處者，世謂之元氣；寒而暑者，世謂之陰陽。是雖大，無異果蓏、癰痔、草木也。假而有能去其攻穴者，是物也，其能有報乎？蕃而息之者，其能有怒乎？天地，大果蓏也；元氣，大癰痔也；陰陽，大草木也。其烏能賞功而罰禍乎？功者自功，禍者自禍，欲望其賞罰者大謬；呼而怨，欲望其哀且仁者，愈大謬矣。子而信子之仁義以遊其内，生而死耳，烏置存亡得喪於果蓏、癰痔、草木邪？」

【校】

〔蟲生〕崇本蟲上有亦字。

〔蝎中〕崇本中作出。

〔其有能去之者〕有字當依柳集補。

〔蕃而〕崇本蕃作繁，下同。

〔倖倖〕畿本作倅倅。

〔受罰必大〕紹本、崇本、畿本、中山集必均作亦。

〔賞罰者大謬〕崇本謬下有矣字。

〔愈大謬〕崇本愈作亦，崇本及柳集謬下有矣字，現據補。

【箋證】

按：凡他人之作而有所酬答者，以他人之作置於前而不附於後，此古人編集之通例。

又按：柳河東集舊注云：「韓文公登華而哭，有悲絲泣岐之意，惟沈顔能知之。今其言曰：人能賊元氣陰陽而殘人者則有功，蓋有激而云。柳子因而爲之説，謂天地元氣陰陽不能賞善而罰惡，要其歸，欲以仁義自信，其説當矣。然曰天不能賞善罰惡者，何自而勸沮乎？韓文公曰：今之言性者雜佛老而言，正爲柳子設也。劉禹錫云：子厚作天説以折退之之言，非所以盡天人之際，故作天論三篇以極其辯。然公繼與禹錫書云：凡子之論乃吾天説注疏耳。」今考柳文第一段以人之所謂功過非天所欲之功過，天人猶相對。第二段則天非天，是人所强名耳。天既非天，則何有於功過賞罰？人但當盡人事而已。非有第一説則第二説無由深入，蓋假韓愈以發其端耳，猶詞賦家假梁王、陳王賓主之言以擴文勢，先秦諸子恒用此法，非必韓氏真有此説也。故柳以韓爲有激而爲是，而劉亦以柳爲有激而云，柳集舊注迂闊之論恐不足以窺柳、劉之微旨。

天論上

世之言天者二道焉。拘於昭昭者則曰：「天與人實影響：禍必以罪降，福必以善來，窮阨而呼必可聞，隱痛而祈必可答，如有物的然以宰者。」故陰騭之説勝焉。泥於冥冥者則曰：「天與人實剌音辣異：霆震于畜木，未嘗在罪；春滋乎堇荼，未嘗擇善。跖、蹻焉而遂，孔、顔焉而厄，是茫乎無有宰者。」故自然之説勝焉。余之友河東解人柳子厚作天説以折韓退之之言，文信美矣，蓋有激而云，非所以盡天人之際。故余作天論以極其辯云。

大凡入形器者，皆有能有不能。天，有形之大者也；人，動物之尤者也。天之能，人固不能也；人之能，天亦有所不能也。故余曰：天與人交相勝耳。其説曰：天之道在生植，其用在强弱；人之道在法制，其用在是非。陽而阜生，陰而肅殺；水火傷物，木堅金利；壯而武健，老而耗眊；氣雄相君，力雄相長：天之能也。陽而蓺樹，陰而揫斂；防害用濡，禁焚用光；斬材竅堅，液礦硎鋩；義制强訐，禮分長幼；右賢尚功，建極閑邪：人之能也。

人能勝乎天者，法也。法大行，則是爲公是，非爲公非，天下之人蹈道必賞，違之必罰。當其賞，雖三旌之貴，萬鍾之禄，處之咸曰宜。何也？爲善而然也。當其罰，雖族屬之夷，刀鋸之慘，處之咸曰宜。何也？爲惡而然也。故其人曰：「天何預乃事邪？唯告虔報本、肆類授時之禮，曰天而已矣。福兮可以善取，禍兮可以惡召，奚預乎天邪？」法小弛則是非駁，賞不必盡善，罰不必盡惡。或賢而尊顯，時以不肖參焉。

或過而僇辱，時以不辜參焉。故其人曰：「彼宜然而信然，理也。彼不當然而固然，豈理邪？天也。福或可以詐取，而禍亦可以苟免。」人道駁，故天命之説亦駁焉。法大弛，則是非易位，賞恒在佞而罰恒在直，義不足以制其强，刑不足以勝其非，人之能勝天之具盡喪矣。夫實已喪而名徒存，彼昧者方挈挈然提無實之名，欲抗乎言天者，斯數窮矣。

故曰：天之所能者，生萬物也；人之所能者，治萬物也。法大行，則其人曰：「天何預人邪？我蹈道而已。」法大弛，則其人曰：「道竟何爲邪？任人而已。」法小弛，則天人之論駁焉。今以一己之窮通，而欲質天之有無，惑矣！

余曰：天恒執其所能以臨乎下，非有預乎治亂云爾；人恒執其所能以仰乎天，非有預於寒暑云爾。生乎治者人道明，咸知其所自，故德與怨不歸乎天。生乎亂者人道昧，不可知，故由人者舉歸乎天。非天預乎人爾！

【校】

〔剌異〕崇本剌作相。

〔而厄〕英華厄作危。

〔用光〕崇本光作酒。

〔强訐〕崇本訐下注云：一作禦。英華與一作同。

〔是爲公是非爲公非〕文粹此八字作是非爲公。

〔違之〕崇本之作善。

〔三旌〕英華、全唐文旌均作族。

〔乃事〕崇本、全唐文乃下均有人字。

〔而禍亦可〕紹本、崇本亦均作或。

〔具盡喪〕崇本具作實。

〔任人而已〕文粹人作天。

〔天之有無〕崇本之作云。

〔預於〕紹本、崇本、全唐文於均作乎。

【箋證】

按：禹錫之論天人，雖似以天與人對立，但以天爲自然之規律，人則順應自然之規律以治人事者。人事有不盡而歸怨於天，是常人之淺見也。此與宗元所云「功者自功，禍者自禍，欲望其賞罰者大謬」，皆是有人而無天之説。故宗元以爲與其説無異。惟劉氏立「天人交相勝」一義，於其初意有不盡符，而反滋讀者之惑，宜宗元之不謂然。（宗元答書見後，以便參證。）

又按：文中「天之道在生植，其用在强弱」，而以「水火傷物，木堅金利，壯健老衰，氣力相君長」爲例，即自然之規律也。禹錫所謂「天之能」也。「人之道在法制，其用在是非。春耕秋穫，防水禁火，設政刑以資信守」，即順應自然之規律以治人事也。禹錫所謂「人之能」也。然若法制壞而不修，則賞罰禍福皆顛倒，宜賞而罰，當福而禍，人之所以勝天者既失，則本由人者皆歸之於天矣。宗元與禹錫皆以非罪而得禍，故深慨於人事之自紊而非天道之有知，其言之痛切者，有由也。

天論中

或曰：子之言天與人交相勝，其理微，庸使户曉，盍取諸譬焉。

劉子曰：若知旅乎？夫旅者，羣適乎莽蒼，求休乎茂木，飲乎水泉，必强有力者先焉；否則，雖聖且賢，莫能競也。斯非天勝乎？羣次乎邑郛，求蔭于華榱，飽于餼牢，必聖且賢者先焉；否則，强有力莫能競也。斯非人勝乎？苟道乎虞、芮，雖莽蒼猶郛邑然；苟道乎匡、宋，雖郛邑猶莽蒼然。是一日之途，天與人交相勝矣。吾固曰：是非存焉，雖在野，人理勝也；是非亡焉，雖在邦，天理勝也。然則天非務勝乎人者也。何哉？人不宰則歸乎天也。人誠務勝乎天者也。何哉？天無私，故人可務乎勝也。吾於一日之途而明乎天人，取諸近也已。

或者曰：若是，則天之不相乎人也信矣，古之人曷引天爲？答曰：若知操舟乎？夫舟行乎濰淄伊洛者，疾徐存乎人，次舍存乎人。風之怒號，不能鼓爲濤也；流之泝洄，不能峭爲魁也。適有迅而安，亦人也；適有覆而膠，亦人也。舟中之人未嘗有言天者，何哉？理明故也。彼行乎江河淮海者，疾徐不可得而知也，次舍不可得而必也。鳴條之風，可以沃日；車蓋之雲，可以見怪。恬然濟，亦天也；黯然沈，亦天也；阽危而僅存，亦天也。舟中之人未嘗有言人者，何哉？理昧故也。

問者曰：吾見其駢焉而濟者，風水等耳，而有沈有不沈，非天曷司歟？

答曰：水與舟二物也。夫物之合并，必有數存乎其間焉。數存，然後勢形乎其間焉。一以沈，一以濟，適當其數，乘其勢耳。彼勢之附乎物而生，猶影響也。本乎徐者其勢緩，故人得以曉也；本乎疾者其勢遽，故難得以曉也。彼江、海之覆，猶伊、淄之覆也。勢有疾徐，故有不曉耳。

問者曰：子之言數存而勢生，非天也，天果狹於勢邪？

答曰：天形恒圓而色恒青，周迴可以度得，晝夜可以表候，非數之存乎？恒高而不卑，恒動而不已，非勢之乘乎？今夫蒼蒼然者，一受其形于高大，而不能自還於卑小；一乘其氣于動用，而不能自休於俄頃。又惡能逃乎數而越乎勢邪？吾固曰：萬物之所以爲無窮者，交相勝而已矣，還相用而已矣。天與人，萬物之尤者耳。

問者曰：天果以有形而不能逃乎數，彼無形者，子安所寓其數邪？

答曰：若所謂無形者，非空乎？空者，形之希微者也。爲體也不妨乎物，而爲用也恒資乎有，必依於物而後形焉。今爲室廬，而高厚之形藏乎内也。爲器用，而規矩之形起乎内也。音之作也有大小，而響不能踰；表之立也有曲直，而影不能踰。非空之數歟？夫目之視，非能有光也，必因乎日月火炎而後光存焉。所謂晦而幽者，目有所不能燭耳。彼狸狌犬鼠之目，庸謂晦爲幽邪？吾固曰：以目而視，得形之粗者也；以智而視，得形之微者也。烏有天地之内有無形者邪？古所謂無形，蓋無常形耳，必因物而後見耳。烏能逃乎數邪？

【校】

〔求蔭〕崇本蔭作陰。

〔鹼牢〕崇本牢下注云：一作牽。英華、全唐文均與一作同。

〔苟道乎匡宋〕崇本、畿本、全唐文道均作由。

〔可務乎勝〕結一本作可勝乎天，誤。

〔之途〕崇本無之字。紹本作百之途，誤。

〔不相〕紹本、崇本相下注云：一作去。

〔疾徐存乎人〕紹本人作天。

〔峭爲魁〕結一本魁作鬼，誤。

〔有言人者〕崇本作有不言天者。

〔水與舟〕紹本與作興，誤。

〔彼勢〕英華彼上有使字。

〔天果挾於勢〕紹本、崇本、織本、全唐文挾均作狹。

〔日月火炎〕崇本炎下注云：一作燄。

【箋證】

按：此篇之精粹在「物之合并必有數存乎其間焉，數存然後勢形乎其間焉」以下。其釋數與勢亦具於下文，其意以天之周回晝夜可以測而知者即數也，其屬於人之所見高而且動者即勢也。數者規律之必然，勢者由規律而形之於外。然常人每謂無形可求者必無規律。禹錫則深探其理而斷之，以爲世無無形之物，其無形者，特微眇而不及察耳。且所謂無形者，若不附於有形，亦非人之思慮所能到。例如高與厚必附於室廬，方與圓必附於器用。高厚方圓雖似無形，然必因室廬器用而得見，故無常形耳。既因物而得見，則仍是可測之規律也。宗元於此亦服其見解之精，故答書云：「所謂無形爲無常形者甚善。」禹錫既見及此，惜乎文之前半猶謂：「彼行乎江河淮海者，疾徐不可得而知，次舍不可得而必，濟亦天，沉亦天，僅存亦天。」似猶以天爲有權者，故宗元以爲「愚民恒説」。又文首以旅爲喻，證「天與人交相勝」之説，宗元亦駁之，以爲皆人而非天也。其實禹錫所以言此，乃舉恒言恒事爲譬，其一篇之主旨仍在數與勢之必然，而所以測數與勢者全繫乎人事。故天論三篇以中篇爲最精。

天論下

或曰：古之言天之曆象，有宣夜、渾天、周髀之書；言天之高遠卓詭，有鄒子。今子之言有自乎？

答曰：吾非斯人之徒也。大凡入乎數者，由小而推大必合，由人而推天亦合。以理揆之，萬物一貫也。今夫人之有頭目耳鼻齒毛頤口，百骸之粹美者也，然而其本在乎腎腸心腹。天之有三光懸寓，萬象之神明者也，然而其本在乎山川五行。濁爲清母，重爲輕始。兩位既儀，還相爲庸。噓爲雨露，噫爲雷風。乘氣而生，羣分彙從。植類曰生，按尚書傳云：海隅蒼生，謂草木也。動類曰蟲。倮蟲之長，爲智最大。能執人理，與天交勝。用天之利，立人之紀。紀綱或壞，復歸其始。堯、舜之書，首曰「稽古」，不曰稽天；幽、厲之詩，首曰「上帝」，不言人事。在舜之進，元凱舉焉，曰「舜用之」，不曰天授；在殷高宗，襲亂而興，心知説賢，乃曰「帝賚」。堯民之餘，難以神誣；商俗已訛，引天而毆。由是而言，天預人乎？

【校】

〔頭目〕紹本、崇本頭均作顔。

〔心腹〕崇本、文粹腹均作腑。

〔懸寓〕崇本、全唐文寓均作寓。按：懸寓已見本卷辯迹論。

〔爲智〕文粹無此二字。

〔不言人事〕崇本言下有於字。

〔在舜之進〕紹本、崇本、畿本進均作庭。

〔殷高宗〕結一本作殷中宗，據世綵堂本柳集及史記殷本紀改。

【箋證】

按：此篇即複述中篇之意而括以四語曰：「用天之利，立人之紀，紀綱或壞，復歸其始。」即順應自然之規律以治人事也。人事未盡，則復歸於任天矣。然人之智與時俱進，其初但能小勝乎天而已，其漸則有加焉，又其漸則更有加焉。故後必勝於前，今必優於古。文末舉幽、厲之詩曰上帝，殷高宗舉傳説曰帝賚，是紀綱壞之時則歸於任天。然必以堯、舜不曰稽天不曰天授爲難以神誣，是則天命神道之説皆起於後世而不於古昔矣。事理亦必不然，其詞頗失檢。

又按：武丁假託帝賚之説，禹錫發之，而楊慎亦頗知之。丹鉛總録一〇：「武丁以夢相傳説，事著于書矣，而世猶疑之，曰夢而得賢可也，或否焉，亦將立相之！且其旁求，以象之肖也。天下之貌相似亦多矣，使外象而内否，亦將寄以鹽梅舟楫之任歟！審如是，則叔孫之夢豎牛，漢文之夢鄧通，卒爲身名之累，夢果可憑歟！或曰非也。武丁嘗遯於荒野而後即位，彼在民間已知説之賢矣，一旦欲舉而加之臣民之上，人未必帖然以聽也，故徵之於夢焉。是聖人之神道設教也。是所謂民可使由之而不可使知也。且又商之俗質而信鬼，因民之所信而導之，是聖人所以成務之幾也。劉禹錫之言曰：在舜之庭……蓋亦意料之言也。莊子載太公之事云：文王見一丈夫釣，欲舉而授之政，而恐大臣父兄之弗安也。欲終而釋之，而不忍百姓之無天也，於是旦而屬之大夫曰：昔者寡人夢見良人黑色而髯，號曰：寓而政於臧丈人，庶幾乎民有瘳乎！遂迎臧丈而授之政。顔淵問於仲尼曰：文王其猶未邪，何以夢爲乎？仲尼曰：默，女無言，夫文王盡之也，而又何論刺焉？彼直以循斯須也。禹錫之言蓋本莊子，彼以武丁文王之用説與望，猶田單之用一妄男子爲軍師，類乎聖人之神道設教，以幾成務而不使民知。」

附録　柳宗元答劉禹錫天論書

宗元白：發書得天論三篇，以僕所爲天説爲未究，欲畢其言。始得之，大喜，謂有以開吾志慮。

及詳讀五六日，求其所以異吾說，卒不可得。其歸要曰：非天預乎人也。凡子之論，乃吾天說傳疏耳，無異道焉。諄諄佐吾言，而曰有以異，不識何以爲異也。

子之所以爲異者，豈不以贊天之能生植歟！夫天之能生植久矣，不待贊而顯。且子以天之生植也，爲天邪，爲人邪！抑自生而植乎！若以爲爲人，則吾愈不識也。若果以爲自生而植，則彼自生而植耳，何以異夫果蓏之自爲果蓏，癰痔之自爲癰痔，草木之自爲草木邪！是非爲蟲謀明矣。猶天之不謀乎人也。彼不我謀而我何爲務勝之邪！子所謂天勝者，若天恒爲惡，人恒爲善，人勝天則善者行，是又過德乎人，過罪乎天也。又曰：天之能者生植也，人之能者法制也，是判天與人爲四而言之者也。余則曰：生植與災荒皆天也，法制與悖亂皆人也，二之而已。其事各行不相預，而凶豐理亂出焉。究之矣。凡子之辭，枝葉甚美，而根不取直以遂焉。

又子之喻乎旅者皆人也，而一曰天勝焉，一曰人勝焉，何哉？莽蒼之先者力勝也，邑郛之先者智勝也，虞、芮，力窮也，匡、宋，智窮也。是非存亡，皆未見其可以喻乎天者。若子之說，要以亂爲天理，理爲人理邪！謬矣。若操舟之言人與天者，愚民恒說耳。幽、厲之云爲上帝者，無所歸怨之詞爾。皆不足喻乎道。子其熟之，無羨言侈論以益其枝葉，姑務本以爲得，不亦裕乎？獨所謂無形爲無常形者甚善。宗元白。

劉禹錫集箋證卷第六

論中

因論七篇

劉子閒居作因論，或問其旨曷歸歟？對曰：因之爲言有所自也。夫造端乎無形，垂訓於至當，其立言之徒。放詞乎無方，措旨於至適，其寓言之徒。蒙之智不逮于是，造形而有感，因感而有詞，匪立匪寓，以因爲目。因論之旨也云爾。

鑒藥

劉子閒居有負薪之憂，食精良弗知其旨，血氣交沴，煬然焚如。客有謂予：「子病，病積日矣。乃今我里有方士淪跡於醫，厲者造焉而美肥，輒者造焉而善馳。矧常病也，將子詣諸？」予然之，之醫所。切脈觀色聆聲，參合而後言曰：「子之病，其興居之節舛、衣食之齊乖所由致也。今夫藏鮮能安穀，府鮮能母氣，徒爲美疢之囊橐耳，我能攻之。」乃出藥一丸，可兼方寸，以授予曰：「服是足以瀹昏煩而鉏蘊結，銷蠱慝而歸耗氣。然中有毒，須其疾瘳而止，過當則傷和，是以微其齊也。」予受藥以餌，過信而骽能輕，痺能和，涉旬而苛癢絶焉，抑搔罷焉。踰月而視分纖，聽察微，蹈危如平，嗜糲如精。或聞而慶予，且閧言曰：「子之獲是藥，幾神乎！誠難遭已。顧醫之態多嗇術以自貴，遺患以要財，盍重求之，所至益深矣。」予昧者也，泥通方而狃既效，猜至誠而惑勦説，卒行其言。逮再餌半旬，厥毒果肆，岑岑周體，如痁作焉。悟而走諸醫，醫大吒曰：「吾固知夫子未達也。」促和蠲毒者投之，濱於殆而有喜，異日進和藥乃復初。

劉子慨然曰：善哉醫乎，用毒以攻疹，用和以安神，易則兩躓，明矣。苟循往以御變，昧於節宣，奚獨吾儕小人理身之弊而已？

【校】

〔劉子閒居作因論〕崇本劉上有子字。

〔至適〕全唐文適作當。

〔子病〕崇本作子疾。

〔輒者〕崇本輒作踆，畿本、全唐文均作蹶。

〔常病也〕崇本也作雅。

〔美疢〕紹本、崇本、畿本、全唐文疢均作疹，誤。

〔攻之〕全唐文攻作功。

〔微其齊〕紹本、崇本齊下均注云：去。按：此皆後人所加，不足取。後不復出。

〔骰〕紹本、崇本作䯝。

〔鬩言〕崇本鬩作鬭。

〔大吒〕崇本吒作咤。

〔夫子〕崇本作夫夫。

【注】

〔立言〕按立言指古經傳之訓，寓言指戰國諸子之以譬喻立説者，此文實亦寓言之屬，而託之於身所經目所睹耳。

〔負薪〕按孟子公孫丑下有「采薪之憂」，爲有疾之謙辭。今云負薪，意亦相同也。

〔厲者〕謂癩也，史記刺客列傳，漆身爲厲。莊子，厲憐王。

〔美疢〕左傳襄二十三年，臧孫曰：美疢不如惡石，石猶生我，疢之美，其毒滋多。

〔方寸〕按方寸指量藥之匕，然既云出藥一丸，不宜又云可兼方寸。且下文之意謂餌之過量，則似不止一丸，疑語有訛脱。

〔過信〕左傳莊三年：「再宿爲信。」

〔苛癢〕禮記内則：「問衣燠寒疾痛苛癢而敬抑搔之。」爾雅釋言：「苛，妎也。」即疥字之由來。

〔岑岑〕按漢書外戚傳：「我頭岑岑也，藥中得無有毒！」顔注：「岑岑，痺悶之意。」

〔痁〕左傳昭二十年：「齊侯疥，遂痁。」杜注：「痁，瘧疾。」

〔未達〕論語鄉黨：「康子饋藥，拜而受之，曰：丘未達，不敢嘗。」疏云：「孔子未達其藥之故，不敢先嘗。」此云未達，亦謂未曉醫藥之理也。

【箋證】

〔因論七篇〕按：此文小引云：「劉子閒居作因論」，考禹錫自貞元十六年（八〇〇）入杜佑幕以至開成初罷同州刺史，皆無閒居之日，所謂閒居，惟第進士後未授官以前可以當之。復考七篇之中，有歲月可爲明徵者，莫如訊甿一篇。其中敍汴州之事，有云：「自巨盜間釁而武臣顓焉」，巨盜指李希烈也。希烈以建中四年（七八三）陷汴州，改爲大梁府，即帝位，稱大楚。所謂巨盜間釁也。貞元元年（七八五），劉洽收復汴州，即以爲節度使，洽改名玄佐，所謂武臣顓焉，自此始矣。及八年（七九二）三月，玄佐卒，軍中擁立其子士寧。通鑑（二三四以下各卷）云：「士寧以財賞將士，劫（監軍）孟介以請於朝。上以問宰相，竇參曰：今汴人指李納以邀制命。不許，將合於（李）納。庚寅，以士寧爲宣武節度使。士寧疑宋州刺史翟良佐不附己，託言巡撫，至宋州，以都知兵馬使劉逸準代之。」此一亂也。「（九年十二月），士寧帥衆二萬畋于外野，（都知兵馬使李）萬榮晨入使府，召所留親兵詐之曰：敕徵大夫入朝，以吾掌留務，汝輩人賜錢三十緡，衆皆拜。又諭外營兵，皆聽命。乃分兵閉城門，使馳白士寧曰：敕徵大夫，宜速即路，少或遷延，當傳首以獻。士寧知衆不爲用，以五百騎逃歸京師。……以通王諶爲節度大使，以萬榮爲留後。」此再亂也。「（十二年六月），李萬榮疾病，其子迺爲兵馬使。甲申，迺集諸將，責李湛、伊婁説、張丕以不憂軍事，斥之外縣。上遣中使第五守進至汴州，宣慰始畢，軍士十餘人呼曰：兵馬使勤勞無賞，劉沐何人，爲行軍司馬！沐懼，陽中風舁出。軍士又呼曰：倉官劉叔何給納有姦。殺而食之。又欲斫守進，迺止之。迺又殺伊婁説、張丕。都虞候匡城鄧惟恭與萬榮鄉里相善，萬榮常委以腹心，迺亦倚之。至是惟恭與監軍俱文珍謀，執迺送京師。秋七月乙未，以東都留守董晉同平章事兼宣武節度使……晉既受詔，即與傔從十餘人赴鎮，不用兵衞。至鄭州，迎者不至，鄭州人爲晉懼，或勸晉且留觀變。有自汴州出者，言於晉曰：不可入。晉不對，遂行。惟恭以晉來之速，不及謀。晉去城十餘里，惟恭乃率諸將出迎，晉命惟恭勿下馬，氣色甚和，惟恭差自安。既入，仍委惟恭以軍政。初，劉玄佐增汴州兵至十萬，遇之厚，李萬榮、鄧惟恭又加厚焉，士卒驕不能禦，乃置腹心之士，幕於公庭廡下，挾弓執劍以備之，時勞賜酒肉。晉至之明日，悉罷之。」此三亂也。

訊甿文中稱隴西公，即晉之封爵。又云：「吾帥故爲丞相。」按晉以貞元五年（七八九）入相，九年（七九三）罷爲禮部尚書，亦正與晉之仕履合。通鑑又載：是年八月丙子，以汝州刺史陸長源爲宣武行軍司馬。朝議以董晉柔仁多可，恐不能集事，故以長源佐之。長源性剛刻，多更張舊事，晉初皆許之，案成則命且罷，由是軍中得安。據長源本傳云：自萬年縣令爲汝州刺史。文中有云：「其佐嘗宰京邑，能誅鉏豪右」，則亦與長源之仕履合。綜以上情事觀之，則此文爲貞元十二年（七九六）汴州三亂以後董晉初至鎮時所作，殆無可疑矣。準是以言，參之子劉子自傳，則似即禹錫除太子校書赴官時。更就他篇之行跡觀之，儆舟篇有云「浮於汴，涉淮而東」，原力篇有云「舟次泗濱」，大抵所涉皆不出汴、泗、淮之境，尤可見七篇之作互相關聯，其時必相先後。除訊甿篇明言自徐、泗往長安外，儆舟、力命兩篇皆似言自京東行返淮南，蓋禹錫是時以省覲而來往於其間也。據此，知此七篇乃禹錫之少作，故文義既未甚精，文格亦較集中他篇爲平衍，細察之可辨。卞孝萱劉禹錫年譜據百川學海本題名「唐夔州刺史劉禹錫書」，定爲在夔州所作，未確。或禹錫在夔州時重自寫定，則理或有之。

〔鑒藥〕按：本篇之旨在闡明醫藥之爲用在於以峻利攻伐之劑去其蘊毒，然蘊毒既去，則當求有以和安之，若攻伐不已，則毒發而疾殆。凡藥皆有弊，服之適如量，則有效而無害，過量則有害。服之過量，毒已發矣，故必先投以解毒之劑，然後進調理之方。禹錫少時以多病之故，諳悉醫藥，見卷十答薛郎中書，故就所親歷者言之。然文末數語云：「苟循往以御變，昧於節宣，奚獨吾儕小人理身之弊」，亦必寓有託諷之意。當貞元之末，朝士陷刑網者甚衆，往往一斥十年，不復肆赦。（通鑑二三六：德宗之末，十年無赦，羣臣以微過譴逐者，皆不復敍用。）故新唐書於德宗紀末論之曰：「德宗猜忌刻薄，以强明自任，恥見屈於正論，而忘受欺於姦諛。故其疑蕭復之輕己，謂姜公輔爲賣直，而不能容，用盧杞、趙贊則至於敗亂而終不悔。」綜其所行，施之武人則姑息太過，施之政事則操切失中。禹錫處此時，殆已見變革之不可緩，後此王、韋之佐順宗，蓋即本此旨也。

〔輒者〕穀梁傳昭公二十年：「輒者何也？曰：兩足不能相過，齊謂之綦，楚謂之踂，衞謂之輒。」此文正用此義。而崇本輒作跛，畿本、全唐文均作蹶，必校者不知穀梁傳有此義而臆改。禹錫深於穀梁之學，於集中常見之。

訊甿

劉子如京師，過徐之右鄙，其道旁午，有甿增增，扶斑白，挈羈角，賫生器，荷農用，摩肩而西。僕夫告予曰：「斯宋人、梁人、亳人、潁人之逋者，今復矣。」予愕而訊云：「予聞隴西公噣轂之止，方踰月矣。今爾曹之來也，欣欣然似恐後者，其聞有勞徠之簿歟，蠲復之條歟，振贍之格歟，碩鼠亡歟，瘈狗逐歟！」曰：「皆未聞也。且夫浚都，吾政之上游也。自巨盜間釁而武臣顓焉。牧守由將校以授，皆虎而冠。子男由胥徒以出，皆鶴而軒。故其上也子視卒而芥視民，其下也鶩其理而蛑其賦。民弗堪命，是軼于他土。然咸重遷也，非阽危擠壑不能違之。曩者雖歸歟成謡，而故態相沿，莫我敢復。今聞吾帥故爲丞相也，能清静畫一，必能以仁蘇我矣。其佐嘗宰京邑也，能誅鉏豪右，必能以法衞我矣。奉斯二必而來歸，惡待事實之及也。」

予因浩歎曰：行積於彼而化行於此，實未至而聲先馳。聲之感人若是之速歟！然而民知至至矣，政在終終也。嘗試論聲實之先後曰：民黠政頗，須理而後勸，斯實先聲後也。民離政亂，須感而後化，斯聲先實後也。立實以致聲，則難在經始；由聲以循實，則難在克終。操其柄者能審是理，俾先後終始之不失，斯誘民孔易也。

【校】

〔之格〕紹本格字缺，崇本作術。

【注】

〔暘轂〕暘，隸變爲暢。詩秦風小戎「文茵暢轂」，謂將帥之戎車也。

〔碩鼠〕詩魏風碩鼠：「刺重斂也，國人刺其君重斂蠶食於民，不修其政，貪而畏人，若碩鼠也。」

〔瘈狗〕左傳襄十七年：「國人逐瘈狗，入于華臣氏。」又哀十二年：「國狗之瘈，無不噬也。」

〔浚都〕詩鄘風干旄：「孑孑干旟，在浚之都。」後人皆以浚都指大梁。

〔吾政之上游〕按宋、汴（文中稱梁）、亳、潁四州皆隸宣武，而節度使治所則在汴州，故云吾政之上游。

〔巨盜〕指李希烈，見卷末箋證。

〔其上〕其上謂節鎮，其下謂官吏。

〔丞相〕董晉於貞元五年（七八九）入相，九年（七九三）罷爲東都留守。

【箋證】

按：此篇全爲董晉及陸長源而發，説已見前。晉之涖宣武在貞元十二年（七九六），其卒也爲十五年（七九九）。據子劉子自傳，禹錫以貞元九年（七九三）登進士第，十年（七九四）登宏詞拔萃科，改太子校書，請告歸省。是時禹錫往來揚州、徐州、洛陽、長安之間或非一度，此文所述行踪，則自揚州取道徐州往京師也。禹錫是時年方二十餘，涉世未深，故聞人言而遽頌晉與長源之能，不知晉固未能弭汴軍之亂，而長源竟以身受禍也。以此觀之，乃禹錫貞元十二年（七九六）據所見聞，偶有此作，已無疑義。並可見禹錫於異日編集時亦未嘗有所改定，更可證此七篇皆在此一二年中彙編，並非事後所湊集也。

〔隴西公〕隴西公謂董晉，舊唐書一四五、新唐書一五一均有傳。據韓愈集，董公行狀結銜有「隴西郡公」，知晉曾受此封。上文宋人、梁人、亳人、潁人云云，蓋宣武節度使是時轄宋、汴、亳、潁四州。

〔其佐嘗宰京邑也〕其佐謂陸長源，舊唐書一四五有傳，新唐書附董晉傳中。據傳，自萬年縣令出爲汝州刺史，自汝州爲宣武行軍司馬。萬年爲京兆附郭邑，京縣令秩五品，例以才幹剛强之人爲之。節度下之行軍司馬即當儲帥之任。見舊唐書一四六嚴綬傳。參見本集卷十一請赴行營表箋證。

歎牛

劉子行其野，有叟牽跛牛于蹊，偶問焉：「何形之瑰歟，何足之病歟？今觳觫然將安之歟？」叟攬縻而對云：「瑰其形，飯之至也；病其足，役之過也。請爲君畢詞焉。我僦車以自給。嘗驅是牛，引千鈞，北登太行，南至商嶺。掣以回之，叱以聳之。雖涉淖躋高，轂如蓬而軥不償。以庖視之則有羸。伊禁焉莫敢尸也。及今廢矣，顧其足雖傷而膚尚腯，以畜豢之則無用，以庖視之則有羸。伊禁焉莫敢尸也。甫聞邦君饗士，卜剛日矣，是往也，當要售於宰夫。」余尸之曰：「以叟言之則利，以牛言之則悲。若之何？予方窶，且無長物，願解裘以贖，將置諸豐草之鄉，可乎？」叟囅然而咍曰：「我之沽是，屈指計其直可以持醪而鬻肥，飴子而衣妻，若是之逸也。奚事裘爲？且昔之厚其生，非愛之也，利其力；

今之致其死，非惡之也，利其財。子惡乎落吾事？」

劉子度是叟不可用詞屈，乃以杖扣牛角而歎曰：所求盡矣，所利移矣。是以員能霸吳屬鏤賜，斯既帝秦五刑具，長平威振杜郵死，垓下敵擒鍾室誅。皆用盡身賤，功成禍歸，可不悲哉，可不悲哉！嗚呼！孰不賈之用而應夫無方，使時宜之，莫吾害也。苟拘於形器，用極則憂，明已。

【校】

〔南至〕紹本、崇本、畿本、中山集、全唐文至均作並。

〔商嶺〕崇本嶺下注云一作顔。

〔不償〕崇本償作憤，誤。

〔及今〕崇本及作乃。

〔落吾事〕按：落疑當作格。

【注】

〔邦君〕按唐代藩鎮於軍中合樂宴饗以勞吏士，已成習俗。禮，外事以剛日，宴饗外事也，故卜剛日。

〔杜郵〕秦白起賜死於杜郵。

〔鍾室〕漢吕后使武士縛韓信，斬之長樂鍾室。

【箋證】

按：此文主旨在「所求盡，所利移」二語，與鳥盡弓藏之意相類。但不從用人者立言，而從立身應世之道立言，故篇末有「執不匱之用而應夫無方，使時宜之莫吾害」數語。又「拘於形器，用極則憂」二語即莊子「繕刀而藏」之意。考李晟之卒在貞元九年（七九三），即禹錫登第之年也。晟在收京以後，頗被讒謗，不自得，事見通鑑二三二。疑此文爲晟輩爲發。又竇參、陸贄、姜公輔之被斥逐皆在此數年中。禹錫殆不敢斥言德宗之猜忌寡恩，乃以不能應夫無方爲諸人咎耳。

儆舟

劉子浮于汴，涉淮而東，亦既釋紼纚，榜人告余曰：「方今湍悍而舟盬，宜謹其具以虞焉。」予聞言若厲。繇是衂以室之，灰以墐之，斢以乾之，僕怠而躬行，夕惕而晝勤，景霾晶而莫進，風異嚮而遄止。兢兢然累辰，是用獲濟。偃檣弭櫂，次于淮陰。於是舟之工咸沛然自暇自逸，或游肆而觴矣，或拊橋而歌矣，隸也休役以高寢矣，吾曹無虞以宴息矣。逮夜分而窾隟潛澍，涣然陰潰，至乎淹簀濡薦，方卒愕傳呼，跣跳登墟，僅以身脱。目未及瞬而樓傾軸墊，抵于泥沙，力莫能支也。

劉子缺然自視而言曰：曏予兢惕也，汩洪漣而無害。今予宴安也，蹈常流而致危。畏之途果無常所哉！不生於所畏而生於所易也。是以越子膝行吴君忽，晉宣尸居魏臣怠，白公厲劍子西哂，李園養士春申易，至于覆國夷族。可不儆哉！嗚呼！禍福之胚胎也，其動甚微；倚伏之矛楯也，其理甚明。困而後儆，斯弗及已。

【校】

〔高寢〕紹本、崇本、全唐文高均作尚。

〔登墟〕崇本墟作坵。

〔抵于〕紹本抵作坻，崇本作圮。

〔缺然〕崇本缺作歃。

〔自視〕崇本自作目。

〔洪漣〕崇本、全唐文漣均作波。

【注】

〔越子〕謂勾踐，春秋於吴越之王皆稱子。

〔晉宣〕謂司馬懿，三國志魏書九曹爽傳：李勝出爲荆州刺史，往詣宣王，宣王稱疾困篤，示以羸形，勝不能覺，謂之信然。通鑑七五，勝退告爽曰：「司馬公廣居餘氣，形神已離，不足慮矣。」（爽傳無此語）魏臣指曹爽等人。

〔白公〕左傳哀十六年：「（白公）勝自厲劍，子期之子平見之，曰：王孫何自厲也？曰：勝以直聞，不告女，庸爲直乎？將以殺爾父。平以告子西，子西曰：勝如卵，余翼而長之，楚國第，我死，令尹、司馬，非勝而誰？」此所謂子西哂，不信而哂之也。

〔李園〕史記春申君列傳載朱英對春申君之言曰：「李園不治國而君之仇也，不爲兵而養死士之日久矣。楚王卒，李園必先入據權而殺君以滅口。」春申君曰：「足下置之，李園弱人也，僕又善之，且又何至此。」此所謂春申易，易者不以爲意也。

【箋證】

按：此文云：「浮汴涉淮，次于淮陰」，自是由京洛往淮南之行程，當在授太子校書後請告東歸時，與訊甿一篇之行程自東而西者恰相反。禹錫方擬科第、履仕途，得此之初，以此自儆，似别無深意。

又按：越子膝行數語，洪邁以爲效漢書贊之「豎牛奔仲，叔孫卒；郈伯毁季，昭公逐。」其模範則本自荀子成相篇。（見容齋四筆九）王應麟困學紀聞則並上篇之「員能霸吴屬鏤賜，斯既帝秦五刑具，長平威振杜郵死，垓下敵禽鍾室誅」，謂爲文法效漢書蒯通傳贊。

原　力

劉子于邁，舟次泗濱，維絝邇之于傳，傳吏適傳呼曰：「乘驛者方來。誰何之？」

則曰：「力人也。」雅以力聞于吴楚間，中貴人器之，謂宜爲爪士，獻言于上。有旨趣如京師。頃其至則仡焉五輩，咸碩其體，毅其容，動睛曄如，曳趾岌如，顧瞻遲回，飲啜有聲。泗濱守伾，由將授也，説而勞之，饗以太牢，飲以百壺，酒酣氣振，求試自矜，傍如無人，中若有凴。有盪舟如沿者，抉鼎如飛者，絢鞬如麻者，開兩弧而脈不僨者，屭巨石而濟如流者，異哉！果以力駭世而聞于上也。

異日話於儒家者流，有客悱然自奮曰：「斯誠力矣，上之不過誇胡人而戲角抵，次之不過倅期門而振衸服。我之力異，然以道用之可以格三苗而賓左衽，以威用之可以係六嬴而斷右臂。由是而言：彼力也長雄於匹夫，然猶驛其騑，饋其食；我力也無敵於天下，亦當蒲其輪鶴其書矣。」予詰之曰：「彼之力用於形者也，子之力用於心者也。形近而易見，心遠而難明。理乎而言，則子之力大矣；時乎而言，則彼之力大矣。且夫小大迭用，曷常哉？彼固有小矣，子固有大矣。予所不能齊也。」客於邑垂涕洟。劉子解之曰：「屠羊于肆，適味於衆口也；攻玉于山，俟知於獨見也。貪日得則鼓刀利，要歲計而韞櫝多。」客聞之破涕曰：「吾方俟多於歲計也。歲歟歲歟！其我與歟！」

【校】

〔抉鼎〕結一本抉作扶，誤。

〔濟如〕紹本、崇本、中山集濟均作齋，畿本、全唐文均作齊。

〔六嬴〕崇本嬴作蠻，誤。按：六嬴語出史記衛將軍驃騎列傳。

〔彼之〕崇本無之字。

〔劉子〕紹本子作予，誤。

【注】

〔袀服〕左傳僖五年：「均服振振。」釋文：「均如字，同也。字書作袀，音同。」按袀服後世多用爲軍服之稱。

〔蒲其輪〕庾信哀江南賦：「門巷蒲輪」，孔稚珪北山移文：「鶴書赴隴。」蒲輪鶴書皆喻朝廷之徵召。

【箋證】

按：唐語林四云：「李相紳督大梁日，聞鎮海軍進健卒四人，一曰富倉龍，二曰沈萬石，三曰馮五千，四曰錢子濤，悉能拔撅角觝之戲。翌日，于球場内犒勞，以老牛筋皮爲炙，狀瘤魁之臠，坐于地茵，大柈令食之。萬石等三人視炙堅麤，莫敢就食，獨五千瞑目張口，兩手捧炙，如虎啖肉。丞相曰：真壯士也，可以撲殺西域健胡。又令試觝戲，倉龍等亦不利，獨五千勝之。十萬之衆，爲之披靡。于是獨留五千，倉龍等退還本道。語曰：壯兒過大梁，如上龍門也。其所敍力士之狀，與此文參核，如云：「咸碩其體，毅其容，動睛曄如，曳趾岌如。」又云：「有盪舟如沿者，抉鼎如飛者，綯鍵如麻者，開兩弧而脈不僨者，屣巨石而濟如流者。」皆大致相合。所記李紳一事，未必即爲禹錫此文所指，然唐時諸道進力士以達長安，路出汴泗，乃恒有之事。張鷟龍筋鳳髓判：「衛狀稱揚州貢大人魯敬，身長九尺，力敵十夫。」（見全唐文一七三）舊唐書敬宗紀：寶曆二年（八二六）七月乙亥，河中進力士八人，皆其比也。

又按：文中有云：「劉子于邁，舟次泗濱。」是禹陽由京洛赴淮南之行程，與儆舟一篇應爲同時之作。

〔誰何〕顧炎武釋此二字云：「詩：室人交徧摧我。韓詩作讙，玉篇作謹，丁回切，讁也。六韜：令我壘上，誰何不絶。史記：賈誼過秦論：陳利兵而誰何。誰讙同，何呵同。漢書五行志：故公車大誰卒。注：大誰者，主問非常之人，云姓名是誰何也。此解未當。焦氏易林：當年少寡，獨與孤處。雞鳴犬吠，無敢誰者。説苑：民知十己，則尚與之争曰不如吾也。百己則疵其過，千己則誰而不信。揚雄衛尉箴：二世妄宿，敗於望夷。閻樂矯搜，戟者不誰。史記衛綰傳：歲餘不譙訶綰，漢書作不孰何綰，難曉，疑譙訛爲誰，誰又轉爲孰也。」（見日知録三二）按：顧氏所考固爲詳博，然衛綰傳所言實是不過問綰之意，決非譙訶之意，顧氏駁顔説，仍未免偏執。禹錫此文顯用顔説。蓋傳吏既已傳呼，舟人又焉敢尚譙訶之？

明是問訊來者爲何人之意也。按其情事，禹錫自京洛赴淮南，是東下者，力士由吴、楚如京師，是西上者。一上一下，故得問訊。若同行則無須矣。此尤爲禹錫行程之確證。

〔泗濱守伾〕據舊唐書一四六薛伾傳云：「勝州刺史涣之子，尚父汾陽王召置麾下，著名於諸將間。左僕射李揆使西蕃，伾爲將從役。時賊泚之難，昆夷赴義，伾馳騎鄉導，至于武功，擢授左威衛將軍，使絶域者前後數四。累遷金吾衛大將軍檢校工部尚書兼將作監，出爲鄜坊觀察使，元和八年（八一三）卒于官，贈潞州大都督。」考其時代官資均合，疑即此人，由將授一語，正與傳中所敍出身相符，但傳不言其爲泗州刺史耳。

〔六贏〕史記衛將軍驃騎列傳云：「單于視漢兵多而士馬尚强，戰而匈奴不利，薄暮，單于遂乘，六贏，壯騎可數百，直冒漢圍西北馳去。」六贏、右臂皆謂匈奴也。崇本作六蠻，此淺人不知出史記、漢書，未得其解而臆改。

説驥

伯氏佐戎于朔陲，獲良馬以遺予。予不知其良也，秣之稊秕，飲之污池；廄櫪也，上痺而下蒸；羈絡也，綴索而續韋。其易之如此。予方病且窶，求沽于肆。肆之駔亦不知其良也，評其價六十緡。將劑矣，有裴氏子贏其二以求之，謂善價也，卒與裴氏。裴所善李生，雅挾相術，於馬也尤工。覩之周體，眙然視，听然笑，既而抃隨之，且曰：「久矣吾之不覯於是也。是何柔心勁骨，奇精妍態，宛如鏘如曄如翔如之備邪！今夫馬之德也全然矣，顧其維駒藏銳于内，且秣之乖方，是用不説于常目。須其齒備而氣振，則衆美灼見，上可以獻帝閑，次可以鬻千金。」裴也聞言竦焉，遂儆其僕，蠲其皁，筐其惡，蜃其溲，穱以美薦，秣以薌粒，起之居之，澡之挋之，無分陰之怠。斯以馬養，養馬之至分也。居無何，果以驥德聞。

客有喭予以喪其寶，且譏其所貿也微。予灑然曰：始予有是馬也，予常馬畜之；今予易是馬也，彼寶馬畜之。寶與常在所遇耳。且夫昔之翹陸也，謂將蹄將齧，抵以檛策，不知其籋雲耳；昔之嘘吸也，謂爲疵爲癘，投以藥石，不知其噴玉耳。夫如是，則雖曠日歷月，將至頓踣，曾何寶之有焉？繇是而言，方之於士，則八十其緡也不猶踰於五羖皮乎？客謖而竦。予遂言曰：馬之德也，存乎形者也，可以目取，然猶爲之若此；矧德蘊于心者乎？斯從古之歎，予不敢歎。

【校】

〔朔陲〕纖本陲作隯。

〔听然〕中山集听作聽，誤。听，牛隱切。司馬相如上林賦「亡是公听然而笑」，是也。

〔今夫馬〕紹本、崇本、中山集均無馬字。

〔維駒〕全唐文維作爲，此用詩小雅鴻雁：「皎皎白駒，縶之維之。」當作維。

〔將至頓踣〕紹本、崇本、中山集均無至字，頓踣下有是以二字。

〔爲之若此〕紹本、崇本、全唐文爲均作違。

【注】

〔筐其惡〕謂以筐掃去其糞。

〔蜃其溲〕蓋謂以蜃灰滲其溲使乾潔。

〔五羖皮〕史記秦本紀：「繆（穆）公聞百里奚賢，欲重贖之，恐楚人不與，乃使人謂楚曰：吾媵臣百里奚在焉，請以五羖羊皮贖之。」按五羖皮言其值賤甚也。

〔馬之德〕按此用論語「驥不稱其力稱其德」之意。

【箋證】

按：此有「予方病且寠」一語，與七篇中之鑒藥、述病二篇相涉，亦足爲此七篇皆一時所作之證。

〔伯氏〕按：本集卷二十八有奉送家兄歸王屋山隱居詩，證以此文首句「伯氏佐戎於朔陲」，則禹錫之兄必爲北方藩鎮之幕職。又本集卷二十有猶子適越戒，蓋即其兄之子。外集卷八桃源翫月詩劉蒨跋，稱禹錫爲叔父，或亦是。然禹錫無同胞兄，見本集卷十上杜司徒書及卷十八上中書李相公啓。

〔李生〕唐語林六云：「興元中，有知馬者曰李幼清，暇日常取適於馬肆。有致悍馬于肆者，結鎖交絡其頭，二力士以木夫支其頤，三四輩執檛而從之，馬氣色如將噬，有不可馭之狀。幼清遍而察之，訊于主者。且曰：馬之惡無不具也，將貨焉，惟其所酬耳。幼清以二萬易之，馬主尚慙其多。既而聚觀者數百輩，訝幼清之決也。幼清曰：此馬氣色駿異，體骨德度非凡馬。是必主者不知馬，俾雜駑輩槽棧，陷敗狼籍，刷滌不時，芻秣不適，蹄齧蹂奮，蹇破唐突，志性鬱塞，終不可久，無所顧賴，發而爲狂躁，則無不爲也。既晡，觀者稍間，乃別市一新絡頭，幼清自持，徐徐而前，語之曰：爾才性不爲人所知，吾爲汝易是鎖結雜穢之物。馬弭耳引首。幼清自負其知，乃湯沐翦飾，別其皁棧，異其芻秣，數日而神氣一小變，踰月而大變，志性如君子，步驟如俊乂，嘶如龍，顧如鳳，乃天下之駿乘也。」其情事與禹錫所記合，七篇作於貞元十二年（七九六）頃，距語林所云興元中相去不過十許年，爲時亦合，李生即李幼清自無疑義。

〔捪之〕按：捪字出禮記喪大記：「浴用絺巾，捪用浴衣。」爾雅釋詁：「捪，拭刷清也。」注：「謂拂除令潔清也。」

述病

劉子嘗涉暑而征，熱攻于腠以致病。其僕也告痛，亦莫能興。逮浹日，予有瘳。醫診之曰：「疾幸間矣，顧熱沴而未平，有遺類焉，宜謹於攝衛。衛之乖方，則病復矣。」所苦既微而怠其說，倦眠于衾而興焉，倦隱于几而步焉，面不能罷頮，髮不能捐櫛，口不能忘味，心不能無思。如是未移日而疾也瘳如復癏于躬。進藥求汗，凡三渙然後目能視。視既分，則嚮時之僕已睍然執桮圈侍予于前矣。予訝而曰：「曩吾與若也病偕，呻也諄也，若酷而吾微，藥也餌也，吾殷而若薄。何患之同而痊之異哉？」僕諄諄而答云：「已之被病也兀然而無知，有間也亦兀然而無知。髮蓬如而忘乎亂，面黔如而忘乎垢。洎疾之殺也，雖飲食是念，無滑甘之思，日致復初，亦不知也。」

予喟然歎曰：始予有斯僕也，命之理畦則蔬荒，主庖則味乖，齗廄則馬瘠，常謂其無適能適。乃今以兀然而賢我遠甚，利與鈍果相長哉！僕更矣。劉子遂言曰：樂於用則豫章貴，厚其生則社櫟賢。唯理所之，曾何膠於域也？

【校】

〔衞之〕崇本衞上有攝字。

〔睍然〕崇本睍作晥，下注云一作睍。

〔栝圈〕圈疑當作棬。

〔有間也〕崇本有下注云一作其。全唐文間作問。

【注】

〔兀然〕莊子德充符釋文引李云：「兀，無知之貌。」此文蓋用此義。

〔豫章〕謂有用之木，與社櫟無用之木相對。

【箋證】

按：此文乃藉以致慨能者之艱於遇而庸者易全其生。然此不宜以疾爲喻。僕之病易瘳，雖非其謹於攝衞之效，而禹錫之復病，亦非由於不能忘浣櫛也。禹錫持論，有時不免偏而輕信，故往往爲柳宗元所糾。

又按：文首云：「劉子涉暑而征。」訊甿一篇云：「隴西公暘轂之止，方踰月矣。」考董晉之出鎮宣武在貞元十二年（七九六）七月乙未，是月庚寅朔，乙未爲六日。去暑未遠。是因論七篇爲同一時所作無疑。

劉禹錫集箋證卷第七

論　下

辯易九六論

乾之爻皆九而坤六，何也？世之儒曰：吾聞諸孔穎達云：陽尊得兼乎陰，陰不得兼乎陽也。它日予與董生言及易，生曰：吾聞諸畢中和云：舉老而稱也。請徵諸揲蓍。夫端策者一變而遇少，與歸奇而爲五，再變而遇少，與歸奇而爲四，三變如之。是老陽之數分措于指間者十有三策焉，其餘三十有六，四四而運，得九是已。故易繫注云：「乾一爻三十六策也。」一變而遇多，與歸奇而爲九，再變而遇多，與歸奇而爲八，三變如之。是老陰之數分措于指間者二十有五策焉。其餘二十有四，四四而運，得六是已。故易繫注云：「坤一爻二十四策也。」借如一變而遇少，再變三變而遇多，是少陽之數分揩于指間者二十有一策，其餘二十有八，四四而運得七。一變而遇多，再變三變而遇少，是少陰之數分揩于指間者十有七策，其餘三十有二，四四而運得八。故九與六爲老，老爲變爻，七與八爲少，少爲定位。故曰舉老而稱，亦曰尚變而稱。

且夫筮爲乾者，常遇七斯乾矣，常遇九斯得坤矣。筮爲坤者，常遇八斯坤矣，常遇六斯得乾矣。在左氏國語有之。「晉公子親筮之曰：『尚有晉國。』得貞屯悔豫皆八。」八非變爻，故不曰有所之。按坎二世而爲屯，屯之六二爲世爻，震一世而爲豫，豫之初六爲世爻，屯之二豫之初皆少陰不變，斯非八乎？卦由老數而舉曰六，筮由蓍數故斥曰八。在左氏春秋傳有之。曰：「穆姜薨于東宮，始往而筮之，遇艮之八，史曰：是謂艮之隨。」夫艮艮下，艮上。之隨震下，兑上。唯二不動，斯遇八也。餘五位皆九六，故反焉。筮法以少爲卦主，變者五而定者一，故以八爲占。艮之六二曰：艮其腓不拯其隨，其心不快。史以爲東宮實幽也，遇此爲不利。故從變爻而占，苟以説于姜也。何則？卦以少爲主，若定者五而變者一，即宜曰之某卦，「觀之否」、「師之臨」類是也。變與定均，即決以内外。今變者五，定者一，宜從少占，懼不吉而更之，故曰「是謂艮之隨。」「是謂」之云者，苟以説也。故穆姜終死于東宮，與艮會耳。而杜元凱於此注以爲雜用三易，故有遇八之云，非臻極之理也。

劉子曰：余與董生言九六之義，信與理會，爲不誣矣。餘又於左氏二書參焉，若合形影然，而世人往往攘臂于其間曰：「生之名孰與穎達著邪！而材孰與元凱賢邪！」歷載曠日，未嘗有聞人明是說者，雖余憤然用口舌爭，特貌從者什一二焉。嗟乎！由數立文，所如皆合，昭昭乎若觀三辰，其不晦也如此。然猶貴聽而賤視，齗齗然莫可更也。矧無形之理不可見之道邪！余獨悲而志之以俟夫後覺。初董生言本畢中和，中和本其師，師之學本一行云。

第一指餘一益三，餘二益二，餘三益一，餘四益四。第二指餘一益二，餘二益一，餘三益四，餘四益三。

第三指與第二指同。

右揲蓍數卦從下起，指亦自下始。第一指法地，故益成偶。第二法天，故益成奇。第三人極法天，故同。

第一指遇一益三，并掛一爲五。遇三遇二，并謂之少，與一同。第二指遇一益二，并掛一爲四。第三指遇一益二，并掛一爲四。

右三指俱遇少，通計十三策，其餘三十六策，四四運之，得九，爲老陽。故易繫云：「乾之策二百一十有六。」注云：「陽爻九，一爻三十六策，六爻二百一十有六。」

第一指遇四益四，與掛一爲九。第二指遇四益三，與掛一爲八。遇三亦同。第三指遇四益三，與掛一爲八。遇三亦同。

右三指俱遇多，通計二十五策，其餘二十四策，四四運之，得六爲老陰。故易繫云：「坤之策百四十有四。」謂「陰爻六，一爻二十四策，六爻一百四十有四。」

第一指遇一益三，并掛一爲五。第二指遇四益三，并掛一爲八。第三指遇四益三，并掛一爲八。

右初指少，第二、第三指多。以少爲主。通計二十一策，其餘二十八策，四四運之，得七爲少陽。

第一指遇四益四，并掛一爲九。第二指遇一益二，并掛一爲四。第三指遇一益二，並掛一爲四。

右初指多，第二、第三少。以多爲主。通計一十七策，其餘三十二策，四四而運，得八爲少陰。

第一指遇多謂四四也，並止於九。第二指遇少謂一二也，並止於四。第三指遇多謂三四也，並止於八。

右初指多，第二指少，第三指又多。以少爲主。通計二十一策，其餘二十八策，四四而運，得七爲少陽。

第一指遇少謂二二也，並止於五。第二指遇多謂三四也，並止於八。第三指又遇少謂一二也，並止於四。

右初指少，第二指多，第三指又少，以多爲主。通計一十七策，其餘三十二策，四四而運，得八，爲少陰。

第一指遇多謂四四也，止於九。第二指又遇多謂三四也，止於八。第三指遇少謂一二也，止於四。

右初指第二指並多，第三指獨少，以少爲主。通計二十一策，其餘二十八策，四四運之得七爲少陽。

第一指遇少，止於五。第二指又遇少，止於四。第三指遇多，止於八。

右初指二指並少，三指獨多。以多爲主。通計一十七策，其餘三十二策，四四運之，得八，爲少陰。

「穆姜薨于東宮，始往而筮之，遇艮之八。史曰：『是謂艮之隨。』」夫艮䷳艮下，艮上。之隨䷐震下，兌上。唯六二爻不動，餘五盡變。變者，遇九六也；二不動者，遇八也。

「晉公子親筮之曰：『尚有晉國。』得貞屯悔豫皆八。」夫屯䷂震下，坎上。六位盡不遇六九，故不動。既無所之，即以世爻爲占。按屯是坎宮二世卦，故以一爲占則遇八。夫豫䷏坤下，震上。是震宮一世卦，以初六爲占，亦遇八。韋昭於此注云：「內曰貞，外曰悔，震下坎上爲屯，坤下震上爲豫。言得此兩卦，震在屯爲貞，在豫爲悔。八謂震兩陰爻，在貞在悔皆不動，所以筮史占之，謂「閉而不通者，爻無爲也。」乾之策二百一十有六，謂陽爻六，一爻三十六策，六爻當二百一十六。言三十六者，舉老陽也。坤之策，一百四十有四。謂陰爻六，一爻二十四策，六策當百四十有四。言二十四者，舉老陰也。凡三百有六十，當朞之日。二篇之策萬有一千五百二十，當萬物之數。六十四卦都三百六十四爻，陰陽相半，各一百九十二爻。

陽爻一爻三十六策，合爲六千九百一十二。陰爻一爻二十四策，合爲四千六百八。

右六九之數

一行大衍論云：「三變皆剛，太陽之象也。三變皆柔，太陰之象也。一剛二柔，少陽之象也。一柔二剛，少陰之象也。少陽之剛有始有壯有究，少陰之柔有始有壯有究。因綜四象之變而成八象焉。八象之位而八卦之本列矣。」注云：「太陽始動施于太陰而生震象之七，謂少陽之七，爲震初九。再動干壯而生坎象之七，謂再索而得男也。三動于究而生艮象之七，謂三索而得男也。太陰始動施于太陽而生巽象之八，謂少陰之八，爲巽初六。再動于壯而生離象之八，謂再索而得女也。三動于究而生兑象之八，謂三索而得女也。是以九六七八分爲八象。」

右大衍論

國語又云：「董因迎公于河，公問焉，曰：『吾其濟乎？』對曰：『臣筮之，得泰之八，曰是謂天地配亨，小往大來，今及之矣。何不濟之有？』」韋昭云：「泰三至五震象爲侯，陰爻不動，其數皆八，與貞屯悔豫義同。」劉子曰：昭此說用互體有震，按董因之言「天地配亨」，是六五「帝乙歸妹，以祉元吉」之爻。夫泰，乾坤體全，内外位正，内爲身，外爲事。卜得國事也，以外卦爲占。六五居尊位，故統論卦下辭曰：「小往大來。」爻遇歸妹，故曰「天地配亨」，何必取互體也？

右與董生言易

【校】

〔題〕紹本下有「與董生言易」五字，崇本無論字，下有「并大衍論與董生言易」二行。

〔措于指間〕紹本措作惜，誤。

〔其餘〕崇本下作「世有六四而運，得九是已，故繫注云：乾一爻六策也。一變……」。

〔且夫筮爲乾者〕雲麓漫鈔無「筮爲乾者」以下數語。

〔按坎二世〕崇本世作十。

〔豫之初六爲世爻〕雲麓漫鈔此下有：「蓋屯二在坎則爲陽爻，自震變豫則初六亦陽爻。」

〔筮由蓍數〕畿本蓍作著。

〔餘又於左氏〕紹本、崇本、畿本、雲麓漫鈔餘均作余。

〔特貌從者〕崇本特作時。全唐文作持。

〔第一指遇一益三〕畿本益三作益二。

〔右揲蓍數〕全唐文注作正文，無揲蓍數三字。

〔注云陽爻九〕崇本九作六。

〔六爻一百四十有四〕崇本有四作四策。

〔四四運之得七爲少陽〕雲麓漫鈔無此條。

〔第一指遇少謂二二也〕崇本二二作一二三，雲麓漫鈔作一二。

〔第一指遇多謂四四也〕崇本、全唐文、雲麓漫鈔均無下四字。

〔右初指第二指並多〕崇本初指下有多字。

〔第三指獨少〕崇本無獨字。

〔四四運之得八爲少陰〕全唐文此條下有右揲蓍數四字。又以上三條按紹本應排如左。

第一指遇少謂一二也，並止於五。第二指遇多謂三四也，並止於八。第三指又遇少謂一二也，並止於四。

右初指少，第二指多，第三指又少。以多爲主。通計一十七策，其餘三十二策，四四而運，得八爲少陰。

第一指遇多謂四也，止於九。第二指又遇多謂三四也，止於八。第三指遇少謂一二也，止於四。

右初指第二指並多，第三指獨少，以少爲主。通計二十一策，其餘二十八策，四四運之爲少陽。

第一指遇少，止於五。第二指又遇少，止於四。第三指遇多，止於八。

右初指二指並少，三指獨多，以多爲主。通計一十七策，其餘三十二策，四四運之，得八爲少陰。

〔故以一爲占則遇八〕紹本一作二，崇本一作六二。

〔當萬物之數〕崇本此少多也凡二字。

〔三百六十四爻〕崇本六作八。

〔有始有壯有究〕紹本、崇本、全唐文壯均作牡。

〔昭此說用互體〕崇本互作玄，誤。

【箋證】

按：柳宗元集有與劉禹錫論周易九六書，大意謂禹錫震於董生之說以爲勝於孔穎達正義，而不知其說即在正義中，規禹錫之輕信（柳文及孔穎達正義附後，以備參證）。今考禹錫於絕編生墓表（見外集卷十）已辨蓍龜之誣妄。而於董生之言初無精義者，猶樂道之如此。亦惑也。不止如宗元所譏不深究孔疏而已。據外集卷十董府君墓誌，董生名侹，字庶中，本集卷二十三有和董庶中古散調詞，其餘卷十九、卷二十二、卷二十四亦皆有涉及董侹之作。綜各篇而觀之，董生乃談禪吟詩之客，非研經之士，禹錫殆以初至朗州，即友其人，姑徇其意而獎借之耳。此文載於趙彥衛雲麓漫鈔，而題云白樂天與董生論易，蓋誤也。

又按：陳鴻墀全唐文紀事九三：「困學紀聞：劉夢得辨易九六論曰：董生言本畢中和，中和本其師，師之學本一行。朱文公曰：畢氏揲法視疏義爲詳。柳子厚詆夢得膚末於學，誤矣。鴻墀謹案柳宗元與劉禹錫書云：彼畢子董子何膚末於學而遽云云也？是宗元非詆禹錫。」其實宗元雖非詆禹錫，固亦謂禹錫即其謬而承之。

附録一　柳宗元與劉禹錫論周易九六書

見與董生論周易九六義取老而變，以爲畢中和承一行僧得此説，異孔穎達疏而以爲新奇。彼畢子董子何膚末於學而遽云云也！都不知一行僧承韓氏、孔氏説，而果以爲新奇，不亦可笑矣哉！韓氏注乾之策二百一十有六曰：乾一爻三十有六策，則是取其過揲四分而九也，坤之策一百四十有四曰：坤一爻二十四策，則是取其過揲四分而六也。孔穎達等作正義論云：九六有二義，其一者曰陽得兼陰，陰不得兼陽。其二者曰老陽數九，老陰數六。二者皆變用，周易以變者占。鄭玄注易，亦稱以變者占，故云九六也。所以老陽九老陰六者，九過揲得老陽，六過揲得老陰，此具在正義乾篇中，周簡子之説亦若此，而又詳備，何畢子董子之不視其書而妄以口承之也。君子之學，將有異也，必先究窮其書，究窮而不得焉，乃可以立而正也。今二子尚未能讀韓氏注、孔氏正義，是見其道聽途說者，又何能知所謂易者哉？足下取二家言觀之，則見畢子董子膚末於學而遽云云也。足下所爲書，非元凱兼三易者則諾，若曰孰與穎達著，則此説乃穎達説也。非一行僧、畢子、董子能有異者也。無乃即其謬而承之者歟！觀足下出入筮數，考校左氏，今之世罕有如足下求易之悉者也。然務先窮昔人書，有不可者而後革之，則大善，謹之勿遽。宗元白。

附録二　孔穎達正義（節録）

然陽爻稱九，陰爻稱六，其説有二。一者，乾體有三畫，坤體有六畫，陽得兼陰，故其數九，陰不得兼陽，故其數六。二者，老陽數九，老陰數六，老陰老陽皆變，周易以變者爲占，故杜元凱注襄九年傳遇艮之八，及鄭康成注易，皆稱周易以變者爲占，故稱九稱六。所以老陽數九，老陰數六者，以揲蓍之數，九遇揲則得老陽，六遇揲則得老陰，其少陽稱七，少陰稱八，義亦準此。張氏以爲陽數有七有九，陰數有八有六。但七爲少陽，八爲少陰，質而不變，爲爻之本體。九爲老陽，六爲老陰，文而從變，故爲爻之别名。且七既爲陽爻，其畫已長，今有九之老陽，不可復畫爲陽，所以重錢，避少陽七數，故稱九也。八爲陰數而畫陰爻，今六爲老陰，不可復畫陰爻，故交其錢，避八而稱六。易含萬象，所以多塗，義或然也。

劉禹錫集箋證卷第八

記上

天平軍節度使廳壁記

元和十四年春二月，王師平河南負固之地十有二州，憲宗視地圖户版，俾參其地。三月，有詔：其以曹、濮隸鄆爲一隅，按部三郡，統兵三萬。乃新其軍，錫號天平。蓋承天威以平暴悖，志動揚休，昔稱爲雄，新邦始徠，污俗猶用。朝廷革之以漸，故命功臣或辨吏以帥焉。大和三年冬，天平監軍使以故侯病聞，上方注意治本，乃以牙璋玉節鼎右僕射官稱，賜東都留守令狐公曰：「予擇文武惟汝兼，前年鎮汴州有顯庸，往年弼憲宗有素貴。徒得君重，剛吾四支。」公西拜稽首，登車有耀。不踰旬抵治所，夾清河而域之。

惟鄆州在春秋爲須句之國，涉漢爲濟東。蓋禹貢兖州之域，宣精在上，奎爲文宿；晝野在下，魯爲儒鄉。故其人知書，風俗信厚。天寶末，大憝起於幽都，虜將因兵鋒取其地，右勇左德，積六十年。公之來思，如古醫之治劇病，宣洩頤養，氣還神復。大凡抗詔條國式於身以先之，示菲約以裕人，信賞罰以格物。物力日完，人風自移。涉月報政，踰年鼎治。牙門之容，暨暨而恭。壘門之容，仡仡而和。里中之容，闐闐而遂。勞者以安，去者以歸。分星不摇，田祖降福。凡革前非罷供第無名錢歲鉅萬，菽粟如之，錦繒且千兩。去苛法急徵毁家償租之令，故流庸自占四萬室。衆無吁咨，和氣乃來。三田仍稔，草木咸瑞。豈偶爾哉？

初斯堂西墉有刺史記，而元戎雄尊之位虚其左方，豈有待邪？公命愚志之，俾來者仰公知變風之自。大和五年夏四月二十六日記。

【校】

〔暴悖〕崇本悖作勃。

〔志動〕紹本、崇本動均作勳。

〔昔稱〕紹本、崇本、中山集、全唐文昔均作在。

〔辨吏〕紹本、中山集辨均作辦。

〔西拜〕畿本西作再。

〔里中〕全唐文中作門。

【箋證】

按：唐時中外各官廨多勒石於廳壁，以垂紀念。封氏聞見記云：「朝廷百司諸廳皆有壁記，敍官秩創置及遷授始末。原其作意，蓋欲著前政履歷而發後來健羨焉。故爲記之體，貴其説事詳雅，不爲苟飾，而近時作記，多措浮詞，褒美人材，抑揚閥閲，殊失記事之本意。韋氏兩京記：郎官盛寫壁記，以紀當廳前後遷除出入，寖以成俗。然則壁記之由，當是國朝以來，始自臺省，遂流郡邑耳。」壁記之體，參見附録馬總文中。

又按：此文爲令狐楚作，年月具載文中，禹錫方在集賢院學士任。

又按：金石録列此碑爲第一千八百一，云唐天平軍節度使廳記，劉禹錫撰，沙門有璘書。

〔王師平河南負固之地十有二州〕此指淄青一鎮，詳見下文虜將條。

〔志動揚休〕禮記玉藻：「盛氣顛實揚休。」孔疏：「顛，塞也；實，滿也；揚，陽也；休，養也。言軍士宜怒其氣，塞滿身中，使氣息出外，咆勃如盛陽之氣，生養萬物也。」禹錫用此，蓋斷章取義耳。

〔故侯〕故侯當指崔弘禮。册府元龜帝王部：「大和二年（八二八）十一月壬辰，詔檢校工部尚書鄆州刺史兼御史大夫崔弘禮可檢校右僕射，餘如故。」舊唐書文宗紀：「大和三年（八二九），以東都留守令狐楚檢校右僕射天平軍節度使，代崔弘禮爲東都留守。」紀文蓋有脱誤，代崔弘禮下當仍有以弘禮三字，傳寫失之。楚於三年三月，自户部尚書爲東都留守，復自東都留守加右僕射鎮天平，與禹錫此文合。吴廷燮唐方鎮年表録舊紀之文而未能糾其誤。

〔鼎右僕射官稱〕鼎蓋訓重，謂重之以僕射之官稱也。困學紀聞：「野處草梁叔子制云：鼎學士之大稱，蓋用劉禹錫天平軍壁記以牙璋玉節鼎右僕射官稱之語。」野處謂洪邁也。於此可見南宋人猶能熟用劉文，視劉文與韓、柳並重。左思吴都賦：「高門鼎貴」，禹錫或襲此意。

〔素貴〕謂令狐楚於元和十四年（八一九）曾爲相也。

〔虜將〕舊唐書一二四侯希逸傳略云：天寶末，安禄山反，署其腹心徐歸道爲平盧節度，希逸爲平盧裨將。乾元元年，軍人共立希逸爲平盧軍使，朝廷因授節度使，既數爲賊所迫，希逸率勵將士，既淹歲月，且無救援，又爲奚所侵，希逸拔其軍二萬餘人，且戰遂達於青州，詔就加希逸爲平盧淄青節度使，自是淄青節度皆帶平盧之名。又同卷李正己傳略云：乾元元年（七五八），平盧節度使王志玄卒，與軍人共推立侯希逸爲軍帥，會希逸被逐，遂立正己爲帥，朝廷因授平盧淄青節度使。初有淄、青、齊、海、登、萊、沂、密、德、棣等州之地，與田承嗣、令狐彰、薛嵩、李寶臣、梁崇義更相影響。大曆中，薛嵩死，及李靈曜之亂，諸道共攻其地，得者爲己邑。正己復得曹、濮、徐、兖、鄆，共十有五州。後自青州徙居鄆州，使子納及腹心之將分理其地。正己卒，納繼。德宗初元，嘗與李希烈、朱滔、王武俊、田悦合兵稱王。已而歸順，升鄆州爲大都督府，授長史。卒，子師古繼。師古卒，異母弟師道繼。自正己至師道，有鄆、曹十二州，凡六十年。憲宗時討淮西之役，師道實與通謀。淮西平，以諸道兵討之。元和十四年，其將劉悟殺師道，乃分其十二州爲三節度，以馬總、薛平、王遂分鎮。此文中所謂大憝起於幽都，虜將因兵鋒取其地，即指以上之事。

〔初斯堂西墉有刺史記〕元和十四年（八一九），初立鄆、曹、濮一鎮，以馬總爲節度使，嘗爲刺史廳壁記，在此文之前。見附録。按馬記之意，原以東壁備補歷任鄆州刺史名氏，禹錫此文則專以天平軍節度使爲名，非總之意也。

附録　馬總鄆州刺史廳壁記（全唐文四八一）

唐受天修命，用古道理。仁覆德載，與二侔大。弘煦丕冒，與三並曜。繼明嗣，睿萬葉，其始于十一聖，聖謨熙載千祀，其初于十四歲。歲二月丁巳，平巨寇，復齊、魯地。三月己丑，乃命臣總，授節分閫，撫安餘衆，且理於鄆而觀察曹、濮，故荷皇澤，來濯汙俗，人既沐浴，咸以潔清，物無夭傷，各遂性命，不化化，不懋懋，誠聖德也。豈待守臣施諸政術而革訛正謬乎？於以見周公、太公之遺風，仲尼之禮教，有所不泯者焉。何以言之？先是元凶事猶未順，唯此邦衆尚或率從。及顯逆謀，多不爲用，其所寵任，皆亡命之徒與皁隸耳。故義聲一呼，厥衆咸應，乃知斯人可與爲順，不可與爲逆，此其明驗與！夫州郡廳事之有壁記，雖非古制，而行之已久，其所記者，不唯備遷授，書名氏，將以彰善識惡而勸戒者焉。其土風物宜，前政往績，不俟咨耆訪耋，搜籍索圖，一升斯堂，皆可辨喻。原兹邦域，其來遠矣。曰太昊之墟，曰魯之須句，曰漢之東平，曰今之鄆州，其地一也。武德中爲總管府，亦爲都督府，而蔣、曹、戴、濮、兖五州隸焉。貞觀初，廢府復爲州。八年，始自鄆城移於是，就高爽也。自逆帥攘據，罔率訓典，改易升降，名稱溷淆，蓋無取焉。今以平寇之初，魏博田公奉詔權兼勾當，則位同正牧，宜書爲首，亦春秋始魯隱公，賢之也。其國初已來，刺史名氏及遷改之次，既遭蔑棄，難以究詳，訪諸史官，異日備於東壁。時聖曆元和紀號，己亥直歲，十二月己卯，檢校禮部尚書兼鄆州刺史御史大夫馬總記。

按：文中云，貞觀八年（六三四）始自鄆城移於是，謂移於須昌也。自此鄆州皆治須昌。

汴州刺史廳壁記

本朝以浚儀爲汴州刺史治所。自隋釃新渠，吸黄河而東行，州含其樞，爲天下劇。内屏王室，東雄諸侯，居無事時常帶廉察使。兵興已還，益以節旄。用人得否，繫國輕重。長慶四年，詔書命河南尹敦煌令狐公來莅來刺，錫之介圭，使印兵符。汴人交賀，肴醳騰貴。惟是邦始都於魏惠王，始郡於宇文周。星躔回環，天駟垂光。地爲四戰，故其俗右武；人具五都，故其氣習豪。

公自爲宰相時，已熟四方之利病。凡所戾止，參然前知。既視事三日，揖羣吏與之言曰：吾食止圭田，吾用止公入，凡他給過制傷廉浼潔者悉罷之，一歸乎公藏。凡曲防苛禁不情乖體者悉刬之，一出乎令典。凡關征船算奪時專利者悉更之，一遵乎詔條。然後刑罷事而詳，賞以時而均。興學以勸蓺，示寬以化勇。居數月而汴州人恂恂然無復故態。明年大成。議者若曰：奕奕浚都，國之咽頤，咀清噍和，旁暢四支。東夏黠馬，由我以肥。是浚之治非所澤於所履而已。

初，公七代祖在隋爲納言，大業中持節居此，亦號刺史。距今餘二百年，公實能似。既拜闕，發魚書合左右契，由阼階躋，遐踵前武。歆然如聞其馨香，肅然如覩其形容。信乎，君子之澤遠而有光輝也。他日命遊梁客志之，書於廳事。謹按前賢之在此堂者，張平原首之，陸氏撰節度使記，揭於東壁，詳矣。今公命爲刺史記，書於右端，謹月而日之，以公爲冠。大和元年夏五月某日記。

【校】

〔時常〕紹本、結一本均作常時。

〔揖羣吏〕紹本、中山集揖均作挹。

〔黠馬〕崇本作黕焉。

〔非所澤〕按：所澤之所疑當作止。

〔月而日之〕紹本作日而月之。

〔大和元年〕畿本元作九，注云：一作元。按：作九者誤，詳見箋證。

【箋證】

按：此文亦爲令狐楚作。據紀：楚以長慶三年（八二三）自陝虢觀察使復爲太子賓客，分司東都。四年，敬宗即位，三月，爲河南尹，八月，宣武節度使韓充卒，九月，以楚繼任。此文之作在大和元年（八二七）五月，楚已將去位矣。文末大和元年之元字，畿本作九，注云：一作元。考大和元年，禹錫正與白居易皆罷郡北歸，同遊大梁，故文中有「遊梁客」之語。據文末「夏五月某日記」一語，又可證二人之遊梁在是年春夏間。若九年則楚在京，與情事不合。

又按：宣武軍在董晉以前凡三亂，詳見本集卷六因論箋證中。董晉卒後，兵亂，殺陸長源，監軍俱文珍與大將密召劉逸準知留後，朝廷因授以節度，賜名全諒。全諒以貞元十四年（七九八）卒，汴軍又推劉玄佐之甥韓弘繼任。弘視事數月，召部將劉鍔，與其黨三百人，數其罪，盡斬之。自是訖弘入朝，二十餘年，軍衆十萬，無敢怙亂者。及元和末討淮西，以弘爲都統，常不欲諸軍立功，陰爲逗撓之計，及李師道誅，收復河南，弘懼，入覲，乃以張弘靖代。長慶二年（八二二），幽、鎮、魏復亂，復以弘之弟充爲宣武節度。（以上皆隱括全諒及弘傳中語）禹錫此文所云「居數月而汴州人恂恂無復故態」，蓋指汴軍自貞元以來屢有叛亂，已成習俗也。楚本傳敍其事云：「及莅汴州，解其酷法，以仁惠爲治，去其太甚，軍民咸悦，翕然從化，後竟爲善地。」雖諛頌之詞，未可盡信，亦可與外集卷三與楚唱和各詩參看。

〔始郡於宇文周〕隋書地理志：浚義：東魏置梁州、陳留郡。後齊廢開封郡入。後周改曰汴州。開皇初郡廢。大業初州廢。

〔十代祖〕本集卷二令狐公先廟碑云：「藍田之孫熙在隋爲納言。」但不云爲汴州刺史。

〔張平原〕張錫封平原郡公，見舊唐書八五本傳，但未載其爲汴州刺史，未知是其人否。陸氏未詳。

國學新修五經壁記

初，大歷中名儒張參爲國子司業，始定五經書於論堂東西廂之壁。辯齊魯之音取其宜，考古今之文取其正，繇是諸生之師心曲學偏聽臆説，咸束之而歸於大同。揭揭高懸，積六十歲，崩剥污衊，澳然不鮮。今天子尚文章，尊典籍。於苑囿不加尺椽，而成均以治學上言，遽賜千萬。時祭酒皞實尸之，博士公肅實佐之。國庠重嚴，過者必式。遂以羨贏，再新壁書。懲前土塗不克以壽，乃析堅木負墉而比之。其制如版牘而高廣，其平如粉澤而潔滑。背施陰關，使衆如一，附離之際，無迹而尋。堂皇靚深，兩廡相照。申命國子能通法書者，分章揆日，逐其業而繕寫焉。筆削既成，讎校既精，白黑彬斑，瞭然飛動。以蒙來求，焕若星辰。以敬來趨，肅如神明。以疑來質，決若蓍蔡。由京師而風天下，覃及九譯，咸知宗師。非止服逢掖者鑽仰而已。於是學官某等暨生徒凡四百二十有八人請金石刻，且歌之曰：

我有學宇，既傾而成之。我有壁經，既昧而明之。孰規摹之，孰發揮之？祭酒維齊，博士維韋。俾我學徒，弦歌以時。切切祁祁，不敖不嬉。庶乎遒人，來采我詩。

時余爲禮部郎，凡贊宗之事得以關決，故書之以移史官，宜附於藝文云。

【校】

〔題〕崇本無記字，下各篇同。

〔始定〕崇本、文粹、全唐文定上均有詳字，似是。

〔考古今〕紹本考作者，誤。

〔污衊〕崇本衊下注云：一作穢。

〔澳然〕文粹澳作泯。

〔而比之〕崇本比作庇。

〔背施〕全唐文背作皆。

〔兩廡〕文粹廡作屋。

〔彬斑〕結一本斑作班。

〔學官某〕崇本、文粹、全唐文某均作陳師正，中山集作某某。

〔弦歌〕文粹歌作詠。

〔遒人〕中山集遒作道，誤。

〔時余〕按：以下爲附記，結一本誤與正文相連。

〔藝文云〕紹本、崇本云均作志。

【注】

〔司業〕舊唐書職官志：國子監，祭酒一員，從三品；司業二員，從四品下；國子博士二人，正五品上；太學博士三人，從六品上；四門博士三人，從七品上。

〔皞、公肅〕謂齊皞、韋公肅，詳見後。

〔國子〕新唐書選舉志：國子學生三百人，以文武三品以上子孫，若從二品以上曾孫及勳官二品縣公京官四品帶三品勳封之子爲之。

〔遜其業〕禮記學記：入學鼓篋，遜其業也。

〔瞽宗〕禮記明堂位：瞽宗，殷學也。注：瞽宗，樂師瞽矇之所宗也。

【箋證】

按：此文爲新修國學之壁經而作，事雖未詳於史，猶可約略稽其源委。舊唐書一七三鄭覃傳云：「文宗即位，改左散騎常侍。三年（八二九），以本官充翰林侍講學士。四年（八三〇）四月，拜工部侍郎。覃長於經學，稽古守正，帝尤重之。覃從容奏曰：經籍訛謬，博士相沿，難爲改正，請召宿儒奥學，校定六籍，準後漢故事，勒石於太學，永世作則，以正其闕，從之。」則重修太學，再新壁書，是出覃之啓請。文中所謂祭酒皡、博士公肅者，即歌中所謂祭酒維齊，博士維韋。齊，皡無傳。韋公肅，新唐書二〇〇有傳，云：「元和初爲太常博士，以官壽卒。」則其居此官可謂歷年久矣。公肅又見敬宗紀，時官祕書省著作郎。

又按：朱彝尊五經文字跋云：「唐大曆十年（七七五），有司上言：經典不正，取舍莫準，乃詔儒官，校定經本，送尚書省並國子司業張參，辨齊、魯之音，考古今之字，詳定五經，書於論堂東西廂之壁。論堂者，太學孔子廟西之夏屋也，見舒元輿問國學記。其初塗之以土而已，大和間，祭酒齊皡、司業韋公肅易之以堅木，擇國子通書法者繕寫而懸諸堂，禮部侍郎劉禹錫爲作記，當時場屋至發題以試士。文苑英華載有王履貞賦，其略曰：置六經於屋壁，作羣儒之龜鏡。又云：一人作則，京國儀型。光我廊廟，異彼丹青。其推詡若此。是書自土塗而木板，自木板而刊石，字已三易，恐非參所書矣。以予論之，唐人多專攻詩賦，留心經義者寡，參獨奉詔與孝廉生顔傳經取疑文互體鉤考而斷決之，爲士子楷式，爲功匪淺矣。故禹錫記稱爲名儒，作史者宜以之入儒林傳，而舊史新書俱不及焉。」（曝書亭集）今觀禹錫文中有「析堅木負墉而比之，背施陰關，使衆如一，附離之際，無迹而尋」等語，則明是嵌於壁間，而彝尊云：「繕寫而懸諸堂」，殊有未諦。又禹錫時官禮部郎中，稱爲「禮部侍郎」亦誤。至謂張參宜入儒林傳，固是，若謂舊史新書俱不及，亦不盡然。詳下文張參條下。

又按：陳鴻墀全唐文紀事九二：「困學紀聞：唐書儒學傳序：文宗定五經，鑱之石，張參等是正訛文。按文粹劉禹錫國學新修五經壁記云：初，大曆中，名儒張參爲司業，始詳定五經，書於論堂東西廂之壁，序以參爲文宗時，誤矣。鴻墀謹案，應麟謂張參但書於壁，非鑱之於石。今關中唐石刻張參五經文字尚存，宋時貴蜀本而賤陜本，應麟或未之見耳。」今考張參所書與石經實爲二事，朱、陳二氏論皆未晰。舊唐書覃傳云：「時太學勒石經，覃奏起居郎周墀、水部員外郎崔球、監察御史張次宗、禮部員外郎温業等校定九經文字，旋令上石……進石壁九經一百六十卷。」又文宗紀云：「時上好文，鄭覃以經義啓導，稍折文章之士，遂奏置五經博士，依後漢蔡伯喈刊碑列于太學，創立石壁九經，諸儒校正訛謬。上又令翰林勒字官唐玄度復校，字體又乖師法，故石經立後數十年，名儒皆不窺之，以爲蕪累甚矣。」是石經之刊乃在此文作後數年也。

又按：此文「時余爲禮部郎」以下，乃禹錫撰文以後自記之語。禹錫爲禮部郎中在大和三四年（八二九、八三〇），五年冬即授蘇州刺史。文當作於此三年中。

〔成均以治學上言〕據唐會要但載元和中祭酒鄭餘慶請率文官俸禄修廣兩京國子監事。蓋至文宗時所修又圮壞，故復修之，故歌云「我有學宇，既傾而成之」也。

〔張參〕舊唐書一五九鄭絪傳：「大曆中有儒學高名如張參……皆相知重。」新唐書藝文志有張參五經文字三卷。國史補：「張參爲國子司業，年老嘗手寫九經，以爲讀書不如寫書。」此皆可略見參之爲人。四庫全書總目提要五經文字條下云：「參里貫未詳，自序題大曆十一年六月七日，結銜稱司業，蓋代宗時人。」

汴州鄭門新亭記

亭於西門，尊闕路也。實相公以心規，羣僚以辭叶，而百工以樂成。斧斤無聲，丹素有嚴。主人肅客，落以金石。走鄭之門，嶔爲石垣。黄河一支，滉瀁北軒。前瞻東顧，甍動軌直。含景生姿，遡空欲翔。汴城具八方之人，殊形詭言而耳目一説。初公來臨，擁節及門，馭吏曰：此鄭州門。公心非之，若曰：野哉！居無何，即舊號而更之曰鄭門。故事：王人大僚之去來，元侯前驅，翊門而旋，率立馬塵坌中，挹策爲禮。公心不然之，乃下亭令於執事。

按亭東西函丈者三之有奇，而南北五之有羸。樂縣宴豆，前後以位。棊闈對明，弭掀順時。修梁衡建，中虚上荷。圓脊方廉，高卑中經。簾鑪茵帟，文椸皖榻。儲以應猝，周用而宜。乃命尹闇視亭長，抱關視掌固。啓閉拚除，是謹是孜。錫命賜胙，勞迎贈餞，我當躬行，汝先汝蠲。挾膳提醪，生芻縞衣，我寮展事，靡問文武，汝唯汝從。凡入而脩容，凡出而脩軷，裼襲威儀，勿籍勿訶。

繇是貴人稱諸朝，羣吏詠於家，行者誇於道。與人同其安者人人譯其聲而吟之。公始乎淺淺而成乎龐鴻。欲無文字不可也。公遂條白其所以然，遠命學古者書之。公姓令狐氏，以文章典内外書命，以謨明登左右相，以飛語策免，以思材復徵。自有浚師，無如今治，文武兩熾，其古之大臣歟！

【校】

〔主人〕崇本主作王。

〔石垣〕各本石均作右。

〔耳目〕崇本無耳字。

〔王人〕全唐文作王公。

〔壥坌〕崇本無壥字。

〔拚〕崇本作叁，按：掃除之意，作拚爲是。

〔譯〕各本均作驛。

〔遠命〕 畿本遠作遂。
〔浚師〕 崇本師作帥。

【注】

〔相公〕 謂令狐楚。
〔亭長、掌固〕 舊唐書職官志：亭長掌固檢校省門户倉庫廳事陳設之事。

【箋證】

按：此文亦爲令狐楚作。楚本傳云：「汴帥前例，始至率以錢二百萬實其私藏，楚獨不取，以其羨財治廨舍數百間。」此文所記鄭門新亭，蓋即所治廨舍之一矣。又據傳，元和九年（八一四），入翰林充學士，遷職方郎中，中書舍人，皆居内職。十二年（八一七），以草制不合，罷内職，守中書舍人，此文所謂典内外書命也。十四年（八一九），皇甫鎛薦授中書侍郎同平章事，與鎛同處台衡，所謂以謨明登左右相也。十五年（八二〇），楚親吏贓汙事發，貶宣歙觀察使，再貶衡州刺史，移郢州，所謂以飛語策免也。長慶二年（八二二），授陝虢觀察使，復改賓客分司，所謂思材復徵也。汴州刺史廳壁記有遊梁客一語，是大和元年（八二七）禹錫遊梁時作，此文則有「遠命學古者書之」一語，疑是禹錫寶曆中在和州時作，較前一篇略早。

鄭州刺史東廳壁記

古諸侯之居公私皆曰寢，其他室曰便坐。今凡視事之所皆曰廳，其他室以辨方爲稱。今年鄭州刺史楊君作東廳，既成而落之，且以書抵余爲記。

按國章以甲乙第方域，大凡環天子之居爲雄州。鄭實邇王畿，故望雄。視其版多貴人，且當大逵，故務劇。君侯始來三日，司税掾舉七縣董租之吏累百，君曰：此百螣也。悉罷之。用户符而輸入益辦，司貢掾舉梨林之征請户曉，君曰：盡弛之物籍，用平賈而果益精。里無吏迹，民去痼疾。授牘占租，如臨詛盟。土毛人力，日夕相長。故周歲而完焉，比年而愈肥。雖軍興餽輓旁午，大將牙旗往復相踵，而里中清夷，雞犬音和。人既寧而物有餘，政既成而日多暇。圜視舊宇，宜有以更之，且書得時，亦以謹始。因列名氏授受月而日之。庶乎繼踐於兹者知貫珠之首。其山望澤浸土風甿俗，與前賢之耿光，備於正位，有天寶中詞人杜頠之文在。大和四年某月日記。

【校】

〔物籍〕紹本、崇本、中山集、全唐文物均作勿，似是。

〔浸〕紹本、崇本作寖。

〔月日記〕紹本、全唐文均無記字。

【注】

〔楊君〕謂楊歸厚，見後箋證。

〔司税掾〕蓋指縣令所屬之司户。

〔司貢掾〕按官職中無專司貢物者，疑即以録事爲之。

【箋證】

按：此文爲楊歸厚作。禹錫與歸厚本有戚誼，又爲兒女親家，親情素篤。外集卷十祭虢州楊庶子文云：「與君交歡，已過三紀，惟私之愛，與衆無比。乃命長嗣，爲君半子。誰無外姻，君實知己。」是也。又云：「滎波砥平，士庶同適。朝典陟明，俾臨本州。」滎波指鄭州，本州指虢州，虢州弘農爲楊氏郡望。祭文作於大和六年（八三二），歸厚自鄭即遷虢，則此篇之作正禹錫在京任集賢學士時也。集中涉及歸厚者，尚有本集卷十八、二十四、外集卷一、五、六、七等篇，均可參核。歸厚，兩唐書無傳。憲宗紀，元和七年（八一二）十二月丙辰，左拾遺楊歸厚以自娶婦進狀借禮會院，貶國子主簿分司。此乃託詞也。新唐書一四六李吉甫傳云：「左拾遺楊歸厚嘗請對，日已旰，帝令它日見，固請不肯退，既見，極論中人許遂振之姦。又歷詆輔相，求自試。又表假郵置院具婚禮。帝怒其輕肆，欲遠斥之。李絳爲言不能得，吉甫見帝，謝引用之非，帝意釋，得以國子主簿分司東都。」歸厚之爲人由此可得其大概。惟新唐書藝文志楊氏産乳集驗方注云：歸厚元和中自左拾遺貶鳳州司馬。稍不同，未詳其故。又按：岑仲勉唐人行第録云：「河東集四二：

奉酬楊侍郎丈因送八叔拾遺戲贈詔追南來諸賓，楊侍郎，於陵也，八叔拾遺，歸厚也。韓子年譜六：劉夢得寄楊八拾遺曰：爲謝同寮老博士，范雲來歲即公卿。楊八名歸厚，是年（元和七年）十二月，自拾遺貶國子主簿分司，見舊史，同寮老博士謂退之也。歷典萬（白氏集一一及三三）、唐（白氏集三三及夢得外集五）、壽（夢得集四）、鄭（夢得外集一〇）、號（同上及夢得集四）五州。」岑氏此條所云夢得集四，均當作二十四，又未引卷八此篇及下篇。

〔梨林〕新唐書地理志，鄭州土貢爲絹及龍莎。據此文知尚有梨，可見唐時額外之誅求非典章所能概也。

〔杜頠〕全唐詩小傳云：杜頠，開元十五年（七二七），同王昌齡登第。唐詩紀事有杜頠故將行，列於韋丹之前，則時代殊有可疑。

管城新驛記

大和二年閏三月，滎陽守歸厚上言：臣治所直天下大逵，肘武牢而咽東夏。誰何宜謹，啓閉宜度。先是驛於城中，駟遽不時，四門牡鍵通夕弗禁，請更於外隧，永永便安。制曰可。守臣奉詔，無徵命，無奪時，縻羨財，募游手，逮八月既望，新驛成。鄭人胥説，琢石而紀曰：在兑之方，面玄負陽，門衙周道，牆蔭行栗，境勝於外也。遠購名材，旁延世工，墍塗宣皙，瓴甓剛滑，術精於内也。蘧廬有甲乙，牀帳有冬夏，庭容牙節，廡卧囊橐，示禮而不慁也。内庖外廏，高倉邃庫，積薪就湯，峙芻就燥，有素而不愆也。主吏有第，役夫有區，師行者有饗亭，孥行者有别邸。周以高墉，乃樓其門。勞迎展餫潔之敬，餞别起登臨之思。溱洧波瀾，嵩丘雲煙，四時萬象，來貺於我。走轂奔蹄，遄征急宣，入而忘勞，出必屢顧。其傳舍之尤乎！

太守姓楊氏，字貞一，華陰弘農人。鄭爲雄州，非聞人大吏不得在其選。夫驛之宜遷於外也，前此二千石嘗言之而重改作，若貞一可謂果於從政而決行其言，惜乎未施於大也。

【校】

〔上言〕崇本言上有書字。

〔行栗〕結一本栗作粟，誤，崇本作桑，亦非，全唐文作桑，注云：一作牆蔭行栗，是。

〔就湯〕紹本、崇本、全唐文湯均作陽。

〔峙芻〕結一本峙作畤，非。按：此用書費誓：「峙乃芻茭。」

〔高墉〕紹本高作尚。

【注】

〔貞一〕按楊歸厚之字，可補史闕。

【箋證】

按：此文亦爲楊歸厚作。管城爲鄭州附郭縣。唐會要六一：「貞元二年（七八六）十二月勅節文，從上都至汴州爲大路驛。」則鄭州正在其限，文中所謂治所直天下大逵，即此意。又：「元和五年（八一〇）四月，御史臺奏，御史出使及却迴，所在館驛，逢中使等，舊例，御史到館驛，已於上廳下了，有中使後到，即就別廳。如有中使先到上廳，御史亦就別廳……勅旨：其三品官及中書門下尚書省官，或出銜制命，或入赴闕庭，諸道節度使、觀察使赴本道或朝覲，并前節度、觀察使追赴闕庭者，亦準此例。」所謂上廳別廳，即文中「蘧廬有甲乙」之意。又：「大足元年（七〇一）五月六日勅：諸軍節度大使聽將家口八人，……并給傳乘。」又：「貞元二年（七八六）三月，河南尹充河南水陸運使薛珏奏……如有家口相隨，及自須於村店安置，不得令館驛將什物飯食草料就彼等供給擬者。」（按：字有訛誤）此又文中所謂孥行者有別邸之意矣。唐代館驛往往爲過往官吏爭佔廳舍而肇事。其見於實事者，如舊唐書一六六元稹傳：「徐州監軍使孟昇卒，節度使王紹傳送昇喪柩還京，給券乘驛，仍於郵舍安喪柩，稹並劾奏以法。……宿敷水驛，內官劉士元後至，爭廳。士元怒排其户，稹襪而走廳後，士元追之，後以箠擊稹傷面。」此所以有御史充館驛使之制也。此文云：「蘧廬有甲乙」，蓋謂定其等次以息紛競。漢書第有甲乙，帳有甲乙，是也。

（詳見唐會要六一）

和州刺史廳壁記

歷陽，古揚州之邑，於天文直南斗魁下，在春秋實句吴之封，後爲楚所取。秦并天下，以隸九江，而六爲九江治所。晉平吴，復隸淮南。至永興初，自析爲郡，益之以烏江。宋臺建，目爲南豫州，又益之以龍亢。梁之亡，北齊圖霸功，擁貞陽侯以歸，王僧辯來迎，會於兹地，二國和協，故更名和州。陳隋間無所革，國朝因隋。武德中，更龍亢爲含山。初開元，詔書以口算第郡縣爲三品，是爲下州。元和中，復命有司參校之，遂進品第一。

按見户萬八千有奇，輸緡錢十六萬，歲貢纖紵二篚，吴牛蘇二鈞，糝鱏九甕，茅蒐七千兩。鎮曰梁山，浸曰歷湖。田蓺四穀，豢全六擾。廬有旨酒，庖有腴魚。神仙故事，在郊在藪。玄元有臺，彭鏗有洞。名山曰雞籠，名塢曰濡須。異有血闌，祥有沸井。城高而堅，亞父所營。州師五百，環峙於東。南瀕江，劃中流爲水疆，揭旗樹葩，十有六戍。自孫權距陳，出入六代，常爲宿兵之地，多以材能人處之。本朝混一，號爲善部。然用人差輕，非復曩時之比也。

始余以尚書郎待譴刺連山，今也由巴東來牧。考前二邦之籍與版圖，纔什五六，而地征三之。究其所從來，生植有本。女工尚完堅，一經一緯，無文章交錯之奇。男夫尚墾闢，功苦戀本，無即山近鹽之逸。市無嗤眩，工無彫彤。無游人異物以遷其志。副徵令者率非外求。凡百爲一出於農桑故也。繇是而言，瘠天下者其在多巧乎！寶曆元年六月二十一日，刺史中山劉某記。

【校】

〔六爲九江治所〕畿本六作吴，注云：一作亦，全唐文作亦。

〔户萬〕結一本作萬户，誤。

〔六伐〕紹本、崇本、全唐文伐均作代。

〔常爲〕崇本爲作謂。

〔待譴〕紹本、崇本、畿本待均作得。

〔今也〕崇本無也字。

〔近鹽〕結一本鹽作鹽，按：此用左傳成六年：「沃饒而近鹽。」

【注】

〔永興〕晉惠帝紀元之一。

〔貞陽侯〕蕭淵明。

〔下州〕據舊唐書職官志，户滿四萬爲上州，二萬以上爲中州，不滿二萬爲下州。

〔六擾〕即六畜。

〔雞籠〕輿地紀勝云：雞籠山在歷陽縣西北四十里，道家第四十福地也。淮南子云：麻湖初陷之時，有一老母提雞籠以登此山，因化爲石，今有石狀如雞籠，因名之。

〔濡須〕輿地紀勝云：按古輿地志，栅江口，古濡須口也，吴魏相持於此，吴築兩城於北岸，魏置栅於南岸，今栅江、裕溪、當利三處皆爲南北衝要。又三國時吴孫權築濡須塢以拒曹操，建安二十年（二一五），操自圍之不克，黄武二年，魏又攻之不拔。

〔巴東〕謂夔州。

【箋證】

按：舊唐書地理志，東晉置歷陽郡，新唐書地理志，和州歷陽郡上，與此文合。據此文更知元和中始自下州升爲上州。唐制，户滿四萬爲上州，不滿二萬爲下州。見舊唐書職官志。文作於寶曆元年（八二五）六月，按禹錫莅和州任在長慶四年（八二四），則莅任之次年也。

〔纖紵〕通典食貨典：歷陽郡貢麻布十疋。新唐書地理志但云土貢紵布，他物不備載，賴禹錫此文稍傳其真。與鄭州之貢梨皆額外之征也。

〔血闉〕淮南子：「歷陽之都，一夕反而爲湖。」注云：「昔有老嫗常行仁義。有二書生過之，謂曰：此國當没爲湖，謂嫗視東城門閫有血，便走上北山勿顧也。自此嫗便往視門閫，閽者問之，嫗對曰如是，其暮門吏故殺雞血塗門閫，明旦老嫗早往，視門見血，即上北山，國没爲湖。」禹錫用此事，搜神記作由拳事，蓋神怪之説本無可徵實也。沸井事亦同。

〔沸井〕輿地紀勝云：古圖經云：和州舊有沸井，在郡西一百步古城内。晉元帝時，郭璞筮云：郡縣有陽名者井當沸。已而歷陽縣中井沸。

山南西道節度使廳壁記

文皇帝初元，始畫天下爲十道。古荆梁之地舉曰山南。厥後析爲東西，天漢之邦，實居右部。按梁州爲都督治所，領十有五州，縣道帶蠻夷，山川扼隴蜀，故二千石有采訪防禦之名。兵興多故，其任益重。澄清節鉞，二柄兼委。

建中末，德宗南巡狩，偃翠華而徘徊，簫勺之音洽於巴漢。戡難清宫，六龍言旋，乃下詔復除征繇，升州爲府。等威班制，與岐益同。地既尊大，用人隨異。故自興元至大和，五十年間，以勳庸佩相印者三，以謨明歷真相者九，由台席授鉞未幾復入相者再焉。磊落震耀，冠於天下。去年夏四月，今丞相趙郡公徵還泰階，遂命左僕射燉煌公往踐其武。鼏之九相，及公而十焉。

初，公自河陽節度使入操國柄。其後鎮宣武以禮悛獷悍，治天平以清去掊克，居大鹵以仁蘇薦飢。今來是都，躡二三大君子之躅。道同氣協，無所改更，如鼓和琴，布指成韻。羌夷砥平，旱麓發生。人無左言，樂有夏聲。俗既富庶，居多間暇。圜視府局，素闕者補之。

先是公堂嘗爲行殿，人不敢斥，别營侯居。應門有閎，棨戟未具。公乃條白上言，詔下有司，可其奏。軍門肅清，方有眉目，趨而入者聳然生敬焉。惟梁山國也，其節用虎。出揚其威，入貯宜潔，舊處仄陋，黜其雄稜。公遂分宅之别齋，且據便地，署曰節室，卜剛日乃遷焉。敬君命而一民心，軍中增氣而知禮。戟衣既垂，師節既嚴，流眄屋壁，見前修之名氏列於坐右，第以梁州刺史鼎興元尹記，與今稱謂不合，因發函進牘於不佞。且曰：我已飾東壁，以新志累子。於是按南梁故事，起自始登齋壇之後爲記云。時開成二年歲在丁巳春二月某日記。

【校】

〔都督〕鐵本督作會，誤。

〔九相〕崇本九作真。

〔治天平〕結一本平作下，誤。

〔有閾〕紹本、崇本、畿本閾均作閱，似是。

〔軍門〕結一本軍作君，誤。

〔貯宜〕結一本貯作酹，誤。畿本宜作其。

〔黜其〕紹本、崇本、畿本、全唐文黜均作黷，似是。

〔第以〕紹本、崇本以均作有。

【箋證】

按：此文爲令狐楚作，時在開成二年（八三七），禹錫已爲賓客分司。楚以元年（八三六）四月出鎮山南西道，蓋自漢中寓書洛陽請禹錫爲記。

〔十有五州〕吴廷燮唐方鎮年表，謂山南西道節度使領興元府、洋、集、壁、文、通、巴、興、鳳、利、開、渠、蓬、閬、果十四州。但舊唐書地理志則以閬、果二州屬劍南，仍有興元府、鳳、興、利、通、洋、合、集、巴、蓬、壁、商、金、開、渠、渝、巴十七州。而新唐書地理志則云：興元府、洋、利、鳳、興、成、文、扶、集、壁、巴、蓬、通、開、閬、果、渠十七州。蓋分合不常之故。此文云十五州，據開成之制言之也。

〔丞相趙郡公〕趙郡公謂李固言，舊唐書一七三、新唐書一八二均有傳。文宗紀：開成元年（八三六）四月甲午，詔以山南西道節度使李固言爲門下侍郎同中書門下平章事，以左僕射諸道鹽鐵轉運使令狐楚檢校左僕射爲山南西道節度使。

〔覊之九相及公而十〕自興元至大和，以山南西道節度使爲宰相者，有賈耽、趙宗儒、鄭餘慶、權德輿、裴度、王涯、李絳、李宗閔、李德裕、李固言，其實十人，而云九相者，或以德裕雖命而未任，故不在數中。（德裕受命而不願行，見本傳）至所謂以勳庸佩相印者，蓋指嚴震、烏重胤、李載義凡三人，皆武人。

〔以仁蘇薦飢〕按：舊唐書楚傳：「（大和）六年二月，改太原尹、北都留守、河東節度使，楚久在并州，練其風俗，因人所利而利之，雖屬歲旱，人無轉徙。」此文中之大鹵，謂太原也。又文宗紀：是年五月詔云：「如聞諸道水旱害人，疾疫相繼。」亦即指是年前後各地皆有天災也。

山南西道新修驛路記

開成四年，梁州牧缺，上玩其印，凝旒深思曰：「伊爾卿族歸氏，以文儒再世居喉舌。今天官貳卿融能嗣其耿光，嘗自内庭歷南臺，尹轂下，政事以試，可爲元侯。」乃付印綬，進秩大宗伯，兼御史大夫，玉節獸符，鎮於嫣墟。公拜手稽首曰：「臣融敢揚王休於天漢之域。」

既莅止，咨於羣執事，求急病者先之。咸曰：華陽黑水，昔稱醜地，近者嘗爲王所。百態丕變，人風邑屋，與山水俱一都之會，因爲善部矣。唯駟遽之途，敧危隘束，其醜尚存，使如周道，在公頤指耳。

於是因年有秋，因府無事，軍逸農隙，人思賈餘。乃懸墾山刊木之傭募其力，揆鑽鑿橦柲之用庀其工，具舁輂畚鍤之器膺其要。鼛鼓以程之，糗醪以犒之。說使之令既下，奮行之徒坌集。我之提封居右扶風，觸劍閣千一百里，自散關抵褒城，次舍十有五，牙門將賈黯董之。自褒而南逾利州至於劍門，次舍十有七，同節度副使石文穎董之。兩將受命，分曹星馳。並山當蹊，頑石萬狀，坳者垤者，兀者銛者，磊落傾敧，波翻獸蹲。熾炭以烘之，嚴醯以沃之，潰爲埃煤，一篲可埽。棧閣盤虛，下臨歋呀。層崖峭絶，枘木亘鐵。因而廣之，限以鈎闌。狹逕深陘，銜尾相接。從而拓之，方駕從容。急宣之騎，宵夜不惑。卻曲稜層，一朝坦夷。興役得時，國人不知。繇是駛行者忘其勞，吉行者徐其驅，孥行者家以安，貨行者肩不病，徒行者足不蠒，乘行者蹄不刓。公談私詠，溢於人聽。伊彼金其牛而誘之以利，曷若我子其人而來之以義乎？既訖役，南梁人書事於牘，請紀之以附於史官地里志。

【校】

〔貳卿〕結一本貳作二，誤。

〔拜手〕崇本無此二字。

〔因爲〕紹本、崇本、畿本、中山集因均作目。全唐文作自。

〔之傭〕崇本傭作墉，非。

〔檀柲〕崇本柲作秘，非。

〔畚鍤〕崇本鍤作鍾，非。

〔膺其〕崇本膺作應。

〔居右扶風〕紹本、崇本、全唐文居均作踞。

〔亘鐵〕結一本亘作豆，誤。

〔不刓〕中山集不作可，誤。

〔地里〕紹本、崇本、畿本里均作理。

【注】

〔歸氏〕謂歸崇敬，詳箋證。

〔嬀墟〕新唐書天文志：夫雲漢自坤抵艮爲地紀，北斗自乾攜巽爲天綱，其分野與帝車相直，皆五帝墟也。布太微之政而在巽維外者鶉尾也，故爲列山氏之墟。列山氏之墟即嬀墟。

〔鼛鼓〕周禮地官鼓人：以鼛鼓鼓役事。

〔説使〕用古語説以使民，民忘其死之意。（見詩豳風東山序）

【箋證】

按：此文爲歸融作。舊唐書一四九歸崇敬傳附載其孫融云：融進士擢第，自監察拾遺入省，拜工部員外郎。（大和）六年（八三二），轉工部郎中，充翰林學士。八年，正拜舍人。九年，轉户部侍郎。開成元年（八三六），兼御史中丞。尋遷京兆尹。既而李固言作相，素不悦融，罷尹。月餘，授祕書監。俄而固言罷，楊嗣復輔政，以融權知兵部侍郎。一年内拜吏部，三年（八三八），檢校禮部尚書、興元尹兼御史大夫，充山南西道節度使。融之出鎮山南西道，是開成四年（八三九）事，紀與本文皆合。新唐書一六四融傳略同。

又按：唐會要八六：「大中四年（八五〇）六月，中書門下奏：山南西道新開路，訪聞頗不便人，近有山水摧損橋閣，使命停擁，館驛蕭條，縱遣重修，必倍費力。臣等今日延英面奏，宣旨却令修斜谷舊路及館驛者。……」是融之所修，至宣宗時而已廢矣。

又按：金石録列此文爲第一千八百四十，云唐山南西道驛路記，劉禹錫撰，柳公權正書，開成四年。

劉禹錫集箋證卷第九

記　下

夔州刺史廳壁記

夔在春秋爲子國，楚并爲楚九縣之一。秦爲魚復，漢爲固陵，蜀爲巴東，梁爲信州。初城於瀼西，後周大總管龍門拓王公述登白帝歎曰：「此奇勢可居。」遂移府於今治所。是歲建德五年。隋初，楊素以越公領總管，又張大之。唐興，武德二年詔書：其以信州爲夔州。七年，增名都督府，督黔、巫一十九郡。開元中，猶領七州。天寶初，罷州置郡，號雲安。至德二年，命嗣道王鍊爲太守，賜之旌節，統硤中五郡軍事。乾元初，復爲州，偃節於有司，第以防禦使爲稱。尋罷，以支郡隸江陵。按版圖方輪不足當通邑，而今秩與上郡齒，特以帶蠻夷故也。故相國安陽公乾曜嘗參軍事，修圖經，言風俗甚備。今以郡國更名之所以然著於壁云。凡名殊必以國，事建必以年，謹始也。長慶二年五月一日，刺史中山劉某記。

【校】

〔龍門拓王公述〕紹本、崇本、中山集均作龍門公柘王述，畿本注云：一作龍門王公述，全唐文與一作同。

〔方輪〕紹本、崇本、結一本、中山集輪均作輪，惟畿本、全唐文作輪，是。

【注】

〔九縣〕左傳宣十二年：「使改事君，夷於九縣。」注：「楚滅九國以爲縣。」疏：「九縣，莊十四年滅息，十六年滅鄧，僖五年滅弦，十二年滅黄，二十六年滅夔，文四年滅江，五年滅六、滅蓼，十六年滅庸。」按僖二十六年，夔子不祀祝融與鬻熊，秋，楚成得臣鬥宜申帥師滅夔，以夔子歸。是其事也。

〔瀼西〕方輿勝覽云：宋置三巴校尉，治白帝，梁置信州，治白帝城，周移治永安宫南，即瀼西也。總管王述移府於白帝，隋楊素又復修之。

【箋證】

按：禹錫以長慶二年（八二二）正月到夔州刺史任，見本集卷十夔州刺史謝上表，文末云長慶二年五月，蓋甫及四月而作此文。

〔龍門拓王公述〕此語疑有脱誤。周書一八王羆傳附載其孫述云：「少聰敏有識度，年八歲，太祖見而奇曰：『王公有此孫足爲不朽。』即以爲鎮遠將軍，拜太子舍人，以祖憂去職。……喪畢，襲爵扶風郡公，累遷上大將軍。」語太簡略。北史六二王羆傳後亦附述傳較詳，云：「述字長述，少孤，爲祖羆所養，聰敏有識度。年八歲，周文帝見而奇之曰：『王公有此孫，足爲不朽。』解褐員外散騎侍郎，封長安縣伯。羆薨，居喪過禮，有詔褒之。免喪，襲封扶風郡公，除中書舍人，修起居注。改封龍門郡公。周受禪，拜賓部下大夫，累遷廣州刺史，甚有威惠，朝議嘉之，就拜大將軍，後歷襄、仁二州總管，並有能名。隋文帝爲丞相，授信州總管，位上將軍。王謙作亂，遣使致書於長述，因執其使上書，又陳取謙策，上大悦，前後賜金五百兩，授行軍總管討謙，以功進位柱國。開皇初，獻平陳計，修營戰艦，爲上流之師，上善其能，頻加賞勞。後數歲，以行軍總管擊南寧，未至而卒。上甚傷惜之，贈上柱國冀州刺史，謚曰莊。」據此，文中之龍門拓（？），當云龍門郡公。

又按：方輿勝覽云：「宋置三巴校尉，治白帝，梁置信州，治白帝城、周移治永安宫南，即瀼西也，總管王述移府於白帝，隋楊素又修復之。」與此文合。又李貽孫亦有夔州都督府記，足爲此文參證。本集中關於夔州故蹟之作，貽孫此記不啻爲之一一疏釋，見附録。

〔嗣道王鍊〕舊唐書六四高祖諸子傳：鍊，開元二十年（七三二）襲封嗣道王，廣德中官至宗正卿。

〔乾元初復爲州〕太平寰宇記：「唐武德二年（六一九），改信州爲夔州，仍置總管。貞觀十四年

（六四〇），爲都督府，後罷都督府。天寶元年（七四二），改爲雲安郡。乾元元年（七五八），復爲夔州。二年（七五九），刺史唐論請升爲都督府，尋罷之。」按：杜甫觀公孫大娘舞劍器行序云：「大曆二年（七六七）十二月十九日，夔州府别駕。」又秋興詩：「夔府孤城落日斜。」是唐人仍習稱夔府，以其曾爲都督府之故，與揚府、廣府同一例。

〔以支郡隸江陵〕舊唐書地理志：「上元元年（六七四）九月……荆南節度使領澧、朗、峽、夔、忠、歸、萬等八州。」

〔乾曜〕源乾曜，相州臨漳人，封安陽郡公。舊唐書九八、新唐書一二八均有傳。其任夔州參軍，參見附録。

附録　李貽孫夔州都督府記（全唐文五四四）

峽中之郡夔爲大，當春秋爲夔子之國，在秦曰魚復，在漢稱古陵，在蜀號巴東，皆郡也。梁爲信州，逮我武德，復夔之號。州始都督黔、巫上下之地十九城，是後或總七城，或爲雲安郡，或統峽中五郡，尋復爲夔州。都督之號，或加或去，今稱夔州都督府。州初在瀼西之平上，宇文氏建德中，王述徙白帝城，今衙是也。東南斗上二百七十步得白帝廟，白帝，公孫述自名也，後人因其廟始享焉。艛宇飾偶，焕如神功，怪樹峰筍，踈羅後前，罅山險濤，望者驚眙。又有越公堂，在廟南而少西，隋越公素所爲也。奇構隆敞，内無撑柱，夐視中脊，邈不可度，五逾甲子，無土木之隙。静而思之，以見其人之瓌傑也。直南城一里，得巨石，爲灩澦，地載之險，此其淵壑，獨峰兀頂，萬仞崒拔。高濤坳伏，嶽躍坑轉，獰龍護堆，沸泳澌浪，窮年縋綆，不究其次。瞿塘暗導，勢列根屬，水魅施怪，陰來潛往。城之左五里，得鹽泉十四，居民煮而利焉。又西而少南三四里，得八陣圖，在沙洲之壖，此諸葛所以示人於行兵者也。分其列陣，隱在石壘，春而潦大則没，秋而波減則露，造化之力不能推移，所以見作者之能。瞿塘驛西有蜀先主宫，瀼西有諸葛武侯廟，皆占顯勝。城東北約三百步有孔子廟。赤甲山之半，廟本源乾曜廨，嘗爲郡參軍，著圖經焉。其後爲宰相，今其地又爲孔子廟，傳者稱爲盛事矣。東水行一百七里，得縣曰巫山，神女之廟，楚王之祠，高唐陽臺之觀，朝雲暮雨之府，形勢在焉。西水行二百里，得縣曰雲安，商賈之種，魚鹽之利，蜀都之奇貨，南國之金錫而雜聚焉。其人豪，其俗信鬼神，其税易征，即知其民不偷，長吏得其道者，莅之猶反掌云。會昌五年十一月十三日建。

按：李商隱有爲李貽孫上李相公啓。馮浩樊南文集詳注云：「唐文粹四門助教歐陽詹文集序，李貽孫作。玩其所自述，則貽孫於大和中曾爲福建團練副使，至大中六年（八五二），爲福建觀察使，酉陽雜俎有云：夔州刺史李貽孫。書史會要曰：李貽孫工書。金石録有會昌五年（八四五）九月李貽孫神女廟詩碑。全蜀藝文志有會昌五年（八四五）夔州刺史李貽孫都督府記。」據此，貽孫之刺夔州，蓋正當禹錫身殁之後三年云。

連州刺史廳壁記

此郡於天文與荆州同星分，田壤制與番禺相犬牙，觀民風與長沙同祖習，故嘗隸三府，中而別合，乃今最久而安，得人統也。按宋高祖世始析郴之桂陽爲小桂郡，後以州統縣，更名如今，其制宜也。

郡從嶺，州從山，而縣從其郡。邑東之望曰順山，由順以降，無名而相歆者以萬數，回環鬱遶，迭高争秀，西北朝拱於九疑。城下之浸曰湟水，由湟之外，支流而合輸以百數。淪漣汩潏，擘山爲渠，東南入於海。山秀而高，靈液滲漉，故石鍾乳爲天下甲，歲貢三百銖。原鮮而膴，卉物柔澤，故紵蕉爲三服貴，歲貢十筩。林富桂檜，土宜陶旊，故侯居以壯聞。石侔琅玕，水孕金碧，故境物以麗聞。環峯密林，激清儲陰。海風敺温，交戰不勝。觸石轉柯，化爲涼飔。城壓赭岡，踞高負陽。土伯噓湮，抵堅而散。襲山逗谷，化爲鮮雲。故罕罹嘔泄之患，亟有華皓之齒。信荒服之善部，而炎裔之涼墟也。

永貞元年，余始以尚書外郎坐黨累，出補兹郡。居無何，吏議以是遷也不足庚其責，故道貶爲朗州司馬。後十年，詔書徵還，抵京師，俄復前命，佩故印綬而南。曩之騎竹馬北向相徯者，咸任郡縣，巾韝來迎。下車之日，私噎且笑。既視事，得前二千石名姓於壁端，宰臣王晙、倖卿劉晃、儒官嚴士元、聞人韓泰僉拜焉。或久於其治，功利存乎人民；或不之厥官，翹顒載於歌謡。余不佞，從羣公之後，肇武德距於今，凡五十有七人，所舉者四君子，猶振裘之於領袖焉。元和十一年七月二十四日，刺史中山劉某記。

【校】

〔宜也〕紹本、崇本、全唐文宜作誼。

〔其郡〕紹本、崇本郡均作朔。

〔之望〕崇本作望之。

〔相歆〕畿本歆下注云：一作欽，全唐文與一作同。

〔支流〕全唐文支作交。

〔合輪〕崇本輪下有者字。

〔汩潏〕崇本汩作泊，非。

〔而高〕崇本高作宣。

〔陶旊〕崇本旊作甎。

〔庚其責〕崇本庚作壓，畿本、全唐文作償，惟紹本、結一本、中山集作庚。此用禮記檀弓：「請庚之。」鄭注：「庚，償也。」

〔咸任〕畿本任下注云：一作仕，紹本、崇本、中山集、全唐文皆與一作同，是。

〔壁端〕崇本無端字。

〔王晙〕畿本晙作皎，非。

【注】

〔田壤制〕按書禹貢：「咸則三壤，成賦中邦。」文意取此，疑當作制田壤，以與「於天文」「觀民風」成對文。

〔小桂郡〕按隋書地理志，熙平郡注云：平陳置連州。其所治縣曰桂陽，注云，梁置陽山郡，平陳郡廢，大業初置熙平郡。

【箋證】

按：此文末云元和十一年（八一六）七月記，是禹錫抵連州約一年所作。禹錫六任刺史，除蘇、汝、同州外，連、夔、和州皆有壁記，此其首篇。文云：「郡從嶺，州從山，而縣從其郡。」謂桂陽郡以桂嶺爲名，連州以連山爲名，而附郭縣亦曰桂陽也。州轄三縣：桂陽，陽山，連山。

又按：張邦基墨莊漫録云：「予少年在湘陽，曾絃伯容云：唐人能造奇語者，無若劉夢得作連州廳壁記云：環峰密林，激清儲陰，海風敺温，交戰不勝，觸石轉柯，化爲深涼。飈城壓岡，踞高負陽，土伯噓濕，抵堅而散，襲山逼谷，化爲鮮雲。蓋前人未道者。」今核其所引字句與集微異，疑皆有誤。此段文字兩兩對舉，「環峰密林」疑當作「峰環密林」，以對下文「城壓赭岡」。飈城壓岡不詞，蓋張本誤衍深字，奪赭字。禹錫不過刻畫精微，初無意求險怪於字句，張氏未加深察耳。

〔故嘗隸三府〕當是指荆南、嶺南、湖南三府。舊唐書地理志荆州江陵府下云：「上元元年（六七四），割黔中之涪、湖南之岳、潭、衡、郴、邵、永、道、連八州，增置萬人軍，以永平爲名。至德二載（七五七），江陵尹衛伯玉以湖南闊遠，請於衡州置防禦使，自此八州置使，改屬江南西道。」連州與韶州鄰界，當曾隸嶺南，兩唐書無明文。

〔湟水〕清一統志連州下云：「滙水一名桂水，又名盧水，源出州西北，東南流經陽山縣南合洭水，又東南流入韶州府英德縣界。史記南越尉佗傳：元鼎五年（前一一二）秋，衛尉路博德爲伏波將軍，出桂陽，下滙水。徐廣曰：滙一作湟。（按：漢書南粤傳正作湟水）漢書地理志：桂陽：滙水南至四會入鬱林，過郡二，行九百里。水經注：匯水出桂陽縣西北上驛山盧聚，爲盧溪水，東南流經桂陽縣故城，謂之滙水。又東南流出桂陽南，歷峽南出，謂之貞女峽，又合洭水，又東南入陽山縣界。輿地紀勝：盧水北出黄蘖嶺。通志：盧溪在州西雙溪西北二十里，源出於藍山，流合朱岡水，又合高良水，歷楞伽峽南出，注於龍潭，是爲洭水。州志有蘖溪，在州西北八十里下盧村，亦曰盧溪，源出藍山縣界，繞州西而下，曰湟水。」按：滙字殆洭字之訛。説文：洭水出桂陽縣盧聚，出洭浦關爲桂水。水經注實作洭，不作滙。清一統志岐滙水與洭水爲二，失之。王先謙漢書補注亦引諸書，而未敢顯糾一統志之失。蓋史記作洭，漢書南粤傳作湟，而地理志仍作洭耳。外集卷五有酬馬大夫登洭口戍見寄詩。

〔石鍾乳爲天下甲〕清一統志連州下云：「鍾乳穴在州境及陽山縣境。通典：連州有乳穴三十二，陽山縣有乳穴六十九。唐柳宗元記：石鍾乳，餌之最良者也。楚、越之山多産焉，於連者獨名於世。」按：通典六：「連山郡貢細布十疋，鍾乳十兩。」此文云三百銖。十兩當爲二百四十銖，其浮於貢額者，殆所以防耗也。通典云「布十疋」，此文云「紵蕉十笥」，蓋亦以此。

〔不足庚其責〕按：禮記檀弓：「請庚之。」注：「庚，償也。」禹錫文多用經訓，此其一端。

〔王晙〕舊唐書九三、新唐書一一一王晙傳皆不載其刺連州事。

〔劉晃〕此人俟考。

〔嚴士元〕士元見本集卷十七薦處士嚴毖狀，當即其人。

〔韓泰〕韓泰與禹錫同貶，爲八司馬之一，舊唐書一三五、新唐書一六八皆附王叔文傳中。舊唐書泰傳云：「貞元中，累遷至户部郎中，王叔文用爲范希朝神策行營節度行軍司馬。泰最有籌畫，能決陰事，深爲伾、叔文之所重，坐貶自虔州司馬量移漳州刺史，遷郴州。」新唐書則云：終湖州刺史。皆不言刺連州。且此文云：既視事，得前二千石名姓於壁端，疑此韓泰在禹錫以前，非八司馬之一之韓泰。

機汲記

瀕江之俗，不飲於鑿而皆飲之流。予謫居之明年，主人授館於百雉之内。江水沄沄，周墉間之。一旦有工爰來，思以技自賈。且曰：「觀今之室廬及江之涯，間不容畝，顧積塊峙焉而前耳。請用機以汲，俾矗然之狀莫我遏已。」予方異其說，且命之飭力焉。

工也儲思環視，相面勢而經營之。由是比竹以爲畚，寘于流中。中植數尺之臬，輦石以壯其趾，如建標焉。索綯以爲組，縻於標垂，上屬數仞之端，亘空以峻其勢，如張弦焉。鍛鐵爲器，外廉如鼎耳，内鍵如樂鼓，牝牡相函，轉於兩端，走於索上，且受汲具。及泉而修綆下縋，盈器而圓軸上引。其往有建瓴之駛，其來有推轂之易。瓶繘不羸，如搏而升。枝長瀾，出高岸，拂林杪，踰峻防。刳蟠木以承澍，貫脩筠以達脈。走下潺潺，聲寒空中。通洞環折，唯用所在。周除而沃盥以蠲，入爨而錡釜以盈。餁餗之餘，移用於湯沐。涑澣之末，泄注於圃畦。雖瀵湧於庭，莫尚其霈洽也。

昔予嘗登障，撊然念懸流之莫可遽挹，方勉保庸，督臧獲，斢而挈之，至於裂肩龜手。然猶家人視水如酒醪之貴。今也一任人之智，又從而信之，機發於冥冥而形於用物。浩渼東流，赴海爲期。斡而遷焉，逐我頤指。曏之所謂阻且艱者，莫能高其高而深其深也。觀夫流水之應物，植木之善建。繩以柔而有立，金以剛而無固。軸卷而能舒，竹圓而能通。合而同功，斯所以然也。今之工咸盜其古先工之遺法，故能成之，不能知所以爲成也。智盡於一端，功止於一名而已。噫，彼經始者其取諸小過歟！

【校】

〔沄沄〕畿本作浩浩，全唐文作汒汒。

〔飭力〕紹本、崇本飭均作飾。

〔修綆〕崇本修作循。

〔涑澣〕崇本涑作濯。

〔憪然〕崇本憪作憫。

〔形於用物〕紹本形作刑，畿本作利。

〔同功〕畿本功作工，注云：一作功。

〔成也〕全唐文成作我。

【注】

〔由是比竹以爲畚〕以下敍機汲之制，大要於江中積石樹標，而横施竹弦，繩引弦張，則汲具下沉於江，汲滿則遞相灌注而上升，即龍骨之製也。惟能以木竹爲管，導水上山以給用，則視灌溉之水車爲尤精巧矣。

〔涑〕按説文：「涑，澣也」，玉篇「濯，生練也」，此指浣衣之用，方與上文沃盥不複。

〔小過〕按易小過彖曰：「飛鳥遺之音，不宜上；宜下，大吉。上逆而下順也。」

【箋證】

按：此文頗似禹錫在夔州時所作。杜甫引水詩云：「月峽瞿塘雲作頂，亂石崢嶸俗無井。雲安沽水奴僕悲，魚復移居心力省。白帝城西萬竹蟠，接筒引水喉不乾。人生留滯生理難，斗水何直百憂寬？」知夔州之俗乃汲於江者。又其溪上詩亦云：「峽内淹留客，溪邊四五家。……塞俗人無井，山田飯有沙。」與此文「不飲於鑿而皆飲之流」吻合。又方輿勝覽夔州下載王龜齡詩云：「夔州苦無井，俗瘿殊可憐。竹筒喉不乾，可浣不可煎。日汲卧龍水，擔夫屢赬肩。官費接筒竹，民蠲沽水錢。丁寧後來者，莫負義名泉。」似皆有可爲此文佐證者。然細按此文有「謫居之明年，主人授館」之語。員外置同正員之司馬，例須自覓居止。故柳宗元集永州龍興寺西軒記云：「至則無以爲居，居龍興寺西序之下。」以證此文之「主人授館」，主人指禹錫謫朗州司馬時之刺史。若在夔州，則自爲刺史，安得有所謂主人？然則文中所謂江水，蓋指沅江耳，決爲初至朗州時所作矣。尤有一證，卷二十二武陵書懷詩引略云：「招屈亭，今郡城東南亭舍其所也。」卷二十四酬朗州崔員外與任十四兄侍御同過鄙人舊居見懷之什云：「昔日居鄰招屈亭。」豈非禹錫在朗州之寓舍即在州城東南有明徵乎？更考輿地紀勝，招屈亭在安濟門之右，沅水之濱。則與此文所云：「主人授館於百雉之内，江水沄沄，周墉間之。」地勢吻合，似更無疑義矣。卞孝萱劉禹錫年譜謂作於夔州，未確。又按：此文與天論互相發明。天論云：「萬物之所以爲無窮者，交相勝而已矣，還相用而已矣。」禹錫之意，苟能明其數與勢，則能達其理，因而盡其用。汲之所以能用機者，以人能明流水植木之數與勢也。然工僅能用成法而已，不能推其理以應無窮，則其用終於有盡，故曰：「智盡於一端，功止於一名。」

又按：流水應物，植木善建，繩柔有立，金剛無固，軸卷能舒，竹圓能通。語意雙關，蓋禹錫有自惜不能盡其用之意。

洗心亭記

天下聞寺數十輩，而吉祥尤章章，蹲名山，俯大江，荆吴雲水，交錯如繡。始予以不到爲恨，今方弭所恨而充所望焉。

既周覽讚歎，於竹石間最奇處得新亭。彤焉如巧人畫鼇背上物，即之四顧，遠邇細大，雜然陳乎前，引人目去，求瞬不得。徵其經始，曰僧義然。嘯侶爲工，即山求材。槃高孕虚，萬景坌來。詞人處之，思出常格。禪子處之，遇境而寂。憂人處之，百慮永息。鳥思猿情，繞梁歷檽。月來松間，彫鏤軒墀。石列筍簴，藤蟠蛟螭。修竹萬竿，夏含涼颸。斯亭之實録云爾。

然上人舉如意挹我曰：「既志之，盍名之以行乎遠夫！」余始以是亭圜視無不適，始適乎目而方寸爲清，故名洗心。長慶四年九月二十三日，劉某記。

【校】

〔彤焉〕崇本彤作形。

〔求瞬〕崇本求作來。

〔永息〕紹本、崇本、畿本、全唐文永均作冰。

〔猿情〕紹本、崇本情均作清。

【注】

〔挹〕本集中挹、揖二字通用。

【箋證】

按：禹錫以長慶四年（八二四）八月，自夔州授和州刺史，途次宣州，勾留十日。外集卷八歷陽書事七十韻末云：「好令朝集使，結束赴新正。」此文作於是年九月，必尚未抵和州也。當在途次，故有「荆吴雲水」之語。

復荆門縣記

直故郢北走之道，其聚邑曰荆門，揭起重關，殿於樂都。名視縣内之制，居殷形東之要，故吏師重焉。通外民之底貢，會南藩之述職，故賓禮蕃焉。其肇允經營，實王孫昌夔居荆以表之，命行名建而締構之弗暇。無幾何，有由勇爵而授赤社於兹者，激馳名於省嗇，謂相沿爲非智，因請罷去其號，發踐更以董之。有司不能端究事本，循空言而可其奏。繇是分地征以歸他邑，野之人有回遠之歎；廢文吏而顓戍督，行之旅有誰何之囏。是利不及下也，黎民病之。自鄢而南，斯爲畫疆，抵郡之路，貫其七舍。持瑞節而銜急宣之使，蓋陰相交。遂使服縵胡者備問俗之對，執刀匕者中餼牢之禮。是敬之不及賓也。君子病之，如是幾二十歲距。

永貞元年，江陵尹裴公政成上游，德及於人，大建長利，俾無遺害。乃外濟羣欲，内張全謩。周圖經制，條白於狀。昌言既從，公議攸同。忘勞之徒，樂用之工。載大其門，載高其墉。徑術脈分，闤闠架空。然後析便地以肥之，建具官以司之。縻羨財以償其力役，汏冗食以資其秩稍。田里不聞於徵令，縣官無減於歲入。越某月，既成而落之。官修其方，人樂其居。將迎犒餼之儀展，廄置符繻之事舉。戍夫有伍，公吏有職。由彙而分，率無踰閑。入其封者，可以知教。

元和元年，四海會同。天子命公，師長南宫。三年，公以介圭入覲，途出斯邑。邑人之華皓幼童，咸須於道周，距躍而謡曰：「起我堙廢而完之，徠我蕩析而安之。

昔室於墟，風摇雨濡。自公優柔，郛閈盈兮。昔飲於洿，夏涸冬枯。自公感通，觱沸生兮。淑旂之華兮，四牡之騑。傒公之還兮，觴以祝之。」卻略蹁躚，百形一音。公爲駐錯衡而勞之。有以文從公者，紀事於牘，且曰：民可懷也，盍命夫學舊史之事以志焉！公不得讓而從之，走是以有授簡之辱。

初，公以縣之之便聞於上也，禹錫方以郎位貼職於計曹，章下之日，得以省事。逮今以遷人獲宥於善部。工休之日，得以踐履。故於拜命無牢讓，於傳信無愧詞。以爲古之創物建庸，宜於人民而得其時者，則必歌其事功，爲後代法。雅有營謝，美召伯也。傳稱城沂，賢蔿敖也。賦水泉原隰之狀，志慮事命日之規。當書而詠之，細亦弗可略也。是用謹其本始而存乎篇，俾後之視今者，知楚郊之令典云。

【校】

〔激馳名〕畿本激作徼，注云：一作徼，崇本、全唐文均與一作同。

〔踐更〕結一本更作吏，誤。

〔野之人〕〔行之旅〕崇本無二之字。

〔利不及下〕崇本利下有之字。

〔牖牢〕紹本、崇本、全唐文牢均作牽。

〔德及於人〕紹本、崇本、畿本、全唐文於均作矜，似是。

〔全謩〕紹本、崇本謩作摹，畿本、全唐文均作模。

〔犒飫〕崇本飫作飲。

〔須於〕崇本於作王。

〔郛閈〕崇本閈作閉，非。

〔夏涸〕紹本、崇本、全唐文涸均作溷。

【注】

〔故郢〕謂江陵爲古楚國之郢都。

〔重關〕重關、樂都蓋皆襄州所屬之地名，襄州舊有荆山縣，唐初曾置重州，又有樂鄉縣。

〔錯衡〕詩小雅采芑：「方叔率止，約軝錯衡。」謂公侯之車也。

〔營謝〕詩大雅崧高：「王命申伯，式是南邦，因是謝人，以作爾庸。」

〔城沂〕左傳宣十一年：「令尹蔿艾獵（孫叔敖）城沂，使封人慮事，以授司徒，量功命日，分財用，平板榦，稱畚築，程土物，議遠邇，略基趾，具餱糧，度有司，事三旬而成，不愆于素。」

【箋證】

按：此文中之江陵尹裴公謂裴均也。均自貞元十九年（八〇三）至元和三年（八〇八）皆爲荆南節度使。兩唐書皆無專傳，新唐書附載一〇八裴行儉傳中，云：「初，均與崔太素俱事中人竇文場，太素嘗晨省文場，入卧内，自謂待己甚厚，徐覩後榻有頻伸者，乃均也。德宗以均任方鎮，欲遂相之，諫官李約上疏斥均爲文場養子，不可汙台輔，乃止。」此文云：「元和元年（八〇六）師長南宫」，蓋就加檢校僕射，至三年（八〇八）始罷鎮爲右僕射判度支。舊唐書一四八李吉甫傳亦載其交結權倖，欲求宰相。一五三盧坦傳：「裴均爲僕射，在班踰位，坦請退之，均不受，坦曰：姚南仲爲僕射，例如此。均曰：南仲何人？坦曰：南仲是守正而不交權倖者也。」皆足見均之爲人不爲衆論所予。均即與韋皋、嚴綬共迎合中人之意，擁憲宗以廢順宗者。（見王叔文傳）禹錫謫朗州，適隸其所部，自不得不委曲事之。據憲宗紀，均以元和六年（八一一）卒，此文似在其三年罷鎮後不久所作，若均既卒，禹錫必不如此措詞矣。

〔荆門〕李白集有荆門浮舟望蜀江詩，王琦注云：「胡三省通鑑注：荆門在峽州宜都縣，其地有荆門山，故後人因以廣稱其境皆曰荆門耳。」又有郢門秋懷詩，王氏又云：「郢門即荆門也，唐時爲峽州夷陵郡，其地臨江，有山曰荆門，上合下開，有若門象。故當時文士概稱其地曰荆門，或又謂之郢門，西通巫、巴，東接雲夢，歷代常爲重鎮。」新唐書地理志，荆門，貞元二十一年（八〇五）析長林置。舊唐書地理志無。

〔王孫昌夔〕世系表作昌巙，出大鄭王房。德宗紀，建中二年（七八一）二月，以桂管觀察使李昌巙爲江陵尹兼御史大夫荆南節度等使。

〔有由勇爵而授赤社於兹者〕此謂張伯儀也。伯儀事附新唐書一三六李光弼傳中，云：「魏州人，以戰功隸光弼軍，……後爲江陵節度使，樸厚不知書，然推誠遇人，軍中畏肅，民亦便之。李希烈反，詔與賈耽、張獻甫收安州，戰不利，收散卒還，久之除右龍武統軍，卒。」其人出於軍伍，故文云「由勇爵而授」。

〔發踐更以董之〕漢書昭帝紀：「三年以前逋更賦，未入者皆勿收。」注：「更有三品，有卒更、有踐更、有過更。古者正卒無常人。皆當迭爲之，一月一更，是爲卒更也。貧者欲得顧更錢者，次直者出錢顧之，月二千，是爲踐更也。天下之人皆直戍邊三日，亦名爲更，律所謂繇戍也。諸不行者，出錢三百入官，官以給戍者，是爲過更也。」此文所謂「發踐更以董之」，蓋廢縣以後以兵屯戍其地。

〔貼職〕據禹錫本傳，順宗即位，轉屯田員外郎，判度支鹽鐵案。屯田員外郎是其本官，判度支鹽鐵案是其兼職。兼職唐、宋皆謂之貼職，其稱自南北朝已有之，往往所貼之職重於本官。

武陵北亭記

郡北有短亭，繇舊也。亭孤其名，地藏其勝。前此二千石全然見之，建言而莫踐，去之日率遺恨焉。七年冬，詔書以竹使符授尚書水曹外郎竇公常曰：命爾爲武陵守。莅止三月，以碩畫佐元侯平嵓夷，降渠魁。又三月，以順令率蒸民，增水坊，表火道。是歲大穰，明年政成。農緣畝以勇勸，工執技以思賈。因民之餘力，乘日之多暇，乃顧其屬曰：郊道有候亭，示賓以不慁也。雖聞茲地，韜美未發，豈有待邪！自吾之治於斯也，購徒庀材，大起堙廢。未嘗植私庭，礱燕寢。役必先公，人不余瑕。調賦幸均矣，城池幸完矣，而重浹辰之役，掠苟簡之問，卒使勝躅冒没，猶璞而不攻。懼換符之日，還復齎恨，無乃遺誚於來者乎！

言得其宜，智愚同贊。於是撤故材以移用，相便地而居要。去凡木以顯珍茂，汰汙池以通淪漣。自天而勝者列於騁望，由我而美者生於頤指。箕張筳楹，股引房櫳。斧斤息響，風物異態。大道出乎左藩，澄湖浸乎前垠，仙舟祖軷，繇是區處。九月壬午，工告休，亭長受成。赤車威遲，於以落之。肅賓而入，圜視有適。沈水北澳，陽山南麓。默焉蘧蘧，雄殿郊隅。前軒舒陽，朱檻環之。舞衣回旋，樂簴參差。北廡延陰，外阿旁注。芊眠清泚，羅入洞户。初筵修平，彫俎靜嘉。林風天籟，與金奏合。亦既醉止，州從事舉白而言曰：「室成於私，古有發焉。矧成於公，庸敢無詞？觀乎棼楣有嚴，丹雘相宜，象公之文律曄然而光也；望之弘深，即之坦夷，象公之酒德温然而達也；庭芳萬本，跗萼交映，如公之家，肥醲而昌也；門闢户闔，連機弛張，似公之政經便而通也。因高而基，因下而池。躋其高可以廣吾視，泳其清可以濯吾纓。

俯於逵，惟行旅謳吟是采；瞰於野，惟稼穡艱難是知。雲山多狀，昏旦異候。百壺先韋之餞迎，退食私辰之宴嬉。觀民風於嘯詠之際，展宸戀於天雲之末。動合於誼，匪唯寫憂。」公曰：「夫言之必可書者，公言也，從事不以私視予，余從而讓之，是自還也，其可乎！」迺授簡於放臣，俾書以示後。後之思公者，雖灌叢萋草，尚勿翦拜，矧翬飛之革然，石刻之隱然歟？

【校】

〔竹使符〕結一本竹作行，誤。

〔火道〕纖本火作大，誤。按：此用左傳昭十八年：「司馬司寇列居火道。」

〔雖聞〕紹本雖作稚，非，崇本雖作雅，似是。

〔還復〕紹本、中山集還均作遠，全唐文作遂。

〔默焉〕崇本默作耽，紹本、纖本、全唐文均作黖。

〔舒陽〕崇本陽作楊。

〔修平〕崇本修作循。

〔先韋〕纖本韋作常。按：此用左傳僖三十三年：「以乘韋先牛十二犒師」，不當作常。

〔自還〕纖本、全唐文還作遠。

〔灌叢〕崇本灌作貫。

〔翬飛之革〕崇本、畿本革均作華。按：此用詩大雅斯干：「如鳥斯革，如翬斯飛」，不當作華。

【注】

〔火道〕左傳襄九年：「宋災，樂喜爲司城……繕守備，表火道。」昭十八年，子産相鄭時亦有「列居火道」之語。蓋古代救火之法所重也。

〔赤車〕華陽國志：司馬相如初入長安，題其門曰：不乘赤車駟馬不過汝下。漢代使者所乘之車也。後漢書輿服志云：諸使車皆朱班輪，四輻，赤衡軛，是也。

〔舉白〕文選左思吴都賦：「飛觴舉白。」注：「白，罰爵名。」

〔發焉〕按此用禮記檀弓，「晉獻文子成室，晉大夫發焉」之語。鄭注以爲「晉君獻之，謂賀也，諸大夫亦發禮以往。」發當謂祝賀落成。發禮以往，恐非其義。禹錫此文殆亦不從此解。

〔百壺〕詩大雅韓奕：「韓侯出祖，出宿于屠。顯父餞之，清酒百壺。」

【箋證】

按：此文爲竇常作。常，舊唐書一五五、新唐書一七五均附竇羣傳中。舊唐書云：「兄常字中行，大曆十四年（七七九）登進士第。杜佑鎮淮南，奏授校書郎，爲節度參謀。元和六年（八一一），自湖南判官入爲侍御史，轉水部員外郎，出爲朗州刺史。」蓋先在淮南，與禹錫同使幕，今則來朗州，爲禹錫之州主也。

又按：竇叔向之子常、牟、羣、鞏，皆仕路多通，故文中有「如公之家，肥熾而昌」之語。羣雖黨於吕温，實與王、韋立異者，羣傳云：「柳宗元、劉禹錫皆慢羣，羣不附之。」其弟兄猶與禹錫款曲，而禹錫亦猶與之屢結文字因緣者，蓋以同在謫宦中，又身爲常之屬僚，尤不得不謹事之耳。集中涉及常者，有本集卷二十四、卷三十、外集卷五諸篇。涉及羣者見卷十四爲容州竇中丞謝上表。

〔七年〕謂元和七年（八一二）。禹錫到朗州，蓋已歷事兩任刺史方至竇常，至十年（八一五）冬，禹錫赴召，常猶未離任。

〔佐元侯平裔夷〕通鑑二三六：「（元和六年）黔州大水壞城郭，觀察使竇羣發溪洞蠻以治之，督役太急，於是辰、漵二州蠻反，羣討之不能定，貶開州刺史。」又二三九：「（八年六月）辰漵賊帥張伯靖請降。辛亥，以伯靖爲歸州司馬，委荆南軍前驅使。」其時嚴綬爲荆南節度使，朗州在荆南統内，故稱爲元侯。竇常即羣之兄，故以此蓋其愆也。當時於西南土著之民濫施虐侮至於此極，禹錫亦隨俗而爲之詞耳。

〔表火道〕本集卷二十三有武陵觀火詩，疑即指是時之事。

劉禹錫集箋證卷第十

書

上杜司徒書 時元和元年。

月日，故吏守朗州司馬員外置同正員劉某謹齋沐致誠，命僕夫持書敢獻於司徒相公閣下：昔稱韓非善著書，而説難、孤憤尤爲激切。故司馬子長深悲之，爲著於篇，顯白其事。夫以非之書可謂善言人情，使逢時遇合之士觀之，固無以異於他書矣。而獨深悲之者，豈非遭罹世故，益感其言之至邪！小人受性顓蒙，涉道未至，末學見淺，少年氣粗。常謂盡誠可以絶嫌猜，徇公可以弭讒愬。謂慎獨防微爲近隘，謂艱貞用晦爲廢忠。芻狗已陳，刻舟徒識。罟擭隨足，倀然無知。事去癡想，時時自笑。然後知韓非之善説，司馬子長之深悲，跡符理會，千古相見，雖欲勿悲可乎！

大凡恒人之所以靈於庶類，以其能羣以勝物也。烈士之所以異於恒人，以其仗節以死誼也。然則交相喪者，世與道；難合并者，機與時。是以有死誼之心而卒不獲其所者，世人悲之。獲其所矣，而一旦如不得終焉者，君子悲之。世人之悲，悲其不遇，無成而虧，故其感也近。君子之悲，悲其不幸，既得而喪，故其感也深。其悲則同，其所以爲悲則異。若小人者，其不幸歟！

間者昧於藩身，推致危地。始以飛謗生釁，終成公議抵刑。旬朔之間，再投裔土。外黷相公知人之鑑，内貽慈親非疾之憂。常恐恩義兩乖，家國同負。寒心銷志，以生爲慙。雖欲瀝血以自明，籲天以自訴，適足來衆多之誚，豈復有特達見知者邪？遂用詛盟於心，不復自白。以内咎爲弭謗之具，以吞聲爲窒隙之媒。庶乎日月至焉而是非乃辨。

會友人江陵法曹掾韓愈以不幸相悲，且曰：「相國扶風公之遇子也厚，非獨余知之，天下之人皆知之矣。余初聞子之横爲口語所中，獨相國深明之，及不得已而退，則爲之流涕以訣；又不得已而譴，則爲之擇地以居。求之於今，難與侔矣。抑余又聞曩子之介於司徒府，奉誠敬於山園上，公亟亟稱於人，以爲不懈於位。今則有修儀以贊其詔相者，有備物以贊其容衛者。七月禮畢，一朝慶行。誥言敭之，授以顯秩。

子獨足趾一跌，而前勞併捐。祝綱之辰，動絓疏目。可封之代，乃爲窮人。斯常情之所悲，矧知子之厚者？夫跲者思起，必謼而求拯，疾者思愈，必呻而求醫。子宜謼於有力而呻於有術。如何以箝口自絶爲智，以甘心受誣爲賢，嗛然自咎，求知於默？彼李斯逐焉而爲上卿，鄒陽囚焉而爲上客，二子者豈默以求知者邪！若可訴而不言，則陷於畏；可言而不辯，則鄰於怨。畏與怨，君子之所不處。子其處之哉！」韓生之言未及竟，而小人不知感從中來，始赧然以愧，又缺然以慄，終悄然以悲。悲斯歎，歎斯憤，憤必有泄，故見乎詞。敢聞左右，投所閔也。

嗟夫！人之至信者心目也，天性者父子也，不惑者聖賢也。然而於竊鈇而知心目之可亂，於掇蜂而知父子之可間，於拾煤而知聖賢之可疑。況乎道謝孔、顏，恩異天性。是非之際，愛惡相攻。争先利途，虞相軋則釁起。希合貴意，雖無嫌而謗生。魯酒至邯鄲之圍，飛鳶生博者之禍。伯仁之殺由偶對，伯奢之寃以器聲。動罹險中，皆出意表。雖欲周防，亦難曲施。加以吠聲者多，辨實者寡。飛語一發，臚言四馳。萌芽始奮，枝葉俄茂，方謂語怪，終成禍梯。嗚呼！人必求之，不能自達。何投分效節有積塵之難，何譖行愛弛有決防之易，何將進之日必自見其可而後親，何將退之時乃人言其否而遂棄？良由邪人必微，邪謀必陰。陰則難明，微則易信。罔極泰甚，古今同途。是以前修鑒其若此，姑以推心取信，不以循迹生嫌。由是求忠臣於孝子，求良婦於罵己。食子，盡節也，推其忍可以疑心。放麑，違命也，推其仁可以屬國。若謂其孝於親未必能忠，專於夫未必能貞，忍於子未必能忍於其他，仁於獸未必能仁於其類，則是天下之人盡不可信而盡可誣，固不然也。

凡人之行己，必恒於所安。苟非狂易，不能甚異。小人自居門下，僅踰十年，未嘗信宿而不侍坐。率性所履，固無遁逃。言行之間，足見真態。伏惟推心以明其迹，追往以鑒於今。苟謂其嘗掩人以自售矣，嘗近名以冒進矣，嘗欺謾於言説矣，嘗沓貪於求取矣，嘗狎比其瑣細矣，嘗媒孽其僚友矣，嘗短激以買直矣，嘗詀讘以取容矣，嘗漏言於咨諏矣，嘗敗務於簿書矣：有一於此，雖人謂其賢，我得而刑也，豈止於棄乎？苟或反是，雖人謂其盜，我得而任也，庸可而棄乎？

由是而言，小人之善否，不在衆人。所以受譴已還，行及半歲。當食而歎，聞弦尚驚。不以衆人之善爲是非，唯以相公之意爲衡準。自違間左右，亟蒙簡書。慰誨勤勤，窮顇增感。伏想仁念，必思有以拯之。況禮道貴終，人情尚舊。嘗盡其力，必加以仁。於犬馬之微，有帷蓋之報。顧異於是，豈無庶幾？儻浮言可以事久而明，衆嗤可以時久而息，弘我大信，以祛羣疑。使煢煢微志，無已矣之歎。覬乎異日，得夷平民。然後裹足西向，謝恩有所。復以塵纓驚貌，稱故吏於相門。此言朝遂，可以夕死。何則，復於變者其義重，拯於危者其感深。睽而後合，示終不可睽也。否而後泰，示終不及否也。獲寶於已喪，得途於既迷，與夫平居不爲艱故所激者，其味異矣。

伏以大君繼明，元宰柄用。鴻鈞播平分之氣，懸象廓無私之照。涣汗大號，與人惟新。昭回汪濊，旁下郡國。投荒爲民者，咸釋拲梏，遂還里閭。繫於稍食，猶在羈絆。伏讀赦令，許移近郊。今武陵離京師贏二千者無幾。小人祖先壤樹在京索間。瘠田可耕，陋室未毀。濡露增感，臨風永懷。伏希憫其至誠，而少加推恕。命東曹補吏，置籍於滎陽伍中，得奉安輿而西，拜先人松櫝。誓當齎志没齒，盡力於井臼之間，斯遂心之願也。如或官謗未塞，私欲未從，雖爲裔民，乃有善地。則北距澧浦，資宿春而可行，無道途之勤，蠲僕賃之費。重以鎮南，用和輔理，扇仁風於上游，霽嚴施惠，得以自遂，斯便家之願也。伏惟降意詳察，擇可行者處之。乞恩於指顧之間，爲惠有生成之重。雖百穀之仰膏雨，豈喻其急焉？

嗟哉！小生仕逢聖日，豈曰不辰？知有相君，豈曰不遇？而乘運鍾否，俾躬罹災，同生無手足之助，終歲有病貧之厄。孰不求達，而獨招嫌？孰不求安，而獨乘坎？賦命如此，雖悔可追。湘沅之濱，寒暑一候。陽雁纔到，華言罕聞。猿哀鳥思，啁啾異響。暮夜之後，併來愁腸。懷鄉倦越吟之苦，舉目多似人之喜。俯視遺體，仰安高堂。悲愁惴慄，常集方寸。盡意之具，固不在言。身遠與寡，捨兹何託？是以因言以見意，恃舊以求哀。敢希末光，下燭幽蟄。孤志多感，重恩難忘。顧瞻門館，悊戀交會。伏紙流涕，不知所云。禹錫惶悚再拜。

【校】

〔癡想〕紹本、崇本、畿本、中山集、全唐文癡均作凝，似是。

〔仗節〕紹本、崇本、畿本、中山集仗均作伏。

〔知人〕結一本作人知，誤。

〔詛盟〕結一本詛作誼，誤。

〔初聞〕紹本、崇本、畿本均作聞初。

〔亟亟〕紹本、崇本、畿本、全唐文均少一亟字。

〔動絓〕結一本絓作維，畿本作經，皆誤。

〔子宜〕崇本無宜字。

〔器聲〕畿本器作呑，似非。

〔周防〕崇本注云防去聲。

〔求之〕紹本、崇本、畿本、全唐文之均作知。
〔效節〕畿本效作放，非。
〔遂棄〕紹本遂作逆。
〔泰甚〕紹本、結一本、全唐文泰作大，非。
〔沓貪〕崇本沓作踏，非。
〔短激〕紹本、崇本、畿本、全唐文短均作矯，似是。
〔敗務於簿書〕崇本敗作販，似非；中山集、全唐文於作以，誤。
〔顧異於是〕崇本於作如。
〔拯於危者〕紹本拯作極。
〔示終不可〕崇本示作亦，下同。
〔拳梏〕結一本拳作拳，誤。
〔離京師〕紹本、崇本、全唐文離均作距。
〔井臼〕畿本臼作畇，注云：一作臼。
〔相君〕全唐文君作居，誤。
〔乘坎〕全唐文作乖次，誤。

【注】

〔杜司徒〕謂杜佑，舊唐書一四七、新唐書一六六各有傳，據本傳，德宗崩，佑攝冢宰，尋進位檢校司徒，充度支鹽鐵等使，依前平章事。故下稱司徒相公。

〔故吏〕禹錫在淮南佐佑幕，入朝又充度支鹽鐵使判官，故自稱故吏。

〔飛謗生釁〕按書中此二語爲禹錫自敍所以得罪之關鍵，「始以飛謗生釁」者，有人搆陷於宰執也，「終以公議抵刑」者，緣王、韋之黨連坐也。假令無人搆陷，固仍不免於連坐，或不至沈廢如是之久。杜佑以多年府主，竟亦信讒而恩誼不終，則尤禹錫所痛心者。書中又云「横爲口語所中」，又云「飛語一發，臚言四馳」，又云「謡行愛弛有決防之易」，語意明白如此，則禹錫非僅爲王、韋連坐而得禍，較然無疑矣。卷十八上門下武相公啓云「本使有内嬖之吏，供司有恃寵之臣，言涉猜嫌，動礙關束」，尤可參悟，具詳各篇箋證中。

〔可封〕漢書王莽傳：唐虞之世，比屋可封。

〔竊鈇〕列子説符：人有亡鈇者，意其鄰之子，視其行步竊鈇也，顔色竊鈇也，言語竊鈇也，作動態度無爲而不竊鈇也。俄而扫其谷而得其鈇，他日復見其鄰人之子，動作態度無似竊鈇者。

〔掇蜂、拾煤〕文選陸機君子行：「掇蜂滅天道，拾塵惑孔顔。」李善注：「説苑曰：王國君前母子伯奇，後母子伯封，兄弟相愛。後母欲其子爲太子，言王曰：伯奇愛妾。王上臺視之，後母取蜂，除其毒而置衣領之中，往過伯奇，奇往視袖中殺蜂。王見讓伯奇，伯奇出。使者就袖中有死蜂，使者白王。王見蜂追之，已自投河中。吕氏春秋曰：孔子窮於陳蔡之間，藜羹不糝，七日不嘗粒。晝寢，顔回索米得而來，爨之幾熟。孔子望見顔回攫其甑中而飯之。少選間食熟，謁孔子而進食。孔子起曰：今者夢見先君，食絜故饋。顏回對曰：不可。嚮者炱煤入甑中，棄食不祥，回攫而飯之。孔子笑曰：所信者目矣，目猶不可信，所恃者心矣，而心猶不足恃，弟子記之，知人固不易。夫孔子所以知人難也。」

〔魯酒〕語出莊子，據淮南子說：楚會諸侯，魯趙皆獻酒於楚王，魯酒薄而趙酒厚，楚之主酒吏求酒于趙，趙不與，吏怒，乃以魯薄酒易趙厚酒奏之，楚王以趙酒薄，故圍邯鄲也。

〔伯仁〕晉書六九周顗傳：初敦之舉兵也，劉隗勸帝盡除諸王，司空導率羣從詣闕請罪，值顗將入，導呼顗謂曰：「伯仁，以百口累卿。」顗直入不顧，……導不知救己，而甚銜之。敦既得志，問導曰：「周顗、戴若思南北之望，當登三司，無所疑也。」導不答。又曰：「若不三司，便應令僕耶？」又不答。敦曰：「若不爾，正當誅爾。」導又無言。導後料檢中書故事，見顗表救己，……告其諸子曰：「吾雖不殺伯仁，伯仁由我而死，幽冥之中，負此良友。」

〔伯奢〕三國志裴注引世語曰：太祖過（吕）伯奢，伯奢出行，五子皆在，備賓主禮。太祖自以背卓命，疑其圖己，手劍夜殺八人而去。孫盛雜記曰：太祖聞其食器聲，以爲圖己，遂夜殺之。既而悽愴曰：「寧我負人，毋人負我。」遂行。

〔食子、放麛〕此二事實一事，皆出韓非子。樂羊爲魏將而攻中山，其子在中山，中山之君烹其子而遺之羹，樂羊坐於幕下而啜之盡一杯。文侯謂諸師贊曰：樂羊以我故而食其子之肉。答曰：其子而食之，且誰不食？樂羊罷中山，文侯賞其功而疑其心。孟孫獵得麑（麛），使秦西巴載之持歸，其母隨之而啼，秦西巴弗忍而與之。孟孫歸，至而求麑。答曰：余弗忍而與其母。孟孫大怒逐之。居三月，復召以爲其子傅，其御曰：曩將罪之，今召以爲子傅何也？孟孫曰：夫不忍麑，又且忍吾子乎？

〔僅踰〕按唐人用僅字有多義，如韓愈文「初守睢陽時士卒僅萬人」，杜甫詩「山樓僅百層」，皆謂多至萬人、多至百層。與經典用廑字者不同。今僅存而廑廢，多作止字解矣。

〔涣汗〕按舊紀，元和元年（八〇六）正月丁卯，御丹鳳樓大赦天下。即指此。然是年八月詔左降官韋執誼、韓泰、陳諫、柳宗元、劉禹錫、韓曄、凌準、程异等八人縱逢恩赦不在量移之限。是禹錫但聞赦令而不知有後命也。疑是時有爲八司馬乞恩者，而憲宗之怒未已，故嚴譴至此。是年在相位者爲杜黄裳、鄭餘慶、鄭絪。蓋黄裳爲執誼婦翁，故尤不能爲諸人道地也。

〔京索〕語出史記項羽本紀：「楚與漢戰滎陽南京索間。」京、索皆古邑名。據外集卷九子劉子自傳，其先世墳塋在滎陽之檀山原田，謂此也。

〔重以鎮南〕按此語不甚可解，似有脱誤。

【箋證】

按：此文作於元和元年（八〇六），乃禹錫遭貶後披陳衷曲之言。杜佑爲禹錫多年相隨之府主，此時方在相位，宜可盡情傾吐也。文之第一段至「若小人者其不幸歟」止，隱然以烈士自況。「謂慎獨防微爲近隘，艱貞用晦爲廢忠」二語斥庸謹之鄙夫，破中庸之邪説，是禹錫自道平生果於任事。第二段至「庶乎日月至焉，而是非乃辨」止，言本不欲自辯解。第三段至「敢聞左右，投所閔也」止，假所聞於韓愈之言，以明猶有知己之感。相國扶風公自指杜佑，蓋其未封岐國公以前之郡公爵號。司徒府則指佑於元和元年正（八〇六）拜司徒也。云：「奉誠敬於山園上」，即傳所稱兼崇陵使判官也。第四段至「天下之人盡不信而盡可誣，固不然也」止，謂佑已入人之讒間而待禹錫頓疏也。「道謝孔顔，恩異天性」二語，明指佑之信讒而已之無由自明。「飛語一發，臚言四馳」二語，明指受謗之無因。第五段至「其味異矣」止，則詞尤勁直，於「禮道貴終，人情尚舊」二語見之。犬馬帷蓋之喻，直斥佑之寡恩。猶恐未盡，乃有「獲寶於已喪，得途於既迷」之語，豈非明謂佑之於禹錫已幾於恩斷義絶者乎？以下則乞於肆赦時量移之詞。憲宗紀：「元和元年（八〇六）八月壬午詔，左降官韋執誼、韓泰、陳諫、柳宗元、劉禹錫、韓曄、凌準、程异等八人，縱逢恩赦不在量移之限。」此詔一下，決無量移之望矣，故知禹錫此書必作於聞詔以前也。王、韋之獄，固以舊黨搆煽，觸怒憲宗爲其主因，而劉、柳諸人盛氣直情，致遭飛語彈射，亦必别有其説，外集卷九連州謝上表及柳集寄許京兆孟容書皆可參證。至杜佑信讒而疑禹錫，在任崇陵使判官時，於本集卷十八上門下武相公啓中尤可徵實。此皆當於史文以外求得其真相者也。武相公謂武元衡。啓中云：「本使有内嬖之吏，供司有恃寵之臣，言涉猜嫌，動礙關束。」蓋所不能直言於佑者，於元衡已盡情傾吐矣。新唐書佑傳稱其爲人平易遜順，與物不違忤，人皆愛重之，方漢胡廣。惟其與物不違忤，故不能明辨是非。禹錫上此書後，亦知其不足與言，故七年不復通書問。見本集卷十八上杜司徒啓。

〔旬朔之間再投裔土〕據紀，永貞元年（八〇五）九月己卯，禹錫貶連州刺史，十一月己卯，再貶朗州司馬。故云旬朔之間。

〔友人江陵法曹掾韓愈〕據洪興祖韓子年譜，韓愈於貞元十九年（八〇三）冬末貶官，二十年（八〇四）春始到陽山。二十一年（八〇五）正月，順宗即位，二月甲子，大赦，八月辛丑，改元永貞，遷者皆追回。愈爲觀察使所抑，徙江陵府法曹參軍事，夏秋離陽山，俟命於郴者三月，至秋末始受法曹之命。考愈之岳陽樓詩有「時當冬之孟」一語，則十月到岳州，正在赴江陵途中，而禹錫初貶連州在九月十三日，再貶朗州在十一月十四日，此時必尚未聞新命，與愈在岳州相見抑在江陵相見，雖未可斷言，要之愈之行蹤乃自南而北。此書云：「子之橫爲口語所中，獨相國深明之，及不得已而退，則爲之流涕以訣；又不得已而譴，則爲之擇地以居。」愈又何從聞之乎？明是禹錫假託愈之詞以發端耳。

〔渙汗大號〕據紀，「元和元年（八〇六）正月丁卯，御丹鳳樓大赦天下」，即指此。然是年八月有左降官韋執誼以下八人不在量移之限之詔，禹錫但聞赦令而不知有後命也。

〔命東曹補吏〕後漢書百官志，太尉東曹主二千石長吏遷除及軍吏。禹錫用此，蓋意欲移官東都。

〔北距澧浦〕禹錫此語意謂不得已則欲量移澧州，蓋澧州雖與朗州接壤，而稍指東北即達江陵，較近於中原也。

獻權舍人書

禹錫在兒童時已蒙見器，終荷薦寵，始見知名。衆之指目，忝閤下門客，懼無以報稱。故厚自淬琢，靡遺分陰。乃今道未施於人，所蓄者志；見志之具，匪文謂何？是用顓顓懇懇於其間，思有所寓。非篤好其章句，泥溺於浮華。時態衆尚，病未能也，故拙於用譽；直繩朗鑒，樂所趨也，故鋭於求益。今謹録近所論撰凡十數篇，蘄端較是非，取關於左右。猶夫礦朴，納於容範。

嘗聞昔宋廣平之沈下僚也，蘇公味道時爲繡衣直指使者，廣平投以梅花賦，蘇盛稱之，自是方列於聞人之目。是知英賢卓犖，可外文字，然猶用片言借説於先達之口，藉其勢而後驤首當時，矧碌碌者，疇能自異？今閤下之名之位，過於蘇公之曩日，而鄙生所賦，或鉅於梅花，則沈泥干霄，懸在指顧間，其詞汰而喻僭，誠黷禮也。繄游藩之久，覬尚舊而霽嚴。禹錫惶悚再拜。

【校】

〔今道〕崇本今作念。

〔泥溺〕全唐文泥作沉。

〔衆尚〕畿本衆作俗。

〔取關〕紹本、崇本、全唐文取均作敢，似是。

〔容範〕崇本、畿本容均作鎔。

【注】

〔梅花賦〕按舊唐書九四、新唐書一一四蘇味道傳皆未載其爲御史，而其人以模稜名，未必爲愛士者，禹錫摭此傳聞，恐未足據。

【箋證】

按：權舍人是權德輿早年之稱。德輿舊唐書一四八、新唐書一六五均有傳。據傳，「貞元十年（七九四），遷起居舍人，歲中兼知制誥，轉駕部員外郎，司勳郎中，職如舊。遷中書舍人……德輿居西掖八年，其間獨掌者數歲。」是書似當是禹錫初得科名，覬其汲引所作。據德輿送劉秀才登科後侍從赴東京覲省序（全唐文四九一）：「始予見其丱，已習詩書，佩觿韘，恭敬詳雅，異乎其倫，及今見乎君子之文，所以觀化成、立憲度，末學者爲之，則角逐舛馳，多方而前，子獨居易以遜業，立誠以待問，秉是嗛愨，退然若虚。」即指禹錫。與此文所云「在兒童時已蒙見器，終荷薦寵，始見知名」，正相吻合。據德輿自述，早歲曾客潤州，本傳又云：「貞元初，杜佑、裴胄皆奏請爲從事，二表同日至京。十年（七九四），自左補闕遷中書舍人。」蓋德輿亦以流寓之故，與杜佑同有淵源，其於禹錫父子之交誼必由於此。禹錫爲貞元九年（七九三）進士，次年德輿爲起居舍人，此書稱舍人者以此。德輿之官似未爲高，但未幾即知制誥，譽望之起必非一日，故禹錫以先達期之。然德輿秉政，已在元和五年（八一〇），於禹錫無能援手矣。

又按：全唐文七三九有陳岵上權舍人書，中有「衣化京塵，星霜七周」之語，疑即貞元九年（七九三）與禹錫同登科之陳祐。若然，則禹錫上此書時，或亦尚未第，而權舍人之稱爲後來所追加，未可知也。唐人未第時，以行卷投時人之有聞望者，久成習俗，例不勝舉。唐國史補所謂「造請權要謂之關節，激揚聲價謂之還往」也。此書亦頗似未第時口吻。陳岵事參見外集卷八贈同年陳長史員外詩。

爲京兆李尹答于襄州第一書

閤下以大墓世在三原，而去河南益遠，尚繫於數百年之外，於義不安。遂奮然移羣從率先行古，占數爲京兆人，且命使者修敬於鄙薄。缺然不敢當此之重。

洪惟閤下，世雄朔易，四姓之冠。其宗勳有八柱之貴，其碩德有三老之重。因都入雒，錫之土田。自生齒已上，列於侯籍。與夫其先嘗爲編户民者大殊。謹按永徽格，貫在兩都者無害爲本部官。蓋神州赤縣，尊有所厭，非他土之比。實待罪輦轂下，閤下宣風江漢，爲諸侯師，介圭入覲，必參大政。其展禮措事，宜爲羣倫所觀。非據之榮，赧然汗下。不宣，實再拜。

【校】

〔尚繫〕紹本、崇本繫下有望字。

〔宗勳〕崇本宗作崇。

【箋證】

按：李尹謂李實，舊唐書一三五、新唐書一六七均有傳。據傳：「貞元十九年（八〇三）爲京兆尹。自爲京尹，恃寵强愎，不顧文法，人皆側目。二十年春夏旱，關中大歉，實爲政猛暴，方務聚斂進奉以自固恩顧，百姓所訴一不介意。因入對，德宗問人疾苦，實奏曰：今年雖旱，穀田甚好。由是租税皆不免。人窮無告，乃徹屋瓦木，賣麥苗，以供賦斂。優人成輔端因戲作語爲秦民艱苦之狀云：秦地城池二百年，何期如此賤田園？一頃麥苗五石米，三間堂屋二千錢？凡如此語有數十篇。實聞之怒，言輔端誹謗國政，德宗遽令決殺。當時言者曰：瞽誦箴諫，取其詼諧以託諷諫，……輔端不可加罪。德宗亦深悔，京師無不切齒以怒實。故事，府官避臺官，實嘗遇侍御史王播於道，實不肯避，導從如常。播詰其從者，實怒，奏播爲三原令，謝之日，庭詬之。陵轢公卿百執事，隨其喜怒，誣奏遷逐者相繼，朝士畏而惡之。又誣奏萬年令李衆，貶虔州司馬。奏虞部員外郎房啓代衆。升黜如其意，怙勢之色，彎然在眉睫間。故事，吏部將奏科目，奥密，朝官不通書問，而實身詣選曹迫趙宗儒，且以勢恐之。前歲權德輿爲禮部侍郎，實託私薦士，不能如意。後遂大録二十人迫德輿曰：可依此第之，不爾，必出外官，悔無及也。德輿雖不從，然頗懼其誣奏。二十一年（八〇五），有詔蠲畿内逋租，實違詔徵之。百姓大困，官吏多遭笞罰，剥割掊斂，聚錢三十萬貫，胥吏或犯者即按之。……順宗在諒闇踰月，實斃人於府者十數，遂議逐之，乃貶通州長史。制出，市人皆袖瓦石投其首，實知之，由月營門自苑西出。人人相賀，後遇赦量移虢州，在道卒。」以上舊史之文，半采韓愈順宗實録，他亦采時人記載。據實録，實之貶通州，在貞元二十一年（八〇五）正月，正順宗之初政。若實爲非，則順宗初政爲是。若概以順宗初政出於王、韋，則實必不當其罪矣。且實録又云：「五月甲申，以萬年令房啓爲容州刺史。初，啓善於叔文之黨，因相推致，遂獲寵於叔文，求進用，叔文以爲容管經略使。使行，約至荆南授之，云脱不得荆南即與湖南，故啓宿留於江陵，久之方行至湖南，又久之而叔文與執誼争權，數有異同，故不果，尋聞皇太子監國，啓惶駭奔馳而往。」啓既亦爲叔文之黨矣，而實與啓善，啓爲萬年令亦由實致之。則順宗初政，首貶實以懲貪虐，足徵王、韋之重公論而不顧私交。此王、韋之善也，而又何譏焉？韓氏於實忽褒忽貶，必難盡信。

又按：李實爲人亦以延接文士相標榜，唐語林六：「李實爲司農卿，督責官租，蕭祐居喪，輸不及期，實怒，召至，租車亦至，得不罪。會有賜與，當謝狀，秉筆者有故未至，實乃曰：召衣齊衰者。祐至，立爲草狀，實大喜，延英面薦，德宗令問喪期，屈指以待，及釋服日，以處士拜拾遺。」禹錫於貞元末年爲郎官、御史，有文名，殆以實慕其文采而以筆札相屬。禹錫爲實撰箋表，又見本集卷十三、十七各篇。似亦以蕭祐相遇也。

〔于襄州〕于襄州，謂于頔，舊唐書一五六、新唐書一七二均有傳。本集中涉及頔者尚有本集卷二十五、三十等篇。

〔占數爲京兆人〕韓愈集有上襄陽于相公書云「蒙宗移族從并與京兆書」，蓋即指此事。頔於貞元中頗得德宗寵任，以文臣居方鎮，而自恣威福，必其有以自結於朝端也。實亦恃寵强愎之人，頔有意承迎，恐亦厚貌深情耳。

〔世雄朔易〕于頔爲于謹之後，謹之曾祖爲懷朔鎮將，故云「世雄朔易」。八柱及三老皆指謹在北周時事。謹傳在周書一五及北史二三。八柱謂八柱國也。北史六〇李弼等傳論曰：「初，魏孝莊帝以尒朱榮有翊戴之功，拜榮柱國大將軍，位在丞相上。榮敗後，此官遂廢。大統三年（五三七），魏文帝復以周文帝建中興之業，始命爲之。其後功參佐命望實俱重者，亦居此職。自大統十六年（五五〇）已前，任者凡有八人，周帝位總百揆，都督中外軍事。魏廣陵王欣，元氏懿戚，從容禁闥而已。此外六人各督二大將軍，分掌禁旅，當爪牙禦侮之寄。當時榮盛，莫與爲比。故今之稱門閥者，咸推八柱國家。」

〔其碩德有三老之重〕于謹傳云：「（保定）三年，以謹爲三老，固辭，又不許，賜延年杖，武帝幸太學以食之。」即指其事。

爲京兆李尹答于襄州第二書

實白：前辱閣下書，厚自枉屈，執州人之禮。兼示移羣從書，明所以去河南從京兆爲望之旨，於古儀爲得。然而通行之自久，或獻疑焉。是以前書不敢不逡巡牢讓，亦有以發閣下之雄辯，使嚼然爲世程者。今月某日，函使至，果貽理言。大明時人之所以失，而我獨障頹波而逢其原。既一辭不獲命，又學淺不堪往復。敢不敬從！前史稱以大將軍而有揖客，豈不爲重？循汲直之言，則有以略其理而增高者。今鄙人之不讓，適有以增閣下之重耳。實白。

【校】

〔其理〕紹本、崇本、全唐文理均作禮。

【注】

〔汲直〕漢書汲黯傳：「大將軍青既益尊，姊爲皇后，然黯與亢禮。或説黯曰：自天子欲令羣臣下大將軍，大將軍尊貴誠重，君不可以不拜。黯曰：夫以大將軍有揖客，反不重邪？」又賈捐之傳：「置之争臣則汲直。」注：「汲黯方直，故世謂之汲直。」

【箋證】

按文中云：「兼示移羣從書，明所以去河南從京兆爲望之旨。」亦見韓愈集上襄陽于相公書。日知録揭舉韓愈上京兆尹李實書，云：「愈來京師，於今十五年，所見公卿大臣不可勝數，皆能守官奉職，無過失而已；未見有赤心事上，憂國如家如閣下者。」至其爲順宗實録，則曰：「實諂事李齊運，驟遷至京兆尹，恃寵强愎，不顧文法。……至譴，市里讙呼，皆袖瓦礫遮道伺之，實由間道獲免。」與前所上之書迥若天淵。今考實本傳，以蔭入仕，六轉至潭州司馬，從事曹王皐府，曹王皐固亦愈所稱賢者也，自山南東道判官歸朝，官至司農卿加檢校工部尚書，方爲京兆尹，不得謂之驟遷，愈之實録難云「實録」，皆此類也，而修史者遽取而載之，恐未免惡則墜淵之譏矣。觀禹錫此文，則亦嘗與有往還，故爲之操筆。其人當非一無可取者。

答饒州元使君書

傳使至，蒙致書一函，辱示政事與治兵之要。明體以及用，通經以知權。視陰陽慘舒之節，取震虩澤濡之象。知天而不泥於神怪，知人而不遺於委瑣。先鄉社之治以浹於舉郡，首隊伍之法以及於成師。猶言數者起一而至萬，操律者本黄鍾以極八音。誠通人之説，章章必可行者也。鄙生涉吏日淺，嘗耳剽老成人之言熟矣。今研覈至論，淵乎有味，非游言架空之徒，喜未常不至抃也。故揚搉所見，以累下執事云。

蓋豐荒異政，繫乎時也。夷夏殊法，牽乎俗也。因時在乎善相，因俗在乎便安。不知法斂重輕之道，雖歲有順成，猶水旱也。不知日用樂成之義，雖俗方阜安，猶蕩析也。徙木之信必行，則民不惑，此政之先也；置水之清必勵，則人知敬，此政之本也；銗筩之機或行，則姦不敢欺，此政之助也。則有以其弛張雄雌，唯變所適。古之賢而治者，稱謂各異。非至當有二也，顧遭時不同耳。夫民足則懷安，安則自重而畏法。乏則思濫，濫則迫利而輕禁。故文景之民厚其生，爲吏者率以仁恕顯；武宣之民亟於役，爲吏者率以武健稱。其寬猛迭用，猶質文循環，必稽其弊而矯之，是宜審其究奪耳。

太史公云，身修者官未嘗亂也。然則修身而不能及治者有矣，未有不自己而能及民者。今之號爲有志於治者，咸能知民困於杼軸，罷於征徭。則曰司牧之道莫先於簡廉奉法而已。其或材拘於局促，智限於罷懦，不能斟酌盈虛，使人不倦。以不知事爲簡，以清一身爲廉，以守舊弊爲奉法。是心清於棖闑之內，而柄移於胥吏之手。歲登事簡，偷可理也；歲札理叢，則潰然攜矣。故曰身脩而不及理者有矣。若執事之言政，詣理切情，斥去迂緩，簡而通，和而毅。其修整非止乎一身，必將及物也。其程督非務乎一切，必將經遠也。防民之理甚周，而不至皎察。字民之方甚裕，而不使侵牟。知革故之有悔，審料民之多撓。厚發姦之賞，峻欺下之誅。調賦之權，不關於猾吏；逋亡之責，不遷於豐室。因有年之利以補敗，汰不急之用以嗇財。爲邦之要，深切著明，若此其悉也。推是言、按是理而篤行之，烏有不及治邪？

古稱言之必可行，非樂垂空文耳。有人民社稷，固可踐其言也。瀕江之郡饒爲大。履番君之故地，漸甌越之遺俗。餘干有畝鍾之地，武林有千章之材。其民牟利鬬力，狃於輕悍，故用暴虐聞。重以山茂樻楛，金豐鐐銑。齊民往往投鎡錤而即鏟鑄，損絲枲而工摹擷。乘時詭求，其息倍稱。間閭主分土者，盡籠其利而斡之。坐簿書舛錯，爲中執法所劾。事下三府，以受賕論，其刑甚渥。於今列郡不寒而慄，彼邦人聆其風聲，固曰彼浚民者上罪之若此，其念民也至矣。今二千石以前失職非其罪，執事者即人心而用之，彼邦人是必翹然須其至而安矣。以思治之民，遇習治之守，欲不至於富庶得乎？

昌黎韓宣英，好實蹈中之士也。前爲司封郎，以餘刃剸劇於計曹。號無逋事，能承其家法而紹明之，庭堅仲容之族也。坐事爲彼郡司馬，更閏餘者再焉。是必能知風俗之良窳，采寮之善否，盍嘗問焉？足爲羣疑之寶龜也。至於否臧文律，戢玩之戒，均權以制動，函隸以稔勇。平居使不墮，萃聚使不譁。坐作疾徐，心和氣振。誠纖悉於所示也。故置之以須執事異日承進律之命，握獸符而駕寅車，而後貢其誓言，重曉左右耳。

【校】

〔明體〕紹本、中山集體均作禮。

〔以極〕崇本以作而。

〔未常不至〕紹本、崇本常均作嘗。

〔法斂〕紹本、崇本、鐵本、中山集法均作發，中山集斂作敍。全唐文作發敍。

〔至當〕崇本當作黨。

〔究奪〕紹本、崇本、鐵本、中山集、全唐文究均作救。

〔杼軸〕紹本、崇本、全唐文軸均作抽。

〔偷可理也〕崇本偷作猶，鐵本理作事。

〔必將及物〕崇本必作心，下同。

〔防民〕紹本、崇本、鐵本、全唐文防均作坊，按：此用禮記坊記之意，作坊爲是。

〔料民〕結一本料作科，誤。

〔補敗〕崇本敗作販，非。

〔番君〕崇本君作禺，誤。

〔櫝楛〕結一本、崇本、中山集楛均作苦，誤，畿本作楛，紹本作荼。

〔鏟鑄〕紹本鑄作鏄。

〔計曹〕紹本計作討，誤。

〔函隸〕崇本作亟隸，注云：隸一作疑。

【注】

〔震虩〕易震卦：「震來虩虩，笑言啞啞。震驚百里，不喪匕鬯。」又大過：「象曰：澤滅木大過。上六，過涉滅頂凶无咎。」即「澤濡」之義。

〔缿筩〕漢書趙廣漢傳：「又教吏爲缿筩，及得投書，削其主名，而託以爲豪桀大姓子弟所言。其後强宗大族家家結爲仇讎，姦黨散落，風俗大改。吏民相告訐，廣漢得以爲耳目。」此所謂「姦不敢欺」，乃采用匿名互相揭發之法也。缿筩即投書之筩。

〔武健〕漢書酷吏傳：「昔天下之罔嘗密矣，然不軌愈起，其極也，上下相遁，至於不振。當是之時，吏治若救火揚沸，非武健嚴酷惡能勝其任而愉快乎？」禹錫意即本此，謂武帝宣帝之時也。

〔番君〕漢書高帝紀：「遇番君別將梅鋗。」注：蘇林曰：「番，音婆，豫章番陽縣。」韋昭曰：「吳芮初爲番令，故號曰番君。」

〔餘干、武林〕按餘干爲饒州屬縣。武林或指杭州，未知是否。

〔庭堅仲容〕左傳文十八年昔高陽氏有才子八人。庭堅仲容居其二。曄爲韓滉族子，家世有名，故以爲比。

【箋證】

按：困學紀聞一七：「答元饒州論春秋，又論政理，按鄱陽志，元輿也。艾軒策問以爲元次山，次山不與子厚同時，亦未嘗爲饒州。」今檢元氏長慶集四八，元藇杭州刺史等制：勅饒州刺史元藇等。困學紀聞作元輿，誤。

又按：岑仲勉唐集質疑引勞格讀書雜識云：案新安志九續定命録並云：元和十五年（八二〇），崔玄亮自密州刺史遷饒州刺史，則藇遷杭州當亦在是年。元和十五年則宗元已卒，而禹錫亦去連州北歸矣。

又按：柳宗元集答元饒州論政理書中有云：「又聞兄之莅政三日，舉韓宣英以代己。」而禹錫此書則云：「昌黎韓宣英……坐事爲彼郡司馬，更閱餘者再焉。」韓宣英即八司馬中之韓曄，之官即舉人自代，是貞元以後定制，惟舉本郡之員外司馬，又正當獲譴未久，似屬不近情理。又柳書云：「奉書辱示以政理之説，及劉夢得書，往復甚善。」則劉書實在前，柳曾見之也。元藇既與劉、柳皆有往還，則其重視韓曄亦必不待言矣。蓋劉、柳答書時，曄初不在饒州，此文云「坐事爲彼郡司馬」，乃追述往事之詞。舊唐書一三五王叔文傳附云：「韓曄，宰相滉之族子，有俊才，依附韋執誼，累遷尚書司封郎中。叔文敗，貶池州刺史，尋改饒州司馬，量移汀州刺史，又轉永州，卒。」是曄爲饒州司馬，與劉禹朗州、柳謫永州同時。蓋元萸刺饒州時，曄正刺汀州也。

又按：書中有「鄙生涉吏日淺」一語，足證其時禹錫在連州刺史，蓋前此爲朗州員外司馬，不親吏事也。

〔調賦之權不關於猾吏〕本集卷八鄭州刺史東廳壁記云：「司税掾舉七縣董租之吏累百，君曰：此百膡也。悉罷之。用户符而輸入益辦。」足見唐時胥吏督租之害，故禹錫不惜再三言之。

〔豐室〕按：逃户逋欠，累及親鄰，亦唐時吏治之一弊。唐會要八五載天寶八載正月敕：「籍帳之間，虚存户口，調賦之際，旁及親鄰，此弊因循，其事自久。……其承前所有虚掛丁户，應賦租庸課税，令近親鄰保代輸者，宜一切並停。」至寶應元年敕仍云：「逃户不歸者，當户租賦停徵，不得率攤鄰親高户。」足見其弊仍未止息。所謂不得率攤鄰親高户，即此文所謂不遷於豐室之意也。

〔鐐銑〕漢書地理志：「鄱陽，武陽鄉右十餘里有黄金采。」史記貨殖傳：「豫章出黄金。」集解：「徐廣曰：鄱陽有之。」正義：「括地志云：江州潯陽縣有黄金山，山出金。」新唐書地理志饒州樂平縣下注云：「有金有銀，有銅有鐵。」爾雅：「白金謂之銀，其美者謂之鐐。」又：「絶澤謂之銑。」郭注：「銑即美金，言最有光澤也。」

〔否臧〕易師卦：「師出以律，否臧凶。」據文意，元薁來書尚有論兵之意。

答容州竇中丞書

健步劉子良至，猥奉書教，以愚爲希儒之徒。重言一發，華衮非貴。世之服儒衣冠道古語居學官者，爲不鮮矣。求其知所以然者幾何人？借曰有之，未必不詬病耳。今夫挾弓注矢遡空而發者，人自以爲皆羿可矣。移之於澤宫，則噤而不敢言。何哉？有的不可欺故也。今夫儒者函矢相攻，蜩螗相喧，不啻於彀弓射空矢者。孰爲其的哉？異日見道大行，則言益重，使儒者之的懸於舌端，不得讓也。由是知辱教之喜，可勝既乎？

間承得一二易生，列侍絳帳，荒服之外，持經鼎來，争捐珠璣以易編簡。不疾而速，其君子之德風歟！南裔慓俗，已丕變矣。顧其風候非民和可移，地泄恒燠，冬無嚴氣，其在嗇神以佑藥，兼味以禦祲。所謂養賢以及萬民，頤之時義不可不順。苟以有待及物爲心，則養己與養民非二道也。矧羣情之顒顒乎？禹錫再拜。

【校】

〔知所以然〕崇本無知字。

〔矢者〕崇本作者矣。
〔見道〕紹本、崇本、全唐文見均作兄。
〔南裔〕結一本、全唐文南均作而，誤。
〔佑藥〕全唐文佑作佐。
〔頤之〕結一本頤作順，誤。

【注】

〔澤宫〕禮記射義：「天子將祭，必先習射於澤。」注：「澤，宫名也。」
〔頤之時義〕按此用易頤卦語「天地養萬物，聖人養賢以及萬民」，即頤卦彖也。因來書云「得一二易生」，故以易答之。

【箋證】

按：竇中丞謂竇羣，舊唐書一五五、新唐書一〇〇均有傳。舊傳云：「羣兄常、牟，弟鞏，皆登進士第，惟羣獨爲處士，隱居毗陵，以節操聞。後學春秋於啖助之門人盧庇者，著書二十四卷，號史記名臣疏。貞元中，蘇州刺史韋夏卿以丘園茂異薦，兼獻其書，不報。及夏卿入爲吏部侍郎，改京兆尹，中謝。因對，後薦羣，徵拜左拾遺，遷侍御史，充入蕃使祕書監張薦判官。羣因入對奏曰：陛下即位二十年，始自草澤擢臣爲拾遺，是難其進也。今陛下以二十年難進之臣，用爲和蕃判官，一何易也！德宗異其言，留之，復爲侍御史。王叔文之黨柳宗元、劉禹錫皆慢羣，羣不附之。其黨議欲貶羣官，韋執誼止之。羣嘗謁王叔文，叔文命徹榻而進，羣揖之曰：夫事有不可知者。叔文曰：如何！羣曰：去年李實伐恩恃貴，傾動一時，此時公逡巡路旁，乃江南一吏耳。今公已處實形勢，又安得不慮路旁有如公者乎？叔文雖異其言，竟不之用。憲宗即位，轉膳部員外侍御史知雜，出爲唐州刺史。節度使于頔素聞其名，既謁見，羣危言激切，頔甚悦，奏留充山南東道節度副使，檢校兵部郎中兼御史中丞，賜紫金魚袋。宰相武元衡、李吉甫皆愛重之，召入爲吏部郎中。元衡輔政，舉羣代己爲中丞，羣奏刑部郎中吕温、羊士諤爲御史。（按：當是爲侍御史知雜，吕温傳可證。新唐書删去刑部郎中四字，蓋亦疑刑部郎中不當復爲御史，而不知舊傳漏「知雜」二字尤不可通也。唐制，侍御史知雜必以官較高者爲之。）吉甫以羊、吕險躁，持之數日不下，羣等怒，怨吉甫。三年八月，吉甫罷相，出鎮淮南，羣等欲因失恩傾之。吉甫嘗召術士陳登宿於安吉里第，翌日，羣令吏捕登考劾，僞搆吉甫陰事，密以上聞。帝召登訊之，立辨其僞。憲宗怒，將誅羣等，吉甫救之，出爲湖南觀察使，數日，改黔州刺史、黔中觀察使。……（參見本集卷九武陵北亭記箋證）羣性很戾，頗復恩讐，臨事不顧生死。是時徵入，云欲大用，人皆懼駭，聞其卒方安。」綜其行迹，既與王、韋、劉、柳不協，又與劉、柳之友吕温相暱，既云爲李吉甫所愛重，又欲興大獄以陷之。既已誣搆敗露，又仍出爲觀察使。矛盾錯綜，有驟難理解者。觀其任御史中丞爲武元衡所薦，而自容州復召又正在元衡再相之時，則始終黨於元衡可知。元衡與禹錫爲敵，禹錫於羣，必以其弟常方爲朗州刺史，不得不虚與委蛇，觀此書詞氣之膚泛，亦可概見。又：通鑑二三六載：「侍御史竇羣奏屯田員外郎劉禹錫挾邪亂政，不宜在朝。」是二人實有夙怨。然假令羣之劾奏得行，則禹錫必早得遠郡刺史以去，反不至被永貞之禍以致棄置二十三年矣。傳云：「羣學春秋於啖助之門人，似與劉、柳、呂之淵源亦由此，此文云：『儒者函矢相攻，蜩螗相喧。』」蓋又以同門而意氣不相下也。

〔鼎來〕漢書匡衡傳：「諸儒爲之語曰：無説詩，匡鼎來。」注：「服虔曰：鼎猶言當也。若言匡當來也。應劭曰：鼎，方也。張晏曰：匡衡少時字鼎，長乃易字稚圭。師古曰：服、應二説是也。」禹錫文中屢用鼎字，亦主顏説。

答柳子厚書

禹錫白：零陵守以函置足下書爰來，屑末三幅，小章書僅千言，申申亹亹，茂勉甚悉。相思之苦懷，膠結贅聚，至是泮然以銷。所不如晤言者無幾。書竟獲新文二篇。且戲余曰：將子爲巨衡以揣其鈞石銖黍。余吟而繹之，顧其詞甚約而味淵然以長。氣爲幹，文爲支。跨躒古今，鼓行乘空。附離不以鑿枘，咀嚼不以文字。端而曼，苦而腴。佶然以生，癯然以清。余之衡誠懸於心，其揣也如是。子之戲余，果何如哉！夫矢發乎羿彀而中微存乎他人，子無曰必我之師而能我衡，苟能則譽羿者皆羿也，可乎！索居三歲，理言蕪而不治，臨書軏軏不具。禹錫白。

【校】

〔爰來〕崇本爰作員。

〔淵然〕紹本、崇本淵均作奫。

〔鑿枘〕崇本枘作柄，誤。

〔不以文字〕紹本、全唐文以均作有。

〔而能〕全唐文能作後，崇本無而字。

〔苟能〕紹本、崇本、全唐文能均作然。

〔理言〕纖本、全唐文理均作俚。按：唐人當諱治字，上有理字，下又有治字，必誤。

【注】

〔爰來〕按書秦誓：「若弗員來。」今本員誤作云。疏云：「員即云也。」足徵唐人所見本爲員來。此文即用其語。崇本獨作員來，是其勝他本處。

〔小章書〕謂章草。詳箋證。

〔僅千言〕猶言多至千言。僅字義已見本卷上杜司徒書注中。

〔佶然〕按詩小雅六月：「四牡既佶。」傳云：「正也」，箋云「壯健之貌」。此文蓋用鄭說。

【箋證】

按：文中有「索居三歲」之語，當作於元和三年（八〇八）間，宗元在永州，禹錫在朗州，情懷頗不自聊，故文字亦結轖乃爾。其評柳文曰：「端而曼，苦而腴，佶然以生，癯然以清。」可謂知言。亦非志同道合者不能作此語。從來評柳文者殊未見引此數語。

又按：文中「小章書僅千言」合之外集卷七與宗元論書法諸篇，知禹錫深服其書法之精，故於宗元歿後有「草聖數行留壞壁」之語。（見卷三十傷愚溪詩）而柳書章草傳於中原絶少，故宋人已不知之。黄伯思東觀餘論云：「章草惟漢、魏、西晉人最妙，至逸少變索靖法，稍以華勝，……隋智永又變此法，至唐人絶罕爲之。近世遂窈然無聞。」惟幸因話録載：「元和中，柳柳州書後生多師傚，就中尤長於章草，爲時所寶。湖湘以南，童稚悉學其書，頗有能者。」

與柳子厚書

間發書得箏郭師墓誌一篇，以爲其工獨得於天姿，使木聲絲聲均其所自出，抑折愉繹。學者無能如繁休伯之言薛訪車子不能曲盡如此。能令鄙夫沖然南望，如聞善音，如見其師。尋文寤事，神騖心得。徜徉伊鬱，久而不能平。嗟夫！郭師與不可傳者死矣，弦張柱差，枵然貌存。中有至音，含糊弗聞。噫！人亡而器存，布方册者是已。余之伊鬱也，豈獨爲虢師發邪？想足下因僕書重有槩耳。不宣，禹錫白。

【校】

〔無能如〕按：柳集原文作無能知。

〔尋文〕結一本尋作辱，誤。

〔虢師〕崇本、畿本、全唐文虢均作郭。按：郭古作虢，可通。

【注】

〔繁休伯〕按繁休伯與魏文帝牋言薛訪車子事見文選。兹略録其文如下：「頃諸鼓吹，廣求異妓，時都尉薛訪車子，年始十四，能喉囀引聲，與笳同音。白上呈見，果如其言。即日故共觀試，乃知天壤之所生，誠有自然之妙物也。潛氣内轉，哀音外激，大不抗越，細不幽散，聲悲舊笳，曲美常均。及與黄門鼓吹温胡迭唱迭和，喉所發音，無不響應，曲折沉浮，尋變入節。自初呈試，中間二旬，胡欲慠其所不知，尚之以一曲，巧竭意匱，既已不能，而此孺子遺聲抑揚，不可勝窮，優遊轉化，餘弄未盡，曁其清激悲吟，雜以怨慕，詠北狄之遐征，奏胡馬之長思，凄入肝脾，哀感頑豔。是時日在西隅，涼風拂衽，背山臨谿，流泉東逝，同坐仰嘆，觀者俯聽，莫不泫泣殞涕，悲懷慷慨。自左騏史妠謇姐名倡，能識以來，耳目所見，僉曰詭異，未之聞也。」宗元之文，寫音樂之妙，殊不能逮此。禹錫云繁休伯不能曲盡如此，非正論也。

〔榠然貌存〕按此指所用之箏。謂人既死矣，聲亦亡矣，獨其器尚存，有何益乎，因感人之精神意志寄於書册，人亡而空存其書，與聲亡而空存其器無異。

【箋證】

按：此爲宗元所作箏郭師墓誌而發。（文見附録）原文有「丁酉之年秋既季」一語，是元和十二年（八一七）之秋，禹錫貽書當亦必在是年。宗元文寫不遇而失意之士，空抱絶藝，冥行孤往，以戕其生，意至哀惋。禹錫復申言我輩死後縱能存於書册，復有何用？直道出宗元與己之心事。久謫之餘，鬱伊善感，無怪其然。

附録　柳宗元箏郭師墓誌（柳河東外集）

郭師名無名，無字。父爽，雲中大將。無名生善音，能鼓十三絃，其爲事天姿獨得，推七律三十五調，切密邃靡，布爪指，運掌腕，使木聲絲聲均其所自出，屈折愉繹，學者無能知。自去乳，不近葷肉，以是慕浮圖道。既失父母，即棄去兄弟，自髡緇入代清涼山，又南來楚中。然遇其故器不能無撫弄。吴王宙刺復州，或以告，乃延入，强之。宙號知聲音，抃蹈以爲神奇。會宙貶賀州，遂以來。性愛酒，不能已，因縱髪爲黄老術。薛道州伯高抵宙以書，必致之，至與坐起。伯高，褒斜人也。嗜其音，至善處輒自爲擊節，教閽管謹視出入，餌仄柏，不食穀。三年，變服遁逃九疑叢祠中，披取之，益親善遇，終不屑，卒乘暴水入小船，下岣嶁山求道籙。會歐陽師死，不果受。張誠副嶺南，又强與偕，誠死，至是抵余，時已得骨髓病，日猶鼓音四五行，居數日，益篤。既病，自爲歌，死三日，葬州北崗西。志其詞曰：雲州生、柳州死。年五十，病骨髓。天與之音今止矣。丁酉之年秋既季，月闕其團於是始。心爲浮圖形道士，仁人我哀埋勿棄。

答道州薛郎中論方書書

禹錫再拜，初兄出中臺，守江華，人咸曰函牛之鼎以之烹小鮮，惜乎餘地湮漫而無庸也。愚獨心有槩焉，以爲君子受乾陽健行之氣，不可以息。苟吾位不足以充吾道，是宜寄餘術百藝以洩神用。其無暇日，與得位同。久欲以是理求有得於兄，而未有路。會崔生來，辱書教，果惠以所著奇方十通，商古今之宜而去其并猥。以一物足以了病者居多，非累試輒效，不在是族，或取諸屑近，亦以攟拾，慮恒人多怠忽不省，必建言顯白，揚其功於已然。其他立論，率以弭病於將然爲先，而攻治爲後。言君臣必以時，言宣補必以性，言砭灸必本其輸榮，言祓禳必因其風俗。齊和之宜，炮剔之良，暴灸有陰陽之候，煎烹有少多之取。撓勞以制駛，露置以養潔。味有所走，薰有所歸。存諸纖悉，易則生患。非博極遐覽之士，孰能知其所從來哉？

愚少多病，猶省爲童兒時，夙具襦袴，保母抱之以如醫巫家。鍼烙灌餌，咺然啼號，巫嫗輒陽陽滿志，引手直求，竟未知何等方何等藥餌。及壯，見里中兒年齒比者，必睨然武健可愛，羞己之不如。遂從世醫號富於術者，借其書伏讀之，得小品方，於羣方爲最古。又得藥對，知本草之所自出。考素問識榮衛經絡百骸九竅之相成。學切脈以探表候，而天機昏淺，布指於位不能分累菽之重輕，第知息至而已。然於藥石不爲懵矣。爾來垂三十年，其術足以自衛。或行乎門内，疾輒良已。家之嬰兒未嘗詣醫門求治者。

頃因欲編次已試者爲一家方書，顧力不足。今兄能我先，所以辱貺之喜，信踰拱璧。有以賞音適道耳。常思世人居平不讀一方，病則委千金於庸夫之手，至於甚殆，而曰不幸。豈其不幸邪！甚者或乘少壯之氣，笑人言醫，以爲非急。昌言曰：飴口飽腹，藥其如我何！所承之氣有時而既，於禱神佞佛遂甘心焉。兄以愚言覆觀之，其人固比肩耳。前蒙示藥焙法，謹如教。地之慝果不能傷，雖茈胡水瀉，喜速朽者，率久居而無害。萬物不可以無法，謂生不由養，志其誣乎！山川匪遐，事使之遠，形不接而諭者，莫賢乎書。臨紙怊悵，不宣。禹錫再拜。

【校】

〔郎中〕紹本、崇本、全唐文均作侍郎，畿本作郎中，注云：一作侍郎。按：作侍郎非，本卷末篇即答道州薛郎中論書儀書。

〔砭灸〕崇本、畿本、全唐文灸均作火。

〔輸榮〕紹本、中山集榮均作縈。

〔袯襶〕紹本袯作袚。

〔薰有〕結一本薰作董，誤。

〔直求〕結一本直作真，誤。

〔累菽〕畿本菽作黍，似是。

〔豈其不幸〕紹本、崇本、全唐文其均作真。

〔所承〕崇本承作乘。

〔前蒙〕畿本蒙作家，非。

〔玼〕紹本、崇本注云音柴。

〔養志〕紹本、崇本、畿本、中山集、全唐文志均作致。蓋以致屬上句。依結一本則志其誣乎爲句，未詳孰是。

〔怊悵〕崇本怊作怡，非。

【注】

〔十通〕唐人編次書籍以一卷爲一通。

【箋證】

按：柳宗元集道州文宣王廟碑云：「謹案某年月日，儒師河東薛公伯高由尚書刑部郎中爲道州。」舊注云：「按集有斥鼻亭神記云：元和九年（八一四），河東薛公由刑部郎中刺道州。此云某年，即元和九年也。」本卷附録筝郭師墓誌亦有薛道州伯高語，並知其人亦好音。但據外集卷九傳信方述云「江華守河東薛景晦」，新唐書藝文志醫術類載「薛景晦古今集驗方十卷」，注云「元和刑部郎中貶道州刺史」，與劉、柳文皆相合，則其人殆名景晦而字伯高，伯高取高明與晦相對之義，似無可疑矣。全唐文四一二常衮授薛伯高少府少監制，略云：「前澧州刺史薛伯高……早踐臺閣，亟領詔條。」時代相去似遠，語意亦與此文不合，或係别一薛伯高。柳集先友記有薛伯高，云：「好讀書，號爲長者，後至尚書，卒。」殆亦非道州刺史之薛伯高矣。然白氏長慶集亦有薛伯高等亡母追贈郡夫人制，則時代較近，制書亦無用字而不用名之理。豈薛伯高不止一人，而此作道州刺史及撰醫書之薛郎中則名景晦字伯高耶！

又按：唐時士大夫遷謫南方者，皆以不服水土爲懼，多躬自究心醫藥，故陸贄在忠州，唯集醫方；李德裕在崖州，以無醫藥爲苦。禹錫知醫，固有所自，於此文益徵其博學多能，且以善攝生而致老壽。外集卷九傳信方述爲元和十三年（八一八）撰，云：余爲連州四年，江華守河東薛景晦以所著古今集驗方十通爲贈，即指此文中之事。然柳文謂薛刺道州之始爲元和九年（八一四），則不及一年，劉、柳皆旋奉召入京，豈劉、柳再貶而薛猶在道州，直至元和十三年（八一八）猶未去任耶？

又按：書中有云：「世人居平不讀一方，病則委千金於庸夫之手，至於甚殆，而曰不幸。豈其不幸邪？甚者或乘少壯之氣，笑人言醫，以爲非急，昌言曰：飴口飽腹，藥其如我何！所承之氣有時而既，於禱神佞佛遂甘心焉。」與本集卷五天論「非天預乎人」之旨合。卷二十九送僧元暠南遊詩引云：策名二十年，然後知唯出世間法可盡心耳。是禹錫固好佛學者，然於禱神佞佛亦所不謂然。

〔小品方、藥對〕舊唐書經籍志有雷公藥對二卷，陳延之小品方十二卷，新唐書藝文志同。蓋唐時醫藥啓蒙之書。

與刑部韓侍郎書

退之從丞相平戎還，以功爲第一官。然猶議者嗛然如未遷陟。此非特用文章學問有以當衆心也，乃在恢廓器度，以推賢盡材爲孜孜，故人心樂其道行，行必及物故耳。前日赦書下郡國，有棄過之目。以大國材富而失職者多，千鈞之機固省度而釋，豈鼷鼠所宜承當？然譬諸蟄蟲坏户而俯者，與夫槁死無以異矣。春雷一振，必歆然翹首，與生爲徒。況有吹律者召東風以薰之，其化更益速。雷且奮矣，其知風之自乎！既得位，當行之無忽。禹錫再拜。

【校】

〔化更〕紹本、崇本、畿本、全唐文更均作也。

【注】

〔韓侍郎〕謂韓愈。

〔丞相〕謂裴度。

【箋證】

按：韓愈本傳：「以右庶子充淮西行軍司馬，還朝以功授刑部侍郎。」唐人以尚書省爲樞要，愈以官僚得之，故云第一官。此元和十二年（八一七）冬事，次年元旦大赦，禹錫作書猶望愈之能爲力，俾移善地。然竟無量移之命。

又按：元稹在平淮西後有上裴度書，其言曰：「故裴兵部秉政不累月，閣下自外僚爲起居郎，韋相自巴州知制誥，張河南自邕幕爲御史，李西川自饒州爲雜端，密勿津梁之地半得其人」云云。詞意峻厲，與禹錫與愈書之語氣相似。蓋度之自淮西再相，士論冀其能進賢退不肖，而不意其名位愈隆而愈不足副興情之企望也。

答道州薛郎中論書儀書

吾兄不知愚無似，猥以書見攻其非。且曰：我與子中外屬，當爲伯仲。其抵我書，執禮太卑。按舊儀，凡兄姊之齒有惟無伏，他以是爲衰。其於匹敵，即前云願後云白而已。大曆初，李贊皇、賈常侍猶守之無渝。二公何人也？我與子何人也？烏有從末俗以姑息爲禮，而不虞識者所窺邪？其有云爾。愚得之，退而思惟，愀然自智曰：在恒人爲宜，而在愚爲過，豈不甚幸歟？故盡言於兄，期有以相暢耳。

夫禮之文爲箸定，宜尊宜卑，猶四方上下左右前後。稱謂一立，古先聖賢所不敢移。管敬仲不敢當命卿之饗，虞人不敢承大夫之招，先禮而後身也。汲黯不爲大將軍而虧九卿，王祥不爲録尚書而屈三公，先道而後時也。是則非據之榮，雖君命有所不受。非道之利，雖衆尚有所不爲。兄長於大曆初，嘗接前輩游，欽其風采，去承平時不甚相遠。愚長於貞元中，所與游皆後來諸生，然猶於稠人廣坐時聞老成人之説，灌注耳目，斑斑然不絶如綫。其後爲御史，四方諸侯悉以書來賀，校其禮皆駮不同。唯洪州牧李常侍巽、潭州牧楊中丞憑始言執事。其他如儀而同在憲司者，咸以二牧爲不遜。愚時與其僚柳宗元昌言於衆曰：「監察八品也，當衣碧，言執事爲宜，不當言解。」衆咸听然而哈，復謂愚云：「子奚不碧其服邪？」其不堪執事，色深不可以經怪。

及謫官十年，居僻陋不聞世論，所以書相問訊，皆昵親密友，不容變更。而時態高下，無從知耳。前年祗召抵京師，偶故人席夔談，因及是事，乃知與十年前大殊。至有同姓屬尊，致書於屬卑而貴者，其紙尾言起居新婦，夔獨竊笑之而已，然猶不敢顯言詆之。今有人謂東爲西者，一言發則凡人嗤爲騃且狂。苟不衆非之，則東西易位久矣。尊卑失其儀，恬而不怪。安得使人如東西不敢易之哉？

曾子有云：「君子之愛人也以德，細人之愛人也以姑息。」謂古人悉朴且賢，則斯言不當發於洙泗間耳。蓋三代之尚，未嘗無弊。由野以至僿，豈一日之爲？漸靡使之然也。嫉其弊而救之以歸於中道，必俟乎薦紳先生德與位并者，揭然建明之，斯易也。語曰：「俟自直之箭，則百代無一矢；俟自圓之木，則千歲無一輪。執矯揉之器者視之，灌叢無非良材耳。」竊觀今之人，於文章無不慕古，甚者或失於野。於書疏獨陋古而汩於浮。二者同出於言而背馳。非不能盡如古也，蓋爲古文者得名聲，爲今書者無悔吝，如水走以下原闕。

【校】

〔題〕全唐文道州作連州，誤。

〔有惟〕紹本、崇本、結一本、全唐文惟均作唯，似非。

〔云白〕結一本白作曰，誤。

〔其有〕紹本、崇本、全唐文有均作旨，似是。

〔得之〕紹本、崇本之作書。

〔自智〕紹本、崇本、全唐文智均作賀，似是。

〔甚幸〕結一本、全唐文甚均作能。

〔箸定〕結一本箸作者，誤。

〔大夫〕紹本、崇本、全唐文大夫均作士。

〔欽其風采〕紹本、崇本、畿本、全唐文欽均作故。

〔悉以書〕紹本、崇本悉均作率。

〔經怪〕崇本經作輕。

〔夔獨〕結一本夔作變，誤。

〔爲今書者〕崇本書作出。

〔悔吝〕崇本吝作咎。

〔水走〕紹本水下闕一字，下有爲字，崇本作水走爲。全唐文水走下注闕字，爲字下闕。

【注】

〔汲黯〕解見本卷答于襄州第二書。

〔王祥〕晉書三三祥本傳云：及武帝爲晉王，祥與荀顗往謁，顗謂祥曰：相王尊重，何侯既已盡敬，今便當拜也。祥曰：相國誠爲尊貴，然是魏之宰相，吾等魏之三公，公王相去一階而已。班例大同，安有天子三司而輒拜人者？

〔曾子有云〕語見禮記檀弓。

【箋證】

按：此文所言乃唐人書簡稱謂之等差。云有惟無伏者，雖兄姊較尊，亦不云伏惟，但云惟也。前云願後云白者，較稔熟之友朋即不云惟但云願，末云白不云上也。此謂昔時儀文之簡率。至貞元中，則刺史致書御史稱執事，猶嫌不恭。過恭之弊，至於尊長致書子婦輩亦稱起居。禹錫以時尚如此，不敢違俗，故因薛之見責而慨言之。唐人於書札中敬語分别至嚴，多爲今人所不能解。例如資暇集云：「身卑致書於宗屬近戚，必曰座前，降几前之一等。案座者坐於牀也，言卑末之使，不當授受，置其書於所坐牀之前，俟隙而發，不敢直進之意。今或貽書中外，言座前則已重，空前則已輕，遂創坐前，無義也。」又云：「至如閤下字，案禮云：凡諸侯朝覲會遇，儐介將命，則曰陛下，太子曰殿下，公卿已下曰閤下，或云執事、足下、侍者，此蓋漸進之辭也。今無貴賤通書皆云閤下，其執事、足下不施用矣。侍者二字移於道者僧徒山人處士之儔。」（因話録略同）此條恰可爲此文之注脚。要之皆謂習俗愈變則愈趨虚僞，往日之稱謂，自時人視之則疑爲倨傲耳。

又按：王明清揮麈録四：「昔人最重契義，朋從年長，則以兄事之；齒少，則以弟或友呼焉。父之交游，敬之爲丈，見之必拜，執子姪之禮甚恭。丈人行者，命與其諸郎游。子又有孫，各崇輩行，略不紊亂，如分守之嚴。舊例書札止云啓或上，稍尊之則再拜，雖行高而位崇者，不過曰頓首再拜而已。非父兄不施覆字，宰輔以上方曰台候，餘不敢也。前輩名卿尺牘中可考，今俱不然，誠可太息。」亦可資參證。

〔李贊皇〕李贊皇謂李栖筠，新唐書一四六本傳云：「爲天下士所歸重，不敢有所斥，稱贊皇公云。」

〔賈常侍〕以時代核之，當指賈至。新唐書一一九本傳載，大曆七年（七七二）以右散騎常侍卒。舊唐書一九〇本傳不載，闕也。

〔李常侍巽〕舊唐書一二三李巽傳云：「以明經調補華州參軍，拔萃登科，授鄠縣尉，周歷臺省，由左司郎中出爲常州刺史，踰年召爲給事中，出爲湖南觀察使，鋭於爲理，五年改江西觀察使，加檢校散騎常侍兼御史大夫。」所謂五年，當是貞元五年（七八九），而德宗紀則云，「八年十二月，以給事中李巽爲潭州刺史湖南觀察使。」與傳顛倒（新唐書一四九略同）。或五年改江西之五字有誤。

〔楊中丞憑〕舊唐書一四六楊憑傳云：「舉進士，累佐使府，徵爲監察御史，不樂檢束，遂求免，累遷起居舍人、左司員外郎、禮部兵部郎中、太常少卿、湖南、江西觀察使。」據紀，其任湖南爲貞元十八年（八〇二）九月事，任江西爲永貞元年（八〇五）十一月事（新唐書一六〇略同）。

〔席夔〕韓愈集有和席八十二韻詩，舊注引諱行録：席夔行八，貞元十年（七九四）進士。白居易集東南行一百韻詩有「今春席八殂」之句。劉賓客嘉話録云：「韓十八初貶，席十（此字衍）八舍人爲之詞曰：早登科第，亦有聲名。」夔官至中書舍人。此文云前年祗召抵京師，謂元和八年正夔當制之時，未幾即卒矣。

〔子奚不碧其服邪〕八品九品服碧，爲龍朔中制，見舊唐書輿服誌。蓋雖有此令，而無人實行，皆著青衫而已。

〔俟自直之箭〕困學紀聞云：「韓子：必恃自直之箭，百世無矢，恃自圜之木，千世無輪。劉夢得用此語。」

劉禹錫集箋證卷第十一

表章一

爲淮南杜相公佑修，凡十首。

讓同平章事表

臣某言：高品吴千金至，奉制加臣銀青光禄大夫、同中書門下平章事、兼徐泗濠等州節度觀察處置等使，餘如故者。初受恩榮，若登霄漢。退思塵忝，如履春冰。臣誠惶誠恐，頓首頓首。臣聞以德詔官，以勞定賞。苟或虚授，人無勸心。臣自守方隅，累更時歲。荷唐、虞宣力之寄，乏齊、魯報政之能。愧無可稱，以答高位。豈意聖慈弘獎，天澤薦加，以燮贊之崇名，被庸虚之陋質？懼速官謗，有玷大猷。伏以宰相之職，安危是注。其在當否，繫於慘舒。惟以材升，例無平進。舉不失德，則副蒼生之心。苟非其人，或致外夷之哂。臣雖愚昧，嘗覽前言。豈敢冒榮，遂安竊位？輒思事理，冀盡芻蕘。若以汴河要津，漕運所切。徐方俶擾，師旅未寧。謹當上禀叡謀，下貞戎律。克期而進，屈指可平。勵衆之先，是臣之誌。既行其事，必在正名。所加節制，安敢飾讓？至於銀青貴服，金鉉重名。勳績無聞，豈宜濫及？伏乞賜寢前命，俯亮愚衷。微臣遂知止之宜，聖朝無不稱之服。名器斯慎，退讓有聞。遐邇聆風，孰不知勸？其新授官告謹重封進，無任懇禱屏營之至。

【校】

〔奉制〕崇本制下有某月日三字。

〔節度〕崇本度下有使字，非。

〔臣誠惶〕崇本臣下有某字。

〔戎律〕崇本戎作師。

〔之先〕崇本之作率，似是。

〔遂知止〕崇本遂作有。

〔懇禱〕紹本禱作倒。

【箋證】

按：本卷皆禹錫在杜佑淮南使幕中代撰之文，據外集卷九子劉子自傳，其爲佑掌書記，即始於兼領徐泗時。舊唐書一四七佑本傳云：「貞元十三（當作六）年（七九七），徐州節度使張建封卒，其子愔爲三軍所立，詔佑以淮南節制檢校左僕射同平章事兼徐泗節度使，委以討伐。」又德宗紀：貞元十六年（八〇〇）六月丙午，鄆州李師古、淮南杜佑並加同平章事，以佑兼領徐泗濠節度使。與此表合，傳於徐泗下漏一濠字。傳又云：「佑乃大具舟艦，遣將孟準先當之，準渡淮而敗，佑杖之，固境不敢進。及詔以徐州授愔，而加佑兼濠泗等州觀察使，在揚州開設營壘三十餘所，士馬修葺。然於賓僚間依阿無制，判官南宫僔、李亞、鄭元均争權，頗紊軍政，德宗知之，並竄於嶺外。」蓋佑不長於軍事，委以討伐之任，固非所樂也。

〔高品〕品官爲唐代内侍通稱，高品即其班秩之稍高者。唐會要六五：「元和十五年（八二〇）四月，内侍省奏，應管高品品官白身共四千六百一十八人。」韓愈集謝許受韓弘物狀云：「今日品官第五文嵩至臣宅，奉宣聖旨。」唐代傳宣詔命皆遣内侍。

〔誠惶誠恐〕齊東野語一三云：「今臣僚上表所稱誠惶誠恐及誠歡誠喜、頓首、稽首者，謂之中謝、中賀。自唐以來，其體如此。蓋臣某以下亦略敍數語便入此句，然後敷陳其詳。如柳子厚平淮西賀表：臣負罪積釁，違尚書牋表十有四年，懷印曳紱，有社有人，語意未竟也。其下即云誠惶誠恐，蓋以此一句結上數語云爾。今人不察，或於首聯之後湊用兩短句，言震惕之義，而復接以中謝之語，則遂成重複矣。前輩表章如東坡、荆公，多不失此體。近時周益公爲相，謝後封表云：華陽黑水，裂地而封，舊物青氊，從天而下。磨玷之勤未泯，執珪之寵彌加。臣誠惶誠恐。或以爲疑，當以問公，公答之正如此。」按：中謝、中賀或代以云云二字，其上亦必略言謝賀之意，然後申以臣誠惶誠恐，頓首頓首，如禹錫此文是其例，無所謂重複。周密引周必大之例，轉不合唐人之式。此文居集中表狀之首，故用全文，以下各篇即以中謝或云云代之矣。

〔或致外夷之哂〕漢書車千秋傳：「千秋無他材能術學，又無伐閲功勞，特以一言寤意，旬月取宰相封侯，世未嘗有也。後漢使者至匈奴，單于問曰：聞漢新拜丞相，何因得之？使者曰：以上書言事故。單于曰：苟如是，漢置丞相，非用賢也，妄一男子上書即得之矣。」禹錫用此事，以明置相非人，貽笑於國外。

謝平章事表

臣某言：伏蒙獎拔，超踐鈞衡。慮玷大猷，昧死陳讓。再奉嚴旨，不令固辭。恩厚命輕，位高責重。中謝。臣聞天下安危，注意將相。處論道具瞻之地，當總戎作鎮之權。雖協夢而求，無聞秉鉞之寄；登壇以拜，不兼調鼎之榮。授受惟艱，伊昔猶爾。况臣庸瑣，何以克堪？陛下玄造曲成，大明私照。俾掌戎律，復參廟謨。寵光之崇，在臣已極。毫髮之效，於國何施？謹當罄竭微誠，奉遵至教。仗天威以懾不類，敷聖澤以遂羣生。上分旰食之憂，下塞素餐之責。力誠不足，心實念兹。伏乞皇明，俯賜照鑒。臣恪居官次，遐守藩維，不獲伏謝彤庭，陳露丹慊。心存闕下，同犬馬之戀恩；身在淮濆，仰雲天而結思。無任懇悃屏營之至。

【校】

〔之崇〕英華、全唐文崇均作命。

〔已極〕崇本極作格，似非。

〔以懾〕崇本懾作攝。

〔不類〕英華、全唐文類均作順。

〔照鑒〕紹本、崇本、畿本、全唐文照均作昭。下類此者不復出。

〔淮濆〕結一本濆作潛，誤。

【注】

〔注意〕語出史記陸賈傳：天下安，注意相。天下危，注意將。

〔雖協夢而求〕協夢用殷高宗相傳説事，登壇用漢高祖拜韓信爲大將事，兩句意爲相者不兼將，爲將者不兼相也。

【箋證】

按：唐自貞元以後，雖已開藩鎮加使相之漸，然其初猶止加於元老重臣，不似末年藩鎮幾無不帶同平章事者，故佑以爲非常之典，辭而後受。通鑑二三七：「（元和三年八〇八）淮南節度使王鍔入朝，鍔家巨富，厚進奉及賂宦官，求平章事，翰林學士白居易以爲宰相人臣極位，非清望大功不應授。昨除裴均，中外已紛然，今又除鍔，則如鍔之輩皆生冀望，若盡與之則典章大壞，又不感恩，不與則厚薄有殊，或生怨望。」此距佑之加平章事又無幾時也。

謝手詔表

詔後批云：朕自書。

臣某言：中使閻忠信至，奉宣聖旨存問，兼賜臣手詔。拜捧紫泥，跪伸金簡。承旨見聖神之略，感恩知身命之輕。中謝。臣素乏異能，幸逢昌運。猥當旄鉞之寄，未靖祆氛；榮分台鼎之名，何階啓沃？竊位斯久，速尤是虞。豈謂玄化曲成，鴻私薦及？特紆睿思，親灑仙毫。降自九重，粲然五色。初喜麗天之象，遠燭輝光；旋驚垂露之蹤，曲覃霈澤。鸞鳳騫翔而變態，煙雲舒卷以呈姿。賦彩飛文，聳神蕩目。恭惟國寶，何幸家藏？感極涕零，莫知上答。應緣軍旅庶務，謹具別狀奏聞，無任欣戴屏營之至。

【校】

〔閻忠信〕崇本閻作閭。

〔騫翔〕崇本、全唐文騫均作迴。
〔無任〕崇本至此二字爲止。

【箋證】

按：此表當在討張愔軍務未停時，即貞元十六年（八〇〇）六月以後九月以前也。此表乃專謝德宗所賜手寫之詔，其詔中所言，别有奏狀復陳。蓋當時使府之制，公事由判官具牘，而掌書記專主文翰，譬之朝廷之上，判官等於掌外制之中書舍人，而掌書記則掌内制之翰林學士也。故禹錫集中有表而無狀。舊唐書稱德宗好文，手自書詔，亦好文之一證。

謝貸錢物表

臣某言：中使南宫懷珍至，奉宣聖旨存問，兼賜臣墨詔。天光下濟，叡澤曲流。銜恩未酬，居寵彌懼。中謝。臣受任斯極，微功莫施。昨以封略未寧，干戈猶動。壽春固壘以備盗，淮甸興師以扞姦。經費所資，數盈鉅萬。餽餉時久，供億力殫。慮始圖終，不敢緘默。輒陳管見，上黷宸聰。伏蒙聖慈，特遂誠請。遠承如綍之旨，特假聚人之財。軍須不愆，士氣彌振。糗糧既備，永無半菽之虞；襦袴足頒，遠超挾纊之感。是爲説使，咸願先登。臣忝總戎，倍百欣荷。伏以上分國用，俯濟軍興。候清煙塵，謹備償納。

【校】

〔遠超〕全唐文超作起。

〔謹備〕畿本脱備字。

〔償納〕此下崇本有無任二字，下二篇同。

【注】

〔如綍〕禮記緇衣：王言如綸，其出如綍。

〔聚人〕易繫辭：何以守位曰仁，何以聚人曰財。

〔説使〕見卷八驛路記。

【箋證】

按：此亦討張愔時所作，因軍用不足而乞貸國庫也。

〔墨詔〕此爲内制所草之詔，專下某官，不由中書，以無印故稱墨詔。

〔半菽〕半菽語出漢書項籍傳：「今歲饑民貧，卒食半菽。」注云：「孟康曰：半，五斗器名也。臣瓚曰：士卒食蔬菜，以菽雜半之。」然考史記此句作「士食芋菽」。集解引徐廣云：「芋一作半，半，五升器也。」索隱引王劭云：「半，量器名，容五升也。」古説多如此，顔師古反以瓚説爲是，不知蔬菜雜半以豆不得爲食不足之證。孟説五斗自是五升之訛，後人相承用半菽，未必得其確解，禹錫亦猶承顔注之説耳。

請赴行營表

臣某言：臣自守淮瀆，已周星紀。虔奉朝典，粗安遐方。素效未聞，新恩薦及。身曳兩綬，寄深一隅。蚊蚋負山，力誠不足；鷹鸇逐鳥，志則有餘。臣再授兵符，夙參軍幕。披堅執鋭，雖未經於戎行；制勝伐謀，亦常習於事業。自忝藩翰，屬時清平。無施汗馬之勞，但詠櫜弓之什。今則幸遇殊獎，委之專征。以身率先，是臣素志。況聞徐州士衆，本無叛心。倉卒之間，危疑至此。臣請自臨疆埸，親領紀綱。裂帛繫書，諭其禍福。椎牛饗士，養以威聲。冀宣皇風，煦兹蠢類。以忠義感脅從之伍，以含弘安反側之徒。革面悛心，期乎不日。其揚州留務請令行軍司馬路應權知。伏乞聖慈，俯賜照鑒。

【校】

〔請赴〕崇本請作謝。

〔制勝伐謀〕全唐文作受制代謀，英華亦作受制。

〔以身〕崇本身作臣，非。

〔疆場〕紹本、崇本場均作埸，非。

〔禍福〕崇本福下注云：一作悔。

〔冀宣〕紹本宣作官，非。

【注】

〔新恩〕蓋即指加同平章事兼徐泗濠節度使，身居兩鎮，故云身曳兩綬及再授兵符。

〔留務〕本使不在，使府原有之職務謂之留務。

【箋證】

按：舊唐書一四〇張建封傳云：「軍衆請於朝廷，乞授愔旄節，初不之許，乃割濠、泗二州隸淮南，加杜佑同平章事以討徐州，既而泗州刺史張伾以兵攻埇橋，與徐軍接戰，伾大敗而還。」佑本傳云：「遣將孟準先當之，準渡淮而敗。」此表即在兵敗之後，自請督戰也。然表云：「徐州士衆，本無叛心，倉卒之間，危疑至此，臣請自臨疆場，親領紀綱。」蓋已寓罷兵之意。據紀，九月即以虔王諒爲節度大使，張愔爲留後，似佑竟未成行矣。

〔已周星紀〕佑本傳，以貞元五年（七八九）鎮淮南，及是年爲貞元十六年（八〇〇），將及十二年，故云。

〔身曳兩綬〕此佑自謂身居揚、徐兩鎮。

〔再授兵符〕此佑自謂初任嶺南，繼任淮南也。

〔夙參軍幕〕此佑自謂曾充浙西及淮南幕職。

〔行軍司馬〕舊唐書職官志，節度使、副使下有行軍司馬一人。新唐書百官志：「行軍司馬掌弼戎政，居則習蒐狩，有役則申戰守之法。器械糧糒，軍籍賜予皆專焉。」又李翰淮南節度行軍司馬廳壁記云：「軍出於內謂之將，鎮於外謂之使，佐其職者謂之行軍司馬。……雖主武，蓋文之職也。舊制朱衣銅印墨綬，開元故事多選臺郎爲之。」按：唐中葉以後，除河北不奉朝令之諸鎮外，節度使之出身文職者，亦多倚行軍司馬爲其輔助，往往即爲儲帥之地，如史所載陸長源之於董晉，嚴綬之於鄭儋等皆是。

〔路應〕此表稱以留務付路應，而新舊唐書皆不載，蓋雖有此請而兵旋罷，佑既未成行，亦本無行意也。新唐書一三八路嗣恭傳附載其子應事云：「應字從衆，以蔭爲著作郎。貞元初出爲虔州刺史，詔嗣父封（冀國公），鑿贛石梗嶮以通舟道。德宗時李泌爲相，號得君，帝嘗曰：誰於卿有恩者，朕能報之。泌乃言，曩爲元載所疾，謫江西，路嗣恭與載厚，臣嘗畏之。會與其子應並驅，馬齧其脛，臣惶恐不自安，應閟不言，勉起見臣，臣常愧其長者，思有以報。帝曰善。即日加應檢校屯田郎中，服金紫。累遷宣歙池觀察使，封襄陽郡王。李錡反，應發鄉兵救湖、常二州，以故錡不能拔。元和六年（八一一），以疾授左散騎常侍，卒。」應之本末釐然可考如此，其爲淮南行軍司馬，當即在李泌薦達之後。韓愈集路公神道碑，即爲應而作，載其以兵部郎中兼御史中丞爲淮南軍司馬，新唐書即據韓文而漏采此節。

謝兵馬使朱鄭等官表

初除侍御史，續除中丞異姓王。

臣某言：奏事官韋温特蒙聖恩重賜朱鄭等官告。宸象昭回，焕然下燭。榮分右職，光賁遐藩。中謝。臣伏以朱鄭朴忠爲心，沈毅見色。當建封禦侮之寄，見張愔提孩之年。昨者隸職徐州，分鎮蘄縣。繹騷之際，梗亮彌彰。歷險而來，寔繁其旅。詳探本末，有足褒稱。輒具奏聞，恐須獎勸。伏蒙叡覽，俯亮微誠。優詔先行，已階直指之列；殊私薦至，超升獨坐之崇。户領三千，爵踰五等。恩生非次，感異常倫。轅門有光，武旅增氣。遂使感激之士，希勇爵以捐軀；猖狂之徒，聆聖澤而悛性。風行草偃，其勢必然。臣忝總戎麾，倍百欣荷。

【校】

〔謝兵馬使〕崇本謝下有加字。

〔韋温〕崇本、畿本、英華、全唐文温下均有回字。

〔提孩〕畿本作孩提。

〔梗亮〕崇本梗作綆，誤。

〔而來〕英華、全唐文來均作前。

〔叡覽〕紹本、崇本、全唐文覽均作鑒。

〔之列〕崇本列作目，英華作日。

〔轅門〕畿本轅作輪。

〔戎麾〕崇本、全唐文均無麾字。

【注】

〔兵馬使〕唐時藩鎮自置統兵將領之稱，杜甫集有荊南兵馬使太常卿趙公大食刀歌。新唐書百官志：天下兵馬元帥下有前軍兵馬使，中軍兵馬使，後軍兵馬使。其實不止元帥下有之。通鑑二二一載河東節度使王思禮擢張光晟爲兵馬使，是也。同卷崔光遠充山南東道處置兵馬都使，又在兵馬使之上矣。

〔奏事官〕賫表入京之官。

〔韋温〕按舊唐書一六八及一八三各有一韋温，前一韋温時代固不相及，後一韋温時代雖略相及，然是清望官，必不任藩鎮驅使。唐人同姓名者多，不足異也。

【箋證】

按：此表仍當是討張愔時作，朱鄭蓋張建封所置蘄縣之守將。蘄縣此時尚隸徐州，至元和四年（八〇九）立宿州，始自徐州改隸。其人背張愔而歸朝，故優加爵賞以招來者。表云：重賜朱鄭等官告，似佑先已權以牒授而後請於朝也。〔優詔先行已階直指之列〕直指謂侍御史，疑朱鄭先已曾授此官。及是以佑之請，又擢御史中丞，故云超升獨坐之榮。下文爵踰五等謂封郡王，户領三千指其食邑之數也。通鑑二一九：「（至德二載）是時府庫無蓄積，朝廷專以官爵賞功，諸將出征，皆給空名告身，自開府特進列卿大將軍，下至中郎將，聽臨事注名，其後又聽以信牒授人官爵，有至異姓王者。諸軍但以職任相統攝，不復計官爵高下。」故武人之封郡王爲數見不鮮之事，亦無可稽考也。

賀復吴少誠官爵表

臣某言：中使宋惟澄至，奉宣聖旨存問，兼賜臣墨詔及昭示洗雪吴少誠等事。天地弘覆燾之恩，雷雨施涣汗之澤。瑕累咸滌，危疑獲安。中謝。臣伏以少誠擅興兵戈，事生詿誤。自王師致討，天威下臨。曾無悖辭，亟聞引咎。初懷疑懼，雖擁衆以偷生；旋感聖神，屢拜章而請命。陛下仁深解網，慮軫納隍。念餽餉飛輓之勤，閔戰争暴露之苦。舉兹宥過之典，副彼效順之誠。一方承再造之恩，九有覩惟新之化。敷鴻霈而覃及蠢類，鼓仁風而臻於太和。罷柝銷鋒，自兹而始。臣謬膺重寄，虔守遐藩，不獲稱慶瑶墀，陳露丹懇。仰瞻宸極，倍百常情。無任慶抃屏營之至。

【校】

〔賀復〕崇本復作赦，官上有復字。

〔亟聞〕崇本亟作但。

〔太和〕紹本、崇本太均作大。

〔瑶墀〕結一本瑶作璠，誤。

【箋證】

按：吴少誠之稱兵在貞元十五年（七九九）。舊唐書一四五少誠本傳云：「十五年，陳許節度曲環卒，少誠擅出兵攻掠臨潁縣。……尋下詔削奪少誠官爵，分遣十六道兵馬進討。……明年……竟未嘗整陣交鋒，而王師累挫潰，少誠尋引兵退歸蔡州，遂下詔洗雪，復其官爵。」此表云：「念餽餉飛輓之勤，閔戰争暴露之苦，舉兹宥過之典，副彼效順之誠。」正謂師出無功，不得已而罷兵也。其事正當徐州罷兵之後。又通鑑二三五：「先是韋皐聞諸軍討少誠無功，上言：請以渾瑊、賈耽爲元帥，統諸軍，若重煩元老，則臣請以精鋭萬人下巴峽，出荆楚，以翦凶逆。不然，因其請罪而赦之，罷兩河諸軍以休息公私，亦策之次也。若少誠一旦罪盈惡稔，爲麾下所殺，則又當以其爵位授之，是除一少誠生一少誠，爲患無窮矣。賈耽言於上曰：賊意蓋益望恩貸，恐須開其生路。上從之。會少誠致書幣於監官軍者，求昭雪，監軍奏之。（十月）戊子，詔赦少誠及彰義將士，復其官爵。」即此表所謂屢拜章而請命也。

賀除虔王等表

臣某言：中使李國真至，奉宣聖旨存問，兼賜臣墨詔。鴻澤浹下，大明燭幽。曉諭便蕃，慰安稠疊。中謝。臣伏覩天書，恭承睿旨。弘愛人屈己之道，酌因時適變之宜。擇賢王作鎮徐方，俾張愔便主留務。上則成邦家盤石之固，下則副士衆拜章之請。戚藩之寄斯重，舊勳之祀獲全。丕變猖狂之徒，咸躋仁壽之域。既弘在宥，坐見止戈。率土人臣，孰不欣説？臣素乏方略，謬荷寵光。猥塵將相之名，無施分寸之績。遭逢若此，報效蔑聞。官謗已興，渥刑宜及。陛下恩深覆載，道務含弘。恤公私餽餉之勤，念吏士鋒鏑之苦。特紓神算，昭發德音。危疑獲安，制置惟固。好生宥過，誠陛下開綱之仁；尸位無功，重微臣素餐之責。周章踼蹐，胡顔自安？但以遐守藩條，恪居官次。不獲仰謝雲陛，陳露血誠。未遂周任知止之言，敢逃臧文竊位之咎？無任戰越之至。

【校】

〔浹下〕崇本浹作決。

〔制置〕崇本置作宜。

〔尸位〕崇本尸下注云：一作有。

【箋證】

按：此表因張愔授留後，罷討伐而上。蓋淮南出兵未幾而敗，佑空受節制及使相之名，實不能得徐州之地，表所謂「猥塵將相之名，無施分寸之績」，亦樂於息事寧人也。

〔擇賢王作鎮徐方〕賢王謂虔王諒。據諒傳，德宗第四子，貞元二年（七八六），已領蔡州節度大使，以吴少誠爲留後。今又以諒領徐州節度大使，以張愔爲留後。唐制，親王出鎮稱節度大使，中葉以後，多不出閤，實以副大使或留後代行其職。凡藩鎮中之大將已據其位而朝廷又不欲遽徇其請而授以旌節，輒依此法行之。

慰義陽公主薨表

臣某言：伏承義陽公主薨。伏惟聖懷傷悼增切。伏以公主妍姿令則，冠絶天人。禀教皇宫，已挺柔嘉之德；降嬪卿族，益彰貞粹之儀。方其作範壼闈，長榮邸第。豈意遘兹短曆，奄謝昌辰。伏慮陛下軫念未捐，深慈莫遣。有虧常膳，罷設宫懸。臣子之情，不任惕戀。況聖凡禮異，邦家制殊。伏願道齊彭殤，理達脩短。割肌膚之愛，慰寰海之心。率土人臣，孰不相慰？無任懇悃屏營之至。

【校】

〔方其〕紹本、崇本其均作期，是。

〔邦家〕崇本、全唐文均作家國。

〔相慰〕英華慰作賀。

〔懇悃〕畿本、全唐文悃均作欵。

【箋證】

義陽公主者，德宗之女。新唐書八三公主傳：「魏國憲穆公主始封義陽，下嫁王士平，主恣横不法，帝幽之禁中，錮士平於第。久之拜安州刺史，坐交中人貶賀州司户參軍。門下客蔡南史，獨孤申叔爲主作團雪散雪辭，狀離曠意，帝聞，怒捕南史等逐之，幾廢進士科。」舊唐書附載其事於王武俊傳中，士平即武俊之子也。據舊唐書，士平尚主在貞元二年（七八六），而幽公主於禁中，事在元和初。今本集編此表於慰王太尉薨表之前，則公主之卒必在貞元十六七年（八〇〇、八〇一）間。且表中有「陛下軫念未捐，深慈莫遣」之語，亦明爲對德宗之語氣。恐舊唐書誤矣。

慰王太尉薨表

臣某言：伏承成德軍節度使太尉兼中書令王武俊今月某日薨没。伏以武俊生逢昌時，天授忠節。奮揚義勇，茂建勳庸。秩冠朝端，參燮和於台鉉。姻連戚里，承嘉慶於雲霄。榮掩華夷，事高今昔。方膺作翰之寄，遽迫歸泉之期。鼎臣云亡，梁木斯壞。伏惟陛下君臣義重，存没感深。臨册禭以興懷，聽鼓鼙而軫念。臣恪居官守，奉慰無階。悲慟之誠，有加常品。謹遣某官某乙奉表陳慰以聞。

【校】

〔華夷〕崇本華作等，似於義爲勝。

〔謹遣〕崇本無以下各字。

【箋證】

按舊唐書一四二王武俊傳：武俊契丹人，本史思明恒州刺史李寶臣之裨將，德宗初年，寶臣死，子惟岳繼，武俊殺惟岳自立，與幽、魏、淄，四鎮連結稱王自立。朱泚之亂，德宗下詔赦武俊等，武俊亦首先歸順，遂以爲成德軍節度使，加司空同平章事，封琅邪郡王，貞元十二年（七九六），加檢校太尉兼中書令，十七年（八〇一）六月卒。其子士平尚義陽公主，故此表有「姻連戚里」之語。

又按唐會要四五：貞元十七年（八〇一）三月（月與紀傳不符，恐誤），成德軍節度使、檢校太尉、兼中書令王武俊薨，廢朝五日，羣臣詣延英奉慰，如渾瑊故事。大臣之喪，羣臣表慰，乃曠典，非常例也。

又按貞元十五年（七九九），汴州軍亂，蔡州吴少誠興兵，徐州張建封卒，十六年（八〇〇）杜佑兼領徐泗濠節度。十九年（八〇三），佑入相。據本集子劉子傳，禹錫爲杜佑掌書記是在兼領徐泗時，傳云：「涉二年而道無虞，前約乃行，調補京兆渭南主簿，則與佑同時入京也，此卷代佑所作諸表皆在貞元十六（八〇〇）至十八年（八〇二）間。

劉禹錫集箋證卷第十二

表章二　爲淮南杜相公佑修，凡十一首。

謝冬衣表

臣某言：中使王國清至，伏奉聖旨慰勞臣及將佐官吏僧道耆壽百姓等，并賜臣墨詔及冬衣兩副、大將衣四副者。大明昭回，遠燭下土。殊錫稠疊，延及偏裨。慶抃失圖，捧戴相賀。云云。臣謬承委寄，獲守藩條。灰琯屢移，塵露無補。陛下至仁天覆，玄化風薰。頒以兼衣，賁兹瑣質。降自天府，光於轅門。緘縢既開，靚綵章之盛飾；蹈舞而服，發温燠於祁寒。愧塵補衮之名，更荷解衣之賜。恩波下浹，將校同霑。共戴殊榮，咸思竭節。生成是荷，雨露難酬。無任懇悃慙荷之至。

【校】

〔冬衣〕紹本冬作將。

〔相賀〕崇本此下注中謝二字，無云云二字，以下各篇同，較合唐人謝表體製。

【箋證】

按：本卷皆代杜佑所撰之文。

又按：全唐文六〇二此上又有謝賜冬衣表二篇，與禹錫所撰各表微不類，疑是他人之作誤入。

〔耆壽〕唐會要五九：「天寶十二載(七五三)七月十三日勅，諸郡父老宜改爲耆壽。」此耆壽之稱所由來。

謝濠泗兩州割屬淮南表

臣某言：伏奉十一月二十九日詔書，其濠、泗兩州令臣依前收管。臣謬承寵光，作鎮淮海。位均九伯，權總十連。内省無堪，常恐不逮。豈謂恩私曲被，封略有加？慙無報政之勤，重受分憂之寄。伏以兵戈方息，閭里未安。謹當奉宣皇風，慰彼黔首。且責成於牧宰，期不失於澄清。伏惟聖明，俯賜照鑒。無任感戴屏營之至。

【校】

〔題〕全唐文謝下有詔許二字。

〔無任〕全唐文上有臣字。

【注】

〔十連〕禮記王制：五國以爲屬，屬有長，十國以爲連，連有帥。

【箋證】

按：徐州所領之濠、泗兩州割屬淮南，是張愔授徐州留後時事。據舊唐書一四〇張建封傳，貞元末年，愔雖已正授武寧軍節度使，仍未以濠、泗兩州歸之。其初次割屬蓋在杜佑初奉命討徐之時，此表稱詔書依前收管，乃承前而言也。據紀，貞元十六年（八〇〇）九月癸亥，以虔王諒爲徐州節度大使，張愔爲留後。十一月癸亥，詔泗州、濠州宜隸淮南節度使。癸亥正爲是月之二十九日，即此詔也。

謝曆日面脂口脂表

臣某言：中使霍子璘至，奉宣聖旨存問臣及將佐官吏僧道耆壽百姓等，兼賜臣墨詔，及貞元十七年新曆一軸，臘日面脂、口脂、紅雪、紫雪并金花銀合二、含稜合二。

皇明遠燭，殊錫薦臻。抃舞失容，捧戴無措。伏惟皇帝陛下，立極御人，順時布政。禮崇大蜡，澤浹遐藩。臣叨榮日深，竊位時久。謬回宸眷，猥降王人。天書下臨，覩三光之照耀；玉曆爰授，知四時之環周。雕匳既開，珍藥斯見。膏凝雪瑩，含液騰芳。頓光蒲柳之容，永去癘疵之患。命輕恩重，上答何階？無任感抃屏營之至。

【校】

〔口脂表〕全唐文脂下有等字，是。

〔含稜合〕崇本、畿本、英華、全唐文含均作金，紹本作含。

〔殊錫〕崇本殊作恩。

〔無措〕崇本措下有中謝，紹本有云云。

〔御人〕全唐文人作天。

〔四時〕紹本、崇本、全唐文時均作氣。

〔感抃〕英華無此二字。

【箋證】

按：表云貞元十七年（八〇一）新曆，則表作於十六年之杪，與前篇相次，宜矣。

〔面脂口脂〕丹鉛總録二一云：「杜子美臘日詩：口脂面藥隨恩澤，翠管銀罌下九霄。唐制臘日宣賜脂藥，李嶠有謝臘日賜口脂表云：青牛帳裏，未輟鑪香；朱鳥窗前，新調鉛粉。揉之以辛夷甲煎，燃之以桂火蘭蘇。令狐楚表云：雪散耀紅紫之名，香膏蘊蘭蕙之氣。合自金鼎，貯于雕奩。劉禹錫有代謝表云：宣奉聖旨，賜臣臘日口脂、面脂，紫雪、紅雪。雕奩既開，珍藥斯見，膏凝雪瑩，含液騰芳。可補杜詩注之遺。」據此，紅雪、紫雪，蓋藥散之名。又元氏長慶集有謝賜金石凌紅雪狀。

謝墨詔表

臣某言：中使陳日華至，奉宣聖旨存問，兼賜臣墨詔，又以臣所奏羅珦及裴靖政理有方，今各賜手詔激賞者。恩降重霄，澤流下土。義存奬勸，榮冠等夷。臣昨以羅珦、裴靖勵精吏理，效用著明。人咸説安，俗致殷阜。急須甄録，以勸在官。輒獻封章，具陳成績。伏蒙叡鑒，俯亮愚衷。載嘉理行之尤，光示絲綸之旨。守道者益以固誌，懷慝者由是悛心。激俗化人，於兹爲大。臣謬司廉問，職在澄清。幸遇旌善之時，獲免蔽賢之責。無任欣感之至。

【校】

〔等夷〕崇本下有中謝，紹本下有云云，下同。

〔急須〕崇本急作恐。

〔載嘉〕畿本無載字，旨上有深字。

〔謬司〕崇本謬上無臣字。紹本謬作繆。

【箋證】

按：此墨詔爲杜佑疏薦管内刺史二人而降也。據本卷所列各表之次第，當是貞元十七年（八〇一）所作。所薦二人見後。

〔羅珦〕按：新唐書一九七羅珦傳云：「羅珦，越州會稽人。寶應初，詣闕上書，授太常寺太祝。曹王皋領江西、荆襄節度使，常署幕府，累遷副使。皋卒，軍亂，劫府庫，珦取首惡十餘人斬以徇，環棘庭中，俾投所劫庫物，一日皆滿，乃貰餘黨。召爲奉天令。中官出入係道，吏緣以犯禁，珦榜笞之，雖死不置，自是屏息，擢廬州刺史。民間病者，捨醫藥，禱淫祀，珦下令止之。修學宫，政教簡易，有芝草白雀。淮南節度使杜佑上治狀，賜金紫服，再遷京兆尹，請減平糴半，以常賦充之，人賴其利。以老病求解，徙太子賓客，累封襄陽縣男，卒謚曰夷。」與此表合。

〔裴靖〕據世系表，南來吴有裴靖，舒州刺史。舒州與廬州同爲淮南巡屬，故知即其人也。

論廢楚州營田表

臣某言：中使曹進玉至，奉宣聖旨存問，兼賜臣墨詔，以楚州營田廢置事令臣商量奏來者。跪奉天書，恭承叡旨。道存致用，義在隨時。云云。伏以本置營田，是求足食。今則徒有糜費，鮮逢順成。刈穫所收，無裨於國用；種糧每闕，常假於供司。較其利害，宜廢已久。比來循守舊制，不敢輕有上陳。皇明鑒微，特革斯弊。取其田蓄，授彼黎蒸。仍俾薄租，誠爲至當。但以田數雖廣，地力各殊。須量沃埆，用立程度。臣已追里正臣與商量利便，謹具别狀奏聞。伏惟聖慮，俯賜詳擇。無任震越屏營之至。

【校】

〔糜費〕崇本、結一本、中山集糜均作縻，紹本作糜。

〔鑒微〕畿本微作徵。

〔薄租〕結一本薄作簿，據紹本、崇本改。

〔沃埆〕畿本、中山集、全唐文埆均作瘠。

〔里正臣〕畿本，全唐文正下均無臣字。

【箋證】

按：鄭吉楚州新修南門記（見全唐文七六三）云：「泝淮而上達於潁，而州兵之益團練者纚聯五郡焉。楚最東爲名郡，疆土緜遠，帶甲四千人，征賦二萬，計屯田五千頃。」此即楚州營田之由來。據此表文意，蓋當時有人陳奏楚州營田積弊，故令杜佑商量存廢所宜。楚州亦淮南巡屬也。考太平廣記三七三引祥異集檢云：「長慶元年（八二一）春，楚州淮岸屯官胡榮家有精物。」似楚州營田至長慶時亦未廢。又據金石續編，楚州使院題名石柱，大和九年（八三五）以前刺史皆帶淮南營田副使，開成以後無。皆可參證。

又：新唐書食貨志云：「唐開軍府以扞要衝，因隙地置營田，天下屯總九百九十二，司農寺每屯三頃，州鎮諸軍每屯五十頃，水陸腴瘠播殖地宜，與其功庸煩省收率之多少，皆決於尚書省。」據地理志，楚州寶應縣：「證聖中開置屯田。西南四十里有徐州涇、青州涇；西南五十里有大府涇。長慶中，興白水塘屯田，發青、徐、揚州之民以鑿之。大府即揚州。」杜佑此表當上於貞元十七年（八〇一），所謂別狀奏聞，未知如何耳。

〔里正〕按：通典三：「大唐令：諸户以百户爲里，每里置里正一人，掌按比户口，課植農桑，檢察非違，催驅賦役。諸里正縣司選勳官六品已下白丁清平强幹者充。」然按唐制，田野應置村正，此蓋以營田特置里正也。

請朝覲表

臣某言：臣聞臣之事君，有犯無隱。懇誠所至，敢不罄陳？伏惟聖明，俯賜矜察云云。臣代受國恩，忝承門廕。脱巾筮仕，敢期榮名？陳力效官，靡樹聲績。始因孤直，驟歷清班。復加朝獎，作藩外府。遠違輦下，十有四年。恪守淮濆，逮今一紀。犬馬懷戀，寢興匪遑。蒲柳易衰，遲莫俄及。竊位時久，妨賢愧深。況歷官已來，四十八考。祗奉朝謁，時纔二周。服勤郡符，荏苒垂老。屏營魏闕之思，夢想承明之遊。如迫餒寒，不忘衣食。伏惟叡鑒，俯亮愚衷。早賜擇人，與臣交代。授受之際，冀無可虞。然後脂車，奔赴京輦。微願斯畢，雖死猶生。臣頃以戎務方殷，猥加宰輔。今既事罷，實慙此名。爲有藩鎮同時，未敢輕上印綬。伏以聖朝赫赫，左右惟賢。漢愧得人，周慙多士。臣才略既短，齒髮又衰。柄用之地，甘心自絶。所冀退歸舊里，沐浴皇風。絶鐘鳴漏盡之譏，展維桑與梓之敬。匪惟名器不假，實貴骸骨可全。知止之心，神祇所鑒。無任懇悃怔營之至。

【校】

〔事君〕畿本君作居，誤，英華此句作事君之道，下有犯作有死。

〔代受〕崇本代作伏，似誤。

〔朝獎〕崇本獎作章。

〔郡符〕英華、全唐文符均作府。

〔之遊〕畿本、全唐文遊均作迹。

〔交代〕全唐文作爲替，下授受作交受，英華交代作交替。

〔猶生〕英華生作且。

〔赫赫〕畿本、全唐文均作赫奕。

〔又衰〕英華、全唐文又均作且。

〔可全〕英華、全唐文可均作獲。

〔所鑒〕英華、全唐文所作可。

〔懇悃怔營〕英華作懇款屏營。全唐文作悃款怔營。

【注】

〔有犯〕禮記檀弓：事君有犯而無隱。

〔鐘鳴〕三國志魏書田豫傳：年過七十而以居位，譬猶鐘鳴漏盡而夜行不休，是罪人也。

〔維桑〕詩小雅小弁：維桑與梓，必恭敬止。

【箋證】

按：表云：「臣頃以戎務方殷，猥加宰輔，今既事罷，實慙此名。」自是貞元十六年（八〇〇）十二月至十七年（八〇一）春之語氣。又云：「遠違輦下，十有四年。」據杜佑本傳，貞元三年（七八七），自尚書左丞出爲陝虢觀察使，五年遷淮南節度使，蓋即赴新任，未再入覲，至貞元十六年（八〇〇）正爲十四年也。佑之出爲陝虢，蓋替李泌，泌以貞元三年（七八七）六月入相。

〔代受國恩忝承門蔭〕據杜佑本傳，曾祖行敏，荆、益二州都督府長史，南陽郡公。祖愨，右司員外郎，詳正學士。父希望，歷鴻臚卿，恒州刺史，西河太守，贈右僕射。佑以蔭入仕，補濟南郡參軍，故云。

〔爲有藩鎮同時未敢輕上印綬〕據舊紀，佑與淄青節度使李師古同加同平章事，故云。

〔齒髮又衰〕據杜佑本傳，元和七年（八一二）卒，年七十八，則此表上時年六十五六。

謝春衣表

臣某言：中使陳日華至，伏奉聖旨慰勞臣及將佐官吏僧道耆壽百姓等，并賜臣墨詔及春衣兩副，大將衣四副。王人捧詔，御府降衣。寵光不隔於遐藩，慶賜猥霑於裨將。臣素乏器能，謬膺驅使。每慙效薄，常懼食浮。陛下覃以至仁，均其厚施。宰元和而布澤，順時律以頒衣。出自禁中，賁於臣下。執領襘而抃舞失次，被纖柔而顧盼增輝。舉體動容，既安且吉。在身不稱，恐招鵜翼之譏；居位無功，叨受鶴紋之賜。下延將校，同荷生成。

【校】

〔耆壽〕英華、全唐文壽均作老，按：不合唐制，非。下同。

〔居位〕英華、全唐文位均作任。

【箋證】

按：此表當是貞元十七年（八〇一）春所上。

〔領襘〕左傳昭十一年：「衣有襘，帶有結。」注：「襘，領會也。結，帶結也。」釋文云：「説文云：帶所結也。」禹錫蓋用杜義，不從許説。

〔鵜翼〕詩曹風候人：「維鵜在梁，不濡其翼。彼其之子，不稱其服。」毛傳：「梁，水中之梁，鵜在梁可謂不濡其翼乎！」鄭箋：「鵜在梁，當濡其翼，而不濡者，非其常也。以喻小人在朝，亦非其常。」今考唐語林二云：「劉禹錫云：與柳八、韓七詣施士匄聽毛詩，説維鵜在梁。梁，人取魚之梁也。言鵜自合取魚，不合於人梁上取其魚，譬之人自無善事攘人之美者，如鵜在人之梁，毛注失之矣。」是禹錫於此詩有别解。唐語林蓋采自劉賓客嘉話録。

謝賜門戟表

臣某言：臣得進奏官裴遘狀報，本月九日軍器使梁延專奉宣進止付所司，准省牒賜臣門戟十二竿者。恩降雲天，榮加門户。承旨慶抃，省躬慙惶。伏以禮著等威，朝有命數。是昭懋賞，必在疇庸。臣謬荷寵光，素無績效。旌旄之寄，已忝外藩。棨戟爰列，更光私第。賁於棖闑，慶及子孫。覩兹盛儀，實愧虚受。無任欣戴屏營之至。

【校】

〔本月〕紹本、崇本、全唐文本均作今，按：較合唐人文字習慣。

〔延專〕紹本、崇本、畿本、全唐文專均作壽。

〔進止〕崇本止作旨，非。

【箋證】

按：唐兩京城坊考二：「舊唐書杜佑傳，甲第在安仁里，權德輿杜佑墓誌：啓手足於京師安仁里。」門戟當即設於其私第。此表乃佑未離淮南任時所上。

〔軍器使〕通鑑二三八胡注云：「唐中世以後，設内諸司使，以宦官爲之，軍器庫使其一也。宋白曰：軍器本屬軍器監，中世置軍器使。貞元四年（七八八）廢武庫，其器械隷於軍器使。」

按：内諸司使亦如南衙之諸使，非正官，故其品秩亦無一定。

〔奉宣進止〕宣進止猶言宣諭也。進止爲唐代公文中習用語。由於習用日久，不復考察二字之原意，遂有以進止爲進旨者。通鑑二三一胡注云：「自唐以來，率以奉聖旨爲奉進止，蓋言聖旨使之進則進，使之止則止也。」程大昌曰：今奏劄言取進止，猶言此劄之或留或却，合禀承可否也。唐中葉遂以處分爲進止，而不曉文義者習而不察，概謂有旨爲進止。如玉堂宣底所載，凡宣旨皆云有進止者，相承之誤也。」又云：「沈存中曰：唐故事，中書舍人職掌詔誥，皆寫四本，一本爲底，一本爲宣。此宣謂行出耳，未以名書也。晚唐樞密使自禁中受旨出付中書，即謂之宣。中書承受，録之於籍，謂之宣底，如今之聖語簿也。余謂宣者，因奉宣上旨而得名，或以口傳爲宣，或以行文書爲宣，口傳爲宣，多命中官。」又：石林燕語四云：「臣僚上殿，劄子末概言取進止，猶言進退也。蓋唐日輪清望官兩員於禁中以待召對，故有進止之詞。崔祐甫奏，待制官候奏事官盡，然後趨出，於内廊賜食待進止，至酉時放，是也。今乃以爲可否取決之詞，自三省大臣論事皆同一體，著爲定式，若爾自當爲取聖旨，蓋沿唐制不悟也。」

〔門戟〕按：唐會要三二云：「天寶六載（七四七），勑改儀制令……上柱國、柱國帶職事三品，上護軍帶職事二品，若中都督，上州，上都護，門十二戟。又貞元五年（七八九）十二月十九日，中書門下奏，應請列戟官，準儀制令：正一品、開府儀同三司、嗣王、郡王，并勳官上柱國、柱國等，帶職事三品已上，并許列戟。」此表中賜門戟十二竿，即用此制。此後勳階濫賤，立戟者多，不得不予限制，于是元和六年（八一一）十二月勅，立戟官階勳悉至三品然後申請，仍編於格令。

謝男師損等官表

伏見今月一日制授臣長男師損祕書省著作郎，次男式方太常寺主簿，又得進奏官裴遘狀報，伏承聖恩特降中使送官告到臣宅分付師損者。寵渥非常，授任不次。驚躍無措，覥懼失容云云。臣謬分重寄，獲守外藩。受恩既深，無績可紀。男師損等，器惟凡品，教闕義方。早沐叡慈，已階官次。每懷塵忝，常誡滿盈。豈謂鴻霈曲覃，大明私照？寬臣尸素之責，念臣葵藿之誠。下延胤息，叨踐班級。天書出禁，中貴臨門。榮冠等夷，慶流宗族。況著作乃論撰之地，唯才吏是居；太常實禮樂之司，非儒者勿履。顧兹庸昧，忽此超昇。内省慙惶，若墜冰谷。伏以聖朝立制，建官惟賢。名實無乖，輪轅盡適。微臣父子，獨爲幸人。非據踰涯，自中徂外。虚受丘山之賜，實增負乘之憂。進退彷徨，不知所據。無任戰汗屏營之至。

【校】

〔伏見〕崇本見作覩，英華、全唐文見均作奉。

〔一日〕紹本一作二。

〔分付師損〕崇本無分字，損下有等字。

〔才吏〕崇本作才史，畿本、全唐文均作史才，似是。英華作吏才。

〔庸昧〕英華、全唐文昧均作謬。

〔所據〕英華據作履。

〔戰汗〕英華汗作荷。

【注】

〔著作郎〕舊唐書職官志祕書省著作局著作郎二人，從五品上。

〔主簿〕舊唐書職官志：太常寺主簿二人，從七品上。

【箋證】

按：西溪叢語云：「僕以杜氏家譜考之，襄陽杜氏出自當陽侯預，而佑蓋其後也。佑生三子：師損、式方、從郁。師損三子：詮、愉、羔。式方五子：惲、憓、悰、恂、慆。從郁二子：牧、顗。羣從中悰官最高，而牧名最著。」敍佑之世系最爲詳晰。佑之三子皆見舊唐書本傳，其一云：「師損嗣位，終司農少卿。」謂嗣岐公爵也。其二云：「式方字考元，以蔭授揚府參軍，轉常州晉陵尉。浙西觀察使王緯辟爲從事，入爲太子通事舍人，改太常寺主簿。明練鐘律，有所考定，深爲高郢所賞。時父作鎮揚州，家財鉅萬，甲第在安仁里，杜城有別墅，亭館林池爲城南之最。昆仲皆在朝廷，與時賢遊從，樂而有節。既而佑入中書，出爲昭應令。丁父憂，服闋，遷司農少卿，賜金紫，加正議大夫，太僕卿。時少子悰選尚公主，式方以右戚，移病不視事。久之，文宗即位，（按：新唐書作穆宗立，文宗二字蓋舊唐書誤刊。）轉兼御史中丞，充桂管觀察都防禦使。長慶二年（八二二）三月，卒于位。」其三云：「從郁以蔭，貞元末，再遷爲太子司議郎。元和初，轉左補闕，諫官崔羣、韋貫之、獨孤郁等以從郁宰相子，不合爲諫官，乃降授左拾遺。羣等復執曰：拾遺之與補闕，雖資品有殊，皆名諫列，父爲宰相，子爲諫官，若政有得失，不可使子論父。乃改爲秘書丞，終駕部員外郎。」據此表，式方授太常寺主簿與傳合，師損授祕書省著作郎，可補史闕。

〔進奏官〕按：通考職官考云：「唐藩鎮皆置邸京師，以大將主之，謂之上都留後，大曆十二年（七七七），改爲上都知進奏院官。」新唐書百官志，觀察使下有進奏官一人。

謝端午日賜物表

臣某言：中使劉光弼至，奉宣聖旨慰勞臣及將佐官吏僧道耆壽百姓等，兼賜臣墨詔，并衣一副，金花銀器三事，綵絲一軸，大將衣四副，綵絲五軸。寵光薦至，慶賜曲霑。抃舞失容，捧戴無力。伏以朱明仲月，端午佳辰。萬國被薰風之和，九天垂湛露之澤。臣幸逢休運，獲守外藩。叨承叡慈，猥受榮賚。發詔而焕窺宸象，振衣而頓失炎威。色絲表祥，載光於佩服；珍器充玩，盡飾於圓方。恩輝既盈，喜懼交集。下延禅將，共荷鴻私。無任感戴之至。

【校】

〔光弼〕崇本光作元。

〔銀器〕崇本無銀字。

〔綵絲〕織本此下注云：一作絲索，英華、全唐文均與一作同。

〔宸象〕英華、全唐文象均作翰。

〔載光〕結一本載作戴，誤。

【箋證】

〔謝端午日賜物表〕按：全唐文此下尚有謝端午賜衣及器物等第二表，及謝敕書賜臘日口脂等表。殊不合杜佑口吻，亦必爲他人之作誤入。

〔綵絲〕李肇翰林志云：「每歲内賜春服三十匹，暑服三十匹，緜七屯，寒食節料三十匹，酒、飴、杏酪粥、屑肉啖、清明火、二社蒸饌，端午衣一副，金花銀器一事，百索一軸、青團鏤竹大扇一柄，角粽三服粆蜜，重陽酒、糖粉糕，冬至歲酒，兔、野雞。」證以此表，則中外百官大抵同頒，不獨翰林也。又唐會要二九載：「龍朔元年（六六一），上曰：我見一記有云：五色絲可以續命，刀子可以辟兵，此言未知真虚，然亦俗行其事，今之所賜，住者使續命，行者使辟兵也。」按：竇叔向有端午日恩賜百索詩云：「仙宫長命縷，端午降殊私。餘生倘可續，終冀答明時。」表中所云綵絲即百索，亦即所謂續命辟兵之符，蓋道教中荒誕之説。又：唐會要同卷載大和五年（八三一）勑：端午節辰，方鎮例有進奉，其雜綵匹段許進生白綾絹。知所賜各物乃以答方鎮之進奉耳。

謝墨詔表

臣某言：中使陳日華至，奉宣聖旨慰勞臣及將佐官吏僧道耆壽百姓等，兼賜臣墨詔。恩降紫泥，澤流下土。跪奉自天之命，遥馳捧日之心。云云。伏以皇帝陛下，凝旒穆清，軫念黎獻。已洽雍熙之化，尚存宵旰之勤。遠降王人，特紆宸翰。慰安稠疊，曉諭便蕃。任重力微，不知上答。應緣戎旅庶務，謹具别狀奏聞。伏乞皇明，俯賜照鑒。無任感戴屏營之至。

【校】

〔遥馳〕畿本馳下注云：一作傾，全唐文與一作同。

〔特紆〕結一本紆作迂，誤。

〔慰安〕全唐文安作問。

【箋證】

按：此表專謝墨詔慰勞，其詔中所詢之事，則在别狀中，不得見矣。考貞元十七八年（八〇一、八〇二）年無軍事，不知所慰勞者何事。

又按：全唐文此上尚有謝手詔慰撫及謝恩存問二表。

劉禹錫集箋證卷第十三

表章三

爲杜司徒讓度支鹽鐵等使表

臣某言：伏奉制書，授臣檢校司徒、同中書門下平章事、充度支及諸道鹽鐵轉運等使者。臣久塵高位，尸素已多。更受新恩，滿盈爲懼。云云。伏惟皇帝陛下，紹登寶位，光纂鴻猷。擢用之間，華夷聳聽。況利權所在，宜適變通。國計是資，須明輕重。當至化鼎新之日，是微臣遲暮之年。將何以上副宸衷，下成庶務？進退惟谷，冰炭在懷。輒罄愚誠，冀回天監。陳力無補，庶遵周任之言；循涯若驚，敢飾范宣之讓？慙惶跼蹐，倍萬常情。謹奉表陳讓以聞。

【校】

〔云云〕崇本無此二字，下同。

〔是微臣〕崇本是作在。

〔惟谷〕崇本谷作咎。

〔在懷〕崇本在作是。

〔倍萬〕崇本萬作百。

【注】

〔范宣〕左傳襄十三年：范宣子讓，其下皆讓。

【箋證】

按：舊唐書杜佑傳略云：貞元十九年（八〇三）入朝，拜檢校司空同平章事，充太清宫使。德宗崩，佑攝冢宰，尋進位檢校司徒，充度支鹽鐵等使，依前同平章事。紀繫此事於三月丙戌，但云司空，不云司徒。通鑑亦但載十九年（八〇三）加檢校司空事。權德輿所撰杜公淮南遺愛碑（見全唐文四九六）亦稱是年登拜司空。據此表知當以傳爲正。通鑑云：「先是叔文與其黨謀，得國賦在手，則可以結諸用事人，取軍士心以固其權，又懼驟使重權，人心不服，藉杜佑雅有會計之名，位重而務自全，易可制，故先令佑主其名，而自除爲副以專之。」此據順宗實録之詞。叔文意在自握利權，固顯然可知。禹錫於佑爲舊僚，於叔文爲新附，周旋其間，必有難處者，此表措詞介於辭與受之間，想見其甚費斟酌。佑於禹錫晚節相失，無足怪也。又吕温亦有此表（見全唐文二六八），前後數語略同，或温亦嘗擬作，或參用二稿也。

〔度支鹽鐵等使〕新唐書百官志云：「宰相事無不統，故不以一職名官。自開元以後，常以領他職，實欲重其事，而反輕宰相之體。故時用兵，則爲節度使，時崇儒學，則爲大學士，時急財用，則爲鹽鐵轉運使。」據通鑑二一六胡注：「楊國忠領四十餘使，其拜相制中但稱判度支，尚無度支鹽鐵等使名。」又二二九載：至德元載（七五六），第五琦加山南等五道度支使。注云：「度支使始此。宋白曰：故事，度支案，郎中判入，員外判出，侍郎總統押案而已。官銜不言專判度支。開元已後，時事多故，遂有他官來判者，乃曰度支使，或曰判度支，或曰知度支事，或曰勾當度支使。雖名稱不同，其事一也。」又二二一載：上元元年（七六〇），以京兆尹南華劉晏爲户部侍郎，充度支鑄錢（舊紀有鹽鐵二字）等使。注云：「鹽鐵使乾元元年（七五八）以命第五琦。會要：開元二十五年（七三七），監察御史羅文信充諸道鑄錢使，其後楊慎矜、楊國忠相繼爲之。」今考代宗紀，寶應元年（七六二），以通州刺史劉晏爲户部侍郎兼御史大夫京兆尹，充度支轉運鹽鐵諸道鑄錢等使。此爲度支、轉運、鹽鐵同入銜之始。其後第五琦亦繼之。永泰二年（七六六），劉晏充東都畿、河南、淮南、江南東、西道、湖南、荆南、山南東道轉運常平鑄錢鹽鐵等使，第五琦充京畿、關内、河東、劍南（似脱東字）西道轉運常平鑄錢鹽鐵等使，則除度支以一人專判外，轉運鹽鐵仍分屬兩使。德宗即位之初，以户部侍郎判度支韓滉爲太常卿，吏部尚書劉晏判度支鹽鐵轉運等使。紀云，初，晏與滉分掌天下財賦，至是晏都領之。未及一年，至建中元年（七八〇），詔：「東都、河南、江淮、山南東道等轉運租庸青苗鹽鐵等使左僕射劉晏，頃以兵車未息，權立使名，久勤元老，集我庶務，悉心瘁力，垂二十年。朕以征税多門，鄉邑凋耗，聽于羣議，思有變更。將置時和之理，宜復有司之制。晏所領使宜停，天下錢穀委金部倉部，中書門下揀兩司郎官，準格式調掌。」此正月事也。及三月，紀又云：「以諫議大夫韓洄爲户部侍郎判度支，令金部郎中杜佑權勾當江淮水陸運使，一如劉晏、韓滉之則，蓋楊炎之排晏也。」二年（七八一），又以權鹽鐵使户部郎中包佶充江淮水陸運使，而杜佑則爲户部侍郎判度支。旋以趙贊代佑，而元琇繼之。三年（七八二），初分置汴東西水陸運兩税鹽鐵使，從趙贊請也。興元元年（七八四），以汴東水陸運等使左庶子包佶爲刑部侍郎，户部侍郎判度支元琇兼諸道水陸運使，則非但分領汴東西之制廢，度支轉運亦歸一人矣。貞元二年（七八六），又詔：「天下兩税錢物委本道觀察使、刺史差人送上都，其先置諸道水陸轉運使及度支、巡院、江淮轉運等使並停。」此宰相崔造之謀也。然其年十二月，復以鎮海軍節度使韓滉兼度支諸道鹽鐵轉運使。此爲以浙西潤州治所總理財賦之新制。然滉以三年（七八七）二月卒，此制又廢。五年（七八九），以御史中丞竇參爲中書侍郎平章事，兼轉運使，以户部侍郎班宏爲户部尚書，依前度支轉運副使。此則宰相兼度支轉運使之新制。八年（七九二），竇參失勢，又以户部尚書班宏判度支，户部侍郎張滂爲諸道鹽鐵轉運使。此後王緯、李若初、李錡先後仍以浙西觀察兼使，復韓滉之制。錡傳云：「德宗復於潤州置鎮海軍，以錡爲節度使，罷其鹽鐵使務。」新唐書方鎮表繫此事於元和二年（八〇七）。皆誤也。通鑑考異已據實録辨之（詳見下）。據通鑑二三六，永貞元年（八〇五）三月丙戌，加杜佑度支及諸道鹽鐵轉運使，以浙西觀察使李錡爲鎮海節度使，解其鹽鐵轉運使。然則佑此時以宰相兼度支、鹽鐵、轉運三司，乃奪之於李錡之手，而復劉晏之舊，視竇參、班宏之任有過之。在唐代三司制度之沿革中具有重要關鍵，不可不詳考也。又：佑之領三司不在德宗朝，通鑑考異引實録云：「八月辛酉（此是憲宗實録之語，當在元和元年八〇六）詔曰：頃年江淮租賦，爰及榷税，委在藩服，使其平均。太上君臨之初，務從省便，令使府歸在中朝。」故知收回利權之舉確在順宗朝，此表宜列於讓淮南立去思碑之次。據此，並可證王叔文以佑領使而自爲其副，實有改革財政之遠大意圖。

爲杜司徒謝追贈表

臣某言：伏奉制書褒贈臣亡父先臣某官尚書左僕射者。時逢霈澤，禮極徽章。云云。臣家受國恩，至臣累葉。常懼不克負荷，以忝前人。豈意多幸遭逢，猥居高位？陛下應乾御極，作解庇人。恩浹寰區，禮成宗廟。垂仁布德，自葉流根。紫書忽降於重霄，蜜印榮加於厚夜。星霜增感，蒸嘗有輝。非臣殞越，所能上報。無任感咽屏營之至。

【校】

〔某官〕崇本官下尚有某字。

〔猥居高位〕英華作獲居台輔。

〔禮成〕英華、全唐文成均作崇。

〔星霜〕崇本作霜露。

【箋證】

按：佑本傳，曾祖行敏，荆、益二州都督府長史，南陽郡公。祖慤，右司員外郎，詳正學士。父希望，歷鴻臚卿，恒州刺史，西河太守，贈右僕射。故表云：「家受國恩，至臣累葉。」

爲杜司徒讓淮南立去思碑表

臣某言：伏見淮南節度使王鍔所奏當道將吏僧道耆壽等請爲臣立去思碑，伏奉聖旨允其所奏。臣内惟菲薄，聲績無聞。祇荷恩私，慙懼交至云云。臣伏蒙先朝過獎，累典方隅。頃鎮江都，十有四載。數周星紀，水旱備經。境接淮瀆，兵戈時起。

至於邑里，粗免流離。非臣所能，悉稟聖化。在唐堯可封之日，奚假吏師？當漢宣責實之時，皆承詔旨。況以去思爲名，蔑無可紀之績。伏以建碑有制，甲令垂文。王鍔與臣交代，輒有上聞。苟非至公，翻益貽誚。臣伏覽故事，宋璟自廣州都督入爲尚書，南海之人請爲刊石。璟自遜讓，至於再三。雖勒其文，竟從降制。著在國史，垂爲美談。璟非苟榮，人益見德。臣才誠不逮，心實慕之。伏乞聖慈，賜寢前命。臣情非飾讓，義在徇公。云云。

【校】

〔王鍔〕崇本鍔作諤，與史異。

〔耆壽〕崇本此下有百姓二字。

〔境接〕畿本接作捲，注云：一作接。

〔吏師〕英華、全唐文師均作才。

〔漢宣〕結一本宣作室，誤。

〔有制〕全唐文、英華均作示後。

〔入爲尚書〕全唐文、英華爲均作拜。

〔請爲刊石〕英華作請刊樂石。

〔國史〕崇本史作典，英華此二句作在於國史，舉爲美談。下句全唐文垂作舉。

〔臣情非〕全唐文無臣字。

〔徇公云云〕英華云云作無任懇款之至，謹奉表陳讓以聞。

【注】

〔可封〕見卷十上杜司徒書。

〔漢宣〕漢書宣帝紀贊曰：孝宣之治，信賞必罰，綜核名實。

【箋證】

按：權德輿有杜公淮南遺愛碑（見全唐文四九六），略云：「貞元十九祀（八〇三），淮南節度觀察使左僕射相國杜公政成入覲。迺三月壬子朔，登拜司空，秉鈞居中，間一歲，上皇承末命，越八月，皇帝受神器。初公之入輔也，制詔副節度使兵部尚書爲左僕射，（紀云：以淮南行軍司馬王鍔檢校尚書右僕射兼揚州大都督府長史、淮南節度使）代居師帥，州壤鄉部，鰥孤幼艾，蒙公之化也久，感公之惠也深，鬱陶詠歎，願刻金石。王公累章上請，公輒牢讓中止。至是復以邦人不可奪之誠達於聰明，且用季孫行父請史克故事，故德輿得類其話言而鋪其馨香云。」是佑之讓在貞元末，禹錫在京，故仍以故吏爲之草奏，而卒於元和初立碑也。德輿之文所敍不過常事泛語，且旁及其刺撫州及鎮嶺南，殊於遺愛二字有愧。

〔宋璟〕新唐書一二四宋璟傳云：「徙廣州都督……召拜刑部尚書。開元四年（七一六），遷吏部，兼侍中。廣人爲璟立遺愛頌，璟上言：頌所以傳德載功也。臣之治不足紀，廣人以臣當國，故爲溢辭，徒成諂諛者，欲釐正之，請自臣始。有詔許停。」此用其事。

爲京兆李尹賀遷獻懿二祖表　實

臣某言：伏見詔書以今月某日奉遷獻祖、懿祖神主祔於德明興聖皇帝廟，盛禮云畢，宗祧永安。云云。伏以太祖景皇帝膺期撫運，啓封於唐。爲百代不遷之宗，開三靈眷命之兆。頃以本朝初建，清廟備儀。二祖冠西室之先，景皇闕東向之位。諸儒獻議，歷載未行。陛下濬發叡謨，旁延正論。爰詔多士，會於中臺。酌三禮之前文，參百王之故事。講貫斯定，詢謀僉同。撰日展儀，考祥視履。配貴神於遠祖，正尊位於始封。廟貌有嚴，禘嘗允穆。示人以孝，得禮之中。既觀秩秩之容，必降穰穰之福。臣職居内史，屬忝本枝。躬導盛儀，獲申誠敬。無任感説屏營之至。

【校】

〔題〕畿本京兆上有爲字，此下數篇同此例，英華有代字。

〔云云〕全唐文作誠感誠悦頓首頓首。

〔前文〕崇本前下注云：一作全。

〔撰日〕畿本日下注云：一作備物，英華、全唐文均與一作同。英華考祥作至立。

〔職居〕崇本、全唐文居均作爲。

〔躬導〕崇本導作道，英華作遵。

【注】

〔獻祖〕以下均詳箋證中。

〔秩秩〕詩小雅賓之初筵：「左右秩秩。」傳：「秩秩然肅敬也。」

〔穰穰〕詩周頌執競：降福穰穰。

〔内史〕按漢書百官公卿表及地理志均云：京兆秦稱内史。

〔本枝〕「文王孫子，本枝百世」，詩大雅文王語。舊唐書一三五李實傳，實，道王元慶玄孫。

【箋證】

按：此代李實作。實已見本集卷十爲京兆李尹答于襄州書。舊唐書實本傳，貞元十九年（八〇三），以司農卿爲京兆尹。實爲道王元慶玄孫，故云屬忝本枝。禹錫此文應列在代韋夏卿名文之後，餘參見本集卷十爲京兆李尹答于襄州二書。

〔獻懿二祖〕舊唐書禮儀志：「貞元十九年（八〇三），詔曰：國之大事，式在明禋。王者孝饗，莫重於禘祭，……敬以令辰奉遷獻祖宣皇帝神主，懿祖光皇帝神主祔于德明興聖皇帝廟。」參以新唐書禮樂志，德宗初年即有獻、懿立廟之議，貞元中議者益紛，十九年（八〇三），始定遷祔興聖。興聖，皐陶也。至是太祖始於禘祫時以不祧之宗正東向之位。此表中所謂配貴神於遠祖，正尊位於始封，始封謂太祖李虎始封於唐也。獻祖爲李熙，懿祖爲李天賜。

爲京兆韋尹賀雨止表 夏卿。

臣某言：今月某日中使吴文政奉宣聖旨，緣今年雨多，恐傷苗稼，諸有靈跡處並宜祈禱者。臣謹檢尋祀典，方議徧祠。惟德動天，倏已澄霽。伏以至教惠農，兆人務本。今歲宿麥，茂於常年。爰自季春，遂逢多雨。蓋陰陽常數，有以推遷。而隴畝之間，未聞傷敗。陛下勞謙思切，覆育恩深，或慮成災，先期軫念。昭薦未陳於方社，叡誠已格於上玄。文明焕開，陰曀潛埽。有年之慶，實兆於兹辰；先天不違，夐超於前代。臣謬司京邑，虔撫蒸黎。欣抃之誠，倍百羣品。無任踴躍屏營之至。

【校】

〔恐傷〕崇本傷作損，下多麥字。

【箋證】

按：韋尹謂韋夏卿，舊唐書一六五、新唐書一六二均有傳。德宗紀，貞元十七年（八〇一）十月庚戌，以吏部侍郎韋夏卿爲京兆尹。夏卿於執誼爲從兄弟，於元稹爲婦翁（見韓愈所作稹妻韋氏墓誌），故禹錫與之雅故。此表云：「爰自季春，遂逢多雨。」似應在夏卿任京兆之次年，即貞元十八年（八〇二），若至十九年（八〇三）春，則李實繼任京兆尹矣。然新、舊書五行志十七、十八年皆無雨水之紀載。

又按：唐語林三載夏卿二事，其一云：韋獻公夏卿有知人之鑒。因退朝於街中逢再從弟執誼，從弟渠牟、丹三人……語執誼曰：汝必爲宰相云云。其二云：嘗于東都留守辟吏八人，而路公隨，皇甫崖州鎛皆爲宰相，張尚書賈，段給事平仲，衛大夫中行，李常侍翺、李諫議景儉，李湖南詞皆至顯官。所列諸人多與禹錫有淵源。

爲京兆韋尹賀祈晴獲應表

臣某言：今月十七日中使某奉宣聖旨，以霖雨未晴諸有靈跡，並令祈禱者。臣當時於興聖寺竹林神親自祈祝，兼差官城外分路徧祠。伏以神祇效靈，景物澄霽。兆庶覩動天之德，大田俟多稼之期。臣謬荷恩輝，忝司京邑。抃説之至，實倍常情。

【校】

〔靈跡〕崇本、畿本、全唐文跡下均有處字。

〔澄霽〕崇本澄作開。

〔忭説〕崇本此下八字作無任。

【箋證】

按：此表即前篇同時所作。

〔興聖寺〕唐會要四八：「興聖寺在通義坊，本高祖潛龍舊宅，武德元年（六一八），以爲通義宮，貞觀元年（六二七），立爲尼寺。」又唐兩京城坊考四謂興聖寺在朱雀門西第二街通義坊，引舊唐書楊收傳，寺有高祖寢堂。

爲京兆韋尹謝許折糴表

臣某言：伏奉詔旨以臣所請畿内折糴，宜令度支計會定數奏來者。天慈廣被，人瘼是求。臣自理京邑，不先威刑。唯務便安，所期富庶。每因賜對，常奉德音。府縣之間，巨細令奏。伏以聖明在上，風雨應時。順成之年，穀糴常賤。若無輕重之法，必利兼并之家。輒敢上聞，請行折糴。天光下燭，人隱無遺。宣付所司，允臣所奏。事關理本，惠及生靈。臣忝尹京，倍百欣荷。無任歡躍屏營之至。

【校】

〔是求〕崇本此下有中字，按：乃中謝之缺。

〔人隱〕崇本人作幽。

〔尹京〕畿本京下有邑字。

【箋證】

按：唐會要八三：「開元二十五年（七三七）三月三日敕：關輔庸調，所税非少，既寡蠶桑，皆資菽粟，常賤糶貴買，損費逾深。又江淮苦變造之勞，河路增轉輸之弊。每計其運脚，數倍加錢。今歲屬和平，庶物穰賤，南畝有十千之獲，京師同水火之饒，均其餘以減遠費，順其便始農無傷。自今已後，關内諸州庸調資課，並宜準時價變粟取米，送至京逐要支用，其路遠處不可運送者，宜所在收貯，便充隨近軍糧。其河南河北有不通水利，宜折租造絹以代關中調課。」此表略同其意。蓋豐歲穀價過賤，折糴可冀稍減傷農之害而已。

爲京兆韋尹賀元日祥雪表

臣某言：伏以去冬已來，久無雨雪。臣每於内殿，親奉德音。以宿麥未滋爲虞，以兆人生疾爲念。聖情所屬，神理潛通。獻歲發春，佳雪肇降。當夷夏會同之日，觀天人合應之徵。迎喜氣於三元，浹歡心於萬國。癘疵永息，豐阜可期。臣以疾疹未平，步趨有阻。伏蒙恩貸，已具奏聞。謹於光宅寺中管當本務，不獲隨例，稱慶明庭。

既覩嘉祥，益彰聖德。無任欣躍屏營之至。

【校】

〔題〕崇本賀元日祥雪作元日賀雪。

〔内殿〕全唐文、英華均作殿内。

〔潛通〕結一本潛作階，按：蓋沿英華之誤。他本皆作潛。

〔觀天人〕紹本、崇本、中山集觀均作覩。

〔三元〕英華元作光。

〔可期〕英華期作徵。

〔疾疹〕崇本疹作沴，畿本、全唐文均作疢，似勝。

〔步趨〕崇本二字乙。

〔管當〕紹本、崇本管作勾，似是。按：宋南渡後勾字多避高宗嫌名改。

【箋證】

按：德宗紀：貞元十八年（八〇二）正月戊午朔，大雨雪，罷朝賀。與此表正合。

〔光宅寺〕唐會要四八：光宅寺在光宅坊。儀鳳二年（六七七），掘得石盌，得舍利萬粒。遂於此地立爲寺。又唐兩京城坊考三：朱雀門東第三街，横街之北光宅寺。引酉陽雜俎云：「七寶甚顯，登之四極眼界，其下層窗下有吴道元畫。丞相韋處厚自内庭至相位，每歸輒至此塔焚香瞻禮。」按：此文云「於光宅寺中管當本務」，疑京兆尹以養疾之故暫居此寺，仍理職務。

爲京兆韋尹賀春雪表

臣某言：伏奉詔旨充某郡主禮命使。謝恩之日，親承德音。以春初已來，雨雪猶少。慮妨農事，有軫睿慈。今當下嫁之辰，克致上玄之感。雲生河漢，及佳期而降祥；雪滿寰區，應豐年而呈瑞。臣官當撫字，職在肅雍。慶抃之誠，實倍常品。

【校】

〔禮命使〕結一本命下有賜字，誤衍。

【箋證】

按：此表必與前表不在一年，當是貞元十九年（八〇三）春所上，夏卿三月即去位矣。

爲京兆李尹賀雨表

臣某言：伏奉進旨，以時雨愆候，有妨耕農，應諸有靈跡處並令祈請者。德音才發，膏雨驟飛。滂霈已周，動植咸説。云云。伏以久愆時澤，上軫聖慈。爰命禱祈，俾申誠敬。神應如響，天且不違。未興雲漢之詩，已致桑林之雨。臣謬司京邑，虔撫黎蒸。覩豐年之可期，同比屋而稱慶。無任欣抃之至。

【校】

〔進旨〕全唐文進作聖。按：旨當作止。

〔耕農〕崇本二字乙。

【箋證】

按：李尹謂李實，已見前。

爲李中丞謝賜紫雪面脂等表 汶

臣某言：中使某乙至，奉宣聖旨賜臣紫雪紅雪面脂、口脂各一合，澡豆一袋。特降王人，俯臨私第。銜恩慶抃，省己慙惶。云云。臣謬荷寵私，素無績效。空變星霜之候，猥霑慶賜之恩。跪捧雕匳，榮觀珍藥。功能去疾，永絶於癘疵；澤可飾容，頓光於蒲柳。生成是荷，雨露難酬。無任感戴。

【校】

〔銜恩〕畿本銜作御，非。

【箋證】

按：新唐書二〇〇陳京傳有御史中丞李汶名，正當貞元中，當即其人。

爲李中丞謝鍾馗曆日表

臣某言：中使某乙至，奉宣聖旨賜臣畫鍾馗一，新曆日一軸。恩降雲霄，光生里巷。雖當歲莫，如煦陽和。云云。伏以將慶新年，聿循故事。繢其神象，表去癘之方；頒以曆書，敬授時之始。微臣何幸？天意不遺。無任感戴屏營之至。

【校】

〔臣畫〕崇本臣作神。

〔聿循〕全唐文循作修。

〔繢其〕中山集繢作績，誤。

【箋證】

按：此表疑與下篇同爲貞元二十年（八〇四）所上，參見下。

〔鍾馗〕夢溪筆談補載：「禁中有吴道子畫鍾馗，其卷首有唐人題記……熙寧五年，上令畫工摹搨鐫板，印賜兩府輔臣各一本。」石林燕語亦載此事。圖畫見聞誌則云：「吴道子畫鍾馗，有得之以獻蜀主者。」蓋唐代以畫鍾馗爲節物點綴，故臣下多得此賜，流傳至五代北宋，遂貴重之，以爲吴道子真蹟矣。夢溪筆談又云：「歲首畫鍾馗於門，不知起自何時。」可見宋時猶沿唐俗，故此表以鍾馗與新曆日並賜也。

爲杜相公謝鍾馗曆日表

臣某言：高品某乙至，奉宣聖旨，賜臣鍾馗一，新曆日一軸。星紀方回，雖逢歲盡；恩輝忽降，已覺春來。云云。伏以圖寫威神，驅除羣癘。頒行肆曆，敬授四時。施張有嚴，既增門户之貴；動用協吉，常爲掌握之珍。瞻仰披尋，皆知聖澤。無任欣戴之至。貞元二十一年十二月日。

【校】

〔題〕全唐文杜上有爲淮南三字。

〔方回〕崇本方作分。

〔歲盡〕全唐文盡作暮。

〔肆曆〕紹本、崇本、英華、全唐文肆均作律。

【箋證】

按：此文末語貞元二十一年（八〇五）十二月日數字爲後人妄加，蓋貞元二十一年即永貞元年，是年十二月，禹錫已貶官矣。或當爲二十年（八〇四），誤衍一字耳。

爲武中丞謝新茶表 元衡。

臣某言：中使竇國安奉宣聖旨，賜新茶一斤。猥降王人，光臨私室。恭承慶賜，跪啓緘封。云云。伏以方隅入貢，采擷至珍。自遠爰來，以新爲貴。捧而觀妙，飲以滌煩。顧蘭露而慙芳，豈蔗漿而齊味？既榮凡口，感倍丹心。無任歡躍感恩之至。貞元二十年三月日。

【校】

〔國安〕崇本、英華安均作晏。

〔爰來〕崇本、英華爰均作爰。

〔蔗漿〕紹本、崇本、畿本、中山集蔗均作柘，是。按：漢書禮樂志：「泰尊柘漿析朝酲。」正用此語。作蔗者後起之字，非此文所本也。

〔感倍〕紹本、崇本、畿本、全唐文均作倍切。

【注】

〔武中丞〕謂武元衡，集中屢見。

〔蘭露〕本集卷二十五西山蘭若試茶歌：「木蘭墜露香微似。」

【箋證】

按：舊唐書一五八武元衡傳：貞元二十年（八〇四）遷御史中丞。禹錫是時方爲監察御史，故此表上時元衡除中丞未久。禹錫殆以與其弟儒衡同舉進士之故，與之雅故。及次年順宗即位，元衡即改官右庶子矣。傳云「嘗因延英對罷，德宗目送之，指示左右曰：元衡真宰相器也。順宗即位，以病不親政事，王叔文等使其黨以權利誘元衡，元衡拒之。時奉德宗山陵，元衡爲儀仗使，監察御史劉禹錫，叔文之黨也，求充儀仗判官，元衡不與，其黨滋不悅，數日罷元衡爲右庶子。憲宗即位，始册爲皇太子，元衡贊引，因識之。及登極，復拜御史中丞。」新唐書一五二本傳所載同。禹錫與元衡有怨，今分論之於本集各篇。傳中所言，不爲無因。惟是時杜佑以宰相爲山陵使，山陵使遠在儀仗使之上，禹錫何至轉而甘爲元衡之儀仗判官？觀本卷中各篇，禹錫於貞元二十年（八〇四）一年之中屢爲草表，其相處之融洽可知，疑禹錫實有欲爲叔文結納與黨之意，不惜身自趨走其下，而不料元衡則有所圖，棄順宗而附憲宗也。

又按：柳河東外集有爲武中丞謝賜新茶表，舊注云：「武元衡字伯蒼，貞元二十年（八〇四）遷御史中丞，公時爲監察御史，乃其屬也。」正集有爲武中丞謝賜櫻桃表，此當次其後。謝賜櫻桃表注云：「公集有諸使兼御史中丞廳壁記，曰：武公以厚德在位，甚宜其職，遂命其屬書之。明年二月，公已遷禮部，元衡亦罷爲右庶子，此表當在二十年（八〇四）夏作。」劉、柳同爲御史，元衡竟以屬僚視之，分命草奏。於體制未免稍亢矣。大唐新語載：「李承嘉爲御史大夫，謂諸御史曰：公等奏事須報承嘉知，不然，無妄聞也。諸御史悉不稟之，承嘉厲而復言，監察蕭至忠徐進曰：御史人君耳目，俱握雄權，豈有奏事先諮大夫！設彈中丞大夫，豈得奉諮耶？承嘉無以對。」此雖指奏事而言，中丞固不當視御史爲僚吏。

爲武中丞謝春衣表

臣某言：中使某乙奉宣聖旨，賜臣春衣一副。王人臨第，御府降衣。抃舞失容，捧戴無措。云云。伏以律當春莫，慶洽時邕。萬物被薰風之和，九天垂湛露之澤。受任非次，速尤是虞。方懷匪服之憂，更荷解衣之賜。恩加盡飾，拖朱紫而爲榮；受非以庸，顧形影而增愧。丹誠徒罄，玄造難酬。無任踴躍屏營之至。

【校】

〔律當〕崇本律下衍曆字。

〔受任〕崇本、全唐文受上均有臣字，是。

〔而爲〕崇本而作以，重下以字，非。

〔增愧〕英華增作知。

〔屏營〕英華、全唐文均作感恩。

【箋證】

賜春衣當與賜新茶爲同時事。

爲武中丞再謝新茶表

臣某言：中使某乙奉宣聖旨，賜臣新茶一斤。猥沐深恩，再霑殊錫。承旨慶抃，省躬慙惶。伏以貢自外方，珍殊衆品。效參藥石，芳越椒蘭。出自仙廚，俯頒私室。義同推食，空荷於曲成；責在素餐，實慙於虚受。

【校】

〔虚受〕崇本下有無任二字。

【箋證】

按：全唐文六〇二此下有謝賜廣利方表。

爲武中丞謝新橘表

臣某言：中使某乙至，奉宣聖旨，賜臣新橘若干顆。特降寵光，猥頒慶賜。珍踰百果，榮比兼金。伏以丹實初成，苞貢爰至。芬馨味重，方列於御筵；雨露恩深，忽霑於賤品。感同推食，事等絶甘。豈唯適口爲珍？實冀捐軀上答。

【校】

〔寵光〕崇本、畿本、英華、全唐文寵均作恩。

〔兼金〕崇本下有中謝，下二篇同。

〔爲珍〕英華、全唐文下均有臣無任感戴之至一句。

爲武中丞謝柑子表

臣某言：中使某乙至，奉宣聖旨，賜臣柑子若干顆。特降殊私，再頒名果。自遠稱貴，以新爲榮。伏以方貢外來，人間未覩。黄苞輝穎，彫俎增華。芬芳初佐於大庖，慶賜遂霑於凡口。甘踰苹實，剖食既同於楚謡；寒比蔗漿，析酲何慙於漢史。感恩思效，倍百常情。

【校】

〔柑子〕全唐文作新柑。

〔稱貴〕崇本貴作責，誤。

〔方貢〕英華、全唐文此上尚有「果實既成，南方有貴；瓊茅合貢，中禁爲珍」四句。又方貢外來，英華、全唐文作方外貢來。

〔大庖〕崇本、全唐文大均作天。

〔遂霑〕全唐文遂作忽。

〔析酲〕全唐文酲作醒，誤。詳見前。

〔感恩〕全唐文此二句作「恩光斯重，尸素彌彰，誓當捐軀，以申上答。臣無任感戴之至」。崇本無無任以下。

爲武中丞謝冬衣表

臣某言：中使某乙至，奉宣聖旨，賜臣冬衣一副。恩降重霄，榮加陋質。承旨慶抃，省躬慙惶。臣受任已來，微效莫著。每更時律，慙曠官常。豈謂玄造曲成，鴻私薦及？念兹戒寒之候，錫以禦冬之衣。抃舞失容，顧盼增飾。鶴文是錫，遠慙晉代之賢；鵝翼不濡，實懼曹風之刺。無任感戴屏營之至。

【箋證】

按：以上爲武元衡所撰謝表皆當作於貞元二十年（八〇四）自春至冬時，禹錫殆以身在臺中，不得不爲之供筆札也。

又按：本卷各篇先後不一，最早者爲代韋夏卿所作，爲貞元十八年（八〇二）。本集卷十七爲京兆韋尹降誕日進衣狀，崇本注云：貞元十八年（八〇二）四月十七日，自當爲同時。最晚者爲貞元二十年（八〇四）代武元衡所作，據元衡爲中丞不得早於二十年，而二十一（八〇五）年之春即已變故迭起，亦不得有代爲草奏之暇也。自十八年至此，禹錫皆在京任監察御史。

劉禹錫集箋證卷第十四

表章四 牋附

爲容州竇中丞謝上表

羣。時在朗州相逢，因以見託。

臣某言：伏奉某月日制書，授臣容州刺史，兼御史中丞、充本管經略招討等使。臣發開州日已差某官某乙奉表陳謝。伏以道途遐阻，水陸縈紆。臣以今月某日到本任上訖。謹宣聖旨，慰諭遠人。臣本書生，素無吏術。頃因多幸，賁自丘園。累沐聖慈，驟居清貫。識昧通變，動乖事宜。愧無善狀，以塞公責。伏惟叡聖文武皇帝陛下，凝旒穆清，洞照寰海。推共理之義，分寄股肱。念蒸人之勤，溥沾遐邇。察臣前任事實，恕臣本性朴愚。賜以恩輝，拔於廢棄。遠辭偏郡，重委方隅。捧印綬以爲榮，望闕庭而增戀。雖到官之始，惠未及人；而率下之誠，務先克己。凡施政教，皆稟詔條。參以土宜，遂其物性。可行必守，有弊必除。使蠻夷生梗之風，慕臣子盡忠之道。力誠不足，心實在兹。伏乞聖明，俯賜照鑒。無任感戴屏營之至。元和八年云云。

【校】

〔題〕崇本無注。

〔制書授臣〕崇本無書字。又授作受，誤。又無兼御史中丞五字。

〔臣發〕以下十五字崇本無。

〔臣本〕此上紹本有云云，崇本有中謝，下同不復出。

〔清貫〕纖本貫作貴，誤。

〔穆清〕崇本二字乙，非。

〔推共理〕崇本、英華均無此下二十四字。

〔拔於〕崇本拔作被。按：竇羣自黔中左遷開州刺史，今復授觀察，故有此語，作拔爲是。

〔之誠〕崇本之下有人字，非。

〔政教〕結一本政作正，誤。

〔使蠻夷〕崇本使作便，非。

〔伏乞〕崇本此下無。

【箋證】

按：竇中丞爲竇羣，已見本集卷十答容州竇中丞書。據憲宗紀，羣以元和六年（八一一）九月貶開州刺史。八年（八一三）四月，除容管（刊本誤作邕管）經略使，替房啓。蓋其兄常正以是時爲朗州刺史，故羣道過朗州，得託禹錫代草謝表也。題下注云：「時在朗州相逢，因以見託。」蓋禹錫自注。

〔容州〕舊唐書地理志，容州下都督府，隋合浦郡之北流縣，武德四年（六二一），平蕭銑，置銅州，貞觀元年（六二七）改爲容州，以容山爲名，開元中升爲都督府，置防禦經略招討等使，所統十州爲容、辯、白、牢、欽、禺、湯、瀼、巖、古，自湯州以下，等於羈縻州。羣之此授有缺望之意，次年即召還，必有爲之奧援者。

〔驟居清貫〕唐制臺省供奉官爲清望官。羣非進士出身而授拾遺，故有此語。

謝中使送上表

臣某言：中使吐突仕曉至，奉宣聖旨慰諭，并送臣至本任者。深山遠郡，忽降王人。跪受恩榮，仰瞻宸極。伏以發自巴峽，至于南荒。涉水陸湍險之途，當炎夏鬱蒸之候。山川縈轉，晨夜奔馳。幸無他疾，得至本管。九重結戀，遥傾捧日之心；萬里獲安，皆荷自天之祐。無任感戴屏營之至。

【校】

〔送上〕崇本上作至郡。

〔深山〕崇本深作徐，誤。

【箋證】

按：表中有「發自巴峽至于南荒」語，自是指竇羣自開州授容管，題上當脱「爲容州竇中丞」六字，或蒙上篇而省文，或誤以爲禹錫自作，則大謬矣。

賀收蔡州表

臣某言：伏見詔書，以唐州節度使李愬生擒逆賊吴元濟獻俘，文武百僚於興安門列班稱賀者。天威遠被，元惡就誅。一方既平，萬國咸慶。伏惟叡聖文武皇帝陛下，德超邃古，道合上玄。臨御已來，天人協贊。削平吴蜀，埽蕩塞垣。車書大同，夷狄來貢。蕞爾元濟，敢懷野心。輒聚犬羊，苟偷時月。陛下聖謨獨運，叡感潛通。天助神兵，人生勇氣。既擒凶逆，遂正刑書。伏三紀之逋誅，成九衢之壯觀。宗社昭告，華夷式瞻。行弔伐而在禮無違，烜威聲而何城不克？楚氛改色，淮水安流。漢上疲人，盡霑雨露；汝南遺老，重覩昇平。凡在具臣，孰不欣抃？臣久辭朝列，恭守遐藩。不獲稱慶闕庭，陳露丹悃。仰瞻宸極，倍萬羣情。無任踴躍慶忭之至。元和十二年十二月二十三日。

【校】

〔邃古〕紹本、中山集邃均作遂，誤。

〔遂正〕全唐文、英華遂均作爰。

〔成九衢〕崇本成作誠。

〔華夷〕崇本夷作夏。

〔烜威〕崇本烜作但，按此因避宋欽宗諱缺筆而誤。

〔楚氛〕崇本氛作氣，誤。

〔疲人〕崇本疲作成，誤。

〔恭守〕畿本、全唐文恭均作忝。

〔稱慶〕結一本二字乙，誤。

〔丹悃〕紹本、崇本悃均作慊。

〔羣情〕紹本、崇本情均作品。

〔無任〕以下崇本無，下同。

【注】

〔李愬〕舊唐書一三四、新唐書一五四各附其父李晟傳中。

〔吳元濟〕舊唐書一四五、新唐書二一四各附吳少誠傳中。

〔興安門〕唐兩京城坊考一：大明宫，丹鳳門次西興安門，南當皇城之啓夏門。劉闢、吳元濟獻俘皆於此門。

〔叡聖文武〕憲宗元和三年（八〇八）所受尊號。

〔吳蜀〕吳謂李錡，蜀謂劉闢。

【箋證】

按舊唐書憲宗紀，元和十二年（八一七）十一月丙戌朔，御興安門受淮西俘。此表蓋因頒詔州郡而作，禹錫方在連州刺史任。本集卷二十五之平蔡州及城西行亦作於是時。

〔伏三紀之逋誅〕此語謂自貞元十五年（七九九）討吳少誠不克，至是元和十二年（八一七）約二十年。云三紀者，蓋自貞元二年（七八六）少誠已不奉朝命也。

賀赦表

臣某言：伏奉今月一日制書，大赦天下者。聖德廣運，浹於華夷。天光下臨，照彼幽蟄。伏惟叡聖文武皇帝陛下，神扶寶祚，天贊鴻猷。意有所之，事無不克。當淮右凱旋之後，是域中慶幸之時。順陽和以發生，施霈澤於寰海。網開三面，危疑者許以自新；耳達四聰，瑕累者期於録用。求碩畫於庶位，慮遺材於放臣。旌忠烈之家，賞勳庸之胤。仁及枯骨，無隔於寇戎；榮加顯親，普沾於存没。恤刑已責，實廪蠲徭。頒錫彰有客之詩，崇儒協宗子之望。岳瀆咸秩，耆艾飲和。大僚承任子之恩，武旅荷賜金之寵。斯皆禹、湯、文、武之遺美，高祖、太宗之耿光，集於聖朝，然後大備。德音所至，和氣隨之。歡謡上徹於九天，福祚永延於億載。能使遠夷屈膝，豈惟小醜革心？率土人臣，不勝大慶。臣久辭闕下，恪守海隅。犬馬之誠，倍百常品。無任抃躍屏營之至。

【校】

〔題〕全唐文作連州賀赦表。

〔淮右〕畿本右下注云：一作甸，全唐文與一作同。

〔域中〕崇本域作城。

〔耳達〕崇本耳作德。

〔普沾〕畿本普作晉。

〔太宗〕崇本宗作常，誤。

【箋證】

按：憲宗紀，元和十三年（八一八）正月乙酉朔，御丹鳳樓大赦天下。此表即指元日所下赦書，禹錫時在連州。

賀赦牋

使持節連州諸軍事、守連州刺史劉某惶恐叩頭。伏見今月一日制書大赦天下者。伏以獻歲布和，皇恩遠降。乾坤交泰，寰海廓清。伏惟皇太子殿下，道冠元良，德兼忠孝。承顔拜慶，榮輝古今。某職守有限，不獲隨例稱賀宮庭，無任欣説之至。元和十三年正月二十九日。

【校】

〔題〕崇本赦下有上皇太子箋四字。

〔榮輝〕紹本、崇本輝均作曜。

【箋證】

按元日赦書於正月下旬經都府達州，足見唐代馳驛之速。

賀雪鎮州表

臣某言：伏見四月二十七日德音，以王承宗效順著明，復其官爵，所獻二郡，别置藩垣。聖德動天，鴻恩及物。瑕累咸滌，蒸黎永安。伏惟睿聖文武皇帝陛下，自承寶位，克振皇綱。既以四海爲家，每念一夫不獲。昨因大慶，爰降殊私。廣宥過之科，開自新之路。綸言一發，神聖潛通。遂令迷誤之徒，頓釋憂危之慮。命胤子以入侍，獻名都以效誠。臣心既明，天網爲解。因析四郡，别爲一方。惟懷永圖，盡去前弊。大河以北，化爲禮樂之鄉。率土之濱，重見昇平之日。臣恪居官次，遐守嶺隅。不獲稱慶闕庭，無任踴躍屏營之至。

【校】

〔殊私〕崇本殊作昧，誤。

〔神聖〕紹本、崇本聖均作理。

〔迷誤〕畿本迷作註。

〔因析〕畿本析作祈，誤。

【注】

〔德音〕唐人稱大赦詔書爲德音，以赦詔不止宥免罪犯，且有修廢舉墜，行慶施惠各種措施，故以德音二字概之也。

〔王承宗〕元和中成德軍節度使，成德軍治鎮州。餘詳箋證中。

【箋證】

按：舊唐書一四二王武俊傳附承宗事云：「士真長子，河朔三鎮自置副大使，以嫡長爲之。承宗累奏至鎮州大都督府右司馬、知州事、御史大夫、充都知兵馬使、副大使。元和四年（八〇九）三月，士真卒，三軍推爲留後，朝廷伺其變，累月不問，承宗懼，請割德、棣二州以獻。遂以承宗爲成德節度，以薛昌朝爲德棣節度，而承宗遽虜昌朝因之。憲宗怒，以吐突承璀爲招討使，師無功，承宗亦以送昌朝入朝而罷。」此元和初第一次討承宗而復赦之也。討淮西之役，承宗陰爲吴元濟援，朝廷命田弘正出師臨其境，諸軍觀望，乃權罷河北用兵，并力淮西。十三年（八一八），淮西平，承宗懼，復獻德、棣二州，於是復承宗官爵，而以鄭權爲德棣滄景節度使，此元和末第二次討承宗而復赦之也。此表云四月二十七日德音，正是第二次事。表中「因析四郡，別爲一方」二語即指德、棣、滄、景四州，「昨因大慶，特降殊私」二語即指是年元日以淮西平受賀大赦。此德音專指赦承宗。

賀平淄青表

臣某言：伏見制旨，魏博節度使所奏逆賊李師道并男二人並梟斬訖，以二月十六日御宣政殿受賀者。聖德玄運，兵威神速。旬月之内，鯨鯢就誅。泰嶽既寧，登封有日。伏惟叡聖文武皇帝陛下，有征必克，舉意無違。天地協神算之期，雷霆助成師之氣。蠢爾孽豎，敢生野心。繡斧一臨，妖氛自滅。皆由聖慈廣被，叡略潛通。獻俘者盡許生還，得地者復令安堵。感我仁化，激其深衷。凡是脅從，盡思效節。五紀巢穴，一朝蕩夷。遂使齊魯之鄉，復歸仁壽之域。捷書既至，傳首繼來。備文物於明庭，告殊勳於清廟。百辟陳賀，萬方會同。從此止戈，所以爲武，西周士庶，方觀飲至之容；東嶽煙雲，已望告成之禮。臣恪居遠服，嘗忝班行。慶快之誠，倍萬羣品。無任踴躍屏營之至。元和十四年三月二十四日。

【校】

〔繡斧〕紹本、崇本、畿本、全唐文繡均作蕭，似是。按：蕭斧見文選左思魏都賦注引桓譚新論。

〔仁化〕崇本脱化字。

〔捷書〕崇本書作音。

〔從此止戈〕結一本作此止從戈，誤。

〔西周〕全唐文、畿本周均作州。

〔踴躍〕以下崇本無。

【箋證】

按：舊唐書憲宗紀：「元和十四年（八一九）二月壬戌，田弘正奏，今月九日，淄青都知兵馬使劉悟斬李師道并男二人首請降，師道所管十二州平。甲子，上御宣政殿受賀。」此表云恪居遠服，前表云遐守嶺隅，皆在連州刺史任時所作。

〔宣政殿〕唐兩京城坊考一：大明宮，丹鳳門内正牙曰含元殿，含元殿後曰宣政殿，天子常朝所也。

〔五紀巢穴〕此謂淄青一道不受朝命，歲月已久。李師道爲淄青節度使李正己孫，李納子。舊唐書一四二本傳略謂自正己至師道竊有鄆、曹等十二州六十年，懼衆不附己，皆用嚴法制之，故能劫其衆，父子兄弟相傳。元和十年（八一五），師道與淮西吴元濟相首尾，刺殺宰相武元衡。淮西既平，師道懼，表獻三州，既而反復，遂下詔討伐。其將劉悟反戈擒斬之，送於田弘正。表云：「五紀巢穴，一朝蕩夷。」指此。傳又云：「初，東軍諸道行營節度擒賊將夏侯澄等共四十一人，詔釋之，仍却遞送魏博及義成行營，各委節度收管驅使。及澄等至行營，賊覘知傳告，叛徒皆感朝恩。」表中所謂獻俘者盡許生還，指此。

夔州謝上表

臣某言：伏奉某月日制書，授臣使持節都督夔州諸軍事守夔州刺史。跪受天詔，神魂震驚。伏惟文武孝德皇帝陛下，垂衣穆清，叡鑑旁達。三統交泰，百神降祥。浹於華夷，盡致仁壽。臣家本儒素，業在蓺文。貞元年中，三忝科第。德宗皇帝記其姓名，知無黨援，擢爲御史。在臺三載，例遷省官。權臣奏用，分判錢穀。竟坐連累，貶在遐藩。先朝追還，方念淹滯；又遭讒嫉，出牧遠州。家禍所鍾，沈伏草土。禮經有制，羸疾僅存。甘於畎畝，以樂皇化。伏遇陛下大明御宇，照燭無私。念以殘生，舉其彝典。獲居善部，伏感天慈。臣即以今月二日到任上訖。峽水千里，巴山萬重。空懷向日之心，未有朝天之路。無任感恩戀闕之至。長慶二年正月五日。

【校】

〔仁壽〕繼本壽作位。

〔記其〕崇本脱姓名知無四字。

〔感恩〕以下崇本無。

【注】

〔穆清〕史記太史公自序：「受命於穆清。」集解引如淳曰：「受天地清和之氣。」

〔例遷省官〕按禹錫自監察御史轉屯田員外郎，判度支鹽鐵案，時王叔文爲度支鹽鐵轉運副使，故云：「權臣奏用，分判錢穀也。」

〔沈伏草土〕按此謂禹錫在連州任内遭母喪。

【箋證】

按：唐制，非節度觀察州，則刺史只有謝上一表，此後即不得上表，故幽閑鼓吹云：「宣宗視遠郡謝上表，左右曰：不足煩聖慮也。上曰：遠郡無非時章奏，只有此謝上表，安知其不有情懇乎？吾不敢忽也。」禹錫所守夔、和、蘇、汝、同五州謝上表均存集中，其連州謝上表則編在外集卷九。

又按：柳宗元以元和十四年（八一九）卒，禹錫在母喪中，見外集卷十祭柳員外文。夔州之授在長慶元年（八二一）之冬，故此表云以二年正月二日到任。禹錫必甫免母喪，夔州雖非名郡，然已較永貞貶謫諸人之量移者爲優，不知出於何人之力。蓋最知己之崔羣已於元和十四年（八一九）罷相，令狐楚之初次入相，禹錫亦尚在喪制中，而長慶元年（八二一）之諸相，若蕭俛、杜元穎，皆似無深交，王播尤非其倫。頗疑元稹在翰林，與有力焉。

〔使持節〕魏晉以後，大州刺史皆帶使持節，其次持節，其次假節。至唐而因仍其習，凡州刺史全銜一律稱使持節都督某州諸軍事、某州刺史。此是具文，與唐代之大都督府及中下都督府之都督截然兩事。故舊唐書職官志云：「後魏北齊，總管刺史則加使持節諸軍事，以此爲常。隋開皇三年，罷郡，以州統縣，刺史之名存而職廢。（按：此謂隋之刺史即前之郡守）而於刺史太守官位中不落持節之名，至今不改，有名無實也。」此制直至宋代猶然未改。又使持節都督某州諸軍事文義始完，而唐宋公牘往往節去都督二字，蓋欲避都督之名，而不顧文義之謬矣。

〔文武孝德皇帝〕穆宗紀，長慶元年七月壬子，羣臣上尊號曰文武孝德皇帝。

〔三忝科第〕卷十五蘇州謝上表云：「謬以薄伎，三登文科。」與此篇同。舊唐書一六〇禹錫本傳云：「貞元九年（七九三），擢進士第，又登宏詞科。」蓋進士登科以後，試於吏部，宏詞拔萃皆中式也。通典一五云：「選人有格限未至而試文三篇，謂之宏詞，試判三條，謂之拔萃。拔萃亦曰超絶，詞美者得不拘限而授職。」是宏詞拔萃與進士試雖分屬吏、禮二部。其以文詞爲重則同，故得云三登文科。

賀册皇太子表

臣某言：伏見制書以十二月二十日册皇太子。盛禮斯畢，德音遐宣。萬國以貞，庶類咸説。伏惟文武孝德皇帝陛下，體元立極，垂訓御時。既闡王猷，思安國本。

前星位定，拱宸極以昭彰；蒼震氣宣，與天地而長久。禮先匕鬯，澤被華夷。宗祏有無疆之休，生靈懷莫大之慶。臣恪居官次，遐守巴南。不獲稱賀闕庭，無任踴躍屏營之至。長慶三年正月日。

【校】

〔制書〕以下九字崇本無。

〔禮先〕紹本、崇本、中山集、英華先均作光。

〔稱賀〕英華賀作慶，下無闕庭二字。

〔長慶〕以下崇本無，下同。

【注】

〔皇太子〕謂敬宗。

〔巴南〕謂夔州。

【箋證】

按：穆宗紀，長慶二年（八二二）十二月丙午，御宣政殿册皇太子，受册畢，百寮謁太子於東宫。故本卷兼有賀皇太子箋。

又按：唐會要二六：「景龍三年（七〇九）二月，有司奏，皇帝踐阼及加元服，皇太后加號，皇后太子立，及元日，則例：諸州刺史都督若京官五品已上在外者，並奉表疏賀，其長官無者，次官五品已上者表賀。當州遣使，餘並附表令禮部整比送中書録帳總奏。」

慰國哀表

臣某言：上天降禍，大行皇帝奄棄萬國，奉諱號擗，糜潰五情。伏惟皇帝陛下，孝思至性，攀號罔極。臣忝守所部，不獲陪位西宫。伏增感慕之至。謹奉表陳慰以聞。長慶四年二月日。

【校】

〔忝守〕紹本、崇本、中山集忝均作恭。

〔西宫〕結一本西作兩，今依各本改。按：西宫指史所云大行遷於西内也。

【注】

〔大行〕風俗通：天子新崩，未有謚號，故總其名曰大行皇帝。漢書霍光傳注：韋昭曰：大行，不返之辭也。

〔奄棄萬國〕按帝王下世，飾其詞曰棄羣臣，棄天下，棄萬國，自漢以來常見於文字。

【箋證】

按：穆宗以長慶四年（八二四）正月壬申卒，見紀中，故此表以二月上。禹錫時尚在夔州。

賀龍飛表

臣某言：伏見詔書，正月二十六日皇帝陛下嗣登寶位，萬國同歡。日月繼明，乾坤交泰。伏惟皇帝陛下，欽承顧命，惟懷永圖。以大孝奉宗祧，以至仁蘇品物，洞照寰海，統和神人，聖祚延長，從今無極。羣生鼓舞，自此大寧。臣守遐藩，恪居官次。不獲奔馳拜舞，稱賀闕庭。無任抃躍屏營之至。長慶四年二月日。

【校】

〔龍飛〕畿本、全唐文作登極。

〔大寧〕紹本、崇本、中山集大均作太。

〔臣守〕畿本、全唐文守上有限字，是。

〔不獲〕以下崇本無。

【箋證】

按：舊紀，穆宗以長慶四年（八二四）正月壬申卒，敬宗以次日柩前即位，與前表同時上。

賀皇太子牋

使持節都督夔州刺史劉某叩頭。伏惟皇太子殿下，祗膺詔册，光啓儲闈。展至性於三朝，承本枝於百代。宗祏永固，神人以和。四嶽仰維嵩之高，百川承少海之潤。某限以職守，不獲隨例稱慶宫庭。無任抃躍之至。

【校】

〔維嵩〕崇本作摇山。按當作瑶山，於太子尤切。舊唐書玄宗紀：「開元十九年（七三一），裴光庭上瑶山往則，維城前軌各一卷。上令賜太子諸王各一本。」

【箋證】

按此即長慶二年（八二二）册皇太子之賀箋也。據唐會要二六：開元二十三年（七三五）八月儀制令：「百官及東宫官對皇太子皆稱殿下，百官自稱名，宫官自稱臣。」此文於式甚合，但都督下仍當有「夔州諸軍事」五字，恐刊者誤删。

賀赦表

臣某言：伏見今月三日制書大赦天下者。大明初昇，萬物咸覩。涣汗一發，神人以和。伏惟皇帝陛下，天資叡聖，神啓昌期。端拱受萬國之朝，承顔奉兩宫之慶。初嗣大位，克揚孝心。三光協明，和氣來應。臣伏讀赦令，首於奉園陵，盡誠敬，親九族，蘇兆人。次及定章程，止進獻，已逋責，滌夙瑕。内照於九重，則歸嬪嬙，放鷹犬；外明於四目，則求隱士，開直聲。柔遠以仁，則還其係虜；賞延以禮，則澤及後昆。菲食遵夏禹之規，弋綈法漢文之儉。墜典咸舉，舊章再明。昇平之期，正在今日。發號之始，疾於春風；殊私所及，霈若時雨。臣幸逢昌運，歷事五朝。出守遐藩，僅垂二紀。欣承雷雨作解之澤，不勝犬馬戀主之誠。瞻望帝鄉，無任屏營懇悃之至。長慶四年三月二十七日。

【校】

〔昌期〕崇本昌作聖，誤。

〔初嗣〕崇本嗣作副。

〔賞延〕崇本延作近。

〔僅垂〕纔本垂作重，誤。

〔戀主〕崇本作懷戀。

〔懇悃〕以下崇本無。

【箋證】

按：敬宗紀：長慶四年（八二四）二月敕：没掖庭宫人，先配田園宫人，並宜放出，任其所適。三月壬子，御丹鳳樓大赦天下，京畿夏青苗錢並放，秋青苗錢每貫放二百文，天下常貢之外不得進獻。皆此表中所有之事。

〔歷事五朝〕按：禹錫始仕德宗朝，歷順、憲、穆、敬共爲五朝。

〔僅垂二紀〕僅有多義，唐人文字所習用，其例不勝枚舉。自貞元九年（七九三）禹錫登第至長慶四年（八二四），凡三十一年，二紀，舉成數也。

賀册太皇太后表

臣某言：伏見制書以二月十八日册立太皇太后。徽章克備，慶賜遠行。榮冠古今，澤周寰海。伏惟皇帝陛下，纘承列聖，歡奉兩宫。太皇太后含飴保和，重光疊慶。漢儀盛於長信，周祚興於太任。方之聖朝，彼有慙德。臣遠守巴峽，不獲稱賀闕庭。無任抃躍屏營之至。長慶四年三月日。

【校】

〔十八〕紹本、崇本八作七。按：敬宗紀：二月己亥册太皇太后，是月辛巳朔，己亥乃十九日也。

〔遠行〕崇本遠作遂。

〔太任〕紹本、崇本、畿本、全唐文太均作大，非。

〔長慶〕崇本無無任以下各字，全唐文無年月。

【注】

〔長信〕三輔黄圖：后宫在西，秋之象也；秋主信，故宫殿皆以長信、長秋爲名。按漢太后所居宫稱長信，見百官公卿表張晏注。

〔太任〕周文王母。

【箋證】

按：太皇太后即憲宗之懿安皇后郭氏，子儀之孫女，穆宗生母也。敬宗紀：長慶四年（八二四）二月己亥，册大行皇帝皇太后爲太皇太后。

〔歡奉兩宫〕謂敬宗生母恭僖太后王氏，與懿安后並稱兩宫。

賀册皇太后表

臣某言：伏見制書，以二月二十五日册立皇太后。盛禮畢陳，德音遠被。一人有慶，萬國同歡。伏惟皇太后稟靈作合，誕聖表祥。徽號極域中之尊，慈仁爲天下之母。陛下君臨有國，子道無違。長樂宫中，永獻南山之壽；濯龍門上，再揚東漢之風。率土臣子，不勝歡抃。臣遠守荒服，不獲稱慶闕庭。無任踴躍屏營之至。

【校】

〔作合〕崇本合作配。

〔之尊〕崇本尊作君。

〔慈仁〕幾本慈下注云：一作至，全唐文與一作同。崇本作遵，誤。

〔歡抃〕崇本歡作欣。下無。

【注】

〔長樂〕按漢長安二宫，西爲未央，東爲長樂，惠帝以後，皆居未央，而以長樂居母后。見雍録。

〔濯龍〕後漢書馬皇后紀：帝幸濯龍中，並召諸才人。注：濯龍，園名，近北宫。

【箋證】

按：敬宗紀：長慶四年（八二四）二月乙巳，上率羣臣詣光順門册皇太后。此穆宗之恭僖皇后王氏，敬宗之生母也。以上均禹錫在夔州所上。

和州謝上表

臣某言：伏奉制書，授臣使持節和州諸軍事，守和州刺史。臣自理巴賨，不聞善最。恩私忽降，慶抃失容。伏惟皇帝陛下，丕承寶祚，光闡鴻猷。有漢武天人之姿，稟周成叡哲之德。發言合古，舉意通神。委用得人，動植咸説。理平之速，從古無倫。微臣何幸？獲覩昌運。臣業在詞學，早歲策名。德宗尚文，擢爲御史。出入中外，歷事五朝。累承恩光，三换符竹。在分憂之寄，禄秩非輕；而素蓄所長，效用無日。臣聞一物失所，前王軫懷。今逢聖朝，豈患無位？臣即以今月二十六日到所任上訖。伏以地在江淮，俗參吴楚。災旱之後，綏撫誠難。謹當奉宣皇恩，慰彼黎庶。久於其道，冀使知方。伏乞聖慈，俯賜照鑒。臣遠守藩服，不獲拜舞闕庭。無任懇悃屏營之至。謹差當州軍事衙官章典奉表陳謝以聞。長慶四年十月二十六日。

【校】

〔善最〕畿本最下注云：一作政，崇本、英華、全唐文均與一作同。

〔策名〕崇本策作榮，非。

〔三换〕紹本三作五，誤。

〔皇恩〕紹本恩作思，誤。英華、全唐文恩均作風。

〔黎庶〕崇本作蒸黎。

〔臣遠〕以下崇本無。

〔章典〕紹本、畿本、中山集、全唐文典均作興，崇本各表均删去末段，故不可考。

【箋證】

按：唐會要七〇，和州於元和六年（八一一）九月升爲上州。禹錫自夔州下州升授，而表中有「素蓄所長，效用無日」之語。唐人重京秩而輕外任，隨處可見。

又按：謝上表差使之制，據唐會要二六：「天寶十載（七五一）十一月五日勅：比來牧守初上，準式附表申謝，或有便使，或有差官，事頗勞煩，亦資取益。自今已後，諸郡太守等謝上表宜並附驛遞，務從省便。至十三載十一月二十九日詔：自今已後，每載賀正及賀赦表並宜附驛遞進，不須更差專使。」今觀集中諸謝上表仍是專差，未知天寶勅不行，抑其後别有勅也。

〔三换符竹〕謂連、夔、和州三任刺史。

〔災旱之後〕新唐書五行志：寶曆元年（八二五）秋，荆南、淮南……等州旱。舊唐書則止載長慶三年（八二三）秋洪州旱蝗。蓋史不備載，或前後不能甚準確也。

〔軍事衙官〕集中刺史謝上表多遣軍事衙官某官某人，蓋刺史皆帶使持節某州諸軍事，故有軍事衙官。衙官之階賜有皆在刺史以上者，如李吉甫忠州刺史謝上表（見全唐文五一二），其所遣衙官爲朝散大夫試兖州長史賜紫金魚袋宇文儇。乍觀之似覺官秩之尊卑過於懸絶。此即通鑑所稱：凡應募入軍者一切衣金紫，至有朝士僮僕衣金紫稱大官而執賤役者。（通鑑二二一九，至德二載）又據唐會要三一載軍中有以金魚袋臨時行賞之制，所謂衙官之賜紫金魚袋者，蓋即指此，與朝官之賜金紫者名同而實不同。

賀改元赦表

臣某言：伏見今月七日制書，大赦天下者。帝遊出震，聖澤如春。神人以和，天地交泰。伏惟皇帝陛下，丕承鴻業，光闡叡圖。吉日展嚴配之儀，告天陳太平之盛。九廟成禮，百神降祥。鑾輅旋衡，風雲改色。殊私廣被，再弘莫大之恩。寶曆惟新，更啓無疆之祚。兩宫承慶，四海永寧。率土臣子，上千萬壽。臣恪居官次，不獲稱賀闕庭。無任屏營之至。謹差當州軍事衙官試慈州吉昌府别將徐倫奉表陳賀以聞。

寶曆元年二月十六日。

【校】

〔嚴配〕崇本配作祀。

〔臣恪〕以下崇本無。

〔寶曆〕全唐文無年月日。

【箋證】

按：敬宗紀：「寶曆元年（八二五）正月乙巳朔辛亥，親祀昊天上帝于南郊，禮畢，御丹鳳樓大赦，改元。」此表以二月十六日上而表云「今月七日制書」，辛亥爲七日，不誤，則今月當作去月，或作正月，方合。表在和州上。

〔試慈州吉昌府别將〕舊唐書職官志：「諸府折衝都尉各一人，左右果毅都尉各一人，别將各一人。上府别將正七品下，中府從七品上，下府從七品下。」據新唐書地理志，慈州有府三，吉昌其一，與此表合。蓋此時府兵之制久存空名，軍官猶假此以敍資，正如宋初之某縣令某縣簿尉以至京曹諸官皆非實職。此人名爲慈州吉昌府之别將，實則仍求禄於諸州，軍事衙官乃其實職也。考唐會要五九：「元和六年（八一一）八月，中書門下奏……所管諸府自折衝以下總多料錢，例多闕乏，空有府額，其鎮戍官等，或有任者，不過數員，縱使停減，並無損益，……」即折衝以下至元和時即僅存空名之證。

又按：金石萃編一一三：「符璘碑後，中書省□□□官昭武都尉守京兆周城府折衝上柱國邵建和鐫字。」按同書一一四，圭峯禪師碑後云：「大中九年十月十三日建，鐫玉册官邵建初刻字。」則中書省下所闕之三字即鐫玉册三字也。建和建初當是碑文小泐致有歧誤。此又足證諸司差遣小吏多以折衝果毅入銜。

夔州論利害表

臣某言：伏準元和十二年四月十八日赦敕，諸州刺史如有利害可言者，不限持節，任自上表聞奏者。臣伏見貞觀中詔許羣臣各上書言利便。馬周時一布衣，遂因中郎將常何，獻策二十餘事，太宗深奇之，盡行其言，擢周爲御史。至龍朔中，壁州刺史鄧弘慶進平索看精四字堪爲酒令，高宗嘉之，亦行其言，遷弘慶爲朗州刺史。則知苟有所見，雖布衣之賤，遠守之微，亦可施用。況臣早受國恩，德宗朝忝爲御史，逮今歷事四朝，頻領藩條。當陛下至明之時，是微臣竭節之日。伏以守在遐郡，不敢廣有所陳。謹準敕上利害及當州公務，各具別狀以聞，伏乞聖慈，俯賜照鑒。無任感激屏營之至。謹差當州軍事衙官守易州安義府別將員外置同正員雲騎尉馮隨謹奉表以聞。長慶三年十一月七日。

【校】

〔赦敕〕紹本、崇本、畿本、全唐文均無赦字。

〔持節〕紹本、崇本持均作時。

〔時一〕崇本無一字。

〔中郎〕崇本郎作節，誤。

〔平索〕全唐文索作素。

〔四朝〕英華、全唐文朝均作聖。

【箋證】

按：唐會要六八：「元和十二年（八一七）四月勅：自今已後，刺史如有利病可言，皆不限時節，任自上表陳奏，不須申報節度觀察使。」此表即據此勅，至禹錫所陳利病，蓋即本集卷二十奏記丞相府所言罷州縣釋奠移作學校經費事。

〔中郎將常何〕常何事見舊唐書七四馬周傳。

〔壁州刺史鄧弘慶〕唐語林八：「壁州刺史鄧宏慶飲酒至平索看精四字，酒令之設，本骰子卷白波律令，自後聞（間）以鞍馬香球或調笑抛打時上酒招摇之號，其後平索看精四字與律令全廢，多以瞻相下次據上酒絶，人罕通者，下次掘一曲子打三曲，此出于軍中，邠善師（疑當作邠師善）酒令聞于世。」（據守山閣叢書本）以上文字多有脱誤，不能盡解。卷白波見白居易東南行注，云：「骰盤卷白波皆當時酒令。」

又按：韋絢劉賓客嘉話録云：「飲酒四字著于史氏，出於則天時壁州刺史鄭弘慶者進之，人或知之。以三臺送酒，當未盡曉，蓋因北齊高洋毁銅雀臺，築三箇臺，宫人拍手呼上臺，因以送酒。三臺送酒必以四字酒令同行也，今不可曉矣。」鄧、鄭必有一誤。

夔州論利害表二

臣某言：伏準今年正月五日德音，宜令諸道觀察使刺史各具當處利害附驛以聞者。伏惟皇帝陛下，叡哲自天，纘成列聖。善述先志，發揚德音。率土人臣，不勝慶幸。臣虔奉詔旨，宣示蒸黎。伏以華夏不同，土宜各異。詳求利病，謹具奏聞。伏乞聖慈，俯賜照鑒。臣伏覽國史，竊見開元十八年，朝集使至京，玄宗臨軒親問利害，時宣州刺史裴耀卿上便宜事論轉輸甚詳，竟不行下。至二十一年，耀卿爲京兆尹，再以前事奏論，方見允納。比及三年，漕運七百萬石，省脚三十餘萬貫。當耀卿前不見納，必有人非之，及後數年，方展其效。臣僻守遠郡，敢望言行？祇奉詔書，或冀萬一。伏惟明主擇之。無任懇悃屏營之至。長慶四年五月十四日。

【校】

〔正月〕全唐文、英華正作四。

〔宜令〕英華宜作宣。

〔纘成〕崇本、全唐文、英華成均作承。

〔土宜〕崇本土作士，非。全唐文作事。

〔比及〕崇本比作此，誤。

〔漕運〕紹本、畿本運作輸。

〔方展〕英華方作得。

〔無任〕以下崇本無。

【注】

〔朝集使〕按外集卷八歷陽書事詩有「好令朝集使，結束赴新正」之語，謂諸州每歲有朝正之使，即漢代郡國上計之遺意。

〔裴耀卿〕開元中宰相，舊唐書九八、新唐書一二七有傳。

【箋證】

按：表中所引開元十八年（七三〇）裴耀卿上便宜事，見舊唐書食貨志。通鑑不於十八年下敍第一次所陳江淮漕運艱困諸弊，而但載二十一年（七三三）所奏，殊爲詳略失倫。禹錫云：「前不見納，必有人非之。」自是洞見癥結之論。今録十八年（七三〇）耀卿之奏於下，以見牧守之於當地利害知之較切，且以見禹錫所陳亦必非泛泛者，惜其陳奏之文不傳矣。耀卿奏云：「江南户口稍廣，倉庫所資，唯出租庸，更無征防。緣水陸遥遠，轉運艱辛，功力雖勞，倉儲不益。竊見每州所送租及庸調等，本州（宣州）正二月上道，至揚州入斗門即逢水淺，已有阻礙，須留一月已上，至四月已後，始渡淮入汴。多屬汴河乾淺，又般運停留，至六七月始至河口，即達黄河，水漲不得入河，又須停一兩月，待河水小，始得上河入洛。即漕路乾淺，河艘隘鬧，般載停滯，備極艱辛。計從江南至東都，停滯日多，得行日少，糧食既皆不足，欠折因此而生。又江南百姓不習河水，皆轉雇河師水手，更爲損費。伏見國家舊法，往代成規，擇制便宜，以垂長久，河口元置武牢倉，江南船不入黄河，即於倉内便貯。鞏縣置洛口倉，從黄河不入漕洛，即於倉内安置。爰及河陽倉、柏崖倉、太原倉、永豐倉、渭南倉，節級取便，例皆如此。水通則隨近運轉，不通即且納在倉，不滯遠船，不憂久耗，比於曠年長運，利便一倍有餘。今若且置武牢、洛口等倉，江南船至河口，即却還本州，更得其船充運，并取所減脚錢，更運江淮變造義倉，每年剩得一二百石，即望數年之外，倉廩轉加。其江淮義倉，下濕不堪久貯，若無船可運，三兩年色變，即給貸費散，公私無益。」此奏新唐書食貨志略載之，而云耀卿朝集京師，玄宗訪以漕事，蓋即表中所云玄宗臨軒親問利害也。〔各具當處利害〕當處猶言本處。元和十二年（八一八）勅，刺史如有利害可言，任自上表聞奏，已見前條所引。蓋此勅久等具文，故重申之也。惟敬宗紀，長慶四年（八二四）三月壬子，上御丹鳳樓，大赦天下。壬子爲三月四日，此表云「正月五日德音」，未詳何指，其時穆宗猶在位也。表末月日爲「五月十四日」，當非指五月之赦詔。

劉禹錫集箋證卷第十五

表章五 牋附

爲裴相公賀册魯王表

臣某言：伏見制書，以今月日册魯王禮畢。皇家有慶，寶祚無疆。既榮本枝，克固盤石。伏惟皇帝陛下，德符列聖，道冠前王。孝敬承兩宮之歡，虔恭奉九廟之祀。先崇大禮，慶浹天人。次念建封，事兼家國。伏以魯王夙承叡訓，特禀天姿。爰擇吉辰，光膺寵册。既示之以君親之道，又錫之以禮義之邦。寰海聞風，室家相慶。臣自嬰疾疹，已歷旬時。不獲展禮明庭，拜舞稱賀。

【校】

〔爲裴相公〕崇本爲作代，下同。

〔之祀〕結一本祀作化，誤。

〔擇吉〕崇本作以告。

〔疾疹〕崇本疹作病。

【注】

〔禮義之邦〕史記項羽本紀：「楚地皆降漢，獨魯不下，漢乃引天下兵欲屠之，爲其守禮義，爲主死節。」漢書地理志：「孔子閔王道將廢，乃修六經，以述唐虞三代之道，弟子受業而通者七十有七人，是以其民好學，上禮義，重廉恥。」故自古以魯爲禮義之邦也。

【箋證】

按：舊唐書一七〇裴度傳載：寶曆二年（八二六），自興元徵入，復知政事。文宗即位後，度年高多病，疏辭機務。大和四年（八三〇）六月，詔授司徒平章軍國重事，待疾損日，每三五日一度入中書。上此表時必在病告中，故有「自嬰疾疹已歷旬時」之語。是年禹錫爲禮部郎中直集賢院，故以賀表屬之。

〔魯王〕魯王即文宗之長子永，後册爲太子，謚莊恪，被讒而死者。據舊唐書一七五文宗二子傳，大和四年（八三〇）正月封魯王。

爲裴相公讓官第一表 并批答

臣某言：臣去冬得疾，近日加劇。西夕之景，豈能久留？及其未亂，披露誠懇。

臣犬馬之齒六十有七，壽雖不長，亦不爲短。位忝公台，近十五年，皆由際會，非以才進。常懼官謗，以招國刑。今被病得死，保其始終。爲幸甚厚，豈復嗟咨？所恨者，遇聖明之君，不得佐成太平之化，自量氣力，忽恐奄然。則有微素，無階上達。伏惟聖慈照鑒，憐而察之。伏以三公非曠職之地，宰相非卧理之官。伏枕之初，已有陳乞，請罷真食，兼辭貴階。伏蒙優詔，纔遂一事。頻降中使，慰勉再三。專令御醫，旦夕診視。苟安名器，不覺經時。主恩則深，公議不可。伏思陛下臨御之始，宰臣四人，逮今零落，忽已一半。臣且危惙，餘年幾何？唯易直外鎮，獨得無恙。竊推此理，權位難居。伏乞賜臣停官，許在家養疾。就閒辭禄，或冀有瘳。害盈福謙，固是神理。儻天眷綢厚，念以伏事多年，臣之所陳，未蒙便遂，則國朝勳舊以疾辭位者，皆得致仕官，使其家居，足以頤養。既有成例，著於舊章。伏望天恩，特賜哀允。

省表具知。夫爵位崇高，以酬勳德。君臣協契，諒在始終。斯乃前王之命圖，有國之彝典也。況卿輔相憲祖，逮於朕躬。履歷四朝，夷險一致。服事君之大節，推濟物之深誠。道光朝倫，行滿天下。倚注之意，豈同他人？屬朕纂曆御乾，興師伐叛。騷動累歲，端憂靡遑。及河朔載寧，郊丘畢事，方欲咨詢元老，康靖生靈。不虞寒暑所侵，勤勞遇疾。雖國醫診視，中使省臨。憂屬之誠，頃刻在念。忽覽章奏，退讓官榮。雖知止之心，則思避寵；而謀猷之體，斯乃爲時。寢食之間，勉加頤養。其所陳乞，非朕意焉。

【校】

〔去冬〕幾本冬作久，誤。

〔加劇〕崇本加作方。

〔嗟咨〕紹本、崇本、幾本、英華二字均乙。

〔奄然〕崇本、英華然均作時。

〔三公〕崇本公作台。

〔真食〕幾本真下注云：一作直，全唐文與一作同。按：真食謂食實封也，作直似非。

〔忽已〕結一本已作以，誤。

〔竊推〕幾本、全唐文推作惟，英華作持。

〔綢厚〕幾本綢作稠。

〔致仕〕結一本仕作事，非。全唐文此句作皆得以致仕，下句無官字。

〔具知〕紹本、崇本知均作之，誤。

〔憲祖〕緐本憲作睿，非。按：此爲文宗批答之詞，故稱憲宗爲憲祖，四朝者，專指憲、穆、敬、文，而德、順兩朝未爲輔相，故不計及。

〔濟物〕崇本濟作致。

【箋證】

按：舊唐書度本傳：度年高多病，上疏懇辭機務，恩禮彌厚。文宗遣御醫診視，日令中使撫問。此表中所謂「臨御之始，宰臣四人，逮今零落，忽已一半」，蓋指大和元年（八二七）之宰相王播、韋處厚、竇易直及度。處厚二年（八二八）十二月，播四年（八三〇）正月，先後以暴疾卒，易直則二年（八二八）十月出鎮山南東道。從知此表定爲四年（八三〇）所上。答詔中「河朔載寧」一語指平滄景李同捷之亂，是三年（八二九）四月事。「郊丘畢事」一語指三年十一月，親祀南郊，禮畢御丹鳳門大赦。餘詳下篇。

〔位忝公台近十五年〕裴度以元和十年（八一五）入相，至大和四年（八三〇），正十五年。

〔請罷真食，兼辭貴階〕度本傳言以贊導之勳，進階特進，又言賜實封三百户，似即指此。特進爲正二品文散官。

〔易直〕此謂竇易直。舊唐書一六七、新唐書一五一均有傳。

〔纂曆御乾興師伐叛〕文宗紀，大和元年（八二七）七月，李同捷除兖海不受詔，八月，詔削奪同捷在身官爵。所謂興師伐叛指此。

爲裴相公讓官第二表 并批答

臣某言：臣所獻章表，發於至誠。伏奉批答，未蒙允許。外負公責，内迫私情。祈於必遂，敢守難奪。臣束髮已來，號爲强力。及其晚節，亦未甚衰。一朝被病，遂至緜惙。臣自思省，得其端倪。非因飲食不節，無有霧露之犯。蓋由才微而任重，功薄而賞厚。竊位既久，妨賢則多。以積年之過幸，致今日之沈疾。不能酌損，所以生災。悟雖已晚，情實非矯。伏惟陛下念其委使之久，察其危苦之詞。特降深恩，救臣不逮。無冒榮之咎，得遂性之宜。物議不形，病心自泰。忍死俟命，披肝再陳。伏乞聖慈，俯賜容納。無任迫切懇禱之至。

省表具知。卿勳績崇高，誠節忠藎。秉心一德，宣力四朝。訏謨緝熙，弼予於理。勤勞事國，啓沃匪躬。功格道光，常所嘉尚。所疾未瘳，勉於善養。勿藥之喜，佇即痊平。台衮之司，倚卿爲重。乃累陳退讓，殊謂不然。宜體朕懷，即斷來表。

【校】

〔允許〕崇本作俞允。

〔非因飲食〕結一本脱因字。

〔懇禱〕紹本、中山集、全唐文禱均作倒。

〔具知〕紹本、崇本知作之。

〔崇高〕崇本二字乙。

〔忠藎〕崇本藎作盡。

〔予於〕紹本、崇本均作于予。

〔道光〕結一本光作先，非。

〔善養〕崇本作繕食。

〔乃累〕此句崇本作及累陳讓。

【箋證】

按：文宗紀，大和四年（八三〇）六月，除裴度守司徒平章軍國重事，即是度頻表讓官之時。其年九月，便出爲山南東道節度使。則此表所云：「伏事陛下五年於兹。」似微不合，蓋自寶曆三年文宗即位之年數之則可云五年也。以此益知此表必不在四年（八三〇）以前。考度本傳云：「度素稱堅正，事上不回，故累爲姦邪所排，幾至顛沛。及晚節稍浮沉以避禍。初，度支鹽鐵使王播廣事進奉以希寵，度亦掇拾羨餘以效播，士君子少之。復引韋厚叔、南卓爲補闕拾遺，俾彌縫結納，爲自安之計。而後進宰相李宗閔、牛僧孺等不悦其所爲，故因度謝病罷相位，復出爲襄陽節度使。」及五年（八三一）二月而有宋申錫之事，九年（八三五）十一月而有甘露之變，度蓋深以不在其位爲幸矣。表中有「竊位既久，妨賢則多」之語，似與傳所云「累爲姦邪所排」者隱相合。又云：「束髮已來，號爲强力，及其晚節，亦未甚衰。」亦暗示不盡因病乞休也。

爲裴相公讓官第三表 并批答

臣某言：得疾踰年，在假三月。再有陳請，未蒙允從。慮其奄忽，銜愧入地。伏惟聖慈哀而信之。臣聞君之使臣，在知其心而聽其言，不以容尸禄爲惠也。臣之事君，在無隱情而盡忠節，不以受非據爲榮也。然後上下交感，終始可詠。臣伏事陛下，五年於兹。葵藿微誠，已蒙識察。桑榆暮景，所冀哀憐。豈令危惙之時，更懼滿盈之禍？雖有藥石，安能調和？聖日難逢，生涯漸短。體羸無拜舞之望，心在有涕戀之悲。臣伏覽國史，備見前事。太宗朝李靖，高宗朝劉仁軌，皆自宰臣，乞骸致政。其後知猶可用，復起於家。進退之間，曲盡情禮。君臣之際，良史美談。伏望陛下悉臣至誠，念臣羸病。許遂頤養，以保餘年。俟其有瘳，或報萬一。無任懇款迫之至。

省表具悉。謝病之制，雖起於昔賢；盡瘁之詞，亦標於古典。況卿有功於國，作相累朝。自匡輔眇身，又勤勞數載。豈可以微疾去位，以重望辭榮？章疏徒來，延遲彌切。至如太宗朝許李靖致政，高宗朝遂仁軌乞骸，朕非不知，事則有異。何者？時當明聖在上，理道已成。宰臣優遊，因得自便。今則生物尚困，庶工未修，言念勳賢，方深倚注。惟此故事，恐難遽行。卿宜體朕誠懷，力更頤養。必有多福，以扶大忠。無至確然，復陳章表。

【校】

〔國史〕紹本、崇本史作書。

〔至如太宗朝〕紹本、崇本均無朝字，下高宗朝亦同。

〔李靖致政〕結一本靖作請，誤。

〔因得〕紹本、崇本因作固，非。

〔未修〕崇本修作循，非。

〔體朕〕紹本、崇本、畿本朕均作是。

【箋證】

按：文宗紀，度以大和四年（八三〇）六月除守司徒平章軍國重事，而九月出爲山南東道節度使。此表云在假三月，又第一表云去冬得疾，似即正李宗閔、牛僧孺入相之時。堅卧不起，其爲不慊於二人，略可知矣。自度復入知政事至此四年有餘，禹錫實受其優睞，而卒不能得位以行其志，其故亦不難懸揣。故此三表亦當時重要文字，不當作尋常辭讓觀也。

〔李靖〕舊唐書六七李靖傳云：「上表乞骸骨，言甚懇至。……乃下優詔，加授特進，聽在第攝養……國官府佐並依舊給，患若小瘳，每三兩日至門下中書平章政事。」據此，度之平章軍國重事或即援靖之成例。然名爲平章軍國重事，實即不使與聞政事，雖似優禮而愈使之不安矣。

〔劉仁軌〕舊唐書八四劉仁軌傳云：「永隆二年（六八一），兼太子太傅，未幾以老乞骸骨，聽解尚書左僕射，以太子太傅依舊知政事。……則天臨朝，加授特進，復拜尚書左僕射同中書門下三品，專知留守事，仁軌復上疏辭以衰老，請罷居守之任……尋進封郡公，垂拱元年（六八五），從新令改爲文昌左相同鳳閣鸞臺三品，尋薨。」與此文微不合。

蘇州謝上表

臣某言：伏奉制書授臣使持節蘇州諸軍事、守蘇州刺史。始從郎署，出領郡章。承命若驚，省躬增感。伏惟皇帝陛下，受上玄之眷佑，揚列聖之耿光。大康黎元，慎擇牧守。德音每發，品物咸蘇。臣本書生，素無黨援。謬以薄伎，三登文科。德宗皇帝擢爲御史。在臺三載，例轉省官。永貞之初，權臣領務。遂奏録用，蓋聞虚名。唯守職業，實無朋附。竟坐飛語，貶在遐藩。憲宗皇帝後知事情，卻授刺史。凡歷外任，二十餘年。伏遇陛下應運重光，初無廢滯。收拾耆舊，塵忝班行。既幸逢時，常思展效。在集賢院四换星霜。供進新書二千餘卷。儒臣之分，甘老於典墳；優詔忽臨，又委之符竹。分憂誠重，戀闕滋深。石室之書，空留筆札；金閨之籍，已去姓名。本末可明，申雪無路。豈意聖慈弘納，不隔卑微？面辭之日，特許升殿。天顏咫尺，臣禮兢惶。不敢盡言，空懷誠懇。謝恩而出，生光於九陌之間；受訓而行，布政於五湖之外。臣即以今月六日到任上訖。伏以水災之後，物力索空。臣謹宣皇風，慰彼黎庶。臣聞有味之物，蠹蝎必生；有才之人，讒言必至。事理如此，古今同途。了然辨之，唯在明聖。伏惟陛下察臣此言，則天下之人無不幸甚。江海遠地，孤危小臣。雖雨露之恩，幽遐必被；而犬馬之戀，親近爲榮。大和六年二月六日。

【校】

〔郡章〕全唐文章作長，誤。

〔增感〕崇本增作知。

〔每發〕結一本每作海，誤。

〔領務〕畿本務作物，非。

〔初無〕紹本、崇本初均作物。

〔二千〕崇本千作十。

〔面辭〕畿本面作而，非。

〔六日〕崇本六上有初字。

〔索空〕畿本、全唐文索均作素。

〔謹宣〕全唐文宣作揚。

〔爲榮〕崇本此下有無任二字，無年月。下同。

【箋證】

按：禹錫之刺連州，仍是貶秩，自連州丁憂，服闋後除夔州轉和州，皆外任也，非由郎官正授。此次始以禮部郎中出刺蘇州，故表云：「始從郎署，出領郡章。」蘇州雖是大郡，而禹錫資歷已深，正郎館職，不難即踐卿階，入參綸誥，則貴顯可期。重赴外官，則内擢無望矣。表有「本末可明，申雪無路」之語，本集卷十六謝加章服表亦云：「微勞未宣，薄命多故。」又離省署，重領郡符。」其爲受人排斥，意已躍然。又云：「有才之人，讒言必至。事理如此，古今同途。」表末復云：「伏惟陛下察臣此言，則天下之人無不幸甚。」其激切如此，得非李宗閔、牛僧孺排去裴度之後，於禹錫有餘怒耶？白居易和夢得詩云：「綸閣沉沉無寵命，蘇臺籍籍有能聲。……所嗟非獨君如此，自古才難與命爭。」其爲禹錫惋惜甚切。蓋禹錫升沉之判，不判於元和十年（八一五）再貶之時，而判於蘇州之出，自此即無内參政要之望矣。

又按：舊唐書一五九韋處厚傳云：「文宗勤於聽政，然浮於決斷，宰相奏事得請，往往中變。處厚嘗獨論奏曰：陛下不以臣等不肖，用爲宰相，參議大政。凡有奏請，初蒙聽納，尋易聖懷，若出自宸衷，即示臣等不信，若出於横議，臣等何名鼎司？」則禹錫所言「了然辨之，唯在明聖」者，誠有所爲言之也。

〔在臺三載〕本集卷十七舉崔監察羣自代狀，文末題「貞元十九年（八〇三）閏十月」，知禹錫以是年入臺，至永貞元年（八〇五）爲三年。

〔凡歷外任二十餘年〕永貞元年（八〇五），禹錫外謫，至寶曆二年（八二六）罷和州，約二十三年。

〔供進新書〕唐會要六四：「大和五年（八三一）正月，集賢殿奏，應校勘宣索書籍等，伏請准前年三月十九日勅，權抽秘書省及春坊、弘文館、崇文館校正，作番次就院同校，其廚料請準元勅處分，事畢日停。從之。」即禹錫在集賢院時事，所云供進新書二千餘卷亦實録也。

〔特許升殿〕唐會要六八云：「開成元年（八三六）閏五月，中書門下奏，伏準舊例，刺史授官後，皆於限内待延英開日，候對奏發日。詳度朝旨，蓋重治人之官，欲陛下觀其去就，察其言語，亦所以杜塞宰相陳情。故除刺史並往往進狀便辭（此處疑稍有脱誤），蓋恐奏對之時，錯失乖誤。自今已後除刺史，並望延英對了，奏發日，地近限促，不遇坐日，亦望許於臺司通狀，待延英開日辭了進發。」此即新除刺史延英奏對之制。

〔水災之後〕舊唐書文宗紀：大和四年（八三〇），京畿江南……等道大水害稼。五年（八三一），淮南、浙江東西道……並水害稼，請蠲秋租。是蘇州連年皆遭水災之實事。

蘇州謝振賜表

臣某言：伏奉去年二月十五日敕，蘇州宜賜米一十二萬石，委刺史據户均給者。恩降九天，澤流萬姓。伏以臣當州去年災沴尤甚。水潦雖退，流庸尚多。臣前月到任，奉宣聖旨。闔境老幼無不涕零。詢訪里閭，備知凋瘵。方具事實，便欲奏論。聖慈憂人，照燭幽遠。特有振卹，救其災荒。蒼生荷再造之恩，儉歲同有年之慶。臣忝爲長吏，倍萬常情。無任感激抃躍之至。大和六年三月二十四日。

【校】

〔去年二月十五日〕「年」字衍。按：此表上於三月二十四日，斷無越一年餘始謝振賜之理。詳箋證。

〔宜賜〕崇本、全唐文宜均作宣。按：唐代詔勅習用語當作宜。

〔萬石〕崇本、全唐文石均作碩。按：唐代公文多書石作碩。
〔流庸〕崇本庸作亡，恐係校者所改，全唐文作傭。
〔便欲〕結一本便作使，誤。
〔特有〕纖本特作時，非。
〔之思〕紹本、纖本思作恩，是。
〔常情〕全唐文常作恒，蓋追改避唐諱之字。
〔大和〕崇本、全唐文均無年月。

【箋證】

按：表云伏奉去年二月十五日勅，蘇州宜賜米一十二萬石，末云大和六年（八三二）三月二十四日。豈有給振逾年始表謝之理？明去年之年字爲不明唐制者妄加。唐公牘文字，凡敍以前之月日皆加去字，如外集卷九謝上連州刺史表，伏奉去三月七日制授云云，即是上表之年三月七日也。此例甚多，本集卷十六各表均同此誤，不可不辨。

蘇州賀册皇太子表

臣某言：伏奉制書，以今月十日册皇太子。德音遐布，盛禮畢陳。國本永安，人心同慶。伏惟皇帝陛下，以繼天之聖，有知子之明。義兼君親，禮重宗祏。龍樓肇建，展嘉禮於三朝；鳳曆延長，固本枝於萬乘。臣守在遐郡，不獲稱慶闕庭。無任踴躍屏營之至。大和七年八月十七日。

【校】

〔今月十日〕紹本、崇本十均作七。

〔萬乘〕紹本、崇本、畿本、全唐文乘均作葉。

【箋證】

按：文宗紀：大和七年（八三三）八月甲申朔，御宣政殿册皇太子永。永於開成三年（八三八）卒，謚莊恪。表云今月十日册皇太子，而表於八月十七日上，豈七日之間制書即能至蘇州，立即奉表乎？今月十日自是今月一日之誤。

又按：唐會要二六：「景龍三年（七〇九）二月，有司奏，皇帝踐阼及加元服，皇太后加號，皇后太子立，及元日，則例：諸州刺史都督若京官五品已上在外者，並奉表疏賀，其長官無者，次官五品已上者賀表當州遣使，餘並附表，令禮部整比，送中書録帳總奏。」

蘇州賀册皇太子牋

朝議大夫、使持節蘇州諸軍事、守蘇州刺史、上柱國劉某叩頭叩頭。伏惟皇太子殿下，允膺上嗣，光啓東朝。蒼震發前星之輝，黄離表重輪之瑞。位居守器，禮重承祧。萬國以貞，九圍咸説。某限以守郡，不獲稱慶宫庭。無任踴躍屏營之至。

【校】

〔册皇太子〕崇本作皇太子受册，目同。

〔九圍〕結一本圍作囿，誤。按：此用詩商頌長發：「帝命式于九圍。」

【注】

〔朝議大夫〕舊唐書職官志，朝議大夫爲正五品下階。禹錫有酬嚴給事賀加五品詩，（外集卷六）蓋其初加朝散階時，此後兩晉階也。

〔蒼震〕易説卦：「帝出乎震」，又「震東方也」。蒼爲東方之色，故曰蒼震。

〔黄離〕易離卦：「黄離元吉。」按古人以明兩作離喻太子。

劉禹錫集箋證卷第十六

表章六

蘇州謝恩賜加章服表

臣某言：伏奉去年十一月二十七日詔書，加臣賜紫金魚袋，餘如故者。恩降重霄，榮沾陋質。虛黷陟明之典，恐興彼己之詩。寵過若驚，喜深生懼。中謝。臣起自書生，業文入仕。德宗朝爲御史，以孤直在臺。順宗朝爲郎官，以緣累出省。憲宗皇帝後知其寃，特降敕書，追赴京國。緣有虛稱，恐居清班。務進者争先，上封者潛毁。巧言易信，孤憤難申。俄復一麾，外轉三郡。伏遇陛下膺期御宇，大振滯淹。哀臣宿舊，猥見收拾。職兼書殿，官忝儀曹。微勞未宣，薄命多故。又離省署，重領郡符。延英面辭，親承教誨。銜命即路，星言載馳。到任之初，便逢災疫。奉宣聖澤，恭守詔條。上稟叡謀，下求人瘼。才術雖短，憂勞則深。幸免流離，漸臻完復。皆承聖化所及，遂使人心獲安。豈由微臣薄劣能致？臣素乏親黨，家本孤貧。年衰無酒食之娱，性拙無博弈之蓺。自領大郡，又逢時災。晝夜苦心，寢食忘味。曾經誣毀，每事防虞。唯託神明，更無媒援。豈期片善，上達宸聰。回日月之重光，燭江湖之下國。絲綸褒異，苦節既彰。印綬煒煌，老容如少。望雲天而拜舞，豈盡丹誠？視環玦以裴徊，空嗟白首。無任感激屏營之至。大和七年十二月十六日。

【校】

〔題〕崇本下注大和七年四字。

〔伏奉去年〕年字衍，説詳卷十五蘇州謝振賜表。

〔虚黷〕畿本虚下注云：一作既，英華、全唐文均與一作同。

〔入仕〕紹本仕作化。

〔緣有虚稱恐居清班〕結一本作緣有虚忠，稱居清班，非。稱讀去聲。

〔膺期〕英華膺作應。

〔御宇〕結一本宇作字，誤。

〔微勞〕英華勞作績。

〔才術〕畿本才作方。
〔酒食〕紹本、崇本食均作色，畿本均注云：一作色，英華、全唐文與一作同。
〔之娱〕畿本娱作誤，非。
〔自領〕英華領作理。
〔誣毁〕英華誣作讒。
〔江湖〕畿本湖下注云：一作湘。全唐文與一作同。

【注】

〔陟明〕書堯典：黜陟幽明。
〔彼己〕此用詩曹風候人：「彼其之子，不稱其服也。」彼其之子，始見於王風揚之水，傳云：「其或作記，或作己，讀聲相似。」故用己字。
〔書殿〕謂充集賢殿學士。
〔儀曹〕謂官禮部郎中。
〔災疫〕見卷十五蘇州謝上表注。

【箋證】

按：唐制服色以階官爲準，蘇州刺史雖是從三品職事官，以階官未至三品，不得依三品以上紫衣之例。惟刺史有政績者得特賜金紫。唐會要五一：「大中三年（八四九）五月，中書門下奏：增秩賜金紫雖有故事，如觀察使奏刺史善狀，並須指事而言，不得虚爲文飾。」此宣宗重視章服不輕加賜，前此之刺史加金紫由觀察使奏請可知。蘇州隸浙西觀察使，大和七年（八三三）任浙西觀察使者爲王璠，據文宗紀，璠以六年八月任，禹錫之得賜，或是由璠之奏請。

又按：此表多禹錫自訴之詞。禹錫永貞之貶，事由王、韋，固無論矣。至元和十年（八一五）既召還，復緣何貶授遠郡，事殊可疑。通鑑但云：「執政有憐其才欲漸進之者，悉召至京師，諫官争言其不可，上與武元衡亦惡之，皆以爲遠州刺史。」舊唐書本傳則云：「會程异復掌轉運，有詔以韓曄（刊本誤作韓皐）及禹錫爲遠郡刺史，屬武元衡在中書，諫官十餘人論列言不可復用而止。」然後敍元和十年自武陵召還，宰相復欲置之郎署。則是未召還之先已有欲用之意，而諫官争沮之。與通鑑并敍爲一事者不合。今據此表云：「特降敕書，追赴京國。緣有虚稱，恐居清班，務進者争先，上封者潛毁。」則無論爲一事爲二事，召還以後，忌之者恐其復入郎署，參禁近，故有進讒之奏。情事顯然，較之自傳尤爲明白。史所言諫官争言其不可，皆不爲無因。然所謂執政，所謂宰相，究爲何人，何以不能明指，千載之下，終成疑案。元和九年（八一四），當國之宰相爲李絳、李吉甫，皆先後或罷或卒矣，繼之者爲張弘靖、韋貫之，此二人皆不似愛才者，禹錫亦不似與之有往還。其始終在相位，資望出二人之上者乃武元衡也。元衡惡禹錫等，固可沮之於詔追之時，何待召還而假諫官之排擊耶？惜當時封事不傳於外，而禹錫又不明著其言，不知所潛毁者爲何等語矣。

〔俄復一麾〕夢溪筆談四：「今人守郡謂之建麾，蓋用顏延年詩：一麾乃出守。此誤也。延年謂一麾者，乃指麾之麾，非旌麾之麾也。延年阮始平詩云：屢薦不入官，一麾乃出守。謂山濤薦咸爲吏部郎，三上，武帝不用，後爲荀勉（即荀勗，沈氏避宋神宗嫌名改。）一擠，遂出始平，故有此句。延年被擯，以此自託耳。自杜牧登樂遊原詩始謬用一麾，自此遂爲故事。」按：沈説實本於文選李注，然以守郡爲手把一麾，亦未爲不可。禹錫此處但云俄復一麾，則視牧之詩尤穩適無可議，且用顏氏五君詠，尤與己身情事相合。

〔延英面辭〕唐會要六八云：「元和三年正月，許新除官及刺史等假内於宣政門外謝訖進辭，便赴任，其日授官，於朝堂禮謝，並不須候假開。國朝舊制，凡命都督刺史，皆臨軒册命，特示恩禮。近歲雖無册拜，而牧守受命之後，便殿召對，仍賜衣服。蓋以親民之官，恩禮不可廢也。時新除河南尹裴復求速之任，適遇寒食休假，李吉甫，復求之甥也，（按：世系表裴復字茂紹，河南少尹，求字當衍）特爲奏請，遂兼刺史有是命，非舊典也。」是刺史朝辭，以延英面對爲正。餘詳前卷蘇州謝上表。

蘇州賀皇帝疾愈表

臣某言：臣得本道觀察使報，伏承聖躬痊愈，已於紫宸殿視朝者。一人有慶，萬國同歡。伏惟皇帝陛下，外親萬務，内奉三宮。常懷宵旰之勤，遂失寢興之適。上玄降祐，列聖表靈。百神奔走以來扶，四海精誠而致感。勿藥有喜，如山永安。宗廟保無疆之休，寰瀛申莫大之慶。臣恪居官次，遐守江干，不獲稱賀闕庭。無任踴躍屏營之至。

【校】

〔題〕崇本下注云：大和八年（八三四）正月二十八日，按：此必是原本末有年月，而傳刻脱去，賴此以存。

〔同歡〕崇本下有中謝二字。

【注】

〔本道〕蘇州隸浙江西道，是時觀察使爲王璠。

【箋證】

按：文宗紀：「（大和七年十二月）庚子，幸望春宫，聖體不康，八年春（八三四）正月癸丑朔丁巳，聖體痊平，御太和殿見内臣，甲子，御紫宸殿見羣臣。」此表緣此而作。

〔紫宸殿〕唐兩京城坊考一：大明宫，宣政殿後爲紫宸殿，天子便殿也。不御宣政而御便殿曰入閤。

〔三宫〕舊唐書五一后妃傳：「大和中，太皇太后居興慶宫，寶曆太后居義安殿，皇太后居大内，時號三宮太后。上五日參拜，四節獻賀，皆由複道幸南内，朝臣命婦詣宮門起居，上尤執禮造次不失。」寶曆太后即敬宗生母恭僖皇后王氏，皇太后即文宗生母貞獻皇后蕭氏。而太皇太后乃穆宗之母郭氏。

汝州謝上表

臣某言：伏奉去年七月十四日詔書，授臣使持節汝州諸軍事、守汝州刺史、兼御史中丞、充本道防禦使，餘如故者。臣久居遠服，戀闕常深。忽降新恩，近鄉爲貴。承旨慶抃，省躬慙惶。臣某誠歡誠喜，頓首頓首。伏惟皇帝陛下，垂衣穆清之中，旁照寰瀛之内。車書所及，動植咸安。昨離班行，遠守江徼。延英辭日，親奉德音。知臣所部災荒，許臣到任條奏。共承叡旨，宣示羣黎。減其征徭，頒以振賜。伏蒙聖澤，救此天災。疲羸再蘇，幼艾同感。二年連遭水潦，百姓幸免流離。交割之時，户口增長。雖才術不足，於事未周；而憂勞則深，爲衆所悉。臣本業儒素，頻登文科。臨時命邅回，再領軍郡。即以今月二十七日到任上訖。謹當奉宣皇化，慰彼蒼生。臨汝水之波，朝宗尚阻；望秦城之日，回照何時？無任感激屏營之至。謹差防禦押衙韋禮簡奉表陳謝。

【校】

〔伏奉去年〕年字衍，説同前。

〔臣某〕此句十字崇本作中謝，表中或以云云二字代，或逕删去，無一定，後不贅。

〔交割〕崇本交上有比之二字，非。

〔不足〕崇本、英華足均作至。

〔時命邅回〕畿本時下注云：一作帝，邅下注云：一作遽。全唐文與一作同。

〔皇化〕全唐文皇作聖，英華此二句作奉宣聖化，撫慰蒼生。按：唐人多借皇作黄以對蒼字。

〔汝水〕崇本、英華水均作海，似勝。按：唐人常稱汝州爲汝海，用文選七發：「南望荆山、北望汝海。」李注：「汝稱海，大言之也。」

【箋證】

按：唐制有六雄十望州。汝州爲望州，轄七縣，又近接都畿，故帶中丞加防禦使。舊唐書一五四吕元膺傳載：「舊例留守賜旗甲，與方鎮同，及元膺受任不賜，諫官論列，援華、汝、壽三州例。上（憲宗）曰：此數處並宜不賜。」知汝州在元和以前體制特隆於諸州。禹錫自蘇移汝，是爲遷秩，幾有節鎮之望矣。然唐人終以内召爲榮，故表中有「朝宗尚阻，回照何時」之語。

〔本道防禦使〕據新唐書方鎮表，貞元元年（七八五），廢東都畿汝州節度使，置都防禦使，以東都留守兼之，旋又改爲都防禦觀察使，五年，罷東都畿汝州觀察使，置都防禦使，汝州置防禦使。又通考五九云：「天寶中，安禄山犯順，大郡要地當賊衝者，置防禦守捉使。代宗即位，諸州防禦使並停，明年，授田承嗣魏博等州都防禦使，俄遷節度使，蓋防禦之名不廢也。大率防禦隸所治州，歲以八月考其治否，以無虞爲上考，清苦爲中考，政成爲下考。」此防禦使設置之大略。

〔二年連遭水潦〕蘇州以大和四年、五年（八三〇、八三一）連被水災，已見本集卷十五蘇州謝上表。

〔户口增長〕唐會要六九：「會昌六年（八四六）勑節文，刺史增加一千户以上者，超資遷改。」此唐時以户口增減爲刺史考課之則。

同州謝上表 并批答

臣某言：伏奉去年十月二十三日制書，授臣使持節同州諸軍事、守同州刺史、兼御史中丞、充本州防禦長春宫等使。恩降九重，榮忝三輔。承旨慶抃，省躬慙惶。臣某伏惟皇帝陛下，丕承列聖，光闡鴻猷。氛祲埽除，乾坤交泰。臣幸逢昌運，累沐殊私。空荷生成之恩，寧酬雨露之澤？即以今月二日到本州上訖。謹宣叡旨，安慰蒸黎。伏以本州四年已來，連遭旱損。閭閻凋瘵，遠近共知。臣頃任蘇州之年，亦遭大水之後。面辭之日，親奉德音。至於撫綏，皆承聖教。二年之後，百姓獲安。今本部災荒，物力困涸。忝爲長吏，敢不竭誠？即須條疏，續具聞奏。臣恪居官次，幸接王畿。不獲拜舞彤庭，陳露丹悃。犬馬懷戀，寢興匪寧。瞻魏闕之容，朝天尚阻；望長安之路，近日爲榮。無任感激屏營之至。謹差防禦知衙官試殿中監楊克乂奉表陳謝。大和九年十二月二十一日。

批答：省表具知。卿任居三輔，職奉六條。累聞問俗之勞，載覽勤人之志。言惟顧行，深慰朕懷。勉弘故經，以副憂寄。所謝知。

【校】

〔伏奉去年〕年字衍，説同前。

〔二十三日〕英華、全唐文三均作二，英華下今月二日作二十日。

〔條疏〕紹本疏作流。按：條流爲唐人公牘中習用語，刊本往往混作條疏，以校者多見條疏，少見條流之故。

〔丹悃〕紹本、崇本、畿本、中山集、全唐文悃均作慊。按禮記鄭注，慊有自足之意。

〔尚阻〕紹本尚作無。

〔無任〕以下崇本删。

〔楊克乂〕紹本克作充。

〔批答〕全唐文無。具知，紹本、崇本作具之，誤。

〔故經〕紹本、崇本故均作政。

【注】

〔三輔〕柳宗元集三八爲劉同州謝上表舊注：漢世左馮翊、右扶風、京兆謂之三輔，馮翊即同州郡名。按唐同州轄境略與漢馮翊同，故有此稱。

〔氛祲〕舊唐書文宗紀：大和九年（八三五）十一月壬戌，中尉仇士良率兵誅宰相王涯等，是爲甘露之變。文意指此。

〔旱損〕舊唐書文宗紀：大和八年（八三四），河南府、鄧州、同州、揚州並奏旱蝗傷損秋稼。蓋偶然載於史者，不及此文之詳。

〔試殿中監〕舊唐書職官志，殿中省監一員，從三品。唐代試官無職事。

【箋證】

按：禹錫甫以大和八年（八三四）七月除汝州刺史，其時首相爲王涯，而李德裕猶未出鎮，李宗閔未入相，令狐楚雖不居相位，方以吏部尚書在朝，蓋亦得其助力。至九年（八三五），朝局愈紊，李宗閔、楊虞卿之獄起。白居易代楊汝士爲同州，而居易辭不赴任，殆以與王涯有宿嫌之故，禹錫復代居易，是執政之有意調劑，抑有意阻其進用，殊不可知。禹錫奉除書尚在甘露變前，上此表時則已在變後，故以氛祲掃除四字括之。甘露變在十一月壬戌即二十日，此表正在一月以後。又按：文宗紀，大和七年（八三三）正月壬子詔略云：「如聞關輔、河東去年亢旱，秋稼不登，今春作之時，農務又切，若不振救，懼致流亡。京兆府振粟十萬石，河南府，河中府、絳州各賜七萬石，同、華、陝、虢、晉等州各賜十萬石，並以常平義倉物充。」又閏七月乙卯詔略云：「陰陽失和，膏澤愆候，害我稼穡，災于黔黎」云云。八年（八三四）六月壬午，以旱詔諸司疏決繫囚，又九月，陝州、江西旱無稼，河南府、鄧州、同州、揚州並奏旱蟲傷損秋稼。表中所云「四年已來連遭旱損」，蓋謂此。

〔伏奉去年十月二十三日制書〕文宗紀，大和九年（八三五）十月，禹錫爲同州刺史，代白居易。居易以是年九月授而未上也。此表所署年月爲大和九年（八三五）十二月二十一日，自奉命至上官約爲兩月，去年之年字顯爲衍文。據紀，授同州之制爲乙未日，距月朔癸酉，恰爲二十三日。

〔長春宮使〕新唐書地理志，同州朝邑縣有長春宮。清一統志：長春宮在朝邑縣西北，隋書地理志，朝邑有長春宮。元和志：長春宮，北周武帝置。大業十三年（六一七），高祖起義兵，自太原舍於此宮，休甲養士而定京邑。武德二年（六一九），於此置陝東大行臺，太宗居藩作鎮。寰宇記：長春宮在强梁原上，周武帝保定五年（五六五），宇文護所築，初名晉城，建德二年（五七三），置長春宮。隋開皇十二年（五九二），增構殿宇。唐時牧此州多帶長春宮使。

又唐會要五九云：「開元八年（七二〇）六月，同州刺史姜師度兼營田長春宮使。二十年（七三二）三月，左衛郎將皇甫惟明攝侍御史充長春宮使。天寶六載（七四七）三月，御史中丞王鉷兼長春宮使。上元元年（七六〇）六月四日，殿中監李輔國充長春宮使。寶應元年（七六二），殿中監樂子昂充長春宮使。至大曆九年（七七四），宋誨除同州刺史兼長春宮使，自後遂令同州刺史充長春宮使也。」又云：「開元九年（七二一）十二月十七日勅：同、蒲、絳、河東西并沙苑内，無問新舊注田蒲萑，並宜收入長春宮，仍令長春宮使檢校。」此同州刺史兼長春宮使之制所由來。惟元稹與裴度同罷宰相，諫官上疏言責稹太輕，遂削長春宮使。見舊唐書一六六元稹傳。

〔知銜官〕知銜官蓋防禦使下之銜官，其人結銜爲試殿中監，當亦是武將。

賀梟斬鄭注表

臣某言：伏奉前月二十五日詔書，示逆賊鄭注已梟首訖。氛妖殄滅，華夏乂安。伏以逆賊鄭注本出細微。潛懷梟獍之心，兼結兇狂之黨。人倫共棄，神理不容。陛下叡略感通，天人合應。重臣協力，禁旅齊心。指顧之間，猖狂自潰。乾坤交泰，日月增明。凡在人臣，不勝慶快。臣恪居官次，不獲稱賀闕庭。無任欣歡抃躍之至。

大和九年十二月二日。

【校】

〔氛妖〕崇本妖作祆。全唐文二字乙。

〔梟獍〕紹本、崇本獍作鏡。按：作鏡者依漢書郊祀志。獍乃後起字，可見宋人猶存古誼，未被後人改竄也。

〔叡略〕崇本略作哲。

【箋證】

按：舊唐書一六九鄭注傳，甘露變起，自鳳翔率親兵五百餘人赴闕，聞事敗而還。監軍使張仲清得密詔誘而殺之，傳首京師，家屬屠滅。此表云「十一月二十五日詔書」，七日即到，以同州路近故也。注傳云：始以藥術遊長安權豪之門，本姓魚，冒姓鄭氏。故表云本出細微。然目仇士良爲重臣，雖形之官牘不得不如此，終不免曲詞之過甚矣。

賀德音表

臣某言：伏見今月十六日德音，布告遐邇。天道下濟，人情大安。伏惟皇帝陛下，凝旒思理，垂意擇材。以日月無私之光，照寰區有截之内。貴使下情盡達，寧虞厚貌潛謀？一昨李訓、鄭注等，敢有逆心，兼連兇黨。陛下叡謀神斷，左右協同。頃刻之間，埽除已定。重臣畢力，禁旅竭忠。氛祲廓清，華夷咸説。言念正刑之外，或有詿誤之徒。再發德音，廣宣聖澤。當星紀回天之日，迎陽和照物之光。懷危疑者如山之安，欲告訐者望風知懼。非同謀者一切不問，未結正者三宥從寬。含生之倫，普天同感。臣恪居官次，不獲稱慶闕庭。云云。謹差防禦知衙官、朝議郎、權知容州都督府司馬孫愓奉表。

【校】

〔下濟〕紹本下作不。

〔垂意〕崇本意作衣，畿本注云：一作衣。全唐文與一作同，是。

〔正刑〕崇本、英華正均作政。

〔照物〕紹本、崇本、畿本、全唐文照均作煦。

〔稱慶〕崇本、全唐文慶均作賀。

〔孫愓〕畿本愓作揚。

【箋證】

按：大和九年十一月甘露變後，次年元日下大赦詔以前，專爲李訓、鄭注餘黨發此特赦，故此表以後復有賀改元赦表。考舊唐書一七二李石傳：「是時踰月，人情不安，帝謂侍臣曰，如聞人心尚未安帖，比日何如？石對曰：比日苦寒，蓋刑殺太過，致此陰沴。昨聞鄭注到鳳翔，招募士卒，不至捕索誅夷不已，臣恐邊上聞之，乘此生事，宜降詔安喻其心。從之。」紀同而語尤略。通鑑二四五云：「十二月丁亥，詔逆人親黨，自非前已就戮及指名收捕者，餘一切不問，諸司官雖爲所脅從，涉於詿誤，皆赦之，他日無得相告言及相恐愒，見亡匿者勿復追捕，三日内各聽自歸本司。」十二月朔爲壬申，丁亥正爲十六日，即此表所謂今月十六日德音也。

〔權知容州都督府司馬〕舊唐書職官志，都督府司馬自從四品下至從五品下。今奉表差官，而其人之職爲同州防禦使下之知衙官，官則權知容州都督府之司馬，乍視之，殊覺渺不相涉。蓋都督府之職事已爲經略使所移，司馬亦成具員，假以敍資，不爲實任矣。與武官之借補折衝府果毅，同爲名不副實。白居易江州司馬廳壁記云：「給事於省寺軍府者遥署之。」此容州司馬正所謂遥署也。

賀赦表

臣某言：伏奉今月一日制書，改大和十年爲開成元年，大赦天下者。雷雨作解，人神説隨。澤及八荒，網開三面。臣某誠歡誠喜，頓首頓首。伏惟皇帝陛下，上承乾綱，下立人極。用含弘光大之澤，副夷夏會同之心。獻歲改元，惟新景祚。先明首罪，次及羣妖。述叡情以曉萬方，施鴻霈以蘇庶物。恤辜宥過，已責弛征。郡縣之舊弊悉除，賦稅之新規咸備。停藩方節獻之禮，以惠疲人；回榷管餘羨之財，以資京邑。命使展澄清之志，察言求讜直之材。弓旌賁於丘園，粟帛頒於耆艾。爰以初吉，御宇明庭。德音一發於九天，和氣驟周於四海。開物成務，實表於建元；應天順人，永延於億載。臣幸居近輔，先受殊恩。不獲稱慶闕庭，陪榮班次。衆星列位，常拱北辰之光；新歲拜章，遥獻南山之壽。無任抃躍屏營之至。

【校】

〔之澤〕英華、全唐文澤作德，注云：集作澤，非。

〔恤辜〕英華辜作刑。

〔御宇〕全唐文宇作於，是。

〔驟周〕英華周作同。

【箋證】

按：文宗紀，開成元年（八三六）正月辛丑朔，帝常服御宣政殿受賀，遂宣詔大赦天下，改元開成。考舊唐書一七二李石傳：「開成元年（八三六）改元大赦，石等商量節文，放京畿一年租稅，及正、至、端午進奉並停三年，其錢代充百姓紐配錢，諸道除藥物、口味、茶果外，不得進獻，諸司宣索製造並停三年。赦後，紫宸宣對，鄭覃曰：陛下改元御殿，全放京畿一年租税，又停天下節鎮進奉，恩澤所該，實當要切，近年赦令皆不及此。上曰：朕務行其實，不欲崇長空文。石對曰：赦書須内置一本，陛下時省覽之。十道黜陟使發日，付與公事根本，令與長吏詳擇施行，方盡利害之要。石以從前德音雖降，人君不能守，姦吏從而違之，故有内置之奏以諷之。」此表陳賀之詞亦有異於常，良以石等之陳謨也。

謝恩賜粟麥表

臣某言：伏奉今月一日制書，以臣當州連年歉旱，特放開成元年夏青苗錢，并賜斛㪷六萬石，仰長吏逐急濟用，不得非時量有抽斂於百姓者。恩降九天，澤周萬姓。優詔纔下，羣情頓安。臣某誠歡誠喜，頓首頓首。伏以災沴流行，陰陽常數。物力既竭，人心匪遑。輒敢奏聞，本求貸借。皇恩廣被，玄造曲成。既免在田之征，仍頒發廩之賜。臣謹宣赦文節目，彰示兆人。鼓舞歡謡，自中徂外。臣初到所部，便遇儉時。今蒙聖慈，特有振恤。主恩及物，已爲壽域之人；衆意感天，必有豐年之應。臣恪居官業，不獲拜舞闕庭。無任感激之至。

【校】

〔元年〕崇本無元字。

〔萬石〕崇本、全唐文石作碩。

〔長吏〕中山集吏作史。

〔貸借〕畿本、全唐文均作賑貸，按：語意微不合，蓋所請爲借而制書云賜，即不須償還也。

〔既免〕崇本免作貸。

〔特有〕結一本特作將，誤。

〔無任〕此句中山集、全唐文均作臣無任感激。

【箋證】

按：同州連年歉旱，已見謝上表。此表云伏奉今月一日制書，蓋即開成元年（八三六）正月朔之大赦。

〔青苗錢〕新唐書食貨志：大曆元年（七六六）……天下苗一畝税錢十五，市輕貨給百官手力課，以國用急，不及秋，方苗青即征之，號青苗錢。又有地頭錢每畝二十，通名爲青苗錢。

慰淄王薨表

臣某言：臣得進奏官楊惕狀報，淄王薨，輟朝三日。伏惟皇帝陛下，德邁前王，情深近屬。憫枝葉之謝，諒切神衷。割肌膚之愛，何堪聖念？萬方知化，九族歸仁。凡受國恩，伏深悽惻。臣恨以藩守，不獲奉慰闕庭。無任屏營之至。

【校】

〔三日〕崇本此下注云中慰，按：較合唐時體製。

〔神衷〕紹本、崇本、全唐文神均作宸。

〔恨以〕紹本、崇本、畿本、全唐文恨均作限。

【注】

〔進奏官〕按通考職官考云：唐藩鎮皆置邸京師，以大將主之，謂之上都留後，大曆十二年（七七七）改爲上都知進奏院官。宋緣舊制皆本州鎮補人爲進奏官，逐州就京師各置進奏院。同州爲近輔，帶防禦使，比藩鎮，故得有進奏官。新唐書百官志，觀察使下有進奏官一人。

【箋證】

按：舊唐書一七五憲宗諸子傳，淄王協，憲宗第十四子，長慶元年（八二一）封，開成元年（八三六）卒，於文宗爲叔，故云情深近屬。

謝恩放先貸斛斗表

臣某言：臣奉五月二十九日敕牒，據度支所奏諸道節度觀察使及州府借便省司錢物斛斗等數内當州欠三萬六千二十三貫石並放免者。殊私忽降，逋責滌除。藩方永安，遐邇咸説。臣某誠歡誠喜，頓首頓首。伏以關輔之間，頻年歉旱。田租既須矜放，公用又不支持。承前長吏例有借便，以救一時之急，皆成積欠之名。既未支填，常懷憂懼。聖恩周洽，洞見物情。爰命有司，使之條奏。去其舊弊，衆已獲安。嚴立新規，人皆知措。臣恪居官次，不獲拜舞闕庭。無任抃躍屏營之至。

【校】

〔題〕崇本謝下有受字，斗作㪷。

〔又不〕紹本又作交，崇本作遂。

〔借便〕畿本便作使。按：借便即唐人語所謂方圓，近世所謂融支也。

〔皆知措〕紹本、崇本、全唐文均作知所措。

【箋證】

按：以上皆禹錫任同州刺史時所上表。禹錫以大和九年（八三五）之末至同州，次年即罷。自傳但言後被足疾，改太子賓客分司東都，而未明言何時離去同州，觀此表云「奉五月二十九日勅牒」，則上表時必在六月，離任必在秋間矣。外集卷四自左馮歸洛下酬樂天兼呈裴相公詩有云：「華林霜葉紅霞晚，伊水晴光碧玉秋。」大略可知。

謝分司東都表

臣某言：伏奉今月十九日制書，授臣太子賓客分司東都者。寵命自天，戰越無地。臣發迹書生，以文爲業。出身入仕，四十餘年。頃自集賢學士出守吴郡。面辭之日，親承德音。念百姓水潦之餘，示微臣政理之法。臣祇膺聖旨，夙夜竭誠。閭里獲安，流庸盡復。猥蒙朝奬，錫以金章。及遷同州，又遇歉旱。悉心綏撫，幸免流離。今荷天慈，憫臣耆舊。列名賓護之職，分司河洛之都。老馬沾束帛之恩，枯株蒙雨露之澤。獲居榮秩，以畢餘年。顧此微軀，實爲厚幸。伏以臣始爲御史，逮事德宗，今忝宫寮，幸逢聖日。舉四海之内，賢能則多。求六朝之臣，零落將盡。雖迫桑榆之景，猶傾葵藿之心。臣無任感恩惕抃之至。

【校】

〔祇膺〕英華、全唐文膺均作承。

〔分司〕紹本、崇本、畿本、全唐文司均作局。

【箋證】

按：此表無月日，雖有今月十九日制書一語，僅能測知其爲開成元年（八三六）秋間而已（參前篇），考是年賓客分司者，李紳遷河南尹，李珏自江州、李德裕自滁州授。

劉禹錫集箋證

二

〔唐〕劉禹錫 著

瞿蛻園 箋證

上海古籍出版社

劉禹錫集箋證卷第十七

狀

爲淮南杜相公論新羅請廣利方狀

淮南節度觀察處置等使敕賜貞元廣利方五卷。右臣得新羅賀正使朴如言狀稱請前件方一部，將歸本國者。伏以纂集神效，出自聖衷。藥必易求，疾無隱狀。搜方伎之秘要，拯生靈之夭瘥。坐比華胥，咸躋仁壽。遂令絶域，遐聽風聲。美茲豐功，爰有誠請。臣以其久稱藩附，素混車書。航海獻琛，既已通於華禮；釋痾蠲癘，豈獨隔於外區？正當四海爲家，冀覩十全之效。臣即欲寫付，未敢自專，謹録奏聞。

【校】

〔題〕崇本下注：貞元十九年（八〇三）九月十七日。

〔朴如言〕全唐文朴作忭，誤。

〔豐功〕纖本豐作置。

〔奏聞〕崇本下有伏聽勑旨四字。

【注】

〔杜相公〕杜佑，時任淮南節度使。

〔賀正使〕續漢書禮儀志：百官賀正月。注引蔡質漢舊儀曰：「正月旦，天子幸德陽殿，臨軒，公卿將大夫百官各陪朝賀，蠻貊胡羌朝賀畢見，屬郡計吏皆陛覲。」賀正爲東漢以後通行朝儀之一。

【箋證】

按：舊唐書職官志：「凡下之所以達上，其制亦有六，曰表、狀、牋、啓、辭、牒，表上於天子，其近臣亦爲狀。」表爲上奏之正章，其但陳述一事者則爲狀。本集卷十一謝手詔表云：「應緣軍旅庶務，謹具別狀奏聞」，是其例也。據本卷尚有上於宰相者亦稱狀。史所言非唐代通行之習俗。又按：本卷中惟此一篇是禹錫在淮南使幕時所作。

〔貞元廣利方〕新唐書藝文志，醫術類有德宗貞元集要廣利方五卷，即此。唐大詔令有頒行廣利方制，知各州府皆有寫本。金石録跋尾有唐崔淙謝廣利方表。

〔十全〕語出周禮天官醫師，云：「十全爲上，十失一次之，十失二次之，十失三次之，十失四爲次。」

爲京兆韋尹降誕日進衣狀

衣一副四事，黄折造衫一領，白吴綾汗衫一領，白花羅半臂一領，白花羅袴一腰。

右伏以正陽令月，誕聖嘉辰。運協千年，慶流萬國。凡在臣子，合有獻陳。敢傾就日之心，願奉如山之壽。輕瀆宸扆，無任兢惶。

【校】

〔題〕崇本下注：貞元十八年四月十九日。

〔令月〕纖本令作今，誤。

【箋證】

按：韋夏卿任京兆尹年月，見本集卷十三京兆韋尹賀雨止表箋證。此篇及進野豬狀，皆代夏卿作也。據紀，德宗以天寶元年（七四二）四月生，表中所謂「正陽令月」，指此。誕日進衣蓋當時令文以外之進獻。

〔衣一副四事〕四事者：折造衫一，汗衫二，半臂三，袴四。折造爲貴賤通服之衣料。唐會要三一云：「大和六年（八三二），三司奏准今年六月勑令，三司官典及諸色場庫所由等，其孔目、勾檢、勾覆、支對、勾押、權遣指引進庫官、門官等，請許服細葛布折造及無紋綾充衫及袍襖。」可證。

〔吴綾〕唐時綾絹，主要産於河南、河北兩道，觀通典所載每年常貢：貢絹者爲汴、鄭、宋、許、亳、濮、曹、陳、鄆、徐、潁、冀、德、深、瀛、棣等州，貢絹者爲滑、豫、兗、幽等州。而定州且析其名數曰：細綾千二百七十疋，兩窠細綾十五疋，瑞綾二百五十五疋，大獨窠綾二十五疋，獨窠綾十疋。其産於江淮者，惟有揚州之獨窠細綾十疋，江陵之方文綾十疋，潤州之方文綾七疋、水文綾八疋，杭州之白編綾十疋。産於巴蜀者，則閬州之重連綾二十疋，遂州之樗蒲綾十五疋。羅則惟有益州之單絲羅二十疋，蜀州之羅十疋，恒州之羅二十疋。由此可略知唐時絲織工業之分布，此云吴綾，蓋以遠物爲貴，或尚不如定州之精且多。

爲京兆李尹降誕日進衣狀

衣一副四事。右伏以水德方清，真龍下降。天長地久，瞻北極以常尊；獻壽稱觴，配南山而永固。臣地居宗屬，職忝尹京。慶賀之誠，倍萬常品。前件衣服謹詣銀臺門奉進。輕瀆旒扆，伏用兢惶。貞元十九年四月十九日。

【校】

〔水德〕崇本、英華均作德水。

〔地居〕織本居下注云：一作叨；英華、全唐文均與一作同。
〔兢惶〕英華惶作惕。
【箋證】
按：此表應依全唐文列在次篇之後，蓋李實任京兆尹在韋夏卿之後也。據紀，貞元十九年（八〇三）三月乙亥，以司農卿李實爲京兆尹，是此表上時，實尚到任不久。

爲京兆韋尹進野豬狀

右伏以收穫之餘，田獵有獲。異於芻豢，著在方書。既堪充庖，輒敢上獻。前件野豬謹隨狀進，謹奏。

【校】
〔右伏〕崇本右上有野豬一口四字。
〔狀進〕崇本進上有上字。
【箋證】
按：爲韋夏卿作各表皆在貞元十八年（八〇二）。

爲杜相公自淮南追入長安至長樂驛謝賜酒食狀

具官臣某。右臣今日至長樂驛，高品某奉宣聖旨，賜臣酒食者。伏以恩降王人，榮分御膳。未展儀於雙闕，先受賜於八珍。品越脤膰，味兼醪醴。頓驚凡口，倍益歡心。無任欣躍。

【校】

〔具官〕崇本官下無臣字，下同。

【箋證】

按：杜佑自淮南入朝是貞元十九年（八〇三）二月事，三月壬子朔拜同平章事，見紀。

〔長樂驛〕長樂驛爲出長安之首驛，大臣出入，例於此迎送以示恩禮。權德輿謝借飛龍馬狀（見全唐文四八五）云「右今月十日中使張少禺至長樂驛奉宣進止借臣前件馬送出府界」，皆其比也。此篇杜佑自淮南召入，下篇韋夏卿自長安東出，皆於此賜食。又長安往來行旅，無論取潼關或取武關道，皆於此暫留。故白居易有長樂坡送人詩云：「行人南北分征路，流水東西接御溝。終日坡前恨離別，漫名長樂是長愁。」

爲杜相公謝就宅賜食狀

具官臣某。右高品某奉宣聖旨，賜臣食者。出自大官，飫於私第。光榮曲被，猥承推食之恩。駑蹇未施，益重素餐之責。舉其匕筯，若負丘山。無任戰荷踴躍之至。

【校】

〔大官〕紹本、崇本、畿本大均作太，非。

【箋證】

〔賜食〕按白氏長慶集有謝賜設及匹帛狀，云：「惠加賜食，榮及承筐。」蓋唐制如此。

爲東都韋留守謝賜食狀

具官臣某。右臣今日發至長樂驛，中使某奉宣聖旨，賜臣食者。伏以味兼海陸，品溢圓方。降自御廚，光臨傳舍。臣初辭魏闕，倍懷犬馬之誠。猥受珍羞，更切稻粱之感。無任欣躍。

【校】

〔具官〕崇本具作某。

〔臣初〕崇本無臣字。

【注】

〔圓方〕謂鼎俎也。

【箋證】

按：舊唐書一六五韋夏卿傳：轉京兆尹、太子賓客、檢校工部尚書、東都留守。據紀，貞元十九年（八〇三）十月乙未，以太子賓客韋夏卿爲東都留守，東都畿汝都防禦使。

爲裴相公進東封圖狀

集賢殿御書院開元東封圖一面。右臣謹按開元十三年，玄宗皇帝以天下太平，登封東岳。聲明文物，振耀古今。伏惟陛下丕承耿光，再闡鴻業。祖宗盛事，紹復有期。臣所以寫成此圖，輒敢上獻。至於繢畫，躬自指揮。徵史氏之文，纂禮容之要。山川氣象，悉擬真形。羽衛威儀，咸稽故實。所冀叡情一覽，遐想玄蹤。臣叨榮過深，抱疾已久。望陛下告成之日，心必前知；嗟老臣將謝之年，身恐不見。疲羸之際，感激倍深。前件圖謹差某官某謹詣光順門上進，謹奏。

【校】

〔集賢〕結一本集作進，誤。

〔上進〕纖本、英華上均作奉。

【箋證】

按：狀有「嗟老臣將謝之年」語，據裴度本傳，當在大和三四年（八二九、八三〇），任司徒兼門下侍郎同平章事兼集賢殿大學士之時，其時禹錫亦以禮部郎中充集賢殿學士，故能爲之草表。

〔東封圖〕唐語林四云：「文宗自大和乙卯（八三五）歲後，常戚戚不樂，事稍閒則必有歎息之音。會幸三殿東亭，見横御架巨軸，上指謂畫工程修己曰：此開元東封圖也。命内臣懸于廡下。上舉玉如意指張説輩嘆曰：使吾得其中一人，則可致開元之理。」今以此表參之，則正是裴度所進，度之寓意亦可揣而知矣。

又按：唐語林同卷云：「玄宗幸泰山回……及車駕過金橋（原注：在潞州）御路縈轉，上見數十里旌旗嚴潔，羽衛整肅，……遂詔吴道玄、韋無忝、陳閎等令寫金橋圖，其聖容及上所乘馬照夜白，陳閎主之，橋梁山水車輿人物草樹鷹鳥器仗帷幕，吴道玄主之，犬馬驢騾牛羊駱駝熊猿猪鷄之類，韋無忝主之，其圖謂之三絶。」東封圖疑即本此。新唐書藝文志未載此圖，蓋至宋初已佚矣。

〔光順門〕唐兩京城坊考一：集賢殿書院西有南北街，街北出光順門，百官上書皆於光順門，故表末云：詣光順門上進。

舉崔監察羣自代狀

御史臺：宣歙池等州都團練判官監察御史裏行崔羣。右臣蒙恩授監察御史，伏準建中元年正月五日制，常參官上後三日舉一人自代者。伏以前件官在諸生中號爲國器。縶維外府，人咸惜之。臣既深知，敢舉自代。貞元十九年閏十月日。

【校】

〔御史臺〕此三字及末句年月，崇本均注題下，閏十月作十一月，下同。是。

〔都團練〕崇本無都字。

〔自代〕崇本代下有謹具如前謹録聞奏候勑旨等字。

【注】

〔崔羣〕舊唐書一五九、新唐書一六五各有傳，詳箋證中。

〔蒙恩授監察御史〕據自傳，禹錫自京兆渭南主簿，明年冬擢爲監察御史，據此文確知爲貞元十九年（八〇三）事。

【箋證】

按：韓愈集有舉錢徽自代狀，其式先列所舉之人結銜姓名，然後提行云：右臣伏準建中元年（七八〇）正月五日勑：常參官授上後五日（紀作三日）內舉一人自代者。本集併爲一行，非唐人舊式矣。德宗紀，是年正月丁卯朔，辛未大赦，其中一條云：「常參官、諸道節度、觀察、防禦等使，都知兵馬使、刺史、少尹、畿赤令、大理司直、評事等，授訖三日內於四方館上表，讓一人以自代，其外官委長吏附送，其表付中書門下。每官闕，以舉多者授之。」此除官舉人自代之制所由來。辛未正爲正月五日。監察御史在常參官之列。又按：紀文雖云於四方館上表，此文首云「御史臺」，下篇首云「東都尚書省」，又云「蘇州狀上中書門下」，蓋仍由主管司代進也。韓愈集中舉張正甫自代狀亦首云尚書兵部。

〔都團練判官〕新唐書百官志，團練使下有副使、判官、推官、巡官、衙推各一人。宣歙池觀察使蓋兼都團練使，觀察、團練各置判官。

〔監察御史裏行〕新唐書百官志御史臺下云：開元中置御史裏行使，侍御史裏行使，殿中裏行使，監察裏行使，以未爲正官，無員數。

〔崔羣〕崔羣，舊唐書一五九、新唐書一六五均有傳，惟未載其爲宣歙判官事。以羣與禹錫及白居易三人交誼最深，又韓愈、柳宗元皆與爲知友，兹綜本集及諸集撮敍於此。據外集卷四和樂天過敦詩（羣之字）舊宅詩注云：敦詩與予友樂天三人同甲子，平生相約同休洛中。外集卷八歷陽書事詩載羣爲宣州觀察使時邀禹錫話舊，情誼殷摯，溢於言表。外集卷八尚有陪崔大尚書及諸閣老宴杏園詩，其時蓋羣於大和五年（紀作四年，傳作五年）除吏部尚書而禹錫尚未赴蘇州之際。交情踪跡約略可見。當居易爲左拾遺時，羣爲庫部員外郎，同制除官，在元和初，皆以任翰林學士之故也。長慶集中敍述最詳者，如除忠州寄謝崔相公詩，有「提拔出泥知力竭，吹嘘生翅見情深」之句，居易得羣在相位之助殆無疑義。居易在忠州復召還禁近，則在元和十五年（八二〇），憲宗卒後，羣已去位。又觀元和十年（八一五）居易初貶江州之日，羣方爲户部侍郎，由户部公牒致書居易存問，居易復書云：「院長公望日重，啓沃非遥，仰惟勉樹勳名，勿以鄙劣爲念。」蓋已知羣有爰立之望矣。餘如渭村退居寄禮部崔侍郎翰林錢舍人詩，敍元和初同制之情事，亦足見其交舊。然則羣之仕履與禹錫、居易二人之升沈大有關係。羣登科早於禹錫一年，而年齒則同。貞元年中，二人皆從事江南使府，及禹錫登朝，即舉羣自代。禹錫被罪以後，羣雖居内制，無從援手。及元和十二年（八一七）羣入相，則禹錫已刺連州，未幾又丁母憂以去，意者羣若不被皇甫鎛之讒以去，則禹錫服闋後不止僅得一夔州也。禹錫補夔州亦已在穆宗即位後，羣旋出鎮徐州，殆無能爲力矣。至後此禹錫自禮部郎中除蘇州，羣雖不當國，而方居吏部尚書之任，或亦嘗爲之道地也。居易與元稹詩有云：「憐君不久在通川，知己新提造化權。」謂李夷簡新入相，稹必得志也。唐中葉以後，親知在相位，必得其援引護持，乃人人意中所有之事。羣與韓愈爲同年進士，知交亦篤。羣早年踪跡亦賴於韓集中得知其梗概。韓集舊注云：「貞元十二年（七九六）八月，以崔衍爲宣歙觀察使，羣與李博俱在幕府，公送楊儀之序亦云：當今藩翰之賓客，惟宣州多賢，與之遊者二人焉：隴西李博、清河崔羣。」愈與羣書推崇甚至，亦可概見其爲人。書云：「自足下離東都，凡兩度枉問，尋承已達宣州，主人仁賢，同列皆君子，雖抱羈旅之念，亦且可以度日，無入而不自得，樂天知命者，固前修之所以禦外物者也；況足下度越此等百千輩，豈以出處遠近累其靈臺邪？宣州雖稱清涼高爽，然皆大江之南，風土不並以北。將息之道，當先理其心，心閑無事，然後外患不入，風氣所宜，可以審備，小小者亦當不至矣。足下之賢，雖在窮約猶能不改其樂，況地至近，官榮祿厚，親愛盡在左右者邪！所以如此云云者，以爲足下賢者，宜在上位，託於幕府，則不爲得其所，是以及之，乃相親重之道耳。非所以待足下者也。僕自少至今，從事於往還朋友間一十七年矣。日月不爲不久，所與交往相識者千百人，非不多，其相與如骨肉兄弟者亦且不少。或以事同，或以藝取，或慕其一善，或以其久故，或初不甚知而與之已密，其後無大惡，因不復決捨，或其人雖不皆入於善而於己已厚，雖欲悔之不可。凡諸淺者固不足道，深者止如此。至於心所仰服，考之言行而無瑕尤，窺之閫奥而不見畛域，明白淳粹，輝光日新者，惟吾崔君一人。……」愈作此書時，羣年未及三十，已推服如此。其從事宣州一事亦與禹錫此狀合，足補史傳之闕。又柳河東集亦有送崔羣序，略云：「清河崔敦詩有柔儒温文之道以和其氣，近仁復禮，物議歸厚，其有稟者歟！有雅厚直方之誠以正其性，慤論忠告，交道甚直，其有合者歟！是故日章之聲振於京師。嘗與隴西李杓直（李建）、南陽韓安平（韓泰）洎予交友。杓直敦柔深明，冲曠坦夷，慕崔君之和，安平厲莊端毅，高朗振邁，説崔君之正。余以剛柔不常，造次爽宜，求正於韓，襲和於李，就崔君而考其中焉。忘言相視，默與道合。今將寧覲東周，振策于邁，且餞于野，或命爲之序。余於崔君有通家之舊，外黨之睦，然吾不以是合之。崔君以文學登于儀曹，歇于王庭，甲俊造之選，首讐校之列，然吾不以是視之，於其序也，載之其末云。」舊注：「貞元八年（七九二），羣試禮部中其科，十年（七九四），舉賢良方正，授校書郎。」尤可見羣於永貞八司馬中交其三人，而此三人皆八司馬中之尤有才名者。又按：集中涉及羣者，尚有本集卷二十二，外集卷二、四、六、八等篇。

舉開州柳使君公綽自代狀

尚書屯田某官等，守開州刺史柳公綽。

右臣蒙恩授尚書屯田員外郎，伏準建中元年正月五日制，常參官上後三日舉一人自代者。伏以前件官以賢良方正，再歇王庭。在流輩間，號爲端士。昨除遠郡，人皆惜之。臣初蒙授官，得以論薦。多士之内，非無其人。竊惟用材，宜自遠始。謹具如前謹録奏聞，伏聽敕旨。貞元二十一年四月八日。

【校】

〔題〕崇本無使君二字。

〔尚書屯田〕崇本此四字及年月均在題下。

〔某官等〕紹本、崇本均無等字，是。

【注】

〔屯田員外郎〕據職官志，工部尚書之屬：屯田郎中、員外郎各一人。

【箋證】

按：禹錫以貞元十九年（八〇三）閏十月授監察御史，二十一年（八〇五）四月遷屯田員外郎，前篇與此篇年月可爲明證。

〔柳公綽〕公綽舊唐書一六五、新唐書一六三均有傳。舊唐書云：「年十八，應制舉，登賢良方正直言極諫科，授秘書省校書郎，貞元元年（七八五）也。貞元四年，復應制舉，再登賢良方正科，時年二十一。制出，授渭南尉。……慈隰觀察使姚齊梧奏爲判官，得殿中侍御史。冬，薦授開州刺史，入爲侍御史，再遷吏部員外郎。」此狀中所謂以賢良方正再敭王庭，亦即禹錫初爲郎官時事。公綽後自劍南判官入爲吏部郎中，元和初爲御史中丞，出爲湖南及鄂岳觀察使。又歷給事中、京兆尹、兵部、吏部侍郎、尚書右丞，出鎮襄陽。寶曆中，又自刑部尚書爲邠寧節度使。大和四年（八三〇），仍自刑部尚書出爲河東節度使，六月徵還卒。其晚年必仍與禹錫有往還。但詩集中不見。

舉姜補闕倫自代狀

東都尚書省：前左補闕姜倫。

右臣蒙恩授尚書主客郎中分司東都，伏準建中元年正月五日敕，常參官上後三日舉一人自代者。臣伏詳詔旨，欲達聰旁求，發揚幽遠。故人人得言所知，不當循其階次也。臣伏以前件官有儒學士行，蒙以諫官徵。會其年老被疾，不堪上道。有司按視如狀，不復逼迫。至今家居，而篤志無倦。臣謹舉爲郎吏，分司別都。冀優賢振滯，兩得其道。大和元年六月十四日。

【校】

〔題〕崇本下注云：東都尚書省大和元年八月十四日。

〔會其年老〕紹本會其作命真，誤。

【注】

〔左補闕〕據職官志門下省，左補闕二員，從七品上。

〔主客郎中〕據職官志，禮部尚書所屬有主客郎中一員。

【箋證】

按：禹錫授主客郎中分司東都，舊傳未載，新傳載於作遊玄都觀詩後，錢大昕諸史拾遺二云：「案禹錫集，再遊玄都觀絶句在大和二年（八二八）三月，是年歲在戊申，而除主客郎中分司東都在大和元年（八二七）六月，史以分司東都繫於作遊玄都觀詩之後，殆失其序矣。」蓋以此狀有明確之年月可據也。

蘇州舉韋中丞自代狀

蘇州狀上中書門下：諸道鹽鐵轉運江淮留後、朝議郎、守太僕少卿、兼御史中丞、上柱國賜紫金魚袋韋應物。右臣蒙恩授蘇州刺史，伏準建中元年正月五日制刺史上後舉一人自代者。前件官歷掌劇務，皆有美名。執心不回，臨事能斷。今領職雖重，本官尚輕。伏以當州口賦首出諸郡。況經災沴，切在撫綏。尚省無能，輒敢公舉。司榷筦之利，誠藉時才；流豈弟之風，實惟邦本。非承臆説，以塞詔書。今具聞奏。大和六年十二月九日。

【校】

〔門下〕崇本無以上八字。

〔右臣蒙恩〕崇本此九字作：「右某伏奉去年十月十二日勅授使持節蘇州諸軍事守蘇州刺史。」

〔領職〕結一本領作預，非。

〔尚省〕紹本、崇本尚均作内。

〔非承〕紹本、崇本、畿本、全唐文承均作敢。

〔聞奏〕全唐文作奏聞。

【注】

〔本官尚輕〕韋本官爲守太僕少卿兼御史中丞，皆試官帶銜，未嘗一日居於其位，故云本官尚輕也。

【箋證】

按：此狀中之韋應物爲一疑案。全唐文紀事八八引葉石林南宮詩話云：「蘇州詩律深妙，白樂天輩固皆尊稱之，而行事略不見唐史爲可恨。以其詩語觀之，其人物當亦高勝不凡。劉禹錫集中有大和六年（八三二）舉自代一狀。然應物温泉行云：北風慘慘投温泉，忽憶元皇巡幸年。身騎廄馬引天仗，直至華清列御前。則嘗逮事天寶間也，不應猶及大和時，蓋別是一人，或集之誤。苕溪漁隱云：蘇州集有燕李録事詩云：與君十五侍皇闈，曉拂鑪煙上玉墀。又温泉云：出身天寶今幾年，頑鈍如槌命如紙。余以編年通載考之，天寶元年（七四二）至大和六年（八三二）計九十一年，應物於天寶時已年十五，及有出身之語，不應能至大和間也。蔡寬夫云：劉禹錫所舉別是一人，可以無疑矣。」又錢大昕十駕齋養新録一二云：「韋應物貞元二年（七八六）由左司郎中出爲蘇州刺史，而劉禹錫集中有大和六年（八三二）除蘇州舉韋應物自代狀。宋葉少蘊、吴元任已疑其非一人，而沈作喆撰韋傳合而一之，篇末雖亦有疑詞，而終未敢決。近世陳少章景雲據白樂天於元和中謫江州後貽書元微之，於文盛稱韋蘇州，又言當蘇州在時，人亦未甚愛重，必待身後人始貴之。則是時蘇州已殁，而劉狀又在此書十年以後，則其所舉必別是一人矣。樂天守蘇日，夢得以詩酬之云：蘇州刺史例能詩，西掖今來替左司。言白之詩名足繼左司耳，非謂實代其任也。沈傳謂貞元二年（七八六）補外得蘇州刺史，久之白居易自中書舍人出守吴門，應物罷郡，寓郡之永定佛寺，則誤甚矣。白公出守在長慶間，距貞元初垂四十年，豈有與韋交代之理乎？大昕案，樂天刺蘇州在寶曆元年（八二五），陳以爲在長慶間，亦誤。」今考此狀所舉之韋應物，非但與詩人韋應物時代迥不相接，繫銜云「諸道鹽鐵轉運江淮留後」，即此一端已足明其別是一人矣。何況狀中歷掌劇務之語絶非對詩人之品評。然白居易雖云應物在時人亦不甚愛重，故相隔四十年有人與之同名亦不足怪，而禹錫必舉此一同名之人以爲蘇州刺史，終屬不近情理，頗疑應物二字有訛。白集中有別韋蘇州詩云：「百年愁裏過，萬感醉中來。惆悵城西別，愁眉兩不開。」編在第十三卷，是早期之作。據詩之語氣不似施之於年輩在前之韋應物，檢宋本白集，果無州字，是韋蘇乃一人姓名，非韋蘇州也。準此例之，後人震於韋應物之名，見有近似者即奮筆改竄，此狀中之韋應物，是否因其名近似而爲傳寫者所臆改，亦未可定耳。又白集中吳郡詩石記云：「貞元初，韋應物爲蘇州牧，房孺復爲杭州牧，皆豪人也，韋嗜詩，房嗜酒。」文爲寶曆元年（八二五）作，劉之舉狀更在其後，其非貞元時之韋應物，又一明證。

〔江淮留後〕唐會要八七轉運鹽鐵總敍所載，代宗時劉晏與第五琦，繼與韓滉分領鹽鐵使，自此以後，鹽鐵轉運使爲計相之職，所屬巡院分布於各道，其禮制之崇，職任之繁，爲真相所不及。故使在揚州，則上都有留後，使在京都，則揚州有留後。兩唐書志皆以其非正官，故不具載其制，遂無可徵考。今略録會要所載元和五年（八一〇）詔：「兩税法悉委郡國，初極便人，但緣約法之時，不定物估。今度支鹽鐵，泉貨是司，各有分巡，置於都會，爰命貼職，周視四方，簡而易從，庶叶權便，政有所弊，事有所宜，皆得舉聞，副我憂寄，以揚子鹽鐵留後爲江淮已南兩税使，江陵留後爲荆衡漢沔東界彭蠡南及日南兩税使，山南西道分巡院官充三川兩税使。……八年，以崔倰爲揚子留後淮嶺已東兩税使，崔梲爲江陵留後荆南已東南兩税使。」巡院留後之規模略見於此。此狀云：領職雖重，本官尚輕。留後之權任俸給皆在刺史之上，而禹錫舉以自代者，蓋以未居牧守之任爲未足也。又，江淮留後通稱揚子留後。通鑑二三七：「元和四年（八〇九），初，王叔文之黨既貶，有詔雖遇赦無得量移，吏部尚書鹽鐵轉運使李巽奏，郴州司馬程异吏才明辨，請以爲揚子留後。」注云：「揚州揚子縣，自大曆以來，鹽鐵轉運使置巡院於此，故置留後。」

蘇州上後謝宰相狀

朝議大夫、使持節蘇州諸軍事、守蘇州刺史、上柱國劉禹錫。

右某，今月六日到州上訖。某山東一書生，潦倒疏闊。在少壯日，猶不逮人。況今衰遲，智力愈短。相公哀憐不遇，擢授名邦。實荷弘獎，慚非器使。伏以當州繇大祲之後，物力蕭然。肌寒殞仆，相枕於野。誓當悉心條理，續具奏論。才術素空，憂勞方始。懼無聞問，忝負恩知。不任瞻望懇迫之至。

【校】

〔繇大祲〕崇本繇下注云：一作經。紹本、崇本、全唐文祲均作浸，是。大浸用莊子「大浸稽天而不溺」語。據紀，大和五年（八三一），浙東西水害稼，即其事。

〔肌寒〕按：當作飢寒。

【箋證】

按：遷除錫命，表奏以外，仍謝宰相，此在後世爲不可公然形之筆墨者。唐人不似後世之事事避嫌，故舉進士可以通榜，上宰相可以求官，彼此汲引，視爲故常。甚至於不止謝宰相。資暇集云：「近有因覽授之説，問予曰：今新拜官，非恩薦之地，僉申謝禮，無乃不誠乎！斯甚無謂。予曰：却是故事，劉歆拜黄門侍郎，其父向戒曰：今若年少得顯處新拜，宜皆謝貴人叩頭謹慎，戰戰慄慄，乃可免也。今之徧謝，其暗合邪！」李氏此語未知所據，然可知唐時授官有徧謝之禮，其特受恩薦者更無論矣。此狀直向宰相稱謝，猶爲近理者，然不能免於所謂受爵公門、拜恩私室之譏矣。是時秉權之宰相爲牛僧孺、李宗閔，禹錫蓋更不能不屈意感恩也。

〔山東一書生〕唐人通以關陝以東爲山東，禹錫貫爲彭城，望爲中山，居爲淮泗，墓在鄭州，皆可以山東概之。唐代諸名人之里貫，或虚稱郡望，或以暫居之地爲稱，大抵祖宗丘墓或累世卜居所在，與其羈遊之地不必相應。李白之稱山東，亦猶此也。試觀本卷汝州謝上表云，家本滎上，籍占洛陽。按諸近世之習，則禹錫當爲洛陽人，而從無此説，但稱中山或彭城，故知唐人所稱籍貫多不符其實也。參見本集卷二十三謁枉山會禪師詩箋證。

蘇州加章服謝宰相狀

右某，素乏吏才，謬居劇郡。以無庸之器，當難治之時。恭守詔條，勤求人瘼。伏以聖德柔遠，皇明燭幽。凡有上陳，皆可其奏。遂令管見，得及疲黎。自承雨露之恩，非有循良之政。猥蒙朝獎，特降命書。顧逢掖之腐儒，被華章之貴服。有黷陟明之典，誠招彼已之譏。限以守官，不獲相謝。瞻望榮感，心魂載馳。大和七年十二月日。

【校】

〔守官〕崇本二字乙。

〔相謝〕紹本、崇本、畿本、全唐文相均作拜。

【箋證】

按：禹錫有賜紫金魚袋謝表，見本集卷十六。

汝州上後謝宰相狀

朝議大夫、使持節汝州諸軍事、守汝州刺史、兼御史中丞、充本州防禦使、上柱國、賜紫金魚袋劉某。

右某自領吴郡，仍歲天災。上禀詔條，下求人瘼。地苞藪澤，俗尚剽輕。悉心撫綏，用法擒擿。事繁才短，常積憂虞。忽蒙天恩，稍移近郡。家本滎上，籍占洛陽。

病辭江干，老見鄉樹。榮感之至，實倍常情。印綬所拘，不獲拜謝。瞻望德宇，精誠坐馳。無任感戀之至。

【校】

〔題〕崇本下注云：大和八年。無狀字。

〔劉某〕以上各字崇本無。

【箋證】

按：汝州雖是支郡，而帶本州防禦使兼中丞，比於同、華二州，自蘇遷汝，非但近移，且有擢居方面之望矣。禹錫以大和八年（八三四）七月任，其時李德裕、王涯在位，二人當於禹錫有援。

汝州舉裴大夫自代狀

正議大夫、使持節杭州諸軍事、守杭州刺史、上柱國、賜紫金魚袋裴弘泰。

右臣蒙恩授汝州刺史、兼御史中丞、充本州防禦使。伏準建中元年正月五日敕，諸州刺史上後舉一人自代者。伏以前件官前爲九卿，出領兩鎮。頃因微累，遂有左遷。今授遠州，物情未塞。臣前任鄰接，具知公才。舊屈未伸，輒舉自代。云云。

【校】

〔題〕崇本下注云：大和八年（八三四）。裴大夫作裴弘恭。

〔裴弘泰〕崇本泰作恭。

〔鄰接〕崇本接作境。

〔公才〕崇本公作其。

【箋證】

按：文宗紀，大和元年（八二七）八月，以太府卿裴弘泰爲黔中觀察使。五年二月，改桂管觀察使，十二月，貶饒州刺史，以除鎮淹遲不進，爲御史所糾故也。與此狀所敍前爲九卿，出領兩鎮者合，弘泰蓋自饒州量移杭州也。

汝州進鷹狀

汝州防禦使：當使進奉籠母鷹六聯。右伏以前件鷹等學習應期，馴養斯至。列於常貢，有異衆禽。受紲之時，志已存於雲外。下韝之際，思展用於軍前。既懷百中之能，願獻三驅之禮。謹差防禦押衙景再休隨狀奉進以聞。大和九年九月十一日。

【校】

〔展用〕紹本、崇本兩字均乙，是。

同州舉蕭諫議自代狀

同州防禦使：前諫議大夫蕭俶。

右臣蒙恩授同州刺史、兼御史中丞、充本州防禦長春宫等使。伏準貞元二年正月二十四日敕，上後三日舉一人自代者。伏以前件官生於貴族，伏膺儒門。搢紳之間，號爲端士。昨蒙朝獎，冠於諫垣。時方被病，不果上道。長告已滿，塊然家居。今聞疾瘳，可以録用。臣與俶久同班列，知其材能。爲官擇人，敢舉自代。大和九年十二月四日。

【校】

〔題〕崇本諫議二字作俶。

【箋證】

按：舊唐書一七二蕭俛傳：弟俶，以蔭授官。大和中，累遷至河南少尹。九年五月，拜諫議大夫。開成二年（八三七），出爲楚州刺史。四年三月，遷越州刺史御史中丞浙東都團練觀察使。會昌中，入爲左散騎常侍，遷檢校刑部尚書華州刺史潼關防禦等使。大中初，坐在華州時斷獄不法，授太子賓客分司。四年，檢校户部尚書兖州刺史兖沂海節度使，復入爲太子賓客。大中十四年（八六〇），以太子少保分司東都卒。僦兄弟爲開元中宰相蕭嵩之曾孫，故狀中有生於貴族之語。俛與令狐楚爲同年進士，同時爲相，此舉疑即徇楚之意。

上宰相賀德音狀

同州狀上中書門下：今月十六日德音，右被刑部牒宣示德音。伏以聖澤滋深，新恩廣被。言念正刑之外，或有詿誤之徒。爰降殊私，特弘在宥。瑕累咸滌，危疑獲安。此皆廟算弼諧，致君及物。事光前史，功格上玄。某限以守官，不獲隨例拜賀。無任抃躍之至。大和九年十二月二十三日。

【箋證】

按：此即甘露變後所下之赦詔，已見本集卷十六賀德音表。

上宰相賀改元赦書狀

同州狀上中書門下：改元赦書。右伏奉今月一日制書改大和十年爲開成元年大赦天下者。伏以律首三元，禮崇四始。順陽和發生之德，敷大號涣汗之恩。宥過恤刑，弛征已責。盡去人瘼，通知物情。德音朝發於九天，和氣夕周於四海。此皆相公弼諧之道，燮贊之功。進熟於密勿之間，發揚成滂沛之澤。某恪守官業，印綬所拘，不獲隨例拜賀。

【校】

〔題〕崇本下注開成元年正月日。

〔進熟〕紹本熟作孰，古字通。崇本熟作退，恐非。按：唐制，宰相撰擬詔令進呈謂之進熟。此文爲改元肆赦而賀宰相，措詞不得不歸功於宰相之進擬文字也。崇本似爲校者誤改。

〔滂沛〕崇本作雱霈。

【箋證】

按：開成改元赦書已見本集卷十六賀赦表。狀中云進熟於密勿之間者，春明退朝録云：「唐宰相奉朝請即退，延英止論政事大體，其進擬差除，但入熟狀畫可。今所存有開元宰相奏請狀二卷，鄭畋鳳池藁草内載兩爲相奏擬狀數卷，祕府有擬狀注制十卷，多用四六，紀其人履歷性行，論請皆宰相自草，五代亦然。寇萊公謂楊文公曰：予不能爲唐時宰相，蓋孄於命詞也。」唐人常以進熟爲進熟狀之省稱。

薦處士嚴毖狀

處士嚴毖。右左庶子損之之孫，國子司業士元之子。舊名保嗣，亦有官班。頃者李賓客渤常與之游，辟爲桂州支使。其後寄家汝海，專静自居。某嘗典汝州，與語甚熟。歷代史及國朝故事悉能該通。操心甚危，觀跡相副。未達知己，已過壯年。汩没風塵，有足悲者。伏見敕文節目委州郡長吏搜訪隱淪。此舉無他，惟善所在。每覽珠英卷後學士姓名，有常州人符鳳白衣在選，取其藝業，不棄遠人。某忝被儒官，得以薦士。亦非出位，冀不廢言。倘弘文集賢史氏之館，采其實學，有勸諸生。伏以桂州辟之於前，某薦之於後，豈必有土長吏，然後事行？伏惟試味斯言，降意詳擇。謹狀。

【校】

〔嘗典〕結一本、全唐文嘗均作常，誤。

〔未達〕紹本、崇本、纖本達均作逢。

〔此舉〕紹本、崇本、全唐文此均作夫。

〔珠英〕崇本珠作殊，蓋校者不知珠英爲書名而誤改。

〔卷後〕紹本、崇本、全唐文後下均有列字。

〔忝被〕紹本、崇本、全唐文忝均作忝。按：此狀是作汝州刺史後所上，不應以儒官自居，以作早爲是，被當爲備之誤。儒官似指集賢學士，非指太子賓客。

【箋證】

按：狀中有嘗典汝州及「豈必有土長吏」之語，蓋禹錫之薦歟在罷同州爲賓客分司之時。狀乃上宰相者。

〔損之〕損之爲嚴挺之之弟，見舊唐書九九挺之傳中。

〔士元〕士元之名見本集卷九連州刺史廳壁記。

〔李賓客渤〕舊唐書一七一李渤傳云：「渤爲給事中，以上疏論中官毆鄠縣令崔發事出爲桂管觀察使，在桂管二年，風恙求代，罷歸洛陽。大和五年（八三一），以太子賓客徵，至京師月餘卒。渤孤貞力行，操尚不苟合，而闒茸之流非其沽激，至於以言擯退，終不息言，以救時病，服名節者重之。」禹錫爲此狀時，渤已卒矣。

〔珠英〕舊唐書經籍志，三教珠英并目一千三百一十三卷，張昌宗等撰。又文宗紀，開成二年（八三七），詔改天后所修三教珠英爲海內珠英。

薦處士王龜狀

處士王龜。古者選公族大夫，必以惇惠者教之，文敏者道之，果敢者諗之，鎮靜者循之。孜孜於此者，蓋膏粱之性難正，而懼公侯之胤不能嗣其耿光，可以深惜。然則成宣之後而老爲大夫，非恥乎！此智武子誡文子既冠而見之詞也。是知古之取士，不專寒族，必參用世胄，以廣得人之路。今見處士王龜即居守之第三子也。天性貞静，操心甚危。不由門資，誓志自立。樂處士之號，不汩綺襦之間。自到洛都，便居山寺。躭玩墳籍，放情煙霞。曾邀與語，如鋸木屑。信有稟受，居然出羣。以比在京師，甚足知者。諫院有狀，名流亟言。某流滯周南，静閲時輩。身雖不用，心甚愛才。況遇相公持衡，敢有所啓。誠懸之下，輕重難欺。伏惟深賜詳擇，知卿族之内有遺逸焉。謹狀。正議大夫、檢校禮部尚書、兼太子賓客分司東都劉某狀。

【校】

〔天性〕紹本、崇本性均作生。

〔綺襦〕崇本襦下注云：一作羅。按：綺襦用漢書敍傳：「在于綺襦紈絝之間」，作羅者非。

〔以比〕紹本作以此，崇本作伏聞比者。

【注】

〔智武子〕國語晉語：「趙文子（趙武）冠……見智武子，武子曰：吾子勉之，成宣之後而老爲大夫，非恥乎？」注：「成，成子，文子曾祖趙衰也。宣，宣子，文子祖父趙盾也。言文子二賢之後，長老乃爲大夫，非恥乎？欲其修德早爲卿也。」

〔居守〕謂王起，時爲東都留守，故稱以居守。集中涉及起者有卷二十三、二十四、二十八，外集卷四、五等篇。

〔木屑〕晉書四九胡毋輔之傳：王澄嘗與人書曰：「彦國（輔之字）吐佳言如鋸木屑，霏霏不絶。」

〔流滯周南〕語出史記太史公自序。

〔正議大夫〕據舊唐書職官志爲正四品上階，蓋禹錫在蘇州刺史任時階居正五品下，今已五轉矣。

【箋證】

按：王龜事附見舊唐書一六四王播傳中，有可與此狀相參證者。傳云：「龜字大年，性簡澹蕭灑，不樂仕進，少以詩書琴酒自適，不從科試。京城光福里第，起兄弟同居，斯爲宏敞，龜意在人外，倦接朋遊，乃於永達里園林深僻處創書齋，吟嘯其間，目爲半隱亭，及從父起在河中，於中條山谷中起草堂，與山人道士遊，朔望一還府第，後人目爲郎君谷。及起保釐東周，龜於龍門西谷構松齋，棲息往來，放懷事外。起鎮興元，又於漢陽之龍山立隱舍，每浮舟而往，其閑逸如此。」考起鎮興元爲大和八年（八三四）事，在第一次任東都留守之後，武宗即位後，檢校左僕射東都留守，則第二次任，乃禹錫薦龜之時，故稱起爲居守也。及起再鎮興元，則禹錫已卒矣。龜於丁父憂服闋後以右補闕徵，洊歷顯官，咸通末，在浙東觀察使任内被殺。此文署「正議大夫、檢校禮部尚書、太子賓客分司東都」，是禹錫開成末會昌初之繫銜，亦即禹錫最後之公牘矣。其時崔鄲、李德裕在位，文中所謂「況遇相公持衡」，或指二人。

劉禹錫集箋證卷第十八

啓

上杜司徒啓 時謫朗州。

某啓：一自謫居，七悲秋氣。越聲長苦，聽者誰哀？湯網雖疏，久而猶詿。失意多病，衰不待年。心如寒灰，頭有白髮。惕厲之日，利於退藏。是以彌年不敢奏記。近本州徐使君至，奉手筆一函，稱謂不移，問訊加劇。重復點竄，一無客言。忽疑此身，猶在門下。收紙長想，欣然感生。尋省遭罹，萬重不幸。方寸之地，自不能言。求人見諒，豈復容易？復蒙遠示，且曰浮謗漸消。況承慶宥，期以振刷。方今聖賢合德，朝野多歡。澤柔異類，仁及行葦。萬族咸説，獨爲窮人。四時平分，未變寒谷。自同類牽復，又已三年。側聞衆情，或似哀歎。某材略無取，廢錮是宜。若非舊恩，孰肯留念？六翮方鎩，思重託於扶摇；孤桐半焦，冀見收於煨燼。伏紙流涕，不知所言。謹啓。

【校】

〔題〕崇本無「時謫朗州」四字小注。

〔猶註〕崇本註作挂。

〔客言〕結一本客作容，誤。

〔欣然〕崇本欣作歆。

【注】

〔行葦〕詩大雅行葦序云：行葦，忠厚也。周家忠厚，仁及草木，故能内睦九族，外尊事黄耇，養老乞言，以成其福禄焉。

【箋證】

按：本集卷十有上杜司徒書，在初貶朗州之時，詞繁意切，似佑受浸潤之譖，禹錫急欲自明，以期全終始。而佑非但不爲之援，且置之不復，故此啓有「越聲長苦，聽者誰哀」之語。蓋禹錫亦不能無憾於佑矣。佑以元和七年（八一二）致仕，即以其年卒，此書云七悲秋氣，知亦即是年，書到時，佑不惟不能爲力，或且並未寓目矣。豈其自知不起，稍悔待禹錫之薄，故先致一書耶？啓中云：「同類牽復，又已三年。」按程异起用在元和四年（八〇九），此啓作於元和七年（八一二），正合，自是指异。至所謂「況承慶宥」，或指元和三年（八〇八）受尊號大赦。

又按：佑之爲人乃所謂全軀保妻子之臣。嘉話録中有一條云：「大司徒杜公在維揚也，嘗召賓僚閑語，我致政之後，必買一小駟八九千者，飽食訖而跨之，著一粗布襴衫，入市看盤鈴傀儡，足矣。又曰：郭令公位極之際，常慮禍及，此大臣之危事也。司徒深旨不在傀儡，蓋自汙耳。司徒公後致仕，果行前志，諫官上疏言三公不合入市，公曰：吾計中矣。計者即自汙耳。」禹錫對韋絢述此事，顯有不滿於佑之意。

〔徐使君〕禹錫在朗州爲員外司馬時，刺史之知名者惟竇常，常有之任武陵寒食日途次松滋渡先寄劉員外禹錫詩云：「算老重經癸巳年。」癸巳爲元和八年（八一三），禹錫即於次年召還京，此徐使君乃常之前任也，其名待考。

上淮南李相公啓

某啓：某向以昧於周身，措足危地。駭機一發，浮謗如川。巧言奇中，别白無路。祝網之日，漏恩者三。咋舌兢魂，分終裔壤。豈意天未剿絶，仁人登庸。施一陽於剥極之際，援衆溺於坎深之下。南箕播物，不勝曷言？危心鎩翮，繇是自保。陰施之德已然，乃聞受恩同人，盟以死答。私感竊抃，積於窮年。化權禮絶，孤志莫展。今幸伍中牽復，司存宇下。伏慮因是記其姓名。謹獻詩二篇，敢聞左右。古之所以導下情而通比興者，必文其言以表之。雖甿謡俚音，可儷風什。伏惟降意詳擇，斯大幸也。謹因揚子程留後行，謹奉啓，不宣。謹啓。

【校】

〔某向〕紹本作某間，崇本二字作間。

〔曷言〕崇本曷作願，纖本、英華、全唐文均作昌，皆失句意，似爲校者所臆改。按：詩小雅大東：「惟南有箕，不可以簸揚……維南有箕，載翕其舌。」禹錫用此，蓋自説詩義，不據傳箋及疏。唐語林二云：「劉禹錫云：與柳八、韓七詣施士匄聽毛詩……又言：維北有斗，不可以挹酒漿。言不得其人也。毛鄭不注。」此條采自劉賓客嘉話録，禹錫所自言，必爲可信。云「不勝曷言」者，比之小人不能復恣播弄，或即本施氏之説。

〔盟以〕崇本盟作明。

〔孤志〕中山集志作去。

【注】

〔李相公〕謂李吉甫，詳箋證。

〔陰施〕按以下三句文義不明，疑有脱誤。

【箋證】

按：舊唐書一四八李吉甫傳載，吉甫元和二年（八〇七）爲中書侍郎同平章事，以竇羣之構，不安於位，薦裴垍自代。三年（八〇八）九月，出鎮淮南。五年（八一〇）冬，垍病免。明年正月，吉甫復自淮南入知政事。自此至九年（八一四）冬方卒于位。據此，當禹錫貶在朗州之時，即元和九年（八一四）以前，除吉甫外，無得稱淮南李相公者，則此啓爲上吉甫可知。啓中「祝網之日，漏恩者三」之語，蓋謂元和元、二、三年（八〇六、八〇七、八〇八）凡三次大赦，王、韋之黨皆不得量移也。又有「今幸伍中牽復，司存宇下」之語，自是指元和四年（八〇九）程异之起用爲揚子留後，此啓既由异之便，則亦必作於四年（八〇九）可知。蓋禹錫於吉甫雖非有甚深之淵源，而吉甫之留意人才，固爲時論所共悉。舊唐書一四八裴垍傳云：「吉甫謂垍曰：吉甫自尚書郎流落遠地十餘年方歸，便入禁署，今纔滿歲，後進人物罕所接識。宰相之職，宜選擢賢俊，今則懵然莫知能否，卿多精鑒，今之才傑，爲我言之。垍取筆疏其名氏，得三十餘人，數月之間，選用略盡。」是其證也。禹錫此啓云「伏慮因是記其姓名」，亦自媒之意。然「受恩同人，盟以死答」等語，意頗晦澀，未詳所指。

〔揚子程留後〕程留後謂八司馬中之程异，舊唐書一三五、新唐書一六八均有傳。傳云：貞元末，擢授監察御史，遷虞部員外郎，充鹽鐵轉運揚子院留後。……元和初，鹽鐵使李巽薦异曉達錢穀，請棄瑕録用，擢爲侍御史，復爲揚子留後。

上門下武相公啓

某啓：去年本州吏人自蜀還後，伏奉示問，兼衣服繒綵等。雲水路遥，緘縢既厚。恭承惠下之旨，重以念舊之懷。熙如陽和，列在緗簡。苦心多感，危涕自零。鶩神驛思，若侍杖屨。伏以聖上注意理本，鋭求國楨。念外臺報政之功，追宣室前席之事。重下丹詔，再升黄樞。羣情合符，和氣來應。八柄所在，三人同心。協台坐之精，膺傑材之數。談笑於規矩之際，從容於陶冶之間。物皆由儀，人識所措。某久罹憲網，兀若枯株。當萬類咸説之辰，抱窮途終慟之苦。清朝無絳、灌之列，至理絶椒、蘭之嫌。此時不遇，可以言命。

嗟乎！一身主祀，萬里望枌榆之鄉；高堂有親，九年居蠻貊之地。從坐之典，固有等差。同類之中，又尋牽復。頃在臺日，獲奉準繩。指吏途於按讞，道文律於章奏。藻鑑之下，難逃陋容。炎涼載移，足見真態。自違間左右，沈淪遐荒，歲月滋深，艱貞彌厲。緬思受譴之始，他人不知。屬山園事繁，孱懦力竭。本使有内嬖之吏，供司有恃寵之臣。言涉猜嫌，動礙關束。城社之勢，函矢紛然。彌縫其間，崎嶇備盡。

始慮罪因事闕，寧虞謗逐跡生？智乏周身，又誰咎也？

伏以趙國公頊承一顧之重，高邑公夙荷見知之深。雖提挈不忘，而顯白無自。蓋以永貞之際，皆在外方。雖得傳聞，莫詳本末。特哀黨錮，亟形話言。自前歲振淹，命行中止。或聞輿論，亦愍重傷。伏遇相公秉鈞，輒已自賀。儻重言一發，清議攸同。使聖朝無錮人，大冶無廢物。自新之路既廣，好生之德遠彰。羣蟄應南山之雷，窮鱗得西江之水。指顧之内，生成可期。伏惟發膚寸之陰，成彌天之澤。回一瞬之念，致再造之恩。誠無補於多事之時，庶有助於陰施之德。無任懇悃之至。謹啓。

【校】

〔還後〕紹本、崇本、中山集均無後字。

〔衣服〕崇本、全唐文衣上均有賜字。

〔杖屨〕紹本、全唐文均作穎杖，不可解，崇本作函杖，亦非。

〔國楨〕結一本楨作禎，誤。

〔再升〕結一本升作弁，誤。

〔傑材〕崇本傑作保，注云：一作傑。英華、全唐文均作俊傑。

〔規矩〕紹本、崇本、畿本、全唐文矩均作隨。

〔道文律〕全唐文道作遵，似非。

〔載移〕崇本載下注云：一作幾。

〔罪因〕崇本因作同。

〔一顧〕幾本下注云：一作顧遇；崇本、英華、全唐文均與一作同。

〔輿論〕幾本輿作與。

【注】

〔本州〕謂朗州。

〔八柄〕周禮天官大宰：以八柄詔王馭羣臣。八柄者，爵禄予置生奪廢誅。

〔椒蘭〕似用離騷「謂幽蘭其不可佩，謂申椒其不芳」二語。

〔道文律〕謂武元衡爲中丞時禹錫曾爲之草奏，見卷十三。

〔趙國公〕謂李吉甫，見本傳。

〔高邑公〕謂李絳，本傳，八年封高邑縣男。

【箋證】

按：此啓爲元和八年（八一三）所上，武相公謂武元衡，趙國公謂李吉甫（元和六年封），高邑公謂李絳（見下）。據紀，自六年（八一一）正月，吉甫自淮南復知政事，十一月，絳自户部侍郎爲中書侍郎同中書門下平章事，同在相位者尚有權德輿。八年（八一三）正月，德輿罷，三月，元衡自西川復知政事。啓中所謂「八柄所在，三人同心」，正謂此也。據舊唐書一五八元衡本傳，貞元二十年（八〇四），遷御史中丞。禹錫時爲監察御史，故云「頃在臺日，獲奉準繩」也。韓愈順宗實録云：二十一年（八〇五）正月，以檢校司空平章事杜佑攝冢宰兼山陵使，中丞武元衡爲副使，宗正卿李紓爲按行山陵地使，刑部侍郎鄭雲逵爲鹵簿使。元衡本傳云：「王叔文等使其黨以權利誘元衡，元衡拒之，時奉德宗山陵，元衡爲儀仗使，禹錫求充儀仗判官，元衡不與，其黨滋不悦，數日罷元衡爲右庶子。」其實禹錫已判度支鹽鐵案兼崇陵使判官矣，何至復求爲儀仗使判官，若云未爲崇陵使判官之前先求之於元衡，則以情分論，杜佑親於元衡，以職任論，山陵重於儀仗，未必禹錫捨所親所重而謀於所疏所輕也。史傳據實録，疑不足深信。此啓云：「山園事繁，孱懦力竭，本使有内嬖之吏，供司有恃寵之臣。」以本集卷十上杜司徒書參之，本使必指佑無疑，此時佑已卒，故不嫌直揭其短。禹錫雖爲佑之舊僚，此時利權所在，其左右必有媒孽禹錫之過者，禹錫無以自明，非盡出於元衡之怨也。

又按：禹錫元和十年（八一五）復貶自播州改連州一事，韓愈集中柳子厚墓誌銘云：「其召至京師而復爲刺史也，中山劉夢得禹錫亦在遣中，當詣播州，子厚泣曰：播州非人所居，而夢得親在堂，吾不忍夢得之窮，無辭以白其大人，且萬無母子俱往理。請於朝，將拜疏，願以柳易播，雖重得罪死不恨。遇有以夢得事白上者，夢得於是改刺連州。」通鑑考異備引本傳、實録，趙元拱唐諫諍集、趙璘因話録諸説，而斷從實録及諫諍集。故通鑑敍其事曰：「會中丞裴度亦爲禹錫言曰：禹錫誠有罪，然母老，與其子爲死別，良可傷。上曰：爲人子尤當自謹，勿貽親憂，此則禹錫重可責也。度曰：陛下方侍太后，恐禹錫在所宜矜。上良久乃曰：朕所言以責爲人子者耳，然不欲傷其親心。退謂左右曰：裴度愛我終切。明日，改連州刺史。」今考韓愈作柳誌之時，去元和未遠，雖不得不載此事，而不顯書度之名，殆愈工於周防，慎於予奪之故，其事出於裴度，衆説昭然，必不誣也。詔命之行，出於宰相。是時在相位者張弘靖、韋貫之與元衡也。非臺長抗言，宰相焉得改已行之詔，非臺長又誰能力争於殿陛上乎？是年五刺史之除，惟播州最爲遠惡，是執政於禹錫獨有深恨，不僅爲王、韋之獄，自可斷言。其爲元衡有意洩恨，似亦無疑義。特元衡何以與禹錫齟齬至此，不可悉考耳。禹錫上此啓時，尚頗感元衡之存問，未幾果有召還之舉，似此時元衡之恨禹錫亦未甚深，乃至京僅兩月，情態忽變，恐禹錫未及料也。

又按：李絳本傳，以元和八年（八一三）封高邑縣男，故啓中稱爲高邑公。絳登貞元八年（七九二）進士第，與崔羣皆早禹錫一科。而貞元末同爲監察御史。又禹錫曾爲渭南主簿（見子劉子自傳），絳爲渭南尉（見本傳），亦同官一邑，又據本集卷二十九李絳集紀，二人相識尚在未通籍時。雖元和以後升沉懸絶，而舊誼固在。若李吉甫則貞元末連刺遠州，無由款接，或曾於元和初一訪禹錫之名，故云「頃承一顧之重」也。惟絳未聞外任，而云永貞之際皆在外方，殊所未詳。絳事別詳下卷。

上中書李相公啓 絳

某啓：去年國子主簿楊歸厚致書相慶。伏承相公言及廢錮，愍色甚深。哀仲翔之久謫，恕元直之方寸。思振淹之道，廣錫類之仁。遠聆一言，如受華衮。伏自不窺牆仞，九年於兹。高卑邈殊，禮數懸絶。雖身居廢地，而心恃至公。

伏以相公久以訏謨，參于宥密。材既爲時而出，道以得君而專。令發於流水之源，化行猶偃草之易。習强伉者自納於軌物，困杼軸者咸躋於仁壽。六轡在手，平衡居心。運思於陶冶之間，宣猷於魚水之際。然能軫念廢物，遠哀窮途。嗟哉小生，有足悲者。内無手足之助，外乏强近之親。爲學苦心，本求榮養。得罪由己，翻乃貽憂。捫躬自劾，愧入肌骨。禍起飛語，刑極淪胥。心因病怯，氣以愁耗。

近者否運將泰，仁人持衡。伏惟推曾閔之懷，憐烏鳥之志。處夔龍之位，傷屈賈之心。沛然垂光，昭振幽蟄。言出口吻，澤濡寰區。昔者行葦勿傷，枯骸猶掩。哀老以出幣，愍窮而開懷。無情異類，尚或嬰慮。顧惟江干逐客，曾是相府故人。言念材能，誠無所取。譬諸飛走，庸或知恩。嗚呼！以不駐之光陰，抱無涯之憂悔。當可封之至理，爲永廢之窮人。聞弦尚驚，危心不定。垂耳斯久，長鳴孔悲。腸回淚盡，言不宣意。謹啓。

【校】

〔題〕注絳字崇本作緯，誤。

〔仲翔〕崇本翔作朔，誤。

〔久謫〕紹本久作人，誤。

〔方寸〕結一本寸作才，誤。

〔之仁〕紹本、崇本、中山集仁均作人，非。

〔心恃〕結一本恃作持，非。

〔而專〕畿本專作亨。

〔爲學〕崇本爲上有何字。

〔自劾〕英華劾作効，非。

〔枯骸〕紹本、崇本、畿本、全唐文骸均作骼，是。

【注】

〔仲翔〕謂虞翻，見三國志本傳。

〔方寸〕用三國徐庶語，禹錫有母，故以之自比。

【箋證】

按：楊歸厚以元和七年（八一二）自拾遺貶國子主簿分司，已見本集卷八鄭州刺史東廳壁記。李絳以元和六年（八一一）十一月入相，此啓云：「否運將泰，仁人持衡。」又云：「自不窺牆仞，九年於兹。」亦似元和七、八（八一二、八一三）年間之語氣。絳以九年（八一四）罷知政事，禹錫望之雖切，竟不及爲援矣。

又按：集中涉及李絳者，自本集卷十九集紀外，尚有外集卷二、十等篇。絳爲中書侍郎同平章事，故稱中書相公。

〔内無手足之助〕與本集卷十上杜司徒書：「同生無手足之助」，語同。知禹錫無同胞兄弟。

謝門下武相公啓

某啓：某一坐飛語，廢錮十年。昨蒙徵還，重罹不幸。詔命始下，周章失圖。吞聲咋舌，顯白無路。豈謂烏鳥微志，惻于深仁。恤然動拯溺之懷，煦然存道舊之旨。言念觳觫，慰安蒼黄。推以恕心，期於造膝。重言一發，叡聽克從。回陽曜於肅殺之辰，沃天波於蹭蹬之際。俾移善地，獲奉安輿。率土知孝治之源，羣生識人倫之厚。感召和氣，發揚皇風。豈惟匹夫，獨受其賜？

某即以今月十一日到州上訖。守在要荒，拘於印綬。巾韝詣謝，有志莫從。誠知微生，不足酬德。捐軀之外，無地寄言。效節蕭屏，虔然心禱，無任懇悃屏營之至。謹勒軍事衙官左威衛慈州吉昌府别將員外置同正員常懇奉啓起居，不宣。謹啓。

【校】

〔始下〕畿本始作失，誤。

〔觳觫〕紹本、崇本觳均作斛。

【注】

〔蕭屏〕畿本蕭下注云：一作肅。全唐文與一作同。按：蕭屏即蕭牆，作肅者非。

〔要荒〕禹貢：五服：甸、侯、綏、要、荒。

〔左威衛〕據舊唐書職官志，左右威衛爲十六衛之一，慈州吉昌府别將乃折衝府官之寄銜也。

【箋證】

按：武元衡以元和八年（八一三）三月入相，十年（八一五）六月被刺。啓中所云「俾移善地，獲奉安輿」，即禹錫初貶播州，以裴度力争而改連州之事，此非特不出於元衡之拯援，且恐正是由元衡所陷害。禹錫不敢不巽詞以求紓禍耳。授連州在元和十年（八一五）三月，到任在夏初，此書到京當已在元衡遇刺之際，恐終未入元衡之目矣。

謝中書張相公啓

某啓：某智乏周身，動必招悔。一坐飛語，如衝駭機。昨者詔書始下，驚懼失次。叫閽無路，擠壑是虞。草木賤軀，誠不足惜。烏鳥微志，實有可哀。伏蒙聖慈，遽寢前命。移莅善部，載形綸言。凡在人臣，皆感至德。凡爲人子，同荷至仁。豈唯鰥生，獨受其賜？伏以相公心符上德，道冠如仁。一夫不獲，戚見於色。密旨未下，歎形於言。竟回三舍之光，能拔九泉之厄。袁公之平楚獄，不忍錮人。晏子之哀越石，乃伸知己。所以慶垂胤祚，言成春秋。神理孔昭，報應斯必。身侔蟬翼，何以受恩？死輕鴻毛，固得其所。卑身有限，拜謝末由。無任感激兢惶之至。謹勒軍事衙官守左威衛慈州吉昌府别將員外置同正員常懇奉啓起居，不宣。謹啓。

【校】

〔如衝〕崇本衝下注云：一作觸。

〔如仁〕崇本如作至，非。

〔密旨〕英華旨作啓。

〔乃伸〕崇本、全唐文乃均作仍。

〔卑身〕紹本、崇本、畿本、英華、全唐文身均作守，似是。

【注】

〔袁公〕後漢書七五袁安傳：永平十三年，楚王英謀爲逆，事下郡覆考。明年，三府舉安能理劇，拜楚郡太守。是時英辭所連及，繫者數千人，顯宗怒甚，吏案之急，迫痛自誣，死者甚衆。安到郡不入府，先往案獄，理其無明驗者，條上出之。府丞掾史皆叩頭爭，以爲阿附反虜，法與同罪，不可。安曰：「如有不合，太守自當坐之，不以相及也。」遂分別具奏，帝感悟，即報許，得出者四百餘家。

〔越石〕史記管晏列傳：越石父賢，在縲紲中，晏子出，遭之塗，解左驂贖之，載歸。弗謝，入閨。久之，越石父請絶。晏子懼然攝衣冠謝曰：「嬰雖不仁，免子於厄，何子求絶之速也？」石父曰：「不然，吾聞君子詘於不知己而信於知己者。方吾在縲紲之中，彼不知我也。夫子既已感寤而贖我，是知己；知己而無禮，固不如在縲紲之中。」

【箋證】

按：張相公謂張弘靖，舊唐書一二九、新唐書一二七均有傳。據紀，弘靖以元和九年（八一四）六月入相，十二月，守中書侍郎，故稱中書相公。此啓亦到連州後所上，及十一年（八一六）正月，即罷相出鎮河東矣。觀此啓知禹錫於時宰偏致謝書，乃循例徇情之虚文，非真謂賴其力而移善地也。是時在相位者尚有韋貫之，想亦有一啓已佚耳。

賀門下裴相公啓

某啓：伏以相公含道傑出，降神挺生。坐籌以弼叡謨，秉鉞以行天討。風雲助氣，川岳效靈。制勝於尊俎之間，指縱於轔䌟之末。繡斧既定，衮衣以歸。君心如魚水，人望如風草。一德交浹，萬邦和平。運神思於鴻鑪，納生靈於壽域。文武丕績，冠於古今。某恪守遐荒，不獲隨例拜賀。瞻望欣躍，無任下情。

【校】

〔天討〕纖本天作大。

〔川岳〕全唐文川作山。

〔指縱〕紹本、崇本縱均作蹤。

〔䌟〕結一本作蹀，誤。

〔繡斧〕紹本、崇本、英華、全唐文繡均作蕭。

〔交浹〕紹本、崇本浹均作暢。

〔萬邦〕崇本邦下注云：一作方。英華此二句作一德交暢，萬方和平。

〔鴻鑪〕纖本鴻作洪。

【注】

〔裴相公〕謂裴度。舊紀，元和十二年（八一七）七月，以中書侍郎平章事裴度，守門下侍郎同平章事，充彰義軍節度使，仍充淮西宣慰處置使。

〔繡斧〕繡斧多用以指御史，漢書武帝紀，遣直指使者暴勝之等衣繡衣杖斧分部逐捕是也。此文似非其意。蓋用桓譚新論「礱蕭斧以伐朝菌」語，見文選魏都賦注引。

【箋證】

按此啓賀淮西之平，是爲公牘，故但隨例略抒數語，而私情則具於别啓如次篇。

上門下裴相公啓

某啓：曩者淮右逋誅，即戎歲久。天子齋戒，以命元臣。登壇之日，上略前定。從九天而下，縱以神兵。分六符之光，掃其長彗。授鉞於西顥之半，策勳於北陸之初。功成偃節，復執大柄。君臣相遇，播於樂章。山河啓封，載在盟府。上方注意，人益具瞻。因魚水之協符，極夔龍之事業。時屬四始，恩覃萬方。致君及物，其德兩大。古先俊賢所未備者，我從容而保之。殆非人事，抑有幽贊。夫異同之論，我以獨見剖之。文武之道，我以全材統之。崇高之位，我以大功居之。造物之權，我以虚心運之。然持盈之術，古所難也。實在陰施及物，厚其德基，以左右功庸而百禄是荷。人所欽戴，久而愈宜。昔袁太尉不忍錮人，而楚獄衰息。一言之慶，子孫丕承。以今日將明之材，行前脩博施之義。筆端膚寸，澤及九垠。猶夫疾耕，必有滯穗。某頃墮危厄，常受厚恩。詛盟於心，要之自效。常懼廢死荒服，永辜願言。敢因賀牋，一寄丹懇。固非奇理，不足以縈於沖襟。然則利於行者固在乎常談，而卓詭孤特之言未必利於行也。伏惟以愚言與賢者參之。謹啓。

【校】

〔曩者〕全唐文曩作嚮。

〔掃其〕英華掃作拂。

〔其德〕崇本德作得，注云：一作德。

〔俊賢〕紹本俊作畯。

〔及物〕崇本、全唐文及均作拯，英華及作極。

〔欽戴〕全唐文欽作欣。

〔詛盟〕英華、全唐文詛均作誼。

〔常懼〕崇本常作嘗。

〔固非〕紹本、崇本、全唐文固均作顧。

〔然則〕全唐文無則字。按：唐人語法然則與然而往往通用，非誤衍則字。

【注】

〔六符〕漢書藝文志，天文家有泰階六符一卷，注：李奇曰：三台謂之泰階，兩兩成體，三合故六。觀色以知吉凶，故曰符。

〔四始〕史記天官書正義：謂正月旦歲之始、時之始、日之始、月之始。故云四始。

〔袁太尉〕見本卷謝中書張相公啓。

〔將明〕詩大雅烝民：肅肅王命，仲山甫將之，邦國若否，仲山甫明之。

【箋證】

按：啓中有「時屬四始」之語，知是元和十三年（八一八）改歲之際所作。十二年（八一七）冬，平淮西之露布已到連州，預料元旦必有赦音也。禹錫於度似交分已深，故詞頗質直，責望之意多，而懇祈之情略，既不敍恩，亦無溢美。「頃墮危厄，嘗受厚恩」一語亦足證度爲禹錫力争由播改連之爲事實。又按：元和十三年（八一八）平淮西以後，裴度得君，爲時人所屬望，禹錫諸人之重被録用，最爲難逢之機遇，而柳宗元既已辭世，禹錫又同時丁艱，遂終不獲及於寬政，此人事之不幸也。然即使無此波折，度之爲援亦恐甚微。考淮西平後，與度同在中樞者，王涯、李鄘、李夷簡皆旋罷，惟崔羣居位稍久。羣與度固皆能爲禹錫道地，而度以移兵討李師道之故，軍書旁午，不暇他及，勢不能以宥過棄瑕之説進於憲宗。及淄青平，則皇甫鎛、程异、令狐楚相繼入相，而度旋已出鎮矣。异雖與禹錫同爲永貞案中人，而救過不遑，舊唐書本傳云：「异自知叨據，以謙遜自牧，月餘日不敢知印秉筆。」其不安於位可見。鎛與羣又不相能，羣亦旋被黜。故未及元和之末，政局已變，度終無爲力。

賀門下李相公啓

自西川入爲大夫，拜相。

某啓：伏以聖君當功成愷樂之日，而求賢愈切，思治益深。是上玄垂休，欲速致太平之明效。以相公事業而逢此時，天下之人視仁壽之域，其猶尋尺。故命書所至，德風隨之。微材片善，咸自磨拂。況同主國柄，如吹塤篪。含生之倫，唯所措置。日月停午，物無邪陰。聖賢合德，人識正道。雖居畎畝，足以詠歌。某邈守要荒，不獲隨例拜賀。私感竊抃，實倍恒情。

【校】

〔人識〕紹本識作謀。

〔邈守〕紹本、崇本、中山集、全唐文邈均作遐。

〔私感〕崇本無此下八字。

【注】

〔功成愷樂〕謂初平淮西。

【箋證】

按：憲宗紀，元和十三年（八一八）三月庚寅，以前劍南西川節度使李夷簡爲御史大夫。庚子，以御史大夫李夷簡爲門下侍郎同平章事，故稱爲門下相公。夷簡爲人碌碌無他長，亦非能知禹錫者。其登第在貞元二年（七八六），於禹錫爲前輩。新唐書載於一三一宗室宰相傳中，略云：「擢進士第，中拔萃科，調藍田尉，遷監察御史，元和時至御史中丞。京兆尹楊憑性驁倪，始爲江西觀察使，冒没于財。夷簡爲屬州刺史，（據元氏長慶集爲饒州刺史）不爲憑所禮，至是發其貪。憑貶臨賀尉。夷簡賜金紫，以户部侍郎判度支。……十三年（八一八），召爲御史大夫，進門下侍郎、同中書門下平章事。李師道方叛，裴度當國，帝倚以平賊，夷簡自謂才不能有以過度，乃求外遷。……」舊唐書載其以私怨訐楊憑事於憑傳中，似頗不直夷簡所爲。其在相位猶未及半年，不足齒數蓋亦明矣。

上僕射李相公啓

某啓：州吏還，伏蒙攏落常態，手筆具書，言及貞元中登朝人逮今無十輩。及發中書相公一函，具道閣下亟言曩遊，顏間頗有哀色。夫溝中之木，與犧象同體。追琢不至，坐成枯薪。朱而藍之，猶足爲器。苟液樠曲戾，不足枉斧斤，願爲庭燎，以照嘉客。謹啓。

【校】

〔題〕全唐文上作謝，與其他二篇一律，是。

〔液樠〕紹本樠作瞞，誤。英華注云：見莊子、集作滿，非。

【注】

〔溝中〕按此下雜用莊子、淮南子語而出以自鑄之詞。宋晁無咎亳州謝到任表有云：樗櫟無堪，猶供燔燎，似即出於禹錫此文，禹錫復有所本否，則待考。

【箋證】

按：此篇之僕射相公謂李逢吉，中書相公謂李程，蓋上於長慶末寶曆初。據宰相表，長慶四年（八二四），李逢吉爲尚書右僕射，次年寶曆元年（八二五）正月，李程守中書侍郎，在相位者此二人也。禹錫自夔州遷和州，似即由二人之力。

又按：李逢吉爲貞元十年（七九四）進士，後禹錫一科，故啓中有「言及貞元中登朝人今無十輩」等語。禹錫與逢吉志趣不同，所言未必由衷，特以其方在政地，不得不與周旋。觀書詞之簡勁，亦可見禹錫不顧向之乞哀。然二人亦非毫無情分，觀外集卷六，禹錫赴任蘇州道出洛陽時之相與欵曲，其平素頗有往還可知。逢吉爲長慶以後政争中心人物，不可不詳究，舊唐書一六七、新唐書一七四均有傳，摘録舊唐書本傳中語略爲疏釋如下：李逢吉，字虚舟，隴西人。登進士第，釋褐振武節度掌書記，入朝爲左拾遺、右補闕，改侍御史，充入吐蕃册命副使，工部員外郎，又充入南詔副使。元和四年（八〇九）使還，拜祠部郎中，轉右司。九年（八一四），改中書舍人。十一年（八一六）二月，權知禮部貢舉，四月，加朝議大夫、門下侍郎、同平章事。逢吉天與姦回，妬賢傷善。時用兵討淮蔡，憲宗以兵機委裴度。逢吉慮其成功，密沮之，由是相惡。及度親征，學士令狐楚爲度制辭，言不合旨。楚與逢吉相善，帝皆黜之。罷楚學士，罷逢吉政事，出爲劍南東川節度使，檢校兵部尚書。穆宗即位，移襄州刺史、山南東道節度使。逢吉於帝有侍讀之恩，遣人密結倖臣，求還京師。長慶二年（八二二）三月，召爲兵部尚書。時裴度亦自太原入朝，以度招懷河朔功，復留度，與工部侍郎元稹相次拜平章事。度在太原時，嘗上表論稹姦邪，及同居相位，逢吉以爲勢必相傾，乃遣人告和王傅于方結客欲爲元稹刺裴度。及捕于方鞫之無狀，稹、度俱罷相位，逢吉代度爲門下侍郎平章事。自是寖以恩澤，結朝臣之不逞者，造作謗言，百端中傷裴度。賴學士李紳、韋處厚等顯於上前言度爲逢吉排斥，而度於國家有功，不宜擯棄，故得以僕射在朝。時已失河朔，而王智興擅據徐州，李㝏據汴州，國威不振，天下延頸俟度再秉國鈞以攘暴亂。及爲逢吉嫁禍，奪其權，四海爲之側目，朝士上疏論列者十餘人。屬時君荒淫，政出羣小，而度竟逐外藩。學士李紳有寵，逢吉惡之，乃除爲中丞。又欲出於外，乃以吏部侍郎韓愈爲京兆尹兼御史大夫，放臺參。以紳褊直，必與愈爭。及制出，紳果移牒往來。愈性木强，遂至語辭不遜，喧論於朝。逢吉乃罷愈爲兵部侍郎，紳爲江西觀察使。紳中謝日，帝留而不遣。翼城人鄭注以醫藥得幸於中尉王守澄，逢吉令其從子仲言（即李訓）賂注，求結於守澄。仲言辯譎多端，守澄見之甚悦。自是逢吉有助，事無違者。敬宗初即位，年方童丱。守澄從容奏曰：陛下得爲太子，逢吉之力也，是時杜元穎、李紳堅請立深王爲太子。乃貶紳端州司馬。朝士代逢吉鳴吠者，張又新、李續之、張權輿、劉栖楚、李虞、程昔範、姜洽、李仲言，時號「八關十六子」。又新等八人居要劇，而胥附者又八人。有求於逢吉者，必先經此八人，納賂無不如意者。逢吉尋封涼國公，邑千户，兼右僕射。昭愍即位，（按：昭愍即敬宗，上文已言初即位矣，語意重複，其雜采衆説，且多矛盾可知。新書亦覺其非，乃改即位二字爲新立。）左右屢言裴度之賢，曾立大勳，帝甚嘉之，因中使往興元，即令問訊。寶曆初，度連上章請入覲。逢吉之黨坐不安席，如矢攢身，乃相與爲謀，欲沮其來。張權輿撰緋衣小兒之謡，傳於閭巷，言度相有天分應謡讖，而韋處厚於上前解析。言權輿所撰之言既不能沮，又令衞尉卿劉遵古從人安再榮告武昭謀害逢吉。武昭者，有才力，裴度破淮蔡時奬用之，累奏爲刺史。及度被斥，昭以門吏久不見用，客于京師，途窮頗有怨言。逢吉冀法司鞫昭行止，則顯裴度任用，以沮入朝之行。逢吉又與同列李程不協，太學博士李涉、金吾兵曹茅彙者，於京師貴游間以氣俠相許。二人出入程及逢吉之門。水部郎中李仍叔，程之族，知武昭鬱鬱，恨不得官，仍叔謂昭曰：程欲與公官，但逢吉沮之。昭愈憤怒，因酒與京師人劉審、張少騰説刺逢吉之言。審以昭言告張權輿，乃聞於逢吉。即令茅彙召昭相見，逢吉厚相結託。自是疑怨之言稍息。逢吉待茅彙厚，嘗與彙書云：「足下當字僕爲自求，僕當字足下爲利見。（按：自求取詩「自求多福」之意，利見取易「利見大人」之意。）文字往來，其間甚密。及裴度求覲，無計沮之，即令許武昭事以暴揚其迹。再榮既告，李仲言誡彙曰：言武昭與李程同謀則活，否則爾死。彙曰：寃死甘心，誣人以自免，予不爲也。及昭下獄，逢吉之醜迹皆彰。昭死，仲言流象州，茅彙流嶲州，李涉流康州，李虞自拾遺爲河南士曹。（按：拾遺雖八品，爲供奉官，士曹雖七品，爲判司，自供奉官出爲京府參軍，亦左遷也。）敬宗待裴度益厚，乃自漢中召還，復知政事。逢吉檢校司空、平章事、襄州刺史、山南東道節度使，仍請張又新、李續之爲參佐。大和二年（八二八），改汴州刺史、宣武軍節度使。五年（八三一）八月，入爲太子太師、東都留守、東畿汝防禦使，加開府儀同三司。八年（八三四），李訓（即仲言）用事，三月，徵拜左僕射，兼守司徒。時逢吉已老病，足不任朝謁，即以司徒致仕，九年（八三五）正月卒。」此傳中敍逢吉事，幾於全爲與裴度立異而發，立言似有所偏，未敢謂全爲真相。傳言逢吉令李訓賂鄭注以結王守澄，其後乃有武昭之獄，而訓傳則言逢吉爲留守，思復爲宰相，訓揣知其意，以奇計動之，自言與鄭注善云云，乃敍其事於大和五年（八三一）逢吉爲東都留守之後，先後不倫。此訓傳誤也。通鑑考異亦論及之。又謂由李訓結守澄之説出於李讓夷之實録，則以讓夷乃李德裕之黨，惡逢吉欲重其罪，使與李訓、鄭注皆有連結之迹。然逢吉恃守澄以自託於敬宗有援立之功，當爲事實。逢吉與度不協，雖貫串於長慶、寶曆兩朝，實則仍以士大夫造言求進而致紛爭爲其關鍵。通鑑二二四三云：「初，穆宗既留李紳，李逢吉愈忌之，紳族子虞頗以文學知名，自言不樂仕進，隱居華陽川。及從父耆爲左拾遺，虞與耆書求薦，誤達於紳，紳以書誚之，且以語於衆人。虞深怨之，乃詣逢吉，悉以紳平日密論逢吉之語告之。逢吉益怒，使虞與補闕張又新及從子前河陽掌書記仲言（李訓）等伺求紳短，揚之於士大夫間。且言紳潛察士大夫有羣居議論者，輒指爲朋黨，白之於上，由是士大夫多忌之。」此頗能道其實，亦本於韋處厚之論也。（見本集卷十九韋公集紀箋證）

謝裴相公啓

某啓：某遭不幸，歲將二紀。雖累更符竹，而未出網羅。親知見憐，或有論薦。如陷還濘，動而愈沈。甘心終否，無路自奮。豈意天未剿絶，仁人持衡。紆神慮於多方，起堙沈於久廢。居剥極之際，一陽復生。出坎深之中，平路資始。通籍郎位，分曹樂都。喬木展舊國之思，行雲有故山之戀。姻族相賀，壺觴盈門。官無責詞，始自今日。禽魚之志，誓以死生。草木之年，惜其畹晩。章程有守，拜謝無由。瞻望巖廊，虔然心禱。謹啓。

【校】

〔某遭〕全唐文遭下有罹字。

〔樂都〕按：似當作洛都。全唐文作樂部，尤非。

〔晼晚〕崇本作婉娩。

【箋證】

按：此爲自和州刺史授主客郎中分司東都時作。郎中分司之除在大和元年（八二七）六月，見本集卷十七舉姜倫狀。自永貞元年（八〇五）至此凡二十三年，故云歲將二紀。裴度自寶曆二年（八二六）復入相，至大和元年（八二七）之間，同在位者爲竇易直、韋處厚、王播。禹錫自元和末丁母憂後，一除夔州，再轉和州。至是僅得省郎，而猶止分司，不入京曹。度之爲力亦不過如此而已。據下篇謝竇相公啓，罷和州後尚非即有新命，故云「昨蒙罷免，甘守丘園」也。

又：按啓中所云「親知見憐，或有論薦」，蓋指夔州、和州之兩任。禹錫夔州之授在長慶元年（八二一）之末，其時宰相爲崔植、杜元穎、王播，和州之授在四年（八二四），其時宰相爲李逢吉、牛僧孺、李程、竇易直。

謝竇相公啓

某啓：某一辭朝列，二十三年。雖轉郡符，未離謫籍。卑溼生疾，衰遲鮮歡。望故國而未歸，如痿人之念起。昨蒙罷免，甘守丘園。相公不棄舊遊，特哀久廢。每奉華翰，賜之衷言。果蒙新恩，重忝清貫。薦延有漸，拯拔多方。六律變幽谷之寒，一丸銷彌年之疹。鎩翮將舉，危心獲安。布武夷途，自此而始。分曹有繫，拜謝無由。瞻望德藩，坐馳精爽。無任感激之至。謹啓。

【校】

〔未歸〕崇本歸下注云：一作回。

〔幽谷〕崇本幽作窮。

〔無由〕全唐文由作因。

【注】

〔清貫〕禹錫以主客郎中分司東都，雖爲閒曹，然唐制郎官爲清望官，非庶僚所比，故云重忝清貫。

【箋證】

按：竇易直自長慶四年（八二四）五月入相，次年十一月罷，此啓當作於大和元年（八二七），易直已出鎮山南西道矣。此特追謝在相位時之諾言，故有瞻望德藩之語。易直，舊唐書一六七、新唐書一五一均有傳，舊唐書本傳云：「自入仕十年餘，常居散秩，不應請辟，及居方任，亦以公廉聞，在相位未嘗論用親黨，凡於公舉即無所避。」然其人恐非端士，新唐書宋申錫傳載其爲左僕射，首請誅宋申錫，而於易直本傳亦載其子爲王涯壻，涯被禍，宦官知易直子得不死。豈非夤緣宦官而得高位者乎？新唐書與關播、董晉、袁滋、趙宗儒同傳，皮裏陽秋之意亦略可見。

劉禹錫集箋證卷第十九

集紀

唐故相國李公集紀

天以正氣付偉人，必飾之使光耀於世。粹和絪緼積於中，鏗鏘發越形乎文。文之細大視道之行止。故得其位者，文非空言，咸繫於訏謨宥密，庸可不紀？惟唐以神武定天下。羣慝既讋，驟示以文。韶英之音與鉦鼓相襲。故起文章爲大臣者，魏文貞以諫諍顯，馬高唐以智略奮，岑江陵以潤色聞，無草昧汗馬之勞，而任遇在功臣上。唐之貴文至矣哉！後王纂承，多以國柄付文士。元和初，憲宗遵聖祖故事，視有宰相器者貯之內庭，繇是釋筆硯而操化權者十八九。公實得時而光焉。

公諱絳，字深之，趙郡人。在貢士中傑然有奇表。既登太常第，又以詞賦升甲科。授祕書省校書郎，歲滿從調，有司設甲乙問以觀決斷，復居高品。補渭南尉，擢拜監察御史。未幾以本官充翰林學士，居中轉尚書主客員外郎，歷司勳郎中、知制誥，遷中書舍人。風儀峻整，敷奏讜切，言事感動，上輒目送之。一旦召至浴堂門，與語半日，曰：將移用於大位，宜稔熟民隱。遂出爲户部侍郎，遷中書侍郎同平章事，毅然有直聲。及册免而問望益大。周旋公卿間，五爲尚書，歷御史大夫、左僕射，一以三公領太常，刺近輔，居保釐，登齋壇皆再焉。大和三年，以司空鎮南鄭，居二歲，坐氣剛玉折，海内寃惜之。後三年，嗣子前京兆府尹户曹掾琢、次子前監察御史裹行頊等，泣持遺草，請編之。肇自從試有司，至於宰天下，詞賦、詔誥、封章、啓事、歌詩、贈餞、金石、颺功凡四百餘篇，勒成二十卷。上所以知君臣啓沃之際，下所以備風雅詩聲之義。洪鐘駭聽，瑶瑟清骨。其在翰苑，及登台庭，亟言大事。誠貫理直，感通神祇。龍鱗收怒，天日回照，古所謂一言興邦者，信哉！

始愚與公爲布衣游，及仕畿服，幸公同邑。其後雖翔泳勢異，而不以名數革初心。今考其文至論事疏，感人肺肝，毛髮皆聳。嗚呼，其盛唐之遺直歟！

【校】

〔題〕英華紀作序，下同。崇本無紀字，下同，非。

〔智略〕英華略作謀。

〔半日〕崇本日作省，誤。

〔移用〕崇本移作柄。

〔於大位〕崇本於作子，無位字，誤。英華位作寮。

〔民隱〕紹本、崇本、中山集、全唐文隱均作聽。

〔遂出爲〕英華作遂拜，下云：明年遷中書侍郎。

〔毅然〕崇本毅作殷。

〔問望〕崇本、全唐文問均作聞。

〔掾琢〕崇本、英華、全唐文琢均作璆，紹本、崇本、畿本、全唐文掾上均無尹字，中山集有尹字，無户字。按：李絳本傳云：子璋、頊，璋登進士第，官至宣歙觀察使，新、舊唐書同，無琢、璆名。

〔肇自〕崇本自作白。

〔通神〕英華作神動，注集作通神。

〔皆聳〕英華作聳然。

【注】

〔刺近輔〕謂爲華州刺史。

〔保釐〕用書命畢公保釐東郊語，以指東都留守，爲唐人習用之詞。

〔齋壇〕用史記漢高祖拜韓信爲大將事，以指節度使，亦唐人習用之詞。本集中亦屢見。

〔南鄭〕謂興元尹所治，即秦漢之漢中郡所治也。唐仍而不改。

〔同邑〕謂禹錫與絳俱嘗爲渭南尉。

【箋證】

按：此文爲李絳作，絳之仕履，兩唐書本傳（舊唐書一六四、新唐書一五二）雖詳載而微有參差。今以其人關係憲、穆、敬、文四朝政局，試據舊唐書本傳參訂如次。絳登兩科後，由校書郎補渭南尉，貞元末爲監察御史。元和二年（八〇七）充翰林學士。五年（八一〇）遷司勳郎中知制誥，進中書舍人，仍爲學士。六年（八一一）乃罷學士，爲户部侍郎判本司，旋拜中書侍郎平章事。九年（八一四），罷授禮部尚書。十年（八一五）出刺華州，未幾復入爲兵部尚書。十四年（八一九），復出爲河中觀察使，以爲皇甫鎛所惡，不授旄節，穆宗即位，改御史中丞，復爲兵部、吏部尚書，東都留守。長慶二年（八二二），爲兗海節度使。（按：兗海字似誤，新唐書作東川節度使。）舊唐書穆宗紀則於是年三月載以前東都留守復拜舊官，八月爲華州刺史。三年（八二三）復爲東都留守。（按：紀亦有東川節度使李絳語，見下。）寶曆元年（八二五）爲左僕射，又爲李宗閔、王播所排，左授太子少師分司。（按：紀云：寶曆元年（八二五）四月，以東川節度使檢校司空李絳爲左僕射，其年十二月，以左僕射李絳爲太子少師分司。）文宗即位，徵爲太常卿。大和二年（八二八），爲山南西道節度使。是爲所終之官。此文云「刺近輔再」，謂元和十年，長慶二年，兩次爲華州刺史也。云「居保釐再」，謂元和十五年（八二〇）、長慶三年（八二三），兩次爲東都留守也。云「登齋壇再」，謂河中、東川兩鎮也。經此疏剔，始知此文足補史傳之缺略。至「五爲尚書」一語，據傳只爲禮，吏各一次、兵部二次，其一仍未詳。又按：絳之出處與禹錫之遭際有可互稽者。傳言絳與吉甫不協，以吉甫善逢迎，絳梗直多所規諫。又吉甫頗右吐突承璀，而絳則力攻承璀。故二人在位，或以互相牽制而不暇爲禹錫援手。絳在位三年，至元和九年（八一四）二月罷政。其年之冬，方有召還遷客之舉。十年（八一五）春，禹錫至京，絳正出爲華州，似未及相見，惟大和初內召，禹錫亦以郎官直集賢院，方得敍舊，故祭文有「復以郎吏交歡上公」之語。今此文云「翔泳異勢，而不以名數易初心」，似亦微恨絳之不能相汲引。至絳本傳云「以浴堂北廊論奏中人，爲憲宗所斥」，而此文云：「將用於大位，宜稔熟民隱。」絳在興元，以募軍賞薄，致變遇害，而此文云：「坐氣剛玉折。」爲文集作敍，非作碑傳，固不妨隱約其詞耳。又據新唐書本傳云：「絳所論事萬餘言，其甥夏侯孜以授蔣偕，次爲七篇。」此禹錫所不及知者。又傳言，嘗取內署所上疏稿焚之，則存本亦皆非完璧也。今存李相國論事集六卷。（郡齋讀書志作李絳論諫集七卷）即偕所編，四庫收入傳記類。事多兩唐書所未載。

又按：文中云：「後三年，嗣子……泣持遺草請編之。」絳卒後之三年則大和六年（八三二），禹錫作此文時蓋在蘇州。

又按：禹錫父名緒，故避嫌名，爲人作序皆代以紀字，詩序則代以引字。

〔魏文貞〕謂魏徵。舊唐書七一、新唐書九七均有傳。

〔馬高唐〕謂馬周，舊唐書七四、新唐書九八均有傳。傳云高宗時追贈高唐縣公。

〔岑江陵〕謂岑文本，舊唐書七〇、新唐書一〇二均有傳。傳云封江陵縣子。以上三人，徵爲侍中，（馬）周及文本爲中書令，在唐初皆真宰相也。

〔登太常第〕謂進士登第。下文詞賦升甲科，謂宏詞入等。有司設甲乙問，謂拔萃試判也。據新唐書選舉志，選未滿而試文三篇，謂之宏詞，試判三條，謂之拔萃，中者即授官。能文之士往往由此，不必作選人也。絳以宏詞拔萃補畿縣尉，故云。

〔翰林學士〕新唐書百官志云：「開元二十六年（七三八），又改翰林供奉爲學士，别置學士院，專掌内命。凡拜免將相，號令征伐，皆用白麻，其後選用益重，而禮遇益親，號爲内相，又以爲天子私人。凡充其職者無定員，自諸曹尚書下至校書郎，皆得與選。入院一歲則遷知制誥，未知制誥者不作文書。班次各以其官，内宴則居宰相之下，一品之上。憲宗時又置學士承旨。」此文所謂遵聖祖故事，指玄宗之初置翰林學士也。

〔浴堂門〕唐兩京城坊考一：大明宫紫宸之東有浴堂殿，殿前有浴堂門。白居易八月十五日夜禁中獨直對月憶元九詩云：「浴殿西頭鐘漏深。」乃翰林學士内直之所也。絳本傳則云浴堂北廊。

唐故中書侍郎平章事韋公集紀

漢庭以賢良文學徵有道之士，公孫弘條對第一，席其勢鼓行人間，取丞相且侯。使漢有得人之聲，伊弘發也。皇唐文物與漢同風。故天后朝燕國張公説以詞標文範徵，玄宗朝曲江張公九齡以道侔伊吕徵，德宗朝天水姜公公輔、杜陵韋公執誼、河東裴公垍以賢良方正徵，憲宗朝河南元公稹、京兆韋公淳以才識兼茂徵，隴西牛公僧孺、李公宗閔以能直言極諫徵，咸用對策甲於天下，繼繼爲有聲宰相。古今相望，落落然如騎星辰。與夫起版築飯牛者異矣。

公本名淳，舉進士，登第賢良。既仕方更名處厚，字德載。漢丞相扶陽侯之裔孫，後周逍遥公夐之八代孫，江陵節度參謀、監察御史裏行、贈右僕射某之元子。生而聰明絶人，在提孩發言成詩。未幾能賦，受經於先君僕射，學文於伯舅許公孟容。及壯通六經，旁貫百氏，洽天人之際，遂探曆數，明天官，窮性命之源，以至於佛書尤邃。初爲集賢殿校書郎，宰相李趙公監修國史，引直東觀。就改咸陽尉，遷右拾遺，轉左補闕。世稱有史才而能諫諍，入尚書爲郎，歷禮部考功，皆人望所在。上方用威武以讋不庭，宿兵寖久。韋丞相貫之酌人情上言，不合意册免，因歷詆所善，公在伍中，出爲開州刺史。居三年，執友崔敦詩爲相，徵拜户部郎中，至闕下。旬歲間以本官知制誥。穆宗新即位，注意近臣，召入翰林，充侍講學士。初授諫議大夫，續換中書舍人。侍遊蓬萊池，延問大義。退而進六經法言二十篇，優詔答之，賜以金紫。尋遷權知兵部侍郎，知制誥，翰林侍講，史館修撰。

長慶四年春，敬宗踐阼，以公用經術左右先帝五年，稔聞其德，尤所欽倚。內署故事與外廷不同，凡言翰林學士必草詔書，有侍講者專備顧問。雖官爲中書舍人，或他官知制誥，第用其班次耳，不竄言於訓詞。至是上器公，且有以寵之，乃使內謁者申命，去侍講之稱。慮未諭於百執事，居數日，降命書重舉舊官以明新意。尋真拜夏官貳卿，由是內庭詞臣無出其右者。凡密旨必承乎權輿，故號承旨學士。

上富春秋，未親庶政，或有凝滯，視公如蓍龜。寶曆季年，宮壼間一夕生變，人情大駭，雖鼎臣無所關決，唯內署得參焉。羣議閧然，俟公一言而定。戡難纘服，再維乾綱。今上繼明，策勳第一，擢拜中書侍郎同中書門下平章事。以高材遇英主，功顯人伏，言無不從。筆端膚寸，澤及天下。盡罷冗食，請歸材人。事先有司，物止常貢。

城社無託，巖廊益尊。感恩盡瘁，不啻神用。大和二年十二月，上前言事，未及畢詞，疾作暴僨，以朝服委地。同列白奏，搢笏扶持之，不能起。上命中貴人左右翼負，歸於中書，如大醉狀。上震驚咨嗟，徵醫賜藥，旁午疊委。會莫，肩輿至第，詰旦以不起聞。贈襚加常禮。

後十年，嗣子蕃以太子舍人直弘文館，編次遺文七十通，銜哀貢誠，乞詞以冠其首。謹按公未爲近臣已前，所著詞賦、讚論、記述、銘志，皆文士之詞也，以才麗爲主。自入爲學士至宰相以往，所執筆皆經綸制置財成潤色之詞也，以識度爲宗。觀其發德音，福生人，沛然如時雨；褒元老，諭功臣，穆然如景風。命相之册和而莊，命將之誥昭而毅。薦賢能其氣似孔文舉，論經學其博似劉子駿，發十難以摧言利者，其辯似管夷吾。噫！逢時得君，奮智謀以取高位，而令名隨之，豈不偉哉！

初蕃既纂修父書，咨於先執李習之，請文爲領袖，許而未就。一旦習之慨然謂蕃曰：「翺昔與韓吏部退之爲文章盟主，同時倫輩，惟柳儀曹宗元劉賓客夢得耳。韓、柳之逝久矣。今翺又被病，慮不能自述，有孤前言，齎恨無已，將子薦誠於劉君乎！」無何習之夢奠於襄州，蕃具道其語。余感相國之平昔，且嘉蕃之虔虔孝敬，庶幾能世其家，故不讓云。

【校】

〔文範〕紹本、崇本、全唐文範均作苑。

〔淳〕崇本、全唐文均作惇，誤。按：淳爲憲宗名，故改。

〔繼繼〕紹本、崇本、畿本均無下繼字，全唐文繼繼爲作繼而。

〔登第〕紹本、崇本、英華、全唐文均無第字。

〔尤邃〕英華、全唐文均作尤所通達。

〔伍中〕結一本伍作位，誤。

〔居三年〕英華、全唐文三作二。

〔翰林學士〕崇本翰林作内翰。

〔上富〕全唐文富下有有字。

〔庶政〕畿本庶作爲。

〔參焉〕英華、文粹、全唐文均作預參畫。

〔繼明〕英華、全唐文明均作統。

〔材人〕紹本、崇本、全唐文材均作才。

〔無託〕英華、全唐文託均作犯。

〔疾作暴僨〕英華作疾暴盛。全唐文作疾暴作。

〔左右翼負〕崇本左作在，負作輔。
〔詞賦〕崇本無此二字。
〔一旦〕崇本無此二字。
〔憮然〕紹本、崇本、英華、文粹、全唐文憮均作悄。
〔襄州〕紹本襄作褒。按：李翺卒官於山南東道節度使，則作襄州爲是。褒州乃梁州之別稱。
〔且嘉〕文粹嘉作憐。
〔虔虔孝敬〕崇本、英華均作虔敬。

【注】

〔對策〕按新唐書選舉志略云：唐興，世崇儒學，自京師外至州縣，有司常選之士，以時而舉，而天子又自詔四方德行才能文學之士，或高蹈幽隱與其不能自達者，下至軍謀將略翹關拔山絶藝奇技，莫不兼取，其爲名目隨其人主臨時所欲，而列爲定科者，如「賢良方正直言極諫」，「博通墳典達於教化」，「軍謀宏遠堪任將率」，「詳明政術可以理人」之類，其名則著。此即所謂制科，往往於慶典赦令時特詔行之。文中所舉張説以下皆此類也。
〔扶陽侯〕謂韋賢、立成父子，見漢書七三。
〔逍遥公〕謂韋夐，北史六四有傳。

【箋證】

按：此文爲韋處厚作。韋，舊唐書一五九、新唐書一四二均有傳。處厚自在内廷，即爲李紳護持，在相位又力推裴度，禹錫與處厚之氣誼大抵相同。本傳略云：「敬宗嗣位，李逢吉用事，素惡李紳，乃構成其罪，禍將不測。處厚與紳皆以孤進同年進士，心頗傷之，乃上疏曰：李紳是前朝任使，縱有罪愆，猶宜洗釁滌瑕，念舊忘過，以成無改之美。今逢吉門下故吏遍滿朝行，侵毁加誣，何詞不有？所貶如此，猶爲（謂）太輕。建中之初，山東向化，只緣宰相朋黨，上負朝廷，楊炎爲元載復仇，盧杞爲劉晏報怨，兵連禍結，天下不平，伏乞聖明，察臣愚懇。帝悟其事，紳得減死，貶端州司馬。（按：此語據通鑑考異以爲稍不確，處厚上疏在紳貶端州後。）寶曆元年肆赦，李逢吉以李紳之故，所撰赦文但云左降官已經量移者與量移，不言未量移者，蓋欲紳不受恩例。處厚疏論之曰：臣與逢吉素無讎嫌，與李紳本非親黨，所論者全大體，所陳者在至公。乃追改赦文。又後於延英召對，言裴度勳高望重，爲人盡心切直，宜久任，可壯國威。」此亦本文所未及詳者。又通鑑二四三云：「上（敬宗）聞王庭湊屠牛元翼家，歎宰輔非才，使凶賊縱暴，處厚上疏言裴度勳高中夏，聲播外夷，若置之巖廊，委其參決，河北山東必禀朝算。臣與逢吉素無私嫌，嘗爲裴度無辜貶官，（按此即指處厚昔爲韋貫之黨累貶開州，而貫之則與裴度不協者。）今之所陳，上答聖明，下達羣議耳。上見度奏狀無平章事，以問處厚，處厚具言李逢吉排沮之狀。上曰：何至是邪？李程亦勸上加禮於度。」此節處厚本傳亦未載。元和以後，在相位而稍能行其志者，惟處厚與禹錫臭味差同，即右李紳而左逢吉一節觀之可見。故究心禹錫生平者，於此文宜加之意。文中稱文宗爲今上，又云：「後十年，嗣子蕃以太子舍人直弘文館，編次遺文七十通，銜哀貢誠，乞詞以冠其首。」自處厚之卒，越十年即開成二三年之間（八三七、八三八），則禹錫作此文時方退居洛陽。

〔張公九齡〕九齡，舊唐書九九、新唐書一二六均有傳。

〔姜公公輔〕公輔，舊唐書一三八、新唐書一五二均有傳。

〔韋公執誼〕執誼，舊唐書一三五、新唐書一六八均有傳。

〔裴公垍〕垍，舊唐書一四八、新唐書一六九均有傳。

〔元公稹〕稹，舊唐書一六六、新唐書一七四均有傳。

〔牛公僧孺〕僧孺，舊唐書一七二、新唐書一七四均有傳。

〔李公宗閔〕宗閔，舊唐書一七六、新唐書一七四均有傳。

〔贈右僕射某〕據舊傳云：處厚父名萬。

〔許公孟容〕孟容，舊唐書一五四、新唐書一六二均有傳。傳云：「少以文學知名。」柳河東集有與許京兆孟容書。

〔集賢殿校書郎〕據舊唐書職官志，集賢殿但有修撰官、校理官，皆以他官兼之，似不應有校書郎。疑是祕書省之校書郎直集賢殿者。

〔李趙公〕謂李吉甫。據本傳，以元和六年（八一一）再入爲相時封趙國公。

〔韋丞相貫之〕貫之，舊唐書一五八，新唐書一六九均有傳，通鑑二三九：「（元和十一年八一六），韋貫之性高簡，好甄別流品，又數請罷用兵。左補闕張宿毁之於上，云其朋黨，八月壬寅，貫之罷爲吏部侍郎。九月丙子，以韋貫之爲湖南觀察使，猶坐前事也。辛巳，以吏部侍郎韋顗、考功員外郎韋處厚等皆爲遠州刺史，張宿譖之，以爲貫之之黨也。」

〔崔敦詩〕敦詩爲崔羣字，詳見本集卷十七薦崔監察羣自代狀。

〔初授諫議大夫〕處厚自知制誥，拜中書舍人，皆穆宗新即位時事。翰苑羣書重修承旨學士院壁記云：元和十五年（八二〇）二月十四日自户部郎中知制誥充侍講學士，三月十日賜緋，二十二日遷中書舍人。無授諫議大夫事。惟傳與此文同。

〔有侍講者專備顧問〕按：唐制，翰林學士之外復有侍講學士，以其專司講授書史，不預政事，亦不掌詞命，故非常設，亦無定員。六典及兩唐書職官、百官志均不詳載。職官志於集賢殿書院下云：「開元中，褚無量、馬懷素侍講禁中，名爲侍讀，其後康子元爲侍講學士，未言翰林院也。」舊唐書處厚本傳云：「穆宗以其學有師法，召入翰林，爲侍講學士。換諫議大夫，改中書舍人，侍講如故。始正名爲翰林侍講學士。」據禹錫此文之意，處厚雖以郎中知制誥，及正拜中書舍人，爲翰林侍講學士，猶未當内制之任。敬宗始罷其侍講之名，以兵部侍郎充翰林學士，且進而爲承旨。仍使中官申命，且降詔以告外廷百官。翰林學士名號之重如此。

此一節爲自來言唐官制者所未及，足補史闕。

〔承旨學士〕李肇翰林志云：「元和以後，院長一人別勅承旨，或密受顧問，獨召對歟，居北壁之東閣，號爲承旨閣子。」胡三省通鑑注中申言之云：「唐置翰林學士之始無承旨，永貞元年（八〇五），上始命鄭絪爲承旨。大誥令大慶置，丞相之密畫，中外之密奏，上之所注意者，莫不專受專對。」又云：「學士六人，内擇年深德重者一人爲承旨，所以獨當密命。德宗好文，尤難其選，貞元以後，爲學士承旨者多至宰相。」

〔一夕生變〕通鑑二四三：「（寶曆二年八二六）十二月辛丑，上（敬宗）夜獵還宫，與宦官劉克明……等二十八人飲酒，上酒酣，入室更衣，殿上燭忽滅，蘇佐明等弑上於室内。劉克明矯稱上旨，命翰林學士路隋草遺制，以絳王悟權勾當軍國事。壬寅，宣遺制，絳王見宰相百官於紫宸外廡。克明等欲易置内侍之執權者。於是樞密使王守澄、楊承和、中尉魏從簡、梁守謙定議，以衛兵迎江王涵入宫，發左右神策飛龍兵進討賊黨，盡斬之。克明赴井，出而斬之。絳王爲亂兵所害。時事起倉猝，守澄等以翰林學士韋處厚博通古今，一夕處置皆與之共議，……時不暇復問有司，凡百儀法皆出於處厚，無不叶宜。」今此文中所言宫壼間一夕生變，人情大駭，其事如此。考唐自永貞以後，朝臣内外，於儲位各有所擁戴，久已成習。穆宗之升儲，則有澧王之嫌，得崔羣而始定。穆宗之患病，則李逢吉主立景王（即敬宗），而謂李紳、杜元穎欲立穆宗之弟深王。及敬宗之被害，則中人一擁穆宗之弟絳王，一擁敬宗之弟江王（即文宗）。文宗在時，則有宋申錫擁立漳王之嫌，而文宗卒後亦有楊嗣復擁立安王之説。（漳、安二王皆文宗之弟）其他不復具論。朋黨水火，以此而益甚，成敗禍福決於俄頃，其幾甚微。處厚爲文宗定策功臣，亦未免秉中官意旨耳。禹錫此文云：「雖鼎臣無所關決，唯内署得參，似有微詞焉。永貞之事，復見於寶曆，與子劉子自傳中所謂「建桓立順，功歸貴臣」語會參，知禹錫不無感觸。

〔盡罷冗食〕處厚本傳云：「初，貞元中宰相齊抗奏減冗員，罷諸州別駕，其在京百司當入別駕者，多處之朝列。元和已來，兩河用兵，偏裨立功者，往往擢在周行，率以儲寀王官雜補之。皆盛服趨朝，朱紫填擁。久次當進及受代閑居者常數十人，趨中書及宰相私第，摩肩候謁，繁於詞語。及處厚秉政，復奏置六雄、十望、十緊、三十四州別駕以處之，而清流不雜，朝政清肅。」此文所云「盡罷冗食，請歸材人」，或即其一端。又通鑑二四三：「上（文宗）自爲諸王，深知兩朝之弊。及即位，勵精求治，去奢從儉。詔宮女非有職掌者皆出之，出三千餘人。五坊鷹犬，準元和故事，量留校獵，外悉放之。有司供宮禁年支物並準貞元故事，省教坊翰林，（按此翰林謂宮廷中以技藝供奉者，非翰林學士及侍講學士也）總監（按謂諸苑總監）冗食千二百餘員，停諸司（按謂内諸司）新加衣糧，御馬坊場及近歲別貯錢穀，所占陂田，悉歸之有司，先宣索組繡雕鏤之物悉罷之。」以上亦皆可與所謂「盡罷冗食」者相印證。文宗初政稍善，自出處厚之訏謨，本傳亦言：「啓沃之謀，頗叶時譽。且據順宗實録，順宗即位以後：

一、罷翰林陰陽星卜醫相覆棋諸待詔三(或作四)十二人。二、禁宫市。三、禁選乳母。四、禁五坊小兒。五、停鹽鐵使進獻。六、出後宫三百人,又出後宫并教坊女妓六百人。凡處厚所以導文宗者,皆二十年前王叔文所行之於永貞之世也。禹錫於此當不能無感慨焉。〔巖廊益尊〕文中「城社無託,巖廊益尊」二語,固屬溢美,然亦略有所指。本傳略云:宰相奏事得請,往往中變。處厚獨論奏曰:言既不從,臣宜先退。即趨下再拜陳乞。出延英門,文宗復令召還,謂曰:凡卿所欲言並宜啓論。帝皆聽納:自是宰臣敷奏,人不敢横議。至於宦官之横,亦未能稍抑止也。

〔先執李習之〕習之爲李翺字,舊唐書一六〇、新唐書一七七均有傳。舊唐書略云:貞元十四年(七九八),登進士第。翺與李景儉友善,初,景儉拜諫議大夫,舉翺自代,至是景儉貶黜。七月,出翺爲朗州刺史,俄而景儉復爲諫議大夫,翺亦入爲禮部郎中。翺自負詞藝,以爲合知制誥,以久未如志,鬱鬱不樂。因入中書謁宰相,面數李逢吉之過失,逢吉不之較,翺心不自安,乃請告,滿百日,有司準令停官,逢吉奏授廬州刺史。大和初,入朝爲諫議大夫,尋以本官知制誥。三年(八二九)二月,拜中書舍人。五年(八三一),出爲桂管。七年(八三三),改湖南。八年(八三四),徵爲刑部侍郎。九年(八三五),轉户部侍郎,七月,檢校户部(紀作禮部)尚書,充山南東道節度使。會昌中卒于鎮。按:末數語有誤。據紀,翺以大和九年(八三五)八月出鎮,開成元年(八三六)七月,殷侑充山南東道節度使。是翺卒於開成元年(八三六），非會昌中也。正此文所謂夢奠於襄州。韋處厚大和二年（八二八）卒後之十年，李蕃乞文，亦與開成初相近，可證會昌中卒之不確。姚範援鶉堂筆記三三已訂其誤。

附録　白居易祭中書韋相公文

惟公忠貞大節、輔弼嘉謨，倚注深恩，哀榮盛禮，伏見册贈制中已詳。惟公世禄官業，家行士風，茂學清詞，冲襟宏度，伏見碑誌文中已詳。此不重書，但申夙願。公佩服世教，棲心空門，外爲君子儒，内修菩薩行，常接餘論，許追高蹤。元和中，出守開、忠二郡日，公先以喻金鑛偈相問，往復再三，由是法要心期，始相會合。長慶初，俱爲中書舍人日，尋詣普濟寺宗律師所，同受八戒，各持十齋，由是香火因緣，漸相親近。及公居相位，走在班行，公府私家，時一相見。佛乘之外，言不及他。誓趨菩提，交相度脱。去年臘月，勝業宅中，公云：必結佛緣，無如願力。因自開經篋，出大方廣佛華嚴經中十願品一通，合掌焚香，口讀手授，云自持護，始傳一人。曾未經旬，公即捐館，追思覆視，似不偶然。今即日於道場齋心持念，一願一禮，如公在前，以至他生，不敢廢墜。若與公同科第，聯官僚，奉笑言，蒙推獎，窮通榮悴之感、離合存殁之悲，盡成虚空，何足言歎！今兹薦奠，不設葷腥，庶幾降臨，鑒察精意。噫！浮生是幻，真諦非空，靈鷲山中，既同前會，兜率天上，豈無後期？嗚呼韋君，先後間耳。

按酉陽雜俎續集六「光宅坊光宅寺，丞相韋處厚自居内廷至相位，每歸輒至此塔焚香瞻禮」，皆與此文於佛書尤邃之語合。惟居易文中勝業宅中一語，似謂處厚宅在勝業坊，坊在朱雀門街東第四街，而唐兩京城坊考未引居易文。禹錫、居易皆與處厚深交，故居易之文可資參證。

唐故相國贈司空令狐公集紀

起文章而陟大位，丹青景化，焜燿藩方，如非煙祥風，緣飾萬物，而與令名相終始者，有唐文臣令狐公實當之。

公名楚，字殼士，燉煌人，今占數於長安右部。天授神敏，性能無師。始學語言，乃協宫徵。故五歲已爲詩成章，既冠參貢士，果有名字。時司空杜公以重德知貢舉，擢居甲科。琅邪王拱識公於童丱，雅器重之。至是拱自虞部正郎領桂州，鋭於辟賢以酬不次之遇。先拜章而後告公。既而授試弘文館校書郎。公爲人子，重難遠行，稟命而去。居一歲，竟迫方寸而歸。家在并、汾間，急於禄養，捧從事檄於并州。凡更三牧，官至監察御史。

元和初，憲宗聞其名，徵拜右拾遺，歷太常博士，入尚書爲禮部員外郎。性至孝，既孤，以善居喪聞。中月除刑部員外。時帝女下嫁，相禮闕官，公以本官攝博士。當問名之答，上親臨帳幄簾内以窺之，禮容甚偉，聲氣朗徹。上目送良久，謂左右曰：

是官可用，記其姓名。未幾改職方，知制誥。詞鋒犀利，絶人遠甚。適有旨選司言高第者視草内庭，宰臣以公爲首。遂轉本司郎中，充翰林學士。滿歲遷中書舍人，專掌内制。武帳通奏，柏梁陪燕。嘉猷高韻，冠於一時。

會淮右稽誅，上遣丞相即戎以督戰，公草詔書，詞有涉嫌者，相府上言，有命中書參詳竄定。因罷内職歸閣中。而君心眷然，將有大用，且出入以試之。乃牧華州，兼御史中丞，錫以金紫。居鎮七月，遷大夫，充河陽三城懷州節度使。又七月，急召抵京師，拜中書侍郎、同中書門下平章事。天下然後知上心倚以爲相，非一朝也。是歲元和十四年秋。明年正月，憲宗晏駕。惜其在位日淺，遭時大變。穆宗踐阼，轉門下侍郎平章事。萬幾百度，别有所付，第以舊相署位，充山陵使。七月禮畢，部下吏有以贓狀聞者。朝典用責率之義，是以左授宣歙池等州都團練觀察處置使兼御史大夫。恩顧一異，媒孽隨生。旋又貶衡州刺史，移郢州，轉太子賓客分司東都，尋起爲陝虢觀察使。或有上封者，稱前以奉陵寢不檢下獲譴，今陵土猶溼，未宜遽用，次陝一日，重爲賓客分司。

長慶四年，改河南尹。其秋授檢校禮部尚書，兼汴州刺史，充宣武軍節度管内觀察處置等使。汴州爲四戰之地，擇帥先有功。峻刑右武，疑似沈命，號爲危邦者積年。公始以清儉自律，以恩信待人，以夷坦去羣疑，以禮讓汰慘急，自上化下，速於置郵。泮林革音，無復故態。璽書勞之，就加大司馬。文宗纂服，三年冬，上表以大臣未識天子，願朝正月，制曰可。操節入覲，遷户部尚書。俄爲東都留守，又轉檢校尚書右僕射，兼鄆州刺史、天平軍節度使。後以王業之始，實爲北京，移鎮太原，從人望也。以吏部尚書徵，續换太常卿，真拜尚書左僕射。

大和九年冬十一月，京師有急兵起，上方御正殿，即日還宫。是夕召公決事禁中，以見事傅古義爲對。其詞讜切，無所顧望，上心嘉之。居一二日，守本官，兼諸道鹽鐵轉運使以斡利權，既非素尚，仡仡牢讓，故復爲檢校左僕射，興元尹、山南西道節度觀察使、兼御史大夫。開成二年十一月十二日，薨於漢中官舍，享年七十。齊終之前一日自脩遺表，初述感恩陳力之大義，中及朝廷刑政之或闕，意切言盡，神識不昏。上深悼之，形於愍册。未登三事，故以贈之。歸全之夕，有大星殞於正寢之上，光燭於庭。天意若曰：既稟之而生，亦有涯而落。其文章貴壽之氣欻歟！

初憲宗覽國書，見五王復辟之際，狄梁公實尸之，公爲臺臣，獨召便殿。問曰：「仁傑有後乎？」公以其支孫試校書郎兼謩爲對，即日拜左拾遺，公遂草制。他日相銜者因挾其詞，以爲非春秋諱魯之旨。穆宗新即位，謙讓不自決，遂有衡州之貶，公議寃之。嗟乎！天之於賦予也甚嗇而難周。公獨賦文華，丁良時，歷名卿，至元老。蓋忠廉孝友，愛才與物，合是粹美以將之邪！可謂全德矣。

既免喪，嗣子左補闕綯集公之文，成一百三十卷，因長子太子左諭德弘分司東都，負其笥來謁，泣曰：「先正司空與丈人爲顯交，撤懸之前五日，所賦詩寄友非他人也。今手澤尚存。」言之嗚咽長號，予爲之慟，收淚而視，分當編次之。始公參大鹵記室，以文雄於邊。議者謂一方不足以騁用，徵拜於朝。累遷儀曹郎，乃登西掖，入内署，訏謨密勿，遂委魁柄，斯以文雄於國也。嗚呼！咫尺之管，文敏者執而運之，所如皆合。在藩聳萬夫之觀望，立朝賁羣寮之頰舌，居内成大政之風霆。導畎澮於章奏，鼓洪瀾於訓誥。筆端膚寸，膏潤天下。文章之用，極其至矣。而又餘力工於篇什，古文士所難兼焉。昔王珣爲晉僕射，夢人授大筆如椽，覺而謂人曰：此必有大手筆事。後孝武哀册文乃珣之詞也。公爲宰相，奉詔撰憲宗聖神章武孝皇帝哀册文，時稱乾陵崔文公之比。今考之而信，故以爲首冠，尊重事也。其他各以類聚著於篇。

【校】

〔非煙〕崇本非作霏。按：此用史記天官書語，不當作霏，必校者誤改。

〔占數〕崇本占作古，誤。按：占數即占籍，用漢書語，已見卷二令狐氏先廟碑。
〔已爲〕結一本已作以，非。
〔既冠〕崇本冠上有即字。
〔重之〕紹本、崇本重均作異。
〔辟賢〕結一本辟上衍一部字。
〔右拾遺〕崇本右下注云：一作左。
〔入尚書爲〕崇本作入爲尚書。
〔中月除〕崇本作表除爲。按：儀禮士虞禮：「中月而禫。」據注，中月即間一月。上已有居喪字，不當復云喪除，此校者臆改之證。
〔之答〕纖本答作夕。
〔乃牧〕崇本乃作及。
〔郢州〕結一本郢作道，誤。本傳作郢州，各本同。
〔公始以〕崇本始作但。
〔化下〕結一本作下化，誤。
〔三年冬〕按：本傳及文宗紀，皆云大和二年（八二八）徵爲户部尚書，及三年（八二九）則又出爲東都留守矣。此文三年必二年之誤。蓋楚顧朝正月，因即内召也。

〔續换〕崇本無續字。
〔傳古義〕崇本、畿本傳均作傳。按：傳古義，語出漢書張湯傳，作傳者顯爲校者所臆改。
〔意切〕崇本切作竊，誤。
〔歸全〕崇本全作泉，非。
〔因挾〕紹本、畿本、中山集、全唐文挾均作抶，崇本作扶。
〔獨賦〕紹本、崇本、畿本、中山集、全唐文賦均作富。
〔泣曰〕紹本泣作之。結一本曰作白，誤。
〔先正〕畿本正下贈下注云：一作贈，全唐文與一作同，似是。
〔予爲〕崇本、畿本爲下均有亦字。
〔其至〕崇本、畿本至均作致。
〔昔王珣〕結一本昔作晉，誤。

【注】

〔穀士〕按楚之名與字當相應，穀乃俗字，疑當依説文作彀。
〔弘文館校書郎〕據職官志，弘文館校書郎二員，從九品上。
〔太常博士〕據職官志，太常寺博士四員，從七品上。
〔中月〕謂禫服。參見卷二奚公神道碑。

〔沈命〕漢書咸(減)宣傳：「散卒失亡，復聚黨阻山川，往往而羣，無可奈何。於是作沈命法。」注：「應劭曰：沈，没也，敢蔽匿盜賊者，没其命也。」

〔泮林革音〕詩魯頌泮水：「翩彼飛鴞，集于泮林。食我桑黮，懷我好音。」

〔就加大司馬〕蓋謂加檢校兵部尚書，傳未載。

〔五王復辟〕五王謂桓彦範、敬暉、崔玄暐、張柬之、袁恕己。復辟謂中宗即位，革周復爲唐也。

〔左拾遺〕據職官志，中書省左拾遺二員，從八品上。

〔諱魯〕公羊傳隱十年：「内大惡諱。」春秋以魯爲内，謂不當揚武后之惡也。

〔左補闕〕據職官志，中書省左補闕二員，從七品上。

〔太子左瑜德〕據職官志，東宫官屬左瑜德一員正四品下。

〔大鹵〕穀梁傳昭元年：「晉荀吴帥師敗狄于太原。」傳曰：「中國曰太原，夷狄曰大鹵，號從中國，名從主人。」

〔王珣〕附晉書六五王導傳，導之孫也。

【箋證】

按：令狐楚與禹錫之交誼，見集中所作詩文，無慮數十篇。大和二年(八二八)，與白居易同遊汴州，爲楚之上客，自此唱酬未嘗稍間。但在政争中，則凡楚之敵皆劉、白之所厚，劉、白所厚亦多與楚不相爲謀，殊爲可異。本傳云：物議以楚因皇甫鎛作相而逐裴度，羣情共怒，以蕭俛之故，無敢措言。時元稹初得幸爲學士，素惡楚與鎛膠固希寵，稹草楚衡州刺史制略曰：「異端斯害，獨見不明。密隳討伐之謀，潛附奸邪之黨，因緣得地，進取多門，遂忝台階，實妨賢路。」楚深恨稹。（長慶）二年十一月，授陝虢觀察使。制下旬日，諫官論奏，遽令追制，時楚已至陝州，視事一日矣，復授賓客，歸東都。時李逢吉作相，極力援楚，以李紳在禁密沮之，未能擅柄。敬宗即位，逢吉逐李紳，尋用楚爲河南尹。其與稹、紳不相能如此。要之皆進士同年互相援引之故，李宗閔、牛僧孺、楊嗣復三人與楚、鎛、俛三人尤其結納之最膠固者，楚之爲人本無可言，禹錫之交楚似亦但取其文字。蓋唐人從事方鎮幕府者皆有聲應氣求之雅，禹錫與楚雖訂交在後，固早引爲同調也。外集卷九彭陽唱和集後引云：「貞元中，予爲御史，彭陽公從事於太原，以文章相往來有日。」是其證也。舊唐書李商隱傳云：「商隱能爲古文，不喜偶對，從事令狐楚幕，楚能章奏，遂以其道授商隱。」可見當時都以駢體之章奏文推楚，奉爲宗匠，此文首云起文章而陟大位，亦紀實也。

〔司空杜公〕杜公謂杜黄裳，舊唐書一四七、新唐書一六九均有傳。黄裳以貞元七年（七九一）知貢舉。

〔王拱〕拱兩唐書無傳，僅見楚傳中，蓋即采此文。

〔凡更三牧〕謂貞元中相繼爲河東節度使者李説、嚴綬、鄭儋三人。

〔選司言高第者視草内庭〕上文言改職方、知制誥，所掌爲外制。視草内庭則充翰林學士也。下文言遷中書舍人，專掌内制，謂所居之官雖名外制，而未離學士院也。始則中書舍人不任職而以他官知制誥者任之，繼則知制誥亦爲空名，而實職重在翰林學士，又繼而學士之職專重在承旨，元和以後之制大抵如此。通鑑二四一胡注：「唐制中書舍人六人，一人知制誥，開元初以它官掌詔敕，未命謂之兼知制誥。」蔡寬夫詩話云：「唐制，中書舍人六員，皆預省事。嘗以其間一人專掌進畫，故謂之知制誥，闕則用他官兼知。」此言知制誥之本意。

〔相府上言〕舊唐書裴度傳載楚所草詔書。度以韓弘已爲淮西行營都統，不欲更爲招討，請祇稱宣慰處置使，又以此行既兼招撫，請改翦其類爲革其志。又以弘已爲都統，請改更張琴瑟爲近輟樞衡，（按樞衡不能與上句鼓鼙爲偶，當有微誤）煩我台席爲授以成算。此文云「有涉嫌」者，蓋謂嫌於侵韓弘都統之名。本傳云不合度旨，非有他也。楚與度至文宗之世已酬唱釋嫌矣。

〔罷内職歸閣中〕此謂楚出學士院守中書舍人本官也。舍人屬中書省，稱鳳閣，故云閣中。中書舍人實無職任，特猶以資望見重耳。

〔以舊相署位〕署位爲唐官制中習用語，謂但居本官不任職責。楚以元和十四年（八一九）七月入相，次年七月得罪。所謂「萬幾百度，別有所付」者，指蕭俛、段文昌。

〔貶衡州刺史〕楚初貶宣歙觀察使，由親吏臟汙，繼貶衡州刺史，則傳僅連類及之，不言所自。舊唐書武元衡傳附載武儒衡事云：「儒衡氣岸高雅，論事有風采，羣邪惡之，尤爲宰相令狐楚所忌。元和末年，垂將大用，楚畏其明俊，欲以計沮之，以離其寵。有狄兼謩者，梁公仁傑之後，時爲襄陽從事。楚乃自草制詞召兼謩爲拾遺，曰：朕聽政餘暇，躬覽國書，知奸臣擅權之由，見母后竊位之事，我國家神器大寶，將遂傳於他人。洪惟昊天，降鑒儲祉，誕生仁傑，保佑中宗，使絶維更張，明辟乃復，宜福胄胤，與國無窮。及兼謩制出，儒衡泣訴於御前，言其祖平一在天后朝辭榮終老，當時不以爲累，憲宗再三慰撫之，自是薄楚之爲人。」本文謂貶衡州，由此，乃追論其草制之失詞耳。

〔京師有急兵起〕楚傳云：李訓兆亂，京師大擾。訓亂之夜，文宗召左僕射鄭覃與楚宿於禁中，商量制敕，上皆欲用爲宰相，楚以王涯賈餗冤死，敍其罪狀浮泛，仇士良等不悦，故輔弼之命移於李石。禹錫敍甘露之變，但云京師有急兵起，不從官書加罪於訓、注，尤見直筆。

〔乾陵崔文公〕乾陵指高宗，崔文公謂崔融，舊唐書九四、新唐書一一四均有傳。舊唐書云：融爲文典麗，當時罕有其比。朝廷所須洛出寶圖頌，則天哀册文及諸大手筆，並手敕融撰。撰哀册文，用思精苦，遂發病卒。

唐故尚書主客員外郎盧公集紀

心之精微，發而爲文，文之神妙，詠而爲詩。猶夫孤桐朗玉，自有天律。能事具者，其名必高。名由實生，故久而益大。

尚書郎盧公諱象，字緯卿，始以章句振起於開元中，與王維、崔顥比肩驤首，鼓行於時。妍詞一發，樂府傳貴。由前進士補祕書省校書郎，轉右衛倉曹掾。丞相曲江公方執文衡，揣摩後進，得公深器之。擢爲左補闕，河南府司録，司勳員外郎。名盛氣高，少所卑下。爲飛語所中，左遷齊、汾、鄭三郡司馬，入爲膳部員外郎。時大盜起幽陵，入洛師，東夏衣冠不克歸王所，爲虜劫執，公墮脅從伍中。初謫果州長史，又貶永州司户，移吉州長史。天下無事，朝廷思用宿舊，徵拜主客員外郎，道病留武昌，遂不起。故相崔太傅時爲右史，方在鄂，以文誌其墓，其一詞曰：噫公妙年有聲，振耀當代，翺翔雲路，不虞熷繳。盛名先物，易生瘡疵。三至郎署，坐成遺鼇。蹭蹬江皐，棲棲没齒。見知者恨之。

公遠祖元魏、北齊、後周皆爲帝師。公之叔父嵩山逸人諫議大夫顥然，真隱者也。公下世後七十三年，其孫元符捧遺草來乞詞以表之。嘗經亂離，多散落，今之存者十有二卷，凡若干篇。

【校】

〔天律〕紹本天作大。

〔汾鄭〕全唐文汾作郊。

〔其一詞〕畿本、英華、全唐文其下均無一字。

〔多散落〕紹本、崇本、畿本、英華、全唐文多下有所字，散落二字乙。

【注】

〔右衛倉曹掾〕據職官志，十六衛各有倉兵騎胄四曹參軍。

〔曲江公〕謂張九齡。

〔司録〕據職官志，河南府有司録參軍二員，正七品。

【箋證】

按：李白集有贈盧司户詩云：「秋色無遠近，出門盡寒山。白雲遥相識，待我蒼梧間。借問盧耽鶴，西飛幾時還？」新唐書藝文志：「盧象集十二卷。」注云：「字偉卿（按偉當作緯）。左拾遺、膳部員外郎。授安禄山僞官，貶永州司户參軍。」與李詩語意合，盧司户即盧象。封氏聞見記贊成條云，西河太守盧象贈（鄭）虔詩云云，所舉之官與此文微有不合。禹錫此文作於象卒後七十三年，在大和中。

〔王維崔顥〕王維集中今存與盧象集朱家及與盧員外象過崔處士興宗林亭詩，崔顥集中今存贈盧八象詩云：「客從巴水渡，傳爾泝行舟。」蓋即其赴梁州時，與此文合。

〔崔太傅〕謂崔祐甫。舊唐書一一九、新唐書一四二均有傳。祐甫相德宗，卒贈太傅，嘗爲起居舍人，故文云時爲右史。其因何至鄂則未詳。

〔帝師〕按當指盧玄等，北史三〇有傳。

〔嵩山逸人〕此謂盧鴻一，見兩唐書隱逸傳。

唐故衡州刺史吕君集紀

五行秀氣得之居多者爲俊人。其色潋灩於顔間，其聲發而爲文章。天之所與，有物來相。彼由學而致者，如工人染夏以視羽畎，有生死之殊矣。初貞元中，天子之文章焕乎垂光。慶霄在上，萬物五色。天下文人爲氣所召，其生乃蕃。靈芝蓮莆，與百果齊坼。然煌煌翹翹出乎其類終爲偉人者幾希矣。

東平吕和叔實生是時，而絶人遠甚。始以文學震三川，三川守以爲貢士之冠。名聲四馳，速如羽檄。長安中諸生咸避其鋒。兩科連中，芒刃愈出。德宗聞其名，自集賢殿校書郎擢爲左拾遺。明年犬戎請和，上問能使絶域者，君以奇表有專對材膺選，轉殿内史，錫之銀章。還拜尚書户部員外郎，轉司封，遷刑部郎中，兼侍御史，副治書之職。會中執法左遷，緣坐道州刺史，以政聞，改衡州，年四十而没。後十年，其子安衡泣捧遺草來謁，咨余紬之，成一家言，凡二百篇。

和叔名温，别字化光。祖考皆以文學至大官，早聞詩禮於先侍郎。又師吴郡陸質，通春秋，從梁肅學文章。勇於六藝之能，咸有所祖。年益壯，志益大。遂撥去文學，與雋賢交，重氣槩，覈名實，歆然以致君及物爲大欲。每與其徒，講疑考要，王霸富强之術，臣子忠孝之道，出入上下百千年間，詆訶角逐，疊發連注。得一善輒盱衡擊節，揚袂頓足，信容德色，舞於眉端。以爲按是言，循是理，合於心而氣將之，昭昭然若揭日月而行，孰能閼其勢而争光者乎？嗚呼！言可信而時異，道甚長而命窄，精氣爲物，其有所歸乎！

古之爲書者，先立言而後體物。賈生之書首過秦，而荀卿亦後其賦。和叔年少遇君而卒以謫似賈生，能明王道似荀卿，故余所先後視二書，斷自人文化成論至諸葛武侯廟記爲上篇，其他咸有爲而爲之。始學左氏書，故其文微爲富豔。夫羿之關弓，唯巴蛇九日乃能盡其彀，而回注鶡爵，亦要失中於尋常之間。非羿之手弓有能有不能，所遇然也。後之達解者，推而廣之，知余之素交不相索於文字之内而已。

【校】

〔居多〕崇本居作若。

〔文人〕文粹作人文。
〔貢士〕崇本貢作貴，非。
〔名聲〕文粹聲作都。
〔四馳〕紹本、崇本四均作西。
〔兩科〕崇本兩作丙，注云：一作兩。
〔内史〕結一本史作使，誤。
〔緣坐〕英華、全唐文下均有出爲二字。
〔以政聞〕全唐文政上有善字。
〔紬之〕崇本紬作伸，畿本作紀，注云：一作敍。全唐文與一作同，非。
〔二百篇〕英華、全唐文此下均有勒成十卷四字。
〔化光〕結一本光作老，誤。
〔陸質〕結一本、全唐文質均作贄；文粹陸作李，皆誤。
〔梁肅〕崇本、全唐文上均有安定二字。
〔六藝之能〕紹本、崇本均作藝能。
〔撥去文學〕崇本學作字，是；全唐文作章，非。
〔王霸富强之術〕崇本作皇王霸强之際，全唐文作皇王富强之術。

〔連注〕崇本注作袛；文粹、全唐文均作中。
〔德色〕紹本、崇本、全唐文德均作得。
〔争光〕紹本争下有夫字，崇本有天字。
〔首過秦〕文粹作道過哉，誤。
〔要失中〕崇本、英華要下均無失字。
〔所遇然也〕英華此句作所遇然而然也。

【注】

〔羽畎〕書禹貢：「羽畎夏翟。」孔疏：「釋鳥云：翟，山雉。此言夏翟，則夏翟共爲雉名。周禮立夏采之官，取此名也。」禹錫此語意謂染羽不如真鳥羽之善也。
〔吕和叔〕謂吕温，舊唐書一三七、新唐書一六〇有傳。
〔三川〕謂河南。
〔殿内史〕蓋謂侍御史。據職官志，侍御史四員，從六品下。

【箋證】

按：吕温事均附見舊唐書一三七，新唐書一六〇其父渭傳中。云：「貞元末登進士第。與翰林學士韋執誼善。順宗在東宫，侍書王叔文勸太子招納時之英俊以自輔，温與執誼尤爲叔文所睠，起家再命拜左拾遺。二十年（八〇四）冬，副工部侍郎張薦爲入吐蕃使。行至鳳翔，轉侍御史，賜緋袍牙笏。明年，德宗晏駕，順宗即位。張薦卒于青海。吐蕃以中國喪禍，留温經年。時王叔文用事，故與温同遊東宫者皆不次任用。温在蕃中，悲歎久之。元和元年（八〇六）使還，轉户部員外郎。時柳宗元等九人坐叔文貶逐，（按：九人當指韋執誼、王伾、韓泰、韓曄、程异、凌準、陳諫、柳宗元及禹錫。）惟温以奉使免。温天材俊拔，文彩瞻逸，爲時流柳宗元、劉禹錫所稱。然性多險詐，好奇近利，與竇羣、羊士諤趣尚相狎。羣爲韋夏卿所薦，自處士不數年至御史中丞，李吉甫尤奇待之。三年（八〇八），吉甫爲中官所惡，將出鎮揚州，温欲乘其有間傾之。温自司封員外郎轉刑部郎中，竇羣請爲知雜。吉甫以疾在第，召醫人陳登診視，夜宿于安邑里第。温伺知之，詰旦令吏捕登鞫問之，又奏劾吉甫交通術士。憲宗異之，召登面訊，其事皆虚。乃貶羣爲湖南觀察使，羊士諤資州刺史，温均州刺史。朝議以所責太輕，羣再貶黔南，温貶道州刺史。五年（八一〇），轉衡州，秩滿歸京，不得意，發疾卒。（按：温蓋卒於衡州，未歸京，傳稍誤。）温文體富豔，有丘明、班固之風，所著凌煙閣功臣銘、張始興畫贊、移博士書，頗爲文士所賞。」禹錫此文中所謂中執法，即指竇羣，唐人多稱御史中丞爲中執法，大夫則稱亞相。温祖延之，肅宗時爲浙江東道節度使，見代宗紀乾元二年（七五九）。父渭，官至湖南觀察使，故云祖考皆至大官。

又按：温自負用世之才，於柳宗元、元稹及禹錫之挽詩中見之。此文所謂「歆然以致君及物爲大欲」，亦頗相合。禹錫之意，蓋許其材智而不甚許其文，故云：「知余之素交，不相索於文字之内」，似有微詞焉。

又按：唐以前人編文集多先詩賦而後文，禹錫爲温編集，獨援荀、賈之例，先文而後詩賦，實爲新式。今傳世之呂衡州集又非劉所編之本矣。

〔副治書之職〕唐制，侍御史年深者一人判臺事，知公廨雜事，謂之知雜，常以他官秩高者奏請爲之，見趙璘因話録。晉宋以來不置御史大夫，中丞遂爲臺長，其下則治書侍御史二人，分統侍御史。唐避高宗諱，不置治書侍御史，即以中丞當之。禹錫意以呂温爲知雜，即治書侍御史之副也。此時高宗已祧，或不復諱治字矣。

〔陸質〕陸質舊唐書入儒林傳，新唐書一六八與韋執誼等同傳。質傳啖助、趙匡春秋之學，與執誼善，亦永貞政變中有關之人物也。柳河東集有陸文通先生墓表。又答元饒州論春秋書云：「往年曾記裴封叔宅聞兄與裴太常言，晉人及羌戎敗秦師于殽一義，常諷習之。又聞韓宣英及亡友呂和叔輩言他義，知春秋之道久隱，而近乃出焉。京中於韓安平處始得微指，和叔處始見集注，恒願掃於陸先生之門。及先生爲給事中，與宗元入尚書同日，居又與先生同巷，始得執弟子禮，未及講討，會先生病。……復於亡友凌生（凌準）處盡得宗指、辯疑、集注等一通。」是八司馬中受陸學者四人（柳、二韓、凌），加呂温爲五，宗元於人少所許可，而傾服如此，殆非偶然。啖、趙、陸皆明春秋尊攘之義者，豈王、韋所持政見皆出其指授歟！大和中，劉蕡對策攻宦官，亦本春秋立言，蓋一脈相傳也。

〔梁肅〕舊唐書韓愈傳云：「大曆、貞元之間，文字多尚古學，効揚雄、仲舒之述作，而獨孤及、梁肅最稱淵奥。」蓋肅實開韓、柳之先，而推尊韓氏者多不肯言之。

〔微爲富豔〕范寧穀梁傳集解序云：「左氏豔而富，其失也巫。」語即本此。

唐故尚書禮部員外郎柳君集紀

八音與政通，而文章與時高下。三代之文至戰國而病，涉秦漢復起，漢之文至列國而病，唐興復起。夫政龐而土裂，三光五嶽之氣分，大音不完，故必混一而後大振。初貞元中，上方嚮文章。昭回之光，下飾萬物，天下文士，争執所長，與時而奮，粲焉如繁星麗天，而芒寒色正，人望而敬者，五行而已。河東柳子厚斯人望而敬者歟！

子厚始以童子有奇名於貞元初，至九年爲名進士，十有九年爲材御史，二十有一年以文章稱首，入尚書爲禮部員外郎。是歲以疏儁少檢獲訕，出牧邵州，又謫佐永州。居十年，詔書徵不用，遂爲柳州刺史。五歲不得召，病且革，留書抵其友中山劉某曰：「我不幸卒以謫死，以遺草累故人。」某執書以泣，遂編次爲三十通，行於世。

子厚之喪，昌黎韓退之誌其墓，且以書來弔曰：「哀哉若人之不淑。吾嘗評其文，雄深雅健似司馬子長，崔、蔡不足多也。」安定皇甫湜於文章少所推讓，亦以退之之言爲然。凡子厚名氏與仕與年暨行己之大方，有退之之誌若祭文在。今附於第一通之末云。

【校】

〔題〕崇本繫銜只作柳州刺史。

〔政龐〕紹本、崇本、全唐文龐均作厖。

〔不完〕結一本不作又，誤。

〔得召〕崇本召下有歸字。

〔遂編〕文粹遂作因。

〔三十通〕英華、全唐文十下均有二字，文粹作四十五通。

〔退之之言〕崇本、英華、全唐文均少一之字。

【注】

〔列國〕指魏、晉、南北朝。

〔疏雋少檢〕此處敍遷謫之由，不涉王、韋一字。蓋宗元不肯於叔文有貶詞，且自明獲罪由於不逞者之懷怨騰謗，禹錫知宗元甚深，故徇其意而立言。

〔三十通〕三十通即三十卷也，今本柳集爲四十五卷。

〔崔蔡〕按宋書謝靈運傳論有「王褒、劉向、揚、班、崔、蔡之徒」一語，崔謂崔駰，蔡謂蔡邕，蓋古人以崔、蔡爲文章之美者與揚班並稱，不似後世言古文者貶爲不足道也。

〔皇甫湜〕新唐書附韓愈傳中，元和四年（八〇九）登賢良方正制科，湜爲翰林學士王涯甥，以不先上言得罪。同舉者李宗閔、牛僧孺，史稱以對策刺譏時政爲李吉甫所怒，其實不確，殆牛黨所造蜚語。

【箋證】

按：柳宗元之與禹錫，其科名、宦迹、年齒、趣尚無不相同，宜其被禍亦同，名爲王、韋之累，實則别有被謗之由，皆以營求仕宦未遂所欲者羣起流言所致也。宗元之自述，一則曰：「狠忤貴近，狂疏繆戾，蹈不測之辜，羣言沸騰，鬼神交怒。加以素卑賤，暴起領事，人所不信。射利求進者填門排户，百不一得，一旦快意，更造怨讟。以此大罪之外，詆訶萬端，旁午搆煽，盡爲敵讎，協心同攻，外連强暴失職者以致其事。」（見寄許京兆孟容書）再則曰：「僕之罪在年少好事，進而不能止，儔輩恨怒，以先得官。又不幸早嘗與游者居權衡之地，十薦賢幸乃一售，不得者譸張排拫，僕可出而辯之哉？性又倨野，不能摧折，以故名益惡，勢益險，有喙有耳者相郵傳作醜語耳。不知其卒云何。」（見與裴塤書）三則曰：「嚮者進當軏軓不安之勢，平居閉門，口舌無數，況又有久與游者，乃岌岌而造其門哉？其求進而退者皆聚爲仇怨，造作粉飾，蔓延益肆。」（見與蕭翰林俛書）與禹錫上杜佑與武元衡二書（見本集卷十及十八）所言頗有相似者。皆由仕宦中人飛短流長，自相傾陷。其中「一旦快意，更造怨讟」一語尤可玩味。不止其敵，即其友中亦有入室操戈者，禹錫作口兵戒（本集卷二十）亦即其意。禹錫相知既切，而必以墓誌及祭文推韓愈爲之，殆欲避黨同之嫌而堅傳世之效耳。獨編集乃自任之。其所編次，蓋極精審，與今世所傳不盡同。柳集五百家注載紹興丙子張敦頤韓柳音釋序云：「柳文簡古不易校，其用字奥僻或難曉。給事沈公晦嘗用穆伯長、劉夢得、曾丞相、晏元獻四家本參考互證。」然則劉本在宋時猶存。

董氏武陵集紀

片言可以明百意，坐馳可以役萬里，工於詩者能之。風雅體變而興同，古今調殊而理異，達於詩者能之。工生於才，達生於明。二者還相爲用，而後詩道備矣。余嘗執斯評爲公是，且衡而度之。誠懸乎心，默揣羣才，鈞銖尋尺，隨限而盡。如是所閲者百態。一旦得董生之詞，杳如搏翠屏，浮層瀾，視聽所遇，非風塵間物。亦猶明金粹羽得於遐裔，雖欲勿寶可乎？

生名侹，字庶中。幼嗜屬詩，晚而不衰。心源爲鑪，筆端爲炭。鍛鍊元本，雕礱羣形。糺紛舛錯，逐意奔走。因故沿濁，協爲新聲。嘗所與游者皆青雲之士。聞名如盧、杜，盧員外象，杜員外甫。高韻如包、李，包祭酒佶，李侍郎紓。迭以章句揚於當時，末路寡徒，值余歡甚。因相謂曰：閒者以廷尉屬爲荆州從事，移疾罷去，幽卧於武陵，迨今四年。言未信於世，道不施於人。寓其情懷，播爲吟咏，時復發笥，紛然盈前。凡五十篇，因地爲目。吾子嘗號知我，盍表而志之，爲生羽翼！余不得讓而著於篇，因系之曰：詩者其文章之藴耶！義得而言喪，故微而難能。境生於象外，故精而寡和。千里之繆，不容秋毫。非有的然之姿，可使户曉。必俟知者，然後鼓行於時。自建安距永明已還，詞人比肩，唱和相發。有以朔風、零雨高視天下，蟬噪、鳥鳴蔚在史策。國朝因之，粲然復興。由篇章以躋貴仕者相踵而起。兵興已還，右武尚功。公卿大夫以憂濟爲任，不暇器人於文什之間。故其風寖息。樂府協律不能足新詞以度曲，夜諷之職，寂寥無紀。則董生之貧卧於裔土也，其不得於時者歟！其不試故藝者歟！

【校】

〔萬里〕紹本、崇本、英華、全唐文里均作景。

〔理異〕紹本、崇本、全唐文異均作冥，畿本作具。

〔綷羽〕結一本綷作粹，誤。

〔幼嗜屬詩〕紹本、崇本嗜均作恃，崇本詩下有者字。

〔游者〕紹本、崇本、中山集、英華、全唐文均無者字。

〔間者〕紹本、崇本者作身。全唐文者下有身字。

〔情懷〕紹本、崇本、畿本、中山集、全唐文情均作性。

〔吟咏〕崇本吟作味。

〔時復〕崇本無復字。

〔嘗號〕崇本、畿本嘗均作常。

〔志之〕英華志作出。

〔藴耶〕英華耶作也。

〔憂濟〕英華憂作安。

〔新詞〕英華、全唐文詞均作音。

【注】

〔朔風零雨〕宋書謝靈運傳論：「子荆零雨之章，正長朔風之句。」孫子荆詩「晨風飄歧路，零雨被秋草。」王正長詩：「朔風動秋草，邊馬有歸心。」

〔蟬噪鳥鳴〕王籍詩：「蟬噪林逾静，鳥鳴山更幽。」

【箋證】

按：董生名侹，字庶中，其生平略見外集卷十故董府君墓誌。本集卷七與董生論易，卷二十三和董庶中詩等篇可參證。本文言所與遊者有杜甫，董卒於元和七年（八一二），距甫之卒已四十餘年矣，可謂早達者，甫之卒，禹錫尚未生也。新唐書藝文志列有董侹武陵集，注云「已亡」，疑即據禹錫此文著録。

〔包李〕詳見下篇。

〔廷尉屬〕謂董侹官大理評事。

澈上人文集紀

釋子工爲詩尚矣。休上人賦别怨，約法師哭范尚書，咸爲當時才士之所傾歎。厥後比比有之。上人生於會稽，本湯氏子。聰察嗜學，不肯爲凡夫。因辭父兄出家，號靈澈，字源澄。雖受經論，一心好篇章。從越客嚴維學爲詩，遂籍籍有聞。維卒，乃抵吴興，與長老詩僧皎然游，講藝益至。皎然以書薦於詞人包侍郎佶，包得之大喜。又以書致於李侍郎紓。是時以文章風韻，主盟於世者曰包、李。以是上人之名由二公而飀，如雲得風，柯葉張王。以文章接才子，以禪理説高人，風議甚雅，談笑多味。貞元中，西遊京師，名振輦下。緇流疾之，造飛語激動中貴人，因侵誣得罪，徙汀州，會赦歸東越。時吴、楚間諸侯多賓禮招延之。元和十一年，終於宣州開元寺，年七十有一。門人遷之，建塔於越之山陰天柱峯之陲，從本教也。

初上人在吳興居何山，與晝公爲侶。皎然字晝，時以字行。時予方以兩髦執筆硯，陪其吟詠，皆曰孺子可教。後相遇於京、洛，與支、許之契焉。上人没後十七年，予爲吳郡，其門人秀峯捧先師之文來乞詞以志，且曰：「師嘗在吳，賦詩僅二千首，今删取三百篇，勒爲十卷，自大曆至元和凡五十年間，接詞客聞人唱酬别爲十卷。今也思行乎昭世，求一言羽翼之。」因爲評曰：世之言詩僧多出江左。靈一導其源，護國襲之。清江揚其波，法振沿之。如幺絃孤韻，瞥入人耳，非大樂之音。獨吳興晝公能備衆體。晝公後澈公承之。至如芙蓉園新寺詩云：「經來白馬寺，僧到赤烏年。」謫汀州云：「青蠅爲弔客，黄耳寄家書。」可謂入作者閫域，豈特雄於詩僧間邪？

【校】

〔嚴維〕文粹無維字。

〔李侍郎紓〕崇本紓作紆，下同。

〔是時〕結一本是下脱時字。

〔張王〕崇本張作長，非。文粹作柯少葉張。

〔風議〕紹本、崇本、畿本、全唐文議均作儀。按：風議恐是用詩小雅北山：「或出入風議。」

〔招延之〕崇本，延下注云：一作迓。

〔七十〕紹本、崇本、結一本七十上均無年字，全唐文有。又英華「宣州開元寺」與下文「越之山陰」互易。

〔何山〕文粹何作河，誤。

〔支許〕崇本支作友，誤。

〔吴郡〕崇本郡作都，誤。

〔僅二千首〕全唐文僅作近，此館臣不知僅字之義而臆改。

〔三百篇〕崇本無三字。

〔唱酬〕結一本唱下衍和字，紹本、全唐文作酬唱。

〔昭世〕畿本世作代。

〔江左〕文粹左作右，唐詩紀事同。

〔黄耳〕崇本耳作犬。

〔特雄〕紹本、崇本、畿本、全唐文特均作獨。

【注】

〔支許〕世説文學篇：支道林、許掾（詢）諸人共在會稽王齋頭，支爲法師，許爲都講。支通一義，四坐莫不厭心，許送一難，衆人莫不忭舞，但共嗟詠二家之美，不辯其理之所在。

【箋證】

按：靈澈與皎然爲中唐詩人中之方外宗主，有關當時文壇風氣，事跡詳見高僧傳。唐詩紀事七一：「僧靈澈生於會稽，本湯氏，字澄源（本文作源澄）與吴興詩僧皎然遊，皎然薦之包佶、李紓，以是上人之名由二公而颺。正（貞）元中遊京師，緇流嫉之，造語激動中貴人，浸誣得罪，徙汀州，後歸會稽，元和十一年（八一六）終于宣州。」

又按：唐語林五：「越僧靈澈得蓮花漏於廬山，傳江西觀察使韋丹。初，惠遠以山中不知更漏，乃取銅葉製器，狀如蓮花，置盆水之上，底孔漏水，半之則沉。每一晝夜十二沉，爲行道之節，冬夏短長，雲陰月晦，一無所差。」考其里貫時代行蹤皆合，即此靈澈。

又按：禹錫於文中自言幼時學詩之事，蓋頗得其淵源。故特舉「經來白馬寺，僧到赤烏年」，及「青蠅爲弔客，黄耳寄家書」之句，以爲入作者閫域。此亦禹錫自道其詩法也。

〔嚴維〕全唐詩小傳：「嚴維，字正文，越州山陰人，至德二載（七五七）進士，擢辭藻宏麗科，調諸暨尉，辟河南幕府，終祕書省校書郎，與劉長卿善。」

〔包侍郎〕按：全唐詩小傳：「包佶，字幼正，天寶六年（七四七）進士，累官諫議大夫，坐善元載貶嶺南，劉晏奏起爲汴東兩税使。晏罷，以佶充諸道鹽鐵輕貨錢物使，遷刑部侍郎，改祕書監，封丹陽縣公。」新唐書附劉晏傳中。

〔李侍郎〕全唐詩小傳：李紓，字仲舒，天寶末拜祕書省校書郎。大曆初，以吏部侍郎李季卿薦爲左補闕。累遷司封員外郎，知制誥，改中書舍人，歷禮部侍郎，貞元中應制詩與劉太真皆爲上等。今其詩不傳。舊唐書一三七、新唐書一六一均有傳。

附録一　高僧傳三集一五：會稽雲門寺靈澈傳

釋靈澈，不知何許人也。禀氣貞良，執操無革，而吟詠情性尤見所長。居越谿雲門寺。成立之歲，爲文之譽襲遠，講貫無倦，生徒戾止如闤闠焉。故祕書郎嚴維、劉隨州長卿、前殿中侍御史皇甫曾覿面論心，皆如膠固，分聲唱和，名散四陬。澈遊吴興，與杼山晝師一見爲林下之遊，互相擊節。晝與書上包佶中丞，盛標揀其警句。最所重者，歸湘南作則有：山邊水邊待月明，暫向人間借路行。如今還向山邊去，唯有湖水無行路句。此僧諸作皆妙，獨此一篇，便老僧見欲棄筆硯。伏冀中丞高鑒深量，其進諸乎，其捨諸乎？方今天下有故，大賢勤王，輒以非急干清視聽，亦昭愚老僧不達時也。然澈公秉心立節，不可多得，其道行空慧，無慚安達，復著律宗引源二十一卷，爲緇流所歸。至於玄言道理，應接靡滯，風月之間，亦足以助君子之高興也。其爲同曹所重也如此。晝又賫詩附澈去見佶，禮遇非輕。又權德輿聞澈之譽，書問晝公，迴簡極筆稱之，建中貞元已來，江表諺曰：越之澈，洞冰雪。可謂一代勝士，與杭標、霅晝分鼎足矣。不測其終。

附録二　唐詩紀事載諸人往還詩

柳宗元韓漳州書報澈上人亡因寄二絶云：早歲京華聽越吟，聞君江海分逾深。他時若寫蘭亭會，莫畫高僧支道林。頻把瓊書出袖中，獨吟遺句立秋風。桂江日夜流千里，揮淚何時到淅東。又聞澈上人亡寄侍郎楊丈云：東越高僧還姓湯，幾時瓊佩觸鳴璫。空花一散不知處，誰採金英與侍郎。又：澈與劉夢得友善，夢得送僧仲剬東遊末句呈澈云：一旦揚眉望沃洲，自言王謝許同遊。憑將雜擬三十首，寄與江南湯惠休。

又：權載之酬以詩代書見寄云：蓮花出水地無塵，中有南宗了義人。已取貝多翻半字；還將陽燄諭三身。碧雲飛處詩偏麗；白月圓時性本真。更喜開緘銷熱惱，（自注：時在薦福寺坐夏）西方社裏舊相親。又：載之月夜宿澈上人房云：此身會逐白雲去，未洗塵纓還自傷。今夜幸逢清淨境，滿庭秋月對支郎。

又：劉長卿送師云：蒼蒼竹林寺，杳杳鐘聲晚。荷笠帶殘陽。青山獨歸遠。長卿酬師相招云：石澗泉聲久不聞，獨臨長路雪紛紛。如今漸欲生黄髮，願脱頭冠與白雲。

又：澈於東林寺寄陳、丘二侍郎云：年老心閑無外事，麻衣坐草亦容身。相逢盡道休官好，林下何曾見一人。

又：張祜題澈上人舊房云：寂寞空門支道林，滿堂新板舊知音。秋風吹葉古廊下，一半繩床燈影深。祜又寄師詩云：老僧何處寺，秋夢遶江瀕。獨樹月中鶴；孤舟雲外人。榮華長指幻；衰病久觀身。應笑無成者，滄洲垂一綸。

又：吕温在道州戲贈云：僧家亦有芳春興，自是禪心無滯境。君看池水湛然時，何曾不受花枝影？（按：吕衡張荆州畫讚云：「曹溪沙門靈澈雖脱離世務而猶好正直，得其圖像，因以示之。」此文所謂吴、楚間諸侯多賓禮之也。）

劉禹錫集箋證卷第二十

雜著

傷我馬詞

馬龍類，蓋健而善馳，君子之所宜求爲畧也。故法求於力，或逸而善駭。法求於和，或乾而易仆。由德稱者鮮焉。曩予知善馬之難遭也，不求於肆而於其鄉。一旦果得陰山之阿。蠖略其形，蕭蕭其鳴；長顧遠視，順而能力。顧其軀非驁然而偉也，雖士得以乘之。

始予被皁衣於朝，朝之人多四三其牡以迭馭，予無兼焉。水轍之淋灕，淖途之汪洋。結爲確犖，融爲坳堂。前有僨輈，後有濡裳。我策垂空，我鑣方揚。振鬣軒昂，矯如飛翔。翘翘其雄也，非力而何？烈火之具舉，鈎膺之疊舞。一蹊千趾，駢比齟齬。瘆者斯擠，悍者斯怒。我鞍如山，我轡如組。弭毛容與，宛若孤處。靡靡其柔也，非慧而何？前日予之獲譴於闕下，背商顔，趨昭丘，日中而踰舍。修門之南，非騎所宜。夷則沮洳，高則巘巇。虎跑空林，鼉鬬荒塯。風雨孤征，簡書之威。俾予弗顛，我馬焉依。屑屑其勞也，非德而何？

予至武陵，居沅水之傍，或踰月未嘗跨焉。以故莫得伸其所長。跼蹐顧望兮，頓其鎖韁。飲齕日削兮，精耗神傷。寒櫪騷騷兮，瘁毛蒼涼。路聞躞蹀兮，逸氣騰驤。朔雲深兮邊草遠，意欲往兮聲不揚。隤然似不得其所而死，故其嗟也兼常。

初玄宗羈大宛而盡有名馬，命典牧以時起居。洎西幸蜀，往往民間得其種而蓄焉。故良毛色者率非中土類也。稽是毛物，豈祖於宛歟！漢之歌曰：龍爲友。武陵有水曰龍泉，遂歸骨於是川。且弔之曰：生於磧礰善馳走，萬里南來困丘阜。青菰寒菽非適口，病聞北風猶舉首。金壺已平骨空朽，投之龍淵從爾友。

【校】

〔題〕崇本作弔馬文。

〔龍類〕紹本、崇本、英華龍均作乾。

〔詈〕即畜字，崇本作獸，誤。
〔善駭〕紹本、英華善作喜。
〔法求〕英華法作主，下句同。崇本下句無法字。
〔蕭蕭〕崇本作蕭然。
〔顧其〕崇本其下有低字。
〔其牡〕英華牡作狀，崇本作壯，注云：一作牲，紹本、中山集作壯。
〔迭馭〕英華馭作取。
〔兼焉〕英華焉作馬。
〔痑〕紹本、崇本均作瘃。
〔前日〕全唐文無前字，是。按：左傳：「日衞不睦，故取其地。」國語：「日君之使於楚也」。史記淮南厲王傳：「日得幸於上有子。」此在古語爲常見，不當有前字。
〔修門〕崇本修作循，非。
〔虎跑〕紹本、崇本、英華、全唐文跑均作咆。
〔甏〕崇本注云：一作蜮，全唐文與一作同。
〔之傍〕紹本、崇本均無之字。
〔神傷〕崇本神作氣。

〔逸氣〕崇本作巴馬。

〔毛色〕崇本毛作也，非。

〔非適口〕崇本非作何。

〔金壺〕全唐文壺作臺，是。

〔龍淵〕崇本淵作荆。

【注】

〔乾而易仆〕按乾字誤，疑當作軋。

〔德稱〕論語：驥不稱其力，稱其德也。

〔皁衣〕按黑衣爲古宿衛之服，史記趙世家：「願得補黑衣之缺以衛王宫。」禹錫蓋以郎官比宿衛。

〔商顔〕漢書溝洫志注：應劭曰：商顔，山名也。師古曰：商顔者，商山之顔也。謂之顔者，譬人之顔頟也。

〔昭丘〕文選王粲登樓賦注：荆州圖記曰：當陽東南七十里有楚昭王墓，登樓則見，所謂昭丘。

〔修門〕按修門出楚辭，謂郢都之門。與上文昭丘皆指荆南之地。

【箋證】

按：文云「前日予之獲譴於闕下」，又云「予至武陵，居沅水之傍」，是貶朗州未久所作也。又云「背商顔，趨昭丘」，則其初聞貶連州刺史之命，實取道商州而至荆州矣，中途得再貶朗州司馬之命，則文中略而未敍。當時由長安南行不外兩途，一出藍田，經商州達襄陽；一由洛陽出南陽，亦達襄陽。禹錫此文既有背商顔之語，則必不經洛陽。而外集卷五有赴連州途經洛陽諸公置酒相送一詩何也？此尚當存疑俟考。

又按：唐會要七二：「天寶六載（七四七）十二月，九姓堅昆及室韋獻馬六十匹，令：於西受降使納之。又十三載（七五四）六月一日，隴右羣牧都使奏：臣差判官等就羣牧交點，總六十萬五千六百三頭匹口。」又張説有隴右羣牧使頌。文中所云玄宗羈大宛而盡有名馬，命典牧以時起居，泛指當時駟牧之盛。

口兵戒

余讀蒙莊書曰：「兵莫憯於志，莫邪爲下。」缺然知志士之傷夫生也。他日讀遠祖中壘校尉書曰：「口者，兵也。」畫然知言之爲兵，又憯乎志。因博考前載，極其兩端。夫志兵之薄人，激烈抗憤，不過無從容於世耳。口兵之起，其刑渥焉。繇是知吾祖之言爲急，作戒以書於盤盂。

五刃之傷，藥之可平。一言成痏，智不能明。人或罹兵，道塗奔救。投方效技，思恐其後。人或罹譖，比肩狐疑。借有解紛，毁輒隨之。故曰：舌端之孽，憯乎楚鐵。夷竈誠謀，執戈以驅。掩人誠智，折笄以詈。賢者誨子，信有其旨。發言之難，伸舌猶爾。辯爲詐媒，默爲德基。玉櫝不啓，孰能瑕疵？犨麇深居，孰謂可嗤？戒哉我口之啓，爾心之門。無爲我兵，當爲我藩。以慎爲鍵，以忍爲閽。可以多食，勿以多言。

【校】

〔知志〕畿本、全唐文志下均注云：一作智。

〔思恐〕畿本思作恩。

〔誨子〕崇本子作予。

〔伸舌〕畿本下注云：一作往古，英華、全唐文均與一作同。

〔有其〕紹本、崇本二字均乙。

〔詐謀〕崇本謀作媒。

〔孰能〕紹本、崇本、全唐文孰均作焉。

〔戒哉〕崇本無此二字，畿本下注云：一本無此二字，英華、全唐文戒哉我口之啓六字作我誡於口四字。

【注】

〔中壘校尉〕謂劉向。

【箋證】

按：文中「人或罹譖，比肩狐疑，借有解紛，毀輒隨之」數語，蓋深慨讒人之罔極。本集卷十上杜司徒書亦痛陳此意。當時朋輩中必有坐視禹錫之困阨甚至投井下石者，吕温集中由鹿賦亦猶此意，所指何人，今不可知矣。

〔盤盂〕漢書藝文志：「孔甲盤盂二十六篇。」王應麟考證：「文選注：七略曰：盤盂書者，其傳言孔甲爲之，孔甲，黄帝之史也。書盤盂中爲誡法，或於鼎名曰銘。蔡邕銘論：黄帝有巾機之法，孔甲有盤盂之誡。」

〔五刃〕五刃即五兵，五兵古有兩説，周禮注謂戈、殳、戟、酋矛、夷矛。穀梁傳注謂矛、戟、鉞、盾、弓矢。

〔犨麋〕文選左思魏都賦：「亦猶犨麋之與子都。」語出吕氏春秋遇合，陳有惡人焉曰敦洽犨麋。

猶子蔚適越戒

猶子蔚晨跪於席端曰：「臣幼承叔父訓，始句萌至於扶疏。前日不自意，有司以名汙賢能書，又不自意，被丞相府召爲從事。重兢累媿，懼貽叔父羞。今當行，乞辭以爲戒。」余曰：若知彝器乎？始乎斲輪，因入規矩刳中廉外，枵然而有容者，理膩質堅，然後如密石焉。風戾日晞，不副不聱。然後青黄之，鳥獸之，飾乎瑶金，貴在清廟。其用也羃以養潔，其藏也櫝以養光。苟措非其所，一有毫髮之傷，儡然與破甑爲伍矣。汝之始成人猶器之作朴，是宜力學爲礱斲，親賢爲青黄，睦僚友爲瑶金，忠所奉爲清廟，盡敬以爲羃，慎微以爲櫝，去怠以護傷，在勤而行之耳。設有人思披重霄而挹顥氣，病無階而升。有力者揭層梯而倚泰山，然而一舉足而一高，非獨揭梯者所能也。凡天位未嘗曠，故世多貴人。唯天爵并者乃可偉耳。夫偉人之一顧踰乎華章，而一非亦慘乎黥刖。行矣，慎諸！吾見垂天之雲在爾肩腋間矣。昔吾友柳儀曹嘗謂吾文雋而膏，味無窮而炙愈出也。遲汝到丞相府，居一二日，袖吾文入謁以取質焉。丞相吾友也，汝事所從如事諸父，借有不如意，推起敬之心以奉焉，無忽！

【校】

〔臣劝〕崇本臣作某。

〔又不自意〕紹本、崇本均作又自不意。

〔因入〕紹本因作困，崇本入作人。

〔刳中廉外〕崇本無刳字，廉作度，英華亦作度。

〔然後如〕崇本、全唐文、畿本作後加。紹本如作加，崇本無然字。

〔不副〕畿本副下注云：一作剖，英華與一作同。全唐文作剖，注云：一作副。

〔親賢〕畿本親作新，誤。

〔披重霄〕紹本披作被。

〔凡天位〕崇本凡作尺，誤。紹本天作大，崇本、英華、全唐文均作大。

【注】

〔柳儀曹〕謂柳宗元。

〔丞相〕謂元稹。

【箋證】

按：嘉泰會稽志一六：「禹穴碑，鄭昉撰，元稹銘，韓杍材行書，陸洿篆額。寶曆景午（八二六）秋九月作，後有大和元年八月三日中山劉蔚續記二行，在龍瑞宫。」知此文乃爲其姪蔚赴浙東幕而作，稹初鎮浙東正在寶曆初，禹錫當在和州。又外集卷八桃源翫月詩有劉蒐跋語，稱禹錫爲叔父，蔚、蒐連名，必胞兄弟也。文中「偉人之一顧踰乎華章，而一非亦慘乎黥刖」爲禹錫自述其經歷，豈非有懲於杜佑之交誼不終乎！

又按：禹錫之文格與柳宗元尤相近，故所述宗元之語云「雋而膏，味無窮而炙愈出」，亦的評也。

觀博

客有以博戲自任者，速余觀焉。初主人執握槊之器寘於廡下，曰主進者要約之。既揖讓即次，有博齒二，異乎古之齒。其制用骨，觚稜四均，鏤以朱墨，耦而合數，取應期月。視其轉止，依以争道。是制也通行之久矣，莫詳所祖。以其用必投擲，故以博投詔之。

是日客抵骨於局，且祝之曰：「其來如趨，其去如脱。事先趦趄，命中無蹉跌，無從彼呼，無戾我恒。」分曹遒迫，自朝至於日中稷。稷，昃也，穀梁傳。而率與所祝異焉。客視骨如有情焉，如或馮焉，悉詈之不泄，又從而齕齧蹂躪之，莫顧其十目之咍讓也。乃曰：「非予術之不工，是朽骼者不予畀也。」請刷恥於弈棋。主人云從命，命燭以續。鶩神默計，巧竭智匱，主進者書勝負之數於牘，視其所喪，又倍前籍焉。觀者曰：以夫人之褊心，亦將詬棋而抵枰矣。既乃恬而不恤，赧然有失鵠求身之色，人咸異之。

子劉子曰：先人者制人，博投是已。從人制於人，枯棋是已。二者豈有數存乎其間哉！但處之勢異耳。是知當軸者易生嫌，而退身者易爲謈。易生之嫌，不足貶也；易爲之譽，不足多也。在辨其所處而已。

【校】

〔齒二〕英華作齒齒。

〔古之〕崇本古作齒負。

〔詔之〕英華詔作設。

〔我恒〕崇本恒作詛，英華、全唐文此句作無俾我怛。

〔稷昃也〕結一本昃作具，誤。畿本作昃，是。紹本、崇本無此注，英華、全唐文逕作日中昃，非。按：穀梁傳定十五年：「日下稷乃克葬。」注：「稷，昃也。」公羊傳作「日中昃」。書無逸：「自朝至于日中昃。」禹錫蓋並三者而用之。禹錫深於穀梁之學，文體似之，故亦多用其詞句。

〔云從命〕紹本作從之，崇本、中山集三字作促，全唐文此句作促命燭以續之。

〔從人〕崇本、畿本、全唐文人下均有者字，似是。

〔枯棋〕崇本枯作枰。

〔但處〕崇本、英華但均作何。

【注】

〔握槊〕魏書藝術傳：握槊蓋胡戲，近入中國。云王有第一人，遇罪將殺之，弟從獄中爲此戲以上之，意言孤則已亡也。世宗以後，大盛於時。

〔主進〕漢書高帝紀：「蕭何爲主吏，主進。」按陳遵傳云：「與宣帝博數負進。」則進謂所賭之財也。主進則主管賭貲之人。

【箋證】

按：此文取勢甚遠而曲，其指歸全在末數語，所謂「當軸者易生嫌，而退身者易爲譽。易生之嫌，不足貶也；易爲之譽，不足多也」，蓋爲永貞中爲崇陵使判官之遭謗而發。此篇與觀市相次，彼爲元和二年（八〇七）作，此當亦同時作，故憤激乃爾。

觀市

由命士已上不入於市，周禮有焉。乃今觀之，蓋有因也。元和二年，沅南不雨，自季春至於六月，毛澤將盡。郡守有志於民，誠信而雩，遂徧山川、方社，又不雨，遂遷市於城門之逵。余得自麗譙而俯焉。

肇下令之日，布市籍者咸至，夾軌道而分次焉。其左右前後，班間錯跱，如在闤之制。其列題區榜，揭價名物，參外夷之貨焉。馬牛有紼，私屬有閑。在巾笥者織文及素焉，在几閣者彫彤及質焉，在筐筥者白黑巨細焉。業於饔者列饔饎陳餅餌而苾然，業於酒者舉酒旗滌栝盂而澤然，鼓刀之人設膏俎解豕羊而赫然。華實之毛，畋漁之生，交蜚走，錯水陸，羣狀夥名，入隊而分，韞藏而待價者，負挈而求沽者，乘射其時者，奇贏以游者，坐賈顒顒，行賈遑遑，利心中驚，貪目不瞬。於是質劑之曹，較估之倫，合彼此而騰躍之。冒良苦之巧言，斁量衡於險手，秒忽之差，鼓舌傖儜。詆欺相高，詭態橫出。鼓囂譁，坌煙埃，奮羶腥，疊巾屨，噏而合之，異致同歸。雞鳴而争赴，日中而騈闐。萬足一心，恐人我先。交易而退，陽光西徂。幅員不移，徑術如初。中無求隙地俱。唯守犬烏烏，樂得腐餘。

是日倚衡而閲之，感其盈虚之相尋也速，故著於篇云。

【校】

〔二年〕崇本作三年。

〔闐之〕英華、全唐文闐下均有闐字。

〔列題〕崇本無題字。

〔貨焉〕崇本、全唐文無焉字。

〔有綷〕崇本綷作緯，英華、全唐文均作牽，結一本作綷，俗字不合。

〔膏俎〕崇本、英華膏均作高。

〔入隊〕紹本、崇本、畿本隊均作隧。按：隧用西都賦「貨别隧分」語，但隊古字亦通。全唐文入作人。

〔較估〕崇本、中山集、英華、全唐文估均作固。

〔冒良苦〕畿本冒下注云：一作易。按：良苦即良窳之意。周禮天官典婦功：「辨其苦良」；史記五帝本紀：「河瀕器皆不苦窳。」全唐文與一作同。之作於。

〔徑術如初〕崇本無術字。

〔唯守犬烏烏〕崇本唯作爲，上烏字作鳥，紹本、英華同。按：左傳襄十八年：「鳥烏之聲樂，齊師其遁。」鳥烏字本此。

〔閱之〕紹本、崇本、全唐文之下均有三字。

【注】

〔命士〕周禮地官司市：命夫過市罰一蓋，命婦過市罰一帷。

〔有志於民〕此亦用穀梁傳：閔雨者有志乎民者也。（見僖三年）禹錫好用穀梁，此亦一證。有志乎民，謂關心民事。

〔麗譙〕見卷一楚望賦。

〔倚衡〕論語：在輿則見其倚於衡也。衡謂横於車前之木。

【箋證】

按：文中有元和二年（八〇七）句，知其初遭遷斥，怨望尤深，故假以譏嘲朝士之鬭争，然亦曲盡市肆喧囂溷雜之狀。

論書

或問曰：「書足以記姓名而已，工與拙可損益於數哉？」答曰：此誠有之，蓋舉下之説爾，非中道之説。亦猶言居室曰避燥溼而已，言衣裳曰適寒燠而已，言飲食曰充腹而已，言車馬曰代勞而已，言禄位曰代耕而已。今夫考居室必以閎門豐屋爲美，笴衣裳必以文章遒澤爲甲，評飲食必以精良海陸爲貴，第車馬必以華輈絶足爲高，干禄位必以重侯累封爲意。是數者皆不行舉下之説，奚獨於書也行之邪？禮曰：「士依於德，游於藝。」德者何？曰至，曰敏，曰孝之謂。藝者何？禮、樂、射、御、書、數之謂。是則藝居三德之後，而士必游之也，書居數之上，而六藝之一也。語曰：「飽食終日，無所用心，難矣哉！不有博弈者乎？爲之猶賢乎已。」是則博弈不得列於藝，差愈於飽食無所用心耳。吾觀今之人適有面詆之曰：「子書居下品矣。」其人必逌爾而笑，或謷然不屑。詆之曰：「子握槊弈棋居下品矣。」其人必赧然而媿，或艴然而色。

是故敢以六藝斥人，不敢以六博斥人。嗟乎！衆尚之移人也。

問者曰：「然則彼魏晉宋齊間亦嘗尚斯藝矣。至有君臣争名，父子不讓，何哉？」答曰：吾姑欲求中道耳，子寧以尚之之弊規我歟！且夫信者美德也。秦繆尚之而賢臣莫贖。黄老者至道也，竇后尚之而儒臣見刑。道德且不可尚，矧由道德以下者哉？所謂中道而言書者何？處之文學之下，六博之上。材鈞而善者得以加譽，遇鈞而善者得以議能。所加在乎譽，非實也，不黷於賞。所議在乎過，非實也，不紊於刑。夫如是，庶乎六書之學不湮墜而已乎！

【校】

〔可損益〕紹本、崇本可均作何。

〔中道〕紹本、崇本、中山集、全唐文均作蹈中。

〔閬門〕紹本、崇本、全唐文閬均作閲。

〔遒澤〕崇本、文粹、全唐文遒均作鮮。

〔之謂〕崇本、英華謂上有爲字，似非。

〔語曰〕結一本語作詩，誤。

〔詆之〕崇本、英華詆上有有字。

〔是故〕崇本、英華故下均有時字。
〔吾姑〕英華、全唐文，姑均作始。
〔遇鈞〕結一本鈞下注云：一作過。
〔非實也〕紹本、崇本、全唐文實均作罪。
〔湮〕全唐文作堙。

【箋證】

按：禹錫亦工書法者，今所傳楊岐山乘廣禪師碑是其所書。故有此論。詳見外集卷八各詩。

〔君臣争名〕齊書王僧虔傳：「太祖善書，及即位，篤好不已，與王僧虔賭書畢，謂僧虔曰：誰爲第一？僧虔曰：臣書第一，陛下亦第一。」南史則云：「帝問我書何如卿，答曰：臣正書第一，草書第二；陛下草書第二而正書第三，臣無第三，陛下無第一。」此所謂君臣争名。

〔父子不讓〕晉書王獻之傳：「謝安問曰：君書何如君家尊？答曰：故當不同。安曰：外論不爾。答曰：人那得知？」孫過庭書譜序云：「子敬又答：……敬雖權以此辭折安所鑒，自稱勝父，不亦過乎？」此所謂父子不讓。

〔儒臣見刑〕謂趙綰、王臧也。漢書武帝紀：「御史大夫趙綰坐請毋奏事太皇太后，及郎中令王臧皆下獄自殺。」注：「應劭曰：王臧儒者，欲立明堂辟雍，太后素好黄老術，非薄五經，因欲絶奏事太后，太后怒，故殺之。」通鑑一七：「太皇竇太后好黄老言，不悦儒術，趙綰請毋奏事東宫，竇太后大怒曰：此欲復爲新垣平邪？陰求得趙綰、王臧姦利事，以讓上，上因廢明堂事，諸所興爲皆廢，下綰、臧吏，皆自殺。」

劉氏集略説

子劉子曰：五達之井，百汲而盈科，未必凉而甘，所處之勢然也。人之詞待扣而揚，猶井之利汲耳。始余爲童兒，居江湖間，喜與屬詞者游，謬以爲可教。視長者所行止，必操觚從之。及冠舉秀才，一幸而中説，有司懼不厭於衆，亟以口譽之。長安中多循空言，以爲誠，果有名字，益與曹輩畋漁於書林，宵語途話，琴酒調謔，一出於文章。俄被召爲記室參軍。會出師淮上，恒磨墨於楯鼻上，或寢止羣書中。居一二歲，由甸服升諸朝，凡三進班而所掌猶外府，或官課，或爲人所倩，昌言奏記，移讓告諭，奠神志葬，或猥并焉。及謫於沅、湘間，爲江山風物之所蕩，往往指事成歌詩，或讀書有所感，輒立評議。窮愁著書，古儒者之大同，非高冠長劍之比耳。前年蒙恩澤，以郡符居海壖，多雨慝作，適晴喜，躬曬書於庭，得以書四十通。逌爾自哂曰：道不加益，焉用是空文爲？真可供醬蒙藥楮耳。他日子壻博陵崔生關言曰：「某也鄙游京師，偉人多問丈人新書幾何，且欲取去。而某應曰無有，輒媿起於顏間。今當復西，期有以弭媿者。」繇是删取四之一爲集略，以貽此郎，非敢行乎遠也。

【校】

〔鼻上〕紹本、崇本、中山集、全唐文均無上字。

〔以郡〕紹本、崇本、全唐文以上均有授字。

〔以書〕紹本、崇本、全唐文以均作已。

〔樂楮〕崇本楮作緒。

【注】

〔以郡符居海壖〕謂任蘇州刺史時，當水災之後。

【箋證】

按：此謂禹錫自編之集，唐人稱四十通即四十卷，復略取四之一，則不過十卷，據文云前年蒙恩澤以郡符居海壖，則似是刺蘇州之第三年，即大和七年（八三三），是時當水災之後。大抵今集中表狀書啓碑誌多出其手訂，而外集則别加掇拾者也。

又按：文中云：「及謫於沅、湘間，爲江山風物之所蕩，往往指事成歌詩，或讀書有所感，輒立評議。」歌詩當是指在朗州、連州詠其風土諸篇。至本集卷二十二各詩多借古事述懷，此外則卷五諸論及本卷觀博、觀市諸篇，殆即所謂讀書有所感輒立評議者。據此言之，禹錫之志事大抵皆具於此。若其代人命策之文，以及牽率酬應晚年遺興之詩，皆非其所重，此篇不啻即其全集自序也。

〔舉秀才〕唐制雖設秀才一科，而應者少，高宗永徽中已停，見新唐書選舉志。此云舉秀才，其實即舉進士之意。

〔出師淮上〕此指杜佑任淮南節度使時出兵徐州討張愔事。見本集卷十一。

〔由甸服升諸朝〕禹錫本傳云：從杜佑入朝爲監察御史。略去渭南主簿一節。據子劉子自傳，實先補渭南主簿，繼擢監察御史，故云由甸服升朝。

〔三進班〕謂自主簿遷御史，復擢屯田員外郎，主簿正九品，監察御史正八品，員外郎從六品也。云所掌猶外府，意謂未掌綸誥也。

〔博陵崔生〕禹錫有女，僅見於此，其婿名待考。

名子説

魏司空王昶名子制誼，咸得立身之要。前史是之。然則書紳銘器，孰若發言必稱之乎？今余名爾：長子曰咸允，字信臣，次曰同廙，字敬臣。欲爾於人無賢愚，於事無小大，咸推以信，同施以敬。俾物從而衆説，其庶幾乎！夫忠孝之於人，如食與衣，不可斯須離也。豈俟余勖哉？仁義道德，非訓所及，可勉而企者，故存乎名。夫朋友字之，非吾職也。顧名旨所在，遂從而釋之。孝始於事親，終於事君，偕曰臣，知終也。

【校】

〔名爾〕崇本爾作尒。

〔欲爾〕崇本爾作尒。

〔道德〕崇本德作深。

〔事親〕紹本、崇本、中山集、全唐文均無事字。

【注】

〔咸允〕按允有信義，故字曰信臣，廙有敬義，故字曰敬臣，名字相應，古法也。

【箋證】

按：禹錫本傳云：子承雍，登進士第，亦有才藻。則未知爲此文中之咸允抑同廙。雲谿友議中山誨條云：誡子弟咸元、（唐詩紀事作咸久，元、久皆允之訛。）承雍等曰云云，則似承雍即同廙之改名。可爲禹錫無三子之證。

又按：咸允事跡雖不見於史，而温畬續定命録載一事云：「祕書監劉禹錫，其子咸允久在舉場無成，禹錫憤惋宦途，又愛咸允甚切，比歸闕，以情訴於朝賢。大和四年（八三〇），故吏部崔羣與禹錫深於素分，見禹錫蹭蹬如此，尤欲推挽咸允。其秋，羣門生張正謩充京兆府試官，羣特爲禹錫召正謩，面以咸允託之，覬首選焉，及榜出，咸允名甚居下。」（太平廣記一五六引）據此，咸允恐未得科名矣。

又按：郎官石柱題名考二左司員外郎劉承雍：「舊僖宗紀：乾符三年（八七六）七月，王仙芝攻汝州下之，刑部侍郎劉承雍在郡爲所害。資治通鑑：咸通十四年（八七三）十月，貶韋保衡所親翰林學士、户部侍郎劉承雍爲涪州司馬。（重修承旨學士院壁記司馬作司户，又失載户侍及入充學士年月。）」

〔王昶〕三國志魏志王昶傳，其爲兄子及子作名字，皆依謙實以見其意，故兄子默字處静，沉字處道，其子渾字玄冲，深字邃冲。

奏記丞相府論學事

十一月七日使持節都督夔州諸軍事、夔州刺史劉某謹奏記相公閣下：凡今能言者，皆謂天下少士。而不知養材之道，鬱堙而不揚，非天不生材也；亦猶不耕者而歎廩庾之無餘，非地不産百穀也。伏以貞觀中增築學舍千二百區，生徒三千餘人。時今之膠庠不聞弦歌，而室廬圮廢，生徒衰少。非學官不能振舉也，病無貲財以給其用。雖菁菁者莪，育材之道，不足比也。鰥生外夷上疏，請遣子弟入附於三雝者五國。今有一見使太學立富，幸遇相公在位，可以索言之。

禮云：凡學官春釋奠於其先師。斯禮止於辟廱頖宫，非及天下也。今四海郡縣咸以春秋上丁有事孔子廟，其禮不應於古。且非孔子意也。炎漢初定，羣臣皆起屠販爲公卿，故孝惠、高后之間，置原廟於郡國。逮孝元時，韋玄成以碩儒爲丞相，遂建議罷之。夫以子孫尚不敢違禮以饗其祖，況後學師先聖之道而首違之乎？祭義曰：祭不欲數。語云：祭神如神在。與其煩於舊饗，孰若行其教道？今夫子之教日頽靡，而以非禮之祀媚之，斯儒者所宜憤悱也。

竊觀歷代無有是事。皇家武德二年詔於國學立周公、孔子廟，四時致祭。貞觀十一年，又詔修宣尼廟於兖州。至二十年，許敬宗等奏，乃遣天下諸州縣置三獻官，其他如方社。敬宗非通儒，不能稽典禮。開元中，玄宗嚮學，與儒臣議，繇是發德音，其罷郡縣釋奠牲牢，唯酒脯以薦。後數年令定。時王孫林甫爲宰相，不涉學，委御史中丞王敬從刊之。敬從非文儒，遂以明衣牲牢編在學令。是首失於敬宗而終失於林甫，習以爲常，罕有敢非之者。

謹按本州四縣，一歲釋奠物之直緡錢十六萬有奇。舉天下之郡縣，當千七百不啻，羈縻者不在數中。凡歲中所出於經費過四千萬。適資三獻官飾衣裳飽妻子而已。於尚學之道無有補焉。前日詔書許列郡守臣得以上言便事，今謹條奏，某乞下禮官博士詳議典制，罷天下縣邑牲牢衣幣。如有生徒，春秋依開元敕旨，用酒醴腶脩腒牖榛栗示敬其事，而州府許如故儀。然後籍其資，半附益所隸州，使增學校，其半率歸國庠，猶不下萬計。築學室，具器用，豐簀食，增掌固以備使令。凡儒官各加稍食，其紙筆鉛黄視所出州，率令折入。學徒既備，明經日課繕書若干紙，進士命讎校亦如之。則貞觀之風粲然不殊。其他郡國，皆立程督。投紱懷璽，棫樸菁莪，良可詠矣。

伏惟相公發迹咸自諸生，其尊素王之道，儀刑四方，宜在今日。是以小生敢沿故事以奏記於左右，姑舉其大較。至於證據纖悉，條奏具之，章下之日，乞留神省察，不勝大願。惶恐拜手稽首。

【校】

〔而歎〕紹本、崇本、全唐文而均作不。

〔不能振舉〕紹本、崇本、全唐文能均作欲。
〔今有〕結一本有作日，非。
〔違之乎〕崇本之下無本字。
〔稽典〕崇本無稽字。
〔令定〕紹本、崇本、全唐文均作定令。
〔釋奠物〕結一本釋作失，誤。
〔飽妻子〕紹本、崇本、畿本、中山集、全唐文飽均作飴。
〔脹臛〕崇本臛作鱐。
〔饔食〕紹本、崇本、畿本、全唐文饔均作饔，誤。
〔菁莪〕紹本作華華，崇本作皇華。
〔儀刑〕紹本、崇本刑均作形。
〔乞留神〕崇本乞上有某字。

【注】

〔禮云〕禮記文王世子：「凡學春官釋奠于其師，秋冬亦如之。」注：「官謂禮樂詩書之官，不言夏，夏從春可知也。」今此文作凡學官春釋奠于其先師，蓋依據令文，見唐會要三五，似不用鄭義。

〔原廟〕按漢書四三叔孫通傳：願陛下爲原廟渭北，衣冠月出游之。此漢制原廟之始。至韋玄成建議所罷者郡國之廟，不止渭北之原廟皆以不合古禮爲言。

【箋證】

按：漢時官民上書三公皆稱奏記，如漢書蕭望之傳：待詔鄭朋奏記望之，文選有阮籍奏記詣蔣公一首。禹錫上此書當在長慶二三年（八二二、八二三），其時任宰相者爲杜元穎、王播、李逢吉、牛僧孺。若裴度、元稹則爲時甚暫也。四人皆進士出身，故云發迹咸自諸生。

〔許敬宗等奏〕唐會要三五：「貞觀二十一年（六四七），中書侍郎許敬宗等奏：……州縣釋奠既請遣刺史縣令親爲獻主，望准祭社給明衣，修附禮令爲定式。學令，祭以太牢，樂用軒懸，六佾之舞，並登歌一節，與大祭祀相遇改用中丁，州縣常用上丁，無學，祭用少牢。」此文所謂明衣牲牢編在學令者指此。

澤宮詩

澤宮，送士歲貢也。晉昌唐如晦以信誼爲良弓，文學爲莪矢，規爵禄猶衆禽。密彀持滿，遡風蜚繳者數矣。有措栝之妙，而無雙鵠之獲。韔弓收視，歸究其術，繇是跡愈屈而名愈聞，君子益多之。彼不由其術一幸而中者，雖懸貆在庭，君子未嘗多也。歲殫矣，告予以西，予爲賦澤宮一章，庶見子之弓弗再張也已。

秩秩澤宮，有的維鵠。祁祁庶士，於以干禄。彼鵠斯微，若止若翔。千里之差，起於毫芒。我矢既直，我弓既良。依於高墉，因我不臧。高墉伊何？維器與時。視之以心，誰謂鵠微？

【校】

〔題〕全唐文詩下有引字。各本此詩列入詩集。

〔蜚繳〕繼本繳作徼，誤。

〔因我〕崇本因作罔。

〔與時〕英華與作維。

【箋證】

按禮記射義：諸侯歲獻貢士於天子，天子試之於射宮。又：天子將祭，必先習射於澤，澤者所以擇士也，已射於澤，然後射於射宮。又：郊特牲：王立於澤。注：澤，澤宮也。所以擇賢之宮也。禹錫取澤宮二字以寓試士之所之意。

又：新唐書選舉志：「舉選不由館學者謂之鄉貢，皆懷牒自列于州縣。」此文中之唐如晦即從鄉貢而入都試進士者，故以弓弗張爲祝，望其一試而中第也。

魏生兵要述

余爲書殿學士四年，所與居皆鴻生彦士。一旦詔下，懷吳郡章而東，門下生感惜是行。且曰：吳中富士必有知書，宜爲太守所禮者。及下車，閱客籍，森然三千，有鉅鹿魏生持所著書來謁曰：「不佞始讀書爲文章，凡二十年，在貢士中，孤鳴甚哀，卒無善聽者。退而收視易慮，伏北窗下，考前言，成兵要十編。度諸侯未遑是事，將笈而西，求一言以生羽翼。」予取書觀之，始自黄帝伏蚩尤，至於隋氏平江南，語春秋戰國事最備。磅礴下上數千年間，其攟摭評議無遺策，用是以干握兵符貴人，宜有虚己而樂聞者。子盍行乎！吾知元侯上舍不獨善雞鳴、彈長鋏，三五九九之伎，顓之而已。

【校】

〔感惜〕紹本、崇本、畿本感均作咸。

〔魏生持〕英華、全唐文持均作將。

〔取書〕崇本、全唐文書上均有其字。

〔至於〕英華、全唐文至均作終。

〔元侯上舍〕結一本無侯字，非。

【注】

〔三五〕文選江淹詣建平王上書：「備鳴盜淺術之餘，豫三五賤伎之末。」注引抱朴子軍術曰：「大將軍當明案九宫，視年在宫，常就三居五、五爲死，三爲生，能知三五，横行天下。」

〔九九〕韓詩外傳：「齊桓公設庭燎，待人士不至，有以九九見者，曰九九薄能耳，君猶禮之，況賢於九九者乎？」九九蓋算法之一。

【箋證】

按：此當是大和六七年（八三二、八三三）間在蘇州時徇人祈請之作。鉅鹿魏生指其郡望，非謂其爲鉅鹿人。觀其自言「讀書爲文章，凡二十年，在貢士中，孤鳴甚哀，卒無善聽者」，可見唐時文士縈心科名，窮老不遇之狀。禹錫爲其所撰兵要作序，不曰紀，亦不曰引或解，但曰述，以其書之不足道，聊徇其意爲之薦揚耳。

救沈志

貞元季年夏大水，熊、武五溪鬭決於沅，突舊防，毁民家。躋高望之，溟涬葩華，山腹爲坻，林端如莎。湍道駛悍，不風而怒。崱嶷前邁，浸淫旁掩。柔者靡之，固者脱之。規者旋環之,矩者倒顛之。輕而泛浮者硠磕之,重而高大者前卻之。生者力音,殪者弛形。蔽流而東,若木柹然。有僧愀然焉誓於路曰:「浮圖之慈悲,救生最大。能援彼於溺,我當爲魁。」里中兒願從四三輩,皆狎川勇游者。相與乘堅舟,挾善器。維以修絣,杙於崇丘。水當洄洑,人易寘力。凝矑執用,俟可而拯。大凡室處之類,穴居之彙,在牧之羣,在豢之馴,上羅黔首,下逮毛物,拔乎洪瀾,致諸生地者,數十百焉。

適有摯獸如鴟夷而前,攫持流梯,首用不陷,隅目傍睨,其姿弭然,甚如六擾之附人者。其徒將取焉,僧趣訶之曰:「第無濟是爲!」目之可里所,而不能有所持矣。舟中之人曰:「吾聞浮圖之教貴空,空生普,普生慈,不求報施之謂空,不擇善惡之謂普,不逆困窮之謂慈。曏也生必救而今也窮見廢,無乃計善惡而忘普與慈乎!」

僧曰:「甚矣問之迷且妄也!吾之教惡乎無善惡哉?六塵者在身之不善也,佛以賊視之。末伽聲聞者在彼之未痞也,佛以邪目之。惡乎無善惡邪?吾鄉也所援而出死地者衆矣。形乾氣還,各復本狀。蹄者躑躅然,羽者翿蕭然,而言者譏譏然,隨其所之,吾不尸其施也。不德吾則已,焉能害爲?彼形之乾,鬃鬣之姿也,彼氣之還,暴悖之用也。心足反噬而齒甘最靈,是必肉吾屬矣。庸能躑躅譏譏之比歟?夫虎之不可使知恩，猶人之不可使爲虎也。非吾自貽患爲爾，且將貽患於衆多，吾罪大矣。」子劉子曰：余聞善人在患，不救不祥。惡人在位，不去亦不祥。僧之言遠矣，故志之。

【校】

〔決於沅〕紹本、崇本決均作泆。

〔葩〕英華葩作范。

〔如莎〕纖本莎作沙，注云：一作莎。

〔矩者〕纖本矩作短。

〔愀然焉〕紹本、纖本、全唐文焉上均無然字。

〔誓於〕崇本、英華誓均作檐，誤。

〔目之〕紹本、崇本目作自，非，英華此下有佛字。

〔無善惡邪〕崇本邪作也。

〔之還〕英華還作遷。

〔爲爾〕紹本、崇本、英華爲均作焉。

〔貽患〕崇本貽作遺。

虎言。

【注】

〔五溪〕按水經注沅水：武陵有五溪，謂雄溪、樠溪、無溪、酉溪、辰溪。雄亦作熊，無亦作武。

【箋證】

按：此文述朗州遭大水時，拯援漂溺之人畜而獨不救一虎，意即左傳所謂「一日縱敵，數世之患」，及「除惡務盡」之旨，虎雖被迫而乞命，及其得生，則本來面目將復現矣。文首云貞元季年，則禹錫尚未貶朗州，此亦假朗州人之言以託諷耳。據董侹修陽山廟碑（見全唐文六八四）：永貞元年（八〇五），沅水泛溢，壞及廬舍，幾盈千室，生人禽畜隨流逝止。所述正相似，貞元季年與永貞元年即是一年，禹錫既與董侹常有往還，或至朗州後聞之於董侹，因而筆之於書耳。

又按：本卷各篇，自在朗州以至夔、和、蘇州，非一時所作，爲本集中文篇之最後一卷，似是編集時搜遺而成，故不依年月次第，亦不依文體，其文亦有不足存者。

〔摯獸〕按：禮記曲禮：「前有摯獸則載貔貅。」疏：「摯獸，猛而能繫，謂虎狼之屬也。」此文當指

劉禹錫集箋證卷第二十一

雜興三十一首

學阮公體三首

少年負志氣，信道不從時。只言繩自直，安知室可欺？百勝慮無敵，三折乃良醫。人生不失意，焉能暴己知？

朔風悲老驥，秋霜動鷙禽。出門有遠道，平野多層陰。滅没馳絶塞，振迅拂華林。不因感衰節，安能激壯心？

昔賢多使氣，憂國不謀身。目覽千載事，心交上古人。侯門有仁義，靈臺多苦辛。不學腰如磬，徒使甑生塵。

【校】

〔學阮〕崇本學作效。

〔慮無〕紹本、崇本作難慮，全唐詩同，注云：一作慮無敵。

〔暴已〕紹本、崇本、全唐詩暴均作慕。

【注】

〔室可欺〕按南史阮長之傳，「一生不侮暗室。」安知室可欺者，謂不料有人竟以暗室爲可欺也。

〔三折〕左傳定十三年：三折肱乃爲良醫。

〔暴已知〕按此句似謂不經患難即不能自知所短。暴字頗費解，作慕亦未必然。

〔靈臺〕按以靈臺喻心，出莊子。

〔腰如磬〕按此用禮記曲禮「立則磬折垂佩」之意，兼用陶潛爲五斗米折腰之語。

〔甑生塵〕後漢書范冉傳：甑中生塵范史雲，釜中生魚范萊蕪。

【箋證】

按：此三首雖以學阮公體爲題，其實非學其詩體，特學其詠懷之意。第一首言身經憂患方知直道之難行。第二首以老驥鷙禽爲喻，言雖當衰節仍不改壯志。第三首言心慕古賢而世無公道，末句以不能隨俗貶節即不免陷於窮困爲結。此必禹錫初遭貶斥時憤激之詞，第二首特顯其壯心未已，當與本集卷二十四始聞秋風詩及卷二十六秋詞第一首參看。

又按：本卷各詩皆有所諷，雖以古體爲主，然偶作二首爲半律體，題攲器圖爲絶句，編集時乃以詩意連類而及，非必盡依體裁。

偶作二首

終朝對尊酒，嗜興非嗜甘。終日偶衆人，縱言不縱談。世情閑盡見，藥性病多諳。寄謝嵇中散，予無甚不堪。

萬卷堆牀書，學者識其真。萬里長江水，征夫渡要津。養生非但藥，悟佛不因人。燕石何須辨，逢時即至珍。

【校】

〔盡見〕全唐詩盡作静。

【箋證】

按：此詩第一首自述處世之道。雖對酒而意不在沉湎，雖接衆人而止於虚與委蛇。此皆由於在閒暇中故能深體世情，正如病中之能諳藥性。結以不似嵇康之不堪，蓋康乃玩世不恭之詞，禹錫則自云不敢玩世傲物也。第二首言讀書貴於得要，而求知乃所以爲己非以爲人。故外物之變遷不必因之而自擾。韓非子云：「宋之愚人得燕石於梧臺之側，藏之以爲大寶，周客聞而觀焉，笑曰：此燕石也，與瓦甓同。」結句用此，蓋有兩意。一謂既不假外物，則燕石之寶與非寶皆不足辨。一謂燕石逢時，人仍視爲至珍。微露譏刺權貴之意。自是禹錫在患難中深有所悟之言，與柳宗元南澗中題及溪居詩同一境界。「藥性病多諳」及「養生非但藥」二語乃禹錫平日所持論，參看本集卷六因論及卷十答道州薛郎中論方書書。

又按：此二詩乃律體中之變格，唐人偶一爲之，與古體仍稍有别。

古調二首　一作諷古。

軒后初冠冕，前旒爲蔽明。安知從復道，然後見人情。

簿領乃俗士，清談信古風。吾觀蘇令綽，朱墨一何工？

【校】

〔題〕全唐詩作古詞，崇本無一作諷古小注。

〔復道〕紹本、崇本、畿本、文粹復均作複。按：復即複字，史記留侯世家集解引如淳云：「上下有道，故謂之復道。」韋昭云：「閣道。」謂走廊上有樓，從樓上可以觀牆外，而外間不能見牆内也。

〔何工〕崇本工作同。

【箋證】

按：漢書張良傳：「上（高帝）已封大功臣二十餘人，其餘日夜争功而不決，未得行封。上居雒陽南宫，從復道望見諸將往往數人偶語。上曰：此何語？良曰：陛下不知乎？此謀反耳。上曰：天下屬安定，何故而反？良曰：陛下起布衣，與此屬取天下，今陛下已爲天子，而所封皆蕭、曹故人所親愛，而所誅者皆平生仇怨。今軍吏計功不足以徧封。此屬畏陛下不能盡封，恐見疑過失及誅，故相聚謀反耳。」此詩第一首謂帝王以窺見隱微不苛察細故爲貴，然安知聰明蔽塞，外間人情全無所覺，爲害不尤甚乎？

周書蘇綽傳：「蘇綽，字令綽……少好學，博覽羣書，尤善算術。……太祖乃召爲行臺郎中……謂周惠達曰：蘇綽真奇士也，吾方任之以政。即拜大行臺左丞，參典機密，自是寵遇日隆。綽始制文案程式，朱出墨入，及計帳户籍之法。」此詩第二首「朱墨一何工」之語，即指此。前二語「簿領乃俗士」云云乃述時人之言，貴清談而不務實效，後二語乃禹錫之意，蘇綽是賢士，固深求簿領之精密者也，安得以簿領爲俗務而輕之耶？

綜觀以上二詩，皆有感於當時之弊政而發，舊唐書李實傳云：「（貞元）二十年（八〇四）春夏旱，關中大歉，實爲政猛暴，方務聚斂進奉以固恩顧，百姓所訴，一不介意。因入對，德宗問人疾苦，實奏曰：今年雖旱，穀田甚好。由是租税皆不免。」此特舉其一端，君主不能周歷閭閻，親察民隱，致爲姦邪所蒙蔽。德宗以後諸帝有自十六宅登大位者，從未一至外間，其不知民情蓋更甚於德宗。穆宗屢從複道往興慶宫及華清宫，敬宗且欲往東都。守文之士以逸豫爲戒，固亦正論，禹錫此詩之旨或廣其意欲君主之察輿情而問疾苦也。又德宗好文，盈廷多詞華之士，而吏材無聞，相習成風，不以課績爲重，亦當時之一弊。舊唐書一六八韋温傳云：「鹽鐵判官姚勗知河陰院，嘗雪寃獄，鹽鐵使崔珙奏加酬獎，乃令權知職方員外郎。制出，令勗上省，温執奏曰：國朝已來，郎官最爲清選，不可以賞能吏。上令中使宣諭言，勗能官，且放入省。温堅執不奉詔，乃改勗檢校禮部郎中。（通鑑二四六胡注云：姚勗權知職方員外郎而韋温争之，檢校禮部郎中而温不復言者，蓋唐制藩鎮及諸使僚屬率帶檢校官，而權知則爲職事官故也。）翌日，帝謂楊嗣復曰：韋温不放姚勗入省，有故事否？嗣復對曰：韋温志在銓擇清流。然姚勗士行無玷，梁公元崇之孫，自殿中判鹽鐵案，陛下奬之宜也。若人有吏能不入清流，孰爲陛下當煩劇者？此衰晉之風也。」又通鑑二四九載：「大中十二年（八五八），劉瑑與崔慎由議政於上前，慎由曰：惟當甄别品流，上酬萬一。瑑曰：昔王夷甫祖尚浮華，妄分流品，而遽以品流爲先，臣未知致理之由。」此雖在禹錫以後之事，然唐中葉以後科第清流傲視一切之積習，固爲章章在人耳目者。通鑑二三九云：「中書侍郎同平章事韋貫之性高簡，好甄别流品。」貫之在相位時，正禹錫赴召還京而復貶之時，或禹錫爲貫之而發，未可知也。禹錫蓋以幹濟自負者，宜其不以此等浮薄之論爲然。此二詩寓意甚深，必非苟作。

寓興二首

常談即至理，安事非常情。寄語何平叔，無爲輕老生。

世途多禮數，鵬鷃各逍遥。何事陶彭澤，拋官爲折腰？

【注】

〔何平叔〕三國志魏志二九管輅傳載「鄧颺曰：此老生之常譚。輅答曰：夫老生者見不生，常譚者見不譚。」按鄧颺與何晏同見管輅，輅爲陳禍福之義，故颺有是言。然實爲晏發也。平叔，晏字。

【箋證】

按：此二首疑與古調二首本屬一題，同時所作。惟此二首意較淺明。一譏蹈常襲故者，一譏苛責禮數者。四詩各舉一古詩以爲喻，殆即前卷劉氏集略説所云「讀書有所感輒立評議」之一例。

昏鏡詞　并引

鏡之工列十鏡於賈奩，發奩而視，其一皎如，其九霧如。或曰：「良苦之不侔甚矣。」工解頤謝曰：「非不能盡良也，蓋賈之意唯售是念，今來市者必歷鑒周睞，求與己宜。彼皎者不能隱芒杪之瑕，非美容不合，是用什一其數也。」予感之作昏鏡詞。

昏鏡非美金，漠然喪其晶。陋容多自欺，謂若他鏡明。瑕疵既不見，妍態隨意生。一日四五照，自言美傾城。飾帶以紋繡，裝匣以瓊瑛。秦宮豈不重？非適乃爲輕。

【校】

〔苦〕全唐詩注云：一作楛。

〔今來〕英華、全唐詩今下均有夫字。

〔鑒〕全唐詩注云：一作覽。

〔作昏鏡〕英華鏡下有之字。

〔既不見〕全唐詩既下注云：一作闇。

〔紋繡〕崇本紋作文，是。全唐詩注云：一作綺。

【注】

〔賈匳〕按此謂待鬻之器所貯之匳。

〔良苦〕按此苦字爲苦窳之苦。史記五帝本紀：「舜陶河濱，河濱器皆不苦窳。」謂製造不精也。

本卷賈客詞同。

〔解頤〕按漢書匡衡傳：「諸儒語曰：無説詩，匡鼎來。匡説詩，解人頤。」注：「如淳曰：使人笑不能止也。此謂大笑過甚，以至頤脱而不能闔口也。」用此二字，甚言鏡工之冷眼觀人。

〔什一其數〕按謂十鏡中明鏡僅居其一。

〔秦宫〕按此似用照膽鏡事。西京雜記云：始皇有方鏡，照見心膽，女子有邪心，即膽張心動，乃殺之。特借以爲明鏡之稱耳。

【箋證】

按：此首自是憤世之詞，謂人不自知其醜，反憚明鏡之洞照。然則懷才待沽者無寧自溷於庸流，以期易售耳。意雖激切，語甚蘊藉。禹錫少年時意氣頗盛，涇渭分明，故招讒謗，於本集卷十上杜司徒書見之，此詩仍有不改素志之意。

養鷙詞 并引

途逢少年，志在逐絶，方呼鷹隼以襲飛走，因縱觀之。卒無所獲。行人有常從事於斯者曰：夫鷙禽飢則爲用，今哺之過篤故然也。余感之作養鷙詞。

養鷙非玩形，所資擊鮮力。少年昧其理，日月哺不息。探雛網黄口，旦莫有餘食。寧知下鞴時，翅重飛不得。碚礧上林表，狡兔自南北。飲啄既已盈，安能勞羽翼？

【校】

〔逐絶方〕紹本、文粹絶方均作絶句二字平列。崇本逐下作禽獸二字，無絶字，全唐詩逐下作獸。

〔日月〕畿本月下注云：一作日，一作夜。紹本、崇本、文粹、全唐詩均作日日，全唐詩注云：一作夜。

【注】

〔上林〕紹本、崇本、畿本、文粹、全唐詩上均作止，似是。

〔飢則爲用〕後漢書吕布傳：布因陳登求徐州牧不得。布怒，拔戟斫机。登曰：登見曹公，言：養將軍譬如養虎，當飽其肉，不飽則將噬人。公曰：不如卿言，譬如養鷹，飢則爲用，飽則颺去。布乃解。

【箋證】

按：詩云：「碚礧上林表，狡兔自南北。飲啄既已盈，安能勞羽翼？」似是刺武臣。舊唐書一二九韓滉傳云：「滉之入朝也，路由汴州，厚結劉玄佐，將薦其可任邊事，玄佐納其賂，因許之。及來覲，上訪問焉，初頗禀命，及滉以疾歸第，玄佐意怠，遂辭邊任，盛陳犬戎未衰，不可輕進。」又一四五劉玄佐傳云：「興元初，進加檢校左僕射，加平章事。是歲來朝，又拜涇原四鎮北庭等道兵馬副元帥、檢校司空，益封八百户。」史言德宗姑息藩鎮，禄位過厚，亦其一端也。禹錫殆有感於類此之事。

〔擊鮮〕此二字出漢書陸賈傳。顔注云：「鮮謂新殺之肉也。」史記作「數見不鮮」，意全不同。禹錫用漢書顔解，謂擊殺狐兔之屬以資鮮食也。

武夫詞 并引

有武夫過，詫余以從軍之樂。翌日，質於通武之善經者，則曰果有樂也。夫威恣而賞勞則樂用，威雌而賞虓則樂横。顧其樂安出耳。余惕然作是詞。

武夫何洸洸？衣紫襲絳裳。借問胡爲爾？列校在鷹揚。依倚將軍勢，交結少年場。探丸害公吏，袖刃妒名倡。家産既不事，顧眄自生光。酣歌高樓上，袒裼大道傍。昔爲編户人，秉耒甘哺糠。今來從軍樂，躍馬飫膏粱。猶思風塵起，無種取侯王。

【校】

〔威雌〕全唐詩雌作雄。

〔袖刃〕全唐詩袖作抽。
〔酣歌〕全唐詩酣下注云：一作醒。
〔膏粱〕紹本膏作持，崇本作峙。

【注】

〔武之善經〕按語出左傳宣十二年。「兼弱攻昧，武之善經也」，杜注：「經，法也。」
〔依倚將軍勢〕辛延年羽林郎詩：「依倚將軍勢，調笑酒家胡。」將軍原指霍光，此乃借用。
〔探丸〕漢書尹賞傳：閭里少年羣輩殺吏受賕報仇，相與探丸（今本下衍爲彈二字），得赤丸者斫武吏，得黑丸者斫文吏，白者主治喪。

【箋證】

按：新唐書兵志：「自肅宗以後……京畿之西多以神策軍鎮之，皆有屯營，軍司之人散處甸内，皆恃勢凌暴，民間苦之。自德宗幸梁還，以神策兵有勞，皆號興元元從奉天定難功臣，恕死罪。中書、御史府、兵部乃不能歲比其籍，京兆又不敢總舉名實。三輔人假比於軍，一牒至十數，長安姦人多寓占兩軍，身不宿衛，以錢代行，謂之納課户，益肆爲暴，吏稍禁之，輒先得罪。故當時京尹、赤令皆爲之斂屈。」此詩極寫其恣横之狀，證之以史，自是當時之實情。
〔鷹揚〕新唐書兵志略云：隋制驃騎、車騎二府皆有將軍，後更驃騎曰鷹揚郎將，車騎曰副郎將。至唐而鷹揚郎將改爲統軍，又改爲折衝都尉，諸府總曰折衝府。此詩所謂「列校在鷹揚」，即列校在折衝也。當禹錫之時，折衝府兵亦已成陳迹。此詩所指之武夫，乃神策軍人，不過假折衝爲名，不欲斥言耳。

賈客詞 并引

五方之賈以財相雄，而鹽賈尤熾。或曰賈雄則農傷。余感之作是詞。

賈客無定遊，所遊唯利并。眩俗雜良苦，乘時取重輕。心計析秋毫，捶鈎侔懸衡。錐刀既無棄，轉化日已盈。徼福禱波神，施財遊化城。妻約雕金釧，女垂貫珠纓。高資比封君，奇貨通倖卿。趨時鷙鳥思，藏鏹盤龍形。大艑浮通川，高樓次旗亭。行止皆有樂，關梁自無征。農夫何爲者？辛苦事寒耕。

【校】

〔題〕樂府詩集作引。

〔取重輕〕樂府詩集取作知。

〔捶鈎〕全唐詩捶作摇，注云：一作捶。按：作摇必非。

〔自無〕樂府詩集自作似，全唐詩注云：一作似。

【注】

〔化城〕法華經：導師以方便力於險道中過三百由旬化作一城。是時疲極之衆心大歡喜，我等今者免斯惡道，前入化城，生安穩想。

【箋證】

按：禹錫父爲鹽官，見外集卷九子劉子自傳。禹錫生長江淮間，親見富商之擅鹽利，交通賄賂，不勞而獲，故知之最悉而疾之最深，末句以農民之辛苦相對照，譴責之意極顯。又按：元和中以新樂府諷諭時事，自李紳、元稹，白居易相繼倡導，禹錫既與此三人皆爲密友，亦從而仿爲之。雖不居新樂府之名，而用意則同。於此等詩見之，四人志趣略同，詩派亦各張一幟，要亦互相切磋觀摩所致。

調瑟詞　并引

里有富豪翁，厚自奉養而嚴督臧獲。力屈形削，然猶役之無藝極。一旦不堪命，亡者過半追，亡者亦不來復。翁頩沮而追昨非之莫及也。余感之作調瑟詞。

調瑟在張弦，弦平音自足。朱絲二十五，闕一不成曲。美人愛高張，瑤軫再三促。上弦雖獨響，下應不相屬。日莫聲未和，寂寥一枯木。卻顧膝上弦，流淚難相續。

【校】

〔藝極〕崇本藝作何，無極字，英華亦無極字，全唐詩注云：一無極字。按：左傳文十六年：「樹之藝極。」藝極猶言制限。此詩極言主之待奴無復人理。若作無何，則下文一旦二字無根。

〔朱絲〕全唐詩絲作弦。

【注】

〔臧獲〕漢書司馬遷傳：「且夫臧獲婢妾，猶能引決，況若僕之不得已乎。」注：「應劭曰：揚雄方言云：海岱之間，罵奴曰臧，罵婢曰獲。燕之北郊，民而壻婢謂之臧，女而婦奴謂之獲。」

【箋證】

按：朝野僉載：「筋斷須續者，取旋覆根絞取汁，以根相對，以汁塗面而封之，即相續如故。蜀兒奴逃走，多刻筋，以此續之，百不一失。」此唐時虐待逃亡奴隸之例證。此詩雖以調瑟爲名，略取改絃更張之意，然由富豪之虐待家奴而興此感，仍是斥富豪之爲富不仁。但細審詩意，恐亦兼刺德、憲兩朝之遇下少恩，人心離散。

讀張曲江集作 并引

世稱張曲江爲相，建言放臣不宜與善地，多徙五溪不毛之鄉。及今讀其文，自内職牧始安，有瘴癘之歎。自退相守荆門，有拘囚之思。託諷禽鳥，寄詞草樹，鬱然與騷人同風。嗟夫！身出於遐陬，一失意而不能堪。矧華人士族而必致醜地，然後快意哉！議者以曲江爲良臣，識胡雛有反相，羞凡器與同列。密啓廷争，雖古哲人不及。而燕翼無似，終爲餒魂。豈忮心失恕，陰謫最大，雖二美莫贖邪？不然，何袁公一言明楚獄而鍾祉四葉？以是相較，神可誣乎？余讀其文因爲詩以弔。

聖言貴忠恕，至道重觀身。法在何所恨？色傷斯爲仁。良時難久恃，陰謫豈無因？寂寞韶陽廟，魂歸不見人。

【校】

〔題〕崇本作弔張曲江并引。

〔自内職〕崇本自上有張字。

〔荆門〕崇本門作州，注云：一作南。

〔鬱然與騷人同風〕全唐詩與作有，無同字。

〔身出〕崇本身下有世字。

〔羞凡器與同列〕崇本與字在羞字下。

〔色傷〕結一本傷作相，必誤。全唐詩作相，注云：一作傷。

【注】

〔始安〕桂州在唐以前爲始安郡。

〔胡雛〕謂安禄山。

〔凡器〕謂李林甫及牛仙客，皆見九齡傳中。

〔袁公〕見卷十八謝中書張相公啓。

【箋證】

按：吴曾辨誤録辨唐詩載張曲江燕翼無似云：「王彦輔麈史載：劉夢得讀曲江集詩，其序略曰：世稱曲江爲相，建言放臣不宜與善地，今讀其文，自内職牧始安，有瘴癘之歎，自退相守荆門，有拘囚之思。嗟夫！身出于遐陬，一失意而不能堪，矧華人士族，而必致醜地然後快意哉？議者以曲江識胡雛有反相，羞凡器與同列，密啓庭争，雖古哲人不及，而燕翼無似，終爲餒魂。豈忮心失恕，陰謫最大，雖二美莫贖耶？故其詩云：寂寞昭陽廟，魂歸不見人。按唐史，曲江有子極，而不見其他子孫。有朝請張君唐輔，來守安州，蓋曲江人也，自稱九齡十世孫。皇祐間，儂智高亂嶺南，朝廷推恩，凡名舉人者悉官之，無慮七百人，唐輔在其中，後稍遷至于牧守。當途諸公往往以名相之後推薦之。夫以夢得去曲江纔五六十年，乃言燕翼無嗣，豈知數百年後有十世孫耶？豈夢得困于遷謫，有所激而言也？是皆不可得而知也。以上皆王説，余考唐書宰相世系表，九齡之子極爲右贊善大夫，極之子藏器爲長水丞，藏器之子敦慶爲袁州司倉參軍，敦慶之子景新，景新之子洧爲嶺南觀察衙推。弟鄖爲湖南鹽鐵判官，洧之子皓爲仁化令，皓之子文嵩監東太倉，自九齡至文嵩凡八代，任宦不絶。而劉夢得乃以爲燕翼無似，終爲餒魂，何耶？王彦輔不考系表，而以本朝張唐輔爲證，益非矣。」今考白居易題岳陽樓詩云：「岳陽城下水漫漫，獨上危樓憑曲欄。春岸緑時連夢澤，夕波紅處近長安。猿攀樹立啼何苦，雁點湖飛渡亦難。此地唯堪畫圖障，華堂張與貴人看。」與禹錫此詩意同。蓋身處患難，奮飛不能，志士之所爲慨歎而不得不致怨於秉鈞者之讒嫉也。居易謂此圖宜張與貴人看，禹錫亦欲貴人諷此詩耳。若斤斤辨其燕翼無似一語，不免高叟説詩之固矣。

又按：此詩引，新唐書采入禹錫本傳云：「禹錫久落魄，鬱鬱不自聊，其吐辭多諷託幽遠，作問大鈞、謫九年等賦數篇。又敍張九齡爲宰相，建言放臣不宜與善地，悉徙五谿不毛處。然九齡自内職出始安，有瘴癘之歎，罷政事，守荆州，有拘囚之思。身出遐陬，一失意不能堪，矧華人士族，必致醜地然後快意哉？議者以爲開元名臣而卒無嗣，豈忮心失恕，陰責最大，雖他美莫贖邪？欲感諷權近而憾莫釋。」新唐書此語可謂能知禹錫作詩之意者。所欲感諷者爲誰，宜莫如武元衡。然元衡在禹錫再貶之後不過三月，已身死非命，禹錫亦無所用其感諷。或是指元衡在元和初初入相之時。

又按：全唐文五二引桂故云：「九齡自洪州都督徙桂州，其詩則巡按自灕水南行者，甚稱山川之佳。至句云：目因詭容逆，心與清暉遊。驚歎其勝如此。劉禹錫乃謂九齡在始安有瘴癘之歎，亦非也。」

〔羞凡器與同列〕通鑑二一四云：「朔方節度使牛仙客前在河西，能節用度，勤職業，倉庫充實，器械精利，上（玄宗）聞而嘉之，欲加尚書。張九齡曰：不可。尚書古之納言。唐興以來，惟舊相及揚歷中外有德望者乃爲之。仙客本河湟使典，今驟居清要，恐羞朝廷。上曰：然則但加實封可乎？對曰：不可。封爵所以勸有功也，邊將實倉庫，修器械，乃常務耳，不足爲功，陛下賞其勤，賜之金帛可也，裂土封之，恐非其宜。上默然。李林甫言於上曰：仙客，宰相才也，何有於尚書？九齡書生，不達大體。上悦，明日復以仙客實封如言，九齡固執如初。上怒變色曰：事皆由卿邪？九齡頓首謝曰：陛下不知臣愚，使待罪宰相，事有未允，臣不敢不盡言。上曰：卿嫌仙客寒微，如卿有何閥閱？九齡曰：臣嶺海孤賤，不如仙客生於中華。然臣出入臺閣，典司誥命有年矣。仙客邊隅小吏，目不知書，若大任之，恐不愜衆望。……初，上欲以李林甫爲相，問於中書令張九齡，九齡對曰：宰相繫國安危，陛下相林甫，臣恐異日爲廟社之憂。」禹錫所謂「羞凡器與同列」，指此而言。至「識胡雛有反相」，謂安禄山，其事亦見通鑑同卷，語殊不經，而唐人盛傳之。

庭梅詠寄人

早花常犯寒，繁實常苦酸。何事上春日，坐令芳意闌？夭桃定相笑，遊妓肯回看？君問調金鼎，方知正味難。

【校】

〔寄人〕崇本人上有友字。按：此詩意在諷當時權貴，以無友字者爲是。

【注】

〔金鼎〕書說命：若作和羹，用汝作鹽梅。

【箋證】

按：詩意是以庭梅自喻，所寄之人必稍有怨懟者，故題中隱其名，與前後數首皆當是貶謫後所作。

詠古二首有所寄

車音想轔轔，不見綦下塵。可憐平陽第，歌舞嬌青春。金屋容色在，文園詞賦新。一朝復得幸，應知失意人。

寂寥照鏡臺，遺基古南陽。真人昔來遊，翠鳳相隨翔。目成在桑野，志遂貯椒房。豈無三千女？初心不可忘。

【校】

〔綦下〕紹本、崇本綦均作纂。

〔寂寥〕紹本、崇本、畿本均作寂寂。全唐詩寥下注云：一作寞，一作寂。

〔南陽〕全唐詩陽下注云：一作方。按：作方者蓋校者不知此是詠陰麗華事而臆改。

〔目成〕崇本成作城，誤。

【箋證】

按：此二首皆詠漢代后妃之事。第一首平陽第指漢武帝之衞皇后本爲平陽主之謳者，金屋指陳皇后，被貶居長門宫，文園謂司馬相如爲文園令，爲陳后作長門賦以冀復幸也。第二首指漢光武帝微時所慕之陰麗華，南陽新野人也。真人者，謂光武有「白水真人」之號。照鏡臺未詳。後漢書陰皇后紀言明帝謁陵，視太后鏡奩中物，感動悲涕，令易脂澤裝具，左右皆泣。或即指此。題云有所寄，則明是假古事以寓意也。第一首言其人既亦曾遭貶，則不應因己身復得志而忘同被貶斥之人。第二首言彼此交誼已深，不應得新忘舊。禹錫交遊之中，如此之比當不可一二數，不知所諷者果爲何人，然以本集卷十與刑部韓侍郎一書及外集卷一始至雲安寄兵部韓侍郎中書白舍人二公近曾遠守故有屬焉一詩觀之，似元和十三年（八一八）以後，韓愈駸駸得政，而禹錫望其援手頗深。禹錫之初貶，與愈相先後，刺連州亦正愈被放之地，而禹錫與愈之相稔又在貞元中，與此二首所託諷者最相近。

詠史二首

驃騎非無勢，少卿終不去。世道劇頹波，我心如砥柱。

賈生明王道，衛綰工車戲。同遇漢文時，何人居貴位？

【箋證】

按：此二首譏諷之意尤爲明顯。第一首譏世態之炎涼，一旦失勢，便忘舊誼。第二首譏朝廷不辨賢佞，以重任付諸庸才。

〔少卿終不去〕少卿爲任安字。漢書霍去病傳：「迺置大司馬位，大將軍、票騎將軍皆爲大司馬。（注：晉灼曰：悉加大司馬者，欲令票騎將軍去病與大將軍青等耳。）定令，令票騎將軍秩禄與大將軍等。自是後青日衰而去病日益貴，青故人門下多去事去病，輒得官爵，唯獨任安不肯去。」

〔衛綰工車戲〕汪師韓韓門綴學五：「漢書：綰以戲車爲郎，事文帝，功次遷中郎將。應劭曰：能左右超乘。顏師古則曰：戲車若今弄車之技。然綰亦似在誼後，非同時也。綰在文帝時未嘗居貴位，魏泰隱居詩話已辨之矣。而改戲車作車戲以趁韻，亦覺未安。」

苦雨行

悠悠飛走情，同樂在陽和。歲中三百日，常恐風雨多。天人信遐遠；時節易蹉跎。洞房有明燭，無乃酣且歌？

【校】

〔常恐〕紹本、崇本、明鈔本恐均作苦，全唐詩恐下注云：一作苦。

〔無乃〕全唐詩乃下注云：一作妨。

【箋證】

按：此詩雖以苦雨爲題，有歲不我與，美人遲暮之感，必仍是貶謫後作。

萋兮吟

天涯浮雲生，争蔽日月光。窮巷秋風起，先摧蘭蕙芳。萬貨列旗亭，恣心注明璫。名高毁所集，言巧智難防。多謂行大道，斯須成太行。莫吟萋兮什，徒使君子傷。

【校】

〔多謂〕紹本、崇本、全唐詩多作勿。

【箋證】

按：此詩題用詩巷伯：「萋兮斐兮，成是貝錦。彼譖人者，亦已大甚」語。詩意亦憾讒諂之蔽明，自是永貞、元和間初貶時所作。參之本集卷十上杜司徒書、卷十八上門下武相公啓，及柳河東集寄許京兆孟容書等篇，可以了然於劉、柳受謗之酷，而無怪其憤悒屢形於言也。

經檀道濟故壘

萬里長城壞，荒營野草秋。秣稜多士女，猶唱白符鳩。史云：當時人歌曰：可憐白符鳩，枉殺檀江州。

【箋證】

按：禹錫此詩雖爲行役弔古之作，疑亦爲長慶中罷裴度相位而致慨。禹錫長慶四年（八二四）至寶曆二年（八二六）之間在和州，故得經道濟故壘。

〈檀道濟〉南史一五檀道濟傳略云：宋武帝建義，道濟與兄韶、祗等從平京城。……文帝即位，遷征南大將軍、開府儀同三司、江州刺史。……進位司空，鎮壽陽。……道濟立功前朝，威名甚重，左右腹心並經百戰，諸子又有才氣，朝廷疑畏之。……（元嘉）十二年（四三五），上疾篤，會魏軍南伐，召道濟入朝。……十三年（四三六）春，將遣還鎮，下渚未發，有似鷁鳥，集船悲鳴，會上疾動，義康矯詔入祖道，收付廷尉，及其子等八人並誅。時人歌曰：可憐白浮鳩，枉殺檀江州。道濟見收，憤怒氣盛，目光如炬，俄爾間引飲一斛，乃脱幘投地曰：乃壞汝萬里長城。魏人聞之皆曰：道濟已死，吴子輩不足復憚。自是頻歲南伐，有飲馬長江之志。

二十七年（四五〇），魏軍至瓜步，文帝登石頭城，望之甚有憂色，歎曰：若道濟在，豈至此？

〔白符鳩〕按：宋書樂志引楊泓拂舞序曰：自到江南，見白符舞，或言白鳧鳩舞，云有此來數十年，察其詞旨，乃是吴人患孫皓虐政，思屬晉也。南齊書樂志云：舞敍云，白符或云白符鳩舞，出江南。白者金行，符，合也，符鳩雖異，其義是同。又樂府詩集四九：吴均白附鳩、白浮鳩各一篇，引古今樂録：白附鳩倚歌，亦曰白浮鳩，本拂舞曲也。

題欹器圖

秦國功成思税駕，晉臣名遂歎危機。無因上蔡牽黄犬，願作丹徒一布衣。

【校】

〔秦國〕崇本作嬴相。

【注】

〔欹器〕韓詩外傳：孔子觀于周廟，有欹器焉。孔子曰：「此謂何器？」對曰：「此蓋爲宥坐之器。」孔子曰：「聞宥坐之器，滿則覆，虚則欹，中則正。有之乎？」對曰：「然。」

〔上蔡〕史記李斯列傳：斯與其中子俱執，顧謂曰：吾欲與若復牽黄犬，出上蔡東門，逐狡兔，豈可得乎？遂父子相哭，而夷三族。

〔丹徒〕按晉書諸葛長民傳：劉毅之誅，長民歎曰：貧賤常思富貴，富貴必履機危。今日欲爲丹徒布衣，豈可得也？

【箋證】

按：李晟、馬燧、渾瑊三人在德宗朝皆幾於不克自全。禹錫此詩若在早年，則當是爲三帥作，若在中年，則當是爲裴度作，要之必有所指。

聚蚊謡

沈沈夏夜閑堂開，飛蚊伺暗聲如雷。嘈然欻起初駭聽，殷殷若自南山來。喧騰鼓舞喜昏黑，昧者不分聰者惑。露花滴瀝月上天，利觜迎人看不得。我軀七尺爾如芒，我孤爾衆能我傷。天生有時不可遏，爲爾設幄潛匡牀。清商一來秋日曉，羞爾微形飼丹鳥。

【校】

〔閑堂〕全唐詩閑作蘭。

〔聰者〕全唐詩聰作聽。

〔看不〕全唐詩看作著。

〔我軀〕全唐詩我下注云：一作微。

〔匡牀〕崇本、明鈔本均作藜牀。

【箋證】

按：衆呴漂山，聚蚊成雷，蓋古諺，見漢書景十三王傳。云「殷殷若自南山」來者，「殷其雷，在南山之陽」，詩召南語也。丹鳥者，大戴禮夏小正篇：「八月丹鳥羞白鳥。」注：「丹鳥者螢也，白鳥者謂蚊蚋也，羞進也，不盡食也。」此詩乃借聚蚊成雷之諺以喻讒者之衆。「天生有時」以下四句謂讒邪之人雖凶惡，禦之亦自有術，終有一日殲滅之也。

百舌吟

曉星寥落春雲低，初聞百舌間關啼。花柳滿空迷處所，摇動繁英墜紅雨。笙簧百囀音韻多，黄鸝吞聲燕無語。東方朝日遲遲升，迎風弄景如自矜。數聲不盡又飛去，何許相逢緑楊路。緜蠻宛轉似娱人，一心百舌何紛紛？酡顔俠少停歌聽，墜珥妖姬和睡聞。可憐光景何時盡，誰能低回避鷹隼？廷尉張羅自不關，潘郎挾彈無情損。天生羽族爾何微？舌端萬變乘春輝。南方朱鳥一朝見，索寞無言高下飛。

【校】

〔花柳〕崇本、英華柳均作枝，紹本、畿本作樹，全唐詩作樹，注云：一作枝。

〔自矜〕全唐詩矜下注云：一作驚。

〔何許〕全唐詩許下注云：一作處，英華與一作同。

〔紛紛〕崇本、英華均作紛紜。

〔索寞〕紹本、崇本、全唐詩寞均作漠。全唐詩注云：一作寞。

〔高下〕全唐詩高作蒿。

【注】

〔百舌〕按禮記月令「反舌無聲」。鄭注：「反舌，百舌也。」御覽九二三引易通卦驗：「反舌鳥乃能反復其舌，隨百鳥之音。」

【箋證】

按：廷尉張羅用漢書鄭當時傳：「下邽翟公爲廷尉，賓客填門，及廢，門外可設爵羅。」潘郎用晉書潘岳傳：「岳少時常挾彈出洛陽道。」此篇之致慨於讒夫，與聚蚊謡大旨相同，而更含蓄婉妙。「天生羽族」以下四句與前篇「天生有時」以下四句結構涵義均相同。朱鳥本南方七宿之總稱，史記天官書：「南宫朱鳥權衡。」借以喻高貴之羽族。

又按：前人之評此詩者，吴幵優古堂詩話云：「李長吉有桃花亂落如紅雨之句，以此名世。

予觀劉禹錫詩云：花枝滿空迷處所，摇落繁英墜紅雨。劉、李同出一時，決非相爲剽竊。」宋長白柳亭詩話云：「劉夢得詩：花枝滿空迷處所，摇動繁英落紅雨，實自李長吉桃花亂落如紅雨化來，而馬西樵謂劉、李出於一時，並非剽竊。吾謂寸金不換丈鐵，昌谷爲優。」以上二人之説相較，實以吴氏爲優。宋氏尤不根之談。

飛鳶操

鳶飛杳杳青雲裏，鳶鳴蕭蕭風四起。旗尾飄揚勢漸高，箭頭砉劃聲相似。長空悠悠霽日懸，六翮不動凝飛煙。遊鶤朔雁出其下，慶雲清景相回旋。忽聞飢烏一噪聚，瞥下雲中争腐鼠。騰音礪吻相喧呼，仰天大嚇疑鵷鶵。畏人避犬投高處，俛啄無聲猶屢顧。青鳥自愛玉山禾，仙禽徒貴華亭露。樸遬危巢向莫時，毰毸飽腹蹲枯枝。遊童挾彈一麾肘，臆碎羽分人不悲。天生衆禽各有類，威鳳文章在仁義。鷹隼儀形螻蟻心，雖能戾天何足貴？

【校】

〔風四起〕全唐詩風下注云：一作飛。

〔凝飛煙〕崇本凝飛二字乙。文粹飛作非，全唐詩作風，注云：一作飛。

〔遊鶤〕文粹、全唐詩鶤作鶡。紹本作鶤。
〔朔雁〕紹本、崇本、明鈔本、文粹、全唐詩朔均作翔。
〔一噪聚〕文粹作噪相聚。
〔疑鴛雛〕結一本疑作慘，非。
〔俛啄〕結一本啄作吻，非。
〔華亭〕全唐詩亭下注云：一作山。按：此指鶴言，自當作華亭。
〔樸遫〕紹本遫作捒，崇本作槭。全唐詩遫下注云：一作𣗳。按：作𣗳者必非。
〔毰毸〕文粹作陪鰓，較古。
〔遊童〕此二句崇本麾上脱一字，分下增飛字，恐是校者誤改。
〔麾肘〕全唐詩肘下注云：一作射。

【箋證】

按：此詩極力刻畫居高位者忘身徇利之醜態。據篇末「鷹隼儀形螻蟻心」一語，疑指武元衡任御史中丞時之夙怨。又據「臆碎羽分」一語，更疑作此詩在元和十年元衡被刺以後。
〔青鳥自愛玉山禾〕鮑照代空城雀詩：「誠不及青鳥，遠食玉山禾。」爲此句所本。

秋螢引

漢陵秦苑遥蒼蒼，陳根腐葉秋螢光。夜空寥寂金氣凈，千門九陌飛悠揚。紛綸暉映互明滅，金鑪星噴鐙花發。露華洗濯清風吹，攢昂不定招搖垂。高麗罘罳過珠網，斜歷璇題舞羅幌。曝衣樓上拂香幬，承露臺前轉仙掌。槐市諸生夜對書，北窗分明辨魯魚。行子東山起征思，中郎騎省悲秋氣。銅雀人歸自入簾，長門帳開來照淚。誰言向晦常自明，童兒走步嬌女爭。天生有光非自衒，遠近低昂暗中見。撮蚊袄鳥亦夜飛，翅如車輪人不見。

【校】

〔寥寂〕紹本、崇本、中山集均作寂寥。

〔紛綸〕明鈔本作紛紛。

〔攢昂〕崇本昂作茅。

〔過蛛網〕全唐詩過作照。

〔對書〕全唐詩對作讀，注云：一作對。

〔帳開〕崇本作帳望，非。明鈔本開作空。

〔夜飛〕繖本飛下注云一作起，全唐詩與一作同，注云：一作飛。

〔人不見〕全唐詩作而已矣，注云：一作人不見。按：作换韻者似勝。

【箋證】

按：此詩運用螢事，出以錯綜變化，化盡隸事痕迹，爲歌行中特創之格，前此未之見，後此則李商隱淚詩似之，辛棄疾「緑樹聽啼鴂」一詞亦似之。而禹錫詩尤爲超妙。末韻「撮蚊妖鳥亦夜起，翅如車輪而已矣。」不獨雄勁，亦洗盡凡俗，詩意雖激切，而風華掩映，情韻不匱，乃集中之傑構，亦禹錫所獨長。

又按：此四篇命名曰謡，曰吟，曰操，曰引，而皆以天生二字冠於末章，以揭明其本旨，必爲一時有爲而作，百舌、秋螢二篇精采照耀，尤可決其在中年詩力最深時，疑在元和十一二年（八一六八一一七）間，蓋此時心境稍優閑也。

〔罘罳〕通鑑二四五胡注：「唐宫殿中罘罳以絲爲之，狀如網，以捍燕雀，非如漢宫闕之罘罳也。程大昌曰：罘罳者，鏤木爲之，其中疏通可以透明，或爲方空，或爲連鎖，其狀扶疎，故曰罘罳。罘罳之名既立，於是隨其所施而附著以爲之名。……又有網户，刻爲連文，遞爲綴屬，其形如網也。宋玉曰：網户朱綴刻方連，是也。既曰刻，則是雕木爲之，其狀如網耳。後世因此遂有直織絲網而張之簷窗以護禽雀者。」按：罘罳之釋不同，胡、程二氏之説，與此詩所用者較相近。又據唐語林二引禹錫之説云：「罘罳者，復思也，今之板障屏牆也。」然則禹錫於罘罳曾有所考。此詩云高麗罘罳，正是作屏障解。

華山歌

洪鑪作高山，元氣鼓其橐。俄然神功就，峻拔在寥廓。靈蹤露指爪，殺氣見稜角。凡木不敢生，神仙聿來託。天資帝王宅，以我爲關鑰。能令下國人，一見換神骨。高山固無限，如此方爲嶽。丈夫無特達，雖貴猶碌碌。

【校】

〔聿來〕明鈔本聿作幸。

〔以我〕全唐詩我下注云：一作此。

〔下國〕崇本下作萬。

〔一見〕全唐詩一下注云：一作不。

【箋證】

按：此乃詠華山而非遊華山詩，疑禹錫少年求名時往來華州，見華嶽而興此感。唐制進士多取華州解，詩所謂「能令下國人，一見換神骨」，或即指此。外集卷三有詩題云：「貞元中，侍郎舅氏牧華州，時予再忝科第，前後由華覲謁，陪登伏毒寺屢焉，亦曾賦詩題於梁棟，今典馮翊，暇日登樓，南望三峰，浩然生思，追想昔年之事，因成篇題舊寺。」又本集卷三十有詩題云：「途次敷水驛，伏覩華州舅氏昔日行縣題詩處，潸然有感。」似禹錫早年經此多次，此詩亦似少年意氣風發時所作。

又按：宋長白柳亭詩話云：「劉夢得華山歌：靈跡露指爪，殺氣現頭角……丈夫無特達，雖貴猶碌碌。柳子厚水簾詩：靈境不可狀，鬼工諒難求。忽如朝玉皇，天冕垂前旒。骨力傲岸，撑拄全篇。」現頭角三字殆宋氏記憶之誤。此詩閎識孤懷，而筆力又足以達之，宋氏所評頗切。

摩鏡篇

流塵翳明鏡，歲久看如漆。門前負局生，爲我一摩拂。苹開緑池滿，暈盡金波溢。白日照空心，圓光走幽室。山神祆氣沮，野魅真形出。郤思未摩時，瓦礫來唐突。

【校】

〔摩鏡〕崇本、畿本、文粹摩均作磨，下同。

〔負局生〕全唐詩生作人，注云：一作生。

〔苹開〕崇本、文粹苹作萍，是。

〔野魅〕英華魅作獸。

【注】

〔負局〕按列仙傳：負局先生者，語似燕代間人。因摩鏡，輒問主人，得毋有疾苦者？若有，輒出紫丸赤藥與之，莫不愈。

【箋證】

按：此詩與本集卷一之砥石賦詞旨有相近處，而尤有待時而動之意。或亦在朗州時寫此以自慰。與本卷昏鏡詞用意各别。

〔山神祆氣沮〕此二句疑用王度古鏡記中事，王文載太平廣記，過繁不具引。其中一節云：「度歸長安，至長樂坡。（按長樂坡詳卷十七）宿於主人程雄家，雄新受寄一婢，頗甚端麗，名曰鸚鵡。度既税駕，將整冠履，引鏡自照，鸚鵡遥見，即便叩首流血，云不敢住，度因召主人問其故，雄云：兩月前有一客攜此婢從東來，時婢病甚，客便寄留，云還日當取，此不復來，不知其婢之由也。度疑精魅，引鏡逼之，便云乞命，即變形，度即掩鏡曰：汝先自敍，然後變形，當捨汝命。婢再拜自陳云：某是華山府君廟前長松下千歲老貍，大行變惑，罪合至此，遂爲府君捕逐，逃於河渭之間，爲下邽陳思慕義女，蒙養甚厚，嫁鸚鵡與同縣人柴華，鸚鵡與華意不相愜，逃而東，出韓城縣，爲行人李无傲所執。无傲粗暴丈夫也，遂將鸚鵡遊行數歲，昨隨至此，忽爾見留，不意遭逢天鏡，隱形無路。」此節亦見太平御覽七一二引。其語荒誕不經，禹錫用此，不過藉以喻光明洞照，妖邪遁耳。

有獺吟

有獺得嘉魚，自謂天見憐。先祭不見食，捧鱗望清玄。人立寒沙上，心專脰著肩。漁翁以爲妖，舉塊投其前。呼兒貫魚歸，與獺同烹煎。關關黃金鶚，大翅摇江煙。下見盈尋魚，投身擘洪漣。攫拏隱嶙去，哺雛林岳巔。鴟鳥知伺隙，遥噪莫敢前。長居青雲路，彈射無由緣。何地無江湖，何水無鮪鱣？天意不宰割，菲祭徒虔虔。空餘知禮重，載在淹中篇。

【校】

〔不見〕紹本、崇本、全唐詩、英華見均作敢。

〔脰著肩〕紹本、崇本著均作肩，畿本下注云：一作眼悁悁，英華、全唐詩均與一作同，全唐詩注云：一作脰著肩。

〔其前〕崇本、英華、全唐詩前均作咽。

〔鴟鳥知〕紹本、畿本鳥作烏。紹本、崇本、全唐詩知均作欲。

〔莫敢〕結一本敢作非，誤。

【箋證】

按：禮記月令：「仲春之月，獺祭魚。」故此詩云：「載在淹中篇。」漢書藝文志：「禮古經者，出於魯淹中也。」此詩大旨謂獺爲知禮之獸而反遭屠害，寓意固自顯然。

又按：此卷舊有總題，曰雜興三十一首，是爲詩集之首卷，據各篇之意旨及風格，除經檀道濟故壘一首外，似時之相去皆不甚遠，在詩集中最爲禹錫自道其懷抱之作。本集卷二十劉氏集略説云：「及謫於沅、湘間，爲江山風物之所蕩，往往指事成歌詩，或讀書有所感，輒立評議。」正即指此等詩篇而言，意者此卷猶是禹錫所手定。要之，讀劉集者，此卷尤不可忽。

劉禹錫集箋證卷第二十二

五言今體三十首

春日退朝

紫陌夜來雨，南山朝下看。戟枝迎日動，閣影助松寒。瑞氣卷綃縠，遊光泛波瀾。御溝新柳色，處處拂歸鞍。

【校】

〔光泛〕全唐詩泛下注云：一作浮。

【箋證】

按：此詩初無寓意，詞旨平淺，疑是貞元末年禹錫初登朝時所作。

經東都安國觀九仙公主舊院作

仙院御溝東，今來事不同。門開青草日，樓閉緑楊風。將犬昇天路，披霓赴月宮。武皇曾駐蹕，親問主人翁。

【校】

〔九仙〕崇本、明鈔本無仙字，非。英華作九公子，尤誤。全唐詩注云：一作九公子。

〔將犬〕全唐詩犬下注云：一作火。

〔披霓〕全唐詩霓作雲，注云：一作霓。

【箋證】

按：安國觀爲九仙公主故宅，於史尚無明徵。唐兩京城坊考五：「定鼎門街東第二街安國坊安國觀，明皇時玉真公主所建，門樓高九十尺，而柱端無斜。殿南有精思院，琢玉爲天尊老君之像，葉法善、羅公遠、張果先生並圖形於壁。院南池引御渠水注之，壘石像蓬萊、方丈、瀛洲三山。女冠多上陽宫人。其東爲國學相接。咸通中，有書生云：常聞山池内步虚笙磬之音。盧尚書有詩云：夕照紗窗起暗塵，青松繞殿不知春。閒看白首誦經者，半是宫中歌舞人。」此又一說。

考唐代諸帝女多以受籙奉道爲名，配偶之間殊不盡守繩墨。然苟非其人已得罪，恐未敢遽斥其陰私。此詩用竇太主幸董偃事，指斥過甚。九仙公主蓋當時俗稱，其封號未詳，終未敢定其爲誰某。依語林則爲玉真公主。玉真公主見李白集，未嘗下嫁，且不受邑封，似不應詆其失德。依城坊考則爲太平公主。新唐書太平公主傳稱武后丐主爲道士，真築宫如方士薰戒，其一生縱恣赫奕，遺宅宜爲人指點，未知是否。至此詩「仙院御溝東」之句頗與語林所敍景物合。

〔主人翁〕漢書東方朔傳：「初，帝姑館陶公主號竇太主，堂邑侯陳午尚之。午死，主寡居，年五十餘矣，近幸董偃。……上（武帝）臨山林，主自執宰蔽膝，道入登階就坐，坐未定，上曰：願謁主人翁。主迺下殿去簪珥，徒跣頓首謝曰：妾無狀，負陛下，身當伏誅，陛下不致之法，頓首死罪。有詔謝主簪履，起之東廂，自引董君，隨主前，伏殿下，主迺贊：館陶公主胞（庖）人臣偃昧死再拜謁，因叩頭謝。上爲之起，有詔賜衣冠上。偃起走就衣冠，主自奉食進觴。當是時，董君見尊不名，稱爲主人翁。」詩用此事，以喻公主之不檢，爲君主所容縱。

附録一　金石録二七

右唐玉真公主墓誌，王縉撰。誌云：公主法號無上，真字玄玄，天寶中更賜號曰持盈爾。誌又云：中宗時封昌興縣主，睿宗時封昌興公主，後改封玉真，進爲長公主。唐史但云封崇昌縣主，而以昌興爲崇昌者，皆其闕誤。誌又云：元年建辰月卒，而史以爲卒于寶應中，非也。

按：新唐書公主傳云：「天寶三載（七四四），上言曰：先帝許妾捨家，今仍叨主第，食租賦，誠願去公主號，罷邑司，歸之王府。玄宗不許。又言：妾高宗之孫，睿宗之女，陛下之女弟，於天下不爲賤，何必名繫主號資湯沐，然後爲貴？請入數百家之産，延十年之命？帝知至意，乃許之。薨寶應時。」寶應與元年即是一年，蓋肅宗上元二年九月去年號但稱元年，次年四月即改寶應，傳與誌實無甚差別，金石録之言非是。又按：通鑑二二一：「上皇愛興慶宮，自蜀歸即居之。上（肅宗）時自夾城往起居，上皇亦間至大明宮。左龍武大將軍陳玄禮、内侍監高力士久侍衛上皇，上又命玉真公主、如仙媛、内侍王承恩、魏悦及梨園弟子常娛侍左右。」考異云：「常侍言旨作九仙媛，唐曆作九公主女媛。今從新、舊傳，蓋舊宮人也。」頗疑九仙公主即玉真公主，常侍言旨爲唐人記載，宜較可信，或玉真公主不欲仍襲公主之稱，故特製九仙媛之稱，而外間即呼爲九仙公主，唐曆字小異，或傳寫偶誤耳。玉真公主既以寶應元年卒，則與玄宗、肅宗之卒正爲同時，豈宮廷中有變故，爲李輔國等所害耶！

附録二　王建九仙公主舊莊詩

仙居五里外門西，石路親回御馬蹄。天使來栽宮裏樹，羅衣自買院前溪。野牛行傍澆花井，本主分將灌藥畦。樓上鳳皇飛去後，白雲紅葉屬山雞。

蜀先主廟

漢末謡：黄牛白腹，五銖當復。

天下英雄氣，千秋尚凛然。勢分三足鼎，業復五銖錢。得相能開國，生兒不象賢。淒涼蜀故妓，來舞魏宫前。

【校】

〔天下〕全唐詩下作地，注云：一作下。

【箋證】

按：清一統志：昭烈帝廟在奉節縣東，方輿勝覽：去縣六里。杜甫詠懷古跡詩「蜀主窺吴幸三峽，崩年亦在永安宫」，與此詩皆指夔州之蜀先主廟。自是禹錫任夔州刺史時之作。

〔五銖錢〕瀛奎律髓云：「胡澹庵有詩云：須令民去思，如漢思五銖。自注謂五銖起於元狩五年（前一一八），新室罷之。民思以五銖市買，莽法，復挾五銖錢者投四裔。光武因馬援言復之，民以爲便。董卓悉壞五銖，曹操爲相復之。自魏至梁、陳、周、隋，皆以五銖爲便。唐武德四年，鑄開通元寶，五銖始不復見。夢得此詩用三足鼎、五銖錢，可謂精當矣。」

觀八陣圖

軒皇傳上略，蜀相運神機。水落龍蛇出，沙平鵝鸛飛。波濤無動勢，鱗介避餘威。會有知兵者，臨流指是非。

【校】

〔臨流〕全唐詩流下注云：一作岐。

【箋證】

按：此亦在夔州時據所目覩而作。唐語林二：「王武子曾在夔州之西市，俯臨江岸沙石，下看諸葛亮八陣圖，箕張翼舒，鵝形鶴勢，聚石分布，宛然尚存。峽水大時，三蜀雪消之際，瀕滂滉瀁，大樹十圍，枯槎百丈，破磓（廣記作磑，是）巨石，隨波塞川而下，水與岸齊，雷奔山裂，聚石爲堆者斷可知也。及乎水已平，萬物皆失故態，惟陣圖小石之堆，標聚行列依然，如是者垂六七百年間，淘灑推激，迨今不動。劉禹錫曰：是諸葛公誠明一心，爲先主効死，況此法出六韜，是太公上智之材所構，自有此法，惟孔明行之。所以神明保持一定而不可改也。東晉桓温征蜀過此，曰：此常山蛇陣，擊頭則尾應，擊尾則頭應，擊其中則頭尾皆應。常山者地名，其蛇兩頭，出於常山，其陣適類其蛇之兩頭，故名之也。温遂勒銘曰：望古識其真，臨源愛往跡。恐君遺事節，聊下南山石。」此節出劉賓客嘉話録，而今本嘉話録多訛脱不可校。觀此詩知與禹錫平日所説相符。嘉話録即韋絢在夔州聞諸禹錫之言，見聞自是親切。

〔八陣圖〕八陣圖始見水經注，云：「江水又東，逕諸葛亮圖壘，石磧平曠，望兼川陸，有亮所造八陣圖，東跨故壘，皆累細石爲之。自壘西去，聚石八行，行間相去二丈，今以水漂蕩，歲月消損，高處可二三尺，下處磨滅殆盡。」方輿勝覽云：「荆南圖經云：在奉節縣西南七里。又云：在永安宫南一里。渚下平磧上有孔明八陣圖，聚細石爲之，各高五丈，皆棋布相當，中間相去九尺，中開南北巷，悉廣正五尺，凡六十四聚，或爲人散亂，及爲夏水所没，及水退後依然如故。又有二十四聚，作兩層，其後每層各十二聚。」又太平寰宇記引盛弘之荆州記云：「壘西聚石爲八行，行八聚，聚間相去二丈許，謂之八陣圖。因曰：八陣既成，自今行師更不復敗。八陣及壘皆圖兵勢行藏之權，自後深識者所不能了。桓温伐蜀經之，以爲常山蛇勢，此蓋意言之。」據此諸説，知詩中所云：「水落龍蛇出，沙平鵝鸛飛」，及「會有知兵者，臨流指是非」，皆有所本，非禹錫自造意也。

八月十五夜玩月

天將今夜月，一徧洗寰瀛。暑退九霄浄，秋澄萬景清。星辰讓光彩，風露發晶英。能變人間世，翛然是玉京。

【校】

〔十五〕紹本、崇本、畿本、全唐詩五下均有日字，是。

【箋證】

按：白居易有答夢得八月十五日夜翫月見寄詩「南國碧雲客，東京白首翁。松江初有月，伊水正無風」云云，當是答外集卷二之一首，非答此首。此詩或是少作，故語甚平淺，別無寓意。

許給事見示哭工部劉尚書詩因命同作

漢室賢王後；從叔望出河間。孔門高弟人。濟時成國器；樂道任天真。特達圭無玷；堅貞竹有筠。總戎寬得衆；市義貴能貧。護塞無南牧；馳心拱北辰。乞身來闕下；賜告卧漳濱。榮耀初題劍；清羸已拕紳。宫星徒列位；隙日不回輪。自昔追飛侣；今爲侍從臣。素弦哀已絶；青簡歎猶新。未遂揮金樂；空悲撤瑟晨。凄涼竹林下，無復見清塵。從叔自渭北節度以疾歸朝，比及拜尚書，竟不克中謝。

【校】

〔望出〕紹本、崇本、中山集出均作在。

〔高弟〕紹本、崇本、畿本、中山集弟均作第。

〔市義〕崇本市作布。

〔自昔〕明鈔本作昔自。

〔不克中謝〕崇本無克字。

【注】

〔賢王〕謂河間獻王德，漢書本傳稱其修學好古，實事求是。

〔宫星〕據詞意當是劉公濟歿後贈官爲東宫三師。

〔侍從臣〕唐制給事中稱兩省供奉官，故曰侍從臣。

【箋證】

按：權德輿有詩題爲哭劉四尚書，注云：「勒於碑陰。」詩云：「士友惜賢人，天朝喪守臣。才華推獨步，聲氣幸相親。理析寰中妙，儒爲席上珍。笑言成月旦，風韻挹天真。丹地膺推擇，青油寄撫循。豈言朝象魏，翻是卧漳濱。命賜龍泉重，追榮蜜印陳。撤絃驚物故，庀具見家貧。牢落風悲笛，汍瀾涕泫巾。只嗟蒿里月，非復柳營春。黄絹碑文在，青松隧路新。音容無處所，歸作北邙塵。」許詩未見，劉、權二詩既同用一韻，又俱爲十二聯，詩體全同，恐許詩亦如此。

〔許給事〕謂許孟容，舊唐書一五四、新唐書一六二均有傳。據傳，貞元十四年（七九八），轉兵部郎中，未滿歲，遷給事中，蓋自此至元和初皆官給事中未改官。禹錫與相往還，當在貞元末年。此後惟元和十年(八一五)禹錫至京或一與相見,則孟容已遷吏部侍郎矣。

〔劉尚書〕謂劉公濟。德宗紀：貞元十八年(八〇二),以同州刺史劉公濟爲鄜州刺史,鄜坊丹延節度使。二十年,以鄜坊丹延節度使劉公濟爲工部尚書,正禹錫官監察御史時也。又柳河東集先友記云：劉公濟,河間人,寬厚碩大,與物無忤。爲渭北節度,入爲工部尚書卒。唐會要云：謚曰敬。公濟爲河間人,與此詩「漢室賢王後」之語合。

〔未遂揮金樂〕此用漢書疏廣傳：「此金者,聖主所以惠養老臣也,故樂與鄉黨宗族共饗其賜。」廣爲太子太傅與此詩上文「宫星徒列位」相應,蓋公濟殁後贈東宫三師也。

奉和中書崔舍人八月十五日夜玩月二十韻

暮景中秋爽,陰靈既望圓。騰精浮碧海,分照接虞淵。迴見孤輪出,高從倚蓋旋。二儀含皎澈,萬象共澄鮮。整御當西陸,舒光麗上玄。從星變風雨,順日助陶甄。遠近同時望,晶熒此夜偏。運行調玉燭,潔白應金天。曲沼凝瑶鏡,通衢若象筵。逢人盡冰雪,遇境即神仙。引素吞銀漢,凝清洗緑煙。皐禽警露下,鄰杵思風前。水是還珠浦,山成種玉田。劍沈三尺影,燈罷九枝然。象外行無迹,寰中影有遷。稍當雲闕正,未映斗城懸。静對揮宸翰,閑臨襞彩牋。境同牛渚上,宿在鳳池邊。興掩尋安道，詞勝命仲宣。從今紙貴後，不復詠陳篇。

【校】

〔騰精浮碧海〕全唐詩騰作浮，注云：一作騰；浮作離，注云：一作浮。

〔皎澈〕崇本、英華澈均作潔。

〔凝瑶鏡〕紹本、崇本、全唐詩凝均作疑。

〔遇境〕英華境作景。全唐詩作景，注云：一作境。

〔行無迹〕全唐詩行作形。

〔有遷〕畿本、全唐詩有下注云：一作自，英華注云：雜詠作自。

【箋證】

按：丁居晦承旨學士院壁記：崔羣，元和二年（八〇七）十一月六日自左補闕充。七年（八一二）四月二十九日遷中書舍人。九年（八一四）六月二十六日出院。在此前後未見其他崔姓之中書舍人。疑此詩即是和崔羣者。然禹錫是時方在謫籍，詩中雖有「遠近同時望，皛瑩此夜偏」之語，略寓升沉之慨，究似與二人交誼之深淺不甚合，仍當存疑。

又按：集中涉及崔羣者，尚有本集卷十七、外集卷二、六、八等篇。

奉和淮南李相公早秋即事寄成都武相公

八柱共承天，東西别隱然。遠夷争慕化，真相故臨邊。並進夔龍位，仍齊龜鶴年。相公詩有齊年並進之句也。同心舟已濟，造膝璧常聯。對領專征寄，遥持造物權。斗牛添氣色，井絡静氛煙。獻可通三略，分甘出萬錢。漢南趨節制，趙北賜山川。玉帳觀渝舞，虹旌獵楚田。步嫌雙綬重，夢入九城偏。秋與離情動，詩從樂府傳。聆音還竊抃，不覺撫么弦。李中書自揚州見示詩本，因命仰和。

【校】

〔題〕全唐詩早下注云：一作暮。

〔别隱然〕明鈔本别作列。

〔趙北〕英華趙作淮，誤。全唐詩趙下注云：一作淮。按：此二句皆指李吉甫，吉甫封趙國公。

〔秋與〕全唐詩與作雨，注云：一作興，一作與。

〔詩從〕全唐詩作新詩，注云：一作詩從。

【注】

〔李相公〕謂李吉甫。

〔武相公〕謂武元衡。

〔雙綬〕唐人以節度兼觀察爲兩使，故云雙綬。

【箋證】

按：憲宗紀：武元衡以元和二年（八〇七）自宰相出鎮西川，八年徵還。據李吉甫傳，元和四年（八〇九）出鎮淮南，六年（八一一）復入知政事。則此詩必作於四年以後，六年以前，禹錫時在朗州。注云李中書自揚州見示詩本，知吉甫於禹錫有拳拳之意。稱李中書者，吉甫於元和二年（八〇七）爲中書侍郎同平章事，出鎮仍帶此銜。關於吉甫、元衡事，參見本集卷十三、十八各篇。

附録　武元衡和詩（按：李吉甫原詩未見）

揚州隋故都，（按：字從木，故與竹字爲偶。）竹使漢名儒。翊聖恩華異，持衡節制殊。朝廷連受脤，台座接訏謨。金玉裁王度，丹書奉帝俞。九重辭象魏，千萬握兵符。鐵馬秋臨塞，虹旌夜渡瀘。江長梅笛怨，天遠桂輪孤。浩歎煙霜曉，芳期蘭蕙蕪。雅言書一札，賓海雁東隅。歲月奔波盡，音徽霧雨濡。蜀江分井絡，錦浪入淮湖。獨抱相思恨，關山不可踰。

元和癸巳歲仲秋詔發江陵偏師問罪蠻徼後命宣慰釋兵歸降凱旋之辰率爾成詠寄荆南嚴司空

蠻水阻朝宗，兵符下渚宫。前籌得上策，無戰已成功。漢使星飛入，夷心草偃同。歡謡開竹棧，拜舞擲桑弓。就日知冰釋，投人念鳥窮。網羅三面解，章奏九門通。卉服聯操袂，雕題盡鞠躬。降幡秋練白，驛騎晝塵紅。火號休傳警，機橋罷亘空。登山不見虜，振旆自生風。江遠煙波静，軍回氣色雄。佇看聞喜後，金石賜元戎。

【校】

〔率爾〕結一本率作卒，誤。

〔歡謡〕全唐詩歡作歌，注云：一作歡。

〔九門〕全唐詩門下注云：一作重，英華與一作同。

【注】

〔渚宫〕輿地紀勝云：廣記云：「江陵故城在東南有渚宫。」元和郡縣志云：「楚别宫。」左傳曰：「王在渚宫。」水經注云：「今城，楚船官地也，春秋之渚宫。」

【箋證】

按：嚴司空謂嚴綬，舊唐書一四六有傳，新唐書一二九附嚴挺之傳，以綬爲挺之從孫也。據傳：「大曆中登進士第，累佐使府，貞元中由侍御史充宣歙團練副使，爲其使劉贊委遇，政事多所咨訪。十二年（七九六），贊卒，綬掌宣歙留務，傾府藏以進獻，由是有恩。召爲尚書刑部員外郎。天下賓佐進獻，由綬始也。未幾河東節度使李説嬰疾，事多曠弛，行軍司馬鄭儋代綜軍政，既而説卒，因授儋河東節度使。是時姑息四方諸侯，未嘗特命，帥守物故，即用行軍司馬爲帥，冀軍情厭服。儋既爲帥，德宗選朝士可以代儋爲行軍司馬者，因綬前日進獻，上頗記之，命檢校司封郎中充河東行軍司馬。不周歲儋卒，遷綬銀青光禄大夫……充河東節度支度營田觀察處置等使。元和元年……夏平，加綬檢校左僕射，尋拜司空，（按此仍是檢校司空，非真拜）……四年，入拜尚書右僕射。綬雖名家子，爲吏有方略，然鋭於勢利，不存名節，人士以此薄之。……尋出鎮荆南，進封鄭國公。」據紀，綬鎮荆南始於元和六年（八一一），禹錫在朗州，爲其巡屬，不得不屈己承奉。其人非端士，與韋皋、裴均皆首向憲宗勸進者，王、韋之及禍，綬與有力焉。又按：此詩題云元和癸巳歲，元和八年（八一三）也。通鑑二三八——九，元和六年（八一一）閏月辛卯朔，黔州賊帥張伯靖寇播州、費州。八年（八一三）七月丁未，辰溆賊帥張伯靖請降，辛亥，以伯靖爲歸州司馬，委荆南軍前驅使。綬傳云：「有溆州蠻首張伯靖者，殺長吏，據辰、錦等州，連九洞以自固，詔綬出兵討之，綬遣部將李忠烈齎書曉諭，盡招降之。」此爲唐史污衊少數民族之記載，題中所云，即指此事。

武陵書懷五十韻 并引

按天官書，武陵當翼軫之分，其在春秋及戰國時，皆楚地。後爲秦惠王所并，置黔中郡。漢興，更名曰武陵，東徙於今治所。常林義陵記云：初項籍殺義帝於郴，武陵人曰：天下憐楚而興，今吾王何罪乃見殺？郡民縞素哭於招屈亭，高祖聞而義之，故亦曰義陵。今郡城東南亭舍其所也。晉、宋、齊、梁間皆以分王子弟，事存於其書。永貞元年，余始以尚書外郎出補連山守，道貶爲是郡司馬。至則以方志所載而質諸其人民。顧山川風物皆騷人所賦，乃具所聞見而成是詩，因自述其出處之所以然。故用書懷爲目云。

西漢開支郡，南朝號戚藩。四封當列宿，百雉俯清沅。高岸朝霞合，驚湍激箭奔。積陰春暗度，將霽霧先昏。俗尚東皇祀，謡傳義帝寃。桃花迷隱跡，楝葉慰忠魂。户算資漁獵，鄉豪恃子孫。照山畬火動，踏月俚歌喧。擁檝舟爲市，連甍竹覆軒。披沙金粟見，拾羽翠翹翻。茗坼滄溪秀，蘋生枉渚暄。蒼溪茶爲邑人所重，枉渚近在郭東。禽驚格磔起，魚戲噞喁繁。按本草經曰：鷓鴣聲如鉤輈格磔者是也。沈約臺榭故，李衡墟落存。隱侯臺、木奴洲並在。湘靈悲鼓瑟，泉客泣酬恩。露變蒹葭浦，星懸橘柚村。

虎咆空野震，鼉作滿川渾。鄰里皆遷客，兒童習左言。炎天無冽井，霜月見芳蓀。清白家傳貴，詩書志所敦。列科叨甲乙，從宦出丘樊。結友心多契，馳聲氣尚吞。士安曾重賦，元禮許登門。草檄嫖姚幕，巡兵戊己屯。築臺先自隗，送客獨留髡。遂結王畿綬，來觀衢室尊。鳶飛入鷹隼，魚目儷璵璠。曉燭羅馳道，朝陽闢帝閽。王正會夷夏，月朔盛旗旛。獨立當瑶闕，傳訶步紫垣。按章清犴獄，視祭潔蘋蘩。御曆昌期遠，傳家寶祚蕃。繇文光夏啓，神教畏軒轅。内禪因天性，膺圖授化元。繼明懸日月，出震統乾坤。大孝三朝備，洪恩九族惇。百川宗渤澥，五岳輔崑崙。何幸逢休運？微班識至尊。校緡資筦榷，復土奉山園。時以本官判度支鹽鐵等，兼崇陵使判官。一失貴人意，徒聞太學論。直廬辭錦帳，遠守愧朱轓。巢幕方猶燕，搶榆尚笑鯤。邅回過荆楚，流落感凉温。旅望花無色，愁心醉不惛。春江千里草，暮雨一聲猿。問卜安冥數，看方理病源。帶賒衣改製，塵澀劍成痕。三秀悲中散，二毛傷虎賁。來憂禦魑魅，歸願牧雞豚。就日秦京遠，臨風楚奏煩。南登無灞岸，旦夕上高原。

【校】

〔義之〕全唐詩義作異，非。

〔東南〕崇本二字乙。

〔舍其所也〕崇本舍作是。

〔楝葉〕全唐詩楝下注云：一作練，紹本、崇本與一作同。

〔枉渚暄〕全唐詩暄下注云：一作妍。按：妍字出韻，非。

〔邑人所重〕明鈔本重下有惜字，下近在作亦在。崇本同。

〔禽驚〕全唐詩驚下注云：一作鳴。

〔鼓瑟〕崇本瑟作曲。

〔習左言〕崇本習作盡。

〔家傳貴〕紹本、崇本貴作遺，全唐詩作遠。

〔心多〕〔氣尚〕崇本、明鈔本均乙。

〔犴獄〕畿本犴作岸。

〔膺圖〕全唐詩膺作雄。

〔兼崇陵使〕崇本兼上有案字，下有充字，明鈔本無兼崇二字。

〔荆楚〕紹本、崇本、畿本楚均作郢。

〔魑魅〕紹本、崇本二字乙，誤。

【注】

〔桃花〕按此句指桃花源在武陵。

〔泉客〕即淵客。文選左思吴都賦：淵客慷慨而泣珠。注：淵客即鮫人也。述異記：南海中有
鮫人，水居如魚，不廢機織，其眼能泣，泣則出珠。唐避高祖諱，改淵爲泉。
〔三秀〕按文選嵇康幽憤詩，煌煌靈芝，一年三秀。予獨何爲，有志不就。詩即用此意。

【箋證】

按：此詩自篇首至「霜月見芳蓀」，皆武陵之沿革古蹟及風土物産，而錯雜述之。自「清白家傳貴」至「元禮許登門」言己之家世科第出身。「草檄嫖姚幕」以下二韻言從事淮南杜佑幕府，「遂結王畿綬」以下四韻言由渭南主簿入仕朝中。「獨立當瑶闕」以下二韻言爲監察御史，按章指推獄，視祭指監祭。「御曆昌期遠」以下六韻言順宗、憲宗相繼嗣位。「何幸逢休運」以下二韻言己在永貞時之任要職，校緡謂判度支鹽鐵案，復土謂爲崇陵使判官。「一失貴人意」以下皆言貶官之事。「徒聞太學論」用東漢太學生張鳳論救皇甫規等事。此詩自是初至朗州時所作。「問卜安冥數，看方理病源」及「塵瀏劍成痕」等句，正與本集卷一之何卜賦、砥石賦、卷十答道州薛郎中論方書書等篇可相印證，知禹錫詩文皆本於實事，非綜覽全集，不能深知其意。

又按：前人評此詩者，丹鉛總録二一云：「儲光羲詩：落落燒霧明，農夫知雨止。耿湋詩：向人微月在，報雨早露生。此即諺所謂朝霞不出市，暮霞走千里也。劉禹錫武陵詩：積陰春暗度，將霽霧先昏，耿湋詩：晚雷期稔歲，重霧報晴天。皆用老農占驗語。予舊日秋成詩云：草頭占月暈，米價問天河。亦用諺語：日暈長江水，月暈草頭空；又七月七夕視天河顯晦，卜米價豐

賤，蓋老農有驗之占云。」此亦足證禹錫之留心農事，采謡諺入詩。

〔義陵〕詩引中於義陵之名所由來言之較詳，而改義陵爲武陵則稍略，於義爲未足。考晉書潘京傳：趙廞嘗問曰：貴郡何以名武陵？京曰：「鄙郡本名義陵，在辰陽縣界，與夷相接，數爲所攻，光武時移東出，共議易號，傳曰止戈爲武，詩稱高平曰陵，於是名焉。」（續漢書郡國志注引先賢傳同）此亦可備一説。

〔招屈亭〕輿地紀勝云：「今郡南亭即其所，在安濟門之右，沅水之濱。每端午日，以角黍飼飯，揚桴中流，競渡以濟，邦人縱觀。」又云：「唐龍朔中，縣令蔡朝英重修，且刻石以紀其事。」本集卷二十四酬朗州崔員外與任十四兄侍御同過鄙人舊居見懷之什云：「昔日居鄰招屈亭，楓林橘樹鷓鴣聲。」則招屈亭即禹錫在朗州時寓舍附近，宜其稔習也。當與卷九機汲記參看。

〔楝葉〕按：此句指祭屈原事。吴均續齊諧記：有五月五日作粽，并帶楝葉五花絲之記載。

〔枉渚〕元和郡縣志云：「枉水出武陵縣南蒼山，名曰枉渚。」楚詞云：朝發枉渚，夕宿辰陽，亦謂此也。」清一統志云：「枉水在武陵縣南，一名蒼溪，源出金霞山，東北流經善德山入沅。」

〔沈約〕輿地紀勝云：「沈公臺碑在武陵西南三里光福寺竹林中，今猶存古碑，題額云重游沈公臺記，碑字漫滅不可讀。記謂沈約爲沅南令，按約傳未嘗令沅南也。」清一統志云：「沈約臺在光福寺古樟樹下，按宋時武陵屬郢州，蔡興宗爲郢州刺史，引沈約爲安西外兵參軍兼記室，約必曾至武陵，故有此臺，非以令沅故也。」

〔李衡〕水經注沅水注云：「龍陽縣之氾洲長二十里，吴丹陽太守李衡植柑於其上，臨死，勑其子曰：吾州里有木奴千頭，不責衣食，歲絹千匹。吴末，衡柑成。」此事其他記載多有之，禹錫援此説謂之木奴洲，非洲名木奴也。

〔二毛傷虎賁〕此句用事稍隱曲。文選潘岳秋興賦序：「余春秋三十有二，始見二毛，以太尉掾兼虎賁中郎將，寓直於散騎之省。」以虎賁稱潘岳，爲湊韻而已。

經伏波神祠

蒙蒙篁竹下，有路上壺頭。漢壘麏鼯鬬，蠻溪霧雨愁。懷人敬遺像，閲世指東流。自負霸王略，安知恩澤侯？鄉園辭石柱，筋力盡炎洲。一以功名累，翻思馬少遊。

【校】

〔霧雨〕明鈔本霧作暮，非。

〔指東〕崇本指作想。按：黄庭堅墨蹟亦書作想。

〔鄉園〕英華園作原。

【注】

〔馬少遊〕馬援本傳：從容謂官屬曰：吾從弟少遊常哀吾慷慨多大志，曰：士生一世，但取衣食裁足，乘下澤車，御欵段馬，爲郡掾吏，守墳墓。鄉裏稱善人，斯可矣。致求盈餘，但自苦耳。

【箋證】

按：清一統志云：「馬伏波祠有三：一在武陵縣南沅水上。一在桃源縣東高吾鋪，臨沅水。一在桃源縣南二里。」未知孰是禹錫所經。篇末「一以功名累，翻思馬少遊」二語，自是禹錫貶謫中有此感。

〔壺頭〕後漢書馬援傳章懷注：「壺頭，山名也，在今辰州沅陵東。武陵記曰：此山頭與東海方壺山相似，因名壺頭山也。」又云：武陵記曰：「壺頭山邊有石窟，即援所穿室也。」

〔鄉園辭石柱〕馬援爲扶風平陵人，石柱未詳所出。

聞董評事疾因以書贈 董生奉内典。

繁露傳家學，青蓮譯梵書。火風乖四大，文字廢三餘。攲枕晝眠晚，折巾秋鬢疏。武皇思視草，誰許茂陵居？

【校】

〔乖四大〕明鈔本乖作乘。

〔眠晚〕全唐詩晚作静，注云：一作晚。

【注】

〔四大〕圓覺經：我今此身四大和合，謂地水火風。

【箋證】

按：外集卷十董府君墓誌，董侹曾官大理評事。又云「中年奉浮屠，説三乘」，則此詩即贈董侹無疑。繁露用董仲舒著春秋繁露，三餘則用董遇語。魏略云：董遇字季直，善治老子、左氏傳。人有從學者，云苦渴無日，遇言當以三餘，或問三餘之意，遇言冬者歲之餘，夜者日之餘，陰雨者時之餘。此以二董切其姓。茂陵居用史記司馬相如傳：相如常稱病閒居，不慕官爵，拜爲孝文園令，既病免，家居茂陵。視草則用漢書淮南王安傳：武帝方好藝文，以安屬爲諸父，辨博善爲文辭，甚尊貴之，每爲報書及賜，常召司馬相如等視草乃遣。此又兩典合用，仍與問疾意相關，組織精切，而風韻高華，禹錫詩上承大曆而下啓温、李，脈絡分明可尋。此詩尤其彰明較著者。

〔青蓮譯梵書〕王維有詩題云：「苑舍人能書梵字，兼達梵音，皆曲盡其妙。」詩云：「蓮花法藏心懸悟，貝葉經文手自書。」苑舍人謂苑咸。咸酬詩云：「蓮花梵字本從天，華省仙郎早悟禪。」

贈澧州高大夫司馬霞寓

前年牧錦城，馬蹋血泥行。千里追戎首，三軍許勇名。殘兵疑鶴唳，空壘辨烏聲。一誤雲中級，南遊湘水清。

【校】

〔牧錦城〕崇本牧作收，畿本牧作收，注云：一作牧。全唐詩作牧，注云：一作收。按：作收者指平劉闢事。

【注】

〔空壘〕左傳襄十八年，齊師夜遁，師曠告晉侯曰：鳥烏之聲樂，齊師其遁。

【箋證】

按：高霞寓，舊唐書一六二、新唐書一四一均有傳。傳云：「貞元中，徒步造長武城使高崇文，待以猶子之分，擢授軍職，累奏憲宗，甚見委信。元和初，詔授兼御史大夫，從崇文將兵擊劉闢，連戰皆克，下鹿頭城，降李文悅、仇良輔。蜀平，以功拜彭州刺史，尋繼崇文爲長武城使，封感義郡王。元和五年（八一〇），以左威衛將軍隨吐突承璀擊王承宗，又加左散騎常侍。明年，改豐州刺史、三城都團練防禦使，六遷至檢校工部尚書。元和十年（八一五），朝廷討吴元濟，以霞寓宿將，乃析山南東道爲兩鎮，以霞寓爲唐鄧隨節度使。霞寓雖稱勇敢，素昧機略，至於統制，尤非所長。及達所部，乃率兵趣蕭陂，與賊決戰，既小勝，又進至文城栅，賊軍僞敗而退，霞寓逐之不已，因爲伏兵所掩，王師大衄，霞寓僅以身免。坐貶歸州刺史。後以恩例徵爲右衛大將軍。十三年（八一八），出爲振武節度使。」此詩稱之爲澧州司馬，似可補史傳之闕。或先貶澧州司馬而量移歸州刺史。據詩中「前年牧錦城」之句，自是指擊劉闢之事，「一誤雲中級」則指蔡州失律也。然元和十年（八一五）以後，禹錫已刺連州，無由與霞寓相遇，據詩意則確指霞寓無疑，或是遥寄之耳。又按：禹錫與霞寓别有一段傳説。唐語林六：「劉禹錫守連州，替高霞寓，後入爲羽林將軍，自京附書曰：以承眷輒請自代矣。公曰：感，然有一話。曾有老嫗山行，見一獸如大蟲，羸然跬步而不進，若傷其足者，嫗因即之，而虎舉其足以示嫗，嫗看之，乃有芒刺在掌下，因爲拔之。俄而奮迅闞吼，别嫗而去，似媿其恩者。及歸，翌日，自外擲麋鹿狐兔至於庭者，日無闕焉。嫗登垣視之，乃前傷虎也。因爲親族具言其事而心異之。」此説之誕妄不待言，霞寓之敗軍也，在元和十一年（八一六）之六月，其貶歸州刺史也，在七月，通鑑二三九有月日可據，禹錫固早已在連州矣。焉得有替霞寓之事？至於霞寓爲羽林將軍舉禹錫自代之説，據唐會要所載建中元年（七八〇）勅文，常參官清望官外，外官惟節度、觀察、防禦、軍使、城使、都知兵馬使、刺史、少尹、赤令、畿令在上表讓一人之列，霞寓與禹錫官班迴異，無由舉代，此皆可置勿論。

〔雲中級〕漢書馮唐傳載其對文帝之語云：「今魏尚爲雲中守，其軍市租盡以饗士卒，匈奴遠避，不近雲中之塞。虜嘗一入，尚擊之，所殺甚衆，上功幕府，一言不相應，文吏以法繩之。且尚坐上功首虜差六級，陛下下之吏，削其爵，罰作之。由此言之，陛下雖得李牧，不能用也。」禹錫用此，爲霞寓鳴不平也。

宿誠禪師山房題贈二首

宴坐白雲端，清江直下看。來人望金刹，講席繞香壇。虎嘯夜林動，鼉鳴秋澗寒。衆音徒起滅，心在浄中觀。

不出孤峯上，人間四十秋。視身如傳舍，閲世甚東流。法爲因緣立，心從次第修。中宵問真偈，有住是吾憂。

【校】

〔徒起滅〕全唐詩徒下注云：一作從。

〔浄中觀〕全唐詩浄下注云：一作定。

〔甚東流〕全唐詩甚作似，注云：一作甚。

【注】

〔有住〕金剛經：應生無所住心，若心有住，即爲非住。

【箋證】

按：此詩無年月可考，據「清江直下」之句，似在江南諸郡，又與晚泊牛渚一詩相次，或是夔、和二州往來時所作。又全唐詩以第二首收入白居易卷中，恐非。

晚泊牛渚

蘆葦晚風起，秋江鱗甲生。殘霞忽變色，遊雁有餘聲。戍鼓音響絶，漁家燈火明。無人能詠史，獨自月中行。

【校】

〔變色〕紹本、崇本、畿本、英華變均作改。全唐詩變下注云：一作改。

〔遊雁〕紹本、崇本、英華遊均作遠，畿本作旅，惟結一本、中山集作遊，疑是旅之壞字。

【注】

〔詠史〕按晉書文苑傳：袁宏少孤貧，以運租自業，謝尚時鎮牛渚，秋夜乘月，率爾與左右微服泛江。會宏在舫中諷詠，遂駐聽久之，遣問焉。答曰：袁臨汝郎誦詩。即其詠史之作也。尚即迎升舟，與之談論，申旦不寐。

【箋證】

按：輿地紀勝云：「采石山在當塗縣北二十餘里，牛渚北一里。江源記云：高旅於此取石，因名采石山，北臨江有磯曰采石，曰牛渚。」此詩當是禹錫上和州時或罷和州遊建康時所作。

又按：前人之評此詩者，陸游入蜀記云：「采石一名牛渚，與和州對岸，江面比瓜洲爲狹……然微風輒浪作不可行。劉賓客云：『蘆葦晚風起，秋江鱗甲生』，謂此磯也。」

又按：此詩首聯「蘆葦晚風」與「秋江鱗甲」互文爲對，此是律體中之别一格，可徵禹錫詩之多變化而不拘拘於常規也。

罷郡歸洛陽閑居

十年江外守，旦夕有歸心。及此西還日，空成東武吟。花間數琖酒，月下一張琴。聞説功名事，依前惜寸陰。

【校】

〔江外〕全唐詩外作海。

〔數琖〕全唐詩琖作抔。

【箋證】

按：詩中有「空成東武吟」之句。考鮑照、沈約皆有東武吟，大抵寓時移事異，榮華徂謝之感。鮑詩云：「將軍既下世，部曲亦罕存。時事一朝異，孤績誰復論？」「棄席思君幄，疲馬戀君軒。願垂晉主惠，不愧田子魂。」禹錫蓋有取其意，復申之曰：「聞説功名事，依前惜寸陰。」自謂用世之志未曾少衰也。禹錫以元和十年（八一五）授連州刺史，後歷刺夔、和二州，至寶曆二年

（八二六）罷和州，正與「十年江外守」之語相合。其自和州歸抵洛陽，在大和元年之春，至夏間始除主客郎中分司東都，（見本集卷十七舉姜補闕倫自代狀）故作此詩時猶閒居待命。

城中閑遊

借問池臺主，多居要路津。千金買絶境，永日屬閑人。竹逕縈紆入，花林委曲巡。斜陽衆客散，空鎖一園春。

【校】

〔城中〕紹本、崇本、畿本中均作東。全唐詩作東，注云：一作中。

〔委曲巡〕崇本巡作循。

【箋證】

按：此首與前詩相次，當亦是在洛陽閑居時作。唐代仕宦中人多營園墅於洛陽，諸家詩中已屢見。宋李格非洛陽名園記云：「方唐貞觀開元之間，公卿貴戚開館列第於東都者號千餘邸」是也。白居易亦有題洛中第宅一詩云：「水木誰家宅，門高占地寬。懸魚挂青甃，行馬護朱欄。春榭籠煙暖，秋庭鎖月寒。松膠黏琥珀，筠粉撲琅玕。試問池臺主，多爲將相官。終身不曾到，唯展宅圖看。」與禹錫此詩語氣絶相似，而白集亦編在罷蘇州歸洛陽時，尤似與禹錫同時有此作。

要之諷刺貴遊中人，不言可喻。

罷郡歸洛陽寄友人

遠謫年猶少，初歸鬢已衰。閑門故吏去，静室老僧期。不見蜘蛛集，頻爲僂句欺。穎微囊未出，寒甚谷難吹。濩落唯心在，平生有己知。商歌夜深後，聽者竟爲誰。

【校】

〔閑門〕〔静室〕紹本、崇本、畿本、中山集、全唐詩均乙。

〔僂句〕全唐詩作佝僂，注云：一作僂句。

【箋證】

按：此詩與罷郡歸洛陽閒居一首自是同時之作。彼詩用世之志未衰，此詩語意則多憤激迫切，蓋待命久而不勝抑鬱也。「不見蜘蛛集」者，金樓子：「龔舍隨楚王朝，宿未央宫，見蜘蛛焉，四面縈網羅，有蟲觸之，退而不能出焉。舍歎曰：仕宦，人之羅網也，豈可淹歲？於是挂冠而退。時人謂爲蜘蛛隱。」「頻爲僂句欺」者，左傳昭二十五年：「臧昭伯如晉，臧會竊其寶龜僂句，以卜爲信與僭，僭吉。……及昭伯從公，平子立臧會，會曰：僂句不余欺也。」上句言己之枉從仕宦，下句言時命之乖違。題云寄友人，或是寄朝中之權要，望其汲引。

陝州河亭陪韋五大夫雪後眺望因以留別與韋有布衣之舊一別二紀經遷貶而歸

雪霽大陽津，城池表裏春。河流添馬頰，原色動龍鱗。萬里獨歸客，一栖逢故人。登高向西望，關路正飛塵。

【校】

〔韋五〕結一本五作伍，誤，當依紹本、崇本。

〔一別二紀〕此四字崇本在句尾。

〔大陽津〕結一本大作太，誤。

〔登高〕紹本、崇本登作因，全唐詩注云：一作因。

〔飛塵〕崇本飛作無。

【箋證】

按：韋大夫當指韋弘景，舊唐書一五七、新唐書一一六均有傳。岑仲勉唐人行第録據舊唐書一六八韋温傳，開成末出爲陝號觀察，疑即其人。然開成末，禹錫官已貴，年已高，與此詩「萬里獨歸客」之語氣不合，與詩題尤相剌謬。檢文宗紀，寶曆二年（八二六）三月丙申，以吏部侍郎韋弘景爲陝虢觀察使，至大和二年（八二八）二月丁亥朔，以兵部侍郎王起爲陝虢觀察使，代韋弘景，以弘景爲尚書左丞。是時禹錫正自和州北歸，據詩意，當是大和二年（八二八）之春入京過陝。時地景物皆吻合，其爲弘景，證據甚確，實與韋温無涉。此詩前後數首序次井然，禹錫自和州歸洛陽小住，於授分司官，次年春初，復奉召入京，以原官直集賢院，由編詩之次第觀之，不啻自述年譜，亦不容更致疑也。

又按：詩題云「與韋大夫有布衣之舊」。蓋相識在登第之前。弘景本傳云：「貞元中，始舉進士，爲汴州浙東從事。元和三年（八〇八）拜左拾遺，充集賢殿學士，轉左補闕，尋召入翰林爲學士，……改吏部度支郎中。張仲方貶李吉甫謚，上怒，貶仲方，弘景坐與仲方善，出爲綿州刺史。宰相李夷簡出鎮淮南，奏爲副使，賜以金紫，入爲京兆少尹，遷給事中。劉士涇以駙馬交通邪倖，穆宗用爲太僕卿，弘景與給事中薛存慶封還詔書。……時蕭俛以清直在位，弘景議論常所輔助，遷刑部侍郎，轉吏部侍郎。……二歲，改陝虢觀察使，歲滿徵拜尚書左丞。……會吏部員外郎楊虞卿以公事爲下吏所訕，獄未能辨，詔下弘景與憲司就尚書省詳讞，虞卿多朋游，人多嚮附之，弘景素所不悦，時已請告在第，及準詔就召，以公服來謁，弘景謂之曰：有勑推公。虞卿失容自退。轉禮部尚書，充東都留守。……大和五年（八三一）五月卒。」新唐書云：「弘景以直道進，議論持正有守，當時風教所倚賴，爲長慶名卿。」褒之甚至。觀其人似亦非與禹錫同氣類者。

〔河亭〕陝州河亭唐人常用爲吟詠之資，如姚鵠有奉和秘監從翁夏日河亭晚望詩。秘監從翁謂姚合。合有題河上亭一首云：「亭亭水上亭，魚躑水禽鳴。九曲何時盡，千峰今日清。……」蓋即指此。合亦曾爲陝虢觀察使。

〔大陽津〕清一統志：「大陽津在陝州北，黄河津濟之處，即古茅津。左傳文公三年，秦伯伐晉，自茅津濟，是也。」

途中早發

中庭望啓明，促促事晨征。寒樹鳥初動，霜橋人未行。水流白煙起，日上彩霞生。隱士應高枕，無人問姓名。

【校】

〔無人〕崇本無作田。

【箋證】

按：前後兩篇皆大和二年（八二八）入京途中作，則此篇亦必是也。前詩云：「雪霽大陽津，城池表裏春。」此首又有「寒樹」「霜橋」之語，是年春寒必重，當在二月以前。

初至長安 時自外郡再授郎官。

左遷凡二紀，重見帝城春。老大歸朝客，平安出嶺人。每行經舊處，卻想似前身。不改南山色，其餘事事新。

【校】

〔再授〕崇本授作受，誤。

【箋證】

按：禹錫以永貞元年乙酉（八〇五）外謫，二紀則當爲大和二三年戊申己酉（八二八、八二九）間，錢大昕養新録以禹錫直集賢院入都爲大和二年事，是也。唐人以嶺南爲惡地，故以平安出嶺爲幸。觀次首及觀戊申秋稼，則此次至長安爲大和二年春無疑。禹錫雖曾以元和十年之春一度被召還京，然不及兩月，後又遠貶，永貞中同朝之人，升沉存没，萬有不齊，眼中所見，事事皆新，即杜甫所謂「聞道長安似弈棋」及「王侯第宅皆新主，文武衣冠異昔時」之意也。

又按：此詩格調已啓晚唐，爲四靈所本，可徵禹錫詩派沾溉之廣。

大和戊申歲大有年詔賜百寮出城觀秋稼謹書盛事以俟采詩者

長安銅雀鳴，秋稼與雲平。玉燭調寒暑，金風報順成。川原呈上瑞，恩澤賜閑行。欲及重城掩，猶聞歌吹聲。

【校】

〔報順成〕全唐詩報下注云：一作振。

〔及重〕英華作返皇，非。全唐詩及作反，注云：一作及，重下注云：一作皇。

〔歌吹〕全唐詩歌下注云：一作舞。

【箋證】

按：大和戊申爲大和二年（八二八），禹錫已除主客郎中直集賢院矣。白氏長慶集亦有此題。時居易爲祕書監。

附録　白居易同題之作

清晨承詔命，豐歲閱田閭。膏雨抽苗足，涼風吐穗初。早禾黄錯落，晚稻緑扶疏。好入詩家詠；宜令史館書。散爲萬姓食，堆作九年儲。莫道如雲稼，今秋雲不如。

早秋集賢院即事　時爲學士。

金數已三伏，火星正西流。樹含秋露曉，閣倚碧天秋。灰琯應新律，銅壺添夜籌。商飆從朔塞，爽氣入神州。蕙草香書殿，槐花點御溝。山明真色見，水静濁煙收。早歲忝華省，再來成白頭。幸依羣玉府，有路向瀛洲。

【校】

〔秋露〕崇本秋作清。

〔御溝〕全唐詩溝下注云：一作樓。

〔水静〕崇本、畿本静作浄。全唐詩注云：一作浄。

〔有路〕畿本有下注云：一作末。末句全唐詩作末路尚瀛洲，末下注云：一作有。尚下注云：一作向。

【箋證】

按：穆天子傳：「天子北征東還，乃循黑水，至於羣玉之山，阿平無險，四徹中絶，先王之所謂策府。」唐人多以羣玉府喻書殿，此詩自注「時爲學士」，集賢學士固儒臣之華選。禹錫此時於流落之餘，始有騰達之望，故有「幸依羣玉府，有路向瀛洲」之句。此時距永貞已遠，禹錫之負謗亦漸有以自明，「山明真色見，水静濁煙收」，乃其所以寓意也。

又按：舊唐書職官志：開元十三年（七二五），與學士張説等宴於集仙殿，因改名集賢，改修書使爲集賢書院學士。初定制以五品已上官爲學士，六品已下爲直學士，每宰相爲學士者爲知院事，常侍一人爲副知院事。集賢學士之職，掌刊緝古今之經籍以辨明邦國之大典，凡天下圖書之遺逸，賢才之隱滯，則承旨而徵求焉。其有籌策之可施於時，著述之可行於代者，較其才藝而考其學術而申表之，凡承旨撰集文章、校理經籍，月終則進課於内，歲終則考最於外。禹錫官爲郎中，是五品以上，故貼職爲學士。本集卷十五蘇州謝上表有云：「在集賢院四换新霜，供進新書二千餘卷。」其居此職亦可謂能舉其職事者。禹錫以大和二年（八二八）入院，五年（八三一）出刺蘇州，詩乃新入院時作。

〔集賢院〕集賢院所在不一。唐會要六四：「集賢院，西京在光順門大衢之西，命婦院北，本命婦院之地，開元十一年（七二三）分置，北院全取命婦院舊屋。興慶宫院在和風門外横街之南。二十四年（七三六），張九齡遺直官魏光禄先入京造此院。華清宫院在宫北横街之西。」

金陵懷古

潮滿冶城渚，日斜征虜亭。蔡洲新草緑，幕府舊煙青。興廢由人事，山川空地形。後庭花一曲，幽怨不堪聽。

【校】

〔冶城〕英華冶作臺。

〔蔡洲〕織本、全唐詩蔡下注云：一作芳，英華與一作同。

【箋證】

按：本集卷二十四金陵五題引云：「余少爲江南客而未遊秣陵。」又外集卷八有罷和州遊建康詩云：「秋水清無力，寒山暮多思。」則禹錫以寶曆二年（八二六）之末離和州無疑，此詩有「蔡洲新草緑」之句，又似應指春初，時令不合，懷古而兼即景之詩亦非可漫爲之，終當存疑。

〔冶城〕六朝事迹編類：「冶城：今天慶觀即其地也。本吴冶鑄之所，因以爲名。寰宇記：晉元帝大興初，以王導疾久，方士戴洋云：君本命在申，地有冶，金火相爍不利，遂移冶城於石頭城東，以其地爲園。徐廣晉記云：成帝適司徒府觀冶城園，即此也。」

〔征虜亭〕景定建康志：「征虜亭在石頭塢，東晉太元中創。」李白夜下征虜亭詩：「船下廣陵去，月明征虜亭。山花如繡頰，江火似流螢。」

〔蔡洲〕讀史方輿紀要二〇：「蔡洲，府（江寧）西二十五里。志云：在江寧縣西南十八里石頭西岸，一名蔡家溼。晉蘇峻之亂，陶侃等入援，舟師至於蔡洲。又殷仲堪以江陵畔，前鋒楊佺期，桓玄軍至石頭，既而回軍蔡洲。盧循犯建康，引兵向新亭，回泊蔡洲。宋以拓跋燾入寇至瓜步，詔分軍屯蔡洲，又遊邏上自于湖，下接蔡洲。齊建元初，魏主宏遣兵入寇，詔寘五軍於蔡洲，先爲云備。梁侯景圍臺城，合州刺史鄱陽王範遣其世子嗣與西豫州刺史裴之高等將兵入援，軍於蔡洲。又陳霸先等討侯景，大軍進姑孰，先鋒次蔡洲。一名張公洲。侯景之亂，司州刺史柳仲禮亦入援，至横江，裴之高自張公洲遣船渡仲禮，是也。承聖初，王僧辯等敗侯景將侯子鑒於南洲，督諸軍至張公洲，乘潮入淮。志云：蔡洲周回五十三里，張公洲周回三里，在江寧縣西南五里，蓋蔡洲之别渚云。」按：詩中「蔡洲新草緑」之句即致慨於此地之昔經征戰，與西塞山之「故壘蕭蕭蘆荻秋」語意相近。

〔幕府〕輿地紀勝云：「幕府山在建康郡西二十五里。」六朝事迹編類云：「晉元帝渡江，丞相王導建幕府於此。」

晝居池上亭獨吟

日午樹陰正，獨吟池上亭。静看蜂教誨，閑想鶴儀形。法酒調神氣，清琴入性靈。浩然機已息，几杖復何銘？

【箋證】

按：此詩曾寄示白居易，故白集中閑園獨賞詩中注云：因夢得所寄蜂鶴之詠，成此篇以和之，而禹錫復有答詩，見外集卷四。疑是大和元年（八二七）禹錫在洛陽，而居易已入京，故寄示之。觀編詩之次第，似不應在晚年，蓋晚年閒居皆與居易同在洛陽也。

〔蜂教誨〕詩小宛：「螟蛉有子，蜾蠃負之。教誨爾子，式穀似之。」爾雅釋蟲：「蜾蠃蒲盧。」注云：「即細腰蜂也。」此詩用經訓，深曲而精切，亦禹錫詩之所獨長。

分司東都蒙襄陽李司徒相公書問因以奉寄

早忝金馬客，晚爲商洛翁。知名四海内，多病一生中。舉世往還盡，何人心事同？幾時登峴首，恃舊揖三公。

【校】

〔晚爲〕紹本晚作曉，誤；全唐詩注云：一作暮。

〔恃舊〕結一本恃作懷，紹本、崇本、英華均作恃，全唐詩注云：一作懷。按：揖三公是用漢書汲黯傳「大將軍有揖客」語，作恃者於義爲長。結一本恐爲淺人所臆改。

【注】

〔李司徒〕謂李程，詳箋證。

【箋證】

按：此詩有「晚爲商洛翁」之句，自是開成元年（八三六）以後禹錫爲太子賓客分司時之作。

其時鎮襄陽者爲李程。程，舊唐書一六七、新唐書一三一均有傳。傳云：開成二年（八三七）三月，檢校司徒，出爲山南東道節度使，未幾即卒。繼之者爲牛僧孺。程亦以貞元二十年（八〇四）自使府從事入朝爲監察御史，正與禹錫蹤跡相同。傳又云：其年充翰林學士，順宗即位，爲王叔文所排，罷學士。然似與禹錫無大嫌怨。程以元和十三年（八一八）六月始爲鄂岳觀察使，值禹錫北歸過武昌時，有酬酢之作。在外集卷九中。卞孝萱劉禹錫年譜以此詩之李司徒相公爲李逢吉，逢吉再鎮襄陽乃在寶曆末大和初，其時禹錫方自和州北歸，與「晚爲商洛翁」之詩意不合，必非是。

又按：韓愈集中有除官赴闕至江州寄鄂岳李大夫詩云：「溢城去鄂渚，風便一日耳。不枉故人書，無因帆江水。……我昔實愚惷，不能降色辭。子犯亦有言，臣猶自知之。公其務貰過，我亦請改事。桑榆儻可收，願寄相思字。」知程與愈有隙。據愈集赴江陵途中有寄程詩，則程在翰林時，尚無嫌怨。此後至元和十年（八一五），程知制誥，與愈同時同官，殆即以此時語言相失。程於柳宗元似相厚，禹錫有代程祭柳文，見外集卷十。又元稹與程有姻連，似皆韋氏之壻，其貽蜀五首之一寄李中丞表臣云：「韋門同是舊親賓，獨恨潘牀簟有塵，……倅戎何事勞專席，老掾甘心逐衆人。」謂程爲西川行軍司馬也。禹錫與程相厚，或亦以柳與元之故。集中涉及程者，尚有本集卷十八、二十三、二十八、外集卷四、五、十各篇。此詩末聯云：「幾時登峴首，恃舊揖三公。」非多年之故交不能作此語，結一本恃舊作懷舊，失詩意矣。

奉和吏部楊尚書太常李卿二相公策免後即事述懷贈答十韻

文雅關西族，衣冠趙北都。有聲真漢相，無纇勝隋珠。當軸龍爲友，臨池鳳不孤。九天開内殿，百辟看晨趨。誡滿澄攲器，成功别大鑪。餘芳在公論，積慶是神扶。步武離台席，回翔集帝梧。銓材秉秦鏡，典樂去齊竽。蕭灑風塵外，逢迎詩酒徒。唯應待華誥，更食萬錢廚。

【校】

〔百辟〕全唐詩辟下注云：一作拜。

〔澄攲器〕崇本澄作懲。

〔華誥〕紹本、崇本、英華誥均作皓，全唐詩作誥，注云：一作皓。

〔更食〕全唐詩食下注云：一作入。

【箋證】

按：楊尚書謂楊嗣復，舊唐書一七六、新唐書一七四均有傳。李卿謂李珏，舊唐書一七三、新唐書一八二均有傳。據武宗紀：「（開成）五年（八四〇）正月二日，文宗暴卒。（按：文宗、武宗紀均云以四日卒，此暴卒二字未安，或宫禁事秘，二日已卒而倉卒未發喪也。然古人用卒字不必竟指死亡，病至不知人亦謂之卒。文選甘泉賦注引桓譚新論：「雄作甘泉賦一昔始成，夢腸出，收而内之，明日遂卒。」而文賦注引同書則云：「及覺，病喘悸少氣。」是其證。錢大昕養新録一四疑卒字爲傳寫之誤，似不然。）宰相李珏以樞密使劉弘逸奉密旨以皇太子監國，（按：謂陳王成美）兩軍中尉仇士良、魚弘志矯詔迎潁王於十六宅。……初，楊賢妃有寵於文宗，而莊恪太子母王妃失寵怨望，爲楊妃所譖，王妃死，太子廢。及開成末年，帝多疾，無嗣，賢妃請以安王溶嗣，帝謀於宰臣李珏，珏非之，乃立陳王，至是仇士良立武宗（潁王），欲歸功於己，乃發安王舊事，故二王與賢妃皆死。……八月十七日，葬文宗皇帝於章陵。知樞密劉弘逸、薛季稜率禁軍護駕至陵所，二人素爲文宗奬遇，仇士良惡之，心不自安，因是掌兵，欲倒戈誅士良、弘志。鹵簿使兵部尚書王起、山陵使崔倰覺其謀，先諭鹵簿諸軍。是日弘逸、季稜伏誅。（按：通鑑已據楊嗣復傳駁紀之誤，以弘逸、季稜之死爲次年事。）門下侍郎同平章事楊嗣復檢校吏部尚書潭州刺史、充湖南都團練觀察使，中書侍郎同平章事李珏檢校兵部尚書桂州刺史、充桂管防禦觀察等使。御史中丞裴夷直爲杭州刺史，皆坐弘逸、季稜黨也。」又舊唐書一七六楊嗣復傳云：「先是以敬宗子陳王爲皇太子，中尉仇士良違遺令立武宗。武宗之立既非宰相本意，甚薄執政之臣，其年秋，李德裕自淮南入輔政，九月，出嗣復爲湖南觀察使。明年，誅樞密薛季稜、劉弘逸。（按：此與紀不合。）中人言：二人頃附嗣復、李珏，不利於陛下。武宗性急，立命中使往湖南、桂管殺嗣復與珏。

宰相崔鄲、崔珙等亟請開延英，因極言國朝故事，大臣非惡逆顯著，未有誅戮者，願陛下復思其宜。帝良久改容曰：朕纘嗣之際，宰相何嘗比數？李珏、季稜志在扶册陳王，嗣復、弘逸志在樹立安王，立陳王猶是文宗遺旨，嗣復欲立安王，全是希楊妃意旨。嗣復嘗與妃書云：姑姑何不效則天臨朝？珙等曰：此事曖昧，真虚難辨。帝曰：楊妃曾卧疾，妃弟玄思，文宗令入内侍疾月餘，此時通導意旨。朕細問内人，情狀皎然，我不欲宣出於外。向使安王得志，我豈有今日？然爲卿恕之。乃追潭、桂二中使，再貶嗣復潮州刺史。」又一七三李珏傳云：「（開成）三年（八三八），楊嗣復輔政，薦珏以本官（户部侍郎）同平章事。珏與固言、嗣復相善，自固言得位，相繼援引居大政，以傾鄭覃、陳夷行、李德裕三人，凡有奏議，必以朋黨爲謀，屢爲覃所廷折之。武宗即位之年九月，與楊嗣復俱罷相，出爲桂州刺史、桂管觀察使。三年（八四三），長流驩州。」新唐書則云：「爲文宗山陵使，會秋大雨，梓宫至安上門，陷于濘不前，罷爲太常卿。（通鑑同）終以議所立貶江西觀察使，再貶昭州刺史。」（按：傳多采裴光裕東觀奏記。）又通鑑二四六記此事云：「初，知樞密劉弘逸、薛季稜有寵於文宗，仇士良惡之。上（武宗）之立，非二人及宰相意，故楊嗣復出爲湖南觀察使，李珏出爲桂管觀察使，士良屢譖弘逸等於上，勸上除之。（三月）乙未，賜弘逸、季稜死。遣中使就潭、桂州誅嗣復及珏。户部尚書杜悰奔馬見李德裕曰：天子年少，新即位，兹事不宜手滑。丙申，德裕與崔珙、崔鄲、陳夷行三上奏，又邀樞密使至中書，使入奏，以爲德宗疑劉晏動摇東宫而殺之，中外咸以爲冤，兩河不臣者由兹恐懼，得以爲辭。德宗後悔，録其子孫。文宗疑宋申錫交通藩邸，竄謫至此，既而追悔，爲之出涕。嗣復、珏等若有罪惡，乞更加重貶。必不可容，亦當先行訊鞫，俟罪狀著白，誅之未晚。今不謀之於臣等，遽使誅之，人情莫不震駭，願開延英賜對。至晡時開延英，召德裕等入，德裕等泣涕極言……」考武宗之黜楊、李，爲文宗朝政爭之繼續，朝士與宦官宫妾之間，極盡迎拒向背之變化，而朝士與朝士之間黨争起伏亦因之而存草蛇灰綫之關係。楊、李二人顯與李德裕不合，故舊唐書於德裕力救楊、李一事不載隻字。而新唐書及通鑑則皆略采李氏獻替記之説歸功於德裕。蓋德裕入相之初，若有誅戮大臣之舉，則德裕必爲衆矢所攻，而德裕一派亦必興兔死狐悲之感，德裕之不能不出全力以争之，乃情事之必然者也。通鑑不采舊紀繫劉弘逸、薛季稜之誅於開成五年（八四〇），而斷然繫之於會昌元年（八四一），（説見考異）然王起、崔倰既舉發劉、薛之密謀，豈有如此顯謀廢立之舉而能遲至次年乃予以誅殺乎？於事理終覺未瑩。此一事也，紀傳之所以參差，殆亦由於宫廷事祕，得諸傳聞而無實據。頗疑王、崔二人之舉發，實即出於仇士良黨羽之指使，加劉、薛以莫須有之罪名。不然，劉、薛既統率護靈駕之禁軍，禁軍爲内官所私有，外廷無從過問久矣，況王、崔文臣，敢與之爲敵乎？且是時楊妃與陳、安二王皆死，文宗之親暱已盡矣，劉、薛縱欲爲文宗復仇，至多不過殺仇士良而已，尚有何人堪擁立乎？武宗初立時，所急欲除者，楊妃、二王及劉、薛，而於楊、李，則以其爲文臣不甚足爲患，故未之深怒。通鑑載五月先罷楊嗣復爲吏部尚書，八月始以山陵之咎罷李珏爲太常卿。而據此詩則二人尚於罷相後從容賦詩，一似不知危機暗伏者，亦可見舊紀以嗣復等之貶爲坐弘逸、季稜黨一語爲不盡確也。是時武宗恐僅知其無意於擁立，尚未聞仇士良之譖訴耳。禹錫作是詩時距病殁已不過年餘，殆已不關心朝局，故和詩僅作酬應之泛語，亦徵其與楊、李無深交。

又按：李珏之貶，舊紀云端州司馬，舊傳云長流驩州，新傳云昭州刺史，未詳岐異之故。

門下相公榮加册命天下同歡忝沐眷私輒敢申賀

册命出宸衷，官儀自古崇。特膺平土拜，光贊格天功。再佩扶陽印，常乘鮑氏驄。七賢遺老在，猶得詠清風。

【校】

〔題〕全唐詩敢作感。

〔格天功〕全唐詩功下注云：一作宫。

【箋證】

按舊唐書裴度傳，大和四年（八三〇）六月詔門下侍郎同中書門下平章事……裴度……可司徒平章軍國重事……仍備禮册命。考度於元和十年（八一五）自御史中丞爲門下侍郎同平章事，長慶元年（八二一）進位檢校司空，此後即守司徒，未再爲司空，與平土之句不合。惟王涯傳大和九年（八三五）五月正拜司空，仍令所司册命，又涯曾於長慶三年（八二三）爲御史大夫，與鮑氏驄之語亦合。七賢之句，當是以王戎爲此。若然，則是甘露變前不久所作，禹錫與甘露四相不甚有往還，惟涯是貞元舊交。但果爲賀涯之作與否，仍未敢遽定。

病中一二禪客見問因以謝之

勞動諸賢者，同來問病夫。添鑪擣雞舌，灑水浄龍鬚。身是芭蕉喻，行須邛竹扶。醫王有妙藥，能乞一丸無？

【校】

〔擣雞舌〕崇本擣作壽，誤。畿本擣雞下注云：一作烹雀。全唐詩作烹雀舌，注云：一作擣雞舌。

〔邛竹〕全唐詩注云：一作竹杖。

【箋證】

按：此詩編在和吏部楊尚書太常李卿詩之後，當在開成、會昌之間，疑禹錫已屬疾將殁矣。但二詩皆依然精切如平時，不見絲毫頹唐之態。

〔雞舌〕太平御覽九八一引抱朴子：「或以雞舌黄連乳汁煎之注之，諸有百疹之在目，愈而更加精明倍常。」俞益期箋曰：外國老胡説，衆香共是一木，木花爲雞舌香。」夢溪筆談二六：「予集雞舌香靈苑方，論雞舌香以爲丁香母，蓋出陳氏拾遺。今細考之尚未然。按齊民要術云：雞舌香世以其似丁字，故一名丁子香，即今丁香是也。日華子云：雞舌香治口氣，所以三省故事，郎官日含雞舌香，欲其奏事對答，其氣芬芳，此正謂丁香治口氣，至今方書爲然。」

〔芭蕉喻〕涅槃經云：「是身不堅，猶如蘆葦、伊蘭水沫、芭蕉之樹。」又云：「譬如芭蕉，生實則枯，一切衆生身亦如是。」

劉禹錫集箋證卷第二十三

古調十六首

登司馬錯故城

秦昭王命錯征五溪蠻，城在武陵沅江南。

將軍將秦師，西南奠遐服。故壘清江上，蒼煙晦喬木。登臨值蕭辰，周覽壯前躅。塹平陳葉滿，墉高秋蔓緑。廢井抽寒菜，毁臺生穭穀。耕人得古器，宿雨多遺鏃。楚塞鬱重疊，蠻溪紛詰曲。留此數仞基，幾人傷遠目？

【校】

〔將秦師〕全唐詩注云：一作實秦帥。

〔晦〕全唐詩注云：一作昧。

〔蕭辰〕結一本蕭作肅，誤。

〔周覽〕崇本周作同，非。
〔寒菜〕繖本，英華菜均作萊。
〔得古器〕紹本得作傳。
〔遠目〕英華、全唐詩遠均作送。

【箋證】

按：此詩題下注云：「秦昭王命錯征五溪蠻，城在武陵沅江南。」當是禹錫自注。蓋禹錫在朗州數年登覽遣興之作，故有「幾人傷遠目」之句。

卧病聞常山旋師策勳宥過王澤大洽因寄李六侍御

寂寂重寂寂，病夫卧秋齋。夜蟲思幽壁，槁葉鳴空階。南國異氣候，火旻尚昏霾。瘴煙跕飛羽，沴氣傷百骸。昨聞凱歌旋，飲至酒如淮。無戰陋丹水；垂仁輕槀街。清廟既策勳，圓丘俟燔柴。車書一以混，幽遠靡不懷。逐客觀頽久，故鄉雲雨乖。禽魚各有化，予欲問齊諧。

【校】

〔侍御〕全唐詩御作郎，注云：一作御。按：作郎者誤。

〔雲雨〕崇本雲作風。

【箋證】

按：李六侍御謂李景儉，見白氏長慶集（詳岑仲勉唐人行第録）。舊唐書一七一景儉傳云：「貞元十五年（七九九）登進士第，性俊朗，博聞强記，頗閲前史，詳其成敗，自負王霸之略，於士大夫間無所屈降。貞元末，韋執誼、王叔文東宫用事，尤重之，待以管、葛之才。叔文竊政，屬景儉居母喪，故不及從坐。韋夏卿留守東都，辟爲從事。竇羣爲御史中丞，引爲監察御史。羣以罪左遷，景儉坐貶江陵户曹，累轉忠州刺史。元和末入朝，執政惡之，出爲澧州刺史。與元稹、李紳相善，時紳、稹在翰林，屢言於上前，及延英辭日，景儉自陳已屈，穆宗憐之，追詔拜倉部員外郎，月餘驟遷諫議大夫。性既矜誕，寵擢之後，凌蔑公卿大臣，使酒尤甚，中丞蕭俛、學士段文昌相次輔政，景儉輕之，形於談謔。二人俱訴之穆宗，不獲已，貶之。制曰：諫議大夫李景儉擢自宗枝，嘗深儒術，薦歷臺閣，亦分郡符，動或違仁，行不由義，附權幸以虧節，通姦黨之陰謀，衆情皆疑，羣議難息。據因緣之狀，當寘嚴科；順長養之時，特從寬典。勉宜省過，無或徇非。可建州刺史。未幾元稹用事，自郡召還，復爲諫議大夫。其年十二月，景儉朝退，與兵部郎中知制誥馮宿、庫部郎中知制誥楊嗣復、起居舍人温造、司勳員外郎李肇、刑部員外郎王鎰等同謁史官獨孤朗，乃於史館飲酒。景儉乘醉詣中書謁宰相，呼王播、崔植、杜元穎名而疏其失，辭頗悖慢，宰相逐言止之，旋奏貶漳州刺史。是日同飲於史館者皆貶逐。景儉未至漳州，而元稹作相，改授楚州刺史。

議者以景儉使酒，凌忽宰臣，詔令纔行，遽遷大郡，稹懼其物議，追還授少府少監，從坐者皆召還，而景儉竟以忤物不得志而卒。」觀景儉之生平，蓋本與禹錫爲同氣類者，故爲王、韋所知賞，而柳宗元亦其所厚，其關鍵尤在元稹，元氏長慶集有留呈夢得子厚致用題藍橋驛一詩，致用爲景儉字，見柳宗元集獨孤申叔墓碣。禹錫亦有微之鎮武昌中路見寄藍橋懷舊之作淒然繼和一詩，見外集卷六，似即指此。景儉以竇羣之累貶江陵户曹，是元和三年（八〇八）事，正與稹貶江陵同時。景儉刺忠州，與白居易爲前後任，其自忠州召還亦在元和末。然稹與劉、柳以元和十年（八一五）同被召還，而行程必有先後，其在藍橋驛留呈劉、柳，宜也，劉、柳之外，兼及景儉，則景儉必亦曾於是時同被召矣。又景儉與李翺亦有舊，且行逕相似。新唐書翺傳云：「初，諫議大夫李景儉表翺自代，景儉斥，翺下除朗州刺史，久之召爲禮部郎中，翺性峭鯁，論議無所屈，仕不得顯官，怫鬱無所發，見宰相李逢吉，面斥其過失。……」翺亦不入逢吉、宗閔之黨者。

又按：通鑑二三八略載：元和四年（八〇九），王士真死，承宗求襲朝廷割德、棣二州分界薛昌朝，承宗不奉命，乃命吐突承璀爲招討使討之，昭義節度使盧從史與通謀，承璀誘執從史，遂乘此罷兵。五年（八一〇）七月，王承宗遣使自陳爲盧從史所離間，乞輸貢賦，請官吏，許其自新。李師道等數上表請雪承宗，朝廷亦以師久無功，制雪承宗，以爲成德節度使，復以德、棣二州與之，悉罷諸道行營將士，共賜布帛二十八萬端匹，加劉濟中書令。即此詩題所謂「常山旋師，宥過策勳」也。禹錫與景儉皆在謫籍，朗州與江陵相去不遠，故有同病相憐之慨。詩意望赦甚切，而不料是後竟無大赦之詔也。又按：恒州恒山郡，至元和十五年（八二〇）始避穆宗名改鎮州及常山，此已云常山，當是偶從古名。

謁枉山會禪師

我本山東人，平生多感慨。弱冠遊咸京，上書金馬外。結交當世賢，馳聲溢四塞。勉修貴及早，狃捷不知退。錙銖揚芬馨，尋尺招瑕纇。淹留郢南鄙，摧積羽翰碎。安能咎往事？且欲去沈痗。吾師得真如，自在人寰内。哀我墮名網，有如翾飛輩。曈曈揭智炬，照使出昏昧。静見玄關啓，歆然初心會。夙尚一何微？今得信可大。覺路明證入，便門通懺悔。悟理言自忘，處屯道猶泰。色身豈吾寶？慧性非形礙。思此靈山期，未卜何年載。

【校】

〔枉山〕全唐詩枉作柱。

〔狃捷〕全唐詩捷下注云：一作健。

〔南鄙〕全唐詩鄙作都，注云：一作鄙。

〔往事〕崇本事作來。

〔自在〕畿本自下注云：一作寄。全唐詩與一作同。
〔智炬〕全唐詩炬作燭。
〔可大〕畿本大作美。
〔便門〕崇本門作開。
〔未卜〕紹本、崇本卜作來，全唐詩注云：一作來。

【箋證】

按：太平寰宇記：朗州武陵縣：枉山在郡東十七里。輿地紀勝：一名善德山，在武陵縣東九里。此詩自是貶朗州後，失意之餘，託禪修以自慰解。唐時士大夫大抵如此。

〔我本山東人〕杜牧罪言云：「兵祖於山東，胤於天下，不得山東，兵不可去。山東之地，禹畫九土曰冀州。舜以其分太大，離爲幽州爲并州，程其水土與河南等，常重十一二。」此唐人所謂山東之明確詮解。顧炎武謂：「古所謂山東者，華山以東。管子言：楚者山東之强國也。史記引賈生言：秦并兼諸侯，山東三十餘郡。後漢陳元傳言：陛下不當都山東。蓋自函谷關以東總謂之山東。」（日知録三一）此則秦、漢時所謂山東較爲廣闊，文士涉筆不妨兼用兩義。黄汝成日知録集釋謂顧氏注杜牧云云似謂專指今之山西，則未檢罪言原文，不知杜意固包括山西、河北也。禹錫自稱爲山東人，自是泛指非生長關輔者而已。本集卷十七蘇州上後謝宰相狀云：「某山東一書生。」卷二十五答東陽于令涵碧圖詩云：「如山東書生。」山東書生乃自謙鄙陋，不足齒京輦貴游之意，初非謂山東之人也。餘詳見蘇州上後謝宰相狀箋證中。

善卷壇下作 在枉山上。

先生見堯心，相與去九有。斯民既已治，我得安林藪。道爲自然貴，名是無窮壽。瑤壇在此山，識者常回首。

【校】

〔題〕英華作善養臺下作。

〔枉山〕畿本枉作柱。

〔去九有〕全唐詩去下注云：一作公，英華與一作同。

〔林藪〕英華作山藪，山下注：一作林。

【注】

〔善卷〕莊子讓王篇：舜以天下讓善卷，善卷曰：余立於宇宙之中，冬日衣皮毛，夏日衣葛絺。春耕種，形足以勞動。秋收斂，身足以休食，日出而作，日入而息，逍遥於天地之間，而心意自得。吾何以天下爲哉。悲夫！子之不知余也。遂不受。於是去而入深山，莫知其處。

【箋證】

按：清一統志云：善卷壇在武陵縣東。方輿勝覽：善德山有善卷壇，善卷先生所游處也。

武陵觀火詩

楚鄉祝融分，炎火常爲虞。是時直突煙，發自晨炊徒。盲風扇其威，白晝曛陽烏。操綆不暇汲，循牆寧避踰？怒如列缺光，迅與芬輪俱。聯延掩四達，赫奕成洪鑪。洶疑雲濤翻，颯若鬼神趨。當前迎焮赩，是物同膏腴。金烏入梵天，赤龍遊玄都。騰煙透窗户，飛燄生欒櫨。火山摧半空，星雨灑中衢。瑶壇被髹漆，寶樹攢珊瑚。花縣與琴焦，旗亭無酒濡。市人委百貨，邑令遺雙鳧。餘勢下隈隩，長熛烘舳艫。吹熒照水府，炙浪愁天吴。災罷雲日晚，心驚視聽殊。高灰辨廩庾，黑土連闤闠。衆燼合星羅，遊氛鑠人膚。厚地藏宿熱，遥林呈驟枯。火德資生人，庸可一日無？御之失其道，敲石彌天隅。晉庫走龍劍，吴宫傷燕雛。五行有沴氣，先哲垂訏謨。宋鄭同日起，時當賢大夫。無苟自可樂，弭患非所圖。賢守恤人瘼，臨煙駐驪駒。弔傷色慘怛，唁失詞劬愉。下令蠲里布，指期輕市租。閈垣適未立，苫蓋自相娱。山木行翦伐，江泥宜墐塗。魯臣不必葺，何用徵越巫？

【校】

〔炎火〕紹本、崇本炎均作災，畿本作災，注云：一作炎。

〔循牆〕崇本循作修。

〔寧避〕全唐詩寧作還，注云：一作甯。

〔列缺〕紹本、崇本列作烈。

〔棼輪〕全唐詩棼作芬，注云：一作棼。

〔四達〕全唐詩達作遠，注云：一作達。

〔洪鑪〕崇本洪作烘，非。

〔金烏〕崇本烏作鳥。

〔花縣〕全唐詩花作光，注云：一作花。

〔琴焦〕全唐詩注云：一作焦琴。

〔吹熒〕明鈔本熒作螢。全唐詩作焚，注云：一作熒。

〔無苛〕畿本苛作奇，注云：一作苛。

〔喑失〕全唐詩喑作顔，注云：一作喑。

〔苦蓋〕紹本苦作苦，誤。

〔魯臣不必葺〕全唐詩魯作邑，注云：一作魯。葺作曾，注云：一作葺。

患乎？

【箋證】

按：竇常赴朗州刺史任先寄禹錫詩有「元和癸巳歲」語，是元和八年（八一三），此詩中之賢守，當指常。據本集卷九武陵北亭記有「表火道」一語。若然，則當作於元和八九年間。詩有「無苛自可樂，弭患非所圖」之句，乃一篇之主旨，謂任事者但能不苛已難得，更何敢望其能預防災患乎？

〔晉庫〕晉書五行志：「惠帝元康五年閏月庚寅，武庫火。……王莽頭、孔子屐、漢高祖斬白蛇劍及二百八萬器械一時蕩盡。」

〔吴宫〕按：李白雙燕離詩：「雙燕復雙燕，雙飛令人羨。玉樓珠閣不獨棲，金窗繡户長相見。柏梁失火去，因入吴王宫。吴宫又焚蕩，雛盡巢亦空。」太平御覽引吴地記云：「春申君都吴宫，加巧飾，春申君死，吏照燕窟失火，遂焚。」詩用此事。

〔宋鄭同日起〕左傳昭十八年：「宋、衛、陳、鄭皆火，……子産使……司馬司寇列居火道，行火所焮，城下之人伍列登城……書焚室而寬其征，與之材，三日哭，國不市。」

〔魯臣〕左傳昭二十三年：「叔孫所館者，雖一日必葺其牆屋，去之如始至。」魯臣之語指此。

〔越巫〕文選張衡西京賦：「柏梁既災，越巫陳方。建章是經，用厭火祥。」李善注：「漢書曰：柏梁災，越俗有火災，復起屋，必以大，用勝服之。」

崔元受少府自貶所還遺山薑花以詩答之

故人博羅尉，遺我山薑花。采從碧海上，來自謫仙家。雲濤潤孤根，陰火照晨葩。淨搖扶桑日，豔對瀛洲霞。世人愛芳辛，搴擷忘幽遐。傳名入帝里，飛馹辭天涯。王濟本尚味，石崇方鬭奢。雕盤多不識，綺席乃增華。驛馬損筋骨，貴人滋齒牙。顧予藜藿士，特此空嘆嗟。

【校】

〔題〕以詩答之，崇本作答以詩。

〔淨搖〕全唐詩淨作靜。

〔愛芳〕全唐詩注云：一作受苦。

〔雕盤〕全唐詩雕下注云：一作堆。

【箋證】

按：舊唐書一六三崔元略傳云：「弟元受，登進士第，高陵尉，直史館。元和初，于皐謨爲河北行營糧料使，元受與韋岵、薛巽、王湘等皆爲皐謨判官，分督供饋，既罷兵，或以皐謨隱没贓罪，除名賜死，元受從坐，皆逐嶺表，竟坎壈不達而卒。」皐謨之死，通鑑繫於元和六年（八一一），則是第一次討王承宗之役也。此詩以博羅尉稱元受，足補史闕。其自貶所還，未知是何年。博羅爲嶺南循州屬，未必道出連州，詩有「傳名入帝里」之句，或是大和中禹錫在長安時。則亦可謂久謫於外矣。

〔山薑花〕本草綱目：「蘇頌曰：今閩、廣皆有之。劉恂嶺表録異云：莖葉皆薑也，但根不堪食，亦與豆蔻花相似而微小爾。花生葉間，作穗如麥粒，嫩紅色。南人取其未大開者，謂之含胎花。以鹽水淹藏，入甜糟中，經冬如琥珀色，辛香可愛。李時珍曰：與杜若之山薑名同物異。」本集中涉及山薑花者，又有外集卷五和鄭相公一詩。蓋唐人以此爲珍味。田雯古歡堂集云：「邢昺爾雅疏云：陶弘景本草注言山薑甚詳。又太上導仙銘云：子欲長生，當服山精。子欲輕翔，當服山薑。蓋山薑、山精、山薊、山蓮，朮之同種而異名者，其爲物無奇葩艷蕊，佳果美實，而久服輕身，有辟穀止渴之功。」而不言山薑花可食，未知果與禹錫所詠者爲一物否。據詩中雕盤綺席及貴人滋齒牙之語，非服餌之需，乃飲食之味也。

途中早發

馬蹋塵上霜，月明江頭路。行人朝氣鋭，宿鳥相辭去。流水隔遠村，縵山多紅樹。悠悠關塞内，來往無閑步。

【校】

〔江頭〕紹本、崇本、畿本、明鈔本江均作岡。

【箋證】

按：此詩雖未能定爲何時所作，玩其所寫景物，必不在中原，疑在赴貶朗州時。首句云：「馬踏塵上霜」，據本集卷二十傷我馬詞，知其赴貶朗州時實以騎往也。

和董庶中古散調詞贈尹果毅

昔聽東武吟，壯年心已悲。如何心濩落，聞君苦辛辭？言有窮巷士，弱齡頗尚奇。讀得玄女符，生當事邊時。借名遊俠窟，結客幽并兒。往來長楸間，能帶雙鞬馳。崩騰天寶末，塵暗燕南陲。爟火入咸陽，詔徵神武師。是時占軍募，插羽揚金羈。萬夫列轅門，觀射中戟支。誓當雪國讎，親愛從此辭。中宵倚長劍，起視蚩尤旗。介馬晨蕭蕭，陣雲竟天涯。陰風獵白草，旗槊光參差。勇氣貫中腸，視身忽如遺。曾擒白馬將，虜騎不敢追。貴臣上戰功，名姓隨意移。終歲肌骨苦，他人印纍纍。謁者既清宫，諸侯各罷戲。上將賜北第，門戟不可窺。眥血下沾襟，天高問無期。卻尋故鄉路，孤影空相隨。行逢里中舊，樸遬昔所嗤。一言合侯王，腰佩黃金黽。問我何自苦？可憐真數奇。遲回顧徒御，得色懸雙眉。翻然悟世途，撫己昧所宜。田園已蕪没，流浪江海湄。鷙禽毛翮摧，不見翔雲姿。衰容蔽逸氣，孑孑無人知。寂寞草玄徒，長吟下書帷。爲君發哀韻，若扣瑶林枝。有客識其真，潺湲涕交頤。勸爾一栢酒，陶然足自怡。

【校】

〔庶中〕崇本、明鈔本作中庶，誤。

〔心濩落〕紹本、崇本、畿本心作今，是。

〔苦辛〕全唐詩二字乙。

〔借名〕崇本名作問。

〔南陲〕全唐詩南下注云：一作幽。

〔爟火〕崇本爟作烽。

〔占軍〕崇本占作召，亦通。按：唐人以召募之兵爲軍募，崇本下募字作幕，則恐非是。

〔觀射〕崇本射作我。

〔曾擒〕全唐詩曾作生，注云：一作曾。

〔樸遫〕結一本遫作簌，誤。全唐詩注云：一作宿。

〔遲回〕崇本作低徊。
〔徒御〕結一本徒作從，誤。
〔得色〕崇本得作慘。
〔悟〕紹本作悮，非。
〔翔雲〕全唐詩注云：一作高翔。
〔書帷〕紹本、崇本帷均作幃。
〔若扣〕全唐詩注云：一作粲若。
〔勸爾〕全唐詩勸作歆，注云：一作勸。

【箋證】

按：此詩代尹果毅追述天寶末從軍而至今抱屈淪落之事。首四句言己亦在窮途，以下至「虜騎不敢追」言尹曾苦戰有功，以下至「孑孑無人知」言他人多取富貴而尹獨淪於窮困。「寂寞草玄徒」以下則指董庶中爲尹作詩而已和之也。唐代屢興戰役，驅人入白刃，幸得不死，而所以爲酬者不過空名之告身，不足一飽，甚且爲部將所抑，並此空名而亦向隅。王維所謂「衞青不敗由天幸，李廣無功緣數奇。自從棄置便衰朽，世事蹉跎成白首」，不待天寶亂後固已如此。

又按：董庶中爲董侹之字，參見本集卷二十二聞董評事疾詩及外集卷十董府君墓誌銘。

〔果毅〕舊唐書職官志：諸府左右果毅都尉各一人，上府果毅從五品，下中府正六品上，上下府從六品上。蓋武官之授果毅，僅同於文官之散官。雖繫折衝府之名，仍須自謀職事。觀州府銜推之以某府折衝果毅繫銜，其輕賤可知。（見卷十四各表）唐會要五九：「貞元六年（七九〇），中書門下奏：『所管諸府，自折衝以下總無料錢，例多闕乏，空有府額，其鎮戍官等或有任者，不過數員。』」即指此。

望衡山

東南倚蓋卑，維嶽資柱石。前當祝融居，上拂朱鳥翮。青冥結精氣，磅礴宣地脈。還聞膚寸陰，能致彌天澤。

【箋證】

按：此當是禹錫元和十年（八一五）再貶連州時道中所作，末句寓意，可知非流連風景也。又杜甫有望嶽詩，說者謂極寫遥望之意。今觀此詩，尤能以簡勝繁。杜云：「牲璧忍衰俗，神其思降祥。」已掃盡詩人流連風景之習。此詩以「能致彌天澤」一語作結，閎識孤懷，尤令庸流咋舌矣。

〔倚蓋〕初學記一：「桓譚新論：天如蓋轉，右旋，日月星辰隨而東西。河圖挺佐輔曰：百世之後，地高天下，如此千歲之後而天可倚杵，洶洶莫知始終。」倚蓋當即用此。

〔前當視融居，上拂朱鳥翮〕韓愈謁衡嶽廟詩：「紫蓋連延接天柱，石廩騰擲堆祝融。」杜甫望嶽詩：「南嶽配朱鳥，秩禮自百王。」史記天官書：「南宮朱鳥權衡。」索隱引春秋緯文耀鈎曰：「南宮赤帝，其精爲朱鳥。」

遊桃源一百韻

沅江清悠悠，連日鬱岑寂。回流抱絶巘，皎鏡含虚碧。昏旦遞明媚，煙嵐紛委積。香蔓垂緑潭，暴龍照孤磧。此下潭名緑羅，磧名暴龍。淵明著前志，子驥思遠蹟。子驥事見陶先生本記。寂寂無何鄉，密爾天地隔。金行太元歲，漁者偶探賾。尋花得幽蹤，窺洞穿闇隙。依微聞雞犬，豁達值阡陌。居人互將迎，笑語如平昔。廣樂雖交奏，海禽心不懌。揮手一來歸，故溪無處覓。緜緜五百載，市朝幾遷革。有路在壺中，無人知地脈。皇家感至道，聖祚自天錫。金闕傳本枝，玉函留寶曆。禁山開祕宇，復户潔靈宅。詔隸二十户免傜以奉灑掃。蘂檢香氛氳，醮壇煙冪冪。我來塵外躅，瑩若朝酲析。崖轉對翠屏，水窮留畫鷁。三休俯喬木，千級攀峭壁。旭日聞撞鐘，綵雲迎躡屐。遂登最高頂，縱目還楚澤。平湖見草青，遠岸連霞赤。幽尋如夢想，緜思屬空閴。夤緣且忘疲，耽玩近成癖。清猿伺曉發，瑶草陵寒坼。祥禽舞葱蘢，珠樹摇的皪。羽人顧我笑，勸我税歸軛。霓裳何飄颻？童顏潔白皙。重巖是藩屏，馴鹿受羈靮。樓居邇清霄，蘿蔦成翠帟。仙翁遺竹杖，王母留桃核。姹女飛丹砂，青童護金液。寶氣浮鼎耳，神光生劍脊。虛無天樂來，僁窣鬼兵役。丹丘肅朝禮，玉札工紬繹。枕中淮南方，牀下阜鄉舄。明鐙坐遥夜，幽籟聽淅瀝。因話近世仙，聳然心神惕。乃言瞿氏子，骨狀非凡格。往事黄先生，羣兒多侮劇。謷然不屑意，元氣貯肝鬲。往往遊不歸，洞中觀博弈。言高未易信，猶復加訶責。一旦前致辭，自云仙期迫。言師有道骨，前事常被謫。如今三山上，名字在真籍。悠然謝主人，後歲當來覿。言畢依庭樹，如煙去無跡。觀者皆失次，驚追紛絡繹。日莫山逕窮，松風自蕭槭。適逢修蛇見，瞋目光激射。如嚴三清居，不使恣搜索。唯餘步江勢，八趾在沙礫。至今東北隅，表以壇上石。列仙徒有名，世人非目擊。如何庭廡際，白日振飛翮。洞天豈幽遠？得道如咫尺。一氣無死生，三光自遷易。因思人間世，前路何湫窄。瞥然此生中，善祝期滿百。大方播羣類，秀氣肖翕闢。性靜本同和，物牽成阻阨。是非鬭方寸，葷血昏精魄。遂令多夭傷，猶喜見斑白。喧喧車馬馳，苒苒桑榆夕。共安緹繡榮，不悟泥途適。紛吾本孤賤，世業在逢掖。九流宗指歸，百氏旁攟摭。公卿偶慰薦，鄉曲謬推擇。居安白社貧，志傲玄纁辟。功名希自取，簪組俟揚歷。書府早懷鉛，射宮曾發的。起草香生帳，坐曹烏集柏。賜宴聆簫韶，侍祠閱琮璧。嘗聞履忠信，可以行蠻貊。自述希古心，妄恃干時畫。巧言忽成錦，苦志徒食蘗。平地生峯巒，深心有矛戟。曾波一震盪，弱植忽淪溺。北渚弔靈均，長岑思亭伯。禍來昧幾兆，事去空歎惜。塵累與時深，流年隨漏滴。才能疑木雁，報施迷夷跖。楚奏繫鍾儀，商歌勞甯戚。稟生非懸解，對境方感激。自從嬰網羅，每事問龜策。王正降雷雨，環玦賜遷斥。儻復夷平人，誓將依羽客。買山構精舍，領徒開講席。冀無身外憂，自有閑中益。道牙期日就，塵慮乃冰釋。且欲遺姓名，安能慕竹帛？長生尚學致，一溉豈虛擲？芝朮資糇糧，煙霞拂巾幘。黄石履看墮，洪崖肩可拍。聊復嗟蜉蝣，何煩哀虺蜴？青囊既深味，瓊葩亦屢摘。縱無西山資，猶免長戚戚。

【校】

〔連日〕紹本、崇本、全唐詩日均作山。

〔暴龍〕崇本暴作曝，下注文同。

〔此下〕紹本、崇本、全唐詩此均作山。

〔蘗檢〕紹本、崇本蘗均作蘖。

〔朝醒〕全唐詩醒作星。

〔還楚澤〕崇本還作環，似是。

〔寒圻〕畿本圻作折。

〔的皪〕崇本、畿本、全唐詩的均作玓。

〔霓裳〕紹本、崇本、畿本裳均作衣。

〔邇〕全唐詩作彌，注云一作彌。

〔工紬繹〕中山集工作五，疑是互字。

〔瞥然〕全唐詩瞥下注云：一作瞥。

〔常被〕崇本、畿本、中山集常均作嘗。

〔步江〕紹本、崇本、畿本、全唐詩江均作綱。

〔湫窄〕全唐詩湫作狹，注云：一作湫。

〔期滿〕崇本期作擬。

〔時晝〕崇本晝作書，誤。

〔自述〕全唐詩述下注云：一作迷。紹本、崇本與一作同。

〔忽淪〕紹本、崇本、畿本忽均作果。

〔繫鍾儀〕畿本繫下注云：一作縶。全唐詩與一作同，注云：一作繫。

〔儻復〕全唐詩復作伏，注云：一作復。

〔道牙〕畿本牙作才，注云：一作芽。全唐詩與一作同。

〔一溉〕全唐詩溉下注云：一作暨。

〔何煩〕紹本、崇本煩作頻。

〔西山資〕紹本、崇本資均作姿，全唐詩注云：一作姿。

【箋證】

按：此詩首從總敍沅江風物遞入桃花源，自「緜緜五百載」以下言唐代始重此仙跡。「我來塵外躅」以下言己遊蹤至此，與道士縱談。「因話近世仙」以下言因聞瞿童飛昇之傳説。「因思人間世」以下言世人之徇物忘真。「紛吾本孤賤」以下言己讀書取科第，從事使府，爲郎官御史，志在濟時，而遭忌被斥。「自從嬰網羅」以下言倘得賜環，即當隱居求志，不復他求矣。據「王正降雷雨，環玦賜遷斥」之語，或指元和三年（八〇八）受册尊號之恩赦。全詩語意亦似初至貶所，尚日冀牽復，若謫至九年（八一四），又有縱逢恩赦不與量移之詔，則幾於絶望矣。此詩假遊桃源而懷仙跡，以其地所傳説之瞿童爲中心，不復蹈襲陶潛桃花源記中語，因卷二十六别有桃源行一篇以詠之也。瞿童曾備受人之訶責與訕笑，禹錫蓋借喻己之遭讒，一篇警策全在一謫字，神仙不經之説，當非其意之所在。

〔瞿氏子〕按：太平廣記四五：「黄尊師修道於茅山，法籙絶高，靈應非一。弟子瞿道士年少，不甚精愨，屢爲黄師所笞。草堂東有一小洞，高八尺，荒蔓蒙蔽，似蛇虺所伏。一日瞿生又怠惰，爲師所箠，逡巡避杖，遂入此洞。黄公驚異，遣去草搜索，一無所見，食頃方出，持一棋子，曰：適觀棋時人留飱見遺，此秦人棋子也。黄公方怪之，尚意其狐狸所魅，亦不甚信。茅山世傳仙府，學道者數百千，皆宗黄公，悉以爲德業階品尋合上昇，每至良辰，無不瞻望雲鶴。明年八月望夜，天氣晴肅，月光如晝，中宵雲霧大起，其雲五色，集於窗牖間，仙樂滿庭，復有步虚之聲。弟子皆以爲黄公上仙之期至矣，遽備香火，黄公沐浴朝服以候真侣，將曉，氛煙漸散，見瞿生乘五色雲自東方出在庭中，靈樂鸞鶴，彌漫空際，於雲間再拜黄公曰：尊師即當來，更務修造，亦不久矣。復與諸徒訣别，乘風遂去，漸遠不見，隱隱猶聞衆樂之音。金陵父老每傳此事。」（出逸史）核以此詩，語意全合。惟逸史云茅山金陵，而詩云在桃源，據洞中秦人之語，應由桃源附會。禹錫當是聞於其地之人，列爲其地之事，逸史或有脱誤。又新唐書藝文志有温造瞿童述一卷，注云：大暦中，辰溪童子瞿柏庭昇仙，造爲朗州刺史，追述其事。其書撰在禹錫之後。

又按：狄中立桃源觀山界記（見全唐文七六一）：「八跡壇在祠堂北一百八步瞿童上昇處。足印八跡，後人思之，立壇於其所，因以爲名，今奉敕醮祭皆在斯壇。秦人洞在障山中峯之陰，厥狀如門，巨石屏蔽，靈跡猶存。……桃源洞在祠堂北大江南岸，漁人黄道真見桃花處，備於陶淵明、伍安貧記云。會昌元年（八四一）十二月二十一日，軍事判官前華州下邽縣尉狄中立記。」尤爲此詩瞿氏子之一證。詩中之八趾，此作八跡，傳説稍殊，不足異也。

客有爲余話登天壇遇雨之狀因以賦之

清晨登天壇，半路逢陰晦。疾行穿雨過，卻立視雲背。白日照其上，風雷走於內。滉瀁雪海翻，槎牙玉山碎。蛟龍露鬐鬣，神鬼含變態。萬狀互相生，百音以繁會。俯觀羣動静，始覺天宇大。山頂自澂明，人間已霶霈。豁然重昏斂，涣若春冰潰。反照入松門，瀑流飛縞帶。遥光泛物色，餘韻吟天籟。洞府撞仙鐘，村墟起夕靄。卻見山下侣，已如迷世代。問我何處來？我來雲雨外。

【校】

〔相生〕全唐詩作生滅。

〔澂明〕明鈔本澂作徵，全唐詩作晶，注云：一作澂。

【箋證】

按：朱注杜詩憶昔行云：「王屋山絶頂曰天壇，濟水發源處，是也。」清一統志云：「天壇山即王屋山絶頂，軒轅祈天之所，故名。東曰日精峯，西曰月華峯。」此詩疑是禹錫在洛陽閑居時之作，洛陽去王屋較近故也。禹錫少年時侍親，中年爲主客郎中分司，晚年爲賓客分司，三度居洛陽，其爲少年、中年、晚年所作，未敢遽定。據詩微露人事無常之慨，以大和初居洛陽時爲近。又按：前人之評此詩者，施補華峴傭説詩云：「劉夢得天壇遇雨作，變化奇幻，已開東坡之先聲。」其論良是。

有僧言羅浮事因爲詩以寫之

君言羅浮上，容易見九垠。漸高元氣壯，洶湧來翼身。夜宿最高峯，瞻望浩無鄰。海黑天宇曠，星辰來逼人。是時當朏魄，陰物恣騰振。日光吐鯨背，劍影開龍鱗。倏若萬馬馳，旌旗聳奫淪。又如廣樂奏，金石含悲辛。疑其有巨靈，怪物盡來賓。陰陽迭用事，乃俾夜作晨。咿喔天雞鳴，扶桑色昕昕。示彼千萬里，湧出黄金輪。下視生物息，霏如隙中塵。醯雞仰甕口，亦謂雲漢津。世人信耳目，方寸度大鈞。安知視聽外，怪愕不可陳？悠悠想大方，此乃栝水濱。知小天地大，安能識其真？

【校】

〔恣騰〕明鈔本恣作恐。

〔示彼〕紹本、崇本、中山集、全唐詩均作赤波，似是。

〔萬里〕崇本里作重。

〔悠悠〕紹本、崇本均作悠然。

【箋證】

按：輿地紀勝云：「元和志云：在博羅縣西北二十八里，羅山之西有浮山，蓋蓬萊之一阜，浮海而至，與羅山並體，故曰羅浮，峻天之峯四百三十有二焉。事見袁彦伯記。又南越志云：高三千六百丈，周圍三百二十七里。苟非羽化，莫能登焉。」禹錫在朗州連州皆恒與僧徒往還，此詩尤疑是在連州作。

秋江早發

輕陰迎曉日，霞霽秋江明。草樹含遠思，襟懷有餘清。凝睇萬象起，朗吟孤憤平。渚鴻未矯翼，而我已遐征。因思市朝人，方聽晨雞鳴。昏昏戀枕衾，安見天地英？納爽耳目變，玩奇筋骨輕。滄洲有奇趣，浩蕩吾將行。

【校】

〔枕衾〕紹本、崇本、中山集、全唐詩二字均乙。

〔天地〕紹本、崇本、畿本、中山集均作元氣。

〔浩蕩〕全唐詩蕩作然，注云：一作蕩。

【箋證】

按：此詩意趣暢適。考禹錫赴朗州及去朗州皆在冬日，去連州亦在冬日，且奉喪柩，至其赴連州時，中途正在夏間，皆與詩之情景不合。疑永貞元年（八〇五）九月初聞連州刺史之貶，行至江南作，故有「朗吟孤憤平」之句，其意氣猶頗傲兀也。然無確證。

裴祭酒尚書見示春歸城南青松隝別墅寄王左丞高侍郎之什命同作

早宦閲人事，晚懷生道機。時從學省出，獨望郊園歸。野彴度春水，山花映巖扉。石頭解金章，林下步緑薇。青松鬱成隝，修竹盈尺圍。吟風起天籟，蔽日無炎威。危逕盤羊腸，連甍聳翬飛。幽谷響樵斧，澄潭環釣磯。因高見帝城，冠蓋揚光輝。白雲難持寄，清韻投所希。二公如長離，比翼翔太微。含情謝林壑，酬贈駢珠璣。顧予久郎潛，愁寂對芳菲。一聞丘中趣，再撫黄金徽。

【校】

〔題〕全唐詩南下注云：一作東。

〔晚懷〕英華晚作脱，誤。全唐詩注云：一作曉。
〔澄潭〕英華潭作江，注云：集作潭。全唐詩作江。
〔長離〕全唐詩注云一作鳳雛。
〔贈駢〕英華作唱迸，注云：一作唱駢。全唐詩注云：一作唱迸。
〔郎潛〕纖本、全唐詩郎下均注云：一作即。
〔撫黄〕英華、全唐詩均注云：一作聽撫。

【箋證】

按：此詩題所涉裴、王、高三人，其所歷官皆在大和四五（八三〇、八三一）年頃，禹錫時爲禮部郎中，故有郎潛之句。四人皆以文學爲職者，然年輩以禹錫爲最高。

〔裴祭酒〕謂裴通。唐會要六六：大和五年（八三一）十一月，國子祭酒裴通奏云云，其時正相當。考新唐書藝文志：「裴通易書一百五十卷。」注：「字又玄，士淹子，文宗訪以易義，令進所撰書。」蓋即其人。

〔王左丞〕謂王起。舊唐書一六四、新唐書一六七皆附其兄王播傳中，傳云：「貞元十四年（七九八）擢進士第，釋褐集賢校理，登制策直言極諫科，授藍田尉。宰相李吉甫鎮淮南，以監察充掌書記，入朝爲殿中，遷起居郎、司勳員外郎、直史館。元和十四年（八一九），以比部郎中知制誥。穆宗即位，拜中書舍人。長慶元年（八二一），遷禮部侍郎。（按此語贅）其年，錢徽掌貢士，爲朝臣請託，人以爲濫。詔起與同職白居易覆試，覆落者多。徽貶官，起遂代徽爲禮部侍郎，掌貢二年，得士尤精。先是，貢舉猥濫，勢門子弟，交相酬酢，寒門俊造，十棄六七。及元稹、李紳在翰林，深怒其事，故有覆試之科。及起考貢士，奏當司所選進士，據所考雜文先送中書，令宰臣閱視可否，然後下當司放牓，從之。議者皆以爲起雖避是非，失貢職也。故出爲河南尹，入爲吏部侍郎。文宗即位，加集賢學士，判院事。以兄播爲僕射輔政，不欲典選部，改兵部侍郎。大和二年（八二八），出爲陝虢觀察使，兼御史大夫。四年（八三〇），入拜尚書左丞。」起在當時爲屢主文衡者，科第門生甚衆。禹錫與之常有往還。集中涉及起者，有本集卷十七、二十四、二十八、外集卷四、五等篇。可參看。

〔高侍郎〕謂高釴。舊唐書一六八、新唐書一七七均有傳。傳云：「字翹之。元和初進士及第，判入等，補祕書省校書郎，累遷至右補闕，充史館修撰。十四年（八一九），上疏請不以内官爲京西北和糴使。十五年（八二〇），轉起居郎，依前充職。釴孤貞無黨，而能累陳時政得失。長慶元年（八二一），穆宗憐之，面賜緋於思政殿，仍命以本官充翰林學士。二年（八二二），遷兵部員外郎，依前充職。四年（八二四）四月，禁中有張韶之變，敬宗幸左軍，是夜，釴從帝宿於左軍。翌日賊平，賞從臣，賜釴錦綵七十匹。……寶曆二年（八二六）三月，罷學士守本官。大和三年（八二九）七月，授刑部侍郎。四年（八三〇）冬，遷吏部侍郎。銓綜之司，官業振舉。七年（八三三），出爲同州刺史，兼御史中丞。」釴雖未掌文衡，而其弟鍇則久典試事有名，其子湜亦於咸通末主文見稱，故王起、高釴二人皆氣類相近者。

和河南裴尹侍郎宿齋太平寺詣九龍祠祈雨二十韻

有事九龍廟，潔齋梵王祠。玉簫何時絶？碧樹空涼飔。吏散埃壒息，月高庭宇宜。重城肅穆閉，澗水潺湲時。人稀夜復閑，慮静境亦隨。緬懷斷鼇足，凝想乘鸞姿。朱明盛農節，膏澤方愆期。瞻言五靈瑞，能救百穀萎。咿喔晨雞鳴，闌干斗柄垂。修容謁神像，注意陳正詞。驚飆起泓泉，若調雷雨師。黑煙聳鱗甲，灑液如棼絲。豐隆震天衢，列缺揮火旗。炎空忽淒緊，高霤懸綆縻。生物已霶霈，溼雲稍離披。丹霞啓南陸，白水含東菑。熙熙飛走適，藹藹草樹滋。浮光動宫觀，遠思盈川坻。吴公敏於政，謝守工爲詩。商山有病客，言賀舒龐眉。

【校】

〔題〕纖本太下注云：一作天。

〔凝想〕崇本凝作疑，誤。

〔斗柄〕全唐詩注云：一作杓，英華與一作同。

〔若調〕紹本、崇本、英華調均作召。全唐詩作調，注云：一作召。

【箋證】

按：文宗紀，開成二年（八三七）三月壬辰，以兵部侍郎裴潾爲河南尹。七月乙亥，以久旱徙市，閉諸坊門。此詩題云祈雨，即指是時。禹錫方爲太子賓客分司東都，故得和其詩，詩中「商山有病客」之句，禹錫自謂也。

〔裴尹〕裴尹謂裴潾，裴潾，舊唐書一七一、新唐書一一八均有傳。傳云：「河東人，少篤學，工隸書。大和七年（八三三），遷左散騎常侍，充集賢殿學士，集歷代文章，續昭明太子文選，成三十卷，目曰大和通選。開成元年（八三六），轉兵部侍郎，二年（八三七），加集賢院學士判院事，尋出爲河南尹，三年（八三八）四月卒。贈户部尚書。潾以道義自處，事上盡心，尤嫉朋黨，故不爲權幸所知。」

〔太平寺〕唐兩京城坊考五：洛陽歸義坊太平寺，垂拱二年（六八六）太平公主建。

冬夜宴河中李相公中堂命箏歌送酒

朗朗鵾雞弦，華堂夜多思。簾外雪已深，坐中人半醉。翠娥發清響，曲盡有餘意。酌我莫憂狂，老來無逸氣。

【校】

〔箏歌〕明鈔本箏作筐，與詩句不相應，誤。

〔朗朗〕全唐詩注云：一作琅琅，英華與一作同。

【箋證】

按：李相公謂李程，已見本集卷十八、二十二。程之第一次任河中節度使爲大和四年（八三〇），六年（八三二）七月内召。第二次復鎮河中，則在九年（八三五）六月，禹錫方在汝州任，恐無緣能至河中，或於十月除同州時便道一訪程話舊，固未可知。卞孝萱劉禹錫年譜敍此詩於大和五年（八三一），禹錫赴任蘇州時，理亦有之。蓋程本宗室進士，由試日五色賦破題「德動天鑒，祥開日華」二語大獲一時浮譽，傳亦稱其性放蕩不修儀檢，滑稽好戲，死謚曰繆，其志行可知。此詩亦有狎玩之意，似程耽聲伎之娱，禹錫亦恃舊倚醉盡歡。禹錫有將赴蘇州途出洛陽留守李相公累申宴餞寵行話舊形於篇章謹抒下情以申仰謝一詩，見外集卷六，謂李逢吉也。彼詩詞意甚莊，此詩獨否。本事詩載逢吉奪禹錫歌妓，又載李紳邀至第中，禹錫作「司空見慣渾閑事，斷盡蘇州刺史腸」之詩，因以妓贈之。頗疑司空之官與逢吉不合而與程合，以情分而論，亦程密而逢吉疏，恐是禹錫在程飲席上有戲謔之語，被人傳説，加以裝點，又復以訛傳訛，張冠李戴。參味此詩，不無草蛇灰綫之迹。果爾，則此詩似可定爲赴任蘇州時所作矣。至雲谿友議云：「夫人遊尊貴之門，常須慎酒。昔赴吴臺，揚州大司馬杜公鴻漸爲余開宴，沉醉歸驛亭，似醒見二女子在旁，驚非我有也。乃曰：郎中席上與司空詩，特令二樂伎侍寢。且醉中之作都不記憶。明旦，修狀啓陳謝，杜公亦優容之，何施面目也。余郎署州牧，輕忤三司，豈不難也！詩曰：高髻雲鬟宫樣妝，春風一曲杜韋娘。司空見慣尋常事，斷盡蘇州刺史腸。」杜鴻漸時代不相接，更不足辨。觀其語氣，似采自劉賓客嘉話録，而今本嘉話録無之。雲谿友議文字多支離不可信，此其一端也。至於本事詩云：「劉尚書禹錫罷和州，爲主客郎中、集賢學士，李司空罷鎮在京，慕劉名，嘗邀至第中，厚設飲饌，酒酣，命妙妓歌以送之，劉於席上賦詩曰……李因以妓贈之。」但以司空爲李姓，而未實舉其名，似較核實，然若所云，劉方罷和州，則蘇州刺史四字又從何而來耶？太平廣記一七七引此條却逕改作李紳，則紳在寶曆、大和之間皆無緣與禹錫相見，且紳彼時未居節鎮，更非司空。以此種種言之，若禹錫果有此詩，則爲李程而作猶近情理耳。惟猶有待考者，據舊傳，程於河中節度使内加檢校司空，是大和六年事。是時禹錫已在蘇州矣。詩稱程爲司空似略早。或者「斷盡蘇州刺史腸」之語，出於事後旁人所製之話柄，非禹錫自道，則稱程爲司空自無足怪。但本集卷二十八有將赴汝州途出浚下留辭李相公詩，云「鄂渚一别十四年」，自是指程，禹錫自蘇赴汝在大和八年（八三四），上溯元和十五年（八二〇）二人在武昌相見確爲十四年，則中間似無會面之事，仍以禹錫赴任同州時便道赴蒲州晤程爲較確，而稱之爲司空亦與程之歷官相符。

劉禹錫集箋證卷第二十四

七言五十六首

西塞山懷古

西晉樓船下益州，金陵王氣漠然收。千尋鐵鎖沈江底，一片降幡出石頭。人世幾回傷往事？山形依舊枕寒流。今逢四海爲家日，故壘蕭蕭蘆荻秋。

【校】

〔西晉〕纖本、全唐詩均注云：一作王濬。

〔漠然〕英華漠下注云：一作黯。纖本、全唐詩均與一作同。全唐詩注云一作漠。

〔人世〕全唐詩此句下注云：一作荒苑至今生茂草。

〔寒流〕全唐詩寒作江，注云：一作寒。

〔今逢〕英華、全唐詩此句下均注云：一作而今四海歸皇化，兩岸蕭蕭蘆荻秋。今逢下全唐詩又注云：一作從今。

【箋證】

按：此詩傳爲金陵懷古之作。全唐詩話云：「長慶中，元微之、劉夢得、韋楚客同會樂天舍，論南朝興廢，各賦金陵懷古詩。劉滿引一杯，飲已即成曰：王濬樓船下益州，……白公覽詩曰：四人探驪龍，子先獲珠，所餘鱗爪何用耶？於是罷唱。」其言殊不可信。無論長慶中，禹錫在夔州，無緣與元、白相會，禹錫自言罷和州方遊建康，其所作金陵五題乃以他人有此作而發興爲之，他日示白，爲白所稱賞，（見本卷）何復有金陵懷古之可言耶？蓋禹錫自夔州東下，經西塞山，覩遺壘而有所感也。三國志吴志孫皓傳注引干寶晉紀云：「王濬治船於蜀，吾彦取其流柹以呈孫皓，曰：晉必有攻吴之計，宜增建平兵，建平不下，終不敢渡江。皓弗從。」建平即夔州。禹錫自夔州來，故尤憶及王濬行軍之路，而王濬之舉兵又確爲吴之存亡所繫，得吾彦之言而可證。此詩作爲西塞山懷古，則意甚深切，作爲金陵懷古，則平淺無奇。出於禹錫，則胸中自然所有，出於他人，則漠然無痛癢之關矣。後之論詩者雖津津道此詩之佳，而不解禹錫之行蹤，未得其肯綮，徒爲扣槃捫燭之説而已。姑録數條如左。袁枚隨園詩話云：「劉夢得金陵懷古，只詠王濬樓船一事，而後四句全是空描，當時白太傅謂其已探驪珠，所餘鱗甲無用，真知言哉！不然，金陵典故豈王濬一事，而劉公胸中豈止曉此一典哉？」汪師韓詩學纂聞云：「劉夢得金陵懷古詩，當時白香山謂其已探驪珠，所餘鱗甲何用。以今觀之，王濬樓船纔一事耳，而多至四句，前則疑於偏枯，山城水國，蘆荻之鄉，觸目盡爾，後則嫌其空泛也。抑何元白閣筆易易耶？余竊有説焉。金陵之盛，至吴而始著，至孫皓而西藩既摧，北軍飛渡，興亡之感始甚。假使感古者取三國六代事衍爲長律，便使一句一事，包舉無遺，豈成體製？夢得之專詠晉事也，尊題也。下按云：人世幾回傷往事，若有上下千年縱横萬里在其筆底者。山形枕水之情景，不涉其境，不悉其妙。至於蘆荻蕭蕭，履清時而依故壘，含蕴正靡窮矣。所謂驪珠之得，或在於斯者歟！」薛雪一瓢詩話云：「劉賓客西塞山懷古，似議非議，有論無論，筆著紙上，神來天際，氣魄法律，無不精到。洵是此老一生傑作，自然壓倒元白。」施補華峴傭説詩云：「劉夢得金陵懷古詩，王濬樓船四語，雖少陵動筆不過如是，宜香山之縮手。五六人世幾回二句平弱不稱，收亦無完固之力，此所以成晚唐也。」

又按：白居易探驪獲珠鱗爪何用之説必是由金陵五題引申：「吾知後之詩人不復措詞矣」一語傳訛附會，詳見本卷後篇。白所贊者爲金陵五題，非西塞山懷古也。

〔西塞山〕水經注江水：「江之右岸有黄石山，即黄石磯也。山連延江側，東山偏高，謂之西塞，東對黄公九磯，所謂九圻者也。兩山之間爲闕塞。」又元和郡縣志云：「鄂州武昌縣：西塞山在縣東八十五里，竦峭臨江。」輿地紀勝云：「西塞山在大冶縣東五十里。袁宏東征賦云：沿西塞之峻崿。今俗呼爲道士磯。」

〔鐵鎖〕通鑑八一：「吴人於江磧要害之處並以鐵鎖横截之，又作鐵椎長丈餘，暗置江中，以逆拒舟艦。濬作大筏數十，方十餘步，縛草爲人，被甲持杖，令善水者先行，遇鐵椎，椎輒着筏而去。又作大炬長十餘丈，大數十圍，灌以麻油，在船前，遇鎖然炬燒之，須臾融液斷絶，於是船無所礙。……王濬自武昌徑趨建業，……兵甲滿江，旌旗燭天，威勢甚盛。」然則並非於西塞山特有戰役。此題云西塞山懷古，結句又有故壘之語，自是唐時尚存吴人所築軍壘遺迹。

陽山廟觀賽神　梁松南征至此，遂爲其神，在朗州。

漢家都尉舊征蠻，血食如今配此山。曲蓋幽深蒼檜下，洞簫愁絶翠屏閒。荆巫脈脈傳神語，野老娑娑啓醉顔。日落風生廟門外，幾人連蹋竹歌還？

【校】

〔愁絶〕英華愁下注云：一作歎，全唐詩注云：一作吹。

【箋證】

按：方輿勝覽云：「梁山在武陵縣北三十九里，舊名陽山。按舊注云：陽山之女，雲夢之神，嘗以夏首秋分獻魚。唐天寶六載（七四七），始改梁山，漢梁松廟食於此，故以名山。」又輿地紀勝云：「唐元和四年（八〇九），董侹撰修陽山廟碑，唐大和九年（八三五），刺史劉端夫賽請陽山神文，又沱潛别有陽山廟，董、劉二碑在焉。徐鍇方輿記遂謂梁松征蠻死於此，遂爲其神。樂史寰宇記亦祖於此。不知後漢書載松征蠻，歸死洛陽，與此所載不同。」梁松之説固不足信，雲夢神之説尤誕妄。又按：後漢書梁統傳附載梁松事云：「少爲郎，尚光武女舞陰長公主，再遷虎賁中郎將。……光武崩，受遺詔輔政，後坐事下獄死。」通鑑四四：「初，援嘗有疾，虎賁中郎將梁松來候之，獨拜牀下，援不答。松去後，諸子問曰：『梁伯孫帝壻，貴重朝廷，公卿以下莫不憚之，大人柰何獨不爲禮？』援曰：『我乃松父友也。雖貴何得失其序乎？』援討武陵蠻失利，帝乃使松乘驛責問援，因代監軍。會援卒，松因是搆陷援。」此詩題注云「梁松南征」，未知何據，援死後未聞松行止何似，其全師而還者乃宗均也。詩云漢家都尉舊征蠻，尤非事實。松官非都尉，答帝請稱駙馬都尉，漢時尚無此制。松奉使至援軍中，道出武陵，則誠有之。詩云：「荆巫脈脈傳神語」，寫土俗之崇信巫覡耳。又按：寶刻類編劉禹錫條下有陽山祠神二碑。文不傳。

〔荆巫〕史記封禪書集解：「文穎曰：巫，掌神之位次者也。范氏世仕於晉，故祠祝有晉巫，范會支庶留秦爲劉氏，故有秦巫，劉氏隨魏都大梁，故有梁巫，後徙豐，豐屬荆，故有荆巫。」此亦姑備一説，巫自是楚之舊俗，詩亦泛言之耳。

〔連蹋〕西京雜記：「漢宮女以十月十五日相與聯臂踏歌爲節，歌赤鳳來。」連蹋即聯臂踏歌之意。

漢壽城春望

古荆州刺史治亭，其下有子胥廟兼楚王故墳。

漢壽城邊野草春，荒祠古墓對荆榛。田中牧豎燒芻狗，陌上行人看石麟。華表半空經霹靂，碑文纔見滿埃塵。不知何日東瀛變，此地還成要路津？

【箋證】

按：漢書地理志：武陵郡索縣：王先謙補注云：「續志：後漢更名漢壽。劉注：去雒陽二千里。沅水注：澹水出漢壽縣西楊山，南流東折，逕其縣南。縣治索城，即索縣之故城也。闞駰以爲興水，是水又東歷諸湖，方南注沅，亦曰漸水也。水所入處謂之鼎口。沅水自臨沅來東入龍陽縣，合漸水，又逕龍陽縣北，合壽溪下入長沙下雋。一統志：今武陵龍陽縣地，故城在縣東北六十里。」考續漢書郡國志：漢壽故索，陽嘉三年更名，刺史治。宋書州郡志：荆州刺史，漢治武陵漢壽，魏晉治江陵。乃此詩題注所本也。唐時改漢壽爲龍陽，似已非劇邑，詩意亦頗寫其蕭條之景，故云何日還成要路津。然漢時刺史所治，不過行部時使車暫止之處，非如後世刺史必在名城重鎮，備官屬，統軍民也。

又按：以上二首皆禹錫在朗州時游覽故跡之作。

後梁宣明二帝碑堂下作

玉馬朝周從此辭，園陵寂寞對豐碑。千行宰樹荆州道，暮雨蕭蕭聞子規。

【校】

〔園陵〕絶句園作國。崇本陵作林。

【注】

〔宰樹〕公羊傳僖三十三年：宰上之木拱矣。注：宰，冢也。

【箋證】

按：後梁宣、明二帝事具於周書蕭詧傳，傳云：「詧，梁武帝之孫，昭明太子之第三子。中大通三年（五三一），進封岳陽郡王，東揚州刺史。初，昭明卒，梁武帝舍詧兄弟而立簡文，内常愧之。詧既以其兄弟不得爲嗣，常懷不平。……大同元年（五三五），除雍州刺史。詧以襄陽形勝之地，又是梁武創基之所，遂克己勵節，樹恩於百姓。太清中，爲張纘所搆，與梁元帝有隙，攻元帝於江陵，不克，（魏）大統十五年（五四九），乃遣使稱藩，請爲附庸。十六年（五五〇），册命詧爲梁王，於襄陽置百官，承制封拜。魏恭帝元年（五五四），太祖會柱國于謹伐江陵，詧以兵會之。及江陵平，太祖立詧爲梁主，居江陵東城，資以江陵一州之地，其襄陽所統盡歸於我。詧乃稱皇帝於其國，年號大定，其慶賞刑威，官方制度，並同王者，惟上疏則稱臣，奉朝廷正朔。在位八載，年四十四，（周）保定二年（五六二）二月薨，其羣臣等葬之於平陵，謚曰宣皇帝。詧疆土既狹，居常怏怏，每誦老馬伏櫪，志在千里。烈士暮年，壯心不已，未嘗不盱衡扼腕歎咤者久之，遂以憂憤發背而殂。高祖又命其太子巋嗣位，年號天保。……隋文帝執政，尉遲迥、王謙、司馬消難等各起兵。時巋將帥皆密請與師，與迥等爲連衡之勢，進可以盡節於周氏，退可以席卷山南，巋固以爲不可。俄而消難奔陳，迥等相繼破滅。隋文帝既踐極，恩禮彌厚。開皇二年（五八二），隋文帝備禮納巋女爲晉王妃，（按：此即隋煬帝之蕭后。）巋在位二十三載，年四十四，五年（五八五）五月薨，其羣臣葬之於顯陵，謚曰孝文（當作明）皇帝。隋文帝又命其太子蕭琮嗣位，年號廣運。……徵琮叔父岑入朝，因留不遣，後置江陵總管以監之。琮之二年（五八二），隋文帝又徵琮入朝，琮率其臣下二百餘人朝於長安，隋文帝於是廢梁國，梁二主各給守墓十户。尋拜琮爲柱國，封莒國公。自詧初即位，歲在乙亥，至是歲在丁未，凡三十有三歲矣。」此詩云「玉馬朝周」，正以喻琮之被廢於隋也。後梁諸帝之子孫入隋唐多貴顯，爲上族。巋之子瑀且相唐太宗，聯姻唐室，宜令狐德棻修周書，特爲二主立傳，比於載記，而加以褒詞。禹錫同時友人詠此者，元稹楚歌之一云：「梁業雄圖盡，遺孫世業消。宣明徒有號，江漢不相朝。碑碣高臨路，松枝半作樵。唯餘開聖寺，猶學武皇妖。」（按：字句疑有訛。）吕温題梁宣帝陵二首云：「即讐終自翦，覆國豈爲雄？假號孤城裏，何殊在甬東？祀夏功何薄，尊周義不成。凄涼庾信賦，千載共傷情。」「凄涼庾信賦」者，指哀江南賦中「伯兮叔兮同見戮於猶子」一語也。蕭詧骨肉相殘，引狼入室，卒致爲人傀儡，徒擁虚名，坐困一隅而仍不能守，喪家亡國，辱莫甚焉，禹錫不着多語而憤慨之意自見。以下二首皆經荆州時懷古之作。

〔碑堂〕輿地紀勝云：「白碑驛（集古録作白石碑驛）在江陵界，唐蕭嵩爲其祖立碑于驛之北，劉禹錫有題梁宣明二帝墓詩。又云：梁宣、明二帝陵在府西北六十里紀山。」然則此碑蓋爲開元中所建，非後梁當時所立也。金石録跋尾云：「右唐立梁宣帝、明帝二陵碑，開元二十一年（七三三），其裔孫嵩追建，其前題銀青光禄大夫黄門侍郎同中書門下平章事，而姓名已殘缺。按唐紀，開元二十一年（七三三），韓休實爲此官，然則此碑乃休之文也。碑後題金紫光禄大夫行光禄卿駙馬都尉而姓名已殘缺，蓋嵩之子衡也。」

荆州道懷古

南國山川舊帝畿，宋臺梁館尚依稀。馬嘶古樹行人歇，麥秀空城澤雉飛。風吹落葉填宫井，火入荒陵化寶衣。徒使詞臣庾開府，咸陽終日苦思歸。

【校】

〔題〕紹本、崇本州作同。

〔古樹〕全唐詩樹作道，注云：一作樹。

〔澤雉〕全唐詩澤作野，注云：一作澤。

〔荒陵〕全唐詩陵下注云：一作墳，一作林。

【注】

〔庾開府〕周書四一庾信傳：「臺城陷後，信奔于江陵，梁元帝承制除御史中丞……來聘于我，屬大軍南討，遂留長安，江陵平，拜使持節、撫軍將軍、右金紫光禄大夫、大都督……遷驃騎大將軍開府儀同三司。……時陳氏與朝廷通好，南北流寓之士，各許還其舊國。陳氏乃請王褒及信等十數人。高祖唯放王克、殷不害等，信及褒並留而不遣。尋徵爲司宗中大夫。世宗、高祖並雅好文學，信特蒙恩禮，至於趙、滕諸王，周旋欵至，有若布衣之交，羣公碑誌多相請託。唯王褒頗與信相埒，自餘文人莫有逮者。信雖位望通顯，常有鄉關之思，乃作哀江南賦以致其意。」賦之末句云：「咸陽布衣，非獨思歸王子。」

【箋證】

按：自東晉以來，荆州常爲重鎮，擁兵上游，遥綰朝政，故梁元帝戀此不肯還都建康。詩云「舊帝畿」，又云「宋臺梁館」，乃概括三百年中史事言之。而於最近後梁之事言之尤深切也。與上一首蓋皆禹錫行經荆州時作，并疑爲永貞（八〇五）初貶南行至此所作。此詩中兩聯平頭不黏，猶是舊格，元和以後不復有此矣。末聯「徒使詞臣庾開府，咸陽終日苦思歸」，謂庾信由江陵聘魏，自此被留於北，哀江南賦末云：「咸陽布衣，非獨思歸王子。」詩用此語。

朗州竇員外見示與澧州元郎中郡齋贈答長句二篇因而繼和

鴛鷺差池出建章，綵旗朱户鬱相望。新恩共理犬牙地，昨日同含雞舌香。白芷江邊分驛路，山桃蹊外接甘棠。應憐一罷金閨籍，枉渚逢春十度傷。

【校】

〔因而〕明鈔本而作以。

〔蹊外〕英華蹊作溪。

〔逢春〕全唐詩二字下注云：一作相逢。

【注】

〔竇員外〕謂竇常，見卷九武陵北亭記。

〔元郎中〕待考。

〔犬牙〕朗州之北即澧州，故云犬牙地。漢書文帝紀注：「犬牙言地形之交相入也。」

〔雞舌〕漢官儀：「尚書郎含雞舌香奏事。」謂二人皆自郎官出守也。

〔枉渚〕見卷二十二武陵書懷箋證。

【箋證】

按：詩有「枉渚逢春十度傷」之句，必爲元和九年（八一四）在朗州作，至十年（八一五）之春則已由朗州赴召入京矣。竇員外謂竇常，褚藏言竇常傳（全唐文七六一）：「元和六年（八一一）由侍御史入爲水部員外郎，亦既二歲，婚嫁未畢，求牧守之官，出爲朗州刺史。」據常赴任時寄禹錫詩有元和癸巳歲（八一三）之語，即元和八年，尤足證此詩之爲次年春間所作。

〔白芷江〕輿地紀勝云：「芷江在武陵縣東八十里。武陵記云：乃沅水之别派。劉禹錫在朗州，與澧州元郎中詩曰：芷江蘭浦恨無梁，芷江謂朗州也。又曰：白芷江頭分驛路，又曰：十見蠻江白芷生。」清一統志云：「芷水在龍陽縣西。方輿勝覽：即資水之别派，兩岸多生杜蘅白芷，故名。」

早春對雪奉寄澧州元郎中

新賜魚書墨未乾，賢人暫屈遠人安。朝驅旌旆行時令，夜見星辰憶舊官。梅蘂覆階鈴閣煗，雪峯當户戟枝寒。寧知楚客思公子，北望長吟澧有蘭。

【校】

〔暫屈〕全唐詩屈作出。

【注】

〔鈴閣〕晉書羊祜傳：鈴閣之下侍御者不過十數人。漢魏以後，長官治事之處皆稱鈴閣，侍應之人則稱鈴下。

〔思公子〕用楚辭：沅有芷兮澧有蘭，思公子兮未敢言。

【箋證】

按：元郎中尚未能考出何名。王闓運評此詩云：「反用謫居意更深於慰。」（見湘綺樓説詩）似未足以窺其隱。禹錫之意蓋謂元以郎官出守澧州爲遠謫，己則求稍向北至澧州已足爲慰矣。參之本集卷十上杜司徒書中「北距澧浦」數語，可以略知禹錫此時之心情。〔夜見星辰〕後漢書李固傳：「今陛下之有尚書，猶天之有北斗也。」蓋用此意而兼用漢明帝「郎官上應列宿」語。

竇朗州見示與澧州元郎中早秋贈答命同作

鄰境諸侯同舍郎，芷江蘭浦恨無梁。秋風門外旌旗動，曉露庭中橘柚香。玉簟微涼宜白晝，金笳入莫應清商。騷人昨夜聞鶗鴂，不歎流年惜衆芳。

【校】

〔鶗鴂〕全唐詩注云：一作啼鳥。

【箋證】

按：以上三首皆在朗州時酬答之作，此首尤牽率無味，以芷江蘭浦分貼朗、澧二州，聊一點題而已。

衢州徐員外使君遺以縞紵兼竹書箱因成一篇用答佳貺

按此郡本自婺州析置，徐自台州遷。

爛柯山下舊仙郎，列宿來添婺女光。遠放歌聲分白紵，知傳家學與青箱。水朝滄海何時去？蘭在幽林亦自芳。聞道天台有遺愛，人將琪樹比甘棠。

【校】

〔題〕明鈔本貺作贈。

〔徐自〕結一本徐下衍州字。

〔水朝〕紹本、崇本朝作潮。

【注】

〔爛柯山〕按清一統志：爛柯山在西安縣南二十里，杜佑通典謂之石橋山，以中有石橋也。道書謂之青霞第八洞天，一名石室山。梁任昉述異記：晉王質入山采樵，見二童子對弈，質置斧坐觀，童子與質一物如棗核，含之不饑，局終，童子指示曰：汝柯爛矣。質歸鄉里已及百歲，無復舊時人。

【箋證】

按：韓愈集徐偃王碑載徐放爲衢州刺史，徐員外蓋即其人，時代差相合也。舊唐書地理志：垂拱二年，分婺州之信安、龍丘置衢州。故詩有「列宿來添婺女光」之句。

〔縞紵〕新唐書地理志：婺州土貢綿葛紵布等，縞紵，蓋與竹書箱同爲衢州之所産也。

唐秀才贈端州紫石硯以詩答之

端州石硯人間重，贈我應知正草玄。闕里廟堂空舊物，開方竈下豈天然？玉蠌吐水霞光静，綵翰摇風絳錦鮮。此日傭工記名姓，因君數到墨池前。

【校】

〔應知〕全唐詩應作因。

〔廟堂〕紹本、崇本、畿本堂均作中，是。

〔開方〕崇本開作門。

〔數到〕全唐詩到作致。

【注】

〔闕里〕水經注泗水：漢武帝時，魯恭王壞孔子舊宅，……牀前有石硯一枚，作甚朴，云平生時物也。

〔開方〕待考。

〔墨池〕按墨池傳説不一。宋九域志：王右軍墨池在越州之會稽郡。按臨川亦有王右軍墨池。宋曾鞏作墨池記。

【箋證】

按：詩有「贈我應知正草玄」之句，疑禹錫在朗州時有志著書，故云。

〔端州紫石硯〕李賀有楊生青花紫石硯歌云：「端州石工巧如神，踏天磨刀割紫雲。傭刓抱水含滿唇，暗灑萇弘冷血痕。紗帷晝暖墨花春，輕漚漂沫松麝熏。乾膩薄重立脚匀，數寸秋光無日昏。圓毫促點聲静新，孔硯寬頑（一作碩）何足云？」此足徵元和中盛以端州紫石硯爲貴。

又按：東坡題跋：「杜叔元……蓄一硯，云家世相傳是許敬宗硯，始亦不甚信之。後官於杭州，漁人於浙江中網得一銅匣，其中有鑄成許敬宗字。硯有兩足正方，而匣亦有容足處，不差毫毛，始知真敬宗物。……乃問莘老求而得硯，端溪紫石也，而滑潤如玉，殺墨如風，其磨墨處微窪，真四百餘年物也。」據此，則唐初已重端硯。

又按：鄒炳泰午風堂叢談：「柳公權論硯云：端溪石爲硯至妙，益墨，青紫色者可直千金，水中石其色青，山半石紫，山頂石尤潤如豬肝色者佳，貯水處有赤白黄點，世謂鸜鵒眼，脈理黄者謂之金線。相硯之法始此。宋人論端硯三坑石雖詳，不若柳説之簡確也。劉禹錫有謝唐秀才端州紫石硯詩，李賀有青花紫石硯歌，李咸用有端溪硯詩，端石之重，唐時已然矣。」皆足見唐代習尚。

覽董評事思歸之什因以詩贈

幾年油幕佐征東，郤泛滄浪狎釣童。攲枕醉眠成戲蝶，抱琴閑望送歸鴻。文儒自襲膠西相，倚杖能齊塞上翁。更説扁舟動鄉思，青菰已熟奈秋風。

【校】

〔倚杖〕紹本、崇本、畿本、英華杖均作伏，似是。全唐詩作伏，注云：一作杖。

【注】

〔膠西相〕謂董仲舒。

【箋證】

按：董評事謂董侹，據外集卷十董府君墓誌，評事蓋其在使幕中所署之銜。惟侹最後爲荆南節度推官，詩不當云「油幕佐征東」，或前此尚爲他鎮幕職。侹以元和七年（八一二）卒，禹錫作此詩時，殆去其卒不遠，所謂思歸，未知究指何處。

又按：集中涉及侹者，尚有本集卷十九、二十二、二十三，外集卷十各篇。

松滋渡望峽中

渡頭輕雨灑寒梅，雲際溶溶雪水來。夢渚草長迷楚望，夷陵土黑有秦灰。巴人淚應猿聲落，蜀客船從鳥道回。十二碧峯何處所？永安宫外是荒臺。

【校】

〔是荒臺〕王夫之唐詩評選作有荒苔。全唐詩是下注云：一作有。

【箋證】

按：由江陵南至朗州，西至夔州，皆當經松滋。禹錫之赴貶朗州，是往湘南中途聞命，似不當由此路。據詩意亦似赴夔州刺史任，其時正在長慶元二年（八二二）冬末春初，與「寒梅雪水」之句亦相合。

又按：前人之評此詩者，王夫之唐詩評選云：「自然感慨，盡從景得，斯謂景中藏情。七言以句長得敗者，率用單字雙字垛砌如累卵。字字有意，則謇吃不了，有無意之字，則是五言而故續鳧項也。不知者偏於此著力，謂之句眼，如蚓已斷而黏以膠，兩頭自活，著力處即死。故七言之聖證，惟有字欲長行，意欲一色，錢、劉以下，以此律之，都不入耳。惟杜襄陽能用四字，亦解一意。要惟筆力高秀，卓絶古今故能爾爾，夢得多用三字，韓信之餘，定推曹參野戰，餘子碌碌，何足道哉！」蓋夫之之意，謂此詩夢渚草、夷陵土、巴人淚、蜀客船之類，意一貫而字不能增減，乃七言詩之勝義也。

〔松滋〕舊唐書地理志：荆州，松滋：亦漢縣名，屬廬江郡，晉時松滋縣人避亂至此，乃僑立松滋縣，因而不改。

〔夷陵〕太平御覽一六七引十道志：「夷陵郡，春秋戰國並楚地。史記：秦昭王二十九年，秦將白起攻楚，燒夷陵。」

〔永安宫〕三國志蜀志先主傳：「先主殂于永安宫。」太平寰宇記：「劉先主改魚復爲永安，仍於州西七里列置永安宫。」

揚州春夜李端公益張侍御登段侍御平仲密縣李少府暢祕書張正字復元同會於水館對酒聯句追刻燭擊銅鉢故事遲輒舉觥以飲之逮夜艾羣公沾醉紛然就枕余偶獨醒因題詩於段君枕上以志其事

寂寂獨看金燼落，紛紛只見玉山穨。自羞不是高陽侶，一夜星星騎馬回。

【校】

〔題〕全唐詩仲作路，注云：一作仲。

〔星星〕崇本作醒醒。全唐詩注云：一作惺惺。

【箋證】

按：此詩題中所列諸人，皆揚州杜佑使府同幕。但惟段平仲傳載其爲杜佑掌書記，餘人則不載於史傳。獨稱李益爲端公者，蓋益帶侍御史，官階較高，其帶殿中、監察者，則但稱侍御。揚州大鎮，杜佑又久居此任，故所辟多知名之士。禹錫少年之作罕存集中，此篇尤爲可珍。

〔李端公益〕唐詩紀事云：「益，姑臧人，大曆四年（七六九）登第。其受降城聞笛詩，教坊樂人取爲聲樂度曲。又有寫征人歌、早行詩爲圖畫者，迴樂峯（按：當作烽，指烽台。）前沙似雪之詩是也。益有心疾，不見用。及爲幽州劉濟營田副使，獻詩有感恩知有地，不上望京樓之句，左遷右庶子。年且老，門人趙宗儒自宰相罷免，年七十餘，益曰：此吾爲東府所送進士也。聞者憐益之困，後遷禮部尚書，致仕卒。」此文不甚確，營田副使不得云左遷右庶子，文中疑有脱誤。別詳附録。外集卷三和令狐相公言懷寄河中楊少尹詩亦涉及益，稱爲李尚書。益，舊唐書一三七、新唐書一二八均有傳。

〔張侍御登〕張登見新唐書藝文志，有集六卷，注云：「貞元漳州刺史。」全唐詩小傳：南陽人，江南士掾，滿歲，計相表爲殿中侍御，董賦江南，俄拜漳州刺史。」別詳附録。

〔段侍御平仲〕段平仲，舊唐書一五三、新唐書一六二均有傳。傳云：「武威人，登進士第。杜佑、李復相繼鎮淮南，皆表平仲爲掌書記，復移鎮華州、滑州，仍爲從事。（按：李復自華州鎮滑州，據紀爲貞元十年〈七九四〉事，未見其鎮淮南年月。）入朝爲監察御史。平仲磊落尚氣節，嗜酒傲言。時德宗春秋高，多自聽斷，由是庶務壅隔，事或不理。中外畏上嚴察，無敢言者。平仲嘗謂人曰：主上聰明神武，臣下畏懼不言，自循默耳。如平仲一得召見，必當大有開悟。貞元十四年（七九八），京師旱，詔擇御史郎官各一人發廩賑恤。平仲與考功員外郎陳歸當奉使，因辭得對。乃入近御座，粗陳本事。上察平仲意有所畜，以歸在側不言，及奏事畢退，平仲獨不退，欲有奏啓，上因兼留歸問之，聲色甚厲，雜以他語。平仲錯愕，都不得言，因誤稱其名，上怒，叱出之。平仲蒼黄又誤趨御障後，歸下階連呼乃得出。由是坐廢七年，然亦因此名顯。後除屯田、膳部二員外郎，東都留守判官，累拜右司郎中。元和初，遷諫議大夫。内官吐突承璀爲招討使，征鎮州，無功而還。平仲與吕元膺抗疏論列，請加黜責，轉給事中。自在要近，朝廷有得失未嘗不論奏。時人推其狷直，轉尚書左丞，（按：新唐書作右丞，與本集卷三十合，是。）以疾改太子左庶子卒。」

〔李少府暢〕李暢待考。

〔張正字復元〕登科記考云：「劉禹錫送張盥赴舉序：古人以偕受學爲同門友，今人以偕昇名爲同年友，余與張盥爲丈人，由是道也。又贈詩云：永懷同年友，追想出谷晨。三十二君子，齊飛凌煙旻。按唐人謂同年之父爲同年丈人，禹錫蓋與張盥之父同年，疑即張復元，俟考。」又文苑英華載有張復元風光草際浮詩及太清宫觀紫極舞賦。又登科記考引嘉話録云：「唐柳宗元與劉禹錫同年及第，題名於慈恩塔，談元茂秉筆，時不欲名姓彰者曰押縫板子上者，（按此句有脱誤。）率多不達，或即不久物故。柳起草暗斟酌之。張復元以下，馬徵、鄧文佐名盡著版子矣。」據此則復元之仕履必不騰達，或且未幾云亡也。又唐語林一及太平廣記一八六引嘉話録：「宣平鄭相之銓衡也……陳諷、張復元各注畿縣尉，請換縣，允之，既而張却請不換。鄭榜子引張，纔入門，報已定，不可改，時人服之。」此禹錫所記之涉及復元者。

附録一　朱駿聲李益傳（傳經室文集八）

李益，字君虞，隴西姑臧人。肅宗朝宰相揆之族子，行第居十。始八歲，燕戎亂華。大曆四年（七六九），年二十，登進士第，明年至長安，有僕秋鴻隨之。二十三，以書判登拔萃科，授鄭縣尉，久不調，北游河朔，劉濟辟爲營田副使。獻詩有「不上望京樓」之句。十八載多在兵間。憲宗聞其名，召爲祕書少監，集賢殿學士。自負才地，多所凌忽。諫官舉其幽州怨望詩句，降居散秩。尋復用爲太子賓客，集賢學士判院事，轉右散騎常侍。長慶初，益府試官時所送進士趙宗儒年七十六罷相，已三十餘年，而益猶爲常侍。大和初，以禮部尚書致仕卒。益長於詩歌，貞元末，與宗人李賀齊名，每作一篇，爲教坊樂人賂得，唱爲供奉歌辭。其征人歌、早行篇，好事者畫爲屏障。「迴樂峯前沙似雪」之句，世以爲歌。「開簾風動竹，疑是故人來」句，名妓閨秀輒誦之。爲尚書時，有宗人庶子同姓名，人謂尚書爲文章李益，庶子爲門户李益。爲人夙有癡疾，多猜忌，防閑妻妾特甚，時謂妬癡爲李益疾云。初故霍王有寵婢浄持生女小玉。王薨，弟兄以其賤庶遣居於外，易姓鄭，遂爲娼家，女才色雙絶，益在長安，諧慕繾綣，遂約偕老，居二載，日夕不離，厥後益授尉之官，時玉纔十八，益二十有二。玉曰：「君至三十，可別娶以成大禮，玉亦願畢入空門耳。」益之任後，假往東都覲親，太夫人已爲聘長安甲族盧女，益家貧，涉歷江淮貸婚貲，而自以負約，不令玉聞其事，音問遂隔。玉痛憶成疾。嘗以幼小上鬟時紫玉釵遣侍婢貨錢十二萬賂以訪益，益二十四就親長安，終不欲一往玉許，玉偵知之，日夜悲泣，病遂革。時有一豪士挾益行，强之見玉，陳數語，一慟而絶。後月餘，益婚於盧，忽得心疾，時有所見，輒疑盧曖昧事，繼訟於官出盧，其侍妾有廣陵營十一娘者最寵，益出必以浴斛覆之，封署爲識。又嘗蓄一利劍，謂侍婢輩曰：此信州葛溪鐵，惟斷作罪過頭。大率所近婦人即加猜忌，至於三娶率如初，故散灰扃户之談著於史籍。益逸事時時見於小説家，爰附綴焉。

附録二　權德輿唐故漳州刺史張君集序（全唐文四九三）

清河張登，剛潔介特，不趨和從俗，循性屬詞，發爲英華，以河南士掾滿歲，計相表爲殿中侍御史，董賦江南，無何，授漳州刺史。居七年，坐公事受劾，吏議侵誣，胸臆約結，感疾不起。君疾卑諂細人，白黑太明，矯枉憤厲，往往過正。故其賦有云：「鶡必鬥而知斃，龍雖屠而不馴。」又云：「賤而榮兮跌而喪，痛一世之紛綸。」皆所以感慨頓挫放言，而兆憂賈禍，恒必由之。二十年間，數免希遷，志力相盭，斯亦從古才士之所患也。（唐詩紀事略同）

逢王十二學士入翰林因以詩贈　時貞元二十年，王以藍田尉充學士。

廐馬翩翩禁外逢，星槎上漢杳難從。定知欲報淮南詔，促召王褒入九重。

【校】

〔十二〕紹本字模餬，崇本作二十，是。

〔二十年〕全唐詩作二十二年，誤。

【注】

〔廐馬〕詳見外集卷七浙西李大夫示述夢詩。

〔星槎〕荆楚歲時記：張騫尋河源，乘槎經月，至一處見城郭如州府，室内有一女織。又見一丈夫牽牛飲河。騫問曰：此是何處？答曰：可問嚴君平。織女取支機石與騫俱還。後至蜀問君平，君平曰：某年某月客星犯牛斗。支機石爲東方朔所識。

【箋證】

按：王十二謂王涯，已見本集卷二，十二當作二十或二十一。唐語林六：永寧王二十、光福王八二相皆出於先安邑李丞相之門。韓愈集亦有酬王二十舍人涯雪中見寄詩，又赴江陵途中寄贈王二十補闕李十一拾遺李二十六員外翰林三學士詩，謂王涯、李建、李程也。惟孟郊集有與王二十一員外涯遊枋口柳溪詩，又有與王二十一員外涯遊昭成寺詩，或當時即兩稱之也。涯本傳：貞元八年（七九二）進士擢第，登宏詞科，釋褐藍田尉。二十年（八〇四）十一月，召充翰林學士，拜右拾遺，左補闕，起居舍人，皆充内職。與詩注合，正禹錫任監察御史時。禹錫自渭南主簿入爲監察，於涯之自藍田尉之入翰林，仍有企羡之意，故以「星槎上漢杳難從」爲喻。此蓋二人相識之始，後此則升沉逈判，大和初，二人雖同在京，涯方爲計相，聲勢赫奕，恐未嘗爲禹錫援手。然大和末汝州、同州之除，正涯在相位之時，或亦由其援引。甘露之變，涯被慘害，禹錫當不能不追念平生，特不敢形諸語言耳。

〔欲報淮南詔〕漢書淮南王安傳：武帝以安屬爲諸父，辯博善爲文辭，甚尊重之，每爲報書及賜，常召司馬相如等視草乃遣。此詩云：「定知欲報淮南詔，促召王褒入九重。」時代不相接，乃借王褒以切王姓，非誤用典也。又古人爲詩，驅使故事，但取大意，聊資比附，如王維之「衛青不敗由天幸」，亦是其例。

闕下口號呈柳儀曹

綵仗神旗獵曉風，雞人一唱鼓蓬蓬。銅壺漏水何時歇？如此相催即老翁。

【校】

〔蓬蓬〕畿本作逢逢，全唐詩注云：一作逢逢。

【箋證】

按：柳儀曹謂柳宗元，貞元二十一年（八〇五），宗元初轉禮部員外郎，二人皆年甫三十，而詩意已有遲暮之感，其獲躁進之譏，殆亦有由。

〔鼓蓬蓬〕新唐書百官志：「左右金吾衛左右街使掌分察六街徼巡。日暮鼓八百聲而門閉，五更二點，鼓自内發，諸街鼓承振，坊市門皆啓，鼓三千撾，辨色而止。」李賀有官街鼓一詩云：「曉聲隆隆催轉日，暮聲隆隆催月出。漢城黄柳映新簾，柏陵飛燕埋香骨。磓碎千年日長白，孝武秦皇聽不得。從君翠髮蘆花色，獨共南山守中國。幾回天上葬神仙，漏聲相將無斷絶。」語意與此詩相發明。

監祠夕月壇書事　其禮用晝。

西皞司分晝夜平，羲和亭午太陰生。鏗鏘揖讓秋光裏，觀者如雲出鳳城。

【校】

〔用晝〕中山集用作周，誤。

〔鏗鏘〕全唐詩注云：一作鏘鏘。

〔秋光〕崇本、明鈔本光均作風。

【箋證】

按：此當是貞元十九、二十年（八〇三、八〇四）禹錫爲監察御史時所作，應在前一首之前。

附録　柳宗元監察使壁記

周禮，祭僕視祭祀有司百官之戒具，誅其不敬者。漢以侍御史監祠。唐開元禮：凡大祠若干，中祠若干，咸以御史監視，祠官有不如儀者以聞。其刻印移書則曰監祭使。寶應中尤異其禮，更號祠祭使，俄復其初。又制，凡供祠之吏，雖當齋戒，得以決罰。由是禮與敬無不足者。聖人之於祭祀，非必神之也，蓋亦附之教也。事於天地，示有尊也，不肅則無以教敬。事於宗廟，示廣孝也，不肅則無以教愛。事於有功烈者，示報德也，不肅則無以勸善。凡肅之道，自法制始。奉法守制，由御史出者也。故將有事焉，則祠部上其日，吏部上其官，奉制書以來告，然後頒于有司，以謹百事。太常修其禮，光禄合其物，百工之役，先一日咸至于祠而考閲焉。御史會公卿有司執簡而臨之。故其粢盛牲牢酒醴菜果之饌，必實于庖廚，鐘鼓笙竽琴瑟戛擊之樂，簨簴綴兆之數，必具于庭内，樽彝罍洗俎豆醆斝之器，必絜于壇堂之上。奉奠之士，贊禮之童，樂工舞師洎執役而衛者，咸引數其實。設篚朴于堂下以修官刑，而羣吏莫敢不備物。羅奏牘于几上以嚴天憲，而衆官莫敢不盡誠。而祭之日，先升立于西階之上以待卒事。其禮之周旋，樂之節奏，必周知之。退而視其燔燎瘞埋，終之以敬也。居常則飭四方祀貢之物，以時登于王府，服器之修具，祠宇之繕理，牛羊毛滌之節，三宮御廩之實，畢備而聽命焉。舊以監察御史之長居是職。貞元十九年（八〇三）十二月，御史多缺，予班在三人之下，進而領焉。明年，中山劉禹錫始復舊制，由禮與敬以臨其人，而官事益理。制令有不宜于時者，必復于上，革而正之，于是始爲記，求簿書得爲是職者若干人書焉。

戲贈崔千牛

學道深山許老人，留名萬代不關身。勸君多買長安酒，南陌東城占取春。

【校】

〔許老〕紹本、崇本、畿本、絶句許均作虚。

【箋證】

按：舊唐書職官志，左右千牛衛爲十六衛之一，千牛備身，左右執弓箭以宿衛，以崔千牛蓋備身之流。許老人未詳。崔、許蓋在當時各有人所共知之本事，今無從徵實矣。

元和甲午歲詔書盡徵江湘逐客余自武陵赴京宿於都亭有懷續來諸君子

雷雨江湖起卧龍，武陵樵客躡僊蹤。十年楚水楓林下，今夜初聞長樂鐘。

【校】

〔雷雨〕紹本、崇本、畿本、中山集雷均作雲。按：雷雨取易解卦之義，作雲者非。

〔江湖〕紹本、崇本、畿本、絶句湖均作湘。全唐詩作山，注云：一作湘，一作湖。

【箋證】

按：元和甲午爲元和十年（八一五），禹錫被召還京，同被召者不止王、韋一獄中人，元稹亦以是時自唐州司馬被召。據紀，劉、柳等以三月乙酉再貶，乙酉爲十四日，而稹以三月二十五日再貶通州司馬。可見此次召而復貶，有始而主之者，有從而沮之者。而史不具言。通鑑二三九云：「王叔文之黨坐謫官者十年不量移，執政有憐其才欲漸進之者，悉召至京師，諫官爭言其不可，上與武元衡亦惡之。」此沿舊史而爲之詞，實非止王叔文之黨也。恐元稹之外仍有他人，今未能考得耳。意者執政或爲李吉甫，吉甫發此議，未幾而卒。武元衡、張弘靖、韋貫之等言於憲宗，事遂中變，而禹錫之遭嫉忌尤甚，故獨得最遠之謫郡也。此詩以武陵樵客自喻，以卧龍喻續來之遷客，詩意頗露欣快，尚不料覆雨翻雲如是之速也。

江陵嚴司空見示與成都武相公唱和因命同作

南荆西蜀大行臺，幕府旌門相對開。名重三司平水土，威雄八陣役風雷。彩雲朝望青城起，錦浪秋經白帝來。不是郢中清唱發，誰當丞相掞天才？

【箋證】

按：嚴司空謂嚴綬，已見本集卷二十二寄荆南嚴司空詩。綬本傳云：前後統臨三鎮，皆號雄藩，所稱士親睹爲將相者凡九人。據元稹所撰行狀，綬乃大曆八年（七七三）張謂知貢舉下進士，所謂所稱士九人，武元衡蓋其一也。元衡以元和八年（八一三）自西川徵還入相，此詩之作自在未徵入以前，禹錫仍在郎州。不宜編在此處。

又按：武元衡酬嚴司空荆南見寄詩云：「金貂再領三公府，玉帳連封萬户侯。簾捲青山巫峽曉，煙開碧樹渚宫秋。劉琨坐嘯風清塞，謝朓題詩月滿樓。白雪調高歌不得，美人南國翠蛾愁。」嚴詩未見。

徵還京師見舊番官馮叔達

前者匆匆襆被行，十年顦顇到京城。南宫舊吏來相問，何處淹留白髮生。

【校】

〔番官〕崇本番作曹，誤。必校者不詳番官之義而臆改，番官見唐六典。

〔南宫〕崇本宫作曹。按：南宫謂尚書省，即南曹也。

【箋證】

按：此番官必禹錫爲屯田員外郎時之尚書省掾吏，元和十年（八一五）還京重遇之而有感。番官者，唐六典一：「隋令稱掌事，皇朝稱掌固，主守掌倉庫及廳事鋪設，職與古殊，與亭長皆爲番上下，通謂之番官。轉入府史，從府史轉入令史，選轉皆試判。」又番官得經管公廨錢。唐會要九三：「諸司置公廨本錢，以番官貿易取息，計員多少爲月料。」南宮者，唐人通以爲尚書省之稱。見本集卷二奚公神道碑箋證。

故洛城古牆

粉落椒飛知幾春，風吹雨灑旋成塵。莫言一片危基在，猶過無窮來往人。

【箋證】

按：此當爲禹錫初罷和州歸洛陽時有感而作。

元和十一年自朗州承召至京戲贈看花諸君子

紫陌紅塵拂面來，無人不道看花回。玄都觀裏桃千樹，盡是劉郎去後栽。

【校】

〔十一〕英華無一字，是。按：禹錫等之召還，正在元和十年（八一五）之春，非十一年。

〔去後〕全唐詩去下注云：一作別。英華與一作同。

【箋證】

按：玄都觀之有桃花，唐人詩中所屢見。姚合遊昊天玄都觀詩有云：「陰徑紅桃花，秋壇白石生。」章孝標玄都觀栽桃詩有云：「驅使鬼神功，攢栽萬樹紅。薰香丹鳳闕，妝點紫瓊宮。」孝標爲元和十四年（八一九）進士，與禹錫所謂「盡是劉郎去後栽」者正合。又蔣防有玄都樓桃詩云：「舊傳天上千年熟，今日人間五日香。紅軟滿枝須作意，莫交（教）方朔施偷將。」則似亦詠玄都觀桃者。

又按：禹錫以元和十年（八一五）春至京，正是看桃花時，此亦寫實，非必遽有所刺。詩題「十一年」，誤衍一字，是年三月已再貶連州矣。

〔玄都觀〕唐兩京城坊考四：「崇業坊玄都觀，隋開皇二年，自長安故城徙通道觀於此，改名玄都觀，東與大興善寺相比。初，宇文愷置都，以朱雀街南北盡郭有六條高坡，象乾卦，故於九二置宮殿以當帝王之居，九三立百司以應君子之數。九五貴位，不欲常人居之，故置此觀及興善寺以鎮之。」此必當時所傳之妄説。

再遊玄都觀絶句 并引

余貞元二十一年爲屯田員外郎時，此觀未有花。是歲出牧連州，尋貶朗州司馬，居十年，召至京師。人人皆言有道士手植仙桃，滿觀如紅霞，遂有前篇以志一時之事。旋又出牧，今十有四年，復爲主客郎中。重遊玄都，蕩然無復一樹，唯兔葵燕麥動摇於春風耳。因再題二十八字以俟後遊。時大和二年三月。

百畝中庭半是苔，桃花浄盡菜花開。種桃道士歸何處？前度劉郎今又來。

【校】

〔此觀〕崇本觀下有中字。

〔有花〕崇本花下有木字。

〔尋貶〕紹本無尋字，非。

〔紅霞〕崇本紅作晨，上有爍字。

〔旋又〕崇本又作左，誤。

〔今十〕崇本、本事詩今上均有于字。

〔復爲〕崇本復作得。

〔重遊玄都〕崇本玄都作茲觀。

〔三月〕崇本下有某日二字。

〔中庭〕英華、全唐詩均作庭中。

〔浄盡〕崇本浄作静，全唐詩浄下注云：一作開，一作落。

〔今又〕紹本、崇本、本事詩又作獨，才調集作復，全唐詩注云：一作獨。

【箋證】

按：本事詩云：「劉尚書自屯田員外左遷朗州司馬，凡十年始徵還，方春作贈看花諸君子曰：紫陌紅塵拂面來……其詩一出，傳於都下，有素嫉其名者，白於執政，又誣其有怨憤。他日見時宰，與坐，慰問甚厚，既辭，即曰：近者新詩未免爲累，奈何！不數日出爲連州刺史。其自敍云：貞元二十一年余爲屯田員外時……」錢大昕養新録辨之云：「劉禹錫傳：由和州刺史入爲主客郎中，復作遊玄都詩，且言始謫十年還京師，道士植桃，其盛如霞，又十四年過之，無復一存，唯兔葵燕麥動摇春風耳。以詆權近。聞者益薄其行，俄分司東都。今以禹錫集考之，再遊玄都絶句在大和二年（八二八）三月，是歲歲次戊申，而自和州刺史除主客郎中分司東都，則在大和元年（八二七）六月，是分司在前題詩在後也。以郎中分司東都本是一事，初未到京師也。次年以裴度薦起元官直集賢院，方得還都，玄都詩正在此時，距元和十年（八一五）乙未自朗州被召，恰十四年矣。集中又有蒙恩轉儀曹郎依前充集賢學士舉韓湖州自代詩，可見初入集賢猶是主客郎中，後乃轉禮部也。史云以薦爲禮部郎中集賢直學士，猶未甚核。至玄都詩雖含譏刺，亦詞人感慨今昔之常情，何至遂薄其行？史家不考年月，誤仞分司與主客爲兩任，疑由題詩獲咎，遂甚其詞耳。」以上錢氏之説，徵之集中各詩，皆的然無疑。舊唐書之誤，在大和二年（八二八）自和州刺史徵還拜主客郎中，二年當作元年。其誤猶小。新唐書則云：俄分司東都，又云：裴度薦爲禮部郎中集賢直學士，非獨事之先後不符，直學士之直字亦與唐制不合。錢氏所糾皆指新唐書而言。自唐史採摭傳説，幾於衆口一詞，牢不可破，一似禹錫真以桃花詩而妨仕進者。殊不知同貶者尚有永貞一案中人，又有不在此案中之元稹。何嘗皆緣此詩？甚矣史之難盡信也。然禹錫爲此二詩，固必爲當時傳誦，惡之者從而加謗，諒亦事實耳。又按：前人之評此詩者，瞿佑歸田詩話云：「劉夢得初自嶺外召還，賦看花詩云：玄都觀裏桃千樹，盡是劉郎去後栽。以是再黜，久之又賦詩云：種桃道士歸何處？前度劉郎今又來。譏刺並及君上矣。晚始得還，同輩零落殆盡。有詩云：昔年意氣壓羣英，幾度朝回一字行。二十年來零落盡，兩人相遇洛陽城。又云：休唱貞元供奉曲，當時朝士已無多。又云：舊人惟有何戡在，更與殷勤唱渭城。蓋自德宗後，歷順、憲、穆、敬、文、武、宣凡八朝，暮年與裴、白優游緑野堂，有在人稱晚達，於樹比冬青之句，又云：莫道桑榆晚，爲霞尚滿天。其英邁之氣老而不衰如此。」此論非無見地，而以禹錫歷宣宗朝，又謂自嶺外召還，皆信筆之誤，不足據。

〔兔葵燕麥〕容齋三筆三：劉禹錫再遊玄都觀詩序云：唯兔葵燕麥動揺春風耳。今人多引用之。

予讀北史邢劭傳，載劭一書云：國子雖有學官之名，而無教授之實，何異兔絲燕麥南箕北斗哉？然則此語由來久矣。爾雅曰：莃，兔葵。蘥，雀麥，郭璞注曰：頗似葵而葉小，狀如藜。雀麥即燕麥，有毛。廣志曰：兔葵爚之可食。古歌曰：田中兔絲，何嘗可絡？道邊燕麥，何嘗可穫？皆見於太平御覽。上林賦：葴析苞荔。張揖注曰：析似燕麥，音斯。葉庭珪海録碎事云：「兔葵苗如龍芮，花白莖紫。燕麥草似麥，亦曰雀麥。但未詳出於何書。」又丹鉛總録四：「古樂府云：道旁兔絲，何嘗可絡？田中燕麥，何嘗可穫？言虚名無用也。蓋兔絲非絲而有絲之名。劉禹錫文作兔葵燕麥，非也。」按：禹錫自用爾雅，非用古樂府，兔葵燕麥以言不種而自生之草耳。

望夫石 正對和州郡樓。

終日望夫夫不歸，化爲孤石苦相思。望來已是幾千載，只似當時初望時。

【校】

〔題〕崇本石作山。

〔千載〕全唐詩載下注云：一作歲。

〔當時〕全唐詩時下注云：一作年。

【箋證】

按：太平寰宇記：「望夫山在太平州當塗縣北四十七里。昔有人往楚，累歲不還，其妻登此山望夫，乃化爲石，其山臨江，周圍五十里，高一百丈。」李白集有望夫山詩，爲姑孰十詠之一。此詩題注云正對和州郡樓，即白所詠之望夫山也。他如水經注，濁漳水又東北歷望夫山，太平御覽五二引世説，武昌陽新縣有望夫石，引輿地志，南陵縣有女觀山，俗傳婦人化爲石，輿地紀勝江州德安縣有望夫山，異説紛紜，不可究詰，非禹錫此詩所指也。此詩自是在和州時詠古之作。

又按：前人之評此詩者，吳曾辨誤録云：「陳無己詩話：望夫石在處有之，古今詩人惟用一律，惟劉夢得云：望來況是幾千歲，只是當年初望時。語雖拙而意工。」字句小異，蓋記憶偶疏。又吳文溥南野堂筆記云：「古今題望夫山詩，如劉夢得：望來已是幾千載，只似當年初望時。顧況：山頭日日風和雨，行人歸來應有語，乃最好。」

金陵五題 并引

余少爲江南客而未遊秣陵，嘗有遺恨。後爲歷陽守，跂而望之。適有客以金陵五題相示，逌爾生思，欻然有得。他日友人白樂天掉頭苦吟，歎賞良久，且曰石頭題詩云：潮打空城寂寞回，吾知後之詩人不復措詞矣。餘四詠雖不及此，亦不孤樂天之言爾。

【校】

〔引〕紹本、崇本、全唐詩均作序，非。

〔逌爾〕結一本逌作迺。按：語出文選班固答賓戲，作逌者是。

〔石頭題詩〕紹本、崇本、畿本、中山集均無題字。

【箋證】

按：子劉子自傳（外集卷九）：天寶末，舉族東遷，後爲浙西從事。故有少爲江南客之語。詩引又云：未遊秣陵，嘗有遺恨。此詩自是在和州時作，及罷和州，即往遊金陵矣。

石頭城

山圍故國周遭在，潮打空城寂寞回。淮水東邊舊時月，夜深還過女牆來。

【注】

〔石頭城〕元和郡縣志：江南道潤州上元縣，石頭城在縣西四里，即楚之金陵城也。吴改爲石頭城。建安十六年（二一一），吴大帝修築，以貯財寶軍器，有戍。

〔淮水〕太平御覽六五引江寧圖經曰：淮水北去縣一里。又引輿地志曰：秦始皇巡會稽，鑿斷山阜，此淮即所鑿也，亦名秦淮。

〔女牆〕釋名釋宫室：城上垣曰睥睨，亦曰女牆，言其卑小。比於城若女子之於丈夫也。

【箋證】

六朝事迹編類云：「吴孫權沿淮立栅，又於江岸必争之地築城，名曰石頭，常以腹心大臣鎮守之。今石城故基乃楊行密稍遷近南，夾淮帶江以盡地利。其形勢與長干山連接。輿地志云：環七里一百步，在縣西五里，去臺城九里，南抵秦淮口，今清涼寺之西是也。諸葛亮論金陵地形云：鍾阜龍蟠，石城虎踞，真帝王之宅，正謂此也。」禹錫詩引中頗道此詩之妙，後之論者亦無異詞。蓋其微旨在指出天險之不足恃也。又前人之評此詩者，焦氏筆乘云：「山圍故國周遭在，潮打空城寂寞回，樂天嘆爲警絶。子瞻云：山圍故國城空在，潮打西陵意未平，則又以己意斡旋用之，然不及劉。」

烏衣巷

朱雀橋邊野草花，烏衣巷口夕陽斜。舊時王謝堂前燕，飛入尋常百姓家。

【校】

〔舊時〕紹本、崇本、畿本時均作來，全唐詩注云：一作來。按：作來較合唐人語。

【箋證】

按：前人之評此詩者，謝榛四溟詩話云：「作詩有三等語：堂上語，堂下語，階下語，知此三者，可與言詩矣。凡上官臨下官，動有昂然氣象，開口自別。若李太白：黄鶴樓中吹玉笛，江城五月落梅花。此堂上語也。凡下官見上官，所言殊有條理，不免局促之狀，若劉禹錫：舊時王謝堂前燕，飛入尋常百姓家。此堂下語也。凡訟者説得顛末詳盡，猶恐不能勝人，若王介甫：茅簷長埽浄無苔，花木成蹊手自栽。此階下語也。」又沈德潛唐詩别裁云：「言王謝家成民居耳，用筆巧妙，此唐人三昧也。」

〔朱雀橋〕輿地紀勝云：「按宫苑記，吴立，初名太航門，南臨淮水，北直宣陽門，去臺城七里。晉孝武太元三年，起朱雀門，上有兩銅雀，楣上刻木爲龍虎，對立左右。」朱雀橋即對朱雀門之橋也。

〔烏衣巷〕輿地紀勝云：「秦淮南去朱雀橋不遠，至晉紀瞻立宅烏衣巷，王導自卜烏衣宅。南史謝密傳：琨風格高峻，少所交納，惟與族子靈運、瞻、曜、弘微並以文義賞會，常共宴處，居在烏衣巷，故謂之烏衣之遊。」

〔王謝〕王謝二字後人有異説。草堂詩話云：「建安嚴有翼藝苑雌黄曰：劉夢得詩云：朱雀橋邊野草花……朱雀橋、烏衣巷皆金陵故事。輿地志：晉時王導自立烏衣宅，宋時諸謝曰烏衣之聚，皆此巷也。王氏謝氏乃江左衣冠之盛者。故杜甫詩云王謝風流遠，又云從來王謝郎，是也。比觀劉斧摭遺小説又曰：王榭，金陵人，世以航海爲業。一日海中失船，泛一木登岸，見一翁一嫗，皆衣皁，引榭至所居，乃烏衣國也。以女妻之。既久，榭思歸，復乘雲軒泛海，至其家，有二燕棲於梁上，榭以手招之，即飛來臂上，取片紙書小詩繫於燕尾曰：誤到華胥國裏來，玉人終日苦憐才。雲軒飄去無消息，灑淚臨風幾日迴。來春，燕又飛來榭身上，有詩云：昔日相逢冥數合，如今睽遠是生離。來春縱有相思字，三月天南無雁飛。至來歲竟不至，因目榭所居爲烏衣巷。劉斧改謝爲榭，以王榭爲一人姓名，其言既怪誕，遂託名於錢希白，終篇又取劉夢得詩以實其事。希白不應如此之謬，是直劉斧之妄言耳，不足信也。」又吴曾辨誤録云：「近世小説尤可笑者，莫如劉斧摭遺集所載烏衣傳引劉禹錫詩朱雀橋邊野草花，……遂以爲唐朝金陵人姓王名榭因海舶入燕子國，其意以烏衣爲燕子國也。其説甚詳。殊不知王者王導等人也，謝者謝鯤之徒也。余按世説，諸王諸謝世居烏衣巷。丹陽記曰：烏衣之起，吴時烏衣營所處也。江左初立，琅邪諸王所居。審此，則名營以烏衣，蓋軍兵所衣衣服，因此得名。摭遺之説亦何繆耶？」

臺城

臺城六代競豪華，結綺臨春事最奢。萬户千門成野草，只緣一曲後庭花。

【注】

〔臺城〕按六朝事迹一：建康實録：晉成帝咸和七年（三三二）新宫成，名建康宫。注：即今之所謂臺城也。在縣東北五里，周圍八里。又按輿地志云：同泰寺南與臺城隔路，今法寶寺及圓寂寺即古同泰寺之基，故法寶寺亦名臺城院。以此考之，法寶圓寂二寺之南蓋古臺城地也。今之基址尚在，元和初陸喬家於丹陽，一夕有叩門者曰我沈約也，呼左右召青箱來，俄一兒至，約指謂曰：此吾子也，近從吾過臺城，命爲感舊詩，因諷曰：「六代舊山川，興亡幾百年。繁華今寂寞，朝市昔喧闐。夜月瑠璃水，春風卵色天。傷時與懷古，垂淚國門前。」楊修之有詩云：「六朝遺跡好山川，宮闕灰寒草樹煙。江令白頭歸故國，多情合賦黍離篇。」

【箋證】容齋續筆五云：「晉、宋間謂朝廷禁省曰臺，故稱禁城爲臺城，官軍爲臺軍，使者爲臺使，卿士爲臺官，法令爲臺格，需科則曰臺有求須，調發則曰臺所遣兵。劉夢得賦金陵五詠故有臺城一篇。今人於他處指言建康爲臺城，則非也。」

生公講堂

生公説法鬼神聽，身後空堂夜不扃。高坐寂寥塵漠漠，一方明月可中庭。

【箋證】按：方輿勝覽云：「在虎丘寺。生公，異僧竺道生也。講經於此，無人信者，乃聚石爲徒，與講至理，石皆點頭。」此首所詠，似去金陵較遠，亦列在金陵五題，未詳其故。又按：前人之評此詩者，游潛夢蕉詩話云：「劉夢得虎丘寺生公講堂詩，疊山選注以爲詩意笑生公也。予意生公何足笑哉？況亦言淺意直甚矣。夢得蓋以生公比當時執政者。言其在日假恩寵以令百僚，莫敢有違，思神亦聽之也。次句言身後子孫不守，門牆已非。三句四句則言聲消勢盡，殊非前日華盛景象，無復及其門者，惟明月夜深可中庭耳。與石頭城夜深還過女牆來意同，可字有味。」（見學海類編）考禹錫之詩固往往言在此而意在彼，亦不宜過涉附會揣測，此詩謂笑生公固不然，必謂指執政，亦附會也。

〔可中庭〕詩人玉屑一五引洪駒父詩話曰：「山谷至廬山一寺，與羣僧圍爐，因舉生公講堂詩，末云，一方明月可中庭，一僧率爾云：何不曰一方明月滿中庭？山谷笑去。」又丹鉛總録一八：「劉禹錫生公講堂詩：高坐寂寥塵漠漠，一方明月可中亭。山谷、須溪皆稱其可字之妙。按佛祖統紀載宋文帝大會沙門，親御地筵，食至良久，衆疑日過中，僧律不當食，帝曰：始可中耳。生公乃曰：白日麗天言可中，何得非中？遂舉箸而食。禹錫用可中字本此。蓋即以生公事詠生公堂，非杜撰也。彼言白日可中，變言明月可中，尤見其妙。」又：張相詩詞曲語辭匯釋云：「可猶當也。劉禹錫詩：高坐寂寥塵漠漠，一方明月可中庭。言當庭也。按此可字或疑可作恰字解。然周邦彦南柯子詞：曉來階下按新聲，恰有一方明月可中庭。若作恰字解，則有兩恰字矣。故知可中庭者即當中庭也。又楊无咎雨中花慢詞詠中秋：想詞：「可庭明月綺窗開，簾幕低垂不卷。」若云恰庭，則更不詞矣。以上三詞均從劉詩出，可以嫦娥應念，待久西厢，爲可中庭。」言特爲當中庭也。若云爲恰中庭，則不詞矣。侯寘西江月證劉詩之義。白居易宿張雲舉院詩：「隔房招好客，可室致芳筵。」可室言當室也。陳與義題繼祖蟠室詩：「日斜疎竹可窗影，正是幽人睡足時。」可窗言當窗也。」以上張氏之説亦有未諦處。白居易紅線毯詩：「披香殿廣十丈餘，紅線織成可殿鋪，與明月可中庭之意正同。謂恰好也。今北京語猶然。況周頤蕙風簃隨筆云：「羅隱詩：『可中用作鴛鴦被。』可中，恰宜也。宋人亦用之。」此亦一説。詞家運用劉詩，固不必盡合也。

江令宅

南朝詞臣北朝客，歸來唯見秦淮碧。池臺竹樹三畝餘，至今人道江家宅。

【注】

〔江令宅〕六朝事迹七：「江令宅，陳尚書令江總宅也。」建康實録及楊修之詩注云：「南朝鼎族多夾青溪，江令宅尤占勝地，後主嘗幸其宅，呼爲狎客。今城東段大夫約之宅正臨青溪，即其地也。故王荆公詩云：『昔時江令宅，今日段侯家。』此可驗也。」

【箋證】

按：李壁王荆公詩集注云：「江總，陳人也，仕至尚書令，陳亡入隋，爲上開府，開皇中卒。

劉禹錫詩：池臺竹樹三畝餘，至今人道江家宅。青溪實連秦淮。按建康志：江總宅在青溪大橋北，與孫瑒宅對夾青溪。」

又按：五七言近體連章，最後一首用仄韻，亦唐人之法。

謝寺雙檜　揚州法雲寺謝鎮西宅，古檜存焉。

雙檜蒼然古貌奇，含煙吐霧鬱參差。晚依禪客當金殿，初對將軍映畫旗。龍象界中成寶蓋，鴛鴦瓦上出高枝。長明燈是前朝燄，曾照青青年少時。

【注】

〔長明燈〕隋唐嘉話：江寧縣寺有晉長明燈。歲久火色變青而不熱，隋文帝平陳，已訝其古，至今猶存。

【箋證】

按：此詩爲禹錫罷和州刺史北歸過揚州遊覽古跡之作。張邦基墨莊漫録云：「揚州吕吉甫觀文宅，乃晉鎮西將軍謝仁祖宅也。在唐爲法雲寺，有雙檜在焉。劉禹錫有詩。吉甫家居時，檜尚依然。李之儀端叔用夢得詩韻云：故迹悲涼古木奇，相公庭下蔚參差。霜根半露出林虎；畫影全舒破賊旗。寶界曾迴鋪地色；節旄遠映插雲枝。劉郎風韻知誰敵，儒帥端能表異時。」

又按：禹錫同時人詠法雲寺雙檜者，張祜云：「謝家雙植本圖榮，樹老人因地變更。朱頂鶴知深蓋偃白眉僧見小枝生。高臨月殿秋雲影，静入風簷夜雨聲。縱使百年爲上壽，緑陰終借暫時行。」温庭筠云：「晉朝名輩此離羣，想對濃陰去住分。題處尚尋王内史，畫時應是顧將軍。長廊夜静聲疑雨，古殿秋深影勝雲。一下南臺到人世，曉泉清籟更難聞。」與禹錫此詩風格皆相近，庭筠年輩稍後，其集中有輓禹錫詩，必曾受其詩法，此詩亦可爲證。

韓信廟

將略兵機命世雄，蒼黄鍾室歎良弓。遂令後代登壇者，每一尋思怕立功。

【箋證】

按：楚州有韓信廟。陳羽宿淮陰作云：「秋燈點點淮陰市，楚客聯檣宿淮水。夜深風起魚鼈腥，韓信祠堂月明裏。」此自亦是禹錫罷和州刺史北歸過楚州遊覽古跡之作，殆亦寓時事之感。蓋裴度自長慶中屢被排擠，罷兵權，復去相位，寶曆中雖自興元召還，終不能重用也。末云：「遂令後代登壇者，每一尋思怕立功」，意固顯然。

秋夜安國觀聞笙

織女分明銀漢秋，桂枝梧葉共颼飀。月露滿庭人寂寂，霓裳一曲在高樓。

【校】

〔月露〕崇本露作落。

【箋證】

按：安國觀已見本集卷二十二經東都安國觀九仙公主舊院作一詩箋證中。此詩仍沿初唐之式，律詩有兩聯同爲平起或仄起者，不避平頭，禹錫與白居易猶偶用此格，晚唐以後，不復見古法矣。

洛中寺北樓見賀監草書題詩

高樓賀監昔曾登，壁上筆蹤龍虎騰。中國書流讓皇象，北朝文士重徐陵。偶因獨見空驚目，恨不同時便伏膺。唯恐塵埃轉磨滅，再三珍重囑山僧。

【校】

〔筆蹤〕崇本筆作神。

〔讓皇象〕全唐詩讓作尚，注云：一作讓。

【箋證】

按：賀監謂賀知章。知章，會稽人，舊唐書一九〇、新唐書一九六均有傳。傳云：「醉後屬詞，動成卷軸，文不加點，咸有可觀。又善草隸書，好事者供其牋翰，每紙不過數十字，共傳寶之。」又云：「性放曠，善談笑，當時賢達皆傾慕之。」又云：「先是神龍中，知章與越州賀朝、萬齊融、揚州張若虚、邢巨，湖州包融俱以吴越之士，文詞俊秀，名揚於上京。」蓋當時南人以詞翰傾動北方如此，故此詩有「中國書流讓皇象，北朝文士重徐陵」之句。禹錫亦工書者，本集卷二十有論書一篇，外集卷七有與柳宗元論書各詩，宜其見知章墨迹而歎賞也。

又按：温庭筠亦有詩題云：「祕書省有賀監知章章草題詩，筆力遒健，風尚高遠，拂塵尋玩，因有此作。」與禹錫意同，知古人所謂草隸皆指章草。柳宗元所長亦章草也。

〔皇象〕樊南文集會昌一品集序：「皇休明之草勢沈著。」馮浩注：「吴録：皇象，字休明，廣陵江都人，工書，中國善書者不能及也。王僧虔名書録：吴人皇象能草，世稱沈著痛快。」以皇象比賀知章，尤見禹錫之隸事精切。

〔徐陵〕南史徐摛傳附陵事迹云：「文、宣之世，國家有大手筆，必命陵草之。其文頗變舊體，緝裁巧密，多有新意。每一文出，好事者已傳寫成誦，遂傳於周、齊，家有其本。」此詩云「北朝文士重徐陵」，皆據史而言，亦非泛泛。

聞韓賓擢第歸覲以詩美之兼賀韓十五曹長時韓牧永州

零陵香草滿郊坰，丹穴雛飛入翠屏。孝若歸來呈畫讚，孟陽別後有山銘。蘭陔舊地多纔結，桂樹新枝色更青。爲報儒林丈人道，如今從此鬢星星。

【校】

〔呈畫讚〕全唐詩呈作成，注云：一作呈。

〔多纔結〕紹本、崇本、畿本、明鈔本多均作花。全唐詩注云：一作多。

〔更青〕崇本、英華更均作尚。全唐詩作更，注云：一作尚。

〔從此〕崇本、明鈔本、英華此均作放，似較勝。

【箋證】

按：韓賓當是韓曄之子。唐會要七六：大和二年（八二八）閏三月，賢良方正能直言極諫科韓賓及第。又杜牧集有韓賓除户部郎中制。嘉定赤城志：大中三年（八四九）四月，韓賓爲台州刺史。新唐書世系表載賓官亳州刺史，或即賓所終之官。

〔韓十五〕舊唐書一三五王叔文傳末云：「韓曄，宰相滉之族子……累遷尚書司封郎中。叔文敗，貶池州刺史，尋改饒州司馬，量移汀州刺史，又轉永州卒。」曄行第爲十五無疑。然曄除永州刺史在長慶中，其子賓若以大和二年制科及第，似不應曄猶在永州，或賓先已登進士第，未可知也。又禹錫在永貞中，爲屯田員外郎，曄爲司封郎中，同爲郎官，故相稱以曹長。

〔孝若〕晉書夏侯湛傳云：「字孝若。父莊，淮南太守。湛幼有盛才，文章宏富，善構新詞。」其東方朔畫贊云：「大人來守此國，僕自東都，言歸定省，覩先生之縣邑，想先生之高風。徘徊路寢，見先生之遺像；逍遥城郭，觀先生之祠宇。慨然有懷，乃作頌焉。」詩中「孝若歸來呈畫讚」，用此事。

〔孟陽〕晉書張載傳云：「字孟陽，父收，蜀郡太守。載性閑雅，博學有文章。太康初至蜀省父，道經劍閣，載以蜀人恃險好亂，因著銘以作誡。」又文選五六李善注引臧榮緒晉書曰：「益州刺史張敏見而奇之，乃表上其文，世祖遣使鐫石紀焉。」詩中「孟陽别後有山銘」，用此事。

寄楊八壽州

風獵紅旗入壽春，滿城歌舞向朱輪。八公山下清淮水，千騎塵中白面人。桂嶺雨餘多鶴迹，茗園晴望似龍鱗。聖朝方用敢言者，次第應須舊諫臣。

【校】

〔楊八〕全唐詩楊下注云：一作韓。按：作韓者誤。

【箋證】

按：楊八謂楊歸厚，已見本集卷八鄭州刺史東廳壁記箋證。據外集卷十祭虢州楊庶子文：「五剖符竹，皆有聲績。」蓋歷刺萬、唐、壽、鄭、虢五州也。（詳見岑仲勉唐人行第録）其刺虢州在大和六年（八三二），刺鄭州在大和四年（八三〇），則逆推刺壽州當在長慶、寶曆之間，與禹錫刺夔州、和州約略同時。歸厚在壽州，似尚有政績可稱，故祭文有「壽春武斷，姦吏奪魄」之語。元和七年（八一二），歸厚以左拾遺貶國子主簿分司，實緣面劾中官許遂振，故有敢言者之譽。「次第應須舊諫臣」，須與次首合看，亦確有所指也。

又按：集中涉及歸厚者，有本集卷八、十八、外集卷一、五、六、十等篇。

〔桂嶺〕此用淮南王招隱士「桂樹叢生兮山之幽」，以切壽春之地，非桂林之桂。

〔茗園〕新唐書地理志，壽州土貢有茶，所謂「茗園晴望似龍鱗」，指藝茶之地。

李賈二大諫拜命後寄楊八壽州

諫省新登二直臣，萬方驚喜捧綵綸。則知天子明如日，肯放淮陽高卧人。

【校】

〔則知〕畿本則作側。按：古語但有則聞，罕見則知，蓋唐人則即往往通用，則知猶即知。

〔淮陽〕畿本陽下注云：一作南，全唐詩與一作同，注云：一作陽。按：此用汲黯事，與上文直臣語相應，且切合楊歸厚官拾遺，作淮南者非。

【箋證】

按：穆宗紀，長慶二年（八二二）七月辛亥，以贈司徒忠烈公李憕子源爲諫議大夫，賜緋魚袋。四年（八二四）正月，澤潞判官賈直言新授諫議大夫，劉悟上表乞留，從之。所謂李、賈二大諫，似即指此。大諫，唐人通以稱諫議大夫。楊歸厚曾以劾中官負直聲，故以汲黯爲比，望其內召也，按其時尤可證歸厚在壽州當長慶、寶曆之間。

宣上人遠寄賀禮部王侍郎放榜後詩因而繼和

禮闈新榜動長安，九陌人人走馬看。一日聲名偏天下，滿城桃李屬春官。自吟白雪銓詞賦，指示青雲惜羽翰。借問至公誰印可，支郎天眼定中觀。

【校】

〔惜羽翰〕紹本、崇本、中山集、全唐詩惜均作借。

〔印可〕崇本印作即，非。

〔天眼〕全唐詩天下注云：一作大。按：作大者非。

【注】

〔印可〕按維摩經：不于三界現身意，是爲晏坐，不起滅定，而見諸威儀，是爲晏坐，能如是晏坐，佛所印可。

【箋證】

按：宣上人謂廣宣，詳見本集卷二十九箋證。王侍郎謂王起。舊唐書一六四王播傳載，起以長慶元年（八二一）遷禮部侍郎，掌貢二年，得士尤精。唐摭言云：「王起於會昌中放第二榜，內道場詩僧廣宣以詩寄賀云：從辭鳳閣掌絲綸，便向青雲領貢賓。再闢文場無枉路，兩開金榜絕冤人。眼看龍化門前水，手放鶯飛谷口春。明日定歸台席去，鶺鴒原上共陶鈞。起答曰：延英面奉入青闈，亦選工夫亦選奇。在冶只求金不耗，用心空學秤無私。龍門變化人皆望，鶯谷飛鳴自有時。獨喜向公誰是證，彌天上士與新詩。」摭言所記微有誤，會昌中當作長慶中，蓋會昌中起已官至僕射，而長慶初起方自中書舍人遷禮部侍郎，與廣宣之詩首二句正合。起詩全唐詩未收，未詳其故。又元稹亦有和王侍郎酬廣宣上人觀放榜後相賀詩云：「渥洼徒自有權奇，伯樂書名世始知。競走牆前稀得儁，高懸日下表無私。都中紙貴流傳後，海外金填姓字時。珍重劉繇因首薦，爲君送和碧雲詩。」唐詩紀事所載略同。諸詩比而觀之，餘人不過泛言賀其得士，惟禹錫與積皆就放榜言之，詩家持律固當如此，尚非漫作諛詞之比。禹錫此詩當是在夔州作。

〔支郎天眼〕高僧傳：「支謙，月氏國優婆塞也，漢末來中國，至洛陽，受業於支亮，博覽經籍。爲人細長黑瘦，眼多白而睛黄。時人語曰：支郎眼中黄，形軀雖細是智囊。」天眼略用此意。

贈東嶽張錬師

東嶽真人張錬師，高情雅淡世間希。堪爲烈女書青簡，久事元君住翠微。金縷機中抛錦字，玉清壇上著霓衣。雲衢不要吹簫伴，只擬乘鸞獨自飛。

【校】

〔雅淡〕崇本淡作贍，似於義爲長。

〔烈女〕全唐詩烈作列，按：此即用劉向列女傳之意，不當作烈。

〔壇上〕崇本壇作臺。全唐詩作臺，注云：一作壇。

【箋證】

按：唐六典：「道士修行有三號：一曰法師，二曰威儀師，三曰律師。其德高思精，謂之鍊師。」此詩中之張鍊師乃女冠，詳詩意可知。

〔元君〕太平御覽六七四引十洲記：「太霞之中，太虛元君之所處也。」道經中元君所居屢見不勝舉。皆虛誕之詞耳。

祕書崔少監見示墜馬長句因而和之

麟臺少監舊仙郎，洛水橋邊墮馬傷。塵汙腰間青鏊綬，風飄掌上紫遊韁。上車著作應來問，折臂三公定送方。猶賴德全如醉者，不妨吟詠入篇章。

【校】

〔題〕崇本無見字。

〔青鳌〕鐖本鳌下注云：一作襞，全唐詩與一作同。崇本、明鈔本均作綬帶。

【注】

〔上車著作〕顔氏家訓：梁朝全盛之時，貴游子弟多無學術。諺云：「上車不落則著作，體中何如則秘書。」

〔折臂三公〕晉書三四羊祜傳：有相墓者，言祜祖墓有帝王氣，祜遂鑿之。相者曰：「猶出折臂三公。」

〔德全如醉〕莊子達生篇：夫醉者之墜車，雖疾不死，骨節與人同，而犯害與人異，其神全也。乘亦不知也，墜亦不知也，死生驚懼不入乎其胸中，是故遻物而不慴。彼得全於酒而猶若是，而況得全於天乎。

【箋證】

按：禹錫交遊中崔姓者皆未爲祕書少監。詳此詩首二句之意，乃自郎官爲少監分司東都者，必禹錫同時之分司官也。

寄楊虢州與之舊姻

避地江湖知幾春，今來本郡擁朱輪。阮郎無復里中舊，楊僕卻爲關外人。各繫一官難命駕，每懷前好易沾巾。玉城山裏多靈藥，擺落功名且養神。

【校】

〔與之舊姻〕崇本四字是題下小注。

〔每懷〕全唐詩懷下注云：一作追。

【箋證】

按：楊虢州謂楊歸厚。外集卷十祭虢州楊庶子文云：「惟私之愛，與衆無比。」用詩碩人「譚公惟私」之語，謂二人爲僚壻也，故曰與之舊姻。楊氏世爲虢州弘農人，故云本郡。漢楊僕家居宜陽，恥其不在關内，乞移秦關而東之，使關反在外。事見漢書武帝紀。歸厚爲虢州刺史時，禹錫方在蘇州，亦見祭楊庶子文，故有各繫一官之句。楊僕句蓋亦憐其落拓之意。

秋日題竇員外崇德里新居 竇時判度支案。

長愛街西風景閑，到君居處暫開顔。清光門外一渠水，秋色牆頭數點山。疏種碧松通月朗，多栽紅藥待春還。莫言堆案無餘地，認得詩人在此間。

【校】

〔暫開〕全唐詩暫下注云：一作便。

〔通月〕全唐詩通下注云：一作過。

〔多栽〕崇本栽作裁。

【箋證】

按：竇員外當是竇鞏。舊唐書一五五、新唐書一七五均附竇羣傳中。舊傳云：「元和二年（八〇七）登進士第，袁滋鎮滑州，辟爲從事，滋改荆、襄二鎮，皆從之，掌管記之任。平盧薛平又辟爲副使。入朝，拜侍御史，歷司勳員外，刑部郎中。元稹觀察浙東，奏爲副使，檢校祕書少監，兼御史中丞，賜金紫。稹移鎮武昌，鞏又從之。」但不言其爲度支判官。又傳云：「鞏能五言詩，昆仲之間，與牟詩俱爲時所賞重。」與此詩之末句意合。元氏長慶集中多有與友封往還之詩，友封，鞏字也。

〔崇德里〕唐兩京城坊考四：朱雀門街西第二街崇德坊本名宏德，神龍初改。司勳員外郎竇鞏宅。引禹錫此詩。又引褚藏言竇鞏傳：公北歸，道途遘疾，迨至輦下，告終于崇德里之私第。鞏又有宅在永寧坊。此詩首句云「長愛街西風景閑」，與崇德里之地望正合。

蒙恩轉儀曹郎依前充集賢學士舉韓湖州自代因寄七言

翔鸞闕下謝恩初，通籍由來在石渠。暫入南宫判祥瑞，還歸内殿閲圖書。故人猶在三江外，同病凡經二紀餘。今日薦君嗟久滯，不唯文體似相如。

【校】

〔湖州〕英華、全唐詩湖均作潮，非。

〔江外〕崇本外作水，非。

【箋證】

按：舊唐書禹錫本傳云：累轉主客郎中、集賢院學士，新唐書本傳云：宰相裴度兼集賢殿大學士，雅知禹錫，薦爲禮部郎中、集賢直學士。證以此詩題，知皆稍誤。詩題云轉儀曹郎者，自主客郎中轉禮部郎中也。依前充集賢學士者，前此已以主客郎中充集賢學士也。錢大昕養新録考之已審，見本卷再遊玄都觀詩。此詩足補史傳之漏略。除禮部郎中當有薦人自代一狀，集中已佚。又按：舊唐書一四八裴垍傳云：「垍奏：集賢御書院，請準六典，登朝官五品已上爲學士，六品已下爲直學士，自非登朝官，不問品秩，均爲校理。」據錢大昕説：登朝官即指常參官，謂文官五品以上及兩省（中書門下）供奉官、監察御史、員外郎、太常博士也。又列舉李益以祕書少監爲集賢殿學士，馮宿以左散騎常侍兼集賢殿學士，孔敏行以司勳員外郎爲集賢殿學士，牛僧孺以考功員外郎爲集賢殿學士。（見廿二史考異五五）禹錫以禮部郎中本官當爲集賢學士，新唐書本傳云之直學士，必誤。

〔韓湖州〕韓湖州謂韓泰。新唐書一六八王叔文傳附載，韓泰字安平，有籌畫，伾、叔文所倚重，能決大事，以户部郎中神策行營節度司馬貶虔州司馬，終湖州刺史。舊唐書失載湖州一官。泰守湖州，已帶中丞，見外集卷八寄湖州韓中丞詩，官資雖較高，唐人終以朝官爲重，故禹錫薦之爲郎中不嫌也。

〔石渠〕此禹錫以遠祖之事自比也。漢書劉向傳：會初立穀梁春秋，徵更生受穀梁，講論五經於石渠。注引三輔舊事，石渠閣在未央大殿北，以藏祕書。

〔判祥瑞〕舊唐書職官志，禮部郎中，凡祥瑞皆辨其名物，有大瑞、上瑞、中瑞，皆有等差。唐制六部官多僅擁虚名，除吏部掌選尚有實職外，餘皆供繫銜之用而已，禮部郎中之判祥瑞尤爲無稽。此詩所謂暫入南宫，還歸内殿，乃實寫當時之重兼職而輕本官也。

途次華州陪錢大夫登城北樓春望因覩李崔令狐三相國唱和之什翰林舊侣繼踵華城山水清高鸞鳳翔集皆忝夙眷遂題是詩

城樓四望出風塵，見盡關西渭北春。百二山河雄上國，一雙旌旆委名臣。壁中今日題詩處，天上同時草詔人。莫怪老郎呈濫吹，宦途雖别舊情親。

【校】

〔雄上國〕英華雄作歸，注云：集作推。全唐詩注云：一作歸。

〔詩處〕英華、全唐詩處下注云：一作句。

〔老郎〕崇本老作毛，非。

〔呈濫〕明鈔本呈作成。

〔雖别〕崇本雖作離，非。

【箋證】

按：錢大夫謂錢徽，舊唐書一六八、新唐書一七七均有傳。舊傳云：「徽，貞元進士擢第，從事戎幕。元和初入朝，三遷祠部員外郎，召充翰林學士。六年（八一一），轉祠部郎中知制誥。八年（八一三），改司封郎中賜緋魚袋，職如故。九年（八一四），拜中書舍人。十一年（八一六），王師討淮西，詔朝臣議兵。徽上疏，言用兵累歲，供饋力殫，宜罷淮西之征，憲宗不悦，罷徽學士之職，守本官。長慶元年（八二一），爲禮部侍郎。時宰相段文昌出鎮蜀川，文昌好學，尤喜圖書古畫，故刑部侍郎楊憑兄弟以文學知名，家多書畫，鍾、王、張、鄭之蹟，在書斷、畫品者，兼而有之。憑子渾之求進，盡以家藏書畫獻文昌，求致進士第。文昌將發，面託錢（按：錢字衍。）徽，繼以私書保薦。翰林學士李紳亦託舉子周漢賓於徽，及榜出，渾之、漢賓皆不中選，李宗閔與元稹素相厚善，初稹以直道譴逐久之，及得還朝，大改前志，由逕以徽進達，宗閔亦急於進取，二人遂有嫌隙。楊汝士與徽有舊，是歲，宗閔子壻蘇巢，及汝士季弟殷士俱及第，故文昌、李紳大怒。文昌赴鎮辭日，内殿面奏，言徽所放進士鄭朗等十四人皆子弟藝薄，不當在選中。穆宗以其事訪於學士元稹、李紳，二人對與文昌同。遂命中書舍人王起、主客郎中知制誥白居易，於子亭重試，内出題目孤竹管賦、鳥散餘花落詩，而十人不中選。……尋貶徽爲江州刺史，中書舍人李宗閔劍州刺史，右補闕楊汝士開江令。……明年，遷華州刺史、潼關防禦、鎮國軍等使。文宗即位，徵拜尚書左丞。大和元年（八二七）十二月，復授華州刺史。二年（八二八）秋，以疾辭位，授吏部尚書致仕。三年（八二九）三月卒。」元和、長慶以後，牛、李黨盛，士大夫雨雲翻覆，恩怨相尋，不可究詰。錢徽典試被訐，與淮西用兵之持異議，皆其中綫索之尤顯著者。故須詳察其前後事跡，乃知其所以陷黨爭之故。

〔三相國〕李絳，元和二年（八〇七）爲翰林學士，十年（八一五）爲華州刺史。崔羣同時爲翰林學士，以長慶二年（八二二）任武寧軍節度使，爲副使王智興所逐，改華州刺史。令狐楚元和九年（八一四）爲翰林學士，十三年（八一八）出爲華州刺史，各見紀傳。三人皆於元和末爲相，與詩題合。徽以大和元年（八二七）十二月復授華州，次年即去位，而此詩題云途次華州，陪錢大夫登城北樓春望，必大和二年（八二八）之春也，即禹錫以主客郎中、集賢學士被召入京之時。故結句有老郎濫吹之感。

又按：白氏長慶集有詩題云：「華城西北，雉堞最高，崔相公首創樓臺，錢左丞繼種花果，合爲勝境，題在雅篇。歲暮獨遊，帳然成詠。」錢左丞亦謂錢徽，當與禹錫來遊之時相先後，所述風物亦頗有相似者，可連類並觀。

三鄉驛樓伏覩玄宗望女几山詩小臣斐然有感

開元天子萬事足，唯惜當時光景促。三鄉陌上望仙山，歸作霓裳羽衣曲。仙心從此在瑤池，三清八境相追隨。天上忽乘白雲去，世間空有秋風詞。

【校】

〔八境〕紹本、崇本、英華、文粹、全唐詩境均作景，是。

〔追隨〕全唐詩追下注云：一作催。

〔空有〕全唐詩空下注云：一作惟。

【注】

〔秋風詞〕漢武帝故事：帝行幸河東，祠后土，顧視帝京，忻然中流，與羣臣飲讌，自作秋風辭。

【箋證】

按：太真外傳注。謂霓裳羽衣曲者，是玄宗登三鄉驛望女几山所作也。羊士諤亦有過三鄉驛望女几山詩。夢溪筆談云：「霓裳羽衣曲，劉禹錫詩云：三鄉陌上望仙山，歸作霓裳羽衣曲。

又王建詩云：聽風聽水作霓裳。白樂天詩注云：開元中西涼府節度楊敬述造。鄭嵎津陽門詩注云：葉法善嘗引上入月宫，聞仙樂，及上歸，但記其半，遂於笛中寫之。會西涼府都督楊敬述進婆羅門曲，與其聲調相符，遂以月中所聞爲散序，用敬述所進爲其腔，而名霓裳羽衣曲，諸説各不同。……」今觀禹錫詩題甚明白，蓋玄宗實有此游仙之詩，不然，唐之臣子何能虚構？特因遊仙之感而引起他日作霓裳曲之事，非真謂霓裳由此而造也。白、鄭之説，自與禹錫此詩所指各殊，唐人述唐事，大致不容相去過遠。

又按：女几山，清一統志云：在宜陽縣西九十里，元和志云：在福昌縣西南三十里。此詩似爲禹錫大和二年（八二八）春間由洛陽入長安途次所作。詩意頗含譏諷。

洛下初冬拜表有懷上京故人

鳳樓南面控三條，拜表郎官早渡橋。清洛曉光鋪碧簟，上陽霜葉翦紅綃。省門簪組初成列，雲路鴛鸞想退朝。寄謝慇懃九天侣，槍榆水擊各逍遥。

【箋證】

按：禹錫以大和元年（八二七）六月除主客郎中分司東都，此詩當作於是年初冬。唐會要二六：「開元十一年（七二三）七月五日勑：三都留守，兩京每月一起居，北都每季一起居，並遣使。」蓋唐制，東都分司官别無職事，只於月朔拜表起居。張籍送令狐尚書赴東都留守詩云：「每領羣臣拜章慶（一作表），半開門仗日曈曈。」亦其一證。

又按：此詩姚合和作題云「劉禹錫主客冬初拜表懷上都故人」，所題官銜必不誤。詩云：「九陌喧喧騎吏催，百官拜表禁城開。林疎曉日明紅葉，塵淨寒霜覆綠苔。玉佩聲微班始定，金函光動案初來。此時共想朝天客，謝食方從閤裏迴。」似合此時亦不在京。禹錫詩有「槍榆水擊各逍遥」之句，頗露不平之意，蓋主客分司之授殊爲失望也。較本集卷二十五之爲郎分司寄上都同舍一首當略在後。

尉遲郎中見示自南遷牽復卻至洛城東舊居之作因以和之

曾遭飛語十年謫，新受恩光萬里還。朝服不妨遊洛浦，郊園依舊看嵩山。竹含天籟清商樂，水遶庭臺碧玉環。留作功成退身地，如今只是暫時閑。

【校】

〔看嵩山〕全唐詩看下注云：一作著。

【箋證】

按：登科記考，尉遲汾爲貞元十八年（八〇二）權德輿下進士，爲韓愈所薦，見摭言。韓集中有與尉遲生書，事迹不詳。又考姚合有尉遲少卿郊居詩云：「卿仕在關東，林居思不窮。朝衣挂壁上，厩馬放田中。隅坐唯禪子，隨行只藥童。砌莎留宿露，庭竹出清風。濃翠生苔點，辛香發桂叢。蓮池伊水入，石逕遠山通。愚者心還静，高人跡自同。無能相近住，終日羨鄰翁。」據詩意亦在洛陽，似即其人。

又按：白居易亦有答尉遲少監水閣重宴詩云：「人情依舊歲華新，今日重招往日賓。雞黍重回千里駕，林園暗换四年春。水軒平寫琉璃鏡，草岸斜鋪翡翠茵。聞道經營費心力，忍教成後屬他人！亦與禹錫詩意相近。而三詩稱其官不同，尚待考。

洛中謝福建陳判官見贈

潦倒聲名擁腫材，一生多故苦邅迴。南宫舊籍遥相管，東洛閑門晝未開。静對道流論藥石，偶逢詞客與瓊瑰。怪君近日文鋒利，新向延平看劍來。

【校】

〔題〕紹本、崇本、全唐詩謝均作酬。

〔閑門〕全唐詩閑下注云：一作關。

【箋證】

按：此亦大和元年（八二七）以主客郎中分司東都時作，故有「南宮舊籍」、「東洛閑門」之語。陳判官未知何名，其人蓋奉使入京者。不稱其所帶京銜，蓋以與詩之末句相應也。古人皆先成詩而後製題，故題中之字必與詩中之意相呼應。

始聞秋風

昔看黄菊與君别，今聽玄蟬我卻回。五夜颼飀枕前覺，一年顔狀鏡中來。馬思邊草拳毛動，鵰盼青雲睡眼開。天地肅清堪四望，爲君扶病上高臺。

【箋證】

按：前人之評此詩者，沈德潛唐詩别裁云：「君字未知所謂。下半首英氣勃發，少陵操管，不過如是。」此論道出禹錫經挫折不改素志之氣概。特猶有未能融會處。蓋禹錫初貶在永貞元年（七八五）九月，責授官依例即日發遣，故云「昔看黄菊與君别」，君謂秋風也。今閲二十三年，方得再到北方初聞秋風。其意謂昔别正在秋時，今又因秋風而復有奮飛之意，以示用世之志曾未稍衰也。禹錫以大和元年（八二七）六月除主客分司，猶不免失望，逾夏及秋，不復自餒矣。

「馬思邊草」一聯，陸游取其意作秋聲詩云：「人言悲秋難爲情，我喜枕上聞秋聲。快鷹下韝爪觜健，壯士撫劍精神生。」

和蘇十郎中謝病閑居時嚴常侍蕭給事同過訪歎初有二毛之作

清羸隱几望雲空，左掖鴛鸞到室中。一卷素書銷永日，數莖斑鬢對秋風。菱花照後容雖改，蓍草占來命已通。莫怪人人驚蚤白，緣君尚是黑頭翁。

【校】

〔題〕崇本同下無過字，畿本毛下無之字，非。

〔命已〕英華命作夢。

〔尚是〕紹本、崇本、中山集、英華尚均作合，黑頭翁作黑頭公。按：語意全別，晉書諸葛恢傳：「恢弱冠知名，試守即丘長，轉臨沂令，爲政和平。避地江左，王導嘗謂曰：明府當爲黑頭公。」

【箋證】

按：蘇十郎中待考。嚴常侍者，據文宗紀，大和四年（八三〇）三月，以華州刺史嚴休復爲右散騎常侍。以此知禹錫作此詩時尚在禮部郎中、集賢學士任，未赴蘇州以前。惟嚴常侍、蕭給事二人並舉，而詩云「左掖鴛鸞到室中」，給事屬門下省，則嚴亦當爲左散騎常侍，同屬門下省，或史誤左爲右也。蕭給事未詳何人。疑是蕭俛諸弟之一。休復事別詳外集卷一和嚴給事聞唐昌觀玉蕊花下有游仙詩箋證。

酬淮南廖參謀秋夕見過之作　休公昔爲揚州從事參謀，從釋子反初服。

揚州從事夜相尋，無限新詩月下吟。初服已驚玄髮長，高情猶向碧雲深。語餘時舉一杯酒，坐久方聞數處砧。不逐繁華訪閒散，知君擺落俗人心。

【校】

〔休公〕崇本無休字，中山集、全唐詩均作林公，誤。

〔反初服〕崇本無服字。

〔已驚〕全唐詩驚下注云：一作經。

〔碧雲〕全唐詩碧下注云：一作白。

〔數處〕全唐詩數作四，注云：一作數。

【箋證】

按：廖參謀之名未詳，本集卷二十八又有送廖參謀東遊詩。彼詩有「望嵩樓上忽相見」之語，望嵩樓在汝州。此詩則似大和元年（八二七）在洛陽時所作，故云「不逐繁華訪閑散」也。又按：苕溪漁隱叢話引蔡寬夫詩話云：「唐搢紳自浮屠易業者頗多。劉禹錫答廖參謀：初服已驚玄髮長，高情猶向碧雲深，……皆顯言之，蓋當時不自以爲諱，近世言還俗，雖里民且恥之也。」

題王郎中宣義里新居

愛君新買街西宅，客到如遊鄠杜間。雨後退朝貪種樹，申時出省趁看山。門前巷陌三條近，牆内池亭萬境閑。見擬移居作鄰里，不論時節請開關。

【注】

〔鄠杜〕班固西都賦：「商洛緣其隈，鄠杜濱其足。」李善注：扶風有鄠縣、杜陽縣。

【箋證】

按：唐兩京城坊考四：宣義坊在朱雀門街西第二街。王郎中無考。

又按：郎中爲常參官，每日入朝，申時出省，則唐時省郎治事之晷刻可由此考見。宣義坊在朱雀街西，詩中「街西宅」三字非泛設。此坊爲清明渠所經，故有池亭之勝。蓋禹錫於大和二年

（八二八）初入長安時有此餘暇。

酬朗州崔員外與任十四兄侍御同過鄙人舊居見懷之什時守吴郡

昔日居鄰招屈亭，楓林橘樹鷓鴣聲。一辭御苑青門去，十見蠻江白芷生。自此曾沾宣室召，如今又守闔閭城。何人萬里能相憶，同舍仙郎與外兄。任侍御予外兄，崔員外南宫同官。

【箋證】

按：崔員外與任侍御俱待考，崔即朗州刺史也。招屈亭已見本集卷二十二。此詩爲禹錫大和六年（八三二）任蘇州刺史後所作，距爲朗州司馬時將二十年矣。

美温尚書鎮定興元以詩寄賀

旌旗入境犬無聲，戮盡鯨鯢漢水清。從此世人開耳目，始知名將出書生。

【校】

〔犬無〕絶句犬作大。

〔耳目〕英華耳作眼。

【箋證】

按：温尚書謂温造，舊唐書一六五、新唐書九一均有傳。舊唐書一六四李絳傳云：「（大和）三年（八二九）冬，南蠻寇西蜀，詔徵赴援，絳於本道募兵千人赴蜀，及中路，蠻軍已退，所募皆還。興元兵額素定，募卒悉令罷歸。四年（八三〇）二月十日，絳晨興視事，召募卒以詔旨諭而遣之，仍給以廪麥，皆怏怏而退。監軍使楊叔元貪財怙寵，怨絳不奉己，乃因募卒賞薄，衆辭之際，以言激之，欲其爲亂，以逞私憾。募卒因監軍之言，怒氣益甚，乃譟聚趨府，劫庫兵以入使衙，絳方與賓僚會宴，不及設備，聞亂北走登陴。衙將王景延力戰以禦之，兵折矢窮，景延死，絳乃爲亂兵所害。」温造傳則云：「文宗以造氣豪嫉惡，乃授右散騎常侍、興元尹、山南西道節度使。造辭赴鎮，以興元召亂之狀奏之。文宗盡悟其根本，許以便宜從事。帝慮用兵勞費，造奏曰：臣計諸道之兵已迴，俟臣行程至褒縣，望賜臣密詔，使受約束，比臣及興元，諸軍相續而至，臣用此足矣。乃授造手詔四通，神策行營將董重質、河中都將温德彝、郃陽都將劉士和等，咸令禀造之命。造行至褒城，會興元都將衛志忠征蠻迴，謁見造，即留以自衛，密與志忠謀，又召亞將張丕、李少直各諭其旨。暨發褒城，以八百人爲衙隊，五百人爲前軍，入府分守諸門。造下車置宴，所司供帳於廳事，造曰：此隘狹不足以饗士卒，移之牙門。坐定，將卒羅拜，志忠兵周環之，造曰：吾欲問新軍去住之意，可悉前，舊軍無得錯雜。勞問既畢，傳言令坐，有未至者，因令升酒巡行，及酒匝，未至者皆至,牙兵圍之亦合,坐卒未悟,席上有先覺者,揮令起,造傳言叱之,因帖息不敢動。即召坐卒,詰以殺絳之狀,志忠、張丕夾階立,拔劍呼曰殺!圍兵齊奮,其賊首教練使丘鑄等并官健千人皆斬首於地,血流四注,監軍楊叔元在坐,遽起求哀,擁造靴以請命,遣兵衛出之,以俟朝旨,勅旨配流康州。其親刃絳者斬一百斷,號令者斬三斷,餘並斬首,内一百首祭李絳,三十首祭王景延、趙存約等,並投屍於江。」造之殘忍如此,而禹錫乃以戮盡鯨鯢頌之,是但爲李絳快復讐,而忘其語之過矣。是時禹錫正在長安,故能備聞其事。

劉駙馬水亭避暑

千竿竹翠數蓮紅,水閣虚涼玉簟空。琥珀琖紅疑漏酒,水精簾瑩更通風。賜冰滿盌沈朱實,法饌盈盤覆碧籠。盡月逍遥避煩暑,再三珍重主人翁。

【校】

〔琖紅〕全唐詩紅下注云:一作烘,各本均與一作同。

〔漏酒〕全唐詩漏下注云:一作瀉。

〔簾瑩〕全唐詩瑩下注云:一作密。

〔盡月〕紹本、崇本、英華月均作日。

〔避煩〕全唐詩注云：一作却，英華與一作同。

【箋證】

按：劉駙馬當是順宗女雲英公主所嫁之劉士涇，士涇事附載舊唐書一五二、新唐書一七〇劉昌傳中。舊傳云：「士涇，德宗朝尚主，官至少列十餘年，家富於財，結託中貴，交通權倖。憲宗朝遷太府卿。制下，給事中韋弘景等封還制書，言士涇不合居九卿，辭語激切。憲宗謂弘景曰：士涇父有功於國，又是戚屬，制書宜下。弘景奉詔。士涇善胡琴，多遊權倖之門，以此爲之助，時論鄙之。」禹錫爲之作詩，蓋唐時主壻多好招邀朝士文人，以博名聲，故唐人集中屢以此爲題，一時風氣如此，不足異也。

述舊賀遷寄陝虢孫常侍

南宮左輔，兩處交代。

南宮幸襲芝蘭後，左輔曾交印綬來。多病未離清洛苑，新恩已歷望仙臺。關頭古塞桃林静，城下長河竹箭回。聞道隨車有零雨，此時偏動子荆才。

【注】

〔左輔〕同州爲三輔中之左馮翊，故云左輔。

〔桃林〕通鑑地理今釋：自潼關至函谷俱謂之桃林塞。

〔竹箭〕御覽六一引慎子：河下龍門流駛如竹箭，駟馬追之不及。

【箋證】

按：禹錫以大和九年（八三五）授同州刺史，孫常侍謂孫簡。文宗紀：開成三年（八三八）二月丁未，以同州刺史孫簡爲陝虢觀察使，簡即於開成元年（八三六）替禹錫者，故有「南宮左輔，兩處交代」之語，二人或亦曾於主客禮部二郎官互爲前後任也。馮浩玉谿生集注云：舊書文苑孫逖傳：逖曾孫簡、範並舉進士，會昌後兄弟並居顯秩，歷諸道觀察，簡兵部尚書。

〔隨車有零雨〕此句用孫楚事以切其姓。文選孫楚征西官屬送於涉陽侯詩：「晨風飄歧路，零雨被秋草。」注：「臧榮緒晉書曰：孫楚，字子荆。」又隨車二字兼用鄭弘事。後漢書鄭弘傳注：「謝承書曰：弘消息繇賦，政不煩苛，行春大旱，隨車致雨。」禹錫詩中用典靈活，往往如此。

酬端州吴大夫夜泊湘川見寄一絶

夜泊湘川逐客心，月明猿苦血沾襟。湘妃舊竹痕猶淺，從此因君染更深。

【校】

〔端州〕全唐詩端作瑞，注云：一作端；州，崇本作才，均誤。

【箋證】

按：吴大夫謂吴士矩，舊唐書無傳，新唐書一五九有傳。云：「士矩文學早就，喜與豪英游，故人人助爲談説。開成初，爲江西觀察使，饗宴侈縱，一日費凡十數萬。初至，庫錢二十七萬緡，晚年纔九萬。軍用單匱無所仰。事聞，中外共申解，得以親議，（按士矩爲章敬皇后弟吴湊之姪）文宗弗窮治也，貶蔡州别駕。諫官執處其罪，不納。於是御史中丞狄兼謩建言，陛下擢任士矩，非私也。士矩負陛下而治之，亦非私也。請遣御史至江西即訊，使杜江淮它鎮循習意。帝聽，乃流端州。」士矩爲元稹總角交，且有戚誼。元集中有寄吴士矩端公五十韻，是稹貶江陵士曹時作，有云：「昔在鳳翔日，十歲即相識。伯舅各驕縱，仁兄未摧抑。」新唐書傳中疑亦采其語。士矩與白居易亦相交好，參見外集卷四，吴方之見示獨酌小醉及吴方之見示聽江西故吏朱幼恭歌等篇。方之當即士矩之字。此詩是開成中士矩貶端州時作，禹錫已請老於洛陽矣。蓋因觸舊時身所經歷，故語意沉痛。

劉禹錫集箋證卷第二十五

雜體詩三十九首

翠微寺有感

吾王昔遊幸，離宮雲際開。朱旗迎夏早，涼軒避暑來。湯餅賜都尉，寒冰頒上才。龍髯不可望，玉坐生浮埃。

【校】

〔夏早〕紹本、崇本早均作畢。全唐詩作早，注云：一作畢。

【箋證】

按：杜甫重過何氏五首有云：「雲薄翠微寺，天清皇子陂。」仇兆鼇注云：「朱注：唐書：長安縣南五十里太和谷有太和宮，武德八年（六二五）置，貞觀十年（六三六）廢，二十一年（六四七）

復置，曰翠微宮，籠山爲苑。元和中以爲寺。長安志：翠微宮在萬年縣外終南山之上。公詩已云翠微寺，恐非元和間所改也。」考舊唐書太宗紀，貞觀二十一年（六四七）夏四月乙丑，營太和宮於終南山之上，改爲翠微宮，五月戊子，幸翠微宮。二十三年（六四九）四月己亥，復幸翠微宮。自此不復返矣。故此詩末有「龍髯不可望」之句。「吾王昔遊幸」，用孟子「吾王不遊吾何以休」之語。「離宮雲際開」，恰與杜詩「雲薄翠微寺」之語相映發。蓋宮在終南之上，有縹緲凌雲之概，又宮爲避暑而設，故有「朱旗」、「涼軒」、「湯餅」、「寒冰」之語。其摹景隸事精切不移如此。頗似永貞元年（八〇五）之夏，襄事德宗山陵時所作，由今感昔，故詩題下「有感」二字。

又按：唐會要三〇：「（貞觀）二十一年（六四七）四月九日，上不豫，公卿上言，請修廢太和宮，厥地清涼，可以避暑。臣等請徹俸禄，率子弟，微加功力，不日而就。手詔曰：比者風虚頗積，爲弊至深。況復炎景蒸時，温風鏗節，沉痾屬此，理所不堪，久欲追涼，恐成勞擾，今卿等有請，即相機行。於是遣將作大監閻立德於順陽王第取材瓦以建之。包山爲苑，自栽木至於設幄，九日而畢功。因改爲翠微宮。正門北開，謂之雲霞門，視朝殿名翠微殿，寢名含風殿。」含風殿即紀所稱太宗所終之處，蓋此後即廢而爲寺矣。

又按：楊大年談苑云：「宮在驪山絶頂，太宗嘗避暑於此，後改爲寺，寺亦廢。」此説非也。李白集有答長安崔少府叔封遊終南翠微寺太宗皇帝金沙泉見寄詩，明云在終南山，與史合。李詩亦有「鼎湖夢淥水，龍駕空茫然」之句，與此詩亦合。

又按：本集中五言諸作多介在古近體之間，唐人詩體固往往變化不拘一格也。

〔湯餅賜都尉〕世説：「何晏面絶白，文帝疑其著粉，後以湯餅啖之，大汗出，隨以衣自拭，色轉皎然。」又拾遺記：「世祖微時，樊曄饋餅一笥，帝不忘，徵遷河東都尉，曰：一笥餅得都尉，何如？」詩蓋兼用此二事。

連州臘日觀莫徭獵西山

海天殺氣薄，蠻軍部伍囂。林紅葉盡變，原黑草如燒。圍合繁鉦息，禽興大旆搖。張羅依道口，嗾犬上山腰。猜鷹慮奮迅，驚麏時蹋跳。瘴雲四面起，臘雪半空消。箭頭餘鵠血，鞍傍見雉翹。日莫還城邑，金笳發麗譙。

【校】

〔部伍〕全唐詩部作步，注云：一作部。

〔如燒〕紹本、崇本、全唐詩如均作初。

〔慮奮〕崇本慮作屢。

【箋證】

按：莫徭之名，見隋書地理志長沙郡下，云：「其男子但著白布褌衫，更無巾袴，其女子青布衫斑布裙，通無鞋屩。婚嫁用鐵鈷鏻爲聘財。武陵、巴陵、零陵、桂陽、澧陽、衡山、熙平皆同焉。其喪葬之節，頗同於諸左云。」熙平即連州。本集卷二十六有莫徭歌，皆是禹錫在連州時所記民風。

觀舞柘枝二首

胡服何葳蕤，僊僊登綺墀。神飆獵紅蕖，龍燭然金枝。垂帶覆纖腰，安鈿當嫵眉。翹袖中繁鼓，傾眸遡華榱。燕餘有舊曲，淮南多冶詞。欲見傾城處，君看赴節時。

山雞臨清鏡，石燕赴遥津。何如上客會，長袖入華茵？體輕似無骨，觀者皆聳神。曲盡回身處，曾波猶注人。

【校】

〔僊僊〕全唐詩下僊字注云：一作姬。

〔然金枝〕全唐詩然作映，注云：一作然。

〔嫵眉〕明鈔本嫵作細。

〔傾眸〕崇本眸作牟。

〔燕餘〕全唐詩餘作秦。
〔身處〕全唐詩處下注云：一作去，紹本、崇本與一作同。

【箋證】

按：太平御覽五七四引樂苑曰：「羽調有柘枝曲，商調有掘柘枝，此舞因曲爲名，用二女童，鮮衣帽，帽施金鈴，抃轉有聲。其來也，於二蓮花中藏之，花拆而後見，對舞中之雅妙者也。」此詩中之「神飈獵紅蕖」，或即指此。唐人詩中摹寫柘枝舞容者至多，别詳外集卷二和樂天柘枝詩箋證。

君山懷古

屬車八十一，此地阻長風。千載威靈盡，赭山寒水中。

【校】

〔屬車〕結一本車作居，誤。按：史記孝文本紀索隱引漢官儀：天子鹵簿屬車八十一乘。

【箋證】

按：水經注以是山湘君之所遊處，故曰君山。此詩有「千載威靈盡」之語，蓋不采其説。史記秦始皇本紀：浮江至湘山祠，逢大風，幾不得渡，使刑徒三千人皆伐湘山樹，赭其山。詩乃指此。禹錫蓋於赴任連州時，路經岳州而作此。

秋江晚泊

長泊起秋色，空江涵霽暉。暮霞千萬狀，賓鴻次第飛。古戍見旗迥，荒村聞犬稀。軻峨艑上客，勸酒夜相依。

【校】

〔千萬〕中山集千作十，誤。

【箋證】

按：此詩雖不能遽定爲何時所作，玩其詞意，則有荒涼蕭瑟之感，似與本集卷二十三秋江早發詩同時。

步出武陵東亭臨江寓望

鷹至感風候，霜餘變林麓。孤飄帶日來，寒江轉沙曲。戍遥旗影動，津晚櫓聲促。月上彩霞收，漁歌遠相續。

【校】

〔寓望〕全唐詩寓下注云：一作偶。

【箋證】

按：以下皆當是禹錫任朗州司馬時所作。白氏長慶集江州司馬廳記云：「自武德（按：當作至德，以下所述之情事皆發生於安史亂後也。）以來，庶官以便宜制事，大攝小，重侵輕。郡守之職總於諸侯帥，郡佐之職移於部從事。故自五大都督府至於上中下郡司馬之事盡去，唯員與俸在。凡内外文武官左遷右移者第居之，凡執役事上與給事於省寺軍府者遥署之，凡任久資高、耄昏軟弱不任事而時不忍棄者實莅之。莅之者，進不課其能，退不殿其不能，才不才一也。……刺史守土臣，不可遠觀遊，羣吏執事官，不敢自暇佚，惟司馬綽綽可以從容於山水詩酒間。」此於諸州司馬之閑曠無聊，得以遊覽自遣，言之可謂深切著明。柳宗元之在永州，禹錫之在朗州，與居易之在江州，其境與情一也。考唐肅、代以後，遍設節度觀察使，而定制之并、荆、揚、益、恒五大都督府已僅存虚名。節度觀察自辟判官、參謀、掌書記，都督以下之長史司馬皆無所用矣。判官、參謀、掌書記之類皆幕職，即居易所稱之部從事也。支郡有事，則使府之幕職往理之，或刺史縣令缺，皆得以幕職權知。不惟此也，甚且以司馬爲遥署之官，故本集卷十六有權知容州都督府司馬孫愓之名，其繫銜在容州爲司馬，而其實職則在同州爲防禦知衙官。唐制名實之相懸殊有如此者。抑居易猶專爲司馬一官言之，若刺史名實亦未必相符，則未備言也。唐中葉以後，刺史之禄入雖優於京官，然朝命久不行於兩河，而沿邊之州又非文臣所能理，故自郎官出任刺史，多在江、嶺、巴、蜀各州，類皆以微累得之，其人雖不盡如居易所云左遷右移者，亦大抵懷有遷謫之感。較之司馬，秩任雖稍尊，其視此官如傳舍則一。姑就居易、宗元、禹錫三人而論，三人皆位望不同尋常，故交遍在朝列，不難旦夕騰達，雖屈居司馬，而爲其州刺史者亦必不敢以尋常僚佐待之。司馬固閑官，刺史自視亦未嘗非閑官也。因此下各詩多爲禹錫在朗州司馬任時之作，宜略知其時爲刺史、司馬者之心境，故引居易之言而連類及之。

秋日送客至潛水驛

候吏立沙際，田家連竹溪。楓林社日鼓，茅屋午時雞。雀噪晚禾地，蝶飛秋草畦。驛樓宫樹近，疲馬再三嘶。

【校】

〔題〕崇本無至潛水驛四字。

〔楓林〕紹本楓作神。

〔宫樹〕英華樹下注云：一作樹，全唐詩注云：一作樹，明鈔本與一作同。

【箋證】

按：潛水驛未詳所在，據詩似是江鄉之景，沙際竹溪，楓林茅屋，必非指兩京近處，故宫樹必爲官樹之訛。

〔候吏〕後漢書王霸傳：「光武南馳至下曲陽，傳聞王郎兵在後，至滹沱河，候吏還曰：河水流澌，無船不可濟。官屬大懼，光武令霸往視之，霸即詭曰：冰堅可渡。官屬皆喜。光武笑曰：候吏果妄語也。」候乃伺望之意。此詩用候吏，蓋謂州縣長吏送迎過境之官，必遣人伺其行程也。意者朗州爲西南往來孔道，故有送迎過客之事。

晚歲登武陵城顧望水陸悵然有作

星象承烏翼，蠻陬想犬牙。俚人祠竹節，仙洞閉桃花。城基歷漢魏，江源自賨巴。華表廖王墓，菜地黄瓊家。霜輕菊秀晚，石淺水文斜。樵音遶故壘，汲路明寒沙。清風稍改葉，盧橘始含葩。野橋鳴驛騎，叢祠發迴笳。跳鱗避舉網，倦鳥寄行查。路塵高出樹，山火遠連霞。夕曛轉赤岸，浮藹起蒼葭。軋軋渡溪槳，連連赴林鴉。叫閽道非遠，賜環期自賒。孤臣本危涕，喬木在天涯。

【校】

〔烏翼〕紹本烏作鳥。

〔閉桃花〕結一本、中山集閉均作開，非。

〔城基〕全唐詩基下注云：一作塞。

〔廖王〕紹本、崇本王均作立。

〔墓〕全唐詩注云一作冢。

〔始含〕紹本、崇本、畿本、中山集始作如，非。按：盧橘蓋謂枇杷，正於冬月作花。

〔鳴驛〕明鈔本鳴作明，全唐詩作過。

〔渡溪〕全唐詩溪作水。

【箋證】

按：此詩與本集卷二十二之武陵書懷當約略爲同時所作。詩體頗似齊梁新詩之格局，禹錫詩源出六朝，晚年猶爲此體，見外集卷四。杜甫大雲寺贊公房詩及奉酬薛十二丈判官見贈詩皆與此同一機杼。

〔俚人〕俚爲民族名，見博物志。自漢以後，多泛指西南民族而言。此詩云：俚人祠竹節，則附會後漢書西南夷傳之夜郎竹王神之説。傳云：「夜郎者，初有女子浣於遯水，有三節大竹流入足間，聞其中有號聲，剖竹視之，得一男兒，歸而養之。及長，有才武，自立爲夜郎侯，以竹爲姓。武帝元鼎六年（前一一一），平南夷爲牂柯郡，夜郎侯迎降，天子賜其王印綬，後遂殺之。夷獠咸以竹王非血氣所生，甚重之，求爲立後。牂柯太守吴霸以聞，天子乃封其三子爲侯，死配食其父，今夜郎縣有竹王三郎神是也。」注云：「前書地理志曰：夜郎縣有遯水，東至廣鬱。華陽國志云：「遯水通鬱林，有三郎祠，皆有靈響。又云：竹王所捐破竹，於野成竹林，今王祠竹林，是也。」

〔賨巴〕風俗通云：「巴有賨人剽勇。」詩意但謂武陵之江源出巴蜀耳。

〔廖王〕三國志蜀志廖立傳，嘗爲巴郡太守，徙長水校尉。後廢爲民，徙汶山郡。廖王疑爲廖立之誤，然亦似與武陵無關。下句菜地黃瓊家，菜似當作采，黃瓊亦非封於武陵境内者，皆疑未能釋。

湖州崔郎中曹長寄三癖詩自言癖在詩與琴酒其詞逸而高吟詠不足昔柳吴興亭皐隴首之句王融書之白團扇故爲四韻以謝之

視事畫屏中，自稱三癖翁。管絃泛春渚，旌旆拂晴虹。酒對青山月，琴韻白蘋風。會書團扇上，知君文字工。

【注】

〔柳吴興〕南史柳惲傳：少工篇什，爲詩云：「亭皐木葉下，隴首秋雲飛。」琅邪王融見而嗟賞，因書齋壁及所執白團扇。歷平越中郎將，廣州刺史，再爲吴興太守。

【箋證】

按：崔郎中謂崔玄亮，舊唐書一六五、新唐書一六四均有傳。白氏長慶集唐故虢州刺史贈禮部尚書崔公墓誌銘云：「公諱玄亮，字晦叔……解褐祕書省校書郎，從事宣、越二府，奏授協律郎、大理評事。朝廷知其才，徵授監察，轉殿中，歷侍御史，膳部、駕部員外郎，洛陽令，密州刺史……换歙州刺史……徵拜刑部郎中，謝病不就，俄改湖州刺史，政如密歙。……入爲祕書少監，改曹州刺史，兼御史中丞，謝病不就，拜太常少卿，遷諫議大夫。」舊唐書本傳云：「大和初，入爲太常少卿。四年，拜諫議大夫。……來年宰相宋申錫爲鄭注所搆，獄自内起，京師震懼，玄亮首率諫官十四人詣延英請對。」墓誌雖亦述其事而詞殊隱約。

又按：白氏長慶集賀湖州崔十八使君詩云：「貞元科第忝同年……爲是蓬萊最後仙。」自注云：「貞元初同登科，崔君名在最後。」據嘉泰吴興志：崔玄亮，長慶三年（八二三）十一月二十二日自刑部郎中拜。則此詩當作於長慶四年（八二四），居易在杭州，禹錫在和州。又登科記考一四：貞元十一年（七九五）進士二十七人，崔玄亮。乃據舊唐書本傳。但居易爲貞元十六年（八〇〇）進士，傳有誤。

爲郎分司寄上都同舍

籍通金馬門，身在銅駝陌。省闥晝無塵，宫樹遠凝碧。荒街淺深轍，古渡潺湲石。唯有嵩丘雲，堪誇早朝客。

【校】

〔身在〕畿本、全唐詩身作家。

〔遠凝碧〕全唐詩遠作朝，注云：一作遠。

【注】

〔荒街〕全唐詩此句下注云：一作荒階蘚淺深，英華與一作同，注云：集作荒街淺深轍。

〔銅駝陌〕晉書索靖傳：靖有先識遠量，知天下將亂，指洛陽宮門銅駝，歎曰：會見汝在荆棘中耳。

【箋證】

按：唐人通稱長安爲上都或上京。禹錫以大和元年（八二七）六月除主客郎中分司東都，與在上都之郎官有榮枯喧寂之殊，禹錫此時初聞此命，頗不自得，故有「唯有嵩丘雲，堪誇早朝客」之語，與本集卷二十四洛下初冬拜表有懷上京故人一詩可參看。

登陜州城北樓卻寄京都親友

獨上百尺樓，目窮思亦愁。初日徧露草，野田荒悠悠。塵息長道白，林清宿煙收。回首雲深處，永懷帝鄉遊。

【校】

〔題〕崇本、明鈔本、全唐詩寄均作憶。紹本、崇本、全唐詩都均作師。

〔亦愁〕全唐詩亦下注云：一作自。

〔帝鄉遊〕全唐詩作鄉舊遊，注云：一作帝鄉遊。

【箋證】

按：詩題云卻寄，則當是去長安時留别之作，當列於次首之後。陝州城北樓爲風景勝地，過客常所留連題詠，如陸暢有宿陝府北樓奉酬崔大夫詩。

請告東歸發灞橋卻寄諸僚友

征途出灞涘，回首傷如何？故人雲雨散，滿目山川多。行車無停軌，流景同迅波。前歡漸成昔，感歎益悲歌。

【校】

〔征途〕英華途作徒。

〔雲雨〕英華雨作水，注云：集作雨。全唐詩注云：一作雨。

〔悲歌〕紹本、崇本、英華、全唐詩悲均作勞，似是。

【箋證】

按：題云請告東歸，又云卻寄，亦是去長安時留别之作。外集卷九子劉子自傳有「授太子校書，官司閑曠，得以請告奉温清」之語，自即此時之作。卷六因論訊甿一篇之如京師，亦謂此行也。禹錫少作所存無多，此作亦有别於老成風格。

秋晚題湖城驛上池亭

秋次池上館，林塘照南榮。塵衣紛未解，幽思浩已盈。風蓮墜故萼，露菊含晚英。恨爲一夕客，愁聽晨雞鳴。

【校】

〔題〕紹本、崇本、全唐詩上池二字均乙。

〔愁聽〕崇本聽作懷。

【注】

〔南榮〕文選司馬相如上林賦：「偓佺之倫，暴於南榮。」郭璞注：榮，屋南檐也。

【箋證】

按：湖城屬虢州，此詩亦自是京洛途中所作，與前詩爲一時之事。其非以貶謫出京，殆無疑義。蓋永貞（八〇五）九月連州之貶，取道商顔，不由陝虢，而元和十年（八一五）之再貶，又非秋季，至大和中由長安赴任蘇州，又在殘冬，皆不合。前二詩所詠亦皆似秋間風景，故可斷爲同時。

平蔡州三首

蔡州城中衆心死，袄星夜落照河水。漢家飛將下天來，馬箠一揮門洞開。賊徒崩騰望旗拜，有若羣蟄驚春雷。狂童面縛登檻車，太白夭矯垂捷書。相公從容來鎮撫，常侍郊迎負文弩。四人歸業閭里間，小兒跳踉健兒舞。

汝南晨雞喔喔鳴，城頭鼓角音和平。路傍老人憶舊事，相與感激皆涕零。老人收泣前致辭，官軍入城人不知。忽驚元和十二載，重見天寶承平時。

九衢車馬渾渾流，使臣來獻淮西囚。四夷聞風失匕筯，天子受賀登高樓。妖童擢髮不足數，血污城西一抔土。南風無火楚澤間，夜行不鎖穆陵關。策勳祀畢天下泰，猛士按劍看常山。時唯常山不庭。

【校】

〔河水〕紹本、崇本、中山集、英華河均作壕，全唐詩注云：一作河。

〔太白〕紹本、崇本、中山集、全唐詩太白均作大帛。按：此指露布言，作大白大帛均通，惟不當作太白。

〔收泣〕全唐詩泣下注云：一作淚，崇本、明鈔本均與一作同。

〔重見〕全唐詩重下注云：一作喜。

〔失匕筯〕崇本筯作箸，英華作皆失據，全唐詩注云：一作皆失據，一作皆失筯。

〔高樓〕明鈔本高作南。

〔妖童〕崇本、英華妖作袄，非。

〔南風〕紹本、崇本、中山集、全唐詩風均作峯，全唐詩注云：一作烽，一作風。

〔楚澤間〕英華間作潤。

〔祀畢〕紹本、崇本、中山集、全唐詩祀均作禮。

【箋證】

按：詩中一云狂童，再云妖童，謂吴元濟也。其實元濟年非童幼，禹錫蓋惡憲宗之淫刑，誅及稚孺耳。舊唐書一四五吴少誠傳：「元濟至京，憲宗御興安門受俘，百寮樓前稱賀，乃獻廟社，徇于兩京，斬之於獨柳，時年三十五。其夜失其首，妻沈氏没入掖庭，弟二人，子三人，流于江陵誅之，判官劉協庶七人皆斬。」

又按：禹錫與元稹志尚略同，於憲宗之窮兵黷武，深所不取。稹之連昌宮詞云：「今皇神聖丞相明，詔書纔下吴蜀平。官軍又取淮西賊，此賊亦除天下寧。年年耕種宮前道，今年不遣子孫耕。老翁此意深望幸，努力廟謨休用兵。」其詞尤直。及長慶中，稹爲相，與裴度不合，殆亦由不主黷武窮兵也。禹錫在謫籍中，不能昌言用兵之非。然此詩末句云「猛士按劍看常山」，自是指武人狃於平蔡之功，又欲南征北伐，騷然無已。

又按：唐語林二：「劉禹錫又曰：爲文自鬭異一對不得。予嘗爲大司徒杜公之故吏，司徒冢嫡之薨於桂林也，柩過渚宮，予時在朗州，便一介具奠酹，以申門吏之禮。爲一祭文云：事吴之心，雖云已矣；報智之志，豈可徒然？報智，人或用之，事吴，自思得者。（按：事吴，用左傳：事吴敢不如事主。）柳八駁韓十八平淮西碑云：左飧右粥，何如我平淮西雅云仰父俯子？禹錫曰：美憲宗俯下之道盡矣。柳曰：韓碑兼有冒子，使我爲之，便説用兵討叛矣。禹錫曰：韓碑柳雅，予詩云：城中晨雞喔喔鳴，城頭鼓角聲和平。美李愬入蔡城也。又詩落句言：始知元和十二載，四海重見昇平時。言十二載者，因以記淮西平之年。段相文昌重爲淮西碑，碑頭便曰：韓宏爲統，公武爲將。用左氏欒書將中軍，欒黶佐之，文勢也甚善。亦是效班固燕然碑樣。又曰：修史爲愬傳，收蔡州，徑入爲能。禹錫曰：我則不然。若作史官，以愬得李祐。釋縛委心用之爲能。入蔡非能，乃一夫勇耳。」此是采自劉賓客嘉話録，而文義多不可解，姑録以存疑。平蔡州在元和十二年（八一七）之冬，遠方聞之必在次年，禹錫與宗元各在連、柳州任，何由會合？恐傳述之詞而記之者粗略不加審耳。

又按：詩人玉屑五引隱居詩話云：「人豈不自知耶？及其自愛文章，乃更大繆，何也？劉禹錫詩固有好處，及其自稱平淮西詩云：城中喔喔晨雞鳴，城頭鼓角聲和平，爲盡李愬之美。又云：始知元和十二載，四海重見昇平年，爲盡憲宗之美，吾不知此兩聯爲何等語也。」此則殊未解禹錫之意，徒爲皮相之論。

〔常侍〕常侍謂李愬。舊唐書一三三李晟傳附愬事云：檢校左散騎常侍兼鄧州刺史、御史大夫、充隋唐鄧節度使。通鑑二四〇：「度建彰義節，將降卒萬餘人入蔡州。李愬具櫜鞬出迎，拜於道左，度將避之，愬曰：蔡人頑悖，不識上下之分數十年矣。願公因以示之，使知朝廷之尊。度乃受之。」詩云：「相公從容來鎮撫，常侍郊迎負文弩。」正指此事。

〔汝南晨雞〕此出古樂府：「東方欲明星爛漫，汝南晨雞登壇喚。」蔡州爲汝南郡，正切其地。

〔穆陵關〕通鑑一五一：梁大通元年，司州刺史夏侯夔帥壯武將軍裴之禮等出義陽道，攻魏平靜、穆陵、陰山三關，皆克之。注云：水經注：木陵關在黄武山東北，晉西陽城西南。按：此詩云，南風無火，夜行不鎖，蓋自南方言之，可越關北行無阻也。以此知淮西用兵時，自安黄出光蔡之路不通。禹錫方在連州，立言自當如此。即一地名之微，亦非泛用也。

平齊行二首

胡塵昔起薊北門，河南地屬平盧軍。貂裘代馬繞東岳，嶧陽孤桐削爲角。地形十二虜意驕，恩澤含容歷四朝。魯人皆科帶弓箭，齊人不復聞簫韶。今朝天子聖神武，手握玄符平九土。初哀狂童襲故事，文告不來方震怒。去秋詔下誅東平，官軍四合猶嬰城。春來羣烏噪且驚，氣如壞山墮其庭。牙門大將有劉生，夜半射落欃槍星。帳中虜血流滿地，門外三軍舞連臂。驛騎函首過黄河，城中無賊天氣和。朝廷侍郎來慰撫，耕夫滿野行人歌。泰山沈寇六十年，旅祭不饗生愁煙。今逢聖君欲封禪，神使陰兵來助戰。袄氛埽盡河水清，日觀杲杲卿雲見。開元皇帝東封時，百神受職争奔馳。千軍猛簴順流下，洪波涵淡浮熊羆。侍臣燕公秉文筆，玉檢告天無愧詞。當今叡孫承聖祖，岳神望幸河宗舞。青門大道屬車塵，共待葳蕤翠華舉。

【校】

〔科帶〕畿本、中山集、全唐詩科均作解，非。按：科即攤派之意，此指藩鎮厚植兵力，非魯人之過。淺人不得其旨以致誤改。

〔羣烏〕中山集烏作鳥。

〔壞山〕紹本壞作懷，誤。

〔舞連臂〕崇本作舞臂盟，注云：一作連臂盟，英華與一作同。全唐詩注云：一作舞臂盟。

〔開元〕崇本以此下爲第二首，非。

〔千軍〕紹本、崇本、畿本、中山集、全唐詩軍均作鈞。

【箋證】

按：此詩逐句可得疏釋者如下。「河南地屬平盧軍」者，舊唐書李正己傳，本隨平盧軍節度侯希逸至青州，後軍人逐希逸，立正己，朝廷因授平盧淄青節度等使，遂爲定制，淄青屬河南道也。「地形十二」者，通鑑二四〇胡注：十二州，鄆、兗、曹、濮、淄、青、齊、海、登、萊、沂、密也。「四朝」者，代、德、順、憲也。「初哀狂童襲故事」者，謂李師古卒，師道自立，憲宗以蜀川方擾，不能加兵也。「去秋詔下誅東平」者，謂元和十三年（八一八）七月，下制罪狀李師道，令宣武、魏博、義成、武寧、横海兵共討之也。「牙門大將有劉生」者，謂十四年（八一九）二月，其都知兵馬使劉悟自陽穀令士卒曰：入鄆人賞錢百緡，使士皆飽食執兵，夜半聽鼓三聲絶，即行，人銜枚，馬縛口，遇行人，執留之，人無知者。比至，子城已洞開，惟牙城拒守，俄知力不支，皆投弓於地。悟勒兵升廳事，使捕李師道等，皆斬之，函師道父子三首送田弘正，弘正大喜，露布以聞。「朝廷侍郎來慰撫」者，謂命户部侍郎楊於陵爲淄青宣撫使，自廣德以來垂六十年，藩鎮跋扈，河南北三十餘州自除官吏、不供貢賦，至是盡遵約束也。又「侍臣燕公秉文筆」者，舊唐書禮儀志記開元東封之事云：「玄宗曰：朕今此行，皆爲蒼生祈福，更無祕請，宜將玉牒出示百寮，使知朕意。」蓋即中書令張説之詞。

城西行

城西簇簇三叛族，叛者爲誰蔡吴蜀。中使提刀出禁來，九衢車馬轟成雷。臨刑與酒杯未覆，仇家白官先請肉。守吏能然董卓臍，飢烏來覘桓玄目。城西人散泰街平，雨洗血痕春草生。

【校】

〔成雷〕全唐詩成作如，注云：一作成。

〔白官〕崇本白作百，非。

【箋證】

按：此詩刺濫誅也。首言「三叛族」，結言「雨洗血痕」，微旨可見。蓋憲宗之世，專務刑戮，於吴元濟已見前矣，於李錡則并其子師回腰斬之，於劉闢則韓愈元和聖德詩寫其慘毒之狀云：「取之江中，枷脰械手。婦女纍纍，啼哭拜叩。來獻闕下，赤立傴僂。牽頭曳足，先斷腰膂。次及其徒，體骸撑柱。末乃取鬬，駭汗如寫。揮刀紛紜，争刌膾脯。」觀二人之命意措詞，禹錫較有斟酌。三叛之誅非一時事，而禹錫總敍以一詩，知其深有所感，作此詩時當亦在元和十三年（八一八）。當列平蔡州之後，平齊行之前。蓋李師道之平在十四年（八一九）也。

又按：通鑑二二〇：至德二載（七五七），斬達奚珣等十八人于城西南獨柳樹下。胡注引劉昫曰：獨柳樹在長安子城西南隅。唐之刑場在此，故詩以城西爲名。

〔桓玄目〕桓玄梟首大航，見於史。至飢烏覘目，並非實事。晉書五行志：「桓玄既篡，童謡曰：草生及馬腹，烏啄桓玄目。」禹錫用此。

武昌老人説笛歌

武昌老將七十餘，手把庾令相問書。自言少小學吹笛，早事曹王曾賞激。往年鎮戍到蘄州，楚山蕭蕭笛竹秋。當時買材恣搜索，典卻身上烏貂裘。古苔蒼蒼封老節，石上孤生飽風雪。商聲五音隨指發，水中龍應行雲絶。曾將黄鶴樓上吹，一聲占盡秋江月。如今老去語猶遲，音韻高低耳不知。氣力已無心尚在，時時一曲夢中吹。

【校】

〔老將〕文粹將作人。全唐詩作人，注云：一作時。

〔相問〕文粹問作聞。

〔少小〕全唐詩注云：一作年少。

〔鎮戍到〕全唐詩注云：一作征鎮戍，文粹與一作同。

〔買材〕紹本、崇本、文粹材均作林。

〔石上〕全唐詩上下注云：一作山，崇本與一作同，非。

〔商聲五音〕崇本商作高，似是。全唐詩注云：一作商音五聲。

〔語猶遲〕文粹語作與，全唐詩語猶作語尤，注云：一作與猶。

〔已無〕全唐詩無作微。

【注】

〔黄鶴樓〕水經注：江之右岸有船官浦，歷黄鵠西而南，船官浦東即黄鵠山，林澗甚美。山下謂之黄鵠岸，岸下有灘。目之爲黄鵠灘。黄鵠山東北對夏口城。案：古鵠鶴字通，黄鵠山即黄鶴山；樓枕其首。李白詩：「黄鶴樓中次玉笛，江城五月落梅花。」

【箋證】

按：此詩雖無年月可據，然據「手把庾令相問書」之語，此武昌老人必是持有鄂岳觀察使之書函來謁禹錫者，既編列在以上三詩之後，此時觀察鄂岳者正是李程，與禹錫素交，則似可斷爲元和十三四年（八一八、八一九）間所作。

又按：蘄州出笛，見杜牧寄澧州張舍人笛詩。又韓愈鄭羣贈簟詩亦云：「蘄州笛竹天下知。」羣芳譜云：「蘄竹出蘄州，以色匀者爲簟，節疏者爲笛。」

〔早事曹王〕曹王謂李皐，舊唐書一三一、新唐書八〇均有傳。據傳，德宗初年，爲江西節度使，討梁崇義，遣兵進拔蘄州。詩云：「往年鎮戍到蘄州」，正指其事。

西山蘭若試茶歌

山僧後檐茶數叢，春來映竹抽新茸。宛然爲客振衣起，自傍芳叢摘鷹觜。斯須炒成滿室香，便酌砌下金沙水。驟雨松聲入鼎來，白雲滿盌花裴回。悠揚噴鼻宿酲散，清峭徹骨煩襟開。陽崖陰嶺各殊氣，未若竹下莓苔地。炎帝雖嘗未解煎，桐君有籙那知味？新芽連拳半未舒，自摘至煎俄頃餘。木蘭墜露香微似，瑶草臨波色不如。僧言靈味宜幽寂，采采翹英爲嘉客。不辭緘封寄郡齋，甎井銅鑪損標格。何況蒙山顧渚春，白泥赤印走風塵。欲知花乳清泠味，須是眠雲跂石人。

【校】

〔宛然〕崇本宛作莞，紹本、中山集均作苑。

〔炒成〕崇本炒作礮。

〔墜露〕全唐詩作霑，注云：一作墜。

〔跂石〕崇本跂作卧。

【注】

〔桐君〕方輿勝覽：「桐君山在嚴州，有人采藥，結廬桐木下，指桐爲姓，故以得名。」桐君茶録：「巴東有真香茗，煎飲令人不眠。」

〔蒙山〕茶譜：蒙山中頂曰上清峯，茶最難得，俟雷發聲採之。

【箋證】

按：詩有「不辭緘封寄郡齋」之句，自是大和六年（八三二）後蘇州刺史任時作。又據「春來映竹抽新茸」之句，六年之春初至，恐未能有此閒暇，以七年春所作爲近似。

又按：唐時貢茶是一擾民之政。袁高茶山詩云：「禹貢通遠俗，所圖在安人。後王失其本，職吏不敢陳。亦有姦佞者，因兹欲求伸。動生千金費，日使萬姓貧。我來顧渚源，得與茶事親。甿輟耕農耒，采采實苦辛。一夫旦當役，盡室皆同臻。……未知供御餘，誰當分此珍。」乃親見茶山農民之苦者之言。禹錫此詩所謂「白泥赤印走風塵」云云，亦譏士大夫不知民間疾苦也。又皎然杼山集有顧渚行寄裴方舟詩，亦備言採茶之苦。云：「我有雲泉鄰渚山，山中茶事頗相關。䳏鴂鳴時芳草死，山家漸欲收茶子。伯勞飛日芳草滋，山僧又是採茶時。由來慣採無近遠，陰嶺長兮陽崖淺。大寒山下葉未生，小寒山中葉未卷。吴婉攜籠上翠微，蒙蒙香刺罥春衣。迷山乍被落花亂，度水時驚啼鳥飛。家園不遠乘露摘，歸時露彩猶滴瀝。初看怕出欺玉英，更取煎來勝金液。昨夜西峯雨色過，朝尋新茗復如何！女宫露澀青芽老，堯市人稀紫筍多。紫筍青芽誰得識，日暮採之長太息。清泠真人待子元，貯此芳香思何極！」皎然即當地人，故知之尤審也。

〔西山蘭若〕朱長文吴郡圖經續記云：「洞庭山出美茶，舊入爲貢。……近年山僧尤善製茗，謂之水月茶，以院爲名也。頗爲吴人所貴。高德基平江紀事云：洞庭西山中有水月禪院者，……創於梁天監三年，舊名明月禪院。」詩中所謂西山蘭若蓋即指此。

〔顧渚〕唐國史補：「湖州有顧渚之紫筍，常州有義興之紫筍，皆茶也。」新唐書一九六陸龜蒙傳：「置園顧渚山下，歲取租茶，自判品第。」太平寰宇記云：「顧渚在長興縣西北三十里，山中多産茶以充貢。」又云：「顧山在長興西北四十里。正(貞)元以後，每歲進奏顧山紫筍茶，役工三萬人，累月方畢。

廟庭偃松詩 并引

侍中後閤前有小松，不待年而偃。丞相晉公爲賦詩，美其猶龍蛇然。植于高檐喬木間，上嶔旁軋，盤蹙傾亞，似不得天和者。公以遂物性爲意，乃加憐焉。命畚土以壯其趾，使無㪉，索綯以牽其榦，使不仆。盥漱之餘以潤之，顧盼之輝以照之。發於人心，感召和氣。無復夭閼，坐能敷舒。鼂之跧蹙，化爲奇古。故雖袤丈而有偃號焉。予嘗詣閤白事，公爲道所以，且示以詩，竊感嘉木之逢時，斐然成詠。

勢軋枝偏根已危，高情一見與扶持。忽從顛頓有生意，卻爲離披無俗姿。影入巖廊行樂處，韻含天籟宿齋時。謝公莫道東山去，待取陰成滿鳳池。

【校】

〔待年〕全唐詩注云：一作特立。

〔上嶔〕全唐詩嶔作嵌。

〔旁軋〕崇本無旁字。

〔之餘〕結一本餘作歛，誤。

〔人心〕紹本、崇本、中山集、全唐詩人均作仁。

〔成詠〕崇本詠作韻。

〔待取〕全唐詩注云：一作時取。

【注】

〔晉公〕謂裴度。

〔索綯〕繩也。詩豳風七月，晝爾于茅，宵爾索綯。

【箋證】

按：詩序中之侍中謂裴度。度有奉酬中書相公至日圜丘攝事合於中書後閤宿齋移止於集賢院敍懷見寄一詩，蓋中書門下各有後閤可居。序云侍中後閤，詩又有「韻含天籟宿齋時」之句，蓋度於文宗初即位時加門下侍郎，侍中爲門下省官，故居侍中後閤。度爲集賢殿大學士，禹錫爲學士，故得詣閤白事。大和四年（八三〇），度出鎮襄陽，故詩必作於四年前。詩云：「勢軋枝偏根已危，高情一見與扶持。」自寓身世之感。禹錫深蒙度之援引，於此可證。

答東陽于令涵碧圖詩 并引

東陽令于興宗，丞相燕國公之猶子。生綺襦紈袴間，所見皆貴盛，而挈然有心如山東書生。前年白有司，願爲親民官以自效，遂補東陽。及莅官，以簡易爲治，故多暇日。一旦於縣五里偶得奇境，埋没於翳薈中。于生自以有特操而生於公侯家，由覆廕入仕，常忽忽歎息。因移是心，開抉泉石，芟去蘿蔦，斧凡材，畚息壤，而清溪翠巖森立坌來。因構亭其端，題曰涵碧。碧流貫于庭中，如青龍蜿蜒，冰澈射人。樹石雲霞列于前，昏旦萬狀。惜其居地不得有聞於時，故圖之來乞詞。既無負尤物，予亦久翳蘿蔦者，睹之慨然。遂賦七言，以貽後之文士。

東陽本是佳山水，何況曾經沈隱侯？化得邦人解吟詠，如今縣令亦風流。新開潭洞疑仙境，遠寫丹青到雍州。落在尋常畫師手，猶能三伏凜生秋。

【校】

〔題〕崇本無詩字。全唐詩涵作寒。

〔挈然〕崇本挈作絜，畿本作潔。

〔特操〕崇本特作持。

〔忽忽〕畿本忽作悤，非。

〔碧流〕崇本無碧字。

〔久翳〕崇本翳下多薈字。

〔文士〕崇本士下有矣字。

【注】

〔東陽〕據地理志，婺州屬縣東陽，垂拱二年分烏傷縣，取舊郡名。

〔燕國公〕謂于頔。

〔沈隱侯〕謂沈約。方輿勝覽云：八詠樓在東陽子城西，即沈隱侯元暢樓。

【箋證】

按：于令謂于興宗，據詩引知其爲于頔之子。全唐詩小傳：「興宗，大中時御史中丞守綿州，後爲洋州節度。」其東陽涵碧亭詩云：「高低竹雜松，積翠復留風。路劇陰谿裏，寒生暑氣中。」注云：「金華志：興宗，寶曆初令東陽。」詩有「遠寫丹青到雍州」之語，則禹錫方在京，寶曆初距大和不遠，當是禹錫直集賢院之時。涵碧亭，據方輿勝覽，在東陽縣北五里，峴山之下。

〔丞相燕國公〕于頔曾爲山南東道節度使，加同平章事，其祖爲北周燕文公于謹，故以丞相燕國公稱之。禹錫涉及頔者尚有本集卷十、三十等篇。

贈致仕滕庶子先輩 時及第八人中最長。

朝服歸來晝錦榮，登科記上更無名。壽觴每使曾孫獻，勝境長攜衆妓行。矍鑠據鞍時騁健，殷勤把酒尚多情。凌寒卻向山陰去，衣繡郎君雪裏迎。時令子爲御史，主務在越中。

【校】

〔題〕紹本八作人，崇本無此字。全唐詩長作老。

〔無名〕紹本、崇本、明鈔本名均作兄，全唐詩注云：一作名。黄丕烈校語云：兄字爲是，所謂及第人中最長也。

〔時騁〕崇本、明鈔本、英華時均作能。全唐詩時下注云：一作能。

【注】

〔登科記〕摭言：「唐張倬，柬之之孫，數舉進士不第，捧登科記頂上戴之，曰：此千佛名經也。」按新唐書藝文志：崔氏唐顯慶登科記五卷，李奕唐登科記二卷。

【箋證】

按：全唐詩小傳：「滕珦，東陽人，歷茂王傅，大和中以右庶子致仕。」又唐會要六七：「大和三年（八二九）四月，右庶子致仕滕珦奏：伏蒙天恩致仕，今欲歸家，鄉在浙東。」詩有「凌寒卻向山陰去」之語，或上表雖四月，至冬始成行。是年禹錫正在京。同時贈詩者，如白居易云：「春風秋月攜歌酒，八十年來翫物華。已見曾孫騎竹馬，猶聽侍女唱梅花。入鄉不杖歸時健，出郭乘軺到處誇。兒著繡衣身衣錦，東陽門户數滕家。」朱慶餘云：「常懷獨往意，此日去朝簪。丹詔榮歸騎，清風滿故林。諸侯新起敬，遺老重相尋。在處饒山水，堪行在所心。」禹錫自注云：「時令子爲御史，主務在越中。」白詩尤可與此相印證。

詠樹紅柿子

曉連星影出，晚帶日光懸。本因遺采掇，翻自保天年。

【校】

〔題〕崇本、畿本、英華、全唐詩均無樹字。

〔采掇〕英華、全唐詩掇作摘。

【箋證】

按：樹紅柿子是唐時俗語，蓋謂不供食用者。但詩必有爲而發，或是在朝時見旅進旅退之具僚而刺之。

庭　竹

露滌鉛粉節，風摇青玉枝。依依似君子，無地不相宜。

【箋證】

按與前詩似是一時所作。

臺城懷古

清江悠悠王氣沈，六朝遺事何處尋？宫牆隱嶙圍野澤，鸛鶂夜鳴秋色深。

【箋證】

按：此詩當與本集卷二十二之金陵懷古一首參看，彼詩云「蔡洲新草緑」，此詩有「秋色深」

之語，必非一時所作，疑此在禹錫寶曆二年（八二六）罷和州後遊金陵時。

又按：此詩爲絶句中之古體。

題壽安甘棠館二首

公館似仙家，池清竹逕斜。山禽忽驚起，衝落半巖花。

門前洛陽道，門裏桃源路。塵土無煙霞，其間十餘步。

【校】

〔桃源〕全唐詩源作花。

〔無煙霞〕紹本、崇本、全唐詩無均作與。

【箋證】

按：清一統志云：河南府，壽安故城，今宜陽縣治，相傳爲周時召伯聽政之所。壽安乃自洛陽赴長安之孔道，孟郊有壽安西渡奉別鄭相公詩云：「洛河向西道，石波横磷磷。清風送君子，車遠無還塵。」又云：「東都清風緘，君子西歸朝。」詩作於元和六年（八一一），鄭餘慶自東都留守入爲兵部尚書時。與此詩「門前洛陽道」之意正合。甘棠館乃往來寄宿之驛舍，唐人每樂道其風景之幽勝，足以洗滌塵囂。王建題壽安南館詩云：「明蒙（一作發）竹間亭，天暖幽挂碧。雲去四面山，水接當階石。溼樹浴鳥痕，破苔卧鹿跡。不緣塵駕觸，堪作商皓宅。」南館即甘棠館之一部。樊川集題壽安縣甘棠館御溝詩云：「一渠東注芳華苑，苑鎖池塘百歲空。水殿半傾蟾口澀，爲誰流下蓼花中。」又太平廣記三五〇引纂異録云：「會昌元年（八四一）春，孝廉許生下第東歸，將宿於甘泉店，甘棠館西一里已來，逢白衣叟……至噴玉泉牌堠之西……」此是託諷甘露四相事。皆可略見其風景，無怪此詩云公館似仙家也。又唐人風尚於甘棠館留名姓，集古録八：「右甘泉館題名，自唐德宗貞元以來，止於會昌，文字多已磨滅，惟高元裕、韋夏卿所書尚可讀。甚矣，人之好名也，其功德之盛，固已書竹帛，刻金石，以垂不朽矣。至於登高望遠，行旅往來，慨然寓興於一時，亦必勒其姓名，留于山石，非徒徘徊俯仰以自悲其身世，亦欲來者想見其風流。……」

與歌者米嘉榮

唱得涼州意外聲，舊人唯數米嘉榮。近來時世輕先輩，好染髭鬚事後生。

【校】

〔涼州〕全唐詩涼下注云：一作梁。

〔唯數〕英華唯作難。按：此詩畿本、全唐詩注云：一作「一别嘉榮三十載，忽聞舊曲尚依然。如今世俗輕前輩，好染髭鬚事少年。」即外集卷八之米嘉榮一首。

【箋證】

按：容齋隨筆一四云：「今樂府所傳大曲皆出於唐，而以州名者五，伊、涼、熙、石、渭也。……凡此諸曲，唯伊、涼最著，唐詩詞稱之極多。」米嘉榮之姓亦表其來自西域。米姓始見於此。與次首大意相似，當是大和二年（八二八）入京以後觸感而作。

聽舊宮中樂人穆氏唱歌

曾隨織女渡天河，記得雲間第一歌。休唱貞元供奉曲，當時朝士已無多。

【箋證】

按：沈德潛云：「貞元尚多君子，元和已少其人，前人謂有西方美人之思。」（見唐詩別裁）殊爲支離附會。元和中朝士，固多於貞元中通籍者，此自是大和中追溯二十餘年前之語。

渾侍中宅牡丹

徑尺千餘朵，人間有此花。今朝見顏色，更不向諸家。

【箋證】

按：渾侍中謂渾瑊，舊唐書一三四、新唐書一五五均有傳。據傳，以平朱泚亂加侍中。又唐兩京城坊考三，朱雀門街東第四街大寧坊有河中節度使兼中書令渾瑊宅，云：白居易有看渾家牡丹詩，疑渾令之宅也。又引路巖義昌軍節度使渾偘神道碑，薨於大寧里私第。考偘即瑊之孫，徐氏未引禹錫此詩。

又按：白居易詩云：「香勝燒蘭紅勝霞，城中最數令公家。人人散後君須看，歸到江南無此花。」渾宅花事之盛可以想見。禹錫大和初入長安，始稍有遊賞之興，前後各詩皆當爲此時所作。

唐郎中宅與諸公同飲酒看牡丹

今日花前飲，甘心醉數桮。但愁花有語，不爲老人開。

【箋證】

按：唐郎中謂唐扶，舊唐書一九〇附唐次傳、新唐書八九附唐儉傳。舊傳云：「扶字雲翔，元和五年（八一〇）進士登第，累佐使府，入朝爲監察御史，出爲刺史。大和初入朝，爲屯田郎中。」禹錫得在其宅飲酒看花，正其時也。次雖久在外州，晚歲官至中書舍人，宦已漸達，而史言扶佐幕立事，登朝有名，及廉問甌閩，政事不治，身殁之後，僕妾争財，詣闕論訴，法司按劾其家財十萬貫歸於二妾。則其家頗富，宜有園林之勝矣。集中涉及扶者，尚有本集卷二十八及外集卷六各篇。

與歌者何戡

二十餘年別帝京，重聞天樂不勝情。舊人唯有何戡在，更與殷勤唱渭城。

【箋證】

按：詩云「二十餘年別帝京」，蓋在大和初，上距永貞，約有此數。中間元和十年（八一五）雖一度入京，爲時止一二月，故不數也。與米嘉榮、穆氏二詩自是約略同時之作。

〔渭城〕趙殿成王右丞集注送元二使安西詩條：「唐人歌入樂府，以爲送別之曲，至陽關句反覆歌之，謂之陽關三疊，亦謂之渭城曲。白居易晚春欲攜酒尋沈四著作詩云：最憶陽關唱，真珠一串歌。注云：沈有謳者善唱西出陽關無故人詞。又對酒詩云：相逢且莫推辭醉，聽唱陽關第四聲。注云：第四聲，勸君更盡一杯酒，西出陽關無故人也。劉禹錫與歌者詩云：舊人唯有何戡在，更與殷勤唱渭城。渭城、陽關之名，蓋因詩中詞云。」又：前人之評此詩者，沈德潛唐詩別裁云：「王維渭城詩，唐人以爲送別之曲。夢得重來京師，舊人惟一樂工，爲唱渭城送別，何以爲情也？」

與歌童田順郎

天下能歌御史娘，花前月底奉君王。九重深處無人見，分付新聲與順郎。

【校】

〔天下能〕全唐詩注云：一作天上龍。英華與一作同。

〔月底〕全唐詩月作葉，注云：一作月。

【箋證】

按：此詩中之御史娘，前人多有誤解。宋長白柳亭詩話云：「樂府雜録云：貞元中有善歌田順，爲宫中御史娘子。今據此詩，又似御史娘授曲於田順者，呼之曰郎，則非娘子可知。」禹錫詩題明云與歌童田順郎，則其人必尚年稚，本卷中聽歌之作皆在大和初，未必是貞元時也。任半塘教坊記箋訂云：「桂苑叢談：國樂婦人有永新婦、御史娘、柳青娘，皆一時之妙也。按永新婦，據王仁裕開天遺事爲玄宗時之歌者，餘二人世次如何未詳。劉禹錫與歌童田順郎詩云云，是順郎乃御史娘之弟子，必當稚年，方能寄在九重深處，如此，御史娘之時代當然較早，所供奉者宜爲玄宗。」

燕爾館破屏風所畫至精人多歎賞題之

畫時應遇空亡日，賣處難逢識别人。唯有多情往來客，强將衫袖掃埃塵。

【校】

〔燕爾〕崇本爾作耳，非。

〔掃埃〕紹本、崇本、絶句、全唐詩掃均作拂。

【箋證】

按：唐時驛舍多以某某館爲名，如本卷之壽安甘棠館，封氏聞見記之濠州高塘館，指不勝屈。故詩有「多情往來客」之語。燕爾館所在尚待考。

〔空亡〕丹鉛總録三：「正月十六日謂之秏磨日，張説秏日飲詩云：秏磨傳兹日，縱横道未宜。但令不忌醉，翻是樂無爲。又曰：上月今朝減，流傳秏磨辰。但令不事事，同醉俗中人。時日家於日之不吉者名曰空亡，亦秏磨之類。」又翟灝通俗編云：「後漢書郭躬傳桓帝時有陳伯敬者，行路聞凶，便解駕留止，還歸觸忌，則寄宿鄉亭。注引曆法曰：歸忌日四孟在丑，四仲在寅，四季在子，其日不可遠行、歸家及徙。論衡辨祟篇：塗上之暴尸，未必出以往亡，室中之殯柩，未必還以歸忌。又晁氏讀書志：空亡之説，本於史記孤虚。劉禹錫題破屏詩：畫時應值空亡日，賣處難逢識别人。」

賞牡丹

庭前芍藥妖無格，池上芙蕖浄少情。唯有牡丹真國色，花開時節動京城。

【箋證】

按：韓愈集有戲題牡丹詩云：「幸自同開俱隱約，何須相倚鬭輕盈。陵晨並作新妝面，對客偏含不語情。雙燕無機還拂掠，遊蜂多思正經營。長年是事皆抛盡，今日欄邊暫眼明。」舊注：「段成式酉陽雜俎云：前史無説牡丹者。惟謝康樂言竹間水際多牡丹。成式檢隋朝種植法，初不説牡丹，則知隋朝花藥中所無也。開元末，裴士淹奉使回至汾州，得白牡丹一窠植於長興私第。至德中馬僕射領太原，各得紅紫二色者移於城中。（按：馬燧加右僕射爲河東節度使，是建中初事，至德二字恐誤。）元和初猶少，今與戎葵角多少矣。」據此，禹錫於貞元末尚未多見牡丹，而今大和中重入長安，牡丹又已不復爲新奇之物矣。宜其不能已於詠歎也。本卷賞詠牡丹之詩凡三作，皆當約略同時。

寄陝州姚中丞 時分司東都。

八月天地肅，二陵風雨收。旌旗闕下來，雲日關東秋。禹跡想前事，漢臺餘故丘。裴回襟帶地，左右帝王州。留滯悲昔老，恩光榮徹侯。相思望棠樹，一寄商聲謳。

【校】

〔天地〕織本地作氣，按：與下句不偶，非。

【箋證】

按：姚中丞謂姚合。唐詩紀事：「合，宰相崇曾孫，登元和進士第，調武功主簿，又爲富平、萬年尉，寶曆中，歷監察御史。户部員外郎，出金、杭二州刺史。後爲給事中。陝虢觀察使。開成末，終祕書監。」據紀，開成四年八月庚戌朔，以給事中姚合爲陝虢觀察使，此詩首句云「八月天地肅」，正作於合赴新任之時。又注云：「時分司東都。」則禹錫自謂時方以賓客分司也。

又按：合與禹錫相往還在大和初，已見本集卷二十四冬初拜表詩箋。合有寄主客劉郎中詩云：「漢朝共許賈生賢，遷謫還應是宿緣。仰德多時方會面，拜兄何暇更論年？嵩山晴色來城裏，洛水寒光出岸邊。清景早朝吟嚴思，題詩應費益州箋。」與前詩正爲同時所作，二人蓋相識不久。合之科名雖較禹錫爲晚，而年齒不甚相懸，故有兄事論年之語。

奉酬湖州崔郎中見寄五韻

山陽昔相遇，灼灼晨葩鮮。同遊翰墨場，和樂塤篪然。一落名宦途，浩如乘風船。行當衰暮日，卧理淮海壖。猶期謝病後，共樂桑榆年。

【校】

〔名宦〕崇本名作遊。

〔行當〕崇本行作況。

〔海壖〕全唐詩壖作邊，注云：一作壖。

【箋證】

按：本卷已有湖州崔郎中寄三癖詩一首，徵之白居易有得湖州崔十八使君書喜與杭越鄰郡詩，居易在杭、崔玄亮在湖、元稹在越，而禹錫則在和州，故此詩有「卧理淮海壖」之句。惟首句「山陽昔相遇」不能詳。本集卷一有山陽城賦，云：「我止行車，竇涕於山陽之墟」，豈禹錫與玄亮少時曾共行役經山陽耶！

劉禹錫集箋證卷第二十六

樂府上

團扇歌

團扇復團扇，奉君清暑殿。秋風入庭樹，從此不相見。上有乘鸞女，蒼蒼網蟲徧。明年入懷袖，別是機中練。

【校】

〔題〕樂府作團扇郎。

〔網蟲〕全唐詩注云：一作蟲網，樂府與一作同。

【箋證】

按：文選班婕妤怨歌行云：「新裂齊紈素，皎潔如霜雪。裁爲合歡扇，團團似明月。出入君懷袖，動摇微風發。常恐秋節至，涼風奪炎熱。棄捐篋笥中，恩情中道絶。」又江文通雜體詩班婕好詠扇云：「紈扇如團月，出自機中素。畫作秦王女，乘鸞向煙霧。」皆此詩所本。

荆州歌二首

渚宫楊柳暗，麥城朝雉飛。可憐踏青伴，乘熯著輕衣。今日好南風，商旅相催發。沙頭檣竿上，始見春江闊。

【注】

〔朝雉飛〕崔豹古今注：齊宣王時處士牧犢子年五十無妻，出採薪於野，見雉雄雌相隨而飛，意動心悲，而作雉朝飛之操以自傷。

【箋證】

按：李白荆州歌云：「白帝城邊足風波，瞿塘五月誰敢過？荆州麥熟繭成蛾。繰絲憶君頭緒多，撥穀飛鳴奈妾何！」禹錫用其題而不盡襲其意。

紀南歌

風煙紀南城，塵土荆門路。天寒多獵騎，走上樊姬墓。

【校】

〔荆門〕絶句作荆南。

〔多獵騎〕全唐詩注云：一作獵獸者。

【注】

〔樊姬〕列女傳：楚莊王好獵，樊姬數諫不止，乃不食鳥獸之肉。二年，王感之而勤政事。

【箋證】

按：樂府詩集云：「酈道元水經注曰：楚之先僻處荆山，後遷紀郢，即紀南城也。十道志曰：昭王十年，吴通漳水灌紀南城入赤湖，郢城遂破。杜預左傳注曰：今南郡江陵縣北紀南城，故楚國也。」又文選謝靈運擬魏太子鄴中集詩云：「南登紀郢城。」禹錫蓋以行役所經，擬古樂府而作，前後數篇皆是。

〔樊姬墓〕張九齡有詩題云：「郢城西北有大古冢數十，觀其封域，多是楚時諸王，而年代久遠，不可復識。唯直西有樊妃冢，因後人爲植松柏，故行路盡知之。」張説亦有詩題云：「登九里臺，是樊姬墓。」

宜城歌

野水遶空城，行塵起孤驛。荒臺側生樹，石碣陽鐫額。靡靡渡行人，温風吹宿麥。

【校】

〔荒臺〕全唐詩荒下注云：一作花，樂府與一作同。

〔生樹〕全唐詩樹下注云：一作柏。

【箋證】

按：樂府詩集云：「通典曰：宜城，楚之鄢都，謂之郢，有蠻水，又有漢宜城縣，在今縣南。舊名率道，天寶中改焉。十道志曰：宜城，漢縣，宋孝武大明元年，以胡人流寓者立華山郡於大堤村，古名上供，梁爲率道，俗呼大隄，其地出美酒，故曰宜城竹葉酒也。」韓愈集有記宜城驛一文，云：「此驛置在古宜城内，驛東北有井，傳是昭王井，有靈異，至今人莫汲。驛前水傳是白起堰西山下澗，灌此城壞，楚人多死，流城東陂，臭聞遠近，因號其陂臭陂。有蛟害人，漁者避之。井東北數十步有楚昭王廟，有舊時高木萬株，多不得其名，歷代莫敢剪伐，尤多古松大竹。于太傅帥襄陽，遷宜城縣，并改造南境數驛，材木取足此林，舊廟屋極宏盛，今惟草屋一區，然問左側人，尚云每歲十月，民相率聚祭其前。廟後小城，蓋王居也。其内處偏高，廣員八九十畝，號殿城，當是王朝内之所也。多甎可爲書硯。自小城内地今皆屬甄氏。……元和十四年（八一九）二月題。」愈過宜城較禹錫過此爲晚，然寫其景物猶約略相同，以此證之，禹錫之詩非泛然而作也。

又禹錫詩雖紀行役，實導源於南朝樂府。舊唐書音樂志云：「常林歡疑是宋梁間曲，宋梁世荆、雍爲南方重鎮，（按在南朝荆指江陵，雍指襄陽。）皆皇子爲之牧，江左辭詠，莫不稱之以爲樂土，故隋王作襄陽之歌，齊武帝追憶梁鄧，梁簡文樂府歌曰：分手桃林岸，送別峴山頭。若欲寄音信，漢水向東流。又曰：宜城投（酘）酒今行熟，停鞍繫馬暫棲宿。桃林在漢水上，宜城在荆州北。荆州有長林縣，江南謂情人爲歡，常、長聲相近，蓋樂人誤謂長爲常。」温庭筠有常林歡歌，與禹錫此詩亦同紀行役，題與句法不同而已。詩云：「宜城酒熟花覆橋，沙晴緑鴨鳴咬咬。穠桑繞舍麥如尾，幽軋鳴機雙燕巢。馬聲特特荆門道，蠻水揚光色如草。錦薦金鑪夢正長，東家咿喔雞鳴早。」可資參證。

順陽歌

朝辭官軍驛，前望順陽路。野水齧荒墳，秋蟲鏤官樹。曾聞天寶末，胡馬西南騖。城守魯將軍，拔城從此去。

【校】

〔官樹〕紹本官作宫，全唐詩作宫，注云：一作官。按：足證卷二十五秋日送客至潛水驛之宫樹或亦爲官樹之誤。

【箋證】

按：唐州方城縣爲漢順陽縣。魯將軍謂魯炅，舊唐書一一四炅傳云：「禄山之亂，選任將帥，（天寶）十五載正月，拜炅上洛太守，充南陽節度使，以嶺南、黔中、山南東道子弟五萬人屯葉縣北、滍水之南，築柵四面掘壕以自固。至五月，賊將武令珣、畢思琛等來擊之，衆欲出戰，炅不許，賊於營西順風燒煙，營内坐立不得，横門扇及木争出，賊矢集如雨，炅與中使薛道等挺身遁走，餘衆盡歿。嶺南節度使何履光、黔中節度使趙國珍、襄陽太守徐浩未至，裨將嶺南、黔中、荆襄子弟半在軍，多懷金銀爲資糧，軍資器械盡棄於路如山積，至是賊徒不勝其富。炅收合殘卒保南陽郡，爲賊所圍。尋而潼關失守，賊使哥舒翰招之不從，又使僞將豫州刺史武令珣等攻之，累月不能克。武令珣死，又令田承嗣攻之，潁川太守來瑱、襄陽太守魏仲犀合勢救之，仲犀使弟孟馴爲將，領兵至明府橋，望賊而走，衆遂大敗。炅城中食盡，煮牛皮筋角而食之，米斗至四五十千，有價無米，鼠一頭至四百文，餓死者相枕藉。……炅在圍中一年，救兵不至，晝夜苦戰，人相食。至德二年五月十五日，率衆持滿傅矢，突圍而出南陽，投襄陽，田承嗣來追，苦戰二日，殺賊甚衆，賊又知其決死，遂不敢逼。……」又太平廣記三七六引廣異記：「太原王穆，唐至德初爲魯炅部將，於南陽戰敗，軍馬奔走，穆形貌雄壯，馬又奇大，賊騎追之甚衆……遂載還炅軍，軍城尋爲賊所圍。」所敍正爲兵敗被圍之事，其苦戰之狀可想。禹錫即感此事而作。蓋四五十年後身經此地，猶荒蕪滿目，不能不慨歎於被兵之慘。末二句頗露微詞。以上各詩皆似禹錫永貞初貶時道中所作，有意學樂府。

馬嵬行

緑野扶風道，黄塵馬嵬驛。路邊楊貴人，墳高三四尺。乃問里中兒，皆言幸蜀時。軍家誅佞倖，天子捨妖姬。羣吏伏門屏，貴人牽帝衣。低回轉美目，風日爲無暉。貴人飲金屑，倏忽蕣英莫。平生服杏丹，顔色真如故。屬車塵已遠，里巷來窺覷。共愛宿妝妍，君王畫眉處。履綦無復有，履組光未滅。不見岩畔人，空見凌波韤。郵童愛蹤跡，私手解鞶結。傳看千萬眼，縷絶香不歇。指環照骨明，首飾敵連城。將入咸陽市，猶得賈胡驚。

【校】

〔佞倖〕全唐詩注云：一作戚族。

〔蕣英莫〕全唐詩莫下注云：一作姿。

〔杏丹〕全唐詩杏下注云：一作古。

〔真如〕結一本真作其，誤。

〔鞶結〕紹本、崇本鞶均作縏，全唐詩作鞶。

【注】

〔指環照骨〕西京雜記：戚妃以百鍊金爲彄環，照見指骨。上惡之，以賜侍兒鳴玉、耀光等各四枚。

【箋證】

按：唐詩人詠楊妃者甚多，此詩以馬嵬爲題，自當專敍其被羣情所迫而就死。「軍家誅佞幸，天子捨妖姬」，正是事實。後人每多迂論。唐音癸籤一一引魏泰云：「老杜北征詠馬嵬事云：不聞夏殷衰，中自誅褒妲。若明皇鑒夏、殷事，畏天悔禍，自賜楊妃死，官軍無預者，可謂深識君臣大體。劉禹錫乃云：官軍誅佞幸，天子捨妖姬。白樂天云：六軍不發無奈何，宛轉蛾眉馬前死。此則爲明皇不得已誅貴妃，雖曰紀其實，豈臣子所忍言所宜言？」殊不知杜詩云：「桓桓陳將軍，仗鉞奮忠烈。」何嘗不以楊妃之死爲出於陳玄禮之主張？與禹錫所云「軍家誅佞幸」原無別，且軍家猶云軍人，亦不宜改爲官軍。又如馮浩注李商隱馬嵬詩引詩眼云：「馬嵬詩唐人尤多，如劉夢得緑野扶風道一篇，人頗誦之，其淺近乃兒童所能。」必如何方能謂之深遠，亦殊難解。

又按：後人於貴人飲金屑一語亦横生疑揣，袁枚隨園詩話云：「楊妃縊死佛堂，唐書、通鑑俱無異詞，獨劉禹錫詩……似貴妃之死乃飲金屑，非雉經矣。傳聞異詞，往往如是。」沈濤匏廬詩話則云：「劉夢得詩，貴人服金屑，乃用晉書賈后傳：趙王倫矯詔遣尚書劉宏等賫金屑酒賜后死故事，以喻當日貴妃賜死情事，或遂疑貴妃實服金屑，誤矣。」其論較通，禹錫明云「飲金屑」，其用晉書無疑。

〔空見凌波韈〕太平廣記四〇五：「玄宗至馬嵬驛，令高力士縊貴妃於佛堂梨樹之前，馬嵬媪得韈一隻，過客求而翫之，百錢一覩，得錢無數。」此事蓋唐人所盛傳。至此詩所稱指環首飾將入長安城，併寫楊妃被殺時擾攘之狀，及其平日之窮奢極侈，當亦是實録。

視刀環歌

常恨言語淺，不如人意深。今朝兩相視，脈脈萬重心。

【注】

〔刀環〕古詩：「何當大刀頭，破鏡飛上天。」樂府解題：「大刀頭者，刀頭有環也。何當大刀頭者，何日當還也。」

【箋證】

按：漢書李陵傳：昭帝立，大將軍霍光、左將軍上官桀輔政，素與陵善，遣陵故人隴西任立政等三人俱至匈奴招陵。立政等至，單于置酒，賜漢使者，李陵、衛律皆侍坐，立政等見陵，未得私語，即目視陵，而數數自循其刀環，握其足，陰諭之，言可還歸漢也。禹錫此歌似本此，唐人樂府往往用古詞而兼用他義，殊費參詳，寥寥二十字中，或有難言之隱。禹錫樂府諸作非盡漫爲擬古者。

三閣辭四首 吴聲。

貴人三閣上，日晏未梳頭。不應有恨事，嬌甚卻成愁。
珠箔曲瓊鈎，子細見揚州。北兵那得度？浪語判悠悠。
沈香帖閣柱，金縷畫門楣。回首降幡下，已見黍離離。
三人出眢井，一身登檻車。朱門漫臨水，不可見鱸魚。

【校】

〔浪語判悠悠〕崇本、文粹判均作聲。全唐詩語判作話判，注云：一作語聲。
〔門楣〕全唐詩門下注云：一作閣。
〔降幡〕畿本、全唐詩幡均作旛。
〔不可〕全唐詩注云：一作不得。

【箋證】

按：此詩皆指陳亡之事，所運用皆出於史書，疏釋於下。通鑑一七六：「（至德二年五八四）

是歲，上（後主）於光昭殿前起臨春、結綺、望仙三閣，各高數十丈，連延數十間，其窗牖壁帶，懸楣欄檻，皆以沈檀爲之，飾以金玉，間以珠翠，外施珠簾，内有寳牀寳帳，其服玩瑰麗，近古所未有。每微風暫至，香聞數里。……江濱鎮戍聞隋軍將至，相繼奏聞……帝從容謂侍臣曰：王氣在此，齊兵三來，周師再來，無不摧敗，彼何爲者邪？都官尚書孔範曰：長江天塹，古以爲限隔南北，今日虜軍豈能飛度邪？」又一七七：「（開皇九年五八九）時韓擒虎自新林進軍。……於是城内文武百司皆遁，唯尚書僕射袁憲在殿中……陳主惶遽將避匿，憲正色曰：北兵之入，必無所犯，大事如此，陛下去欲安之？臣願陛下正衣冠，御正殿，依梁武帝見侯景故事。陳主不從，下榻馳去，曰：鋒刃之下，未可交當，吾自有計。從宫人十餘出後堂景陽殿，將自投于井，憲苦諫不從，後閤舍人夏侯公韻以身蔽井，陳主與争，久之乃得入。既而軍人窺井，呼之不應，欲下石，乃聞叫聲，以繩引之，驚其太重，及出，乃與張貴妃、孔貴嬪同乘而上。……三月己巳，陳叔寳與其王公百司發建康詣長安。」此詩云：「三人出眢井，一身登檻車。」張貴妃爲高熲所殺無論矣。孔貴嬪則史無明文，未知禹錫有所據，抑想當然也。末句則哀其客死耳。疑爲禹錫罷和州後遊金陵時弔古之作，詠六朝事即仿六朝體爲之。

又按：前人之評此詩者，詩人玉屑一五引山谷云：「三閣辭四章可以配黍離之詩，有國存亡之鑑也。大概夢得樂府小章優於大篇，詩優於他文耳。」

更衣曲

博山炯炯吐香霧，紅燭引至更衣處。夜如何其夜漫漫，鄰雞未鳴寒雁度。庭前雪壓松桂叢，廊下點點懸紗籠。滿堂醉客争笑語，嘈囋琵琶青幕中。

【校】

〔更衣〕明鈔本衣作深。

〔嘈囋〕崇本作嘈嘈。

【注】

〔更衣曲〕樂府詩集：漢武帝幸平陽公主家，衛子夫善歌，每歌挑上，上起更衣，子夫因侍得幸，更衣曲其取于此。

〔博山〕西京雜記：丁緩作九層博山香罏，鏤以奇禽怪獸，皆自然飛動。

【箋證】

按：唐人喜爲歌曲以寫歡宴留連之狀，自李賀至温庭筠尤工爲此。禹錫半生憂患，早年殊鮮京洛之遊，此或是大和二年（八二八）至五年（八三一）間目覩長安豪貴之沈酣歌舞而作。詩中「庭前雪壓松桂叢，廊下點點懸紗籠」，即「平陽歌舞新承寵，簾外春寒賜錦袍」之義也。

淮陰行五首 并引

古有長干行，言三江之事悉矣。余嘗阻風淮陰，作淮陰行以裨樂府。

簇簇淮陰市，竹樓緣岸上。好日起檣竿，烏飛驚五兩。

今日轉船頭，金烏指西北。煙波與春草，千里同一色。

船頭大銅鐶，摩挲光陳陳。早晚使風來，沙頭一眼認。

何物令儂羨？羨郎船尾燕。銜泥趁檣竿，宿食長相見。

隔浦望行船，頭昂尾幰幰。無奈晚來時，清淮春浪軟。

【校】

〔以裨〕明鈔本以裨上有姑字。

〔竹樓〕鐖本、中山集竹作行，似非。

〔早晚使風〕全唐詩早晚作早早，注云：一作早晚；使風注云：一作便風。

〔晚來〕紹本、絶句均作脱菜，注云：脱一作挑，崇本作洗菜，鐖本、中山集、明鈔本均作挑菜，樂府作脱葉，全唐詩注云：一作挑菜。

【注】

〔三江〕書禹貢「三江既入，震澤底定」。疏：「韋昭云：吴松江，錢唐江也。吴地記云：松江東北行七十里，得三江。東北入海爲婁江，東南入海爲東江，并松江爲三江。」酈道元水經注同。

〔五兩〕淮南子：「若綄之候風。」注：「綄者，候風之羽也，楚人謂之五兩。」

【箋證】

按：禹錫所謂古有長干行，蓋即指六朝之長干曲「逆浪故相邀，菱舟不怕摇，妾家揚子住，便弄廣陵潮」等篇。李白長干行王琦注云：「劉逵吴都賦注：建業南五里有山岡，其間平地，吏民雜居，號長干，中有大長干、小長干，皆相連。大長干在越城東，小長干在越城西，地有長短，故號大、小長干。方輿勝覽：建康府有長干里，去上元縣五里，李白長干行所謂同居長干里，乃秣陵縣東里巷，江東謂山壠之間曰干。景定建康志：長干里在秦淮南。」考禹錫行蹤，寶曆二年除夕發楚州歸洛陽，見外集卷一。豈即是時甫解維而阻風淮陰耶？詩有「烟波春草句」，當是初春景物，金烏指西北，或是言轉東南風，利於西北行也。

又按：前人之評此詩者，詩人玉屑一五引山谷云：「淮陰行情調殊麗，語意尤穩切。白樂天、元微之爲之，皆不入此律也。唯無耐脱菜時不可解，當待博物洽聞者説也。」據此則宋時所見劉集無作晚來者，然按全首詩意仍以作晚來爲長。又二老堂詩話云：「余嘗見古本作挑菜時，東坡惠州新年詩，水生挑菜渚，恐用此字。」

競渡曲

競渡始於武陵，至今舉楫而相和之，其音咸呼云何在，斯招屈之義，事見圖經。

沅江五月平隄流，邑人相將浮綵舟。靈均何年歌已矣，哀謡振楫從此起。揚枹擊節雷闐闐，亂流齊進聲轟然。蛟龍得雨鬐鬣動，螮蝀飲河形影聯。刺史臨流褰翠幃，揭竿命爵分雄雌。先鳴餘勇争鼓舞，未至銜枚顔色沮。百勝本自有前期，一飛由來無定所。風俗如狂重此時，縱觀雲委江之湄。綵旗夾岸照鮫室，羅韈凌波呈水嬉。曲終人散空愁暮，招屈亭前水東注。

【校】

〔至今〕崇本、明鈔本、全唐詩至均作及。

〔云何〕崇本云作之。

〔翠幃〕按：幃當作帷。

〔未至〕崇本未作末。

〔銜枚〕紹本枚作枝。

【注】

〔競渡曲〕樂府詩集：舊傳屈原死於汨羅，時人傷之，以舟檝拯焉。因以成俗。競渡曲蓋起於此。

〔搴翠幃〕按此用東漢賈琮事，後漢書琮傳云：「琮爲冀州，傳車垂赤帷裳，琮曰：刺史當遠視廣聽，糾察美惡，何垂帷裳以自掩乎？命褰之。」杜甫詩：「杖鉞褰帷瞻具美」，用褰帷以喻刺史，唐人詩文中不可勝舉。帷裳者，出詩：「漸車帷裳。」作幃者非也。

【箋證】

按：此詩首云沅江五月，蓋禹錫在朗州，親見其土風以五月五日弔屈原，因爲競渡之戲。隋唐嘉話云：「俗五月五日競渡戲，自襄州已南，所向相傳，云屈原初沉江之時，其鄉人乘舟求之，意急而争前，後因爲此戲。」而復有爲異説者，藝苑雌黄云：「南方競渡，治其舟使輕利，謂曰飛鳧，又曰水車，又曰水馬。相傳始於越王勾踐，蓋斷髮文身之俗，習水而好戰，古有其風。而荆楚歲時記則曰：五月五日爲屈原投汨羅江，人傷其死，並將舟楫拯之，至今爲俗。然考之懷沙賦，則曰：滔滔孟夏兮，草木莽莽，傷懷永哀兮，汨徂南土，似非五月五日，豈原以孟夏徂南，至五日方赴淵乎？未可知也。夢得競渡曲云：沅江五月平堤流，邑人相將浮綵舟。靈均何年歌已矣，哀謡振檝從此起。夢得蓋以此爲原事。」翟灝通俗編云：「按競渡惟以迅疾争勝，唐王建雖有競渡船頭插綵旗句，而未有言其船爲龍形者，俗以龍船爲競渡，殆未然矣。述異記云：吴王夫差作天池，池中造龍舟，日與西施爲水嬉。此事尚在屈原前。」翟説未諦，五日龍舟確是唐時湘沅風俗。張建封競渡歌云：「五月五日天晴明，楊花繞江啼曉鶯。使君來出郡齋外，江上早聞齊和聲。使君出時皆有準，馬前已被紅旗引。兩岸羅衣破暈香，銀釵照日如霜刃。鼓聲三下紅旗開，兩龍躍出浮水來。擢影斡波飛萬劍，鼓聲劈浪鳴千雷。鼓聲漸急標將近，兩龍望標目如瞬。坡上人呼霹靂驚，竿頭綵挂虹蜺暈。前船搶水已得標，後船失勢空揮橈。瘡眉血首争不定，輸岸一朋心似燒。只將輸贏分罰賞，兩岸十舟五來往。須臾戲罷各東西，競脱文身請書上。吾今細觀競渡兒，何殊當路權相持！不思得岸各休去，會到摧車折楫時。」據舊唐書一四〇建封本傳，建封寶應中曾至江南。大曆初，道州刺史裴虯薦於觀察使韋之晉，辟爲參謀，建中初爲岳州刺史。此詩疑即作於任岳州時。觀其所敍，與禹錫之詩頗有相似處，蓋時代與地域皆相近也。兩詩皆寫龍舟之狀，明白可據。張詩全唐詩亦收入薛逢卷内，又云一作劉禹錫，則必涉前詩而誤。

又按：題下注云：「競渡始於武陵，至今舉楫而相和之，其音咸呼云何在，斯招屈之義，事見圖經。」當是禹錫自注，以釋詩中「靈均何年歌已矣，哀謠振楫從此起」之語。

隄上行三首

酒旗相望大隄頭，隄下連檣隄上樓。日暮行人争渡急，槳聲幽軋滿中流。

江南江北望煙波，入夜行人相應歌。桃葉傳情竹枝怨，水流無限月明多。

長隄繚繞水徘徊，酒舍旗亭次第開。日晚出簾招估客，軻峩大艑落颿來。

【校】

〔幽軋〕全唐詩幽下注云：一作咿。

〔滿中流〕崇本滿作在。

〔日晚出簾〕紹本、畿本、中山集、樂府、絶句出均作上，崇本、全唐詩出簾作上樓，注云：一作出簾，明鈔本四字作日曉上簾。

【注】

〔桃葉〕古今樂録：桃葉歌王子敬所作也。桃葉子敬妾，緣於篤愛，所以歌之。王獻之桃葉歌「桃葉復桃葉，渡江不用楫」。

〔竹枝〕詳見卷二十七竹枝詞。

【箋證】

按：大隄爲自古荆襄繁華之地。宋隋王誕歌云：「朝發襄陽來，暮至大隄宿，大隄諸女兒，花豔驚郎目。」詩人涉筆及大堤者不勝枚舉。李白大堤曲云：「漢水臨襄陽，花開大堤暖。佳期大堤下，淚向南雲滿。春風無復情，吹我夢魂散。不見眼中人，天長音信斷。」王琦注：「大隄東臨漢江，西自萬山經檀溪、土門、白龍池、東津渡，繞城北老龍隄，復至萬山之麓，周圍四十餘里。」考唐代之大隄實爲商旅薈萃之區，因而聲伎歌酒之娱，尤爲行役者所樂道。楊巨源之大隄曲寫之最爲真切。詩云：「二八嬋娟大隄女，開壚相對依江渚。待客登樓向水看，邀郎捲幔臨花語。

細雨濛濛溼芰荷，巴東商侶挂帆多。自傳芳酒涴紅袖，誰調妍妝迴翠娥？珍簟華燈夕陽後，當壚理瑟矜纖手。月落星微五更聲，春風摇蕩窗前柳。歲歲逢迎沙岸間，北人多識緑雲鬟。無端嫁與五陵少，離别煙波傷玉顔。」正可與禹錫此詩作注脚。

又按：此詩第一首，全唐詩亦收入晚唐李善夷卷中，題爲大隄曲。

采菱行

武陵俗嗜采菱，歲秋矣，有女郎盛遊于馬湖，薄言采之，歸以御客。古有采菱曲，罕傳其詞，故賦之以俟采詩者。

白馬湖平秋日光，紫菱如錦綵鴛翔。盪舟遊女滿中央，采菱不顧馬上郎。争多逐勝紛相向，時轉蘭橈破輕浪。長鬟弱袂動參差，釵影釧文浮蕩漾。笑語哇咬顧晚暉，蓼花緣岸扣船歸。歸來共到市橋步，野蔓繫船萍滿衣。家家竹樓臨廣陌，下有連檣多估客。攜觴薦芰夜經過，醉蹋大隄相應歌。屈平祠下沅江水，月照寒波白煙起。一曲南音此地聞，長安北望三千里。

【校】

〔嗜采菱〕崇本采作茷，紹本、畿本、明鈔本采均作芰。

〔歲秋矣〕明鈔本無此三字。

〔馬湖〕崇本馬上有白字，英華此二句作白馬湖秋日紫光，菱如錦綵鴛鴦翔。

〔動參差〕全唐詩動下注云：一作披。

〔緣岸〕崇本緣作沿。

〔扣船〕紹本、崇本、明鈔本、英華船均作舷。全唐詩作舷，注云：一作船。

【注】

〔采菱曲〕古今樂録：梁武帝改西曲，製江南弄七曲。一曰江南弄，二曰龍笛曲，三曰採蓮曲，四曰鳳笙曲，五曰採菱曲，六曰遊女曲，七曰朝雲曲。

〔白馬湖〕據輿地紀勝，白馬湖在岳州。此詩則在朗州作。

【箋證】

按：此詩與競渡曲皆禹錫在朗州時紀述其土風之作。權德輿有送湖南李侍御赴本使賦採菱亭詩云：「舊俗採菱處，津亭風景和。沅江收暮靄，楚女發清歌。曲岸縈緗葉，荒階上白波。蘭橈向蓮府，一爲枉帆過。」與此詩注所云武陵俗嗜採菱正合。

秋風引

何處秋風至？蕭蕭送雁羣。朝來入庭樹，孤客最先聞。

【箋證】

按：此詩雖不能詳其爲何年在何地，然當在謫居時，方能有此深切之感。詩以四句寫萬千情緒，有感慨而無衰颯之意，是其獨勝處，可與本卷末秋詞同看。

莫徭歌

莫徭自生長，名字無符籍。市易雜鮫人，婚姻通木客。星居占泉眼，火種開山脊。夜渡千仞谿，含沙不能射。

【校】

〔莫徭〕畿本、全唐詩徭均作猺，誤。按：劉集各本皆無作猺者，可見唐人尚無此妄造之字。

【箋證】

按：鮫人指海濱之居民，木客指叢林之居民，禹錫之詩皆紀實，特借用傳説中之名詞耳。火種指畬田，「名字無符籍」一語亦與隋書地理志所云「常免徭役」及後漢書南蠻傳：「無關梁符傳租税之賦」者合。足徵其無一字無來歷。與本卷之蠻子歌皆是在朗州時之詩。

蠻子歌

蠻語鉤輈音，蠻衣斑斕布。熏狸掘沙鼠，時節祠盤瓠。忽逢乘馬客，恍若驚麏顧。腰斧上高山，意行無舊路。

【校】

〔蠻語〕崇本語作貊，非。此句全唐詩注云：一作鉤輈語音蠻，一作蠻語音鉤輈。

〔蠻衣〕全唐詩衣下注云：一作身。

【箋證】

按：此詩暗刺州縣官吏之恣行貪暴，亦苛政猛於虎之義。所寫亦皆實狀，詩話總龜後集二四引黄常明詩話云：「夢得蠻子歌……賓客謫居朗州，而五溪習俗盡得之矣。」

又按：後漢書南蠻傳槃瓠之説多穿鑿附會，意含侮蔑，然所紀風俗當不全虚。傳中所云「衣裳斑蘭，語言侏儺，好入山壑，不樂平曠」，即此詩所本。

洞庭秋月

洞庭秋月生湖心，曾波萬頃如鎔金。孤輪徐轉光不定，遊氣濛濛隔寒鏡。是時白露三秋中，湖平月上天地空。岳陽城頭暮角絶，蕩漾已過君山東。山城蒼蒼夜寂寂，水月逶迤繞城白。盪槳巴童歌竹枝，連檣估客吹羌笛。勢高夜久陰力全，金氣肅肅開星躔。浮雲野馬歸四裔，首冠星斗當中天。天雞相呼曙霞出，劍影含光讓朝日。日出喧喧人不閑，夜來清景非人間。

【校】

〔秋月〕紹本、崇本、明鈔本、全唐詩月下均有行字。

〔如鎔金〕全唐詩注云：如一作豁，一作鎔黄金。

〔城頭〕全唐詩城作樓，注云：一作城。

〔山城〕全唐詩山下注云：一作孤。

〔金氣〕全唐詩金下注云：一作爽。

〔星躔〕紹本、崇本、中山集、英華星均作清，纖本作清，注云：一作星。全唐詩注云：一作清。

〔野馬〕紹本、崇本馬作鳥。按：野馬用莊子逍遥遊語，作鳥似非。英華作夜鳥，亦疑爲校者臆改。

〔首冠〕纖本注云：一作遥望，全唐詩與一作同，崇本、明鈔本均作欄干。

〔清景〕崇本、英華清均作晴。

【箋證】

按：此詩有岳陽、君山語，似非在朗州作。禹錫永貞（八〇五）初貶，是否已到岳州然後折而西，今未獲明徵。據篇末「劍影含光讓朝日」及「夜來清景非人間」之句，則頗似永貞元年（八〇五）之秋初赴貶所語氣。若元和十年（八一五）貶連州，固必經岳州，但其時當在夏間，與「白露三秋中」之時節尤不合。或者與外集卷六望洞庭一首俱爲由夔州東下時遣興之作，亦未可定。

踏歌詞四首

春江月出大隄平，隄上女郎連袂行。唱盡新詞歡不見，紅霞映樹鷓鴣鳴。

桃蹊柳陌好經過，鐙下妝成月下歌。爲是襄王故宫地，至今猶自細腰多。

新詞宛轉遞相傳，振袖傾鬟風露前。月落烏啼雲雨散，遊童陌上拾花鈿。

日暮江南聞竹枝，南人行樂北人悲。自從雪裏唱新曲，直到三春花盡時。

【校】

〔題〕全唐詩詞作行，又第二首注云：一作張籍無題詩。

〔歡不見〕崇本歡作觀，繼本、全唐詩均注云：一作看，樂府歡作看，注云：一作歡。按：稱所歡爲歡，是六朝歌詞中常用語，恐一誤作觀，再誤作看耳。

〔映樹〕全唐詩映下注云：一作影，樂府與一作同。
〔細腰〕崇本腰作腹，誤。
〔江南〕崇本、畿本、樂府南均作頭。全唐詩作江頭，注云：一作江南。
〔直到〕樂府到作至。

【箋證】

按：踏歌出西京雜記，云：「漢宫女以十月十五日相與聯臂踏地爲節，歌赤鳳來。」詩有「爲是襄王故宫地」及「月落烏啼雲雨散」之句，自是作於夔州，故云：「日暮江南聞竹枝」。但隄上行亦有「桃葉傳情竹枝怨」之句，似竹枝之歌遍行於荆、襄各地。史誤以禹錫之竹枝詞爲作於朗州，殆亦以此。

又按：焦氏筆乘云：「墨子云：楚靈王好細腰，故其臣皆三飯爲節，脇息然後帶，緣牆然後起。韓非子云：楚莊王好細腰，一國皆有饑色。細腰事凡兩見，不聞襄王也。疑劉誤記。」其實傳説本無一定，焦説殊滯。

華清詞

日出驪山東，裴回照温泉。樓臺影玲瓏，稍稍開白煙。言昔太上皇，寄居此祈年。風中聞清樂，往往來列仙。翠華入五雲，紫氣歸上玄。哀哀生人淚，泣盡弓劍前。聖道本自我，凡情徒顒然。小臣感玄化，一望青冥天。

【校】

〔題〕全唐詩注云：一作華清宫詞。

〔影玲瓏〕全唐詩影下注云：一作相。

〔寄居〕紹本、崇本、畿本、全唐詩寄均作常。

【注】

〔華清〕元和郡縣志：京兆府昭應縣華清宫在驪山上，開元十一年（七二三）初置温泉宫，天寶六年（七四七）改爲華清宫，又造長生殿，名爲集靈臺，以祀神也。

〔驪山〕太平寰宇記：關西道雍州昭應縣，驪山在縣東南二里，温湯出於山下。

【箋證】

按：唐人詠華清宫者多矣，大都追想開元、天寶盛時，感往傷今而已，禹錫獨云：「聖道本自我，凡情徒顒然。」是譏玄宗既志在得仙，則今昔存亡亦不足論。或是爲渭南主簿時所作。

步虚詞二首

阿母種桃雲海際，花落子成二千歲。海風吹折最繁枝，跪捧瓊槃獻天帝。

華表千年一鶴歸，凝丹爲頂雪爲衣。星星仙語人聽盡，卻向五雲翻翅飛。

【校】

〔二千〕全唐詩二作三，注云：一作二。

〔海風〕全唐詩注云：一作滄海。

〔瓊槃〕全唐詩瓊下注云：一作金。

〔一鶴〕全唐詩注云：一作鶴一。

【注】

〔華表鶴〕搜神後記：丁令威本遼東人，學道於靈虚山，後化鶴歸遼，集城門華表柱，時有少年舉弓欲射之，鶴乃飛，徘徊空中而言曰：有鳥有鳥丁令威，去家千年今始歸，城郭如故人民非，何不學仙冢纍纍。

【箋證】

按：樂府解題：「步虚，道家所唱，備言縹緲輕舉之美。庾信有送道士步虚詞十首。」唐人集中往往有之，禹錫或是徇道士之請而作。

桃源行

漁舟何招招？浮在武陵水。拖綸擲餌信流去，誤入桃源行數里。清源尋盡花緜繇，蹋花覓逕至洞前。洞門蒼黑煙霧生，暗行數步逢虚明。俗人毛骨驚仙子，争來致詞何至此？須臾皆破冰雪顔，笑言委曲問人間。因嗟隱身來種玉，不知人世如風燭，筵羞石髓勸客餐，鐙爇松脂留客宿。雞聲犬聲遥相聞，曉光蔥籠開五雲。漁人振衣起出户，滿庭無路花紛紛。翻然恐迷鄉縣處，一息不肯桃源住。桃花滿溪水似鏡，塵心如垢洗不去。仙家一出尋無蹤，至今水流山重重。

【校】

〔桃源〕文粹桃作花。

〔拖〕全唐詩注云：一作垂。

〔蒼黑〕文粹黑作暗。

〔笑言〕全唐詩言下注云：一作語，樂府作語，注云：一作言。

〔人間〕全唐詩人下注云：一作世，文粹、樂府均與一作同。間，全唐詩作世，注云：一作間。

〔恐迷〕文粹迷作失，全唐詩作失，注云：一作迷。

〔不肯〕明鈔本肯作覺。

〔桃花〕文粹花作源。

〔水流〕英華作流水。全唐詩作流水，注云：一作水流。

【注】

〔石髓〕晉書嵇康傳：康遇王烈共入山，烈嘗得石髓如飴，即自服半，餘半與康，皆凝而爲石。列仙傳：邛疏者，周封史也，能行氣鍊形，煮石髓而服之，謂之石鐘乳。

【箋證】

按：此詩似當作於朗州，然有可疑者，外集卷八桃源玩月詩，劉蒐附記云：「元和中取昔事爲桃源行，後貶官武陵，復爲玩月作。」然則桃源行之作在貶朗州以前，元和二字必是貞元之誤。就詩而論，亦頗似少年精力彌滿時之格調。蓋唐人好以桃源故事供歌詠也。

又按：初學記八引盛弘之荆州記：「宋元嘉初，武谿蠻人射鹿，逐入石穴，才容人入。入穴見其旁有梯，因上梯，豁然開朗，桑果蔚然，行人翱翔，亦不以爲怪。此蠻於路所樹爲記，其後茫茫，無復髣髴。」此足證當晉、宋間盛有此類傳説，初非陶潛虚構之寓言。苕溪漁隱叢話云：「東坡云：世傳桃源多過其實，考淵明所記，止言先世避秦亂來此，則漁人所見似是其子孫，非秦人不死者也。又云殺雞作食，豈有仙而殺者乎？舊説南陽有菊水，水甘而芳，居民三十餘家，飲其水皆壽，或至百二三十歲。蜀青城山有老人村，有(見)五世孫者，道極嶮遠，生不識鹽醯。而溪中多枸杞，根如龍蛇，飲其水，故壽。近歲道稍通，漸能致五味，而壽亦益衰。桃源蓋此比也，使武陵太守得而至焉，則已化爲争奪之場久矣。嘗意天壤之間若此者甚衆，不獨桃源。苕溪漁隱曰：東坡此論蓋辯證唐人以桃源爲神仙，如王摩詰、劉夢得、韓退之作桃源行，是也。惟王介甫作桃源行，與東坡之論暗合。」高步瀛唐宋詩舉要復辨之云：「宋人所載蘇子瞻之説不盡可信，説詩不當如此。桃花源本淵明寓言，容齋三筆之説最是。後人各就所見，或以爲仙，或以爲避秦人後，皆無不可。」其實此事蘇氏論證近理，高氏囫圇辨之，非也。武陵在古代，本與外界不盡交通。其中居民不隸郡縣，自成一區域，不知有漢，因爲情理所有。陶潛假以致慨則誠然，謂爲寓言則非也。謂唐人以桃源爲神仙，亦不盡確。韓愈詩云：「初來猶自念鄉邑，歲久此地還成家。」又云：「聽終辭絶共凄然，自説經今六百年。」韓亦不以爲神仙也。王維詩云：「樵客初傳漢姓名，居民未改秦衣服。」王亦何嘗以爲神仙？劉詩不甚從避秦着筆，而云：「因嗟隱身來種玉，不知人世如風燭。」亦止於空寫。皆不得遽謂唐人以桃源爲神仙。

魏宫詞二首

日晚長秋簾外報，望陵歌舞在明朝。添鑪火欲熏衣麝，憶得分明不忍燒。

日映西陵松柏枝，下臺相顧一相悲。朝來樂府長歌曲，唱著君王自作詞。

【校】

〔添鑪火欲〕全唐詩作添爐欲爇，注云：一作欲添爐火。

〔不忍燒〕絶句燒作曉，誤。

〔相悲〕全唐詩悲作思。

【注】

〔長秋〕續漢書百官志：大長秋一人二千石。承秦將行，宦者，景帝更謂爲大長秋，或用士人，中興常用宦者，職掌奉宣中宫命。

〔望陵〕陸機弔魏武帝文引魏武遺令曰：吾婕妤、妓人，皆著銅雀臺，於臺堂之上施八尺牀，繐帳，朝晡上脯糒之屬。月朝十五，輒向帳作妓。汝等時時登銅雀臺，望吾西陵墓田。

〔長歌曲〕按樂府解題云：古今注：長歌短歌，言人壽命長短各有定分，不可妄求。

【箋證】

按：通鑑二四三：「（長慶四年），初，柳泌等既誅，方士稍復因左右以進，上（穆宗）餌其金石之藥。」穆宗之死，由於妄求仙方。樂府詩集云：「古今注：長歌、短歌言人壽命長短各有定分，不可妄求。」此詩云：「朝來樂府長歌曲，唱著君王自作詞。」疑即指此。憲宗敬宗皆被害，語意即不甚合。禹錫於穆宗無挽詩，疑即借此寓意。

阿嬌怨

望見葳蕤舉翠華，試開金屋掃庭花。須臾宫女傳來信，言幸平陽公主家。

【校】

〔掃庭花〕結一本掃作鎖，全唐詩注云：一作鎖。

【注】

〔平陽公主〕漢書外戚傳：孝武衛皇后，字子夫，生微也，爲平陽主謳者，……帝祓霸上，還過平陽主，……帝獨説子夫。

【箋證】

按：通鑑二四一「（元和十五年），上（穆宗）自複道出城幸華清宫，獨公主駙馬、中尉神策六軍使帥禁兵千餘人扈從，晡時還宫。」穆宗時甫即位，即躭於遊宴，此詩蓋亦以寓諷也。

九華山　并引

九華山在池州青陽縣西南，九峯競秀，神采奇異。昔予仰太華，以爲此外無奇，愛女几荆山，以爲此外無秀。及今見九華，始悼前言之容易也。惜其地偏且遠，不爲世所稱，故歌以大之。

奇峯一見驚魂魄，意想洪鑪始開闢。疑是九龍夭矯欲攀天，忽逢霹靂一聲化爲石。不然何至今，悠悠億萬年，氣勢不死如騰仚。雲含幽兮月添冷，日凝輝兮江漾影。結根不得要路津，迥秀長在無人境。軒皇封禪登雲亭，大禹會計臨東溟。乘樏不來廣樂絶，獨與猿鳥愁青熒。君不見敬亭之山黄索漠，兀如斷岸無稜角。宣城謝守一首詩，遂使名聲齊五岳。九華山，九華山，自是造化一尤物，焉能籍甚乎人間？

【校】

〔題〕崇本、紹本、明鈔本、全唐詩山下均有歌字。

〔及今〕明鈔本及作乃。

〔悠悠〕崇本作攸攸。

〔日凝〕畿本日下注云：一作月。全唐詩與一作同。

〔雲亭〕紹本、畿本雲均作云，按：與史記封禪書合。

〔謝守〕全唐詩守下注云：一作朓。

〔名聲〕全唐詩二字乙。

【箋證】

按：禹錫以長慶四年（八二四）自夔州赴任和州，經池州至宣州，爲崔羣所款留，見外集卷八歷陽書事詩。此詩正其途中遊覽之作，與前二詩相次，尤可徵前二詩亦長慶末所作。九華山者，太平御覽四六引九華山録：「此山奇秀，高出雲表，峯巒異狀，其數有九，故號九子山焉。」李白因遊江漢，覩其山秀異，遂更號曰九華。」李白集：「青陽縣南有九子山，山高數千丈，上有九峯如蓮花，按圖徵名，無所依據。太史公南遊，略而不書。事絶古老之口，復闕名賢之紀，雖靈仙往復，而賦詠罕聞，予乃削其舊號，加以九華之目。」觀禹錫此詩，以謝脁之於敬亭爲比，而不言李，似不以九華山之名爲始於李也。

送春曲

春向晚，春晚思悠哉！風雲日已改，花葉自相催。漠漠空中去，何處天際來？

春已暮，冉冉如人老。映葉見殘花，連天是青草。可憐桃與李，從此同桑棗。

春景去，此去何時回？遊人千萬恨，落日上高臺。寂寞繁花盡，流鶯歸不來。

【校】

〔題〕崇本、全唐詩下有三首二字，是。

〔相催〕文粹催作摧。

〔何處〕紹本、崇本、文粹、全唐詩處均作時。

〔春景〕全唐詩景下注云：一作竟。文粹與一作同。

〔遊人〕畿本遊字缺。

〔繁花〕文粹花作華。

〔歸不來〕全唐詩作歸莫來，注云：一作不歸來。

【箋證】

按：此詩以三字起句，頗似江南好爲由詩入詞之漸。而此詩特存古調。

初夏曲三首

銅壺方促夜，斗柄暫南回。稍嫌單衣重，初憐北户開。西園花已盡，新月爲誰來？

時節過繁華，陰陰千萬家。巢禽命子戲，園果墜枝斜。寂寞孤飛蝶，窺叢覓晚花。

緑水風初煖，青林露早晞。麥田雉朝雊，桑野人暮歸。百舌悲花盡，無聲來去飛。

【校】

〔時節過〕崇本過作遇。

〔早晞〕畿本早作未。紹本早作草。

〔麥田〕全唐詩田作隴。

〔無聲〕全唐詩作平蕪，注云：一作無聲，一作絶無。

【箋證】

按：此與送春曲當是一時所作。

柳花詞三首

開從緑條上，散逐香風遠。故取花落時，悠揚占春晚。
輕飛不假風，輕落不委地。撩亂舞晴空，發人無限思。
晴天黯黯雪，來送青春暮。無意似多情，千家萬家去。

【校】

〔風遠〕崇本遠作遶。
〔春晚〕崇本夜作草。
〔黯黯〕崇本作點點。

【箋證】

按：此詩大有自佔身分之意，「輕飛不假風，輕落不委地」二語尤章章甚明。禹錫詩有以韻勝者，此類是也。王士禛論詩主神韻，而偏詆禹錫，蓋未嘗徧讀其全集。從來選詩者，於此類詩皆不措意。

送春詞

昨來樓上迎春處，今日登樓又送歸。蘭蘂殘妝含露泣，柳條長袖向風揮。佳人對鏡容色改，楚客臨江心事違。萬古至今同此恨，無如一醉盡忘機。

【校】

〔長袖〕全唐詩袖下注云：一作袂。

〔容色〕纔本色下注云：一作顏。全唐詩與一作同。

【箋證】

按：此詩有「楚客臨江心事違」之句，當是在朗州所作。詩爲七言律體，與在此前之送春曲不同，似編集者連類及之。送春曲、初夏曲、柳花詞未能詳其時代，然既以送春、初夏、柳花三者爲題，則必有用意，非止流連時物而已。頗疑元和十年（八一五），禹錫諸人既召而復貶，維時正當春末夏初。細玩此三首詞句，如「何處天際來」，「連天是青草」，「新月爲誰來」，「無聲來去飛」，「來送青春暮」，既恰合情景，以十年在外之人，甫得還京而又遠斥，其有此感豈非極自然乎？

秋詞二首

自古逢秋悲寂寥，我言秋日勝春朝。晴空一鶴排雲上，便引詩情到碧霄。

山明水浄夜來霜，數樹深紅出淺黄。試上高樓清入骨，豈知春色嗾人狂。

【校】

〔晴空〕全唐詩晴下注云：一作横。絶句與一作同。

〔豈知〕崇本、畿本、絶句知均作如。

【箋證】

按：此詩首云：「自古逢秋悲寂寥，我言秋日勝春朝。」一洗詞人悲秋之濫調，具見禹錫之抱負。「試上高樓清入骨，豈知春色嗾人狂」，語意較杜牧之「霜葉紅於二月花」尤超妙。

劉禹錫集箋證卷第二十七

樂府下

泰娘歌 并引

泰娘本韋尚書家主謳者，初尚書爲吴郡得之，命樂工誨之琵琶，使之歌且舞。無幾何，盡得其術。居一二歲，攜之以歸京師。京師多新聲善工，於是又捐去故伎，以新聲度曲，而泰娘名字往往見稱於貴遊之間。元和初，尚書薨於東京，泰娘出居民間。久之爲蘄州刺史張悉所得。其後悉坐事謫居武陵郡，悉卒，泰娘無所歸，地荒且遠，無有能知其容與藝者。故日抱樂器而哭，其音憔殺以悲。雒客聞之，爲歌其事，以足乎樂府云。

泰娘家本閶門西，門前緑水環金隄。有時妝成好天氣，走上臯橋折花戲。風流太守韋尚書，路傍忽見停隼旟。斗量明珠鳥傳意，紺幰迎入專城居。長鬟如雲衣似霧，錦茵羅薦承輕步。舞學驚鴻水榭春，歌撩上客蘭堂暮。從郎西入帝城中，貴遊簪組香簾櫳。低鬟緩視抱明月，纖指破撥生胡風。繁華一旦有消歇，題劍無光履聲絶。洛陽舊宅生草萊，杜陵蕭蕭松柏哀。妝匳蟲網厚如繭，博山鑪側傾寒灰。蘄州刺史張公子，白馬新到銅駝里。自言買笑擲黄金，月墮雲中從此始。安知鵩鳥坐隅飛？寂寞旅魂招不歸。秦嘉鏡有前時結，韓壽香銷故篋衣。山城少人江水碧，斷雁哀猿風雨夕。朱弦已絶爲知音，雲鬟未秋私自惜。舉目風煙非舊時，夢尋歸路多參差。如何將此千行淚，更灑湘江斑竹枝？

【校】

〔誨之〕樂府誨作教。

〔捐去〕崇本捐作損。按：此句用三國志王粲傳注語，作損者必校者不知出處而臆改。

〔度曲〕英華此下有教之又盡其妙一句。

〔燋殺〕畿本燋作嗺。按：作嗺者用禮記樂記語。

〔雒客〕全唐詩無雒字，注云：一本有雒字。

〔足乎〕紹本、崇本乎均作於，畿本、中山集、全唐詩均作續於。

〔天氣〕方輿勝覽此句作有時妝好乘天氣。

〔臯橋〕英華臯下注云：集作河，全唐詩注云：一作高。

〔歌撩〕明鈔本、英華撩均作傳，樂府、全唐詩均注云：一作撩。

〔抱明月〕明鈔本抱作把，非。

〔擲黄金〕英華擲作輕，注云：集作擲，一作直。

〔月墮〕全唐詩此句注云：一作月墜雲收。

〔此始〕紹本、崇本此作自，誤。

〔秦嘉〕崇本嘉作家，全唐詩注云：一作家。

〔夢尋〕全唐詩尋下注云：一作歸，樂府與一作同。

【注】

〔題劍〕後漢書韓棱傳：肅宗嘗賜諸尚書劍……自手署其名曰：「韓棱楚龍淵，郅壽蜀漢文，陳寵濟南椎成。」

【箋證】

按：此詩所指云韋尚書，當謂韋夏卿。夏卿已見本集卷十三爲京兆韋尹賀雨止表箋證。舊唐書本傳云：「大曆中與弟正卿俱應制舉，同時策入高等，授高陵主簿，累遷刑部員外郎。時久旱蝗，詔於郎官中選赤畿令，改奉天縣令。以課最第一，轉長安令。改吏部員外郎，轉本司郎中，拜給事中。出爲常州刺史。夏卿深於儒術，所至招禮通經之士。時處士竇羣寓於郡界，夏卿以其所著史論薦之於朝，遂爲門人。改蘇州刺史。貞元末，徐州張建封卒，初授夏卿爲徐州行軍司馬，尋授徐泗濠節度使。夏卿未至，建封子愔爲軍人立爲留後，因授旄鉞，徵夏卿爲吏部侍郎，轉京兆尹、太子賓客、檢校工部尚書、東都留守，遷太子少保卒，時年六十四，贈左僕射。夏卿有風韻，善談讌，與人同處終年而喜愠不形於色，撫孤姪，恩踰己子。早有時稱。其所與遊辟之賓佐皆一時名士。爲政務通適，不喜改作。始在東都，傾心辟士，頗得才彥，其後多至卿相，世謂之知人。」此詩序云：「爲吴郡」，又云：「元和初薨於東京。」仕履及年歲皆吻合。又夏卿爲永貞宰相韋執誼之從祖兄，禹錫自與有淵源，本集卷十三多爲夏卿草表。即夏卿任京兆尹時，此詩稱攜泰娘歸京師，正亦指此時。又李紳過吴門詩自注：「貞元中余以布衣多遊吴，郡中韋夏卿首爲知遇，常陪宴席，段平仲、李季何，劉從周、綦毋咸十餘輩日同杯酒。」語亦與傳相合。此詩云「風流太守韋尚書」，蓋皆紀實。

又按：前人之評此詩者，宋長白柳亭詩話云：「泰娘家在閶門西，……此敍其始也。中云：蘄州刺史張公子，……此敍其自韋而就張也。末云：舉目風煙非舊時，……有感有諷，不似琵琶行攬入己身也。」此詩自是在朗州時作，因事寓感，不須再著滯相，已有迴腸蕩氣之致。

〔張愻〕令狐楚有爲人作薦昭州刺史張愻狀（全唐文五四二）云：「前件官守文維謹，持法甚精，清廉有餘，貞固無比。臣伏見嶺南風俗惰懶，苟避征徭，易成逋竄，張愻憂人若己，理郡如家，勸課農桑，置立保社。移風爲敦厚之境，徵賦無慘急之名，周於六年，其道一致。臣猥司廉察，忝守方隅，以所見聞，悉須甄録。」愻或即由昭州遷蘄州。楚爲人作奏，當在貞元七、八年（七九一、七九二）赴桂管觀察使王拱辟時，考其時亦略相當。又新唐書一五一關播傳：「時李元平、陶公達、張愻、劉承誠率輕薄子，游播門下，能侈言誕計，以功名自喜。播謂皆宰相材，數請帝用之。」此雖德宗初年事，尚不甚相遠，未必即有同姓名之人，昭州之貶，或即由元平之累未可知也。至禹錫詩序所云「坐事謫居武陵郡」，當在元和間，去夏卿之卒無幾時，愻之身歷升沉亦可謂久矣。

秋扇詞

莫道恩情無重來，人間榮謝遞相催。當時初入君懷袖，豈念寒鑪有死灰？

【箋證】

按：此首與本集卷二十六之團扇歌有殊，彼猶或是泛詠，此則明有所諷。禹錫交遊中蓋不乏趨炎忘舊者，特無從指實其人耳。本集卷二十一詠史云：「世道劇頹波，我心如砥柱。」本卷竹枝詞云：「長恨人心不如水，等閒平地起波瀾。」皆此類也。

擣衣曲

爽砧應秋律，繁杵含淒風。一一遠相續，家家音不同。户庭凝露清，伴侣明月中。長裾委襞積，輕珮垂璁瓏。汗餘衫更馥，鈿移麝半空。報寒驚邊雁，促思聞候蟲。天狼正芒角，虎落定相攻。盈篋寄何處？征人如轉蓬。

【箋證】

按：此詩仿齊梁體，但據「天狼正芒角，虎落定相攻」二語，似爲元和十年至十二三年間用兵淮西時所作，蓋暗寓斥責之意。

七夕二首

河鼓靈旗動，姮娥破鏡斜。滿空天是幕，徐轉斗爲車。機罷猶安石，橋成不礙槎。寧知觀津女，竟夕望雲涯？

天衢啓雲帳，神馭上星橋。初喜渡河漢，頻驚轉斗杓。餘霞張錦幛，輕電閃紅綃。非是人間世，還悲後會遥。

【校】

〔姮娥〕崇本、全唐詩姮作嫦。

〔斗爲車〕全唐詩斗下注云：一作地。

〔礙槎〕紹本、崇本、畿本、英華槎均作查，似近古。
〔寧知〕英華寧下注云：集作誰。全唐詩作誰，注云：一作寧。
〔竟夕〕英華注云：集作終日。
〔神馭〕全唐詩注云：一作仙，英華與一作同。
〔張錦幛〕英華張作開。全唐詩幛下注云：一作幙。

【箋證】

按：七夕雖常見之詩材，但據「寧知觀津女，竟夕望雲涯」及「非是人間世，還悲後會遥」之句，似當爲宫闈中失寵之妃妾而作。觀津女謂漢文帝之竇后也，見漢書外戚傳。疑是指文宗時王德妃失寵爲楊賢妃所譖，是時后妃諸王事皆闕略，僅於文宗諸子傳中微語及之而已。

龍陽縣歌

縣門白日無塵土，百姓縣前挽魚罟。主人引客登大隄，小人縱觀黄犬怒。鷓鴣驚鳴遶籬落，橘柚垂芳照窗户。沙平草緑見吏稀，寂歷斜陽照縣鼓。

【校】

〔小人〕全唐詩人作兒。

〔垂芳〕全唐詩芳下注云：一作芬。

〔沙平〕崇本平作門。

〔寂歷〕全唐詩歷下注云：一作寥，結一本與一作同，似非。

【箋證】

按：朗州僅有二縣，除倚郭之武陵外，即龍陽矣。此詩當是禹錫偶爾出遊至此縣，有感於百姓畏見官吏而作，而措詞特婉妙。

〔懸鼓〕按：漢書何並傳：「令騎奴還至寺門，拔刀剥其建鼓。」注：師古曰：「建鼓一名植鼓，建，立也。謂植木而旁懸鼓焉。縣有此鼓者，所以召集號令，爲開閉之時。」此詩雖本此，唐時縣府之制當亦如此。

度桂嶺歌

桂陽嶺，下下復高高。人稀鳥獸駭，地遠草木豪。寄言千金子，知余歌者勞。

【箋證】

按：此當是禹錫初度嶺赴連州時所作，詩有「寄言千金子」之語，蓋怨執政之詞也。韓詩外傳：「飢者欲食，勞者欲歌。」庾信哀江南賦序：「窮者欲達其言，勞者須歌其事。」詩云「知余歌者勞」，本此。

插田歌 并引

連州城下俯接村墟。偶登郡樓，適有所感，遂書其事爲俚歌，以俟采詩者。

岡頭花草齊，燕子東西飛。田塍望如線，白水光參差。農婦白紵裙，農夫緑蓑衣。齊唱田中歌，嚶儜如竹枝。但聞怨響音，不辨俚語詞。時時一大笑，此必相嘲嗤。水平苗漠漠，煙火生墟落。黄犬往復還，赤雞鳴且啄。路傍誰家郎？烏帽衫袖長。自言上計吏，年初離帝鄉。田夫詰計吏，君家儂定諳。一來長安罷，眼大不相參。計吏笑致辭，長安真大處。省門高軻峨，儂入無度數。昨來補衛士，唯用筒竹布。君看二三年，我作官人去。

【校】

〔農夫〕全唐詩夫作父。

〔田中〕全唐詩田作郢，注云：一作田。

〔年初〕畿本、全唐詩初均作幼，注云：一作初。

〔詰計吏〕紹本、崇本、全唐詩詰均作語。

〔定諳〕崇本定作足，全唐詩諳下注云：一作記，一作喻。

〔罷〕全唐詩作道。

〔儂入〕崇本入作人，誤。

【注】

〔上計吏〕史記儒林傳：二千石謹察可者，當與計偕。注：索隱曰：計，計吏也。偕，俱也。漢書朱買臣傳：買臣隨計吏爲卒，將車至長安，詣闕上書，書久不報。

【箋證】

按：此詩借長安歸來之計吏，以刺長安政局之汙濁，小引及詩中詞句皆極明顯。於農民之憎惡官吏，小吏之倚勢貪榮，有如燃犀鑄鼎，詩亦於漢魏樂府以外別具風格。

〔筩竹布〕漢書循吏傳：「文翁選郡縣小吏遣詣京師，受業博士，或學律令，減省少府用度，買刀布蜀物，齎計吏以遺博士。」此詩借用其語。筩竹布蓋謂細布可藏於竹筩。晉書王戎傳：「南郡太守劉肇賂戎筩中細布五十端。」又張載詩：「佳人贈我筩竹布。」

畬田作

何處好畬田？團團縵山腹。鑽龜得雨卦，上山燒卧木。驚麏走且顧，羣雉聲咿喔。紅燄遠成霞，輕煤飛入郭。風引上高岑，獵獵度青林。青林望靡靡，赤光低復起。照潭出老蛟，爆竹驚山鬼。夜色不見山，孤明星漢間。如星復如月，俱逐曉風滅。本從敲石光，遂致烘天熱。下種煖灰中，乘陽坼芽孽。蒼蒼一雨後，苕穎如雲發。巴人拱手吟，耕耨不關心。由來得地勢，徑寸有餘陰。

【校】

〔題〕紹本、崇本、明鈔本、全唐詩均作畬田行。

〔羣雉〕全唐詩雉下注云：一作雞。

〔輕煤〕鐖本、全唐詩煤下注云：一作爍。按：作爍者非。

〔芽孽〕紹本、崇本芽作牙，全唐詩注云：一作芽。孽，注云：一作蘖。

〔巴人〕全唐詩巴下注云：一作鐖。

〔餘陰〕全唐詩陰作舍，注云：一作陰。

【注】

〔畬田〕廣韻，畬訓燒榛種田，集韻云：火種也。史記平準書：江南火耕水耨。集解：應劭曰：燒草下水種稻，草與稻並生，高七八寸，因悉芟去，復下水灌之，草死，獨稻長，此所謂水耕火耨也。

又按宋許觀東齋記事云：沅湘間多山，農家惟植粟，且多在岡阜，每欲布種時，則先伐其林木，縱火焚之。俟其成灰，即播種於其間，如是則所收必倍，蓋史所言刀耕火種也。

【箋證】

按：杜甫秋日夔府詠懷奉寄鄭監李賓客詩云「燒畬度地偏」，此詩云「巴人拱手吟」，則亦必禹錫任夔州刺史時所作也。仇注杜詩引農書云：「荆楚多畬田，先縱火熂爐，候經雨下種，歷三歲土脈竭，復熂旁山，熂，燹火燎草，爐火燒山界也。」正足爲此詩「下種煖灰中，蒼蒼一雨後」等句作注。

又按：黃徹䂬溪詩話云：「劉禹錫謫連州，作畬田行云：何處好畬田，團團縵山腹。下種煖灰中，乘陽坼芽蘖。又作竹枝詞云：銀釧金釵來負水，長刀短笠去燒畬。嘗觀辰沅亦然，瘠土之民宜倍其勞，而耕及鹵莽也。夢得蠻子歌云：蠻語鈎輈音，蠻衣斑斕布。熏狸掘沙鼠，時節祠盤瓠。忽逢乘馬客，恍若驚麏顧。腰斧上高山，意行無舊路。賓客謫居朗州而五溪風俗盡得之矣。」黃氏此説，阮閱詩話總龜已駁之，謂詩有巴人之語，當作於夔州。證以杜詩，誠近是。

又按：温庭筠有燒歌云：「起來望南山，山火燒山田。微紅夕如滅，短燄復相連。差差向巖石，冉冉凌青壁。低隨迴風盡，遠照茅簷赤。鄰翁能楚言，倚鍤欲潸然。自言楚越俗，燒畬作旱田。豆苗蟲促促，籬上花當屋。廢棧豕歸欄，廣場雞啄粟。新年春雨晴，處處賽神聲。持錢就人卜，敲瓦隔林鳴。卜得山上卦，歸來桑棗下。吹火向白茅，腰鐮映頳蔗。風驅槲葉煙，槲樹連平山。迸星拂霞外，飛燼落階前。仰面呻復噎，鴉娘咒豐歲。誰知蒼翠容，盡作官家税。」寫畬田農民之苦與官吏之横，與吕温之道州觀野火詩皆可爲禹錫此詩旁證。

蒲桃歌

野田生蒲桃，纏繞一枝蒿。移來碧墀下，張王日高高。分岐浩繁縟，脩蔓蟠詰曲。揚翹向庭柯，意思如有屬。爲之立長架，布濩當軒緑。米液溉其根，理疏看滲漉。繁葩組綬結，懸實珠璣蹙。馬乳帶輕霜，龍鱗躍初旭。有客汾陰至，臨堂瞪雙目。自言我晉人，種此如種玉。釀之成美酒，令人飲不足。爲君持一斗，往取涼州牧。

【校】

〔日高高〕紹本、崇本、全唐詩均作日日高。

〔長架〕全唐詩架作槊，注云：一作架。

〔布濩〕崇本濩作護。按：此字可作濩，作護者乃依漢書及文選封禪文改。

〔米液〕全唐詩米下注云：一作朱。

〔躍初旭〕全唐詩躍作曜，是。

【注】

〔涼州牧〕後漢書張讓傳注引三輔決録注：孟佗以蒲陶酒一斗遺讓，讓即拜佗爲涼州刺史。

【箋證】

按：新唐書地理志，太原府貢蒲桃酒。太原之産蒲桃，蓋唐人所共知，故此詩云：「自言我晉人，種此如種玉。」外集卷三即有和令狐相公謝太原李侍中寄蒲桃詩。彼詩云：「魚鱗含宿潤，馬乳帶殘霜。」此詩云：「馬乳帶輕霜、龍鱗躍初旭。」語亦略同。詩意前半刺小人得勢，後半刺政以賄成。但自貞元以後，似少權臣黷貨鬻官之事，仍是斥宦官輩耳。

䳺鳩吟

朝陽有吟鳳，不聞千萬祀。䳺鳩催衆芳，晨間先入耳。秋風白露晞，從是爾啼時。如何上春日，唧唧滿庭飛？

【校】

〔䳺〕紹本作題，下同，誤。

〔吟鳳〕崇本、明鈔本、全唐詩吟均作鳴。

〔催衆〕崇本催作摧。

〔晨間〕崇本、文粹均作畏聞。

【箋證】

按：漢書揚雄傳顔注云：「鶗鴂常以立夏鳴，鳴則衆芳皆歇。」此詩正用此意。鶗鴂催衆芳，猶云催衆芳之衰歇也，晨間先入耳者，不聞鳴鳳之音，獨先聞鶗鴂也。吟鳳指正直觸邪之言，鶗鴂則指惡直醜正之羣吠。所謂「如何上春日，唧唧滿庭飛」，蓋謂順宗初政一新，非復德宗晚節頹唐之比，頗疑是未遭貶斥時憤時人紛紛謗議王、韋而作。自蒲桃歌以下至觀雲篇，意指略近，疑作詩先後亦不遠。

牆陰歌

白日左右浮天潢，朝晡影入東西牆。昔爲兒童在陰戲，當時意小覺日長。東鄰侯家吹笙簧，隨陰促促移象牀。西鄰田舍乏糟糠，就影汲汲舂黄粱。因思九州四海外，家家只占牆陰内。莫言牆陰數尺間，老卻主人如等閒。君看眼前光景促，中心莫學太行山。

【校】

〔天潢〕全唐詩潢下注云：一作光。

〔光景〕全唐詩景作陰。

【箋證】

按：此詩之意，借所見牆陰之日影以喻人事之悤促。得意者勿自謂可久，顯爲刺權貴之恣威福而作。而取譬殊深曲，蓋禹錫精思之結構也。

觀雲篇

興雲感陰氣，疾走如見機。晴來意態行，有若功成歸。葱蘢含晚景，潔白凝秋暉。夜深度銀漢，漠漠仙人衣。

【校】

〔疾走〕全唐詩走作足，注云：一作走。

〔潔白〕全唐詩白下注云：一作素。

【箋證】

按：此詩在若貶若褒之間，蓋禹錫當時所感，有不能質言之者，故以迷離惝怳出之，今不得而詳矣。

沓潮歌 并引

元和十年夏五月，終風駕濤，南海羡溢。南人曰沓潮也，率三更歲一有之。余爲連州，客或爲予言其狀，因歌之附于南越志。

屯門積日無回飆，滄波不歸成沓潮。轟如鞭石矻且摇，亘空欲駕黿鼉橋。驚湍蹙縮悍而驕，大陵高岸失岧嶢。四邊無阻音響調，背負元氣掀重霄。介鯨得性方逍遥，仰鼻嘘吸揚朱翹。海人狂顧迭相招，罽衣髽首聲嘵嘵。征南將軍登麗譙，赤旗指麾不敢嘂。翌日風回沴氣消，歸濤納納景昭昭。烏泥白沙復滿海，海色不動如青瑶。

【校】

〔題〕崇本、全唐詩沓作踏。紹本無并引二字。

〔終風駕濤〕全唐詩注云：一作大風駕潮。

〔羡溢〕全唐詩羡作泛，注云：一作羡。

〔余爲連州〕全唐詩無此四字。

〔爲予〕全唐詩無此二字。

【箋證】

按：小引雖有元和十年（八一五）夏五月語，非即是時所作也。禹錫以是年三月除連州刺史，據本集卷十八謝門下武相公啓及外集卷九謝上連州刺史表，皆止云今月十一日到州上訖，惜文末無年月。然表中云：南方癘疾多在夏中，自發郴州，便染瘴瘧。詳其語氣，似到州之月爲六月也。即使其爲五月，亦未必甫到連州即聞沓潮之事。故當是到連州以後從容追記之詩。

〔沓潮〕唐音癸籤一六引遯叟云：「番禺記：兩水相合曰沓潮，蓋風駕前潮不得去，後潮之應候者復至，則爲沓潮，海不能容則溢。」沓潮之義，得此益明。

百花行

長安百花時，風景宜輕薄。無人不沽酒，何處不聞樂？長安連夜動，微雨陵曉濯。紅燄出牆頭，雪光映樓角。繁紫韻松竹，遠黄遶籬落。臨路不勝愁，輕飛去何託？滿庭蕩魂魄，照廡成丹渥。爛漫㖔顛狂，飄零勸行樂。時節易晼晚，清陰覆池閣。唯有安石榴，當軒慰寂寞。

【校】

〔長安連夜動〕按：此句長安二字似誤，紹本、崇本、中山集、全唐詩均作春風。

〔紅餤〕崇本餤作䭔。

〔雪光〕結一本光作花，誤。

〔輕飛〕全唐詩飛作煙。

【箋證】

按：以下數篇多詠長安情事，不宜次於杳潮歌之後。惟是否禹錫初入長安時所作，宜分别觀之，以詩之格調而論，則似以少年之作爲近。此首則顯然刺得意逞狂之輩，或在初登科時，亦未可知。

春有情篇

爲問遊春侶，春情何處尋？花含欲語意，草有鬭生心。雨頻催發色，雲輕不作陰。縱令無月夜，芳興暗中深。

【校】

〔催發〕紹本、崇本催均作唯。

【箋證】

按：此亦齊梁新體詩之風韻，而自是唐人語，禹錫之詩不拘一格，惟其所宜。此詩婉約，恰如其題，故於齊梁爲近。非必有意摹其形式也。

路旁曲

南山宿雨晴，春入鳳皇城。處處聞弦管，無非送酒聲。

【箋證】

按：此詩爲當時都城中豪家鬭奢華、耽荒宴之風氣言之。盧照鄰之長安古意，駱賓王之帝京篇，皆長言累千百，而禹錫以二十字括之。本集卷二十二之城中閑遊及初至長安二詩與此詩意趣皆相近。

〔南山〕清一統志云：「長安志：南山在長安縣南七十里，連乾祐縣界。又盩厔縣南山去縣三十里。雍録：終南山横亘關中南面，西起秦隴，東徹藍田，凡雍、岐、鄠、鄠、長安、萬年相去八百里，連亘峙踞其南者，皆此一山。胡三省通鑑注：關中有南山北山，自甘泉連延至巀嶭、九嵕爲北山，自終南太白連延至商嶺爲南山。」本集卷二十二初至長安詩云：「不改南山色，其餘事事新。」語意略相關。

白鷺兒

白鷺兒，最高格。毛衣新成雪不敵。衆禽喧呼獨凝寂。孤眠芊芊草，久立潺潺石。前山正無雲，飛去入遥碧。

【箋證】

按：此詩寓意甚顯，疑當禹錫爲郎官御史時已有不諧於俗之感。毛衣新成一語必自况其少年新進也。

壯士行

陰風振寒郊，猛虎正咆哮。徐行出燒地，連吼入黄茅。壯士走馬去，鐙前彎玉弰。叱之使人立，一發如鈹交。悍睛忽星墮，飛血濺林梢。彪炳爲我席，羶腥充我庖。里中欣害除，賀洒紛號呶。明日長橋上，傾城看斬蛟。

【校】

〔鈹交〕全唐詩鈹下注云：一作鼓。按：鈹交語出左傳昭二十七年，不當作鼓。鼓字必因鈹字壞而誤改。

〔悍睛〕崇本睛作情，誤。

〔號呶〕全唐詩二字乙。

【注】

〔鈹交〕左傳昭二十七年：吴公子光、伏甲於堀室而享王，鱄設諸置劍於魚中以進，抽劍刺王，鈹交於胸。遂弑王。

〔長橋〕晉書周處傳，處謂父老曰：今時和歲豐，何苦而不樂耶？父老歎曰：三害未除，何樂之有！處曰：何謂也？答曰：南山白額猛獸，長橋下蛟，並子爲三矣。處乃入山射殺猛獸，投水搏蛟，三日三夜，殺蛟而返。入吴，尋二陸，遂篤志好學。

【箋證】

按：此當是觀獵之作，而藉以抒感慨。觀末句之意亦似暗指元和十二年（八一七）冬平吴元濟之復繼將討李師道也。

邊風行

邊馬蕭蕭鳴，邊風滿磧生。暗添弓箭力，斗上鼓鼙聲。襲月寒暈起，吹雲陰陳成。將軍占氣候，出號夜翻營。

【校】

〔斗上〕畿本、全唐詩斗下注云：一作半，中山集與一作同。

〔寒暈〕結一本暈作風，與上文複，非。

〔出號〕結一本注云：一作寒號畏翻城；紹本、畿本寒號之寒字作安字，似皆非。

【箋證】

按：此等詩題，唐人集中幾於觸目皆是，蓋緣當時文人競以從事邊軍爲出仕之捷徑，故形於諷詠，成爲風氣。不能實指其爲何人何事也。

〔出號〕按：出號爲唐時軍中習用語，外集卷二深春詩之「書號夕陽斜」，外集卷六和陳許王尚書詩之「飲中請號駐金巵」，鄭畋詩：「陛兵偏近羽林營，夜静仍傳禁號聲。」皆謂此也。大抵出號皆在夜間。

竹枝詞 并引

四方之歌，異音而同樂。歲正月，余來建平，里中兒聯歌竹枝，吹短笛擊鼓以赴節。歌者揚袂睢舞，以曲多爲賢。聆其音，中黄鐘之羽。卒章激訐如吴聲，雖傖儜不可分，而含思宛轉，有淇澳之豔。昔屈原居沅湘間，其民迎神詞多鄙陋，乃爲作九歌，到于今荆楚鼓舞之。故余亦作竹枝詞九篇，俾善歌者颺之，附于末，後之聆巴歈，知變風之自焉。

白帝城頭春草生，白鹽山下蜀江清。南人上來歌一曲，北人陌上動鄉情。

山桃紅花滿上頭，蜀江春水拍山流。花紅易衰似郎意，水流無限似儂愁。
江上朱樓新雨晴，瀼西春水縠文生。橋東橋西好楊柳，人來人去唱歌行。
日出三竿春霧消，江頭蜀客駐蘭橈。憑寄狂夫書一紙，住在成都萬里橋。
兩岸山花似雪開，家家春酒滿銀杯。昭君坊中多女伴，永安宮外踏青來。
城西門前灩澦堆，年年波浪不能摧。懊恨人心不如石，少時東去復西來。
瞿唐嘈嘈十二灘，此中道路古來難。長恨人心不如水，等閒平地起波瀾。
巫峽蒼蒼煙雨時，清猿啼在最高枝。箇裏愁人腸自斷，由來不是此聲悲。
山上層層桃李花，雲間煙火是人家。銀釧金釵來負水，長刀短笠去燒畬。

【校】

〔并引〕結一本作并序，據紹本、崇本、全唐詩改。崇本題下有九首二字。
〔里中兒〕崇本兒作見。
〔睢舞〕明鈔本睢作雜。
〔卒章〕紹本、崇本、明鈔本卒上有其字。
〔淇澳〕紹本、崇本、中山集澳均作濮。崇本淇誤作湛。
〔居沅湘〕崇本居作屈。

〔鼓〕全唐詩作歌，下同。
〔陌上〕畿本陌下注云：一作莫；紹本、崇本、全唐詩均與一作同。
〔拍山〕崇本山作江。
〔朱樓〕崇本作春來。
〔憑寄〕崇本、全唐詩憑下均注云：一作欲。
〔住在〕全唐詩作家住。
〔不能摧〕全唐詩摧下注云：一作推。
〔懊恨〕紹本、崇本、畿本、中山集恨均作惱，全唐詩作惱，注云：一作恨。
〔此中〕全唐詩注云：一作人言。

【注】

〔建平〕晉於秭歸置建平郡，故以此稱夔州。
〔白鹽山〕水經注江水：江水又東逕廣溪峽，斯乃三峽之首也。其間三十里，頹巖倚木，厥勢殆變，北岸山上有神淵，淵北有白鹽崖，高可千餘丈，俯臨神淵，土人見其高白，故因名之。太平寰宇記：山南東道夔州奉節縣：白鹽山在州城澗東。
〔萬里橋〕華陽國志：蜀都城南有江橋南渡曰萬里橋。名勝志：萬里橋亦名篤泉橋，蜀使費褘聘吴。諸葛亮祖之，歎曰：萬里之行，始于今日。故曰萬里橋。

〔昭君坊〕太平寰宇記：山南東道歸州興山縣：王昭君宅，漢王嬙即此邑之人，故云昭君之村。縣連巫峽，即其地。

〔灧澦堆〕水經注江水：江水又東逕魚復故城南，江中有孤石爲淫澦石，冬出水二十餘丈，夏則没。國史補：峽路峻急，四月五月爲尤險時，故曰：灧澦大如馬，瞿塘不可下。灧澦大如牛，瞿塘不可留。灧澦大如襆，瞿唐不可觸。

〔瞿唐〕水經注江水：江水又東逕廣溪峽，乃三峽之首。其間三十里，頽巖依木，厥勢殆變，中有瞿唐、黄龍二灘，夏水迴復，沿泝所忌。

〔巫峽〕水經注江水：江水歷峽東，逕新崩灘，其間首尾百六十里，謂之巫峽。蓋因山爲名也。自三峽七百里中，兩岸連山，略無闕處，重巖疊嶂，隱天蔽日，自非亭午夜分，不見曦月。

【箋證】

按：新唐書一六八禹錫本傳云：「(朗)州接夜郎諸夷，風俗陋甚，家喜巫鬼，每祠歌竹枝，鼓吹裴回，其聲傖儜。禹錫謂屈原居沅湘間，作九歌，使楚人以迎送神，乃倚其聲作竹枝詞十餘篇，於是武陵夷俚悉歌之。」此詩小引明云：「歲正月余來建平」，禹錫以長慶二年(八二二)正月到夔州，見卷十四夔州謝上表，夔州即建平郡，非在朗州之作。樂府詩集云：「近代曲辭竹枝：署名顧況，有小序云，竹枝本出于巴渝，唐貞元中，劉禹錫在沅湘，以俚歌鄙陋，乃依騷人九歌作竹枝新辭九章，教里中兒歌之，由是盛於貞元、元和之間。禹錫曰：竹枝，巴歈也。巴兒聯歌吹短笛擊鼓以赴節，歌者揚袂睢舞，其音協黄鐘羽，末如吴聲。含思宛轉，有淇濮之豔焉。」此説沿新唐書本傳而益訛，貞元中禹錫安得在沅湘乎？況之詩云：「帝子蒼梧不復歸，洞庭葉下荆雲飛。巴人夜唱竹枝後，腸斷曉猿聲漸稀。」亦謂是巴人之歌也。葛立方韻語陽秋一五云：「劉夢得竹枝九篇，其一云：白帝城頭春草生，白鹽山下蜀江清。其一云：瞿塘嘈嘈十二灘，此中道路古來難。其一云：城西門前灩澦堆，年年波浪不曾摧。又言昭君坊、瀼西春之類，皆夔州事，乃夢得爲夔州刺史時所作。而史稱夢得爲武陵司馬作竹枝詞，誤矣。郭茂倩樂府詩集言唐貞元中劉禹錫在沅湘，以俚歌鄙陋，乃依騷人九歌作竹枝詞九章，則茂倩亦以爲武陵所作，當是從史所書也。」其言是。高步瀛唐宋詩舉要駁葛氏之語，謂：「唐山南道朗州武陵郡，漢爲武陵郡，王莽時改建平，即今湖南武陵縣也。韻語陽秋謂爲夔州刺史時所作，大謬。」不知宋書州郡志明云：「建平太守，吴孫休永安三年分宜都立，領信陵，興山，秭歸，沙渠四縣。」信陵即唐初信州所由命名也。旋即改信州爲夔州，見舊唐書地理志。隋書亦於巫山縣下注云：舊置建平郡。不思禹錫至朗州當在永貞元年（八〇五）冬間，不得云歲正月，而至夔州則在長慶二年，（八二二）正月，確無可疑。説詩不可不以史事爲據，否則必如高氏譏葛氏爲大謬，實則自蹈之矣。

又按：劉商有秋夜聽嚴紳巴童唱竹枝歌云：「巴人遠從荆山客，回首荆山楚雲隔。思歸夜聽竹枝歌，庭槐葉落秋風多。曲中歷歷敍鄉土，鄉思綿綿楚詞苦。身騎吴牛不畏虎，手提蓑笠欺風雨。猨啼日暮江岸邊，緑蕪連山水連天。來時十三分十五，一成新衣已再補。鴻雁南飛報鄰伍。在家歡樂辭家苦。天清露白鐘漏遲，淚痕滿面看竹枝。曲終寒竹風裊裊，西方落日東方曉。」白居易曲江感秋詩亦有「夜聽竹枝愁」之句。及至忠州，有聽竹枝贈李侍御云：「巴童巫女竹枝歌，懊惱何人怨咽多。暫聽遺君猶悵望，長聞教我復如何！」于鵠亦有巴女謡云：「巴女騎牛唱竹枝，藕絲菱葉傍江時。不愁日暮還家錯，記得芭蕉出槿籬。」居易以元和十四年（八一九）到忠州，禹錫時猶在連州，距其履夔州任尚早三年，而白集中有竹枝詞云：「瞿唐峽口水煙低，白帝城頭月向西。唱到竹枝聲咽處，寒猿暗鳥一時啼。竹枝苦怨怨何人，夜靜山空歇又聞。蠻兒巴女齊聲唱，愁殺江南病使君。巴東船舫上巴西，波面風生雨脚齊。水蓼冷花紅簇簇，江蘺碧葉溼淒淒。江畔誰人唱竹枝，前聲斷咽後聲遲。怪來調苦緣詞苦，多是通州司馬詩。」則謂竹枝詞始於禹錫亦非也。通州司馬謂元稹，稹之爲竹枝詞蓋又先於居易。至李涉之竹枝詞四首，如：「荆門灘急水潺潺，兩岸猿啼煙滿山。渡頭多少應官去，月落西陵望不還。」則似聞風而争相效矣。

又按：前人之評此詩者，詩人玉屑一五：「山谷云：劉夢得竹枝九章，詞意高妙，元和間誠可以獨步，道風俗而不俚，追古昔而不愧。比之杜子美夔州歌，所謂同工異曲也。昔子瞻嘗聞余詠第一篇，歎曰：此奔軼絶塵，不可追也。」又何良俊四友齋叢説云：「黄山谷跋劉賓客柳枝詞云：劉賓客柳枝，雖乏曹、劉、陸機、左思之豪壯，自爲齊梁樂府之將領也。」又云：「劉夢得竹枝九首，蓋詩人工道人意中事者，使白居易、張籍爲之未必能也。」又丹鉛總録九：「宋人小説謂劉禹錫竹枝詞，瀼西春水縠紋生，乃生熟之生，信是。文選謝朓詩：遠樹曖芊芊，生煙紛漠漠。亦然。小謝之句實本靈運，靈運撰征賦云：「披宿莽以迷徑，覩生煙而知墟。」其實楊氏此論過於好奇，未必得作者之意。袁枚隨園詩話云：「劉禹錫詩：『瀼西春水縠紋生』，明是春水方生之義，而晏元獻以爲生熟之生。豈織綺縠者定用生絲不用熟絲耶？」其論較通。

楊柳枝詞九首

塞北梅花羌笛吹，淮南桂樹小山詞。請君莫奏前朝曲，聽唱新翻楊柳枝。

南陌東城春早時，相逢何處不依依？桃紅李白皆誇好，須得垂楊相發揮。

鳳闕輕遮翡翠幃，龍池遥望麴塵絲。御溝春水相輝映，狂殺長安年少兒。

金谷園中鶯亂飛，銅駝陌上好風吹。城中桃李須臾盡，争似垂楊無限時。

花萼樓前初種時，美人樓上鬭腰支。如今抛擲長街裏，露葉如啼欲恨誰？

煬帝行宫汴水濱，數株殘柳不勝春。晚來風起花如雪，飛入宫牆不見人。

御陌青門拂地垂，千條金縷萬條絲。如今綰作同心結，將贈行人知不知？

城外春風吹酒旗，行人揮袂日西時。長安陌上無窮樹，唯有垂楊綰别離。

輕盈嫋娜占年華，舞榭妝樓處處遮。春盡絮飛留不得，隨風好去落誰家？

【校】

〔發揮〕樂府揮作輝。

〔龍池〕崇本、樂府、絶句池均作墀。

〔相輝〕全唐詩相下注云：一作柳，樂府與一作同。

〔城中〕紹本、崇本、樂府、絶句中均作東，全唐詩注云：一作東。畿本作東，注云：一作中。按：作東者似是。

〔長街〕樂府長作上，注云：一作長，全唐詩注云：一作上。

〔恨誰〕全唐詩恨作向，注云：一作恨。

〔數株殘柳〕畿本株下注云：一作枝，殘下注云：一作楊。全唐詩作枝作楊，注云：一作株，一作殘。

〔晚來〕全唐詩晚下注云：一作昨，樂府與一作同。

〔青門〕全唐詩青下注云：一作東，明鈔本與一作同。

〔吹酒旗〕全唐詩吹下注云：一作滿，樂府與一作同。

〔縮別離〕各本縮多作管。

〔年華〕樂府年作春。

〔絮飛〕全唐詩飛作花，注云：一作飛。

【箋證】

按：樂府詩集：「楊柳枝，白居易洛中所製也。本事詩曰：白尚書有妓樊素善歌，小蠻善舞，嘗爲詩曰：櫻桃樊素口，楊柳小蠻腰。年既高邁，而小蠻方豐豔，乃作楊柳枝辭以託意曰：永豐西角荒園裏，盡日無人屬阿誰？及宣宗朝，國樂唱是辭，帝問誰辭，永豐在何處？左右具以對。時永豐坊西南角園内有垂柳一株，柔條極茂，因東使命取兩枝植於禁中。居易感上知名，且好尚風雅，又作辭一章云：定知玄象今春後，柳宿光中添兩星。河南盧尹時亦繼和。薛能曰：楊柳枝者，古題所謂折楊柳也。乾符五年（八七八），能爲許州刺史，飲酣，令部伎少女作楊柳枝健舞，復賦其詞爲楊柳枝新聲云。」考禹錫所作楊柳枝詞，蓋和居易之作（見附録）。楊柳枝者，歌曲之名，楊柳枝詞者，名附歌曲而實即詠楊柳之詩。至於楊柳枝之歌曲，雖盛行於白、劉之時，固非白、劉之所創。故白集楊柳枝二十韻序云：「楊柳枝，洛下新聲也，洛之小妓有歌之者，詞章音韻，聽可動人，故賦之。」樂府詩集所云，聊可資參證而已。

又按：白集別柳枝云：「兩枝楊柳小樓中，嫋娜多年伴病翁。明日放歸歸去後，世間應不要春風。」同卷又有詩題云：「前有別柳枝絶句，夢得繼和云：春盡絮飛留不得，隨風好去落誰家。又復戲答。」詩云：「柳老春深日又斜，任他飛向別人家。誰能更學孩童戲，尋逐春風捉柳花？」據此則禹錫楊柳枝詞九首未必皆一時所作，即使一時所作，亦在晚年，當居易放柳枝時。

〔龍池〕李白有侍從宜春苑賦龍池柳色初青聽新鶯百囀歌，龍池柳色蓋是唐時長安勝景。長安志九：「龍池在躍龍門南，本是平地，自垂拱、載初後，因雨水流潦成小池，後又引龍首渠支分溉之，日以滋廣。至神龍景龍中，彌亘數頃，澄澹皎潔，深至數丈，……置宮後謂之龍池。」

〔麴塵〕唐人以麴塵喻柳色，詩中所常見。姚寬西溪叢語據周禮内司服鄭司農注，鞠衣，黄桑服也，色如鞠塵，象桑葉始生。此用之柳，又象其花絮之穗耳。又苕溪漁隱叢話引復齋漫録：「余讀唐楊巨源詩，江邊楊柳麴塵絲之句，皆不知所本，其後讀夢得楊柳枝詞云……乃知巨源取此，今巨源集作緑煙絲，非也。」其實楊之時代不後於禹錫，非楊取劉詩也，宋人疏於論世，往往如此。

〔花萼樓〕唐六典：「興慶宮在皇城之東南，宮之南曰通陽門，通陽之西曰花萼樓。」注：「花萼樓西即寧王第，故取詩人棠棣之義以名樓焉。」

附録一　白居易　楊柳枝詞八首

六么水調家家唱，白雪梅花處處吹。古歌舊曲君休聽，聽取新翻楊柳枝。（按：白、劉連章之首詞意皆相同，可見二人蓋同時分賦，而各寓其身世遭際也。）

陶令門前四五樹，亞夫營裏百千條。何似東都三二月，黄金枝映洛陽橋。（按：此與劉詩金谷園中一首皆詠洛陽。）

依依裊裊復青青，勾引春風無限情。白雪花繁空撲地，緑絲條弱不勝鶯。

紅板江橋青酒旗，館娃宫暖日斜時。可憐雨歇東風定，萬樹千條各自垂。（按：以下三首皆詠蘇、杭二州，依白詩編集之次第，似可證其爲居易罷蘇州後作，若然，則禹錫同在洛陽，故禹錫之詩不涉及蘇州而多詠洛陽也。）

蘇州楊柳任君誇，更有錢唐勝館娃。若解多情尋小小，緑楊深處是蘇家。

蘇家小女舊知名，楊柳風前别有情。剥條盤作銀環樣，卷葉吹爲玉笛聲。

葉含濃露如啼眼，枝裊輕風似舞腰。小樹不禁攀折苦，乞君留取兩三條。

人言柳葉似愁眉，更有愁腸似柳絲，柳絲挽斷腸牽斷，彼此應無續得期。

附録二　范晞文　對牀夜話一則

白樂天楊柳枝云：陶令門前四五樹，亞夫營裏百千條。何似東都三二月，黄金枝映洛陽橋。劉禹錫云：金谷園中鶯亂啼，銅駝陌上好風吹。城中桃李須臾盡，争似垂楊無限時！張祜云：凝碧池邊斂翠眉，景陽樓下綰青絲。那勝妃子朝元閣，玉手和煙弄一枝。薛能云：和風煙樹九重城，夾路春陰十萬營。惟向邊頭不堪望，一株憔悴少人行。三詩皆仿白，獨薛能一首變爲凄楚耳。

附録三　吴景旭　歷代詩話一則

容齋隨筆曰：薛能晚唐人，格調不高而妄自尊大，有柳枝詞五首，最後一章曰：劉白蘇臺總近時，當初章句是誰推？纖腰舞盡春楊柳，未有儂家一首詩。自注云：劉、白二尚書繼爲蘇州刺史，皆賦楊柳枝詞，世多傳唱，但文字太僻，宫商不高耳。能之大言如此，但推杜陵，視劉、白蔑如也。今讀其詩，正堪一笑。劉之詞云：城外春風吹酒旗，行人揮袂日西時。長安陌上舞窮樹，惟有垂楊管别離。白之詞云：紅板江橋青酒旗，館娃宫暖日斜時，可憐雨歇東風定，萬樹千條各自垂。其風流氣槩豈能所可髣髴哉？吴旦生曰：皇甫湜有言，讀詩未有劉長卿一句，已呼阮籍爲老兵。筆語未有駱賓王一字，已罵宋玉爲罪人。書字未識偏旁，高談稷、契，讀書未知句讀，下視服、鄭。殆爲能言耶？黄山谷謂薛能欺世，劉後村謂能無忌憚，正自不誣。按楊柳枝本歌亡隋之曲，故陳子昂詩：萬里長江一帶開，岸邊楊柳幾千栽！錦帆未落干戈起，惆悵龍舟去不回。韓琮詩：行樂隋堤事已空，萬條猶舞舊東風。晉和凝詩：萬枝枯槁怨亡隋，似弔吴臺各自垂。是也。劉、白晚年唱和此詞，白云：古歌舊曲君休問，聽取新翻楊柳枝。又作楊柳枝二十韻，注謂洛下新聲也。劉云：請君莫奏前朝曲，聽唱新翻楊柳枝。蓋稱白傅之别創詞也。後黄鐘商有楊柳枝曲，仍是七字四句，但每句下各增三字一句，乃唐時和聲，如竹枝、漁父，皆有和聲。舊詞多側字起頭，第三字亦復側字起，聲度差穩。

浪淘沙詞九首

九曲黄河萬里沙，浪淘風簸自天涯。如今直上銀河去，同到牽牛織女家。

洛水橋邊春日斜，碧流輕淺見瓊砂。無端陌上狂風急，驚起鴛鴦出浪花。

汴水東流虎眼文，清淮曉色鴨頭春。君看渡口淘沙處，渡卻人間多少人。

鸚鵡舟頭浪颭沙，青樓春望日將斜。御泥燕子争歸舍，獨自狂夫不憶家。

濯錦江邊兩岸花，春風吹浪正淘沙。女郎翦下鴛鴦錦，將向中流疋晚霞。

日照澄洲江霧開，淘金女伴滿江隈。美人首飾侯王印，盡是沙中浪底來。

八月濤聲吼地來，頭高數丈觸山回。須臾卻入海門去，捲起沙堆似雪堆。

莫道讒言如浪深，莫言遷客似沙沈。千淘萬漉雖辛苦，吹盡狂沙始到金。

流水淘沙不暫停，前波未滅後波生。令人忽憶瀟湘渚，回唱迎神三兩聲。

【校】

〔題〕崇本淘作濤。

〔輕淺〕全唐詩輕作清，注云：一作輕。

〔浪花〕紹本、崇本花作沙。

〔曉色〕崇本曉作晚。

〔舟頭〕全唐詩、絶句舟均作洲。按：此首全唐詩注云：一作張籍詩。

〔疋晚霞〕紹本、崇本、中山集、絶句疋均作定。

〔淘金〕全唐詩金下注云：一作沙。

〔首飾〕紹本、崇本首均作手。

〔萬灑〕崇本灑字模糊，下注去字。紹本作灑，亦注去字。全唐詩作漉，不可解。

【箋證】

按：浪淘沙當亦是當時流行之歌曲。白集浪淘沙詞六首，其一云：「隨波逐浪到天涯，遷客生還有幾家？却到帝鄉重富貴，請君莫忘浪淘沙。」與劉詩「莫道讒言如浪深，莫言遷客似沙沉。千淘萬漉雖辛苦，吹盡狂沙始見金」，頗有和答之意。當是見劉作而繼和。又全唐詩載皇甫冉浪淘沙二首云：「蠻歌豈蔻北人愁，松雨蒲風野艇秋。浪起鵁鶄眠不得，寒沙細細入江流。瀨頭細草接疏林，惡浪罾船半欲沉。宿鷺眠洲非舊浦，去年沙觜是江心。」一作皇甫松詩，詩誠不似大曆風格，且題同而詞意迥別，非可與劉詩並論。

瀟湘神詞二首

湘水流，湘水流。九疑雲物至今愁。君問二妃何處所，零陵香草露中秋。

斑竹枝，斑竹枝。淚痕點點寄相思。楚客欲聽瑶瑟怨，瀟湘深夜月明時。

【校】

〔題〕崇本有詞字，畿本作祠，注云：一作詞，又作曲。全唐詩作清湘詞，注云：一作瀟湘曲。

〔露中〕畿本露下注云：一作雨。全唐詩作雨，注云：一作露。

〔欲聽〕全唐詩聽作聞。

【箋證】

按：此二首編在浪淘沙之後，恐非無意，蓋承前詩末章「令人忽憶瀟湘渚，回唱迎神三兩聲」之句而來。就瀟湘神之名觀之，自是神絃之曲，禹錫依其聲以製詞，與竹枝詞、浪淘沙詞爲一例，而瀟湘神獨於首句疊三字，遂與憶江南等同爲後此詞牌之祖。

拋球樂詞二首

五綵繡團圓，登君瑇瑁筵。最宜紅燭下，偏稱落花前。上客如先起，應須贈一船。

春早見花枝，朝朝恨發遲。及看花落後，卻憶未開時。幸有拋球樂，一杯君莫辭。

【校】

〔君莫〕全唐詩君下注云：一作更。

【箋證】

按：唐音癸籤一三：「拋球樂，酒筵中拋球爲令，其所唱之詞也。詞譜：此調三十字者始於劉禹錫詞，四十字者始於馮延巳詞。」唐人所謂拋球樂，蓋燕飲時以之侑酒之遊戲，與打球之戲如魚玄機所謂「堅圓凈滑一星流，月杖爭敲未擬休」者別是一事。此詩所謂五綵繡團圓，疑即後世之繡毬也。繡毬殆即以代花枝，故云「偏稱落花前」，又云「却憶未開時」。「上客如先起，應須贈一船」，則謂罰逃酒之客也。

楊柳枝詞二首

迎得春光先到來，淺黄輕緑映樓臺。只緣裊娜多情思，便被春風長挫摧。

巫峽巫山楊柳多，朝雲暮雨遠相和。因想陽臺無限事，爲君回唱竹枝歌。

【校】

〔題〕纖本注云：一無柳字。全唐詩無柳字。

〔便被〕全唐詩便作更，注云：一作便。

〔挫摧〕紹本、中山集、樂府均作請挼，崇本作暗催，纖本作請挼，注云：一作倩猜。全唐詩與一作同，注云：一作請挼、一作挫摧。

〔竹枝〕全唐詩竹下注云：一作柳。

【箋證】

按：此二首不在前九首之内者，蓋與後竹枝詞同時所作。

竹枝詞二首

楊柳青青江水平，聞郎江上唱歌聲。東邊日出西邊雨，道是無情還有晴。

楚水巴山江雨多，巴人能唱本鄉歌。今朝北客思歸去，回入紇那披緑羅。

【校】

〔無情還有晴〕紹本、崇本、中山集情均作晴，還下注云：一作却；畿本作情，下注云：一作晴；樂府作情；全唐詩作晴作却，下注云：一作情，一作還。

【箋證】

按：此二首不在前九首之内者，蓋與下紇那曲詞同時所作，樂府詩集則併作十一首矣。楊柳枝、竹枝、紇那曲，三者宛轉關情，尤足見禹錫之留意地方風土，而能得六朝民謡之真諦，爲唐代詩歌特開一境界。

又按：前人之評此詩者，苕溪漁隱叢話後集：「竹枝歌云：楊柳青青江水平，聞郎江上唱歌聲。東邊日出西邊雨，道是無情也有情。予嘗舟行苕溪，夜聞舟人唱吴歌，歌中有此後二句，餘皆雜以俚語，豈非夢得之歌自巴渝流傳至此乎？」

紇那曲詞二首

楊柳鬱青青，竹枝無限情。周郎一回顧，聽唱紇那聲。

蹋曲興無窮，調同詞不同。願郎千萬壽，長作主人翁。

右，已上詞先不入集，伏緣播在樂章，今附于卷末

【校】

〔周郎〕全唐詩注云：一作同。崇本與一作同。

〔右已上詞先不入集伏緣播在樂章今附于卷末〕崇本無伏緣以下六字。似此數語爲唐人編集時所記，而宋時刊本以語氣不類而删之。

【箋證】

按：以上二卷詩，舊本題以樂府，其實或襲樂府之舊名，或存樂府之形似，或名與實皆不得即謂之樂府。雖大體不外宛轉附物，怊悵切情，然紀時事、述風土者尤不乏，當分別觀之。

〔紇那〕新唐書一三四韋堅傳：「先是，人間唱得体（音近本，非體字）紇那歌。」舊傳較詳，云：「先

是，人間戲唱歌詞云：得体紇那也，紇囊得体耶。」是紇那爲唐時歌謡中之有聲無字者，其義則不詳。楊慎藝林伐山二〇云：「李郢上元日寄胡杭二從事詩曰：戀別山登與水登，山光水焰百千層。謝公留賞山公唤，知入笙歌阿那朋。劉禹錫夔州竹枝詞云：楚水巴山煙雨多，巴人能唱本鄉歌。今朝北客思歸去，回入紇那披緑蘿。阿那、紇那皆當時曲名。李郢詩言變梵唄爲豔歌，劉禹錫詩言翻南調爲北曲也。阿那皆葉上聲，紇那皆叶平聲，此又隨方音而轉也。」楊説亦未足深信，但備參考耳。

劉禹錫集箋證

〔唐〕劉禹錫 著
瞿蜕園 箋證

三

上海古籍出版社

劉禹錫集箋證卷第二十八

送别四十六首

送工部張侍郎入蕃弔祭　時張兼修史。

月窟賓諸夏，雲官降九天。飾終鄰好重，錫命禮容全。水咽猶登隴，沙鳴稍極邊。路因乘駬近，志爲飲冰堅。毳帳差池見，烏旗摇曳前。歸來賜金石，榮耀自編年。

【校】

〔題〕題下原注：時張兼修史。崇本修作御。按：此原注乃所以解末句榮耀自編年之意，侍郎充使，當云兼中丞，無兼御史之理，況詩中無一語涉及憲官乎？顯爲校者見字壞而臆改。修史有本事，另詳。

〔降九天〕英華、全唐詩降均作向。

〔沙鳴〕全唐詩鳴下注云：一作明。

〔烏旗〕紹本、崇本、中山集烏均作鳥。

【箋證】

按：張侍郎謂張薦，舊唐書一四九、新唐書一六一均有傳。薦爲撰龍筋鳳髓判之張鷟之孫，其子則李逢吉黨八關十六子中之張又新也。舊傳云：「薦少精史傳，顔真卿一見歎賞之。大曆中，浙西觀察使李涵表薦其才可當史任，乃詔授左司禦率府兵曹參軍。既至闕下，以母老疾，竟不拜命。母喪闋，禮部侍郎于邵舉前事以聞，召充史館修撰，兼陽翟尉。朱泚之亂，薦變姓名伏匿城中，因著史遁先生傳。德宗還宫，擢拜左拾遺。貞元元年（七八五）冬，上親郊，時初克復，簿籍多失，禮文錯亂，乃以薦爲太常博士，參典禮儀。四年（七八八），迴紇和親，以檢校右僕射、刑部侍郎關播充使，送咸安公主入蕃，以薦爲判官，轉殿中侍御史，使還轉工部員外郎，改户部本司郎中。十一年（七九五），拜諫議大夫，仍充史館修撰。時裴延齡恃寵，譖毁士大夫，薦欲上書論之，屢揚言未果，延齡聞之怒，奏曰：諫官論朝廷得失，史官書人君善惡，則領史職者不宜兼諫議。……月餘改祕書少監。延齡排擯不已，會差使册迴紇毗伽懷信可汗及弔祭，乃命薦兼御史中丞入迴紇。二十年（八〇四），吐蕃贊普死，以薦爲工部侍郎兼御史大夫，充入吐蕃弔祭使，涉蕃界二千餘里，至赤嶺東被病，歿於紇壁驛，吐蕃傳其柩以歸。順宗即位，凶問至，詔贈禮部尚書。薦自拾遺至侍郎，僅二十年，皆兼史館修撰，三使絶域，皆兼憲職。以博洽多能，敏於占對被選。有文集三十卷，及所撰五服圖、宰輔略、靈怪集、江左寓居録等，並傳於時。」據權德輿所撰薦墓誌（見全唐文五〇六），以貞元二十年（八〇四）七月殁於青海西，永貞元年（八〇五）三月，喪至京師。禹錫時方得志，或不暇爲輓詩矣。德輿亦有送張曹長工部大夫奉使西蕃詩，詩體與此正同，知必餞送時同作。不細審史傳，不知禹錫詩之字無泛設也。

〔志爲飲冰堅〕莊子養生主載葉公子高將使於齊，有「今吾朝受命而夕飲冰，吾其内熱與」之語，故用以喻薦之奉使。

早秋送臺院楊侍御歸朝 兄弟四人偏歷諸科，二人同在省。

仙署棣華春，當時已絶倫。今朝丹闕下，更入白眉人。重振高陽族，分居要路津。一門科第足，五府辟書頻。鷙鳥得秋氣，法星懸火旻。聖朝寰海静，所至不埋輪。

【校】

〔題〕題下原注：兄弟四人偏歷諸科，二人同在省。畿本末三字作同在籍，注云：一作同省。按：詩之首聯云「仙署棣華春，當時已絶倫」，即是同在省之意，作籍者非。中山集脱省字。

全唐詩無在字。

〔白眉〕英華眉作雲。

〔辟書〕全唐詩辟下注云：一作郡。

【注】

〔白眉〕三國志蜀志馬良傳：良字季常，兄弟五人並有才名，鄉里爲之諺曰：「馬氏五常，白眉最良。」良眉中有白毛，故以稱之。

〔高陽〕左傳文十八年：高陽氏有才子八人……天下之人謂之八元。

〔法星〕晉書天文志：法星主陰刑。

〔埋輪〕後漢書張綱傳：選遣八使，徇行風俗，綱獨埋其車輪於洛陽都亭曰：「豺狼當道，安問狐狸！」

【箋證】

按：因話録：「御史臺三院：一曰臺院，其僚曰侍御史，衆呼爲端公。二曰殿院，其僚曰殿中侍御史，衆呼爲侍御。三曰察院，其僚曰監察御史，衆呼亦曰侍御。」此楊侍御乃侍御史，故冠以臺院，用别於殿中、監察之泛稱侍御者。題曰歸朝，詩云：「所至不埋輪」，則其人必奉使於外者。雖未能確其爲何人，以詩注參之，頗疑爲楊於陵諸子之一。傳云其四子爲景復、嗣復、紹復、師復，皆官臺省。於陵生於天寶末，至貞元中年約五十，禹錫云兄弟四人徧歷諸科，二人同在省，似年代相當，惟既送歸朝，則禹錫必不在京，則不知爲在淮南時，抑貶官後耳。

送工部蕭郎中刑部李郎中並以本官兼中丞分命充京西京北覆糧使

霜簡映金章，相輝同舍郎。天威巡虎落，星使出鴛行。尊俎成全策，京坻閲見糧。歸來虜塵滅，畫地奏明光。

【校】

〔題〕工部英華作刑部，全唐詩工下注云：一作兵，郎中注云：一作侍郎。按：作侍郎者非。

【箋證】

按：詩有「歸來虜塵滅」之句，似是邊境有警，故有儲備軍糧之舉，未能確定其爲何時，蕭、李二人亦待考。

送李尚書鎮滑州

自浙西觀察徵拜兵部侍郎，月餘有此拜。

南徐報政入文昌，東郡須才別建章。視草名高同蜀客，擁旄年少勝荀郎。黄河一曲當城下，緹騎千重照路旁。自古相門還出相，如今人望在巖廊。其後果繼韋平之族。

【校】

〔荀郎〕織本、全唐詩荀下均注云：一作周。按：荀郎指荀羨，晉書稱：「羨爲北中郎將徐州刺史，中興方伯未有如羨之年少者」，唐人常用此爲早達之故事。作周郎者必淺人所臆改。

〔果繼〕原注：其後果繼韋平之族，乃禹錫於編集時追加之語。織本脱繼字。

【注】

〔南徐〕唐制，浙江西道觀察使治潤州，即前此之南徐州也。

〔東郡〕謂滑州。

〔蜀客〕謂司馬相如，漢書淮南王安傳：每爲報書及賜，常召司馬相如等視草乃遣。

【箋證】

按：李尚書謂李德裕。文宗紀：大和三年（八二九）七月，以前浙西觀察使、檢校禮部尚書李德裕爲兵部侍郎。九月，以兵部侍郎李德裕檢校户部尚書兼滑州刺史、義成軍節度使。唐高宗時曾改尚書省爲文昌臺，故注云：月餘有此拜。詩云：「南徐報政入文昌，東郡須才别建章。」至大和七年，德裕方加平章事。末句注云：「其後果有韋、平之族」，必晚年禹錫録稿時所加。據此一節，知禹錫至早在大和七年以後尚手訂詩集。不然，無此語也。

送渾大夫赴豐州 自大鴻臚拜，家承舊勳。

鳳銜新詔降恩華，又見旌旗出渾家。故吏來辭辛屬國，精兵願逐李輕車。氈裘君長迎風帽，錦帶酋豪踏雪衙。其奈明年好春日，無人喚看牡丹花。

【校】

〔題〕題下原注：自大鴻臚拜，家承舊勳，崇本承作丞，非。

〔渾家〕畿本、全唐詩渾下均注云：一作漢，英華作漢，注云：一作渾。按：渾氏本爲鐵勒九姓部落之渾部，見舊唐書渾瑊傳，渾家猶云渾族也。

〔君長迎風帽〕明鈔本長作帳，帽作馭。全唐詩作馭。

〔錦帶〕紹本、崇本、中山集帶均作領。全唐詩注云：一作領。

【箋證】

按：渾大夫當謂渾鐬。據舊唐書一三四渾瑊傳，鐬爲瑊第三子。元和初爲豐州刺史，旋以贓貶袁州司户，後復以諸衛大將軍卒。大夫爲例加之官，唐人常以稱節將，亦非必真帶憲長也。觀此詩語氣，必禹錫未被罪時在長安所作，若如傳所云元和初出刺豐州，則禹錫已遠貶矣。疑元和初三字不確，或元和爲大和之誤，則較近似。大和初禹錫正以郎官學士在京也。

〔辛屬國〕〔李輕車〕辛屬國指漢辛慶忌，以其爲武賢之子，世爲將帥，切渾鐵之家世，惟屬國二字未知所本。李輕車當指漢李蔡，見李廣傳，傳言蔡爲人在下中，用典殊有分寸，蓋禹錫不甚許其人。

〔牡丹花〕白居易有看渾家牡丹花詩。參見本集卷二十五渾侍中宅牡丹詩。又卷三十傷循州渾尚書詩有云：「遥想長安此時節，朱門深巷百花開。」渾宅中牡丹擅名可知，宜其一再以充詩料。

送源中丞充新羅册立使　侍中之孫。

相門才子稱華簪，持節東行捧德音。身帶霜威辭鳳闕，口傳天語到雞林。煙開鼇背千尋碧，日浴鯨波萬頃金。想見扶桑受恩後，一時西拜盡傾心。

【校】

〔身帶〕崇本、明鈔本身作官。

〔日浴〕崇本、明鈔本浴均作落，繳本作洛，均誤。

〔恩後〕全唐詩後作處，注云：一作後。

【箋證】

按：題下注云：侍中之孫。則是玄宗時宰相源乾曜之後裔。據舊唐書，太子左諭德兼御史中丞源寂持節使新羅，即其人。是大和五年（八三一）事，禹錫正在京。

送陸侍御歸淮南使府五韻 用年字。

江左重詩篇，陸生名久傳。鳳城來已熟，羊酪不嫌羶。歸路芙蓉府，離堂瑇瑁筵。泰山呈臘雪，隋柳布新年。曾忝揚州薦，因君達短牋。時段丞相鎮揚州，嘗辱表薦。

【校】

〔泰山〕紹本、崇本、英華泰均作秦，似是。

〔段丞相〕原注：時段丞相鎮揚州，嘗辱表薦。崇本段作從。按：段文昌鎮揚州在大和初，疑禹錫罷和州後文昌有薦剡。玩詩意當作於在京時，故云曾忝，禹錫於文昌非有深分，故措詞不甚重，且禹錫已官省郎，亦不當復結外援。段字改作從，必是校者疑其不類禹錫口吻而易之，不知題既云歸淮南使府，何必更云從丞相鎮揚州，表薦者又爲何人乎？唐人自注皆專爲釋詩意、題意所未盡者，乃自注以指實之，從無與題複者。

【箋證】

按：侍御爲使府幕僚例加之憲銜，陸爲吴中著姓，故云江左重詩篇。其人待考。自注云：「時段丞相鎮揚州，嘗辱表薦。」段丞相謂段文昌，據紀，其出鎮淮南在大和元年（八二七）六月，而移鎮荆南在四年（八三〇）三月，是此詩之作必在四年以前，禹錫方以郎官學士在京也。

送太常蕭博士棄官歸養赴東都　時元兄罷相爲少師，仲兄爲郎官，並分司洛邑。

兄弟盡鴛鸞，歸心切問安。貪榮五采服，遂挂兩梁冠。侍膳曾調鼎，循陔更握蘭。從今别君後，長向德星看。

【校】

〔長向〕全唐詩向作憶，注云：一作向。

【箋證】

按：舊唐書一七二蕭俛傳：「俛與（皇甫）鎛及令狐楚同年登進士第。明年（元和十四年八一九），鎛援楚作相，二人雙薦俛於上。……穆宗即位之月，議命宰相，令狐楚援之，拜中書侍郎平章事，……時令狐楚左遷，西川節度使王播廣以貨幣賂中人權幸，求爲宰相，而宰相段文昌復左右之，俛性嫉惡，延英面言播之纖邪納賄喧於中外。……長慶元年（八二一）正月……罷知政事。……穆宗乘章武（憲宗）恢復之餘，即位之始，兩河廓定，四鄙無虞，而俛與文昌屢獻太平之策。……又以兵不可頓去，請密詔天下軍鎮處，每年百人之中限八人逃死，謂之消兵。……由是復失河朔，蓋消兵之失也。……寶曆三年（八二七），復以（太子）少保分司東都。文宗即位，授檢校左僕射守太子少師，俛稱疾篤不任赴闕，乞罷所授官。」此詩自是大和初禹錫在京時所作，注云「元兄罷相爲少師」，謂俛也。文宗紀，大和元年（八二七）四月乙卯，以禮部尚書蕭俛爲太子少師分司。與此注正合。所謂仲兄者，蓋俛之弟傑。傳云「累官侍御史，遷主客員外郎」，不言有分司事。其官太常博士者，蓋其弟俶，傳但言開成二年俶曾爲楚州刺史，太常博士蓋其前此所歷之官。

〔兩梁冠〕舊唐書輿服志載，三品以上三梁冠，五品以上兩梁冠。正如紫衣緋衣之比，太常博士止從七品，尚未及兩梁之體制，或蕭之散官已至五品耳。

送王司馬之陝州 自太常丞授，工爲詩。

暫輟清齋出太常，空攜詩卷赴甘棠。府公既有朝中舊，司馬應容酒後狂。案牘來時唯署字，風煙入興便成章。兩京大道多遊客，每遇詞人戰一場。

【校】

〔工爲詩〕題下原注：自太常丞授，工爲詩。結一本工作王，誤。按：自太常丞授者釋詩之第一句，工爲詩者釋詩之第六句，又足證自注之無一字泛設也。

〔朝中舊〕全唐詩舊下注云：一作畫。

【注】

〔清齋〕後漢書周澤傳：周澤爲太常。清絜循行，盡敬宗廟。常卧疾齋宫，其妻哀澤老病，闚問所苦。澤大怒，以妻干犯齋禁，遂收送詔獄謝罪。當世疑其詭激。時人爲之語曰：「生世不諧，作太常妻，一歲三百六十日，三百五十九日齋。」

〔甘棠〕按以陝州爲甘棠，是用召公分陝之意，此唐人習氣也。

【箋證】

按：王司馬謂王建。唐詩紀事四四：「王建赴陝州司馬，樂天、夢得以詩送之。」此詩云：「府公既有朝中舊，司馬應容酒後狂。」府公謂王起。文宗紀，大和二年（八二八）二月丁亥朔，以兵部侍郎王起爲陝虢觀察使。白居易送建詩云：「陝州司馬去何如！養静資貧兩有餘。公事閑忙同少尹，俸錢多少敵尚書。只攜美酒閑爲伴，惟作新詩趁下車。自有鐵牛無詠者，計君投刃必應虚。」又有别陝州王司馬詩云：「笙歌惆悵欲爲别，風景闌珊初過春。争得遣君詩不苦？黄河岸上白頭人。」居易以大和二年（八二八）授刑部侍郎在京，故得與禹錫同送，其第二詩則三年春罷刑部侍郎東歸洛陽過陝州所作也。觀此知建赴司馬與王起赴鎮約略同時，而禹錫此詩定作於大和二年（八二八）也。

〔自太常丞授〕唐詩紀事云建爲太府丞，蓋即據建之詩中自述，此詩注云自太常丞授，詩又云「暫轗清齋出太常」，則必自太府丞遷太常丞也。太常丞從五品，太府丞從六品。

洛中送楊處厚入關便遊蜀謁韋令公

洛陽秋日正淒淒，君去西秦更向西。舊學三冬今轉富，曾傷六翮養初齊。王城曉入窺丹鳳，蜀路晴來見碧雞。早識臥龍應有分，不妨從此躡丹梯。

【校】

〔題〕崇本、明鈔本、英華均無「謁韋令公」四字。按：鎮蜀者惟韋皋加中書令，而皋之卒在憲宗即位之年，此詩自當作於貞元中，是禹錫之少作也。若題中無此四字，則詩中「早識臥龍」一語無根，而詩之時代亦無從考見矣。

〔曉入〕織本、全唐詩入下注云：一作日，來下注云：一作天。按：首句已云秋日，斷無再用曉日之理。曉入者，謂自洛入蜀必先入長安，題中有「入關便遊」四字即以此。凡唐人製題必與詩中詞意相應，校者多不解此而臆改。

【箋證】

按：韋令公謂韋皋，皋，舊唐書一四〇、新唐書一五八均有傳。據紀，皋即於永貞元年憲宗即位之月卒於西川節度使任。永貞政變，皋雖未親預其事，而逼順宗遜位之舉，實自皋啓之。此詩似作於貞元中禹錫尚居洛陽未赴揚州杜佑使幕時。然皐加檢校司徒中書令在貞元十七年（八〇一），若在此以前不應稱爲令公，尚待考。楊處厚亦待考，疑是楊歸厚之弟兄行，歸厚已見本集卷八鄭州刺史東廳壁記。楊氏與禹錫爲姻家，彼此蓋均在少年，而處厚或曾遭譴而失意，此就「舊學三冬，曾傷六翮」兩句而可窺知。「早識卧龍」則比鎮蜀之人爲諸葛亮也。此與次首題皆有洛中字，但決非同時作，且相去甚遠。

洛中逢韓七中丞之吴興口號五首

昔年意氣結羣英，幾度朝回一字行。海北天南零落盡，兩人相見洛陽城。

自從雲散各東西，每日歡娱卻慘悽。離别苦多相見少，一生心事在書題。

今朝無意訴離杯，何況清弦急管催。本欲醉中輕遠别，不知翻引酒悲來。

駱駝橋上蘋風起，鸚鵡杯中箬雨春。水碧山青知好處，開顔一笑向何人。

溪中士女出笆籬，溪上鴛鴦避畫旗。何處人間似仙境？春山攜妓采茶時。

【校】

〔題〕全唐詩逢作送。

〔天南〕全唐詩天作江，注云：一作天。

〔書題〕全唐詩書下注云：一作詩。

〔風起〕全唐詩起作急，注云：一作起。

〔箬雨春〕紹本、絶句、全唐詩雨均作下。

【箋證】

按：韓七中丞謂韓泰，本集卷九及外集卷六、卷八均迭見。據吴興志，泰以大和元年（八二七）自睦州刺史拜湖州刺史。詳外集卷六遥和韓睦州元相公二君子詩箋證中。觀此詩知泰罷睦州後仍入京，方有新命也。是時禹錫方以主客郎中分司東都，故得於泰經洛陽時贈以詩。第一首昔年意氣云云，直敍永貞中王、韋一黨之結納，蓋時閲二十年，中更憲、穆、敬、文四朝，已不須諱飾矣。此五首詩格極似白居易，蓋真率之詩，故標以口號，禹錫製題大都必有用意。

〔駱駝橋〕清一統志：「駱駝橋在（湖州）府治西，一名迎春橋。寰宇記：橋在霅溪上，唐垂拱元年（六八五）造，以形似橐駝之背，故名。劉禹錫送人之吴興詩曰：駱駝橋上蘋風起，鸚鵡杯中箬下春，即此橋也。」

〔箬雨春〕輿地紀勝云：「上箬溪在長興縣，悉生箭箬，南岸曰上箬，北岸曰下箬，村民取下箬水釀酒，醇美勝於雲陽，俗稱下箬酒。韋昭吴録云：烏程箬下酒有名，山謙之吴興記云上箬下箬村並出美酒。」又苕溪漁隱叢話：「藝苑雌黄云：張景陽七命云：乃有荆南烏程、豫北竹葉，説者以荆南爲荆州耳。然烏程縣今在湖州，與荆州相去甚遠，南五十步有箬溪，夾溪悉生箭箬，南岸曰上箬，北岸曰下箬。居人取下箬水釀酒醇美，俗稱箬下酒，劉夢得詩云：駱駝橋畔蘋風起，鸚鵡杯中箬下春，即此也。荆溪在縣南六十里，以其水出荆山，因名之。張元之山墟名云：昔漢荆王賈登此山，因以爲名。故所謂荆南烏程，即荆溪之南耳。若以爲荆州，則烏程去荆州三千餘里，封壤大不相接矣。苕溪漁隱曰：余以湖州圖經考之，烏程縣以古有烏氏程氏居此，能醖酒，因此名焉。其荆溪則在長興縣西南六十里，此溪出荆山。張協七命云，酒則荆南烏程，荆南則此荆溪之南也。藝苑雌黄引長興縣南五十步箬溪水釀酒醇美，稱箬下酒以爲烏程酒，反以夢得詩爲證，皆誤矣。」

又按：李太白集王琦注：「唐人名酒多以春，杜子美詩云：聞道雲安麴米春，韓退之詩：且須勤買抛青春，劉夢得詩：鸚鵡杯中若下春。」王氏以箬雨爲若下，或所見爲別本。

〔采茶時〕苕溪漁隱叢話引蔡寬夫詩話云：「唐以前茶惟貴蜀中所産，孫楚歌云：茶出巴蜀，張孟陽登成都樓詩云：芳茶冠六情，溢味播九區。他處未見稱者。唐茶品雖多，亦以蜀茶爲重，然惟湖州紫筍入貢，每歲以清明日貢到，先薦宗廟，然後分賜近臣。紫筍生顧渚，在湖、常二境之間，當採茶時，兩郡守畢至，最爲盛會。杜牧詩所謂溪盡停蠻棹，旗張卓翠苔。柳村穿窈窕，松澗渡喧豗。劉禹錫何處人間似仙境，青山攜妓採春時，皆以此。」考白居易夜聞賈常州崔湖州茶山境會想羨歡宴因寄此詩云：「遥聞境會茶山夜，珠翠歌鐘俱遶身。盤下中分兩州界，燈前合作一家春。青娥遞舞應争妙，紫筍齊嘗各鬭新。自歎花時北窗下，蒲黄酒對病眠人。」賈常州謂賈餗，崔湖州謂崔玄亮，亦足爲禹錫此詩佐證。

送周使君罷渝州歸郢州别墅

君思郢上吟歸去，故自渝南擲郡章。野戍岸邊留畫舸，緑蘿陰下到山莊。池荷雨後衣香起，庭草春深綬帶長。只恐鳴騶催上道，不容待得晚菘嘗。

【校】

〔題〕崇本州作中，似是。

〔到山莊〕全唐詩到下注云：一作有。崇本、明鈔本山均作仙，似是。

〔香起〕英華起作老。全唐詩注云：一作老。

【注】

〔晚菘〕南史周顒傳：王儉謂顒曰：卿在山中何所食？顒曰：赤米白鹽、緑葵紫蓼。文惠太子問顒：菜食何味最勝？顒曰：春初早韭，秋末晚菘。

【箋證】

按：周使君名不詳，據詩題罷渝州歸郢州，而禹錫能送之，則似爲禹錫在夔州時事，自渝東下，必經夔州也。

發華州留別張侍御 一作賈。

束簡下延閣，買符驅短轅。同人惜分袂，結念醉芳尊。切切別弦思，蕭蕭征騎煩。臨岐無限意，相視卻忘言。張詩云：夫子生知者，相期妙理中。遂有忘言之句。

【校】

〔題〕紹本、崇本侍御下均作賈，無一作二字。

〔買符〕崇本買作假。

〔弦思〕崇本、全唐詩思均作急。

〔征騎〕全唐詩騎下注云：一作馬。

〔妙理〕崇本、明鈔本妙作性。

【箋證】

按：詩題下結一本注云：「一作賈。」而景印紹興八年本（後簡稱紹本）則直題爲別張侍御賈。此可疑也。郎官石柱題名考三輯録張賈事跡云：「唐詩紀事五九：賈爲韋夏卿所知，後至達官，初以謫御史爲華州上佐。昌黎先生集十送張侍郎詩（五百家注本引眉山孫汝聽全解云：元和十二年（八一七），張賈初自兵部侍郎出爲華州刺史。舉正云：侍郎，閣本作侍御，非。）褚藏言故國子司業贈給事中扶風竇府君牟詩序：貞元二年（七八六）舉進士，與故兵部侍郎張公賈等同年上第。李文饒别集三：從姪尚書右丞賈奉和張宏靖山亭書懷詩，元和十三年（八一八）六月題（唐詩紀事作左丞）。吕温故太子少保贈尚書左僕射京兆韋府君神道碑銘：分正東郊，開府辟士，則有今禮部員外郎清河張賈。（新唐書韋夏卿傳：所辟士如張賈等至達官，故世稱知人。大唐傳載：韋獻公辟吏八人，張尚書賈等皆至顯官。）韓愈祭太常裴少卿文：元和九年（八一四），吏部侍郎張賈等。」據此，張賈是貞元二年（七八六）進士，年輩在禹錫之前，與此詩語氣不合。詩云「東簡下延閣」，乃禹錫自謂由集賢院出官，此時張賈安得猶爲侍御？又，買符崇本作假符，尤似出刺蘇州之語氣。禹錫此詩蓋是大和五年（八三一）之末，赴任蘇州路經華州所作。參看外集卷五答張侍御賈詩。又文宗紀有太府卿，鴻臚卿張賈，通鑑會昌元二年（八四二）尚有鴻臚卿張賈，必别爲一人，又非前一張賈。

奉送家兄歸王屋山隱居二首

據道書：王屋山一名陽洛山。

陽洛天壇上，依稀似玉京。夜分先見日，月静遠聞笙。雲路將雞犬，丹臺有姓名。古來成道者，兄弟亦同行。

春來山事好，歸去憶逍遥。水净苔莎色，露香芝朮苗。登臺吸瑞景，飛步翼神飆。願薦塤篪曲，相將學玉簫。

【校】

〔陽洛〕全唐詩作洛陽，注云：一作陽洛。按：作洛陽者誤，陽洛乃山名，與洛陽無涉。

〔天壇〕明鈔本壇作臺。按：此必校者不知天壇爲山名而臆改。

〔遠聞〕英華、全唐詩遠作忽。

【箋證】

按：本集卷十上杜司徒書云：同生無手足之助。卷十八上中書李相公啓云：「内無手足之助，外無强近之親。」知禹錫非獨無胞兄，即從兄亦未必有之，此或爲同曾祖兄耳。

〔天壇〕明一統志二十八：天壇山在濟源縣西一百二十里，王屋山北峯突兀，其東曰日精，西曰月華，絶頂有石壇，名清虚小有洞天，旦夕有五色影，夜有仙燈，即唐司馬承禎得道之所。唐李白詩：願隨天子天壇上，閑與仙人掃落花。劉禹錫詩：陽洛天壇上，依稀似玉京，夜分先見日，月浄遠聞笙。唐人詠天壇之詩多至不可枚舉。餘詳卷二十三天壇遇雨詩注。

送王師魯協律赴湖南使幕　即永穆公之孫。

翩翩馬上郎，驅傳渡三湘。橘樹沙洲暗，松醪酒肆香。素風傳竹帛，高價騁琳琅。楚水多蘭若，何人事擷芳？

【校】

〔題〕全唐詩魯下注云：一作曾。

〔騁琳琅〕畿本騁下注云：一作聘。全唐詩與一作同。

〔蘭若〕全唐詩若作芷，注云：一作若。

〔擷芳〕紹本、崇本、中山集擷均作搴，畿本、全唐詩均注云：一作擷。

【箋證】

按：王師魯事跡待考。自注云：「即永穆公之孫。」亦疑。詳詩意似是禹錫未貶官時作。元稹集中有送王協律遊杭越詩，當即其人。

別友人後得書因以詩贈

前時送君去，揮手青門橋。路轉不相見，猶聞馬蕭蕭。今得出關書，行塵日已遥。春還遲君至，共纈芳蘭苕。

【校】

〔行塵〕全唐詩塵作程，注云：一作塵。

〔共纈〕紹本、崇本、畿本、中山集纈均作結，似是。全唐詩作結，注云：一作纈。

【箋證】

按：詩有青門之語，自是禹錫在長安時所作。詩意既泛，製題亦含渾，可知其人其事皆不足存者。

奉送浙西李僕射相公赴鎮

奉送至臨泉驛，書禮見徵拙詩，時在汝州。

建節東行是舊遊，歡聲喜氣滿吴州。郡人重得黄丞相，童子争迎郭細侯。詔下初辭温室樹，夢中先到景陽樓。自憐不識平津閣，遥望旌旗汝水頭。

【校】

〔題〕結一本浙西作浙江，誤。又英華無相公二字。又書禮，紹本、畿本、明鈔本、全唐詩均作書札，似是。

【箋證】

按：李僕射相公謂李德裕。德裕初次罷相出鎮浙西，正爲大和八年（八三四），禹錫方在汝州刺史任，於德裕赴鎮途中親送其行也。德裕本傳略云：「大和六年（八三二）冬，召德裕爲兵部尚書。僧孺罷相，出爲淮南節度使。七年（八三三）二月，德裕以本官平章事。六月，宗閔亦罷，德裕代爲中書侍郎，集賢大學士。八年（八三四）九月十日，後召宗閔於興元，授中書侍郎平章事，代德裕，出德裕爲興元節度使（當云山南西道節度使）。德裕中謝日，自陳戀闕，不願出藩。追勑守兵部尚書，宗閔奏，制命已行，不宜自便，尋改檢校尚書左僕射，潤州刺史、鎮海軍節度、蘇常杭潤觀察等使，代王璠。」此即德裕與牛、李水火而被排擠之事實也。禹錫是時已與僧孺蹤跡稍密，而與德裕又爲舊交，汝州之授，蓋即由德裕援引，故於兩派之争不能有所左右袒。本卷於德裕之行，凡有兩詩致意，但敍重領舊鎮，而不涉罷相一字。且此詩「自憐不識平津閤」一語，尤似有深意存焉。殆禹錫深慮爲牛、李所不悦，故爲此語以自明，若曰德裕雖爲相，初未得其垂顧耳。綜兩詩觀之，愈可見兩派相仇之劇，禹錫廁身其間，彌有難於自處者矣。

重送浙西李相公頃廉問江南已經七載後歷滑臺劍南兩鎮遂入相今復領舊地新加旌旄

江北萬人看玉節，江南千騎引金鐃。鳳從池上遊滄海，鶴到遼東識舊巢。城下清波含百谷，窗中遠岫列三茅。碧雞白馬回翔久，卻憶朱方是樂郊。

【校】

〔題〕崇本廉問作嘗鎮。按：李德裕初至浙西，實爲觀察使，非節鎮，故稱以廉問，此亦唐人習用語。作嘗鎮者，必校者不識其義而臆改。又德裕以大和八年（八三四）授鎮海節度使，距長慶三年（八二三）之授浙西觀察使已十二年，此云七載者，蓋謂其初在浙西七年，至大和三年（八二九）始離任也。英華題作送浙江李相公重赴舊鎮加旄節。又滑臺全唐詩於滑下注云：一作清，誤。

【注】

〔卻憶朱方〕英華作卻擁朱方，注云：擁，集作憶；方，集作幢。按：唐浙江西道節度觀察治潤州，故云朱方，作朱幢者大誤。此又校者不識其義而臆改，不知已有玉節金鐃之語，不得再云朱幢也。

〔三茅〕南史七六陶弘景傳：止于句容之句曲山，恒曰：此山下是第八洞宮，名金壇華陽之天，周回一百五十里，昔漢有咸陽三茅君得道來掌此山，故謂之茅山。

【箋證】

按：舊唐書李德裕本傳云：「長慶二年（八二二）六月，（李）逢吉代裴度爲門下侍郎平章事。既得權位，鋭意報怨，時德裕與牛僧孺俱有相望，逢吉欲引僧孺，懼（李）紳與德裕禁中沮之，九月，出德裕爲浙西觀察使。……文宗即位，就加檢校禮部尚書。大和三年（八二九）八月，召爲兵部侍郎。裴度薦以爲相，而吏部侍郎李宗閔有中人之助，是月拜平章事，懼德裕大用，九月，檢校禮部尚書，出爲鄭滑節度使。德裕爲逢吉所擯，在浙西八年，雖遠離闕庭，每上章言事，文宗素知忠藎，採朝論徵之，到未旬時，又爲宗閔所逐，中懷於悒，無以自申，賴鄭覃侍講禁中，時稱其善，雖朋黨流言，帝乃心未已，宗閔尋引牛僧孺同知政事，二憾相結，凡德裕之善者皆斥之於外。四年（八三〇）十月，以德裕檢校兵部尚書、成都尹、劍南西川節度副大使。……六年（八三二），召德裕爲兵部尚書。僧孺罷相，出爲淮南節度使，七年（八三三）二月，德裕以本官平章事。……六月，宗閔亦罷。……」此即詩題中所述之事。詩題云「今復領舊地，新加旌旄」，以德裕前度僅爲觀察使，今爲節度使也。浙西一道，或稱觀察，或稱節度，視居位之人之資歷，初無一定。德裕曾爲宰相，且曾居西川大鎮，故加節度使之名。詩中碧雞指西川，白馬指滑州，朱方指潤州，皆唐人習用語，以此作結，亦似感慨，亦似慰藉，而不及交情一語，可謂巧於措詞者。

送華陰尉張苕赴邕府使幕

張即燕公之孫，頃坐事除名。

昔忝南宮郎，往來東觀頻。嘗披燕文傳，聳若窺三辰。翊聖崇國本，保賢正朝倫。高視緬今古，清風夐無鄰。蘭錡照通衢，一家十朱輪。鄭國嗣侯絶，韋卿世業貧。夫子承大名，少年振芳塵。青袍仙掌下，矯首淩煙旻。公冶本非罪，潘郎一爲民。風霜苦搖落，堅白無緇磷。一旦逢良時，天光燭幽淪。重爲長裾客，佐彼觀風臣。分野窮禹畫，人煙過虞巡。不言此行遠，所樂相知新。雨起巫山陽，鳥鳴湘水濱。離筵出蒼莽，別曲多悲辛。今朝一栢酒，明日千里人。彼此孤舟去，悠悠天海春。

【校】

〔南宫郎〕結一本郎作節，誤。

〔燕文〕崇本、畿本、全唐詩文均作公，似是。按：張説謚文貞。

〔保賢〕畿本保下注云：一作像，全唐詩與一作同。注云：一作保。

〔韋卿世〕紹本、崇本、畿本、中山集均作蔿鄉貴，畿本注云：蔿一作韋，貴一作世。按：蔿鄉貴或用史記滑稽列傳孫叔敖事。

〔承大名〕全唐詩承下注云：一作成，英華與一作同。

〔悲辛〕紹本、崇本、畿本、中山集悲均作愁。

〔彼此〕畿本彼下注云：一作從，全唐詩作從，注云：一作彼。

【箋證】

按：詩題下自注云：「張即燕公之孫，頃坐事除名。」燕公謂張説也。檢世系表，説之孫有岩，未注官職，字形相近，未知即其人否。據舊唐書九七張説傳云：「麟臺監張易之與其弟昌宗構陷御史大夫魏元忠，稱其謀反，引説令證其事。説至御前，揚言元忠實不反，此是易之誣搆耳。

元忠由是免誅，説坐忤旨配流欽州。又睿宗謂侍臣曰：有術者上言，五日内有急兵入宮，卿等爲朕備之。説進曰：此是讒人設計欲動摇東宮耳。陛下若使太子監國，則君臣分定，自然窺覦路絶，災難不生。睿宗大悦，即日下制，皇太子監國，明年，又制皇太子即帝位。」此詩云：「翊聖崇國本，保賢正朝倫。」指此二事也。説子均爲中書舍人，垍尚寧親公主，説兄光爲慶王傅，加銀青光禄大夫，榮寵莫與爲比，故詩云：「一家十朱輪。」及均、垍兄弟受安禄山官，後世遂不振，故詩云：「鄭國嗣侯絶，韋卿世業貧。」今張莒爲華陰尉，不知復以何事陷罪。玩詩中有「彼此孤舟去」之句，似禹錫於途中遇之，或即在永貞初貶時遇於湘楚。雖據「雨起巫山陽」一語得疑爲在夔州作，但夔州非赴邕府必經之路，不足爲證也。政和本草一四引傳信方云：瘵瘻方得之邕州從事張岧，自即此張莒，與世系表之張岩連名，定是作莒者誤矣。

送湘陽熊判官孺登府罷歸鍾陵因寄呈江西裴中丞二十三兄

射策志未就，從事府云除。篋留馬卿賦，袖有劉弘書。忽見夏木深，悵然憶吾廬。復持州民刺，歸謁專城居。君家誠易知，勝絶傾里閭。人言北郭生，門有卿相輿。鍾陵藹千里，帶郭西江水。朱檻照河宮，旗亭緑雲裏。前年初缺守，慎簡由宸宸。臨軒弄郡章，得人方付此。是時左馮翊，天下第一理。貴臣持牙璋，優詔發青紙。迎風汙吏免，先令疲人喜。何武劾腐儒，陳蕃禮高士。昔升君子堂，腰下綬猶黄。中丞時爲萬年尉。汾陰有寶氣，赤堇多奇鋩。束簡下曲臺，佩韃來歷陽。綺筵陪一笑，蘭室襲餘芳。風水忽異勢，江湖遂相忘。因君儻借問，爲話老滄浪。中丞爲博士，製相國柳宜城謚議，識者韙之。頃授予以其本，厥後牧和州，節度使杜司徒以中丞材譽俱高，欲全軍裝以重戎府，故授以本州團練使，滿座觀腰韃，禮成驩甚，相視而笑。後房燕樂，卜夜縱談。予忝司徒之賓，時獲末坐。初中丞自尚書屯田員外郎出守，踵其武者，今給事中穆公，代給事者，右丞段公。予不佞，繼右丞之後，故曰襲餘芳焉。

【校】

〔題〕明鈔本湘陽作襄陽。按：潭州無湘陽之稱，襄陽亦似未是，此二字尚待考。熊判官之熊字崇本作能，誤。又崇本下有三首三字。

〔府云除〕徽本云作去。按：唐人以節鎮移改爲府除，作去者非。又全唐詩府作歲，更是校者不諳其義而臆改。

〔鍾陵〕崇本此下分爲第二首，昔升以下分爲第三首。按：此爲轉韻古詩，分三首者非。

〔前年〕全唐詩年下注云：一作來。

〔汙吏〕全唐詩汙作姦，注云：一作汙。

〔奇鋩〕全唐詩奇下注云：一作光。

〔儻借〕全唐詩儻下注云：一作忽，英華與一作同。

〔話老〕結一本老作長，誤。

〔謚議〕崇本無謚字，非。

〔材譽〕崇本譽作器。

〔俱高〕崇本高作偉。

〔全軍裝〕紹本、鐵本、中山集、全唐詩全均作令，崇本無此字。按：作令者似是。

〔授以〕鐵本授作擾，似誤。

【注】

〔赤堇〕越絶書：薛燭曰：當造此劍之時，赤堇之山破而出錫，若耶之溪涸而出銅。

【箋證】

按：此詩題中之裴中丞謂裴堪，詩與自注，敍堪事跡至爲明確，蓋堪自萬年尉爲太常博士，製柳渾謚議，遷屯田員外郎，出爲和州刺史，擢同州防禦使，頗有治績，再遷江西觀察使。自注中未明言其在江西爲何年，但憲宗紀則載元和七年（八一二）十一月甲申，以同州刺史裴堪爲江西觀察使。其去江西爲何年，無明文，吴廷燮唐方鎮年表則謂元和十年（八一五）之江西觀察使爲裴次元，固未見確據，然當禹錫任和州時，去元和已遠，必無堪仍在江西之理，況元和末至寶曆中任江西者尚有王仲舒、薛放、殷侑諸人乎？詩中有「束簡下曲臺，佩鞬來歷陽。倚筵陪一笑，蘭室襲餘芳」之句，曲臺似指堪自太常出官，佩鞬謂堪加和州團練使，此是追述貞元中在揚州杜佑幕中相見之事，固於注中言之甚晰。注中又言：「中丞自尚書屯田員外郎出守，踵其武者今給事中穆公，代給事者右丞段公，予不佞，繼右丞之後，故曰襲餘芳焉。」則此詩必作於禹錫任和州以後可知。敬宗紀：寶曆元年（八二五）閏七月丙戌，户部尚書致仕裴堪卒，則禹錫到和州未及一年，而堪已以致仕官終於牖下矣。何得詩題尚稱爲裴中丞二十三兄耶？殊不可解。或者此詩實作於元和中，而編集時禹錫有所修飾，而忘其時代之不合，理亦有之。蓋集中自注如本卷送李尚書鎮滑州詩注云：「其後果繼韋、平之族」，顯然非作詩時之語。因追加自注而將原詩稍加竄易，亦情理所有也。至岑仲勉唐人行第録以裴二十三爲裴誼，則時代事實全不相符，蓋未細審詩注之故，附辨於此。

〔熊判官孺登〕熊孺登見唐詩紀事四三，云：鍾陵人，登進士第，終於藩鎮從事。有至日荷李常侍過郊居及和竇中丞歲酒喜見小男兩歲詩。白居易有洪州逢孺登詩云：「靖安院裏辛夷下，醉笑狂吟氣最麄。莫問別來多少苦，低頭看取白髭鬚。」鍾陵本南昌縣，隋改豫章，唐避代宗諱改鍾陵。熊氏乃南昌望族也。

〔何武〕漢書何武傳：「九江太守戴聖，禮經號小戴者也。行治多不法，前刺史以其大儒優容之。

及武爲刺史，行部録囚徒，有所舉以屬郡，聖曰：後進生何知！乃欲亂人治。皆無所決。武使從事廉得其罪，聖懼自免。」禹錫用此事以稱裴堪，必有所指，今不可考矣。

〔柳宜城〕柳宜城謂貞元初宰相柳渾。舊唐書一二五、新唐書一四二均有傳。柳河東集故銀青光禄大夫右散騎常侍輕車都尉宜城縣開國伯柳公行狀：「貞元十五年正月，太常博士裴堪議，宜謚曰貞，奉勑依。」此詩注云：「中丞爲博士，製相國柳宜城謚」，正指此。

〔穆公〕穆質，舊唐書一五五、新唐書一六三均有傳。質曾爲給事中，但據舊唐書本傳，似是元和初事，此詩注稱以今給事中，未詳。傳亦未言質曾刺和州。

〔段公〕段平仲已見本集卷二十四。據舊唐書一五三本傳，爲尚書左丞（左爲右之誤），但亦未言曾刺和州。禹錫集中涉及平仲者，尚有卷三十遥傷段右丞詩。

送韋秀才道沖赴制舉

鷙禽一辭巢，棲息無少安。秋扇一離手，流塵蔽霜紈。故侣不可追，涼風日已寒。遠逢杜陵士，别盡平生歡。逐客無印綬，楚江多芷蘭。因君時暇遊，長鋏不復彈。閲書南軒霽，絙瑟清夜闌。萬境身外寂，一杯腹中寬。伊昔玄宗朝，冬卿冠鴛鸞。肅穆升内殿，從容領儒冠。游夏無措詞，陽秋垂不刊。至今羣玉府，學者空縱觀。世人希德門，揭若攀峯巒。之子向明訓，鏘如振琅玕。一旦西上書，班衣拂征鞍。荆臺宿暮雨，漢水浮春瀾。君門起天中，多士如星攢。煙霞覆雙闕，抃舞羅千官。清漏滴銅壺，仙廚下雕槃。熒煌仰金榜，錯落濡飛翰。古來長策人，所歎遭時難。一鳴從此始，相望青雲端。

【校】

〔因君時暇遊〕全唐詩作因居暇時遊，注云：一作因君時暇遊。

〔南軒霽〕全唐詩霽下注云：一作際。

〔領儒〕全唐詩注云：一作頂高。

〔班衣〕紹本、崇本均作斑裳。

〔征鞍〕英華征作行。

〔銅壺〕崇本壺作臺。

〔濡飛〕紹本、崇本、畿本、中山集、英華二字均乙，似非。

〔長策人〕畿本注云：一作才傑士。全唐詩與一作同。

〔所歎〕全唐詩歎作嗟。

【箋證】

按：詩云：「伊昔玄宗朝，冬卿冠鴛鸞。肅穆升内殿，從容領儒冠。」當指韋述。據舊唐書一〇二述傳，遷尚書工部侍郎，故云冬卿。又傳云：「述在書府四十年，居史職二十年，勒成國史一百一十三卷。述早以儒術進，當代宗仰，而純厚長者，澹於勢利，道之同者，無問貴賤皆禮接之。家聚書二萬卷，皆自校定鉛槧，雖御府不逮也。」又云：「自唐已來，氏族之盛，無踰於韋氏，其孝友詞學，承慶、嗣立爲最，明於音律，則萬石爲最，達於禮義，則叔夏爲最，史才博識，以述爲最。弟逌，學業亦亞於述，尤精三禮，與述對爲學士、弟迪同爲禮官，時人榮之。」以上所言皆與詩意相合。至禹錫自敘之語云：「逐客無印綬，楚江多芷蘭。因君時暇遊，長鋏不復彈。」蓋在朗州時語氣。韋道冲所赴舉，或即元和二年（八〇七）之制科也。據登科記考一六，元和元年（八〇六）制科登第者，韋姓有三人，除韋淳外，有韋慶復、韋珩，未知韋道冲在内否。

送李策秀才還湖南因寄幕中親故兼簡衡州呂八郎中

深春風日浄，争長幽鳥鳴。僕夫前致辭，門有白面生。攝衣相問訊，解帶坐南榮。端志見眉睫，苦言發精誠。因出懷中文，調孤詞亦清。悄如促柱弦，掩抑多不平。乃言本蜀士，世降岷山靈。前人秉懿文，高視來上京。曳緌司徒府，所從信國楨。析薪委空林，善響難繼聲。何處翳附郭？幾人思郈成？雲天望喬木，風水悲流萍。前與計吏西，始列貢士名。森然就筆札，從試春官卿。帝城歧路多，萬足伺晨星。茫茫風塵中，工拙同有營。寒女勞夜織，山苗榮寸莖。侯門方擊鐘，衣褐誰將迎。弱羽果摧頹，壯心鬱怦怦。諒無蟠木容，聊復蓬累行。昨日訊靈龜，繇言利艱貞。當求捨拔中，必在審已明。誓將息薄遊，焦思窮筆精。蒔蘭在幽渚，安得揚棻馨？曰余摧落者，散質負華纓。一聆苦辛詞，再動伊鬱情。身棄言不動，愛才心尚驚。恨無羊角風，使爾化北溟。論罷情益親，涉旬忘歸程。日攜邑中客，閒眺江上城。晝渴命金罍，宵談轉璿衡。蕙風香麈尾，月露濡桃笙。忽被戒羸驂，薄言事南征。火雲蔚千里，旅思浩已盈。湘江含碧虛，衡嶺浮翠晶。豈伊山水異？適與人事并。油幕似崑丘，粲然疊瑶瓊。庾樓見清月，孔坐多緑醽。復有衡山守，本自雲龍庭。至和在靈府，發越侔咸英。一麾出滎陽，惠彼嗤嗤氓。隼旗辭灞水，居者皆涕零。惟昔與伊人，交歡在夙齡。一從雲雨散，滋我鄙悋萌。北渚不堪愁，南音誰復聽？離憂若去水，浩漾無時停。嘗聞祝融峯，上有神禹銘。古石琅玕姿，祕文螭虎形。聖功奠遠服，神物擁休禎。賢人在其下，仿像疑蓬瀛。君行歷郡齋，大袂拂雙旌。飾容遇朗鑒，肝鬲可以呈。昔日馬相如，臨邛坐盡傾。勉君刷羽翰，早取凌青冥。

【校】

〔題〕畿本、全唐詩呂下均注云：一作李。按：呂八即呂温，時方在湖南，作李者非。

〔争長〕全唐詩争作晝。

〔苦言〕全唐詩苦下注云：一作芳。

〔懿文〕全唐詩懿作藝。

〔國楨〕結一本、崇本楨均作禎。按：禎字與下文複。

〔空林〕全唐詩空作寶，注云：一作空。

〔難繼〕全唐詩作繼家，注云：一作難繼。

〔翳〕崇本、明鈔本均作依。

〔郈成〕紹本、崇本、中山集成均作城。全唐詩注云：一作城。按：作城者誤。

〔始列〕崇本列作引。

〔伺〕全唐詩注云：一作俟。

〔方擊鐘〕崇本、明鈔本均作武繼踵。

〔聊復蓬累行〕崇本復作覆，全唐詩行下均注云：一作生。

〔曰余〕畿本、全唐詩曰下均注云：一作嗟。

〔苦辛〕崇本二字乙。

〔伊鬱〕崇本伊作依，誤。

〔不動〕紹本、中山集動均作重。

〔尚驚〕全唐詩尚作上。

〔晝渴〕崇本、畿本、全唐詩、明鈔本渴均作愒。

〔蕙風〕全唐詩蕙作薰，注云：一作蕙。

〔山水〕崇本二字乙。

〔似崑丘〕全唐詩似作侶，注云：一作似。

〔至和〕全唐詩作抗志，注云：一作至和。

〔滎陽〕紹本、崇本滎作營。按：此指吕温爲道州刺史，當作營陽爲是。

〔嗤嗤氓〕崇本氓作民，誤。

〔灞水〕按：灞字似誤。

〔交歡在〕全唐詩在作經，注云：一作在。

〔彷像〕全唐詩作彷彿。

【注】

〔蓬累〕史記老子列傳：不得其時，則蓬累而行。索隱：蓬累猶扶持也，説者云：頭戴物兩手扶之而行，謂之蓬累。

〔羊角〕莊子逍遥遊：摶扶摇羊角而上者九萬里。注：司馬云：風曲上行若羊角。
〔桃笙〕文選吴都賦：桃笙象簟，韜於筒中。注：桃笙，桃枝簟也，吴人謂簟爲笙。
〔庾樓〕晉書庾亮傳：在武昌，諸佐吏殷浩之徒，乘秋夜往共登南樓，俄而不覺亮至，諸人將起避之。亮徐曰：「諸君少住，老子於此處興復不淺。」

【箋證】

按：吕八郎中謂吕温，已見本集卷十九。温以元和五年（八一〇）自道州轉衡州刺史。詩之首句云：「深春風日浄」，則詩當作於六年（八一一）之春也。禹錫正在朗州，謫居無聊，故有「曰余摧落者，散質負華纓」之句。於李策之求名不遂，感喟更深。

〔幾人思郈成〕此謂李策尚無居止也。吕氏春秋觀表篇：「郈成子爲魯聘於晉，過衛，右宰穀臣止而觴之，陳樂而不樂，酒酣而送之以璧；……郈成子曰：夫止而觴我，與我歡也；陳樂而不樂，告我憂也；酒酣而送之以璧，寄之我也。若由是觀之，衛其有亂乎？倍衛其有亂乎，聞甯喜之難作，穀臣死之。還車而臨，三舉而歸。至，使人迎其妻子，隔宅而異之，分禄而食之，其子長而反其璧。孔子聞之曰：夫智可以微謀，仁可以託財，其郈成子之謂乎？」詩意用此，極言策之孤貧無依。

送張盥赴舉 并引

古人以偕受學爲同門友，今人以偕升名爲同年友。其語熟見，縉紳者皆道焉。余於張盥爲友丈人，由是道也。曩吾見爾之始生，以老成爲祝。今吾見爾之成人，以未立爲憂。吾不幸，嚮所謂同年友，當其盛時，聯袂齊鑣，亘絶九衢，若屏風然。今來落落，如曙星之相望。借曰會合不煩異席，可長太息哉？然而尚書右丞衞大受、兵部侍郎武庭碩二君者，當時偉人，咸萬夫之望，足以訂十朋之多也。第如京師，無騷騷爾，無忻忻爾。時秋也，吾爲若叩商之謳，幸有感夫二君子。

爾生始懸弧，我作坐上賓。引箸舉湯餅，祝詞天麒麟。今成一丈夫，坎坷愁風塵。長裾來謁我，自號廬山人。道舊與撫孤，悄然傷我神。依依見眉睫，嘿嘿含悲辛。永懷同年友，追想出谷晨。三十二君子，齊飛凌煙旻。曲江一會時，後會已彫淪。況今三十載，閲世難重陳。盛時一已過，來者日日新。不如摇落樹，重有明年春。火後見琮璜，霜餘識松筠。肅機乃獨秀，武部亦絶倫。爾今持我詩，西見二重臣。成賢必念舊，保貴在安貧。清時爲丞郎，氣力侔陶鈞。乞取斗升水，因之雲漢津。

【校】

〔題〕英華盥作輿，明鈔本、全唐詩舉下均有詩字。

〔爲友丈人〕紹本、崇本、全唐詩均無友字，畿本無丈字，尤非。按：所謂丈人者即後世所謂世丈、年丈，禹錫自謙則曰友丈人。

〔借曰〕崇本、全唐詩均作昔日。

〔忻忻〕紹本作恇恇。

〔坎坷〕畿本坷作軻。

〔煙旻〕全唐詩旻下注云：一作冥，非。

〔肅機〕全唐詩機作風，注云：一作機。

〔武部〕崇本、明鈔本、英華部均作抱，畿本、全唐詩注云：一作抱。按：武部謂兵部，作抱者未詳其義。

〔念舊〕結一本作舊念，誤。

〔保貴〕畿本、全唐詩貴下注云：一作節。

〔丞郎〕結一本作情節，不可解。按：尚書左右丞及侍郎爲丞郎，此唐人常語。有以丞郎爲指郎官者，大誤。衞中行、武儒衡一爲右丞，一爲兵侍，正合稱丞郎。舊唐書文宗紀：「左丞庾敬休之卒，詔曰：官至丞郎，朕所親委。」是其明證。

【箋證】

按：登科記考一三：「貞元九年（七九三）進士有張復元，唐人謂同年之父爲同年丈人，禹錫蓋與張盥之父同年，疑即張復元，俟考。」此詩似當作於長慶二年，蓋詩有「況今三十載」之句，貞元九年（七九三）至長慶二年（八二二），正三十年也，詳見後條。

〔衛大受〕韓昌黎集舊注：衛中行，字大受，貞元九年進士。憲宗紀：元和十四年正月乙未，以中書舍人衛中行爲華州刺史、潼關防禦鎮國軍等使。穆宗紀：元和十五年（八二〇）十一月，以華州刺史衛中行爲陝州長史、陝虢觀察使。敬宗紀：寶曆二年（八二六）正月甲午，以國子祭酒衛中行爲福建觀察使。文宗紀：大和三年（八二九）八月，播州流人衛中行卒。於中行之配流，未著其獲罪之故。據南部新書：衛中行自福察有贓，流於潘州，會赦北還，死于潘之館。則中行以贓得罪也。禹錫稱之爲尚書右丞，紀未見，疑是自陝虢除右丞，復於寶曆中改祭酒。

〔武庭碩〕武儒衡亦貞元九年（七九三）進士。新唐書一五二武元衡傳附其事跡云：「從父弟儒衡。儒衡，字廷碩，姿狀秀偉，不妄言，與人交始終一節。宰相鄭餘慶不事華絜，門下客多垢衣敗服，獨儒衡上謁未嘗有所易，以莊詞正色見重於餘慶。元衡歿，帝待之益厚，累遷户部郎中，知諫議大夫事，俄兼知制誥。皇甫鏄以宰相領度支，剥下以媚天子，儒衡疏其狀，鏄自訴於帝，帝曰：乃欲報怨耶？鏄不敢對。儒衡論議勁正有風節，且將大用，宰相令狐楚忌之，會以狄兼謨爲拾遺，楚自草制，引武后革命事，盛推仁傑功，以指切儒衡，且沮止之。儒衡泣見上曰：臣祖平一當天后時，避仕終老，不涉於累。帝慰勉之，自是薄楚爲人也。遷中書舍人。時元稹倚宦官知制誥，儒衡鄙厭之，會食瓜，蠅集其上，儒衡揮以扇曰：適從何處來，遽集於此！一坐皆失色。然以疾惡太分明，終不至大任。以兵部侍郎卒，年五十六，贈工部尚書。」按：舊唐書云，自中書舍人遷禮部侍郎，與禹錫此詩小引中所稱之官不合，故當以新唐書爲長。惟舊唐書云長慶四年卒，足補新唐書所未備。據全唐文六三九李翺所撰儒衡墓誌，卒於長慶四年（八二四）四月壬辰。因之可以考知禹錫此詩必作於長慶中。又詩云：「永懷同年友，追想出谷晨。」謂追溯貞元九年（七九三）之同舉爲三十年，則當在長慶二年（八二二）左右。詩有「西見二重臣」之句，禹錫於送裴處士應制舉詩亦有西徂之語，蓋自夔州向長安，仍得云西也。詩引又云：「時秋也，吾爲若叩商之謳。」當是長慶二年秋在夔州作。

又按：禹錫與儒衡同年，而以其從兄元衡之故，二人恐非相厚者。儒衡本傳中語，採自李翺墓誌，多浮談溢美。其謂令狐楚以狄兼謨制語爲憲宗所薄，尤疑不實。蓋楚爲宰相，既未必自草制詞，即使其不悦儒衡，制語推崇狄仁傑，固無可議也。至其「適從何處來，遽集於此」之語，乃進士出身之人憎元稹之不由進士專由制科而進，爲唐時士大夫自相同異之習氣，亦不足以言疾惡。附辨於此。

〔湯餅〕馬永卿嬾真子云：「東坡詩云：『牘欲去爲湯餅客，却愁錯寫弄麞書。』弄麞乃李林甫事。湯餅人皆以爲明皇王后故事，非也。劉禹錫贈進士張盥詩：『憶爾懸弧日，余爲座上賓。舉筯食湯餅，祝辭天麒麟。』東坡正用此詩，故謂之湯餅客也。必食湯餅者，則世所謂長命麪也。」按：新唐書王皇后傳：「獨不念阿忠脱紫半臂易斗麪，爲生日湯餅邪？」此事可證生子作湯餅是唐時風俗，後乃沿爲每年生日食長壽麪耳。

送裴處士應制舉　并序

晉人裴昌禹讀書數千卷，於周官、小戴禮尤邃。性是古敢言，雖侯王不能卑下。故與世相參差。凡抵有位以素合，行天下幾徧。常歎諸侯莫可遊，欲一見天子而未有路。會今年詔書徵賢良，昌禹大喜以爲可以盡豁平生。搏髀爵躍曰：「一觀雲龍庭足矣。」繇是裹三月糧而西徂，咨余以七言爲遊之資藉耳。

裴生久在風塵裏，氣勁言高少知己。注書曾學鄭司農，歷國多於孔夫子。往年訪我到連州，無窮絶境終日遊。登山雨中試蠟屐，入洞夏裏披貂裘。白帝城邊又相遇，斂翼三年不飛去。忽然結束如秋蓬，自稱對策明光宫。人言策中説何事，掉頭不答看飛鴻。彤庭翠松迎曉日，鳳銜金榜雲間出。中貴腰鞭立傾酒，宰臣委佩觀搖筆。古稱射策如彎弧，一發偶中何時無？由來草澤無忌諱，努力滿挽當雲衢。憶得童年識君處，嘉禾驛後聯牆住。垂鈎鬭得王餘魚，蹋芳共登蘇小墓。此事今同夢想間，相看一笑且開顔。老大希逢舊鄰里，爲君扶病到方山。

【校】

〔題〕明鈔本、全唐詩舉下有詩字。并序，據全唐詩作并引。

〔素合〕紹本、崇本、全唐詩素作索，似是。

〔可以盡豁〕紹本、崇本均作盡可以豁。

〔爵躍〕畿本注云：一本無爵字。全唐詩與一本同。

〔爲遊〕紹本、崇本爲下均有西字。

〔往年〕崇本年作來。

〔雨中〕全唐詩注云：一作日長。

〔中貴〕全唐詩中下注云：一作七。

〔鞭立傾酒〕全唐詩注云：一作間傾酒觥。

〔雲衢〕全唐詩雲作亨，注云：一作雲。

〔童年〕全唐詩童作當，注云：一作童。

〔垂鈎〕紹本、崇本、明鈔本鈎均作釣。

〔方山〕畿本、全唐詩方下均注云：一作芳。

【箋證】

按：詩序云：「今年詔書徵賢良。」考唐會要，長慶元年（八二一）十二月有賢良方正直言極諫科。而詩有「白帝城邊又相遇」之句，乃明指作詩時在夔州。禹錫之到夔州，在長慶二年（八二二）正月，則非元年之制科矣。裴昌禹何人，俟考。詩云「憶得童年識君處，嘉禾驛後聯墻住」及

「往年訪我到連州」，則與禹錫交情亦不淺，特其人恐碌碌無奇，不足以傳耳。至禹錫此詩猶存大曆風格，固非率爾命筆者，亦足徵禹錫詩風所自。

〔嘉禾驛〕按：卞孝萱劉禹錫年譜引陸廣微吴地記：「嘉興縣……有晉妓蘇小墓。」嘉禾縣之名始於三國吴黄龍三年，因嘉禾野生之故。但嘉禾驛是驛名，未必即在唐之嘉興縣。惟據蘇小墓、王餘魚二語知其必爲吴地耳。王餘魚見文選吴都賦。

和州送錢侍御自宣州幕拜官便於華州覲省

五綵繡衣裳，當年正相稱。春風舊關路，歸去真多興。蘭陔行可采，蓮府猶回瞪。楊家紺幰迎，侍御即王相公貴壻。謝守瑶華贈。宣州崔相公有詩贈行。御街草泛灩，臺柏煙含凝。曾是平昔遊，無因理歸乘。

【校】

〔題〕崇本無和州二字。

〔舊關〕全唐詩舊下注云：一作函。

〔御街〕明鈔本街作階。

〔臺柏〕崇本柏作相，誤。

〔凝〕全唐詩注云：一作暝。
〔平昔〕全唐詩作平生，注云：一作主者。
〔遊〕全唐詩注云：一作留。

【箋證】

按：詩注中之王相公謂王涯，崔相公謂崔羣。錢侍御當即錢可復，其父則錢徽也，諸人皆已分別見前。禹錫以長慶四年冬到和州刺史任，亦曾道經宣州，其時崔羣正爲宣歙觀察使，而錢徽亦正爲華州刺史。據徽本傳，子可復、可及皆登進士第，可復以甘露之變在鳳翔爲鄭注參佐，爲監軍所害。此詩注云爲王涯之壻，則宜其被甘露之禍矣。餘詳本集卷二十四途次華州陪錢大夫登城北樓春望一詩。

又按：太平廣記三四六引續玄怪録云：「殿中侍御史錢方義，故華州刺史禮部尚書徽之子，寶曆初，獨居長樂第。」按其時亦正相合，恐非。據新唐書徽本傳，徽二子有方義，無可及，疑可及後改名方義，亦未可定。此詩題之錢侍御，當是可復。又按：此詩風格爲大曆詩之正宗，元和後所罕見。

將赴汝州途出浚下留辭李相公

長安舊遊四十載，鄂渚一別十四年。後來富貴已零落，歲寒松柏猶依然。初逢貞元尚文主，雲闕天池共翔舞。相看卻數六朝臣，屈指如今無四五。夷門天下之咽喉，昔時往往生瘡疣。聯翩舊相來鎮壓，四海吐納皆通流。久別凡經幾多事，何由説得平生意？千思萬慮盡如空，一笑一言真可貴。世間何事最殷勤？白頭將相逢故人。功成名遂會歸老，請向東山爲近鄰。

【校】

〔題〕崇本李相公下有表臣二字。按：此必禹錫原本如是，非後人所能加，蓋以別於李逢吉，特著其爲李程也。諸本删去，知失去本來面目如此類者多矣。禹錫與程故交相狎，故常稱其字。

〔猶依然〕全唐詩猶下注云：一作尚。

〔平生意〕畿本、全唐詩意下均注云：一作愁。按：此以愁字屬上韻，故下文貴字注云：一作休，似不如作兩韻者尤合劉詩風格。

【注】

〔六朝〕謂德、順、憲、穆、敬、文六朝。

【箋證】

按：李相公謂李程。集中涉及程者頗多，有卷十八、二十二、二十三，外集卷四、五、十等篇。據文宗紀，大和七年（八三三）七月，李程檢校司空充宣武軍節度使。外集卷五有鄂渚留別李二十一表臣大夫詩。禹錫除汝州是大和八年（七三四）事，詩云：「鄂渚一別十四年」，足證鄂渚相逢在元和十五年，大和八年距元和十五年正爲十四年，禹錫自連州奉母喪北歸時。據程本傳，貞元十二年（七九六）進士登第，累辟使府，二十年入朝爲監察御史，其年充翰林學士。與禹錫締交在此時，故詩云：「初逢貞元尚文主，雲闕天池共翔舞。」自元和以來，鎮宣武者，韓弘以後，張弘靖、令狐楚、李逢吉及程，皆曾爲宰相，故詩云：「聯翩舊相來鎮壓。」程於大和九年（八三五）六月始離宣武，復鎮河中，禹錫則八年（八三四）七月自蘇州刺史除汝州，詩當作於是年秋間。

送令狐相公自僕射出鎮南梁

夏木正陰成，戎裝出帝京。沾襟辭闕淚，回首別鄉情。雲樹褒中路，風煙漢上城。前旌轉谷去，後騎蹋橋聲。久領鴛行重，無嫌虎綬輕。終當提一筆，再入副蒼生。

【校】

〔久領〕全唐詩久下注云：一作又。

〔虎綬〕全唐詩綬下注云：一作節，英華與一作同。

〔當提一筆〕英華提作持，全唐詩作提一麾去，注云：一作當持一筆。

〔副蒼生〕巜本、全唐詩均注云：副一作福，英華與一作同。

【箋證】

按：令狐相公謂令狐楚。據楚本傳，開成元年（八三六）四月，檢校左僕射、興元尹、充山南西道節度使。此詩云「夏木正陰成」，時景正合。是時禹錫甫到同州刺史任未久，蓋遥以詩送之而已。

送趙中丞自司金外郎轉官參山南令狐僕射幕府

趙氏兄弟皆僕射門客。

緑樹滿褒斜，西南蜀路賒。驛門臨白社，縣道過黄花。相府開油幕，門生逐絳紗。行看布政後，還從入京華。

【校】

〔題〕司金，巜本、全唐詩均注云：一作司直，英華作司直郎。外郎，巜本注云：一無外字，紹本、崇本、明鈔本、全唐詩均無外字。

〔臨白社〕巜本社下注云：一作草。英華此二句作：驛門臨赤縣，道路過黄花，赤縣下注云：集作白草。崇本作白草，全唐詩注云：一作經赤縣。

〔縣道過〕全唐詩作縣道入，注云：一作道路過。

【箋證】

按：郎官石柱題名考一六，金部員外郎有趙柷，勞格謂疑即此人。此詩題云趙以郎官帶中丞參使幕，非行軍司馬即副使也。令狐楚以開成元年（八三六）出鎮，趙當亦於是時從至南梁。

〔褒斜〕輿地紀勝云：「郡國志謂北口曰斜，南口曰褒，長四百七十里，同爲一谷，兩谷高峻，中間谷道，褒水所流。……斜谷路在府西北，入于斜谷，至鳳州界一百五十里，有棧閣二千九百八十九間，板閣二千八百九十三間，土人云：其間有一溪可以行舟，賦税極輕，人家多臺也。」按：本集卷八有山南西路新修驛道記，亦指此。

奉送裴司徒令公自東都留守再命太原

本封晉國公，兩任相去十六年。

星使出關東，兵符賜上公。山河歸舊國，管籥換離宮。行色旌旗動，軍聲鼓角雄。愛棠餘故吏，騎竹見新童。漢壘三秋静，胡沙萬里空。空餘天下望，旦夕詠清風。

【校】

〔本封〕崇本本作自，按：不合詩之原意，非。

〔空餘〕紹本、崇本、全唐詩作其如。

【箋證】

按：舊唐書一七〇裴度傳，大和八年三月，以本官（謂守司徒）判東都尚書省事，充東都留守。九年十月，進位中書令。開成二年（八三七）五月，復以本官兼太原尹、北都留守、河東節度使。詔出，度累表固辭老疾，不願更典兵權，優詔不允。此詩之作即在此時，禹錫已以賓客分司東都，故得親送之也。其第一次鎮河東在元和十四年（八一九），故注云「兩任相去十六年」。時當甘露變後，殆不能無隱憂而不敢宣洩，故止作平泛之語。

奉送李户部侍郎自河南尹再除本官歸闕

昔年内署振雄詞，今日東都結去思。宫女猶傳洞簫賦，國人先詠衮衣詩。華星却復文昌位，别鶴重歸太乙池。想到金門待通籍，一時驚喜見風儀。

【校】

〔題〕崇本無奉字。

〔内署〕全唐詩署下注云：一作史，英華與一作同。

〔金門〕全唐詩門作閨。

〔通籍〕全唐詩注云：一作稱，崇本與一作同。

〔驚喜〕畿本、全唐詩喜下均注云：一作起。

【注】

〔洞簫賦〕漢書王褒傳：太子喜褒所爲甘泉及洞簫頌，令後宫貴人左右皆誦讀之。

〔衮衣詩〕詩豳風九罭：「是以有衮衣兮，無以我公歸兮。」

【箋證】

按：李户部侍郎謂李珏，舊唐書一七三、新唐書一八三均有傳。舊傳云：「進士擢第，又登書判拔萃科，累官至右拾遺。……遷吏部員外郎，轉司勳員外郎，知制誥。大和五年（八三一），李宗閔、牛僧孺爲相，與珏親厚，改度支郎中、知制誥，遂入翰林充學士。七年（八三三）三月，正拜中書舍人。九年（八三五）五月，轉户部侍郎充職。七月，宗閔得罪，珏坐累出爲江州刺史。開成元年（八三六）四月，以太子賓客分司東都，遷河南尹。二年（八三七）五月，李固言入相，召珏復爲户部侍郎判本司事。三年（八三八），楊嗣復輔政，薦珏以本官同平章事。珏與固言、嗣復相善，自固言得位，相繼援引居大政，以傾鄭覃、陳夷行、李德裕三人，凡有奏議，必以朋黨爲謀，屢爲覃所廷折。」此詩正送李珏還朝，即李固言援之入相之際也。其人亦牛、李黨中人物，禹錫臭味不同，特曾同分司，不得不與之周旋耳，餘詳本集卷二十二奉和吏部楊尚書太常李卿二相公策免後即事書懷詩。會昌中李德裕秉政，珏被逐，大中時復起，則禹錫不及見矣。

送蘄州李郎中赴任

楚關蘄水路非賖，東望雲山日夕佳。薤葉照人呈夏簟，松花滿盌試新茶。樓中飲興因明月，江上詩情爲晚霞。北地交親長引領，早將玄鬢到京華。

【校】

〔楚關〕全唐詩關下注云：一作門。

〔飲興〕英華作餘興，注云：集作酒非，殊不可解。

〔玄鬢〕畿本玄作亢，誤。

【箋證】

按：李郎中謂李播。唐詩紀事四七：「播登元和進士第，以郎中典蘄州，有李生攜詩謁之，播曰：此吾未第時行卷也。李曰：頃於京師書肆百錢得此，遊江淮間二十餘年矣。欲幸見惠。播遂與之，因問何往。曰：江陵謁盧尚書。播曰：公又錯也。盧是某親表。李慚悚失次，進曰：誠若郎中之言，與荆南表丈一時乞取。再拜而出。」（江陵謁盧尚書句下疑有脱誤，語意未完）此節笑柄寫唐時游士落拓江湖、到處干謁之醜。禹錫集中贈人之作，亦難免此輩溷於其中也。至李播似亦能詩者，此詩「江上詩情」之句亦非泛語，白居易贈李詩亦云：「席上何人解和詩。」又云：「動筆詩傳鮑謝風。」（見附録）又按：岑仲勉唐人行第録云：李商隱集有爲汝南公（錢振倫説當作濮陽公）與蘄州李郎中狀。至謂唐語林二有吴郡守李穰，不知即其人否，則非也。張采田玉溪生年譜會箋繫於開成五年（八四〇），時亦差合。蓋白居易集亦有送蘄州李使君赴任詩，編次約當開成三年（八三八），與禹錫此詩自是同時之作。

又按：前人之評此詩者，顧嗣立寒廳詩話云：「作詩用故實以不露痕迹爲高，昔人所謂使事如不使也。劉賓客明月、晚霞一聯，一用庾亮，一用謝脁，讀之使人不覺。」考李商隱中元詩：「曾省驚眠聞雨過，不知迷路爲花開。」馮浩注引徐逢源説謂暗用高唐、天台二事。顧、徐二氏之説皆甚確。此亦商隱傳禹錫詩法之一證。

〔蘄葉照人呈夏簟〕白居易亦有寄李蘄州詩有句云：「笛愁春盡梅花裏，簟冷秋生蘄葉中。」自注：「蘄州出好笛及蘄葉簟。」又寄蘄簟與元九詩云：「笛竹出蘄春，霜刀劈翠筠。織成雙鎖簟，寄與獨眠人。」韓愈鄭羣贈簟詩云：「蘄州笛竹天下知，鄭君所寶尤瓌奇。攜來當晝不得卧，一府争看黄琉璃。」足徵唐人盛稱蘄州出簟。餘見本集卷二十五武昌老人説笛歌。

附録一　白居易　送蘄春李十九使君赴任

可憐官職好文詞，五十專城未是遲。曉日鏡前無白髮，春風門外有紅旗。郡中何處堪攜酒，席上何人解和詩？唯共交親開口笑，知君不及洛陽時。（按：可證禹錫贈李之詩乃與居易同作，故語意相似。其時當在開成三年（八三八），據白集之編次可知。白、劉二人亦同在洛陽也。）

附録二　白居易　寄李蘄州

下車書奏龔黄課，動筆詩傳鮑謝風。江郡謳謡誇杜母，洛城歡會憶車公。笛愁春盡梅花裏，簟冷秋生薤葉中。不道蘄州歌酒少，使君難稱與誰同？

洛中春末送杜録事赴蘄州

尊前花下長相見，明日忽爲千里人。君過午橋回首望，洛城猶自有殘春。

【校】

〔洛城〕全唐詩城下注云：一作陽。

【箋證】

按：此詩在前詩之次，杜録事雖未詳何人，必與李播偕赴蘄州無疑。蓋在開成三年（八三八）之春末。

夜宴福建盧常侍宅因送之鎮

暫駐旌旗洛水隄，綺筵紅燭醉蘭閨。美人美酒長相逐，莫怕猿聲發建溪。

【校】

〔題〕常侍，結一本作侍御，誤，當依紹本、崇本改。畿本作侍御而注云：一作侍郎，又作常侍，全唐詩作侍郎，注云：一作常侍。按：既云送之鎮，則必非幕職，不得猶帶侍御，觀察使帶常侍，方於例合。

【箋證】

按：盧常侍謂盧貞。全唐詩小傳云：盧貞，字子蒙，官河南尹，開成中爲大理卿，終福建觀察使。所敘似微誤。文宗紀：開成四年（八三九）閏正月丙午，以大理卿盧貞爲福建觀察使。此詩云：「暫駐旌旗洛水隄」，即貞出長安途經洛陽之時。禹錫方爲賓客分司。據白居易詩自注：「會昌五年（八四五）三月二十一日，於白家履道宅同宴，河南尹盧貞以年未七十，雖與會而未及列。」則其官河南尹尚在官福建觀察使之後也。貞之前任爲司農卿李玘，以諫官論劾，乃改命。

附録　盧貞　和劉夢得歲暮懷友詩

文翰走天下，琴尊卧洛陽。貞元朝士盡，新歲一悲涼。名早緣才大，官遲爲壽長。時來知病已，莫歎步趨妨。（按子劉子自傳云：後被足疾，改太子賓客分司東都。故盧詩有莫歎步趨妨之句。據此亦可知禹錫與貞常有往還也。）

洛中送崔司業使君扶侍赴唐州

緑野方城路，殘春柳絮飛。風鳴驌驦馬，日照老萊衣。洛苑魚書至，江村雁户歸。相思望淮水，雙鯉不應稀。

【校】

〔方城〕纖本方下注云：一作芳。按：方城即唐州屬縣，作芳者非。

【注】

〔驌驦〕左傳定三年：「唐成公如楚，有兩驌驦馬，子常欲之，弗與。亦三年止之。唐人或相與謀，竊馬而獻之子常，子常歸唐侯。」此用唐之故典也。

【箋證】

按：崔司業待考。白居易有送唐州崔使君侍親赴任詩云：「連持使節歷專城，獨賞崔侯慶最榮。烏府一抛霜簡去，朱輪四從板輿行。發時正許沙鷗送，到日方乘竹馬迎。唯慮郡齋賓友少，數盃春酒共誰傾？」時地皆合，必與禹錫同賦。

送河南皇甫少尹赴絳州

祖帳臨周道，前旌指晉城。午橋羣吏散，亥字老人迎。詩酒同行樂，别離方見情。從茲洛陽社，吟詠欠書生。

【校】

〔同行〕畿本、全唐詩均注云：一作每同，崇本與一作同，似較勝。明鈔本作美同。

〔欠書生〕全唐詩欠作屬。

【箋證】

按：皇甫少尹謂皇甫曙。唐詩紀事五二云：「曙，元和十一年（八一六），中書舍人李逢吉下登第。」白居易醉吟先生傳中之皇甫朗之，即其人也。白居易有皇甫郎中親家翁赴任絳州宴送出城詩云：「慕賢入室交先定，結援通家好復成。新婦不嫌貧活計，嬌孫同慰老心情。洛橋歌酒今朝散，絳路風煙幾日行？欲識離羣相戀意，爲君扶病出都城。」禹錫與曙相稔，殆亦因居易之故，故於其出任絳州時，同作詩送之。據白集之編次，與前一首皆當在開成五年（八四〇）之春。

送前進士蔡京赴學究科 時舊相楊尚書掌選。

耳聞戰鼓帶經鋤，振發名聲自里閭。已是世間能賦客，更攻窗下絶編書。朱門達者誰能識？絳帳書生盡不如。幸遇天官舊丞相，知君無翼上空虚。

【校】

〔題〕題下原注：「時舊相楊尚書掌選。」畿本於舊相下注云：一作崔相公；崇本、全唐詩與一作同。按：於唐制不合，當以作舊相爲是。

〔名聲〕全唐詩二字乙。

〔書生〕紹本書作諸。

【箋證】

按：蔡京事跡見唐詩紀事四九，云：「邕州蔡大夫京者，故令狐文公楚鎮滑臺日，於僧中見，曰：此童眉目疏秀，進退不懾，惜其單幼，可以勸學乎？師從之，乃得陪學於相國子弟，後以進士舉上第，尋又學究登科，作尉畿服。既爲御史，覆獄淮南，李相紳憂悸而卒，頗得繡衣之稱。謫居澧州，爲厲員外玄所辱，稍遷撫州刺史，以辭氣自負。……劉夢得有送前進士蔡京赴學究科詩云：已是世間能賦客，更攻窗下絶編書。又云：幸遇天官舊丞相，知君無翼上空虚。蓋欲薦之時相也。京以進士舉登學究科，時爲（謂）好及第，惡科名，有錦上披簑之誚焉。（按：進士學究同爲科目，而唐人專以進士爲重。以進士必長於文采，而學究止抱一經，應此科者多朴拙無能之人，故以爲戲。）令狐文公在天平後堂宴樂，京時在坐，故義山詩云：白足禪僧思敗道，青袍御史擬休官。謂京曾爲僧也。或云：咸通中爲廣西節度，褊忮貪克，峻條令，爲炮熏刳斮法。御下慘毒，爲軍中所逐，後貶死。」禹錫自注云：「時舊相楊尚書掌選。」一本作崔相公，楊尚書當謂楊嗣復，崔相公當謂崔羣。羣之兼吏部尚書在大和五年（八三一）似太早，楊嗣復則在開成五年（八四〇），而爲時甚短。見本集卷二十二奉和吏部尚書太常李卿二相公策免後即事述懷詩。姑存疑俟考。

送唐舍人出鎮閩中

暫辭鴛鷺出蓬瀛，忽擁貔貅鎮粤城。閩嶺夏雲迎皁蓋，建溪秋樹映紅旌。山川遠地由來好，富貴當年别有情。了卻人間婚嫁事，復歸朝右作公卿。

【校】

〔朝右〕全唐詩右下注云：一作闕。

【箋證】

按：唐舍人謂唐扶，舊唐書一九〇下唐次傳：「子扶，元和五年（八一〇）進士登第，累佐使府，入朝爲監察御史，出爲刺史。大和初入朝爲屯田郎中。五年（八三一），充山南道宣撫使，……俄轉司勳郎中。八年（八三四），充弘文館學士判院事。九年（八三五），轉職方郎中，權知中書舍人事。（按：此蓋知制誥之别稱。）開成初，正拜舍人，踰月，授福州刺史、御史中丞、福建觀察使。……扶佐幕立事，登朝有名，及廉問甌閩，政事不治。身殁之後，僕妾争財，詣闕論訴，法司按劾，其家財十萬歸於二妾。又嘗枉殺部人，爲其家所訴，行己前後不類，時論非之。」則此詩所謂「富貴當年别有情」者，殆微詞也。唐人言當年，即正當盛時之意，如「芳桂當年折一枝」，「當年紫綬榮」，皆是。餘參見本集卷二十五唐郎中宅詩。

又按：文宗紀，開成元年（八三六）五月丁巳，以中書舍人唐扶爲福建觀察使。開成四年卒於鎮，其繼任者即盧貞也。其奉詔赴鎮蓋在元年（八三六）夏秋之間，故此詩有「閩嶺夏雲」、「建溪秋樹」之句。

送盧處士歸嵩山别業

世業嵩山隱，雲深無四鄰。藥爐燒姹女，酒甕貯賢人。曉日華陰霧，秋風函谷塵。送君從此去，鈴閣少談賓。

【校】

〔嵩山〕全唐詩注云：一作陽，英華與一作同。

〔曉日〕全唐詩曉作晚，注云：一作曉。

【注】

〔賢人〕三國志魏書徐邈傳：時科禁酒，而邈私飲至於沈醉。校事趙達問以曹事，邈曰：「中聖人。」達白之太祖，太祖甚怒。度遼將軍鮮于輔進曰：「平日醉客謂酒清者爲聖人，濁者爲賢人，邈性脩慎，偶醉言耳。」竟坐得免刑。

〔華陰霧〕御覽一五引謝承後漢書：河南張楷字公超，性好道術，能作五里霧於華陰。

【箋證】

按：盧處士待考。據詩中「鈴閣少談賓」一語，似爲開成二年（八三七）以前裴度任東都留守時之門客，故禹錫以度之故，爲詩以應酬之。「世業嵩山隱」，指盧鴻一開元以前隱於嵩山也。鴻一新唐書作鴻，均見隱逸傳。

送李友路秀才赴舉

誰憐相門子，不語望秋山。生長綺紈内，辛勤筆硯間。榮親在名字，好學棄官班。佇俟明年桂，高堂開笑顔。

【校】

〔綺紈〕紹本、崇本二字乙。

〔桂〕全唐詩注云：一作社。

【箋證】

按：宰相世系表無李友路之名，此詩有「誰憐相門子」之語，不知爲宰相何人之子。

送國子令狐博士赴興元覲省

相門才子高陽族，學省清資五品官。諫院過時榮棣萼，謝庭歸去踢芝蘭。山頭花帶煙嵐晚，棧底江涵雪水寒。伯仲到家人盡賀，柳營蓮府遞相歡。

【校】

〔學省〕全唐詩學下注云：一作才。

〔山頭〕崇本、全唐詩頭均作中。

〔煙嵐晚〕全唐詩嵐下注云：一作霞，晚作曉。

〔江涵〕崇本涵作含。

〔伯仲〕英華仲作虎。

【箋證】

按：令狐博士當謂令狐緒。據令狐楚傳，楚二子，緒、綯，緒以蔭授官，歷隨、壽、汝三州刺史。國子博士似即緒所曾歷之官。緰則據傳未嘗爲博士。此詩題云赴興元覲省，則必在開成元、二年（八三六、八三七）楚爲山南西道節度使時，楚之卒即在二年。傳云，緰丁父喪，服闋授左拾遺，尋改左補闕。斷無自博士下遷遺補之理，自非指緰。

〔諫院〕苕溪漁隱叢話後集：「文昌雜録云：唐諫議大夫拾遺補闕在左右省，而劉禹錫送令狐博士詩云諫院過時榮棣蕚，已有諫院之名，何哉？按會要：貞元中，薛元輿爲諫議大夫，奏云：諫官所上封章，事皆機密，每進一封，兩省印置署，凡有封奏，人且先知，請別鑄諫院印，庶無漏洩。乃知諫院之名舊矣。」

送李二十九兄員外赴邠寧使幕

家襲韋平身業文，素風清白至今貧。南宮通籍新郎吏，西候從戎舊主人。城外草黄秋有雪，烽頭烟静虜無塵。鼎門爲別霜天晚，賸把離觴三五巡。

【校】

〔身業文〕全唐詩身下注云：一作生。

〔西候〕畿本、全唐詩候下均注云：一作族。按：此用漢書「東南一尉，西北一候」語，作族似非。

〔烽頭〕明鈔本烽作峰。按：唐人以烽臺爲烽，不當作峰。

〔煙静〕明鈔本静作雨，誤。

【箋證】

按：李二十九待考。據首聯「家襲韋平身業文，素風清白至今貧」之語，甚似即前詩之李友路秀才。惟此詩云鼎門爲別，鼎門指洛陽，則是禹錫開成中在洛陽時，其時鎮邠寧者爲李用、李直臣。

送分司陳郎中祗召直史館重修三聖實録

蟬鳴官樹引行車，言自成周赴玉除。遠取南朝貴公子，重脩東觀帝王書。常時載筆窺金匱，暇日登樓到石渠。若問舊人劉子政，如今頭白在商於。

【校】

〔題〕崇本無三聖二字。

〔帝王書〕全唐詩王下注云：一作皇。

〔頭白在商於〕全唐詩作白首在南徐，注云：一作頭白在商於。按：禹錫晚年未嘗至潤州，在商於者，謂爲賓客分司也，必校者不解商於之義而臆改致誤。

【注】

〔三聖〕當指順、憲、穆三宗。

〔東觀〕後漢書安帝紀：詔謁者劉珍及五經博士，校定東觀五經、諸子、傳記、百家藝術，整齊脱誤，是正文字。

【箋證】

按：陳郎中待考。武宗紀：會昌元年（八四一）四月辛丑，勅憲宗實録舊本未備，宜令史官重修進内。疑陳即緣此直史館。此詩首句有「蟬鳴官樹」語，亦切夏令。若然，則距禹錫之卒僅一年矣。是時禹錫檢校禮部尚書兼太子賓客，故有「頭白在商於」之語，商於以商皓爲比也。禹錫曾爲集賢殿學士，故有「常時載筆」等語，而以舊人自稱。其時距禹錫大和初直集賢時已十餘年，語氣甚合。

又按：黄徹䂬溪詩話云：「老杜：卿到朝廷説老翁，漂零已是滄浪客。又：朝覲從容問幽仄，勿云江漢有垂綸。其後夢得送陳郎中云：若問舊人劉子政，而今頭白在商於。送惠休則云：休公久别如相問，楚客逢秋心更悲。」此謂禹錫詩有源出杜詩者。送惠休當作送慧則，見本集卷二十九。

送李中丞赴楚州

緹騎朱旗入楚城，士林皆賀振家聲。兒童但喜迎賢守，故吏猶應記小名。萬頃水田連郭秀，四時煙月映淮清。憶君初得崑山玉，同向揚州攜手行。

【校】

〔小名〕全唐詩小作姓，注云：一作小。

【箋證】

按：李中丞謂李德修，吉甫之子，德裕之兄，新唐書一四六李栖筠傳後附其事，云：「子德修亦有志操，寶曆中爲膳部員外郎，張仲方（按：即駁吉甫謚者）入爲諫議大夫，德修不欲同朝，出爲舒、湖、楚三州刺史，卒。」據楚州金石録，唐楚州官屬題名幢：使太中大夫使持節楚州諸軍事楚州刺史，充本州團練使、淮南營田副使、上柱國、襲趙國公食邑三千户、賜紫金魚袋李德修，大和五年（八三一）四月十九日授。則禹錫是時爲郎官學士，尚未除蘇州刺史。觀末句知二人早年曾同往淮南，德修似亦曾舉進士。至「故吏猶應記小名」指吉甫曾鎮淮南，楚州爲淮南巡屬也。「萬頃水田連郭秀」，指楚州有營田，詳見本集卷十二論廢楚州營田表。

送李庚先輩赴選

一家何啻十朱輪？諸父雙飛秉大鈞。曾脱素衣參幕客，卻爲精舍讀書人。離筵洛水侵杯色，征路函關向晚塵。今日山翁舊賓主，知君不負帝城春。

【校】

〔山翁舊賓主〕紹本、崇本、英華、全唐詩翁均作公，畿本、全唐詩主字下均注云：一作山居賓主話，似非。

【注】

〔精舍〕後漢書黨錮傳，劉淑少學，明五經，遂隱居，立精舍講授，諸生常數百人。

【箋證】

按：李庚待考，據「諸父雙飛秉大鈞」之句，或是指李絳、李珏，據世系表皆東祖房也。岑仲勉續貞石證史謂指李程、李石，亦近是。山翁喻吏部尚書，疑是楊嗣復，此詩似在開成、會昌之間。稱先輩者，唐音癸籤云：「先輩原以稱及第者，觀諸家詩集中題有下第獻新先輩詩，可見後乃以爲應試舉子通稱。」

送廖參謀東遊二首

九陌逢君又別離，行雲別鶴本無期。望嵩樓上忽相見，看過花開花落時。

繁花落盡君辭去，緑草垂楊引征路。東道諸侯皆故人，留連必是多情處。

【校】

〔望嵩〕崇本嵩作高，非。

【箋證】

按：廖參謀已見本集卷二十四。卞孝萱劉禹錫年譜引尚野望嵩樓記：「汝郡多佳山水，嵩高不遠百里，得天地中和之氣爲多，公廨後圃舊有望嵩樓……讀劉禹錫詩有望嵩樓上忽相見之句，相傳建自唐，然究莫知其詳也。」據此，詩當作於禹錫任汝州刺史時。禹錫蓋先在洛陽與相識，故云「九陌逢君又别離」也。

送從弟郎中赴浙西　并引

從弟三復十餘年間凡三爲浙右從事，往年主公入相，薦敭登朝，中復從事鎮南未幾而罷。昨以尚書外郎奉使至洛，旋承新命，改轅而東，三從公皆舊地。徵諸故事，敻無其倫。故賦詩贈之，亦志異也。

銜命出尚書，新恩换使車。漢庭無右者，梁苑重歸歟。又食建業水，曾依京口居。劉前軍傳云：本莒人，世家京口。共經何限事，賓主兩如初。

【校】

〔從事鎮南〕紹本、崇本、全唐詩事均作公，鎮南誤，恐當作鎮海，浙西爲鎮海軍節度。

〔舊地〕紹本、崇本、全唐詩舊上均有在字。

〔前軍〕崇本前作將，非。

〔何限〕結一本限作恨，誤。崇本何作無。

【箋證】

按：劉三復事見舊唐書一七七劉鄴傳，云：「父三復，聰敏絶人，幼善屬文。少孤貧，母有廢疾，三復丐食供養，不離左右，久之不遂鄉賦。長慶中，李德裕拜浙西觀察使。三復以德裕禁密大臣，以所業文詣郡干謁，德裕閲其文，倒屣迎之，乃辟爲從事，管記室，母亡哀毁，殆不勝喪。德裕三爲浙西，凡十年，三復皆從之。汝州刺史劉禹錫以宗人遇之，深重其才，嘗爲詩贈三復，……」即取此詩之小引，所引文字小異，蓋經翦裁耳。傳又云：「又從德裕歷滑臺、西蜀、揚州，累遷御史中丞。會昌中，德裕用事，自諫議、給事拜刑部侍郎，弘文館學士判館事。……未幾病卒。」北夢瑣言復詳記之云：「唐大和中，李德裕鎮浙西，有劉三復者，少貧苦學，有才思，時中人賫御書至，以賜德裕。德裕試其所爲，謂曰：子可爲我草表，能立就，或歸以創之。三復曰：文理貴中，不貴其速。德裕以爲當言。三復又請曰：漁歌樵唱，皆傳公述作，願以文集見示，德裕出數軸與之，三復乃體而爲表，德裕嘉之，因遣詣闕求試，果登第，歷任臺閣。……其子鄴，勅賜及第，登廊廟，上表雪德裕，以朱崖神櫬歸葬洛中。」至唐人與三復往還之詩甚多，兹不備録。

劉禹錫集箋證卷第二十九

送僧二十四首

贈別君素上人 并引

曩予習禮之中庸，至不勉而中，不思而得，懜然知聖人之德，學以至于無學。然而斯言也，猶示行者以室廬之奥耳。求其經術而布武未易得也。晚讀佛書見大雄念物之普，級寶山而梯之。高揭慧火，巧鎔惡見，廣疏便門，旁束邪徑。其所證入，如舟泝川，未始念於前而日遠矣。夫何勉而思之邪？是余知突奥於中庸，啓鍵關於内典。會而歸之，猶初心也。不知予者謂予困而後援佛，謂道有二焉。夫悟不因人，在心而已。其證也，猶喑人之享太牢，信知其味而不能形於言以聞于耳也。口耳之間兼寸耳，尚不可使聞。他人之不吾知，宜矣。開士君素偶得予於所親，一麻棲草，千里來訪。素以道眼視予，予以所視視之，不由陛級，攜手智地。居數日，告有得而行，乃爲詩以見志云。

窮巷唯秋草，高僧獨扣門。相歡如舊識，問法到無言。水爲風生浪，珠非塵可昏。去來皆是道，此別不銷魂。

【校】

〔題〕明鈔本人下有詩字。

〔經術〕紹本、崇本、全唐詩經均作徑。

〔泝川〕紹本、崇本、明鈔本、全唐詩泝均作沿。

〔予困〕崇本困作因，似非。

〔聞于〕崇本聞下注去字。

〔所視視之〕明鈔本無下視字。

〔陛級〕結一本陛作陞，誤。

〔爲風〕全唐詩爲下注云：一作與。

〔去來〕全唐詩去作悟，注云：一作去。

【注】

〔上人〕釋氏要覽：十誦律云：有四種，一麄人，二濁人，三中間人，四上人。瓶沙王呼佛弟子爲上人。古師云：内有智德，外有勝行，在人之上，名上人。

〔開士〕玄應音義：「開士謂以法開導之士，或言菩薩是也。」釋氏要覽：「經中多呼菩薩爲開士。」前秦苻堅賜沙門有德解者號開士。

〔一麻〕按佛在雪山修道，苦行六年，日食一麻一米，見因果經。

【箋證】

按：此詩在禹錫集中贈僧諸篇居首，揭明其融儒入佛之由來。據千里來訪及窮巷秋草等語，自是謫朗州時作。以下諸篇大抵皆同。

又按：前人之評此詩者，黄徹䂬溪詩話云：「夢得云：去來皆是道，此別不銷魂。坡云：古今正自同，歲月何必書？此等語皆通徹無礙，釋氏所謂具眼也。」

送深法師遊南岳 上人本在資聖寺。

師在白雲鄉，名登善法堂。十方傳句偈，八部會壇場。飛錫無定所，寶書留舊房。唯應銜草雁，相送至衡陽。

【校】

〔題〕題下原注：上人本在資聖寺，崇本、明鈔本、全唐詩在均作住。

〔名登〕全唐詩登下注云：一作高，英華與一作同。

〔銜草〕纖本、全唐詩草均作果，全唐詩注云：一作草。按，銜草即銜蘆，雁銜蘆以避矰徼，相送至衡陽，以衡山有迴雁峯也，作果似非。

【注】

〔八部〕法華經鈔：世尊於靈山會上爲大衆説經，天龍八部，咸悉歡喜。

〔飛錫〕文選孫倬遊天台山賦：應真飛錫而躡虚。李周翰注：應真，得真道之人，執錫杖而行於虚空，故云飛也。

廣宣上人寄在蜀與韋令公唱和詩卷因以令公手札答詩示之

碧雲佳句久傳芳，曾向成都住草堂。振錫常過長者宅，披文猶帶令公香。一時風景添詩思，八部人天入道場。若許相期同結社，吾家本自有柴桑。

【校】

〔題〕崇本示之作相示，是。

〔長者〕明鈔本者作老。

〔披文〕纖本文下注云：一作衣，全唐詩與一作同，注云：一作文。

〔自有〕唐詩紀事上句社作舍，有作近。按：吾家本自有柴桑，謂白蓮社中之劉遺民也，見下篇，以作有者爲是。

【注】

〔碧雲〕文選江淹雜體擬休上人詩：日暮碧雲合，佳人殊未來。

〔長者〕法華玄贊云：心平性直，語實行敦，齒邁財盈，名爲長者。

【箋證】

按：本集卷二十四之宣上人遠寄賀禮部王侍郎放榜後詩，即此廣宣。韋令公謂韋皋。唐詩紀事七二：「廣宣會昌間有詩名，與劉夢得最善。……退之有廣宣上人頻見過詩云：三百六旬長擾擾，不衝風雨即塵埃。久慚朝士無裨補，空愧高僧數往來。學道窮年何所得？吟詩竟日未能回。天寒古寺遊人少，紅葉窗前有幾堆。……宣以應制詩示樂天，時詔許上人居安國寺紅樓，以詩供奉。樂天有詩云：道林談論惠休詩，一到人天便作師。香積筵承紫泥詔，昭陽歌唱碧雲詞。紅樓許住請銀鑰，翠輦陪行踏玉墀。惆悵甘泉頻侍從，與君先後不同時。李益贈宣大師云：一國沙彌獨解詩，人人道勝惠休師。先皇詔下徵還日，今上龍飛入内時。看月憶來松寺宿，尋花思作杏溪期。論因佛地求心地，祇説常吟是住持。」當時文士與廣宣往還者不少，其廣通聲氣、追逐勢利，亦可想見。唐兩京城坊考三：「大安國寺有紅樓，睿宗在藩時舞榭，元和中，廣宣上人住此院，有詩名。時號爲紅樓集。」至紀事所云會昌中有詩名，乃沿摭言之誤，以賀王起詩觀之，會昌當作長慶，所與往還諸人亦罕能及會昌者。所謂「先皇詔下」，必指憲宗，「今上龍飛」，則穆宗也。且廣宣既曾遊蜀見韋臯，及長慶時亦三十餘年矣。禹錫此詩未敢定其爲何時，要以在朗州時爲近似。

送僧仲剬東遊兼寄呈靈澈上人

釋子道成神氣閑，住持曾上清涼山。晴空禮拜見真像，金毛玉髻卿雲間。西遊長安隸僧籍，本寺門前曲江碧。松間白月照寶書，竹下香泉灑瑶席。前時學得經論成，奔馳象馬開禪扃。高筵談柄一麾拂，講下聽從如醉醒。舊聞南方多長老，次第來入荆門道。荆州本自重彌天，南朝塔廟猶依然。宴坐東陽枯樹下，經行居止故臺邊。忽憶遺民社中客，爲我衡陽駐飛錫。講罷同尋相鶴經，閒來共蠟登山屐。一旦揚眉望沃州，自言王謝許同遊。憑將雜擬三十首，寄與江南湯惠休。

【校】

〔晴空〕畿本、全唐詩均注云：一作清室。

〔玉髻〕紹本、崇本玉均作五。全唐詩作五，注云：一作玉。

〔長安〕全唐詩安下注云：一作樂。

〔本寺〕中山集寺作是。

〔聽從〕紹本、崇本、中山集均作聽徒，英華、全唐詩作門徒。

〔長老〕全唐詩長下注云：一作禪，英華與一作同。

〔彌天〕英華、全唐詩彌均作諸。按：晉書習鑿齒傳：「桑門釋道安俊辯有高才，自北至荆州，與鑿齒初相見，曰彌天釋道安，鑿齒曰四海習鑿齒，時人以爲名對。」所謂荆州本自重彌天指此，諸天必校者不識彌天之義而臆改。

〔居止〕崇本止作此。全唐詩注云：一作此。按：疑當作居士，已云宴坐經行，不當更云居止也。

〔許同〕全唐詩許下注云：一作與，崇本與一作同。

【注】

〔清涼山〕華嚴經菩薩住處品云：東北有處，名清涼山，從昔以來，諸菩薩衆於中止住，現有菩薩名文殊師利，與其眷屬諸菩薩衆一萬人俱，常在其中而演説法。華嚴經疏云：清涼山者即代州鴈門郡五臺山也，以歲積堅冰，夏仍飛雪，曾無炎暑，故名清涼。今按詩意只是借用，非必實指五臺之清涼山也。

〔經論〕佛教以經、律、論爲三藏，經説定學，律説戒學，論説慧學，經爲修多羅藏，論爲阿毗達磨藏，經論皆闡明教義者，故獨舉此以禰説法之僧。

〔遺民〕宋書卷九三周續之傳：入廬山事沙門釋慧遠，時彭城劉遺民遁迹廬山，陶淵明亦不應徵命，謂之尋陽三隱。

〔相鶴經〕文選鮑照舞鶴賦李善注：相鶴經者，出自浮丘公，公以自授王子晉。崔文子者，學仙於子晉，得其文藏於嵩高山石室，乃淮南八公採藥得之，遂傳於世。

〔慧休〕南史顔延之傳：每薄湯慧休詩，謂人曰：「慧休制作，委巷中歌謡耳。」鍾嶸詩品：惠休淫靡，情過其才，世遂匹之鮑照。

【箋證】

按：靈澈已見本集卷十九澈上人文集紀。全唐詩小傳：「靈澈，字源澄，姓湯氏，會稽人，雲門寺律僧也。少從嚴維學爲詩，後至吴興，與僧皎然遊。貞元中，皎然薦之包佶，又薦之李紓，名振輦下，緇流嫉之，造飛語激中貴人，貶徙汀州，會赦歸鄉。」大致即據禹錫之文。禹錫於詩，與靈澈頗相契。自童幼相識，老而不忘。江淹雜體三十首，末一首擬惠休，禹錫以江自比，而以惠休比靈澈，惠休與靈澈皆姓湯，可謂精切。此詩雖不詳作於何時，而據「忽憶遺民社中客，爲我衡陽駐飛錫」之句，疑指吕温方爲衡州刺史，温刺衡州在元和六年（八一一）、七年（八一二）卒，故當在此時。禹錫仍在朗州也。

又按：此詩仍是大曆格調，而加以開闔動盪，是禹錫中年在朗州時獨造之境，後此李商隱亦頗取之。

送僧元暠南遊 并引

予策名二十年，百慮而無一得。然後知世所謂道無非畏途。唯出世間法可盡心耳。繇是在席硯者多旁行四句之書，備將迎者皆赤頿白足之侣。深入智地，静通道源。客塵觀盡，妙氣來宅。内視胸中，猶煎鍊然。開士元暠姓陶氏，本丹陽名家。世有人爵，不藉其資。於毗尼禪那極細密之義，於初中後日習總持之門。妙音奮迅，願力昭答。雅聞予事佛而佞，亟來相從。或問師隳形之自，對曰：「小失怙恃，推棘心以求上乘，積四十年有羸，老將至而不懈。始悲浚泉之有冽，今痛防墓之未遷。塗芻莫備，薪火恐滅。諸相皆離，此心長懸。雖萬性歸佛，盡爲釋種，如河入海，無復水名，然具一切智者，豈遺百行？求無量義者，寧容斷思？今聞南諸侯雅多大士，思扣以苦調而希其末光，無容至前，有足悲者。予聞是説已，力不足而悲有餘。因爲詩以送之，庶乎踐霜露者聆之有惻。」

寶書翻譯學初成，振錫如飛白足輕。彭澤因家凡幾世？靈山預會是前生。傳鐙已悟無爲理，濡露猶懷罔極情。從此多逢大居士，何人不願解珠瓔？

【校】

〔題〕明鈔本遊下有詩字。

〔席硯〕崇本二字乙。全唐詩硯下注云：一作觀。

〔深入〕紹本深作罙。

〔道源〕紹本、崇本、畿本、中山集、全唐詩道均作還。

〔名家〕紹本、崇本、中山集名均作居。

〔細密〕崇本、紹本、中山集密均作牢。

〔於初中〕紹本、崇本均無初字，畿本於下注云：一有初字。按：有初者是。

〔小失〕紹本、崇本小均作少。

〔有贏〕崇本有作餘，按：贏當作嬴，積四十年有嬴爲一句，有嬴謂有餘也。校者必誤以嬴字屬下讀，而改作嬴，不知語不可通矣。全唐詩作嬴。

〔萬性〕崇本性作姓。

〔豈遺〕全唐詩豈下有惟字。是。

〔容斷思〕全唐詩斷下有聞字。畿本斷下注云：一有聞字。按：作斷聞思者爲是，容字衍。

〔聆之〕全唐詩聆作聽，注云：一作聆。

〔有惻〕崇本下有云字。

〔已悟〕結一本已作以，誤。

【注】

〔旁行〕漢書西域傳：安息國臨嬀水，商賈車船行旁國，書革，旁行爲書記。

〔四句〕金剛經：若有善男子、善女人，發菩提心，特於此經，乃至四句偈，受持誦讀，爲人演説，其福勝彼。

〔赤頿〕高僧傳：佛陁耶舍爲人赤髭，善解毗婆沙，時人號曰赤髭毗邪沙。

〔白足〕高僧傳：釋曇始足白於面，雖跣涉泥水，未嘗沾濕，天下咸稱白足和尚。

〔毗尼〕毗婆羅論：善分别戒名爲毗尼。楞嚴經：嚴浄毗尼。按毗尼義譯即戒律之意。

〔禪那〕楞嚴經：得成菩提妙奢摩他禪那最初方便。按禪那亦稱禪定，爲六波羅蜜之一。

〔棘心〕詩邶風凱風：凱風自南，吹彼棘心。棘心夭夭，母氏劬勞。

〔上乘〕法華經：若諸菩薩，智慧堅固，了達三界，求最上乘。按：佛法有三乘，法華經云：三乘者，一曰聲聞乘，二曰緣覺乘，三曰菩薩乘。菩薩乘即大乘。初根人爲小乘，行四諦法；中根人爲中乘，受十二因緣；上根人爲大乘，則修六度。並見魏書釋老志。

〔浚泉〕詩邶風凱風：爰有寒泉，在浚之下。

〔防墓〕禮記檀弓：孔子既得合葬於防，曰：吾聞之，古也墓而不墳。今丘也，東西南北之人也，不可以弗識也。於是封之，崇四尺。孔子先反，門人後，雨甚至。孔子問曰：爾來何遲也？曰：防墓崩。

〔薪火〕莊子養生主：指窮於爲薪，火傳也。不知其盡也。

〔靈山〕傳燈録：釋迦在靈山會上，手拈一花示衆，迦葉見之，破顔微笑，世尊遂付以正法眼藏。

〔傳鐙〕大般若經：如來爲他宣説法要與諸法常不相違，諸佛弟子依所説法，精勤修學，證法實性，由是爲他有所宣説，皆與法性不相違，故佛所言，如燈傳照。

【箋證】

按：小引云「予策名二十年」，謂自貞元九年（七九三）至元和七八年（八一二、八一三）也。其與元暠交誼，見柳宗元送元暠師序：「中山劉禹錫，明信人也。不知人之實未嘗言，言未嘗不讎。元暠師居武陵有年數矣，與劉遊久且暱，持其詩與引而來，余視之，申申其言，勤勤其思，某爲知而言也信矣。余觀世之爲釋者，或不知其道，則去孝以爲達，遺情以貴虛。今元暠衣粗而食菲，病心而墨貌，以其先人之葬未返其土，無族屬以移其哀，行求仁者以冀終其心，勤而爲逸，遠而爲近，斯蓋釋之知道者歟！釋之書有大報恩十篇，咸言由孝而極其業，世之蕩誕慢訑者，雖爲其道而好違其書，於元暠師吾見其不違，且與儒合也。元暠，陶氏子，其上爲通侯，爲高士，爲儒先生，資其儒故不敢忘孝，跡其高故爲釋，承其侯故能與達者遊。其來而從吾也，觀其爲人益見劉之明且信，故又與之言，重敍其事。」宗元時在永州謫籍中，而禹錫謂此僧猶欲扣以苦調而希其末光，遊僧乞食之無聊可以概見。

送如智法師遊辰州兼寄許評事

前日過蕭寺，看師上講筵。都人禮白足，施者散金錢。方便無非教，經行不廢禪。還知習居士，發論待彌天。

【校】

〔題〕全唐詩作海門潮别浩初師。

〔還知〕全唐詩還下注云：一作遥。

〔待彌天〕全唐詩待作侍，注云：一作待。

【箋證】

按：此乃代如智向許評事作竿牘，詞意淺率，其人蓋不足道者，以下各篇亦多類此。

贈長沙讚頭陀

外道邪山千萬重，真言一發盡摧峯。有時明月無人夜，獨向昭潭制惡龍。

【注】

〔昭潭〕水經注：湘水逕昭山西，山下有旋泉，深不可測，故言昭潭，無底也。亦謂之湘州潭。

〔惡龍〕王維詩：薄暮空潭曲，安禪制毒龍。趙殿成注引涅槃經，但我住處有一毒龍，其性暴急，恐相危害。毒龍宜作妄心譬喻，猶所謂心馬情猴者。可以移詮此詩。

送慧則法師上都因呈廣宣上人 并引　師精浄名經。

佛示滅後，大弟子演聖言而成經，傳心印曰法，承法而能專曰宗，由宗而分教曰支，坐而攝化者，勝義皆空之宗也。行而宣教者，摧破邪山之支也。釋子慧則，生於像季，思濟劫濁，乃學於一支，開彼羣迷。以爲盡妙理者莫如法門，變凡夫者莫如佛土，悟無染者莫如散花。故業于浄名，深達實相。自京師涉漢沔，歷鄢郢，登衡湘，聽徒百千，耳感心化，法無住，道行而歸。顧予有社内之因，故言別之日，愛緣瞥起。時也秋盡，詠江淹雜擬以送之。前見宣上人，爲我多謝。

昨日東林看講時，都人象馬蹋瑠璃。雪山童子應前世；金粟如來是本師。一錫言歸九城路；三衣曾拂萬年枝。休公久別如相問，楚客逢秋心更悲。

【校】

〔題〕崇本、明鈔本、英華、全唐詩師下均有歸字，是。按：此必校者不知唐人稱長安爲上都而誤删。

〔曰支〕紹本、中山集支均作友，下同。崇本惟摧破邪山之支句作友。

〔劫濁〕畿本濁下注云：一作溺，全唐詩與一作同。

〔佛土〕紹本土作士。

〔衡湘〕紹本、崇本、畿本衡均作熊，畿本注云：一作衡。
〔多謝〕全唐詩多作致。
〔東林〕全唐詩林下注云：一作鄰。
〔象馬〕全唐詩象下注云：一作乘，英華與一作同。
〔三衣〕全唐詩衣下注云：一作年，英華與一作同，誤。

【注】

〔像季〕二字未詳，文選王簡棲頭陀寺碑云，正法既没，像教陵夷，似無據此稱像季之理，俟考。
〔散花〕維摩詰經時維摩詰室有一天女，見諸大人，聞所説法，便現其身，即以天花散諸菩薩大弟子上。花至諸菩薩，即皆墜落，至大弟子，便著不墜，一切弟子，神力去花，不能令去。
〔浄名〕浄名經義鈔：梵語維摩詰，此云浄名。按：浄者清浄無垢，名者聲名遠播也。
〔東林〕高僧傳：沙門慧永居在西林，與慧遠同門舊好，遂要同上，永謂刺史桓伊曰：遠公方當弘道，今徒屬已廣，而來者方多，貧道所棲褊狹，不足相處奈何？桓乃爲遠復於山東更立房殿，即東林是也。
〔雪山童子〕按佛入雪山修行，故謂佛爲雪山童子。釋氏要覽：智度論云：梵語鳩摩羅迦，秦言童子。
〔金粟如來〕浄名經義鈔：梵語維摩詰，此云浄名。般提之子，母名離垢，妻名金棫，男名善思，女名月上，過去成佛，號金粟如來。

〔三衣〕按圖覺經，一曰僧伽梨，即大衣也，二曰欝多羅僧，即七條也，三曰安陀會，即三條也。詩云：三衣曾拂萬年枝，謂慧則本自京師來，今復入京也。

【箋證】

按：此詩自是禹錫在朗州時所作，故有楚客逢秋之句。小引文格頗似李白，乃集中之又一體。

秋日過鴻舉法師寺院便送歸江陵 并引

梵言沙門，猶華言去欲也。能離欲則方寸地虛，虛而萬景入，入必有所泄，乃形乎詞。詞妙而深者，必依於聲律。故自近古而降，釋子以詩名聞於世者相踵焉。因定而得境，故翛然以清。由慧而遣詞，故粹然以麗。信禪林之蘤萼，而誡河之珠璣耳。初鴻舉學詩於荆郢間，私試竊詠，發於餘習。蓋榛楛之翠羽，弋者未之盼焉。今年至武陵，二千石始奇之，有起予之歎。以方袍親絳紗者十有餘句，繇是名稍聞而蓺愈變。閏八月，余步出城東門謁仁祠，而鴻舉在焉，與之言移時，因告以將去。且曰：「貧道雅聞東諸侯之工爲詩者莫若武陵，今幸承其話言，如得法印，寶山之下，宜有所持。豈徒衣裓之中衆花而已？」余聞是説，乃叩商而吟，成一章，章八句。郡守以坐嘯餘詠激清徵而應之，師其行乎！足以資一時中之學矣。

看畫長廊徧，尋僧一逕幽。小池兼鶴浄，古木帶蟬秋。客至茶煙起，禽歸講席收。浮杯明日去，相望水悠悠。

【校】

〔題〕明鈔本陵下有詩字。

〔寺院〕崇本無寺字。

〔翛然〕崇本翛作偹。

〔竊詠〕崇本竊作切。

〔發於〕崇本無於字。

〔盼焉〕紹本、畿本、全唐詩盼均作眄。

〔而吟〕崇本重而字，非，蓋當重吟字。

〔餘詠〕崇本無詠字。

〔時中〕崇本、全唐詩無中字，畿本注云：一無中字。

〔看畫〕畿本、全唐詩看下均注云：一作學。

【注】

〔沙門〕四十二章經：辭親出家，識心達本，解無爲法，名曰沙門。

〔仁祠〕釋門正統：精舍所踞，號曰仁祠。按：釋迦義譯爲能仁，故佛寺亦稱仁祠。

〔法印〕法華經譬喻品：我此法印，爲欲利益世間故説。

〔坐嘯〕後漢書黨錮傳：汝南太守宗資任功曹范滂，南陽太守成瑨亦委功曹岑晊。二郡爲謡曰：汝南太守范孟博，南陽宗資主畫諾，南陽太守岑公孝，弘農成瑨但坐嘯。

〔浮杯〕法苑珠林：西晉杯度嘗寄宿一家，家有金像，杯度晨興輒持而去。主人策馬追之，度自徐行，而騎走不及。及河，乘一小杯以渡孟津。因號曰杯渡。

【箋證】

按：此文中有「閏八月」一語，據憲宗紀，有閏八月者爲元和九年（八一四），其時禹錫亦將去朗州矣。所云二千石，即朗州刺史竇常。與本集卷二十四竇朗州見示與澧州元郎中早秋贈答命同作一詩是同時所作。然鴻舉自江陵至朗州，安得以朗州刺史爲東諸侯？殊不可解。詩意專從遊寺著筆，蓋亦於其人有所不足而勉强酬應者。

重送鴻舉赴江陵謁馬逢侍御

西北秋風彫蕙蘭，洞庭波上碧雲寒。茂陵才子江陵住，乞取新詩合掌看。

【校】

〔題〕絶句作送僧赴江陵謁馬逢侍御。

【箋證】

按：馬逢當是荆南節度使府之幕僚帶憲銜者。茂陵才子謂司馬相如，唐人常省稱司馬爲馬，然以司馬相如比馬逢，終未免牽强。鴻舉蓋猶以前詩爲未足，復乞一詩以爲竿牘，游僧之習氣如此。元稹集中有送東川馬逢侍御使回詩云：「風水荆門闊，文章蜀地豪。眼青賓禮至，眉白衆情高。……詞鋒倚天劍，學海駕雲濤。……旋吟新樂府，便續古離騷。」亦以能詩譽馬，與此詩語意相合。元詩編在貶江陵士曹時，蓋其人本在東川幕府而暫住江陵。

送僧方及南謁柳員外 并引

九江僧方及既出家，依匡山，一時中頗屬詩以攄思。古詩人曁今號爲能賦詩，有輒求其詞吟呻之，拳拳然多多益嗜。影不出山者十年。嘗登最高峯，四望天海，沖然有遠游之志。頓錫而言曰：神馳而形閡者，方内之徒。及吾無方，閡於何者？繇是耳得必目探之，意行必身隨之。雲遊鳥亾，無迹而遠。予爲連州，居無何而方及至，出裓中詩一篇以貺予，其詞甚富。留一歲，觀其行結矩如教，益多之。一旦以行日來告，且曰：「雅聞鳥味之下有賢諸侯，願躋其門，如蹈十地。敢乞詞以抵之。」予唯而賦，顧其有重請之色，起於顔間耳。

昔事廬山遠，精舍虎溪東。朝陽照瀑水，樓閣虹霓中。騁望羡游雲，振衣若秋蓬。舊房閉松月，遠思吟江風。古寺歷頭陀，奇峯攀祝融。南登小桂嶺，卻望歸塞鴻。衣裓貯文章，自言學雕蟲。搶榆念陵厲，覆簣圖穹崇。遠郡多暇日，有詩訪禪宮。石門崇峭絶，竹院含空濛。幽響滴巖溜，晴芳飄野叢。海雲懸颶母，山果屬狙公。忽憶吴興郡，白蘋正葱蘢。願言挹風采，邈若窺華嵩。桂水夏瀾急，火山宵燄紅。三衣濡菌露，一錫飛煙空。勿謂翻譯徒，不爲文雅雄。古來賞音者，樵爨得孤桐。

按狙公宜斥賦芧者，而越絶書有猿公，張衡賦南都有「猿父長嘯」之句，古文士又云玃父，繇是而言，謂猿爲父舊矣。

【校】

〔題〕明鈔本員外下有詩字。

〔賦詩〕各本均無詩字，結一本有，當删。

〔影不〕崇本影作願。

〔其詞〕崇本其上有視字。

〔行結〕崇本結作潔。

〔予唯〕崇本唯下有然字。

〔起於〕全唐詩起作見。

〔昔事〕全唐詩事下注云：一作日。
〔圖〕全唐詩注云：一作而。
〔有詩〕崇本詩作時。
〔崇峭〕紹本、崇本、中山集崇作聳。全唐詩作聳，注云：一作崇。
〔狙公〕全唐詩狙下注云：一作猨。
〔夏瀾〕明鈔本瀾作澗。
〔宵餤〕紹本宵作消，全唐詩注云：一作燒。
〔菌〕紹本、崇本、中山集均作菵。
〔南都〕按：此乃左思吴都賦語，南字誤。
〔父長嘯之句〕崇本作父哀吟。下無「古文士又云權父」七字。

【注】

〔十地〕楞嚴經，是善男子，於大菩提，善得通達，覺通如來，盡佛境界，名歡喜地。異性入同，同性亦滅，名離垢地。淨極明生，名發光地。明極覺滿，名餤慧地。一切同異，所不能至，名難勝地。無爲真如，性淨明露，名現前地。盡真如際，名遠行地。一真如心，名不動地。發真如用，名善慧地。是諸菩薩從此已往，修習畢功，功德圓滿，亦目此地。名修習位，慈陰妙雲，覆涅槃海，名法雲地。華嚴經：一切佛法，皆以十地爲本，十地究竟，修行成就，得一切智。

〔虎溪〕廬山記：惠遠居廬山東林寺，送客不過溪，過此，虎輒號鳴。一日，與陶潛、道士陸修静共話，不覺踰之，虎輒驟鳴，三人大笑而别，後建三笑亭。

〔颶母〕通雅：天文：颶言東西南北之風皆具也，春夏秋之交見斷虹狀，名颶母。

〔狙公〕莊子齊物論：狙公賦芧，曰：朝三而暮四。衆狙皆怒。曰：然則朝四而暮三。衆狙皆悦。名實未虧而喜怒爲用，亦因是也。

【箋證】

按：文中既云「予爲連州，居無何而方及至」，又云「留一歲」，則當爲元和十一年（八一六）所作。詩中自注，釋狙公即猿父，不指養狙之人，可見禹錫精於用字，下筆不苟。但陸德明經典釋文已引李曰：老狙也。説不始於禹錫。

贈日本僧智藏

浮杯萬里過滄溟，徧禮名山適性靈。深夜降龍潭水黑，新秋放鶴野田青。身無彼我那懷土？心會真如不讀經。爲問中華學道者，幾人雄猛得寧馨？

【校】

〔性靈〕英華、全唐詩俱作舊扃。

〔浮杯〕崇本浮作深。

【箋證】

按：此詩雖無時地可考，據編詩之次第及詩中遍禮名山一語，似是在連州時作。

〔寧馨〕馬永卿嬾真子云：「山濤見王衍曰：何物老嫗，生寧馨兒！寧作去聲，馨音亨，今南人尚言之，猶恁地也。宋前廢帝悖逆，太后怒，語侍者曰：將刀來剖我腹，那得生寧馨兒！此兩寧馨同爲一意。」丹鉛總録一五：「寧馨馨字，晉人以爲語助辭。王衍傳：何物老嫗，生寧馨兒！世説：劉真長語桓温曰：使君如馨地，寧或鬭戰求勝？王導與何次道語，舉手指地曰：正自爾馨！王朝之雪中詣王螭，持其臂，螭撥其手曰：冷如鬼手馨，强來捉人臂！劉惔譏殷浩曰：田舍兒强學人作爾馨語。合此觀之，其爲語辭了然。唐劉禹錫詩：幾人雄猛得寧馨，得晉人語意矣。」容齋隨筆四略同。翟灝通俗編則云：「容齋隨筆：寧馨字，晉宋間人語助耳。今吴人語多用寧馨爲問，猶言若何耳。王若虛雜辨：容齋引吴語爲證是矣，而云若何，則義未允。惟（城陽居士）桑榆雜録云：寧猶言如此，馨語助也。此得其當。按山濤謂王衍：何物老嫗，生寧馨兒！宋廢帝母王太后疾篤，怒帝不往視謂侍者取刀來，剺視我腹，那得生寧馨兒！南唐陳貺五十方娶，曰：僕少處山谷，莫預世事，不知衣裙下有寧馨事。詳審諸語，則雜録爲的是。……（今按以上爲翟氏略引王氏語，而又雜以己語，王氏原文見滹南遺老集三二。）又寧字應讀去聲如甯。張謂詩：家無阿堵物，門有寧馨兒。蘇軾詩：六朝人物（滹南遺老集人物作興廢）餘丘隴，空使英雄笑寧馨。可證。劉禹錫詩：爲問中華學道者，幾人雄猛得寧馨。恐誤。」翟氏之言如此，然王氏於劉詩則謂平仄雖殊，其義一也。較爲平允通達。前人辨寧馨二字者甚多，如吴曾漫録，已爲王氏所斥，不復録。要之，唐人於六朝語尚以時相接，語相通，不致誤用，不似宋人之多臆説。

贈眼醫婆羅門僧

三秋傷望遠，終日泣途窮。兩目今先暗，中年似老翁。看朱漸成碧，羞日不禁風。師有金篦術，如何爲發蒙？

【校】

〔望遠〕全唐詩作望眼，注云：一作遠望。

〔泣〕全唐詩作哭，注云：一作泣。

〔似老〕崇本似作已。

〔發蒙〕崇本蒙作矇。

【箋證】

按：隋書經籍志有西域名醫所集要方四卷，婆羅門諸仙藥方二十卷，婆羅門藥方五卷。知婆羅門醫術傳至中國久矣。龍樹菩薩藥方亦有論眼疾者。黄鶴注杜詩引法苑珠林：「後周張元，其祖失明，元讀經然燈，夢一翁以篦療之，後三日果痊。涅槃經：如目盲人爲治目，故造諸良醫，即以金篦刮其眼膜。」所謂金篦術，自是一種醫療法，而法苑珠林以迷信闌入之。據此詩之意，禹錫患眼在中年，當是在朗州時，後此未聞復有眼疾，蓋得此醫而竟愈矣。

海陽湖别浩初師 并引

瀟湘間無土山，無濁水，民乘是氣，往往清慧而文。長沙人浩初生既因地而清矣，故去葷洗慮，剔顛毛而壞其衣。居一都之殷，易與士會，得執外教，盡捐苛禮。自公侯守相，必賜其清閒。耳目灌注，習浮於性。而里中兒賢適與浩初比者，嬰冠帶，豢妻子，吏得以乘陵之。汩没天慧不得自奮，莫可望浩初之清光於侯門上坐，第自吟羡而已。浩初益自多其術，尤勇於近達者而歸之。往年之臨賀喧侍郎楊公，留歲餘，公遺以七言詩手筆於素。前年省柳儀曹於龍城，又爲賦三篇，皆章書。今復來連山，以前所得雙南金出於裓，亟請予賡之。按師爲詩頗清，而弈棊至第三品，二道皆足以取幸於士大夫，宜薰餘習以深入也。會吴郡以山水冠世，海陽又以奇甲一州，師慕道，於泉石宜篤，故攜之以嬉，及言旋，復引與共載於湖上，弈於樹石間，以植沃州之因緣，且賦詩具道其事。

近郭有殊境，獨遊常鮮懽。逢君駐緇錫，觀兒稱林巒。湖滿景方霽，野香春未闌。愛泉移席近，聞石輟棊看。風止松猶韻，花繁露未乾。橋形出樹曲，巖影落池寒。湘東架險凡四橋，山下出泉，逗崖爲池，泓澄可愛者不可偏舉，故狀其境以貽好事。別路千嶂裏，詩情暮雲端。他年買山處，似此得隳官。

【校】

〔題〕浩初，結一本作涉初，誤。

〔而文〕明鈔本而下有妙字。

〔清閒〕崇本、全唐詩均作清問，畿本閒下注云：一作問。按：清問出書呂刑「皇帝清問下民」，恐非唐之臣子所敢用，以作閒爲是。

〔宜篤〕崇本宜下有爲字，全唐詩宜作爲。

〔且賦詩〕全唐詩且作宜。

〔有殊境〕全唐詩有作看，注云：一作有。

〔觀皃〕紹本皃作白，崇本作貌，是。按：皃即古貌字，形壞而誤作白字耳。明鈔本作見，似亦誤。

〔未乾〕全唐詩未下注云：一作晚，紹本與一作同。

〔湘東〕崇本湘作湖。

〔嶂裏〕全唐詩注云：一作峰外。

〔似此得〕紹本、崇本得均作則。

【箋證】

按：文中有云：「前年省柳儀曹於龍城，又爲賦三篇，皆章書。」檢柳集涉浩初者有文一，詩二。其送僧浩初序云：「儒者韓退之與余善，嘗病余嗜浮圖言，訾余與浮圖遊。近隴西李生礎自東都來，退之又寓書罪余，且曰：見送元生序，不斥浮圖。浮圖誠有不可斥者，往往與易、論語合，誠樂之，其於性情奭然不與孔子異道，退之好儒未能過揚子，揚子之書於莊、墨、申、韓皆有取焉。浮圖者，反不及莊、墨、申、韓之怪僻險賊耶？曰以其夷也。果不信道而斥焉以夷，則將友惡來、盜跖而賤季札、由余乎？非所謂去名求實者矣。吾之所取者與易、論語合，雖聖人復生不可得而斥也。退之所罪者其跡也，曰髡而緇，無夫婦父子，不爲耕農蠶桑而活乎人，若是雖吾亦不樂也。退之忿其外而遺其中，是知石而不知韞玉也。吾之所以嗜浮圖之言以此，與其人遊者，未必能通其言也。且凡爲其道者，不愛官，不爭能，樂山水而嗜閑安者爲多。吾病世之逐逐然唯印組爲務以相軋也，則舍是其焉從？吾之好與浮圖遊以此。今浩初閑其性，安其情，讀其書，通易、論語，唯山水之樂，有文而文之，又父子咸爲其道以養而居，泊焉而無求，則其賢於爲莊、墨、申、韓之言而逐逐然唯印組爲務以相軋者，其亦遠矣。李生礎與浩初又善，今之往也，以吾言示之，因北人寓退之，視何如也。」其與浩初上人同看山寄京華親故詩云：「海畔尖山似劍鋩，秋來處處割愁腸。若爲化得身千億，散上峰頭望故鄉。」其浩初上人見貽絶句欲登仙人山因以酬之詩云：「珠樹玲瓏隔翠微，病來方外事多違。仙山不屬分符客，一任凌空錫杖飛。」宗元之言如此，似隱刺宦途中人之貪妬卑劣。禹錫之文亦似於浩初有微詞。所謂「益自多其術，尤勇於近達者而歸之」，又以詩棋二道爲足以取幸於士大夫，蓋明其人爲江湖遊客耳。

〔海陽湖〕輿地紀勝云：「海陽湖在桂陽縣東北二里。唐大曆初，道州刺史元結到此，雅好山水，修創林洞，通小舟遊泛。刺史劉禹錫重修。」參見外集卷八海陽湖雜詠。

〔侍郎楊公〕侍郎楊公謂楊憑，舊唐書一四六、新唐書一六〇均有傳。傳云：「舉進士，累佐使府，徵爲監察御史，不樂檢束，遂求免。累遷起居舍人、左司員外郎、禮部、兵部郎中、太常少卿、湖南、江西觀察使，入爲左散騎常侍、刑部侍郎。……元和四年（八〇九），拜京兆尹，爲御史中丞李夷簡劾奏憑前爲江西觀察使贜罪及他不法事，勑付御史臺覆按。……詔曰：楊憑頃在先朝，委以藩鎮，累更選用，位列大官。近者憲司奏劾，暴揚前事，計錢累萬，曾不報聞，蒙蔽之罪，於何逃責？又營建居室，制度過差，侈靡之風，傷我儉德。以其自尹京邑，人頗懷之。將議刑書，是加愍惻。宜從遐譴，以誡百僚。可守賀州臨賀縣尉同正，仍馳驛發遣。先是憑在江西，夷簡自御史出官在巡屬，憑頗疎縱，不顧接之，夷簡常切齒。」憑貶臨賀在元和四年（八〇九），禹錫此文云：浩初先謁憑於臨賀，留歲餘，繼謁柳宗元於柳州，其間相去殆七八年，必尚逗留他處，故文云往年又云前年，非自賀州即往柳州也。柳集中祭楊憑詹事文云：「顛沛三載，天書乃徵。」此三年中，憑又曾任杭州長史，其在賀州，時亦非甚久可知，宗元爲憑之從子壻，故浩初以此因緣遨遊於劉、柳之間耳。

〔沃州〕白居易有沃洲山禪院記云：「沃洲山在剡縣南三十里，禪院在沃洲山之陽，天姥岑之陰，南對天台，而華頂、赤城列焉。北對四明，而金庭、石鼓介焉。……東南山水越爲首，剡爲面，沃洲、天姥爲眉目。夫有非常之境，然後有非常之人棲焉。晉、宋以來，因山洞開，厥初有羅漢僧西天竺人白道猷居焉。次有高僧竺法潛、支道林居焉。次又有乾、興、淵、支、遁、開、威、藴、崇、實、光、識、斐、藏、濟、度、逞、印凡十八僧居焉。高士名人有戴逵、王洽、劉恢、許玄度、殷融、郗超、孫綽、桓彦表、王敬仁、何次道、王文度、謝長霞、袁彦伯、王蒙、衛玠、謝萬石、蔡叔子、王羲之凡十八人，或遊焉，或止焉。」

觀棊歌送儇師西遊

長沙男子東林師，閒讀蓺經工弈棊。有時凝思如入定，暗覆一局誰能知？今年訪予來小桂，方袍袖中貯新勢。山城無事愁日長，白晝懵懵眠匡牀。因君臨局看鬬智，不覺遲景沈西牆。自從山人遇樵子，直到開元王長史。前身後身付餘習，百變千化無窮已。初疑磊落曙天星，次見搏擊三秋兵。雁行布陳衆未曉，虎穴得子人皆驚。行盡三湘不逢敵，終日饒人損機格。自言臺閣有知音，悠然遠起西遊心。商山夏木陰寂寂，好處裴回駐飛錫。忽思争道畫平沙，獨笑無言心有適。藹藹京城在九天，貴游豪士足華筵。此時一行出人意，賭取聲名不要錢。

【校】

〔來小桂〕此三字結一本作杖小拄，不可解，今依各本改。小桂者連州本由桂陽分出也。
〔新勢〕結一本作新藝，據紹本、崇本、全唐詩改。
〔山城〕全唐詩城作人。
〔愁〕崇本作秋，全唐詩作秋，注云：一作愁。
〔山人〕全唐詩山作仙，注云：一作山。
〔無窮〕全唐詩注云：一作看不。
〔損機〕織本損作捐，非。
〔商山〕英華商作高。
〔畫〕全唐詩注云：一作盡。
〔豪士〕英華豪作華。

【箋證】

按：前人之評此詩者，苕溪漁隱叢話一二云：「夢得觀棋歌云：初疑磊落曙天星，次見搏擊三秋兵。雁行布陣衆未曉，虎穴得子人皆驚。予嘗愛此數語，能模寫奕棋之趣，夢得必高於手談也。」觀海陽湖别浩初師詩有「弈於樹石間」一語，禹錫誠爲能棋者無疑。

〔王長史〕薛用弱集異記云：玄宗南狩，百司奔赴行在，翰林善圍棋者從焉。謂王積薪也。稱爲王長史，未知何據。李遠有贈寫御容李長史詩，疑翰林供奉得除王府長史官以食其俸，因以爲泛稱。

贈别約師 并引

荆州人文約，市井生而雲鶴性，故去葷爲浮圖，生寤而證，入興南，抵六祖始生之墟，得遺教甚悉。今年訪余于連州，且曰：「貧道昔浮湘川，會柳儀曹謫零陵，宅于佛寺，幸聯棟而居者有年，繇是時人大士得落耳界。」夫聞爲見因，今日之來曩時之因耳。時儀曹牧柳州，與八句贈别。

師逢吴興守，相伴住禪扃。春雨同栽樹，秋鐙對講經。廬山曾結社，桂水遠揚舲。話舊還惆悵，天南望柳星。

【校】

〔生寤〕崇本寤作悟。

〔興南〕紹本、中山集興作與，崇本、全唐詩無此字。按：此處句讀疑。

〔時儀曹〕崇本時作今。

〔吴興守〕全唐詩守下注云：一作寺。按：吴興守謂柳渾，以切柳宗元之姓。

〔秋燈〕全唐詩燈下注云：一作風。

【箋證】

按：韓愈集有和歸工部送僧約詩云：「早知皆是自拘囚，不學因循到白頭。汝既出家還擾擾，何人更得死前休？」舊注云：「工部，歸登也。約，荆州人。詳見劉夢得集。」此詩序云「約市井生而雲鶴性」，蓋與韓皆不甚許之之詞。其人既與柳宗元同居永州佛寺有年，今復往謁之於柳州，而柳集中未嘗涉及。

送鴻舉師遊江南 并引

始余適朗州，爾時是師振麻衣，斐然而前，持文篇以爲僧贄。唧唧而清，如蟲吟秋。自然之響，無有假合。有足佳者，故爲賦二章以聲之。距今年過于建平，赤巹益蕃，文思益深，而内外學益富。既訊已，探絨中出前所與詩閲之，紙勞墨瘁，與我同來。因思夫苒苒之光，渾渾之輪。時而言，有初中後之分，日而言，有今昨明之稱，身而言，有幼壯艾之期。乃至一謦欬，一彈指，中際皆具。何必求三生以異身邪？然而視予之文，昔與今有莛楹之别，視余之書，昔與今有鈞石之懸，視余之仕，昔與今乃唯阿之差耳。豈有工拙之數存乎其間哉？蓋可勉而進者與日月而至矣。彼儻來外物，雖日月無能至焉。是歲師告余遊江西，復爲賦七言以爲遊地爾。

禪客學禪兼學文，出山初似無心雲。從風卷舒來何處？繚繞巴山不得去。山州古寺好閒居，讀盡龍王宮裏書。使君灘頭揀石硯，白帝城邊尋野蔬。忽然登高心瞥起，又欲浮杯信流水。煙波浩渺魚鳥情，東去三千三百里。荆門峽斷無盤渦，湘平溪闊清光多。廬山霧開見瀑布，江西月浄聞漁歌。鍾陵八郡多名守，半是西方社中友。與師相見便談空，想得高齋師子吼。

【校】

〔題〕崇本南作西。

〔二章〕崇本二作三。

〔過于〕紹本、崇本、全唐詩過均作遇。

〔同來〕崇本來作容。

〔乃至〕崇本二字乙。

〔莛楹〕崇本莛作筳，誤。按：莛楹對舉，見莊子齊物論。

〔之懸〕崇本之下有相字。

〔今乃〕崇本無乃字。

〔何處〕紹本、崇本作處處。

〔巴山〕英華山作江。
〔山州〕全唐詩注云：州一作川。
〔魚鳥情〕繳本情作憐，注云：一作情。
〔三百〕崇本三作二，誤。
〔溪闊〕紹本、崇本、中山集、英華、全唐詩溪均作漢。
〔八郡〕紹本郡作部。
〔想得高齋〕全唐詩注云：一作竚聽高聲。

【注】

〔唯阿〕老子：唯之與阿，相去幾何。文意言己之文與書皆有所進，而仕宦則依然故我，此時爲夔州刺史，猶未得善地也。
〔三千三百里〕古樂府懊儂歌：江陵去揚州，三千三百里，已行一千三，所有二千在。
〔師子吼〕楞嚴經：富樓那云：世尊知我，有大辯才，以聲音輪，教我發揚，我於佛前，助佛轉輪，因獅子吼，成阿羅漢。

【箋證】

按：鴻舉已見前，彼時禹錫方在朗州，此則復遇之於夔州也。是時爲江西觀察使者當是王仲舒。小引云：「師告余遊江西。」題中江南二字似爲江西之誤。

送霄韻上人遊天台

曲江僧向松江見，又道天台看石橋。鶴戀故巢雲戀岫，比君猶自不逍遥。

【校】

〔題〕崇本霄作宵，畿本、全唐詩注云：一作寶，英華與一作同，絶句全題作送僧遊天台。

〔比君〕英華比作此。

【箋證】

按：詩云：「鶴戀故巢雲戀岫，比君猶自不逍遥。」此反言以譏遊僧。曲江之僧既往吴又往越，何雲鶴之可言？即韓愈所謂「汝既出家還擾擾」之意。

送義舟師卻還黔南 并引

黔之鄉在秦楚爲争地。近世人多過言其幽荒以談笑，聞者又從而張皇之。猶夫束藴逐原燎，或近乎語妖。適有沙門義舟道黔江而來，能畫地爲山川，及條其風俗纖悉可信。且曰：「貧道以一錫遊他方衆矣，至黔而不知其遠。始遇前節使而聞，今節使益賢而文，故其佐多才士。摩圍之下，曳裾秉筆，彬然與兔園同風。番僧以外學嗜篇章，時或攝衣爲末坐客。其來也約主人乘秋風而還，今乞詞以颺之。如捧意珠，行住坐卧，知相好耳。」余曰唯。命筆爲七言以應之。

黔江秋水浸雲霓，獨泛慈航路不迷。猿狖窺齋林葉動，蛟龍聞咒浪花低。如蓮半偈心常悟，問菊新詩手自攜。常説摩圍似靈鷲，卻將山屐上丹梯。

【校】

〔聞者〕崇本聞作問。

〔節使〕崇本使作度。

〔而聞〕崇本聞作問。

〔番僧〕紹本、全唐詩番均作蕃，崇本作貧。

〔未坐〕紹本、中山集、全唐詩坐均作至。

〔浸〕紹本作侵，誤。

〔問菊〕崇本問作聞，英華作悶，注云：集作問。

【注】

〔意珠〕楞嚴經：如人於自衣繫如意珠，不自覺知。窮露他方，乞食馳走，忽有智者，指示其珠，所願遂心，致大饒富，方悟神珠，非從外得。

〔靈鷲〕即佛經中之耆闍崛。西域記云：摩竭陀國之正中名上茅城，五山周圍如城郭，是爲摩竭陀國之舊都，自此東北四五里有王舍城，毗婆娑羅王之新都也，自此東北十里，靈鷲山在焉。即五山中之最高者。

【箋證】

按：文中言「今節使益賢而文」，當是指竇羣。羣爲黔中觀察使是元和三年（八〇八）至六年（八一一）事，禹錫方在朗州。

〔摩圍〕清一統志：「摩圍山在四川彭水縣西隔江四里。」

送景玄師東歸 并引

廬山僧景玄袖詩一軸來謁，往往有句輕而遒。如鶴雛襹褷，未有六翮，而步舒視遠，戞然一唳，乃非泥滓間物。獻詩已，斂裓而辭，且曰：「其來也與故山秋爲期。夫丐者僧事也，今無他請，唯文是求。」故賦一篇以代瓔珞耳。

東林寺裏一沙彌，心愛當時才子詩。山下偶隨流水出，秋來卻赴白雲期。灘頭躡屐挑沙菜，路上停舟讀古碑。想到舊房拋錫杖，小松應有過檐枝。

【校】

〔題〕綫本玄作元，下同。明鈔本歸下有詩字。

〔一軸〕全唐詩軸作輻。

【注】

〔瓔珞〕法華經普門品：解頸上衆寶珠瓔珞，價值百千兩金而以與之。

〔沙彌〕法華義疏云：沙彌，此云息惡行慈。玄應音義云：梵言室末拏伊洛迦，此云勞之小者也。亦言息慈，謂息惡行慈，義譯也。舊言沙彌者，訛略也。

【箋證】

按：此僧之詩固不足道者，而禹錫贈句乃雋逸乃爾，其人藉此得傳矣。引中云今無他請，唯文是求，可見當時遊僧處處乞布施，有應接不暇之苦。

送元曉上人歸稽亭

重疊稽亭路，山僧歸獨行。遠峯斜日影，本寺舊鐘聲。徒侶問新事，煙雲含別情。應誇乞食處，踢徧鳳凰城。

【校】

〔元曉〕畿本曉下注云：一無曉字。全唐詩作元，注云：一作元曉。

〔含別〕全唐詩含作愴，注云：一作含。

【箋證】

按：此僧必尤無可取，末句頗寓調侃。

送惟良上人 并引

以貌窺天者，曰乾然健，單于然而高，以數迎天者，曰其用四十有九。天果以有形而不能脱乎數。立象以推筴，既成而遺之。古所謂神交造物者，非空言耳。軒皇受天命，其佐皆聖人，故得之。惟唐繼天，德如黄帝，有外臣一行，亦聖之徒。與刊曆考元，書成化去。今丹徒人惟良生而能知，非自外求。數起以乾坤之筴當十期之數。凝神運指，上感躔次，視玄黄溟涬，無倪有常，絶機泯知，獨以神會。數起於復之初九，音生乎黄鍾之宫。積微本隱，言與化合乎天人之數，極而含變，變而靡不通。神趨鬼懾，不足駭也。惟良得一行之道，故亦慕其爲外臣。謬謂余爲世間聰明，孑孑來訪，初以説合，至于不言。言息而理冥，復申之以嗟歎。曰：師其庶幾乎！信神與之而不能測神之所以付，信術通之而不能知術之所以洩哉！余聞乎曾井蛙醯雞之不若也。長慶四年冬十一月甲子語至夜艾，遂爲詩以志焉。

高齋灑寒水，是夕山僧至。玄牝無關鎖，瓊書捨文字。鐙明香滿室，月午霜凝地。語到不言時，世間人盡睡。

【校】

〔題〕明鈔本人下有詩字。

〔乾然健單于然而高〕崇本然下有而字，下單字無。

〔迎天〕崇本迎作逆。

〔外求〕崇本求作來。

〔言與〕崇本二字乙。

〔合乎〕紹本、崇本、全唐詩乎均作夫。

〔洩哉〕紹本、崇本、全唐詩洩作淺，崇本上有至字，淺字屬下讀。

〔灑〕全唐詩注云：一作映。

〔捨文字〕畿本、全唐詩捨下注云：一作拾，英華與一作同。

〔盡睡〕畿本盡下注云：一作人，全唐詩注云：一作自，英華作自。

【注】

〔單于然〕按漢書匈奴傳，單于者廣大之貌也，言其象天單于然也。或無單字者，蓋校者不知出處而臆删。

〔一行〕開天傳信録：「釋一行，姓張氏，鉅鹿人，邢和璞嘗曰：漢洛下閎造大衍曆，云：後八百歲當差一日，則有聖人定之，今年期畢矣，而一行正其差謬，閎之言驗矣。」按：一行，唐高僧，張公瑾之孫，精通曆數天文。

【箋證】

按：本卷送僧詩以在朗州時所作爲多，此篇注明長慶四年（八二四）冬十一月，則禹錫初至和州時也。在朗州所作，雖聊以資應酬，然詩多工妙，蓋遷謫中姑以自遣耳。

送元簡上人適越

孤雲出岫本無依，勝境名山即是歸。久向吴門遊好寺，還思越水洗塵機。浙江濤驚師子吼，稽嶺峯疑靈鷲飛。更入天台石橋路，垂珠璀璨拂三衣。

【校】

〔勝境〕全唐詩境下注云：一作景。

〔濤驚〕按：驚當作警。

〔石橋路〕纖本路下注云：一作去，全唐詩作去，注云：一作路。

〔三衣〕英華三作山，誤。

送宗密上人歸南山草堂寺因詣河南尹白侍郎

宿習修來得慧根，多聞第一卻忘言。自從七祖傳心印，不要三乘入便門。東泛滄江尋古跡，西歸紫閣出塵喧。河南白尹大檀越，好把真經相對翻。

【校】

〔題〕紹本堂作屋，全唐詩詣作謁，注云：一作詣。

〔滄江〕全唐詩江下注云：一作浪。

〔塵喧〕明鈔本喧作寰，誤。

【注】

〔七祖〕傳燈録：初祖達摩至六祖慧能，以法及衣相傳，自七祖以後不傳衣。又河津神會禪師，於天寶四載入京，著顯宗記，以訂兩宗，南能頓宗，北秀漸宗也。師嗣六祖，禪宗推爲七祖。

〔三乘〕謂聲聞、緣覺、菩薩三乘，聲聞以四諦爲乘，緣覺以十二因緣爲乘，菩薩以六度爲乘。

【箋證】

按：宗密爲大和中名僧，所著禪源諸詮集等書見新唐書藝文志。與李訓爲友，甘露之變，能守正不移（詳見附録），其爲人頗與當時政局有關可知。此詩爲大和五年（八三一）冬禹錫在長安尚未赴蘇州時所作，以白居易大和三年（八二九）罷刑部侍郎，是年正爲河南尹，過此以往，禹錫即出京矣。

〔紫閣〕張禮遊城南記：「圭峯紫閣，粲在目前。」注曰：「圭峯紫閣在（終南山）祠之西，圭峯下有草堂寺。……紫閣之陰即渼陂，杜詩：紫閣峯陰入渼陂，是也。」

附録一　唐圭峯草堂寺宗密傳（高僧傳三集六）

釋宗密姓何氏，果州西充人也，家本豪盛，少通儒書，欲干世以活生靈，負俊才而隨計吏。元和二年（八〇七），偶謁遂州圓禪師，圓未與語，密欣然而慕之，乃從其削染受教。此年進具於拯律師，尋謁荆南張，張曰：汝傳教人也，當宣導於帝都。復見洛陽照禪師，照曰：菩薩人也，誰能識之？末見上都華嚴觀，觀曰：毗盧華嚴能隨我遊者，其惟汝乎！初在蜀，因齋次受經，得圓覺十二章，深達義趣，誓傳是經。在漢上，因病僧付華嚴句義，未嘗肄習，即爾講之。……密累入内殿，問其法要。大和二年（八二八）慶成節，徵賜紫方袍，爲大德，尋請歸山。會昌元年（八四一）正月六日，坐滅於興福塔院，儼若平日，容貌益悦，七日遷於函。其自證之力可知矣。……俗齡六十二，僧臘三十四，遺誡令舁尸施鳥獸，焚其骨而散之，勿塔，勿得悲慕以亂禪觀。每清明上山，必講道七日而後去。其餘住持儀則，當合律科，違者非吾弟子。初，密道既芬馨，名惟烜赫。内衆慕羶既如彼，朝貴答響又如此。當長慶、大和已來，中官立功執政者孔熾，内外猜疑，人主危殆。時宰臣李訓酷重於密，及開成

（按當作大和）中，僞甘露事發，中官率禁兵五百人出閤，所遇者一皆屠戮。時王涯、賈餗、舒元輿方在中書會食，聞難作，奔入終南投密，唯李訓欲求翦髮匿之，從者止之。訓改圖趨鳳翔。（按通鑑二四五：李訓素與終南僧宗密善，往投之，宗密欲剃其髮而匿之，其徒不可，訓出山將奔鳳翔，爲盩厔鎮遏使宋楚所擒，械送京師，其他王涯、舒元輿皆爲禁兵所追獲，賈餗先逃後自首，非皆投宗密也。）時仇士良知之，遣人捕密入左軍，面數其不告之罪，將害之。密怡然曰：貧道識訓年深，亦知其反叛，然本師教法，遇苦即救，不愛身命，死固甘心。中尉魚弘志嘉之，奏釋其罪。朝士聞之，扼腕出涕焉。

附録二　白居易　贈草堂宗密上人詩

吾師道與佛相應，念念無爲法法能。口藏宣傳十二部，心臺照耀百千燈。盡離文字非中道，長住虛空是小乘。少有人知菩薩行，世間只是重高僧。

附録三　白居易　喜照密閑實四上人見過詩

紫袍朝士白髯翁，與俗乖疎與道通。官秩三回分洛下，交遊一半在僧中。臭帑世界終須出，香火因緣久願同。齋後將何充供養，西軒泉石北窗風。

劉禹錫集箋證卷第三十

哀挽悲傷三十八首

德宗神武孝文皇帝挽歌二首

出震清多難，乘時播大鈞。操弦調六氣，揮翰動三辰。運偶升天日，哀深率土人。瑶池無轍跡，誰見屬車塵？

鳳翣擁銘旌，威遲異吉行。漢儀陳祕器，楚挽咽繁聲。駐綍辭清廟，凝笳背直城。唯應留内傳，知是向蓬瀛。

【校】

〔駐綍〕結一本綍字誤從馬旁。

〔留内傳〕全唐詩留下注云：一作晉，非。

【箋證】

按：德宗於代宗初年以雍王爲天下兵馬元帥，平史朝義後，方立爲皇太子，故詩之首句云：「出震清多難。」舊唐書德宗紀論云：「天才秀茂，文思雕華，文雅中興，敻高前代。」嘗屢以詩賜臣下，故謚爲「神武孝文」，詩所云「揮翰動三辰」也。禹錫爲此詩或已在永貞政變以後，蓋德宗之葬在永貞元年（八〇五）十月也。

敬宗睿武昭愍孝皇帝挽歌三首

寶曆方無限，仙期忽有涯。事親崇漢禮，傳聖法殷家。晚出芙蓉闕，春歸棠棣華。玉輪今日動，不是畫雲車。

任賢勞夢寐，登位富春秋。欲遂東人幸，寧虞杞國憂？長楊收羽騎，太液泊龍舟。唯有衣冠在，年年愴月遊。

講學金華殿，親耕鉤盾田。侍臣容諫獵，方士信求仙。虹影俄侵日，龍髯不上天。空餘水銀海，長照夜燈前。

【校】

〔月遊〕崇本遊作秋，誤。

〔求仙〕全唐詩求下注云：一作遊。

【注】

〔月遊〕史記叔孫通傳：願陛下爲原廟渭北，衣冠月出游之。上乃詔有司立原廟。

〔金華殿〕漢書敘傳，班伯少受詩於師丹，大將軍王鳳薦伯宜勸學，召見宴昵殿，誦説有法，拜爲中常侍。時上方鄉學，鄭寬中、張禹朝夕入説尚書、論語於金華殿中，詔伯受焉。

〔鈎盾田〕漢書昭帝紀：上耕於鈎盾弄田。

〔諫獵〕漢書司馬相如傳：嘗從上至長楊獵，是時天子方好自擊熊豕，馳逐壄獸，相如因上疏諫。按敬宗好深夜自捕狐狸，夜獵還宫，與宦官劉克明、軍將蘇佐明等擊毬飲酒，遂被害。下句虹影侵日已暗示其事。

〔水銀海〕漢書楚元王傳：秦始皇葬於驪山之阿，水銀爲江海，黄金爲鳧鴈。

【箋證】

按：敬宗以寶曆二年（八二六）十二月遇害，事出非常，故詩云「仙期忽有涯」「事親尊漢禮」者，謂尊其生母王氏爲皇太后，以漢文帝尊薄太后爲比也。「傳聖法殷家」者，謂中官王守澄等擁立敬宗之弟江王，是爲文宗也。敬宗廣宣索，耽宴遊，詩之第二三首託諷之意甚明。李商隱舊頓詩：「東人望幸久咨嗟」，可爲此詩「欲遂東人幸」句作注脚。馮浩注云：「舊書裴度傳：敬宗欲幸洛陽，宰相及兩省諫官論列，不聽，令度支員外郎盧貞檢計行宫及洛陽大内。會度自興元來，帝語及巡幸，度曰：國家營創兩都，蓋備巡幸，然自艱難以來，此事遂絶，宫闕營壘廨署悉多荒廢，亦須稍稍修葺，一年半歲後，方可議行。又朱克融、史憲誠各請以丁匠五千助修東都，帝遂停東幸。」所證甚確。

文宗元聖昭獻孝皇帝挽歌三首

繼體三才理，承顔九族親。禹功留海内，殷曆付天倫。調露曲長在，秋風詞尚新。本支方百代，先讓棣華春。

月落宫車動，風凄儀仗閒。路唯瞻鳳翣，人尚想龍顔。御宇方無事，乘雲遂不還。聖情悲望處，見日下西山。

享國十五載，升天千萬年。龍鑣仙路遠，騎吹禮容全。日下初陵外，人悲舊劍前。周南有遺老，掩淚望秦川。

【校】

〔秋風詞〕全唐詩詞下注云：一作調。

〔見日〕紹本、中山集見均作兄，是。説詳唐音癸籤。崇本、畿本作沉，全唐詩沉日下注云：一作見日，一作兄日，明鈔本作兄，但爲校者改作見。

【箋證】

按：開成五年（八四〇）正月，文宗暴卒，仇士良等矯詔廢太子成美，立潁王瀍，是爲武宗。宮闈劇變，沉冤莫白。詩云：「本支方百代，先讓棣華春。」乃慨歎文宗之受制於閹宦也。文宗紀，大和七年（八三三）八月詔，諸王自今年後相次出閣，授緊望以上州刺史佐，其十六宅諸縣主委吏部於選人中簡擇配匹。爲天寳以來之曠舉。所謂「承顔九族親」，亦非泛語也。禹錫自開成以後即以賓客分司東都，不復入長安矣，故末章有周南遺老之句。白居易詩云：「大曆年中騎竹馬，幾人及見會昌春。」如禹錫者，蓋已歷見七帝之嬗代，自料亦不久於人世，末章言外之意，則非僅以輓文宗，亦不啻自輓矣。

又按：文宗於甘露變後爲詩云：「輦路生春草，上林花發時。憑高何限意，無復侍臣知。」詩中「秋風詞尚新」一語，蓋暗用漢武帝作秋風詞事，以悼文宗之抑鬱也。甘露之變，禹錫從無一言及之，蓋既不能以曲筆附和仇士良之黨，亦不能正言其事，僅於此五字中稍寓其悲憤耳。

又按：詩中「調露曲長在」一語亦有事實。舊唐書一六八載馮定事云：「文宗每聽樂，鄙鄭、衞聲，詔奉常習開元中霓裳羽衣舞，以雲韶樂和之。」唐詩紀事載李肱開成二年（八四七）舉狀頭詩云：「開元太平日，萬國賀豐歲。梨園厭舊曲，玉座流新製。……誰肯聽遺音，聖明知善繼。」禹錫即指此爲言。

又按：禹錫登朝以後諸帝之殁皆有輓歌，獨缺順宗，殆以難於措詞之故。憲宗無輓歌，則以方在母喪中。穆宗卒時，禹錫方在夔州，理不應無，或已佚矣。

〔見日〕唐音癸籤二三：「聖情悲望處，兄日下西山。人君兄日姊月，出春秋感精符，武宗以弟及，故用之。今本作沉日，是淺學所改。又劉有公主下嫁詩：天母親調粉，日兄憐賜花。」按：此説極確，既云下西山即不得云沉日，作見日者更無理矣。況既云聖情悲望，乃指繼體之君，其非指文宗本人，更不待言。此字獨紹本不誤，校者不詳察文義，逞臆竄改，類此者多矣。

故相國燕國公于司空挽歌二首

彤弓封舊國，黑矟繼前功。十年鎮南雍，九命作司空。池臺樂事盡，簫鼓葬儀雄。一代英豪氣，曉散白楊風。

陰山貴公子，來葬五陵西。前馬悲無主，猶帶朔風嘶。漢水清山郭，襄陽白銅鞮。至今有遺愛，日暮人悽悽。

【校】

〔一代〕崇本缺以下十字，不可解。

〔風嘶〕畿本嘶作斯，誤。

〔清山〕紹本、崇本、中山集清均作青，是。全唐詩作晉，注云：一作青。

〔銅鞮〕紹本鞮作蹄，崇本作堤。

【箋證】

按：于司空謂于頔，已見本集卷十及二十五。舊唐書本傳云：「貞元十四年（七九八），爲襄州刺史，充山南東道節度觀察。地與蔡州鄰，吴少誠之叛，頔率兵赴唐州，收吴房、朗山縣，又破賊於濯神溝。於是廣軍籍，募戰士，器甲犀利，倜然專有漢南之地，小失意者皆以軍法從事。因請升襄州爲大都督府，府比鄆、魏。時德宗方姑息方鎮，聞頔事狀亦無可奈何，但允順而已，頔奏請無不從。於是公然聚斂，恣意虐殺，專以凌上威下爲務，鄧州刺史元洪，頔誣以贓罪奏聞，朝旨不得已爲流端州，命中使監焉。至隨州棗陽縣，頔命部將領士卒數百人劫洪至襄州拘留之，中使奔歸京師，德宗怒，笞之數十。頔又表洪其責太重，復降中使景忠信宣旨慰諭，遂除洪吉州長史，然後洪獲赴謫所。又怒判官薛正倫，奏貶峽州長史，及勑下，頔怒已解，復奏請爲判官，德宗皆從之。正倫卒，未殯，頔以兵圍其宅，令孽男逼娶其嫡女。頔累遷至左僕射、平章事、燕國公。俄而不奉詔旨，擅總兵據南陽，朝廷幾爲之旰食。及憲宗即位，威肅四方，頔稍戒懼，以第四子季友求尚主，憲宗以長女永昌公主降焉。其第二子方屢諷其父歸朝入覲，册拜司空平章事。」新唐書頔傳略同。此詩云：「十年鎮南雍」，自其貞元十四年（七九八）除山南東道節度使至元和三年（八〇八）入拜司空，實不止十年，聊舉成數耳。此後頔於元和八年（八一三），因男敏殺人貶官，十三年（八一八）授太子賓客，其年八月卒。禹錫作詩時正在連州也。綜頔之一生，蓋貴游公子習於豪縱者，禹錫似無緣與之相稔，集中雖有爲于興宗題圖及題于家公主舊宅詩，皆在頔死後，疑禹錫赴貶時，頔方處貴盛，或有所佽餽，因而有文字往還耳。

又按：唐人挽詩多以平仄韻五律行之，此獨不純爲律體，是别出新意者。

〔黑矟〕于頔爲北周于謹之後，而謹爲後魏于栗磾之後，栗磾有黑矟公之稱號，故稱之。謹封燕公，頔亦如之，故首句云封舊國。

〔陰山〕北史于栗磾傳，栗磾，代人，從道武帝征伐，爲魏之世臣，故云「陰山貴公子」。

重至衡陽傷柳儀曹 并引

元和乙未歲，與故人柳子厚臨湘水爲别。柳浮舟適柳州，余登陸赴連州，後五年，余從故道出桂嶺，至前别處，而君没於南中，因賦詩以投弔。

憶昨與故人，湘江岸頭别。我馬映林嘶，君飄轉山滅。馬嘶循故道，飄滅如流電。千里江蘺春，故人今不見。

【校】

〔流電〕崇本流作雷，誤。

【箋證】

按：詩引中所謂元和乙未歲云云，指元和十年（八一五）劉、柳二人俱南行過衡陽也。及十四年（八一九）十一月，柳卒，劉以奉母喪去連州北還，觀外集卷十祭柳員外文云：「甫遭閔凶，三使來弔，期以中路，更申願言。途次衡陽，云有柳使，謂復前約，忽承訃書。」則至衡陽始聞柳喪也。此詩之意旨音節皆極短促，轉益悲慘，蓋在重憂之中，不能爲詩而又不能無詩耳。

又按：後來晏殊之踏莎行有云：「居人匹馬映林嘶，行人去棹依波轉。」正用此詩之語入詞，而各極其妙。歷來論詩詞者皆未嘗措意及此。周邦彦西河之「山圍故國繞清江」，吴激青衫溼之「舊時王謝，堂前燕子，飛入誰家」，皆融禹錫詩語入詞，則人皆知之。良以禹錫詩多新意，故能啓導由詩至詞之路。

謫居悼往二首

悒悒何悒悒，長沙地卑溼。樓上見春多，花前恨風急。猿愁腸斷叫，鶴病翹趾立。牛衣獨自眠，誰哀仲卿泣？

鬱鬱何鬱鬱，長安遠如日。終日念鄉關，燕來鴻復還。潘岳歲寒思；屈平顦顇顔。殷勤望歸路，無雨即登山。

【校】

〔如日〕紹本、崇本如均作於，似是。

【箋證】

按：此詩兼遷謫與悼傷兩意。長沙泛指楚地，暗以賈誼爲比，當是初到朗州時作。與本集卷一傷往賦參看，似禹錫初謫朗州時鰥居。

哭呂衡州時予方謫居

一夜霜風彫玉芝，蒼生望絶士林悲。空懷濟世安人略，不見男婚女嫁時。遺草一函歸太史，旅墳三尺邇要離。朔方徙歲行當滿，欲爲君刊第二碑。

【校】

〔望絶〕英華作絶望。

〔旅墳〕畿本、全唐詩旅下均注云：一作孤。

〔邇〕紹本、崇本、英華、全唐詩均作近。

〔當滿〕全唐詩滿下注云：一作晚，非。

【注】

〔要離〕後漢書梁鴻傳：鴻至吴，依大家皋伯通，居廡下。伯通察而異之，曰：非凡人也。乃方舍之於家。及卒。伯通等爲求葬地於要離冢傍。

【箋證】

按：吕衡州謂吕温，已見本集卷十九吕君集紀。據傳，温爲刑部郎中知雜，以劾李吉甫交通術士虚誣，貶道州刺史，元和五年（八一〇）轉衡州，秩滿歸京，不得意發疾卒。此史傳之文，微有舛誤，此詩云「旅墳三尺邇要離」，更證以柳宗元、元稹之詩，實卒於衡州，未歸京也。元和五年（八一〇），温量移衡州，正吉甫再入相之時，權德輿、李絳同列，皆不似蓄怨蔽賢者。若其不死，當不至終於淪棄，傳云秩滿歸京不得意，亦非情事。柳河東集有同劉二十八哭吕衡州兼寄江陵李元二侍御詩，李謂李景儉，元謂元稹，詩云：「衡岳新摧天柱峯，士林顦顇泣相逢。祇令文字傳青簡，不使功名上景鐘。三畝空留懸磬室，九原猶寄若堂封。遥想荆州人物論，幾回中夜惜元龍。」元稹集有哭吕衡州詩六首，其一云：「氣敵三人傑，交深一紙書。我投冰瑩眼，君報水憐魚。髀股惟誇瘦，膏肓豈暇除？傷心死諸葛，憂道不憂餘。」其二云：「望有經綸釣，虔收宰相刀。江文駕風遠，雲貌接天高。國待球琳器，家藏虎豹韜。盡將千載寶，埋入五原蒿。」其三云：「白馬雙旌隊，青山八陣圖。請纓期擊虜，枕草誓捐軀。勢激三千壯，年應四十無。遥聞不瞑目，非是不憐吴。」其六云：「杜預春秋癖，揚雄著述精。在時兼不語，終古定歸名。耒水波文細；湘江竹葉輕。平生思風月，潛寐若爲情？」數人之詩合看，非獨劉、柳、元、李之於呂爲深交可知，即劉、柳、元、李四人之志趣行藏始終相合，亦於此見其端倪。劉詩「空懷濟世安人略」一語，與柳、元詩所推之語略同，蓋呂之才幹爲時論所重也。

〔朔方〕後漢書蔡邕傳：「於是下邕、質於洛陽獄，劾以仇怨奉公，議害大臣，大不敬，棄市。事奏，中常侍呂强愍邕無罪，請之，帝亦更思其章，有詔減死一等，與家屬髡鉗徙朔方，不得以赦令除。……會明年大赦，乃宥邕還本郡，邕自徙及歸凡九月焉。」蓋禹錫引此以自況。

遥傷段右丞

江湖舊遊，南宮交代。

江海多豪氣，朝廷有直聲。何言馬蹄下，一旦是佳城？

【校】

〔題〕全唐詩無遥字。

【箋證】

按：段右丞謂段平仲，已見本集卷二十四揚州春夜一詩。新唐書一六二平仲本傳云：杜佑、李復之節度淮南，連表掌書記，擢監察御史。其從事使府與禹錫同，故曰江湖舊遊。舊唐書一五三本傳云：後除屯田、膳部二員外郎。與禹錫先後官屯田，故曰南宮交代也。新唐書本傳云：「元和初爲諫議大夫，憲宗使吐突承璀討鎮州，亟疏争不可，及還無功，又請斬之，再遷尚書右丞，朝廷有得失，未嘗不論奏，世推其敢直云，終太子右庶子。」舊唐書作左丞，據此詩知以新唐書爲正。不舉所終之官者，禹錫方在謫中不及知，故詩題云遥傷也。

傷桃源薛道士

壇邊松在鶴巢空，白鹿閒行舊徑中。手植紅桃千樹發，滿山無主任春風。

【校】

〔題〕全唐詩道士下注云：一作尊師。

〔松在〕絶句松作僧。

〔閒行〕英華行作來。

王思道碑堂下作

蒼蒼宰樹起寒煙，尚有威名海内傳。四府舊聞多故吏，幾人垂淚拜碑前。

【校】

〔垂淚〕結一本垂作重，誤。

【箋證】

按：王思道未詳何人，據新唐書王忠嗣傳，忠嗣原名訓，意者思道其字也。漢以太傅、太尉、司徒、司空爲四府，此疑是借用。忠嗣爲河西隴右節度使，權朔方河東節度，佩四將印，所謂四府故吏，當指李光弼等。忠嗣卒於貶所，疑不復返葬，故禹錫得過其碑堂，又無贈謚，故稱其字。玩此詩語氣，非人物如忠嗣者不足以當之，姑臆測以俟知者。

又按：王思政爲西魏名將，爲荊州刺史年久，後與東魏戰於潁川，城陷被俘。據其生平，亦足當「威名海内傳」之語，久鎮荊州，容有墓碑尚在，爲禹錫行蹤所經，然思政思道仍有一字之異，與故吏垂淚之意亦未甚合。

遥傷丘中丞　并引

河南丘絳有詞藻，與余同升進士科，從事鄴下，不幸遇害，故爲傷詞。

鄴下殺才子，蒼忙寃氣凝。枯楊映漳水，野火上西陵。馬鬣今無所，龍門昔共登。何人爲弔客？唯是有青蠅。

【校】

〔題〕全唐詩無遥字。

〔蒼忙〕崇本、全唐詩忙均作茫。

〔西陵〕崇本陵作林，誤甚。

【注】

〔馬鬣〕禮記檀弓：昔者夫子言之曰：吾見封之若堂者矣，見若訪者矣，見若覆夏屋者矣，見若斧者矣，從若斧者焉，馬鬣封之謂也。

〔青蠅〕三國志吴志虞翻傳注：引翻別傳：翻放棄南方，自恨疏節，當長没海隅，生無可與語，死以青蠅爲弔客，使天下一人知己者，足以不恨。

【箋證】

按：丘中丞謂丘絳。其人附見舊唐書一四一田季安傳中，云：「有進士丘絳者，嘗爲田緒從事，及季安爲帥，絳與同職侯臧不協，相持争權。季安怒，斥絳爲下縣尉，使人召還，先掘坎於路左，活排而瘞之，其凶暴如此。」此詩題稱丘中丞，蓋朝廷卹贈之官。據登科記考，丘絳貞元九年（七九三）進士。與禹錫同科。又按：集古録跋尾八：田緒神道碑，節度判官丘絳撰。此絳之文僅傳者，故詩中「鄴下殺才子」一語亦非泛設。

傷獨孤舍人 并引

貞元中，余以御史監祠事，河南獨孤生始仕爲奉禮郎，有事宗廟郊時，必與之俱，繇是甚熟。及余謫武陵九年間，獨孤生仕至中書舍人，視草禁中，上方許以宰相。元和十年春，余祗召抵京師，次都亭日，舍人疾不起，余聞因作傷詞以爲弔。

昔别矜年少，今悲喪國華。遠來同社燕，不見早梅花。

【校】

〔疾不〕崇本、全唐詩疾上均有以字。

〔矜年少〕紹本、崇本、絶句矜均作一，英華作公。全唐詩矜下注云：一作公。

【箋證】

按：韓愈集中獨孤府君墓志銘云：「君諱郁，字古風，河南人，常州刺史贈禮部侍郎憲公諱及之第二子。……君生之年，憲公殁世，與其兄朗畜於伯父氏。始微有知，則好學問，咨稟教飭，不煩提諭，月開日益，卓然早成。年二十四登進士第，時故相太常權公掌出詔文，望臨一時，登君於門，歸以其子。選授奉禮郎。楊於陵爲華州，署君鎮國軍判官，奏授協律郎，朋遊益附，華問彌大。元和元年（八〇六）對詔策，拜右拾遺，二年，兼職史館，四年，遷右補闕。詔中貴人承璀將兵誅王承宗河北，君奏疏諫，召見問狀，有言動聽。其後上將有所相，不可於衆，君與起居舍人李約文章指摘，事以不行。五年，遷起居郎，爲翰林學士，愈被親信，有所補助。權公既相，君以嫌自列，改尚書考功員外郎，復史館職。七年，以考功知制誥，入謝，因賜五品服。八年，遷駕部郎中，職如初。權公去相，復入翰林，九年，以疾罷，尋遷祕書少監，即閒於郊。十年正月，病遂殆。甲午，輿歸，卒於其家。贈絳州刺史。」其敍奉禮郎與卒之年月皆與此詩引相合。郁，舊唐書一六八、新唐書一六二均有傳。新唐書云：帝遇之厚，議者亦謂當宰相。亦與詩引所云上方許以宰相者合。而兩傳皆不敍奉禮郎，舊唐書傳中亦不及許以宰相之語，故參綜以證明禹錫之言。惟詩引云仕至中書舍人，與郁之仕履不合。蓋知制誥亦可泛稱舍人。元氏長慶集，中書省議舉縣令狀繫銜云：「年月日，中書舍人臣武儒衡等奏，駕部郎中知制誥臣李宗閔、中書舍人臣王起、庫部郎中知制誥臣牛僧孺、祠部郎中知制誥臣元稹。」末云：「同前五舍人同署。」是其證。或者禹錫但記其知制誥，而不知其未正拜舍人，久謫於外，初抵都門，不及細審，殆亦情理所有也。禹錫與德輿爲父執後輩，其於郁尤有切望。郁之卒，年甫四十，禹錫在永貞（八〇五）中亦僅三十，故詩有「昔別矜年少」之句。以二十字隱括其生平，行蹤時令亦無漏筆，而哀感之意邈然無窮，真所謂能以少許勝人多許者。

〔監祠事〕柳宗元監祭使壁記云：「貞元十九年（八〇三）十二月，……明年，中山劉禹錫始復舊制，由禮與敬，以臨其人，而官事益理。」本集卷二十四有監祠夕月壇書事詩。

〔奉禮郎〕據百官志：太常寺奉禮郎（舊唐書職官志缺郎字）二人，從九品上，掌君臣版位以奉朝會祭祀之禮。

途次敷水驛伏覩華州舅氏昔日行縣題詩處潸然有感

昔日股肱守，朱輪兹地遊。繁華日已謝，章句此空留。蔓草佳城閉，故林棠樹秋。今來重垂淚，不忍過西州。

【校】

〔途次〕結一本作余次；紹本、崇本、全唐詩余均作途，似較勝。

【注】

〔股肱守〕史記季布傳，布爲河東守，孝文召至留邸，一月見罷。布因進曰：「陛下無故召臣，此人必有以臣欺陛下者；今臣至，無所受事，罷去，此人必有以毁臣者。」上默然良久曰：「河東吾股肱郡，故特召君耳。」

〔西州〕晉書謝安傳：羊曇者，知名士也。爲安所愛重。安薨後，輟樂彌年，行不由西州路。嘗因石頭大醉，扶路唱樂，不覺至州門。左右白曰：此西州門。曇悲感不已，以馬策扣扉，誦曹子建詩曰：「生存華屋處，零落歸山丘。」慟哭而去。

【箋證】

按：華州舅氏當指盧徵，舊唐書一四六、新唐書一四九均有傳。詳見外集卷三箋證中，彼詩爲禹錫任同州刺史時作，此詩是元和十年（八一五）抑大和二年（八二八）行經敷水時作，則未敢定。

〔敷水驛〕清一統志云：「敷水鎮在華陰縣西，即唐敷水驛。唐元和中，元微之自河南還京，次敷水驛，與中官劉士元争廳，至以箠傷其面。」又云：「敷水在華陰縣西。水經注：敷水南出石上之敷谷，北逕告平城東，又北逕集靈宫西，西北流注於渭。縣志：敷水在縣西二十五里，源出大敷谷，即羅敷谷，以别於小敷谷也。」

湖南觀察使故相國袁公挽歌三首

五驅龍虎節，一入鳳凰池。令尹自無喜，羊公人不疑。天歸京兆日，葉下洞庭時。

湘水秋風至，淒涼吹素旗。

丹旐發江臯，人悲雁亦號。湘南罷亥市，漢上改詞曹。表墓雙碑立，尊名一字褒。

常聞平楚獄，爲報里門高。

返葬三千里，荆衡達帝畿。逢人即故吏，拜奠盡沾衣。地得青烏相，賓驚白鶴飛。五公碑尚在，今日亦同歸。

【校】

〔題〕全唐詩湖南作河南，誤。

〔亥市〕崇本亥作痎，明鈔本作玄，校者改作互，均誤。按：白居易自江州赴忠州詩：「亥市魚鹽聚，神林鼓笛鳴。」亥市見唐人詩者尚有多處。

〔即〕全唐詩注云：一作多。

〔五公〕全唐詩五下注云：一作羊，誤。

【注】

〔白鶴〕尚書故實：司馬承禎尸解去日，白鶴滿庭，異香郁烈。

【箋證】

按：袁公謂袁滋，舊唐書一八五、新唐書一五一均有傳。新唐書本傳云：「袁滋，字德深，蔡州朗山人。（按：舊唐書云：陳郡汝南人，當滋時既不稱陳郡，亦無汝南縣，作蔡州朗山乃得之，此與後來滋之得罪有關，不當含混。新唐書多不及舊唐書翔實，此傳獨能與禹錫此詩相發明，故不録舊傳而專録新傳。）陳侍中憲之後。（按：新唐書喜據韓、柳文，獨此語與韓作袁氏先廟碑立異，不解其故。）强學博記，少依道州刺史元結讀書，自解其義，結重之。後客荆、郢間，起學廬講授。建中初，黜陟使趙贊薦於朝，起處士授試校書郎，累辟張伯儀、何士幹幕府，進詹事府司直。部官以盜金下獄，滋直其冤。御史中丞韋貞伯（舊傳作韋縚）聞之，表爲侍御史。刑部、大理覈罪人，失其平，憚滋守法，因權勢以請，滋終不署奏。遷工部員外郎。韋皋始招來西南夷，南詔異牟尋内屬，德宗選郎吏可撫循者，皆憚行，至滋不辭，帝嘉之。擢祠部郎中，兼御史中丞，賜金紫，持節往，踰年還。使有旨，進諫議大夫，遷尚書右丞，知吏部選。求外遷，爲華州刺史。……召爲左金吾衛大將軍，以楊於陵代之。……憲宗監國，進拜中書侍郎、同中書門下平章事。劉闢反，詔滋爲劍南東西川、山南西道安撫大使，半道，以檢校吏部尚書平章事爲劍南東西川節度使。是時，賊方熾，又滋兄峯在蜀爲闢所劫，滋畏不得全，久不進，貶吉州刺史。未幾徙義成節度使。滑，用武地，東有淄青，北魏博，滋嚴備而推誠信，務在懷來，李師道、田季安畏服之。〔據紀，滋以元和元年（八〇六）十月授義成，七年（八一二）十月改官。〕……以户部尚書召，改檢校兵部尚書，拜山南東道節度使，徙荆南。吴元濟之反，滋言蔡兵勁，與下同欲，非朝夕計可下，宜廣方略，離潰其心。及宿兵三年，調發益屈，詔出禁錢繼之。滋揣天子且厭兵，自表入朝，欲議罷淮西事，道聞蕭俛、錢徽坐沮議黜去，滋翻其謀，更言必勝，順可天子意，乃得還，俄而高霞寓敗，帝思以恩信傾賊，且滋嘗云云，乃授彰義節度，僑治唐州。又以滋儒者，拜陽旻爲唐州刺史，將其兵。滋先世墳墓在蔡，吴少陽時爲修墓，禁芻牧，諸袁多署右職，稟給之。滋至治，去斥候，與元濟通好，賊圍新興，滋卑辭講解，賊因是易滋不爲備。時帝責戰急，而滋至六月，以無功貶撫州刺史。未幾，遷湖南觀察使，累封淮陽郡公，卒年七十，贈太子少保。滋既病，作遺令處後事，訖三年皆有條次。性寬易，與之接者皆自謂可見肺肝，至家人不得見喜愠，薄居處飲食。能爲春秋，嘗以劉惲悲甘陵賦褒善斥惡戾春秋旨，然其文不可廢，乃著後序。工篆隸，有古法。子均，右拾遺，郊，翰林學士。」觀此知禹錫詩所謂「令尹自無喜，羊公人不疑」，不獨寫滋之爲人，亦暗指其與吴元濟通好。至於「常聞平楚獄，爲報里門高」，亦確有事實也。故備引本傳以爲讀詩之助。

又按：此詩前二首，全唐詩亦收入權德輿卷，德輿卒於元和十三年，而據憲宗紀，滋之卒則爲是年六月，僅在德輿之前數月，未知孰是。就詩而論，尤似禹錫之作，是時禹錫方在連州，恐無由爲德輿代筆，或代他人，則未可知。

〔五驅龍虎節〕滋凡歷五鎮：一劍南，二義成，三山南東道，四彰義，五湖南。湖南雖非節度，亦方鎮也。

〔亥市〕白居易江州赴忠州詩：「亥市魚鹽聚，神林鼓笛鳴。」青箱雜記云：「蜀有亥市，亥音皆，言如痎瘧，間日一發也，諱痎，故云亥市。」又文苑英華辨證云：「顧况歷陽苦雨詩，亥市風煙接，亥或改作互。按：張籍江南詩云，江村亥日長爲市。又洪氏芻隆興職方乘曰：分寧縣本武寧縣之常州亥也。嶺南村落有市謂之虚，不當會多虚日。西蜀曰痎，如痎疾間而復作也，江南曰亥，本與蜀同，惡以疾稱，止曰亥耳。」二説如此，則爲亥市明矣。

〔青烏〕況周儀蕙風簃隨筆云：「地師青烏之術，今人訛作青烏。唐書藝文志：王璨新撰青烏子三卷。王維能禪師碑：擇吉祥之地，不待青烏；變功德之林，皆成白鶴。劉賓客集故相袁公挽歌：地得青烏相，賓驚白鶴飛。柳子厚伯祖妣李夫人墓銘：艮之山，兑之水，靈之車，當返此。子孫百代承麟趾，誰之言者青烏子。惠棟松崖筆記飯鱔條引青烏子算書，皆確證也。」地師之術荒誕無術，姑因其書列入藝文志而略辨之。

〔五公〕按傳稱滋名陳侍中憲之後，故用漢袁氏四世五公事，然韓愈袁氏先廟碑則謂爲北魏鴻臚恭之後，似韓文據袁氏家乘爲可信。五公者，袁安、袁湯、袁逢、袁隗、袁京。

代靖安佳人怨二首 并引

靖安，丞相武公居里名也。元和十一年六月，公將朝，夜漏未盡三刻，騎出里門，遇盜薨于牆下。初公爲郎，余爲御史，繇是有舊故。今守于遠服，賤不可以誄，又不得爲歌詩聲于楚挽。故代作佳人怨以裨于樂府云。

寶馬鳴珂踏曉塵，魚文匕首犯車茵。適來行哭里門外，昨夜華堂歌舞人。

秉燭朝天遂不回，路人彈指望高臺。牆東便是傷心地，夜夜秋螢飛去來。

【校】

〔舊故〕崇本無故字。

〔秋螢〕全唐詩秋作流，注云：一作秋。

【注】

〔靖安〕唐兩京城坊考三，朱雀門街東第二街靖安坊有門下侍郎、同中書門下平章事武元衡宅。

【箋證】

按：靖安指武元衡。舊唐書一五八元衡本傳云：「元衡宅在靖安里，十年（八一五）六月三日將朝，出里東門，有暗中叱使滅燭者，導騎呵之，賊射之中肩，又有匿樹陰突出者，以棓擊元衡左股，其徒馭已爲賊所格奔逸，賊乃持元衡馬東南行十餘步害之，批其顱骨懷去，及衆呼偕至，持火照之，見元衡已踣於血中，即元衡宅東北隅牆之外。」此詩云「牆東便是傷心地」，可謂無一字虛。是時禹錫方赴貶連州，猶在道途中也。詩引云元和十一年（八一六），不合事實。一字誤衍。

又按：禹錫於元衡有宿怨，詩引中微露其意，云：「初公爲郎，余爲御史，由是有舊。」謂二人名位本相埒也。云：「今守于遠服，賤不可以誄。」謂貶斥由於元衡也。其不爲挽詩而託於樂府，雖不爲快意語，亦固不許其爲人矣。前人之評此詩者，頗有不同之論，略採數條如左：葛立方韻語陽秋云：「元和十一年（按此仍沿劉集之誤，當作十年。）六月，武元衡將朝，夜漏未盡三刻，騎出里門，遇盜死于牆下。許孟容謂國相横尸而盜不得，爲朝廷恥，遂下詔募捕，竟得賊，始得張晏者，王承宗所遣，訾嘉珍者，李師道所遣也。初，元衡策李錡之必反，已而錡果反就誅，由是諸鎮桀驁者皆不自安，以至于是。劉夢得有代靜安佳人怨詩云……考夢得爲司馬時，朝廷欲澡濯補郡，而元衡執政，乃格不行，夢得作詩傷之，而借託于静安佳人，其傷之也，乃所以快之歟！」胡震亨唐詩談叢云：「夢得靖安佳人怨及白氏大和九年（八三五）某月日感事詩，爲武相伯蒼、王相廣津作者，實有並銜宿怨故。劉先於叔文時斥武，宜武有補郡見格之報。白嘗因覆策事救王，王固不應下石訐白母大不幸事，令白有江州謫也。事各有曲直而怨之淺深亦分，在風人忠厚之教，總不宜有詩。然欲爲兩人曲諱如坡公之説，則正自不必耳。」劉克莊後村詩話後集云：「子厚古東門行，夢得靖安佳人怨，恐皆爲武相元衡作也。柳云……猶有嫉惡閔忠之意，夢得昨夜畫堂歌舞人之句，似傷乎薄。世言柳、劉爲御史，元衡爲中丞，待二人滅裂，果然，則柳賢於劉矣。」

附録　柳宗元　古東門行

漢家三十六將軍，東方雷動横陣雲。雞鳴函谷客如霧，貌同心異不可數。赤凡夜語飛電光，徼巡司隸眠如羊。當街一叱百吏走，馮敬胸中函匕首。凶徒側耳潛愜心，悍臣被膽皆吐口。魏王卧内藏兵符，子西掩袂真無辜。羌胡轂下一朝起，敵國舟中非所擬。安陵誰辨削礪功，韓國詎明深井里。絶臏斷骨那下（或作可）補，萬金寵贈不如土。

按：觀詩中魏王、子西二語，似宗元不以元衡爲力主討淮西者。全詩之意但慨唐室之無能，間諜縱横於都市，而吏卒莫之誰何。題託樂府，亦與禹錫之製題隱約略同。

傷愚溪三首　并引

故人柳子厚之謫永州，得勝地，結茅樹蔬，爲沼沚，爲臺榭，目曰愚溪。柳子没三年，有僧遊零陵，告余曰：「愚溪無復曩時矣。」一聞僧言，悲不能自勝，遂以所聞爲七言以寄恨。

溪水悠悠春自來，草堂無主燕飛回。隔簾惟見中庭草，一樹山榴依舊開。

草聖數行留壞壁，木奴千樹屬鄰家。唯見里門通德榜，殘陽寂寞出樵車。

柳門竹巷依依在，野草青苔日日多。縱有鄰人解吹笛，山陽舊侶更誰過？

【校】

〔曩時〕明鈔本曩作那。

〔日日〕全唐詩於下日字注云：一作月。

〔舊侶〕全唐詩侶下注云：一作里。

【注】

〔草聖〕魏志劉劭傳注：弘農張伯英者，凡家之衣帛，必書而後練之，臨池學書，池水盡黑。下筆必爲楷則，至今世人尤寶之，韋仲將謂之草聖。

〔通德〕後漢書鄭玄傳，孔融曰：昔東海于公，僅有一節，猶或戒鄉人侈其門閭，矧迺鄭公之德，而無驅牲之路。可廣開門衢，令容高車，號爲通德門。

〔鄰笛〕文選向秀思舊賦序：余與嵇康、吕安，居止接近，其人並有不羈之才，後各以事見法。余逝將西邁，經其舊廬，於時日薄虞淵，寒冰凄然，鄰人有吹笛者，發聲寥亮，追思曩昔游宴之好，感音而歎，故作賦云。

【箋證】

按：劉、柳交情非等倫，故詩既真率復沉摯，柳以書名，據其詩集，在永州種果樹藥草，頗費經營，故草聖木奴之句皆紀實也。令人想見其在時風致，得此僧所言而詩愈有味。詩引云：柳殁三年，則當是長慶二年（八二二）禹錫在夔州時遇此僧。

〔愚溪〕柳集有愚溪詩序云：「灌水之陽有溪焉。東流入於瀟水，或曰冉氏嘗居也，故姓是溪爲冉溪，或曰可以染也，名之以其能，故謂之染溪。余以愚得罪，謫瀟水上，愛是溪，入二三里，得其尤絶者家焉。古有愚公谷，今予家是溪而名莫能定，土之居者猶齗齗然，不可以不更也，故更之爲愚溪。」又與楊誨之書云：「方築愚溪東南爲室，耕野田圃堂下以詠至理。」

碧澗寺見元九侍御和展上人詩有三生之句因以和

廊下題詩滿壁塵，塔前松樹已皴鱗。古來唯有王文度，重見平生竺道人。

【校】

〔題〕紹本和展上人之和字作如，崇本以和下有之字。

〔皴鱗〕紹本、崇本、絶句二字均乙，畿本注云：一作皴鱗。

【箋證】

按：元九侍御謂元積，展上人爲如展。元集中有詩題云：「八月六日，與僧如展，前松滋主簿韋戴，同遊碧澗寺，賦得扉字韻，寺臨蜀江，内有碧澗，穿注兩廊，又有龍女洞，能興雲雨。」詩云：「空闊長江礙鐵圍，高低行樹倚巖扉。穿廊玉澗噴紅旭，湧塔金輪坼翠微。草引風輕馴虎睡，洞驅雲入毒龍歸。他生莫忘靈山別，滿壁人名後會稀。」其後又有詩題云：「僧如展及韋戴同遊碧澗寺，各賦詩，予落句云，他生莫忘靈山座，滿壁人名後會稀。展共吟他生之句，因話釋氏緣會所以，莫不悽然久之，不十日而展公長逝，驚悼返覆，則他生豈有兆耶？其間展公仍賦黄字五十韻，飛札相示，予方屬和未畢，自此不復撰成，徒以四韻爲識。」詩云：「重吟前日他生句，豈料踰旬便隔生。會擬一來身塔下，無因共繞寺廊行。紫毫飛札看猶溼；黄字新詩和未成。縱使得如羊叔子，不聞兼記舊交情。」踰年復有公安縣遠安寺水亭見展公題壁漂然淚流因書四韻詩云：「碧澗去年會，與師三兩人。今來見題壁，師已是前身。芰葉迎僧夏，楊花度俗春。空將數行淚，徧灑塔中塵。」此元積爲如展題詩之本事，可見禹錫此詩「廊下題詩、塔前松樹」之語皆有所據。元詩三云他生，劉詩作三生，蓋偶誤記耳。禹錫作此詩疑在自朗州赴召入京時。

〔收銀甲〕全唐詩收下注云：一作悲。

【箋證】

按：房開士謂房啓，韓愈清河郡公房公墓碣銘云：「公諱啓字某（按字當據本文補），河南人，其大王父融，王父琯，仍父子爲宰相……公胚胎前光，生長食息，不離典訓之内，目擩耳染，不學以能。始爲鳳翔府參軍，尚少，人吏迎觀望見，咸曰：真房太尉家子孫也。不敢弄以事。轉同州澄城丞，益自飭理，同官憚伏。衞晏使嶺南黜陟，求佐得公，擢摘良姦，南土大喜，還進昭應主簿。裴胄領湖南，表公爲佐，拜監察御史，部無遺事。胄遷江西，又以節鎮江陵，公一隨遷佐胄。累功進至刑部員外郎，賜五品服，副胄使事，爲上介。上聞其名，徵拜虞部員外，在省籍籍，遷萬年令，果辨憿絶。貞元末，王叔文用事，材公之爲，舉以爲容州經略使，拜御史中丞，服佩視三品，管有嶺外十三州之地。……在容九年，遷領桂州，封清河郡公，食邑三千户。中人使授命書，應對失禮，客主違言，徵貳太僕，未至，貶虔州長史而坐使者，以疾卒官，年五十九。」此詩引云前爲虞部郎中，與墓碣作員外郎者微異。據紀，元和八年（八一三）四月乙酉，啓遷桂管，此詩引所謂今年不知爲何年，要之爲禹錫在朗州時。啓貶官之由具載於紀，云：「啓初拜桂管，啓吏賂吏部主者，私得官告以授啓，俄有詔命中使賫告牒與啓，曰受之五日矣。上怒，杖吏部會史，罰郎官，啓亦即降之。」然此乃官書，墓碣云客主違言，似得其實。必中官索賕不遂而摭此坐之耳。柳河東集先友記云，啓善清言。據墓碣知啓固王、韋之黨，宜劉、柳皆與之相稔。順宗實録云：「初，啓善於叔文之黨，因相推致，遂獲寵於叔文，求進用，叔文以爲容管經略使，使行，約至荆南授之，云脱不得荆南，即與湖南。故啓宿留於江陵，久之方行至湖南，又久之而叔文與執誼争權，數有異同，故不果。尋聞皇太子監國，啓惶駭奔馳而往。」據此，則啓之與宦官齟齬或不僅由索賄不遂，仍以王叔文餘黨之故，宦官假此報怨，亦未可知。

〔懷遠里〕唐兩京城坊考四：西京懷遠坊在朱雀門西第四街西市之南。

夔州竇員外使君見示悼妓詩顧余嘗識之因命同作

前年曾見兩鬟時，今日驚吟悼妓詩。鳳管學成知有籍，龍媒欲换歎無期。空廊月照常行地，後院花開舊折枝。寂寞魚山青草裏，何人更立智瓊祠？

【校】

〔題〕畿本、全唐詩之下注云：一作面。

【注】

〔兩鬟〕按兩鬟用陌上桑兩鬟千萬餘語意，謂量珠以聘也。

【箋證】

按：竇員外謂竇常，已見本集卷二十四。新唐書一七五常傳云，歷朗、夔、江、撫四州刺史。

其任朗州時，禹錫亦正爲朗州司馬，故云前年嘗見。常自朗遷夔，此時當爲禹錫在連州時作。

〔魚山〕王維集有魚山神女祠歌，即智瓊祠，當在東阿。搜神記：「魏濟北郡從事掾弦超，字義起，以嘉平中夜獨宿，夢有神女來從之，自言天上玉女，東郡人，姓成公，字知（智）瓊。早失父母，天帝哀其孤苦，遣令下嫁從夫。……作夫婦經七八年，……後人怪問，漏泄其事，玉女遂求去。……去後五年，超奉郡使至洛，到濟北魚山下陌上西行，遥望曲道頭有一車馬似知瓊。驅馳前至，果是也。……至太康中猶在，但不日日往來，每於三月三日、五月五日、七月七日、九月九日、旦、十五日，輒下往來，經宿而去。張茂先爲之作神女賦。」皆不經之談，而後之文士多引用之。

竇夔州見寄寒食日憶故姬小紅吹笙因和之

鸞聲窈眇管參差，清韻初調衆樂隨。幽院妝成花下弄，高樓月好夜吹時。忽驚暮槿飄零盡，唯有朝雲夢想期。聞道今年寒食日，東山舊路獨行遲。

【校】

〔吹時〕紹本、崇本、中山集、全唐詩均作深吹。

〔暮槿〕畿本、全唐詩槿下均注云：一作雨。

傷循州渾尚書

貴人淪落路人哀，碧海連翩丹旐回。遥想長安此時節，朱門深巷百花開。

【校】

〔碧海〕全唐詩海下注云：一作水。

〔連翩〕紹本、崇本、全唐詩均作連天，恐非。

【箋證】

按：渾尚書謂渾鎬。舊唐書一三四渾瑊傳云：「鎬，瑊第二子，性謙謹，多與士大夫遊。歷延、唐二州刺史，軍政吏職有可稱者。及元和中，諸道出師討王承宗，屬義武軍節度使任迪簡病不能軍，以鎬藉父威名，足以鎮定，乃以鎬檢校右散騎常侍充義武軍節度副使。九月六日，加檢校工部尚書，代迪簡爲節度使。鎬治兵練軍，頗有威望，然不能觀釁養鋭以期必勝。鎮、定相去九十里，元和十一年（八一六）冬，鎬率全師壓賊境而軍，距賊壘三十里，鎬謀慮不周，但耀兵鋒，無所控制，賊乃分兵潛入定州界，焚燒驅掠。鎬怒，進攻賊壘，交鋒而敗。師徒殆喪其半，餘衆還定州，亂不可遏，朝廷乃除陳楚代之。楚聞亂，馳入定州，鎬爲亂兵所劫，以至裸露。楚既整戢，於亂兵處率斂衣服還鎬，方得歸朝，坐貶韶州刺史。後代州刺史韓重華奏收得鎬供軍錢絹十餘萬貫匹，再貶循州刺史，歲餘卒。」蓋鎬之卒即禹錫在連州時，故有所感觸，非必與鎬有深交也。玩「碧海連翩丹旐回」之句，當是同時尚有遷客之歸櫬者。「朱門深巷百花開」之句，則指長安渾宅之名花，詳見本集卷二十五渾侍中宅牡丹及卷二十八送渾大夫赴豐州各詩。

哭龐京兆

少年有俊氣，嘗擢制科之首。

俊骨英才氣褎然，策名飛步冠羣賢。逢時已自致高位，得疾還因倚少年。天上別歸京兆府，人間空歎茂陵阡。今朝繐帳哭君處，前日見鋪歌舞筵。

【校】

〔得疾〕英華疾作病。全唐詩注云：一作病。

〔空歎〕全唐詩歎作數，注云：一作歎。

【箋證】

按：龐京兆謂龐嚴，舊唐書一六六、新唐書一〇四均有傳。舊傳云：「壽春人，父景昭。嚴，元和中登進士第，長慶元年（八二一），應制舉賢良方正、能直言極諫科，策入三等，冠制科之首。是月拜左拾遺。聰敏絶人，文章峭麗，翰林學士元稹、李紳頗知之。明年二月，召入翰林爲學士，轉左補闕，再遷駕部郎中，知制誥，嚴與右拾遺蔣防俱爲稹、紳保薦至諫官內職。四年，昭愍（敬宗)即位，李紳爲宰相李逢吉所排，貶端州司馬，嚴坐累出爲江州刺史。給事中于敖素與嚴善，制既下，敖封還，時人凛然相顧曰：于給事犯宰相怒而爲知己，不亦危乎？及覆制出，乃知敖駁制書貶嚴太輕，中外無不嗤誚，以爲口實。初，李紳謫官，朝官皆賀逢吉，唯右拾遺吴思不賀，逢吉怒，改爲殿中侍御史，充入蕃告哀使。嚴復入爲户部郎中。大和二年（八二八）二月，上試制舉人，命嚴與左散騎常侍馮宿，太常少卿賈餗爲試官，以裴休爲甲等。制科之首有應直言極諫舉人劉蕡條對激切，凡數千言，不中選，人咸以爲屈，其所對策大行於時，登科者有請以身名换蕡者，嚴再遷太常少卿。五年，權知京兆尹，以强幹不避權豪稱，然無士君子之檢操，貪勢嗜利，因醉而卒。」據此，二詩皆切肖嚴之爲人。文宗紀，大和五年（八三一）八月丙戌，京兆尹龐嚴卒，是時禹錫猶未奉蘇州之命，故在京與嚴有往還也。

又按：張祜有哭京兆龐尹詩云：「揚子江頭昔共迷，一爲京兆隔雲泥。故人昨日同時弔，舊馬同時别處嘶。向壁愁眉無復畫，扶牀稚子已能啼。也知世路名堪貴，誰信莊周物論齊？」是嚴有少妾幼子，與禹錫詩之「得疾還因倚少年」及「哭殺畫眉人」正相合。又馬戴同題云：「神州喪賢尹，父老泣關中。未盡平生願，纔留及物功。清光沉皎月，素業振遺風。履跡莓苔掩，珂聲紫陌空。從來受知者，會葬漢陵東。」末句亦與禹錫詩之「人間空歎茂陵阡」相合。可見禹錫詩多有本事，語無泛設，如此之比，不可悉數，文獻無徵，所能考見者亦不過鱗爪耳。

再傷龐尹

京兆歸何處？章臺空莫塵。可憐鸞鏡下，哭殺畫眉人。

哭王僕射相公

名播，時兼鹽鐵，暴薨。

于侯一日病，滕公千載歸。門庭颯已變，風物慘無輝。羣吏謁新府，舊賓沾素衣。歌堂忽暮哭，賀雀盡驚飛。

【校】

〔于侯〕崇本、纖本均作子侯，纖本、全唐詩均注云：一作于侯，又作子輿。按：詩意似言平日聲勢之煊赫，一旦炎涼頓改，故題下特注「時兼鹽鐵」一語。史記封禪書：武帝封泰山時，子侯暴病一日死。子侯，霍去病子，奉車都尉從登山者。禹錫當是用此。校者不知而臆改，乃扣槃捫燭之説也。

〔颯已〕全唐詩颯作愴，注云：一作颯。

〔慘〕全唐詩作澹。

〔賀雀〕英華賀作駕，非。

【箋證】

按：王僕射謂王播，舊唐書一六四、新唐書一六七均有傳。傳云：「擢進士第，登賢良方正制科，授集賢校理，再遷監察御史，轉殿中，歷侍御史。貞元末，倖臣李實爲京兆尹，恃恩頗横，嘗遇播於途不避。故事，尹避臺官。播移文詆之，實怒，後奏爲三原令，欲挫之。……順宗即位，除駕部郎中，改長安令，歲中，遷工部郎中知臺雜。刺舉綱憲，爲人所稱。轉考功郎中，出爲虢州刺史。李巽領鹽鐵，奏爲副使、兵部郎中。元和五年（八一〇），代李夷簡爲御史中丞，振舉朝章，百職修舉。十月，代許孟容爲京兆尹。……六年（八一一）三月，轉刑部侍郎，充諸道鹽鐵轉運使。……十年四月，改禮部尚書，領使如故。先是李巽以程异爲江淮院官，异又通泉貨，及播領使，奏之爲副。當王師討吴元濟，令异乘傳往江淮，賦輿大集，以至賊平，深有力焉。及皇甫鎛用事，恐播大用，乃請以使務命程异領之，播守本官而已。十三年（八一八），檢校户部尚書、成都尹、劍南西川節度使。穆宗即位，皇甫鎛貶，播累表求還京師。長慶元年（八二一）七月，徵還，拜刑部尚書，復領鹽鐵轉運等使。十月，兼中書侍郎、平章事，領使如故。長慶中，内外權臣，率多假借，播因銅鹽擢居輔弼，專以承迎爲事，而安危啓沃，不措一言。時河北復叛，朝廷用兵，會裴度自太原入覲，朝野物論言度不宜居外。明年三月，留度復知政事，以播代度爲淮南節度使、檢校右僕射，領使如故。仍請攜鹽鐵印赴鎮，上都院印請別給賜，從之。播至淮南，屬歲旱儉，人相啖食，課最不充，設法掊斂，比屋嗟怨。敬宗即位，就加銀青光禄大夫、檢校司空，罷鹽鐵轉運使。

時中尉王守澄用事，播自落利權，廣求珍異，令腹心吏內結守澄以爲之助。守澄乘間啓奏，謂播有才，上於延英言之。諫議大夫獨孤朗、張仲方，起居郎孔敏行、柳公權、宋申錫，補闕韋仁實、劉敦儒，拾遺李景讓、薛廷老等請開延英，面奏播之姦邪，交結寵倖，復求大用。天子沖幼，不能用其言；自是物議紛然不息。明年正月，播復領鹽鐵轉運使。播既得舊職，乃於銅鹽之內巧爲賦斂，以事月進，名爲羨餘，其實正額。務希獎擢，不恤人言。……大和元年（八二七）五月，自淮南入覲，進大小銀盌三千四百枚，綾絹二十萬匹。六月，拜尚書左僕射同平章事，領使如故。……四年（八三〇）正月，患喉腫暴卒，時年七十二。」據此，播之爲人亦大略可知矣。又觀李宗閔爲播撰神道碑，敍其筦鹽鐵云：「權征之外有雜緡，率貢內帑，號爲羨進，貞元中歲不過二十萬緡，及公歲貢百萬緡。凡國有大征伐，不慮其費之有無。洎丞相晉公專征討之事，兵食之給悉出於公，公方從容以贊其成。及滄景平，公有協力之助。自御史中丞京兆尹總賦秉政，未嘗書笏爲記，善於啓奏。天子不能自守其喜怒，公以專志持務密匡於上，行己寡徒，不喜伐露，由是數帝任遇，多被恩澤，權利去留如在諸己，人多意公能詭合於時。及公再持相印，與晉公洎一二公同輔於上，趨向甚直，雅符於道。苟所舉公是，公必扶之，即非是，公遂嘿嘿不和。由是上知公厚重而同列亦聳待之，乃見公之所爲，與向之所知者期公蓋甚戾也。公既屈於名而伸於富貴，豈非盛德君子神明之所祐耶？」是時播之弟起已貴顯矣，而宗閔爲是碑詞氣抑揚若此，播之不爲公論所許更可想見。禹錫有代諸郎中祭王相國文，見外集卷十，此則自抒己意，亦似有微詞也。詩中「于侯一日病」之于侯，當作子侯，謂霍光子從武帝登泰山，暴病一日死。祭文云得君如此，故以霍子侯爲喻。歌堂暮哭之句亦以見其平日聲勢之煊赫也。

傷韋賓客縝 自工部尚書除賓客。

韋公八十餘，位至六尚書。五福唯無富，一生誰得如？桂枝攀最久，蘭省出仍初。海內時流盡，何人動素車？

【校】

〔題〕除賓客，結一本除下衍兵字。

〔八十〕崇本十作年。

〔攀最〕全唐詩注云：一作收實。

【箋證】

按：舊唐書文宗紀，開成元年（八三六）正月，祕書監韋縝爲工部尚書。此詩原注云：「自工部尚書除賓客」，去其卒必不甚遠，禹錫已自同州歸洛陽矣。韋縝事跡不詳。陸增祥金石續編有韋夫人王氏墓誌，哀子前鄉貢進士縝撰并書。陸氏云：「誌稱歸於下邽公，予曩時先得有韋公玄堂志，名端者即其人也。端後又官陽翟縣丞及國子監主簿而致仕，其卒葬在元和十五年（八二

○)。據玄堂志稱嗣子縝、系、練、紓、絢，此作縝、潔、系、縮、紓，有潔、縮而無練、絢，序次亦復不同。」又玄堂志，縝系銜爲工部郎中。則其人至大和中已八十餘，位至尚書，年代仕履應略相當，疑即其人。

再經故元九相公宅池上作

故池春又至，一到一傷情。雁鶩羣猶下，蛙蠙衣已生。竹叢身後長，臺勢雨來傾。六尺孤安在？人間未有名。

【校】

〔蠙〕全唐詩作螟，注云：一作蠙。

〔安在〕畿本、全唐詩安下均注云：一作猶。

【注】

〔蛙蠙衣〕莊子至樂：得水則爲㡭，得水土之際，則爲鼃蠙之衣。

【箋證】

按：元九相公謂元稹。白居易寄微之詩云：「樹依興善老，草傍靖安哀。」注云：「微之宅在靖安坊西近興善寺。」唐兩京城坊考三，靖安坊在朱雀門街東第一街。惟同書載東都履信坊有元積宅，引白居易詩注云：微之履信新居多水竹。禹錫此詩題有「池上」之語，又有「竹叢春後長」之句，當是指東都之宅。積以大和五年（八三一）七月卒於武昌，禹錫蓋於開成中以賓客分司東都時再經其宅。

劉禹錫集箋證外集卷第一

詩

翰林白二十二學士見寄詩一百篇因以答貺

吟君遺我百篇詩，使我獨坐形神馳。玉琴清夜人不語，琪樹春朝風正吹。郢人斤斲無痕跡，仙人衣裳棄刀尺。世人方内欲相尋，行盡四維無處覓。

【校】

〔題〕全唐詩貺下注云：一作贈。

【注】

〔郢人斤〕莊子徐無鬼：郢人堊慢其鼻端，若蠅翼，使匠石斲之。匠石運斤成風，聽而斲之，盡堊而鼻不傷。郢人立不失容。

【箋證】

按：白二十二謂白居易。據本傳，元和二年（八〇七）十一月，自盩厔尉、集賢校理召入爲翰林學士。三年五月，拜左拾遺。六年四月，丁母憂出翰林。其在翰林時，禹錫已謫朗州矣。二人於貞元末同在京，曾否過從，無明文可據。但居易既曾示以詩至一百篇，似非交誼深厚者不及此。今長慶集中居易在翰林時無投贈禹錫之作，蓋兩家之集皆罕存少作，不能斷其必無也。白集中劉白唱和集解敍二人之酬唱云：「一二年來，日尋筆硯，同和贈答，不覺滋多。至大和三年（八二九）春已前，紙墨所存者凡一百三十八首。」然則二人唱和之勤，實以大和元二年（八二八）爲始，揚州之相逢（酬樂天揚州初逢席上見贈詩見下）雖未必爲初見，亦可云在此以前未嘗有詩篇往來。意者居易在翰林時一度寄此百篇之詩，此後彼此蹤跡阻隔無由致聲耳。

又按：此詩評居易之詩以郢人斤斵、仙人衣裳爲喻，頗具別解，似謂其飛行絶迹無從摹擬。自今日觀之，殊有擬於不倫之感，疑居易早年之作與後來塗徑稍殊。

始至雲安寄兵部韓侍郎中書白舍人二公近曾遠守故有屬焉

天外巴子國，山頭白帝城。波清蜀村盡，雲散荒臺傾。迅瀨下哮吼，兩岸勢争衡。陰風鬼神過，暴雨蛟龍生。硤斷見孤邑，江流照飛甍。蠻軍擊嚴鼓，筰馬引雙旌。望闕遥拜舞，分庭備將迎。銅符一以合，文墨紛來縈。暮色四山起，愁猿數處聲。重關羣吏散，静室寒燈明。故人青霞意，飛舞集蓬瀛。昔曾在池籞，應知魚鳥情。

【校】

〔蜀村〕紹本、全唐詩村作棟，崇本作㭘。

〔荒臺〕紹本、崇本荒作楚，似是。

〔舞集〕紹本集作焦。

【注】

〔雲安〕天寶中夔州爲雲安郡。

〔巴子國〕蜀東地區在春秋爲巴國，夔州即漢、魏以後之巴東郡。

〔蠻軍〕杜甫詩：絶塞烏蠻北，孤城白帝邊。唐人指夔州之習用語。

〔筰〕史記西南夷列傳：自嶲以東北，君長以什數，徙、筰都最大。

〔銅符〕刺史頒魚符制。

【箋證】

按：禹錫授夔州刺史是長慶元年（八二一）冬事，韓愈除兵部侍郎在是年七月，居易拜中書舍人在十月，是詩必元年（八二一）冬二年（八二二）春作。元和之末，愈自刑部侍郎貶潮州刺史，未幾量移袁州，居易則自江州司馬除忠州刺史，故云二公近曾遠守。禹錫遥聞二人一則聲望方隆，一則初膺峻擢，指顧可期柄政，故望其援引。而不料居易未及一年即出守杭州，而愈亦停滯不進，兩年之間遂卒也。禹錫與愈爲素交，已見本集卷十。居易前此往還之迹雖不見於集中，據此詩亦可決其非夙無交誼者。

又按：韓、白二人在長慶初雖同躋貴近，似頗不相能，白詩中頗有微詞，如云：「近來韓閣老，疎我我心知。」而韓詩中亦寓調侃，如云：「曲江水滿花千樹，有底忙時不肯來？」是時國是紛紜，裴度與稹齟齬，元、白交誼素篤，人所共知，而韓則裴之舊僚，各有黨援。稹於二年（八二二）六月罷相，居易即於七月出守杭州，情事顯然。禹錫在外年久，或於朝端門户恩仇尚未深悉，故以韓、白並舉。

白舍人自杭州寄新詩有柳色春藏蘇小家之句因而戲酬兼寄浙東元相公

錢塘山水有奇聲，暫謫仙官守百城。女妓還聞名小小，使君誰許喚卿卿？鼇驚震海風雷起，蜃鬬噓天樓閣成。莫道騷人在三楚，文星今向斗牛明。

【校】

〔守百城〕結一本守作有，誤。全唐詩作鎖。

【注】

〔小小〕李商隱詩：蘇小小墳今在否。馮注引樂府廣題云蘇小小，錢塘名倡也，南齊時人。

【箋證】

按：居易集中載原詩云：「望海樓明照曙霞，護江堤白踏晴沙。濤聲夜入伍員廟，柳色春藏蘇小家。紅袖織綾誇柿蒂；青旗沽酒趁梨花。誰開湖寺西南路？草緑裙腰一道斜。」玩詩意自是春時所作。長慶三年（八二三）爲居易任杭州刺史之第二春，元稹自同州刺史遷浙東觀察使在長慶三年（八二三）八月，故禹錫和此詩必在四年（八二四）春矣。杭、越皆近海，故詩有「鼇驚震海」，「蜃鬬噓天」一聯，蜃鬬似暗指讒人之把持政局，爲稹之罷相出鎮鳴不平也。禹錫與稹於元和中同在謫籍，江陵、朗州，聲息相通，元和九年（八一四）同赴召，十年（八一五）又同貶，爲患難至交。又稹爲韋夏卿壻，禹錫曾遊夏卿之門，柳宗元、李景儉、吕温、李德裕、李紳諸人皆同與元、劉夙契，故元、劉在政潮中爲同臭味者，反較白、劉專爲文字交者更親密也。

春日書懷寄東洛白二十二楊八二庶子

曾向空門學坐禪，如今萬事盡忘筌。眼前名利同春夢，醉裏風情敵少年。野草芳菲紅錦地，游絲撩亂碧羅天。心知洛下閑才子，不作詩魔即酒顛。

【校】

〔題〕崇本二十二下有學士二字，按：與下文楊八二庶子不相應，顯不足據。

〔酒顛〕全唐詩酒下注云：一作醉。

【注】

〔庶子〕據職官志，太子左春坊左庶子二人，正四品上，右春坊右庶子二人，正四品下。

〔忘筌〕莊子外物：筌者所以在魚，得魚而忘筌。蹄者所以在兔，得兔而忘蹄。言者所以在意，得意而忘言。吾安得夫忘言之人而與之言哉？

【箋證】

按：白居易有除官赴闕留贈微之詩云：「去年十月半，君來過浙東。今年五月盡，我發向關中。」謂居易長慶四年（八二四）除庶子也。禹錫以長慶四年（八二四）秋始離夔州，此詩既云春日書懷，則必爲寶曆元年（八二五）之春，已在和州矣。楊八謂楊歸厚，已見本集卷八、十八、二十四。居易與歸厚亦舊交，居易刺忠州，歸厚刺萬州爲鄰郡，屢有往還之詩。白集中有酬楊八一詩云：「君以曠懷宜静境，我因蹇步得閒官。閉門足病非高士，勞作雲心鶴眼看。」正編於庶子分司時。又有贈楊使君一詩云：「曾嗟放逐同巴峽，且喜歸還會洛陽。時命到來須作用，功名未立莫思量。銀銜叱撥欺風雪，金屑琵琶費酒漿。更待城東桃李發，共君沉醉兩三場。」首句似即指歸厚曾刺萬州，而末聯又頗似與禹錫此詩之「心知洛下閑才子，不作詩魔即酒顛」之句相應，蓋禹錫亦知二人爲詩酒之侶也。

白舍人見酬拙詩因以寄謝

雖陪三品散班中，資歷從來事不同。名姓也曾鐫石柱，詩篇未得上屏風。甘陵舊黨彫零盡，魏闕新知禮數崇。煙水五湖如有伴，猶應堪作釣魚翁。

【箋證】

按：白集中有答劉和州禹錫詩云：「换印雖頻命未通，歷陽湖上又秋風。不教才展休明代，爲罰詩争造化功。我亦思歸田舍下，君應厭卧郡齋中。好相收拾爲閒伴，年齒官班約略同。」此詩首句即答白詩之末句，故云「雖陪三品散班中，資歷從來事不同」。末句「煙水五湖如有伴，猶應堪作釣魚翁」，即答白詩之第五句也。唐人和答之詩必與來詩相應，此詩與居易之詩用韻又同，無疑爲唱和之作，惟居易題中謂答劉和州，則禹錫必尚有一詩，未知爲何篇耳。居易以長慶元年（八二一）十月除中書舍人，故以此稱之。

〔三品散班〕唐制職事官品與階官品不必相應，如上州刺史雖列爲三品，其任刺史者本身之階官未必已至三品，則三品亦止空名而已，故云三品散班也。禹錫任和州時，尚未賜緋，祇能按刺史例借緋，非但未至三品，且未至五品。但禹錫任郎官學士時則已加朝散銜，（見外集卷六酬嚴給事賀加五品詩）故至蘇州而加賜金紫。白居易任忠州刺史時借緋，及以郎官内召，反須脱緋著緑，故有詩云：「便留朱紱還鈴閣，卻着青袍侍玉除。無奈嬌癡三歲女，繞腰啼哭覓銀魚。」又重和元少尹詩云：「鳳閣舍人京亞尹，白頭俱未着緋衫。南宫起請無消息，朝散何時得入銜。」謂必階官加至朝散大夫，方得按階官五品例着緋。

〔石柱〕唐有尚書省郎官石柱，曾任郎官者皆鐫名其上，禹錫貞元中曾任屯田員外郎，唐時以尚書省郎官爲貴要，故有「名姓也曾鐫石柱」之語。

〔甘陵舊黨〕東漢甘陵南北部之争，由周福、房植兩家而起，遂成黨錮之禍，此借喻王、韋之黨。禹錫作此詩在長慶中，王、韋一黨中人，除已被害者外，如凌準、吕温、柳宗元、程异，皆先後物故，故有凋零盡之語。

〔魏闕〕魏闕謂朝廷，此謂居易方掌綸誥，行將貴顯也。以上兩聯，皆上句自指，下句指居易，承「資歷從來事不同」之故而加以疏解。

白舍人曹長寄新詩有遊宴之盛因以戲酬

蘇州刺史例能詩，西掖今來替左司。二八城門開道路，五千兵馬引旌旗。水通山寺笙歌去，騎過虹橋劍戟隨。若共吴王鬭百草，不如應是欠西施。

【校】

〔不如應是〕全唐詩注云：一作不知惟是。

【注】

〔二八〕二八十六，蓋指蘇州城門之數。

【箋證】

按：居易以寶曆元年三月除蘇州刺史，禹錫於先一年抵和州刺史任。此詩自是居易抵任以後，禹錫自和州寄酬。白集中有夜歸詩云：「逐勝移朝宴，留歡放晚衙。賓寮多謝客，騎從半吴娃。」所謂新詩有遊宴之盛，或即指此。又重答劉和州詩云：「分無佳麗敵西施，敢有文章替左司？隨分笙歌聊自樂，等閑篇詠被人知。花邊妓引尋香徑，月下僧留宿劍池。可惜當時好風景，吴王應不解吟詩。」即對禹錫此詩「蘇州刺史例能詩，西掖今來替左司」及「若共吴王鬭百草，不如應是欠西施」之句作答也。又居易有酬劉和州戲贈詩云：「錢唐山水接蘇臺，兩地褰帷愧不才。政事素無争學得，風情舊有且將來。雙蛾解珮啼相送，五馬鳴珂笑卻回。不似劉郎無景行，長抛春恨在天台。」似亦即答禹錫此詩，故前一首題云重答。劉郎天台之語，乃用劉晨入天台遇仙女之傳説，聊以關合其姓，乃戲言，無事實也。

〔曹長〕唐人郎官相呼爲曹長，以尚書六部即六曹也。居易以元和末年自司門員外郎遷主客郎中，禹錫與之先後任郎官，故以稱之。兼稱舍人者，唐人以中書舍人爲清資貴秩，雖去官猶以此爲榮也。

〔西掖〕唐中書省在西，故稱西掖，居易自中書舍人除蘇州刺史，故以此稱之。

〔左司〕左司謂韋應物曾爲左司郎官。唐制尚書省設左右司，分轄六部。左右司各有郎中、員外郎。韋以詩人爲蘇州刺史，有重名。詩意謂居易官職聲名足繼應物之後。

〔五千兵馬〕居易到蘇州後有詩云：「版圖十萬户，兵籍五千人。」又云：「五千子弟守封疆。」五千兵馬乃蘇州全境之兵額，非泛語。

〔鬬百草〕翟灝通俗編云：「鬬百草，兒戲也。劉禹錫有若共吴王鬬百草句，七修續稿謂起于吴王，非也。申公詩説以芣苢爲兒童嬉戲歌謡之詞，則周初已有此戲矣。」按：鬬草爲唐時流行之遊戲，詩意不過謂倘與吴王争勝云云，似非真謂吴王當時曾鬬百草。

蘇州白舍人寄新詩有歎早白無兒之句因以贈之

莫嗟華髮與無兒，卻是人間久遠期。雪裏高山頭白早，海中仙果子生遲。于公必有高門慶，謝守何煩曉鏡悲。幸免如新分非淺，祝君長詠夢熊詩。高山本高，于門使之高，二義有殊，古之詩流曉此。

【校】

〔題〕才調集只作寄樂天三字。

〔人間〕全唐詩間下注云：一作生。

〔如新〕又玄、才調集新均作斯，非。

〔有殊〕紹本、崇本無有字，全唐詩有作故。

【注】

〔如新〕古語：「白頭如新，傾蓋如故。」見史記鄒陽傳。謂舊交之淺者無異新交，而新相知反有勝於舊交者。此句言居易雖已頭白，而交情則不至蹈如新之譏也。

〔夢熊〕詩小雅斯干：維熊維羆，男子之祥語。

【箋證】

按：居易原詩題作自詠，詩云：「形容瘦薄詩情苦，豈是人間有相人？只合一生眠白屋，何因三度擁朱輪？金章未佩雖非貴，銀榼常携亦不貧。惟是無兒頭早白，被天磨折恰平均。」又吟前篇因寄微之云：「君顔貴茂不清羸，君句雄華不苦悲。何事遣君還似我，髭鬚早白亦無兒。」故禹錫作此慰之。居易劉白唱和集解云：「今垂老復遇夢得，得非重不幸耶？夢得，夢得！文之神妙，莫先於詩，若妙與神，則吾豈敢？如夢得雪裏高山頭白早，海中仙果子生遲；沉舟側畔千帆過，病樹前頭萬木春之句之類，真謂神妙，在在處處應當有靈物護之，豈惟兩家子姪秘藏而已！」

又按：王士禛香祖筆記五云：「白樂天論詩多不可解。如劉夢得雪裏高山頭白早，海中仙果子生遲；沉舟側畔千帆過，病樹前頭萬木春等句，最爲下劣。而樂天乃極賞歎，以爲此等語在在當有神物護持，悖謬甚矣。元、白二集瑕瑜雜陳，持擇須慎，初學人尤不可觀之。白詩晚歲重複，十而七八，絶句作眼前景語，卻往往入妙。如上得籃輿未能去，春風敷水店門前；可憐九月初三夜，露似真珠月似弓之類：似出率意，而風趣非復雕琢可及。」王氏復載此説於池北偶談，而更綴一語云：「元、白於盛唐諸家興會超詣之妙全未夢見。」此語彌露出王氏本色矣。蓋王氏於詩專主神韻，但從虚處求風致之超妙，甚至但從字面求色澤之鮮華，而於興觀羣怨之本旨全不體會。彼云元、白未夢見盛唐諸家之妙，而不知盛唐諸家所謂妙者，至元和時代已爲土飯陳羹，不須更標舉矣。禹錫此二聯所以博居易之賞歎者，以其體物類情，感人深切。王氏際遇不同，宜其如秦、越之不相關也。至趙執信蓄意與王氏爲難，雖駁王氏，亦未爲真知禹錫者。其言曰：「詩人貴知學，尤貴知道。東坡論少陵詩外尚有事在是也。劉賓客詩云：沉舟側畔千帆過，病樹前頭萬木春，有道之言也，白傅亟推之，余嘗舉似阮翁，答曰我所不解。阮翁酷不喜少陵，特不敢顯攻之，每舉楊大年村夫子之目以語客，又薄樂天而惡羅昭諫。余謂昭諫無論矣，樂天秦中吟、新樂府而可薄，是絶小雅也。」（見談龍録）雖不足以盡劉、白二人之識解，論已高出王氏，且深中王氏之病矣。又王氏之論，明人已啓之，王世貞藝苑卮言云：「白極重劉雪裏高山頭白早，海中仙果子生遲；沉舟側畔千帆過，病樹前頭萬木春，以爲有神助，此不過學究之小有致者。」大抵當居易之時，諸家之詩非過求奇詭即墨守陳規，如禹錫之設譬使事清切動人者，似居易交遊中尚無其比也。自禹錫開此風氣，温、李繼之而起，宋人益加發揚，於律句尤多警鍊之作，轉而觀居易所舉禹錫之兩聯，遂覺其平平無足異。王世貞、王士禛二家之論，皆不深悉劉詩在元和有開創之功，而白、劉又各有短長。白所以深服劉者，自知不及劉之清切也。不能知人論世，則説詩終不免一隅之見。

〔于公〕漢書于定國傳：「定國父于公，其閭門壞，父老方共治之，于公謂曰：少高大門閭，令容駟馬高蓋車，我治獄多陰德，未嘗有所寃，子孫必有興者。」于公高門一語出文選劉孝標辨命論。高門之高是動詞，禹錫自注，本於漢書，可謂一字不苟。

〔謝守〕謝脁冬緒羈懷詩云：「寒燈耿宵夢，清鏡悲曉髮。」即禹錫此句所本，居易原詩有形容疲薄之語，故用此爲答，于公承子生遲而言，謝守承頭白早而言，非但詩律細密而有變化，且見唐人無不熟精二謝者。

和汴州令狐相公到鎮改月偶書所懷二十二韻

受脤新梁苑，和羹舊傅巖。援毫動星宿，垂釣取韜鈐。赫奕三川至，歡呼百姓瞻。緑油貔虎擁，青紙鳳凰銜。外壘曾無警，中廚亦罷監。推誠人自服，去殺令逾嚴。赳赳容皆飾，幡幡口盡鉗。爲兄憐庾翼，選壻得蕭咸。鬱屈咽喉地，駢闐水陸兼。渡橋鳴紺幰，入肆颺雲帆。端月當中氣，東風應遠占。管絃喧夜景，燈燭掩寒蟾。酒每傾三雅，書能發百函。詞人羞布鼓，遠客獻貂襜。歌榭白團扇，舞筵金縷衫。旌旗遥一簇，舄履近相攙。花樹當朱閣，晴河逼翠簾。夜風飄䰀鬛，燭淚滴巉巖。玉斝虚頻易，金爐暖重添。映鐶窺豔豔，隔袖見纖纖。謝傅何由接？桓伊定不凡。應憐郡齋老，旦夕鑷霜髯。

【校】

〔百姓〕紹本百作萬。

〔屈〕紹本、崇本、全唐詩均作倔。

〔闐〕全唐詩作臻。

〔夜風〕全唐詩夜作衣，似是。

〔重添〕紹本、崇本、全唐詩重均作更。

〔映鐶〕崇本鐶作鬟。

【注】

〔受脤〕左傳閔二年：帥師者受命於廟，受脤於社。

〔梁苑〕漢書梁孝王傳：於是孝王築東苑，方三百餘里。西京雜記：梁孝王苑中有落猨巖，棲龍岫，雁池、鶴洲，鳧島，諸宫觀相連，奇果佳樹瑰禽異獸靡不畢備。按唐人以梁苑爲汴州之通稱。

〔傅巖〕用書説命「若作和羹，爾惟鹽梅」語。和羹皆指爲相。令狐楚曾爲相，故以傅説比之而云舊傅巖。

〔百函〕宋書劉穆之傳，穆之與朱齡石並便尺牘，常於高祖坐與齡石答書，自旦至中，穆之得百函。

〔布鼓〕「持布鼓，過雷門」，語出漢書王尊傳。此句謂楚爲文章宗匠，詞人不敢自炫其能。

〔貂襜〕美人贈我貂襜褕，語出張衡四愁詩。此泛指貴重之服御，亦趁韻而已，非必有所指。

【箋證】

按：文宗紀，長慶四年（八二四）九月，河南尹令狐楚遷宣武節度使。其到鎮改月必已在冬仲。舊唐書本傳云：「汴軍素驕，累逐主帥，前後韓弘兄弟率以峻法繩之，人皆偷生，未能革志。楚長於撫理，……解其酷法，以仁惠爲治，去其太甚，軍民咸悦，翕然從化，後竟爲善地。」外集卷三第一首及第三首亦云：「汴州忽復承平事」，又云：「梁苑仁風一變初。」此詩云：「推誠人自服，去殺令逾嚴。」固屬溢美、知禹錫亦采諸當時之衆論。據詩之末聯，禹錫已抵和州任矣。

又按：楚之原詩未見，白居易同作云：「客有東征者，夷門一落帆。二年方得到，五日未爲淹。在浚旌重葺，游梁館更添。心因好善樂，貌爲禮賢謙。俗阜知敦勸，民安見察廉。仁風扇道路，陰雨膏閭閻。文律操將柄，兵機釣得鈐。碧幢油葉葉，紅旆火襜襜。景象春加麗，威容曉助嚴。搶森赤豹尾，纛吒黑龍髯。門静塵初斂，城昏日半銜。選幽開後院，占勝坐前簷。平展絲頭毯，高褰錦額簾。雷槌柘枝鼓，雪擺胡騰衫。髮滑歌釵墜，粧光舞汗霑。迴燈花簇簇，過酒玉纖纖。饌盛盤心殢，醅濃盞底粘。陸珍熊掌爛，海味蟹螯醎。福履千夫祝，形儀四座瞻。羊公長在峴，傳説莫歸巖。眷愛人人遍，風情事事兼。猶嫌客不醉，同賦夜厭厭。」居易與楚之交誼遜於禹錫，故詞意亦稍泛。然比而觀之，亦可見唐時節鎮之規制。二人皆用一韻，必原詩如是。唐人和韻不必次韻也。

〔赫奕三川至〕此句謂令狐楚自河南尹遷。

〔爲兄憐庾翼〕此句指楚有二弟從與定也，參見本集卷二令狐氏先廟碑。故以庾亮、庾翼兄弟爲比。

〔選壻得蕭咸〕楚之壻未知爲何人，漢蕭咸爲張禹壻，禹非正人，此不過趁韻，非有深意。

〔端月〕此謂楚以十月履任，當陽氣之初生也。

〔三雅〕意林五引典論云：「荆州牧劉表跨有南土，子弟驕貴，以酒器名三爵，上者爲伯雅，受七勝，中雅受六勝，季雅受五勝。」太平御覽一三八引勝作升。又逸老堂詩話云：「隱窟雜志：宋時閬州有三雅池，古有修此池得三銅器，狀如酒杯，各有篆文，曰伯雅、仲雅、季雅。」此恐附會，吴景旭歷代詩話有詳考。

〔不凡〕此聯上下句相承。晉書桓伊傳：「謝安爲讒言所間，幾不自保。一日宴坐，安與伊皆在，帝命伊奏樂，伊乃撫箏而歌曰：爲君既不易，爲臣良獨難云云，音節慷慨，安泣下霑襟，捋其鬚曰：使君於此不凡。帝甚有愧色。」禹錫於篇終出此二語，蓋謂元和中彼此皆遭屈抑，由此而定交，惟桓伊能知謝傅故也。今者謝傅（謂楚）復起矣，猶記桓伊（自謂）否乎？故下文即接以「應憐郡齋老」，望楚之援引甚切，而不謂楚竟不能爲力。

白太守行

聞有白太守，棄官歸舊谿。蘇州十萬户，盡作嬰兒啼。太守駐行舟，閶門草萋萋。揮袂謝啼者，依然兩眉低。朱户非不崇，我心如重狴。華池非不清，意在寥廓棲。夸者竊所怪，賢者默思齊。我爲太守行，題在隱起珪。

【校】

〔棄官〕全唐詩棄作抛，注云：一作棄，紹本、崇本則棄均作地，未詳其故。

【箋證】

按：居易本傳云：「文宗即位，徵拜秘書監。」此詩即其去蘇州北上時所作。白集中有答白太守行云：「吏滿六百石，昔賢輒去之。秩登二千石，今我方罷歸。我秩訝已多，我歸慚已遲。猶勝塵土下，終老無休時。卧乞百日告，起吟五篇詩。朝與府吏别，暮與州民辭。去年到郡時，麥穗黄離離。今年去郡日，稻花白霏霏。爲郡已周歲，半歲罹旱飢。襦袴無一片，甘棠無一枝。何乃老與幼，泣别盡霑衣！下慚蘇人淚，上愧劉君辭。」即答禹錫之作也。居易又有寶曆二年八月三十日夜夢後作一詩云：「塵纓忽解誠堪喜，世網重來未可知。莫忘全吴館中夢，嶺南泥雨步行時。」八月三十日蓋即其去官之日，與「稻花白霏霏」之語差合。然履任甫一年，非報滿之時，何至請百日長告而亟亟去官？蓋寶曆元年（八二五）乃李逢吉用事之時，而二年（八二六）則裴度復入知政事。居易之所以赴官而又急於去官之故不言可喻矣。故去官還京，果相繼有秘書監、刑部侍郎之授，禹錫此詩云「棄官歸舊谿」，恐猶未深悉其中情事。

〔十萬户〕居易在蘇州之詩有云：「版圖十萬户，兵籍五千人。」又云：「十萬夫家供課税，五千子弟守封疆。」蓋蘇州户口約數如此。

〔隱起珪〕荀昶詩：「命僕開弋綈，中有隱起珪。長跪讀隱珪，辭苦意亦悽。」禹錫用此。

酬樂天揚州初逢席上見贈

巴山楚水淒涼地，二十三年棄置身。懷舊空吟聞笛賦，到鄉翻似爛柯人。沉舟側畔千帆過，病樹前頭萬木春。今日聽君歌一曲，暫憑盃酒長精神。

【校】

〔到鄉〕紹本、崇本鄉均作郡，誤。

【注】

〔聞笛〕聞鄰人吹笛而追思曩昔，語出向秀思舊賦，此句乃并潘岳懷舊賦而言之，古人常有合二事而併用者。庾信傷王褒詩：惟有山湯笛，悽餘思舊篇。禹錫亦暗用此語。

〔爛柯〕王質遇仙，歸鄉則所執之樵斧柄已爛矣。柯，斧柄也。事見述異記。

【箋證】

按：居易與禹錫前此晤面於何時，誠未可定，然詩札往還，已具如前述矣。所謂揚州初逢者，謂此時方得快晤耳。二人相契始終無間，實於此見其端。外集卷四二人聯句，白云：「憶罷吴門守，相逢楚水潯。」劉云：「笑言誠莫逆，造次必相箴。」皆此時情景之寫實也。自此亦直稱居易之字樂天，非公宴不稱其官矣。居易醉贈劉二十八使君詩云：「爲我引杯添酒興，與君把筯擊盤歌。詩稱國手徒爲爾，命壓人頭不奈何。舉眼風光長寂寞，滿朝官職獨蹉跎。亦知合被才名折，二十三年折太多。」禹錫即答此詩，故云：「今日聽君歌一曲，暫憑杯酒長精神。」居易僅以寂寞蹉跎爲之抱屈，禹錫則猶有不甘自棄之壯志焉。彼此皆言二十三年，當有實據，今試爲計之，禹錫以永貞元年貶官，永貞一年，元和十五年，長慶四年，寶曆二年，實止二十二年。揚州相逢在寶曆二年歲杪，意者并大和元年而預計之也？

又按：此詩「沉舟」一聯爲居易所極稱，已見前。取譬精切而有生氣，誠爲名句。沈德潛云：「沉舟二語見人事之不齊，造化亦無如之何。悟得此旨，終身無不平之心矣。」（見唐詩别裁）

雖亦有所見，恐適與禹錫之精神相背馳。蓋沉舟病樹雖喻己之淪滯，然仍屹然無恙，方與下文「暫憑杯酒長精神」之意相關合。

同樂天登棲靈寺塔

步步相攜不覺難，九層雲外倚欄杆。忽然語笑半天上，無限遊人舉眼看。

【校】

〔舉眼〕崇本舉作興，按：上句詞意，應以舉眼爲是。

【箋證】

按：白集中有與夢得同登棲靈塔詩云：「半月悠悠在廣陵，何樓何塔不同登。共憐筋力猶堪在，上到棲靈第九層。」蓋白唱而劉和。藉此可見二人在揚州勾留頗久。

〔棲靈寺〕李白集有秋日登揚州西靈塔詩，高適、李翶亦均有詩，作棲靈，實即一也。高僧傳二集一九：揚州西靈塔寺懷信傳：「會昌二年癸亥歲（八四二）……有淮南詞客劉隱之薄遊四明，旅泊之宵，夢中如泛海焉。迴顧見塔一所，東度見是淮南西靈寺塔。其塔峻峙，制度較胡太后永寧塔少分耳。其塔第三層見信憑欄與隱之交談，且曰：轉送塔過東海，……後數日天火焚塔俱燼，白雨傾澍，旁有草堂，一無所損。」疑此即會昌毀寺之傅會，此後棲靈寺無後入於吟詠者矣。

罷郡歸洛途次山陽留辭郭中丞使君

自到山陽不許辭，高齋日夜有佳期。管絃正合看書院，語笑方酬各詠詩。銀漢雪晴褰翠幕，清淮月影落金卮。洛陽歸客明朝去，容趁城東花發時。

【箋證】

按：郭使君謂楚州刺史郭行餘，舊唐書一六九、新唐書一七九均有傳。作此詩時禹錫方偕居易由揚州北至楚州。詩中「管絃正合看書院，語笑方酬各詠詩」，皆非泛語。行餘本傳云：「亦登進士第，大和初累官至楚州刺史。五年（八三一），移刺汝州兼御史中丞（據此詩題，刺楚州時已帶中丞，傳小誤。），九月，入爲大理卿。李訓在東都時，與行餘親善，行餘數相餉遺，至是用爲九列。十一月，訓欲竊發，令其募兵，乃授邠寧節度使，訓敗族誅。」知行餘本文士。白集中亦有贈楚州郭使君詩云：「淮水東南第一州，山圍雉堞月當樓。黄金印綬懸腰底；白雪歌詩落筆頭。笑看兒童騎竹馬；醉攜賓客上仙舟。當家美事堆身上，何啻林宗與細侯？」劉乃留辭，白乃贈詩，其實爲同時同會所作，立言不同，則製題各異，唐人詩題字句皆有斟酌。

〔清淮〕輿地紀勝云：「淮水在射陽縣北五里。水經注云，淮水之會即城角也。左右兩川夾翼，二水入之，即泗口也。」山陽即漢射陽縣，其爲由淮入泗、汴之通道以此。

楚州開元寺北院枸杞臨井繁茂可觀羣賢賦詩因以繼和

僧房藥樹依寒井，井有香泉樹有靈。翠黛葉生籠石甃，殷紅子熟照銅瓶。枝繁本是仙人杖，根老新成瑞木形。上品功能甘露味，遠知一勺可延齡。

【校】

〔瑞木〕紹本、崇本、全唐詩本均作犬，是。按：枸杞即取狗爲名。李時珍本草綱目引續仙傳云：「朱孺子見溪側二花犬，逐入於枸杞叢下，掘之得根，形如二犬」，亦引此詩。作木者必校者不識其義而臆改。

〔遠知〕紹本、崇本、全唐詩遠作還。

【箋證】

按：白集中有和郭使君題枸杞詩：「山陽太守政嚴明，吏静人安無犬驚。不知靈藥根成狗，怪得時聞吠夜聲。」昔人以枸杞根爲狗形，故得此名，白、劉二詩皆據此爲言。蘇軾和陶桃花源詩：「苓龜亦晨吸，杞狗或夜吠。耘樵得甘芳，齕齧謝炮製。」亦可爲此詩作注。餘詳李時珍本草綱目。禹錫此詩專就井上枸杞立言，以枸杞多生於井上也。唐人多實地體察，故賦詠雖小事，亦頗足爲博物之資。其證詳附録中。

〔開元寺〕唐會要四八：天授元年（六九〇）十月二十九日，兩京及天下諸州各置大雲寺一所，至開元二十六年（七三八）六月一日，並改爲開元寺。

附録一　孟郊　井上枸杞架詩

深鎖銀泉甃，高葉架雲空。不與凡木並，自將仙蓋同。影疎千點月；聲細萬條風。迸子鄰溝外；飄香客位中。花杯承此飲，椿歲小無窮。

附録二　皎然　湛處士枸杞架歌

天生靈草生靈地，誤生人間人不貴。獨君井上有一根，始覺人間衆芳異。拖線垂絲宜曙看，徘徊滿架何珊珊！春風亦解愛此物，褭褭時來傍香實。涇雲綴葉擺不去，翠羽銜花驚畏失。肯羨孤松不凋色，皇天正氣肅不得。我獨全生異此輩，順時榮落不相背。孤松自被斧斤傷，獨我柔枝保無害。黄油酒囊石棋局，吾羨湛生心出俗。擷芳生影風灑懷，其致翛然此中足。

和樂天鸚鵡

養來鸚鵡觜初紅，宜在朱樓繡户中。頻學喚人緣性慧，偏能識主爲情通。斂毛睡足難銷日，嚲翅愁時願見風。誰遣聰明好顔色，事須安置入深籠。

【箋證】

按：居易原作云：「隴西鸚鵡到江東，養得經年嘴漸紅。常恐思歸先翦翅，每因餧食暫開籠。人憐巧語情雖重，鳥憶高飛意不同。應似朱門歌舞妓，深藏牢閉後房中。」首聯謂到蘇州任經年，以下皆言己之鬱鬱不得意。禹錫和作末聯即針對其語，而反以安置入深籠爲祝，原作以後房喻閒官，而和作則以深籠喻近密也。此詩與居易之詩皆編在兩家集中分別自蘇州、和州解任以後，尤可見作者之心情。據文宗紀，居易以大和元年（八二七）三月拜秘書監，蓋是時李逢吉罷相，裴度復知政事，韋處厚又新得柄，故居易不俟駕而行，以得離蘇州爲快。禹錫則望其入居近密，已亦有彈冠之喜也。

歲杪將發楚州呈樂天

楚澤雪初霽，楚城春欲歸。清淮變寒色，遠樹含晴暉。原野已多思，風霜潛減威。與君同旅鴈，北向刷毛衣。

【校】

〔晴暉〕紹本、崇本、全唐詩晴作清，按：與上句複，非。

〔潛滅〕全唐詩滅下注云：一作滅。

【注】

〔楚城〕楚州以戰國時楚之東境得名，楚城亦泛指楚地而言。

〔清淮〕輿地紀勝云：淮水在射陽縣北五里。水經注云：淮水之會即城角也。左右兩川夾翼，二水入之，即泗口也。山陽即漢射陽縣。故楚州在宋爲淮安軍。

【箋證】

按：白集有除日答夢得同發楚州詩云：「共作千里伴，俱爲一郡迴。歲陰中路盡；鄉思先春來。山雪晚猶在，淮冰清欲開。歸歟吟可作，休戀主人杯。」是詩成後即至大和元年（八二七）之元旦矣。詳詩意，二人勾留楚州之久，乃由郭行餘之挽留。

洛中逢白監同話遊梁之樂因寄宣武令狐相公

曾經謝病各遊梁，今日相逢憶孝王。少有一身兼將相，更能四面占文章。開顔座内催飛盞，迴首庭中看舞槍。借問風前兼月下，不知何客對胡牀。

【校】

〔迴首〕紹本首作手。

【注】

〔謝病〕謂羅郡後遊汴州，此借用司馬相如遊梁事。

〔胡牀〕此白以庾亮比令狐楚也。庾亮在武昌，佐吏乘秋夜登南樓，亮至，諸人將起避之。亮曰：諸君少住，老子於此興復不淺，遂據胡牀談詠竟坐。

【箋證】

按：白居易以大和元年（八二七）三月拜秘書監，故此詩題以白監稱之。白集中有早春同劉郎中寄宣武令狐相公詩云：「梁園不到一年强，遥想清吟對緑觴。更有何人能飲酌，新添幾卷好篇章？馬頭拂柳時迴轡，豹尾穿花暫亞槍。誰引相公開口笑，不逢白監與劉郎。」令狐楚亦有節度宣武酬樂天夢得詩云：「蓬萊仙監客曹郎，（原注：劉爲主客）曾枉高車客大梁。見擁旌旄治軍旅，知親筆硯事文章。愁看柳色懸離恨，憶遞花枝助酒狂。洛下相逢肯相寄，南金璀錯玉淒涼。」三首用韻皆同，自是三人互酬之作。據白詩不到一年之語，則二人之遊大梁應在大和元年（八二七）自楚州北歸時。或即在由泗入汴時便道往遊，或到洛陽後復結伴往遊，雖無確證。此詩之作在大和二年（八二八）則不容疑矣。然居易於大和二年（八二八）正月已遷刑部侍郎矣，不應猶稱秘書監。蓋尚未得刑部之命，先偶至洛，故禹錫詩題云「洛中逢白監」，逢者，本相隔而暫會之詞。居易詩題云「早春」，早春者正月之謂也。此首當與下一首次第互易，則情事方合。

〔孝王〕此借漢之梁孝王以喻汴帥，蓋以孝王好賓客，鄒陽、枚乘、司馬相如皆以文士在其左右，與令狐楚情事粗合。

〔四面占文章〕此即文能八面受敵之意，謂令狐楚以箋奏擅名也。後村詩話云：「夢得貞元間已爲郎官、御史，牛相方在場屋，投贄文卷，夢得飛筆塗竄。既貴來能忘，有曾把文章謁後塵之句。夢得答云：初見相如成賦日，後爲丞相掃門人。且飭諸子以己爲戒。（按：此據韋絢嘉話録之説）然和令狐相云：鮮有一身兼將相，更能四面擅文章。則依然故態。此章本次楚韻，若施之於綯，豈止掇兔葵燕麥之怒耶？同時八司馬皆高才，一斥不復，或咎時宰無樂育意，惟新史謂貪帝病昏，抑太子之明，深當其罪，後裴度爲夢得脱播州之行，憲宗怒而未解，非但諸公忌才也。」語殊似是而非。楚以擅長箋奏得名於時，且以其術授李商隱，禹錫此聯稱之適如其分，詩意謂於禄位之外兼富文才，實無譏諷之意。禹錫與楚素分之深，見於集中，殆無其比，何至有意譏諷？況此是禹錫自寄楚之詩，不知何所見而云次楚韻。八面占文章之占字亦不應改爲擅。宋人好議論而多影響附會，往往如此。至謂憲宗怒尚未解，非但諸公忌才，則近似。

河南王少尹宅宴張常侍白舍人兼呈盧郎中李員外二副使

將星夜落使星來，三省清臣到外臺。事重各銜天子詔，禮成同把故人盃。捲簾松竹雪初霽，滿院池塘春欲迴。第一林亭迎好客，殷勤莫惜玉山頹。

【校】

〔題〕英華「張常侍白舍人」六字作「張常侍二十六兄白舍人大監」，是。按：此時居易已爲秘書監，不應仍稱舍人前官。

〔故人〕英華作友人。

〔捲簾〕紹本作卷櫳。

〔莫惜〕英華惜作笑。

【注】

〔將星〕隋書天文志：天將軍十二星在婁北，主武兵。中央大星，天之大將也。

〔使星〕後漢書李郃傳：郃指星示云：有二使星向益州分野，故知之耳。

〔事重〕此句謂題中之張、白二人各有使命來洛，其事則不可詳矣，據下句禮成一語，或爲慰撫弔諭之使。

〔玉山〕用世説嵇叔夜醉若玉山之將崩語。李白詩：玉山自倒非人推。

【箋證】

按：王少尹及盧、李二副使待考，張常侍則張正甫也。舊唐書一六二正甫本傳云：「登進士第，從樊澤爲襄陽從事，累轉監察御史。于頔代澤，辟留正甫，正甫堅辭之，遂誣奏貶郴州長史，後由邕府徵拜殿中侍御史，遷户部員外郎，轉司封員外、兼侍御史知雜事。遷户部郎中，改河南尹。由尚書右丞爲同州刺史，入拜左散騎常侍、集賢殿學士判院事，轉工部尚書。五年（八三一），檢校兵部尚書、太子詹事。明年，以吏部尚書致仕。……大和八年（八三四）九月卒，年八十三。」正甫與居易同奉使至洛，且有兩副使，不知爲何事，然據白集中奉使途中戲贈張常侍詩云：「早風吹土滿長衢，驛騎星軺盡疾驅。共笑籃舁亦稱使，日馳一驛向東都。」閒散如此，必非急務矣。又據禹錫此詩之首句「將星夜落」一語可以定其年月。文宗紀，大和元年十一月己未朔丙申，天平、横海等軍節度使烏重胤卒。（己未朔不當有丙申，字誤。）「將星夜落」自即指此。此時禹錫猶以主客郎中分司在洛，而居易官爲秘書監，題云白舍人不合，英華在舍人之下有大監二字則是矣。舍人稱其原官，大監稱其今職，唐人慣例如此。且緣詩中有三省之語，不得不舉其原官也。

〔三省〕常侍屬門下省，舍人屬中書省，盧、李二郎官則屬尚書省，合之則三省皆備，此所以題中必舉居易之舍人舊官也。常侍、舍人、郎官皆唐時所謂清望官，故稱以清臣。

〔外臺〕魏、晉以後稱政府爲臺，故在京者爲中臺，在外者爲外臺。若漢官儀以尚書爲中臺，謁者爲外臺，裴松之謂蘭臺爲外臺，皆非其義。王維同崔傅答賢弟詩，首云「洛陽才子姑蘇客」，後云「衣冠若話外臺臣」。唐人概以州府爲外臺，於此可證。

鶴歎二首　并引

友人白樂天，去年罷吴郡，挈雙鶴雛以歸。予相遇於揚子津，閑翫終日。翔舞調態，一符相書。信華亭之尤物也。今年春樂天爲秘書監，不以鶴隨，置之洛陽第，一旦予入門，問訊其家人，鶴軒然來睨，如記相識，徘徊俛仰，似含情顧慕，塡膺而不能言者。因作鶴歎以贈樂天。

寂寞一雙鶴，主人在西京。故巢吴苑樹，深院洛陽城。徐引竹間步，遠含雲外情。誰憐好風月，鄰舍夜吹笙。東鄰即王家。

丹頂宜承日，霜翎不染泥。愛池能久立，看月未成棲。一院春草長，三山歸路迷。主人朝謁早，貪養汝南雞。

【校】

〔閑翫〕全唐詩閑作閱，注云：一作閑。

〔一旦予〕結一本予作也，誤。

〔因作〕崇本因下有以字，非。

【注】

〔華亭〕用陸機「華亭鶴唳，可復聞乎」一語，華亭爲吴地，故官吴者以鶴爲此地所産，必求而致之。

〔吹笙〕吹笙用王子晉事，以切鄰家之王姓也。

【箋證】

按：詩引云：「友人白樂天去年罷吴郡，」謂寶曆二年（八二六）也。「今年春樂天爲秘書監」，謂大和元年（八二七）也。紀年最爲明確。據居易答詩稱禹錫爲劉郎中，則作此詩時禹錫已得主客郎中分司之命矣。（答詩見附録。）

又按：前人之評此詩者，詩人玉屑云：「衆禽中唯鶴標致高逸……至如鮑明遠舞鶴賦云：鍾浮曠之藻思，抱清迥之明心，杜子美云：老鶴萬裏心。李太白畫鶴贊云：長唳風宵，寂立霜晚。劉禹錫云：徐行竹間步，遠含雲外情。此乃奇語也。」

〔揚子津〕李白詩：「横江西望阻西秦，漢水東連揚子津。」王琦注：「永淳元年（六八二），析江都縣置揚子縣。揚子縣有瓜步，步即渡江處。横江，建康之西津。揚子，建康之東津也。」禹錫蓋於罷和州後遊建康（見外集卷八），自建康渡揚子津，因與居易同到揚州。

〔相書〕文選舞鶴賦李善注云：「相鶴經者，出自浮丘公，公以之授王子晉，崔文子者，學仙於子晉，得其文藏於嵩高山石室，及淮南八公採藥得之，遂傳於世。」按：隋書經籍志不載相鶴經，蓋已佚，賴李注猶得見其一斑。

〔汝南雞〕古雞鳴歌云：「東方欲明星爛縵，汝南晨雞登壇喚。」漢舊儀云：「汝南出長鳴雞。」

附録 白居易有雙鶴留在洛中忽見劉郎中依然鳴顧劉因爲鶴歎二篇寄予予以二絶句答之

辭鄉遠隔華亭水，逐我來棲緱嶺雲。慚愧稻粱長不飽，未曾回眼向雞羣。

荒草院中池水畔，銜恩不去又經春。見君驚喜雙迴顧，應爲吟聲似主人。

有所嗟

庾令樓中初見時，武昌春柳鬬腰肢。相逢相笑盡如夢，爲雨爲雲今不知。

鄂渚濛濛煙雨微，女郎魂逐暮雲歸。只應長在漢陽渡，化作鴛鴦一隻飛。

【校】

〔春柳鬬〕絶句作城外似。紹本、崇本、全唐詩鬬均作似。

〔相笑〕全唐詩注云：一作失，紹本與一作同。絶句笑作識。

〔魂逐〕絶句魂作夢。

【箋證】

按：白集有和劉郎中傷鄂姬詩云：「不獨君嗟我亦嗟，西風北雪殺南花。不知月夜魂歸處，鸚鵡洲頭第幾家。」據其稱謂及「君嗟我亦嗟」之語，詩定作於此時，且和此篇無疑。禹錫來往武昌，皆不在春時，此詩「武昌春柳」之句，或是泛言。玩第一首「庾令樓中初見時」之句，似指李程鎮鄂岳時而言，程自元和十三年（八一八）至長慶四年（八二四）皆在武昌，而寶曆、大和之間，即禹錫作是詩時，正在河東節度使任。頗疑禹錫所悼之鄂姬即程之後房，攜至太原，失意而死者。故居易有「西風北雪殺南花」之句。果如此，則禹錫與程之情分可謂不同尋常，否則不能不稍避嫌也。

又按：禹錫於婦女之遭際悲苦者，皆不憚爲之費筆墨，如韋夏卿、張愻、房啓之妾及此鄂姬皆是。

又按：全唐詩亦編此詩於元稹卷内，以白詩證之，必非。

〔庾令樓〕輿地紀勝云：「鄂州南樓在郡治正南黄鵠山頂，中間嘗改爲白雲閣。元祐間知州方澤重建，復舊名，記文以爲庾亮所登故基，非也。亮所登乃武昌縣安樂宫之端門也。……今鄂州乃漢沙羨，當晉咸康時，沙羨未始有鄂及武昌之名，庾亮安復從至此？」按：庾亮所治雖非後世之鄂州，然借庾樓以指鄂州，亦詩所不必泥也。

答樂天臨都驛見贈

北固山邊波浪，東都城裏風塵。世事不同心事，新人何似故人？

【箋證】

按：白集中有臨都驛答夢得六言二首云：「揚子津頭月下，臨都驛裏燈前。昨日老於前日，去年春似今年。」「謝守歸爲秘監，馮公老作郎官。前事不須問著，新詩且更吟看。」謝守，居易自謂，馮公以馮唐喻禹錫之屈爲主客郎中分司也。惟白詩題云答劉，劉詩又云答白，不知究誰首唱。當是居易入京任秘書監，禹錫送之至臨都驛，追念自揚州相逢以後之情事。

〔臨都驛〕臨都驛是洛陽近城第一驛，白集有臨都驛送崔十八云：「勿言臨都五六里，扶病出城相送來」，是也。

〔北固〕方輿勝覽云：「京口北固山勢臨長江，地險固，蔡謨起樓其上，以置軍實。」居易與禹錫北上皆取道潤州，由揚子津渡江，時在寶曆二年（八二六）之冬，故云北固山邊波浪。

再贈樂天

一政政官軋軋，一年年老駸駸。身外名何足算？別來詩且同吟。

【校】

〔别來〕全唐詩别下注云：一作到。

【注】

〔軋軋〕軋軋即乙乙，文選文賦李善注：「乙乙，難出之貌。」

【箋證】

見上詩答樂天臨都驛見贈。

和裴相公傍水閑行

爲愛逍遥第一篇，時時閑步賞風煙。看花臨水心無事，功業成來二十年。

【注】

〔逍遥〕謂莊子第一篇爲逍遥遊也。

【箋證】

按：裴度原詩云：「閒餘何處覺身輕，暫脱朝衣傍水行。鷗鳥亦知人意静，故來相近不相驚。」弦外之音可想，自是有爲而作。度之爲讒人所間，在長慶、寶曆年中。至寶曆、大和之間，則李逢吉已去位，度之名位非敵黨所能摇撼矣。文宗之立，度在定策之列。大和初年，官高事簡，恩仇漸泯。故云暫脱朝衣，又云鷗鳥不驚。詩蓋爲此時所作。度宅在長安興化坊，見長安志。興化池亭屢見白居易詩，故有傍水閑行之語。

和宣武令狐相公郡齋對新竹

新竹翛翛韻曉風，隔窗依砌尚蒙籠。數間素壁初開後，一段清光入座中。攲枕閑看知自適，含毫朗詠與誰同？此君若欲長相見，政事堂東有舊叢。

【校】

〔初開〕結一本開作閑，按：以令狐楚原詩及白和詩觀之，均應以作開爲是。

〔一段〕英華段作片。

【注】

〔此君〕晉書王徽之傳：當寄居空宅中，便令種竹，或問其故，徽之但嘯詠指竹曰：何可一日無此君？故以此君爲竹之代稱。

【箋證】

按：令狐楚原詩題云：郡齋左偏栽竹百餘竿炎涼已周青翠不改而爲牆垣所蔽有乖愛賞假日命去齋居之東牆由是俯臨軒階低映帷户日夕相對頗有翛然之趣。詩云：「齋居栽竹北窗邊，素壁新開映碧鮮。青藹近當行藥處，緑陰深到卧帷前。風驚曉葉如聞雨，月過春枝似帶煙。老子憶山心暫緩，退公閑坐對嬋娟。」楚鎮宣武始於長慶四年（八二四）秋冬，初到恐無此閒情逸致，此詩之作似在大和元二年（八二七、八二八）之間，二年九月即内召矣。詩有憶山之句，蓋亦自嫌久居於外也。禹錫以「政事堂東有舊叢」一語答之，固知其言外之意，因祝其再入相云。

〔郡齋〕唐制，節度使領駐在州刺史，此當指汴州刺史治所。

〔政事堂〕胡三省通鑑注云：政事堂在東省，屬門下，自中宗後徙堂於中書省，則堂在右省也。然開元以後不復有政事堂之名，但稱中書門下。

附録　白居易　和令狐相公新於郡内栽竹百竿拆壁開軒旦夕對玩偶題七言五韻

梁園修竹舊知名，久廢年深竹不生。千畝荒涼尋未得，百竿青翠種新成。牆開乍見重添興，窗静時聞別有情。煙葉蒙蘢侵夜色，風枝蕭颯欲秋聲。更登樓望尤堪重，千萬人家無一莖。（原注：汴州人家並無竹。）

答白刑部聞新蟬

蟬聲未發前，已自感流年。一入淒涼耳，如聞斷續絃。晴清依露葉，晚急畏霞天。何事秋卿詠，逢時一悄然？

【校】

〔畏霞〕紹本、崇本畏均作思。

〔一悄然〕紹本、崇本、全唐詩一均作亦。

【注】

〔秋卿〕刑部當周禮之司寇，司寇爲秋官，白居易官刑部侍郎，故稱秋卿。

【箋證】

按：白居易自秘書監遷刑部侍郎，據紀是大和二年（八二八）二月事（傳云正月），自閒曹而拜丞郎，是爲入居政地張本，自必由裴度、韋處厚二人之推轂，處厚既以是年之末暴卒於位，此後李宗閔、王涯相繼用事，度亦行將出鎮，居易亦不得不乞歸矣，聞蟬之詠當在二年（八二八）之秋，是時禹錫已除主客郎中入京，故題稱白刑部，詩又有秋卿之語。其原詩云：「蟬發一聲時，槐花帶兩枝。只應催我老，兼遺報君知。白髮生頭速，青雲入手遲。無過一杯酒，相勸數開眉。」以官職而論，居易正在最得意之時，而有「催我老」、「入手遲」之語，疑居易柄用不遂，緣有暗中齮齕之者耳。

和裴相公寄白侍郎求雙鶴

皎皎華亭鶴，來隨太守船。白君罷吴郡太守，擕雙鶴。青雲意長在，滄海到經年。留滯清洛苑，徘徊明月天。何如鳳池上，雙舞入祥煙？

【校】

〔來隨〕結一本來作未，誤。

〔青雲意長在〕全唐詩注云：一作青雲長在意。

〔雙鶴〕紹本、崇本均作鶴雛，是。紹本、崇本、全唐詩鶴下均有來字。

〔到經年〕紹本、崇本、英華、全唐詩到均作別。

【注】

〔華亭鶴〕按：白居易詩：一雙華亭鶴，數片太湖石。又：華亭鶴不去，天竺石相隨。自注：予罷杭州，得華亭鶴，天竺石，同載而歸。

〔鳳池〕魏晉以來皆以中書省爲鳳池。晉書荀勗傳：自中書監除尚書令，人賀之。勗曰：奪我鳳皇池，何賀耶？

【箋證】

按：度原詩題云：白二十二侍郎有雙鶴留在洛下予西園多野水長松可以棲息遂以詩請之。詩云：「聞君有雙鶴，羈旅洛城東。未放歸仙去，何如乞老翁！且將臨野水，莫閉在樊籠。好似長鳴處，西園白露中。」西園益即長安之興化池亭也。作此詩時度猶在相位，故禹錫和詩云：「何如鳳池上，雙舞入祥煙。」居易似亦未去官，當在大和二年（八二八）。居易有答裴相公乞鶴詩云：「警露聲音好，冲天相貌殊。終宜向遼廓，不稱在泥塗。白首勞爲伴，朱門幸見呼。不知疎野性，解愛鳳池無？」

和樂天送鶴上裴相公別鶴之作

昨日看成送鶴詩，高籠提出白雲司。朱門乍入應迷路，玉樹容棲莫揀枝。雙舞庭中花落處，數聲池上月明時。三山碧海不歸去，且向人間呈羽儀。

【校】

〔白雲司〕紹本、崇本司作辭，非。按：白雲司指居易時爲刑部侍郎，唐人多稱刑部爲白雲司。

〔不歸〕又玄、才調集不均作未。

〔容棲〕又玄集容作空。

【箋證】

按：居易送鶴原詩云：「司空愛爾爾須知，不信聽吟送鶴詩。羽翮勢高寧惜別，稻粱恩厚莫愁飢。夜棲少共雞爭樹，曉浴先饒鳳占池。穩上青雲勿回顧，的應勝在白家時。」夜棲句指朝端之争競，爲度之孤立危。大和三年（八二九），李宗閔爲相，牛僧孺、路隋、宋申錫相繼登庸，度已不甚任事，故居易不安而去位，度亦託於逸禽以自晦。「曉浴」句似居易有憾於不得秉鈞也，居易爲貞元十六年（八〇〇）進士，杜元穎、李宗閔、牛僧孺、楊嗣後、韋處厚、李固言、陳夷行、李珏、賈餗、舒元輿等皆在其後而相繼入相，元和初年之翰林學士，至大和初已二十年，猶僅得居刑部侍郎無足重輕之官，宜其有「青雲入手遲」之歎矣。（見聞新蟬詩）又居易送鶴雖是由洛陽送致長安，本人恐尚未解刑部侍郎之職，故禹錫此詩有「高籠提出白雲司」之語。

終南秋雪

南嶺見秋雪，千門坐早寒。閑時駐馬望，高處捲簾看。霧散瓊枝出，日斜鉛粉殘。偏宜曲江上，倒影入清瀾。

【校】

〔坐早寒〕紹本、崇本、全唐詩坐均作生。

【箋證】

按：白集有和劉郎中望終南秋雪詩云：「徧覽古今集，都無秋雪詩。陽春先唱後；陰嶺未消時。草訝霜凝重；松疑鶴散遲。清光莫獨占，亦對白雲司。」據末句知居易正在刑部侍郎任，必大和二年（八二八）之秋，亦禹錫永貞政變後第一次入長安逢秋景也。本集卷二十二有初至長安詩云「不改南山色，其餘事事新」，可證。

〔南嶺〕唐大明宮正對終南山，故以「南嶺」與「千門」作偶。

闕下待傳點呈諸同舍

禁漏晨鐘聲欲絶，旌旗組綬影相交。殿含佳氣當龍首，閣倚晴天見鳳巢。山色蔥蘢丹檻外，霞光泛灩翠松梢。多慚再入金門籍，不敢爲文學解嘲。

【校】

〔旌旗〕紹本作旌旌，誤。

〔泛灩〕紹本、崇本、全唐詩灩均作瀲，是。

〔金門〕崇本門作閨。

【注】

〔鳳巢〕文選古詩十九首李善注引尚書中候：「黄帝軒轅，鳳皇巢阿閣。」遂爲詞章家所常用。

【箋證】

按：此爲禹錫初補主客郎中直集賢院時所作。白集有和集賢劉學士早朝詩云：「吟君昨日早朝詩，金御爐前喚仗時。煙吐白龍頭宛轉，扇開青雉尾參差。暫留春殿多稱屈，合入綸闈即可知。從此摩霄去非晚，鬢間未有一莖絲。」疑即和此篇。舊唐書禹錫本傳云：「禹錫甚怒武元衡、李逢吉，而裴度稍知之。大和中，度在中書，欲令知制誥，執政又聞詩序，滋不悦。累轉禮部郎中、集賢院學士（此語稍未核）。度罷知政事，禹錫求分司東都，終以恃才褊心，不得久處朝列。」觀居易此詩亦可見當時物望固以禹錫宜掌綸誥，一二年間便可拜中書舍人，繼入政地，而惜其僅居集賢散秩也。

〔傳點〕李商隱詩：「玉壺傳點咽銅龍。」待傳點即待漏之意。唐制，郎中爲常參官，每日入朝。

〔龍首〕班固西都賦：「挾灃浦，據龍首。」張衡西京賦：「疏龍首以抗殿。」皆謂未央前殿之高，唐人用此語，以殿下坡陀爲龍尾道。

〔再入金門〕漢代金馬門爲待詔之所，通籍者謂於門籍書名得以出入，漢書中所常見。禹錫在貞元中已曾爲尚書屯田員外郎，今仍爲主客郎中，故云再入。

〔解嘲〕揚雄解嘲有「位不過侍郎，擢纔給事黄門」之語。此詩言「不敢學解嘲」，謂不敢自怨卑屈也。但禹錫爲此語，殆别有深意。雄之作解嘲，乃以哀帝時丁、傅、董賢用事，文中有「言奇者見疑，行殊者得辟」之語，正與禹錫處境相合。不敢學解嘲者，謂今得再入金門，不敢復以孤直招忌也。入金門，上玉堂，亦解嘲中語。

和樂天早寒

雨引苔侵壁，風驅葉擁階。久留閑客話，宿請老僧齋。酒甕新陳接，書籤次第排。倐然自有處，摇落不傷懷。

【校】

〔題〕結一本寒作塞，誤。

〔倐然〕紹本倐作倏。

【箋證】

按：居易原作云：「黄葉聚牆角，青苔圍柱根。被經霜後薄，鏡遇雨來昏。半捲寒簷幕，斜開暖閣門。迎冬兼送老，只仰酒盈尊。」兩家編集次第略同，蓋大和二年（八二八）秋末冬初，兩人同在長安時也。是時兩人皆新被秩命，而語意蕭瑟如此，足見居易刑部侍郎之授仍是散秩，禹錫未得知制誥亦苦閒冷也。

又按：兩詩皆率意唱酬之作，白之傾倒於劉者，劉之簡鍊沈着勝於白之詞繁，劉之所長適足以補白之短。近人陳寅恪已於元白詩箋證稿中論及之，於此益信。至「摇落不傷懷」之句尤可見禹錫之以貫四時而不改柯易葉自矢，不徒如秋士之興悲也。與本集卷二十六秋詞「自古逢秋悲寂寥，我言秋日勝春朝」，意趣相近。

和樂天以鏡换酒

把取菱花百鍊鏡，换他竹葉十分盃。嚬眉厭老終難去，蘸甲須歡便到來。妍醜太分迷忌諱，松喬俱傲絶嫌猜。校量功力相千萬，好去從空白玉臺。

【校】

〔十分〕紹本、崇本、全唐詩分均作句，按：觀原作似以作十分者爲勝。

【注】

〔菱花〕飛燕外傳：奏上三十六物，有七尺菱花鏡一奩。

〔竹葉〕文選張協七命：乃有荆南烏程，豫北竹葉。

【箋證】

按：居易鏡換杯原作云：「欲將珠匣青銅鏡，換取金樽白玉卮。鏡裏老來無避處，樽前愁至有消時。茶能散悶爲功淺，萱縱忘憂得力遲。不似杜康神用速，十分一盞便開眉。」兩詩相較，深見禹錫雖隨意酬答之詩亦多詠懷託興。「妍醜太分」，「松喬俱傲」二語，平生不得志之感盡之矣。

〔醺甲〕按：白集中有早飲湖州酒詩云：「一榼扶頭酒，泓澄瀉玉壺。十分醺甲酌，瀲灩滿銀盂。」醺甲爲唐人習用語。

同樂天送河南馮尹學士

可憐玉馬風流地，暫輟金貂侍從才。閣上掩書劉向去，門前修刺孔融來。崤陵路静寒無雨，洛水橋長晝起雷。共羡府中棠棣好，先於城外百花開。

【校】

〔玉馬〕全唐詩玉作五，注云：一作玉。按：作五者非。

〔洛水〕英華水作下。

〔共羡〕英華共作卻，詩末句下注云：「時公伯仲四人並以顯官居洛，士宗榮之。」全唐詩注同，並於題下注云：「馮自館閣出爲河南尹。」

【注】

〔玉馬〕用微子玉馬朝周事，玉馬風流地，謂洛陽。

〔金貂〕漢左貂金附蟬爲侍中冠服，指馮宿官散騎常侍也。

〔劉向〕指馮爲集賢殿學士，故以劉向校書天禄閣爲比。

〔修刺孔融〕後漢書孔融傳：河南尹李膺，以簡重自居，不妄接士賓客，勅外自非當世名人及與通家，皆不得白。融欲觀其人，故造膺門。語門者曰：「我是李君通家子弟。」

【箋證】

按：馮尹謂馮宿，舊唐書一六八、新唐書一七七均有傳。舊傳略云：「東陽人，登進士第，徐州節度使張建封辟爲掌書記。後建封卒，其子愔爲軍士所立。……宿以嘗從建封，不樂與其子外郎。元和十二年（八一七），從裴度東征，爲彰義軍節度判官，淮西平，拜比部郎中。……長慶元年（八二一），以本官知制誥。……拜中書舍人，轉太常少卿。出爲華州刺史，以父名拜章乞罷，改左散騎常侍兼集賢殿學士，充考制策官。大和二年（八二八）拜河南尹。四年（八三〇），入爲工部侍郎。……九年（八三五），出爲劍南東川節度使，檢校禮部尚書。開成元年（八三六）十二月卒。弟定，……權德輿掌貢士，擢居上第。後於潤州佐薛苹幕，得校書郎。尋爲鄠縣尉，充集賢校理。……登朝爲太常博士，轉祠部員外郎。寶曆二年（八二六），出爲郢州刺史。……尋除國子司業，河南少尹。大和九年（八三五）八月，爲太常少卿。……尋遷諫議大夫、知匭事。開成二年（八三七），改太子詹事。四年（八三九），遷衛尉卿。是歲上章請老，詔以左散騎常侍致仕。會昌六年（八四六），改工部尚書而卒。……子衮、頊、軒、巖四人皆進士第。宿從弟審、寬。審，貞元十二年（七九六）登進士第，自監察御史累遷至兵部郎中。開成三年（八三八），遷諫議大夫。四年（八三九）九月，出爲桂管觀察使。入爲國子祭酒。咸通中卒於秘書監。」以上具見宿之家世科名仕宦，詩所謂「共羡府中棠棣好」也。觀宿早年從事徐州張建封幕府，或曾與禹錫相識未可知，後此則宦轍相左矣。據紀，宿除河南尹在大和二年（八二八）十月，與詩中「路静寒無雨」之句相合，禹錫正在長安。

又按：白集中送河南尹馮學士詩云：「石渠金谷中間路，軒騎翩翩十日程。清洛飲冰添苦節，碧嵩看雪助高情。漫誇河北操旄鉞，莫羨江西擁旆旌。（原注：時除二鎮節度。）何似府寮京尹外，別教三十六峯迎。」二鎮謂李祐除横海節度，沈傳師除江西觀察，皆同時事也。唐詩紀事四三：「馮宿尹河南，樂天、夢得以詩送之，宿酬云：共稱洛邑難其選，何意天書用不才。遥約和風新草木，且令新雪浄塵埃。臨岐有愧傾三省，别酌無辭醉百杯。明歲杏園花下集，須知春色自東來。」（原注：每春常接諸公杏園宴會。）

同白二十二贈王山人

愛名之世忘名客，多事之時無事身。古老相傳見未久，歲年雖變貌常新。飛章上達三清路，受籙平交五嶽神。笑聽鼕鼕朝暮鼓，只能催得市朝人。

【校】

〔古老〕結一本老作來，誤。

〔未久〕紹本、崇本、全唐詩未均作來。

【注】

〔三清〕道家以玉清、上清、太清爲三清，指天界。

【箋證】

按：王山人未詳，白集中原詩云：「玉芝觀裏王居士，服氣餐霞善養身。夜後不聞龜喘息，秋來唯長鶴精神。容顔盡怪長如故，名姓多疑不是真。貴重榮華輕壽命，知君悶見世間人。」

題集賢閣

鳳池西畔圖書府，玉樹玲瓏景氣閑。長聽餘風送天樂，時登高閣望人寰。青山雲繞欄杆外，紫殿香來步武間。曾是先賢翔集地，每看壁記一慚顔。

【校】

〔雲繞〕紹本雲作雪。

【箋證】

按：唐會要六四：「集賢院，西京在光順門大衢之西，命婦院北。本命婦院之地，開元十一年（七二三），分置北院，全取命婦北屋。」光順門者，西内苑東面北來第一門，集賢院位置蓋在延英殿之南，中書内省之北。故此詩有「紫殿香來步武間」之句。又同卷：「開元十三年（七二五）四月五日，因奏封禪儀注，勑中書門下及禮官學士等，賜宴于集仙殿，上曰：今與卿等賢才同宴于此，宜改集仙殿麗正書院爲集賢院。乃下詔曰：仙者捕影之流，朕所不取；賢者濟治之具，當務其實。院内五品已上爲學士，六品已下爲直學士。中書令張説爲學士知院事，散騎常侍徐堅爲副。禮部侍郎賀知章、中書舍人陸堅並爲學士，國子博士康子元爲侍講學士，考功員外郎趙冬曦、監察御史咸廙業，左補闕韋述、李釗、陸元泰、吕向、拾遺毋煚，太學助教余欽、四門博士趙元默、校書郎孫季良並直學士，太學博士侯行果，四門博士敬會直、右補闕馮騭並侍講學士。」此詩云：「曾是先賢翔集地」，謂以上諸人也。

又按：白集中有和劉郎中學士題集賢閣詩云：「朱閣青山高庳齊，與君才子作詩題。傍聞大内笙歌近；下視諸司屋舍低。萬卷圖書天禄上；一條風景月華西。欲知丞相優賢意，百步新廊不踏泥。」丞相指大和初裴度以宰相充集賢殿大學士，蓋度新修閣廊也。

〔圖書府〕張説麗正殿書院宴詩云：「東壁圖書府，西園翰墨林。」即集賢殿之故事，故禹錫用以入詩。

杏園花下酬樂天見贈

二十餘年作逐臣，歸來還見曲江春。遊人莫笑白頭醉，老醉花間有幾人？

【校】

〔有幾〕英華有作能，注云：一作有。全唐詩有下注云：一作能。

【箋證】

按：白集中杏園花下贈劉郎中詩云：「怪君把酒偏惆悵，曾是貞元花下人。自别花來多少事，東風二十四回春。」二十四回春者，自元和元年（八〇六）至大和三年（八二九）爲二十四年也。此與禹錫酬樂天揚州初逢席上見贈詩之「二十三年棄置身」微有異，彼當從永貞元年（八〇五）被貶數起，至大和元年（八二七）爲二十三年，其實揚州初逢時距大和元年（八二七）尚有月餘，姑甚言之耳。此詩則不能從永貞元年（八〇五）數起，因永貞元年（八〇五）之春尚未被貶也。大和三年（八二九）之春，禹錫入長安未久，恰爲居易尚官刑部侍郎時，二人在杏園同醉，只此一度矣。禹錫以二十四年前之老郎官，久别重來，宜其感慨之深。又張籍有同白侍郎杏園贈劉郎中詩云：「一去瀟湘頭欲白，今朝始見杏花春。從來遷客應無數，重到花前有幾人！」籍是時方官司業。

〔杏園〕杏園爲唐時新進士遊宴之地。唐摭言云：「神龍已來，杏園宴後皆於慈恩寺塔下題名。」故貞元中，劉太真有慈恩寺望杏園花發詩。摭言又云：「曲江亭子，安、史未亂前，諸司皆列於岸滸，幸蜀之後，皆燼於兵火矣，所存者唯尚書省亭子而已。進士關宴，常寄其間。」劇談録寫其狀云：「曲江池本秦世隑洲，開元中疏鑿，遂爲勝境。其東有紫雲樓、芙蓉苑，其南有杏園、慈恩寺。花卉環周，煙水明媚。都人遊玩，盛於中和上巳之節，綵幄翠幬，匝於隄岸，鮮車健馬，比肩擊轂。入夏則菰蒲葱翠，柳陰四合，碧波紅蕖，湛然可愛。」

和令狐相公初歸京國賦詩言懷

凌雲羽翮掞天才，揚歷中樞與外臺。相印昔辭東閣去，將星還拱北辰來。殿庭捧日彯纓入，閣道看山曳履迴。口不言功心自適，吟詩釀酒待花開。

【注】

〔外臺〕見本卷河南王少尹宅宴詩箋證。據白居易和詩中臺之語，知以外臺對中臺言。

〔相印〕此句謂楚以元和十四年（八一九）爲相，十五年（八二〇）貶出。

〔閣道〕此指含元殿前之龍尾道，正對終南山也。

〔曳履〕漢書鄭崇傳：每見曳革履，上曰：我識鄭尚書履聲。

【箋證】

按：令狐楚本傳，楚以大和二年（八二八）九月自宣武節度使徵入爲户部尚書。詩即是時所作。考是時户部尚書崔植出爲華州，而竇易直罷相替李逢吉鎮山南東道，逢吉則移宣武。楚之内召，蓋爲逢吉地，非美擢也。禹錫此詩云：「口不言功心自適，吟詩釀酒待花開。」亦有微詞，非賀遷之意。楚於次年三月即復出鎮天平，不復有秉鈞之望矣。原詩今佚。白集中令狐相公拜尚書後有喜從鎮歸朝之作劉郎中先和因以繼之詩云：「車騎新從梁苑回，履聲珮響入中臺。鳳池望在終重去，龍節功成且納來。金勒最宜乘雪出，玉觴何必待花開。尚書首唱郎中和，不計官資只計才。」當即繼禹錫此詩而作。時當已在冬間，故有「乘雪」之語。

曲江春望

鳳城煙雨歇，萬象含佳氣。酒後人倒狂，花時天似醉。三春車馬客，一代繁華地。何事獨傷懷？少年曾得意。

【注】

〔少年〕禹錫貞元末爲監察御史，旋轉屯田員外郎，即有騰達之望，時方三十三四歲。故云少年曾得意。

【箋證】

按：此詩似與杏園花下一首爲先後之作，白集中有和劉郎中曲江春望見示詩云：「芳景多遊客，衰翁獨在家。肺傷妨飲酒，眼痛忌看花。寺路隨江曲，宫牆夾樹斜。羨君猶壯健，不枉度年華。」亦似大和三年（八二九）春爲稱疾請告張本之語。禹錫原作乃唐人之仄韻律體，非古體也，故和者仍以平韻和之。曲江爲唐時帝京裙屐嬉遊之地，禹錫以二十餘年之遷客重臨，其感傷可想。「花時天似醉」一語與和詩「不枉度年華」一語皆可謂婉而多風。

〔鳳城〕唐人多以長安爲丹鳳城，簡稱鳳城。舊注多以秦穆公女弄玉吹簫鳳降其城附會，其實王維「雲裏帝城雙鳳闕」之句仍是用三輔故事建章宫闕上有銅鳳皇，西都賦所謂「設璧門之鳳闕，上觚稜而棲金爵」，後人因通謂帝城爲鳳城耳。

和令狐相公春日尋花有懷白侍郎閣老

芳菲滿雍州，鸞鳳許同遊。花徑須深入，時光不少留。色鮮由樹嫩，枝亞爲房稠。静對仍持酒，高看特上樓。晴宜連夜賞，雨便一年休。共憶秋官處，餘霞曲水頭。

【注】

〔雍州〕唐初之京兆尹猶稱雍州牧，此以雍州爲京畿之代稱耳。

〔枝亞〕亞猶低也，唐時俗語。

〔秋官〕謂白爲刑部侍郎。

〔餘霞〕用謝朓「餘霞散成綺」意，指白有和詩也。

【箋證】

按：令狐楚原詩佚。白集中酬令狐相公春日尋花見寄云：「病卧帝王州，花時不得遊。老應隨日至，春肯爲人留。粉壞杏將謝，火繁桃尚稠。白飄僧院地，紅落酒家樓。空裹雪相似，晚來風不休。吟君悵望句，知到曲江頭。」與禹錫此詩皆爲次韻之作。楚以大和三年（八二九）三月復出爲東都留守，居易亦旋去官歸洛，此蓋其未被命時所作。居易云「花時不得遊」者，必方在病告中，預爲乞休地也。白集病免後喜除賓客詩云「卧在漳濱滿十旬」，可證其自二年之末至三年三月皆稱疾未出也。

〔閣老〕唐國史補：兩省官相呼爲閣老。此蓋以楚與居易皆曾爲中書舍人之故。

和樂天南園試小樂

閑步南園煙雨晴，遥聞絲竹出牆聲。欲抛丹筆三川去，先教清商一部成。花木手栽偏有興，歌詞自作别生情。多才遇景皆能詠，當日人傳滿鳳城。

【箋證】

按：居易原詩云：「小園班駮花初發，新樂錚鏦教欲成。紅萼紫房皆手植，蒼頭碧玉盡家生。高調管色吹銀字，慢拽歌聲唱渭城。不飲一杯聽一曲，將何安慰老心情？」南園蓋居易在長安住宅。居易本傳云：「三年（八二九）稱病東歸，求爲分司官。」此詩已見其端，禹錫和詩所以云「欲抛丹筆三川去」也。詩用原韻而不次韻。詩云「當日人傳滿鳳城」，唐人所謂當日，乃即日之意。

和樂天春詞

新妝宜面下朱樓，深鎖春光一院愁。行到中庭數花朵，蜻蜓飛上玉搔頭。

【校】

〔宜面〕全唐詩宜下注云：一作粉。

【箋證】

按：居易原作云：「低花樹映小妝樓，春入眉心兩點愁。斜倚欄干背鸚鵡，思量何事不回頭。」唐人宮闈之詩取鸚鵡爲比興者，皆寓難言之隱。居易殆有所怨而不能釋者。以是時史事考之，大和元二年（八二七、八二八）間，韋處厚爲相，頗能有所主張，與裴度默爲表裏，是禹錫與居易屬望最殷之時。處厚以二年（八二八）十二月暴卒，李宗閔正起復行將入相，（居易以覆落宗閔之壻蘇巢進士，不能無舊怨。）朝局一變，故居易以三年（八二九）春辭刑部侍郎而歸洛，此當時政局變化之顯然可知者。此詩題爲春詞者，記三年（八二九）春初之事也。居易原詩涵意雖不能一一細解，禹錫和詩所謂「蜻蜓飛上玉搔頭」則亦武儒衡譏元稹「適從何來，遽集於此」之意。不但和詩，而且次韻，語意又針鋒相對，必非無因而作者。白詩編在其集之第五十五卷，其前一首繡婦歎云：「連枝花樣繡羅襦，本擬新年餉小姑。自覺逢春饒悵望，誰能每日趁功夫？針頭不解眉頭結，線縷難勝淚臉珠。雖憑繡牀都不繡，同牀繡伴得知無！」其後一首恨詞云：「翠黛眉低斂，紅珠恨暗銷。曾來恨人意，不省似今朝。」集爲居易所自編，年月不能隔越，自是此時重有所感：據紀，大和三年（八二九）正月己酉，以前山南西道節度使王涯爲太常卿，替李絳，爲大用張本，次年即復起領鹽鐵用事，至七年（八三三）入相。居易江州之謫，涯有力焉。居易固不能與之同立於朝矣。禹錫此詩雖久經傳誦，而未見有人爲之疏釋，姑導其窾竅如此，以俟知者。

和嚴給事聞唐昌觀玉蕊花下有遊仙二絶

玉女來看玉蕊花，異香先引七香車。攀枝弄雪時迴顧，驚怪人間日易斜。

雪蕊瓊絲滿院春，衣輕步步不生塵。君平簾下徒相問，長伴吹簫別有人。

【校】

〔題〕崇本無有字，全唐詩遊仙下注云：一作仙游。

〔玉女〕紹本玉作王。

〔瓊絲〕全唐詩絲下注云：一作葩。

〔衣輕步步〕全唐詩注云：一作羽衣輕步。

【箋證】

按：嚴給事謂嚴休復。舊唐書一四八裴垍傳：「垍在中書，有獨孤郁、李正辭、嚴休復自拾遺轉補闕。及參謝之際，垍廷語之曰：獨孤與李二補闕，孜孜獻納，今之遷轉，可謂酬勞無愧矣。嚴補闕官業或異於斯，昨者進擬，不無疑緩。休復悚悉而退。」休復之爲人如此。據元氏長慶集永福寺石壁法華經記，休復元和十二年（八一七）以吏部郎中爲杭州刺史。又文宗紀：大和四年

（八三〇）三月，以李虞仲代嚴休復爲華州刺史，休復爲右散騎常侍。七年（八三三）十二月，以河南尹嚴休復爲平盧節度使。蓋此詩作後不久即以給事中膺美擢，其巧宦非裴垍所及料矣。

又按：唐人詠神仙之事，非寓豔情，即寓政事。試觀康駢劇談録載此詩之本事云：「長安安業唐昌觀舊有玉蕊花，其花每發若瓊林瑶樹。唐元和中，春物方盛，車馬尋玩者相繼，忽一日有女子，年可十七八，衣緑繡衣，垂雙髻，無簪珥之飾，容色婉娩，迥出於衆。從以二女冠、三小僕，皆丱髻黄衫，端麗無比。既至下馬，以白角扇障面，而直造花所，香異芬馥，聞於數十步外，觀者疑出自宫掖，莫敢逼而視之。佇立良久，命女僕取花數枝而去。將乘馬，顧爲黄衫者曰：曩有玉峯之期，自此行矣。時觀者如堵，咸覺煙飛鶴唳，景物煇煥，舉轡百餘步，有輕風擁塵，隨之而去，須臾塵滅，望之已在半空，方悟神仙之遊，餘香不散者經月。時嚴休復、元稹、劉禹錫、白居易俱作玉蕊院真人降詩。嚴休復曰：終日齋心禱玉晨，魂銷眼冷未逢真。不如一樹瓊瑶蕊，笑對藏花洞裏人。又曰：香車漸下玉龜山，塵世何由覩蕣顔？惟有無情枝上雪，好風吹綴緑雲鬟。元稹詩曰：弄玉潛過玉樹時，不教青鳥出花枝。的應未有諸人覺，只是嚴郎自得知。劉禹錫詩曰云云，白居易詩曰：嬴女偷乘鳳下時，洞中暫歇弄瓊枝。不緣啼鳥春饒舌，青瑣仙郎可得知。」此文元和中自是大和中之誤，蓋惟是時嚴、元、劉、白四人皆在京也。（元稹以大和三年自浙東觀察使入爲尚書右丞）詳元、白二詩，一則曰「只是嚴郎自得知」，一則曰「青瑣仙郎可得知」，似謂嚴自詡奇遇者，豈有夤緣禁掖之事耶！大和中，先後有漳王、杜秋之獄，女學士宋若憲之獄，皆此類也。禹錫詩云：「君平簾下徒相問，長伴吹簫別有人。」雖君平切休復之姓，然鮑照詩「君平獨寂寞，身世兩相棄」，苟非詩中有微旨，何得牽入此語？況唐人慣用吹簫事指仕宦汲引，如李商隱：「聞道神仙有才子，赤簫吹罷一相攜。」高駢：「不知子晉緣何事，纔學吹簫便得仙。」皆是。張籍亦有同嚴給事聞唐昌觀玉蕊近有仙過因成絶句二首，中有句云：「應共諸仙鬬百草，獨來偷得一枝歸。」尤似有寓意。

〔玉蕊花〕吴景旭歷代詩話云：「韻語陽秋云：江南野中有小白花木，高數尺，春開極香，土人呼爲瑒花。瑒，玉名，取其白也。魯直云：荆公欲作詩而陋其名，予請名曰山礬，野人取其葉以染黄，不借礬而成色，故以名爾。嘗有絶句云：高節亭邊竹已空，山礬獨自倚春風，是也。近見高齋詩話云：此花即玉蕊花，予恐未必然爾。玉蕊，佳名也，此花自唐流傳至今，當以玉蕊得名，不應捨玉蕊而呼瑒，魯直亦不應捨玉蕊而名山礬也。瓊花惟揚州后土祠中有之，其他皆聚八仙，近似而非也。鮮于子俊詩云：百蘤天下多，瓊花天上希。結根託靈祠，地着不可移。八蓓冠瓊芳，一株綴萬枝。而春明退朝録乃云：瓊花一名玉蕊，按唐昌觀有玉蕊，王建所謂女冠夜覓香來處，惟有階前碎月明，是也。長安觀亦有玉蕊，劉禹錫所謂玉女來看玉樹花，異香先引七香車，是也。（按此不確。）唐内苑亦有玉蕊，李德裕與沈傳師草詔之夕，屢同賞翫，故德裕詩云：玉蕊天中木，金閨昔共窺，而傳師和云：曾對金鑾直，同依玉樹陰，是也。招隱山亦有玉蕊，李德裕所謂吴人初不識，因予賞翫乃得此名，是也。由是論之，則玉蕊花豈一處有哉？其非瓊花明矣。東坡瑞香詞有后土祠中玉蕊之句，非謂玉蕊花，止謂瓊花如玉蕊之白爾。」按：前人論玉蕊之文甚多，姑取此以概其餘。

歎水别白二十二

水，至清，盡美。從一勺，至千里。利人利物，時行時止。道性浄皆然，交情淡如此。君遊金谷隄上，我在石渠署裏。兩心相憶似流波，潺湲日夜無窮已。

【校】

〔題〕崇本注雜言二字，全唐詩注云：一言至七言。

【注】

〔金谷〕晉石崇金谷園在洛陽。

〔石渠〕此句指已爲集賢院學士。集賢院爲圖書之府，比漢之天禄石渠也。

【箋證】

按：此爲大和三年（八二九）禹錫直集賢院時餞送居易辭官歸洛之作。故云：「君遊金谷隄上，我在石渠署裏。」唐人送别賦詩，往往分詠一物，限作一字至七字詩，於詠物中寓惜别之意，宋以後無此體製矣。

答樂天戲贈

才子聲名白侍郎，風流雖老尚難當。詩情逸似陶彭澤，齋日多如周太常。矻矻將心求浄土，時時偷眼看春光。知君技癢思歡宴，欲倩天魔破道場。

【校】

〔浄土〕紹本、崇本、全唐詩土均作法。

【注】

〔周太常〕後漢書周澤傳：「爲太常，常卧病齋宫，其妻哀澤老病，闚問所苦，澤大怒，時人爲之語曰：生世不諧，爲太常妻，一歲三百六十日，三百五十九日齋，一日不齋醉如泥。」用此語乃借以爲戲也。

〔天魔〕似用楞嚴經阿難遭摩登伽女攝入婬席之意。

〔道場〕梁書庾詵傳：晚年尤遵釋教，宅内立道場。通以修道之處爲道場。

【箋證】

按：白集中贈夢得云：「心中萬事不思量，坐倚屏風卧向陽。漸覺詠詩猶老醜，豈宜憑酒更麄狂？頭垂白髮我思退，脚踏青雲君欲忙。祇有今春相伴在，花前賸醉兩三場。」似爲此時所作，蓋欲别禹錫東歸也。然與禹錫此詩用韻雖同，語意殊不相應，仍存疑。「脚踏青雲」之語，乃祝禹錫留京仍有大用之望也。

同樂天送令狐相公赴東都留守　自户部尚書拜。

尚書劍履出明光，居守旌旗赴洛陽。世上功名兼將相，人間聲價是文章。衙門曉闢分天仗，賓幕初開辟省郎。從發坡頭向東望，春風處處有甘棠。自華林至河南，皆故治也。

【校】

〔題〕題下原注：自户部尚書拜，結一本脱拜字。

〔赴洛陽〕崇本赴作起，非。

〔華林〕紹本、崇本林均作陜，治作林。全唐詩林作陵。按：作陜者似是。

【箋證】

按：文宗紀，令狐楚以大和三年（八二九）三月，自户部尚書出爲東都留守。禹錫與居易皆在長安，故同作詩送之。楚非能以詩名者，然箋奏之文爲當時所推，故禹錫贈詩，一則曰「更能四面占文章」，再則曰「人間聲價是文章」。白集中送東都留守令狐尚書赴任云：「翠華黄屋未東巡，碧洛青嵩付大臣。地稱高情多水竹，山宜閒望少風塵。龍門即擬爲遊客，金谷先憑作主人。歌酒家家花處處，莫空管領上陽春。」觀五六兩句，已有求分司之意矣。據其將至東都先寄令狐留守詩云：「惜逢金谷三春盡，恨拜銅樓一月遲。」則四月即拜賓客分司之命。自此禹錫、居易二人暫別矣。

〔坡頭〕自長安東行以長樂驛爲始，驛在萬年縣東十五里長樂坡下，故云。

〔處處有甘棠〕此謂令狐楚先曾爲華州刺史，繼爲陝虢觀察使，赴東京沿路皆其舊治也。

劉禹錫集箋證外集卷第二

詩

同樂天和微之深春二十首 同用家、花、車、斜四韻。

何處深春好？春深萬乘家。宫門皆映柳，輦路盡穿花。池色連天漢，城形象帝車。旌旗暖風裏，獵獵向西斜。

何處深春好？春深阿母家。瑶池長不夜，珠樹正開花。橋峻通星渚，樓暄近日車。層城十二闕，相對玉梯斜。

何處深春好？春深執政家。恩光貪捧日，貴重不看花。玉饌堂交印，沙隄柱礙車。多門一已閉，直道更無斜。

何處深春好？春深大鎮家。前旌光照日，後騎蹴成花。節院收衙隊，毬場簇看車。廣筵歌舞散，書號夕陽斜。
何處深春好？春深貴戚家。櫪嘶無價馬，庭發有名花。欲進宮人食，先熏命婦
車。晚歸長帶酒，冠蓋任傾斜。
何處深春好？春深恩澤家。爐添龍腦炷，綬結虎頭花。賓客珠成履，嬰孩錦縛
車。畫堂簾幕外，來去燕飛斜。
何處深春好？春深京兆家。人眉新柳葉，馬色醉桃花。盜息無鳴鼓，朝迴自走
車。能令帝城外，不敢徑由斜。
何處深春好？春深刺史家。夜闌猶命樂，雨甚亦尋花。傲客多憑酒，新姬苦上
車。公門吏散後，風擺戟衣斜。
何處深春好？春深羽客家。芝田繞舍色，杏樹滿山花。雲是淮王宅，風爲列子
車。古壇操簡處，一徑入林斜。
何處深春好？春深小隱家。芟庭留野菜，撼樹去狂花。醉酒一千日，貯書三十
車。推衾從露體，不敢有餘斜。
何處深春好？春深富貴家。惟多貯金帛，不擬負鶯花。國樂呼聯轡，行廚載滿
車。歸來看理曲，燈下寶釵斜。

何處深春好？春深豪士家。多沽味濃酒，貴買色深花。已臂鷹隨馬，連催妓上車。城南蹋青處，村落逐原斜。

何處深春好？春深貴胄家。迎呼偏熟客，揀選最多花。飲饌開華幄，笙歌出鈿車。興酣樽易罄，連瀉酒瓶斜。

何處深春好？春深唱第家。名傳一紙牓，興管九衢花。薦聽諸侯樂，來隨計吏車。杏園拋曲處，揮袖向風斜。

何處深春好？春深少婦家。能偷新禁曲，自翦入時花。追逐同遊伴，平章貴價車。從來不墜馬，故遺髻鬟斜。

何處深春好？春深幼女家。雙鬟梳頂髻，兩面繡裙花。妝壞頻臨鏡，身輕不占車。鞦韆争次第，牽拽綵繩斜。

何處深春好？春深蘭若家。當香收柏葉，養蜜近梨花。野徑宜行藥，遊人盡駐車。菜園籬落短，遥見桔槔斜。

何處深春好？春深老宿家。小欄圍蕙草，高架引籐花。四字香書印，三乘壁畫車。遲迴聽句偈，雙樹晚陰斜。

何處深春好？春深種蒔家。分畦十字水，接樹兩般花。櫛比栽籬槿，咿啞轉井車。可憐高處望，棊布不曾斜。

何處深春好？春深稚子家。争騎一竿竹，偷折四鄰花。笑擊羊皮鼓，行牽犢領車。中庭貪夜戲，不覺玉繩斜。

【校】

〔題〕崇本春下有好字。

〔玉梯〕全唐詩作日西，注云：一作玉梯。

〔柱礙車〕結一本柱作住，誤。

〔苦上車〕結一本苦作若，誤。

〔推衾〕紹本、全唐詩均作雉衣，崇本作短衾。

〔富貴〕紹本、崇本、全唐詩貴均作室。

〔幼女〕紹本幼作稚。

〔行藥〕紹本、崇本、全唐詩藥均作樂。

〔圍蕙〕結一本圍作門，誤。

〔稚子〕紹本稚作幼。

【注】

〔日車〕梁任昉禪位梁王策：「文教與鵬翼齊舉，武功與日車並運。」漢李尤九曲歌：「安得壯士翻日車？」

〔捧日〕三國志魏志程昱傳注引魏書：昱少時常夢上泰山，兩手捧日。昱私異之，以語荀彧。彧白太祖，太祖曰：「卿終當爲我腹心。」昱本名立，太祖乃加其上日，更名昱也。

〔沙隄〕唐故事：宰相初拜，京兆使人載沙填路，自私第至於城東街，名沙隄。

〔三十車〕晉書張華傳：嘗徙居，載書三十乘。秘書監摯虞撰定官書，皆資華之本以取正焉。

【箋證】

按：白集有和微之詩二十三首，序云：「微之又以近作四十三首寄來，命僕寄和。其間瘀絮四百字，車斜二十篇者，皆韻劇辭殫，瓌奇怪譎。」考其所謂車斜二十篇，即此深春二十首，今白、劉和作皆在，而元詩已佚，甚可惜也。元有何處生春早二十首，自注云丁酉歲。乃元和十四年（八一九），遠在此前，體製似同而實異。彼時三人皆在謫籍，此詩則白集編在大和初年，蓋元在浙東，而遥屬白、劉二人和之。諦觀詩意，蓋二人皆久別京華，假此題以賦詠所見之時世風俗耳。以劉詩而論，首萬乘家，次阿母家，蓋以其時文宗新即位，上有三宮太后故也。據此及白詩涉及宋學士事，益知詩作於大和初無疑。（三宮太后詳見本集卷十四賀册太皇太后等表）執政以下，皆暗寓文恬武嬉之狀，而以他題溷之。白詩寓意當亦相同。詩中故實，深可考見唐中葉長安風俗之一斑，兹以白詩列於附録，以供治史者之互參。

〔帝車〕史記天官書，斗爲帝車。長安城象北斗，見西京雜記。

〔書號〕外集卷六和陳許王尚書及酬太原狄尚書二詩，一云「飲中請號駐金卮」，一云「仍把天兵書號筆」，皆同此義，蓋唐軍中之制如此。北夢瑣言五：「戎車未届，乃先以帛書軍號其上，仍畫一符，於郵亭遞之以壯軍聲。」參見本集卷二十七邊風行箋證。

〔餘斜〕高士傳：「黔婁先生卒，覆以布被，覆頭則足見，覆足則頭見。曾西曰：斜其被則歛矣。妻曰：斜之有餘，不若正之不足。」

附録　白居易　和春深二十首

何處春深好？春深富貴家。馬爲中路鳥，妓作後庭花。羅綺驅論隊，金銀用斷車。眼前何所苦，唯苦日西斜。

何處春深好？春深貧賤家。荒凉三徑草，冷落四鄰花。奴困歸傭力，妻愁出賃車。途窮平路險，舉足劇褒斜。

何處春深好？春深執政家。鳳池添硯水，雞樹落衣花。詔借當衢宅，恩容上殿車。延英開對久，門與日西斜。

何處春深好？春深方鎮家。通犀排帶胯，瑞鶻勘袍花。飛絮銜毬馬，垂楊拂妓車。戎裝拜春設，左握寶刀斜。

何處春深好？春深刺史家。陰繁棠布葉，岐秀麥分花。五匹鳴珂馬，雙輪畫軾車。和風引行樂，葉葉隼旗斜。

何處春深好？春深學士家。鳳書裁五色，馬鬣剪三花。蠟炬開明火，銀臺賜物車。相逢不敢揖，彼此帽低斜。

何處春深好？春深女學家。慣看温室樹，飽識浴堂花。御印提隨仗，香牋把下車。宋家宫樣髻，一片緑雲斜。

何處春深好？春深御史家。絮縈驄馬尾，蝶繞繡衣花。破柱行持斧，埋輪立駐車。入班遥認得，魚貫一行斜。

何處春深好？春深遷客家。一杯寒食酒，萬里故園花。炎瘴蒸如火，光陰走似車。爲憂鵩鳥至，只恐日光斜。

何處春深好？春深經業家。唯求太常第，不管曲江花。折桂名慚郄，收螢志慕車。官場泥鋪處，最怕寸陰斜。

何處春深好？春深隱士家。野衣裁薜葉，山飯曬松花。蘭索紉幽珮，蒲輪駐軟車。林間箕踞坐，白眼向人斜。

何處春深好？春深漁父家。松灣隨棹月，桃浦落船花。投餌移輕楫，牽輪轉小車。蕭蕭蘆葉裏，風起釣絲斜。

何處春深好？春深潮户家。濤翻三月雲，浪噴四時花。曳練馳千馬，驚雷走萬車。餘波落何處，江轉富陽斜。

何處春深好？春深痛飲家。十分杯裏物，五色眼前花。餔歠眠糟甕，流涎見麴車。中山一沉醉，千度日西斜。

何處春深好？春深上巳家。蘭亭席上酒，曲洛岸邊花。弄水遊童棹，湔裾小婦車，齊橈争渡處，一匹錦標斜。

何處春深好？春深寒食家。玲瓏鏤雞子，宛轉綵毬花。碧草追遊騎，紅塵拜掃車。鞦韆細腰女，摇曳逐風斜。

何處春深好？春深博奕家。一先争破眼，六聚鬭成花。鼓應投棋馬，兵衝象戲車。彈棊局上事，最妙是長斜。

何處春深好？春深嫁女家。紫排襦上雉，黄帖鬢邊花。轉燭初移障，鳴環欲上車。青衣傳氈褥，錦繡一條斜。

何處春深好？春深娶婦家。兩行籠裏燭，一樹扇間花。賓拜登華席，親迎障幰車。催妝詩未了，星斗漸傾斜。

何處春深好？春深妓女家。眉欺楊柳葉，裙妬石榴花。蘭麝薰行被，金銅釘坐車。杭州蘇小小，人道最夭斜。

按：白詩有富陽及杭州、蘇州故實，則所詠不專限於長安。疑元詩體例如此，故白亦隨意涉及。

然「宋家宫樣髻」一語足見其切合長安時事。新唐書七七附尚宫宋氏事跡云：「自貞元七年（七九一），秘禁圖籍，詔若莘總領，穆宗以若昭尤通練，拜尚宫，嗣若莘所職，寶曆初卒，若憲代司秘書。文宗尚學，以若憲善屬辭，粹論議，尤禮之。大和中，李訓、鄭注用事，惡宰相李宗閔，譖言因駙馬都尉沈議厚賂若憲求執政，帝怒，幽若憲外第，賜死，家屬徙嶺南。」此歸罪於訓、注之詞也。通鑑二四五：「李訓、鄭注爲上晝太平之策，以爲當先除宦官，後復河湟，次清河北，開陳方略，如指諸掌，上以爲信然，寵任日隆。初，李宗閔爲吏部侍郎，因駙馬都尉沈議結女學士宋若憲、知樞密楊承和，得爲相。及貶明州，鄭注發其事。」是若憲預聞政事，勾結外廷，通鑑亦不以爲虚。大和初年宋學士之聲勢可想而知，宜居易取以爲詩料也。

刑部白侍郎謝病長告改賓客分司以詩贈别

鼎食華軒到眼前，拂衣高步豈徒然？九霄路上辭朝客，四皓叢中作少年。他日卧龍終得雨，今朝放鶴且沖天。洛陽舊有衡茅在，亦擬抽身伴地仙。

【校】

〔高步〕紹本、崇本、全唐詩步均作謝。

【注】

〔地仙〕列仙傳：馬明生從安期先生受金液神丹方，乃入華陰山合金液，不樂升天，但服半劑，爲地仙。

【箋證】

按：白集中有病免後喜除賓客詩云：「臥在漳濱滿十旬，起爲商皓伴三人。從今且莫嫌身病，不病何由索得身？」又長樂亭留别詩云：「灞滻風煙函谷路，曾經幾度别長安？昔時蹙促爲遷客，今日從容自去官。優詔幸分四皓秩，祖筵慚繼二疏歡。塵纓世網重重縛，迴顧方知出得難。」其謝病之故已於前卷論之。要之，韋處厚之暴卒，李宗閔之起復（據傳在大和二年八二八），崔羣之出鎮（在大和三年八二九二月），王涯之内召（在大和三年八二九正月），皆於居易不利，禹錫亦不能無失羣之感。據子劉子自傳，北魏時自北方遷洛陽，墳墓皆在，故詩之結聯云「洛陽舊有衡茅在，亦擬抽身伴地仙」。其不能即步後塵者，一時未得收身之所故也。詩之首聯云：「鼎食華軒到眼前，拂衣高步豈徒然？」正謂居易即將踐高位，而急流勇退者，乃有所不得已也。自此篇至赴蘇州酬别樂天詩，皆大和三年至五年禹錫在長安時作。

〔賓客分司〕唐會要六七：「太子賓客，顯慶元年（六五六）正月十九日置，初無員品，選高名重德者爲之。開元中始編入令，置四員。建中四年（七八三）九月二十五日，又加兩員，興元元年（七八四）正月二十九日又加四員。貞元四年（七八八）正月一日勅：宜留元額四員，餘並勒停。」據此，分司東都者亦在四員之内，故白詩云「起爲商皓伴三人」也。

遥和白賓客分司初到洛中戲呈馮尹

西辭望苑去，東占洛陽才。度嶺無歸思，看山不懊來。冥鴻何所慕？遼鶴乍飛回。洗竹通新徑，攜琴上舊臺。塵埃長者轍，風月故人盃。聞道龍門峻，還因上客開。

【校】

〔和〕全唐詩作賀，注云：一作和。

〔無歸〕全唐詩歸作愁。

【注】

〔望苑〕三輔黄圖：「（武帝）爲太子，開博望苑以通賓客。」博望苑在長安城南杜門外五里，有遺址。

〔長者轍〕漢書陳平傳：以席爲門，然門外多長者車轍。

【箋證】

按：馮尹謂馮宿，已見外集卷一。白原詩云：「相府念多病；春宫容不才。官銜依口得；俸料逐身來。白首林園在，紅塵車馬迴。招呼新客旅，掃掠舊池臺。小舫宜攜樂，新荷好蓋杯。

不知金谷主，早晚賀筵開。」是大和三年（八二九）初夏作，禹錫與居易相别未久，故云遥和。「早晚賀筵開」者，問其以何時開賀筵也。禹錫詩云：「西辭望苑去，東占洛陽才。」唐人多以博望苑指東宮官，疑是居易先除賓客，然後有分司之命。

〔龍門〕按：後漢書李膺傳：「膺獨持風裁，以聲名自高，士有被其容接者，名爲登龍門。」膺曾爲河南尹，故以膺比馮宿。

和留守令狐相公答白賓客

麥隴和風吹樹枝，商山逸客出關時。身無拘束起長晚，路足交親行自遲。官拂象筵終日待，私將雞黍幾人期？君來不用飛書報，萬户先從紙貴知。

【校】

〔麥隴〕全唐詩注云：一作蛟龍，結一本與一作同。但蛟龍無義，必麥隴字壞而誤，當依紹本改。崇本上一字缺，下作龍。

【箋證】

白集中有將至東都先寄令狐留守詩云：「黄鳥無聲葉滿枝，閒吟想到洛城時。惜逢金谷三春盡，恨拜銅樓一月遲。詩境忽來還自得，醉鄉潛去與誰期？東都添箇狂賓客，先報壺觴風月知。」蓋令狐楚得居易詩即次韻作答，而禹錫復次其韻。

始聞蟬有懷白賓客去歲白有聞蟬見寄詩云祇應催我老兼遣報君知之句

蟬韻極清切，始聞何處悲？人含不平意，景值欲秋時。此歲方晼晚，誰家無別離？君言催我老，已是去年詩。

【箋證】

按：禹錫答居易聞蟬見寄詩見上卷。白集中答夢得聞蟬詩云：「開緘思浩然，獨詠晚風前。人貌非前日，蟬聲似去年。槐花新雨後，柳影欲秋天。聽罷無他計，相思又一篇。」即答此詩。

憶樂天

尋常相見意殷勤，別後思量夢更頻。每遇登臨好風景，羨他天性少情人。

【校】

〔思量〕紹本、崇本作相思，全唐詩注云：一作思量。

【箋證】

按：此當亦是大和三年（八二九）禹錫在長安與居易乍别以後之作。答詩未見。

樂天寄洛下新詩兼喜微之欲到因以抒懷也

松間風未起，萬葉不自吟。池上月未來，清輝同夕陰。宫徵不獨運，塤篪自相尋。一從别樂天，詩思日已沈。吟君洛中作，精絶百鍊金。乃知孤鶴情，月露爲知音。微之從東來，威鳳鳴歸林。羨君先相見，一豁平生心。

【箋證】

按：文宗紀，大和三年（八二九）九月戊戌，以元稹爲尚書左丞，此是除官之月日，比稹從浙東到京，已在歲杪，次年正月乙丑，又出爲武昌節度使矣。故稹贈妻柔之詩云：「窮冬到鄉國，正歲别京華。自恨風塵眼，常看遠地花。」禹錫與稹之交誼，已見本集卷三十、外集卷一各篇，自長慶二年稹罷相爲同州刺史，旋改浙東觀察使，凡閱七年，始復至都，故禹錫此詩有「威鳳鳴歸林」之句，深盼其復入相也。乃甫到京即被命復出，其爲有人阻其大用，不言可知。元白、元劉之間各有深切逾常之交誼，居易在洛陽，爲稹入京必經之路，故云「羨君先相見，一豁平生心」。白集中有嘗黄醅新酎憶微之詩云：「世間好物黄醅酒，天下閒人白侍郎。愛向卯時謀洽樂，亦曾酉日放麄狂。醉來枕麴貧如富，身後堆金有若亡。元九計程殊未到，甕頭一盞共誰嘗？」禹錫所見或即此詩。

月夜憶樂天兼寄微之

今宵帝城月，一望雪相似。遥想洛陽城，清光正如此。知君當此夕，亦望鏡湖水。展轉相憶心，月明千萬里。

【校】

〔題〕全唐詩注云：一作月夜寄微之憶樂天。

〔鏡湖〕英華鏡作臨。全唐詩注云：一作臨。

〔月明〕英華作明月，全唐詩此句注云：一作月明十萬里。

【箋證】

按：白集中有酬集賢劉郎中對月見寄兼懷元浙東詩云：「月在洛陽天，天高浄如水。下有白頭人，攬衣中夜起。思遠鏡亭上，光深書殿裏。眇然三處心，相去各千里。」此必大和三年（八二九）夏秋間，居易已歸洛陽，禹錫留長安，而元稹尚未聞内召之命。當與前一首互易次第。

酬鄆州令狐相公官舍言懷見寄兼呈樂天

詞人各在一涯居，聲味雖同跡自疏。佳句傳因多好事，尺題稀爲不便書。已通戎路逢黄石，仍占文星耀碧虚。聞説朝天在來歲，霸陵春色待來車。

【校】

〔題〕崇本無兼字。

〔戎路〕紹本、崇本、全唐詩路均作略。

〔文星〕全唐詩二字乙。

〔來車〕紹本、崇本、全唐詩來均作行。

【箋證】

按：文宗紀，大和三年（八二九）十二月己丑，以東都留守令狐楚檢校右僕射天平軍節度使。楚到鄆州恐未能即有言懷之作。據禹錫詩「聞説朝天在來歲，霸陵春色待來車」之句。或者楚於到鄆州之次年歲杪作詩，自述望入覲之意，則當爲大和四年（八三〇），禹錫固猶在京也，故與下一首相接。楚之原詩未見，姑存疑。

吟白樂天哭崔兒上篇愴然寄贈

吟君苦調我霑纓，能使無情盡有情。四望車中心未釋，千秋亭下賦初成。庭梧已有雛棲處，池鶴今無子和聲。從此期君比瓊樹，一枝吹折一枝生。

【校】

〔題〕紹本、崇本樂天作君，紹本、崇本、全唐詩上均作二。

〔雛棲〕全唐詩二字乙。

【箋證】

按：崔兒是居易老年所生子，居易方爲河南尹。據本傳在大和五年（八三一），據紀實在四年（八三〇）十二月也。居易原作云：「掌珠一顆兒三歲，鬢雪千莖父六旬。豈料汝先爲異物？常憂吾不見成人。悲腸自斷非因劍，啼眼加昏不是塵。懷抱又空天默默，依前重作鄧攸身。」又有初喪崔兒報微之晦叔一詩云：「書報微之晦叔知，欲題崔字淚先垂。世間此恨偏敦我，天下何人不哭兒？蟬老悲鳴抛蜕後，龍眠驚覺失珠時。文章十帙官三品，身後傳誰庇蔭誰？」宜禹錫云「吟君苦調我霑纓」也。

〔四望車〕三望四望車爲公卿所乘，見晉書輿服志。此句泛用以指居易正在官位顯達之際而遭此悲痛耳。張説節義太子楊妃輓歌：「昔日三朝路，逶迤四望車。」〔千秋亭〕潘岳西征賦云：「夭赤子於新安，坎路側而瘞之。亭有千秋之號，子無七旬之期。雖勉勵於延吴，實潛慟乎余慈。」注：「傷弱子序曰：三月壬寅弱子生，五月之長安，壬寅，次于新安之千秋亭，甲辰而弱子夭，乙巳葬于亭東。」此詩正用此事，禹錫隸事之精切每如此。

答樂天所寄詠懷且釋其枯樹之歎

衙前有樂饌常精，宅内連池酒任傾。自是官高無狎客，不論年長少歡情。驪龍頷被探珠去，老蚌胚還應月生。莫羨三春桃與李，桂花成實向秋榮。

【校】

〔題〕紹本釋作適，非。

〔胚還〕紹本、崇本胚均作胎。

【箋證】

按：白集中有府齋感懷酬夢得詩云：「府伶呼唤争先到，家醖提攜動輒隨。合是人生開眼日，自當年老斂眉時。丹砂鍊作三銖土，玄髮看成一把絲。勞寄新詩遠安慰，不聞枯樹再生枝。」原注云：「時初喪崔兒，夢得以詩相安云，從此期君比瓊樹，一枝吹折一枝生。故有此落句以報之。」禹錫乃重答其詩。

〔宅内連池〕居易在洛陽之履道坊宅以池水勝，見其集中之池上篇，但此似指府衙中之池，見下篇。

白侍郎大尹自河南寄示池北新葺水齋即事招賓十四韻兼命同作

公府有高致，新齋池上開。再吟佳句後，一似畫圖來。結構疏林下，夤緣曲岸隈。緑波穿户牖，碧甃疊瓊瓌。幽異當軒滿，清光繞砌迴。潭心澄晚鏡，渠口起晴雷。瑶草緣隄種，煙松上島栽。遊魚驚撥刺，浴鷺喜毰毸。爲客烹林筍，因僧採石苔。酒瓶常不罄，書案任成堆。簷外青雀舫，座中鸚鵡盃。蒲根抽九節，蓮萼捧重臺。芳訊此時到，勝遊何日陪？共譏吴太守，自占洛陽才。

【校】

〔高致〕紹本、崇本、全唐詩致均作政，似非。

〔幽異〕紹本、崇本異均作興。

〔晚鏡〕紹本、崇本晚均作曉。

〔梁口〕紹本、崇本、全唐詩梁均作渠。
〔煙松〕紹本、崇本、全唐詩二字均乙。
〔遊魚〕〔浴鷺〕崇本均乙。按：鶴浴魚遊乃原詩語，鷺似當作鶴。

【注】

〔吴太守〕漢書賈誼傳：洛陽人也，年十八，以能誦詩書屬文稱於郡中，河南守吴公聞其秀材，召置門下，甚幸愛。文帝初立，聞河南守吴公治平爲天下第一。

【箋證】

按：白集原作十六韻云：「繚繞府西面，潺湲池北頭。鑿開明月峽，決破白蘋洲。清淺漪瀾急，夤緣浦嶼幽。直衝行徑斷，平入卧齋流。石疊青稜玉，波翻白片鷗。噴時千點雨，澄處一泓油。絶境應難别，同心豈易求？少逢人愛玩，多是我淹留。夾岸鋪長簟，當軒泊小舟。枕前看鶴浴，床下見魚遊。洞户斜開扇，疎簾半上鈎。紫浮萍泛泛，碧亞竹修修。讀罷書仍展，棊終局未收。午茶能散睡，卯酒善銷愁。簷雨晚初霽，窗風涼欲休。誰能伴老尹，時復一閑遊。」據詩意池齋在府衙中無疑。居易以大和四年（八三〇）冬除河南尹，此詩之酬唱當在次年夏間。十六韻和爲十四韻者，原重遊字，或居易寄示禹錫時減去二韻也。

赴蘇州酬别樂天

吴郡魚書下紫宸，長安廐吏送朱輪。二南風化承遺愛，八詠聲名躡後塵。梁氏夫妻爲寄客，陸家兄弟是州民。江城春日追隨處，共憶東歸舊主人。

【校】

〔追隨〕紹本、崇本、全唐詩隨均作遊。

〔東歸〕紹本、崇本歸均作都。

【注】

〔八詠〕金華志：沈約爲東陽太守，作八詩題於元暢樓，後人更名八詠樓。

〔梁氏夫妻〕後漢書梁鴻傳：鴻字伯鸞，扶風人，家貧而尚節介，博覽無不通。娶同縣孟氏女，共入霸陵山中，以耕織爲業。適吴，依皐伯通，居廡下，爲人賃舂。

〔陸家兄弟〕晉書陸雲傳：「少與兄機齊名。雖文章不及機，而持論過之。號曰二陸。」陸氏，吴人也。

【箋證】

按：本集卷十七蘇州舉韋中丞自代狀，禹錫蘇州刺史之授在大和五年（八三一）之冬，此詩云：「江城春日追隨處，共憶東歸舊主人。」預計到任在次年春日也。舊主人指居易曾於寶曆中任蘇州刺史。白集中送劉郎中赴任蘇州詩云：「仁風膏雨去隨輪，勝地歡遊到逐身。水驛路穿兒店月，花船棹入女湖春，（原注：語兒店、女墳湖皆勝地也。）宣城獨詠窗中岫，柳惲單題江上蘋。何似姑蘇詩太守，吟詩相繼有三人。（原注：領吴郡日，劉嘗贈予詩云：蘇州刺史例能詩，西掖今來替左司。故有三人之戲耳。）」

〔長安厩吏〕漢書朱買臣傳：「長安厩吏乘駟馬車來迎，買臣遂乘傳去。」注：「張晏曰：故事，大夫乘官車駕駟，如今州牧刺史矣。」朱買臣爲會稽太守，唐之蘇州正漢之會稽郡治也。

贈樂天

一别舊遊盡，相逢俱涕零。在人雖晚達，於樹似冬青。痛飲連宵醉，狂吟滿座聽。終期拋印綬，共占少微星。

【注】

〔少微星〕晉書天文志：少微四星在太微西，士大夫之位也。一名處士。明大而黄，則賢士舉也。

【箋證】

按：禹錫與居易於揚州初逢，即有沉舟病樹及憑杯酒長精神之句（外集卷一），以表其不因沉滯而自甘頽廢，此詩又云：「在人雖晚達，於樹似冬青。」本卷復有樂天重寄和因成再答一首，申之曰：「秋隼自能凌汗漫，寒龜飲氣受泥塗。」與本集卷二十四始聞秋風詩之「馬思邊草拳毛動，雕盼青雲睡眼開」，卷二十六秋詞之「晴空一鶴排雲上，便引詩情到碧霄」，皆有窮當益堅，老當益壯之概。此首當是赴蘇州時留别之作，冬青亦指時令也。

福先寺雪中酬别樂天

龍門賓客會龍宮，東去旌旗駐上東。二八笙歌雲幕下，三千世界雪花中。離堂未暗排紅燭，别曲含淒向曉風。才子從今一分散，便將詩詠向吴儂。

【校】

〔向曉〕紹本、崇本、全唐詩向均作颺，曉均作晚。

【箋證】

按：前後各詩皆禹錫由長安赴蘇州過洛陽時與居易敍别，往復丁寧之語。才子句以洛陽才子成語喻居易，「便將詩詠」謂居易之詩也。

〔福先寺〕唐兩京城坊考五：東都延福坊福先寺有水墱，四輪齊轉。

醉答樂天

洛城洛城何日歸？故人故人今轉稀。莫嗟雪裏暫時别，終擬雲間相逐飛。

【箋證】

按：白集有醉中重留夢得詩云：「劉郎劉郎莫先起，蘇臺蘇臺隔雲水。酒盞來從一百分，馬頭去便三千里。」和詩即用其體，此唐人法也。

又按：白集有與劉蘇州書云：「去年冬，夢得由禮部郎中、集賢學士遷蘇州刺史，冰雪塞路，自秦徂吳，僕方守三川，得爲東道主。閣下爲僕稅駕十五日，朝觴夕詠，頗極平生之歡，各賦數篇，視草而別。」即以上四首也。

和樂天耳順吟兼寄敦詩

吟君新什慰蹉跎，屈指同登耳順科。鄧禹功成三紀事，孔融書就八年多。已經將相誰能爾？拋卻丞郎争奈何？獨恨長洲數千里，且隨魚鳥泛煙波。

【注】

〔鄧禹〕後漢書鄧禹傳：禹字仲華，南陽人。年十三，受業長安。見光武，知非常人，遂相親附。及聞光武安集河北，杖策北渡，光武與定計議。即位，拜大司徒，封酇侯，時年二十四。按：二十四以三紀計之，約爲六十耳順之年也。

〔孔融〕孔融與曹操論盛孝章書：五十之年，忽焉已至，公爲始滿，融又過二。按：五十過二，增八年則六十也。

【箋證】

按：敦詩謂崔羣，已詳本集卷十七舉崔監察羣自代狀。居易原作云：「三十四十五欲牽，七十八十百病纏。五十六十卻不惡，恬淡清淨心安然。已過愛貪聲利後，猶在病羸昏耄前。未無筋力尋山水，尚有心情聽管絃。閒開新酒嘗數盞，醉憶舊詩吟一篇。敦詩夢得且相勸，不用嫌他耳順年。」羣與禹錫、居易皆同歲生，大和五年（八三一）爲六十歲。「已經將相」，指羣，羣於元和十一年（八一六）入相，是年由荆南節度使内召；「拋卻丞郎」，指居易，居易曾於大和二、三年（八二八、八二九）任刑部侍郎，唐人通以尚書左右丞及六部侍郎爲丞郎也。

又按：集中涉及崔羣者有卷十七、二十二，外集卷六、八等篇。

到郡未浹日登西樓見樂天題詩因即事以寄

樂天自此郡謝病西歸。

湖上收宿雨，城中無晝塵。樓依新柳貴，池帶亂苔春。雲水正一望，簿書來繞身，煙波洞庭路，愧彼扁舟人。

【箋證】

按：本集卷十五蘇州謝上表所具月日爲大和六年（八三二）二月六日，故詩有「新柳」之句。

早夏郡中書事

水禽渡殘月，飛雨灑高城。華堂對嘉樹，簾廡含曉清。拂鏡整危冠，振衣步前楹。將吏儼成列，簿書紛來縈。言下辨曲直，筆端破交争。虚懷詢病苦，懷律操剽輕。關吏告無事，歸來解簪纓。高簾覆朱閣，忽爾聞調笙。

【校】

〔懷律〕紹本懷作壞。

〔關吏〕紹本、崇本、全唐詩關均作闇。

【箋證】

按：此詩當作於到蘇州第一年之夏，白居易在蘇州時，亦有自到郡齋僅經旬日方專公務未及宴遊偷閒走筆詩，略云：「救煩無若静，補拙莫如勤。削使科條簡，攤令賦役均。以兹爲報效，安敢不躬親？襦袴提於手，韋弦佩在紳。敢辭稱俗吏，且願活疲民。」語意相似。

〔將吏〕唐代刺史沿舊制帶持節軍事，安史亂後又多帶本州團練使，州有戍兵。故劉、白詩皆言蘇州兵籍五千。韋應物爲蘇州刺史，其軍中冬燕詩云：「兹邦實大藩，伐鼓軍樂陳。是時冬服成，戎士氣益振。」此詩所以有將吏成列之語。

虎丘寺見元相公二年前題名愴然有詠 前年滻橋送之武昌。

滻水送君君不還，見君題字虎丘山。因知早貴兼才子，不得多時在世間。

【校】

〔題字〕崇本字作寺，似非。

【箋證】

按：元相公謂元稹，當其在時則稱其所居之官，既殁則舉其所歷最高之官，此唐人通例也。稹以大和三年（八二九）九月入爲尚書左丞，其過蘇州題字，當即在是年，其出鎮武昌在四年（八三〇），卒在五年（八三一）。此詩則禹錫到蘇州所作，必在六年（八三二），不應云二年前題名，二當是三字之誤。

又按：大和三四年間，元、白相會於洛陽，臨别元投白二詩云：「君應怪我留連久，我欲與君辭别難。白頭徒侣漸稀少，明日恐君無此歡。」「自識君來三度别，這回白盡老髭鬚。戀君不去君須會，知得後回相見無！」蓋元出鎮武昌，則要自長安取商山道，自此不復與白相見。若劉則於大和三四年（八二九、八三〇）間同在長安，雖爲時極暫，話舊同遊，諒非一度，不應詩無一首，知不獨元詩不完，劉詩佚者亦必不少。此詩云滻水送君，即指稹赴鎮武昌時之送行。

寄贈小樊

花面丫頭十三四，春來綽約向人時。終須買取名春草，處處將行步步隨。

【校】

〔取名〕全唐詩名下注云：一作多。

〔將行〕絶句作相將。全唐詩行下注云：一作來，一作相將。

【箋證】

按：本事詩：「白尚書姬人樊素善歌，妓小蠻善舞，嘗爲詩云：櫻桃樊素口，楊柳小蠻腰。年既高邁，而小蠻方豐豔，因爲楊柳之詞以託意云：一樹春風萬萬枝，嫩於金色軟如絲。永豐坊裏東南角，盡日無人屬阿誰？」吴景旭歷代詩話云：「樂天嘗稱妓有樊素者，年二十餘，善唱楊柳枝，人多以曲名名之。一日將放去，因作詩自題曰不能忘情吟。且謂楊柳枝再拜長跪而致辭，辭曰：素事主十年，凡三千有六百日，巾櫛之間，無違無失。此東坡所謂不似楊枝别樂天也。洪景盧言：白集中有詩云：菱角執笙簧，谷光抹琵琶。紅綃信手舞，紫綃隨意歌。自注曰：菱、谷、紫、紅皆小臧獲名。王勉夫又言，妓不止此。觀劉夢得贈小樊詩云，……又同州與樂天詩注云：

春草，白君之舞妓也。白詩云：小奴搥我足，小婢搥我背，又不知小奴小婢者是何名也。白别有詩云：小花蠻榼二三升，曰：還擕小蠻去，試覓老劉看。此小蠻乃酒榼名耳。」

憶春草

憶春草，處處多情洛陽道。金谷園中見日遲，銅駝陌上迎風早。河南大尹頻出難，只得池塘十步看。府門閉後滿街月，幾處遊人草頭歇？館娃宮外姑蘇臺，鬱鬱芊芊撥不開。無風自偃君知否？西子裙裾曾拂來。

【校】

〔題〕全唐詩題下注云：春草，樂天舞妓名。

【箋證】

按：居易本傳，五年（八三一）除河南尹，七年（八三三）復授太子賓客。長慶集中詠興五首序云：「七年（八三三）四月，予罷河南府，歸履道第。」此詩猶稱之爲河南大尹，則是禹錫於七年（八三三）之春自蘇州所寄，藉春草以言兩地游賞。長慶集中與劉蘇州書云：「夢得閣下：前者枉手札數幅，兼惠答憶春草、報白君已下五六章，發函披文而後喜可知也。又覆視書中有攘臂痛拳之戲，笑與抃會，甚樂甚樂。」

樂天寄憶舊遊因作報白君以答

報白君，别來已度江南春。江南春色何處好？燕子雙飛故宫道。春城三百七十橋，夾岸朱樓隔柳條。丫頭小兒蕩畫槳，長袂女郎簪翠翹。郡齋北軒卷羅幕，碧池逶迤繞畫閣。池邊緑竹桃李花，花下舞筵鋪彩霞。吴娃足情言語黠，越客有酒巾冠斜。座中皆言白太守，不負風光向盃酒。酒酣擘牋飛逸韻，至今傳在人人口。報白君，相思空望嵩丘雲。其奈錢塘蘇小小，憶君淚點石榴裙。白君在城，近自洛歸錢塘。

【校】

〔題〕崇本遊作送。

〔宫道〕紹本、崇本、全唐詩宫均作官。

〔畫閣〕紹本、崇本畫均作華。

〔淚點〕紹本點作黦。

〔白君在城〕紹本、全唐詩在城均作有妓。崇本作在妓。按：在城在妓不可解，若作有妓則謂白罷杭州時攜妓而去，全唐詩話之説蓋由此而起。

【箋證】

按：居易憶舊游詩云：「憶舊遊，舊遊安在哉？舊遊之人半白首，舊遊之地多蒼苔。江南舊遊凡幾處，就中最憶吴江隈。長洲苑緑柳萬樹，齊雲樓春酒一杯。閶門曉嚴旗鼓出，皐橋夕鬧船舫迴。修蛾慢臉燈下辨，急管繁絃頭上催。六七年前狂爛漫，三千里外思徘徊。李娟張態一春夢，周五殷三歸夜臺。虎丘月色爲誰好？娃宫花枝應自開，賴得劉郎解吟詠，江山氣色合歸來。」禹錫此詩云「别來已度江南春」，居易原詩亦編在大和六年（八三二）春贈分司東都諸公之後，自是禹錫初到蘇州第一年所作。答居易之作即效居易原詩之體。

〔三百七十橋〕按：白居易正月三日閒行詩云：「緑浪東西南北水，紅欄三百九十橋。」原注：「蘇之官橋大數。」疑此詩七十當作九十。

和白侍郎送令狐相公鎮太原

十萬天兵貂錦衣，晉城風日斗生輝。行臺僕射新恩重，從事中郎舊路歸。疊鼓蹴成汾水浪，門旗驚斷塞鴻飛。邊庭自此無烽火，擁節還來坐紫微。

【校】

〔新恩〕全唐詩新作深。

〔門旗〕紹本、崇本、全唐詩門均作閃。

【箋證】

按：令狐楚本傳云，大和六年（八三二）二月，改太原尹、北都留守、河東節度等使。是時禹錫甫到蘇州，居易猶任河南尹，楚自鄆州移鎮，無緣相會，知唐人送行之詩，雖遥寄亦謂之送，不可泥也。居易原作云：「六纛雙旌萬鐵衣，并汾舊路滿光輝。青衫書記何年去，紅旆將軍昨日歸。詩作馬蹄隨筆走，獵酣鷹翅伴觥飛。北都莫作多時計，再爲蒼生入紫微。」劉詩即次其韻。楚本傳云，楚以父掾太原，有庭闈之戀，李説、嚴綬、鄭儋相繼鎮太原，高其行義，皆辟爲從事，自掌書記至節度判官。故白詩云「青衫書記何年去」，劉詩云「從事中郎舊路歸」，舊府僚來爲節帥，是楚得意之事，而白、劉則望其勿久於外鎮也。

秋夕不寐寄樂天

洞户夜簾卷，華堂秋簟清。螢飛過池影，蛩思繞階聲。老枕知將雨，高窗報欲明。何人諳此景？遠問白先生。

【箋證】

按：此當即大和六年（八三二）秋間所作。居易答詩云：「碧簟絳紗帳，夜涼風景清。病聞和藥氣，渴聽碾茶聲。露竹偷燈影，煙松護月明。何言千里隔，秋思一時生。」即次其韻。

冬日晨興寄樂天

庭樹曉禽動，郡樓殘點聲。燈挑紅燼落，酒暖白光生。髮少嫌梳利，顏衰恨鏡明。獨吟誰應和？須寄洛陽城。

【箋證】

按：此當是繼前詩而作者。居易答詩云：「漏傳初五點，雞報第三聲。帳下從容起；窗間曨曈明。照書燈未滅，煖酒火重生。理曲絃歌動，先聞唱渭城。」亦次韻。

酬樂天見寄

元君後輩先零落，崔相同年不少留。華屋坐來能幾日？夜臺歸去便千秋。背時猶自居三品；三川、吴郡品同。得老終須卜一丘。投老之日，願樂天爲鄰。若使吾徒還早達，亦應簫鼓入松楸。

【校】

〔三川〕結一本作三州，誤。據紹本、崇本、全唐詩改。

〔吴郡〕結一本、全唐詩郡作郎，誤。

〔願樂天〕全唐詩願下有與字。

【箋證】

按：白集寄劉蘇州詩云：「去年八月哭微之，今年八月哭敦詩。何堪老淚交流日，多是秋風搖落時。泣罷幾回深自念，情來一倍苦相思。同年同病同心事，除却蘇州更是誰？」元稹本傳，大和五年（八三一）七月卒，年五十三。（按：聞訃當在八月）崔羣本傳，大和五年（八三一）拜檢校左僕射兼吏部尚書，六年（八三二）八月卒，年六十一。稹少禹錫、居易七歲，羣則與禹錫、居易同歲生。居易已於大和元年（八二七）拜秘書監時賜金紫，禹錫賜金紫在七年（八三三），（見本集卷十六謝賜章服表）此時未至三品階官，而云「三川吴郡品同」者，謂蘇州爲上州，刺史品從之也。

答樂天見憶

與老無期約，到來如等閑。偏傷朋友盡，移興子孫間。筆底心無毒，盃前膽不豩。唯餘憶君夢，飛過武牢關。

【校】

〔無毒〕紹本、崇本無均作猶。

【箋證】

按：原詩不詳。前人評此詩者，王世貞藝苑卮言云：「劉禹錫作詩欲入錫字，而以六經無之乃已，不知宋之問已用押韻矣。云馬上逢寒食，春來不見餳。劉用字謹嚴乃爾，然其答樂天而有筆底心猶毒，杯前膽不豩。豩，呼關反，此何謂也？」又宋長白柳亭詩話云：「豩，呼關切，讀作頑。劉夢得有杯前膽不豩，趙鄰有吞船酒膽豩，似劇飲淋浪之謂。唐韻無此字，禮部韻亦不收。」按：豩字説文從二豕，當取豕突之義，引申爲粗莽。

和樂天誚失婢牓者

把鏡朝猶在，添香夜不歸。鴛鴦拂瓦去，鸚鵡透籠飛。不逐張公子，即隨劉武威。新知正相樂，從此脱青衣。

【箋證】

按：居易原詩云：「宅院小牆卑，坊門帖牓遲。舊恩慙自薄，前事悔難追。籠鳥無常主，風花不戀枝。今宵在何處，惟有月明知。」禹錫詩云「從此脱青衣」，與白詩「舊恩慙自薄」相應，非徒爲無告之女子鳴不平，且以儆遇人寡恩之輩。本集卷二十一有調瑟詞，彼爲逃奴而作，此爲逃婢而作。當時奴婢主之酷虐亦可想見，此亦樂府諷諭詩之類也，不得以遊戲筆墨視之。

〔張公子〕此似用漢書外戚傳：童謡曰：燕燕尾涎涎，張公子，時相見。成帝每微行出，常與張放俱，而稱富平侯，故曰張公子。張氏爲漢時最煊赫之豪族，故以張公子泛稱貴遊子弟耳。

〔劉武威〕李商隱聖女祠詩：「人間定有崔羅什，天上應無劉武威。」馮浩注但引神仙感遇傳劉子南者，漢武威太守、冠軍將軍以釋之，於事無當。亦引禹錫此詩，謂必有事在。蓋唐人所讀古籍，今未見者尚多，此在唐時或非僻典，而今則不可曉矣。

樂天重寄和晚達冬青一篇因成再答

風雲變化饒年少，光景蹉跎屬老夫。秋隼自能凌汗漫，寒龜飲氣受泥塗。東隅有失誰能免？北叟之言豈便誣？振臂猶堪呼一擲，争知掌下不成盧？

【校】

〔題〕紹本、崇本重寄二字均乙。

〔自能〕紹本、崇本均作得時，似是。

〔便誣〕紹本、崇本誣均作無。

【注】

〔一擲〕晉書何無忌傳：（桓）玄曰：「劉裕勇冠三軍，當今無敵。劉毅家無儋石之儲，樗蒱一擲百萬。何無忌，劉牢之之甥，酷似其舅。共舉大事，何謂無成？」

〔東隅〕後漢書馮異傳：璽書勞異曰：「始雖垂翅回谿，終能奮翼澠池。可謂失之東隅，收之桑榆。」

【箋證】

按：白集中有代夢得吟云：「後來變化三分貴，同輩凋零太半無。世上争先從盡汝，人間鬬在不如吾。竿頭已到應難久，局勢雖遲未必輸。不見山苗與林葉，迎春先緑亦先枯。」似即禹錫所和，以首聯語意相應也。

〔北叟〕此語或是用列子力命篇「北山愚公年九十」語，此聯謂已往之事不足回顧，但矢志期於有成耳。

河南白尹有喜崔賓客歸洛兼見懷長句因而繼和

幾年侍從作名臣，卻向青雲索得身。朝士忽爲方外士，主人仍是眼中人。雙鸞遊處天京好，五馬行時海嶠春。遥羨光陰不虚擲，肯令絲竹暫生塵？

【箋證】

按：崔賓客謂崔玄亮，已見本集卷二十五。舊唐書一六五、新唐書一六四本傳皆不言其曾爲賓客。白居易唐故虢州刺史贈禮部尚書崔公墓志銘則云：拜太子賓客分司東都。白、劉兩詩皆以此稱之，必不誤，蓋史之略也。玄亮傳云：「還右散騎常侍，來年，宰相宋申錫爲鄭注所搆，獄自内起，京師震懼，玄亮首率諫官十四人詣延英請對，與文宗往復數百言，文宗初不省其諫，欲寘申錫於法，玄亮泣奏……文宗爲之感悟，玄亮由此名重於朝。七年，以疾求爲外任，宰相以弘農便其所請，乃授檢校左散騎常侍、虢州刺史。是歲大和七年（八三三）七月卒於郡所。」故詩云「幾年侍從作名臣」，玄亮嘗爲密、歙、湖、曹等州刺史，「五馬行時海嶠春」，或即指此。賓客分司之授當在大和六年，禹錫此詩之作當與本卷寄白尹兼簡分司崔賓客詩相先後。白集中贈晦叔憶夢得詩云：「自别崔公四五秋，因何臨老轉風流？歸來不説秦中事，歇定唯謀洛下遊。酒面浮花應是喜，歌眉斂黛不關愁。得君更有無厭意，猶恨尊前欠老劉。」晦叔即玄亮字也。

和楊師皋給事傷小姬英英

見學胡琴見藝成，今朝追想幾傷情。撚絃花下呈新曲，放撥燈前謝改名。但是好花皆易落，從來尤物不長生。鸞臺夜直衣衾冷，雲雨無因入禁城。

【箋證】

按：師皋爲楊虞卿字，虞卿舊唐書一七六、新唐書一七五均有傳。傳云：「李宗閔、牛僧孺輔政，起爲左司郎中，大和五年（八三一）六月拜諫議大夫，充弘文館學士，判院事，六年（八三二）轉給事中。七年（八三三），宗閔罷相，李德裕知政事，出爲常州刺史。」此詩即大和六年（八三二）所作，其出爲常州時，禹錫别有詩，見外集卷八。

附録一　楊虞卿　過小妓英英墓詩

蕭晨騎馬出皇都，聞説埋寃在坐隅。别我已爲泉下土，思君猶是掌中珠。四絃品柱聲初絶，三尺孤墳草已枯。蘭質蕙心何所在？焉知過者是狂夫？

附録二　白居易　和楊師皐傷小姬英英詩

自從嬌騃一相依，共見楊花七度飛。玳瑁牀空收枕席，琵琶絃斷倚屏幃。人間有夢何曾入，泉下無家豈是歸？墳上少啼留取淚，明年寒食更沾衣。

附録三　姚合　楊給事師皐哭亡愛姬英英竊聞詩人多賦因而繼和

真珠爲土玉爲塵，未識遥聞鼻亦辛。天上還應收至寶，世間難得是佳人。朱絃自斷虚銀燭，紅粉潛消冷繡裀。見説忘情唯有酒，夕陽對酒更傷神。

和樂天洛下醉吟寄太原令狐相公兼見懷長句

舊相臨戎非稱意，詞人作尹本多情。從容自使邊塵静，談笑不聞桴鼓聲。章句新添塞下曲，風流舊占洛陽城。昨來亦有吴趨詠，唯寄東都與北京。

【注】

〔吴趨〕古今注：吴趨行，吴人以歌其地。陸機吴趨行曰：「聽我歌吴趨。」趨，步也。

【箋證】

按：白集有早春醉吟寄太原令狐相公蘇州劉郎中詩云：「雪夜閑遊多秉燭，花時暫出亦提壺。别來少遇新詩敵，老去難逢舊飲徒。大振威名降北虜，勤行惠化活東吴。不知歌酒騰騰興，得似河南醉尹無？」此自是大和七年（八三三）早春所作，居易猶未罷河南尹。來詩分貼太原蘇州，和詩云「舊相臨戎」、「詩人作尹」即分貼節度使與京尹，詩律之嚴如是。

郡齋書懷寄河南白尹兼簡分司崔賓客

謾讀圖書二十車，年年爲郡老天涯。一生不得文章力，百口空爲飽暖家。綺季衣冠稱鬢面，吴公政事副詞華。還思謝病今歸去，同醉城東桃李花。

【校】

〔題〕紹本、崇本、全唐詩河南均作江南，誤。

〔二十車〕紹本、崇本、全唐詩二十均作三十，按：以白和詩觀之，當作四十。

〔今歸〕紹本、全唐詩今作吟。

【箋證】

按：白集和夢得詩題下注引此詩前四句，詩云：「綸閣沉沉無寵命；蘇臺籍籍有賢聲。豈惟不得清文力；但恐空傳冗吏名。郎署回翔何水部；江湖留滯謝宣城。所嗟非獨君如此，自古才共與命爭。」外集卷一闕下待傳點詩箋證中引白詩有「暫留書殿多稱屈；合入綸闈即可知」之句，參以此首「綸閣沉沉」之句，知當時物望皆以禹錫當入掖垣掌誥，集賢之命，蘇州之除，皆屈於不得已也。其梗之者究爲何人，不可詳矣。

酬樂天七月一日夜即事見寄

夜樹風韻清，天河雲彩輕。故花多露草，隔樹聞鶴鳴。摇落從此始，別離含遠情。聞君當是夕，倚瑟吟商聲。外物豈不足？中懷向誰傾。秋來念歸去，同聽嵩陽笙。

【校】

〔故花〕紹本花作茆，崇本、全唐詩花均作苑。

〔隔樹〕紹本、崇本、全唐詩樹均作城。

【箋證】

按：白集有立秋夕有懷夢得一詩，格韻皆同。雖題微異，必其原作也。詩云：「露簟荻竹清，風扇蒲葵輕。一與故人別，再見新蟬鳴。是夕涼飈起，閒境入幽情。迴燈見棲鶴，隔竹聞吹笙。夜茶一兩杓，秋吟三數聲。所思渺千里，雲外長洲城。」據「再見新蟬鳴」之句可知爲大和七年（八三三）之秋所作，蓋禹錫以五年（八三一）之冬與居易相別，至是凡兩度逢秋也。

題于家公主舊宅

樹滿荒臺葉滿池，簫聲一絶草蟲悲。鄰家猶學宫人髻，園客争偷御果枝。馬埒蓬蒿藏狡兔，鳳樓煙雨嘯愁鴟。何郎猶在無恩澤，不似當初傅粉時。

【校】

〔題〕結一本于作丁，誤。

〔樹滿〕崇本、全唐詩滿均作繞。

〔鳳棲〕紹本、全唐詩棲均作樓。

〔猶在〕紹本、崇本、全唐詩猶均作獨。

【箋證】

按：新唐書公主傳，梁國惠康公主下嫁于季友。季友得罪時，公主蓋已卒矣。事詳其父于頔傳，云：「以第四子季友求尚主，憲宗以長女永昌公主降焉。其第二子方屢諷其父歸朝入覲，册拜司空平章事。元和中，内官梁守謙掌樞密，頗招權利。有梁正言者，勇於射利，自言與守謙宗盟情厚，頔子敏與之游處，正言取頔財賄，言賂守謙以求出鎮。久之無效，敏責其貨於正言，乃誘正言之僮，支解棄於溷中。八年（八一三）春，敏奴王再榮詣銀臺門告其事，即日捕頔孔目官沈璧、家僮十餘人於内侍獄鞫問，尋出付臺獄。……頔率其男贊善大夫正、駙馬都尉季友素服單騎，將赴闕下，待罪於建福門，門司不納，退於街南負牆而立。遣人進表，閤門使以無引不受，日没方歸。明日復待罪於建福門，宰相諭令還第，貶爲恩王傅，敏長流雷州，錮身發遣，殿中少監、駙馬都尉季友追奪兩任官階令在家循省，左贊善大夫正、秘書丞方並停現任。」頔以元和十三年（八一八）卒。傳云，謚曰厲。其子季友從獵苑中，訴於穆宗，賜謚曰思。則季友後猶居近侍也。故詩云「何郎雖在無恩澤」。公主初封普寧，改封永昌，梁國乃其追封之號。季友後得明州刺史一職，亦能詩，詳見附録同時諸人之賦詠。

又按：前人之評此詩者，王夫之唐詩評選云：「點染工刻，初唐人不爲此，乃爲亦未必工。」

附録一　白居易　同諸客題于家公主舊宅詩

平陽舊宅少人遊，應是遊人到即愁。春穀鳥啼桃李院，絡絲蟲怨鳳皇樓。臺傾滑石猶殘砌，簾斷真珠不滿鈎。聞道至今蕭史在，髭鬚雪白向明州。

附録二　白居易　寄明州于駙馬使君三絶句

有花有酒有笙歌，其奈難逢親故何！近海饒風春足雨，白鬚太守悶時多。
平陽音樂隨都尉，留滯三年在浙東。吴越聲邪無法用，莫教偷入管絃中。
何郎小妓歌喉好，嚴老呼爲一串珠。海味腥鹹損聲氣，聽看猶得斷腸無？

附録三　王建　故梁國公主池亭詩（一作姚合詩）

平陽池館枕秦川，門鎖南山一朵煙。素柰花開西子面，緑榆枝散沈郎錢。裝篸玳瑁隨風落，傍岸鵁鶄逐暖眠。寂寞空餘歌舞地，玉簫聲絶鳳歸天。

附録四　楊巨源　酬于駙馬詩

綺陌塵香曙色分，碧山如畫又逢君。蛟藏秋月一片水，驥鎖晴空一片雲。戚里舊知何駙馬，詩家今得鮑參軍。陽和本是煙霄曲，須向花間次第聞。
芳時碧落心應斷，今日清詞事不同。瑶草秋殘仙圃在，綵雲天遠鳳樓空。晴花暖送金羈影，涼葉寒生玉簟風。長得聞詩歡自足，會看春露濕蘭叢。

吟樂天自問愴然有作

親友關心皆不見，風光滿眼倍傷神。洛陽城裏多池館，幾處花開有主人？

【校】

〔題〕絶句作酬樂天自問。

〔倍傷〕全唐詩倍下注云：一作獨。

【箋證】

按：居易原作云：「依仁臺廢悲風晚，履信池荒宿草春。自問老身騎馬出，洛陽城裏覓何人！」依仁乃洛陽崔玄亮宅，履信乃洛陽元稹宅也。稹以大和五年（八三一）秋卒，玄亮以七年（八三三）秋卒。原詩雖有「宿草春」之語，禹錫詩亦有「幾處花開」之語，不可泥，仍是作於大和七年（八三三）之秋。

八月十五日夜半雲開然後翫月因詠一時之景寄呈樂天

半夜碧雲收，中天素月流。開城邀好客，置酒賞新秋。影透衣香潤，光凝歌黛愁。斜暉猶可翫，移宴上西樓。

【校】

〔題〕紹本、崇本、全唐詩詠均作書。

〔西樓〕全唐詩注云：西樓白居易常賦詩之所也。

【箋證】

按：白集有答夢得八月十五日夜玩月見寄詩云：「南國碧雲客，東京白首翁。松江初有月，伊水正無風。遠思兩鄉斷，清光千里同。不知娃館上，何似石樓中。」居易以大和七年（八三三）四月罷河南尹，見其詠興詩序，此必是年之秋所作，故原注云：「其夜余在龍門石樓上望月。」禹錫詩所謂西樓，亦見居易詩題，西樓喜雪命宴。全唐詩注云：「西樓，白居易常賦詩之所也。」此必非禹錫自注。

又按：卜陳彝握蘭軒隨筆云：「中秋玩月不知起何時，考古人賦詩，則始於杜子美，而戎昱登樓望月、冷朝陽與空上人宿華嚴寺對月、陳羽鶴鑑湖望月、張南史和崔中丞望月、武元衡錦樓望月，皆在中秋，然則玩月盛於中秋，其在開元以後乎？」

秋日書懷寄白賓客

州遠雄無益，年高健亦衰。興情逢酒在，筋力上樓知。蟬噪芳意盡，雁來愁望時。商山紫芝客，應不向秋悲。

【校】

〔向秋〕崇本秋作愁，誤。

【箋證】

按：白集答夢得秋日書懷見寄云：「幸免非常病，甘當本分衰。眼昏燈最覺；腰瘦帶先知。樹葉霜紅日；髭鬚雪白時。悲愁緣欲老，老過却無悲。」正次劉韻。題稱白賓客，是其七年（八三三）罷河南尹再授賓客分司時也。

又按：此詩中「筋力上樓知」一語，即辛棄疾詞「不知筋力衰多少，但覺新來懶上樓」所本，而禹錫此句知者甚少。

酬樂天見貽賀金紫之什

久學文章含白鳳，卻因政事賜金魚。郡人未識聞謡詠，天子知名與詔書。珍重和詩呈錦繡，願言歸計並園廬。舊來詞客多無位，金紫同遊誰得如？

【校】

〔未識〕紹本識作百，未知爲何字之誤。

〔和詩〕紹本、全唐詩和作賀。

【箋證】

按：禹錫賜金紫在大和七年（八三三）之冬，見本集卷十六謝恩賜加章服表。居易原作云：「海内姑蘇太守賢，恩加章綬豈徒然！賀賓喜色欺杯酒，醉妓歡聲過管絃。魚佩葺鱗光照地，鶻銜瑞草勢冲天。莫嫌鬢上些些白，金紫由來稱長年。」

酬樂天初冬早寒見寄

乍起衣猶冷，微吟帽半攲。霜凝南屋瓦，雞唱後園枝。洛水碧雲曉，吴宫黄葉時。兩傳千里意，書札不如詩。

【箋證】

按：居易原作云：「起戴烏紗帽，行披白布裘。爐温先暖酒，手冷未梳頭。早起煙霜白，初寒鳥雀愁。詩成遺誰和？還是寄蘇州。」全唐詩亦收此首入元稹卷中，白詩明是寄劉，劉和詩亦有吴宫黄葉之句，爲劉作無疑。

樂天見示傷微之敦詩晦叔三君子皆有深分因成是詩以寄

吟君歎逝雙絶句，使我傷懷奏短歌。世上空驚故人少，集中惟覺祭文多。芳林新葉催陳葉，流水前波讓後波。萬古到今同此恨，聞琴淚盡欲如何？

【箋證】

按：三君子謂元稹、崔羣、崔玄亮。稹卒於大和五年（八三一）七月，羣卒於六年（八三二）八月，玄亮卒於七年（八三三）七月。此詩當作七年（八三三）秋冬之際。所謂雙絶句者，指居易原作：「併失鵷鸞侣，空留麋鹿身。只應嵩洛下，長作獨遊人。」「長夜君先去，殘年我幾何！秋風滿衫淚，泉下故人多。」

春池泛舟聯句

鳳池新雨後，池上好風光。禹錫上相公。取酒愁春盡，留賓喜日長。度送兵部。柳絲迎畫舸，水鏡瀉雕梁。羣送賈閣長。潭洞迷仙府，煙霞認醉鄉。餗送張司業。鶯聲隨笑語，竹色入壺觴。籍送主客。晚景含澄澈，時芳得豔陽。禹錫。飛鳬拂輕浪，緑柳暗迴塘。度。逸韻追安石，高居勝辟疆。羣。盃停新令舉，詩動彩牋忙。餗。顧謂同來客，歡遊不可忘。籍。

【校】

〔兵部〕全唐詩作户部。

〔鏡瀉〕紹本、崇本、全唐詩瀉均作寫。

〔賈閣長〕結一本閣作園，據紹本、崇本改，全唐詩作院。

〔笑語〕崇本語作雨，誤。

〔竹色〕結一本竹作行，誤。

〔時芳〕結一本芳作方，誤。

【箋證】

按：唐人聯句，仍互相贈答。甲送乙一聯，乙即送丙一聯，如此迭相傳遞。相公謂裴度。兵部謂崔羣，大和元年（八二七）自宣歙觀察使拜兵部尚書。閣長謂賈餗，大和二年（八二八）以太常少卿知制誥，次年拜中書舍人。司業謂張籍。餗，舊唐書一六九、新唐書一七九均有傳，籍，舊唐書一六〇、新唐書一七六均有傳。此當是大和二年（八二八）聯句。

杏園聯句

杏園千樹欲隨風，一醉同人此暫同。羣上司空。老態忽忘絲管裏，衰顔宜解酒盃中。絳上白二十二。曲江日暮殘紅在，翰苑年深舊事空。居易上主客。二十四年流落者，故人相引到花叢。禹錫。

【校】

〔宜解〕紹本、崇本宜均作頓。

【注】

〔杏園〕唐兩京城坊考三：曲江池……南即紫雲樓、芙蓉苑，西即杏園、慈恩寺，花卉周環，煙水明媚。都人游賞，勝于中和上巳之節。

【箋證】

按：司空謂李絳，據絳傳，長慶四年（八二四）曾加檢校司空，至大和三年正月，以太常卿檢校司空出爲興元尹、山南西道節度使。此詩似作於大和二年（八二八）之春，若三年春則絳已赴鎮矣。禹錫永貞（八〇五）之貶至大和二年（八二八）亦正二十四年，時猶未轉禮部，故與上一首均以主客稱之。

花下醉中聯句

共醉風光地，花飛落酒盃。絳送劉二十八。殘春猶可賞，晚景莫相催。禹錫送白侍郎。酒幸年年有，花應歲歲開。居易送兵部相公。且當金韻擲，莫遣玉山頹。絳送庾閣長。高會彌堪惜，良時不易陪。承宣送主客。誰能拉花住，爭得換春迴？禹錫送吏部。我輩尋常有，佳人早晚來。嗣復送兵部。寄言三相府，欲散且徘徊。居易。時户部相公同會。

【校】

〔絳送〕紹本、崇本絳均作羣。

〔得換〕紹本、崇本、全唐詩二字均乙。

〔送兵部〕全唐詩作送白侍郎。

【箋證】

按：詩中稱禹錫爲主客，居易爲侍郎，亦當是大和二年（八二八）春所作。兵部相公似謂李絳，庾閣長謂庾承宣，吏部似謂楊嗣復，然傳未言其爲吏部，户部相公謂竇易直。三相府之語未明。意者易直同會而未聯句，是年同在相位者尚有裴度、王播、韋處厚，故憑易直寄言三相也。

宴興化池亭送白二十二東歸聯句

東洛言歸去，西園告别來。白頭青眼客，池上手中盃。度。離瑟殷勤奏，仙舟委曲迴。征輪今欲動，賓閣爲誰開？禹錫。坐弄琉璃水，行登緑縟臺。花低妝照影，萍散酒吹醅。居易。岸蔭新抽竹，亭香欲變梅。隨遊多笑傲，遇勝且徘徊。籍。澄澈連天鏡，潺湲出地雷。林塘難共賞，鞍馬莫相催。度。信及魚還樂，機忘鳥不猜。晚晴槐起露，新暑石添苔。禹錫。擬作雲泥别，尤思頃刻陪。歌停珠貫斷，飲罷玉峯頹。居易。雖有逍遥志，其如磊落才。會當重用日，此去肯悠哉？籍。

【校】

〔題〕結一本化作慶，誤。

〔縟臺〕紹本、崇本臺均作苔，非；全唐詩作堆。

〔新暑〕全唐詩暑作雨。

〔用日〕崇本二字乙，紹本、全唐詩均作入用，是。

【箋證】

按：此爲大和三年（八二九）初夏居易辭刑部侍郎歸洛時作。興化池亭，裴度在長安之第宅也。唐兩京城坊考五：朱雀門西第二街有興化坊。

西池送白二十二東歸兼寄令狐相公聯句

促坐宴迴塘，送君歸洛陽。彼都留上宰，爲我説中腸。度。威鳳池邊别，冥鴻天際翔。披雲見居守，望日拜封章。禹錫。春盡年華少，舟通景氣長。送行歡共惜，寄遠意難忘。籍。東道瞻軒蓋，西園醉羽觴。謝公深眷眄，商皓信輝光。行武。舊德推三友，新篇代八行。下闕。

【校】

〔題〕崇本無兼字。

〔行武〕紹本、崇本、全唐詩武均作式，下並同。

【箋證】

按：大和三年（八二九）三月，令狐楚出爲東都留守，作此詩時楚已赴任，故裴度有「彼都留上宰，爲我説中腸」之句。元和中，度出征淮西，楚當制，制詞失旨，爲度所短，楚遂罷禁直，二人有夙嫌。此時度爲元老，而楚亦躋高位，殆已釋怨矣。行武未詳。

又按：西池即興化坊裴度宅中之池，池由瀑布而成，見本卷西池落泉聯句。

首夏猶清和聯句

記得謝家詩，清和即此時。居易。餘花數種在，密葉幾重垂？度。芳謝人人惜，陰成處處宜。禹錫。水萍争點綴，梁燕共追隨。行武。亂蝶憐疏蕊，殘鶯戀好枝。籍。草香殊未歇，雲勢漸多奇。居易。單服初寧體，新篁已出籬。度。與春爲别近，覺日轉行遲。禹錫。繞樹風光少，侵階苔蘚滋。行武。唯思奉歡樂，長得在西池。籍。

【校】

〔戀好〕結一本戀字缺，紹本、崇本、全唐詩均有。

【注】

〔首夏〕文選謝靈運遊赤石進泛海詩：首夏猶清和，芳草亦未歇。

【箋證】

按：此與下薔薇花及西池落泉聯句二首皆大和三年（八二九）居易東歸以前所作。

薔薇花聯句

似錦如霞色，連春接夏開。禹錫。波紅分影入，風好帶香來。度。得地依東閣，當階奉上台。行武。淺深皆有態，次第暗相催。禹錫。滿地愁英落，緣隄惜棹迴。度。芳穠濡雨露，明麗隔塵埃。行武。似著胭脂染，如經巧婦裁。居易。奈花無別計，只有酒殘盃。籍。

西池落泉聯句

東閣聽泉落，能令野興多。行武。散時猶帶沫，淙處即跳波。度。偏洗磷磷石，還驚泛泛鵝。籍。色清塵不染，光白月相和。居易。噴雪縈絲竹，攢珠濺芰荷。禹錫。對吟時合響，觸樹更搖柯。籍。照圃紅分藥，侵階綠浸莎。居易。日斜車馬散，餘韻逐鳴珂。禹錫。

和樂天柘枝

柘枝本出楚王家，玉面添嬌舞態奢。鬆鬢改梳鸞鳳髻，新衫别織鬬雞紗。鼓催殘拍腰身輭，汗透羅衣雨點花。畫筵曲罷辭歸去，便隨王母上煙霞。

【校】

〔鬆鬢〕全唐詩鬆下注云：一作鬟，崇本作雲。

〔鸞鳳〕崇本鸞作翔，是。紹本鳳字缺。

〔輭〕紹本作耎，用古體。

〔畫筵〕崇本畫作華，此句全唐詩注云：一作畫席曲殘辭别去。

【箋證】

按：白集中柘枝妓云：「平鋪一合錦筵開，連擊三聲畫鼓催。紅蠟燭移桃葉起，紫羅衫動柘枝來。帶垂鈿胯花腰重，帽轉金鈴雪面迴。看即曲終留不住，雲飄雨送向陽臺。」又柘枝詞云：「柳暗長廊合，花深小院開。蒼頭舖錦褥，皓腕捧銀杯。繡帽珠稠綴，香衫袖窄裁。將軍拄毬杖，看按柘枝來。」禹錫似和其第一首，第一首乃居易在杭州時作。蓋柘枝舞乃自南傳北者，爲中唐時流行之舞曲。故白集中有和同州楊侍郎誇柘枝見寄詩云：「細吟馮翊使君詩，憶作餘杭太守時。君有一般輸我事，柘枝看較十年遲。」居易在杭州時，禹錫方在夔州，原詩有「雲飄雨送向陽臺」之句，殆亦以此詩寄夔州而禹錫遥和之。

附録一　張祜　觀杭州柘枝

舞停歌罷鼓連催，軟骨仙娥暫起來。紅罨畫衫纏腕出，碧排方胯背腰來。旁收拍拍金鈴擺，卻踏聲聲錦袎摧。看着遍頭香袖褶，粉屏香帕又重偎。

附録二　前人　周員外席上觀柘枝

畫鼓拖環錦臂攘，小娥雙换舞衣裳。金絲蹙霧紅衫薄，銀蔓垂花紫帶長。鸞影乍迴頭並舉，鳳聲初歇翅齊張。一時欻腕招殘拍，斜斂輕身拜玉郎。

附録三　前人　感王將軍柘枝妓歿

寂寞春風舊柘枝，舞人休唱曲休吹。鴛鴦鈿帶抛何處？孔雀羅衫付阿誰？畫鼓不聞招節拍，錦靴空想挫腰支。今來座上偏惆悵，曾是堂前教徹時。

附録四　前人　李家柘枝

紅鉛拂臉細腰人，金繡羅衫軟著身。長恐舞時殘拍盡，却思雲雨更無因。

按：張祜諸詩所寫之柘枝舞重在衣衫妝梳之新豔，可與禹錫、居易之詩互證。

和樂天題真娘墓

薝蔔林中黄土堆，羅襦繡黛已成灰。芳魂雖死人不怕，蔓草逢春花自開。幡蓋向風疑舞袖，鏡燈臨曉似妝臺。吴王嬌女墳相近，一片行雲應往來。

【校】

〔繡黛〕紹本黛作㑆，似是。

【注】

〔真娘墓〕吴地記：虎丘山寺側有貞娘墓，吴國之佳麗也。行客才子多題墓上。有舉子譚銖作一詩，其後人稍稍息筆。

〔薝蔔〕維摩詰經：「如人入薝蔔林，唯嗅薝蔔，不嗅餘香。」酉陽雜俎：「諸花少六出者，惟梔子花六出，陶貞白言：梔子剪花六出，刻房七道，其花香甚，相傳即西域薝蔔花也。」

【箋證】

按：居易原作云：「真娘墓，虎丘道。不識真娘鏡中面，惟見真娘墓頭草。霜摧桃李風折蓮，真娘死時猶少年，脂膚荑手不牢固，世間尤物難留連。難留連，易銷歇。塞北花，江南雪。」禹錫當亦是遥和居易在蘇州時之作。

又按：沈德潛評白詩云：不著迹象，高於衆作。夢得云，芳魂雖死人不怕，可笑人也。今按夢得詩雖非其至者，然白詩是雜言，以别調取勝，未可相提並論，沈氏未免成見。

〔真娘墓〕李紳真娘墓詩序云：「吴之妓人歌舞有名者，死葬於吴武丘寺前，吴中少年從其志也。墓多花草，已滿其上。嘉興縣前亦有吴妓人蘇小小墓。」又李商隱有和人題真娘墓詩，原注：真娘，吴中樂妓，墓在虎丘山下寺中。沈亞之亦有虎丘山真娘墓詩。

劉禹錫集箋證外集卷第三

詩

客有話汴州新政書事寄令狐相公

天下咽喉今大寧，軍城喜氣徹青冥。庭前劍戟朝迎日，筆底文章夜應星。三省壁中題姓字，萬人頭上見儀形。汴州忽復承平事，正月看燈户不扃。

【校】

〔大寧〕紹本、崇本大均作太。

【箋證】

按：令狐相公謂令狐楚。楚自元和十五年（八二〇）罷相屢貶，長慶初以賓客分司東都。時李逢吉作相，極力援楚，以李紳在禁密，沮之，未能擅柄。敬宗即位，逢吉逐李紳，尋用楚爲河南尹。長慶四年（八二四）九月，授宣武軍節度使。本傳云：「汴軍素驕，累逐主帥……楚長於撫理，……後竟爲善地。」故此詩有「汴州忽復丞平事，正月看燈户不扃」之句，與外集卷一和汴州令狐相公到鎮改月偶書所懷一詩大致相合，彼詩作於長慶四年初到鎮時，則此詩當作於寶曆元年之初春矣。於此可見元和用兵以後藩鎮武人之暴戾恣睢，亂形已兆，禹錫蓋深有慨焉，非專爲獻頌也。

和令狐相公郡齋對紫薇花

明麗碧天霞，丰茸紫綬花。香聞荀令宅，豔入孝王家。幾歲自榮落？高情方歎嗟。有人移上苑，猶是占年華。

【校】

〔榮落〕紹本、崇本落均作樂。全唐詩作樂，注云：一作辱。

〔猶是〕紹本、崇本、全唐詩是均作足。

【箋證】

按：唐人每以梁王事用於汴州，詩云「豔入孝王家」，自是寶曆中令狐楚鎮宣武時所作。末韻自喻，以寓猶有用世之志，寶曆中，禹錫方在和州。

令狐相公見示河中楊少尹贈答兼命繼聲

兩首新詩百字餘，朱絃玉磬韻難如。漢家丞相重徵後，梁苑仁風一變初。四面諸侯瞻節制，八方通貨溢河渠。自從郤縠爲元帥，大將歸來盡把書。

【注】

〔郤縠〕左傳僖二十七年：晉作三軍，謀元帥。趙衰曰：郤縠可，臣亟聞其言矣。説禮樂而敦詩書。詩書，義之府也，禮樂，德之則也。乃使郤縠將中軍。

【箋證】

按：楊少尹謂楊巨源。全唐詩小傳云：「楊巨源，字景山，河中人，貞元五年（七八九）擢進士第，爲張弘靖從事，由祕書郎擢太常博士，禮部員外郎，出爲鳳翔少尹，復召除國子司業，年七十致仕歸，時宰白以爲河中少尹，食其禄終身。」巨源年輩略在禹錫前，其集中有别鶴詞送令狐校書之桂府，則楚尚未登朝已與之相識矣。所存與楚酬唱各篇，多楚掌綸誥時作，其酬令狐舍人一首云：「曉禁蒼蒼换直還，暫低鸞翼向人間。亦知受業公門事，數仞丘牆不見山。」乃楚罷内制時所作，知二人交情不淺也。巨源與禹錫亦有酬唱，見外集卷五。與元稹、白居易亦皆相知。此詩漢家丞相一語用黄霸事，霸自潁川太守一徵爲京兆尹，再徵爲御史大夫，繼爲丞相。「大將歸來盡把書」，與本卷第一首「汴州忽復承平事」句意略同，全首無一字涉及巨源，僅以朱絃玉磬渾言之。

和令狐相公謝太原李侍中寄蒲桃

珍果出西域，移根到北方。昔年隨漢使，今日寄梁王。上相芳緘至，行臺綺席張。魚鱗含宿潤，馬乳帶殘霜。染指鉛粉膩，滿喉甘露香。醖成十日酒，味敵五雲漿。咀嚼停金盞，稱嗟響畫堂。慙非末至客，不得一枝嘗。

【校】

〔十日〕紹本、崇本十均作千。

【箋證】

按：李侍中謂李光顔，舊唐書一六一、新唐書一七一均有傳。傳云：「（長慶）四年，敬宗即位，正拜司徒，汴州李齐逐其帥叛，詔光顔率陳、許之師討之，營于尉氏，俄而誅齐，遷太原尹、北京留守，河東節度使，進階開府儀同三司，仍於正衙受册司徒兼侍中，（寶曆）二年（八二六）九月卒。」光顔之除河東在寶曆元年（八二五）七月，在太原不過一年，此詩當是寶曆二年（八二六）作。

又按：蒲桃爲晉産，姚合有謝汾州田大夫寄茸氈葡萄詩云：「筐封紫葡萄，筒捲白茸毛。卧暖身應健；含消齒免勞。衾衣踈不稱，梨栗鄙難高。曉起題詩報，寒澌滿筆毫。」可見是時以爲珍果。據新唐書地理志，太原所貢有葡萄酒。

和令狐相公送趙常盈錬師與中貴人同拜嶽及天台投龍畢卻赴京師

銀璫謁者引霓旌，霞帔仙官到赤城。白鶴迎來天樂動，金龍擲下海神驚。元君伏奏歸中禁，武帝親齋禮上清。何事夷門請詩送，梁王文字上聲名。

【校】

〔京師〕紹本、崇本、全唐詩均無師字。

【注】

〔赤城〕文選孫綽遊天台山賦：「赤城霞起而建標。」李善注：「支遁天台山銘序曰：往天台當由赤城山爲道徑。孔靈符會稽記曰：赤城，山名，色皆赤，狀似雲霞。」

【箋證】

按：投龍爲道教科儀之一。金石録跋尾有唐雲龍山投龍詩，北海太守趙居貞撰，序云：天寶玄黓歲下元日居貞投金龍環璧於此山。唐會要五〇：「開元二十四年（七三六）五月十三日勅：每年春季，鎮金龍王殿功德事畢，合獻投山水龍璧，出日宜差散官給驛送，合投州縣，便取當處送出，準式投告。」或稱投簡。元稹有春分投簡陽明洞天詩。

令狐相公俯贈篇章斐然仰謝

鄂渚臨流別，梁園衝雪來。旅愁隨凍釋，歡意待花開。城曉烏頻起，池春雁欲迴。飲和心自醉，何必管絃催？

【校】

〔飲和〕莊子則陽：故或不言，而飲人以和，與人並立而使人化。

【箋證】

按：禹錫在貞元、永貞之間與令狐楚不無往還，若元和一代，則禹錫皆在貶所，而楚已位居將相，自無由會面。直至元和十五年（八二〇），穆宗初立，楚罷相出爲宣歙觀察使，再貶衡州刺史，長慶元年（八二一）四月，量移郢州。此詩所謂「鄂渚臨流別」，或指二人此時於武昌相遇，但據外集卷九彭陽唱和集後引僅云：出爲衡州，方獲會面。未明言遇於武昌。至「梁園衝雪來」一語，指禹錫大和元年（八二七）自和州北歸時曾偕白居易一至汴訪楚，故楚詩有云：「蓬萊仙監客曹郎，曾枉高車客大梁。」外集卷一亦有洛中逢白監同話遊梁之樂一詩。

酬令狐相公贈别

越聲長苦有誰聞？老向湘山與楚雲。海嶠新辭永嘉守，夷門重見信陵君。田園松菊今迷路，霄漢鴛鴻久絶羣。幸遇甘泉尚詞賦，不知何客薦雄文。

【注】

〔夷門〕史記信陵君傳：魏有隱士曰侯嬴，年七十，家貧，爲大梁夷門監者。公子從車騎，虚左，自迎侯生，侯生攝弊衣冠，直上載公子上坐，不讓，欲以觀公子，公子執轡愈恭。

〔甘泉〕漢書揚雄傳：上方郊祀甘泉泰畤、汾陰后土，以求繼嗣，召雄待詔承明之庭。正月，從上甘泉，還奏甘泉賦以風。

【箋證】

按此詩亦即游梁將别時所作，據湘山楚雲之句，當指朗州至夔州之事，海嶠新辭永嘉守，則指罷和州刺史。永嘉守借用謝靈運事，非實指温州也。禹錫是時初爲主客郎中分司，文宗初政，四方仰望，故末聯甚有冀幸之想。

酬令狐相公寄賀遷拜之什

遭迴二紀重爲郎，洛下遥分列宿光。不見當關呼早起，曾無侍史與焚香。三花秀色通書幌，十字春波繞宅牆。白首青衫誰比數？相憐只是有梁王。相公昔曾以大寮分司，故有同病相憐之句。

【校】

〔書幌〕紹本、崇本、全唐詩書均作春，非。

〔春波〕紹本、崇本、全唐詩春均作清。

〔白首〕紹本、全唐詩首作髮。

〔昔曾以大寮〕崇本作天僚。全唐詩無曾字。

【注】

〔當關〕嵇康絶交書：卧喜晚起，而當關呼之不置，一不堪也。

〔梁王〕按唐人每借梁王指鎮汴州或留守東都者，不以爲嫌也。次首亦然。

〔相憐〕吴越春秋闔閭内傳：同病相憐，同憂相救。

【箋證】

按此：楚原詩必指禹錫罷和州後除主客郎中分司，故此詩云：「遭迴二紀重爲郎，洛下遥分列宿光。」未得入省，此云：「曾無侍史與焚香」。漢官儀：尚書郎給女侍史二人，執香爐從入臺，此言爲郎分司猶是閒官也。末聯云：「白首青衫誰比數，相憐只是有梁王。」則不勝沈滯之感，所望於楚者至深，而楚自此直至開成初始再入政地，亦無能爲力矣。

〔三花〕唐人慣以三花指嵩山。李白詩：「二室凌青天，三花含紫煙。」王琦注引述異記：「少室山有貝多樹，與衆木有異，一年三放花，其花白色香美。」

〔十字春波〕按：李商隱有十字水期韋潘侍御同年不至詩，首句云：「伊水濺濺相背流」，蓋指伊、洛兩水相會處。疑禹錫洛陽寓宅在此。

酬令狐相公早秋見寄

公來第四秋，樂國號無愁。軍士遊書肆，商人占酒樓。熊羆交黑矟，賓客滿青油。今日文章主，梁王不姓劉。

【注】

〔青油〕韓愈與李正封晚秋郾城夜會聯句詩：「從軍古云樂，談笑青油幕。」唐人以青油幕指方鎮幕府，沿爲習俗，不必據古書也。

【箋證】

按：此首仍當與本卷第一首合看。令狐楚以長慶四年（八二四）九月鎮宣武，經寶曆元二年

（八二五、八二六），大和元年（八二七），至二年（八二八）十月李逢吉出鎮剳楚，始離宣武。詩云「公來第四秋」，正大和二年（八二八）之秋。

和令狐相公翫白菊

家家菊盡黄，梁國獨如霜。瑩静真琪樹，分明對玉堂。仙人披雪氅，素女不紅妝。粉蝶來難見，麻衣拂更香。向風摇羽扇，含露滴瓊漿。高豔遮銀井，繁枝覆象牀。桂叢慙並發，梅蕊妒先芳。一入瑶華詠，從兹播樂章。

【校】

〔羽扇〕崇本羽作雨，誤。

〔梅蕊〕紹本、崇本蕊均作援。

【箋證】

按：詩有「梁國」之句，自是令狐楚鎮宣武時作。

又按：李商隱九日詩：「曾共山翁把酒時，霜天白菊繞階墀。」馮浩注引禹錫此詩及酬庭前白菊花謝書懷見寄詩，以證令狐最愛白菊。可云獨具隻眼，使古人無一字無來歷之苦心躍然紙上。實則本卷尚有和令狐相公九日對黄白二菊花見懷一詩，亦爲一證。禹錫此詩頗嫌滯相，且無事實，殊非集中精品。然足爲商隱與令狐關係之旁證，知禹錫詩雖泛泛之作亦不可忽。

夏日寄宣武令狐相公

長憶梁王逸興多，西園花盡興如何。近來溽暑侵亭館，應覺清談勝綺羅。境入篇章高韻發，風穿號令衆心和。承明欲謁先相報，願拂朝衣逐曉珂。

【箋證】

按：令狐楚以大和二年（八二八）九月内召，紀傳均同。而本集卷十九令狐公集紀云：「文宗纂服，三年冬，上表以大臣未識天子，願朝正月。」所謂三年乃并寶曆二年（八二六）文宗已即位言之，非謂大和三年（八二九）也。蓋楚出鎮已久，請覲甚殷，禹錫已逆知之，故有「承明欲謁先相報」之句，亦足見禹錫盼楚入相之意至切。

令狐相公見示贈竹二十韻仍命繼和

高人必愛竹，寄興良有以。峻節可臨戎，虚心宜得士。衆芳信妍媚，威鳳難棲止。遂於鼙鼓間，移植東南美。封以梁國土，澆之浚泉水。得地色不移，凌空勢方起。新青排故葉，餘粉籠疏理。猶復隔牆藩，何因出塵滓？兹辰去前蔽，永日勞瞪視。槭槭林已成，熒熒玉相似。規摹起心匠，洗滌在頤指。曲直既瞭然，孤高何卓爾？垂梢覆内屏，迸筍侵前戺。妓席拂雲鬟，賓階蔭珠履。抱琴恣閒翫，執卷堪斜倚。露下懸明璫，風來韻清徵。堅貞貫四候，標格殊百卉。歲晚當自知，繁華豈云比？古詩無贈竹，高唱從此始。一聽清瑶音，琤然長在耳。

【校】

〔得士〕全唐詩得作待。

〔梁國〕紹本、崇本國均作園。

〔規摹〕崇本規作親，非。

〔雲鬟〕紹本、崇本鬟均作鬢。

〔云比〕紹本比作此。

【箋證】

按：令狐楚郡齋栽竹詩，禹錫已有和作，見外集卷一。其原詩有爲墻垣所蔽語，此詩亦云「猶復隔牆藩」，疑仍是同時所作。但詩中有「得地色不移，凌空勢方起。新青排故葉，餘粉籠疏理。猶復隔牆藩，何因出塵滓」等句，身世之感特深。

和令狐相公入潼關

寒光照旌節，關路曉無塵。吏謁前丞相，山迎舊主人。東瞻軍府静，西望敕書頻。心共黄河水，同昇天漢津。

【箋證】

按：令狐楚兩度自外鎮還朝，一爲大和二年（八二八）自宣武徵爲户部尚書，一爲七年（八三三）自河東徵爲吏部尚書。但七年禹錫方在蘇州，且爲夏令，不全相合。當與外集卷一和令狐相公初歸京國賦詩言懷一首同看，仍當是大和二年（八二八）秋間所作。楚曾任華州刺史，此行復經華山，故有第四句。

〔潼關〕潼關始建於東漢，以潼水得名，其故城即古桃林。唐代自東南州郡入長安不外三路，一潼關、一武關、一蒲津，令狐楚自汴州入長安，故取潼關一路，此爲冠蓋絡繹之地。故韓愈有詩云：「日照潼關四扇開，荆山已盡華山來。刺史莫辭迎候遠，相公親破蔡州回。」此詩亦有「吏謁前丞相」之句。

和令狐相公尋白閣老見留小飲因贈

傲士更逢酒，樂天仍對花。文章管星曆，情興占年華。宦達翻思退，名高卻不誇。唯存浩然氣，相共賞煙霞。

【校】

〔傲士〕紹本、崇本傲作㲉，按：㲉士，令狐楚之字也，然㲉仍當作慤。

【箋證】

按：白集有令狐相公許過敝居先贈長句詩云：「不矜軒冕愛林泉，許到池頭一醉眠。已遣平治行藥徑，兼教掃拂鈎魚船。應將筆硯隨詩主，定有笙歌伴酒仙。祇候高情無別物，蒼苔石笋白花蓮。」蓋楚爲東都留守時作。

酬令狐相公雪中遊玄都見憶

好雪動高情，心期在玉京。人披鶴氅出，馬蹋象筵行。照耀樓臺變，淋漓松桂清。玄都留五字，便入步虛聲。

【校】

〔題〕紹本、崇本都下有觀字。

〔便入〕紹本、崇本、全唐詩便均作使。

【箋證】

按：題云「見憶」，則禹錫當不在京，或是大和七年（八三三）冬，楚入爲吏部尚書時，而禹錫則在蘇州也。

和令狐相公以司空裴相公見招南亭看雪四韻

重門不下關，樞務有餘閒。上客同看雪，高亭盡見山。瑞呈霄漢外，興入笑言間。知是平陽會，人人帶酒還。

【校】

〔題〕紹本、崇本、全唐詩無公字。

【箋證】

按：裴度曾以草制不合旨，使令狐楚因之罷學士，楚與皇甫鎛親厚，得其援引爲相，而度嚴劾鎛，兩人臭味不同如此。而大和初年同在朝列，其勢不得不釋嫌，至其心能否無芥蒂，則難言矣。禹錫周旋二人之間，或不無彌縫之意，此詩暗用蕭、曹之事，可以微窺其旨。據詩中時令，當是大和二年（八二八）冬所作。

〔平陽會〕平陽謂曹參。漢書本傳：「參代何爲相國，舉事無所變更……日夜飲酒，卿大夫以下，吏及賓客見參不事事，來者皆欲有言，至者參輒飲以醇酒，度之欲有言，復飲酒，醉而後去。」

和令狐相公別牡丹

平章宅裏一欄花，臨到開時不在家。莫道兩京非遠別，春明門外即天涯。

【箋證】

按：令狐楚原作云：「十年不見小庭花，紫萼臨開又別家。上馬出門回首望，何時更得到京華？」其實唱和兩詩皆非惜花之意。唐人以京官爲重，出京一步輒自謂有淪謫之憾。楚以大和二年（八二八）甫召入爲户部尚書，固望再入中書。乃不及半年，復出爲東都留守。東都留守雖重臣所居，實爲閒職，宜其怏怏而禹錫亦爲之不平也。禹錫詩末二句尤可玩味，蓋兼有「二十三年棄置身」之感耳。

又按：是時賞玩牡丹之風亦特盛，故時人屢以爲詩料。舒元輿牡丹賦序（全唐文七二七）：

「古人言花者牡丹未嘗與焉。蓋遁於深山，自幽而芳，不爲貴者所知，花則何遇焉。天后之鄉西河也，有衆香精舍，下有牡丹，其花特異。天后歎上苑之有闕，因命移植焉。由此京國牡丹日月寖盛。今則自禁闥至官署，外延士庶之家，彌漫如四瀆之流，不知其止息之地，每暮春之月，遨遊之士如狂焉。亦上國繁華之一事也。」據酉陽雜俎，楚宅在開化坊，牡丹最盛。

又按：前人之評此詩者，宋長白柳亭詩話云：「元微之西歸詩：春明門外誰相待，不夢閒人夢酒卮。劉夢得别牡丹詩：莫道兩京非遠别，春明門外即天涯。元句憤，有仰天大笑之概，劉句慘，有眷懷故國之思。」

〔春明門〕按：唐六典：「京師東面三門，中曰春明。」楚自長安東出赴洛陽，故舉此爲言。

酬令狐留守巡内至集賢院見寄

仙院文房隔舊宫，當時盛事盡成空。墨池半在頽垣下，書帶猶生蔓草中。巡内因經九重苑，裁詩又繼二南風。爲兄手寫殷勤句，偏歷三台各一通。

【注】

〔墨池〕按墨池見卷二十四。

〔書帶〕用鄭玄事。藝苑雌黄云：三齊略記云不其城東有故鄭康成宅，夢得詩：墨池半在頽垣下，書帶猶生蔓草中。東坡詩：庭下已生書帶草，使君疑是鄭康成。汪彦章詩：門外滿生書帶草，林間知是德星堂。何文縝送王正臣序云：煙波暈墨頭魚，風庭緑書帶草。

【箋證】

按：令狐楚以大和三年（八二九）任東都留守，禹錫方在長安直集賢院，故因至東都之集賢院而有所感。據唐會要六四：集賢院，東都在明福門外大街之西，本太平公主宅，（開元）十年三月，始移書院於此，西向開門，院内屋並太平公主所造。（參見本集卷二十二〔巡内〕）張籍送令狐尚書赴東都留守詩有云：「行香暫出天橋上，巡禮常過禁殿中。」行香拜表與巡内，皆留守之職也。竇庠亦有陪留守韓僕射巡内至上陽宮感興詩。張籍又有洛陽行云：「洛陽宮闕當中州，城上峨峨十二樓。翠華西去幾時返，梟巢乳鳥藏蟄燕。御門空鎖五十年，税彼農夫修玉殿。六街朝暮鼓鼕鼕，禁兵持戟守空宮。百官月月拜章表，驛使相續長安道。上陽宮樹黄復緑，野豺入苑食麋鹿。陌上老翁雙淚垂，共説武皇巡幸時。」寫東都宮苑之荒廢，及官吏虚應故事之無聊，農民枉被驅迫之無告，尤爲真實。楚之原詩未見，或者詩中亦有所陳，故禹錫和詩有「爲兄手寫殷勤句，偏歷三台各一通」之語。

和鄆州令狐相公春晚對花

朱門退公後，高興對花枝。望闕無窮思，看書欲盡時。含芳朝競發，凝豔晚相宜。人意殷勤惜，狂風豈得知？

按：令狐楚以大和三年（八二九）十一月，自東都留守遷天平節度使，此詩必其到鄆州後即四年之春所作。

酬令狐相公春日言懷見寄

前陪看花處，鄰里近王昌。今想臨戎地，旌旗出汶陽。營飛柳絮雪，門耀戟枝霜。東望清河水，心隨艑上郎。

【箋證】

按：此詩與上一首同爲令狐楚在鄆州時作，故有「旌旗出汶陽」之句。楚原詩多佚，不知其言懷作何語。

〔王昌〕碧雞漫志引李商隱詩：「本來銀漢是紅牆，隔得盧家白玉堂。誰與王昌報消息？盡知三十六鴛鴦。」謂王昌事世多不曉，以古樂府「人生富貴何所望，恨不早嫁東家王」爲即王昌。按：唐人詩多以王昌指情人，如崔顥之「十五嫁王昌，盈盈入畫堂」，韓偓之「何必苦勞魂與夢，王昌只在此牆東」，似已成爲習用常語，借喻歡場耳。

和令狐相公言懷寄河中楊少尹

章句慙非第一流，世間才子暗陪遊。吴宫已歎芙蓉死，張司業詩云：吴宫四面秋江水，天清露白芙蓉死。邊月空悲蘆管秋。李尚書。任向洛陽稱傲吏，分司白賓客。苦教河上領諸侯。天平相公。石渠甘對圖書老，關外陽公安穩不？

【校】

〔暗陪〕紹本、崇本、全唐詩暗均作昔。

〔李尚書〕全唐詩尚作白，誤。

【注】

〔傲吏〕郭璞游仙詩：「漆園有傲吏，萊氏有逸妻。」薛道衡老氏碑：「莊周云：老聃死，秦佚弔之，三號而出，是謂遁天之形，雖復傲吏之寓言，抑亦蟬蜕之微旨。」

〔楊公〕用漢楊僕事。漢書武帝紀：元鼎三年（前一一四），徙函谷關於新安，以故關爲弘農縣。注應劭曰：時樓船將軍楊僕數有大功，恥爲關外民，上書乞徙東關。

【箋證】

按：楊少尹謂楊巨源，已見本卷第三首。據詩中「石渠甘對圖書老」之句，及原注稱令狐楚爲天平相公，知亦是楚鎮天平而禹錫在集賢院時所作。詩之第三句「吴宮已歎芙蓉死」原注：「張司業詩云：吴宮四面秋江水，天清露白芙蓉死。」謂張籍吴宮怨之起句也。詩之第四句「邊月空悲蘆管秋」原注：「李尚書。」謂李益夜上受降城聞笛詩：「回樂烽（唐人稱烽火臺爲烽，刊本多誤作峯）前沙似雪，受降城外月如霜。不知何處吹蘆管，一夜征人盡望鄉。

遥和令狐相公座中聞思帝鄉有感

當初造曲者爲誰？説得思鄉戀闕時。滄海西頭舊丞相，停杯處分不須吹。

【箋證】

按：令狐楚原作云：「年年不見帝鄉春，白日尋思夜夢頻。上酒忽聞吹此曲，坐中惆悵更何人？」禹錫詩有「滄海西頭舊丞相」之句，亦是楚鎮天平時所作。

酬令狐相公見寄

羣玉山頭住四年，每聞笙鶴看諸仙。何時得把浮丘袂，白日將昇第九天？

【校】

〔浮丘袂〕紹本、崇本、絶句、全唐詩袂均作袖。

【箋證】

按：令狐楚寄禮部劉郎中詩云：「一別三年在上京，仙垣終日選羣英。除書每下皆先看，唯有劉郎無姓名。」意謂亟盼禹錫之得美遷也。禹錫詩云：「羣玉山頭住四年，」大和二年（八二八）入直集賢院，作詩時當在五年（八三一）除蘇州刺史之前。羣玉指中祕也。凡唐人言涉神仙，多暗指仕宦，如李商隱詩中之「聞道神仙有才子，赤簫吹罷好相攜」，「十八年來墮世間，瑶池歸夢碧桃間」，「玉郎會此通仙籍，憶向天階問紫芝」，「人間桑海朝朝變，莫遣佳期更後期」，幾不勝屈指。禹錫詩云：「每聞笙鶴看諸仙」及「何時得把浮丘袂」，皆「但見送人上郡」之意也。楚以不能提挈禹錫踐歷樞要爲恨，禹錫仍不能不以其再入秉政相期。又：白集有和令狐相公寄劉郎中兼見示長句詩云：「日月（疑當作日日）天衢仰面看，尚淹池鳳滯臺鸞。碧幢千里空移鎮，赤筆三年未改官。別後縱吟終少興，病來雖飲不多歡。酒軍詩敵如相遇，臨老猶能一據鞍。」即和此詩。「碧幢千里」謂楚自東都留守改天平節度使，「赤筆三年」謂禹錫久爲郎官也。池鳳臺鸞雙關楚與禹錫二人。

途次大梁雪中奉天平令狐相公書問兼示新什因思曩歲從此拜辭形於短篇以申仰謝

遠守宦情薄，故人書信來。共曾花下別，今獨雪中迴。紙尾得新什，眉頭還塹開。此時同雁鶩，池上一徘徊。

【校】

〔今獨〕全唐詩獨下注云：一作坐。

【箋證】

按：禹錫以大和五年（八三一）之冬，赴蘇州刺史任，在洛陽與白居易别時已逢雨雪，見外集卷二。蓋至大梁而雪益甚。「曩歲從此拜辭」者，指大和元年（八二七）春初自和州北歸時，與居易同赴大梁謁楚。「此時同雁鶩」，用梁孝王苑中雁池故事，可謂精切。

令狐相公自天平移鎮太原以詩申賀 相公昔爲并州從事。

北都留守將天兵，出入香街宿禁扃。鼙鼓夜聞驚朔雁，旌旗曉動拂參星。孔璋舊檄家家有，叔度新歌處處聽。夷落遥知真漢相，争來屈膝看儀形。

【校】

〔香街〕全唐詩香下注云：一作天。

〔儀形〕全唐詩形作刑。

【注】

〔并州從事〕舊唐書令狐楚傳：李説、嚴綬、鄭儋相繼鎮太原，高其行義，皆辟爲從事。

〔孔璋〕魏志王粲傳：廣陵陳琳字孔璋。魏文帝與吴質書：孔璋章表殊健，微爲繁富。

〔叔度〕後漢書廉范傳：范字叔度，遷蜀郡太守。舊制禁民夜作，以防火災。而更相隱蔽，燒者日屬。范乃毁削先令，但嚴使儲水而已。百姓爲便。乃歌之曰：廉叔度，來何暮？不禁火，民安作。平生無襦今五袴。

【箋證】

按：令狐楚以大和六年春自天平改河東節度使，時禹錫甫到蘇州。楚以昔日之幕僚，爲重來之節使，傳稱「始自書生隨計成名皆在太原，實如故里，及是秉旄作鎮，邑老歡迎。」是唐人所豔稱之書生榮遇。詩中孔璋舊檄，叔度新歌，徵事遣詞，精切生動，爲李商隱詩派之先聲，亦劉詩之特色。末句暗用王商事，尤超脱渾融。漢書王商傳：「爲人多質，有威重，長八尺餘，身體鴻大，容貌甚過絶人。河平四年（前二五），單于來朝，引見白虎殿，丞相商坐未央廷中，單于前拜謁商，商起離席與言，單于仰視商貌，大畏之，遷延却退。天子聞而歎曰：此真漢相矣。」楚本傳稱其「風儀嚴重」，知此語亦非泛設。又外集卷二有和白侍郎送令狐相公鎮太原詩，彼與白同作，此則獨寄，不妨重疊。

重酬前寄

邊烽寂寂盡收兵，宫樹蒼蒼静掩扃。戎羯歸心如内地，天狼無角比凡星。新成麗句開緘後，便入清歌滿座聽。吴苑晉祠遥望處，可憐南北太相形。

【校】

〔蒼蒼〕結一本蒼作倉，誤。

〔晉祠〕崇本祠作詞，誤。

〔太相形〕全唐詩太下注云：一作大。

【注】

〔天狼〕史記天官書：「參東有大星曰狼。」晉書天文志：狼一星，在東井東南，狼爲野將，主侵掠。」屈原九歌東君：「舉長矢兮射天狼。」

【箋證】

按：此必令狐楚到太原後有答禹錫之詩，而禹錫再酬之，題疑有脱誤。時禹錫在蘇州，故有「南北相形」之語。河東節度使例兼北京留守，故有「宫樹蒼蒼」之語，指太原故宫也。

酬令狐相公秋懷見寄

寂寞蟬聲静，差池燕羽迴。秋𤇉多越絶，朔氣相臺駘。相去數千里，無因同一杯。殷勤望飛雁，新自塞垣來。

【校】

〔聲静〕紹本静作盡。

〔𤇉多〕紹本作風𤇉，崇本𤇉作粼，非。

【注】

〔越絶〕越絶書爲記越國史事者，越嘗滅吴，故吴亦可蒙越稱。

〔臺駘〕在渭汾水之神。左傳昭公之年，晉侯有疾，卜人曰：實沈臺駘爲祟。子産釋之如此，故以之指晉地。

【箋證】

按：詩中秋𤇉一聯當指大和六年（八三二）之秋，是時令狐楚在太原，而禹錫在蘇州。

酬令狐相公六言見寄

己嗟離别太遠，更被光陰苦催。吴苑燕辭人去，汾川雁帶書來。愁吟月落猶望，憶夢天明未迴。今日便令歌者，唱兄詩送一杯。

【箋證】

按：吴苑汾川之句，似亦在大和六年（八三二）秋冬。本卷酬令狐留守巡内至集賢院見寄詩及此詩皆稱楚爲兄，知二人交誼之密。

令狐相公自太原累示新詩因以酬寄

飛蓬捲盡塞雲寒，戰馬閒嘶漢地寬。萬里胡天無警急，一籠烽火報平安。鐙前妓樂留賓宴，雪後山河出獵看。珍重新詩遠相寄，風情不似舊登壇。

【校】

〔舊登壇〕紹本、崇本、全唐詩舊均作四。按：楚一爲河陽，二爲宣武，三爲天平，四爲河東，云四登壇亦合。唐人每以授節鉞爲登壇，用韓信事也。

【箋證】

按：令狐楚以大和六年（八三二）移鎮太原，七年（八三三）六月即罷，此詩有雪後山河之語，自必六年（八三二）之冬所作。

酬太原令狐相公見寄

書信來天外，瓊瑶滿匣中。衣冠南渡遠，旌節北門雄。鶴唳華亭月，馬嘶榆塞風。山川幾千里，唯有兩心同。

【箋證】

按：此詩與下一首酬令狐相公歲暮遠懷見寄亦皆是大和六年（八三二）之冬所作。

酬令狐相公歲暮遠懷見寄

别侣孤鶴怨，沖天威鳳歸。容光一以間，夢想是耶非。芳訊還珍重，知音老更稀。不如湖上雁，北向整毛衣。

【校】

〔題〕紹本、崇本、全唐詩寄下均有依韻二字。

〔還珍重〕紹本、全唐詩均作遠彌重。崇本還作遠。

酬令狐相公親仁郭家花下即事見寄

荀令園林好，山公遊賞頻。豈無花下侶？遠望眼中人。斜日漸移影，落英紛委塵。一吟相思曲，惆悵江南春。

【箋證】

按：令狐楚以大和七年（八三三）之夏自太原還朝，已不及花時，此詩之作當在八年（八三四）之春。禹錫仍在蘇州，故有惆悵江南春之句。至七月禹錫始移汝州也，見本集卷十六汝州謝上表。

〔親仁〕唐兩京城坊考三：朱雀門街東第三街親仁坊有尚父汾陽郡王郭子儀宅。姚合有題郭侍郎幽居詩云：「入門塵外思，苔經藥苗間。洞裏應生玉，庭前自有山。帝城唯此靜，朝客更誰閒？野鶴松中語，時時去復還。」當即指此地。

酬令狐相公首夏閒居書懷見寄

蕙草芳未歇，緑槐陰已成。金罍唯獨酌，瑶瑟有離聲。翔泳各殊勢，篇章空寄情。應憐三十載，未變使君名。貞元中自郎官出守，至今三十一年。

【箋證】

按：詩末原注云：「貞元中自郎官出守，至今三十一年。」據紀，開成元年（八三六）四月，令狐楚以左僕射諸道鹽鐵轉運使爲山南西道節度使，時禹錫方在同州刺史任。此詩之作當在楚尚未赴鎮時。計其年距貞元二十一年（八〇五，即永貞元年）正三十一年。云「未變使君名」者，謂三十一年仍是一刺史，可見禹錫是時猶望有節鉞之授。

酬令狐相公庭中白菊花謝偶書所懷見寄

數叢如雪色，一旦冒霜開。寒蕊差池落，清音斷續來。思深含別怨，芳謝惜年催。千里難同賞，看看又早梅。

【校】

〔題〕紹本、崇本均脱書字。

〔清音〕紹本、崇本、全唐詩音均作香。

〔別怨〕崇本二字乙。

【箋證】

按：此詩當是大和七、八年（八三三、八三四）初冬作。此白菊乃其長安宅中所植也，參本卷和令狐相公翫白菊詩。

酬令狐相公季冬南郊宿齋見寄

壇下雪初霽，城南凍欲生。齋心祠上帝，高步領名卿。沐浴含芳澤，周旋聽佩聲。猶憐廣平守，寂寞竟何成？

【校】

〔廣平守〕結一本作廣平宅，誤；據紹本、崇本、全唐詩改。

【箋證】

按：令狐楚歷年在外，此當是大和八年（八三四）事，九年（八三五）季冬當甘露之變，恐無此作。唐會要九載雜郊議，凡應祀之官散齋四日，致齋三日，散齋皆於正寢，致齋二日於本司，一日於祀所。

〔廣平守〕結一本作廣平宅，按：宅字誤，兩宋本均作守，是也。此用文選謝朓新亭渚别范零陵詩：「廣平聽方籍。」注：「王隱晉書曰：鄭袤，字林叔，爲中郎將、散騎常侍，會廣平太守缺，宣帝謂袞曰：「賢叔大匠渾垂稱於平陽，魏郡蒙惠化，且盧子家、王子邕繼踵此郡，欲使世不乏賢，故復相屈。」據此，更可證此詩作於禹錫爲蘇州刺史時，故以廣平守自比。一字之訛，全詩之意俱晦矣。

貞元中侍郎舅氏牧華州時予再忝科第前後由華覲謁陪登伏毒寺屢焉亦曾賦詩題於梁棟今典馮翊暇日登樓南望三峯浩然生思追想昔年之事因成篇題舊寺

曾作關中客，頻經伏毒巖。晴煙沙苑樹，晚日渭川帆。昔是青春貌，今悲白雪髯。郡樓空一望，含意捲高簾。

【箋證】

按：禹錫舅家爲盧氏，外集卷九子劉子自傳云：「先太君盧氏由彭城縣太君贈至范陽郡太夫人。」此詩所謂侍郎舅氏，蓋盧徵也。徵爲劉晏從事，而禹錫父緒亦爲浙西鹽鐵副使，主埇橋鹽鐵院，疑即由徵汲引，禹錫以貞元九年（七九三）登進士第，次年登拔萃，去徵爲華州刺史時不遠。徵，舊唐書一四六、新唐書一四九均有傳。傳云：「徵，范陽人也，家於鄭之中牟。少涉獵書記，永泰中，江淮轉運使劉晏辟爲從事，委以腹心之任。累授殿中侍御史，晏得罪，貶珍州司户。元琇亦晏之門人，興元（七八四）中爲户部侍郎判度支，薦徵爲京兆司録、度支員外。琇得罪，坐貶爲信州長史，遷信州刺史。入爲右司郎中，驟遷給事中，户部侍郎竇參深遇之，方倚以自代。貞元八年（七九二）春，同州刺史闕，參請以尚書左丞趙璟補之，特詔用徵，以間參腹心也。數歲轉華州刺史。徵冀復入用，深結託中貴，厚遺之。故事，同、華以近地人貧，每正至端午降誕，所獻甚薄，徵遂竭其財賦，每有所進獻，輒加常數，人不堪命。疾病卧理者數年，貞元十六年（八〇〇）卒，時年六十四。」又權德輿有祭盧華州文（見全唐文五〇九）略云：「維貞元十六年四月，從表弟權德輿敬祭於故華州刺史御史大夫盧六兄之靈：追憶曩歲，鍾陵嘉招。兄時左遷，屈佐乘軺。幕庭山郭，並榻連鑣。心同則親，敢曰嘗寮。俄奏郡課，復升郎位。左掖斯密，教官已貴。」所謂鍾陵嘉招，德輿曾爲江西使府幕僚也。左遷，謂徵之貶信州長史也，信州爲江西巡屬。復升郎位，謂徵之入爲右司郎中也，左掖即傳所謂驟遷給事中也。教官似謂其曾爲户部侍郎，唐人以户部擬掌邦教之司徒故也。下文又云：「帝念長人，出臨左輔。河潼襟要，復此居部。」即最後所居官華州刺史。惟徵曾爲户部侍郎，傳不載。據禹錫此詩，實與德輿之文合。並可知德輿與盧家之姻誼，宜其爲禹錫之父執矣。

又按：唐語林六引嘉話録云：「盧華州，予之堂舅氏也。嘗於元載宅門見一人頻至其門，上下瞻顧。盧疑其人，乃邀以歸，且問元相何如。曰：新相將出，舊者須去，吾已見新相矣。一人緋，一人紫，一人街西住，一人街東住，皆慘服也。然二人皆身小而不知姓名。不經旬日，元、王二相下獄，德宗以劉晏爲門下，楊炎爲中書，外皆傳説必定，疑其言不中。時國舅吴湊見王、元事訖，因賀德宗而啓之曰：新相欲用誰人？德宗曰：劉、楊。湊不語，上曰：五舅意如何，言之無妨。吴曰：二人俱曾用也，行當可見，陛下何不用後來俊傑？上曰：爲誰？吴乃奏常衮及某乙，翌日並用，拜二人爲相，以代王、元。果如其説，緋紫短小，街之東西，無不驗者。」考元載、王縉之得罪，在大曆十二年（七七七），旋以楊綰、常衮爲相，及大曆十四年（七七九）五月，德宗即位，則常衮且首被貶斥矣。且吴湊乃肅宗章敬吴后之弟，德宗安得稱爲五舅？此記非但爲荒誕不經之談，亦全與事實不符，蓋秉筆者之妄。然以其時考之，盧徵初挂朝籍，出劉晏門下，則其於大曆末年政局之牽涉元載、劉晏者，必特所關心，禹錫當聞其平日所談舊事，殆述之未盡其詞耳。然此亦是徵爲禹錫舅氏之一證。

〔伏毒寺〕張邦基墨莊漫録云：「杜子美有憶鄭南玭詩云：鄭南伏毒守，瀟灑到天心。殊不曉伏毒守之義，守當作寺。按華州圖經有伏毒寺。劉禹錫外集有貞元中侍郎舅氏牧華州時予再忝科第前後由華覲謁陪登伏毒嵓今世行本皆作守，誤也。」按：張氏所見劉集作伏毒嵓，不作伏毒寺，或偶誤記。

酬令狐相公杏園下飲有懷見寄

年年杏園望，花發即經過。未飲心先醉，臨風思倍多。三春看又盡，兩地欲如何？日望長安道，空成勞者歌。

【校】

〔題〕紹本、崇本園下均有花字。

〔杏園望〕紹本、全唐詩均作曲江望，崇本作曲江上。

【箋證】

按：此詩疑是大和九年（八三五）之春，禹錫在汝州時之作。

和令狐相公春早朝迴鹽鐵使院中作

柳動御溝清，威遲隄上行。城隅日未過，山色雨初晴。鶯避傳呼起，花臨府署明。簿書盈几案，要自有高情。

【箋證】

按：令狐楚於甘露變後，以左僕射領鹽鐵使，云「春早」則去年前之政變不過月餘。原詩不知云何，此詩云：「城隅日未過，山色雨初晴。」又云：「簿書盈几案，要自有高情。」恐有所託諷而未敢顯言。參本卷酬令狐相公首夏閒居見懷見憶詩。

令狐相公見示題洋州崔侍郎宅雙木瓜花頃接侍郎同舍陪宴樹下吟翫來什輒成和章

金牛蜀路遠，玉樹帝城春。榮耀生華館，逢迎欠主人。簾前凝小雪，牆外麗行塵。來去皆迴首，情深是德鄰。

【校】

〔木瓜〕紹本、崇本木均作文，似非。

〔生華館〕紹本、崇本均作華館裏。

〔凝小雪〕紹本、崇本、全唐詩凝均作疑。

【注】

〔金牛〕舊唐書地理志：梁州興元府金牛，漢葭萌縣地。武德二年，分綿谷縣置。

【箋證】

按：崔侍郎謂崔侑。文宗紀：大和九年（八三五）七月戊午，貶工部侍郎充皇太子侍讀崔侑爲洋州刺史，吏部郎中張諷夔州刺史，考功郎中皇太子侍讀蘇滌忠州刺史，户部郎中楊敬之連州刺史。皆坐楊虞卿事也。通鑑二四五載：「京城訛言鄭注爲上合金丹，須小兒心肝，民間驚懼，上聞而惡之。鄭注素惡京兆尹楊虞卿，與李訓共構之，云此語出於虞卿家人。上怒，六月，下虞卿御史獄。注求爲兩省官，中書侍郎同平章事李宗閔不許，注因毁之於上。會宗閔救楊虞卿，上怒，叱出之。壬寅，貶明州刺史。七月甲辰朔，貶楊虞卿虔州司馬。辛亥，以御史大夫李固言爲門下侍郎同平章事。初，李宗閔爲吏部侍郎，因駙馬都尉沈𣳫結女學士宋若憲、知樞密楊承和，得爲相，及貶明州，鄭注發其事。壬子，再貶處州長史。著作郎分司舒元輿與李訓善，訓用事，召爲右司郎中兼侍御史知雜，鞫楊虞卿獄。癸丑，擢爲御史中丞。貶吏部侍郎李漢爲汾州刺史，刑部侍郎蕭澣爲遂州刺史，皆坐李宗閔之黨。」此爲甘露變前政争之端。崔侑蓋亦附李宗閔者，故令狐楚亦與之厚。

和令狐僕射相公題龍迴寺

兹地迴鑾日，皇家禪聖時。路無胡馬跡，人識漢官儀。天子旌旗度，法王龍象隨。知懷去家歎，經此益遲遲。相公家本咸陽，有喬木之思。

【校】

〔去家〕結一本家作嗟，誤。

〔之思〕全唐詩思作意。

【箋證】

按：籠迴寺當是令狐楚出鎮興元時途中所經，即玄宗自蜀還都駐蹕處，故有「皇家禪聖時」之句。李商隱次陝州先寄源從事詩：「迴鑾佛寺高多少，望盡黄河一曲無。」馮浩注：「舊書紀：代宗廣德元年（七六三）十月，吐蕃犯京畿，駕幸陝州，十二月還京。徐曰：佛寺必還京後建以報功者。」此類佛寺蓋隨處有之。

和令狐相公晚泛漢江書懷寄洋州崔侍郎閬州高舍人二曹長

雨過遠山出，江澄暮霞生。因浮濟川舟，遂作適野行。郊樹映緹騎，水禽避紅旌。田夫捐畚鍤，織婦窺柴荆。古岸夏花發，遥林晚蟬清。沿洄方翫境，鼓角已登城。部内有良牧，望中寄深情。臨觴念佳期，泛瑟動離聲。寂寞一病士，夙昔接羣英。多謝謫仙侣，幾時還玉京。

【校】

〔病士〕結一本脱士字。

【箋證】

按：高舍人謂高元裕。元裕，舊唐書一七一、新唐書一七七均有傳。文宗紀：大和九年（八三五）八月壬寅，貶中書舍人高元裕爲閬州刺史。元裕爲鄭注除官制，説注醫藥之功，注銜之故也。通鑑二四五：「鄭注之入翰林也，中書舍人高元裕草制，言以醫藥奉君親，注銜之，奏元裕嘗出郊送李宗閔。」令狐楚與宗閔厚，禹錫此詩亦不得不周旋其間，逢迎其意，而望二人之能除謫籍也。崔侍郎已見前一首。此詩自是開成元年（八三六）夏日作，楚甫抵興元任。

酬令狐相公使宅別齋初栽桂樹見懷之作

清淮南岸家山樹，黑水東邊第一栽。影近畫梁迎曉日，香隨緑酒入金杯。根留本土依江潤，葉起寒稜映月開。早晚陰成比梧竹，九霄還放綵鵬來。

【校】

〔綵鵬〕紹本、崇本鵬均作雛。全唐詩作雛，注云：一作鵬。按：鵬即鳳字，亦無不合。

【箋證】

按：使宅謂梁州使宅，故第二句用禹貢「華陽黑水惟梁州」之語。詩既專懷禹錫，故答以「清淮南岸家山樹」，禹錫雖爲洛陽人，先世實居淮南，故得云家山，且合於淮南王劉安招隱士之故實也。

令狐相公頻示新什早春南望遐想漢中因抒短章以寄情愫

軍城臨漢水，旌旆起春風。遠思見江草，歸心看塞鴻。野花沿古道，新葉映行宫。唯有詩兼酒，朝朝兩不同。

【校】

〔題〕全唐詩遐下注云：一作遥。紹本、崇本情愫均作誠愫。全唐詩注云：一作誠素。

【箋證】

按：此詩題既云早春，必爲令狐楚莅興元之第二年，即開成二年（八三七）也。漢中爲德宗避朱泚之難曾駐之地，故有行宫。

酬令狐相公見寄

才兼文武播雄名，遺愛芳塵滿洛城。身在行臺爲僕射，書來甪里訪先生。閒遊占得嵩山色，醉卧高聽洛水聲。千里相思難命駕，七言詩裏寄深情。

【注】

〔角里〕史記留侯世家：四人從太子，年皆八十有餘，鬚眉皓白，衣冠甚偉。上怪之，問曰：彼何爲者？四人前對，各言名姓，曰：東園公、角里先生、綺里季、夏黄公。

〔命駕〕晉書嵇康傳：吕安與康友，每一相思，輒千里命駕。

【箋證】

按：禹錫以開成元年（八三六）罷同州後除太子賓客分司，故此詩以角里先生自喻。禹錫以賓客歸洛，在是年之秋，以外集卷四自左翊歸洛下酬樂天兼呈裴令公詩有「華林霜葉紅霞晚，伊水晴光碧玉秋」之句也。令狐楚以檢校左僕射鎮興元，故云「身在行臺爲僕射」。

令狐相公春思見寄

一紙書封四句詩，芳晨對酒遠相思。長吟盡日西南望，猶及殘春花落時。

【校】

〔芳晨〕絶句晨作辰。

【箋證】

按：令狐楚有春思寄夢得樂天詩云：「花滿中庭酒滿尊，平明獨坐到黄昏。春來詩思偏何處，飛過函關入鼎門。」鼎門謂洛陽，參見本卷奉和裴令公新成緑野堂即事詩。蓋二人皆爲東都分司官，而楚在興元，故禹錫詩有「盡日西南望」之語。

令狐相公見示新栽蕙蘭二草之什兼命同作

上國庭前草，移來漢水潯。朱門雖易地，玉樹有餘陰。豔彩凝還泛，清香絶復尋。光華童子佩，柔輭美人心。惜晚含遠思，賞幽空獨吟。寄言知音者，一奏風中琴。

【校】

〔知音〕紹本音作聲。

【箋證】

按：此是牽率酬應之作，然分貼蕙蘭二草，殊不易措詞，「光華」、「柔輭」一聯，猶足見禹錫晚年詩律入細。

和令狐相公南齋小宴聽阮咸

陋巷久蕪沈，四絃有遺音。雅聲發蘭室，遠思含竹林。座絶衆賓語，庭移芳樹陰。飛觴助真氣，寂聽無流心。影似白團扇，調諧朱絃琴。一毫不平意，幽怨古猶今。

【校】

〔陋巷〕紹本、全唐詩陋作阮。

【箋證】

按：白集中和令狐僕射小飲聽阮咸詩云：「掩抑復凄清，非琴不是箏。還彈樂府曲，别占阮家名。古調何人識？初聞滿座驚。落盤珠歷歷，摇佩玉琤琤。似勸杯中物，如含林下情。時移音律改，豈是昔時聲。」劉、白二詩皆以阮咸非時世音。據元行沖傳：「有人得古銅器，似琵琶，身正圓，人莫能辨，行沖曰：此阮咸所作器也，命易以木，絃之，其聲亮雅，樂家遂謂之阮咸。」想當時好之者不多。惟此二詩均不似爲楚在興元時賦，當存疑。

和令狐相公詠梔子花

蜀國花已盡，越桃今正開。色疑瓊樹倚，香似玉京來。且賞同心處，那憂别葉催。佳人如擬詠，何必待寒梅。

【箋證】按：此詩首聯蜀國越桃二語乍見似不可解。據本草綱目引蘇頌曰：今南方及西蜀州郡皆有之，……入藥用山卮子，方書所謂越桃也。蜀國蓋指漢中，乃令狐楚在興元時作。

〔同心〕徐悱妻劉氏摘同心梔子贈謝娘詩：「同心何處恨，梔子最關人。」韓翃送王少府詩：「葛花滿把能消酒，梔子同心好贈人。」唐人習用此。

〔別葉〕按：鮑照玩月詩：「歸華先委露，別葉早辭風。」禹錫蓋用其語。

酬令狐相公新蟬見寄

相去三千里，聞蟬同此時。清吟曉露葉，愁噪夕陽枝。忽爾絃斷絶，俄聞管參差。洛橋碧雲晚，西望佳人期。

【箋證】按：末聯有「洛橋碧雲」語，自是令狐楚在興元時，禹錫閑居東都，當已入開成二年夏秋矣。

和令狐相公九日對黄白二菊花見懷

素蕚迎寒秀，金英帶露香。繁華照旄鉞，榮盛對銀黄。琮璧交輝映，衣裳雜綵章。

晴雲遥蓋覆，秋蝶近悠揚。空想逢九日，何由陪一觴？滿叢佳色在，未肯委嚴霜。

【校】

〔榮盛〕全唐詩盛下注云：一作茂。

【箋證】

按：此詩當是開成二年（八三七）之九日所作，距令狐楚之卒不遠，恐此後遂無詩矣。

城内花園頗曾遊翫令公居守亦有素期適春霜一夕委謝書實以答令狐相公見謔

樓下芳園最占春，年年結侶採花頻。繁霜一夜相撩治，不似佳人似老人。今年春霜百花顦顇，唯近水處不衰。

【校】

〔題〕紹本適下有值字。

〔撩治〕紹本、全唐詩治均作治。

〔今年春……〕以下原注，結一本脱。

【箋證】

按：令公居守者，裴度以大和八年（八三四）以本官判東都尚書省事，充東都留守，九年（八三五）十月進位中書令，開成二年（八三七）五月始復改河東節度使。禹錫以賓客分司在洛陽與度頻相往還，即在開成元二年（八三六、八三七）間。而令狐楚原作皇城中花園譏劉白賞春不及詩云：「五鳳楼西花一園，低枝小樹盡芳繁。洛陽才子何曾愛，下馬貪趨廣運門。」廣運門者，據唐兩京城坊考五，在東都宫城之西南，入門即中書省及集賢書院。蓋楚在興元遥以詩戲之耳。非同在東都也。

令狐僕射與予投分素深縱山川阻峭然音問相繼今年十一月僕射疾不起聞予已承訃書寢門長慟後日有使者兩輩持書并詩計其日時已是卧疾手筆盈幅翰墨尚新新詞一篇音韻彌切收淚握管以成報章雖廣陵之絃於今絶矣而蓋泉之感猶庶聞焉焚之繐帳之前附於舊編之末

前日寢門慟，至今悲有餘。已嗟萬化盡，方見八行書。滿紙傳相憶，裁詩怨索居。危絃音有絶，哀玉韻猶虚。忽歎幽明異，俄驚歲月除。文章雖不朽，精魄竟焉如？零淚沾青簡，傷心見素車。淒涼從此後，無復望雙魚。

【校】

〔題〕紹本、全唐詩阻峭均作阻脩，新詞作律詞。

〔猶虚〕紹本、全唐詩猶均作由。

〔見素車〕紹本見作具。

【注】

〔廣陵〕晉書嵇康傳：康將刑東市，顧視日影，索琴彈之曰：昔袁孝尼嘗從吾學廣陵散，吾每靳固之，廣陵散於今絶矣。初康嘗游於洛西，暮宿華陽亭，引琴而彈，夜分，忽有客詣之，稱是古人，與康共談音律，因索琴彈之而爲廣陵散。

〔蓋泉〕文選劉孝標重答劉秣陵沼書云：「蓋山之泉，聞絃歌而赴節。」李善注引宣城記略云：「臨城縣南四十里蓋山，昔有舒氏女與其父析薪，此泉處坐，牽挽不動，乃還告家，比還唯見清泉湛然。女母曰：吾女本好音樂，乃絃歌泉湧。」

【箋證】

按：令狐楚本傳，開成二年（八三七）十一月卒于山南西道節度使任。又云：未終前三日，猶吟詠自若，與此詩題合。白集中亦有詩題云：令狐相公與夢得交情素深眷予分亦不淺一聞薨逝相顧泫然旋有使來得前月未殁之前數日書及詩寄贈夢得哀吟悲歎寄情於詩詩成示予感而繼和。詩云：「緘題重疊語殷勤，存殁交情自此分。前月使來猶理命，今朝詩到是遺文。銀鈎見晚書無報，玉樹埋深哭不聞。最感一行絶筆字，尚言千萬樂天君。」原注：「令狐與夢得手札後云：見樂天君，爲伸千萬之誠也。」

又按：樊南文集補編五上令狐相公狀云：「前月末，八郎書中附到同州劉中琴書一封。仰戴吹噓，内惟庸薄。書生十上，曾未聞於明習；劉公一紙，遽有望於招延。雖自以數奇，亦未謂道廢。下情無任佩德感激之至。彼州風物極佳，節候又早，遠聞漢水，已有梅花。繼兔園賦詠之餘，不有博弈；蹈漳渠宴集之暇，以挹酒漿。優游芳辰，保奉全德。伏思昔日，嘗忝初筵。今者，緜隔山川，違睾旌旆。託乘且殊於文學，受辭不及於大夫。仰望恩輝，伏增攀戀。」錢振倫箋謂令狐楚於開成元年（八三六）出鎮興元，必此時所上。其實楚之出鎮在夏初，此書已有梅花之語，當在冬初，禹錫正在將去同州之時，所謂同州劉中琴必劉中丞之訛。唐人文字，舉州名必其所居之官，斷然非有姓劉名中琴之人。禹錫任汝州刺史時固已御史中丞，同州近輔，無不帶中丞者，故外集卷四秋霖即事聯句，王起猶稱禹錫爲中丞大監。以楚與禹錫之交誼言之，亦必樂爲禹錫道及商隱，此則更可證楚有爲商隱道地之意矣。但商隱志在從楚於興元，觀狀末數語，頗有怨望之意，恐終未賫書往見禹錫，且禹錫亦行即去官，無能爲力。此後商隱旋即進士登科，或始終未及謁禹錫也。

又按：本卷皆與令狐楚唱和之作，疑即從彭陽唱和集鈔輯而來，惜編者未將原作并列耳。至貞元中侍郎舅氏一首，實不應厠於此卷，不知何緣誤入。

劉禹錫集箋證外集卷第四

詩

郡内書懷獻裴侍中留守

功成頻獻乞身章，擺落襄陽鎮洛陽。萬乘旌旗分一半，八方風雨會中央。兵符今奉黄公略，書殿曾隨翠鳳翔。心寄華亭一雙鶴，日隨高步繞池塘。

【校】

〔題〕紹本、崇本全唐詩書懷均作書情。

〔日隨〕紹本、崇本、全唐詩隨均作陪，是。以隨字與上聯複也。

【箋證】

按：裴度於寶曆末、大和初復知政事。四年（八三〇）九月，守司徒兼侍中，出爲山南東道節度使。八年(八三四)三月,充東都留守。傳云:「度素稱堅正,事上不回,故累爲姦邪所排,幾至顛沛,及晚節稍浮沉以避禍。」正謂此時。禹錫詩云:「功成頻獻乞身章,擺落襄陽鎮洛陽。」亦直舉度之心事也。禹錫於是年七月,自蘇州刺史移汝州,(見本集卷十六汝州謝上表)作此詩時或尚未得汝州之命。禹錫未出刺蘇州時,任集賢殿學士,時度以司徒同平章事充集賢殿大學士,故有「書殿曾隨翠鳳翔」之句。「心寄華亭一雙鶴」者,似指白居易送度雙鶴事,見外集卷一和裴相公寄白侍郎求雙鶴詩。

又按:前人之評此詩者,朱承爵存餘堂詩話云:「天子旌旗分一半,八方風雨會中州,此劉禹錫賀晉公留守東都詩也,其遠大之志自覺軒豁可仰。」

酬樂天閑卧見寄

散誕向陽眠,將閒敵地仙。詩情茶助爽,藥力酒能宣。風碎竹間日,露明池底天。同年未同隱,緣欠買山錢。

【校】

〔題〕紹本、崇本見寄均作見憶。

【箋證】

按:白集有閑卧寄劉同州詩云:「輭褥短屏風,昏昏卧醉翁。鼻香茶熟後,腰暖日陽中。伴老琴長在，迎春酒不空。可憐閑氣味，唯欠與君同。」即禹錫所酬之原作。禹錫以大和九年（八三五）十月除同州刺史，以居易授同州後謝病不就也。居易寄此詩，有相勸偕隱之意，似已預知朝局有變，欲慎風波，不及兩月，甘露之禍果作矣。禹錫答詩謂「同年未同隱，緣欠買山錢」，亦似實事。蓋同州地望素高，例爲擢任節度觀察之階梯，禹錫不無冀望。且居易已有園宅在兩京，而禹錫猶無一椽之寄，故不能如居易之早退。

酬樂天小亭寒夜有懷

寒夜陰雲起，疏林宿鳥驚。斜風閃燈影，近雪打窗聲。竟夕不能寐，同年知此情。漢皇無奈老，何況本書生？

【校】

〔宿鳥〕紹本、崇本宿均作暗。

〔近雪〕紹本、崇本、全唐詩近均作迸。

【箋證】

按：居易原作云：「庭小同蝸舍，門閑稱雀羅。火將燈共盡，風與雪相和。老睡隨年減，衰情向夕多。不知同病者，争奈夜長何！」似禹錫已以病辭同州歸洛陽後所作，當在開成元年（八三六）之冬。題中小亭字，據原作當作小庭爲是。

奉和裴晉公涼風亭睡覺

驪龍睡後珠原在，仙鶴行時步又輕。方寸瑩然無一事，水聲來似玉琴聲。

【校】

〔原在〕紹本、崇本、絶句原均作元。按：原來之原，古皆作元。以原爲元，是明以後習尚，古無此例。

【箋證】

按：裴度原作云：「飽食緩行新睡覺，一甌新茗侍兒煎。脱巾斜倚繩牀坐，風送水聲來耳邊。」此當是大和八年（八三四）之夏度任東都留守時作，正深以退閑爲喜，情見乎詞，禹錫亦頗能窺其心事也。

和樂天閑園獨賞八韻前以蜂鶴拙句寄呈今辱蝸蟻妍詞見答因成小巧以取大咍

永日無人事，芳園任興行。陶廬樹可愛，潘宅雨新晴。傅粉琅玕節，熏香菡萏莖。榴花裙色好，桐子藥丸成。柳蠹枝偏亞，桑間葉再生。睢盱欲鬬雀，索漠不言鶯。動植隨四氣，飛沈含五情。搶榆與水擊，小大强爲名。

【校】

〔任興〕崇本任作住，誤。

〔桑間〕全唐詩間作空。

【箋證】

按：白集中閑園獨賞詩原注：「因夢得所寄蜂鶴之詠，因成此篇以和之。」蜂鶴之詠，指本集卷二十二池上亭獨吟之「静看蜂教誨，閑想鶴儀形」也。白詩云：「午後郊園静，晴來景物新。雨添山氣色，風借水精神。永日若爲度，獨遊何所親？仙禽狎君子，芳樹依佳人。蟻鬬王争肉，蝸移舍逐身。蝶雙知伉儷，蜂分見君臣。蠢蠕形雖小，逍遥性見均。不知鵬與鷃，相去幾微塵。」〔潘宅雨新晴〕潘岳閑居賦有「微雨新晴，六合清朗」語，此詩用之，以答原作之「雨添山氣色」，可謂無一字無來歷。上句則用陶詩「繞屋樹扶疏」及「吾亦愛吾廬」，人所易知也。

酬樂天衫酒見寄

酒法衆傳吴米好，舞衣偏尚越羅輕。動摇浮蟻香濃甚，裝束輕鴻意態生。閲曲定知能自適，舉杯應歎不同傾。終朝相憶終年別，對景臨風無限情。

【箋證】

按：白集劉蘇州寄釀酒糯米李浙東寄楊柳枝舞衫偶因嘗酒試衫輒成長句寄謝之詩云：「柳枝慢踏試雙袖，桑落初香嘗一杯。金屑醅濃吴米釀，銀泥衫穩越娃裁。舞時已覺愁眉展，醉後仍教笑口開。慙愧故人憐寂寞，三千里外寄歡來。」李浙東謂李紳，紳除浙東觀察使在大和七年（八三三）七月，次年七月，禹錫即自蘇州移汝州，故此詩必作於此一年之中。

兩何如詩謝裴令公贈别二首

一言一顧重，重何如？今日陪遊清洛苑，昔年别入承明廬。

一東一西别，别何如？終期大冶再鎔鍊，願託扶摇翔碧虚。

【校】

按：裴度進位中書令在大和九年（八三五）十月，自此方有令公之稱。禹錫亦即以十月除同州刺史，時度猶任東都留守，故於自汝州赴同州之便，在洛陽小作勾留。度原作未見，此詩蓋依原作之體，亦新創也。

將之官留辭裴令公留守

祖帳臨伊水，前旌指渭河。風煙里數少，雲雨別情多。重疊受恩久，邅迴如命何？東山與東閣，終冀再經過。

【校】

〔里數〕結一本里作星，誤。

【箋證】

按：此首與前首爲同時之作，詩云「前旌指渭河」，謂赴同州刺史任也。度雖不預政事，而禹錫宦屢不達，同州之授，非其所冀，猶望出膺旄鉞，内擢丞郎耳，故有邅迴之歎。與前詩皆預祝度再起能爲援手也。

酬喜相遇同州與樂天替代

舊託松心契，新交竹使符。行年同甲子，筋力羨丁夫。別後詩成帙，攜來酒滿壺。今朝停五馬，不獨爲羅敷。前章比言春草，白君之舞妓也。故有此答。

【校】

〔比言〕紹本、崇本、全唐詩比言均作所言。

【箋證】

按：居易大和九年（八三五）九月同州之除，實未履任，故有詔授同州刺史病不赴任因詠所懷一詩。雖未赴任，或曾至京，故其詩有「賣卻新昌宅，聊充送老資」之語，新昌是居易在長安之宅，禹錫此詩題云「喜相遇同州」，恐實係在長安相遇。居易喜見劉同州夢得詩云：「紫綬白髭鬚，同年二老夫。論心共牢落，見面且歡娛。酒好攜來否，詩多記得無！應須爲春草，五馬少踟蹰。」

〔羅敷〕按：樂府雜曲陌上桑：「使君從南來，五馬立躊躇。使君遣吏往，問是誰家姝。秦氏有好女，自名爲羅敷。……」白居易羅敷水詩：「野店東頭花落處，一條流水號羅敷。芳魂豔骨歸在處？春草茫茫墓亦無。」自洛陽至同州，敷水爲必經之路，固非泛用典，但亦藉以答原詩應須爲春草之語。春草已見外集卷二憶春草詩。

奉和裴令公新成緑野堂即事

藹藹鼎門外，澄澄洛水灣。堂皇臨緑野，坐卧看青山。位極卻忘貴，功成欲愛間。官名司管籥，心術去機關。禁苑淩晨出，園花及露攀。池塘魚撥剌，竹徑鳥緜蠻。志在安瀟灑，嘗經歷險艱。高情方造適，衆意望徵還。好客交珠履，華筵舞玉顔。無因隨賀燕，翔集畫梁間。

【校】

〔及露〕崇本露作路。

〔撥剌〕紹本、崇本、全唐詩撥均作拔。

【箋證】

按：裴度本傳：「度以年及懸輿，王綱板蕩，不復以出處爲意，東都立第於集賢里，築山穿池，竹木叢萃，有風亭水榭，梯橋架閣，島嶼迴環，極都城之勝概。又於午橋創别墅，花木萬株，中起涼臺暑館，名曰緑野堂，引甘水貫其中，釃引脈通，映帶左右。度視事之暇，與詩人白居易、劉禹錫酣宴終日，高歌放言，以詩酒琴書自樂，當時名士皆從之遊。」其實作此詩時禹錫尚在同州，乃遥以此和之，故云無因隨賀燕，翔集畫梁間」。居易亦有奉和裴令公新成午橋莊緑野堂即事詩，亦五言十韻。

〔鼎門〕唐人習用鼎門爲洛陽之稱。唐兩京城坊考五：當皇城端門之南，渡天津橋南，至定鼎門，南北大街曰定鼎街。

自左馮歸洛下酬樂天兼呈裴相公

新恩通籍在龍樓，分務神都近舊丘。自有園公紫芝侶，時賓行四人盡在洛中。仍追少傅赤松遊。華林霜葉紅霞晚，伊水晴光碧玉秋。更接東山文酒會，始知江左未風流。王儉云：江左風流宰相惟有謝公。

【校】

〔題〕紹本、崇本、全唐詩相公均作令公，是。

〔謝公〕原注中謝公，紹本、全唐詩均作謝安，崇本作謝安公。

【箋證】

按：白集有喜夢得自馮翊歸洛兼呈令公詩云：「上客新從左輔回，高陽興助洛陽才。已將四海聲名去，又占三春風景來。甲子等頭憐共老，文章敵手莫相猜。鄒枚未用爭詩酒，且飲梁王賀喜杯。」據禹錫此詩「華林霜葉紅霞晚，伊水晴光碧玉秋」之句，其自同州歸洛陽應在開成元年（八三六）之秋，而白詩有「三春風景」之語，未詳。禹錫罷同州即除太子賓客分司東都，（見外集卷九彭陽唱和集後引）詩云「分務神都近舊丘」。光宅元年（六八四）曾改東都爲神都，禹錫家自北魏時已爲洛陽人，故有「近舊丘」之語。原注：「時賓行四人盡在洛中。」禹錫之外，可考者爲李德裕、李珏，其他一人未知是李仍叔否，待詳，李紳則已遷河南尹，居易則已除太子少傅，不在賓行之數矣。

〔左馮〕宋長白柳亭詩話云：「蘇頲長春宫詩：赫赫惟元后，經營自左馮。鄭谷上狄右丞詩：昔歲曾投贄，關河在左馮。亦如以河南尹爲河尹也。馮讀如字，不作平音。白樂天有左馮雖穩我慵來之句，劉禹錫有自左馮歸洛下詩。」

〔龍樓〕漢書成帝紀：「初居桂宫，上嘗急召太子，出龍樓門。」注：「張晏曰：門樓上有銅龍，若白鶴飛廉之爲名也。」後人遂以龍樓稱太子。

秋齋獨坐寄樂天兼呈吴方之大夫

空齋寂寂不生塵，藥物方書繞病身。纖草數莖勝静地，幽禽忽至似佳賓。世間憂喜雖無定，釋氏銷磨盡有因。同向洛陽閒度日，莫教風景屬他人。

【箋證】

按：吴方之謂吴士矩。新唐書一五九吴湊傳：溆子士矩，文學早就，喜與豪英遊，故人人助爲談説。開成初，爲江西觀察使，饗宴侈縱，一日費凡十數萬。初至，庫錢二十七萬緡，晚年纔九萬。軍用單匱無所仰，事聞，中外共申解，得以親議，文宗弗窮治也，貶蔡州别駕。諫官執處其罪，不納。於是御史中丞狄兼謩建言：陛下擢任士矩，非私也，士矩負陛下而治之，亦非私也。請遣御史至江西即訊，使江淮它鎮循習意。帝聽，乃流端州。」此傳有誤文。據文宗紀，士矩以大和七年（八三三）自同州刺史除江西，至開成中乃得罪耳。開成元二年（八三六、八三七）間，劉、白皆在洛陽，士矩適罷官歸洛，故得相聚，未幾即貶謫以去矣。本集卷二十四有酬端州吳大夫夜泊湘川見寄詩，可參看。士矩爲外戚吳湊之姪，蓋亦能文者，其官當歷常侍、祕監，傳皆未載，詳見下。白集中答夢得秋庭獨坐見贈詩云：「林梢隱映夕陽殘，庭際蕭疏夜氣寒。霜草欲枯蟲思急，風枝未定鳥棲難。容衰見鏡同惆悵，身健逢杯且喜歡。應是天教相暖熱，一時垂老與閑官。」似即答此詩。謂禹錫除賓客，居易除太子少傅，士矩蓋除祕書監，皆以分司在洛也。

和樂天齋戒月滿夜對道場偶詠懷

常修清淨去繁華，人識王城長者家。案上香煙鋪貝葉，佛前燈燄透蓮花。持齋已滿招閒客，理曲先聞命小娃。明日若過方丈室，還應問爲法來耶。

【箋證】

按：白集中齋戒滿夜戲招夢得詩云：「紗籠燈下道場前，白日持齋夜坐禪。無復更思身外事，未能全盡世間緣。明朝又擬親杯酒，今夕先聞理管絃。方丈若能來問疾，不妨兼有散花天。」

居易晚年以五月持齋，屢見其集中，本集亦三見。

吴方之見示獨酌小醉首篇樂天續有酬答皆含戲謔極至風流兩篇之中並蒙見屬輒呈濫吹益美來章

閑門共寂任張羅，静室同虚養太和。塵世歡虞關意少，醉鄉風景獨遊多。散金疏傅尋常樂，枕麴劉生取次歌。計會雪中争挈榼，鹿裘鶴氅遞相過。

【校】

〔題〕益美，結一本作益弄，誤。

〔虞關〕紹本、崇本、全唐詩均作娱閑。

【箋證】

按：吴方之謂吴士矩，已見前。白集中吴祕監每有美酒獨酌獨醉但蒙詩報不以飲招輒此戲酬兼呈夢得詩云：「蓬萊仙客下煙霄，對酒唯吟獨酌謡。不怕道狂揮玉爵；亦曾乘興解金貂。（原注：吴監前任散騎常侍）君稱名士誇能飲；我是愚夫肯見招？賴有伯倫爲醉伴，何愁不解傲松喬？」又懶放二首呈劉夢得吴方之云：「青衣報平旦，呼我起盥櫛。今早天氣寒，郎君應不出。又無賓客至，何以消閒日？已向微陽前，暖酒開詩帙。」「朝憐一牀日，暮愛一爐火。牀暖日高眠，爐温夜深坐。雀羅門懶出，鶴髮頭慵裹。除卻劉與吴，何人來問我？」禹錫詩有「雪中挈榼」之句，當是開成元年（八三六）之冬所作。劉、白二人與士矩情分亦殊不淺，於此數詩見之。

酬樂天齋滿日裴令公置宴席上戲贈

一月道場齋戒滿，今朝華幄管絃迎。銜杯本自多狂態，事佛無妨有佞名。酒力半酣愁已散，文鋒未鈍老猶爭。平陽不獨容賓醉，聽取喧呼吏舍聲。

【校】

〔從君〕全唐詩從下注云：一作是。

【注】

〔佞佛〕晉書何充傳：充性好釋典，崇修佛寺，糜費巨億。於時郗愔及弟曇奉天師道，而充與弟準崇信釋氏。謝萬譏之云：「二郗媚於道，二何佞於佛。」

〔喧呼吏舍〕史記曹相國世家：相舍後園近吏舍，吏舍日飲歌呼。從吏惡之，請參游園中，幸相國召按之。乃反取酒張坐飲，亦歌呼與相應和。按：參封平陽侯。

【箋證】

按：白集中長齋月滿攜酒先與夢得對酌醉中同赴令公之宴戲贈夢得詩云：「齋公前日滿三

旬，酒榼今朝一拂塵。乘興還同訪戴客，解酲仍對姓劉人。病心湯沃寒灰活，老面花生朽木春。若怕平原慣先醉，知君未慣吐車茵。」

酬樂天偶題酒甕見寄

從君勇斷抛名後，世路榮枯見幾回。門外紅塵人自走，甕頭清酒我初開。三冬學任胸中有，萬户侯須骨上來。何幸相招同醉處，洛陽城裏好池臺。

【注】

〔三冬〕史記東方朔傳：年十二學書，三冬文史足用。

【箋證】

按：白集題酒甕呈夢得詩云：「若無清酒兩三甕，争向白鬚千萬莖？麴糵消愁真得力，光陰催老苦無情。凌煙閣上功無分，伏火爐中藥未成。更擬共君何處去，且來同作醉先生。」

答裴令公雪中訝白二十二與諸公不相訪之什

玉樹瓊樓滿眼新，的知開閤待諸賓。遲遲未去非無意，擬作梁園座右人。

【校】

〔未去〕全唐詩未下注云：一作來。

【箋證】

按：裴度原作云：「憶昨雨多泥又深，猶能攜妓遠過尋。滿空亂雪花相似，何事居然無賞心？」禹錫前後數詩皆開成元年（八三六）冬所作。蓋度於大和八年（八三四）以後開成二年（八三七）以前皆在東都留守任内。

〔梁園座右〕此用謝惠連雪賦：「相如末至，居客之右。」

酬樂天請裴令公開春嘉宴

高名大位能兼有，恣意遨遊是特恩。二室煙霞成步障，三州風物是家園。晨窺苑樹韶光動，晚渡河橋春思繁。絃管常調客常滿，但逢花處即開樽。

【校】

〔題〕嘉宴，紹本、崇本、全唐詩嘉均作加。

〔三州〕紹本、崇本、全唐詩州均作川，是。

【箋證】

按：白集中對酒勸令公開春遊宴詩云：「時泰歲豐無事日，功成名遂自由身。前頭更有忘憂日，向上應無快活人。自去年來多事故，從今日去少交親。宜須數數謀歡會，好作開成第二春。」開成二年（八三七）五月，裴度復除河東節度使，累表固辭不允，不得已之任。此詩似是先年之冬預作。是年之春宴亦其僅有之歡娛矣。

樂天示過敦詩舊宅有感一篇吟之泫然追想昔事因成繼和以寄苦懷

淒涼同到故人居，門枕寒流古木疏。向秀心中嗟棟宇，蕭何身後散圖書。本營歸計非無意，唯算生涯尚有餘。忽憶前因更惆悵，丁寧相約速懸車。敦詩與予友樂天三人同甲子，平生相約同休洛中。

【校】

〔前因〕紹本、崇本、全唐詩因均作言。

〔予友樂天三人同甲子〕崇本予作子，甲作田，誤。全唐詩友作及，是。蓋禹錫自注不當稱樂天爲予友也。

【注】

〔向秀〕文選向秀思舊賦序：余逝將西邁，經其舊廬。

〔蕭何〕謂蕭何入關，收秦圖籍。

【箋證】

按：敦詩謂崔羣。白集中與夢得偶同到敦詩宅感而題壁詩云：「山東纔副蒼生願，川上俄驚逝水波。履道凄涼新宅第，宣城零落舊笙歌。園荒唯有薪堪採；門冷兼無雀可羅。今日相逢偶同到，傷心不是故經過。」唐兩京城坊考載洛陽履道坊西門内刑部尚書白居易宅，宅南吏部尚書崔羣宅。云：「按白居易與劉夢得偶到敦詩宅感而題壁詩云：履道凄涼新第宅，蓋其宅在白宅之南，故居易聞樂感鄰詩注云：東鄰王大理去冬云亡，南鄰崔尚書今秋薨逝。又祭崔相公文云：雒城東隅，履道西偏。修篁迴合，流水潺湲。與公居第，門巷相連。」羣之卒在大和六年（八三二）八月，此詩有「門枕寒流」之語，當是開成元年（八三六）冬作。

吴方之見示聽江西故吏朱幼恭歌三篇頗有懷故林之思吟諷不足因而和之

侯門故吏歌聲發，逸處能高怨處低。今歲洛中無雨雪，眼前風景是江西。

【校】

〔題〕全唐詩注云：一作和人憶江西故吏歌。

〔侯門〕紹本、崇本、全唐詩侯均作家。

〔是江西〕紹本、崇本是均作似。

【箋證】

按：文宗紀，大和七年（八三三）四月癸酉，同州刺史吳士矩爲江西觀察使。而册府載開成二年（八三七），貶前秘書監吳士矩爲蔡州别駕。士矩前爲江西觀察使，在任日應軍中諸色加給錢八萬八千貫，故貶之。據白詩稱士矩爲祕監，此詩稱「江西故吏」，則士矩自江西入爲祕書監，必亦分司官，故與白、劉俱在洛，此詩有「今歲洛中無雨雪」之句，應與上一首同爲開成元年（八三六）冬作，而裴度詩題却云「雪中訝白二十二與諸公不相訪」，未詳何以抵觸。若開成二年（八三七）。度與士矩皆不在洛陽也，或禹錫此詩略在前，而度詩在後。

閒坐憶樂天以詩問酒熟未

案頭開縹帙，肘後檢青囊。唯有達生理，應無治老方。減書存眼力，省事養心王。君酒何時熟？相攜入醉鄉。

【校】

〔肘後〕隋書經籍志，肘後方六卷，葛洪著，又扁鵲肘後方三卷。

〔達生〕莊子達生：達生之情者，不務生之所無心爲。

〔心王〕涅槃經：是身如城，血肉筋骨，皮裹其上，手足以爲卻敵樓櫓，目爲竅孔，頭爲殿堂，心王處中。

和樂天洛城春齊梁體八韻

帝城宜春人，遊人喜意長。草生季倫谷，花出莫愁坊。斷雲發山色，輕風漾水光。樓前戲馬地，樹下鬭雞場。白頭自爲侶，緑酒亦滿觴。潘園觀種植，謝墅閲池塘。至閒似隱逸，過老不悲傷。相問焉功德？銀黄遊故鄉。

【校】

〔意長〕紹本意作日。

〔莫愁坊〕崇本坊作妨，誤。

〔焉功德〕紹本、崇本焉作爲，非。

【箋證】按：白集洛陽春贈劉李二賓客詩云：「水南冠蓋地，城東桃李園。雲消洛陽堰，春入永通門。淑景方藹藹，遊人稍喧喧。年豐酒漿賤，日晏歌吹繁。中有老朝客，華髮映朱軒。從容三兩人，藉草開一尊。尊前春可惜，身外事勿論。明日期何處？杏花遊趙村。」（原注：洛城東有趙村，杏花千餘枝。）李謂李仍叔也。

又按：齊梁體者，實即永明體，漸講聲病而不若唐律之嚴，自沈謝至唐之景雲，大抵如此。景雲以後，古近體截然兩途，然猶偶有不拘者，大曆、元和，則幾無復爲此。至開成中，忽又暫行之於科場。雲谿友議云：「開成元年（八三六）秋，高鍇復司貢籍，上曰：宗正寺解送人恐有浮薄以忝科名，在卿精揀藝能，勿妨賢路，其所試賦則準常規，詩則依齊梁體格。」既功令如是，宜劉、白亦偶效之也。劉、白所謂齊梁體格，實不過略取形製之變，仍未脱律體本色，不若李商隱直標齊梁之詩，宛然入古。然皆時世風氣，非詩人好異標新也。

〔潘園〕此聯上句用潘岳閒居賦序「築室種樹」語，下句用謝靈運「池塘生春草」句，劉詩運典於不覺，皆此類。

三月三日與樂天及河南李尹奉陪裴令公泛洛禊飲各賦十二韻

洛下今修禊，羣賢勝會稽。盛筵陪玉鉉，通籍盡金閨。波上神仙妓，岸傍桃李蹊。水嬉如鷺振，歌響雜鶯啼。歷覽風光好，沿洄意思迷。棹歌能儷曲，墨客競分題。翠幄連雲起，香車向道齊。人誇綾步障，馬惜錦障泥。塵暗宮牆外，霞明苑樹西。舟形隨鷁轉，橋影與虹低。川色晴猶遠，烏聲暮欲棲。唯餘蹋青伴，待月魏王隄。

【校】

〔題〕李尹，結一本作季尹，誤。

【箋證】

按：白集詩題云：「開成二年（八三七）三月三日，河南尹李待價（李珏字）以人和歲稔，將禊於洛濱，前一日啓留守裴令公，令公召太子少傅白居易、太子賓客蕭籍、李仍叔、劉禹錫……等一十五人，合宴於舟中。」李珏已見本集卷二十二。據紀，是年三月戊子，珏自河南尹入爲户部侍郎，作此詩時尚未聞新命也。卷二十八奉送李户部侍郎自河南尹再除本官歸闕一首當編此首之後。

寄和東川楊尚書慕巢兼寄西川繼之二公近從弟兄情分偏睦早忝遊舊因成是詩

太華蓮峯降嶽靈，兩川棠樹接郊坰。政同兄弟人人樂，曲奏塤篪處處聽。楊葉百穿榮會府，芝泥五色耀天庭。各抛筆硯誇旄鉞，莫遣文星讓將星。

【校】

〔題〕崇本和作賀，是。結一本缺慕字。

〔人樂曲奏〕結一本樂曲二字乙，誤。

〔天庭〕崇本天作尺，誤。

【箋證】

按：慕巢爲楊汝士字，舊唐書一七六、新唐書一七五均有傳，繼之爲楊嗣復字，舊唐書一七六、新唐書一七四均有傳。文宗紀，大和九年（八三五）二月，楊嗣復自東川移鎮西川，替段文昌。開成元年（八三六）十二月，以楊汝士爲東川節度使。至二年（八三七）十月，則李固言出爲西川矣。此詩自是開成二年（八三七）之春所作。故白集中同夢得寄和東西川二楊尚書詩云：「龍節對持真可愛，雁行相接更堪誇。兩川風景同三月，千里江山屬一家，魯衛定知聯氣色，潘楊亦覺有光華。應憐洛下分司伴，冷宴閒遊老看花。」汝士爲居易妻兄，居易同州之授，即替汝士，而禹錫同州之授又替居易。

秋中暑退贈樂天

暑服宜秋著，清琴入夜彈。人情皆向菊，風意欲摧蘭。歲稔貧心泰，天涼病體安。相逢取次第，卻甚少年歡。

【校】

〔歲稔〕崇本稔作念，是字壞。

和樂天洛下雪中宴集寄汴州李尚書

洛城無事足杯盤，風雪相和歲欲闌。樹上因依見寒鳥，座中收拾盡閒官。笙歌要請頻何爽，笑語忘機拙更歡。遥想兔園今日會，瓊林滿眼映旂竿。

【箋證】

按：李尚書謂李紳，舊唐書一七三、新唐書一八一均有傳。傳云：「開成元年六月，檢校户部尚書、汴州刺史、宣武節度、宋亳汴潁觀察等使。武宗紀：開成五年（八四〇）九月，以宣武節度使、檢校吏部尚書、汴州刺史李紳代德裕鎮淮南。是紳在汴州凡歷四冬，禹錫皆在洛陽。白集有洛下雪中頻與劉李二賓客宴集因寄李尚書詩云：「水南水北總紛紛，雪裏歡遊莫厭頻。日日暗來唯老病，年年少去是交親。碧氈帳暖梅花濕，紅燎爐香竹葉春。今日鄒枚俱在洛，梁園置酒召何人？」此詩似開成二年（八三七）冬作，據白集開成二年（八三七）禊集詩，太子賓客爲李仍叔、劉禹錫。

喜遇劉二十八偶書兩韻聯句 裴度

病來佳興少，老去舊遊稀。笑語縱横作，杯觴絡繹飛。度。清談如水玉，逸韻貫珠璣。高位當金鉉，虚懷似布衣。禹錫。已容狂取樂，仍任醉忘機。捨眷將何適，留歡便是歸。居易。鳳儀常欲附，蚊力自知微。願假樽罍末，膺門自此依。紳。

【校】

〔水玉〕紹本水作冰，非。

【箋證】

按：以下數首皆裴度首唱聯句。此詩聯句者尚有白居易、李紳及禹錫。據李紳本傳，大和九年（八三五），李訓用事，李宗閔復相，與李訓、鄭注連衡排擯，德裕罷相，紳與德裕俱以太子賓客分司，度則爲東都留守也。

劉二十八自汝赴左馮途經洛中相見聯句 裴度

不歸丹掖去，銅竹漫云云。唯喜因過我，須知未賀君。度。詩聞安石詠，香見令公熏。欲首函關路，來披緱嶺雲。居易。貂蟬公獨步，鴛鷺我同羣。插羽先飛酒，交鋒便戰文。紳。鎮嵩知表德，定鼎爲銘勳。顧鄙容商洛，徵歡候汝墳。禹錫。頻年多謔浪，此夕任喧紛。故態猶應在，行期永要聞。度。遊藩榮已久，捧袂惜將分。詎厭杯行疾，唯愁日向曛。居易。窮陰初莽蒼，離思漸氤氳。殘雪午橋岸，斜陽伊水濆。紳。上謨尊右掖，全略静東軍。萬頃徒稱量，滄溟詎有垠？禹錫。

【校】

〔題〕崇本無相見二字。

〔頻年〕紹本頻作頃，崇本作領，非。

〔永要〕紹本、崇本、全唐詩永均作未。

【箋證】

按：此詩聯句四人與前詩同。禹錫以大和九年（八三五）十月除同州刺史，過洛當在十一月間，故李紳句云「殘雪午橋岸」，紳時以賓客分司正在洛也。

又按：宋長白柳亭詩話云：「蘇頲長春宮詩：赫赫惟元后，經營自左馮。」鄭谷上狄右丞詩：「昔歲曾投贄，關河在左馮。」亦如以河南尹爲河尹也。馮讀如字，不作平音。白樂天有「左馮雖穩我慵來」之句，劉禹錫有自左馮歸洛下詩。

予自到洛中與樂天爲文酒之會時時構詠樂不可支則慨然共憶夢得而夢得亦分司至此歡愜可知因爲聯句

裴度

成周文酒會，吾友勝鄒枚。唯憶劉夫子，而今又到來。度。欲迎先倒屣，入座便傾杯。飲許伯倫右，詩推公幹才。並以本事。居易。久曾聆郢唱，重喜上燕臺。晝話牆陰轉，宵歡斗柄迴。禹錫。新聲還共聽，故態復相咍。遇物皆先賞，從花半未開。度。起時烏帽側，散處玉山頹。墨客喧東閣，文星犯上台。居易。詠吟君稱首，疏放我爲魁。憶戴何勞訪？指夢得，夢得分司而來。留髠不用猜。宴席上老夫蹔起，樂天堅坐不動。度。奉觴承麴糵，落筆捧瓊瑰。醉弁無妨側，詞鋒不可摧。此兩韻美令公也。居易。水軒看翡翠，石徑踐莓苔。童子能騎竹，佳人解詠梅。陪遊南宅之境。禹錫。洛中三可矣，鄴下七悠哉。自向風光急，不須絃管催。度。樂觀魚踊躍，閒愛鶴徘徊。煙柳青凝黛，波萍綠撥醅。居易。春榆初改火，律管又飛灰。紅藥多遲發，碧松宜亂栽。禹錫。馬嘶駝陌上，鷁泛鳳城隈。色色時堪惜，些些病莫推。度。洄流尋軋軋，餘刃轉恢恢。從此知心伏，無因敢自媒。禹錫。室隨親客入，席許舊寮陪。逸興嵇將阮，交情陳與雷。

此二句屬夢得也。居易。洪鑪思哲匠，大厦要羣材。他日登龍路，應知免曝顋。禹錫。

【校】

〔題〕崇本無而夢得三字。紹本、崇本構均作搆。疑以避宋高宗名而改。

〔入座〕紹本、崇本、全唐詩入均作亦，非。

〔伯倫右〕紹本、崇本右均作户。

〔堅坐不動〕紹本、崇本、全唐詩堅均作密，動下有足字。

〔七悠哉〕崇本七作士。

〔時堪惜〕紹本、崇本時均作事。

【注】

〔洛中三〕按洛中三似指賓客分司在洛者三人，鄴下七，則指所謂建安七子也。

〔陳與雷〕陳重少與同郡雷義爲友，鄉里爲之語曰：「膠漆自謂堅，不如雷與陳。」見後漢書獨行傳。後世因以雷陳喻友誼之篤。

〔曝顋〕南史何敬容傳：曝鰓之魚，不念杯酌之水。雲霄之翼，豈顧籠樊之糧。辛氏三秦記：河津一名龍門，大魚集龍門下數千不得上，上者爲龍，不上者魚也。故曰曝顋龍門。

【箋證】按：此詩聯句者，祇三人，無李紳。禹錫句有「春榆」「紅葉」等語，似是開成三年（八三八）禹錫以賓客分司到洛之第二春所作。

洛中早春贈樂天

漠漠復靄靄，半晴將半陰。春來自何處？無迹日以深。韶嫩冰後水，輕盈煙際林。藤生欲有託，柳弱不自任。花意已含蓄，鳥言尚沈吟。期君當此時，與我恣追尋。翻愁爛熳後，春暮卻傷心。

【箋證】按：白集有和夢得洛中早春見贈七韻云：「衆皆賞春色，君獨憐春意。春意竟如何，老夫知此味。燭餘減夜漏，衾暖添朝睡。恬和臺上風，虛潤池邊地。開遲花養豔，語懶鶯含思。似訝隔年齋，如勸迎春醉。何日同宴遊，心期二月二。」此當是本卷開成三年（八三八）初春第一首詩。

和樂天宴李周美中丞宅池上賞櫻桃花

櫻桃千萬枝，照耀如雪天。王孫宴其下，隔水疑神仙。宿露發清香，初陽動暄妍。妖姬滿髻插，酒客折枝傳。同此賞芳月，幾人有華筵？杯行勿遽辭，好醉過三年。

【校】

〔周美〕按：白居易集作美周。

〔芳月〕全唐詩月下注云：一作日。

〔過三年〕紹本、崇本、全唐詩過均作逸。

【箋證】

按：李周美謂李仍叔。郎官石柱題名考一七輯李仍叔事跡云：「新表：蜀王房宗正卿李栻子仍叔，字周美，初名章甫。宗正卿。前定録：陳彦博以元和五年（八一〇）崔樞下及第，上二人李顧行、李仍叔。白居易李石可左補闕李仍叔可右補闕制：朕詔丞相求方略忠讜之士置于左右，而播等以石暨仍叔應詔，言其爲人厚實謇直，常以文行謀畫客于幕府之間，臨事敢言，當官能守，可使束帶，同升諸朝。」舊唐書李逢吉傳：「寶曆初，水部郎中李仍叔，宰相李程之族，謂刺史武昭曰：程欲與公官，但逢吉沮之。」（新唐書略同，又云，坐武昭事貶道州司馬。）白居易有開成二年三月三日禊於洛濱留守裴令公召太子賓客李仍叔等一十五人合宴舟中詩。

又按：白集有櫻桃花下有感而作詩原注：「開成三年（八三八）春季，美周賓客南池者。」（按句有脱誤）詩云：「藹藹美周宅，櫻繁春日斜。一爲洛下客，十見池上花。爛漫豈無意？爲君占年華。風光饒此樹，歌舞勝諸家。失盡白頭伴，長成紅粉娃。停杯兩相顧，堪喜亦堪嗟。」原注：「白頭伴、紅粉娃皆有所屬。」白頭伴似即指禹錫。美周二字當是白集誤倒。

和牛相公遊南莊醉後寓言戲贈樂天兼見示

城外園林初夏天，就中野趣在西偏。薔薇亂發多臨水，鸂鶒雙遊不避船。水底遠山雲似雪，橋邊平岸草如煙。白家唯有杯觴興，欲把頭盤打少年。

【箋證】

按：牛相公謂牛僧孺，舊唐書一七二、新唐書一七四均有傳。據傳，長慶三年（八二三），以户部侍郎拜同平章事。敬宗即位，出爲武昌軍節度使，大和三年（八二九），李宗閔輔政，屢薦僧孺有才，不宜居外，四年（八三〇）正月召還，守兵部尚書同平章事，六年十二月，出爲淮南節度使。開成二年（八三七）五月，加檢校司空、判東都尚書省東都留守，即替裴度也。此詩當是其就任留守後次年之初夏所作。南莊即次首所稱南墅也。

又按：前人之評此詩者，王夫之唐詩評選云：「腹頷兩聯七言勝境。結亦與樂府相表裏。唐七言律如此首者不能十首以上，乃一向湮没，總爲皎然一項人以烏豆换睛也，一歎。」按：此詩中兩聯云：「薔薇亂發多臨水，鸂鶒雙遊不避船。水底遠山雲似雪，橋邊平岸草如煙。」水字重出，於律未細。然古人不以爲嫌。

思黯南墅賞牡丹花

偶然相遇人間世，合在增城阿姥家。有此傾城好顏色，天教晚發賽諸花。

【校】

〔題〕絶句作賞牡丹，全唐詩無花字。

樂天少傅五月長齋廣延緇徒謝絶文友坐成睽閒因以戲之

五月長齋戒，深居絶送迎。不離通德里，便是法王城。舉目皆僧事，全家少俗情。精修無上道，結念未來生。賓閣田衣占，書堂信鼓鳴。戲童爲塔象，啼鳥學經聲。黍用青菰角，葵承玉露烹。馬家供薏苡，劉氏餉蕪菁。暗網籠歌扇，流塵晦酒鐺。不知何次道，作佛幾時成？

【校】

〔題〕紹本五月作一月。

〔田衣〕結一本田作緇，當依各本改。

〔菰角〕全唐詩菰下注云：一作蒲。

【注】

〔田衣〕釋氏要覽：僧祇律云：佛住王舍城，帝釋窟前經行，見稻田畦畔分明，語阿難言，過去諸佛衣相如是，從今依此作衣相。

〔薏苡〕後漢書馬援傳：援在交趾，嘗餌薏苡實，用能輕身省慾，以勝瘴氣。南方薏苡實大，援欲以爲種。軍還，載之一車，時人以爲南土珍怪，權貴皆望之。及卒，後有上書譖之者，以爲前所載還皆明珠文犀，帝益怒。

〔蕪菁〕三國志蜀志先主傳注：曹公數遣親近，密覘諸將，備時閉門種蕪菁。使人闚門。既去，備謂關張曰：吾豈種菜者乎？

〔何次道〕晉書何充傳：充字次道，性好釋典，崇修佛寺，供給沙門以百數。

【箋證】

按：白集有酬夢得以予五月長齋延僧徒絶親友見戲十韻云：「賓客懶逢迎，翛然池館清。簷閑空燕語，林静未蟬鳴。葷血還休食，杯觴亦罷傾。三春多放逸，五月暫修行。香印朝煙細，紗燈夕餤明。交遊諸長老，師事古先生。禪後心彌寂，齋來體更輕。不唯忘肉味，兼擬滅風情。蒙以聲聞待，難將戲論争。虛空若有佛，靈運恐先成。」

樂天池館夏景方妍白蓮初開綵舟空泊唯邀緇侶因以戲之

池館今正好，主人何寂然？白蓮方出水，碧樹未鳴蟬。静室宵聞磬，齋厨晚絶煙。番僧如共載，應不是神仙。

【校】

〔番僧〕紹本、崇本番均作蕃。

【箋證】

按：白集池上篇云：「罷蘇州刺史時得太湖石、白蓮、折腰菱、青板舫以歸。……每至池風春，池月秋，水香蓮開之旦，露清鶴唳之夕……靈鶴怪石，紫菱白蓮，皆吾所好，盡在我前。」此詩所云「白蓮」「綵舟」，皆實事也。

酬樂天晚夏閑居欲相訪先以詩見貽

池榭堪臨泛，翛然散鬱陶。步因驅鶴緩，吟爲聽蟬高。林密添新竹，枝低縋晚桃。酒醅晴易熟，藥圃夏頻薅。老是班行舊，閒爲鄉里豪。經過更何處？風景屬吾曹。

【校】

〔易熟〕紹本、崇本熟均作埶。

【箋證】

按：白集晚夏閒居絶無賓客欲尋夢得先寄此詩云：「魚筍朝餐飽，蕉紗暑服輕。欲爲窗下寢，先傍水邊行。晴引鶴雙舞，秋生蟬一聲。無人解相訪，有酒共誰傾？老更諳時事，閒多見物情。只應劉與白，二叟自相迎。」

酬樂天感秋涼見寄

庭晚初辨色，林秋微有聲。槿衰猶强笑，蓮迥卻多情。簷燕歸心動，鞲鷹俊氣生。閒人占閒景，酒熟且同傾。

樂天以愚相訪沽酒致歡因成七言聊以奉答

少年曾醉酒旗下，同輩黄衣頷亦黄。蹴蹋青雲尋入仕，蕭條白髮且飛觴。今徵古事歡生雅，客喚閒人興任狂。猶勝獨居荒草院，蟬聲聽盡到寒螿。

【校】

〔今徵〕紹本、崇本、全唐詩今作令，是。

〔任狂〕紹本、崇本任作在。

【注】

〔頷亦黄〕北史崔㥄傳：神武葬後，㥄又竊言：「黄頷小兒堪當重任不？」暹外兄李慎以告暹。暹啓文襄，絶㥄朝謁。㥄要拜道左。文襄發怒曰：「黄頷兒何足拜也！」

【箋證】

按：白集與夢得沽酒閒飲且約後期詩云：「少時猶不憂生計，老去誰能惜酒錢？共把十千沽一斗，相看七十欠三年。閒徵稚子窮經史，醉聽清吟勝管絃。更待菊黄家醖熟，共君一醉一陶然。」開成三年（八三八），白、劉皆六十七歲，故云。

秋晚新晴夜月如練有懷樂天

雨歇晚霞明，風調夜景清。月高微暈散，雲薄細鱗生。露草百蟲思，秋林千葉聲。相望一步地，脈脈萬重情。

【箋證】

按：白集酬夢得暮秋晴夜對月相憶詩云：「霽月光如練，盈庭復滿池。秋深無熱後，夜淺未寒時。露葉團荒菊，風枝落病梨。相思懶相訪，應是各年衰。」禹錫詩云「相望一步地」，自是同在洛陽時作。

和思黯南莊見示

丞相新家伊水頭，智囊心匠日增修。化成池沼無痕迹，奔走清波不自由。臺上看山徐舉酒，潭中見月漫迴舟。從來天下推尤物，合屬人間第一流。

【校】

〔題〕紹本、崇本、全唐詩南上均有憶字。

【箋證】

按：思黯爲牛僧孺字，白、劉皆以字稱之，以其年輩較後也。白集奉和思黯自題南莊見示兼呈夢得云：「謝家别墅最新奇，山展屏風花夾籬。曉月漸沉橋脚底，晨光初照屋梁時。臺頭有酒鶯呼客，水面無塵鳳洗池。除卻吟詩兩閒客，此中情狀更誰知？」即指此詩。又早春憶遊思黯南莊因寄長句云：「南莊勝處心常憶，借問軒車早晚遊。美酒難忘竹廊下，好風争奈柳橋頭。冰消見水多於地，雪霽看山盡入樓。若待春深始同賞，鶯殘花落卻堪愁。」並可略見其結構。禹錫詩所謂「智囊心匠日增修」也。唐時貴官役志於園林第宅如此。

同留守王僕射各賦春中一物從一韻至七

鶯，能語，多情。春將半，天欲明。始逢南陌，復集東城。林疏時見影，花密但聞聲。營中緣催短笛，樓上來定哀箏。千門萬户垂楊裏，百囀如簧煙景晴。

【箋證】

按：牛僧孺本傳，開成四年（八三九）八月後出爲山南東道節度使，以上各詩皆在此以前所作。王僕射謂王起，據起傳，開成五年（八四〇），文宗山陵畢，起檢校左僕射、東都留守，判東都尚書事，蓋即替僧孺，則此詩之作當在會昌元年（八四一）之春矣。

又按：前人之評此詩者，宋長白柳亭詩話云：「劉夢得一七字會詠鶯云：千門萬户垂楊裏，百囀如簧煙景清。雖用經語，卻從風景上描寫。章楓山禁中聞鶯曰：東風空費如簧舌，不道朝廷有鳳儀。下一舌字便刻入一層。」其實：禹錫詩自是唐人蘊藉之風，不得與後人之詩相提並論。

和樂天春詞依憶江南曲拍爲句

春去也，多謝洛城人。弱柳從風疑舉袂，叢蘭裛露似霑巾。獨坐亦含嚬。

【校】

〔次首〕全唐詩有次首云：「春過也，笑惜豔陽年，猶有桃花流水上，無辭竹葉醉尊前。惟待見青天。」

【箋證】

按：白原作憶江南詞三首注云：此曲亦名謝秋娘，每首五句。其一云：「江南好，風景舊曾諳。日出江花紅勝火，春來江水緑如藍。能不憶江南？」其二云：「江南憶，最憶是杭州。山寺月中尋桂子，郡亭枕上看潮頭。何日更重遊？」其三云：「江南憶，其次憶吴宫。吴酒一杯春竹葉，吴娃雙舞醉芙蓉。早晚復相逢！」白、劉創爲此曲，遂爲小令濫觴。

又按：樂府詩題又載一首云：「春過也，共惜豔陽年。猶有桃花流水上，無辭竹葉醉樽前。惟待見青天。」似非禹錫手筆。

謝樂天聞新蟬見贈

碧樹有蟬後，煙雲改容光。瑟然引秋風，芳草日夜黄。夾道喧古槐，臨池思垂楊。離人下憶淚，忠士激剛腸。昔聞阻山川，今聽同匡牀。人情便所遇，音韻豈殊常？因之比笙竽，送我遊醉鄉。

【校】

〔題〕紹本、全唐詩謝均作訓。

〔有蟬〕全唐詩有作鳴。

〔芳草〕紹本缺芳字。

〔忠士〕紹本、崇本、全唐詩忠均作志，似是。

【箋證】

按：白集有開成二年夏聞新蟬贈夢得詩，原注：「十年來常與夢得索居。同在洛下，每聞蟬多有寄答。今喜以此篇唱之。」（按語有脱誤）詩云：「十載與君别，常感新蟬鳴。今年共君聽，同在洛陽城。噪處知林静，聞時覺景清。涼風忽嫋嫋，秋思先秋生。殘槿花邊立，老槐陰下行。雖無索居恨，還動長年情。且喜未聾耳，年年聞此聲。」禹錫大和五年（八三一）冬赴蘇州過洛陽與居易别後，至開成二年（八三七），不過七年，云十年者舉成數耳。此詩當編在寄和東川楊尚書慕巢詩之後。

新秋對月寄樂天

月露發光彩，此時方見秋。夜涼金氣應，天静火星流。蛩響偏依井，螢飛直過樓。相知盡白首，清景復追遊。

【校】

〔復追〕紹本、崇本復均作設。

【箋證】

按：白集酬夢得早秋夜對月見寄詩云：「吾衰寡情趣，君病懶經過。其奈西樓上，新秋明月何！庭蕪凄白露，池色澹金波。況是初長夜，東城砧杵多。」居易所居履道坊在東都長夏門東第四街，故有東城之語。

酬樂天小臺晚坐見憶

小臺堪遠望，獨上清秋時。有酒無人勸，看山祇自知。幽禽囀新竹，孤蓮落静池。高門勿遽掩，好客無前期。

【校】

〔人勸〕結一本勸作歡，誤。

〔新竹〕紹本、崇本新作深。

【箋證】

按：白集小臺晚坐憶夢得詩云：「汲泉灑小臺，臺上無纖埃。解帶面西坐，輕襟隨風開。晚涼閑興動，憶同傾一杯。月明候柴户，藜杖何時來？」

早秋雨後寄樂天

夜雲起河漢，朝雨灑高林。梧葉先風落，草蟲迎溼吟。簟涼扇恩薄，室静琴思深。且喜炎前别，安能懷月陰。

【校】

〔扇恩〕結一本扇作府，誤。

〔炎前〕紹本、崇本炎均作火。

〔月陰〕紹本、崇本、全唐詩月均作寸。

和樂天秋涼閑卧

暑退人體輕，雨餘天色改。荷珠貫索斷，竹粉殘妝在。高僧掃室請，逸客登樓待。槐柳漸蕭疏，開門少光彩。

【校】

〔開門〕紹本、崇本、全唐詩開均作閒。

【箋證】

按：原作云：「殘暑晝猶長，早涼秋尚嫩。露荷散清香，風竹含疎韻。幽閒竟日卧，衰病無人問。薄暮宅門前，槐花深一寸。」是唐人仄韻律體，唐人和答之詩無不依其體，但不必同其韻。

秋晚病中樂天以詩見問力疾奉酬

耳虛多聽遠，展轉晨雞鳴。一室背燈卧，中夜拂葉聲。蘭芳經雨散，鶴病得秋輕。肯躡衡門草，唯應是友生。

【校】

〔燈卧〕紹本燈作爐。

〔中夜〕紹本、崇本夜均作庭，全唐詩作宵。

〔拂葉〕紹本、崇本、全唐詩拂均作掃。

〔雨散〕紹本、崇本、全唐詩散均作敗。

〔肯躡〕結一本肯作音，誤。

【箋證】

按：白集夢得卧病攜酒相尋先以此寄詩云：「病來知少客，誰可以爲娱？日晏開門未？秋寒有酒無？自宜相慰問，何必待招呼。小疾無妨飲，還須挈一壺。」未知所酬即此詩否。

和樂天燒藥不成命酒獨醉

九轉欲成就，百神應主持。嬰啼鼎上去，老貌鏡前悲。卻顧空丹竈，迴心向酒卮。醺然耳熱後，暫似少年時。

【校】

〔應主〕紹本、崇本應均作陰。

【箋證】

按：原作云：「白髮逢秋王，丹砂見火空。不能留姹女，争免作衰翁？賴有杯中緑，能爲面上紅。少年心不遠，只在半酣中。」

酬樂天詠老見示

人誰不顧老，老去有誰憐？身瘦帶頻減，髮稀帽自偏。廢書緣惜眼，多灸爲隨年。經事還諳事，閲人如閲川。細思皆幸矣，下此便翛然。莫道桑榆晚，爲霞尚滿天。

【校】

〔題〕紹本、全唐詩酬均作誚，崇本無酬字。

〔顧老〕紹本、崇本、全唐詩顧均作願。

〔帽自〕紹本、崇本、全唐詩帽均作冠。

〔下此〕紹本此作比。

〔爲霞〕全唐詩爲作微，注云：一作爲。

【箋證】

按：原作云：「與君俱老也，自問老何如。眼澀夜先卧，頭慵朝未梳。有時扶杖出，盡日閉門居。懶照新磨鏡，休看小字書。情於故人重，跡共少年疎。唯是閒談興，相逢尚有餘。」

又按：前人之評此詩者，瞿佑歸田詩話云：「劉夢得初自嶺外召還，賦看花詩云：玄都觀裏桃千樹，盡是劉郎去後栽。以是再黜。久之又賦詩云：種桃道士歸何處，前度劉郎今又來。譏刺并及君上矣。晚始得還，同輩零落殆盡，有詩云：昔年意氣壓羣英，幾度朝回一字行。二十年來零落盡，兩人相遇洛陽城。又云：休唱貞元供奉曲，當時朝士已無多。又云：舊人唯有何戡在，更與殷勤唱渭城。蓋自德宗後，歷順、憲、穆、敬、文、武、宣凡八朝，暮年與裴、白優游緑野堂，有在人稱晚達、於樹似冬青之句。又云：莫道桑榆晚，爲霞尚滿天。其英邁之氣，老而不衰如此。」按：禹錫自朗州召還，非嶺外，卒於會昌初，亦不及宣宗朝，皆不考之過。謂英邁之氣老而不衰，則確論也。

又：胡震亨唐詩談叢云：劉禹錫播遷一生，晚年洛下閑廢，與緑野、香山諸老優游詩酒間，而精華不衰，一時以詩豪見推，公亦自有句云：莫道桑榆晚，爲霞尚滿天。蓋道其實也。公自貞元登第，歷順、憲、穆、敬、文、武凡七朝，同人彫落且盡，而靈光巋然獨存，造物者亦有以償其所不足矣。人生得如是何憾哉？」諸説與後村詩話略同。

歲夜詠懷

彌年不得意，新歲又如何？念昔同遊者，而今有幾多？以閒爲自在，將壽補蹉跎。春色無情故，幽居亦見過。

【箋證】

按：唐詩紀事四九：「盧貞和劉夢得歲夜詠懷云：文翰走天下，琴尊卧洛陽。貞元朝士盡，新歲一悲涼。名早緣才大，官遲爲壽長。時來知病已，莫歎步趨妨。」語意相應，自是和此詩。又按白集有詩題云：歲暮夜長病中燈下聞盧尹夜宴以詩戲之且爲來日張本也。詩云：「榮鬧興多嫌晝短，衰閑睡少覺明遲。當君秉燭銜盃夜，是我停燈服藥時。枕上愁吟堪發病，府中歡笑勝尋醫。明朝强出須謀樂，不泥平公更泥誰？」似亦爲此時所作。又牛僧孺樂天夢得有歲夜詩聊以奉和云：「惜歲歲將盡，少年應不知。淒涼數流輩，歡喜見孫兒。暗減一身力，潛添滿鬢絲。莫愁花笑老，花自幾多時。」僧孺以開成三年（八三八）九月徵拜左僕射，則此詩疑仍是開成三年（八三八）作。

元日樂天見過因舉酒爲賀

漸入有年數，喜逢新歲來。震方天籟動，寅位帝車迴。門巷埽殘雪，林園驚早梅。與君同甲子，壽酒讓先杯。

【箋證】

按：白集新歲贈夢得詩云：「暮齒忽將及，同心私自憐。漸衰宜減食，已喜更加年。紫綬行聯被，籃輿出比肩。與君同甲子，歲酒合誰先？」白詩編於開成三年（八三八），雖非和此詩，而禹錫必因有「歲酒合誰先」之句故答以「壽酒讓先杯」也。居易生於正月，故云。古時風俗，新年飲屠蘇酒自年少者始。見荆楚歲時記。

裴令公見示酬樂天寄奴買馬絶句斐然仰和且戲樂天

常奴安得似方回？争望追風絶足來。若把翠娥酬緑耳，始知天下有奇才。

【箋證】

按：白集酬裴令公贈馬相戲詩云：「安石風流無奈何！欲將赤驥換青娥。不辭便送東山去，臨老何人與唱歌！」

酬思黯代書見戲

官冷如漿病滿身，凌寒不易過天津。少年留守多情興，請待花時作主人。

【校】

〔題〕全唐詩注云一作：酬牛相見寄。

〔易過〕全唐詩過下注云：一作遇。

〔留守〕全唐詩守作取，注云：一作守。

【箋證】

按：牛僧孺以開成二年（八三七）五月任東都留守，次年九月徵拜左僕射，其與劉、白唱和皆在此一年中，此詩有凌寒語，恐仍是開成二年（八三七）冬作。

〔天津〕唐兩京城坊考五：東都跨洛水之橋曰天津橋，在皇城南門端門之南。

酬思黯見示小飲四韻

抛卻人間第一官，俗情驚怪我方安。兵符相印無心戀，洛水嵩雲恣意看。三足鼎中知味久，百尋竿上擲身難。追呼故舊連宵飲，直到天明興未闌。

【校】

〔恣意〕全唐詩注云：一作著。

【箋證】

按：牛僧孺自淮南除東都留守，雖未全去官，亦頗似以官爲隱。本傳云：「心居事外，不以細故介懷。洛都築第於歸仁里，任淮南時嘉木怪石置之階廷，館宇清華，木竹幽邃，常與詩人白居易吟詠其間，無復進取之懷。」此詩云：「三足鼎中知味久，百尋竿上擲身難。」即寫其心境。

酬樂天醉後狂吟十韻

來章有「移家住醉鄉」之句。

散誕人間樂，逍遥地上仙。詩家登逸品，釋氏悟真詮。制誥留臺閣，歌詞入管絃。處身於木雁，任世變桑田。吏隱情兼遂，儒玄道兩全。八關齋適罷，三雅興尤偏。文墨中年舊，松筠晚歲堅。魚書曾替代，香火有因緣。陸法和云：與梁元帝於空王寺佛前訂香火因緣。欲向醉鄉去，猶爲色界牽。好吹楊柳曲，爲我舞金鈿。

【校】

〔來章〕全唐詩此注作：來章有移家惟醉和之句。

〔訂香火〕紹本訂作有，崇本作結。

【箋證】

按：白集有題云：「分司洛中多暇，數與諸客宴遊，醉後狂吟，偶成十韻，因招夢得賓客，兼呈思黯奇章公。」詩云：「性與時相遠，身將世兩忘。寄名朝士籍，寓興少年場。老豈無談笑？貧猶有酒漿。隨時來伴侶，逐日用風光。數數遊何爽，些些病未妨。天教榮啓樂，人恕接輿狂。改業爲逋客，移家住醉鄉。不論招夢得，兼擬誘奇章。要路風波險，權門市井忙。世間無可戀，不是不思量。」此詩正答其招邀之意。據「八關齋適罷」之語，必作於六月間，以居易多於五月持齋也。似在開成二年（八三七）。

酬牛相公獨飲偶醉寓言見示

宫漏夜丁丁，千門閉霜月。華堂列紅燭，絲管静中發。歌眉低有思，舞體輕無骨。主人啓酡顔，酣暢浹肌髮。猶思城外客，阡陌不可越。春意日夕深，此歡無斷絕。

【校】

〔肌髮〕崇本肌作映，誤。

〔酡顔〕崇本酡作駝，誤。

【箋證】

按：白集有題云和思黯居守獨飲偶醉見示六韻時夢得和篇先成頗爲麗絶因添兩韻繼而美之，詩云：「宫漏滴漸闌，城烏啼復歇。此時若不醉，争奈千門月？主人中夜起，妓燭前羅列。歌袂默收聲，舞鬟低赴節。絃吟玉柱品，酒透金杯熱。朱顔忽已酡，清奏猶未闋。妍詞黯先唱，逸韻劉繼發。鏗然雙雅音，金石相磨戛。」僧孺任東都留守在開成二、三（八三七、八三八）年間，此時有「春意日夕深」之語，自是三年（八三八）春所作。蓋留守宿於闕下，不能召城外之客，故有獨飲之作。

和僕射牛相公春日閑坐見懷

官曹崇重難頻入，第宅清閒且獨行。階蟻相逢如偶語，園蜂速去恐違程。人於紅藥唯看色，鶯到垂楊不惜聲。東洛池臺怨抛擲，移文非久會應成。

【校】

〔違程〕全唐詩違下注云：一作遲。

〔唯看色〕全唐詩注云：一作偏憐色。

【箋證】

按：此詩以僕射稱牛僧孺，蓋是開成四年（八三九）僧孺官左僕射時。方是時宰相中楊嗣復、李珏力援李宗閔之黨，與鄭覃、陳夷行動相齮齕，争端已兆矣。通鑑二四六載開成三年（八三八）及四年（八三九）中之事云：「楊嗣復欲援進李宗閔，恐爲鄭覃所沮，乃先令宦官諷上，上臨朝，謂宰相曰：宗閔積年在外，宜與一官。鄭覃曰：陛下若憐宗閔之遠，止可移近北數百里，不宜再用，用之臣請先避位。陳夷行曰：宗閔向以朋黨亂政，陛下何愛此纖人？楊嗣復曰：事貴得中，不可但徇愛憎。上曰：可與一州，覃曰：與州太優，止可洪州司馬耳。因與嗣復互相詆訐以爲黨。上曰：與一州無傷。覃等退，上謂起居郎周敬復、舍人魏謩曰：宰相諠争如此可乎？對曰：誠爲不可，然覃等盡忠，憤激不自覺耳。丁酉，以衡州司馬李宗閔爲杭州刺史。李固言與楊嗣復、李珏善，故引居大政，以排鄭覃、陳夷行，每議政之際，是非鋒起，上不能決也。」「上稱判度支杜悰之才，楊嗣復、李珏因請除悰户部尚書。陳夷行曰：恩旨當自上出，自古失其國，未始不由權在臣下也。珏曰：陛下嘗語臣云：人主當擇宰相，不當疑宰相。五月丁亥，上與宰相論政事，陳夷行復言不宜使威福在下。李珏曰：夷行意疑宰相中有弄陛下威權者耳。臣屢求退，苟得王傅，臣之幸也。鄭覃曰：陛下開成元年二年（八三六、八三七）政事殊美，三年四年（八三八、八三九）漸不如前。楊嗣復曰：元年二年鄭覃、夷行用事，三年四年臣與李珏同之，罪皆在臣。因叩頭曰：臣不敢再入中書。遂趨出。上遣使召還，勞之曰：鄭覃失言，卿何遽爾！覃起謝曰：臣愚拙，意亦不屬嗣復，而遽如是，乃嗣復不容臣耳。嗣復曰：覃言政事一年不如一年，非獨臣應得罪，亦上累聖德。退，三上表辭位，上遣中使召出之。癸巳，始入朝，丙申，門下侍郎同平章事鄭覃罷爲右僕射，陳夷行罷爲吏部侍郎。覃性清儉，夷行亦耿介，故嗣復等深疾之。」僧孺之召，必楊、李欲引之復相而未果，故作是詩以自明其無意復争權位耳。原詩雖未見，據題中「春日閑坐」四字略可窺知其意。至五月而鄭、陳罷矣。禹錫當已備知其故，故以「階蟻相逢如偶語」及「鶯到垂楊不惜聲」寓朋黨之交搆，而以「東洛池臺怨抛擲」諷其勿陷入黨争也。

又按：前人之評此詩者，王夫之唐詩評選云：「夢得深于影刺，此亦謗史也。鶯到垂楊不惜聲，情語無雙。」王氏於劉詩所得甚深，此聯在唐人集中殊罕其比，王氏拈出，足徵卓識。特須更以是年史事爲佐證，方得洞悉其衷曲耳。

牛相公見示新什謹依本韻次用以抒下情

劇韻新篇至，因難始有能。雨天龍變化，晴日鳳鶱騰。遊海驚何極？聞韶素不曾。愜心時拊髀，擊節自麾肱。符彩添隃墨，波瀾起剡藤。揀金光熠熠，累璧勢層層。珠媚多藏賈，花撩欲定僧。封來真寶物，寄與愧文朋。已老無時疾，時洛中時癘多傷少年。長貧望歲登。雀羅秋寂寂，蟲翅曉薨薨。羸驥方辭絆，虛舟已絶絚。榮華甘死別，健羨亦生憎。玉柱琤瑽韻，金觥雹凸棱。何時良宴會？促膝對華燈。

【校】

〔題〕本韻，崇本無本字。

〔有能〕紹本、崇本有均作見。

〔隃墨〕結一本隃作渝，誤。

〔累璧〕紹本、崇本璧均作壁。

〔文朋〕紹本、全唐詩文均作交。

秋霖即事聯句三十韻

蕭索窮秋月，蒼茫苦雨天。泄雲生棟上，行潦入庭前。居易送上僕射。苔色侵三徑，波聲想五絃。井蛙爭入户，轍鮒亂歸泉。起送上中丞大監。高霤愁晨坐，空階驚夜眠。鶴鳴猶未已，蟻穴亦頻遷。禹錫送上少傅侍郎。散漫疏還密，空濛斷又連。竹霑青玉潤，荷滴白珠圓。居易。地溼灰蛾滅，池添水馬憐。有苗霑霢霂，無月弄潺湲。起。

籬菊潛開秀，園蔬已罷鮮。斷行隨雁翅，孤嘯聳鳶肩。禹錫。橋柱黏黃菌，牆衣點緑錢。草荒行藥路，沙淀釣魚船。居易。長者車猶阻，高人榻且懸。此思劉君之來也。金烏何日見？玉爵幾時傳？起。近井桐先落，當簷石欲穿。趨風誠有戀，披霧邈無緣。禹錫以答懸榻之言。廩米陳生醭，庖薪溼起煙。鳴雞潛報曉，急景暗凋年。居易。蓋灑高松上，絲繁細柳邊。拂叢時起蝶，墜葉乍驚蟬。起。巾角皆爭墊，裙裾別似湔。人多蒙翠被，馬盡著連乾。禹錫。好客無來者，貧家但悄然。寒泥印鶴跡，漏壁絡蝸涎。居易。蚊聚雷侵室，鷗翻浪滿川。上樓愁冪冪，繞舍厭濺濺。起。律候今秋矣，歡娛久曠焉。但今高興在，晴後奉周旋。禹錫。

【校】

〔蒼茫〕紹本、崇本茫均作然。

〔驚夜〕紹本、崇本、全唐詩驚均作警。

〔又連〕全唐詩又作復。

〔灰蛾〕紹本、崇本均無蛾字，注云：逸一字。

〔隨雁〕紹本、崇本隨均作垂。

〔沙淀〕全唐詩淀作泛。

〔劉君〕紹本、崇本、全唐詩君均作白。

〔之言〕紹本、崇本言均作名，全唐詩作召。

〔別似〕紹本、崇本別作例。

〔盡著〕崇本著作看。

〔寒泥〕全唐詩寒作滛。

〔濺濺〕紹本、崇本作淺淺。

【箋證】

按：此首以下四首皆王起與白、劉聯句。起以開成五年（八四〇）檢校左僕射充東都留守，次年會昌元年即徵拜吏部尚書。聯句蓋作於開成五年之秋。僕射稱起，中丞大監稱禹錫，禹錫汝州、同州兩任刺史皆帶御史中丞，其除祕書監分司，本傳漏敍，據子劉子自傳與此詩正合。少傅侍郎則稱居易也。皆兼新舊官而稱之。

喜晴聯句

苦雨晴何喜？喜於未雨時。氣收雲物變，聲樂鳥烏知。居易送上僕射。蕙泛光風圃，蘭開皎月池。千峯分遠近，九陌好追隨。起送上尚書。白日開天路，玄陰卷地維。

餘清在林薄，新照入漣漪。禹錫。碧樹涼先落，青蕪溼更滋。曬毛經浴鶴，曳尾出泥龜。居易。舞去商羊速，飛來野馬遲。柱邊無潤礎，臺上有遊絲。起。橋淨行塵息，隄長禁柳垂。宮城開睥睨，觀闕麗罘罳。禹錫。洛水澄清鏡，嵩煙展翠帷。梁成虹乍見，市散蟻初移。居易。藉草風猶暖，攀條露已晞。屋穿添碧瓦，牆缺召金鎚。起。迴澈來雙目，昏煩去四支。霞文晚煥爛，星影夕參差。禹錫。爽助門庭肅，寒摧草木衰。黄乾向陽菊，紅洗得霜梨。居易。假蓋閒誰惜？彈絃燥更悲。散蹄良馬穩，炙背野人宜。起。洞户晨輝入，空庭宿霧披。推牀出書目，傾笥上衣椸。禹錫。道路行非阻，軒車望可期。無辭訪圭竇，且願見瓊枝。居易。山閣蓬萊客，古以祕書喻蓬萊。儲宫羽翼師。此言少傅。每憂陪麗句，何暇覿英姿？起以酬圭竇之言。翫景方搔首，懷人尚斂眉。因吟仲文什，高興盡於斯。禹錫。

【校】

〔城開〕紹本、崇本開均作明。

〔清鏡〕崇本、全唐詩鏡均作鎮。

〔蟻初〕結一本蟻作蟣，誤。全唐詩作蜃。

〔寒摧〕紹本、崇本摧均作催。

〔推牀〕紹本、崇本推均作堆，是。全唐詩牀作林。

〔書目〕崇本目作卷，紹本缺此字。

〔山閣〕紹本、崇本山均作仙。

〔每憂〕紹本、崇本、全唐詩憂均作優。

〔暇覿〕崇本覿作接，紹本缺此字。

【箋證】

按：此詩有「黃乾向陽菊，紅洗得霜梨」之句，當是繼前一首而作。王起句下云「起送上尚書」，次聯即禹錫之句，則禹錫此時已得尚書之命矣。參看次首會昌春連宴即事。

會昌春連宴即事

元年寒食日，上巳暮春天。雞黍三家會，鶯花二節連。居易。光風初淡蕩，美景漸暄妍。簪組蘭亭上，車輿曲水邊。禹錫。松聲添奏樂，草色助鋪筵。雀舫宜閒泛，螺杯任漫傳。起。園蔬香帶露，池柳暗藏煙。麗句輕珠玉，清談勝管絃。居易。陌喧金距鬭，樹動綵繩懸。姹女妝梳豔，遊童衣服鮮。禹錫。圃香知種蕙，池暖憶開蓮。怪石雲疑觸，夭桃火欲然。起。正歡唯恐散，雖醉未思眠。嘯傲人間世，追隨地上仙。

居易。燕來雙涏涏，雁去累翩翩。行樂真吾事，尋芳獨我先。禹錫。滯周慙太史，太史公留滯周南，今榮示慙古人矣。入洛繼先賢。此言劉、白聲價與二陸争長矣。昔恨多分手，今歡謬比肩。起。病猶陪宴飲，老更奉周旋。望重青雲客，情深白首年。居易。偏嘗珍饌後，許入畫堂前。舞袖翻紅炬，歌鬟插寶蟬。禹錫。斷金多感激，倚玉貴遷延。説史吞顔注，論詩笑鄭箋。起。松筠寒不變，膠漆冷彌堅。興伴王尋戴，謂隨僕射過尚書也。榮同隗在燕。居易自謂。擲盧誇使氣，刻燭鬬成篇。實藝皆三捷，虚名愧六聯。禹錫。興闌猶舉白，話静每思玄。更説歸時好，高亭月正圓。起。

【校】

〔題〕崇本下有聯句二字。

〔池柳〕紹本、崇本、全唐詩池均作廚。

〔涏涏〕全唐詩作涎涎，非。

〔獨我〕紹本缺獨字。

〔今榮示〕紹本、崇本、全唐詩示均作忝，是。

〔紅炬〕紹本炬作矩，誤。

〔高亭〕紹本、崇本作亭亭。

【箋證】

按：穆宗紀，長慶元年（八二一）三月勅，今年錢徽下及第進士鄭朗等一十四人，宜令中書舍人王起、主客郎中知制誥白居易等重試以聞。起與居易聯職舊交，故居易句中有「松筠」「膠漆」之語。禹錫則於起較漠漠矣。此詩居易稱隨僕射過尚書，與前一首喜晴聯句起對禹錫之稱謂同，禹錫又自謂「虛名愧六聯」，是禹錫於開成五年（八四〇）加檢校禮部尚書，在李德裕將入秉政之際，可補史傳之舛略。惟白集病中詩十五首序云：「開成己未歲（八三九），余蒲柳之年六十有八」，其第十五首題云歲暮呈思黯相公皇甫朗之及夢得尚書，開成己未爲四年，參稽王起對禹錫聯句中之稱謂，似開成五年（八四〇）之秋以前，禹錫尚未得檢校尚書之命，何以居易於四年（八三九）歲暮即稱禹錫爲尚書？不無可疑。參看外集卷六酬宣州崔大夫見寄詩箋證。

僕射來示有三春向晚四者難并之說誠哉是言輒引起題重爲聯句疲兵再戰勍敵難降下筆之時䩄然自哂走呈僕射兼簡尚書

三春今向晚，四者昔難并。借問低眉坐，何如攜手行？居易。舊遊多過隙，新宴且尋盟。鸚鵡杯須樂，麒麟閣未成。起。分陰當愛惜，遲景好逢迎。林野薰風起，樓臺縠雨晴。禹錫。牆低山半出，池廣水初平。橋轉長虹曲，舟迴小鷁輕。居易。殘花猶布繡，密竹自聞笙。欲過芳菲節，難忘宴會情。起。月輪行似箭，時物勢如傾。見雁隨兄去，聽鶯求友聲。禹錫。蕙長書帶展，菰嫩翦刀生。座密衣裳暖，堂虛絲管清。居易。峯巒侵碧落，草木近朱明。與點非沂水，陪膺是洛城。白嘗爲三川守，故云。起。撥醅爭綠酹，卧酪待朱櫻。幾處能留客？何人唤解酲？禹錫。舊儀尊右揆，新命寵春卿。有喜鵲頻語，無機鷗不驚。居易。青林思小隱，白雪仰芳名。訪舊殊千里，登高賴九城。起。酇侯司管鑰，疏傅傲簪纓。綸綍曾同掌，煙霄即上征。禹錫。册庭嘗接武，書殿忝連衡。蘭室春彌馥，松心晚更貞。居易。琴招翠羽下，釣掣紫鱗呈。只願迴烏景，誰能避兕觥？起。方知醉兀兀，應勝走營營。鳳閣鸞臺路，從他年少爭。居易更呈二公。

【校】

〔杯須〕紹本、崇本、全唐詩杯均作林，誤。

〔宴會〕紹本、崇本、全唐詩會均作慰。

〔勢如〕全唐詩勢作始。

〔兄去〕按：去字未知何字之誤。

〔解酲〕崇本酲作醒，誤。

〔九城〕按：城韻重。

〔釣掣〕全唐詩釣作鈎。

〔應勝〕全唐詩勝作是。

〔更呈〕紹本、崇本更均作送。

【箋證】

此首當入白集。起於開成五年（八四〇）之末始至東都，則此詩必作於會昌元年（八四一）之春。

樂天是月長齋鄙夫此時愁卧里閭非遠雲霧難披因以寄懷遂爲聯句所期解悶焉敢驚禪

五月長齋月，文心苦行心。蘭蕙不入户，薝蔔自成林。夢得。護戒先辭酒，嫌喧亦撤琴。塵埃賓位静，香火道場深。樂天。我静馴狂象，吾餘施衆禽。定知於佛佞，豈復向書淫？夢得。欄藥凋紅豔，庭槐换緑陰。風光徒滿目，雲霧未披襟。樂天。樹爲清涼倚，池因盥漱臨。蘋芳遭燕拂，蓮坼待蜂尋。夢得。舍下環流水，窗中列遠岑。

苔斑錢剥落，石怪玉嶔崟。樂天。鵲頂迎秋秃，鶯喉入夏瘖。柳絲垂色綫，棘刺露長鍼。夢得。散秩身猶幸，趨朝力不任。官將才共拙，年與病交侵。樂天。徇樂非時選，忘機似陸沈。鑒容稱四皓，捫腹有三壬。夢得。攜手慙連璧，同心許斷金。紫芝雖繼唱，前後各任賓客。白雪少知音。樂天。憶罷吴門守，相逢楚水潯。舟中頻曲宴，夜後各加斟。夢得。濁酒銷殘漏，紘聲間遠砧。酡顔舞長袖，密坐接華簪。樂天。持論峯巒峻，戰文矛戟森。夢得。笑言誠莫逆，造次必相箴。往事應如昨，餘歡迄至今。迎君常倒屣，訪我輒攜衾。樂天。陰魄初離畢，將有後雨。陽光正在參。五月之節。待公休一食，縱飲共狂吟。夢得。

【校】

〔文心〕結一本缺字，據全唐詩補。

〔我静〕崇本静作清，亦未是。

〔吾餘〕全唐詩吾作餐。

〔柳絲垂色綫〕全唐詩作緑楊垂嫩色。

〔棘刺〕全唐詩作綖棘。

〔將才〕紹本、崇本才作方。

〔共拙〕結一本拙作拱，誤。
〔濁酒〕紹本、崇本均作燭淚。
〔應如〕崇本應作渾，紹本作輒，非。
〔將有〕紹本、崇本、全唐詩將均作時，是。
〔後雨〕崇本二字乙，全唐詩作雨候。

【箋證】

按：此詩未能斷爲何年之作，然據注中前後各任賓客之語，似在禹錫未除祕書監以前，或即在是年。據詩中「陰魄初離畢」之句，亦似即在秋霖即事聯句前不久也。

劉禹錫集箋證外集卷第五

雜詩

答張侍御賈喜再登科後自洛赴上都贈別

又被時人寫姓名，春風引路入京城。知君憶得前身事，分付鶯花與後生。

【校】

〔題〕崇本無後字。

〔京城〕絶句城作塵，非。

【箋證】

按：再登科者，即子劉子自傳所云舉進士一幸而中試，間歲又以文登吏部取士科也。此時禹錫甫逾弱冠，爲集中最早年之作。詩云：「分付鶯花與後生」，以前輩待張賈也。

〔張侍御〕張賈有二，其一年輩稍前。郎官石柱考三，吏中有張賈。唐詩紀事：賈爲韋夏卿所知，後至達官，初以謫爲華州刺史。昌黎集五百家注本引眉山孫汝聽全解云：元和十二年（八一七）張賈初自兵部侍郎出爲華州刺史。褚藏言故國子司業贈給事中扶風竇府君詩序：貞元二年（七八六）舉進士，與故兵部侍郎張公賈等同年上第。又據新唐書一六二韋夏卿傳：所辟士如路隋、張賈、李景儉等至宰相達官。全唐詩小傳：張賈，弘靖之從姪。有和裴司空答張祕書贈馬詩。與禹錫之交游年輩相當，必此張賈也。又其一則略在後。文宗紀：開成二年（八三七）七月甲申，以太府卿張賈爲兗海觀察使。武宗紀：會昌三年（八四三）七月，宰相奏：聖旨欲遣張賈充使三鎮，臣等續更商量，張賈幹濟有才，甚諳軍中體勢，然性剛負氣，慮不安和。則殆非也。又按：本卷又有赴連州張員外賈以詩見贈率爾酬之一詩，則似賈先官御史，後至郎官。唐人自監察御史以上通稱侍御。賈既以貞元二年（七八六）登第，幾二十年方爲外郎，亦不得謂非淹滯。餘詳後。

和武中丞秋日寄懷簡諸寮故

退朝還公府，騎吹息繁音。吏散秋庭寂，鳥啼煙樹深。威生奉白簡，道勝外華簪。風物清遠目，功名懷寸陰。雲衢念前侶，彩翰寫沖襟。涼菊照幽院，敗荷攢碧潯。感時江海思，報國松筠心。空愧壽陵步，芳塵何處尋？

【校】

〔繁音〕全唐詩音作陰。

〔鳥啼〕紹本、全唐詩鳥均作烏。

〔清遠目〕紹本清作倩。

〔幽院〕紹本、崇本院均作援，全唐詩作徑。

【注】

〔白簡〕晉書傅咸傳：每有奏劾，或值日暮，捧白簡，整簪帶，竦踊不寐，坐而待旦。於是貴游懾伏，臺閣生風。

〔壽陵步〕莊子秋水：且子獨不聞夫壽陵餘子之學行於邯鄲與？未得國能，又失其故行矣，直匍匐而歸耳。

【箋證】

按：武中丞謂武元衡，其秋日臺中寄懷簡諸僚詩云：「憲府日多事，秋光照碧林。干雲巖翠合，布石地苔深。憂悔耿遐抱，塵埃緇素襟。物情牽跼促，友道曠招尋。頹節風霜變，流年芳景侵。池荷足幽氣，煙竹又繁陰。簪組赤墀戀，池魚滄海心。滌煩滯幽賞，永度瑶華音。」據元衡本傳，其拜御史中丞在貞元二十年（八〇四），禹錫方爲監察御史，詩當即爲是年之秋所作，用其體亦用其韻。禹錫早年之作，所存無多，其風格之雅雋已足掩同時諸詩流矣。

赴連州途經洛陽諸公置酒相送張員外賈以詩見贈率爾酬之

謫在三湘最遠州，邊鴻不到水南流。如今暫寄樽前笑，明日辭君步步愁。

【校】

〔遠州〕絕句州作洲。

【箋證】

按：禹錫以永貞元年（八〇五）貶連州刺史，中途再貶朗州司馬，其出京時固但知赴連州也。張員外自即第一首之張侍御。據前後數詩之次第，此詩自應爲永貞元年（八〇五）之赴連州，而非元和十年（八一五）之再赴連州。然本集卷二十傷我馬詞云：「予之獲譴於闕下，背商顔，趨昭丘」，其取道商州不經洛陽甚明，何以與此詩題之途經洛陽相抵觸？未詳其故。姑識以俟知者。

贈元九侍御文石枕以詩獎之

文章似錦氣如虹，宜薦華簪緑殿中。縱使真飈生旦夕，猶堪拂拭愈頭風。

【校】

〔真飈〕紹本、絶句真均作良，崇本作商，全唐詩作涼。

【箋證】

按：元九侍御謂元稹，已見本集卷二十、三十、外集卷一各篇。稹傳云：「拜監察御史，（元和）四年（八〇九），奉使東蜀，劾奏故劍南東川節度使嚴礪違制擅賦，又籍没塗山甫等吏民八十八户，田宅一百一十，奴婢二十七人，草一千五百束，錢七千貫。時礪已死，七州刺史皆責罰，稹雖舉職，而執政有與礪厚者，惡之，使還，令分務東臺。浙西觀察韓皐封杖決湖州安吉令孫澥，四日内死。徐州監軍使孟昇卒，節度使王沼傳送昇喪柩還京，給券乘驛，仍於郵舍安喪柩，稹並劾奏以法。河南尹房式爲不法事，稹欲追攝，擅令停務，既飛表聞奏，罰式一月俸，仍召稹還京，宿敷水驛，内官劉士元後至争廳，士元怒排其户，稹韈而走廳後，士元追之，以箠擊稹傷面，執政以稹少年後輩，務作威福，貶爲江陵府士曹參軍。」此稹貶官之由來，其酬翰林白學士代書一百韻詩所謂「使蜀常緜遠，分臺更嶮巇。匿姦勞發掘，破黨惡持疑」也。又據其泛江翫月詩序云：「予以元和五年（八一〇）自監察御史貶授江陵士曹掾。」此詩之作，必五年（八一〇）以後，九年（八一四）以前。以九年（八一四）稹已改唐州從事也。（見其酬樂天東南行詩注）禹錫與之同自臺官降謫，朗州又爲江陵巡屬，相去至近，故情尤親摯。

又按：釋皎然杼山集中有桃花石枕歌二首，其一送安吉康丞，序云：「安吉，古桃州也。今爲吴興右邑，士遐副焉。於南山獲桃花石，異而重之，珍於席上，士遐將赴京師，故即詩人以君所寶之物高歌贈行。」禹錫所贈文石枕蓋非湖州所産，必朗州所産，今桃源縣猶以産文石名，知唐時已重之矣。皎然又有花石長枕歌，以石爲枕，蓋唐時有此風。

酬元九侍御贈壁州鞭長句

碧玉孤根生在林，美人相贈比雙金。初開郢客緘封後，想見巴山冰雪深。多節本懷端直性，露青猶有歲寒心。何時策馬同歸去，關樹扶疏敲鐙吟。

【校】

〔題〕全唐詩州作竹。

【箋證】

按：元集有劉二十八以文石枕見贈仍題絶句以將厚意因持壁州鞭酬謝兼廣爲四韻詩云：「枕截文瓊珠綴篇，野人酬贈壁州鞭。用長時節君須策，泥醉風雲我要眠。歌眄彩霞臨藥竈，執陪仙仗引爐煙。張騫郤上知何日，隨會歸期是此年。」壁州鞭者，唐時人所貴，故朱慶餘送壁州劉使君詩亦云：「江分入峽路，山見採鞭人。」新唐書地理志，山南西道壁州土貢馬策。元稹時在江陵，蓋以路近得之。

又按：全唐文紀事一〇四引丹鉛摘録云：「柳宗元鞭賈云：市之鬻鞭者，人問之，其價值五千必曰五萬，復以五十則伏而笑之，以五百則小怒，以五千則大怒，必五萬而後可。此雖寓言，亦必因當時鞭價而立説也。然一鞭之值何至五萬？古今好尚不同如此。」此説足爲此詩参證，壁州鞭於後無聞矣。

和李六侍御文宣王廟釋奠作

歎息魯先師，生逢周室卑。有心律天道，無位救陵夷。歷聘不能用，領徒空爾爲。儒風正禮樂，旅象入蓍龜。西狩非其應，中都安足施？世衰由我賤，泣下爲人悲。遺教光文德，興王叶夢期。土田封後胤，冕服飾虚儀。鐘鼓膠庠薦，牲牢郡邑祠。聞君喟然歎，偏在上丁時。

【校】

〔旅象〕全唐詩旅下注云：一作旋，又作易。

【箋證】

按：李六侍御謂李景儉，已見本集卷二十三卧病聞常山旋師（略題）詩。據舊唐書一七一本傳云：「貞元末，韋執誼、王叔文東宫用事，尤重之，待以管、葛之才。叔文竊政，屬景儉居母喪，故不及從坐。韋夏卿留守東都，辟爲從事，竇羣爲御史中丞，引爲監察御史。羣以罪左遷，景儉坐貶江陵户曹。」景儉之貶江陵略先於元稹，故稹至江陵，景儉相與歎曲非常，屢見於稹之詩篇，江陵兩遷客，與禹錫皆同官同貶，宜其形迹相親也。此後元和九、十年（八一四、八一五）間之召還，亦蹤迹略同，故稹有留呈夢得子厚致用詩云：「泉溜才通疑夜磬，燒煙餘暖有春泥。千層玉帳鋪松蓋，五出銀區印虎蹄。暗落金烏山漸黑，深埋粉堠路偏迷。心知魏闕無多地，十二瓊樓百里西。」此蓋稹先到距長安不遠之地，留詩以待後來之劉、柳、李三人，時在元和九年（八一四）之冬暮，故所寫爲雪景也。景儉字致用，見柳集獨孤甲叔墓碣，舊唐書景儉傳則云字寬中，恐有兩字。猶呂温之字化光又字和叔也。

又按：禹錫素不以祀孔之虚文爲然。本集卷二十奏記丞相府論學事即云：「今之膠庠不聞絃歌，而室廬圮廢，生徒衰少，非學官不能振舉也，病無貲財以給其用。……與其煩於舊饗，孰若行其教道？今夫子之教日頽廢，而以非禮之祀媚之，斯儒者所宜憤悱也。」此詩云：「冕服飾虚儀」，又云：「牲牢郡邑祠」，皆謂此矣。

敬酬徹公見寄二首

淒涼沃州僧，憔悴柴桑宰。別來二十年，唯餘兩心在。

越江千里鏡，越嶺四時雪。中有逍遥人，夜深觀水月。

【校】

〔題〕絶句徹作微，全唐詩作微，注云：一作徹。

【箋證】

按：徹公當即靈澈，據本集卷十九澈上人文集紀，靈澈以元和十一年（八一六）終於宣州，禹錫方在連州，故以柴桑宰自喻。白居易有讀靈徹詩云：「東林寺裏西廊下，石片鐫題數首詩。言句怪來還校別，看名知是老湯師。」其時靈澈或尚在，然距其歿殆不遠矣。沃州僧解見澈上人文集紀。

酬元九院長自江陵見寄

無事尋花至仙境，等閒栽樹比封君。金門通籍真多士，黄紙除書每日聞。

【校】

〔多士〕絶句士作事。

【箋證】

按：此詩當是元稹初貶江陵時，互以相慰。「無事尋花」禹錫自謂來桃源，「等閒栽樹」喻稹之謫居荆州，「金門通籍」指新進之多，「黄紙除書」指遷擢之速，意頗憤激。二人皆曾官監察御史，故以院長相稱。

〔江陵〕李商隱詩：「江陵從種橘。」馮浩注：「史記貨殖傳：江陵千樹橘。吴志孫亮傳注：丹陽太守李衡遣客十人於武陵龍陽泛洲上作宅，種甘橘千株。」禹錫詩蓋兼用兩事，半以比元，亦半以自比。

〔黄紙〕李商隱詩：「絳簡尚參黄紙案。」馮浩注：「唐會要：開元三年（七一五）始用黄麻紙寫詔。上元三年（七六二），詔制敕並用黄麻紙。通鑑注：唐故事，中書用黄白二麻爲綸命輕重之别。其後翰林學士專掌内命，中書用黄麻，其白皆在翰林院，拜授將相，德音赦宥則用之。

韓十八侍御見示岳陽樓别竇司直詩因令屬和重以自述故足成六十二韻

楚江何蒼然？曾瀾七百里。孤城寄遠目，一寫無窮已。蕩漾浮天蓋，迴環宣地理。積漲在三秋，混成非一水。冬遊見清淺，春望多洲沚。雲錦遠沙明，風煙青草靡。火星忽南見，月魄方東迆。雪波西山來，隱若長城起。獨專朝宗路，駛悍不可止。支川讓其威，蓄縮至南委。熊武走蠻落，熊武二溪名。瀟湘來奥鄙。炎蒸動泉源，積潦搜山趾。歸往無旦夕，包含通遠邇。行當白露時，眇視秋光裏。曙色未昭晰，露華遥斐亹。浩爾神骨清，如觀混元始。戕風忽震盪，驚浪迷津涘。怒激鼓鏗訇，蹴成山巋峞。鵾鵬疑變化，罔象何恢詭？嘘吸寫樓臺，騰驤露鬐尾。景移羣動息，波静繁音弭。明月出中央，青天絶纖滓。素光淡無際，緑静平如砥。空影度鵷鴻，秋聲思蘆葦。鮫人弄機杼，貝闕騈紅紫。珠蛤吐玲瓏，文鰩翔旖旎。水鄉吴蜀限，地勢東南庳。翼軫粲垂精，衡巫屹環峙。名雄七澤藪，國辨三苗氏。唐羿斷脩蛇，荆王殪青兕。秦狩跡猶在，虞巡路從此。軒后奏宫商，騷人詠蘭芷。茅嶺潛相應，橘洲旁可指。郭璞驗幽經，羅含著跡紀。觀津戚里族，按道侯家子。聯袂登高樓，臨軒笑相視。假守亦高卧，（竇時權領郡事。）墨曹正垂耳。（韓亦量移江陵法曹。司法参軍或謂之墨曹。）契闊話涼温，壺觴慰遷徙。地偏山水秀，客重杯盤侈。紅袖花欲然，銀鐙晝相似。興酣更抵掌，樂極同啓齒。筆鋒不能休，藻思一何綺？伊予負微尚，夙昔慙知己。出入金馬門，交結青雲士。襲芳踐蘭室，學古遊槐市。策慕宋前軍，文師漢中壘。陋容昧俯仰，孤恚無依倚。衛足不如葵，漏川空歎蟻。幸逢萬物泰，獨處窮途否。鎩翮重疊傷，兢魂再三褫。蘧瑗亦屢化，左丘猶有恥。桃源訪仙官，薜服祠山鬼。故人南臺舊，（公爲御史時與禹錫同官。）一別如弦駛。今朝會荆蠻，（時禹錫出爲連州，途至荆南改武陵司馬，和韻於荆。）斗酒相燕喜。爲予出新什，笑抃隨伸紙。曄若觀五色，歡然臻四美。委曲風濤事，分明窮達旨。洪韻發華鍾，淒音激清徵。羊璿要共和，江淹多雜擬。徒欲仰高山，焉能追逸軌？湘洲路四達，巴陵城百雉。何必顏光禄，留詩張内史？

【校】

〔楚江〕紹本、崇本、全唐詩江均作望。

〔無窮〕紹本、崇本二字均乙。

〔迴環〕全唐詩迴作四。

〔地理〕紹本、崇本理均作里。

〔月魄〕紹本、全唐詩魄均作硤。

〔方東〕紹本方作萬。

〔至南〕紹本、崇本至均作空。

〔戕風〕紹本、崇本戕均作我。全唐詩作北。

〔澤藪〕紹本、崇本藪作數。

〔殪青兕〕紹本、崇本、全唐詩殪均作憚。按：作憚者出楚辭，作殪者出戰國策。

〔跡紀〕紹本、崇本、全唐詩跡均作前。

〔觀津〕全唐詩津下注云：一作律，紹本與一作同，非。

〔司法參軍〕以下共九字，紹本、崇本、全唐詩均無。
〔塹知己〕崇本、全唐詩暫均作塹。
〔恙〕紹本、崇本、全唐詩均作志。
〔仙官〕全唐詩官作宫。
〔公爲御史〕以下十字，紹本、崇本均無。
〔弦駛〕紹本、崇本、全唐詩駛均作矢。
〔時禹錫出爲連州〕以下二十字，紹本、崇本均無。
〔五色〕紹本、崇本色均作彩。
〔湘洲〕紹本、崇本洲均作州。

【注】

〔羅含〕晉書羅含傳：字君章，桂陽耒陽人也。……太守謝尚與含爲方外之好，乃稱曰：羅君章可謂湘中之琳琅。

【箋證】

按：韓十八謂韓愈。愈本傳略云：調授四門博士，轉監察御史。德宗末年，政出多門，宰相不專機務。宫市之弊，諫官論之不聽，愈嘗上章數千言極論之。不聽，貶爲連州陽山令，量移爲江陵府掾曹。韓詩集注云：「竇司直名庠，字胄卿，韓臯鎮武昌，辟庠幕府，陟大理司直，權領岳州。公自陽山移法曹，道出岳陽樓作此詩。永貞元年（八〇五）冬十月也。」其時正亦禹錫等被放南行，而愈則自嶺外量移北上，惟相遇之處似不在岳陽樓，故禹錫之詩云「今朝會荆蠻」、「爲予出新什」，所詠岳陽樓風物，似是據韓詩而虚擬之。當韓、劉相遇時，韓必以是年京邑之變問劉，乃理所當然者。韓之貶陽山，舊説以爲即王、韋所排，此未可信。彼時德宗尚健在，韓與王黨何從構仇隙？比其北還至江陵，則王、韋失勢，事已顯然，韓自不願被牽累。劉蓋逆知其情，故和此詩只淡著數語，而以虚譽之辭敷衍成章，幾不似逐臣之口吻。韓之永貞行末段云：「數君匪親豈其朋！郎官清要爲世稱。荒郡迫野嗟可矜。湖波連天日相騰。蠻俗生梗瘴癘烝。江氛嶺祲昏若凝。……吾嘗同僚情可勝！具書目見非妄徵。嗟爾既往宜爲懲。」舊注云：「太皇謂順宗，小人謂叔文，元臣故老謂杜佑、高郢、鄭珣瑜等，嗣皇謂憲宗，郎官荒郡意指劉禹錫坐叔文黨貶連州也。公方量移江陵，而夢得出爲連州，邂逅荆蠻，故作是詩，觀終篇之意，可見其爲夢得作也。」舊説誠不誤，然是詩未必以之示劉、柳，蓋韓明知劉、柳爲王、韋之黨，何能斥爲「小人乘時」？其所以必爲是詩，緣韓爲劉、柳舊交是人所共知之事，不能有言而又不能無言也。是詩有「天位未許庸夫奸」之語，且以董賢、侯景爲比，即謂王、韋爲小人，何至於此？良以當時擁憲宗者必以王、韋謀廢太子之説煽惑憲宗，故憲宗於王、韋深疾痛恨，此語固難宣之於衆，故王、韋之罪狀始終皆架空之詞。情勢若此，韓詩非由衷之言，於赴江陵寄三學士詩又見之。韓自言貶陽山之由爲疏陳旱飢，其所指斥乃京兆尹李實也，而韓於李實固嘗致書譽爲赤心事上憂國如家者，若云陳旱飢而得罪，當得罪於李實，於王、韋何與？罷李實者，正王、韋得政之時，韓當頌王、韋之不暇，何又歸咎於王、韋乎？詩有云：「同官盡才俊，偏善柳與劉。或慮語言洩，傳之落冤讐。二子不宜爾，將疑斷還不！」冤讐指李實抑指王、韋，亦殊難測其意。

〔觀津〕漢書外戚傳：「竇皇后親早卒，葬觀津。」太平御覽三九六引三輔決録：「文帝竇后名漪，清河觀津人，父遭秦之亂，隱身漁釣，墜淵而卒。」禹錫用觀津二字以喻竇庠之姓。

〔按道〕漢書功臣侯表：「按道侯韓説以横海將軍擊東越，侯十九年，爲衞太子所殺。」禹錫用按道二字以喻韓愈之姓。

〔宋前軍〕宋書劉延孫傳：「世祖即位，以爲侍中，領前軍將軍。」又云：「延孫與帝室雖同是彭城人，别屬吕縣。劉氏居彭城縣者又分爲三里，帝室居綏輿里，右將軍劉懷肅居安上里，豫州刺史劉懷武居叢亭里，及吕縣凡四。」禹錫之意，或以延孫爲南朝劉氏之名人，且於宋室有定策之勞，故援以爲比。前軍與中壘皆用劉氏先世事。

〔羊璿〕文選謝靈運登臨海嶠初發强中作與從弟惠連見羊何共和之詩李善注：「沈約宋書曰：靈運既東還，與族弟惠連、東海何長瑜、潁川荀雍、太山羊璿之文章常會，共爲山澤之遊，時人謂之四友。」

〔顔光禄〕顔光禄謂顔延年。文選載其始安郡還都與張湘州登巴陵城樓作一首。張湘州謂張邵，宋書邵本傳：武帝分荆州立湘州，以邵爲刺史。後江夏王義恭鎮江陵，以邵爲撫軍長史。

此詩正用其事，稱長史者，舉其所終之官。

附録　韓愈　岳陽樓别竇司直詩

洞庭九州間，厥大誰與讓？南匯羣崖水，北注何奔放！瀦爲七百里，吞納各殊狀。自古澄不清，環混無歸向。炎風日搜攪，幽怪多冗長。軒然大波來，宇宙隘而防。巍峨拔嵩華，騰踔較健壯。聲音一何宏！轟輵車萬兩。猶疑帝軒轅，張樂就空曠。蛟螭露笛簴，縞練吹組帳。鬼神非人世，節奏頗跌踼。陽施競誇麗，陰閉感悽愴。朝過宜春口，極北缺隄障。夜纜巴陵洲，叢芮纔可傍。星河盡涵泳，俯仰迷下上。餘瀾怒不已，喧聒鳴甕盎。明登岳陽樓，輝焕朝日亮。飛廉戢其威，清晏息纖纊。泓澄湛凝緑，物影巧相況。江豚時出戲，驚波忽蕩漾。時當冬之孟，隙竅縮寒漲。前臨指近岸，側坐渺難望。滌濯神魂醒，幽懷舒以暢。主人孩童舊，握手乍忻悵。憐我竄逐歸，相見得無恙。開筵亦屨舄，爛漫倒家釀。杯行無留停，高柱送清唱。中盤進橙栗，投擲傾脯醬。歡窮悲心生，婉孌不能忘。念昔始讀書，志欲干霸王。屠龍破千金，爲藝亦云亢。愛才不擇行，觸事得讒謗。前年出官由，此禍最無妄。公卿採虚名，擢拜識天仗。姦猜畏彈射，斥逐恣欺誑。新恩移府庭，逼側厠諸將。于嗟苦駑緩，但懼失宜當。追思南渡時，魚腹甘所葬。嚴程迫風帆，劈箭入高浪。顛沉在須臾，忠鯁誰復諒。生還真可喜，剋己自懲創。庶從今日後，粗識得與喪。事多改前好，趣有獲新尚。誓耕十畝田，不取萬乘相。細君知蠶織，稚子已能餉。行當掛其冠，生死君一訪。

按：二詩並觀，韓詩奇而有摧藏之態，劉詩麗而有澹蕩之情，亦風格之殊也。

酬竇員外使君寒食日途次松滋渡先寄示四韻

楚鄉寒食橘花時，野渡臨風駐綵旗。草色連雲人去住，水紋如縠燕差池。朱輪尚憶羣飛雉，青綬初懸左顧龜。非是溢城魚司馬，水曹何事與新詩？時自水部郎出牧。

【校】

〔魚司馬〕全唐詩魚作舊，紹本作白，似是後人修補，惟崇本、結一本均不誤。按：魚司馬見何遜詩，校者不識其出處，遂多臆改。又此句下紹本、崇本、全唐詩皆有注云：「時自水部郎出牧。」如無此注，則魚司馬之語無根。

【注】

〔羣飛雉〕按此似用魯恭治中牟，小兒不捕雉事，見後漢書魯恭傳。

〔左顧龜〕初學記二六引何法盛晉中興書曰：孔愉經餘亭，放龜溪中，龜中流左顧，後以功封餘亭侯，及鑄侯印，而龜左顧，更鑄亦然。

【箋證】

按：竇員外謂竇常，已見本集卷九。原作題云：「之任武陵，寒食日途次松滋渡，先寄劉員外禹錫。」詩云：「杏花榆莢曉風前，雲際離離上峽船。江轉數程淹驛騎，楚曾三户少人煙。看春又過清明節，算老重經癸巳年。幸得柱山當郡舍，在朝長詠卜居篇。」又柳宗元有朗州竇常員外寄劉二十八詩見促行騎走筆酬贈一首云：「投荒垂一紀，新詔下荆扉。疑此莊周夢，情如蘇武歸。賜環留逸響，五馬助征騑。不羨衡陽雁，春來前後飛。」此則當是元和九年（八一四）之末所作，想竇常更有一詩爲禹錫之北歸壯行色也。禹錫當亦有和作，今佚矣。常詩「算老重經癸巳年」一語殊有疑蘊，蓋舊唐書一五五其本傳云：寶曆元年（八二五）卒，年七十。則元和八年癸巳（八一三）尚止五十七歲，未及六十，恐年七十當作年七十三耳。又其詩題云先寄禹錫，而詩意殊不相關，亦不可解。

〔魚司馬〕何遜有日夕望江山贈魚司馬詩云：「湓城帶湓水，湓水縈如帶。」何遜例稱水曹，以何比竇常之自水部員外郎出守，而以魚司馬自比，可謂警切之至。魚司馬適在湓城，而白居易之爲江州司馬乃盡人所知之事，淺人未讀何詩，遂逞臆改竄，不知白貶江州時，竇、劉皆不在朗州也。

和竇中丞晚入容江作

漢郡三十六，鬱林東南遥。人倫選清臣，天外頒詔條。桂水步秋浪，火山凌霧朝。分圻辨風物，入境聞謳謡。莎岸見長亭，煙林隔麗譙。日落舟益駛，川平旗自飄。珠浦遠明滅，金沙晴動摇。一吟道中作，離思懸層霄。

【校】

〔步秋浪〕崇本步作涉。

【箋證】

按：竇中丞謂竇羣，已見本集卷十。據羣本傳，元和六年（八一一），自黔中觀察使貶開州刺史。八年（八一三）改容管觀察使。九年（八一四）即召還。此詩必其初履任時作。羣雖與禹錫論舊，而禹錫未必許其人，故詩意殊泛。

吕八見寄郡内書懷因戲而和

文苑振金聲，循良冠百城。不知今史氏，何處列君名？

【箋證】

按：吕八謂吕温，已見本集卷十九。其集中郡内書懷寄劉連州竇夔州詩云：「朱邑何爲者？桐鄉有古祠。我心常所慕，二郡老人知。」然竇常自朗州遷夔州略與禹錫之遷連州同時。而柳宗元有同劉二十八哭吕衡州兼寄江陵李元二侍御詩，李、元者李景儉與元稹也，二人之在江陵，皆是元和五年（八一〇）至八年（八一三）間事，此數年中，柳在永州，劉在朗州，竇尚未出任朗州刺史。比劉任連州，竇任夔州時，温之卒久矣。吕之詩題中安得有劉連州、竇夔州之名，然吕詩與劉所和赫然具在，又無他人之作誤收之理。蓋劉連州竇夔州之稱爲後人所臆加也。據此知古人之詩文非由手訂者殊難必其無誤，即由手訂亦不能盡無誤。本集卷二十八送湘陽熊判官詩及此詩皆其明徵，非詳加比勘，豈能抉其疑竇？

寄楊八拾遺 時出爲國子主簿分司東都，王(韓)十八員外亦轉國子博士，同在洛陽。

聞君前日獨庭争，漢帝偏知白馬生。忽領簿書遊太學，寧勞侍從厭承明？洛陽本自宜才子，海内而今有直聲。爲謝同寮老博士，范雲來歲即公卿。

【校】

〔題〕題下原注王十八員外，紹本王作韓，是，崇本作之，誤。洛陽上缺字，紹本、崇本、全唐詩均作在。

【注】

〔白馬生〕後漢書張湛傳：常乘白馬，帝每見湛，輒言：白馬生且復諫矣。

【箋證】

按：楊八拾遺謂楊歸厚，已見本集卷八。原注云：「時出爲國子主簿分司東都，韓十八員外亦轉國子博士，同在洛陽。」據憲宗紀，元和七年（八一二）十二月丙辰，左拾遺楊歸厚以自娶婦進狀借禮會院，貶國子主簿分司。又新唐書一七六韓愈傳：「元和初，擢知國子博士分司東都，三歲爲真。改都官員外郎，即拜河南令，遷職方員外郎。華陰令柳澗有罪，前刺史劾奏之，未報而刺史罷，澗諷百姓遮道索軍頓役直，後刺史惡之，按其獄，貶澗房州司馬。愈過華，以爲刺史陰相黨，上疏治之，既御史覆問得澗贓，再貶封溪尉，愈坐是復爲博士。」不言分司，蓋史略之。若然，則愈前後兩爲博士皆分司也。（舊唐書愈傳皆不言分司，故不引）禹錫與愈於永貞元年（八〇五）一晤於南遷道中，至此始有詩懷之。

又按：韓十八之韓，各本多誤作王，據洪興祖韓子年譜，是韓爲韓愈無疑。

〔庭争〕新唐書一四六李吉甫傳：左拾遺楊歸厚嘗請對，日已旰，帝令它日見，固請不肯退，既見極論中人許遂振之姦（許遂振爲嶺南監軍，見本卷和楊侍郎詩箋證）。詩中既云「聞君前日獨庭争」，則作詩時必去其得罪貶降時不久也，禹錫方在朗州。

〔范雲來歲即公卿〕南史范雲傳，雲在齊東昏時除國子博士，梁臺建，即爲公卿。詩用此亦祝韓愈之早遷也。公卿二字確有來歷。禹錫之熟於史傳如此。

酬竇員外郡齋宴客偶命柘枝因見寄兼呈張十一院長元九侍御

員外郎兼節度判官佐平蠻之略，張初罷郡，元方從事。

分憂餘刃又從公，白羽胡牀嘯詠中。彩筆諭戎矜倚馬，華堂留客看驚鴻。渚宫油幕方高步，澧浦甘棠有幾叢？若問騷人何處酌，門臨寒水落江楓。

【校】

〔題〕侍御，結一本、崇本作侍郎，誤。原注員外郎，紹本、崇本、全唐詩郎均作時，是。罷郡，結一本郡作都，下一字缺，全唐詩作都官，皆誤，紹本、崇本作郡，無缺字，是。

〔華堂〕紹本堂作棠。

〔何處酌〕紹本、崇本、全唐詩處均作所。

【箋證】

按：張十一謂張署，韓愈署墓誌云，爲澧州刺史，署與愈俱貶江陵，在元和初。禹錫原注：「員外兼節度判官，佐平蠻之略，張初罷郡，元方從事。」是作詩時署已離澧州而暫寓朗州。元九謂元稹，或以事亦至朗州有所勾當。是時節度荆南者爲嚴綬，即史所稱招討溆州首領張伯靖者也，已見本集卷二十二元和癸巳歲（略題）一詩。其時守官於邊地土著妄施殘害，而號爲平蠻，亦誣之甚矣。此詩當亦作於元和八年（八一三）。

酬竇員外旬休早涼見示 奉書報言明朝有宴。

新秋十日澣朱衣，鈴閣無聲公吏歸。風韻漸高梧葉動，露光初重槿花稀。四時苒苒催容鬢，三爵油油忘是非。更報明朝池上酌，人知太守字玄暉。

【校】

〔題〕題下原注：奉書報言明朝有宴，紹本作詩奉書報詰朝有宴，崇本詩作時，餘與紹本同。全唐詩無言字。

〔油油〕全唐詩注云：一作醺醺。

和楊侍郎憑見寄二首

翔鸞闕底謝皇恩，纓上滄浪舊水痕。疏傅揮金忽相憶，遠擎長句與招魂。

十年毛羽摧頹，一旦天書召迴。看看花時欲到，故侯也好歸來。

【校】

〔題〕紹本、崇本和均作酬。

〔花時〕紹本、崇本花均作瓜。

【箋證】

按：楊憑已見本集卷十答道州薛郎中論書儀書。據詩中疏傅揮金之語，蓋與禹錫同在遷謫中而猶分囊以濟禹錫之乏。又據一旦天書召迴之語，蓋憑聞禹錫賜環而賀之也。

又按：柳宗元祭楊憑詹事文略云：「世榮甲科，亦務顯處。公之俊德，有而不顧。御史之選，朝之所注。公勤於養，投劾引去。時任方隅，威刑是務。公施其惠，亦莫有迕。京兆之難，下多怨怒。或由以黜，瓦石盈路。（按此指李實）公捍其强，仁及童孺。左遷而出，擁道牽慕。道峻多謗，德優見憎。煩言既詆，倚法斯繩。南過九疑，東逾秣陵。顛沛三載，天書乃徵。入傅王國，嘉聲聿興。詹事東宫，致政是膺。」似憑以元和四年（八〇九）貶臨賀尉，七年（八一二）量移杭州。又宗元祭文中宗元自述又有「謗言未明，黜伏逾紀」之語，則憑之卒在元和十二年（八一七）後。又宗元有詩題云：「弘農公以碩德偉材，屈于誣枉，左官三歲，復爲大僚。天監昭明，人心感悦。宗元竄伏湘浦（永州），拜賀末由，謹獻詩五十韻以畢微志」，詩有「遠遷逾桂嶺，中徙滯餘杭」及「高居遷鼎邑，遥傳好書王」之語，則憑自杭州召還爲王傅分司也。

南海馬大夫見惠著述三通勒成四帙上自邃古達於國朝采其菁華至簡而富欽受嘉貺詩以謝之

紅旗閲五兵，絳帳領諸生。味道輕鼎食，退公猶筆耕。青箱傳學遠，金匱納書成。一瞬見前事，九流當抗行。編蒲曾苦思，垂竹愧無名。今日承芳訊，誰言贈衮榮？

【校】

〔題〕紹本、崇本邃均作遂，結一本、全唐詩而均作如，誤。

〔納書〕紹本納作紬。

〔芳訊〕結一本芳作訪，誤。

【箋證】

按：馬大夫謂馬總，已見本集卷四。舊唐書一五七、新唐書一六三均有傳。傳略云：字會元，扶風人，少孤貧好學，性剛直不妄交遊。貞元中，姚南仲鎮滑臺，辟爲從事，南仲與監軍使（按謂薛盈珍）不叶，監軍誣奏南仲不法。及罷免，總坐貶泉州別駕。監軍入掌樞密，福建觀察使柳冕希旨欲殺總，從事穆贊鞫總，贊稱無罪，總方免死，後量移恩王傅。（按：王傅爲三品朝官，非量移可得，史蓋有闕文。）元和初，遷虔州刺史。四年（八〇九），兼御史中丞，充嶺（按：此字有誤。）南都護、本管經略使。八年（八一三），轉桂州刺史、桂管經略觀察使。此詩當作於元和八年（八一三）以後，總實爲嶺南節度使，而二傳皆未書。柳宗元有嶺南節度饗軍堂記云：「今御史大夫扶風公廉廣州。」舊注云：八年自桂管觀察使爲廣州刺史、嶺南節度使。蓋本於舊紀。吴廷燮唐方鎮年表繫於元和八年（八一三），至十一年（八一六），然舊紀八年（八一三）十二月始命，則到廣州是九年（八一四）事，及十年（八一五）而禹錫、宗元皆至連、柳州，故得與之往還也。

又按：戴叔倫意林序（見全唐文五一〇）云：「大理評事扶風馬總家有子史，幼而集録，探其旨趣，意必有歸，遂增損庾（按謂庾仲容。）書，詳擇前體，裁成三軸，目曰意林。上以防守教之失，中以補比事之闕，下以佐屬文之緒，有疏通廣博符信之要，無僻放拘刻邀蔽邪蕩之患。」又本傳云：所著奏議集、年曆、通曆、子鈔等書百餘卷行於世。此詩所云著述三通，或指後三種言之。

南海馬大夫遠示著述兼酬拙詩輒著微誠再有長句時蔡戎未弭故見於篇末

漢家旌旆付雄才，百越南溟統外臺。身在絳紗傳六藝，腰懸青綬亞三台。連天浪静長鯨息，映日帆多寶舶來。聞道楚氛猶未滅，終須旌旆埽雲雷。

【校】

〔題〕紹本、崇本弭均作殄。篇末二字乙。

〔旌旆〕全唐詩作旄節。

【箋證】

按：詩有「楚氛猶未滅」之語，必作於元和十年（八一五）至十一年（八一六）之間。淮西亦古楚地。據紀，十二年（八一七）六月，總以刑部侍郎充淮西宣慰副使矣。

和楊侍郎初至郴州紀事書情題郡齋八韻

旌節下朝臺，分圭從北迴。城頭鶴立處，驛樹鳳棲來。蘇耽傳云：後化爲仙鶴，止城東北隅樓上，又州北棲鳳驛，圖經云：常有威鳳降於寒梧也。舊路芳塵在，新恩驛騎催。里閭風偃草，鼓舞抃成雷。吏散山禽囀，庭香夏蕊開。郡齋堪四望，壁記有三台。人訝徵黄晚，文非弔屈哀。一吟梁甫曲，知是卧龍才。

【校】

〔題〕崇本無書情二字。

〔蘇耽〕崇本耽作躭，輿地紀勝五七引此注亦作躭。

〔樓上〕崇本樓作牆。

〔寒梧〕紹本、崇本、全唐詩寒均作庭。

【箋證】

按：楊侍郎謂楊於陵，已見本集卷二。舊唐書一六四、新唐書一六三均有傳。據舊傳云：「元和初，以考策昇直言極諫牛僧孺等，爲執政所怒，出爲嶺南節度使。會監軍使許遂振悍戾貪恣，干撓軍政，於陵奉公潔己，遂振無能奈何，乃以飛語上聞，憲宗驚惑，賴宰相裴垍爲於陵申理，憲宗感悟。五年（八一〇），入爲吏部侍郎。……九年（八一四），妖人楊叔高自廣州來干於陵，請爲己輔，於陵執奏殺之。改兵部侍郎判度支。時淮西用兵，於陵用所親爲唐鄧供軍使，節度使高霞寓以供軍有闕，移牒度支，於陵不爲之易，其闕如舊，霞寓軍屢有摧敗，詔書督責之，乃奏以度支餽運不繼，憲宗怒，十一年（八一六），貶於陵爲桂陽郡守。」據紀，貶郴州是四月事，到任仍在夏中，故詩有「庭香夏蕊開」之語。其貶官之由，據李翱集中所作於陵墓誌，則云：「高霞寓怯懦不敢直進，欲南抵申州，其路險狹，糧運難繼，公累言利害，并以疏陳霞寓逗留之狀，霞寓深怨之，遂内外結構，出爲郴州刺史。」翱爲於陵鎮嶺南時幕僚，當不免略有飾詞耳。

和郴州楊侍郎翫郡齋紫薇花十四韻

幾年丹霄上，出入金華省。蹔别萬年枝，看花桂陽嶺。南方足奇樹，公府成佳境。緑陰交廣除，明豔透蕭屏。雨餘人吏散，燕語簾櫳静。懿此含曉芳，翛然忘簿領。紫茸垂組綬，金縷攢鋒穎。露溽暗傳香，風輕徐就影。苒弱多意思，從容占光景。得地在侯家，移根近仙井。開樽好凝睇，倚瑟仍迴頸。遊蜂駐綵冠，舞鶴迷煙頂。興生紅藥後，愛與甘棠並。不學夭桃姿，浮榮有俄頃。

【校】

〔曉芳〕紹本、崇本曉均作晚。

〔組綬〕全唐詩綬作縷。

〔金縷〕全唐詩縷作樓。

〔有俄頃〕紹本、崇本有作在。

【箋證】

按：唐人以紫薇喻中書舍人，白居易詩所謂「紫薇花對紫微郎」也。楊於陵於貞元中任中書舍人，故有「出入金華省」之句。謝朓詩：「紅藥當階翻，蒼苔依砌上。」「風動萬年枝，日華承露掌。」皆直中書省詩中語，故用以喻紫薇花。又韓偓詩題有云：「自長沙抵醴陵，山水益秀，村籬之次忽見紫薇花，因思玉堂及西掖廳前皆植是花。」可徵湘南盛産此花，此詩所詠亦非泛泛。

又按：於陵原作題云：「郡齋有紫薇雙本，自朱明接於徂暑，其花芳馥，數句猶茂。庭宇之内，迥無其倫。予嘉其美而能久，因詩紀述。」詩云：「晏朝受明命，繼夏走天衢。逮兹三伏候，息駕萬里途。省躬既跼蹐，結思多煩紆。簿領幸無事，宴休誰與娱？内齋有嘉樹，雙植分庭隅。緑葉下承幄，紫花紛若鋪。摛霞晚舒豔，凝露朝垂珠。炎沴盡方鑠，幽姿閑且都。夭桃固難匹，芍藥寧爲徒？懿此時節久，詎同光景驅？陶甄試一致，品彙乃散殊。濯質非受彩，無心那奪朱？粤予負羈縶，留賞益踟躕。通夕靡云倦，西南山月孤。」

和南海馬大夫聞楊侍郎出守郴州因有寄上之作

忽驚金印駕朱轓，遂别鳴珂聽曉猿。碧落仙來雖暫謫，赤泉侯在是深恩。玉環慶遠瞻台座，銅柱勳高壓海門。一詠瓊瑶百憂散，何勞更樹北堂萱。

【注】

〔赤泉侯〕史記項羽本紀：「赤泉侯爲騎將，追項王，王瞋目叱之，赤泉侯人馬俱驚。」漢書功臣表：「赤泉嚴侯楊喜以郎中騎從起杜。後從灌嬰斬項籍，侯。」

【箋證】

按：楊於陵謫郴州在元和十一年（八一六），馬總尚未離嶺南任，故有此詩。玉環銅柱分貼二人，齊諧記載有黄衣童子自稱王母使者以四玉環與弘農楊寶，曰令君子孫潔白，且從登三事，如此環矣。寶即楊震之父，其後四世爲公。傳説雖無稽，然與於陵身世相類。此時於陵年已逾六十，其子相繼登科，而嗣復且已爲郎官矣。故此句非僅泛用楊氏之典。銅柱，新唐書馬總傳：「建二銅柱於漢故處，劖著唐德，以明伏波之裔。」詩句指此。

奉和鄭相公以考功十弟山薑花俯賜篇詠

採擷黄薑蕊，封題青瑣闈。共聞調膳日，正是退朝歸。香爲綺筵發，情隨綵翰飛。故將天下寶，萬里共光輝。

【校】

〔題〕考功上紹本有寄字，崇本無奉字。

〔共聞〕紹本、崇本共均作供。

〔香爲〕紹本、崇本、全唐詩香均作響。

〔綺筵〕紹本、崇本、全唐詩綺均作纖，誤。

〔綵翰〕結一本綵作緑，誤。

〔共光輝〕紹本、崇本、全唐詩共均作與。

【箋證】

按：鄭相公謂鄭覃，舊唐書一七三、新唐書一六五均有傳。舊傳云：「故相珣瑜之子。……文宗即位，改左散騎常侍。三年（八二九），以本官充翰林侍講學士。四年（八三〇）四月，拜工部侍郎。覃長於經學，稽古守正，帝尤重之。嘗從容奏曰：經籍訛謬，博士相沿，難爲改正，請召宿儒奧學，校定六籍，準後漢故事，勒名於太學，永代作則，以正其闕，從之。五年（八三一），李宗閔、牛僧孺輔政，宗閔以覃與李德裕相善，薄之。時德裕自浙西入朝，復爲閔、孺所排，出鎮蜀川，宗閔惡覃禁中言事，奏爲工部尚書，罷侍講學士。文宗好經義，心頗思之，六年（八三二）二月，復召爲侍講學士。七年（八三三）春，德裕作相，五月，以覃爲御史大夫。文宗嘗於延英謂宰相曰：殷侑通經學，爲人頗似鄭覃。宗閔曰：覃、侑誠有經學，於議論不足聽覽。李德裕對曰：殷、鄭之言，他人不欲聞，唯陛下切欲聞之。覃嘗嫉人朋黨，爲宗閔所薄故也。八年（八三四），遷户部尚書。其年德裕罷相，宗閔復知政，與李訓、鄭注同排斥李德裕、李紳。二人貶黜，覃亦左授祕書監。九年（八三五）六月，楊虞卿、李宗閔得罪長流，復以覃爲刑部尚書。十月，遷尚書左僕射，兼判國子祭酒。訓、注伏誅，召覃入禁中草制勅，明日以本官同平章事。」此後與楊嗣復、李珏齟齬事已別詳於前。本集卷二高陵縣令劉君遺愛碑中禹錫許覃爲端士，迹其生平，實深惡李、牛，而志趣與李德裕相近者，禹錫之親德裕而薄宗閔、僧孺、嗣復諸人，確無可疑矣。其弟朗事亦附傳中，云：「長慶元年（八二一）登進士甲科，再遷右拾遺，開成中爲起居郎，……轉考功郎中，四年，遷諫議大夫。」此詩自作於開成三年（八三八）三月覃罷相以前。考功十弟即謂鄭朗也。

〔山薑花〕山薑花爲唐時珍味，見本集卷二十三崔元受遺山薑花詩。

馬大夫見示浙西王侍御贈答詩因命同作

大夫榮踐舊府，又歷交趾桂林，南人歌之，列在風什。王侍御公易一別歲餘，寄末篇以代札。

憶逐羊車凡幾時，今來舊府統戎師。象筵照室會詞客，銅鼓臨軒舞海夷。百越酋豪稱故吏，十洲風景助新詩。秣陵從事何年別？一見瓊章如素期。

【校】

〔題〕題下原注：桂林，結一本作桂枝，據紹本、崇本、全唐詩改。寄末篇，紹本、崇本寄下有詞字，是。又全唐詩大夫榮踐以下另行作序。

〔羊車〕紹本、崇本羊均作年。

〔統戎師〕全唐詩統下注云：一作總，戎作戎。

〔故吏〕崇本吏作史。

【注】

〔羊車〕晉書衛玠傳：總角乘羊車入市，見者皆以爲玉人。按詩意是否用此，頗難揣測。

【箋證】

按：原注云：「大夫榮踐舊府，又曆交趾桂林，南人歌之，列在風什。王侍御公易一別歲餘，寄末篇（當作篇末）以代札。」詩與注皆尚有難解者。馬總傳但言曾從事滑州姚南仲幕府。而南仲之鎮滑州在貞元十五六年（七九九、八〇〇）間，其年事與禹錫相若，而蹤跡則相違可知。不知「憶逐羊車」何謂，總所歷兩鎮亦無所謂舊府，王公易亦待考。

酬馬大夫登涯口戍見寄

新辭金印拂朝纓，臨水登山四體輕。猶念天涯未歸客，瘴雲深處守孤城。

【校】

〔題〕全唐詩注云：一作酬海南馬大夫。絶句與一作同。涯口，全唐詩注云：一作匯口，一作涯口。戍，結一本作成。

〔金印〕紹本、全唐詩金均作將。

〔孤城〕絶句城作燈。

【注】

〔涯口〕水經注，洭水出〔洭浦〕關右，合溱水，謂之洭口。元和郡縣志三四：廣州湞陽縣：「洭浦故關在縣西南四十五里，山谷深阻，實禁防之要地也。」

【箋證】

按：詩有「新辭金印拂朝纓」之句，指元和十一年（八一五）馬總自嶺南内召爲刑部侍郎。

「瘴雲深處守孤城」，則禹錫自謂猶在連州，佇望量移也。

酬馬大夫以愚獻通芨藋酒感通拔二字因而寄別之作

泥沙難振拔，誰復問窮通？莫訝提壺贈，家傳枕麴風。成謠獨酌後，深意片言中。不進終無已，應須荀令公。

【注】

〔枕麴〕文選劉伶酒德頌：「枕麴藉糟。」禹錫自以姓劉用之也。

【箋證】

按：通下疑脱一字，當作通草或通芨。本草綱目：「蘇頌曰：爾雅離南活芨，即通脱也，山海經名寇脱，又名倚商。陳藏器曰：通脱木生山側，葉似萞麻，其莖空心，中有白瓤，輕白可愛。女人取以飾物，俗名通草。芨藋，陶宏景曰：此有三種，大略根苗並相類，芨藋莖紫而短小多刺，稍似草薢而色深，人用作飲。李時珍曰：孫真人元旦所飲辟邪屠蘇酒中亦用之。又附方：風毒脚弱，痺滿上氣，田舍貧家用此最良，芨藋洗剉一斛，以水三斛煮取九斗，漬麴去滓，取一斛漬飲如常釀酒，任意日飲之。」禹錫諳醫藥，其製此酒，通脱主除蠱毒，或以有祛瘴之功也。

答楊八敬之絶句 楊生時亦謫居。

飽霜孤竹聲偏切，帶火焦桐韻本悲。今日知音一留聽，是君心手不平時。

【校】

〔本悲〕絶句本作不。

〔心手〕紹本、崇本、絶句手均作事，全唐詩作事，注云：一作手。

〔不平〕絶句平作同。

【箋證】

按：新唐書一六〇楊凝傳：「子敬之，字茂孝，元和初擢進士第，平判入等。遷右衛胄曹參軍，累遷屯田、户部二郎中。坐李宗閔黨貶連州刺史。文宗向儒術，以宰相鄭覃兼國子祭酒，俄以敬之代。未幾，兼太常少卿，是日，二子戎、戴登科，時號楊家三喜。轉大理卿、檢校工部尚書兼祭酒，卒。敬之嘗爲華山賦以示韓愈，愈稱之，士林一時傳布，李德裕尤咨賞。敬之愛士類，得其文章，孜孜玩諷，人以爲癖。」又唐文粹九九李商隱李賀小傳：「最先爲韓愈所知，所與遊者，王參元、楊敬之、權璩、崔植爲密。」又尚書故實：「楊敬之愛才公正，知江表士有項斯，贈詩云：平生不解藏人善，到處逢人説項斯。斯因此名達長安，遂登科第。」此皆敬之生平所可知者。至敬之自户部郎中貶連州刺史，據紀是大和九年（八三五）七月事，同貶者，工部侍郎皇太子侍讀崔侑爲洋州刺史，吏部郎中張諷爲夔州刺史，皆以楊虞卿、李宗閔之獄也。而此詩注云「楊生時亦謫居」，則必在此以前，已曾一度遷謫，而禹錫似猶在連州，非指大和九年（八三五）之事。

鄂渚留别李二十一表臣大夫

高檣起行色，促柱動離聲。欲問江深淺，應如遠别情。

【校】

〔題〕紹本一作六。

【箋證】

按：李二十一謂李程，程字表臣，已見本集卷十八及卷二十二、二十三、二十八等篇。本卷中此下有答表臣贈别二首，始發鄂渚寄表臣二首，出鄂州界懷表臣二首，重寄表臣二首。皆當是一時所作。其詞氣之纏綿親厚，殊非他人之比。舊唐書程傳云：「貞元十二年（七九六）進士擢第，又登宏辭科，累辟使府。二十年（八〇四）入朝爲監察御史，其年秋，召充翰林學士。順宗即位，爲王叔文所排，罷學士，三遷爲員外郎。」但韓愈集有赴江陵途中寄贈王二十補闕李十一拾遺李二十六員外三學士詩。舊注云：王二十補闕名涯，李十一拾遺名建，李二十六員外名程。而愈之由陽山令量移江陵士曹參軍，是永貞元年（八〇五）事。其詩云：「昨者京書至，嗣皇傳冕旒。赫然下明詔，首罪誅共吺。」明是王叔文已得罪之後，則程似非順宗即位後因叔文之排而罷學士，三遷始爲員外郎，史文恐未可信。程與禹錫於貞元末同爲監察御史，則二人之交誼固應獨厚矣。程傳又云，元和中出爲劍南西川節度行軍司馬。（按：元稹貽蜀詩五首，其一爲寄李中丞表臣，詩作於元和九年（八一四）。十年（八一五）入爲兵部郎中，尋知制誥。韓弘爲淮西都統，詔程衍命宣諭。明年拜中書舍人，權知京兆尹事。十二年（八一七）權知禮部貢舉。十三年（八一八）四月，拜禮部侍郎。六月，出爲鄂州刺史、鄂岳觀察使，入爲吏部侍郎。禹錫夔州刺史之除在長慶元年（八二一），此數詩皆當是赴夔州中途酬贈之作。據本集卷十四夔州謝上表，以長慶二年（八二二）正月二日到任，則各詩中「風雪」等語亦無不合，蓋元年（八二一）冬過武昌，程猶在鎮也。若元和十四五年（八一九、八二〇）禹錫丁母憂北歸，雖亦於冬春之際路經武昌，恐不能於銜恤之中，猶從容賦詠。惟出鄂州界懷表臣詩有「却恨江帆駛」及「舟行忽千里」之句，又不似泝江上至夔州景象，姑俟再考。程傳又云，敬宗即位之五月，（按：即長慶四年八二四）以本官（吏部侍郎）同平章事，寶曆二年（八二六）罷相，檢校兵部尚書、同平章事、太原尹、北京留守、河東節度使。大和四年（八三〇）三月，檢校尚書左僕射、平章事、河中尹、河中晉絳節度使。六年（八三二）就加司空，七月徵爲左僕射。七年（八三三）六月，檢校司空、汴州刺史、宣武軍節度使。九年（八三五）復爲河中晉絳節度使，就加檢校司徒。開成元年（八三六）五月，復入爲右僕射，兼判太常卿事。十一月，兼判吏部尚書銓事。二年（八三七）三月，檢校司徒，出爲襄州刺史、山南東道節度使，卒。觀其仕履，知禹錫自夔州遷和州，正程入相後之事，或即出於程之汲引。後此程皆在方鎮，不復操權，亦無緣爲禹錫道地。本集卷二十二分司東都蒙襄陽李司徒相公書問因以奉寄一詩，乃最後之往還矣。

又按：題中李二十一之一字當爲六字之訛。岑仲勉唐人行第録已辨之。

答表臣贈別二首

昔爲瑶池侣，飛舞集蓬萊。今作江漢別，風雪一徘徊。

嘶馬立未還，行舟路將轉。江頭暝色深，揮袖依稀見。

【箋證】

按此數首皆當爲長慶元年（八二一）赴夔州任時作，説詳前，惟玩出鄂州界懷表臣二首又不似泝江而上之情景，存疑。

始發鄂渚寄表臣二首

祖帳管絃絶，客帆淒風生。迴車已不見，猶聽馬嘶聲。

曉發柳林戍，遥城聞五鼓。憶與故人眠，此時猶晤語。

【校】

〔凄風生〕絶句、全唐詩凄均作西。

出鄂州界懷表臣二首

離席一揮杯，别愁今尚醉。遲遲有情處，卻恨江帆駛。

夢覺疑連榻，舟行忽千里。不見黄鶴樓，寒沙雪相似。

重寄表臣二首

對酒臨流奈别何！君今已醉我蹉跎。分明記取星星鬢，他日相逢應更多。

世間人事有何窮？過後思量盡是空。早晚同歸洛陽陌，卜鄰須近祝雞翁。

【校】

〔已醉〕全唐詩醉下注云：一作貴。

〔須近〕全唐詩須下注云：一作願。

【注】

〔卜鄰〕左傳昭公三年：且諺曰：非宅是卜，惟鄰是卜，二三子先卜鄰矣。

〔祝雞翁〕搜神記，漢洛陽人，居尸鄉北山下，養雞百年餘，雞至千餘頭，皆有名字，欲取，呼之名，則種別而至。水經注，偃師西山，即祝雞翁之故居也。

【箋證】

按舊唐書一六七李程傳：李程字表臣。貞元十二年（七九六）進士擢第，又登宏辭科，累辟使府，二十年（八〇四）入朝爲監察御史。其年秋，召充翰林學士。順宗即位，爲王叔文所排，罷學士。三遷爲員外郎。但韓愈集有赴江陵途中寄贈王二十補闕李十一拾遺李二十六員外三學士詩。舊注云：王二十補闕名涯，李十一拾遺名建，李二十六員外名程。而愈之由陽山令量移江陵士曹參軍是永貞元年（八〇五）事，其詩云昨者京書至，嗣皇傳冕旒。赫然下明詔，首罪誅共吺。明是王叔文已得罪之後，則程似非於順宗即位後因叔文之排而罷學士，三遷始爲員外郎也。然程與禹錫於貞元末同爲監察御史，則二人之交誼固應獨厚矣。

程傳又云：元和中出爲劍南西川節度行軍司馬。十年（八一五），入爲兵部郎中，尋知制誥，韓弘爲淮西都統，詔程銜命宣諭。明年，拜中書舍人，權知京兆尹事。十二年（八一七）權知禮部貢舉，十三年（八一八）四月，拜禮部侍郎，六月出爲鄂州刺史、鄂岳觀察使，入爲吏部侍郎。按禹錫以長慶元年（八二一）授夔州刺史，此當是赴夔州時酬贈之詩。卷十四夔州謝上表，以長慶二年（八二二）正月二日到任，則各詩中風雪等語亦無不合，蓋元年（八二一）冬過武昌，程猶在鎮也。若元和十四五年禹錫丁母憂，雖路經鄂岳，恐不能於銜恤之時猶從容吟詠。然出鄂州界懷表臣詩有「却恨江帆駛」及「舟行忽千里」之句，又不似泝江而上景象，此疑未能決者，俟再考。

程傳又云：爲吏部侍郎，敬宗即位之五月（按即長慶四年八二四），以本官同平章事。寶曆二年（八二六），罷相，檢校兵部尚書、同平章事、太原尹、北京留守、河東節度使。大和四年（八三〇）三月，檢校尚書左僕射平章事、河中尹、河中晉絳節度使。六年，就加司空，七月，徵爲左僕射。七年六月，檢校司空，汴州刺史，宣武軍節度使。九年，復爲河中晉絳節度使，就加檢校司徒。開成元年（八三六）五月，復入爲右僕射，兼判太常卿事。十一月，兼判吏部尚書銓事。二年三月，檢校司徒，出爲襄州刺史、山南東道節度使，卒。按禹錫自夔州授和州刺史，正程入相後之事，或即出於程之汲引。後此程皆在方鎮，不復操權，亦無緣爲禹錫道地矣。

又按李程與柳宗元之交誼見劉集外集卷十祭柳員外文，而程與韓愈交誼不終，或因程偏厚劉柳之故，未可知也。韓集有除官赴闕至江州寄鄂岳李大夫詩云：盆城去鄂渚，風便一日耳。不枉故人書，無因帆江水。故人辭禮闈，旌節鎮江圻。而我竄逐者，龍鍾初得歸。别來已三歲，望望長迢遞。咫尺不相聞，平生那可計？我齒落且盡，君鬢白幾何？年皆過半百，來日苦無多。少年樂新知，衰暮思故友。譬如親骨肉，寧免相可否？我昔實愚蠢，不能降色辭。子犯亦有言，臣猶自知之。公其務貰過，我亦請改事。桑榆倘可收，願寄相思字。此詩乃愈自袁州召拜國子祭酒行次盆城作，時元和十五年（八二〇）九月也。（見舊注）爾時柳喪方北返，而劉亦或過鄂與李相見。

寄唐州楊八歸厚

淮西古地雍州師，畫角金鐃旦夕吹。淺草遥迎鸐鸖馬，春風亂颭辟邪旗。謫仙年月今應滿，戇諫聲名衆所知。何况遷喬舊同伴，一雙先入鳳凰池。時徐晦、楊嗣復二舍人與唐州俱同年及第。

【校】

〔淮西〕紹本、崇本、全唐詩西均作安。

〔雍州師〕紹本、崇本、全唐詩雍均作擁。

【注】

〔鸐鸖馬〕按左傳定三年，唐成公如楚，有兩肅爽馬。肅爽即肅霜，詩用此典以切唐州，唐州之名取古唐國也。

【箋證】

按：原注云：「徐晦、楊嗣復二舍人與唐州俱同年及第。」據舊唐書一六五徐晦傳：「入拜中書舍人，寶曆元年（八二五）出爲福建觀察使。」一七六楊嗣復傳：「長慶元年（八二一）十月，以庫部郎中知制誥，正拜中書舍人。」則此詩作於長慶中可知。「謫仙年月」謂其自拾遺左遷復歷刺萬州及唐州也。據外集卷一春日書懷寄東洛白二十二楊八二庶子詩，時爲長慶四年（八二四），知其自唐州即徵爲庶子分司矣。　戇諫聲名本事，見本卷寄楊八拾遺詩。

又按：歸厚授唐州刺史制見白氏長慶集，其時居易正當制故也。制云：「歸厚文行器能，辱在巴峽，勵精爲理，績茂課高，區區萬州，豈盡所用？且移大郡，稍展奇才。」居易元和末爲忠州刺史，歸厚在萬州鄰郡，往還情好頗篤。

重寄絶句

淮西既是平安地，鴉路今無羽檄飛。聞道唐州最清静，戰場耕盡野花稀。

春日寄楊八唐州二首

淮西春草長，淮水透迆光。燕入新村路，人耕舊戰場。可憐行春守，立馬看斜桑。

漠漠淮上春，莠苗生故壘。梨花方城路，荻筍蕭陂水。高齋有謫仙，坐嘯清風起。

【校】

〔村路〕紹本、崇本、全唐詩路均作落。

【箋證】

按：重寄絶句一首當編在此二首之後，一則云：「戰場耕盡野花稀」，再則云：「可憐行春守，立馬看斜桑。」蓋有慨於平淮西時之殘暴，再三諷勸歸厚加意撫循，勿以坐嘯爲自得也。由此可證禹錫素志不以憲宗之黷武殘民爲然。

寄朗州温右史曹長

鷕別瑶墀鴛鷺行，綵旗雙引到沅湘。城邊流水桃花過，簾外春風杜若香。史筆枉將書紙尾，朝纓不稱濯滄浪。雲臺功業家聲在，徵詔何時出建章？

【校】

〔功業〕全唐詩功作公。

【注】

〔温右史〕謂温造，見卷二十四美温尚書鎮定興元詩。

【箋證】

按：穆宗紀，長慶元年（八二一）十二月戊寅，貶起居舍人温造爲朗州刺史。其抵任蓋在次年之春，故有「春風杜若香」之句，起居郎屬門下，起居舍人屬中書，舍人稱右史。造傳不載其先爲郎官，稱爲曹長未詳。造貶朗州，坐與李景儉飲酒事，見景儉傳中。

（雲臺功業）温造傳云：「德宗愛其才，召至京師，謂曰：卿誰家子，年復幾何？造對曰：臣五代祖大雅，外五代祖李勣，臣犬馬之年三十有二，德宗奇之，欲用爲諫官，以語泄事寢。」此句頌其家世也。

和東川王相公新漲驛池八韻

今日池塘上，初移造物權。包藏成別島，沿濁致清漣。變化生言下，蓬瀛落眼前。泛觴驚翠羽，開幕對紅蓮。遠寫風光入，明含氣象全。渚煙籠驛樹，波日漾賓筵。曲岸留緹騎，中流轉彩船。無因接元禮，共載比神仙。

【箋證】

按：王相公謂王涯，已見本集卷二。涯傳云：「穆宗即位，檢校禮部尚書、梓州刺史、劍南東川節度使。稱相公者，謂涯先以元和十一年（八一六）拜相也，故有「初移造物權」之句。唐人用此等字稱宰相，殊不以爲嫌，如白居易寄元稹詩：「憐君不久在通川，知己新提造化權。」如此之類，不勝枚舉。

酬楊八副使將赴湖南途中見寄一絶

知逐征南冠楚材，遠勞書信到陽臺。明朝若上君山上，一道巴江自此來。

【校】

〔若上〕全唐詩上下注云：一作到，絶句與一作同。

〔君山上〕全唐詩山下注云：一作望。

【箋證】

按：此詩一則云「遠勞書信到陽臺」，再則云「一道巴江自此來」，明是長慶中禹錫在夔州所作，楊副使何人待考。昌黎集有送楊支使序，據舊注乃貞元二十年（八〇四）作，楊支使爲楊儀之，相距過遠，必非其人。

酬楊司業巨源見寄

壁雍流水近靈臺，中有詩篇絶世才。渤海歸人將集去，梨園弟子請詞來。瓊枝未識魂空斷，寶匣初臨手自開。莫道專城管雲雨，其如心似不然灰。

【注】

〔楊司業〕楊巨源，見外集卷三令狐相公見河中楊少尹詩。職官志：國子監司業二員，從四品下。

【箋證】

按：楊巨源有早春即事呈劉員外云：「明朝晴暖即相隨，肯信春光被雨欺。且任文書堆案上，免令杯酒負花時。馬蹄經歷須應遍，鶯語丁寧已怪遲。更待雜芳成艷錦，鄴中争唱仲宣詩。」劉詩有「專城管雲雨」之句，是在夔州作。恐非酬此詩。楊爲貞元五年（七八九）進士，年輩在劉前，此劉員外是禹錫與否未可知。但與元白皆早有往還，寄元九詩在元和中，或禹錫永貞（八〇五）年以屯田員外郎判度支時所贈，故有「且任文書堆案上」之句也。俟再考。

酬國子崔博士立之見寄

健筆高科早絶倫，後來無不揖芳塵。徧看今日乘軒客，多是昔年呈卷人。胄子執經瞻講座，郎官共食接華裀。煩君遠寄相思曲，慰問天南一逐臣。

【箋證】

按：崔立之屢見昌黎集，有贈崔二十六立之、贈崔立之評事、酬崔二十六少府諸詩，文苑英華又有贈崔立之詩，文則有藍田縣丞廳壁記，稱：「博陵崔斯立……元和初以前大理評事言得失黜官，再轉而爲丞斯邑。」舊注云：「貞元四年（七八八），侍郎劉太真知舉，放進士三十六人，立之中第。」

又按：韓贈崔詩云：「崔侯文章苦捷敏，高浪駕天輪不盡。」禹錫此詩亦云：「健筆高科早絶倫。」容齋續筆一二論之云：「崔立之字斯立，在唐不登顯仕，他亦無傳，而韓文公推獎之備至，……觀韓公所言，崔作詩之多可知矣，而無一篇傳於今，豈非螻蚓之雜，惟敏速而不能工耶？」又云：「藍田丞壁記云：貞元初，挾其能戰藝於京師，再進再屈于人。蜀本作再進屈千人，文苑亦然，蓋他本誤以千字爲于也。」今證以禹錫健筆高科之句，不應作再屈于人明矣。

又按：詩有「天南一逐臣」之語，似是元和末在連州時作。立之官已遷至國子博士矣。

酬馮十七舍人宿衛贈别五韻

少年爲别日，隋宫楊柳陰。白首相逢處，巴江煙浪深。使星三蜀酒，春雨霑衣襟。王程促速意，夜語殷勤心。卻歸天上去，遺我雲間音。

【校】

〔題〕馮十七舍人爲馮宿，衛字各本均誤衍。

〔使星〕紹本此二句作使星上三蜀，酒雨霑衣襟。全唐詩酒作春，餘與紹本同。按：詩意本用東漢欒巴事，校者殆不識其義而臆改。

【箋證】

按：題中宿衛之衛字爲後人妄加無疑。馮宿已見外集卷一。據宿本傳，長慶元年（八二一），以考功郎中知制誥，後拜中書舍人。此詩云：「白首相逢處，巴江煙浪深，」則禹錫在夔州時，宿曾過此相見，白居易集中有送馮舍人閣老往襄陽詩，時代正合，當與此詩作於同時。再證以此詩「使星三蜀酒」及「王程促速意」之句，必宿有奉使來巴蜀襄漢之事，而史略之。使星用後漢書李郃傳「有二使星向益州分野」語，酒雨當從宋本，乃雜采郭憲、樊英、欒巴事用之。酒雨事，出神仙傳，略謂：欒巴爲尚書，正朝大會，巴獨後到，又飲酒西南噀之，自言成都市失火，故因酒爲雨以滅火。後成都言正旦大失火，會時有雨從東北來，火乃息，雨乃酒臭。

劉禹錫集箋證外集卷第六

律詩

唐侍御寄遊道林嶽麓二寺詩并沈中丞姚員外所和見徵繼作

湘西古刹雙蹲蹲，羣峯朝拱如駿奔。青松步障深五里，龍宮黯黯神爲閽。高殿呀然壓蒼巘，俯瞰長江疑欲吞。橘洲泛浮金實動，水郭繚繞朱樓騫。語餘百響入天籟，衆奇引步輕翻翻。泉清石布博棋子，蘿密鳥韻如簧言。迴廊架險高且曲，新徑穿林明復昏。淺流忽濁山獸過，古木半空天火痕。星使雙飛出禁垣，元侯餞之遊石門。紫髯翼從紅袖舞，竹風松雪香温馨。遠持青瑣照巫峽，一戛驚斷三聲猿。靈山會中身不預，吟想峭絶愁精魂。恨無黄金千萬餅，布地買取爲丘園。

【校】

〔橘洲〕結一本洲作州，誤。

〔博棋〕全唐詩博下注云：一作似。

〔不預〕崇本預作與。

【注】

〔橘洲〕御覽六九引湘中記：或曰：昭潭無底橘洲浮。昭潭，湘水至深處也。橘洲，每大水渚洲悉没而橘洲獨存焉。

〔布地〕金剛經：「一時佛在舍衛國祇樹給孤獨園，與大比丘衆千二百五十人俱。」解義：「舍衛國有一長者名須達拏。常施孤獨貧窮，故號給孤獨長老。欲請佛説法，令先卜勝地住，白太子祇陀。太子戲曰：若布金滿園即可。須達便運金布八十頃，園俱滿。太子不受金，同建精舍，請佛説法。」

【箋證】

按：唐侍御謂唐扶，已見本集卷二十八。舊唐書本傳云：元和五年（八一〇）進士登第，屢佐使府，入朝爲監察御史。沈中丞謂沈傳師，舊唐書一四九、新唐書一三二均有傳。舊唐書本傳云：「傳師擢進士，登制科乙第。授太子校書郎，鄠縣尉，直史館，轉左拾遺、左補闕，並兼史職。遷司門員外郎、知制誥，召充翰林學士，歷司勳、兵部郎中，遷中書舍人。性恬退無競，時翰林未有承旨，次當傳師爲之，固稱疾，宣召不起，乞以本官兼史職。俄兼御史中丞，出爲潭州刺史、湖南觀察使。入爲尚書右丞。出爲洪州刺史、江南西道觀察使，轉宣州刺史、宣歙池觀察使，入爲吏部侍郎。大和元年（八二七）卒，年五十九。」又據穆宗紀，長慶三年（八二三），宰相監修國史杜元穎奏，史官沈傳師除鎮湖南，其本分修史便令將赴本任修撰。是時禹錫正在夔州。故有「遠持青瑣照巫峽」之句。又唐、姚必奉使至潭州者，故云「星使雙飛出禁垣」。姚員外待考。

〔道林嶽麓〕按：方輿勝覽云：「道林寺在嶽麓山下，距善化縣八里。寺有四絶堂，保大中馬氏建，謂沈傳師、裴休筆札，宋之問、杜甫篇章。治平間，蔣穎叔作記曰：彼以杜詩沈書爲絶，吾無敢言，若夫遺歐陽詢而取裴休，置韓愈而取宋之問，則未然，乃爲詮次，沈書一也，詢書二也，杜詩三也，韓詩四也。」又：「嶽麓寺在山上，百餘級乃至，今名惠光寺，下有李邕麓山寺碑。」今考韓愈集有陪杜侍御遊湘西兩寺獨宿有題因獻楊常侍詩，是永貞元年（八〇五）作，其詩實非詠此二寺也。

附録一　唐扶　使南海道長沙題道林嶽麓寺詩

道林嶽麓仲與昆，卓犖請從先後論。松根踏雲二千步，始見大屋開三門。泉清或戲蛟龍窟，殿豁數盡高帆掀。即今異鳥聲不斷，聞道看花春更繁。從容一衲分若有，蕭瑟雨鬢吾能髠。逢迎侯伯轉覺貴，膜拜佛像心加尊。稍揖皇英類濃淚，試與屈賈招清魂。荒唐大樹悉楠桂，細碎枯草多蘭蓀。沙彌去學五印字，静女來懸千尺幡。主人念我塵眼昏，半夜號令期至暾。遲回雖得上白舫，羈紲不敢言緑尊。兩祠物色採拾盡，壁間杜甫真少恩。晚來光彩更騰射，筆鋒正健如可吞。

附録二　沈傳師　次潭州酬唐侍御姚員外遊道林嶽麓寺題示詩

承明年老輒自論，乞得湘守東南奔。爲聞楚國富山水，青嶂邐迤僧家園。含香珥筆皆眷舊，謙抑自忘臺省尊。不令執簡候亭館，真許攜手遊山樊。忽驚列岫曉來逼，朔雪洗盡煙嵐昏。碧波迴嶼三山轉，丹檻繚郭千艘屯。華鑣躞蹀絢沙步，大旆綵錯輝松門。樛枝競鶱龍蛇勢，折幹不滅風霆痕。相重古殿倚崒腹，别引新徑縈雲根。目傷平楚虞帝魂，情多思遠聊開尊。危絃細管逐歌飄，畫鼓繡靴隨節翻。鏘金七言凌老杜，入木八法蟠高軒。嗟余淹倒久不利，忍復感激論元元！

附録三　崔珏　道林寺詩

臨湘之濱麓之隅，西有松寺東岸無。松風千里擺不斷，竹泉瀉入千僧廚。宏梁大棟何足貴？山寺難有山泉俱。四時惟夏不敢入，燭龍安敢停斯須？遠公池上種何物？碧羅扇底紅鱗魚。香閣朝鳴大法鼓，天宫夜轉三乘書。野花市井栽不著，山雞飲啄聲相呼。金檻僧迴步步影，石盆水濺聯聯珠。北臨高處日正午，舉手欲摸黄金烏。遥江大船小於葉，遠村雜樹齊如蔬。潭州城郭在何處？東邊一片青模糊。今來古往人滿地，勞生未了歸丘墟。長卿之門久寂寞，五言七字誇規模。我吟杜詩清入骨，灌頂何必須醍醐。白日不照耒陽縣，皇天厄死飢寒軀。明珠大貝採欲盡，蚌蛤空滿赤沙湖。今我題詩亦無味，懷賢覽古成長吁。不如興罷過江去，已有好月明歸途。

附録四　韋蟾　岳麓道林寺詩

石門迥接蒼梧野，愁色陰深二妃寡。廣殿崔巍萬壑間，長廊詰曲千巖下。静聽林飛念佛鳥，細看壁畫馱經馬。暖日斜明螮蝀梁，濕煙散羃鴛鴦瓦。北方部落檀香塑，西國文書貝葉寫。壞欄迸竹醉好題，窄路垂藤困堪把。沈裴筆力鬥雄壯，宋杜詞源兩風雅。他方居士來施齋，彼岸上人投結夏。悲我未離擾擾徒，勸我休學悠悠者。何時得與劉遺民，同入東林遠公社？

今按升庵詩話誤以唐扶詩亦爲沈傳師詩，别録崔珏、韋蟾二詩，皆可與禹錫詩並觀，諸家皆淵源於杜甫此題而各極變化也。

遥和韓睦州元相公二君子

玉人紫綬相輝映，卻要霜髯一兩莖。其奈無成空老去，每臨明鏡若爲情？

【注】

〔韓睦州〕謂韓泰。集中涉及泰者，尚有卷九、二十八、外集卷八、十等篇。

〔元相公〕謂元稹。集中涉及稹者，尚有卷二十、三十、外集卷一、二、五、七等篇。

【箋證】

按：韓睦州謂韓泰，元相公謂元稹。郎官石柱題名考一三引嚴州重修圖經：韓泰，長慶四年（八二四）六月二十五日自郴州刺史拜。韓泰，大和元年（八二七）七月三日自睦州刺史拜，遷常州刺史。則此詩當作於長慶四年（八二四）至大和元年（八二七）之間。又吴興志：韓泰，大和元年（八二七）七月三日自睦州刺史拜，遷常州刺史。疑泰已被金紫之賜，故云玉人紫綬，而禹錫猶著刺史緋，故云每臨明鏡若爲情也。唐制刺史借緋，禹錫若未至從五品下階朝散大夫，解刺史任即仍須再著青袍。白居易自忠州刺史召爲司門員外郎，繼遷主客郎中知制誥，作詩云：「卻着青袍侍玉除」是也。就禹錫集中觀之，其在蘇州繫銜爲朝議大夫，即已階正五品矣，其初加從五品階雖不能確知在何時，據本卷酬嚴給事賀加五品詩，似當在直集賢院時。

張郎中籍遠寄長句開緘之日已及新秋因舉目前仰酬高韻

南宫詞客寄新篇，清似湘靈促柱絃。京邑舊遊勞夢想，歷陽秋色正澄鮮。雲銜日脚成山雨，風駕潮頭入渚田。對此獨吟還獨酌，知音不見思蒼然。

【校】

〔蒼然〕全唐詩蒼作愴。

【箋證】

按：張籍，舊唐書一六〇、新唐書一七六均有傳，舊傳云，累授國子博士水部員外郎，轉水部郎中卒。新傳云仕終國子司業。皆甚簡略。籍寄和州劉使君詩云：「別離已久猶爲郡，閒向春風倒酒缾。送客特過沙口堰，看花多上水心亭。晚來江氣連城白，雨後山光滿郭青。到此詩情應更遠，醉中高詠有誰聽？」即禹錫所謂遠寄長句也。籍爲和州人，故能舉此州風物。二人相識蓋亦在貞元、永貞間，故原唱云「別離已久」，和作云「京邑舊遊」。又籍贈主客劉郎中詩云：「憶昔君登南省日，老夫猶是褐衣身。誰知二十餘年後，來作客曹相替人？」知禹錫罷和州後，始替籍爲主客郎中，此詩稱籍爲郎中，詩又有「南宮詞客寄新篇」之語，知禹錫在和州時，籍方爲郎中，亦確然不誤。唐詩紀事乃謂籍終主客郎中，必不然矣。

酬湖州崔郎中見寄

風筝吟秋空，不肖指爪聲。高人靈府間，律吕伴咸英。昔年與兄遊，文似馬長卿。今來寄新詩，乃類陶淵明。磨礱老益智，吟詠閑彌精。豈非山水鄉？蕩漾神機清。渚煙蕙蘭動，溪雨虹霓生。憑君虛上舍，待予乘興行。

【校】

〔不肖〕紹本、崇本均作不有。

〔伴咸英〕紹本、崇本伴均作侔。

【箋證】

按：崔郎中謂崔玄亮，本集卷二十五有湖州崔郎中曹長寄三癖詩……一詩。據白居易得湖州崔十八使君書喜與杭越鄰郡因成長句代賀兼寄微之詩云：「三郡何因此結緣？貞元科第忝同年。故情歡喜開書後，舊事思量在眼前。越國封疆通碧海，杭城樓閣入青煙。吳興卑小君應屈，爲是蓬萊最後仙。」據居易刺杭州在長慶二年（八二二）至四年（八二四），與玄亮刺湖州同時，則禹錫作此詩時在夔州也。詩蓋效原作之體，故與禹錫之風格稍不類。

酬楊八庶子喜韓吳興與予同遷見贈　依本韻次用。

早遇聖明朝，雁行登九霄。吳興與予中外兄弟。文輕傅武仲，酒逼蓋寬饒。捨矢同瞻鵠，當筵共賽梟。吳興與予同年判入等第。琢磨三益重，唱和五音調。臺柏煙常起，池荷香暗飄。吳興與予同爲御史，門外有蓮池也。星文辭北極，旗影度東遼。吳興自度支郎中出爲行軍司馬，所從即范僕射，昔范明友爲度遼將軍。直道由來黜，浮名豈敢要？三湘與百越，雨散又雲摇。遠守慙侯籍，徵還荷詔條。悴容唯舌在，别恨幾魂銷。滿眼悲陳事，逢人少舊寮。煙霞爲老伴，蒲柳任先凋。虎綬懸新印，龍舸理去橈。斷腸天北郡，攜手洛陽橋。幢蓋今雖貴，弓旌會見招。其如草玄客，空宇久寥寥。

【校】

〔御史門〕紹本、全唐詩門上有臺字，崇本門作臺。

〔范明友〕崇本明作朋，誤。

【注】

〔傅武仲〕文選魏文帝典論論文：文人相輕，自古而然。傅毅之於班固，伯仲之間耳，而固小之。毅字武仲。

〔蓋寬饒〕漢書蓋寬饒傳：許伯自酌曰：「蓋君後至。」寬饒曰：「無多酌我，我乃酒狂。」丞相魏侯笑曰：「次公醒而狂，何必酒也！」

【箋證】

按：楊八庶子謂楊歸厚，外集卷一有春日書懷寄東洛白二十二楊八二庶子詩：歸厚之爲庶子，是寶曆間事。韓吴興謂韓泰，泰本傳云：「貞元中累遷至户部郎中，王叔文用爲范希朝神策行營節度行軍司馬。泰最有籌畫，能決陰事，深爲伾、叔文之所重，坐貶自虔州司馬量移漳州刺史，遷郴州。」其自郴州遷睦州，又遷湖州、常州，已見前箋。據此詩題，必是大和元年（八二七）得湖州之命，而禹錫則於罷和州後除主客分司，兩命約略同時。詩云：「遠守慙侯籍，徵還荷詔條。」「滿眼悲陳事，逢人少舊寮。」「斷腸天北郡，攜手洛陽橋。」皆述此意。惟「斷腸天北郡」語意指韓，天北二字必訛。韓之赴任，嘗過洛陽，與禹錫留連話舊，見本集卷二十八洛中逢韓七中丞之吴興口號。攜手一語兼指楊而言也。韓加中丞，出爲大郡，劉從舊資，轉入正郎，自他人視之，猶喜其遷擢，故題云喜同遷耳。

秋日書懷寄河南王尹

公府想無事，西池秋水清。去年爲狎客，永日奉高情。況有臺上月，如聞雲外笙。不知桑落酒，今歲與誰傾。

【箋證】

按：王尹謂王璠，舊唐書一六九、新唐書一七九均有傳。舊傳云：「元和五年（八一〇）擢進士第，登宏辭科……元和中入朝爲監察御史……寶曆元年（八二五）二月，轉御史中丞。時李逢吉爲宰相，與璠親厚，故自郎官掌誥，便拜中丞，恃逢吉之勢稍横，嘗與左僕射李絳相遇於街，交車而不避。……乃罷播中丞，遷工部侍郎……二年（八二六）七月，出爲河南尹。大和二年（八二八），以本官權知東都選，十月，轉尚書右丞。」禹錫此詩云「去年爲狎客」，蓋禹錫爲主客分司時，嘗與播款曲，及大和二年（八二八）入長安，乃寄此詩也。作詩後播即召還京矣。此後播之行事，新唐書本傳言之較詳，云：「初，播按武昭獄，意逢吉德己，及罷中丞，乃失望，久之出爲河南尹，……鄭注姦狀始露，宰相宋申錫，御史中丞宇文鼎密與播議除之，播反以告王守澄，而注由是傾心於播，進左丞，判太常卿事。出爲浙西觀察使。李訓得幸，播於逢吉舊故，故薦之，復召爲左丞，拜户部尚書，判度支，封祁縣男。李宗閔得罪，播亦其黨，見注求解，乃免。」甘露之變，播甫授河東節度使，未行及於難。播既與二李相附，必與禹錫行逕各殊，或不得已而虚與委蛇耳。

浙東元相公書歎梅雨鬱蒸之候因寄七言

稽山自與岐山別，何事連年鸑鷟飛？百辟商量舊相入，九天祗候遠臣歸。平湖晚泛窺清鏡，高閣晨開埽翠微。今日看書最惆悵，爲聞梅雨損朝衣。

【校】

〔題〕崇本無書字，非。

〔遠臣〕紹本缺此二字，注云逸，崇本作謫仙，全唐詩作老臣。

【箋證】

按：元稹以長慶二年（八二二）罷相，出爲同州刺史，三年（八二三）八月除浙東觀察使，大和三年（八二九）九月始入爲尚書左丞。此詩云「何事連年鸞鷟飛」，歎其久淹，望其再相也，當是大和二年（八二八）禹錫入京時作。

酬嚴給事賀加五品兼簡同制水部李郎中

九天雨露傳青詔，八舍郎官換綠衣。初佩銀魚隨仗入，宜乘白馬退朝歸。雕盤賀喜開瑶席，彩筆題詩出瑣闈。聞道水曹偏得意，霞朝霧夕有光輝。

【校】

〔仗入〕結一本仗作使；紹本、崇本、全唐詩均作仗，是。

【注】

〔李郎中〕待考。

〔八舍〕乃唐人常語，蓋謂尚書左右司及六曹，皆有郎官也。

〔水曹〕謂何遜。遜有看伏郎新婚詩：「霧夕蓮出水，霞朝日照梁。」李商隱詩所謂「霧夕詠芙蕖，何郎得意初」也。

【箋證】 按：嚴給事謂嚴休復，已見外集卷一。賀加五品者，謂加五品階官方得服緋銀魚袋也。錢大昕十駕齋養新録云：「唐制服色不視職事官而視階官之品，至朝散大夫方换五品服色衣銀緋。白樂天爲中書舍人知制誥，元宗簡爲京兆尹（當作少尹），官皆六品（謂階官），尚猶著緑。其詩所謂鳳閣舍人京兆尹（當作亞尹），白頭猶未脱青衫，南宫啓請無多日。朝散何時得入銜。劉夢得賀給事加五品詩（按詩題誤）曰：八舍郎官换緑衣……唐時臣僚章服，不論職事官之崇卑，惟論散官之品秩，雖宰相之尊，而散官未及三品，猶以賜紫繫銜。」今按錢説甚確，惟引詩微誤。京兆尹無著緑之理，元乃少尹也。銀緋金紫之賜，不必敕命，可用口宣，大中以前，階官不及三品五品而得賜者猶少，故人以詩相賀，其後則緋紫不足貴矣。禹錫之加五品階，蓋在大和二年（八二八）直集賢院時。由遠州刺史而得江北之和州，由和州而得郎中分司，由分司而真除，由主客而遷禮部直集賢院，甫得衣緋，其艱阻可謂甚矣。

裴相公大學士見示答張祕書謝馬詩并羣公屬和因命追作

草玄門户少塵埃，丞相并州寄馬來。初自塞垣銜苜蓿，忽行幽徑破莓苔。尋花緩轡威遲去，帶酒垂鞭躞蹀迴。不與王侯與詞客，知輕富貴重清才。

【校】

〔威遲〕全唐詩注云：一作逶迤。

【箋證】

按：裴相公謂裴度，大學士者兼集賢殿大學士也。度之加集賢殿大學士在文宗即位後，此詩云「丞相并州寄馬來」，必是度於元和、長慶之間初鎮河東時。若度於開成二年（八三七）再鎮河東，則同時作詩之韓愈、李絳、元稹諸人皆早不在人世矣。綜觀附録各詩，並細參禹錫製題之意，乃可斷言事在元和、長慶之間，而詩作於大和初禹錫直集賢院之日，故能與度從容追話往事。意者，此一細事而名作蔚然，故度亦必欲禹錫竄名其間，以留一時話柄耳。諸人詩稱度爲司空，據穆宗紀，度加司空是元和十五年（八二〇）九月事，是爲一證。張祕書謂張籍，本傳云，自太常寺太祝轉國子助教、祕書郎。禹錫用諸人之例故仍稱以祕書而不稱其後來所歷之官。

附録一　張籍　謝裴司空寄馬詩

騄耳新駒駿得名，司空遠自寄書生。乍離華廐移蹄澀，初到貧家舉眼驚。每被閒人來借問，多尋古寺獨騎行。長思歲旦沙隄上，得從鳴珂傍火城。（按：唐詩紀事云，此馬乃是一遲鈍不能行而多驚之馬。詩人之微而顯亦少其比。)

附録二　裴度　酬張祕書因寄馬贈詩

滿城馳逐皆求馬，古寺閒行獨與君。代步本慙非逸足，緣情何幸枉高文？若逢佳麗從教換，莫共駑駘角出羣。飛控著鞭能顧我，當時王粲亦從軍。

附録三　元稹　和張祕書因寄馬贈詩

丞相功高厭武名，牽將戰馬寄儒生。四蹄筍距藏雖盡，六尺鬢頭見尚驚。減粟偷兒憎未飽，騎驢詩客罵先行。勸君還卻司空著，莫遣衙參傍子城。

附録四　白居易　和張十八祕書謝裴相公贈馬詩

齒齊臕足毛頭膩，祕閣張郎叱撥駒。洗了頷花翻假錦，走時蹄汗踏真珠。青衫乍見曾驚否，紅粟難賒得飽無？丞相寄來應有意，遣君騎去上雲衢。

附録五　韓愈　賀張十八祕書得裴司空馬

司空遠寄養初成，毛色桃花眼鏡明。落日已曾交轡語，春風還擬並鞍行。長令奴僕知飢渴，須着賢良待性情。旦夕公歸伸拜謝，免勞騎去逐雙旌。

附録六　李絳　和裴相國答張祕書贈馬詩

高才名價欲凌雲，上駟光華遠贈君。念舊露垂丞相簡，感知星動客卿文。縱横逸氣寧稱力，馳騁長途定出羣。伏櫪莫令空度歲，黄金結束取功勳。

附録七　張賈　和裴司空答張祕書贈馬詩

閣下從容舊客卿，寄來駿馬賞高情。（原注：司空詩云：古寺閒行獨與君。）任追煙景騎仍醉，知有文章倚便成。步步自憐春日影，蕭蕭猶起朔風聲。須知上宰吹噓意，送入天門上路行。（按：張賈見外集卷五，亦禹錫故舊也。）

奉和司空裴相公中書即事通簡舊寮之作

談笑在巖廊，人人盡所長。儀形見山立，文字動星光。日運丹青筆，時看赤白囊。佇聞戎馬息，入賀領鴛行。

【校】

〔山立〕禮記樂記：「揔干而山立，武王之事也。」注：「揔干，持盾也。山立，猶正立也。」郭璞賦：「百僚山立，萬乘雲屯。」

〔赤白囊〕漢書丙吉傳：驛騎持赤白囊，邊郡發奔命書。

【箋證】

按：裴度本傳：長慶元年（八二一），以河東節度使充鎮州四面行營招討使，……進位檢校司空。（據穆宗紀，實已於元和十五年（八二〇）九月加守司空矣。）……二年（八二二）三月，度至京師，既見，先敍克融，庭湊暴亂河北，受命討賊無功，次陳除職東都，許令入覲，翌日，以度……充淮南節度使。……即日以度守司徒同平章事，復知政事。中書即事之詩必此時所作。其原詩云：「有意效承平，無功答聖明。灰心緣忍事，霜鬢爲論兵。直道身還在，恩深命轉輕。鹽梅非擬議，葵藿是平生。白日長懸照，蒼蠅漫發聲。高陽舊田里，終使謝歸耕。」蓋度始則與元稹不叶，繼又爲李逢吉所構，灰心忍事及蒼蠅發聲之語，已頗露骨矣。度云：「無功答聖明」，而禹錫和詩云：「佇聞戎馬息」，皆以幽鎮未平之故也。

微之鎮武昌中路見寄藍橋懷舊之作淒然繼和兼寄安平

今日油幢引，他年黃紙追。同爲三楚客，獨有九霄期。宿草恨長在，傷禽飛尚遲。武昌應已到，新柳映紅旗。

【注】

〔藍橋〕據長安志，藍谷水流經藍關、藍橋，在藍田縣東南。唐時自長安南行多由藍田出商山路也。

【箋證】

按：微之，元稹字。安平，韓泰字。稹晚年詩多佚，所謂藍橋懷舊，必指元和十年（八一五）同被召還諸人，其集中留呈夢得子厚致用題藍橋驛詩即先至藍橋留呈後至者之作，已見外集卷五和李六侍御詩箋證中。故禹錫此首有「他年黄紙追」之句。蓋當時同召之人今惟韓泰尚在湖州，故云同爲三楚客。稹以大和四年（八三〇）正月出鎮，故有「新柳映紅旗」之句。歷觀禹錫與稹酬和諸詩，蓋稹與永貞人物多有契分，其性情抱負有相似者，尤以同在謫籍，不能無氣類之感也。

奉和裴侍中將赴漢南留别座上諸公

金貂曉出鳳池頭，玉節前臨南雍州。暫輟洪鑪觀劍戟，還將大筆注春秋。管絃席上留高韻，山水途中入勝遊。峴首風煙看未足，便應重拜富人侯。

【注】

〔漢南〕唐人通稱襄陽爲漢南。

〔春秋〕注春秋用杜預事。

〔峴首〕用羊祜鎮襄陽事。

【箋證】

按：度本傳云：「後進宰相李宗閔、牛僧孺等不悦其所爲，故因度謝病罷相，後出爲襄陽節度。」是其赴鎮爲受李、牛之排擯，禹錫亦因之不能久居中祕矣。此詩語殊膚泛，蓋有難言之隱也。

〔裴侍中〕文宗紀，大和四年（八三〇）九月壬午，以守司徒平章軍國重事晉國公裴度守司徒兼侍中，充山南東道節度使。詩題不稱司徒而稱侍中，蓋以侍中爲門下省長官，品雖稍次而位特重耳。

〔富人侯〕漢書車千秋傳：代劉屈氂爲丞相，封富民侯。改民爲人，避唐諱也。但千秋無重拜之事，以比裴度亦不切。或是用張安世爲富平侯事，誤富平爲富民，安世嘗歸侯乞骸骨而復强起視事也。

和兵部鄭侍郎省中四松詩十韻

松是中書相公任侍郎日手栽。

右相歷中臺，移松武庫栽。紫茸抽組綬，青實長玫瑰。便有干霄勢，看成構厦材。數分天柱半，影逐日輪迴。舊賞台階去，新知谷口來。息陰常仰望，翫境幾徘徊。翠粒晴懸露，蒼鱗雨起苔。凝音助瑶瑟，飄蕊泛金罍。月桂花遥燭，星榆半對開。終須似雞樹，榮茂近昭回。

【校】

〔題〕題下原注：「松是中書相公任侍郎日手栽。」結一本是作楚，誤。紹本、崇本、全唐詩日均作時，無手字。又四松紹本作柳松。

〔翫境〕全唐詩境下注云：一作意。按：似當作景。

〔桂花〕全唐詩花下注云：一作光。

〔遥燭〕結一本遥作摇，誤。

〔半對〕紹本、英華、全唐詩半均作葉。

【注】

〔谷口〕高士傳，鄭樸字子真，谷口人。漢書王貢兩龔鮑傳：其後谷口鄭子真，蜀有嚴君平，皆修身自保，非其服弗服，非其食弗食。成帝時，元舅大將軍王鳳以禮聘子真，子真遂不詘而終。

〔雞樹〕世説新語：劉放、孫資久典樞要，夏侯獻、曹肇心内不平，殿中有雞棲樹，二人相謂：「此亦久矣，其能復幾？」

【箋證】

按：鄭侍郎謂鄭澣，舊唐書一五八、新唐書一六五均有傳，澣，故相餘慶之子。傳云：「貞元十年（七九四）舉進士。……文宗登極，擢爲翰林侍講學士。……大和二年（八二八），遷禮部侍郎，典貢舉，選拔俊秀，時號得人。轉兵部侍郎，改吏部，出爲河南尹。」原注：「松是中書相公任侍郎日手栽。」中書相公謂李宗閔，舊唐書一七六、新唐書一七四均有傳。宗閔以元和初應制科，與牛僧孺均爲李吉甫所惡，裴度鎮淮西，曾奏爲判官，與韓愈共事相善。長慶初爲中書舍人，又以科場請託被謫居外，旋召還。寶曆元年（八二五），拜兵部侍郎，大和（八二八）二年，爲吏部侍郎，三年（八二九）八月同平章事。累轉中書侍郎。詩注稱中書相公，則必在五年（八三一）以前，蓋五年（八三一）三月，牛僧孺爲中書侍郎也。（據宰相表）此時禹錫尚未奉蘇州之命，宗閔既在相位，不得不作此酬應。

附録一　鄭澣原作

丞相當時植，幽襟對此開。人知舟楫器，天假棟梁材。錯落龍鱗出，襹褷鶴翅迴。重陰羅武庫，細響静山臺。得地公堂裏，移根澗水隈。吴臣夢寐遠，秦嶽歲年摧。轉覺飛纓繆，何因繼組來？幾尋珠履迹，願比角弓培。柏悦猶依社，星高久照台。後凋應共操，無復問良媒。

附録二　唐扶和作

幽抱應無語，貞松遂自栽。寄懷丞相業，因擢大夫材。日射蒼鱗動，塵迎翠筩迴。嫩茸含細粉，初葉泛新杯。偶聖爲舟去，逢時與鶴來。寒聲連曉竹，静氣結陰苔。赫奕鳴騶至，熒煌洞户開。良辰一臨眺，憩樹幾徘徊！恨發風期阻，詩從綺思裁。還聞後凋契，凡在此中培。

附録三　姚合和作

四松相對植，蒼翠映中臺。擢幹凌空去，移根劚石開。陰陽氣潛煦，造化手親栽。日月滋佳色，煙霄長異材。清音勝在澗，寒影遍生苔。静逸霜雲履，閒看酒滿杯。同榮朱户際，永日白雲隈。密葉聞風度，高枝見鶴來。芳心難可盡，麗什妙難裁。（按重用難字必誤。）此地無因到，循環幾百回。

按：餘人尚有和作皆不足録，録唐、姚二篇。亦終不及禹錫之作，然禹錫此詩在集中亦爲下駟。

和蘇郎中尋豐安里舊居寄主客張郎中

漳濱卧起恣閒遊，宣室徵還未白頭。舊隱來尋通德里，新篇寫出畔牢愁。池看科斗成文字，鳥聽提壺憶獻酬。同學同年又同舍，許君雲路並華輈。

【注】

〔畔牢愁〕漢書揚雄傳：乃作書，往往摭離騷文而反之。自岷山投諸江流，以弔屈原，名曰反離騷。又旁惜誦以下至懷沙一卷，名曰畔牢愁。注：畔，離也。牢，聊也。與君相離，愁而無聊也。

【箋證】

按：蘇郎中待考，宣室徵還似謂其遷謫後復召，故尋舊居。主客張郎中當指張籍。張籍贈主客劉郎中詩云：誰知二十餘年後，來作客曹相替人。則作此詩時籍必猶未罷主客，疑是大和元年（八二七）禹錫初歸洛陽時作。詩云「同學同年又同舍」，籍爲貞元十五年（七九九）進士，蘇必亦是年登科。

〔豐安里〕唐兩京城坊考五：豐安坊在朱雀門街西第二街。

將赴蘇州途出洛陽留守李相公累申宴餞寵行話舊形於篇章謹抒下情以申仰謝

歲杪風物動，雪餘宮苑晴。兔園賓客至，金谷管絃聲。洛水故人別，吴宫新燕迎。越郎憂不淺，懷袖有瓊英。

【校】

〔題〕崇本無累字。

〔越郎〕紹本郎作鄉，似是。

【箋證】

按：留守李相公謂李逢吉，已見本集卷十八。據紀，大和五年（八三一），李逢吉檢校司徒兼太子太師充東都留守。逢吉惡裴度，排元稹、李紳，皆與禹錫取徑不同。大和五年（八三一），禹錫赴蘇州時，逢吉已老病失勢，亦無恩怨可言矣。

吴興敬郎中見惠斑竹杖兼示一絶聊以謝之

一莖炯炯琅玕色，數節重重玳瑁文。拄到高山未登處，青雲路上願逢君。

【注】

〔敬郎中〕待考。

和浙西王尚書聞常州楊給事製新樓因寄之作

文昌星象盡東來，油幕朱門次第開。且上新樓看風月，會乘雲雨一時迴。尚書在南宮爲左丞，給事與禹錫皆是郎史。

【校】

〔題〕全唐詩無王字，聞下注云：一無此。

〔文昌星象〕全唐詩昌下注云：一作章，星下注云：一作新。

【箋證】

按：王尚書謂王璠，已見本卷秋日書懷寄河南王尹詩。璠本傳云：大和六年（八三二）八月，檢校禮部尚書、潤州刺史、浙西觀察使。八年（八三四），李訓得幸，累薦於上，召還復拜右丞。楊給事謂楊虞卿，已見外集卷二，虞卿本傳云，大和六年（八三二）轉給事中，七年（八三三）出爲常州刺史。此詩正是七年八年（八三三、八三四）之間所作。原注云：「尚書在南宮爲左丞，給事與禹錫皆是郎吏。」則以虞卿本傳云：長慶四年（八二四）八月改吏部員外郎，大和二年（八二八）……以檢下無術，停見任。及李宗閔、牛僧孺輔政，起爲左司郎中。宗閔、僧孺輔政是大和四年（八三〇）間事，禹錫方爲禮部郎中，故云皆是郎吏。璠本傳云：大和二年（八二八）十月轉尚書右丞，四年（八三〇）十二月遷左丞，年月亦正合。

酬浙東李侍郎越州春晚即事長句

越中藹藹繁華地，秦望峯前禹穴西。湖草初生邊雁去，山花半謝杜鵑啼。青油晝捲臨高閣，紅旆晴翻繞古隄。明日漢庭徵舊德，老人争出若耶溪。後漢劉寵爲會稽，大治，及徵還，山陰忽有五六老叟自若耶山谷間出，人齎百錢以送寵，寵勞之。答曰：「自明府下車，民不見吏，年老遇值聖明，故自抉奉送。」寵爲人選一大錢受之。

【校】

〔忽有〕紹本、崇本忽均作縣。

〔遇值〕紹本遇作遭。

〔自抉〕紹本無此二字。

【注】

〔秦望〕南史何胤傳：胤以若耶處勢迫隘，不容學徒，乃遷秦望山。

〔禹穴〕史記自序：太史公有子曰遷，十歲則誦古文，二十而南游江淮，上會稽，探禹穴。注：會稽上有孔穴，民間云：禹入此穴。

〔若耶溪〕水經注：若耶溪水上承嶕峴麻溪，谿之下孤潭周數畝，麻潭下注若耶溪，水至清，照衆山倒影，窺之如畫。太平寰宇記：若耶溪在會稽縣東二十八里。

【箋證】

按：李侍郎謂李紳，舊唐書一七三、新唐書一八一均有傳。紳爲長慶、會昌間兩黨起伏中之最有關者，舊唐書本傳云：「穆宗召爲翰林學士，與李德裕、元稹同在禁署，時稱三俊，情意相善。尋轉右補闕。長慶元年（八二一）三月，改司勳員外郎、知制誥。二年（八二二）二月，超拜中書舍人，内職如故。俄而稹作相，尋爲李逢吉教人告稹陰事，稹罷相出爲同州刺史。時德裕與牛僧孺俱有相望，德裕恩顧稍深。逢吉欲用僧孺，懼紳與德裕沮於禁中，二年（八二二）九月，出德裕爲浙西觀察使，乃用僧孺爲平章事，以紳爲御史中丞，冀離内職，易掎摭而逐之。……乃改授户部侍郎。中尉王守澄用事，逢吉令門生故吏結託守澄爲援以傾紳，晝夜計畫。會紳族子虞，文學知名，隱居華陽，自言不樂仕進，時來京師省紳。虞與從伯耆、進士程昔範皆依紳。及耆拜左拾遺，虞在華陽寓書與耆求薦，書誤達於紳。紳以其進退二三，以書誚之，虞大怨望。及來京師，盡以紳嘗所密話言逢吉姦邪附會之語告逢吉。逢吉大怒，問計於門人張又新、李續之，……敬宗初即位，逢吉快紳失勢，慮嗣君復用之……言李紳在内署時嘗不利於陛下，請行貶逐。帝初即位，方倚大臣，不能自執，乃貶紳端州司馬。……及寶曆改元大赦，逢吉定赦書節文，不欲紳量移，但云左降官已經量移者與量移，不言左降官與量移，韋處厚復上書論之。……紳方移爲江州長史，再遷太子賓客分司東都。大和七年（八三三），李德裕作相。七月，檢校左散騎常侍、越州刺史、浙東觀察使。九年，李訓用事，李宗閔復相，與李訓、鄭注連衡，排擯德裕罷相，紳與德裕俱以太子賓客分司。開成元年（八三六），鄭覃輔政，起德裕爲浙西觀察使，紳爲河南尹。」及會昌中德裕秉政，紳亦自淮南節度入相，則非禹錫所及知矣。此詩是禹錫在蘇州時作，侍郎稱紳之舊官也。紳有卻渡西陵别越中父老一詩云：「海潮晚上江風急，津吏篙師語默齊。傾手奉觴看故老，擁流争拜見孩提。慙非杜母臨襄峴，自鄙朱翁别會稽。漸舉雲帆煙水闊，杳然鳧雁各東西。」語意格調均近似。

酬淮南牛相公述舊見貽

少年曾忝漢庭臣，晚歲空餘老病身。初見相如成賦日，尋爲丞相掃門人。追思往事咨嗟久，喜奉清光笑語頻。猶有登朝舊冠冕，待公三日拂埃塵。

【校】

〔登朝〕全唐詩注云：一作當時，唐詩紀事此句作：猶有當時舊冠劍。

〔三日〕紹本、崇本均作三日。全唐詩作三入，注云：牛相再入中書，故以三入期之。按：三入爲唐人常用語，外集卷十代裴相公祭李司空文云：「某忝三入，」李商隱獻杜悰詩亦云：「待公三入相，丕祚始無窮。」

【箋證】

按：唐詩紀事三九牛僧孺條下云：「公赴舉之秋，嘗投贄於劉補闕禹錫，對客展卷，飛筆塗竄其文。歷二十餘載，劉轉汝州，公鎮海（按：當作淮。）南，枉道駐旌信宿，酒酣賦詩，劉方悟往年改公文卷。僧孺詩曰：粉署爲郎四十春，今來名輩更無人。休論世上升沉事，且鬬尊前見在身。珠玉會應成咳唾，山川猶覺露精神。莫嫌恃酒輕言語，曾把文章謁後塵。禹錫和云……牛公吟和詩，前意稍解，曰：三日之事何敢望焉？（原注：宰相三朝後主印，可以昇降百司也。）於是移宴竟夕，方整前驅也。劉乃戒其子咸久、承雍曰：吾成人之志，豈料爲非？汝輩進修，守中爲上。」僧孺本傳：大和三年（八二九），李宗閔輔政，屢薦僧孺有才，不宜居外，四年（八三〇）正月召還，守兵部尚書同平章事。六年（八三二）十二月，檢校左僕射兼平章事、揚州大都督府長史，淮南節度副大使、知節度事。」禹錫詩題稱淮南牛相公，則必大和七年（八三三）以後作，禹錫與僧孺相識未必始於是年，若謂禹錫自蘇州赴汝州新任枉道至揚州謁之，則情理所有耳。至雲谿友議載此事而云僧孺鎮漢南，恐亦是淮南之誤。僧孺爲永貞（八〇五）進士，貞元、永貞之間，禹錫方爲時望所歸，僧孺以新進來謁，而禹錫待以後輩，固不足怪。唐人既傳聞如此，諒非虛構，恐載筆者記憶或偶疏耳。僧孺大和四年（八三〇）在相位，正禹錫以禮部郎中直集賢院時，丞相掃門人謂此也。惟僧孺詩云：「粉署爲郎四十春」，自貞元二十年（八〇四）至大和七八年（八三三、八三四）終尚不及此數。

〔掃門〕史記齊悼惠王世家：「魏勃少時欲求見齊相曹參，家貧無以自通，乃常獨早夜掃齊相舍人門外，相舍人怪之，以爲物而伺之，得勃，勃曰：願見相君無因，故願爲子掃，欲以求見。於是舍人見勃，曹參因以爲舍人，一爲參御言事，參以爲賢。」按：詩云「丞相掃門人」，與本事微不合，詩人之詞固不妨變通耳。

酬鄭州權舍人見寄二十韻

朱户凌晨啓，碧梧含早涼。人從桔槔至，書到漆沮傍。抃會因佳句，情深取斷章。愜心同笑語，入耳勝笙簧。憶昔三條路，居鄰數仞牆。舍人舊宅光福，時忝東鄰。學堂青玉案，綵服紫羅囊。麟角看成就，龍駒見抑揚。彀中飛一箭，雲際落雙鶬。舍人一舉登科，又判入等第。甸邑叨前列，天臺愧後行。鄙人爲渭南主簿十年，舍人方尉其邑，及罹譴謫，重入南宫爲禮部郎中，舍人方任考功員外。鯉庭傳事業，雞樹逐翺翔。書殿連鴆鵲，神池接鳳凰。追遊蒙尚齒，惠好結中腸。鄙人在集賢與西掖接近，日夕追遊。鑁翮方擡舉，危根易損傷。一麾憐棄置，五字借恩光。鄙人出牧姑蘇，舍人草制。汝海崆峒秀，溱流芍藥芳。風行能偃草，境静不争桑。鄙人轉臨汝，舍人牧滎陽。轉旆趨關右，頒條帀渭陽。病吟猶有思，老醉已無狂。塵滿鴻溝道，沙驚白狄鄉。佇聞黄紙詔，促召紫微郎。

【校】

〔題〕紹本、崇本、全唐詩均作十二韻，誤。

〔桔檏〕崇本作滎澤，必校者臆改，按：左傳莊二十八年：「楚子元伐鄭，入于桔柣之門。」即用此，字微異耳。全唐詩作桔柣。

〔光福〕全唐詩下有里字。

〔爲渭南〕紹本、崇本、全唐詩爲均作離。

〔樹逐〕紹本、崇本、全唐詩逐均作遂。

〔鴂鵲〕崇本、結一本鴂均作鳴，非。

〔鑁翮〕結一本鑁作微，非。

〔行能〕崇本二字乙。

〔牧滎陽〕崇本牧作收，誤。

【注】

〔争桑〕史記吴世家，楚邊邑卑梁氏之處女，與吴邊邑之女争桑，二女家怒相滅。

〔鴻溝〕指鄭州。

〔白狄〕指同州。

【箋證】

按：權舍人謂權璩，附見舊唐書一四八、新唐書一六五權德輿傳。璩，德輿之子也。世系表：璩字大圭，鄭州刺史。則鄭州爲其終官。嘉定鎮江志：璩，元和二年（八〇七）登第。據郎官石柱題名，璩曾爲司勳郎中。新唐書璩傳，自中書舍人貶閬州刺史，文宗憐其母病，徙鄭州。據紀爲大和九年（八三五）八月事，由李宗閔牽累貶官。

又按：璩之爲人無甚可考。昌黎集唐故相權公墓碑，德輿以元和十三年（八一八）卒，碑中稱璩之官爲監察御史，蓋在其任渭南尉以後也。德輿在日，璩已仕宦得志矣。故德輿有璩授京兆府參軍戲書以示兼呈獨孤郎詩云：「見爾府中趨，初官足慰吾。老牛還舐犢，凡鳥亦將雛。喜至翻成感，癡來或欲殊。因慙玉潤客，應笑此非夫。」

〔漆沮〕書禹貢，「漆沮既從，灃水攸同。」同州之名即取於此。水經注：漆水出扶風杜陽縣東，北入于渭，沮水出北地直路縣東，東入于洛。與春秋時白狄皆當同州之境。

奉和裴令公夜宴

天下蒼生望不休，東山雖有但時遊。從來海上仙桃樹，肯逐人間風露秋。

【校】

〔從來〕全唐詩從下注云：一作後。

洛濱病卧李侍郎見惠藥物謔以文星之句

隱几支頤對落暉，故人書信到柴扉。周南留滯商山老，星象如今屬少微。

【校】

〔題〕崇本無洛濱二字。紹本、全唐詩李上有户部二字，句下有裴然仰酬四字。

〔支頤〕絶句頤作頭。

【箋證】

按：此詩與本集卷二十八奉送李户部侍郎自河南尹再除本官歸闕一詩當是同時之作。彼詩有「華星卻復文昌位」之句，所謂譴以文星，未知即由此否。珏本傳云：大和五年（八三一），李宗閔、牛僧孺爲相，與珏親厚，改度支郎中知制誥，遂入翰林充學士。七年（八三三）三月，正拜中書舍人。九年（八三五）五月，轉户部侍郎充職。七月，宗閔得罪，珏坐累出爲江州刺史。開成元年（八三六）四月，以太子賓客分司東都，遷河南尹。二年（八三七）五月，李固言入相，召珏復爲户部侍郎判本司事。此即禹錫與之唱酬時也。傳又云：（開成）三年（八三八），楊嗣復輔政，薦珏以本官同平章事。珏與固言、嗣復相善，自固言得位，相繼援引居大政，以傾鄭覃、陳夷行、李德裕三人。此則與禹錫必不相洽者，故兩詩意皆浮泛。珏於武宗即位後得罪，禹錫仍酬以一詩，見本集卷二十二。至宣宗時再以牛黨召還，則禹錫所不及見。

又按：白居易有看夢得題答李侍郎詩中有文星之句因戲和之詩云：「看題錦繡報瓊瓌，俱是人天第一才。好遣文星守躔次，亦須防有客星來。」

酬留守牛相公宫樹早秋寓言見寄

曉月映宫樹，秋光起天津。涼風梢動葉，宿露未生塵。景氣尚芳麗，曠望感心神。揮豪成逸韻，開閤遲來賓。擺去將相印，漸爲逍遥身。如招後房宴，卻要白頭人。

【校】

〔題〕崇本、全唐詩樹均作城。

〔梢動〕紹本、崇本、全唐詩梢均作稍。

〔露未〕結一本作路木，誤。

〔景氣〕全唐詩景作星，注云：一作景。

【箋證】

按：白居易有酬牛相公宫城早秋寓言見示兼呈夢得詩云：「七月中氣後，金與火交争。一聞白雪唱，暑退清風生。碧樹未摇落，寒蟬始悲鳴。夜涼枕簟滑，秋燥衣巾輕。疏受老慵出，劉楨疾未平。何人伴公醉？新月上宫城。」疏受，居易自比爲太子少傅。劉楨，指禹錫方卧疾也。居易授太子少傅分司在大和九年（八三五），僧孺爲東都留守在開成二年（八三七）五月。次年九月即徵拜左僕射，此詩未知二年抑三年之早秋作。

牛相公留守見示城外新墅有溪竹林月親情多往宿遊恨不得去因成四韻兼簡洛中親故之什兼命同作

別墅洛城外，月明村徑通。光輝滿池上，絲管發舟中。隄艷菊花露，島涼松葉風。高情限清禁，寒漏滴深宮。

【校】

〔題〕紹本、崇本、全唐詩林均作秋，結一本作杖，誤。

〔村徑〕紹本、崇本、全唐詩徑均作埜。

〔池上〕紹本、崇本、全唐詩池均作地。

【箋證】

按：白居易有奉和思黯自題南莊見示兼呈夢得詩云：「謝家別墅最新奇，山展屏風花夾籬。曉月漸沉橋脚底，晨光初照屋梁時。臺頭有酒鶯呼客，水面無塵風洗池。除卻吟詩兩閒客，此中情狀更誰知？」又早春憶遊思黯南莊因寄長句云：「南莊勝處心常憶，借問軒東早晚遊。美景難忘竹廊下，好風争奈柳橋頭。冰消見水多於地，雪霽看山盡入樓。若待春深始同賞，鶯殘花落卻堪愁。」僧孺以園墅誇勝如此。

和僕射牛相公追感韋裴六相登庸皆四十餘未五十薨殁豈早榮早枯之義今年將六十猶粗强健因親故勸酒率爾成篇并見寄之作

坐鎮清朝獨殷然，閒徵故事數前賢。用材同踐鈞衡地，禀氣終分大小年。威鳳本池思泛泳，仙槎舊路望迴旋。猶憐綺季深山裏，唯有松風與石田。

【校】

〔題〕紹本、崇本、全唐詩率爾均作率然。

〔本池〕結一本缺本字。

【箋證】

按：自元和三四年（八〇八、八〇九）裴垍爲相後別無姓裴而早逝之宰相，韋或指韋貫之，餘不詳。

和僕射牛相公以離闕庭七年班行親故亡殁十無一人再覩龍顔喜慶雖極感歎風燭能不愴然因成四韻并示集賢中書二相公所和

久辭龍闕擁紅旗，喜見天顔拜赤墀。三省英寮非舊侣，萬年芳樹長新枝。交朋接武居仙院，幕客追風入鳳池。雲母屏風即施設，可憐榮耀冠當時。

【箋證】

按：牛僧孺以大和六年（八三二）出鎮淮南，旋爲東都留守，開成三年（八三八）徵拜左僕射，詩題所謂「離闕庭七年」指此。稱以「僕射」，正其初入京時，蓋僧孺寄詩而禹錫自洛陽遥和之也。中書相公爲楊嗣復爲李珏未可知，集賢相公或是陳夷行。然夷行非牛黨，此時非牛黨正失勢也。餘詳下篇。

〔雲母屏風〕後漢書鄭弘傳略云：「弘少爲鄉嗇夫，太守第五倫行春，見而深奇之，召署督郵。後弘代鄧彪爲太尉，時舉將第五倫爲司空，班次在下，每朝見，弘曲躬自卑，帝問知其故，遂聽置雲母屏風，分隔其間，由此以爲故事。」僧孺自寶曆中鎮武昌，至是十餘年，幕客有在朝端者矣。詩中要義在此，必僧孺原詩舉此爲言，以唐人唱酬通例揆之，答詩必與原詩相呼應，故必合唱酬諸詩通觀，方能深悉此中情事，惜本集中所涉及之篇章尚多零落耳。又：卓異記與使主同時爲相條，舉杜佑、權德輿與牛僧孺、李珏爲例。德輿與佑之事，則誠然矣。其敍僧孺與珏則云：「牛公自中書侍郎出鎮武昌，辟珏爲書記，始授殿中侍御史。其後十餘年間，珏已爲户部侍郎平章事，時牛公自右僕射再入爲相，正與珏同列相庭，當代以爲盛矣。」其實珏以開成三年（八三八）入相，至武宗即位得罪，僧孺雖爲端揆，未嘗秉鈞，不得謂「再入爲相與珏同列相庭」也。然禹錫詩中「幕客追風入鳳池」一語，自以卓異記所言爲最允當之注脚，特其措詞微不精確耳。

和僕射牛相公見示長句

静得天和興自濃，不緣宦達性靈慵。大鵬六月有閒意，仙鶴千年無躁容。流輩盡來多歎息，官班高後少過從。唯應加築露臺上，賸見終南雲外峯。

【箋證】

按：此詩當是開成三年（八三八）九月僧孺入爲左僕射以後，次年八月出鎮襄陽以前所作。「流輩盡來多歎息，官班高後少過從」二語亦與前一首有關，其爲先後之作無疑。據僧孺本傳云：「不獲已入朝，屬莊恪太子初薨，延英中謝，語及太子，乃懇陳父子君臣之義，人倫大經，不可輕移國本，上爲之流涕。是時宰輔皆僧孺僚舊，未嘗造其門，上頻宣召，託以足疾。」所謂僚舊似即指楊嗣復、李珏。嗣復與僧孺同年進士，名輩相若，惟珏於僧孺初相時，始自司勳員外郎知制誥入翰林。僧孺此時似有不復與聞朝政之意，詩中微旨可見。豈預測朝局將變，有懲於甘露四相之禍，抑以僕射爲閒職，不樂居此空名耳。

和牛相公雨後寓懷見示

金火交争正抑揚，蕭蕭飛雨助清商。曉看紈扇恩情薄，夜覺紗鐙刻數長。樹上早蟬纔發響，庭中百草已無光。當年富貴亦惆悵，何況悲翁髮似霜？

【校】

〔題〕紹本、崇本雨上有夏末二字。

【箋證】

按：當年富貴謂正當富貴時，此句指牛，下句自謂，仍寓不平之意。唐人製題皆無泛設之字。既云雨後寓懷，即非全寫雨後之景，既云寓懷，即必有言外之意，與下一首林亭雨後偶成之别無寓意者不同。金火交争，紈扇恩情、百草無光等語，非即大和、開成間黨争之謂乎？禹錫既與李德裕交厚，與李宗閔輩實無緣分，而於僧孺又不得不隨遇周旋。介於其間，頗難因應。故末語但以感慨出之，可不着邊際也。詩題但稱牛相公，無僕射字，必開成三年（八三八）僧孺未内召時所作。

牛相公林亭雨後偶成

飛雨過池閣，浮光生草樹。新竹開粉匳，初蓮爇香炷。野花無時節，水鳥自來去。若問知境人，人間第一處。

【箋證】按：白居易有奉和思黯相公雨後林園見示詩云：「新晴夏景好，復此池邊地。煙樹緑含滋，水風清有味。便成林下隱，都忘門前事。騎吏引歸軒，始知身富貴。」詩體正同，即唐人所常用之仄韻五律也。玩居易之詩，是僧孺任東都留守時作。

和牛相公題姑蘇所寄太湖石兼寄李蘇州

震澤生奇石，沈潛得地靈。初辭水府出，猶帶龍宫腥。登自江湖國，來榮卿相庭。從風夏雲勢，上漢古槎形。拂拭魚鱗見，鏗鏘玉韻聆。煙波含宿潤，苔蘚助新青。嵌穴胡雛貌，纖鋩蟲篆銘。孱顔傲林薄，飛動向雷霆。煩熱近還散，餘酲見便醒。凡禽不敢息，浮𣽦莫能停。静稱垂松蓋，鮮宜映鶴翎。忘憂常目擊，素尚與心冥。眇小欺湘燕，團圓笑落星。徒然想融結，安可測年齡？采取詢鄉耋，搜求按舊經。垂鈎入空隙，隔浪動晶熒。有獲人争賀，歡謡衆共聽。一州驚閲寶，千里遠揚舲。覩物洛陽陌，懷人吴御亭。寄言垂天翼，早晚起滄溟。

【校】

〔登自〕紹本、崇本、全唐詩、英華登均作發。

〔敢息〕英華息作宿。

〔鄉耋〕英華耋作老。

〔垂鈎〕英華鈎作釣。

【箋證】

按，僧孺原詩題云：李蘇州遺太湖石奇狀絶倫因題二十韻奉呈夢得樂天，詩末四句云：「念此園林寶，還須識别精。詩仙有劉白，爲汝數逢迎。」白居易亦有和詩，無深意，不録。此時風氣初以蘇州之太湖石爲珍玩，洛陽朝貴紛紛以此爲園林點綴，而蘇州之民勞矣。諸詩人往往以此爲言，如姚合云：「奇哉賣石翁，不傍豪貴家。負石聽苦吟，雖貧亦來過。貴我辨識精，取價復不多。」皮日休云：「白丁一云取，難甚網珊瑚。……求之煩耄倪，載之勞舳艫。通侯一以眄，貴卻驪龍珠。」禹錫詩道及搜采載運之艱，尚存託諷之意，如牛僧孺之輩，未必能領會此旨也。

〔吴御亭〕趙殿成王右丞集注云：「太平寰宇記：御亭驛在常州東南一百三十八里。輿地記云：御亭在吴縣西六十里，吴大帝所立。梁庾肩吾詩云：御亭一回望，風塵千里昏，即此也。開皇九年（五八九）置爲驛。李襲譽改爲望亭驛。

和陳許王尚書酬白少傅侍郎長句因通簡汝洛舊遊之什

寥廓高翔不可追，風雪失路蹔相隨。方同洛下書生詠，又建軍前大將旗。雪裏命賓開玉帳，飲中請號駐金卮。竹林一自王戎去，嵇阮雖貧興未衰。

【校】

〔又建〕結一本、全唐詩建作見，誤。

【注】

〔白少傅〕謂白居易開成中授太子少傅，據職官志，三少俱正二品。少傅侍郎兼新舊官言之，以少傅官品雖崇而職事則以侍郎爲重，故可合稱。

〔洛下書生〕晉書謝安傳：安本能爲洛下書生詠，有鼻疾，故其音濁，名流愛其詠而弗能及，或手掩鼻以效之。按詩用此事，兼白與己身言之。

〔請號〕按請號爲軍中儀制。外集卷二何處深春好詩「書號夕陽斜」，本卷酬狄尚書詩：「仍把天兵書號筆」，皆謂此。

【箋證】

按：王尚書謂王彦威，舊唐書一五七、新唐書一六四均有傳。本傳云：元和中遊京師，求爲太常散吏，卿知其書生，補充檢討官。……累轉司封員外、郎中。弘文館舊不置學士，文宗特置一員以待彦威。尋使魏博宣慰，特賜金紫。五年（大和五年八三一），遷諫議大夫。李宗閔重之，既秉政，授平盧軍節度……淄青等觀察使。開成元年（八三六），詔拜户部侍郎，尋判度支。……三年（八三八）七月，檢校禮部尚書代殷侑爲忠武軍節度使。此詩正作於彦威到任以後。惟彦威本傳云：以邊軍訴衣賜不時，兼之朽故，左授衛尉卿停務，不言在洛陽，似與「方同洛下書生詠」之語不合，然觀外集卷九王公神道碑，彦威之授衛尉卿，實分司東都。方知是本傳略去此語之故。則禹錫在其出鎮陳許以前曾共往還，情事悉符矣。「王戎」一語頗寓調侃，觀本傳載其貢奉羨餘，勾結内官，物議鄙其躁妄，無怪其然。禹錫必不許其爲端人也。

和僕射牛相公寓言二首

兩度竿頭立定誇，迴眸舉袖拂青霞。盡抛今日貴人様，復振前朝名相家。御史定來休直宿，尚書依舊趁參衙。具瞻尊重誠無敵，猶憶洛陽千樹花。

心如止水鑒常明，見盡人間萬物情。鵰鶚騰空猶逞俊，驊騮齒足自無驚。時來未覺權爲祟，貴了方知退是榮。只恐重重世緣在，事須三度副蒼生。

【校】

〔誇〕結一本作洿，誤。

〔定來〕紹本、崇本定均作近。

〔齒足〕全唐詩齒作嚙。

【箋證】

按：此爲牛僧孺初上左僕射時之作。唐代尚書令不輕除授，故左右僕射代爲尚書省之長，上事之儀節非常隆重，其門下、中書兩省長官之侍中、中書令不能相比。然以其儀太重，事亦難行。據李漢傳，漢以大和八年（八三四）爲御史中丞，時李程爲左僕射，以儀注不定，奏請定制。先是，大和三年（八二九），兩省官同定左右僕射儀注：御史中丞已下與僕射相遇，依令致敬，斂馬側立待。僕射謝官日，大夫、中丞、三院御史就幕次參見。其觀象門外立班，既以後至爲重。大夫、中丞到班後，朝堂所由（執事胥吏）引僕射就位，傳呼贊導，如大夫就列之儀。班退，贊導亦如之。御史大夫與僕射道途相遇，則分道而行。舊事，左右僕射初上，御史中丞、吏部侍郎已下羅拜。四年，中書奏曰：僕射受中丞侍郎拜，則似太重，答郎官已下拜，則太輕。起今後，諸司四品已下官，及御史臺六品已下并郎官，並望準故事，餘依元和七年（八一二）敕處分。可之。至是因李程奏，漢議曰：「左右僕射初上，受左右丞諸曹侍郎、諸司四品及御史中丞已下拜，謹按開元禮及六典，並無此儀注，不知所起之由。或以爲僕射師長百寮，此語亦無證據，惟有曹魏時賈詡讓官表中一句語耳。且尚書令是正長，尚無受拜之文，故事，與御史中丞、司隸校尉號三獨坐。伏以朝廷比肩，同事聖主，南面受拜，臣下何安？縱有明文，尚須釐革，故禮記曰：君於士不答拜，非其臣則答之。況御史中丞、殿中御史是供奉官，尤爲不可云云。」此事幾經争持，至李漢上此議仍未能決。推原其故，唐初之左右僕射即是真宰相，故得援禮絶百僚之制，固不料後來僕射之秩雖崇，而僕射之權已去，雖除授此官者多爲前宰相，而事權已去，即不爲人所重。中丞雖爲五品官，（會昌中始升四品）而職爲臺長，丞郎雖爲尚書省屬官，而已有入相之望（以左右丞及六部侍郎同平章事者，其例甚多），故尤不肯屈躬致敬。僧孺爲僕射，已在李程之後，未知用李漢之議否。禹錫詩中詞意牽涉唐制，雖可參稽而得其大概，細節猶未能詳。

〔名相家〕牛僧孺本傳云：隋僕射奇章公弘之後，故云。

和牛相公南溪醉歌見寄

脱屣將相守沖謙，唯於山水獨不廉。枕伊背洛得勝地，鳴皋少室來軒簷。相形面勢默指畫，言下變化隨顧瞻。清池曲榭人所致，野趣幽芳天與添。有時轉入潭島間，珍木如幄藤爲簾。忽然便有江湖思，沙礫平淺草纖纖。怪石釣出太湖底，珠樹移自天台尖。崇蘭迎風緑泛豔，拆蓮含露紅襳襜。脩廊架空遠岫入，弱柳覆檻流波霑。渚蒲抽莢劍脊動，岸荻迸筍錐頭銛。攜觴命侣極永日，此會雖數心無厭。人皆置莊身不到，富貴難與逍遥兼。唯公出處得自在，決就放曠辭炎炎。座賓盡歡恣談謔，愧我掉頭還奮髯。能令商於多病客，亦覺自適非沈潛。

【校】

〔默指〕紹本、崇本默均作然。

〔抽莢〕紹本、崇本莢均作英，全唐詩作芽，注云：一作英。

【箋證】

按：南溪當即白居易詩所稱之南莊，僧孺在東都時所營别墅之名。所敍景物，與本卷各詩皆合，而詩之體格則在集中爲僅見，亦足見禹錫信筆率意爲之，非本懷所樂耳。「商於多病客」之語，自謂以足疾辭同州刺史改賓客分司也。

酬僕射牛相公晉國池上别後至甘棠館忽夢同遊因成口號見寄

已嗟池上别魂驚，忽報夢中攜手行。此夜獨歸還乞夢，老人無睡到天明。

【箋證】

按：甘棠館在壽安，已見本集卷二十五題壽安甘棠館詩。晉國池上似指假裴度之園池舉宴餞，僧孺自東都留守徵爲左僕射時也。本卷與僧孺唱和各詩皆有年月可尋，編集時每多倒置。

裴侍郎大尹雪中遺酒一壺兼示喜眼疾平一絶有閒行把酒之句斐然仰酬

捲盡輕雲月更明，金篦不用且閒行。若傾家釀招來客，何必池塘春草生。

【校】

〔疾平〕紹本、崇本平上均有初字。

【注】

〔金篦〕涅槃經：「如目盲人爲治目故，造詣良醫，是時良醫即以金篦抉其眼膜。」杜詩：「金篦空刮眼，鏡象未離銓。」

【箋證】

按：裴侍郎大尹謂裴潾，舊唐書一七一、新唐書一一八均有傳。舊傳云：「以門蔭入仕，元和初，累遷右拾遺，轉左補闕……忤旨貶爲江陵令。穆宗即位，柳泌等誅，徵潾爲兵部員外郎，遷刑部郎中。……寶曆初，拜給事中。大和四年（八三〇），出爲汝州刺史。……七年（八三三），遷左散騎常侍，充集賢殿學士。……八年（八三四），轉刑部侍郎，尋改華州刺史。九年（八三五），復拜刑部侍郎。開成元年（八三六），轉兵部侍郎。二年（八三七），加集賢院學士，判院事。尋出爲河南尹，入爲兵部侍郎。三年（八三八）四月卒。」此詩作於冬月，必是開成二年（八三七）之冬，潾之眼疾雖平，不及一年而辭世矣。

酬太原狄尚書見寄

家聲烜赫冠前賢，時望穹崇鎮北邊。身上官銜如座主，幕中談笑取同年。幽并俠少趨鞭弭，燕趙佳人奉管絃。仍把天兵書號筆，遠題長句寄山川。

【校】

〔山川〕按：山川二字於文理未愜，蓋三川之誤，禹錫時方在洛陽，集中稱洛陽爲三川者不可勝舉。

【箋證】

按：狄尚書謂狄兼謩，舊唐書八九、新唐書一一五均附狄仁傑傳中。舊傳云：「族曾孫兼謩，登進士第，元和末，解褐襄陽推官，試校書郎，言行剛正，使府知名，憲宗召爲左拾遺，累上書言事，歷尚書郎。長慶、大和中，歷鄭州刺史，以治行稱。入爲給事中。開成初……遷御史中丞……尋轉兵部侍郎。明年，檢校工部尚書太原尹，充河東節度。會昌中歷方鎮卒。」傳中敍其仕履甚簡，但據元和末解褐襄陽推官一語推之，是時爲山南東道節度使者爲李逢吉，而逢吉又於元和十一年（八一六）曾知貢舉，此非兼謩於登第後即赴逢吉使府之證乎？詩云：「身上官銜如座主」，蓋即指此。至「幕中談笑取同年」，必别有其人。逢吉於大和九年（八三五）已卒，兼謩之除河東，乃以裴度内召之故，事在開成三年（八三八）。兼謩爲逢吉之黨，禹錫必不重之，姑以應酬語頌之耳。

酬宣州崔大夫見寄

白衣曾拜漢尚書，今日恩光到敝廬。再入龍樓稱綺季，應緣狗監説相如。中郎南鎮權方重，内史高齋興有餘。遥想敬亭春欲暮，百花飛盡柳花初。

【注】

〔白衣〕後漢書鄭均傳：公車特徵，再遷尚書。……帝東巡過任城，乃幸均舍，勅賜尚書禄以終其身，時人號爲白衣尚書。禹錫之禮部尚書乃檢校虚銜，故以白衣爲比。

〔狗監〕漢書司馬相如傳：蜀人楊得意爲狗監侍上，上讀子虚賦而善之，曰：朕獨不得與此人同時哉？得意曰：臣邑人司馬相如自言爲此賦。

〔中郎南鎮〕按南朝以南中郎將督江南州郡。

〔高齋〕按輿地紀勝一九：寧國府：高齋在府治東，齊永泰中謝元暉出守，有郡内高齋閒坐答吕法曹詩。

〔敬亭〕清一統志：敬亭山在寧國府城北十里。謝朓有敬亭山詩，朓爲宣城内史，故以比崔。

【箋證】

按：崔大夫似是指崔鄲，據崔邠傳附載云：「鄲登進士第，累遷監察御史，三遷考功郎中。大和三年（八二九），以本官充翰林學士，轉中書舍人，六年（八三二）罷學士，八年爲工部侍郎、集賢殿學士，權知禮部，真拜兵部侍郎，本官判吏部東銓事。……尋拜吏部侍郎，開成二年（八三七），出爲宣州刺史，兼御史中丞、宣歙觀察使，四年入爲太常卿，七月，以本官同中書門下平章事，尋加中書侍郎、銀青光禄大夫。會昌初，李德裕用事，與鄲弟兄素善，鄲在相位累年，歷方鎮太子師保卒。」鄲亦李德裕之黨，宜爲禹錫所親矣。此詩明是自宣州寄賀禹錫加尚書之作。故詩云：「白衣曾拜漢尚書，今日恩光到敝廬。再入龍樓稱綺季，應緣狗監説相如。」因禹錫先已自賓客遷祕書監，今加檢校尚書，仍爲賓客分司，即子劉子自傳所云罷同州後改太子賓客分司東都，又改祕書監分司，一年加檢校禮部尚書兼太子賓客也。惟惜所謂一年，未知確在何年，今考外集卷四秋霖即事聯句，是開成五年（八四〇）之秋王起任東都留守時作，稱禹錫爲中丞大監，次首喜晴聯句即稱禹錫爲尚書，白居易於會昌春連宴聯句亦稱禹錫爲尚書，其次一首亦有「新命寵春卿」之句，合之新書禹錫傳云會昌時加檢校禮部尚書，皆較相合，則又似不應於開成四年（八三九）已有崔鄲之詩以加尚書相賀。鄲自宣州寄詩又決不能在開成四年以後，以四年（八三九）之秋即入相也。細考文宗紀，開成四年（八三九）三月，以户部侍郎崔龜從爲宣歙觀察使代崔鄲，自此直至會昌中，龜從猶未去任。乃知禹錫此詩所指爲龜從而非鄲，以一歲之間兩宣歙觀察使皆崔姓，故易混淆耳。龜從，舊唐書一二六有傳，略云：「字玄告，清河人……元和十二年擢進士第。……（大和）九年（八三五），轉司勳郎中、知制誥。十二月，正拜中書舍人。開成初，出爲華州刺史。三年（八三八）三月，入爲户部侍郎。……大中四年（八五〇），爲中書侍郎同平章事，兼吏部尚書。……六年（八五二），罷相，檢校吏部尚書、汴州刺史、宣武軍節度觀察等使，累歷方鎮卒。」未載其爲宣歙觀察使事。新唐書附見一六〇崔元略傳中，尤簡略，其人蓋無甚可稱者，轉因禹錫此詩而一顯其姓名耳。

據秋霖即事及喜晴二聯句，則禹錫之加檢校尚書，不得早於開成五年（八四〇），似不必疑矣。但白居易病中詩十五首序云「開成己未歲（八三九）」，開成己未即開成四年。其第十四首爲歲暮呈思黯相公皇甫朗之及夢得尚書。開成四年（八三九）已稱禹錫爲尚書，何也？卞孝萱劉禹錫年譜以爲「本年已加尚書銜」，加尚書銜非唐代所有之體制，亦非也。疑居易編集時，年已衰老，記憶未真，偶爾筆誤。姑識於此，以俟知者。

又按：秋霖即事與喜晴二聯句相次，明是開成五年（八四〇）秋暮事，參見下篇。李德裕之入相在是年九月丁丑（四日），似未必於秉政之初即爲禹錫加官，亦當志疑。

酬皇甫十少尹暮秋久雨喜晴有懷見示

雨餘獨坐捲簾帷，便得詩人喜霽詩。摇落從來長年感，慘舒偏是病身知。埽開雲霧呈光景，流盡潢汙見路歧。何況菊香新酒熟？神州司馬好狂時。

【校】

〔埽開〕紹本開作閑。

【箋證】

按：皇甫十謂皇甫曙，已見本集卷二十八。據外集卷四秋霖即事聯句是王起開成五年（八四〇）爲東都留守時作。其首句云「蕭索窮秋月，蒼茫苦雨天」，與此詩題之暮秋久雨相合，其亦爲開成五年秋作無疑。卷四之秋霖即事聯句亦正是年之事。禹錫年近七十，故有「慘舒偏是病身知」之句。

〔神州司馬〕舊唐書職官志，開元初改京府司馬爲少尹。

劉禹錫集箋證

〔唐〕劉禹錫 著
瞿蜕園 箋證

四

上海古籍出版社

劉禹錫集箋證外集卷第七

律詩

和浙西李大夫霜夜對月聽小童吹觱篥歌 依本韻。

海門雙青暮煙歇，萬頃金波湧明月。侯家小兒能觱篥，對此清光天性發。長江凝練樹無風，瀏慄一聲霄漢中。函胡畫角怨邊草，蕭瑟清蟬吟野叢。沖融頓挫心使指，雄吼如風轉如水。思婦多情珠淚垂，仙禽欲舞雙翅起。郡人寂聽衣滿霜，江城月斜樓影長。纔驚指下繁韻息，已見樹杪明星光。謝公高齋吟激楚，戀闕心同在羈旅。一奏荆人白雪歌，如聞洛客扶風鴎。吴門水驛接山陰，文字殷勤寄意深。欲識陽陶能絶處，少年榮貴道傷心。

【箋證】

按：李大夫謂李德裕。德裕之鎮浙西，始於長慶二年（八二二），至大和三年（八二九）召入爲兵部侍郎，凡歷七載。友好之中，元稹罷相後，自同州移浙東，白居易自中書舍人出刺杭州，旋復刺蘇州，禹錫則除喪後授夔州，旋移和州。惟寶曆中德裕在浙西，稹在浙東，居易在蘇，禹錫在和，萃於東南，各有淪屈之感。此篇牽涉四人，中含無數史事。除德裕原作已佚、稹詩未見，今録居易詩及羅隱之作以資並觀。四人之中，居易之政見稍不分明，若李、元、劉則素分至深，觀白詩專就陽陶立言，不及德裕一字，知其於德裕不甚心許矣。白集中載其小童薛陽陶吹觱篥歌和浙西李大夫云：「剪削乾蘆插寒竹，九孔漏聲五音足。近來吹者誰得名，關璀老死李衮生。衮今又老誰其嗣，薛氏樂童年十二。指點之下師授聲，含嚼之間天與氣。潤州城高霜月明，吟霜思月欲發聲。山頭江底何悄悄，猿鳥不喘魚龍聽。翕然聲作疑管裂，詘然聲盡疑刀截。有時婉軟無筋骨，有時頓挫生稜節。急聲圓轉促不斷，轢轢轔轔似珠貫。緩聲展引長有條，有條直直如筆描。下聲乍墜石沉重，高聲忽舉雲飄蕭。明旦公堂陳宴席，主人命樂娱賓客。碎絲細竹徒紛紛，宫調一聲雄出羣。衆音覶縷不落道，有如部伍隨將軍。嗟爾陽陶方稚齒，下手發聲已如此。若教頭白吹不休，但恐聲名壓關李。」

又按：其後羅隱作薛陽陶觱篥歌，乃追紀此段故實者。詩云：「平泉上相東征日，曾爲陽陶歌觱篥。烏江太守會稽侯，相次三篇皆俊逸。橋山殯葬衣冠後，金印蒼黄南去疾。龍樓冷落夏口寒，從此風流爲廢物。人間至藝難得主，懷抱參差限星律。邗溝僕射戎政閒，試渡瓜洲吐伊鬱。西風九月草樹秋，萬喧沉寂登高樓。左篁揭指徵羽吼，煬帝起坐淮王愁。高飄咽滅出滯氣，下感知己時横流。穿空激遠不可遏，髣髴似向伊水頭。伊水林泉今已矣，因取遺編認前事。武宗皇帝御宇時，四海恬然知所自。掃除桀黠似提箒，制壓羣豪若穿鼻。九鼎調和各有門，謝安王儉真兒戲。功高近代竟誰知，藝小似君猶不棄。勿惜喑嗚更一吹，與君共下難逢淚。」詩中之烏江太守指禹錫，會稽侯指稹，而以德裕之鎮浙西爲平泉上相東征也。龍樓謂禹錫終於太子賓客，夏口謂稹終於武昌節度使，橋山二句謂武宗卒後，德裕即遭貶逐，而德裕在會昌時之相略爲劉元二人所不及見也。其不涉居易一字，亦足徵居易與元劉雖至交，而論政則不若元劉之親附德裕。所謂邗溝僕射，則咸通中之淮南節度使李蔚也。大和初，陽陶年十二，至咸通中約五十餘矣。據桂苑叢談（太平廣記二〇四引），咸通中，丞相李蔚拜端揆日，自大梁移鎮淮海……一旦聞浙右小校薛陽陶監押度支米運入城，公喜其姓名有同曩日朱崖李相左右者，遂令試詢之，果是舊人矣，公甚喜，如獲古物，乃命衙庭小將代押運糧，留止別館。一日，公召陽陶遊，詢其所聞及往日蘆管之事，因獻朱崖李相、元、白所撰歌一軸，公益喜之。此正羅氏作歌之本事也，（羅氏作歌時必備見李、元、劉三人之詩，桂苑叢談漏舉禹錫。）羅詩格調情韻爲其集中之冠，足徵史事，尤爲可貴。李蔚，舊唐書一七一、新唐書一八一均有傳，開成中進士，其祖上公，元和初爲陝虢觀察使，宜其備諳德裕在時之事也。而文苑英華辨證九云：「羅隱薛陽陶觱篥歌：平泉上相東征日，曾爲陽陶歌鬌篥。烏江太守會稽侯，相次三篇皆俊逸。平泉謂李德裕曾作此歌，蘇州刺史白居易，越州刺史元稹並有和篇，此言烏江，恐是吴江，乃蘇州也。」彭氏竟不知禹錫有此詩。禹錫之詩不但次本韻，且有「吴門水驛接山陰」之句，專指德裕與稹，故羅詩亦但舉烏江、會稽相次三篇，誠以白詩非爲德裕而發，羅詩則專爲表章德裕，宜其不數白詩而獨數劉詩也。於此可見宋人不甚詳讀劉集，乃致失之眉睫。

又按：今全唐詩僅載德裕原作之殘句云：「君不見，秋山寂歷風飇歇，半夜青崖吐明月。寒光乍出松篠間，萬籟蕭蕭從此發。忽聞歌管吟朔風，精魂想在幽巖中。」即禹錫所和之前六句也。

〔扶風隝〕文選馬融長笛賦序：「獨卧郿平陽鄥中，有洛客舍逆旅，吹笛爲氣出精列相和。」李善注：「漢書，右扶風有郿縣，平陽鄥，聚邑之名也。」

浙西李大夫示述夢四十韻并浙東元相公酬和斐然繼聲

位是才能取，時因際會遭。羽儀呈鷟鷟，鋩刃試豪曹。洛下推年少，山東許地高。門承金鉉鼎，家有玉璜韜。吕伋嗣侯。海浪扶鵬翅，天風引驥髦。便知蓬閣閟，不識魯衣褒。興發春塘草，魂交益部刀。形開猶抱膝，燭盡遽揮毫。昔仕當初筮，逢時詠載橐。懷鉛辨蟲蠹，染素學鵝毛。車騎方休汝，歸來欲效陶。大夫罷太原從事歸京師。南臺資謇諤，内署選風騷。羽化如乘鯉，樓居舊冠鼇。美香焚溼麝，名果賜乾萄。議赦蠅棲筆，邀歌蟻泛醪。代言無所戲，謝表自稱叨。蘭錟凝芳澤，芝泥瑩玉膏。對頻聲價出，直久夢魂勞。草詔令歸馬，批章答獻獒。幽冀歸闕，西戎乞盟，事並具注前。銀花懸院牓，翠羽映簾條。諷諫欣然納，奇觚率爾操。禁中時謇謇，天下免忉忉。左顧龜成印，雙飛鵠織袍。謝賓緣地密，潔己是心豪。五日思歸沐，三春羨衆遨。茶鑪依緑筍，棊局就紅桃。溟海桑潛變，陰陽炭暗熬。仙成脱屣去，臣戀捧弓號。建節辭烏柏，宣風看鷺翿。玉山京口峻，鐵甕郡城牢。舊説潤州城如鐵甕，事見韓滉南征記。曲島花千樹，官池水一篙。鶯來和絲管，雁起拂麾旄。宛轉傾羅扇，迴旋墮玉搔。罰籌長豎纛，觥盞樣如舠。山是千重障，江爲四面濠。卧龍曾得雨，浙東。孤鶴尚鳴臯。浙西。劍用雄開匣，二公。弓閒蟄受弢。自謂。鳳姿常在竹，二公。鷃羽不離蒿。自謂。吴越分雙鎮，東西接萬艘。今朝比潘陸，江海更滔滔。

【校】

〔題〕紹本、崇本、全唐詩均無示字。

〔吕伋〕紹本、崇本、全唐詩伋均作仍。

〔批章〕崇本批作封，下文答作合，非。

〔歸闕〕結一本闕作閣，誤。

〔鷺翿〕紹本、崇本、全唐詩翿均作濤。按：原唱是濤字。

〔玉山〕崇本、全唐詩玉均作土，紹本字壞。

〔韓滉〕結一本作歸浣，誤，當依紹本。崇本滉亦誤作浣。

【注】

〔益部刀〕晉書王濬傳：「濬夜夢懸三刀于卧室梁上，須臾又益一刀，驚覺意甚惡之。主簿李毅賀曰：三刀爲州字，又益一者，明公其臨益州乎！果遷濬爲益州刺史。」按此似趁韻，未必實有所指。

〔獻嫯〕書旅嫯：西旅底貢厥嫯。

〔左顧〕見外集卷五酬竇員外使君詩。

〔仙成〕謂穆宗之卒。時德裕已出爲浙西矣。

〔潘陸〕鍾嶸詩品：予常言陸才如海，潘才如江。按謂陸機、潘岳。

【箋證】

按：李德裕於長慶初與元稹、李紳同爲翰林學士，此詩皆敍其在内職時之遭際及出鎮之抑塞，原詩有序云：「去年七月，溽暑之後，驪降其夕，五鼓未盡，涼風凄然，始覺枕簟微冷，俄而假寐斯熟，忽夢賦詩懷禁掖舊遊，凡四十餘韻，初覺尚憶其半，經時悉已遺忘，今屬歲杪無事，羈懷多感，因綴其所遺爲述夢詩，以寄一二僚友。」德裕初次出鎮浙西，在長慶二年（八二二）九月，則此詩之作，必在三年（八二三）以後，更據禹錫和詩「仙成脱屣去」及原詩「更望茂陵號」之句，審爲穆宗卒後在長慶、寶曆之間明矣。德裕自云此詩僅寄一二僚友，禹錫未嘗與德裕聯職，而得與元稹同和其詩，更可徵德裕之許禹錫爲同調，三人者仕路各殊，而始終契合無間也。

又按：此詩之作正繼鬵篥歌之後，據元稹和詩自注可知。詳附録。

〔山東〕李德裕趙郡人，與隴西之李有别，故云山東許地高。

〔門承金鉉鼎〕此二句指李栖筠、吉甫、德裕三世皆爲卿相。

〔不識魯衣褒〕魯衣褒喻儒生，德裕不由進士而爲翰林學士，暗喻其不屑爲儒生之業。

〔休汝〕謝朓休沐重還道中詩：「休汝車騎非。」李善據後漢書釋之云：「許劭，汝南人，爲郡功曹，同郡袁紹爲濮陽令，東徒甚盛，將入界時，曰：吾輿服豈可使許子將見？遂單車歸家。」

〔南臺〕〔内署〕唐人習用南臺指御史臺，内署指學士院。德裕本傳：元和十四年（八一九），從張弘靖入朝，真拜監察御史，明年正月，穆宗即位，召入翰林充學士。

〔蠅棲筆〕晉書苻堅載記：「與王猛密議於露臺，親爲赦文，有一大蒼蠅棲於筆端，驅而復來，俄而長安街巷相告：官今大赦，堅驚，敕外推窮之。咸言有一小人衣黑衣呼於市曰：官今大赦，須臾不見，堅歎曰：其向蒼蠅乎？」

又按：異苑云：「晉明帝嘗欲肆眚，祕而不謀，乃屏曲室，去左右，下帷草詔。有大蒼蠅，觸帳而入，萃于筆端，須臾亡出。帝異焉，令人看蠅所集處，輒傳有赦，喧然已遍矣。」（據太平廣記四七三引）傳説不一，未知禹錫所據，其實皆流俗所附會耳。

〔玉山〕〔鐵甕〕按：玉山、鐵甕皆指潤州。清一統志：玉山在丹徒縣西江口。又云：子城吴大帝所築，内外甃以甓，號鐵甕城。圖經言古號鐵甕城者，以其堅固如金城也。潤州爲浙江西道治所。

附録　李德裕原作

賦命誠非薄，良時幸已遭。君當堯舜日，官接鳳皇曹。目睇煙霄闊，心驚羽翼高。椅梧連鶴禁，埤堄接龍韜。（原注：内署北連春宫，西接羽林軍。）我后憐詞客，（原注：先朝曾宣諭：卿等是我門客。）吾僚並雋髦。著書同陸賈，待詔比王褒。重價連懸璧，英詞淬寶刀。泉流初落澗，露滴更濡毫。赤豹欣來獻，彤弓喜暫櫜。（原注：時西戎乞盟，幽鎮二帥束身赴闕，海内無事累月，詩稱赤豹黄羆，蓋蠻貊之貢物。）非煙含瑞氣，馴雉潔霜毛。静室便幽獨，虚樓散鬱陶。（原注：學士各有一室，西垣有小樓，時宴語於此。）花光晨豔豔，松韻晚騷騷。畫壁看飛鶴，仙圖見巨鼇。（原注：内署垣壁皆畫松鶴。先是西壁畫海中曲龍山，憲宗曾欲臨幸，中使懼而塗焉。）倚簷陰藥樹，落格蔓蒲桃。（原

注：此八句悉是内署物色，惟嘗遊者依然可想也。）荷静蓬池鱠，冰寒郢水醪。（原注：每學士初上賜食，皆是蓬萊池魚鱠，夏至後頒賜冰及燒香酒，以酒味稍濃，每和冰而飲，禁中有郢酒坊也。）荔枝來自遠，盧橘賜仍叨。（原注：先朝初臨御，南方曾獻荔枝，亦蒙頒賜，自後以道遠罷獻也。）麝氣隨蘭澤，霜華入杏膏。恩光惟覺重，攜挈未爲勞。（原注：此八句以述恩賜。每有賜與，常攜挈而歸。）夕閲梨園騎，宵聞禁仗獒。（原注：每梨園獵回，或抵暮夜，院門常見歸騎。）扇回交彩翟，鵰起颺銀縧。譬待袁絲攬，書期蜀客操。盡規常謇謇，退食尚忉忉。（原注：此八句述内庭所覩。）龜顧垂金紐，鸞飛曳錦袍。（原注：曾蒙賜錦袍。）御溝楊柳弱，天廐驌驦豪。（原注：學士皆蒙借飛龍馬。）屢換青春直，閒隨上苑遨。（原注：普濟寺與芙蓉苑相連，常所遊眺，芙蓉亦謂之南苑也。）煙低行殿竹，風拆繞牆桃。（原注：此八句述休澣日遊戲。）聚散俄成昔，悲愁益自熬。每懷仙駕遠，更望茂陵號。地接三茅嶺，川迎伍子濤。花迷瓜步暗，石固蒜山牢。蘭野凝香管，梅洲動翠篙。泉魚驚綵妓，溪鳥避干旄。感舊心猶絶，思歸首更搔。無聊然蜜炬，誰後勸金舠？（原注：余自到此，絶無夜宴，酒器中大者呼爲舠，賓僚顧形迹，未曾以此相勸。）嵐氣朝生棟，城陰夜入濠。望煙歸海嶠，送雁渡江皋。宛馬嘶寒櫪，吴鈎在錦弢。未能追狡兔，空覺長黄蒿。水國逾千里，風帆過萬艘。閲川終古恨，惟見暮滔滔。

附録二　元稹和作

聞有池塘什，還因夢寐遭。攀禾工類蔡，詠豆敏過曹。莊蝶玄言祕；羅禽藻思高。戈矛排筆陣，貔虎讓文韜。緌績鸞皇頸，權奇驥騄髦。神樞千里應，華衮一言褒。李廣留飛箭，王祥得佩刀。傳乘司隸馬，繼染翰林毫。辨穎□超脱，詞鋒豈足櫜？金剛錐透玉，鑌鐵劍吹毛。（原注：自戈矛以下皆述大夫刀筆贍盛，文藻秀麗，翰苑謨猷，綸誥褒貶，功多名將，人許三公，世總臺綱，充學士等矣。）顧我曾陪附，思君正鬱陶。近酬新樂録，仍寄續離騷。（原注：近蒙大夫寄觱篥歌，酬和才畢，此篇續至。）阿閣偏隨鳳，（原注：大夫與稹偏多同直。）方壺共跨鼇。借騎銀杏葉，（原注：學士初入，例借飛龍馬。）横賜錦垂萄。冰井分珍果，金瓶貯御醪。獨辭珠有戒，廉取玉非叨。麥紙侵紅點，（原注：書詔皆用麥紋紙。）蘭燈燄碧膏。（原注：麻制例皆通宵勘寫。）代予意不易，承聖旨偏勞。（原注：稹與大夫相代爲翰林承旨。）繞月同棲鵲，驚風比夜獒。吏傳開鎖契，（原注：學士院密通銀臺，每旦常聞門使勘契開鎖，聲甚煩多。）神撼引鈴縧。（原注：院有懸鈴，以備夜直，警急文書出入皆引之，以代傳呼。每用兵，鈴輒有聲如人引，聲耗緩急亦如之，曾莫之差。）渥澤深難報，危心過自操。犯顔誠懇懇，騰口懼忉忉。佩寵雖緺綬，安貧尚葛袍。賓親多謝絶，延薦必英豪。（原注：自阿閣而下皆言稹同在翰林日，居處深祕，與頻繁奉職，勤勞畏慎周密等事也。）分阻盃盤會，閒隨寺觀遨。（原注：學士無過從聚會之例，大夫與稹時時期於寺觀閒行而已矣。）祇園一林杏，（原注：慈恩。）仙洞萬株桃。（原注：玄都。）渤海滄波減；昆明刼火熬。未陪登鶴駕，已訃墮烏號。痛淚過江浪，寃聲出海濤。尚看恩詔溼，已夢壽宮牢。再造承天寶，新持濟巨篙。猶憐弊簪履，重委舊旌旄。（原注：渤海已下皆言舉感先恩，捧荷新澤等事。）北望心彌苦，西回首重搔。九霄難就日，兩浙僅容舠。暮竹寒窗影，衰楊古郡壕。魚鰕集橘市，鶴鸛起亭臯。（原注：越州宅窗户間盡見城郭。）杇刃休衝斗，良弓枉在弢。早彎摧虎兕，便鑄墾蓬蒿。漁艇宜孤棹，樓船稱萬艘。量材分用處，終不學滔滔。

按：德裕與稹同時爲翰林學士，兩篇所述，多關唐代典制，亦足見二人相契特深也。又稹有寄浙西李大夫四首，並録其二，以與此詩相參。「蕊珠深處少人知，網索西臨太液池。浴殿曉聞天語後，步廊騎馬笑相隨。」「禁林同直話交情，無夜無曾不到明。最憶西樓人静夜，玉晨鐘磬兩三聲。」原注：網索在太液上，學士候對歇於此。玉晨觀在紫宸殿後面也。

和浙西李大夫晚下北固山喜松徑成陰悵然懷古偶題臨江亭并浙東元相公所和

依本韻。

一辭温室樹，幾見武昌柳。荀謝年何少？韋平望已久。種松夾石道，紆組臨沙臯。目覽帝王州，心存股肱守。葉動驚綵翰，波澄見頳首。晉宋齊梁都，千山萬江口。煙散隋宫出，濤來海門吼。風俗泰伯餘，衣冠永嘉後。江長天作限，山固壤無朽。自古稱佳麗，非賢誰奄有？八元邦族盛，萬石門風厚。天柱揭東溟，文星照北斗。高亭一騁望，舉酒共爲壽。因賦詠懷詩，遠寄同心友。禁中晨夜直，江左東西偶。筆手握兵符，儒腰盤貴綬。頒條風有自，立事言無苟。農野閒讓耕，軍人不使酒。用材當構厦，知道寧窺牖。誰謂青雲高？鵬飛終背負。

【校】

〔題〕紹本、崇本、全唐詩松徑二字均乙。

〔天柱〕崇本柱作桂，誤。

〔筆手〕全唐詩筆作將。

〔閒讓〕紹本、崇本、全唐詩閒均作聞。

【注】

〔北固山〕據清一統志，在丹徒縣北一里。三山志：京峴山右折，結爲郡治。郡治之北，特起此山。南史：京城西有别嶺入江，高數十丈，號曰北固，蔡謨起樓其上，梁大同十年（五四四），帝登望久之，曰此嶺不足須固守，然於京口實乃壯觀，乃改曰北顧。元和志：在縣北一里，下臨長江，其勢險固，因以爲名。寰宇記：山斗入江，三面臨水。輿地志：天清景明，登之望見廣陵城，如在青霄中，相去鳥道三十餘里。

【箋證】

按：李德裕原作未見，元稹和作亦佚，其中必有可爲研史之助者，可惜也。李、元情好之篤，出處之同，亦禹錫平生顯晦所關。德裕本傳略云：「德裕幼有壯志，苦心力學，尤精西漢書、左氏春秋。恥與諸生同鄉賦，不喜科試，年纔及冠，志業大成。貞元中，以父譴逐蠻方，隨侍左右，不求仕進。元和初，以父再秉國鈞，避嫌不仕臺省，累辟諸府從事。十一年（八一六），張弘靖罷相，鎮太原，辟爲掌書記，由大理評事得殿中侍御史。十四年（八一九）府罷，從弘靖入朝，真拜監察御史。明年正月，穆宗即位，召入翰林充學士。帝在東宫，素聞吉甫之名，既見德裕，尤重之，禁中書詔大手筆多詔德裕草之。是月，召對思政殿，賜金紫之服，踰月改屯田員外郎。穆宗不持正道，多所恩貸，戚里諸親，邪謀請謁，傳導中人之旨，與權臣往來，（按疑指王播）德裕嫉之。……尋轉考功郎中、知制誥，（長慶）二年（八二二）二月轉中書舍人，學士如故。初吉甫在相位時，牛僧孺、李宗閔應制舉直言極諫科，二人對詔，深詆時政之失，吉甫泣訴於上，由是考策官皆貶，事在李宗閔傳。元和初，用兵伐叛，始於杜黄裳誅蜀，吉甫經畫欲定兩河，方欲出師而卒。繼之元衡、裴度，而韋貫之、李逢吉沮議，深以用兵爲非。而韋、李相次罷相，故逢吉常怒吉甫、裴度。而德裕於元和時久之不調，而逢吉、宗閔、僧孺以私怨恒排擯之。時德裕與李紳、元稹俱在翰林，以學識才名相類，情頗款密。而逢吉之黨深惡之，其月（按謂即長慶二年二月，德裕甫拜中書舍人依前翰林學士之命，數日之間又除御史中丞，則不得不出學士院矣。其爲被人排陷可知。）罷學士，出爲御史中丞。時元稹自禁中出拜工部侍郎平章事。三月，裴度自太原復輔政。是月，李逢吉亦自襄陽入朝，乃密賂纖人構成于方獄。六月，元稹、裴度俱罷相，稹出爲同州刺史。逢吉代裴度爲門下侍郎平章事。既得權位，鋭意報怨，時德裕與牛僧孺俱有相望，逢吉欲引僧孺，懼紳與德裕禁中沮之，九月，出德裕爲浙西觀察使。尋引僧孺同平章事，由是交怨愈深。」此傳所敍皆長慶二年（八二二）事，元、李二人之内外仕履皆得於此見之。自此至大和三年（八二九），德裕皆在浙西，與稹之在浙東首尾恰同。禹錫詩所謂「禁中晨夜直，江左東西偶」也。德裕時年三十六，見賈餗所撰贊皇公德政碑，此詩「荀謝年何少」之句亦實録也。

〔武昌柳〕按：晉書陶侃傳：「嘗課諸營植柳，都尉夏施盜官柳植之於己門，侃後見，駐車問曰：此是武昌門前柳，何因盜來此種？」南朝以武昌爲重鎮，此句但借指德裕之出鎮，不泥定地名而言。

〔荀謝〕晉書荀羨傳：「除北中郎將、徐州刺史，監徐、兗二州、揚州之晉陵諸軍事，假節。殷浩以羨在事有能名，故居以重任，時年二十八，中興方伯未有如羨之少者。」又南史謝瀹傳：「從子晦爲荆州，將之鎮，詣瀹别，晦色自矜，瀹問晦年，答曰三十五，瀹笑曰：昔荀中郎年二十九爲北府都督，卿比之已爲老矣。」禹錫以兩事合用，已足徵其熟於史傳，剪裁精切。又世説：「荀中郎在京口，登北固望海，云：雖未覩三山，便自使人有凌雲志。」禹錫暗用此事以比德裕，本地風光，尤確不可易。

〔頳首〕按：頳字必誤。此當用詩小雅魚藻：「魚在在藻，有頒其首。」傳：「頒，大首貌，魚以依蒲藻爲得其性。」頳尾雖有之，不得云頳首。

和浙西李大夫伊川卜居

早入八元數，嘗承三接恩。飛鳴天上路，鎮壓海西門。清望寰中許，高情物外存。時來誠不讓，歸去每形言。洛下思招隱，江干厭作藩。按經脩道具，依樣買山村。馬高唐爲御史大夫，時置宅，命畫工圖其狀，戒所使曰，依此樣求之。開鑿隨人化，幽陰爲律暄。遠移難得樹，立變舊荒園。絶塞通潛徑，平泉占上原。煙霞遥在想，簿領益爲繁。丹禁虚東閣，蒼生望北轅。徒令雙白鶴，五里自翩翻。

【校】

〔高唐〕結一本作葛堂，誤，崇本作高堂，亦非，當依紹本及全唐詩。按：馬高唐謂馬周也。

〔時置〕紹本、崇本、全唐詩時均作將。

〔絶塞〕紹本絶字缺。

〔上原〕紹本、崇本原均作源。

〔簿領〕結一本領作令，誤。

【箋證】

按：李德裕有詩題云：近於伊川卜山居將命者畫圖而至欣然有感聊賦此詩兼寄上浙東元

相公大夫使求青田胎化鶴，詩云：「弱歲弄詞翰，遂叨明主恩。懷章過越邸，建旆守吴門。西圮陰難駐，東皐意尚存。甎逾六百石，愧負五千言。寄世知嬰繳，辭榮類觸藩。欲追綿上隱，況近子平村。邑有桐鄉愛，山餘黍谷暄。既非逃相地，乃是故侯園。野竹多微逕，巖泉豈一源？映池芳樹密，傍澗古藤繁。邛杖堪扶老，黄牛已服轅。只應將唳鶴，幽谷共翩翻。」原注云：「乙巳歲作」。即寶曆元年（八二五）也。以上各詩似皆是禹錫到和州後所和。

和滑州李尚書上巳憶江南禊事

白馬津頭春日遲，沙洲歸雁拂旌旗。柳營唯有軍中戲，不似江南三月時。

【注】

〔白馬津〕據地理志，滑州治白馬縣，即以白馬津得名，古黄河渡口也。

【箋證】

按：李德裕本傳云：「文宗即位，就加檢校禮部尚書。大和三年（八二九）八月，召爲兵部侍郎。裴度薦以爲相，而吏部侍郎李宗閔有中人之助，是月拜平章事。懼德裕大用。九月，檢校禮部尚書，出爲鄭滑節度使。德裕爲逢吉所擯，在浙西八年，雖遠闕庭，每上章言事，文宗素知忠藎，采朝論徵之。到未旬時，又爲宗閔所逐，中懷於邑，無以自申。賴鄭覃侍講禁中，時稱其善。

雖朋黨流言，帝乃心未已。宗閔尋引僧孺同知政事，二憾相結，凡德裕之善者皆斥之於外。」此詩自是大和四年（八三〇）德裕到滑州後之第一上巳所作，禹錫方在長安。詩云：「柳營惟有軍中戲，不似江南三月時」，亦有以知德裕之抑鬱也。

酬滑州李尚書秋日見寄

一入石渠署，三聞宮樹蟬。丹霄未得路，白髮又添年。雙節外臺貴，洞簫中禁傳。徵黄在旦夕，早晚發南燕。

【校】

〔洞簫〕全唐詩洞作孤。

【注】

〔雙節〕新唐書百官志：節度使賜雙旌雙節。

〔洞簫〕漢書王褒傳：太子喜褒所爲甘泉及洞簫頌，令後宮貴人左右皆誦讀之。

【箋證】

按：此詩即大和四年（八三〇）之秋所作，禹錫以大和二年（八二八）入長安直集賢院，至是已歷三秋，故有「一入石渠署，三聞宮樹蟬」之句。「洞簫中禁傳」者，指德裕昔爲翰林學士也。此時物論亦知德裕必當秉政矣，本集卷二十八送李尚書鎮滑州詩所謂「自古相門還出相，如今人望在巖廊」也。

吐綬鳥詞　并引

滑州牧尚書李公以吐綬鳥詞見示，兼命繼聲，蓋尚書前爲御史時所作，有翰林二學士同賦之，今所謂追和也。鳥之所異，具於首篇。

越山有鳥翔寥廓，嗉中天綬光若若。越人偶見而奇之，因名吐綬江南知。四明天姥神仙地，朱鳥星精鍾異氣。赤玉雕成彪炳毛，紅綃翦出玲瓏翅。湖煙始開山日高，迎風吐綬盤花縧。臨波似染琅邪草，映葉疑開阿母桃。花紅草緑人間事，未若靈禽自然貴。鶴吐明珠暫報恩，鵲銜金印空爲瑞。春和秋霽野花開，翫景尋芳處處來。翠幕雕籠非所慕，珠丸柘彈莫相猜。按月啼煙凌縹緲，高林先見金霞曉。三山仙路寄遥情，刷羽揚翹欲上征。不學碧雞依井絡，願隨青鳥向層城。太液池中有黄鵠，憐君長向高枝宿。如何一借羊角風，來聽簫韶九成曲。

【校】

〔天綬〕全唐詩天下注云一作吐。

〔按月〕紹本、崇本、全唐詩按均作棲。

〔長向高枝〕崇本向高作在瑶，枝下注云：一作長向瑶枝，紹本向高二字缺。

【注】

〔天綬光若若〕漢書石顯傳：印何纍纍，綬若若邪！

〔四明〕文選孫綽遊天台山賦：「登陸則有四明天台。」李善注：「謝靈運山居賦注曰：天台四明相接連，四明方石四面，自然開窗。」

〔天姥〕太平寰宇記：天姥山在越州剡縣南八十里。

〔鶴吐明珠〕搜神記：噲參行，遇黔鶴被傷，收養之，放去。一夜，雌雄各銜一明月珠來以報參。

〔鵲銜金印〕搜神記載，張顥爲梁相，天新雨，有鳥如山鵲飛翔，墜地化爲圓石，椎破之，得一金印，文曰忠孝侯印，顥以上聞，藏之秘府。顥後官至太尉。

〔井絡〕文選左思蜀都賦：遠則岷山之精，上爲井絡。

【箋證】

按：此詩序云德裕爲御史時所作，是元和十四五年（八一九、八二〇）事。云有翰林二學士同賦之，頗疑是長慶初同爲學士之元稹、李紳。德裕原作今不傳，他人集中亦無此和作，故無由審其本事。觀禹錫此詩以越山發端，而繼以四明、天姥等語，疑德裕父吉甫貞元中爲明州長史時得此鳥也。吉甫傳云：自員外郎出官，留滯江淮十五餘年，德裕隨侍所歷之地多矣。詩既是追和，則只能就前此情事言之。方德裕之初入臺，因已久著才望，騰達在意中，故詩有「三山仙路」、「刷羽揚翹」之句。然據「珠丸柘彈莫相猜」一語，則又暗指德裕之屢爲異黨所排矣。至「不學碧雞依井絡，願隨青鳥向層城」，頗似預言日後之自西川節度入相，蓋唐時以西川爲宰相迴翔之地，如高崇文所云（崇文語見通鑑二三七），已成慣例也。德裕於大和四年（八三〇）十月自滑州遷西川節度使，似詩中碧雞井絡之語即指此。禹錫和此詩時當與前一首同爲大和四年（八三〇），正爲郎官學士。太液黄鵠之喻，亦望德裕之相汲引，不謂德裕得勢於會昌初，禹錫已老病且死矣。

和西川李尚書漢川微月遊房太尉西湖

木落漢川夜，西湖懸玉鈎。旌旗環水次，舟楫泛中流。目極想前事，神交如共遊。瑶琴久已絶，松韻自悲秋。

【校】

〔題〕紹本、崇本、全唐詩漢川均作漢州。

〔目極〕紹本目作自。

【箋證】

按：李德裕自滑州移鎮西川，在大和四年（八三〇）十月，至六年（八三二）冬召入爲兵部尚書。此詩當作於此二年之間。房太尉謂房琯。琯，舊唐書一一一、新唐書一三九均有傳。傳云：「上元元年（七六〇）四月，改禮部尚書，尋出爲晉州刺史。八月，改漢州刺史。寶應二年（七六三）四月，拜特進刑部尚書，在路遇疾，卒於閬州僧舍。」琯爲故相房融之子，負濟世之略，人門才地與德裕有相似者，宜德裕之引爲同調。禹錫目極神交之語，蓋洞悉其心事也。琯爲賀蘭進明所讒，德裕爲牛黨所擠，亦頗相類。以下二首皆同時作。德裕原作三首皆在，其一云：「丞相鳴琴地，（原注：房公以好琴聞於四海。）何年閉玉徽！偶因明月夕，重敞故樓扉。桃柳谿空在，芙蓉客暫依。誰憐濟川楫，長與夜舟歸。」其二云：「晚日臨寒渚，微風發棹謳。鳳池波自闊，魚水運難留。亭古思宏棟，川長憶夜舟。想公高世志，祇似冶城遊。」其三題云：「房公舊竹亭聞琴，緬慕風流，神期如在，因重題此作。」詩云：「流水音長在，青霞意不傳。獨悲形解後，誰聽廣陵絃？」不覩原詩，不能窺見德裕之志事與禹錫之衷曲，蓋不獨陳濤之役，非可盡歸咎於琯，成敗論人之見，在所當破，尤以琯之獲罪，關鍵在賀蘭進明所謂「於聖皇（指玄宗）似忠，於陛下非忠」一語激起肅宗之猜恨。與禹錫等忠於順宗而不忠於憲宗，恰如一轍。忠於其父，乃結怨於子，帝王家事之醜惡有如是者。肅宗於乾元元年（七五八）詔中斤斤辨明斥琯之由，坐以朋黨之罪，其欲蓋彌彰，内愧於心，尤不難窺見。由此論之，禹錫詩中「目極想前事」一語彌可玩味矣。

和重題

林端落照盡，湖上遠嵐清。水榭芝蘭室，仙舟魚鳥情。人琴久寂寞，煙月若平生。一泛釣璜處，再吟鏘玉聲。

【校】

〔遠嵐〕紹本、崇本嵐均作風。

【注】

〔人琴〕晉書王徽之傳：「獻之卒，徽之取獻之琴彈之，久而不調，歎曰：嗚呼子敬，人琴俱亡。」

按房琯好琴，故前後三詩皆語及之。

和遊房公舊竹亭聞琴絶句

尚有竹間路，永無綦下塵。一聞流水曲，重憶餐霞人。

【校】

〔餐霞〕崇本餐作食，誤。

【箋證】

按李德裕原詩三首皆在，其一云：丞相鳴琴地，何年閉玉徽？（自注：房公以好琴聞於四海。）偶因明月夕，重敞故樓扉。桃柳谿空在，芙蓉客暫依。誰憐濟川楫，長與夜舟歸。其二云：晚日臨寒渚，微風發棹謳。鳳池波自闊，魚水運難留。亭古思宏棟，川長憶夜舟。想公高世志，祇似冶城遊。其三題云：房公舊竹亭聞琴緬慕風流神期如在因重題此作。詩云：流水音長在，青霞意不傳。獨悲形解後，誰聽廣陵絃？

西川李尚書知愚與元武昌有舊遠示二篇吟之泫然因以繼和二首

來詩云：元公令陳從事求蜀琴，將以爲寄，而武昌之訃聞，因陳生會葬。

如何贈琴日，已是絶絃時。無復雙金報，空餘掛劍悲。寶匣從此閉，朱絃誰復調？祇應隨玉樹，同向土中銷。

【注】

〔雙金〕文選張載擬四愁詩：「佳人遺我緑綺琴，何以報之雙南金。」按古人以佳人指友人。

〔玉樹〕世説新語：「庾文康亡，何揚州臨葬云：埋玉樹著土中，使人情何能已。」按：庾文康即庾亮，字元規。何揚州即何充，字次道。

【箋證】

按：元稹以大和五年（八三一）八月卒於武昌節度使任。禹錫與稹之交誼始於元和初同在謫籍，而李德裕與稹之交誼則始於長慶初同在翰林，故云「知愚與元武昌有舊」也。注云「求蜀琴」者，嘉話録云：「蜀王嘗造千面琴，散在人間。王即隋文帝之子楊秀也。距此時已逾二百年，宜爲人所重矣。」又國史補云：「蜀中雷氏斲琴，常自品第，第一以玉徽，次瑟徽，次金徽，又次螺蚌徽。」或亦謂此。稹有黄草峽聽柔之琴詩，柔之，其妻裴淑也，能鼓琴，索琴蓋爲此。

和西川李尚書傷韋令孔雀及薛濤之什

玉兒已逐金環葬，翠羽先隨秋草萎。唯見芙蓉含曉露，數行紅淚滴清池。後魏元樹，南陽王禧之子，南奔到建業，數年後北歸，愛姬朱玉兒脱金指環爲贈，樹至魏，卻以指環寄玉兒，示有還意。

【校】

〔題〕全唐詩無韋令二字。

〔玉兒〕絶句兒作倪，誤。

〔南奔〕全唐詩奔作陽。

【注】

〔薛濤〕唐詩紀事：濤好製小詩，惜其幅大，狹小之，蜀中號薛濤箋。營妓無校書之號，韋南康欲爲奏之而罷。後遂呼之。胡曾詩曰：萬里橋邊女校書，枇杷花裏閉門居。掃眉才子知多少，管領春風總不如。

【箋證】

按：韋令謂韋臯，舊唐書一四〇、新唐書一五八均有傳。據傳，臯以貞元十七年（八〇一）加檢校司徒兼中書令。臯爲永貞（八〇五）政變策動者之一。王、韋之敗，臯有以啓之。禹錫爲此詩，必有無窮隱恨，故不及其本身一字。前此武元衡在蜀，已有詠韋所養孔雀之作，云：「荀令昔居此，故巢留越禽。動摇金翠尾，飛舞碧梧陰。上客徹瑶瑟，美人傷蕙心。會因南國使，得放海雲深。」韓愈和作云：「穆穆鸞皇友，何年來止兹？飄零失故態，隔絶抱長思。翠角高獨聳，金華焕相差。生蒙恩顧重，畢命守階墀。」白居易和作云：「寂寞少顔色，池邊無主禽。難收帶泥翅，易結著人心。頂毳落殘碧，尾花銷闇金。放歸飛不得，雲海故巢深。」詩皆膚泛。禹錫和德裕此詩又在十餘年以後，宜孔雀已亡矣。王鳴盛云：「史言王叔文干政，臯遣劉闢來京師，謁叔文曰：公使私於君，請盡領劍南，則惟君之報；不然，則惟君之怨。叔文怒欲斬闢，闢遁去。臯知叔文多釁，又自以大臣可與國大議，即上表請皇太子監國，又上箋太子，暴叔文、伾之姦，且勸進。會大臣繼請，太子遂受禪，因投殛姦黨，（原注：叔文欲斬闢，亦見南部新書卷丙。）愚謂臯雖有功，位已極矣，地已廣矣，又欲盡領劍南，何其貪也！始知叔文專權，則私請之，鄙甚。後知其孤立爲中人所惡，則乘間傾之，險甚。表請監國，豈爲國乎？憾其不許闢請耳。臯以闢爲腹心，闢之亂，臯實啓之，惜叔文之先見而其計不行也。憲宗讐視其父所用之人，而隱德臯之首請太子監國且上箋勸進，故於其死後追思不已，曲加褒美。……新舊書言劉闢厲階實皐所爲，在蜀侈横斂財以事月進，幕僚皆奏署屬郡刺史，又務私其民以市恩。其於叔文，干請擠陷，反覆傾危，真小人之尤，豈純臣耶？」（見十七史商榷九〇）所論甚合當時情事。禹錫集中涉及韋皐者，尚有本集卷二十九與廣宣一詩，皆泛語也。又按：詩中「玉兒已逐金環葬」一語，似指薛濤而言。而唐人盛傳韋皐玉簫一事，恰與此詩自注相闗合，豈禹錫故迷離其詞，或所傳聞者不同，而今無考，皆未可知也。雲谿友議記玉簫事云：「西川韋相公皐，昔遊江夏，止於姜使君之館，姜氏孺子曰荆寶……有小青衣曰玉簫，年才十歲。常令祇候，侍於韋兄，玉簫亦勤於應奉……玉簫年稍長大，因而有情。時廉使陳常侍得韋君季父書云：姪皐久客貴州，切望發遣歸覲，廉察啓緘，遺以舟楫服用，仍恐淹留，請不相見，泊舟江渚，俾篙工促行，昏暝拭淚，乃書以别荆寶，寶頃刻與玉簫俱來，既悲且喜，寶命青衣從往，韋以違覲日久，不敢俱行，乃固辭之，遂爲言約，少則五載，多則七年，取玉簫。因留玉指環一枚并詩一首，五年既不至，玉簫乃静禱於鸚鵡洲，又逾二年，暨八年春，玉簫嘆曰：韋家郎君一别七年，是不來耳。遂絶食而殞。姜氏愍其節操，以玉環著於中指而同殯焉。後韋公鎮蜀，……因作生日，節鎮所賀皆貢珍奇，獨東川盧八座送一歌姬，未嘗破瓜之年，亦以玉簫爲號，觀之乃真姜氏之玉簫也，而中指有肉環隱出，不異留别之玉環也。」此事盛傳於當時，自是附會不經之談。

酬李相公喜歸鄉國自鞏縣夜泛洛水見寄

鞏樹煙月上，清光含碧流。且無三已色，猶泛五湖舟。鵬息風還起，鳳歸林正秋。雖攀小山桂，此地不淹留。

【箋證】

按：原作未見。李德裕本傳：「大和七年（八三三）以兵部尚書同平章事。八年（八三四），李訓、鄭注惡德裕排己，復召李宗閔於興元，授中書侍郎平章事，代德裕，出德裕爲興元節度使。德裕中謝日，自陳戀闕，不願出藩，追勅守兵部尚書。宗閔奏：制命已行，不宜自便。尋改檢校尚書左僕射、鎮海軍節度使，代王璠。德裕至鎮，奉詔安排宮人杜仲陽於道觀，與之供給。仲陽者，漳王養母，王得罪，放仲陽於潤州故也。九年（八三五）三月，左丞王璠，户部侍郎李漢進狀，論德裕在鎮，厚賂仲陽，結託漳王，圖爲不軌。四月，帝於蓬萊殿召王涯、李固言、路隨、王璠、李漢、鄭注等，面證其事，璠、漢加誣構結，語甚切至。路隨奏曰：德裕實不至此，誠如璠、漢之言，微臣亦合得罪。羣論稍息。尋授德裕太子賓客分司東都，其月又貶袁州長史。路隨坐證德裕罷相，出鎮浙西。其年七月，宗閔坐救楊虞卿貶虔州，李漢坐黨宗閔貶汾州。十一月，王璠於李訓造亂伏誅，而文宗深悟前事，知德裕爲朋黨所誣。明年三月，授德裕銀青光禄大夫，量移滁州刺史。七月，遷太子賓客。十一月，檢校户部尚書，復浙西觀察使。德裕凡三鎮浙西，前後十餘年。」是德裕凡兩度爲賓客，第一次在大和九年（八三五），第二次在開成元年（八三六）。而裴潾平泉詩石刻云：「大和（按：原作開成，開成無九年，今改。）九年（八三五）九月，相公以太子賓客分司東都，九月十九日達洛下，安居於平泉别墅。潾輒述公素尚，賦四言詩，兼述山泉之美，未及刻石。其年十一月二十一日，除浙西觀察使，寵兼八座亞台之重，十二月四日發赴任。開成二年（八三七），潾自兵部侍郎除河南尹，乃於河南廨中自書於石，立於平泉之山居。」其敍德裕自賓客再除浙西之年稍不合，殊可疑。此詩原作雖未見，玩其製題之語，似是初到平泉别墅時，據德裕夏晚有懷平泉林居詩，注云宜春作，則其自賓客貶袁州以前，固已曾居平泉，當是大和九年（八三五）德裕初歸鄉國時作矣。禹錫方在汝州。

和李相公平泉潭上喜見初月

家山見初月，林壑悄無塵。幽境此何夕？清光如爲人。潭空破鏡入，風動翠蛾嚬。會向瑣窗望，追思伊洛濱。

【校】

〔鏡入〕結一本入字缺，各本皆有。

【箋證】

按：李德裕原作云：「簪組十年夢，園廬今夕情。誰憐故鄉月，復映碧潭生。皓彩松上見，寒光波際輕。還將孤賞意，暫寄玉琴聲。」玩其語意，與前一首自是同時之作。德裕非洛陽人，而自稱鄉國、故鄉，禹錫亦稱以家山，知唐人之置田宅於洛陽者，即以洛陽爲故鄉，禹錫亦其比也。

和李相公初歸平泉過龍門南嶺遥望山居即事

暫别明庭去，初隨優詔還。曾爲鵩鳥賦，喜過鑿龍山。新墅煙火起，野程泉石間。巖廊人望在，只得片時閒。

【校】

〔鵩鳥〕紹本、崇本鵩均作鵬，較合。按：蓋原稿用漢書賈誼傳以服鳥對鑿龍。或疑服鳥語不祥，不宜對李言之，不知賈誼作服鳥賦後歲餘即有宣室之召，正以祝李德裕之再起，唐人固不似後人之多忌諱也。全唐詩鵩下注云一作鵬。

【箋證】

按：李德裕原作云：「初歸故鄉陌，極望且徐輪。近野樵蒸至，平泉燈火新。農夫饋雞黍，漁子薦霜鱗。惆悵懷楊僕，慚爲關外人。」此當亦是第一次爲賓客分司時作。

和李相公以平泉新墅獲方外之名因爲詩以報洛中士君子兼見寄之作

業繼韋平後，家依峴閬間。恩華辭北第，蕭灑愛東山。滿室圖書在，入門松菊閒。垂天雖暫息，一舉出人寰。

【校】

〔題〕紹本、崇本、全唐詩之作均作之什。

〔垂天〕結一本垂作華，誤。

【箋證】

按：李德裕原作題云：洛中士君子多以平泉見呼愧獲方外之名因以此詩爲報奉寄劉賓客，詩云：「非高柳下逸，自愛竹林閑。才異居東里，愚因在北山。徑荒寒未掃，門設晝常關。不及鴟夷子，悠悠煙水間。」據其稱禹錫爲賓客，則必是德裕開成元年（八三六）自滁州再除賓客後作，又出鎮浙西，禹錫已自同州除賓客矣，故寄以此詩。

酬柳柳州家雞之贈

日日臨池弄小雛，還思寫論付官奴。柳家新樣元和腳，且盡薑牙斂手徒。

【校】

〔斂手〕全唐詩斂下注云：一作劍。

【注】

〔官奴〕褚遂良撰右軍書目正書五卷，第一、樂毅論四十四行，書賜官奴行書五十八卷，其第十九，有與官奴小女書。官奴羲之女。是時柳未有子，故夢得以此戲之，見柳集舊注。

〔薑牙〕狀書字鈍拙也。

【箋證】

按：此數首須取柳宗元原作匯參，方得其解。柳詩題云：殷賢戲批書後寄劉連州并示孟崙二童。自注云：「家有右軍書，每紙背庾翼題云王會稽六紙，二月三十日。」詩云：「書成欲寄庾安西，紙背應勞手自題。聞道近來諸子弟，臨池尋已厭家雞。」據柳集舊注：「王僧虔論書云：庾征西翼書，少時與右軍齊名，右軍後進，庾猶不分，在荆州與都下人書曰：小兒輩賤家雞，皆學右軍書，須吾還叱之。舊注又解其題曰：因話録云：柳柳州書，後生多師效，就中尤長於章草，爲時所寶，湖湘已南，童稚悉學其書，頗有能者。以此觀之，蓋有之矣。公與夢得聞問最數，殷賢戲題其書後，故舉庾翼事爲寄，蓋劉家子弟當有學其書者，孟、崙二童必夢得之子，殷賢雖不能詳，亦必夢得家子弟也。」按：崙爲禹錫次子小名，已見白居易劉白唱和集解，云：仍寫二本，……一授夢得小兒崙郎也。殷賢之爲劉家子弟恐不確。柳詩原意以庾翼指禹錫，「手自題」者，謂禹錫見之必自加品題也。「厭家雞」者，謂禹錫本自書家，何必遠求柳之指授也。禹錫嗜書法，已見本集卷二十論書一文矣。再試論禹錫之答詩，其大意謂亦思以書學傳於子弟，無奈有柳家新樣，則不得不斂手矣。柳集舊注云：「柳公權，元和間有書名，元和脚者，指公權也。」按：宗元作此詩當在元和十年、十一年（七九四、七九五）初到柳州時。公權以元和三年（八〇八）第進士，恐名位尚未甚隆，禹錫之意仍當指宗元，未必指公權。宗元與公權雖同出西眷房，（據世系表）往還似少，行逕亦殊，禹錫何至於宗元之前偏譽公權，喧賓奪主？讀者所宜細辨也。大抵宋以後人不重宗元之書，以其名爲公權所掩，且有尊韓抑柳之成見亘於胸中也。集古録跋尾八：「右般舟和尚碑，柳宗元撰并書。子厚所書碑世頗多有，書既非工，而字畫多不同，疑喜子厚者竊借其名以爲重。子厚與退之皆以文章知名一時，而後世稱爲韓柳者，蓋流俗之相傳也。其爲道不同猶夷夏也。然退之於文章每極稱子厚者，豈以其名並顯於世，不欲有所貶毁，以避争名之嫌，而其爲道不同，雖不言，顧後世當自知歟！」據歐陽修此文，宗元傳世之碑刻，在北宋時尚多，縱或間有僞託，豈遂無一真品？而今日宗元之書迹竟渺然不可復見，豈非後人爲尊韓抑柳之論所中，輕其文遂并輕其書耶？

又按：宗元得此詩後，復有重贈二首，其一云：「聞道將雛向墨池，劉家還有異同詞。如今試遣隈牆問，已道世人那得知。」第二句以向、歆父子爲喻，所以申前詩「厭家雞」之説也。第三四句則獎譽劉兒之詞，以王獻之爲比也。其二云：「世上悠悠不識真，薑芽盡是捧心人。若道柳家無子弟，往年何事乞西賓？」此首自謙時論不足憑，勉强學步亦不足取。柳家雖無子弟，不能與禹錫媲美，亦固曾荷謬賞也。「乞西賓」見下。禹錫詩所謂答前篇者，即答其第一首。「小兒弄筆」云云，謝宗元之獎譽也。「夢熊未兆」云云，謂宗元猶未有子也。柳集舊注云：「子男二人，長曰周六，始四歲。」蓋生於元和十一年（八一六），此詩作於周六未生時。「誰是衛夫人」者，法書要録云：「衛夫人名鑠，字茂漪，廷尉展之女弟，恒之從女，汝陰太守李矩之妻也。子克爲中書郎，亦工書。」引此以祝宗元之有令妻賢子也。所謂「答後篇」者，即答其第二首。全首皆自謂素未留意書法，雖得宗元所書西都賦，殊以爲愧。近則頗有意臨池，漸能與宗元角勝矣。柳集舊注云：「王右軍云：吾書比之鍾繇當抗行，比張芝猶雁行也。」繇字元常。以上各詩本爲一時遣興戲作，後人不能盡知當時情事，殊覺費解，然大要亦可默會也。宗元仍有疊前、疊後二首，再答其第一首云：「小學新翻墨沼波，羡君瓊樹散枝柯。在家弄土惟嬌女，空覺庭前鳥跡多。」似宗元此時雖未生男而有女也。再答其第二首云：「事業無成恥藝成，南宫起草舊連名。勸君火急添功用，趁取當時二妙聲。」此乃引禹錫爲同調之意，然詩殊粗率，非上乘也。

又按：後人多震於柳公權之名，而不甚知宗元之爲書家。遂以柳家專屬公權。如宋長白柳亭詩話云：「劉夢得酬柳子厚詩：柳家新樣元和脚，且盡薑芽斂手徒。柳復以詩報之曰：世上悠悠不識真，薑芽盡是捧心人。劉意蓋謂諫議書此時方有盛名，柳與同宗，所有書帖必盡付愛女，故前示孟、崙二童有臨池尋已厭家雞之句，柳則謂吾雖有女，不堪效颦西子，那能如官奴之付與樂毅論乎？薑芽二字出相書，官奴，子敬小字。」諫議謂公權，公權之書有盛名非此時事，與宗元實渺不相涉。此數語關係劉、柳交情，決不能牽附公權也。

〔元和脚〕按：元和脚一語頗引起後人疑揣，蓋他處既從未見此語，無從比附也。似是當時流行俗語以之稱時世裝，非當時人不知所謂，宋人議論亦無可徵信。如苕溪漁隱叢話引復齋漫録云：「子厚寄劉夢得詩，書成欲寄庾安西，紙背應勞手自題。聞道近來諸子弟，臨池尋已厭家雞。蓋其家有右軍書，每紙背庾翼題云，王會稽六紙。其詩謂此也。故夢得有酬家雞之贈，乃答前詩，非子厚作也。其中有柳家新樣元和脚，人竟不曉，高子勉舉以問山谷，山谷云：取其字製之新，昔元豐中晁無咎作詩文極有聲，陳無己戲之曰：聞道新詞能入樣，相州紅纈鄂州花。蓋相州纈，鄂州花也。（按此處似有脱誤。）則柳家新樣元和脚者，其亦類此與！余頃見徐仙者效山谷書，而無己以詩寄之曰：蓬萊仙子補天手，筆妙詩清萬世功。肯學黄家元祐脚，信知人厄匪天窮。則知山谷之言無可疑。最後見東坡柳氏求筆迹詩：君家自有元和手，莫厭家雞更問人。其理雖同，但手字爲異。」

答前篇

小兒弄筆不能嗔，涴壁書窗且賞勤。聞彼夢熊猶未兆，女中誰是衞夫人？

【校】

〔賞勤〕紹本賞作當，全唐詩作當，注云：一作賞。

〔聞彼〕結一本彼作被，誤。

答後篇

昔日傭工記姓名，遠勞辛苦寫西京。近來漸有臨池興，爲報元常欲抗行。

【校】

〔記姓〕絶句記作寄。

再授連州至衡陽酬柳柳州贈别

去國十年同赴召，渡湘千里又分岐。重臨事異黄丞相，三黜名慙柳士師。歸目併隨迴雁盡，愁腸正遇斷猿時。桂江東過連山下，相望長吟有所思。

【注】

〔黄丞相〕漢書循吏傳：黄霸字次公，淮陽陽夏人也。爲潁川太守，治爲天下第一，徵守京兆尹，秩二千石。坐發民治馳道不先以聞。又發騎士詣北軍，馬不適士，劾乏軍興，連貶秩。有詔歸潁川太守官，以八百石居，治如其前，郡中愈治。

〔三黜〕論語微子：柳下惠爲士師，三黜。

〔迴雁〕輿地紀勝：荆湖南路衡州：回雁峯在州城南，或曰雁不過衡陽，或曰峯勢如雁之回。

〔桂江〕元和郡縣志：嶺南道桂州臨桂縣：桂江一名灕水，經縣東，去縣十步。

【箋證】

按：本集卷三十重至衡陽傷柳儀曹詩引云：「元和乙未歲（八一五），與故人柳子厚臨湘水爲别，柳浮舟適柳州，余登陸赴連州。」柳之贈詩即在是時。柳集原作云：「十年顦顇到秦京，誰料翻爲嶺外行？伏波故道風煙在，翁仲遺墟草樹平。直以慵疎招物議，休將文字占時名。今朝不用臨河别，垂淚千行便濯纓。」禹錫詩中「重臨事異黄丞相，三黜名慙柳士師」二句最爲精切。柳集舊注云：「夢得初貶連州，今又出刺連州，故曰重臨。初貶連州刺史，再貶朗州司馬，又除連州，是爲三黜。」非也。三黜正指宗元，以切其姓，二語與同赴召又分岐連貫而下，「名慙」者，謂己名懟與柳名並稱也。又柳集別有答劉連州邦字詩云：「連璧本難雙，分符刺小邦。崩雲下灕水，劈箭上潯江。負弩啼寒狖，鳴槍警夜狵。遥憐郡山好，謝守但臨窗。」劉之原作已不存矣。又按：前人之評此詩者，王夫之唐詩評選云：「字皆如濯，句皆如拔，何必出沈宋下？長吟有所思五字一氣，有所思樂府篇名，言相望而吟此曲也。於此可得七言命句之法。」

重别

二十年來萬事同，今朝岐路忽西東。皇恩若許歸田去，歲晚當爲鄰舍翁。

【校】

〔歲晚〕絶句二字乙。

〔鄰舍〕絶句鄰作田。

三贈

信書誠自誤，經事漸知非。今日臨湘別，何年休汝歸？

【校】

〔臨湘〕柳集作臨岐。

〔休汝〕紹本及柳集休作待，崇本作得，非。按：柳集以此二首爲柳作，而劉之原詩云：「會待休車騎，相隨出罻羅」，據此乃用謝朓休沐東還道中詩：「還邛歌賦似，休汝車騎非，」故以休汝對臨湘，校者不識其義而臆改耳。

【箋證】

按：柳集第一首題爲重别夢得，第二首爲三贈劉員外。其禹錫答詩第一首云：「弱冠同懷長者憂，臨岐回想盡悠悠。耦耕若便遺身世，黄髮相看萬事休。」第二首云：「年方伯玉早，恨比四愁多。會待休車騎，相隨出罻羅。」細審柳集，似有舛誤。以第二首論之，「會待休車騎」者，用謝朓休沐東還道中詩：「還邛歌賦似，休汝車騎非。」故和詩用之，以「休汝」對「臨湘」，若無原唱此語，則「休汝」二字不可解矣。劉、柳二人詩境分别甚微，姑發此論，更俟詳考。今劉集與柳集恰成互易。參詳文義，原詩云「黄髮相看萬事休」，故和詩云「晚歲當爲鄰舍翁」。原詩云「會待休車騎」，故和詩云「何年休汝歸」。唐人唱和詩例如此。

題淳于髡墓

生爲齊贅壻，死作楚先賢。應以客卿葬，故臨官道邊。寓言本多興，放意能合權。我有一石酒，置君墳樹前。

【校】

〔客卿〕全唐詩卿下注云：一作鄉，崇本與一作同。

【箋證】

按：此詩當是元和十年（八一五）赴連州途次弔古之作。柳集有善謔驛和劉夢得酹淳于先生詩云：「水上鵠已去，亭中鳥又鳴。辭因使楚重，名爲救齊成。荒壠遽千古，羽觴難再傾。劉伶今日意，異代是同聲。」舊注云：「驛在襄州之南，即淳于髡放鵠之所，今訛爲善謔驛。」

又按：史記滑稽列傳褚先生補云：「昔者齊王使淳于髡獻鵠於楚，出邑門，道飛其鵠，徒揭空籠，造詐成辭，往見楚王曰：齊王使臣來獻鵠，過於水上，不忍鵠之渴，出而飲之，去我飛亡。吾欲刺腹絞頸而死，恐人之議吾王以鳥獸之故令士自傷殺也。鵠，毛物，多相類者，吾欲買而代之，是不信而欺吾王也。欲赴他國奔亡，痛吾兩主使不通，故來服過叩頭，受罪大王。楚王曰：善，齊王有信士若此哉！厚賜之，財倍鵠在也。」索隱曰：「案韓詩外傳：齊使人獻鵠於楚，不言髡。又説苑云：魏文侯使舍人無擇獻鴻於齊，皆略同而事異，殆相涉亂也。」

懷妓四首

玉釵重合兩無緣，魚在深潭鶴在天。得意紫鸞休舞鏡，能言青鳥罷銜牋。金盆已覆難收水，玉軫長抛不續絃。若向蘼蕪山下過，遥將紅淚灑窮泉。

鸞飛遠樹棲何處？鳳得新巢有去心。紅壁尚留香漠漠，碧雲初斷信沈沈。情知點污投泥玉，猶自經營買笑金。從此山頭似人石，丈夫形狀淚痕深。

舊曾行處徧尋看，雖是生離死一般。買笑樹邊花已老，畫眉窗下月猶殘。雲藏巫峽音容斷，路隔星橋過往難。莫怪詩成無淚滴，盡傾東海也須乾。

三山不見海沈沈，豈有仙蹤更可尋？青鳥去時雲路斷，姮娥歸處月宫深。紗窗遥想春相憶，書幌誰憐夜獨吟？料得夜來天上鏡，只應偏照兩人心。

【校】

〔題〕全唐詩注云：前三首一作劉損詩，題作憤惋。

〔休舞〕全唐詩休下注云：一作辭。

〔罷銜〕全唐詩罷下注云：一作斷。

〔遥將紅淚〕全唐詩遥下注云：一作空，紅下注云一作狂。

〔有去心〕紹本、崇本有均作已，全唐詩作想稱心。

〔紅壁〕全唐詩壁下注云：一作粉。

〔情知〕全唐詩注云：一作那堪。

〔猶自〕全唐詩注云：一作嬾更。

〔舊曾〕紹本舊作大，崇本作人，全唐詩作但。

【箋證】

按：揚慎升庵詩話云：「唐吕用之在維揚日，佐高駢，專權擅政，有商人劉損妻裴氏有國色，用之以陰事搆取，損憤惋，因成詩三首。」即此集中之前三首而字句略有改竄。今全唐詩收劉損詩云：「寶釵分股合無緣，魚在深淵日在天。得意紫鸞休舞鏡，斷蹤青鳥罷銜箋。金杯倒覆難收水，玉軫傾欹嬾續絃。從此蘼蕪山下過，祇應將淚比黄泉。鸞辭舊伴知何止，鳳得新梧想稱心。紅粉尚存香幕幕，白雲將散信沉沉。已休磨琢投泥玉，嬾更經營買笑金。願作山頭似人石，丈夫衣上淚痕深。舊嘗游處遍尋看，覩物傷情死一般。買笑樓前花已謝，畫眉窗下月空殘。雲歸巫峽音容斷，路隔星河去住難。莫道詩成無淚下，淚如泉滴亦須乾。」較之劉集，所改尤卑俗。然劉詩亦迥不似平日風格。懷妓二字亦不合集中製題之例，當存疑。又苕溪漁隱叢話引古今詩話云：「大和初，有爲御史分務洛京者，有妓善歌，時太常李逢吉留守求一見，既不敢辭，盛妝以往，李命與衆姬相見，李姬四十餘輩皆出其下，既入不復出，頃之，李亦辭以疾，遂罷坐，信宿耗絶，但怨嘆不能已，爲詩兩篇投獻，明日李但含笑曰大好詩，遂絶。詩曰三山不見云云，一篇亡。苕溪漁隱曰：余觀劉賓客外集有憶妓四首，内一首即前詩也，其餘三首亦是前詩之意。古今詩話中既不誌御史姓名，則此詩豈非夢得爲之假手乎？」此則傳説附會，不足深論。本事詩云：「李丞相逢吉性强愎而沉猜多忌，好危人，略無怍色。既爲居守，劉禹錫有妓甚麗，爲衆所知。李恃夙望，恣行威福，分務朝官取容不暇，一旦陰以計奪之，約曰：某日皇城中堂前致宴，應朝賢寵嬖並請早赴宴會，稍可觀矚者，如期雲集，敕閽吏先放劉家妓從門入。傾都驚異，無敢言者。劉計無所出，惶惑吞聲。又翌日與相善數人謁之，但相見如常，從容久之，並不言境會之所以然者，坐中默然相目而已。既罷，一揖而退。劉歎咤而歸。無可奈何，遂憤懣而作四章，以擬四愁云爾。」今按禹錫若有家妓，其與白居易唱和諸詩中不應從未涉及，逢吉雖凶暴，亦恐不至舉動如此無禮，外集卷六有將赴蘇州途出洛陽留守李相公累申宴餞寵行話舊形於篇章謹抒下情以申仰謝一詩。李相公即逢吉也。此或因逢吉有此宴而附會，逢吉爲東都留守，在大和五年（八三一）八月至八年（八三四）三月間，禹錫似亦僅此一度謁之，此數年中禹錫皆在蘇州，非分司官也。傳説附會本不足辨，惟唐人既有此一説，或是緣人知禹錫與逢吉素不相洽，假此以甚言逢吉之惡耳。

登清暉樓

逸前四句。在江州。

潯陽江色潮添滿，彭蠡秋聲雁送來。南望廬山千萬仞，共誇新出棟梁材。

【校】

〔逸前〕結一本逸作送，誤。

〔在江〕結一本在作爲，誤。

【箋證】

按：此詩不知何意，當是贈江州某人，非謂禹錫本人在江州也。

省試風光草際浮

熙熙春景霽，草緑春光麗。的歷亂相鮮，葳蕤互虧蔽。乍疑芊緜裏，稍動丰茸際。影碎翻崇蘭，香浮轉叢蕙。含煙絢碧彩，帶露如珠綴。幸因採掇日，況此臨芳歲。

【校】

〔香浮〕崇本、全唐詩二字均乙。

【箋證】

按：唐試進士詩五言律體得用仄韻。

赴和州於武昌縣再遇毛仙翁十八兄因成一絶

武昌山下蜀江東，重向仙舟見葛洪。又得案前親禮拜，大羅天訣玉函封。

【箋證】

按：唐詩紀事八一：「劉禹錫云：唐長慶二祀（八二二）壬寅秋九月，止鄂州官舍，時風勁秋寒，掩關無事。月晦前三日，有異客毛仙翁至，禹錫攝衽見之，晬容秀目，精貌輝然，初莫之測。坐久，語及裴相國晉公、韓祭酒文公，皆爲方外之交，嘗有述序，今因請焉。齋心拭目，盡得披諷，知仙翁之道，非人間人也。拜請延留，奉以師禮，欣然見許，止余所止，凡七晝夜。師之異者故不可窮，其大權裴、韓二公具述矣，不能復書，其察人吉凶貴賤壽夭，或假寐自生死，（句疑）雖百年之變，窮通修短，皆俊發利詞，指陳毫釐，無疑忌語，堅意真聞，人皆失色，則果然符契于意，其神授乎，其智知乎！至於金火飛伏之道，鍊魂御氣之訣，吾又莫得而窮之矣。嗟夫，禹錫之生，蹇厄以至羈死，遇師之日，謂其有人爵之望，可至大臣，則鄙誠豈敢企望？但師之道多隱晦，人不能盡知，況仁義惻憫，時又甚焉，真出乎世者也。今將適桃花溪，訪秦人，追羽客，臨風再拜，謹志大略，以備他日之約。其年九月二十九日，門人劉禹錫述。」考此文恐出僞託。毛仙翁事跡及諸人投贈詩文皆出杜光庭所輯録。觀其許禹錫至大臣，期元稹以再相（見稹贈毛仙翁詩序），明是敢爲大言之江湖術士，以逢迎朝貴爲事者耳。杜光庭謂與毛往還贈詩之人有裴度、牛僧孺、令狐楚、李程、李宗閔、李紳、楊於陵、楊嗣復、王起、元稹、白居易、崔郾、鄭澣、李益、張仲方、沈傳師、崔元略、柳公綽、韓愈、李翺。此諸人者，幾全與禹錫相稔，除張仲方一人外，皆已見本集中。元和、長慶、寶曆、大和間之貴人有文名者備入網羅，亦可見此江湖術士聲氣之廣矣。宋史藝文志有送毛仙翁詩一卷，題牛僧孺、韓愈等贈，必即杜光庭所編次。

劉禹錫集箋證外集卷第八

律詩

寄毗陵楊給事三首

揮毫起制來東省，躡足修名謁外臺。好著櫜鞬莫惆悵，出文入武是全才。

曾主魚書輕刺史，今朝自請左魚來。青雲直上無多地，卻要斜飛取勢迴。

東城南陌昔同遊，座上無人第二流。屈指如今已零落，且須歡喜作鄰州。

【校】

〔躡足〕紹本、崇本躡均作蹀，絶句作蹛。

〔好著〕結一本著作看，誤。

〔歡喜〕全唐詩喜下注云：一作笑。

【注】

〔東省〕據職官志，給事中屬門下省，門下省龍朔中改東臺，給事中改東臺舍人。唐人習稱門下省爲東省，中書省爲西省，尚書省爲南省。惟給事中掌讀署駁正奏抄，不嘗云揮毫起制，此語未詳。

〔曾主魚書〕據職官志，符寶郎亦屬門下省，出納符節，辨其左右之異，藏其左而須其右。故云曾主魚書。元李翀日聞録云：「漢太守之官，必得左符以出，至郡用以爲驗，蓋右符先已留州，故令以左合右也。唐刺史亦執左魚至州，與右魚合契，亦其制也。左魚之外，又有勅牒將之，故兼名魚書。」（按此語出演繁露。）

【箋證】

按：楊給事謂楊虞卿，已見外集卷六和浙西王尚書聞常州楊給事製新樓詩。虞卿，舊唐書一七六、新唐書一七五均有傳。虞卿爲李宗閔之黨，楊嗣復之宗人，而李德裕之所惡也。諸楊分布仕途，禹錫不得不與之作緣，又以白居易妻族之故，尤不得不勉維友誼，若因此詩而謂禹錫與有深交，則未必然。舊傳云：「虞卿元和五年（八一〇）進士擢第，又應博學宏辭科。元和末，累官至監察御史。穆宗初即位，……遷侍御史，再轉禮部員外郎，史館修撰。長慶四年（八二四）八月，改吏部員外郎。大和二年（八二八），南曹令史李賨等六人僞出告身籤符……虞卿以檢下無術，停見任。及李宗閔、牛僧孺輔政，起爲左司郎中。五年（八三一）六月，拜諫議大夫，充弘文館學士，判院事。六年（八三二），轉給事中。七年（八三三），宗閔罷相，李德裕知政事，出爲常州刺史。」禹錫此詩正作於此時，禹錫方任蘇州刺史，蘇常鄰境，固不能不相周旋也。此後虞卿傳中復云：「虞卿性柔佞，能阿附權倖以爲姦利。每歲銓曹貢部爲舉選人馳走取科第占員闕，無不得其所欲，升沉取捨出其脣吻，而李宗閔待之如骨肉。以能朋比唱和，故時號黨魁。八年（八三四），宗閔復入相，尋召爲工部侍郎。九年（八三五）四月，拜京兆尹。其年六月，京師訛言鄭注爲上合金丹須小兒心肝，密旨捕小兒無算，民間相告語，上（文宗）聞之不悦，鄭注頗不自安。御史大夫李固言素嫉虞卿朋黨，乃奏曰：臣昨窮問其由，此語出於京兆尹從人，因此扇於都下。上怒，即令收虞卿下獄，翌日貶虔州司馬，再貶虔州司户卒。」更考新唐書一七四李宗閔傳復載虞卿初貶常州之事云：「德裕爲相，與宗閔共當國，……帝（文宗）曰：衆以楊虞卿、張元夫、蕭澣爲黨魁，德裕因請皆出爲刺史，帝然之，即以虞卿爲常州，元夫爲汝州，澣爲鄭州。宗閔曰：虞卿位給事中，州不容在元夫下。德裕在外久，其知黨人不如臣之詳。虞卿日見賓客於第，世號行中書，故臣未嘗與美官。德裕質之曰：給事中非美官云何？」則虞卿結援怙勢，囂張自喜之情態已可概見，而交游之廣亦無足怪。禹錫此詩之第三首云：「東城南陌昔同遊，坐上人無第二流。」虞卿名輩在禹錫之後，所謂同遊，正是大和三、四、五（八二九、八三〇、八三一）等年禹錫爲郎官學士時也。其時李、牛當國，虞卿驟起而膺峻擢，聲勢赫奕，不言可知。禹錫蓋不得不勉與周旋，姑冀自保。更取三首而通觀之，第一首言以供奉官而屈爲觀察使之巡屬，聊作慰解之詞。第二首言前日猶以刺史許人，今乃自爲刺史，正當直上青雲之日而有此顛蹶，不過暫時屈抑耳。第三首言京華舊遊無多，蘇、常接境猶爲可喜。其詞似莊似狎，禹錫殆亦不心許其人而又不敢忤之也。然虞卿爲人雖不足取，而惡之亦有甚於墜淵者，且其後此得罪尤未免出於羅織。李商隱於虞卿卒後有詩哭之云：「本矜能弭謗，先議取非辜。」與本傳所言下獄之由相合。商隱於虞卿有恩門之誼，其他則不免過情之譽矣。商隱詩有「旋踵戮城狐」之句，自注云：「是冬舒、李伏誅。」謂舒元輿、李訓也。於李訓加此醜詆，實與商隱之有感、重有感等詩持論不合，故知當時交遊黨援之間情態錯綜，非可執一而論。又虞卿以大和九年（八三五）七八月連貶，其到虔州必已在冬間，甘露之變在十一月，「是冬」者，貶官之冬，非謂虞卿身殁之冬也。虞卿非甫到虔州即殁者，張采田玉谿生年譜會箋詮之似未確，因與白居易哭虞卿詩有關，附辨於此。白集中送楊八給事赴常州詩云：「無嗟別青瑣，且喜擁朱輪。五十得三品，百千無一人。須勤念黎庶，莫苦念交親。此外無過醉，毘陵何限春？」與禹錫此詩同看，語意尤渾融。至其哭師皐詩云：「南康丹旐引魂迴；洛陽籃舁送葬來。北邙原邊尹村畔，月苦煙愁夜過半。妻孥兄弟號一聲，十二人腸一時斷。往者何人送者誰？樂天哭別師皐時。平生分義向人盡，今日含冤唯我知。我知何益徒垂淚，籃輿迴竿馬迴轡。何日重聞掃市歌，誰家收得琵琶妓？蕭蕭風樹白楊影，蒼蒼露草青蒿氣。更就墳邊哭一聲，與君此則終天地。」蓋居易於楊虞卿有不能已於言者，而又不可言，故曰「我知何益徒垂淚」，虞卿死時禹錫即不聞有哀挽之作矣。

又按：容齋隨筆一一論此詩云：「虞卿之刺毘陵，乃爲朝廷所逐耳，禹錫猶以爲自請，詩人之言，渠可信哉？」其實詩中「斜飛取勢」之語固已含左官之意矣。唐人用「請」字，正如今人之用「領」字，故領俸謂之請俸，「請魚書」亦猶請俸耳。洪氏習見宋時侍從有乞郡之例，故有此言。不知唐人出爲刺史者大抵皆遭貶逐也。唐代制度，南宋人已不能熟知，有如此者。

巫山神女廟

巫峯十二鬱蒼蒼，片石亭亭號女郎。曉霧乍開疑捲幔，山花欲謝似殘妝。星河好夜聞清佩，雲雨歸時帶異香。何事神仙九天上，人間來就楚襄王。

【校】

〔巫峯〕紹本、崇本峯均作山。

【注】

〔神女廟〕方輿勝覽云：高唐神女廟在巫山縣西北二百五十步。

【箋證】

按：此當是禹錫初到夔州時所作，純是詠古跡，别無寓意。結聯云：「何事神仙九天上，人間來就楚襄王。」斥神話傳説之妄，而以微婉出之，使人自悟，見解自與常人不同。元稹詩云：

「芙蓉脂肉緑雲鬟，罨畫樓臺金黛山。千樹桃花萬年藥，不知何事戀人間。」意亦相近。唐人詩中議論絲毫不著痕迹，往往類此。

又按：雲谿友議云：「秭歸縣繁知一聞白樂天將過巫山，先於神女祠粉壁，大署之曰：蘇州刺史今才子，行到巫山必有詩。爲報高唐神女道，速排雲雨候清詞。白公覩題處悵然，邀知一至曰：歷陽劉郎中禹錫三年理白帝，欲作一詩於此，怯而不爲，罷郡經過，悉去千餘首詩，但留四章而已。此四章者，乃古今之絶唱也。而(？)人造次不合爲之。」范氏此條，全爲臆説，居易之刺忠州過巫山，遠在禹錫刺夔州以前，其刺蘇州亦遠在刺忠州以後，安得有「蘇州刺史今才子」之言？禹錫刺和州時亦未爲郎中。此已舛錯不可究詰矣。今禹錫集中明明有巫山神女廟詩，又何嘗怯而不爲乎？范氏蓋道聽塗説，展轉附會，亦未親見劉集。不得因此而疑此詩非禹錫所作也。

柳絮

飄颺南陌起東鄰，漠漠濛濛好度春。花巷暖隨輕舞蝶，玉樓晴拂豔妝人。縈迴謝女題詩筆，點綴陶公漉酒巾。何處好風偏似雪，隋河隄上古江津。

【校】

〔好度〕紹本、崇本、全唐詩好均作暗，似是，因下文已有好風也。

【箋證】

按：此詩似純爲詠物，非必有所指。李商隱七律詩多祖此派而益深曲，此大輅椎輪之異也。

陪崔大尚書及諸閣老宴杏園

更將何面上春臺？百事無成老又催。唯有落花無俗態，不嫌憔悴滿頭來。

【注】

〔閣老〕國史補：兩省官相呼爲閣老。

【箋證】

按：崔大尚書謂崔羣。羣之任宣歙，吴廷燮唐方鎮年表繫於長慶三年（八二三）。蓋據外集卷八歷陽書事詩，四年（八二四）正在宣歙也。文宗紀：大和元年（八二七）正月，以前户部侍郎于敖爲宣歙觀察使，代崔羣，以羣爲兵部尚書。三年二月，以羣爲荆南節度使。則此詩之作必爲大和二年入爲尚書時，禹錫方自主客郎中分司入都，若前一年則尚在洛陽，後一年則羣又出鎮，皆不能陪宴杏園也。羣與禹錫同甲子，登進士則同一科，而已身歷將相，復還朝端，今禹錫猶以郎官憔悴塵土中，其感喟自不可免。是年之春，所作諸詩大抵旨趣如此，所謂前度劉郎、其尤著者耳。此詩則詞意尤爲激切，落花一語，豈有慊於羣在相位時不能援手，今已無及乎？然考羣爲皇甫鎛所讒，自元和末罷相後，在長慶中僅得以侍郎中丞召，而武寧節度之授又不能終其事，忽忽十年，未得大用，落花之句或兼爲羣鳴不平，未可定也。

曹剛

大絃嘈囋小絃清，噴雪含風意思生。一聽曹剛彈薄媚，人生不合出京城。

【箋證】

按：樂府雜録云：「貞元（按：侯鯖録作元和，恐非。）中，王芬、曹保、保子善才，其孫曹鋼皆襲所藝，次有裴興奴，與鋼同時，曹善運撥若風雨而不事扣絃，興奴長於攏撚，時人謂曹鋼有右手，興奴有左手。武宗初，朱崖李太尉有樂吏廉郊者，師於曹鋼，盡鋼之能。」鋼、剛字通。白居易有聽曹剛琵琶兼示重蓮詩云：「撥撥絃絃意不同，胡啼番語兩玲瓏。誰能截得曹剛手，插向重蓮衣袖中？」薛逢亦有聽曹剛彈琵琶詩云：「禁曲新翻下玉都，四絃桹觸五音殊。不知天上彈多少，金鳳銜花尾半無。」

發蘇州後登武丘寺望海樓

獨宿望海樓，夜深珍木冷。僧房已閉户，山月方出嶺。碧池涵劍彩，寶刹摇星影。卻憶郡齋中，虛眠此時景。

【校】

〔題〕紹本、崇本望海均作望梅，誤。全唐詩注云：一作望梅。

【注】

〔武丘寺〕即虎丘寺，唐人避諱改。方輿勝覽云：「在城西北九里。晉司徒王珣及弟珉捨宅爲寺。」

別蘇州二首

三載爲吴郡，臨岐祖帳開。雖非謝桀黠，且爲一徘徊？

流水閶門外，秋風吹柳條。從來送客處，今日自魂銷。

【校】

〔臨岐〕結一本岐作期，誤。

〔送客處〕絶句處作去。

【箋證】

按禹錫以大和六年到蘇州，八年移汝州，故云三載爲吴郡。

松江送處州奚使君

吴越古今路，滄波朝夕流。從來别離地，能使管絃愁。江草帶煙暮，海雲含雨秋。知君五陵客，不樂石門遊。

【箋證】

按：本集卷二奚公神道碑，奚陟之子敬則官至濮州刺史，敬玄官至刑部郎中，炅亦舉進士，此奚使君似是其中之一。題云松江，則禹錫方在蘇州刺史任也。然陟卒於貞元十五年（七九九），碑作於其後三十四年，則當大和七年，正在蘇州，彼時陟之諸子仕履如上，則此奚使君又似非陟之子矣。據詩中「知君五陵客」之語，其人亦京兆人，則或是陟之從子行也。

題報恩寺

雲外支硎寺，名聲敵虎丘。石文留馬跡，峯勢聳牛頭。泉眼潛通海，松門預帶秋。遲迴好風景，王謝昔曾遊。

【注】

〔馬跡〕蓋以支遁好馬而附會，輿地紀勝云：在吴縣西報恩山。

【箋證】

按：此詩與送處州奚使君及館娃宮、姑蘇臺三首皆當編在發蘇州後，則蘇州詩之前。

〔支硎寺〕按：吳地記云：「支硎山在吳縣西十五里……山中有寺，號曰報恩，梁武帝置。」輿地紀勝云：「支硎乃報恩山之東南峯，晉支遁道林遁迹其上，故名。」又引咸平錢儼碑銘云：「蘇州觀音禪院即東晉支公所建支硎寺。」

罷郡姑蘇北歸渡揚子津

幾歲悲南國，今朝賦北征。歸心渡江勇，病體得秋輕。海闊石門小，城高粉堞明。金山舊遊寺，過岸聽鐘聲。

【注】

〔揚子津〕清一統志，揚子橋在江都縣南十五里，即揚子津，自古爲江濱津要。

〔金山〕清一統志：金山在丹徒縣西北七里大江中。九域志：唐時裴頭陀於江際獲金數鎰，李錡鎮潤州，表聞，賜名。

【箋證】

按：禹錫少時遊江淮，故有「金山舊遊寺」之句。揚子津即與白居易相遇之地，見外集卷一鶴歎詩序。本卷別夔州官吏詩亦有「一去揚州揚子津」之語。

館娃宫在舊郡西南硯石山上前瞰姑蘇臺旁有采香徑梁天監中置佛寺曰靈嵒即故宫也信爲絶境因賦二章

宫館貯嬌娃，當時意太誇。豔傾吴國盡，笑入楚王家。月殿移椒壁，天花代舜華。唯餘采香徑，一帶繞山斜。

【校】

〔題〕紹本、崇本郡上均無舊字。全唐詩無上字。

〔繞山〕結一本繞作入，誤。

姑蘇臺

故國荒臺在，前臨震澤波。綺羅隨世盡，麋鹿古時多。築用金椎力，摧因石鼠窠。昔年雕輦路，唯有采樵歌。

【校】

〔題〕全唐詩此首并入罷郡姑蘇北歸渡揚子津下，注云：一作姑蘇臺詩。

〔古時〕紹本古作占，似是。

〔金椎〕紹本、崇本、全唐詩椎均作槌。按：依漢書賈山傳，作椎爲是。

贈同年陳長史員外

明州長史外臺郎，憶昔同年翰墨場。一自分襟多歲月，相逢滿眼是淒涼。推賢有愧韓安國，論舊唯存盛孝章。所歎謬遊東閤下，看君無計出悽惶。

【校】

〔題〕結一本外下有石字，未知何據，按：禹錫同年陳姓者有陳璀、陳祐二人，頗疑石是祐字之壞。

【箋證】

按：禹錫同年中陳姓者有陳璀、陳祐二人。登科記考一六，元和元年達於吏理可使從政科有陳岵，注云：「疑即貞元九年（七九三）登第之陳祜。」又考唐會要五六：「寶曆二年（八二六）九月，以新授濠州刺史陳岵爲太常少卿。岵常好釋氏，學佛，經中尤好維摩，自爲有得，即加注釋，輒復上獻，遂有宣令與好官，乃追前命，列在清賢。羣議紛然，諫官劉寬夫等七人同疏論……岵尋改少府監。」未知即此陳岵否。然岵既於寶曆中已宦達，則與此詩「推賢有愧韓安國」之語不合。詩又云：「所歎謬遊東閣下」，乃禹錫爲集賢學士時所作。宰相中一人領集賢院，其時裴度爲集賢殿大學士，故以東閣爲比。

寄湖州韓中丞

老郎日日憂蒼鬢，遠守年年厭白蘋。終日相思不相見，長頻相見是何人？

【校】

〔長頻〕全唐詩頻下注云：一作頭，紹本、崇本均與一作同。

【箋證】

按：韓中丞謂韓泰。據嘉泰吴興志郡守題名，泰自大和元年（八二七）七月至四年（八三〇）五月，在湖州刺史任。是時禹錫爲郎官學士，老郎云云自謂，遠守謂泰。

有感

死且不自覺，其餘安可論？昨宵鳳池客，今日雀羅門。騎吏塵未息，銘旌風已翻。平生紅粉愛，唯解哭黄昏。

【箋證】 按：此詩語意激切，可與卷三十代靖安佳人怨同參。但此疑指王播。播之卒，禹錫已有輓詩，即卷三十之哭王僕射相公詩。播本傳載其以大和四年（八三〇）正月患喉腫暴卒，故云「死且不自覺」。傳又云：「不存士行，姦邪並進，君子恥之。」故有「平生紅粉愛」之語，譏其不務薦達士類也。外集卷十又有代諸郎中祭王相國文。其時禹錫正爲郎官學士。

楊柳枝

揚子江頭煙景迷，隋家宮樹拂金隄。嵯峨猶是當時色，半蘸波中水鳥棲。

【校】

〔題〕樂府與「迎得春光先到來」及「巫峽巫山楊柳多」三首共一題。

〔宮樹〕絶句宮作官。

〔猶是〕紹本、崇本、樂府、絶句是均作有，全唐詩注云：一作是。

海陽十詠 并引

元次山始作海陽湖，後之人或立亭榭，率無指名，及予而大備。每疏鑿構置，必揣稱以標之。人咸曰有旨。異日遷客，裴侍御爲十詠以示予，頗明麗而不虚美，因捃拾裴詩所未道者，從而和之。一云：「予爲吏隱亭述，言海陽之所從來詳矣」，「異日」下與此同。

吏隱亭

結構得奇勢，朱門交碧潯。外來始一望，寫盡平生心。日軒漾波影，月砌鏤松陰。幾度欲歸去，迴眸情更深。

切雲亭

迴破林煙出，俯窺石潭空。波摇杏梁日，松韻碧窗風。隔水生别島，帶橋如斷虹。九疑南面事，盡入寸眸中。

雲英潭

芳幄覆雲屏，石奩開碧鏡。支流日飛灑，深處身疑瑩。潛去不見跡，清音常滿聽。有時病朝酲，來此心神醒。

玄覽亭

蕭灑青林際，夤緣碧潭隈。深流冒石下，輕波逐砌迴。香風過人度，幽花覆水開。故令無四壁，清夜月光來。

裴溪 時御史已遇新恩。

楚客憶關中，疏溪想汾水。縈紆非一曲，意態如千里。倒影羅文動，微波笑顔起。君今賜環歸，何人承玉趾？

飛練瀑

晶晶擲巖端，潔光如可把。瓊枝曲不折，雪片晴猶下。石堅激清響，葉動承餘灑。前時明月中，見是銀河瀉。

蒙池

瀠渟幽壁下，深静如無力。風起不成文，月來如一色。地靈草木腴，人遠煙霞逼。往往疑列仙，圍棋在巖側。

棼絲瀑

飛流透嵌隙，噴灑如絲棼。含暈迎初旭，翻光破夕曛。餘波繞石去，碎響隔溪聞。卻望瓊沙際，逶迆見脈分。

雙溪

流水繞雙島，碧溪相並深。浮花擁曲處，遠影落中心。閒鷺久獨立，曝龜驚復沈。蘋風有時起，滿谷簫韶音。

月窟

濺濺漱幽石，注入團圓處。有如常滿杯，承彼清夜露。巖曲月斜照，林寒春晚煦。遊人不敢觸，恐有蛟龍護。

【校】

〔遷客〕結一本、全唐詩客均作官，誤。

〔身疑〕紹本、崇本、全唐詩身均作自。

〔深流〕紹本、崇本、全唐詩深均作淙。

〔逐砌〕紹本、崇本、全唐詩逐均作觸。

〔過人〕紹本、崇本、全唐詩過均作逼。

〔清夜〕紹本、崇本、全唐詩清均作晴。

〔微波〕全唐詩波下注云：一作浪。

〔雪片〕全唐詩雪作雲。

〔前時〕全唐詩前下注云：一作池。

〔深静〕紹本、崇本、全唐詩静均作浄。

〔如一〕紹本、崇本、全唐詩如均作同。

〔木腴〕紹本、崇本、全唐詩腴均作瘦。

【箋證】

按：海陽湖在連州，禹錫因元結之遺迹而標其勝地，已見本集卷二十九海陽湖別浩初師詩箋證。外集卷九又專有吏隱亭述一篇。所云遷客裴御史待考，當是貶爲連州司馬等官者。述風景爲十詠，乃唐人所開風氣，王維輞川而後，韓愈有虢州三堂新題二十一詠，韋處厚有盛山十二詩，皆其例也。

送周魯儒赴舉詩　并引

晝居外次，晨門曰：有九疑生持一刺來謁，立西階以須。生危冠方袂，淺拱舒拜，且前致詞稱贊。其文頗涉獵前言。居五六日，復袖來，益引古事以相劘切。與之言，能言其得姓因家之所自，暨縣道鄉亭之風俗，望山名水之概狀，羅含所未記，朱贛之未條，咸得之於生。由是始列於賓籍，臨觴而司斟，觀博而竄言，有日矣。初邑中人聞有生來，而二千石客之，騈然來觀。遷客裴御史遇生於座，抵掌曰：「人固有貌類而族殊者，周生疑羅玠也。」衆咸矖然而熟視生，疑也愈甚。夫形似古所有也，優孟似叔敖而楚君欲以爲相。人殊而貌肖，猶或欲用之。玠生於衡山而生生於九疑，其似誠匹也。無乃躡其武，昇俊造，仕甸服，佐君藩爲御史乎？古之人無避事，即有而書之，尚實也。行李之覘，則徵夫詩曰：

宋日營陽内史孫，因家占得九疑村。童心便有愛書癖，手指今餘把筆痕。自握蛇珠辭白屋，欲憑雞卜謁金門。若逢廣坐問羊酪，從此知名在一言。

【校】

〔袖來〕結一本袖字缺。

〔叔敖〕紹本、崇本叔均作薦。

〔之人〕紹本、崇本、全唐詩之均作文。

〔宋日〕崇本宋作當，非。

〔廣坐〕全唐詩坐下注云：一作知，誤。

【箋證】

按：裴御史已見前一首，羅玠未詳。據「二千石客之」一語，知爲禹錫任連州刺史時作。營陽内史孫蓋即周魯儒所自述。雞卜，羊酪蓋譏其人鄉曲之見，語雜嘲詼，不足深論。

送曹璩歸越中舊隱詩 并引

予爲連州，諸生以進士書刺者，浩不可紀。獨曹生崖然自稱爲山夫。及與語，以徵其實。則曰：「所嗜者名，嘗遠遊以索之。抗喉舌，胘胝腷，以干東諸侯。見之日，率莞然曰：秀才者，天下是，不禮，庸何傷？今方依名山以揚其聲，將掛幘於南嶽。」生之言未及休，予遽曰：在己不在山。若子之言，依山而爲高，是練神叩寂，捐日月而不顧，名聞而老至，持是焉用？生聞言愀然如晦，色見於眉睫。因留止道士院，從予求書以觀。居三時，而功倍一歲。讀史書自黄帝至吴魏間，班班能言之。然而絶口不敢言衡山，知山夫不販而贏也。十一月，告予歸，隱於會稽，且曰：「知求名之自矣，乞詞以發之。」遂賦七言詩以鑒其志。詩曰：

行盡瀟湘萬里餘，少逢知己憶吾廬。數間茅屋閒臨水，一盞秋鐙夜讀書。地遠何當隨計吏？策成終自詣公車。剡中若問連州事，唯有千山畫不如。

【校】

〔胘胝腷〕紹本作胝敏拇，崇本作胝足拇，全唐詩作胝梅腷。按：紹本近是，敏拇見詩大雅生民鄭箋。

〔秀才者〕結一本者字缺。

〔不禮〕結一本作禮不，各本作不禮，皆不可解。

〔爲高〕紹本、崇本爲作易。

〔焉用〕紹本、崇本用下均有乎字。

〔如晦〕紹本、崇本、全唐詩晦均作悔。

〔黄帝〕結一本、全唐詩黄均作皇，紹本、崇本均作黄，是。

【箋證】

按：詩引云：「予爲連州，諸生以進士書刺者，浩不可紀。」進士者，指應進士科而言，非如後世必進士登科者方謂之進士也。禹錫謫官遠守僻郡，而干謁之遊士遊僧乃應接不暇若此，可見唐時求食之不易而噉名者之多。此人籍越中而芒芒然遠遊於嶺外，禹錫勸之歸隱，亦可謂忠告而善道之者。詩引云：「今方依名山以揚其聲，將挂幘於南嶽」，言外之意亦謂求仙學道之人無非仍爲求利禄計。禹錫之詩文多能抉發時世風氣之弊，如此者比比。

尋汪道士不遇

仙子東南秀，泠然善御風。笙歌五雲裏，天地一壺中。受籙金華洞，焚香玉帝宫。我來君閉户，應是向崆峒。

八月十五日夜桃源翫月

塵中見月心亦閒，況是清秋仙府間。凝光悠悠寒露墜，此時立在最高山。碧虚無雲風不起，山上長松山下水。羣動翛然一顧中，天高地平千萬里。少君引我昇玉壇，禮空遥請真仙官。雲軿欲下星斗動，天樂一聲肌骨寒。金霞昕昕漸東上，輪敧影促猶頻望。絶景良時難再逢，他年此日應惆悵。

叔父元和中取昔事爲桃源行，後貶官武陵，復爲翫月作，並題於觀壁。爾來星紀再周，㦤牽故此郡，仰見文字闇缺，伏慮他年轉將塵没，故鐫在貞石，以期不朽。大和四年㦤謹記。

【校】

〔立在〕結一本立作云，誤。

〔一顧〕紹本、崇本顧均作境。

〔金霞〕全唐詩金下注云：一作朝。

〔再逢〕紹本、崇本、全唐詩逢均作并。

〔此日〕紹本日作夕。

〔取昔事〕紹本、全唐詩取均作徵，崇本作攷。

〔故此〕崇本故作復。

〔轉將〕紹本轉字缺。

【箋證】

按：劉蒇附記既謂禹錫元和中爲桃源行，後貶官武陵，復爲翫月作，則桃源行必作於元和以前無疑。禹錫於元和元年已貶朗州司馬，乃盡人皆知之事，豈容其姪有誤？蓋元和當作貞元，傳寫爲人妄改耳。桃源行已見卷二十六。卷二十有猶子蔚適越戒，蒇當是其弟兄，蔚入元稹浙東幕，爲時略早於此。蒇當亦是使府從事，故云牽故此郡。禹錫此詩當是禹錫元和元年（八〇六）至九年（八一四）之間作。

又按：禹錫無同胞兄弟，集中已屢言之，蔚、蒇皆從兄之子，本集卷二十八有奉送家兄歸王屋詩，未知即其人之子否。

罷和州遊建康

秋水清無力，寒山暮多思。官閑不計程，徧上南朝寺。

【校】

〔徧上〕崇本徧作偏，非。

【注】

〔建康〕六朝事迹編類三：建康縣城，吴冶城東今天慶觀東是其地。寰宇記云：在縣西一里，晉太康三年分淮水北爲建康縣，上元之地居多。

【箋證】

按：本集卷二十四金陵五題序云：「余少爲江南客而未遊秣陵，嘗有遺恨，後爲歷陽守，跂而望之。」則其金陵諸詩皆非親歷其境而作。今身得遊建康矣，而詩反止寥寥二韻，幾不成章。由此可見前人懷古之作，不能即定爲其人之行蹤，論詩者所不可不慎也。卷二十二金陵懷古，卷二十五臺城懷古二首或亦遊建康時作，然反不及金陵五題之精采。

田順郎歌

清歌不是世間音，玉殿嘗聞稱主心。唯有順郎全學得，一聲飛出九重深。

【校】

〔嘗聞〕全唐詩聞下注云：一作開，絶句與一作同。

【箋證】

按：白居易亦有聽田順兒歌云：「戛玉敲冰聲未停，嫌雲不遏入青雲。争得黄金滿衫袖，一時拋與斷年聽。」

米嘉榮

一別嘉榮三十載，忽聞舊曲尚依然。如今世俗輕前輩，好染髭鬚事少年。

【校】

按：此詩全唐詩作「唱得涼（一作梁）州意外聲，舊人唯數（一作唯有，一作難數）米嘉榮。近來時事（一作年少）輕先（一作前）輩，好染髭鬚事後生。」注云：一作一別云云，與此詩同，參看卷二十五與歌者米嘉榮一詩。

自江陵沿流道中

三千三百西江水，自古如今要路津。月夜歌謠有漁父，風天氣色屬商人。沙村好處多逢寺，山葉紅時覺勝春。行到南朝征戰地，古來名將盡爲神。

【校】

〔題〕紹本題下、全唐詩篇末注有「陸遜甘寧皆有祠宇」八字。

【箋證】

按：此當是禹錫長慶四年（八二四）自夔州刺史遷和州赴任時作。詩寫長江兩岸之山川風物，令人宛然如置身其中。可參看本卷夜聞商人船中箏一首。「山葉紅時覺勝春」，在杜牧「霜葉紅於二月花」之前，飄逸不及而古秀過之，佳句乃無人稱道。名將一語指陸遜、甘寧。全唐詩篇末注云：陸遜、甘寧皆有祠宇，不知何人所注。

别夔州官吏

三年楚國巴城守，一去揚州揚子津。青帳聯延喧驛步，白頭俯傴到江濱。巫山暮色常含雨，峽水秋來不恐人。唯有九歌詞數首，里中留與賽蠻神。

【箋證】

按：禹錫以長慶元年（八二一）除夔州刺史，四年（八二四）遷和州。故有首聯。是年五月，李程入相，至秋而有和州之授，蓋程有力焉。「唯有九歌詞數首，里中留與賽蠻神。」指卷二十七之竹枝詞九篇。禹錫既於竹枝詞引言之，而臨别夔州，又自爲夔人道之，可見當時已爲人所重。新唐書禹錫傳中誤爲作於朗州，不辨自明。

夜聞商人船中箏

大艑高船一百尺，新聲促柱十三絃。揚州布粟商人女，來占西江明月天。

【校】

〔高船〕全唐詩船作帆。

〔新聲〕絶句新作清。

〔布粟〕紹本、崇本、絶句、全唐詩均作市裏。

〔西江〕結一本、絶句均作江西，紹本作西江，似勝。

聞道士彈思歸引

仙翁一奏思歸引，逐客初聞自泫然。莫怪殷勤悲此曲，越聲長苦已三年。

【校】

〔仙翁〕紹本、崇本翁均作公。全唐詩翁作公，注云：一作翁。

【箋證】

按：此詩有「越聲長苦已三年」之句，當是元和三年在朗州作。

喜康將軍見訪

謫居愁寂似幽棲，百草當門茅舍低。夜月將軍忽過訪，鷓鴣驚起繞籬啼。

【校】

〔夜月〕紹本、絶句、全唐詩月均作獵，崇本作静。

〔忽過〕紹本、崇本、絶句、全唐詩過均作相，似是。

【箋證】

按：康將軍當是諸衛將軍之同在謫籍者。據詩中所寫景物，必在朗州，以員外司馬不得不僦屋以居，卷九機汲記所謂「主人授館於百雉之内」也。若在連州，則身居郡齋，不得云「謫居愁寂似幽棲，百草當門茅舍低」。

贈劉景擢第

湘中才子是劉郎，望在長沙住桂陽。昨日鴻都新上第，五陵年少讓清光。

【箋證】

按：詩有「住桂陽」一語，疑亦是禹錫在連州時所識之人，連州亦古桂陽也。

赴連山途次德宗山陵寄張員外

當時並冕奉天顔，委佩低簪綵仗間。今日獨來張樂地，萬重雲水望橋山。

【校】

〔當時〕崇本當作常，似是，按：赴連山正在永貞元年（八〇五），相去未久，不得云當時。

【箋證】

按：憲宗紀，永貞元年（八〇五）十月，葬德宗於崇陵。其時禹錫但聞貶連州刺史之命，於途次作此。其貶在九月，十月當已行近荆南矣。張員外待考，必與禹錫同曹又同爲崇陵使判官者。卷十上杜司徒書述韓愈之言，所謂七月禮畢，一朝慶行，誥言歘之，授以顯秩者，指此輩也。

〔張樂地〕謝朓新亭渚别范零陵詩：「洞庭張樂地，瀟湘帝子遊。」李善注：「莊子：北門成問於黄帝曰：帝張咸池之樂於洞庭之野，吾始聞之懼，後聞之怠。山海經曰：洞庭之山，帝之二女居之，是常遊於江淵、澧沅，風交瀟湘之川。……」禹錫蓋兼用謝詩二句之意，以虞舜比德宗也。

嘗茶

生拍芳叢鷹觜芽，老郎封寄謫仙家。今宵更有湘江月，照出霏霏滿盌花。

【校】

〔生拍〕崇本拍作操。

【箋證】按：詩稱老郎，似非禹錫初貶朗州時語氣，或是爲蘇州刺史時寄友，而其人亦遷謫江湘者，疑未敢定。

梁國祠

梁國三郎威德尊，女巫簫鼓走鄉村。萬家長見空山上，雨氣蒼茫生廟門。

【校】

〔題〕絶句作梁國辭。

【箋證】

按：梁國祠未知何在，或與卷二十四之陽山廟有關，要之不在朗州即在夔州也。

九日登高

世路山河險，君門煙霧深。年年上高處，未省不傷心。

【箋證】

按：禹錫集中甚少登高之作。此亦必作於初貶之數年中，故云：「世路山河險，君門煙霧深」，爲己之遭謗負屈而言，其詞甚直而切。

謝柳子厚寄疊石硯

常時同硯席，寄此感離羣。清越敲寒玉，參差疊碧雲。煙嵐餘斐亹，水墨兩氛氳。好與陶貞白，松窗寫紫文。

【校】

〔寄此〕全唐詩此作硯，注云：一作此。

〔紫文〕結一本文字缺。

元日感懷

振蟄春潛至，湘南人未歸。身加一日長，心覺去年非。燎火委虚燼，兒童衒綵衣。異鄉無舊識，車馬到門稀。

【箋證】

按：詩有湘南人未歸之句，當是元和十一年（八一六）至十四年（八一九）間在連州作。

謝宣州崔相公賜馬

浮雲金絡膝，昨日別朱輪。銜草如懷戀，嘶風尚意頻。曾將比君子，不是換佳人。從此西歸路，應容躡後塵。

【校】

〔絡膝〕全唐詩膝下注云：一作腦，紹本、崇本與一作同。

【箋證】

按：禹錫於長慶四年（八二四）過宣州赴和州，崔羣方爲宣歙觀察使，攀留飲宴，見本卷歷陽書事詩，贈馬當即在是時。資暇集云云：「成都府出小駟，以其便於難路，號爲蜀馬。今宣城郡亦有小馬，時人皆呼爲宣州蜀馬。語習不悟，良可笑焉。」據此知宣州出馬是唐人所重，故羣以其地之名産贈禹錫。非李氏此條，他書無言及此者，今人更無從聞此事矣。末聯「從此西歸路，應容躡後塵」，乃預祝羣之還朝，已亦有彈冠之慶也。

南中書來

君書問風俗，此地接炎州。淫祀多青鬼，居人少白頭。旅情偏在夜，鄉思豈唯秋？每羨朝宗水，門前盡日流。

【校】

〔君書〕全唐詩書下注云：一作來。

〔盡日〕紹本、崇本均作日夕。

【箋證】

按：詩之末聯用「江漢朝宗」語意，似作詩時在夔州。所謂「南中書來」者，連州故人相問訊也。杜甫在夔州，有句云：「大江秋易盛，空峽夜多聞。」與此詩所寫情景亦相似。

題招隱寺

隱士遺塵在，高僧精舍開。地形臨渚斷，江勢觸山迴。楚野花多思，南禽聲例哀。殷勤最高頂，閒卻望鄉來。

【校】

〔閒卻〕紹本、全唐詩卻均作即。

思歸寄山中友人

蕭條對秋色，相憶在雲泉。木落病身死，潮平歸思懸。涼鐘山頂寺，瞑火渡頭船。此地非吾土，閒留又一年。

【校】

〔身死〕崇本死作健，全唐詩注云：一作起。

【箋證】

按：詩意似在和州或蘇州時作，若在謫籍中則不得云「思歸」也。然身任刺史，亦不得云「閒留又一年」。全唐詩李頻卷中有秋夜山中思歸送友人詩，字句小異。疑誤收入劉集。題與詩皆與本集不相類。

望洞庭

湖光秋月兩相和，潭面無風鏡未磨。遥望洞庭山水翠，白銀盤裏一青螺。

【校】

〔水翠〕結一本作翠水，崇本作翠小，紹本、全唐詩均作水翠，全唐詩注云：一作山翠色。

〔白銀〕全唐詩銀下注云：一作雲。

【箋證】

按：禹錫以永貞元年（八〇五）之秋初貶連州刺史，繼改朗州司馬，取道荆州，似未至岳州而聞後命，即由荆州西赴朗州。若曾中道折回，恐集中不致無一語涉及。則望洞庭之詩當是由朗州出遊時遥望，不然則是由夔州東赴和州時，下歷陽書事詩序有觀洞庭一語可據。若元和十年（八一五）再貶連州，則身經洞庭，無所謂遥望矣。此詩頗爲古今傳誦，必曾至其地者尤知其賦物之工也。當與卷二十六洞庭秋月詩互參。

魚復江中

扁舟盡室貧相逐，白髮藏冠鑷更加。遠水自澄終日緑，晴林長落過春花。客情浩蕩逢鄉語，詩意留連重物華。風檣好住貪程去，斜日青帘背酒家。

【箋證】

按：本卷歷陽書事詩序云：「長慶四年八月，余自夔州轉歷陽」，别夔州官吏云：「峽水秋來不恐人」，與此詩中所寫時令景物略符，可斷爲自夔州啓程後所作。若長慶元年（八二一）禹錫赴任夔州時則正在嚴冬，迥不相合矣。長慶四年（八二四），禹錫五十三歲，故有「白髮藏冠」之句。

禹錫集中不甚有嗟貧之語，未嘗自道生計，此詩獨有「貧相逐」及「貪程去」之語，蓋和州之授，宦囊自此可稍豐，未免喜形於色也。「遠水自澄終日緑，晴林長落過春花。」可與外集卷一酬樂天揚州初逢之「沈舟」「病樹」一聯互參，亦與外集卷二贈藥天之「在人雖晚達，於樹似冬青」一聯意境相似。歲寒後凋之志操，於禹錫詩中屢見之。

歷陽書事七十韻

長慶四年八月，予自夔州轉歷陽，浮岷山，觀洞庭，歷夏口，涉潯陽而東，友人崔敦詩罷丞相鎮宛陵，緘書來抵曰：「必我覿而之藩，不十日飲不置子。」故予自池州道宛陵如其素。敦詩出祖於敬亭祠下，由姑孰西渡江，乃吾圉也。至則考圖經，參見事，爲之詩，俟采之夜諷者。

一夕爲湖地，千年列郡名。霸王迷路處，亞父所封城。漢置東南尉，梁分肘腋兵。本吴風俗剽，兼楚語音傖。沸井今無湧，烏江舊有名。土臺遊柱史，石室隱彭鏗。老君適楚有臺在焉，彭鏗石室在含山縣。曹操祠猶在，濡須隖未平。海潮隨月大，江水應春生。一昨深山裏，終朝看火耕。魚書來北闕，鷁首下南荆。雲雨巫山暗，蕙蘭湘水清。章華樹已失，鄂渚草來迎。廬嶺香鑪出，湓城粉堞明。雁飛彭蠡暮，鴉噪大雷晴。平野分風使，恬和趁夜程。貴池登陸峻，春轂渡橋鳴。絡繹主人問，悲歡故舊

情。幾年方一面，卜晝便三更。助喜杯盤盛，忘機笑語訇。管清疑警鶴，絃巧似嬌
鶯。熾炭烘蹲獸，華裀織鬬鯨。迴襜飄霧雨，急節墮瓊英。斂黛凝愁色，安鈿耀翠
晶。容華本南國，妝梳學西京。日落方收鼓，天寒更炙笙。促筵交履舄，痛飲倒簪
纓。謔浪容優孟，嬌憐許智瓊。蔽明添翠帟，命燭拄金莖。坐久羅衣皺，杯傾粉面
騂。興來從請曲，意墮即飛觥。令急重須改，歡憑醉盡呈。詰朝還選勝，來日又尋
盟。道別殷勤惜，邀筵次第爭。唯聞嗟短景，不復有餘酲。衆散扃朱户，相攜話素
誠。晤言猶亹亹，殘漏自丁丁。出祖千夫擁，行廚五熟烹。離亭臨野水，別思入哀
箏。接境人情洽，方冬饌具精。中流爲界道，隔岸數飛甍。沙浦王渾鎮，滄洲謝傳
塋。望夫人化石，夢帝日環營。半渡趨津吏，緣隄簇郡甿。場黄堆晚稻，籬碧見冬
菁。里社争來獻，壺漿各自擎。鴟夷傾底寫，粔籹鬬成□。采石風傳柝，新林暮擊
鉦。藺綸牽撥刺，犀燄照澄泓。露冕觀原野，前驅抗旆旌。分庭展賓主，望闕拜恩
榮。比屋惸嫠輩，連年水旱并。遐思常後已，下令必先庚。遠岫低屏列，支流曲帶
縈。湖魚香勝肉，官酒重於餳。憶昔泉源變，斯須地軸傾。雞籠爲石顆，龜眼入泥
坑。事繫人風重，官從物論輕。江春俄澹蕩，樓月幾虧盈？柳長千絲宛，田塍一綫
絣。遊魚將婢從，野雉見媒驚。波浄攢鳧鵠，洲香發杜蘅。一鍾菰葑米，千里水葵

羹。受讉時方久，分憂政未成。比瓊雖碌碌，於鐵尚錚錚。早忝曹三署，曾聞奏六英。無能甘負弩，不慎在騎衡。口語成中遘，毛衣阻上征。時聞關利鈍，智亦有聾盲。昔愧山東妙，今慚海内兄。後來登甲乙，早已在蓬瀛。心託秦明鏡，才非楚白珩。齒衰親藥物，宦薄傲公卿。捧日皆元老，宣風盡大彭。好令朝集使，結束赴新正。

【校】

〔岷山〕紹本、崇本山均作江，是。

〔抵曰〕全唐詩抵作招。

〔吾圉〕結一本圉作園，誤，崇本作州，亦淺，吾圉字見左傳隱十一年。

〔采之〕全唐詩采下有風字。

〔亞父〕結一本父作夫，誤。

〔一昨〕全唐詩一作憶。

〔盧嶺香鑪〕崇本盧下注云：逸三字，紹本、全唐詩嶺作阜。

〔春穀〕全唐詩春作舂，崇本穀作轂，皆非。

〔迴襜〕紹本、崇本、全唐詩襜均作裾。

〔安鈿〕結一本安字缺，崇本作拾，紹本作安，全唐詩作施。

〔妝梳〕紹本梳作掠，全唐詩作束。按：梳字失粘必非。

〔嬌憐〕紹本憐作矜。

〔拄金莖〕全唐詩拄下注云：一作挂。紹本、崇本均作拄。

〔杯傾〕紹本、崇本、全唐詩傾均作頻。

〔傅瑩〕結一本此二字缺，崇本似勝，紹本、全唐詩均作腓城，城字韻重，亦非。

〔津吏〕紹本吏作史，誤。

〔鴟夷傾底舄〕紹本、崇本、全唐詩舄均作寫，是。紹本鴟作雞，非。

〔成□〕紹本、崇本缺字均作文，出韻必非。

〔遐思〕紹本、崇本遐均作退。

〔憶昔〕紹本、崇本昔均作惜，非。

〔鳧鵲〕紹本、崇本鵲均作鶻。

〔忝曹〕崇本曹作遊，紹本、全唐詩均作登。

〔騎衡〕全唐詩騎作提。

〔心託〕結一本託作記，誤。

〔宦薄〕紹本宦作官，非。

【箋證】

按：禹錫自連州刺史任内丁母憂，旋值穆宗即位，不得在量移之列，終喪後起爲夔州刺史，仍未全離謫宦之境。和州列於腹裏，介在江淮，雖非美遷，亦可稍抒積鬱矣。加以崔羣情殷敍舊，邀勒留連，必有肺腑之言，縱不能盡宣之於筆墨，亦大足爲吟詠生色。故此詩乃禹錫自敍生平之一段關鍵也。詩中故實多已自注，今逐段增釋，並隱括其意，以便參證。自首聯至「江水應春生」，皆總敍和州建置風土大概。「一夕爲湖」者，淮南子云，歷陽之都一夕爲湖也。「千年」者，漢書地理志，歷陽都尉治屬九江郡也。「霸王」「亞父」二句謂項羽死於烏江，即和州屬縣，而范增封歷陽侯，均見史記項羽本紀也。「東南尉」亦指漢置歷陽都尉，「肘腋兵」當指梁末事，「濡須隖」是漢建安十七年曹操伐孫權時所修。自「一昨深山裏」以下則敍自夔州沿江東下行程所經，「貴池」、「春穀」謂池州也。自「絡繹主人問」以下則敍崔羣挽留歡宴之殷勤。自「離亭臨野水」以下則敍別後登程由姑孰而采石渡江所經古跡，即至和州轄境矣。自「分庭展賓主」以下則敍與前任交代，受事撫人，巡視境内。自「早忝曹三署」以下則敍昔年早達獲譴，而後輩聯翩繼起，今則自居於耆老之列矣。所敍和州之事惟「梁分肘腋兵」一語較隱晦。據輿地紀勝云：「梁山在歷陽縣南七十里，俯臨曆水。侯景之亂，梁王僧辯軍次蕪湖，與景將侯子鑒戰於梁山，大破之。江東有博望山，屬姑孰，二山相對如門，南朝謂之天門山。兩岸山頂各有城，並王元謨所築。自六代爲始，皆於此屯兵扞禦。」或是指此。

又按：前人之評此詩者，詩人玉屑一五引呂氏童蒙訓云：「蘇子由晚年多令人學劉禹錫詩以爲用意深遠，有曲折處。後因見夢得歷陽詩云：一夕爲湖處，千年列郡名。霸王迷路處，亞父所封城。皆歷陽事。語意雄健，後殆難繼也。」又按：後山詩話云：「蘇詩始學劉禹錫，故多怨刺。」後村詩話又引莫徭及蠻子二詩云：「世傳坡詩初學夢得，觀此二詩信然。」與呂氏童蒙訓之語不無關聯，然皆不甚可解，姑連類附載之於此。

〔朝集使〕此詩末語可藉以考見唐代朝集使之制。唐會要二四：「貞觀十五年（六四一）正月，上謂侍臣曰：頃聞都督刺史充考使至京師，皆賃房與商人雜居，既復禮之不足，必是人多怨歎。至十七年（六四三）十月一日下詔，令就京城閒坊爲諸州朝集使造邸第三百餘所，上親觀焉。又開元八年（七二〇）十一月敕：諸州都督上佐每年分番朝集，限十月二十五日到京，十一月一日見。其年十一月十二日敕：諸州朝集使長官上佐分番入計，如次到有故，判司代行。未經考者不在禁限，其員外同正員次正官後集。又二十二年（七三四）十一月敕：諸朝集使十日一參，朔望依常式，應須設食等，準例處分。」今按禹錫以秋末冬初到和州，須急遣朝集使，方能依十月二十五日到京之限。故詩云：「好令朝集使，結束赴新正。」柳宗元集有銅魚使赴都寄親友詩，自注云：「嶺南支郡無綱官，考典帳典等悉附都府至京。」亦謂朝集使也。

劉禹錫集箋證外集卷第九

雜　著

爲淮南杜相公論西戎表

臣某言：臣一辭闕庭，已僅二載，官當重任，身受厚恩，既懷子牟戀闕之心，又負臧文竊位之責。思所以歌頌聖德，裨補箴規，塵露至微，不任懇迫。臣遠祖詩，顯名漢代，出牧南陽，讜言善策，隨事獻納。忠醇之至，聞於中外。遺風可襲，有激愚衷。臣是以輒竭聞見，粗陳梗概，雖不盡陛下聖明萬分之一，然臣子之心，有直必獻。伏惟皇帝陛下，德合天地，道躋文武。弛張普博，事法陰陽。氣均生成，人霑亭育；凡是氛沴，覆以春和。銷除容納，皆如聖意；寬宥肆赦，實賴皇明。河中誅鋤，不勞兵革，淮右底定，不戮一人。慶浹萬邦，事出千古。近又西戎背約，寇犯王師。陛下宏貸豺狼，矜其兇悍，布以恩澤，果此知慙，功因德成，不以兵制。故詩云獫狁孔熾，書稱蠻夷猾夏。臣觀自古帝王不忍小忿以貽大患，故竭耗中國，盡力邊陲。至如滅昆明之城，平大宛之種，豈足發輝皇猷，增榮簡册？故聖哲之論，薄衛、霍之功。陛下鏡歷代無益之端，脩大君文德之教，遂得北狄深藏，五城晏閉，百蠻向化，四海無虞。唯此小蕃，尚迷聲教。陛下示之大信，宏以舊恩，雖關防暫驚，而烽燧旋罷。

臣負恩方鎮，初懼寇戎，正於憂迫之時，果聞仁聖之諭，攘卻兇孽，不勞干戈。擇臣靜思遠圖，久計莫若存信，施惠以愧其心。歲通玉帛，待以客禮，昭宣聖德。擇奉義之臣，恢拓皇威；選謹邊之將，積粟塞下。坐甲關中，以逸待勞，以高御下。重其金玉之贈，結以甥舅之歡。小來則慰安，大至則嚴備。明其斥候，不撓不侵。則戎狄爲可封之人，沙場無戰死之骨。若天下無事，人安歲稔，然後訓兵命將，破虜摧衡。□□原州營田，靈武盡復舊地。通使安西，國家長算，悉在於此。計熟事定，舉必有功；苟未可圖，豈宜容易？此皆陛下朝夕倦談之事，前後立驗之謀。臣質性頑疏，籌畫庸近，受恩非據，敢忘獻忠？犬馬之心，實所罄盡。謹遣某官某奉表。

【校】

〔已僅〕全唐文僅作經，是後人所改。

〔厚恩〕結一本厚作重，涉上而誤。

〔事法〕崇本作法則，全唐文作上法。

〔氛沴〕結一本氛作氣，誤。

〔兵制〕全唐文制作革，與上文複，非。

〔小忿〕紹本、崇本、全唐文此下均無以字，非。

〔至如〕英華、全唐文如作必。

〔豈足〕崇本足作是。

〔聖哲〕紹本、崇本、全唐文聖均作賢。

〔聲教〕全唐文聲作聖。

〔久計〕全唐文上有爲國二字。

〔以愧〕全唐文以作多。

〔重其〕全唐文其作以。

〔摧衡〕崇本衡作衝。

〔原州〕此上二字缺，紹本、崇本、全唐文不缺，非。

〔豈宜〕紹本宜作得，崇本作曰。

【箋證】

按：杜相公謂杜佑，據佑本傳，以貞元五年（七八九）十二月自陝虢觀察使除淮南節度使。此文有云，一辭闕庭，已僅二載，則上表時當爲貞元七年（七九一）或八年（七九二）。不應已稱爲相公，蓋追題之誤。文中所云「河中誅鋤」，指貞元元年（七八五）李懷光爲其下所殺，「淮右底定」，指貞元二年（七八六）李希烈爲其下所殺，「西戎背約」，指貞元三年（七八七）平涼敗盟之事。此表既指貞元初年情事，則禹錫年方弱冠，已有能文之譽，非虛語也。（見下所引權德輿贈序）禹錫雖尚未入幕任職，或偶爲草表，特不知當時果據以入奏否。卞孝萱劉禹錫年譜以此表指貞元十七年（八〇一）韋皐所奏維州一事，是未詳究表中文句而誤斷。

又按：佑本傳有論吐蕃事一表，則屬晚年之事，然亦有足與此文相參者。傳云：「元和元年，册拜司徒同平章事，封岐國公。時河西党項潛導吐蕃，邊將邀功，亟請擊之。佑上疏論之曰：臣伏見党項與西戎潛通，屢有降人指陳事迹，而公卿廷議以爲誠當謹兵戎，備侵軼，益發甲卒，邀其寇暴，此蓋未達事機，匹夫之常論也。夫蠻夷猾夏，唐虞已然，周宣中興，玁狁爲害，但命南仲，往城朔方，追之太原，及境而止。誠不欲弊中國而怒遠夷也。秦平六國，恃其兵力，北築長城，以拒匈奴，西逐諸羌，出於塞外，勞力擾人，結怨階亂，中國未静，白徒競起，海内雲擾，實生謫戍。漢武因文景之富，命將興師，遂至户口減半，竟下哀痛之詔，罷田輪臺，前史書之，尚嘉其先迷而後復。蓋聖王之理天下也，惟務綏静蒸人，西至流沙，東漸於海，在南與北，亦存聲教，不以遠物爲珍，匪求遐方之貢，豈疲内而事外，終得少而失多？故前代納忠之臣，並有匡君之議。淮南王請息師於閩越，賈捐之願棄地於珠崖，安危利害，高懸前史。昔馮奉世矯漢帝之詔擊莎車，傳其王首於京師，威震西域，宣帝大悦，議加爵賞。蕭望之獨以爲矯制違命，雖有功效，不可爲法，恐後之奉使者争遂發兵，爲國家生事。述理明白，其言遂行。國家自天后已來，突厥默啜，兵强氣勇，屢寇邊城，爲害頗甚。開元初，邊將郝靈佺親捕斬之，傳首闕下，自以爲功，代莫與二，坐望榮寵。宋璟爲相，慮武臣邀功，爲國生事，止授以郎將。由是迄開元之盛，無人復議開邊，中國遂寧，外夷亦静。此皆成敗可徵，鑒戒非遠。且党項小蕃，雜處中國，本懷我德，當事撫綏。間者邊將非廉，亟有侵刻，或利其善馬，或取其子女，便賄方物，徵發役徒，勞苦既多，叛亡遂起，或與北狄通使，或與西戎寇邊，有爲使然，固當懲革。傳曰：遠人不服，則修文德以來之。管子曰：國家無使勇猛者爲邊境。此誠聖哲識微知著之遠略也。今戎醜方强，邊備未實，誠宜慎擇良將，誡之完葺，使保誠信，絶其求取，用示懷柔，來則懲禦，去則謹備，自然懷柔（二字誤），革其姦謀。何必遽圖興師，坐致勞費？陛下上聖君人，覆育羣類，動必師古，謀無不臧。伏望堅保永圖，置兵衽席，天下幸甚云云」是佑深以黷武殃民爲非，禹錫啓之而佑始終持之。

謝上連州刺史表

臣某言：伏奉去三月七日制：授臣使持節連州刺史。恭承睿旨，跪奉詔書。皇恩重於丘山，聖澤深於雨露。抃舞失次，神魂再揚。臣某中謝。臣性愚拙，謬學文詞，幸遇休明，累登科第。出身入仕，並不因人。德宗臨御之時，臣忝御史。陛下龍飛之日，臣忝郎官。恭守章程，勤脩職業。權臣奏用，蓋聞虚名，實非曲求，可以覆視。跡卑易枉，無路自明。亦緣臣有微才，所以嫉臣者衆，競生口語，廣肆加誣。伏賴陛下至仁，特從寬典。舉以緣坐，貶佐遐藩。屢變星霜，頻經恩赦。犬馬懷戀，寢興匪寧。唯讀佛經，願延聖壽。昨蒙詔命，追赴上都，隨例授官，俾居遠郡。在臣之分，榮幸已多。伏荷陛下孝理宏深，皇明照燭，哀臣老母羸疾，憫臣一身零丁，特降殊恩，得移善部。光榮廣被，母子再生。凡在人臣，皆感聖德；凡爲人子，皆荷聖慈。豈唯賤臣獨受恩造，不覺喜極至於涕零！昔殷王俯念於前禽，且聞解網；漢帝有感於少女，爰命罷刑。方之聖朝，不足多尚。感召和氣，慰安羣生，非臣隕越，所能上報。

伏以南方癘疾，多在夏中。臣自發郴州，便染瘴瘧，扶策在道，不敢停留。即以今月十一日到州上訖，謹宣聖旨，以示遠人；恭述詔條，所期富庶，無任云云。

【校】

〔去三月七日〕全唐文去下有年字。此即本年之事，不得云去年，可證爲後人所妄加，惟三月七日與紀微不合。

〔臣性〕全唐文臣下有本字。

〔屢變〕全唐文變作易。

〔聖壽〕英華、全唐文壽均作算。

〔隨例〕崇本例作列。

〔殊恩〕紹本、全唐文殊均作新，崇本作洪。

〔善部〕英華、全唐文部均作郡，似非。

〔受恩〕英華、全唐文，受均作蒙。

〔郴州〕崇本、結一本郴均作柳，誤。

〔富庶〕英華、全唐文均作安復，下作無任感恩戀闕之至。

【箋證】

按：禹錫歷任各州謝上表均見本集十四、十五、十六等卷，連州一表表白貶逐之由來，尤爲考史者不可少之佐證，幸外集中猶存之，未至遺佚。通鑑考異云：「舊禹錫傳，元和十年（八一五），自武陵召還，宰相復欲置之郎署，時禹錫作遊玄都觀詠看花君子詩，語涉譏刺，執政不悦，復出爲播州刺史。禹錫集載其詩曰：玄都觀裏花千樹，盡是劉郎去後栽。按當時叔文之黨一切除遠州刺史，不止禹錫一人，豈緣此詩？蓋以此得播州惡處耳。實録曰：中丞裴度奏，其母老，必與此子爲死别，臣恐傷陛下孝理之風。憲宗曰：爲子尤須謹慎，恐貽親之憂。禹錫更合重於他人，卿豈可以此論之？度無以對。良久，帝改容而言曰：朕所言是責人子之事，然終不欲傷其所親之心。明日，改授禹錫連州，既而語左右，裴度終愛我切。趙璘因話録曰：憲宗初徵柳宗元、劉禹錫至京城，俄而柳爲柳州刺史，劉爲播州刺史，柳以劉須侍親，播州最爲惡處，請以柳州換，上不許，宰相對曰：禹錫有老親。上曰：但要與郡，豈繫母在？裴晉公進曰：陛下方侍太后，不合發此言。上有愧色，劉遂改爲連州。按柳宗元墓誌，將拜疏而未上耳，非已上而不許也。禹錫除播州時，裴度未爲相。今從實録及諫諍集。」以上考異（見通鑑二三九）所言差爲詳確，然元和九年（八一四）所召還之左降官，不限於王、韋一案，十年（八一五）重貶諸人亦不止劉、柳等，例如元稹且自唐州再貶通州司馬，處分較劉、柳尤重，而通鑑未嘗能明其故也。惟敍禹錫改授連州一節與此表所云「哀臣老母，得移善部」皆合。唐時制度，内外五品以上官除授皆中書所擬進，君主固不親裁，禹錫之獨貶惡處，自是宰相有意齮齕之。及制命已行，而士論不以爲可，怵於衆議，乃言於憲宗而改授耳。表中「特降殊恩」一語，紹本作「新恩」，足見由播改連，是别敕所改，前敕已行下矣。又觀此表「臣有微才，嫉臣者衆，競生口語，廣肆加誣」，證諸卷十上杜司徒書所云「飛語一發，臚言四馳」者，如出一轍。蓋禹錫之遭貶斥，不止爲王、韋牽累，仍有他故，惜文獻無徵矣。參看本集卷十八謝門下武相公啓等篇箋證。

含輝洞述

河東薛公景晦以文無害爲尚書刑部郎中，以訕爲道州刺史，居郡大理，至於無事。清機羡溢，盡付山水。一旦以書來誇曰：「吾得異境於近郊，自城西門並南山俯江水，有石穹然如夏屋，其左右前後又如迴廊曲房，藻繡雕彤之象，雲生日入，怪狀迭發，水石卉木，杳非人寰。意其當爲食霞御氣者之所遊息，委蜕而去，不知其幾千百年。逮今得諸黄冠野夫，及請而往，因名其地曰含輝洞，蓋詩家流所謂『山水含清輝』者是已。吾子常以詞雄於世，盍爲我誌焉。」

愚得書，退而深惟。若薛公者，少居江湖，間遊名山。東探禹穴，上四明、句曲、金華、陽羨；南過九江，薄匡廬以涉彭蠡，天下山水之籍，存乎胸中，第其高下，銖兩不失。及是而口呿不能名，顧謂奇，信矣！若江華者，九嶷、三湘之佳麗地也。前此二千石御史中執法河南元次山、諫大夫北平陽亢宗、司刑大夫東平吕和叔，皆碩人也，考槃、招隱之致，恒汲汲然，卒使兹境貴於異日。豈地愛其寶，有時而登耶！顧謂異，信矣！夫物之有作，俟言而遠。故述焉以書於洞陰曰：

營陽鬱鬱，山水第一。洞有含輝，遊人忘歸。忘歸孔樂，請言其略。先是斯境，翳於榛薄，天姿孤絶，凡目所忽。閟其清光，有待而發。公之來思，探異甄奇，芟野憩林，而民悦之。既悦其至，益知其嗜。捫陘歷峴，來適公志。偶得奇絶，聿來告公。駕言從之，谷岸溟濛。有石如門，又如垣墉。樛蔓交木，似綸似組。乃芟乃治，乃可布武。伸脰掉臂，空洞無阻。左右迴環，儼若廊廡。飛泉出竇，練縋花吐。觸石吹沙，佩摇絃撫。側徑夤緣，豁然見天。有石如堂，度之五筵。東西二門，與石明昏，奥者如室，宣者如軒。因其高下，爰構亭榭，匠生於心，隨指如化。開山翦木，役以私屬。結構塈茨，子來嬉嬉。無事而就，邦人不知。淑清之辰，休澣之時，雅步幅巾，琴壺以隨。前無俗人，與白雲期。年日盡適，形神不羈，元氣顥然，觀吾朵頤。遵渚之鴻，有時而飛。石門之下，可以棲遲。此谷而盈，彼丘而夷。維公之跡，永永在斯。

【校】

〔河東〕崇本東作南，非。按：河東乃薛之郡望。

〔羡溢〕崇本溢作益。

〔杳非〕崇本杳作香，非。

〔當爲〕紹本、崇本當均作嘗。

〔食霞〕紹本、崇本食均作餐。

〔及請〕紹本、崇本請均作詣。

〔而往〕紹本、崇本往均作信。

〔詞雄〕紹本雄作集，崇本作業。

〔上四明〕紹本、全唐文上均作歷，崇本作止。

〔匡廬〕崇本匡作莊，蓋避宋諱改。

〔顧謂〕紹本、崇本謂均作爲。按：唐人二字常通用。

〔諫大夫〕全唐文諫下有議字。

〔而登〕紹本、崇本、全唐文登均作發。

〔異信〕結一本異作奇，涉上而誤。

〔孔樂〕結一本此上二字缺，紹本、崇本、全唐文疊作忘歸二字，似是。

〔其略〕紹本、全唐文略均作朔，崇本作明。

〔其嗜〕紹本、崇本、全唐文其均作所。

〔交木〕紹本木作互，崇本作才。

〔似綸〕結一本綸作編，誤。按：似綸語出爾雅。

〔與石〕崇本石作日。

〔役以〕結一本役作後，誤。

〔塈茨〕紹本、崇本、結一本塈均作暨，全唐文作塈，是。

〔年日〕紹本、全唐文作耳目。

〔維公之跡〕此二句紹本、崇本、全唐文均作維公之揄，跡永在斯。

【箋證】

按：薛景晦爲道州刺史，與禹錫在連州爲鄰境，故常有往還。本集卷十答道州薛郎中兩書，即其人也。柳河東集有道州毀鼻亭神記，云：「元和九年，河東薛公由刑部郎中刺道州，」注云「伯高」。道州文宣王廟碑亦云：「儒師河東薛公伯高由尚書刑部郎中爲道州」，事實全合，而此文及下篇傳信方述皆稱薛景晦，孰名孰字，頗爲可異。别詳本集卷十箋證。

〔含輝洞〕輿地紀勝云：「含輝巖在營道縣南，唐劉夢得有記。」

〔元次山〕元次山謂元結，御史中執法指御史中丞，蓋結任容管經略使帶此銜也。結，新唐書一四三有傳。

〔陽亢宗〕陽亢宗謂陽城，以諫議大夫貶。舊唐書一九二、新唐書一九四均有傳。

〔吕和叔〕按：吕和叔謂吕温，自刑部郎中出。已見本集卷十九。

吏隱亭述

元和十五年，再牧於連州，作吏隱亭海陽湖壖。入自外閒，不知藏山，歷級東望，怳非人寰。前有四樹，隔水相鮮。凝靄蒼蒼，深流布懸。架險通蹊，有梁如霓。輕泳徐轉，有舟如翰。澄霞漾月，若在天漢。視彼廣輪，千畝之半。翠麗於是，與世殊貫。瀲明峭絶，靃靡蔥蒨。炎景有宜，昏旦迭變。疑昔神鼇，負山而抃，摧其别島，置此高岸。

海陽之名，自元先生。先生元結，有銘其碣。元維假符，予維左遷。其間相距，五十餘年。封境服人，其猶比肩。

天下山水，無非美好。地偏人遠，空樂魚鳥。謝公開山，涉月忘還，豈曰無娱，伊險且艱。溪山風物，城池爲伍。卻倚佛寺，左聯仙府。勢拱臺殿，光含廂廡。窈如壺中，别見天宇。石甃不老，水流不腐。不知何人，爲今爲古。堅焉終泐，流焉終竭。不知何時，再融再結。

【校】

〔外間〕紹本間作門。

〔深流〕紹本、崇本、全唐文深均作淙。

〔如翰〕結一本翰作俞，按：義雖似可通，然不叶韻。

〔澄霞〕崇本澄作登。

〔五十〕紹本、崇本均作十五，非。按：元結距此時不止十五年。

〔服人〕紹本服字似作壞或懷。

〔無非〕紹本、崇本、全唐文均作非無。

〔風物〕紹本、崇本、全唐文風均作尢。

〔廂廡〕崇本廂作霜。

〔石甃〕紹本、崇本、全唐文甃均作堅。

〔堅焉〕崇本堅作石。

〔終泐〕結一本泐字缺。崇本泐作堅。

〔流焉〕崇本流作水。

【箋證】按：吏隱亭已見前卷海陽十詠中。詩有云：「外來始一望，寫盡平生心。」與此文所述詞意相合。文首云：元和十五年（八二〇）再牧於連州，恐不合，是年禹錫已奉母喪北歸矣。五字當衍。

傳信方述

予爲連州四年，江華守河東薛景晦以所著古今集驗方十通爲贈。其志在於拯物，予故甲之以書。異日景晦復寄聲相謝，且咨所以補前方之闕。醫拯道貴廣，庸可以學淺爲辭。遂於篋中得已試者五十餘方，用塞長者之問，皆有所自，故以傳信爲目云。元和十三年六月八日，中山劉禹錫述。

【箋證】

按：新唐書藝文志醫術類有劉禹錫傳信方二卷，今雖已佚，仍偶見政和本草所引。答薛景晦書見本集卷十。又禹錫研求醫藥之由，見答道州薛郎中論方書書，其留意攝生，則見卷六因論中之鑒藥，述病二篇，可參看。

彭陽唱和集引

丞相彭陽公始由貢士以文章爲羽翼，怒飛於冥冥。及貴爲元老，以篇詠佐琴壺，取適乎閒宴，鏘然如朱絃玉磬，故名聞於世間。鄙人少時亦嘗以詞藝梯而航之，中途見險，流落不試。而胸中之氣伊鬱蜿蜒，泄爲章句，以遣愁沮，悽然如焦桐孤竹，亦名聞於世間。雖窮達異趣，而音英同域，故相遇甚歡。其會面必抒懷，其離居必寄興，重酬累贈，體備今古，好事者多傳布之。

今年公在并州，予守吴門，相去迥遠，而音徽如近，且有書來抵曰：「三川守白君編録與吾子贈答，緘縹囊以遺予。白君爲詞以冠其前，號曰劉白集。悠悠思與所賦亦盈於巾箱，盍次第之以塞三川之誚。」於是緝綴凡百有餘篇，以彭陽唱和集爲目，勒成兩軸。爾後繼賦，附於左方。大和七年二月五日，中山劉禹錫述。

【校】

〔音英〕按：此必爲韺字誤析爲二，下缺一字則不可考。

〔同域〕崇本域作或。

〔會面〕崇本作合面。

〔之誚〕結一本、全唐文誚作請，當依各本。

【箋證】

按：彭陽公謂令狐楚。楚本傳云：「楚才思俊麗，德宗好文，每太原奏至，能辨楚之所爲，頗稱之。」李商隱傳云：「從事令狐楚幕，楚能章奏，遂以其道授商隱。」其實楚之所長亦當時流行之四六耳，於五七言，所詣亦不足與禹錫較短長也。文中有云「三川守白君編録與吾子贈答，緘縹囊以遺予，白君爲詞以冠其前，號曰劉白集」，白居易集中有劉白唱和集解一篇，云：「至大和三年（八二九）春已前，紙墨所存者凡一百三十八首，其餘乘興扶醉率然口號者，不在此數。」末云：

「己酉歲（八二九）三月五日樂天解。」不云序而云解，避禹錫之父嫌名也。己酉即大和三年，禹錫初至長安，此後仍有十二年之往還，何止一百三十八首之唱和？今觀禹錫集中與居易唱和之作，大抵始於大和元年（八二七），三年之中，爲數亦不甚多，居易集中亦甚少有大和元年（八二七）以前之唱和，可見今存之兩家集中皆非悉備，即三年（八二九）以後之作亦必遠逾集中所存。文中稱居易爲三川守，大和五年（八三一）至七年（八三三）間居易方爲河南尹故也。則楚所見之劉白集疑又非大和三年（八二九）所編之劉白集矣。

彭陽唱和集後引

貞元中，予爲御史，彭陽公從事於太原，以文章相往來有日矣。無何予受譴南遷，十餘年間，公登用至宰相，出爲衡州，方獲會面。輸寫藴積，相視泫然。爾後或雜賦詩贈答，編成兩軸。大和五年，予領吴郡，公鎮太原，常發函寓書，必有章句，絡繹於數千里内，無曠旬時。八年，公爲吏部尚書，予牧臨汝，有詩歎七年之别，署其後云：集卷自此爲第三。未幾，予轉左馮，公登左揆，每恨近而不見，形於詠言。開成元年，公鎮南梁，予以太子賓客分司東都，新韻繼至，率云三軸成矣。二年冬，忽寄一章，詞調悽切，似有永訣之旨，伸紙悸歎。居數日，果承訃書。嗚呼！聆風相悦者四十年，會面交歡者十九年，以詩見投凡七十九首，勒成三卷，以副平生之言。

【校】

〔每恨〕全唐文恨作悔。

〔悖歎〕崇本悖作慨。

【箋證】

按：禹錫與令狐楚交道之終見外集卷三之末，此文云會面交歡十九年者，楚以元和十五年（八二〇）貶衡州刺史，至開成二年（八三七）之卒，實得十八年。彭陽唱和集今雖不傳，今外集卷三所收禹錫之作亦殆五十首，此外本集卷二十八及外集卷一卷二仍有數首，較之此文所稱三卷七十九首，遺者當亦無幾，楚之作則多亡佚矣。唐人編次詩文率計字若干爲一卷軸，其時印板之術尚未大行，傳世惟賴手寫之卷軸本。彭陽唱和集或寫本無多，故不復流傳耳。

吴蜀集引

長慶四年，予爲歷陽守，今丞相趙郡李公時鎮南徐州。每賦詩，飛函相示，且命同作。爾後出處乖遠，亦如鄰封。凡酬唱始於江南，而終於劍外，故以吴蜀爲目云。

【箋證】

按：趙郡李公謂李德裕。文云始於江南而終於劍外，蓋謂德裕於大和六年自西川内召以後所作不復列在集中也。然禹錫集中與德裕往還之詩多有在此以後者。

汝洛集引

大和八年，予自姑蘇轉臨汝，樂天罷三川守，復以賓客分司東都。未幾，有詔領馮翊，辭不拜職。授太子少傅分務，以遂其高。時予代居左馮。明年，予罷郡，以賓客入洛，日以章句交歡。因而編之，命爲汝洛集。

【箋證】

按：禹錫與白居易唱和之詩自以晚年同在洛陽時爲尤多。此文蓋謂自刺汝州以後至以賓客居洛，皆編在此集，然未知終於何年。今白集中有詩而劉集中無者尚不乏，蓋散佚者亦多矣。

又按：新唐書藝文志列有劉白唱和集、汝洛集、洛中集、彭陽唱和集，吴蜀集。洛中集下不著人名，而汝洛集下云：裴度、劉禹錫唱和，似微不合。然足見諸集在北宋時猶存，外集諸詩或即是由此纂成。

子劉子自傳

子劉子，名禹錫，字夢得。其先漢景帝賈夫人子勝封中山王，謚曰靖，子孫因封爲中山人也。七代祖亮，事北朝爲冀州刺史、散騎常侍，遇遷都洛陽，爲北部都昌里人。世爲儒而仕，墳墓在洛陽北山。其後也陋不可依，乃葬滎陽之檀山原。由大王父已還，一昭一穆如平生。曾祖凱，官至博州刺史。祖鍠，由洛陽主簿察視行馬外事，歲滿轉殿中丞、侍御史，贈尚書祠部郎中。父諱緒，亦以儒學，天寶末應進士，遂及大亂，舉族東遷，以違患難，因爲東諸侯所用。後爲浙西從事，本府就加鹽鐵副使，遂轉殿中主務於埇橋。其後罷歸浙右，至揚州，遇疾不諱。小子承夙訓，禀遺教，眇然一身，奉尊夫人不敢殞滅。後忝登朝，或領郡，蒙恩澤先府君累贈至吏部尚書，先太君盧氏由彭城縣太君贈至范陽郡太夫人。

初，禹錫既冠，舉進士，一幸而中試。間歲，又以文登吏部取士科，授太子校書。官司閒曠，得以請告奉温清。是時年少，名浮於實，士林榮之。及丁先尚書憂，迫禮不死，因成痼疾。既免喪，相國揚州節度使杜公領徐泗，素相知，遂請爲掌書記。捧檄入告，太夫人曰：「吾不樂江淮間，汝宜謀之於始。」因白丞相以請，曰：諾。居數月而罷徐泗而河路猶艱難，遂改爲揚州掌書記。涉二年而道無虞，前約乃行，調補京兆渭南主簿。明年冬，擢爲監察御史。

貞元二十一年春，德宗新棄天下，東宮即位。時有寒儁王叔文以善弈棊得通籍博望，因間隙得言及時事，上大奇之。如是者積久，衆未之知。至是起蘇州掾，超拜起居舍人、充翰林學士，遂陰薦丞相杜公爲度支鹽鐵等使。翊日，叔文以本官及内職兼充副使。未幾，特遷户部侍郎，賜紫，貴振一時。愚前已爲杜丞相奏署崇陵使判官，居月餘日，至是改屯田員外郎，判度支鹽鐵等。按初叔文北海人，自言猛之後，有遠祖風，唯東平吕温、隴西李景儉、河東柳宗元以爲言然。三子者皆與予厚善，日夕過言其能。叔文實工言治道，能以口辨移人。既得用，自春至秋，其所施爲，人不以爲當非。時上素被疾，至是尤劇，詔下内禪，自爲太上皇。後謚曰順宗。東宮即皇帝位。是時，太上久寢疾，宰臣及用事者都不得召對。宫掖事秘，而建桓立順，功歸貴臣。於是叔文首貶渝州，後命終死。宰相貶崖州。予出爲連州，途至荆南，又貶朗州司馬。居九年，詔徵復授連州。歷夔、和二郡，又除主客郎中，分司東都。明年，追入充集賢殿學士，轉蘇州刺史，賜金紫。移汝州，兼御史中丞。又遷同州，充本州防禦、長春宫使。後被足疾，改太子賓客分司東都。又改秘書監，分司一年，加檢校禮部尚書兼太子賓客，行年七十有一。身病之日，自爲銘曰：

不夭不賤，天之祺兮。重屯累厄，數之奇兮。天與所長，不使施兮。人或加訕，心無疵兮。寢於北牖，盡所期兮。葬近大墓，如生時兮。魂無不之，庸詎知兮！

【校】

〔因封〕崇本無封字。

〔也陋〕紹本、崇本、全唐文也均作地。

〔由大王〕結一本由作田，據紹本、崇本、全唐文改。

〔浙西〕崇本浙作淮，非。

〔夙訓〕崇本夙作風。

〔登朝〕結一本作朝登，誤。

〔開歲〕紹本、崇本、全唐詩開均作間。

〔授太子〕紹本、崇本授作换。

〔閒曠〕結一本閒作門，誤。紹本、全唐詩作閒，是。崇本曠作廣，非。

〔河路〕崇本路作洛，非。

〔猶艱難〕紹本無難字。

〔揚州掌書記〕崇本無掌字。

〔涉二年〕紹本二作一。按：禹錫以貞元十六年（八〇〇）秋從事淮南，至十八（八〇二）年春已入京，云涉一年亦可。

〔博望〕崇本作待詔。按：通籍即待詔也。王叔文本侍順宗於東宮，漢太子宫有博望苑，故用此典，必崇本校者不識其義而誤改。

〔之知〕結一本、全唐詩均作知之，紹本乙。

〔言然〕紹本、崇本言均作信。

〔予厚〕紹本予作子，誤。

〔日夕遇〕紹本、崇本、全唐文遇均作過。

〔自爲〕紹本爲作稱。

〔連州〕紹本、崇本、全唐文下有自連二字。

〔之祺〕結一本祺作稘。

〔北牖〕崇本北作此，誤。

【箋證】

按：此文謹嚴而事詳覈，足可徵信，逐段疏釋如下：

〔一〕據新唐書宰相世系表，劉氏定著七房，一曰彭城，二曰尉氏，三曰臨淮，四曰南陽，五曰廣平，六曰丹陽，七曰南華。尉氏房出東漢河間孝王，臨淮房出東漢廣陵思王，南陽房出西漢長沙定王，廣平房出西漢趙敬肅王，南華房出西漢楚元王，而著望皆歸彭城。宋書武帝紀稱劉裕爲彭城縣綏輿里人，楚元王之後。故凡劉姓皆沿稱彭城，時人即以之稱禹錫，而禹錫獨標其譜系爲中山，於以上七房皆無與焉。傳云子孫因封爲中山人，因封者，因中山靖王之封也。據漢書景十三王傳，中山靖王有子百二十餘人，其子孫之繁昌可想，以中山爲望，是符於事實矣。至以禹錫爲生於中山，著籍中山，則非也。禹錫家於洛陽，其墳墓田宅在滎陽，見本集卷十上杜司徒書。

〔二〕劉亮，周書一七、北史六五均有傳。傳云：「本名道德，祖祐速，魏蔚州刺史，父持真，（北史作特真，蓋胡人名。）鎮遠將軍領民酋長。……亮少倜儻，有縱横計略，姿貌魁桀，見者憚之。普泰初，以都督從賀拔岳西征……及太祖置十二軍，簡諸將以將之，亮領一軍。每征討，常與怡峯俱爲騎將。魏孝武西遷，以迎駕功，除使持節右光禄大夫、左大都督，南秦州刺史。大統元年，以復潼關功，進位車騎大將軍、儀同三司，改封饒陽縣伯，邑五百户，尋加侍中。從擒竇泰，復弘農，及沙苑之役，亮並力戰有功，遷開府儀同三司、大都督，進爵長廣郡公，邑通前二千户。……亮以勇敢見知，爲時名將，兼屢陳謀策，多合機宜。太祖乃謂之曰：卿文武兼資，即孤之孔明也。乃賜名亮，並賜姓侯莫陳氏。十年，出爲東雍州刺史……子昶，尚太祖女西河長公主，大象中，位至柱國，秦、靈二州總管，以亮功封彭國公，邑五千户。」（北史傳云：隋開皇中坐事死。）據此，亮之勳閥亦一時之盛，而禹錫但稱爲冀州刺史散騎常侍，蓋不欲侈陳其先世。然亮之父爲領民酋長，則已久居邊塞，或且非漢人。自傳云，遇遷都洛陽，爲北部昌都里人，則亦謂本爲朔土之人，隨魏孝文帝遷洛陽也。然劉亮已在西魏、北周之際，當居關中，無由復居洛陽。此語當敍於七世祖亮之前方合。且劉亮實事宇文氏，宇文即隋唐統系所承，安得云「北朝」？禹錫自敍其家世里貫乃惝恍迷離若此，得非有所諱耶？要之，北魏後期，漢胡之辨漸泯，有未易確言者。姑發其疑於此。

〔三〕自北周至唐大曆間，約爲二百年，云劉亮爲禹錫七世祖，近之。但亮之子既貴顯如此，恐「世爲儒而仕」一語亦未盡然。或劉昶以宇文氏懿親之故，遭隋文帝毒手，後世遂微乎！

〔四〕據傳文，曾祖凱蓋即自洛陽遷葬滎陽之第一人，其人蓋當武后、中宗之世。

〔五〕祖鍠由洛陽主簿察視行馬外事，疑當武后、睿宗之世，其時帝室常居洛陽宫。察視行馬外，借古司隸校尉之職稱之，或當時有此差遣。但禹錫於薛公神道碑（本集卷三）自云：「愚方冠惠文冠，察行馬外事。」則其意以監察御史爲察行馬外，與古制不必相應。

〔六〕舉族東遷以違患難者，安史亂時，此爲常有之事，權德輿傳中所謂「兩京蹂於胡騎，士君子多以家渡江東」也。元和中諸文學之士，韓愈、柳宗元等，幾無不於早年游吴越者，文風之盛亦由南北交流有以致之。

〔七〕埇橋爲鹽鐵轉運中心，江淮鎡貨由此入汴泗以達東西二京，即宿州也。舊唐書地理志：

「元和四年（八〇九），敕復置宿州於埇橋，在徐之南界汴水上，當舟車之要。」埇橋巡院爲劉晏所創置。新唐書食貨志：「鹽鐵使劉晏……置巡院十三，曰揚州、陳許、汴州、廬壽、白沙、淮西、埇橋、浙西、宋州、泗州、嶺南、兗鄆、鄭滑，捕私鹽者，姦盜爲之衰息。」據新唐書晏本傳云：「晏分置諸道租庸使，慎簡豪閣專之。時經費不充，停天下攝官，獨租庸得補署，且數百人，皆新進鋭敏，盡當時之選，趣督倚辦，故能成功。雖權貴干請，欲假職仕者，晏厚以稟入奉之，然未嘗使親事，是以人人勸職。嘗言士有爵禄，則名重於利，吏無榮進，則利重於名。故檢劾出納，一委士人，吏惟奉行文書而已。」禹錫之父以殿中侍御史主務埇橋，自即晏所委士人之一，傳雖言租庸，實兼包鹽鐵言之。柳宗元故嶺南鹽鐵院李侍御墓誌云：「君以試大理評事佐荆南兩税使，督天下諸侯之半，調食饒裕，車擊舟連，又守湖南鹽鐵轉運院，以能遷官，移嶺南。」此亦士人主鹽鐵院之例。

〔八〕禹錫之父雖應進士而未登第，故不得不就浙西幕職以爲生。自大曆以前，浙西屢困兵革。自大曆元年（七六六）始，爲浙西觀察使者，韋元甫、李栖筠、李涵、李道昌、韓滉，雖不知所事之使主定爲其中何人，但似爲韋元甫，詳見下。本集卷二十八送裴處士應制舉詩有云：「憶得童年識君處，嘉禾驛後聯牆住。垂鈎釣得王餘魚，踏芳共登蘇小墓。」彼時禹錫蓋侍其父母家於吴中，以便於隨使府也。浙西觀察使之定駐潤州，當爲貞元以後之事。

〔九〕禹錫以大曆七年（七七二）壬子生，貞元九年（七九三）癸酉進士登第，實二十二歲，故云既冠舉進士，一幸而中試也。次年登宏詞科，故云又以文登吏部取士科也。至此始得授官。太子校書屬司經局，爲從九品官。

〔一〇〕禹錫授官後仍請告歸家，其時父母俱存，祖母似亦尚在堂。禹錫少年事略見於權德輿送劉秀才登科後侍從赴東京覲省序，（見全唐文四九一）而自傳反言之甚簡。序已見本集卷十獻權舍人書箋證中，兹仍録之以補自傳所闕。序云：「每歲儀曹獻賢能之書於王，然後列於禄仕，宜其績用耳。小司徒以楚金餘刃受詔兼領，彭城劉禹錫實首是科。始予見其丱，已習詩書，佩觿韘，恭敬詳雅，異乎其倫。及今見夫君子之文，所以觀化成，立憲度，學者爲之，則角逐夆馳多方而前。子獨居易以遜業，立誠以待問，秉是嗛慤，退然若虚。況侍御兄以文章行實著休問於仁義，義方善慶，君子多之。春服既成，五綵其色，去奉嚴訓，歸承慈歡，與侍御遊久者，賀而祝之曰：太丘之德，萬石之訓，亦將奉膳羞於公府，敬杖履於上庠，公卿無慙，龜祖交映，不待異日而前知矣。鄙夫既識其切，乃序夫羣言耳。」所謂侍御兄，即禹錫之父矣。所謂奉膳羞於公府，言尚有重闈之慶也，以禹錫年甫逾冠計之，其祖母當亦在七十歲左右。據德輿本傳，貞元初，爲江西觀察使李兼判官，再遷監察御史。府罷，杜佑、裴胄皆奏請，二表同日至京，則德輿亦與佑爲舊識，而禹錫日後之居佑幕，更多此一淵源。德輿早歲居潤州，與禹錫之父同爲流寓，德輿見禹錫於幼時，蓋即由此。至禹錫登科，則德輿已自太常博士轉左補闕，次年遷起居舍人矣。又禹錫登科之年，知貢舉爲顧少連，新唐書一六二有傳，時爲翰林學士中書舍人，不言其爲户部，此云「小司徒受詔兼領」，未詳所指。

〔一一〕禹錫丁父憂未知在何年。自傳云：既免喪，相國揚州節度使杜公領徐泗，請爲掌書記，按淮南節度原領揚、楚、滁、和、舒、廬、壽、光、宿等州。杜佑兼領徐、泗、濠，是貞元十六年（八〇〇）事。以三年喪期計之，則其父之卒當在貞元十三四年（七九七、七九八）間，即禹錫登第後之四五年也。禹錫之不赴調而就使幕者，其時皆以從事藩府爲入仕捷徑，且求禄入之豐也。

〔一二〕自傳云與杜佑素相知。此有可證者。據佑傳，佑初仕時嘗爲剡縣丞，時潤州刺史韋元甫嘗受恩於佑父希望，佑初謁見，元甫僅以故人子待之。他日元甫視事，有疑獄不能決，佑時在旁，元甫試訊於佑，佑口對響應皆得其要。元甫奇之，乃奏爲司法參軍。元甫爲浙西觀察使，淮南節度，皆辟爲從事，深所委信。據唐方鎮年表，韋元甫之鎮浙西，在大曆元年（七六六）至三年（七六八），則佑之爲浙西從事必在此三年中，以後至六年（七七一），則隨元甫至淮南。禹錫之父既亦從事浙西，則與佑爲同僚殆無疑矣。後此禹錫爲佑掌書記，集中代佑所作表疏至多，蓋緣故人子而得之也。

〔一三〕杜佑一生仕履與鹽鐵轉運所關最密，佑傳言楊炎入相，徵入朝，歷工部、金部二郎中，並充水陸轉運使，改度支郎中兼和糴等使。時方軍興，餽運之勞，悉委於佑。及貞元末入相，王叔文仍假其重名，推佑爲鹽鐵轉運使，而己爲副使。方佑之從事浙西韋元甫幕中，正劉晏典領江淮財賦之日，浙西使府與鹽鐵使院職事相關至多，禹錫之父與佑蓋皆受知於晏者，禹錫之從舅盧徵亦即晏之僚屬，疑皆以此熟於理財之事。

〔一四〕所謂「河路猶艱難」者，貞元十五年（七九九），始則汴州軍亂，殺陸長源，雖以劉全諒鎮宣武暫告寧息，繼而淮西吴少誠奪壽州茶園，陷臨潁，圍許州。次年，徐州軍亂，俄而討徐討蔡之師皆敗，始罷兵，故云涉二年而道無虞也。其時當在貞元十七年（八〇一）。

〔一五〕調補渭南主簿者，辭使府職，赴吏部選而得是官也。唐制宏詞拔萃入等，須赴吏部期集。畿縣主簿爲正九品，是爲登朝之初階，後來之公卿，多履此途而起。

〔一六〕唐制進士出身者，補官後往往登朝爲監察御史，拾遺補闕。有文學政事者，則由此入翰林，掌綸誥，馴致大用。禹錫登朝，當是由杜佑薦揚。舊唐書禹錫傳云，從佑入朝，爲監察御史，則時爲貞元十九年，其任渭南主簿爲時必甚暫，唐時畿縣簿尉多不久於其任也。

〔一七〕以下禹錫敍永貞政變事，字句極有斟酌，當析言之。其言王叔文爲「寒雋」者，首明叔文之爲南人，與中原士族無淵源。次言「如是積久，衆未之知」者，復明在貞元中叔文未嘗與政也。知叔文之爲寒雋，則知其所以招忌而不容於衆之故矣。唐之顯宦出於南裔者，如張九齡、如陸贄、如黎幹，如姜公輔，皆見阨於朝端，何況叔文之又非進士，亦無文譽乎？知叔文之在貞元中未嘗與政，則知其謗議多出於虚誣矣。即如韓愈之貶陽山，亦歸咎於叔文之排擯，斷非事實。永貞初政之力清貞元積弊，正由叔文平日私爲東宮言之，非外人所得聞，德宗猜忌成性，亦斷不容東宮僚屬之敢於昌言也。

〔一八〕以下言前已爲杜丞相奏署崇陵使判官云云，亦以辨明不盡由叔文之汲引，以已爲杜佑舊僚，固可得之也。至於改屯田員外郎，判度支鹽鐵等案，則顯然出於叔文之意，使禹錫當居間之任耳。

〔一九〕以下敍王叔文之爲人，雖未極言推許，然謂有王猛之風，則其素懷霸略，有用世之志，自在言外矣。當唐之中葉，承德宗醉心文華諱言建樹之風，而叔文輩以霸略自負，其遭時人側目，固無足異。謂吕温、李景儉、柳宗元日夕言其能，明八司馬朋黨之爲讆言也。温與景儉皆不在八司馬之列，惟宗元與禹錫乃真莫逆耳。凡此皆鄭重辯明叔文之爲時賢所可，非由私暱也。其下數語，既言其議論動人，復言其所設施能得人心，則叔文之負謗爲枉屈，無待申説矣。

〔二〇〕此下敍順宗内禪事，云：「太上久寢疾，宰臣及用事者都不得召對，建桓立順，功歸貴臣。」此數語關繫尤大。蓋順宗内禪之舉，不獨非宰相意，更非順宗意，宫掖已被隔絶，而順宗之存與亡，疾終之與被弑，皆成千古無從證實之疑案。十五年之後，憲宗之死也，宣宗以爲是郭后與穆宗之陰謀。憲宗以後，屢有宫闈之變亂，安見非習聞順憲間之隱祕而襲爲故事乎？通鑑二四八：「初，憲宗之崩，上（宣宗）疑郭太后預其謀。」考異引東觀奏記曰：「憲宗皇帝晏駕之夕，上雖幼，頗記其事，追恨光陵（穆宗）商臣之酷，即位後，誅鋤惡黨，無漏網者。

郭太后以上英察孝果，且懷慙懼，時居興慶宫，一日與一二侍兒同升勤政樓，倚衡而望，便欲殞於樓下，欲成上過。左右急持之，即聞於上，上大怒，其夕太后暴崩，上志也。」〕卞孝萱據續玄怪録辛公平上仙條，論證其中「元和末」一語爲「貞元」末之誤，（按：或是有意錯亂其詞，以待讀者默喻。）所記「將軍曰：昇雲之期，難違頃刻」，及「收血捧輿」等語，終之以「更數月方有攀髯之泣」，殆可爲順宗被弒露一綫索。卞氏復以續玄怪録著者李諒曾受知於王叔文，柳宗元有爲王户部薦李諒表可證，傳聞尤出有因。姑置此不論。即「建桓立順」一語觀之，禹錫泚筆至此，亦若隱詔後人以此中情事矣。憲宗既爲順宗所立之太子，由監國而即位，名正言順，何用舉東漢之順帝，桓帝爲喻乎？順帝者，先爲太子而被廢爲濟陰王，安帝之死，不得立，立北鄉侯，北鄉侯又死，閻顯、江京等欲别有所立，而中常侍孫程等十九人擁立濟陰王，顯、京等皆誅，而閻太后以幽死。桓帝則於質帝死後，由梁冀定策，以蠡吾侯入承大統。而太尉李固、司徒胡廣、司空趙戒初皆主立清河王蒜者。此二事皆於帝統傳授爲非常之舉也，豈非憲宗之立有名不正而言不順者耶？考順宗之爲太子，固已嘗甚不安矣。通鑑二三三略載：〔貞元三年（七八七）〕太子之妃母郜國大長公主得罪，德宗告李泌曰：舒王近已長立，孝友温仁。泌曰：何至於是？陛下惟有一子，奈何一旦疑之，欲廢之而立姪，得無失計乎？德宗勃然怒曰：卿何得間人父子？誰語卿舒王爲姪者！對曰：陛下自言之。大曆初，陛下語臣：今日得數子。臣請其故，陛下言昭靖諸子（昭靖太子爲德宗之弟）

主上令吾子之。今陛下所生之子猶疑之，何有於姪？又太子使人謝泌曰：若必不可救，欲先自仰藥，何如？泌曰：必無此慮，願太子起敬起孝，苟泌身不存，則事不可知耳。觀此，知太子之不安於位，乃唐室之家風，自其開國已然。而所謂皇子者，固不必皆帝所親生。例如德宗且以順宗所生之子爲子。（以孫爲子），追封文敬太子。所謂長幼之序，亦不難於事後掩飾，凡即帝位者即謂之嫡長，其誰得而證其不然。即如李泌云：陛下惟有一子，而德宗諸子傳則云有十一子。而幾於奪嫡之通王諲（即舒王），則恰以永貞元年（八〇五）十月，即憲宗即位後之二月死，豈順宗疾中有欲擯憲宗而立通王者，故遭憲宗之毒手，如文宗之立而殺絳王悟，武宗之立而殺陳王成美、安王溶乎？要之，順宗之疾終於不治，已爲人人意中之事，因而對憲宗有迎拒之兩黨，此可爲「建桓立順」四字之注脚也。又按：通鑑二三六載：永貞元年（八〇五）：德宗崩，倉猝召翰林學士鄭絪、衛次公等至金鑾殿，草遺詔，宦官或曰：禁中議所立尚未定，衆莫敢對，次公遽言曰：太子雖有疾，地居冢嫡，中外屬心，必不得已，猶應立廣陵王，不然必大亂。絪等從而和之，議始定。此正月事也，順宗之立，宦官中固已有不謂然者矣。至三月，通鑑又載：上（順宗）疾久不愈，時扶御殿，羣臣瞻望而已，莫有親奏對者。中外危懼，思早立太子，而王叔文之黨欲專大權，惡聞之，宦官俱文珍、劉光錡，薛盈珍皆先朝任使舊人，疾叔文、（李）忠言等朋黨專恣，乃啓上召翰林學士鄭絪、衛次公、李程、王涯入金鑾殿，草立太子制。時牛昭容輩以廣陵王淳英睿，惡之，絪不復請，書紙爲「立嫡以長」字呈上，上頷之。則擁順宗者爲李忠言，擁憲宗者爲俱文珍等，皆宦官爲之，朝士亦各附其所識之宦官耳。文珍本爲汴州監軍，韓愈從事汴州時已識之，宜愈之力詆王、韋而不顧劉、柳之友誼矣。自貞元末以至天復百二十年中，皆朝士與宦官互相迎拒之局也。

〔二〕禹錫於叔文敍之至詳，且終言其於憲宗即位後數日即貶渝州司户，旋賜死，而於韋執誼則不斥言其名，疑禹錫甚重叔文，而薄執誼之持兩端也。

〔三〕禹錫此後之仕履雖大致已無遺，惜未分析載其年月，猶幸得於詩文中鉤稽得之。據其「行年七十有一」一語，知此文屬草於會昌二年（八四二），蓋已在病中，距其卒不過數月。禹錫恐己之經歷非後人所能備述，故紀之以有倫有要之詞，於志而晦，婉而成章之中，不没事之真相。白居易挽禹錫詩云「文章微婉我知丘」，豈非即指此文耶？又按：全唐文紀事四五引密齋雜記云：「劉禹錫自傳，敍王叔文事，云其官職出於叔文，又復坐累，不以爲諱。」其實此文微而顯，所謂春秋之志，安在其必以爲諱？後人狃於唐代官史之記載，於王、韋之獄不明真相，類此者亦不勝辨。容齋續筆四引此傳，文字略不同，蓋傳寫之誤，洪氏未及察也。

唐故監察御史贈尚書右僕射王公神道碑銘

公諱俊，字真長，其先葉黄帝。夫聖人之後，與庶姓不同，如河出崐崙，潛於厚地，歘焉振起，奮爲洪瀾，環迴自天，非衆川也。故自黄帝八代而生舜，武王克殷，求有嬀之胤滿封於陳，是爲胡公。十三葉生完，自以公子，國難不得立，乃抱樂器奔齊，桓公以卿禮接之。下又十一葉和，以久爲政，陰浹於人，遂有齊國，三代稱王。至是爲秦所滅。項羽入秦，封建孫安爲濟北王。漢興失國，齊人謂之王家，因以爲氏。安子涓，仕漢爲鎮東將軍、青州牧，封劇縣伯。自涓至彤，凡一十九代，兩漢公卿牧守如家牒然。十代祖猛，字景略，苻秦尚書令，佐秦成霸業，與孔明佐蜀同功，故時人謂之王葛，史云北海劇人，遂著爲族望。九代祖休，儀曹尚書。八代祖鎮惡，佐命宋，長安擒姚泓。至北齊，五代祖昕，七兵尚書，兄弟九人，時號王氏九龍，於齊史有傳。高祖顗，字君粹，北齊著作郎、燕郡太守。曾祖敬忠，成州刺史。大父上客，高宗封嶽，進士及第，歷侍御史、主客、兵部員外郎，累遷至右金吾衛將軍、冀州刺史、靈州都督、朔方道總管。見職官儀及衣闕

烈考暾，宣州宣城縣令，贈工部郎中。娶河東裴氏，乃生僕射。季睦餘力，工爲文。始以崇文生應深謀秘策，考入上第，拜監察御史。天之賦予，莫能兩大。既揚令名，而不以景福，享齡五十五。葬於河南府偃師縣亳邑鄉。後以子貴，累贈禮部尚書至右僕射。夫人江夏李氏祔焉。李門多奇材，父暄，起居舍人。暄子鄘，門下侍郎平

章事。高叔祖善，蘭臺郎、崇文館學士，注文選行於時。善子邕，北海郡太守，有重名，四方之士求爲碑誌者傾天下。故夫人於盛宗禮範可法。累贈至江夏郡夫人。

僕射有三子：長子早終。次子處元，少嬰沈恙，慕道士養生之術，高尚其趣，强仕而殁，積善不試，後來果大焉。

季子彦威，字子美，始以五經登甲科，歷太常博士、祠部員外郎，遷屯田郎中，轉户部司封，並充禮儀使判官、弘文館學士、京兆少尹、諫議大夫、史館脩撰。以直諫出爲河南少尹，入爲少府監、司農卿，改淄青節度使，徵拜户部侍郎、判度支。勢逼生患，出爲衛尉卿，分司東都。尋起爲陳許節度使、檢校禮部尚書，充汴宋亳等州節度觀察處置等使，北海縣開國子，食邑五百户。娶潁川韓氏，主客員外郎衢之女，國子祭酒楊頊之外孫。夫人有三弟，皆材，無子，早謝，已如禮祔葬於亳邑原。僕射厚德覆露之，尚書丕承之，以早孤，鋭意嚮學。嘗閲詩至蓼莪篇，感激流涕，故其志如刃始淬。及學成，立朝爲鴻儒。入用爲能臣，參定儀制，財成經費，起書生，擁旌節。今又領全師鎮上游，握神符垂三組，皆嚮時感發之所激也。志就而學成，名聞而身達。欲報無所，外榮中悲。人子之孝，在乎揚其先德以耀於遠，乃俾學古者書本系所自，且銘於龜趺螭首云。銘曰：

山積而高，澤積而長。聖人之後，必大而昌。由聖與賢，或爲霸强。建不克嗣，濟北疏疆；齊人德之，其族稱王。佐於苻秦，北海重光。僕射之生，負材而起。策於萬乘，擢爲御史。同時條對，千目仰視。桂林一枝，拾芥相似。名動海内，夫豈不偉！種德而芽，迺生令子。出入鼎貴，理財統師。流根之澤，蜜印纍纍。峻其追崇，幽顯有輝。孝嗣之孝，歎然弗怡。春露秋霜，感傷履之。時久能慕，禄豐益悲。明發不寐，永懷孝思。攄之無窮，曷若豐碑。景亳之原，佳城在斯。乃刻金石，揭於道陲。松耶柏耶，有洛之湄。過者必下，來觀信詞。

【校】

〔諱俊〕紹本、全唐文俊均作俊，誤。

〔先葉〕紹本、崇本葉均作乘。

〔聖人〕紹本、崇本作大聖。

〔奮爲〕以下結一本缺字，紹本作洪瀾環迴，崇本無迴字，全唐文此二句作奮爲洪瀾，環迴自天，以紹本爲勝。

〔下又〕紹本無下字。

〔陰浹〕紹本陰下有德字。

〔至是〕紹本、崇本、全唐文是均作建。

〔謂之〕紹本、崇本謂均作爲。

〔命宋〕崇本宋下有武字。

〔上客〕崇本客作容。

〔至右〕崇本、結一本、全唐文至均作兵，非，紹本作至，是。

〔及衣〕下缺字紹本作冠，冠下尚缺一字，崇本注云逸二字。

〔考暾〕結一本、全唐文暾均作瞰，誤。

〔季睦〕紹本、崇本季均作孝。

〔蜜印〕結一本、崇本、全唐文蜜均作密，紹本作蜜，是。

〔孝嗣之孝〕紹本、崇本、全唐文之孝均作之志。

〔乃刻金石〕紹本、崇本、全唐文均作乃金石刻。

【箋證】

按：舊唐書一五七王彦威傳云：「世儒家，少孤貧苦學，尤通三禮，無由自達。元和中，遊京師，求爲太常散吏。卿知其書生，補充檢討官。彦威於禮閣掇拾自隋已來朝廷沿革，吉凶五禮，以類區分，成三十卷獻之，號曰元和新禮。由是知名，特授太常博士，累轉司封員外、郎中。……

〔大和〕五年（八三一），遷諫議大夫。興平縣人上官興因醉殺人亡竄，吏執其父下獄，興自首請罪，以出其父。京兆尹杜悰、御史中丞宇文鼎以其首罪免父，有光孝義，請減死配流。彦威與諫官上言曰：殺人者死，百王共守，若許殺人不死，是教殺人，興雖免父，不合減死。詔竟許決流。彦威詣中書投宰相面論，語訐氣盛，執政怒，左授河南少尹，未幾改司農卿，李宗閔重之，既秉政，授青州刺史兼御史大夫，充平盧軍節度、淄青等觀察使。開成元年（八三六），召拜户部侍郎，尋判度支。……彦威既掌利權，心希大用，時内官仇士良、魚弘志禁中用事，先是左右神策軍多以所賜衣物於度支中估，判使多曲從，厚給其價。開成初有詔禁止，然趨利者猶希意從其請託。至是彦威大結私恩，凡内官請託無不如意。物議鄙其躁妄。復修王播舊事，貢奉羨餘，殆無虚日。會邊軍上訴衣賜不時，兼之朽故。宰臣惡其所爲，令攝度支人吏付臺推訊。彦威略不介懷，入司視事。及人吏受罰，左授衛尉卿，停務，方還私第。三年七月，檢校禮部尚書，代殷侑爲許州刺史，充忠武軍節度、陳許溵觀察等使。會昌中，入爲兵部侍郎，歷方鎮，檢校兵部尚書，卒，贈僕射。」新唐書一六四本傳則載其自忠武徙鎮宣武，（吴氏唐方鎮年表繫於會昌元年八四一）其卒也在會昌中。李商隱集有代絳郡公祭宣武王尚書文，文中敍彦威無子，與此文合，此文「再起爲陳許節度使」之下，不應遽接「檢校禮部尚書、充汴宋亳等州節度觀察處置等使」。蓋中奪改宣武一節，而又有誤字。彦威之鎮宣武在會昌初，則此爲禹錫所撰碑銘中之絶筆矣。豈以衰病中執筆，未能精神貫注耶！文中「以直諫出爲河南少尹」及「勢逼生患」二節，皆須以史傳參證，方得其解。傳言宰臣惡其所爲，考開成元二年（八三六、八三七）間，宰相在位較久者，爲鄭覃、陳夷行，其他則李固言、李石。三年（八三八）之初，則楊嗣復、李珏入相矣。彦威既爲李宗閔所重，則亦必爲楊嗣復所親，故三年（八三八）七月即有忠武之授，以分司官起爲節鎮，非有大力奥援不可得，情勢固極顯然。然則彦威之左遷，亦必由鄭、陳之攻擊矣。李固言亦宗閔之黨，固言以宰相判户部，彦威之判度支，非即由固言之援引耶？禹錫爲彦威作一詩一文，皆泛而略，蓋不取其人，不得已而與之酬酢也。詩見外集卷六。

〔暄子鄘〕按：李鄘，舊唐書一五七與王彦威合傳，新唐書一四六有傳。舊傳云，鄘與楊憑、穆質、許孟容、王仲舒友善。此文但稱其官門下侍郎同平章事，不贊一詞，禹錫蓋亦不許其人。楊虞卿妻即鄘之女，虞卿又與張又新友善，故鄘必亦附李逢吉者。（見太平廣記二五一引本事詩）

劉禹錫集箋證外集卷第十

墓誌祭文

故荆南節度推官董府君墓誌

元和七年夏四月某日，前荆州部從事董府君以疾終於故府私第，年若干。其孤泣書前人之爵里耿光，求我以銘於幽，且先志也，故重爲之。

董姓出於豢龍氏，至辛有而分，在晉，爲良史，在趙，佐簡子爲能臣。項羽主盟，爲翟王，高皇帝舉兵漢中，劫其兵衆，不克其土。後裔遂爲隴西人。凡稱事不稱名，不待事而彰也。始予謫於武陵，人多中之，賢有董生，爲守令客。既而以士相見之禮成，與之言，能言墳典數，旁捃百氏之學。弱年嗜屬詩，工弈棊，用是索合於貴遊，多所慰薦。中年奉浮圖，説三乘。用是貢誠於清賢，多被辟書。脱巾爲弘文館校書郎，再遷至大理評事。咸視真秩，而不纍其章，職繫於外故也。晚節尚道，故投劾於幕府。治扁舟浮江沱，泛洞庭，登熊耳，訪浮丘以探異，賦枉渚以寄傲。居數歲，投老於南荆，迷邦縱性，委和從化。逮夫寢巨室也，自含襚至於卜窆皆仁人之賻焉。是歲五月十二日，卜葬於龍山之某岡。外姻至矣。

君名侹，字庶中。大父曰思簡，位至汝南太守，父承祖，歿於試守太子舍人。始爲君求婦於鄭之里，生嗣子夏卿，既立而夭，今未之從。其後又娶於閻氏，生二子曰周卿雲卿。嫠也繐裳鑿首，有正家之道。嗚呼！道愈富而室愈貧，志甚脩而知甚寡。士以隴西爲貴，將在令名與！銘曰：

學待問而文藻身，藝不試兮名孰聞？大道甚夷兮非我辰，何生不茂兮非我春。脩門之達兮連岡膴膴。蔓草如□兮新墳若斧。吁嗟董生兮於焉終古。

【校】

〔中之〕崇本中作言。按：中之不甚可解，言之亦太淺。據上下文義，似當爲穀梁傳桓九年「爲之中」之意，猶言爲之介也。詳參下篇絶編生墓表，語意近似。

〔慰薦〕結一本薦字缺，各本均有。

〔多被〕崇本多作乃。

〔再遷〕紹本、崇本遷均作選。

〔之里〕崇本里作族。

〔夏卿〕紹本、全唐文此下均有殷卿二字。

〔非我辰〕結一本非作此，誤。

〔草如〕如下缺一字，紹本、崇本均作徒，疑，全唐文作茵，似是。

〔吁嗟〕紹本、崇本吁均作于。

【注】

〔故府〕謂江陵府。

〔良史〕謂董狐，見左傳。

〔能臣〕謂董安于。

〔翟王〕謂董翳。均見史記。

【箋證】

按：董府君謂董侹，集中涉及侹者頗多，如本集卷七辨易九六論、卷十九董氏武陵集紀、卷二十二聞董評事疾、卷二十三和董庶中古散調詞、卷二十四覽董評事思歸之什因以詩贈，皆是。蓋禹錫在朗州可與言者無多，故文字往還稍密也。此文不言侹年若干，而集紀言其及見杜甫，則至元和七年（八一二）必將七十歲矣。觀其人貧老流浪，棄婦别娶，蓋不偶之尤者。

〔不纍其章〕唐制，使府幕職皆帶檢校官，但敍階資，無職事，故云「不纍其章」。董之官爲校書郎及大理評事，而職則荆南節度推官也。

絶編生墓表

顧象，吴郡人，食力於武陵沅水上，以讀易聞。病且死，飭其子曰：「吾年十有五而授易於師，積六十三年於兹，未嘗一日不吟乎繫象。里中兒從吾讀其文多矣，死則必葬我於黨庠之側，尚其有知，且聞吾書。」君子曰：若象者，可謂志篤於學矣。因以絶編生謚之，且表其墓。後之讀功令者或采焉。

予既謫居是邦，始至之日，問能道古語可與言者，邑子以生爲對。既而執贄請見之，生危冠大袂，闊視雅拜，及門知讓，候肅而後入，又肅而躋階。心存聖賢，潤徹眉睫，有野態而無苟容。問其所執，曰：「幼學易，老而尤嗜。」問安學？曰：「始聞於師，晚熟於心。自尼父兼三才，紬八索，繫詞焉以通微言，與伏羲文王並行，猶夫三辰，同麗太極。秦脱大患，完文顯行。漢之田丁京劉而東京有馬鄭，魏之何荀兩王，而吴有韋陸。前者導源，後者灑之。渢融混合，百派奔湊。唐興，沙門一行方洩天機，以探古人，神交造物，智斟人事，制動也有梞，變道也無方。嚮之支流，委輸於我。

其他紬繹祖述三十有餘家，朱藍之，樸斲之，爲羽翼，爲鼓吹。疇咨天人之際，旁魄上下，鶩精於攟摭，匱巧於穿鑿。猶制氏之於樂，鏗鏘而已；徐氏之於禮，善容而已。然而前脩之盡心也，得以味腴搴芳焉。手胝於運管，目矆於臨燭，而氣耗於詠呻。家居無貲，不能與計偕；地偏且遠，無有能晤語者。心愈苦而跡愈卑，寒膚嗛腹，以至於耋老。微夫子之問，持是安施乎？」

他日予造其室廬，簞瓢在左，汙樽在右。有龜枿然，有筮甚澤。予攊蓍指骨而訊之曰：「是亹亹者曾不予欺乎！」生攸爾而對云：「古先聖人知道之妙，不可搏而得也。故設象以致意，梯有以取無。取當其粗，用當其精。夫權衡所以揣輕重，不爲捶鈎者設也。尋尺所以商遠邇，不爲運斤者設也。龜筴所以決羣疑，不爲知幾者設也。幾存乎人，是則以天時爲卦體，以地理爲爻位。外附人事以象焉，内取諸身以象焉。得樞於寰中，迎數於象外。自然之理，不知其然。雖欲强名，措説無地。彼枯莖朽骰，安能與於此乎？今夫揲之以至刓，灼之以殆盡，徒與夫蚩蚩者問歉穰，占熊虺，起訟需食、亡羊喪牛之間耳。資其握粟，以餬予口，烏足爲夫子道哉？」予以斯言邃於易，故書之。

噫！國有太學，學有館以延專門。若生者，苦形役志如是其專也，茹經於腹，湮滅糞壤。璧水湯湯，不聞其聲。摧藏樸遫，與屮木同朽。豈地遠然耶！彼文甲綷毛，剽筋壽革，嶺嶠之華實，炎溟之蜃蝦，飛苞驛筐，所至而貴。夫豈貴邇也哉！悦者衆故也。

生之死在元和七年秋七月，由死之日推而上求，直始生之辰得四百有七十甲子，葬在枉渚西石磯上，其墳可隱，東望里塾，尚行其志云。

【校】

〔候肅〕紹本、崇本候均作侯。

〔聖賢〕紹本、崇本、全唐文賢均作言。

〔猶夫〕結一本、全唐文夫均作天，誤，紹本、崇本均作夫，是。

〔大患〕紹本、崇本大均作火。

〔灑之〕崇本灑作濬。

〔奔湊〕紹本、崇本湊均作奏。

〔神交〕崇本、全唐文交均作友，紹本雖作友，疑是交之變體。

〔味腴〕崇本味作采。

〔無貲〕紹本、崇本、全唐文貲均作訾。

〔簞瓢〕紹本、崇本、全唐文二字均乙。

〔汙樽〕紹本、崇本均作汗簡。

〔可摶〕紹本摶作博，崇本作徒。

〔捶鉤〕結一本鉤作鈎，非。按：語出莊子，崇本不誤。

〔地理〕崇本無地字，紹本作物理。

〔熊虺〕崇本熊作能，非。按：熊謂男，虺謂女，語出詩小雅斯干。

〔其專〕紹本專作顓。

〔璧水〕紹本、崇本璧均作辟。

〔屮木〕紹本、全唐文作山木，崇本作山水，誤，屮亦非，當作艸。

〔貴邇〕紹本、崇本無貴字。

〔始生〕結一本、全唐文始均作治，誤。

〔枉渚〕結一本、全唐文枉均作征，誤。

【箋證】

按：此文所志爲一流寓朗州之老卜師吴人顧象，不舉其姓氏而謚以絶編生，蓋憫其窮且陋也。文分三段，第一段迄「微夫子之問，持是安施乎？」極意摹寫窮老書生朴陋迂疏之狀，而終之以飢寒困頓，猶抱此殘編不釋，語意於憫歎之中微寓嘲諷。第二段則假顧氏之言以明卜筮之爲僞託以惑衆博衣食，而術士之誕妄無賴，信者之愚昧受欺，皆昭然若揭。第三段則因顧氏之摧藏泯滅而感己身之遠斥也。顧之卒爲元和七年（八一二），作文時在朗州已七閱寒暑，抑塞之悲，宜其不能自已。

又按：禹錫以制氏之於樂，徐氏之於禮，比諸家之説易，且譏之爲攟摭，爲穿鑿。説易者猶如此，則揲蓍灼龜之爲誣妄，又安待辨？禹錫託爲顧氏之言以明己意，與其天論三篇宗旨一貫，灼然可知。而本集卷七乃有辨易九六論，瑣瑣不厭陳言，又何其矛盾之甚？宜來柳宗元之譏也。沈作喆寓簡乃以禹錫之假辭爲真，竟謂：「唐人顧彖深於易，嘗言自漢田、丁、京、劉以來，百派奔湊，惟唐一行方見天機，劉禹錫嘗指龜策訊之，象曰云云。予觀顧生之言，蓋邃於易者，惜其無著述傳世以盡見其所學。」不知如顧者，一老江湖術士耳，焉能真邃於易哉？舊唐書李華傳言：華著論言龜卜可廢，通人當其言。華之卜論具在，不獨併蓍龜言之，且併鬼神言之，與禹錫此文，皆所以破迷惑也。

〔田丁京劉〕漢書儒林傳：「傳易者田何、丁寬、京房。」劉蓋謂劉向。

〔制氏〕漢書藝文志：制氏以雅樂聲律，世在樂官，頗能紀其鏗鏘鼓舞，而不能言其義。

〔徐氏〕漢書儒林傳：「魯徐生善爲頌。」注：「蘇林曰：漢舊儀有二郎，爲此頌貌威儀事，有徐氏，後有張氏，不知經，但能槃辟爲禮容。天下郡國有容史，皆詣魯學之。」

附録　李華　卜論

天地之大德曰生，舜好生之德洽於人心。五福首乎壽，麟鳳龜龍謂之四靈。龜不傷物，呼吸元氣，於介蟲爲長而壽。古之聖者刳而焌之，觀其裂畫以定吉凶，殘其生，剿其壽，既剿殘之而求其靈，夫何故？愚未知夫天地之心，聖達之謨，靈之壽之而夭戮之，脱其肉，鑽其骸，精氣復於無物，而貞悔發乎焦朽，不其反耶？夫大人與天地合其德，與日月合其明，與四時合其序，與鬼神合其吉凶，不當妄也。壽而夭之，豈合其德乎？因物求徵，豈合其明乎？毒靈介而徼其神，豈合其序乎？假枯殼而决狐疑，豈合其吉凶乎？洪範曰：爾有大疑，謀及卜筮。聖人不當有疑於人以筮也。夫祭有尸，自虞夏商周不變，戰國蕩古法，祭無尸。尸之重，重於卜，則明廢龜可也。又聞夫鑄刀劍者不成，則屠犬彘血而祭之，被髮而哭之，則成而利，蓋不祥器也。其神者躍爲龍蛇，穿木石，入泉源，以至發炯光聲音。人不能自神，因天地之氣，化天地之物而爲神，固無悉然，是亦爲怪。古者成宫室必落之，鐘鼓器械必釁之，豈神明貴殺享羶腥歟？今亡其禮，未聞屋室不安身而器物不利用，由是而言，則卜筮陰湯之流皆妄作也。夫潔壇墠而布精誠，求福之來，緬不可致，耕夫蠶婦，神一草木，禱一禽畜，鼓而舞之，謂妖祥如答，實歟妄歟！犧文之易，更周孔之述，以爲至矣。揚子雲爲太玄，設卦辨吉凶，如易之告。若使後代有如子雲，又爲一書可筮，則象數之變，其可既乎？專任道德以貫之，則天地之理盡矣。又焉假夫蓍龜乎？又焉徵夫鬼神乎？子不語是，存乎道義也。

祭柳員外文

維元和十五年歲次庚子正月戊戌朔日，孤子劉禹錫銜哀扶力，謹遣所使黄孟萇具清酌庶羞之奠敬祭於亡友柳君之靈。

嗚呼子厚，我有一言，君其聞否！惟君平昔，聰明絶人，今雖化去，夫豈無物？意君所死，乃形質耳。魂氣何託？聽予哀詞。嗚呼痛哉！

嗟予不天，甫遭閔凶。未離所部，三使來弔。憂我哀痛，諭以苦言。情深禮至，款密重複。期以中路，更申願言。途次衡陽，云有柳使。謂復前約，忽承訃書。驚號大叫，如得狂病。良久問故，百哀攻中。涕洟迸落，魂魄震越。伸紙窮竟，得君遺書。絶絃之音，悽愴徹骨。初託遺嗣，知其不孤。末言歸輤，從祔先域。凡此數事，職在吾徒。永言素交，索居多遠。鄂渚差近，表臣分深。想其聞訃，必勇於義。已命所使，持書徑行。友道尚終，當必加厚。退之承命，改牧宜陽。亦馳一函，候於便道。勒石垂後，屬於伊人。安平宣英，會有還使。悉已如禮，形於其書。

嗚呼子厚，此是何事！朋友凋落，從古所悲。不圖此言，乃爲君發。自君失意，沈伏遠郡。近遇國士，方伸眉頭。亦見遺草，恭辭舊府。志氣相感，必踰常倫。顧予負釁，營奉萬里。猶冀前路，望君銘旌。古之達人，朋友製服。今有所厭，其禮莫申。朝晡臨後，出就別次。南望桂水，哭我故人。孰云宿草？此慟何極？嗚呼子厚，卿真死矣。

終我此生，無相見矣。何人不達？使君終否。何人不老？使君夭死。皇天厚土，胡寧忍此？知悲無益，奈恨無已？子之不聞，予心不理。含酸執筆，輒復中止。誓使周六，同於己子。魂兮來思，知我深旨。嗚呼哀哉！尚饗。

【校】

〔黃孟萇〕英華無孟字。

〔形質〕結一本二字乙，非。

〔衰痛〕紹本、崇本、全唐文均作衰病，必爲校者臆改。按：禹錫方遭母喪，不應自稱衰病，況年不及五十，與柳年相若，尤不合情理。

〔當必〕英華必作所。

〔其書〕英華其作冥，紹本、崇本均作具，似皆其字之壞。

〔遺草〕崇本遺作道，非。

〔萬里〕紹本、崇本、全唐文均作方重，似是。

〔製服〕崇本、全唐文製均作則。

〔真死〕英華真作其。

〔厚土〕紹本、崇本、全唐文厚均作后。

〔子之不聞〕此二句紹本、崇本均作：余之不聞，余心不理。全唐文作：君之不聞，予心不理。

【注】

〔遺嗣〕按韓集柳誌，子男二人，長曰周六，始四歲。參以外集卷七酬柳詩，必到柳州後生子，然二人書問竟不及之，直至此時方知其不孤，頗不可解。

【箋證】

按：此文於元和十五年（八二〇）正月稱孤子，則禹錫丁母憂必在十四年（八一九）秋冬，此時方在扶柩北歸之途中。宗元以十四年（八一九）十一月卒，（此據韓集，但十一月或作十月，見舊注。）猶三使來弔禹錫，則禹錫之喪母當更早於是時，或竟在秋末，故一朞爲元和十五年（八二〇），再朞爲長慶元年（八二一），冬間釋服，即得夔州之命。否則不能於長慶元年（八二一）即赴官也。此文乃考禹錫出處行止之重要綫索，其他詩文中苦無明文可據。

又按：「鄂渚差近」二語，蓋以營護柳柩北歸之事望於方爲鄂岳觀察使之李程。「退之受命」二語，則以韓愈新得恩命，不日復登高位，以周恤孤寡之事望之也。後此二人之於柳，恩紀何如，不可知矣。柳柩北歸，或未取道鄂州，以禹錫代程作祭文有「出疆路阻」一語也。愈則爲宗元作墓誌而已。此文云「誓使周六同於己子」，據誌尚有周七一男，宗元殁後方生，作此文時尚未卜其爲男爲女，故未之及。據新唐書世系表，宗元子名告，字用益。據韓集舊注，後登咸通四年（八六三）進士，或是禹錫所撫育以至於成立也。

又按：此文半用韻半不用韻，詞意真摯，不假文飾，非但禹錫在親喪之中宜然，爲摯友嗚哀，固當異於尋常也。

〔表臣〕表臣爲李程字，已見外集卷五詩題。

〔宜陽〕宜陽即宜春，爲袁州治，韓愈是時方自潮州刺史移袁州。

〔安平宣英〕安平爲韓泰字，宣英爲韓曄字。皆永貞同貶之人。

〔國士〕「近遇國士，方伸眉頭」二語當指桂管觀察使裴行立。行立嘗以文屬宗元，或謂其有意善遇宗元也。參見後篇。

重祭柳員外文

嗚呼！自君之没，行已八月。每一念至，忽忽猶疑。今以喪來，使我臨哭。安知世上，真有此事？既不可贖，翻哀獨生。嗚呼！出人之才，竟無施爲。炯炯之氣，戢於一木。形與人等，今既如斯。識與人殊，今復何託？生有高名，没爲衆悲。異服同志，異音同歎。唯我之哭，非弔非傷。來與君言，不言成哭。千哀萬恨，寄以一聲。唯識真者，乃相知耳。庶幾儻聞，君儻聞乎！嗚呼痛哉！

君有遺美，其事多梗。桂林舊府，感激主持。俾君内弟，得以義勝。平昔所念，今則無違。旅魂克歸，崔生實主。幼稚甬上，故人撫之。敦詩退之，各展其分。安平來賻，禮成而歸。其他赴告，咸復於素。一以誠告，君儻聞乎？嗚呼痛哉！

君爲已矣，予爲苟生。何以言别？長號數聲。冀乎異日，展我哀誠。嗚呼痛哉！尚饗！

【校】

〔言成〕紹本、崇本、全唐文二字均乙。

〔庶幾儻聞〕全唐文聞作言。

〔甬上〕二字必誤，崇本作在側。

〔來賻〕崇本賻作贈。全唐文作賵。

【箋證】

按：文中「君有遺美，其事多梗」二語頗難索解。「桂林舊府，感激主持」當即指裴行立，韓愈所作柳子厚墓誌云：「其得歸葬也，費皆出觀察使河東裴君行立」是也。内弟謂宗元表弟盧遵。

墓誌銘云：「葬子厚於萬年之墓者，舅弟盧遵。遵，涿人，性謹慎，學問不厭，自子厚之斥，遵從而家焉。逮其死不去，既往葬子厚，又將經紀其家」，兼謂崔羣也。羣亦有祭文，見附録。

又按：此文首云「自君之歿，行已八月」，計自元和十四年（八一九）十一月宗元之卒，踰八月當爲十五年（八二〇）秋初。禹錫前已以十五年（八二〇）正月途次遣使祭宗元於柳州，則此次之重祭必在柳喪已到之時。韓撰墓誌云十五年（八二〇）七月十日歸葬萬年，甚合。

附録一　崔羣　祭柳員外文（全唐文六一二）

惟靈天姿秀異，才稱儁傑。早著嘉名，遠播芳烈。總六藝之要妙，踐九流之清切。鏌鋣鋒利，浮雲可決。騏驥逸步，飛塵可絶。閉匣不用，伏櫪何施？才命罕並，今古同悲。五嶺三湘，寒暑潛推。樂道忘憂，襟靈甚夷。掞藻揮毫，褰翔是期。奈何終否，神也我欺。嗚呼！雕飛半空，羊角中戾。彼蒼難詰，善人斯逝。羣宿受交分，行敦情契。遺文在篋，贈言猶佩。撫孤追往，泫然流涕。孑孑丹旐，翩翩素帷。鵩弔是月，龜從有時。路出長阡，將赴京師。旨酒一觴，哭君江湄。往矣子厚，魂期來斯。

今按：宗元與羣之交契，見其集中送崔羣序，有云：「清河崔敦詩有柔儒温文之道，以和其氣，近仁復禮，物議歸厚。其有禀者歟！有雅厚直方之誠，以正其性，慤論忠告，交道甚直，其有合者歟！是故日章之聲振於京師。嘗與隴西李杓直、南陽韓安平洎余交友。杓直敦柔深明，沖曠坦夷，慕崔君之和。安平厲莊端毅，高朗振邁，説崔君之正，……余於崔君有通家之舊，外黨之睦，然吾不以是合之。」及宗元、禹錫之遠斥，羣已爲相而不能一援。及是則羣已罷政，出爲湖南觀察使矣。疑羣於赴任時遇柳柩而祭之。此文風格亦頗近於禹錫。

附録二　韓愈　祭柳子厚文

維年月日，韓愈謹以清酌庶羞之奠，祭於亡友柳子厚之靈：嗟嗟子厚，而至然耶！自古莫不然，我又何嗟！人之生世，如夢一覺，其間利害，竟亦何校？當其夢時，有樂有悲，及其既覺，豈是追惟？凡物之生，不願爲材，犧尊青黄，乃木之災。子之中棄，天脱馽羈。玉佩瓊琚，大放厥辭。富貴無能，磨滅誰紀？子之自著，表表愈偉。不善爲斲，血指汗顔，巧匠旁觀，縮手袖間。子之文章，而不用世。乃令吾徒，掌帝之制。子之視人，自以無前。一斥不復，羣飛刺天。嗟嗟子厚，今也則亡。臨絶之音，一何琅琅！徧告諸友，以寄厥子。不鄙謂余，亦託以死。凡今之交，觀勢厚薄。余豈可保，能承子託？非我知子，子實命我。猶有鬼神，寧敢遺墮。念子永歸，無復來期。設祭棺前，矢心以辭。嗚呼哀哉！

按：韓文與禹錫兩篇相較，詞氣頗有間。至謂人生如夢，利害不足較，殊非守道不回之君子所宜言，抑非真知宗元者之言也。蓋韓新獲牽復，懲禍慎言，不欲輕貽忌者之口實耳。韓集舊注云：

「子厚以元和十四年（八一九）十月五日卒於柳州，公其月自潮即袁，明年自袁召爲國子祭酒。此文袁州作也。故劉夢得祭子厚文有云：退之承命，改牧宜陽，亦馳一函，候於便道。其後序柳集又云：凡子厚行己之大方，有退之誌若祭文在。祭文，蓋謂此也。」

爲鄂州李大夫祭柳員外文

嗚呼！至人以在生爲傳舍，以軒冕爲儻來。達於理者，未嘗惑此。昔予與君，論之詳熟。孔氏四科，罕能相備。惟公特立秀出，幾於全器。才之何豐？運之何否？大川未濟，乃失巨艦。長途始半，而喪良驥。縉紳之倫，孰不墮淚？

昔者與君，交臂相得。一言一笑，未始有極。馳聲日下，騖名天衢。射策差池，高科齊驅。攜手書殿，分曹藍曲。心志諧同，追歡相續。或秋月銜觴，或春日馳轂。甸服載肄，同并憲府。察視之列，斯焉接武。君遷外郎，予侍内闈。出處雖閒，音塵不虧。勢變時移，遭罹多故。中復賜環，上京良遇。曾不逾月，君又即路。遠持郡符，柳江之壖。居陋行道，疲人歌焉。予來夏口，忽復三年。離索則久，音貺屢傳。篋盈草隸，架滿文篇。鍾索繼美，班揚差肩。賈誼賦鵬，屈原問天。自古有死，奚論後先？痛君未老，美志莫宣。邅迴世路，奄忽下泉。嗚呼哀哉！

令妻早謝，稚子四歲。天喪斯文，而君永逝。翩翩丹旐，來自遐裔。聞君旅櫬，既及岳陽。寢門一慟，貫裂衷腸。執紼禮乖，出疆路阻。故人奠觴，莫克親舉。馳神假夢，冀獲寤語。平生密懷，願君遣吐。遺孤之才與不才，敢同己子之相許。嗚呼哀哉！尚饗。

【校】

〔論之〕紹本、崇本論均作諭。

〔同并〕紹本、崇本、全唐文并均作升，是。

〔之列〕全唐文列作烈。

〔予侍〕紹本予作子，誤。

【箋證】

按：李大夫謂李程。貞元十二年（七九六），程狀元及第，於宗元較晚三科，故云「射策差池」。而宗元又與程同以貞元十二年（七九六）宏詞登科，則所謂「高科齊驅」也。宗元嘗尉藍田，據此文有「攜手書殿，分曹藍曲」之語，則程與宗元必皆嘗以藍田簿尉充集賢校理。二人皆於貞元二十年（八〇四）爲監察御史，宗元遷禮部員外郎，程充翰林學士，故云「甸服載冑，同升憲府，君遷外郎，予侍内闈」也。元和十年（八一五），宗元、禹錫之自貶所内召，程方爲兵部郎中知制誥，三人皆必聚首，而爲時甚暫，又復遠謫，諒非程所能爲力，故云「中復賜環，上京良遇，曾不逾月，君又即路」也。禹錫在程與宗元之間，蹤跡略同，故代言而能親切若此。

祭韓吏部文

高山無窮，太華削成。人文無窮，夫子挺生。典訓爲徒，百家抗行。當時勍者，皆出其下。古人中求，爲敵蓋寡。貞元之中，帝鼓薰琴。奕奕金馬，文章如林。君自幽谷，升於高岑。鸞鳳一鳴，蜩螗革音。手持文柄，高視寰海。權衡低昂，瞻我所在。三十餘年，聲名塞天。公鼎侯碑，志隧表阡。一字之價，輦金如山。權豪來侮，人虎我鼠。然諾洞開，人金我灰。親親舊尚，丹其壽考。天人之學，可與論道。二者不至，至者其誰？豈天與人，好惡背馳？

昔遇夫子，聰明勇奮。常操利刃，開我混沌。子長在筆，予長在論。持矛舉楯，卒不能困。時惟子厚，竄言其間。贊詞愉愉，固非顏顏。磅礴上下，羲農以還。會於有極，服之無言。逸數字。

岐山威鳳不復鳴，華亭別鶴中夜驚。畏簡書兮拘印綬，思臨慟兮志莫就。生芻一束酒一杯，故人故人歆此來。

【校】

〔貞元之中〕紹本無之字，崇本作在貞元中。

〔我灰〕全唐文灰作土，失韻，非。

〔舊尚〕紹本、崇本、全唐文二字均乙。

〔丹其〕紹本、崇本、全唐文丹均作宜，是。

〔固非〕結一本缺此二字，據紹本、崇本、全唐文補。

〔服之〕紹本、全唐文之下有無字，結一本脱。

【箋證】

按：此文頗有即效韓體、與韓角勝之意。而後幅有脱簡，不知何處斷句雜出於此。當存疑。韓卒於長慶四年（八二四）冬，此文禹錫在和州時作。

又按：前人之評此文者，日知録云：「劉禹錫祭韓愈文曰：公鼎侯碑，志隧表阡，一字之價，輦金如山。可謂發露真贓者矣。」今按韓集有謝許受王用男人事物狀、謝許受韓弘物狀，一受鞍馬玉帶，一受絹五百匹。此猶指勅撰之文而言，集中著録之碑誌在七十篇以上，所受餽贈可以概見矣。禹錫所言與劉叉所譏，誠非虚語。

又按：困學紀聞云：「劉夢得文不及詩，祭韓退之文乃謂子長在筆，予長在論，持予舉楯，卒莫能困。可笑不自量也。」趙敬襄困學紀聞參注（豫章叢書）云：「此論字似指談論。」其説差是。

所謂筆者，即單行之文也，此六朝習用語。以論對筆，知其意固以文推韓矣。不謂博學如王應麟，讀書乃粗率乃爾。試以韓劉集比勘觀之，韓之持論多不脱世俗之見，未能精思，未有如天論之比者，故禹錫有持矛舉楯之喻，韓誠非其敵。且古人所謂論，必揭櫫一義，而以論證佐成之，方得爲論。故劉勰云：「原夫論之爲體，所以辨正然否，窮於有數，追於無形，迹堅求通，鈎深取極，乃百慮之筌蹄，萬事之權衡也。故其義貴圓通，辭忌枝碎，必使心與理合，彌縫莫見其隙，辭共心密，敵人不知所乘，斯其要也。是以論如析薪，貴能破理，斤利者越理而横斷，辭辯者反義而取通，覽文雖巧，而檢跡如（知）妄。」（文心雕龍四）其説甚精。趙氏指爲談論，尚未足以深知禹錫之指。

祭興元李司空文

維大和四年月日，禮部郎中集賢殿直學士劉禹錫謹以清酌之奠敬祭於故相國山南西道節度使贈司空李公之靈：

嗚呼！黿靈而刳，龍智而屠。古今同之，天不可呼。公之挺生，德與位并。如瞻日月，豈贊其明？何以致之？始話平生。追懷周旋，彌四十年。射策校文，接武聯翩。甸服同邑，明庭比肩。公乘迅飆，凌厲非煙。愚觸駭機，迸落深泉。一持化權，一謫海壖。本同末異，如矢别弦。雲龍井蛙，勢不相見。二紀迴泊，一朝會面。公爲故相，愚似悲翁。契闊相遇，凄涼萬重。復以郎吏，交歡上公。披襟道舊，劇談中酒。清洛泛舟，鑿龍攜手。公西入關，愚亦徵還。削去苛禮，招邀清閒。廣陌聯鑣，高臺看山。尋春適野，醉舞花間。忽復登壇，總戎於外。子午危棧，巴梁古岸。夷風傖儜，獷俗惶害。陰謀密備，兇黨千輩。如嗾羣犬，以逼騶虞。如縱炎火，以焚瑾瑜。時耶命耶，不慮不圖。物理神道，安知有無？嗚呼痛哉。

玄天甚高，上訴何時？長夜無曉，斯焉永歸。風凄日昏，鼓咽簫悲。沈埋玉樹，誰不霑衣？平生故人，零落已稀。委化而盡，然猶怨咨。如何國禎，有此遭罹。挺災賦命，孰主張之？有肴在筵，有酒盈巵。神其來歆，已矣長辭。尚饗！

【校】

〔同之〕紹本之作憤。

〔可呼〕紹本、崇本呼均作問。

〔始話〕紹本、崇本、全唐文始均作姑。

〔中酒〕崇本中作命，紹本、全唐文中均作小，非。

〔西入〕紹本、崇本、全唐文二字均乙，非。

〔巴梁古岸〕按：此句失韻，必誤。

〔獽俗〕紹本、崇本獽均作獷。

〔惶害〕紹本、崇本惶均作悍。

〔密備〕紹本、崇本備均作構。

【箋證】

按：李司空謂李絳，已見本集卷十九唐故相國李公集紀。絳本傳，以太子少師分司東都。文宗即位，徵爲太常卿。其自洛陽至長安約爲大和元年二三月間事，禹錫甫自和州歸洛，在洛相聚之日必極短。次年禹錫亦入長安，則頗有遊從之樂。此文所謂「尋春適野，醉舞花間」也。見外集卷二花下醉中聯句。禹錫與絳之情分，於此文及集紀可見其大凡。此文曰「雲龍井蛙」，彼文曰「翔泳勢異」，頗疑絳非真知禹錫者，不過以故舊待之而已。絳在山南西道節度使任内，以兵變被害，是大和四年（八三〇）二月事，此文當作於是時，故結銜稱禮部郎中集賢殿學士，直字誤衍。禹錫官已至五品，不當爲直學士，自傳即無直字。

〔彌四十年〕絳以貞元末自渭南尉爲監察御史，與禹錫同官，至大和四年（八三〇），實止三十年，或二人相識尚在此前耳。

〔接武聯翩〕絳以貞元八年（七九二）進士登科，早於禹錫一科，故云。

代裴相公祭李司空文

四年月日，特進守司空兼門下侍郎平章事裴度謹以清酌少牢之奠敬祭於故相國魏郡公之靈。

嗚呼！玉貞而折，不能瓦合。鸞鎩而萎，不同雞羣。生兮若浮，守道不屈。惟公之生，福自維嵩。金石高韻，珪璋德容。元和之初，左右憲宗。以才視草，以望登庸。振起直聲，激揚清風。實有正氣，號爲名公。名成身退，猶係人望。入爲羽儀，出領藩方。既師百辟，又副丞相。道冠搢紳，事參翼亮。某與公遊，四十餘年。風期合契，禄位相先。某忝司言，公持化權。應同宫徵，馥若蘭荃。猥以姓名，稱於上前。發迹從微，芳□獲宣。某爲免相，待罪梁山。公拜右揆，來從東川。極其歡娱，著在詩篇。某忝三入，公亦東還。里門相邇，賓閣常開。退朝休瀚，道舊開顔。

嗟乎！山川間之，忽在旦夕。豈意倉卒，遂成今昔？衣冠喪氣，風物含慼。强魂訴天，寃血成碧。嗚呼哀哉！

某在病中，訃書始至。無力以哭，不言垂淚。今聞裓輤，首路而歸。隱几臨風，其心孔悲。嘉肴百籩，旨酒一卮。寄此情素，神其來思。嗚呼哀哉！

【校】

〔芳□〕崇本作芬芳，無缺字，紹本作微才。

〔亦東〕全唐文二字乙。

〔始至〕紹本始作殆，誤。

〔情素〕紹本情作誠，崇本作神。

【注】

〔裧輤〕禮記雜記：「其輤有裧。」注：「載柩將殯之車飾也。」

【箋證】

按：裴度以長慶三年（八二三）罷相，出爲山南西道節度使，此文所謂「待罪梁山」也。舊紀：寶曆元年（八二五）四月，東川節度使李絳爲左僕射，此文作「右揆」，則當是右僕射。舊唐書絳本傳未載鎮東川之事，而多一兗海之命，恐敍次有誤。新唐書傳中云：「歷東都留守，徙東川節度使」，似得其實，與此文「公拜右揆，來從東川」合。本集卷十九李公集紀有「登齋壇者再」之語，即指劍南東川及山南西道兩鎮，兗海不知緣何羼入。又絳以元和六年（八一一）入相，度方爲司封郎中知制誥，所謂「某忝司言，公持化權」也。寶曆元年（八二五）二月，絳與度先後徵還，度復知政事，所謂「某忝三入，公亦東還」也。

〔特進〕特進爲正二品文階，是時裴度階官尚未至一品，故稱守司空，司空乃正一品職事官也。

〔魏郡公〕文宗紀，大和元年（八二七）七月，太常卿李絳進封魏國公，而本傳載其最後結銜爲趙郡公。不知何緣參錯，絳之位望恐尚不能封國公，當以此文爲正。至此文之魏字恐仍當作趙，以唐制封號多從本貫，絳爲趙郡人故也。

代諸郎中祭王相國文

維大和四年月日，某官等敬祭於故相國贈太尉太原王公之靈。

嗚呼！天以和氣，鍾於貴人。含光不曜，煦物如春。發自貢士，驟爲庭臣。鴻雁聯行，共凌青雲。既操利權，兼秉國鈞。食禄甚厚，奉身如貧。井絡之隅，益部爲大。斗牛之下，揚州繁會。受社臨戎，油幢曲蓋。印綬重疊，恩華滂霈。簿領如山，處之若閒。推篼之權，往而復還。炎炎暐暐，出入二紀。未曾傷物，屢有薦士。急難友弟，謹厚訓子。顔閒熙熙，不形愠喜。處己無咎，得君如此。

若木方高，商飆欻起。三台之氣，變見在時。五福之來，盛衰有期。曉下黄閣，車騎威遲。夕歸華堂，言笑嘻怡。詰朝愀然，有志求醫。未撤琴瑟，俄懸素旗。宸衷哀悼，朝右悽悲。詔下褒崇，恩殊等夷。靈輀既駕，真宅將歸。笳簫咽而復揚，風日慘而無輝。玄亮等或早挹清塵，或晚承汎愛。昔脩禮於門闌，今纏悲於祖載。幽顯雖異，音徽未昧。神之格思，歆此誠酹。尚饗！

【校】

〔傷物〕全唐文物作神。

〔商飆〕紹本、崇本商均作音。

〔曉下〕紹本、崇本曉均作晚。

〔有志〕紹本、崇本志均作恙。

〔哀悼〕紹本、崇本、全唐文哀均作震。

【箋證】

按：王相國謂王播，舊唐書一六四、新唐書一六七各有傳。王播之卒，禹錫已有挽詩，見本集卷三十。茲就文中事實箋證之。據本傳：弟炎、起。炎，貞元十五年（七九九）登進士第，累官至太常博士，早世。起，字舉之，貞元十四年（七九八）擢進士第，長慶二年（八二二），代錢徽爲禮部侍郎，掌貢二年，得士尤精。大和二年（八二八），爲陝虢觀察使，四年（八三〇），入拜尚書右丞。居播之喪，號毁過禮，故文云：「鴻雁聯行，共凌青雲。」播於元和六年（八一一）始充鹽鐵使，久於其職，長慶元年（八二一）入相。故文云：「既操利權，兼秉國鈞。」入相以前，元和十三年（八一八）爲西川節度使，長慶二年（八二二），又代裴度鎮淮南，故文云：「益部爲大，揚州繁會。」播以大和元年（八二七）自淮南入朝，拜左僕射同平章事，四年（八三〇）正月，患喉腫暴卒。故文云：「曉下黄閣，夕歸華堂，詰朝愀然，有志求醫。」傳稱其「天性勤於吏事，使務填委，胥吏盈廷取決，簿書堆案盈几，他人若不堪勝，而播用此爲適。」文中「簿領如山，處之若閒」固與傳合，而「曉下黄閣」二語亦顯有調侃之意。與外集卷八有感詩可參看。

又按：此文亦見樊南文集。張采田玉谿生年譜會箋云：「按此篇全唐文與劉禹錫互見，字句微有異同，而劉賓客外集亦載之。論文格極似夢得，或非義山之文也。未曾傷物，劉作傷神，香飈倏起作商飈，晚下黄閣作曉下，詰朝懋然作愀然，有恙求醫作有志，當從。」張説極是。此文仍是中唐流行之體，與李商隱風格決不類。且文中之玄亮等當是禹錫素交之崔玄亮，與商隱年輩不相接。惟據玄亮傳，大和四年（八三〇）已自太常少卿拜諫議大夫，與題中之諸郎中字又不相合，爲可異耳。

祭福建桂尚書文

維大和六年月日，蘇州刺史劉禹錫謹以清酌之奠敬祭於故福建團練使桂公之靈。

鵾化鵬征，擘波沖天。士逢其時，捨笈乘軒。始識尚書，貞元季年。詣我南省，袖文一編。便座接語，其容温然。星歲未幾，鄙夫南遷。滯留江湘，魚鳥周旋。尚書遇知，變化如蟬。秉憲朝右，剖符江壖。交趾化行，容州續宣。凡曰循吏，莫居我先。大和之初，再遂良覿。分務東洛，門里同陌。予復郎位，公爲賓客。蔚然貴臣，綬紫鬢白。俄俱西還，列於清班。來訪書殿，登樓看山。見領八屯，循街九關。賀還閩越，紅旆雙殷。克有淑聲，搢紳之間。惸嫠鼓舞，强悍低跧。

延平古津，峭壁孱顔。豈意龍劍，沈晶不還？復魄侯堂，歸舟建浦。雙表何在？虎丘之下。恭承嘉命，來牧吾土。言念昔遊，忽成千古。哀哀孝嗣，率禮無違。言奉几席，歸乎洛師。敬陳奠筵，泣對靈帷。平生不忘，歆此一卮。嗚呼哀哉！

【校】

〔秉憲〕結一本秉作乘，誤。

〔續宣〕紹本、崇本、全唐文續均作績，是。

【箋證】

按：桂尚書謂桂仲武。文宗紀：大和四年（八三〇），以衛尉卿桂仲武爲福建觀察使。此文所謂「見領八屯」，即指爲衛尉卿，稱尚書者，蓋其贈官也。據此文知禹錫爲郎官御史時仲武尚未通籍。其後曾歷桂管、容管二觀察使，大和初以賓客分司洛中。仲武二書皆無傳，藉此可補其闕。文稱「恭承嘉命，來牧吾土」，是仲武爲蘇州人，而下文又有「歸乎洛師」之語，足證唐時士大夫宦成以後多即寓東都而不歸本籍也。又據文中「貞元季年，詒我南省，袖文一編」等語，亦足徵禹錫當時聲望之隆，後進皆欲得其噓植，牛僧孺所謂「曾把文章謁後塵」，非虚語也。

又按：自祭李司空文以下各篇皆大和四年（八三〇）一年間所作，此下二篇則六年（八三二）到蘇州後作。

祭虢州楊庶子文

維大和六年月日，蘇州刺史劉禹錫謹遣軍吏某乙具少牢清酌之奠敬祭於故虢州楊公之靈。

嗚呼！利劍多缺，真玉喜折。俊人不壽，爲氣所蟄。子之少孤，率性自然。早有名字，結交世賢。席勢馳聲，龍秋鳴岔。試文再售，毛翮愈鮮。歷佐侯藩，拾遺君前。伏閤論事，侵□内權。克揚直聲，不愠左遷。一斥於外，君門邈然。五剖竹符，皆有聲績。南湘潛化，巴人啞啞。比陽布和，戰地盡闢。壽春武斷，姦吏奪魄。滎波砥平，士庶同適。朝典陟明，俾臨本州。錫以貴綬，腰金晝遊。輿疾而來，風煙爲愁。静治三載，卧分主憂。直氣潛銷，頹丸不留。九天難問，萬化同休。嗚呼惜哉！

與君交歡，已過三紀。維私之愛，與衆無比。乃命長嗣，爲君半子。誰無外姻，君實知己。昔與□遊，俱爲壯年。怒人言命，笑人言天。閲事未多，信書太堅。方階尺木，已墜九泉。誦易年深，潛病難痊。不見南楚，方知北軒。嗚呼嗟哉！見幾不早，追悔已晚。猶希耇老，容或宣展。以閒相期，以晦相勉。一丘可樂，萬累皆遣。翫圖散帙，婆娑京輦。天命不長，願言莫展。嗚呼痛哉！

君卧宏農，予來姑蘇。飛書要約，言念鼎湖。我車載脂，爲子疾驅。入境闃寂，唯逢素書。發函驚視，翰不自濡。相去一舍，豈無肩輿？君爲病嬰，我爲吏拘。兩不如意，嗟哉命夫！君今往矣，無復可道。我今泛然，一委玄造。平生親友，零落太早。無望拔茅，盡悲宿草。到郡浹辰，君不起聞。寢門一慟，□哀如焚。彭彭輤車，來葬洛濱。敬脩賻禮，泣送行人。萬夫之羞，薦君明魂。三赤之版，寫予哀文。淒涼山河，慘淡風雲。已矣長别，嗟哉楊君。

【校】

〔嗚亾〕紹本、崇本、全唐文嗚均作鳥。

〔伏閤〕結一本閤作問，誤。

〔侵□〕紹本、崇本作侵削，全唐文作侵及。

〔邈然〕紹本、崇本、全唐文然均作焉，蓋避與上文然字韻複。

〔南湘〕紹本、崇本湘作浦。

〔頽丸〕結一本丸作几，誤，崇本作景，與紹本作丸皆通。

〔萬化〕全唐文化作國，非。

〔與□〕紹本、崇本、全唐文均作與君。

〔誦易年深〕紹本、崇本、全唐文易年二字均乙。

〔病難〕結一本病上多一墨丁，當删。

〔翫圖散帙〕紹本、崇本均作圖就散秩，似是。全唐文帙作秩。

〔莫展〕按：展字韻複，必有一誤。

〔□哀〕崇本作其哀，全唐文作我哀。

〔萬夫〕紹本、崇本均作方丈。

〔寫予〕紹本予作子，誤。

【注】

〔腰金〕此蓋指在虢州賜金紫。

〔維私〕詩衛風碩人：「譚公維私。」傳：「姊妹之夫曰私。」

〔鼎湖〕漢書郊祀志：「黄帝以首山之銅鑄鼎於荆山之下，後名其地爲鼎湖。」按即虢州湖城縣。

〔三赤〕即三尺。

【箋證】

按：楊庶子謂楊歸厚。歸厚見集中者有本集卷八、卷十八、卷二十四，外集卷一、卷五、卷六等篇。此文備載其生平，所謂「伏閤論事」，指新唐書李吉甫傳所載劾奏中官許遂振事。「五剖竹符」者，指歷刺萬、唐、壽、鄭、虢五州。虢州弘農郡爲楊氏郡望，故曰「本州」。據「乃命長嗣，爲君半子」語，知禹錫長子咸允是歸厚之壻。卷二十四詩題有云：「寄楊虢州與之舊姻」，此文亦云：「維私之愛」，知禹錫與歸厚爲僚壻。

附録一　劉禹錫集傳

引　言

劉禹錫，新舊二書皆有傳，考之事實，多有違舛。永貞政變之真相爲實録所矯飾，而私家恩怨之語復播扇其間，修唐史者不能秉直筆以彰其隱，固不足責。今專就禹錫一人之事言之，新傳云：「憲宗欲終斥不復，乃詔雖後更赦令不得原，然宰相哀其才且困，將澡濯用之，會程异復起領運務，乃詔禹錫等悉補遠郡刺史，而元衡方執政，諫官頗言不可用。」舊傳略同。按：禹錫初貶在永貞元年（八〇五）秋，詔縱逢恩赦不在量移之限，則在元和元年（八〇六）秋，而元衡之初相僅在二年（八〇七）正月至十月之間。豈有甫斥不許量移而又詔補遠郡者，元衡執政之時，他宰相又何能不謀之於元衡而遽用爲刺史，况程异之起用尚在元衡罷相出鎮後，年月事實均不合乎？禹錫等之召還，事在元和九年（八一四），元衡已於先一年再入相。傳復云：「久之召還，宰相欲任南省郎，而禹錫作玄都觀看花君子詩語譏忿，當路者（三字舊傳作執政）不喜，出爲播州刺史。」此時元衡方當路，較前一事之年月稍合。綜而觀之，蓋一事而誤析爲二。故通鑑於元和十年（八一五）作調停之語云：「王叔文之黨坐謫官者凡十年不量移，執政有憐其才欲漸進之者，悉召至京師，諫官争言其不可，上與武元衡亦惡之。」蓋亦知析爲二事之不合也。此其一。新傳云：「由和州刺史入爲主客郎中，復作游玄都詩……以詆權近，聞者益薄其行，俄分司東都。（舊傳無末一語）」錢大昕辨之，以爲分司東都在大和元年（八二七），而游玄都乃在次年以主客充集賢學士之時，非由此詩獲罪，且詩雖含譏刺，亦何至薄其行，此但采當時怨家之浮議而不察事之先後也。此其二。禹錫在夔州，依巴人之俗作竹枝詞傳之民間，據集中自述甚明，而新傳云：「朗州接夜郎諸夷，風俗陋甚，乃倚其聲作竹枝詞十餘篇，於是武陵夷俚悉歌之。」今按集中但云：「昔屈原居沅湘間，其民迎神，詞多鄙陋，乃爲作九歌，到于今荆楚鼓舞之。」何有風俗陋甚之言？不獨誤夔爲朗，既誣禹錫，亦厚誣武陵之民矣。蓋禹錫於朗、連、夔諸州，所至必表其風物之嘉，民俗之厚，從無輕詆之意。況其於夔州之民歌尤深喜其音節情味而採以入己之詩乎？此其三。新傳稍取資於本集，似差可信矣，然引子劉子自傳述王叔文「所施爲，人不以爲當非」，竄改爲「人不以爲當」，與原意故相刺謬，乃不顧事理之甚者，其他乖舛，且不備舉。至於禹錫論學之粹語尤在天論一文，論治之卓識則備見於辨迹、明贄諸論，而傳皆不言。今取自傳爲本，而據本集鈎稽以成集傳。專取其灼然可信者著於篇，而存其疑以俟考，庶禹錫生平行履志事差可窺見。

劉禹錫，字夢得。

按：禹錫之名，取於書禹貢：「禹錫玄圭，告厥成功。」夢得之字，則似采緯書荒誕之説，孝經鈎命決云：「命星貫昴，修紀夢接生禹。」（御覽八二引）〔一〕

以唐代宗大曆七年壬子（七七二）生。

按：白居易大和七年（八三三）元日對酒詩自注：「與蘇州劉郎中同壬子歲（八三二），今年六十二。」又寫真詩序：『會昌二年（八四二）年七十一。』偶吟自慰詩自注：「余與夢得甲子同，今俱七十。」（會昌元年八四一）據此知其生年。

家居洛陽。

按：外集卷九子劉子自傳，其七世祖亮〔二〕，遇北魏遷都洛陽，爲北部都昌里人，墳墓在洛陽北山。其後也陋不可依，乃葬滎陽之檀山原田。唐時北方士族往往隨宦轍而遷徙無定。其占籍長安、洛陽者，亦非必世居之也。必欲求禹錫之籍貫，則以洛陽爲近於事實。自傳云，其先漢景帝賈夫人子勝封中山王，謚曰靖，子孫因封，爲中山人。世數太遠，不足爲據。然唐時習俗，稱人必冠以某地，舉地則姑稱以中山。（韓愈、柳宗元文中皆嘗以此稱之。）非真謂爲中山人也。不獨禹錫未嘗一日居中山，即其高曾以上亦皆與中山無涉。至於稱以彭城者，以劉氏皆以此爲郡望，猶李之稱隴西，張之稱清河。（白居易文中稱彭城，新舊兩傳同。）四庫總目提要乃據中山以駁彭城之説，且實之曰中山無極人，似知二五而不知十者。唐人郡望爲一事，家居所在别爲一事，歐陽詹玩月詩序云：予與鄉人安陽邵楚長、濟南林蘊、潁川陳湘翊亦旅長安。此三人明是閩人，固非安陽、濟南、潁川人也。禹錫從母舅盧徵傳云范陽人，家於鄭之中牟，與禹錫之家於洛陽，墓在滎陽，正一例也。禹錫自云「分務神都近舊丘」（見外集卷四自左馮歸洛下詩），尤是禹錫實爲洛陽人之證。新唐書宰相世系表於劉氏七房之外别出河南一房，云本出匈奴之族，固亦不得一概目爲彭城劉氏矣。（卞孝萱劉禹錫年譜云：稱中山劉禹錫者，是指其郡望而言，微誤。）

其先世爲魏、周豪族。

按：自傳所稱之七代祖亮，其父持（特）真爲鎮遠將軍領民酋長，亮之名出於宇文泰所賜，兼賜姓侯莫陳氏，其子昶又尚泰之女，爲隋文帝所殺。是亮兩世自邊塞武將仕西魏及北周，事跡具周書及北史，彰彰甚明。而自傳云，亮仕北朝爲冀州刺史、散騎常侍，遇遷都洛陽，爲北部都昌里人。遷都洛陽是魏孝文帝時事，在亮以前。禹錫自敍宗系，而閃灼若此，似有所諱也。舊五代史劉岳傳：「其先遼東襄平人，元魏平定遼東，徙家於代，隨孝文遷洛，遂爲洛陽人。」與禹錫之先世由北方而入中原，正相類。

曾祖凱，祖鍠，皆嘗出仕。

按：自傳云：「曾祖凱，官至博州刺史，祖鍠，由洛陽主簿轉殿中丞、侍御史。」而元和姓纂則以凱爲紹榮，吉州刺史，鍠爲行昌，左司員外，舊唐書禹錫本傳又以鍠爲雲，未知所以歧出之故。

幼隨父居江南。

按：自傳云：「父諱緒，天寶末應進士，遂及大亂，舉族東遷，以違患難。」則禹錫之生已遠在東遷之後。又送裴處士應制舉詩（卷二十八）有云：「憶得童年識君處，嘉禾驛後聯牆住。垂鈎鬭得王餘魚，踏芳共登蘇小墓。」而見僧靈澈則在吴興（見後），此爲禹錫自道童年縱跡之一，則蘇湖皆其遊鈎之所也。天寶中北方士族避難江南者不一而足，大曆、元和諸詩人家世縱跡多在江南州郡，固由免於軍事之重大破壞，亦由財賦之區易於求食也。禹錫敍其父云：「爲浙西從事，本府就加鹽鐵副使，遂轉殿中，主務於埇橋。」雖未明言其爲何年，然就其爲鹽鐵巡院一職觀之，必爲劉晏所擢用。據史，晏之爲都畿、河南、淮南、江南、湖南、荆南、山南東道轉運常平鑄錢鹽鐵等使在大曆元年，而其時爲浙西觀察使者則韋元甫。所謂爲浙西從事者，蓋即元甫之使幕。史又稱晏多用士人以勾檢簿書，出納錢穀。又謂埸院要劇之官必盡一時之選，晏殁之後，掌財賦有聲者多晏之故吏。（均見通鑑二二六）晏傳中歷舉故吏，盧徵居其一。禹錫詩中所稱之華州舅氏（卷三十），蓋即指徵。禹錫之父與徵爲姻親，則由徵援引於晏之使下，不難懸揣而得。埇橋即後來之宿州，爲自淮入泗、汴之樞紐。埇橋揚子兩巡院在鹽鐵使下尤爲要職。以此知禹錫之父爲專長於鹽務者。

劉晏部屬中以詩名者，包佶爲最著。禹錫早年即得其薰染。澈上人文集紀（卷十九）云：「靈澈……與長老詩僧皎然游，講藝益至，皎然以書薦於詞人包侍郎佶……初上人在吴興，居何山，與晝公爲侶，時予方以兩髦執筆硯，陪其吟詠，皆曰孺子可教。」其時當在大曆末年，禹錫詩猶頗帶大曆氣息，而舉靈澈之佳句爲：「經來白馬寺，僧到赤烏年。」「青蠅爲弔客，黄耳寄家書。」可見其會心之處。以此知早年縱跡足以決定後來之成就也。

弱冠已有能文之譽。

按：外集卷九爲淮南杜相公論西戎表中有「一辭闕庭，已僅二載」之語，佑以貞元五年（七八九）除淮南節度使。此文必作於貞元七八年（七九一、七九二），禹錫年方及冠。表中又涉貞元元年（七八五）平李懷光，二年（七八六）平李希烈，尤可證其必爲早年之作。

貞元九年（七九三），年二十二登進士第。

按：是年顧少連知貢舉，進士姓名可知者：苑論、穆寂、幸南容、柳宗元、劉禹錫、談元茂、張復元、馬徵、鄧文佐、武儒衡、許志雍、丘絳、穆員、盧景亮、丘穎、薛公達、衞中行、杜行方、裴杞、陳璀、吴祕、李宗和、陳祐（祜），詳徐松唐登科記考。

自傳云：「既冠舉進士，一幸而中試。」夔州刺史謝上表云：「貞元年中，三忝科第」（卷十四），蘇州刺史謝上表亦云：「謬以薄伎，三登文科。」（卷十五）謂登進士第後復登宏辭及拔萃科。唐人科第備此三者則進身尤易，騰達可期。禹錫早年仕宦之得意以此。

登第後赴洛陽覲省。

按：權德輿集中有送劉秀才登科後侍從赴東京覲省序，劉秀才謂禹錫。序云：「侍御兄以文章行實著休問於仁義，義方善訓，君子多之。春服既成，五綵其色，去奉嚴訓，歸承慈歡，與侍御游久者賀而祝之……」侍御兄當指禹錫之父緒，自傳所云「轉殿中主務於埇橋」者也。此時或已罷巡院之職，而緒之母尚在，禹錫方侍父以覲重闈，故題云「侍從赴東京覲省」。緒雖家於江淮，而其母或以年高仍居洛陽。文意亦似於登科之外兼賀其家慶（卞著劉譜以覲省爲省其母，則與權序文意不合，恐非）。德輿與劉氏淵源不淺，一則以皆於天寶末挈家南渡，二則與緒先後同爲鹽官。其集中奉和許閣老酬淮南崔十七端公詩自注云：「德輿，建中興元之間，與崔同爲鹽鐵包大夫從事揚州既濟寺，貞元初，德輿受辟於江西廉推，崔又知度支院在焉。」又有埇橋夜宴敍别詩，其曾與緒同在埇橋，亦在意中。德輿詩中多涉及江東親故及潤州舊居，緒曾爲浙西幕職，尤可决其多有往還。德輿卒後，禹錫與其子璩亦仍敍舊誼，見酬鄭州權舍人見寄詩（外集卷六），禹錫登第後未幾，德輿即擢起居舍人，（德輿傳中繫於貞元十年。）禹錫集中獻權舍人書（卷十）指德輿也。以其官漸顯達，故投以文卷。至元和中德輿爲相，蓋僅能容容保位，禹錫遠貶，亦不能望其爲力矣。

登拔萃科後，授太子校書。

按：自傳云：「間歲又以文登吏部取士科，授太子校書。官司閑曠，得以請告奉温凊。」據職官志，太子校書屬司經局，正九品。集中請告東歸發灞橋却寄諸僚友、登陝州城北樓却寄京都親友諸詩（卷二十五）似即此時所作。因論（卷六）涉及董晉鎮宣武事，在貞元十二至十五年（七九六——七九九）之間〔三〕。除外集卷五答張侍御賈喜再登科後自洛赴上都贈别一詩外，此數篇爲禹錫最早之作。

未幾丁父憂。

按：自傳記其父自埇橋罷歸浙右，至揚州遇疾不諱。雖未確知爲何年，必在禹錫釋褐除官以後及入杜佑兼淮泗使府以前。以自傳有「既免喪，相國揚州節度使杜公領徐泗，素相知，遂請爲掌書記」之語也。佑兼領淮泗，在貞元十六年（八〇〇）。

禹錫少時體弱多病，於因論中鑒藥、述病二篇見之。答道州薛郎中論方書書（卷十）亦云：「愚少多病」，又云：「及壯，見里中兒年齒比者，必睨然武健可愛，羞己之不如，遂從世醫號富於術者，借其書伏讀之。」知禹錫善於攝生，故雖歷困境而不損年壽。

營葬滎陽之祖墓。

按：自傳云：「世爲儒而仕，墳墓在洛陽北山，其後地陋不可依，乃葬滎陽之檀山原，由大王父以還，一昭一穆如平生。」又據太平廣記四二二引集異記，云禹錫貞元中寓居滎澤，蓋謂此時。

免喪以後，淮南節度使杜佑以討徐州之亂加同平章事，兼領徐、泗、濠三州，禹錫以素相知，應其請爲掌書記。時爲貞元十六年（八〇〇）。

按：唐人以使幕爲入仕之階梯，亦往往衣鉢相傳，宦跡相踵。杜佑昔事韋元甫，自淮南節度掌書記升朝，除郎官刺史，洊至節鎮。元甫曾爲浙西觀察，禹錫之父從事浙西，時正相當，與佑必有同僚之雅。故佑辟禹錫掌記，既以故人子遇之，又重禹錫之文望，欲以衣鉢授之也。佑雖兼徐泗，而以張愔不奉朝命，出兵討伐又無功，實未嘗離揚州本鎮，故禹錫自徐泗掌書記仍轉爲淮南掌書記。今禹錫集中爲佑所草表狀，自讓同平章事始，以至入朝，似自貞元十六年（八〇〇）以後，迄未違其左右，而筆札之役皆一手任之。故上杜司徒書（卷十）云：「小人自居門下，僅踰十年（此語稍過，蓋中間曾赴調渭南主簿也），未嘗信宿而不侍坐。」誠可謂專且久，佑之所以期待禹錫者必不菲，而禹錫恃佑以致身有所建樹，固亦其素志。永貞被謗以至恩紀不終，誠非所料。

佑既歷居浙西、淮南使幕，故於財賦之事夙所諳悉，其早年之充轉運使、判度支，晚年之領度支鹽鐵使，皆由於此。佑撰通典，亦其平日所留意也。禹錫之通達治體，洞悉利弊，有志於經世，蓋亦自此啓之。禹錫淮南同僚見於卷二十四詩題云：「揚州春夜，李端公益、張侍御登、段侍御平仲、密縣李少府暢、祕書張正字復元同會於水館，對酒聯句，追刻燭擊銅鉢故事，遲輒舉觥以飲之，逮夜艾，羣公沾醉，紛然就枕，余偶獨醒。」至同時在佑幕府者尚有竇常、劉伯芻等，各見本傳。此際存詩文無多。

旋赴調渭南主簿。

按：唐時縣主簿秩雖正九品，而渭南爲畿縣，畿縣簿尉惟進士出身赴調者乃得之，自此内遷升朝，取徑甚捷。其尤優者，如白居易、王涯即由此任翰林學士。據自傳，其母不樂居江淮間，於入杜佑幕時已陳此意。蓋以汴泗路阻，不得已而羈留。及亂定道通，佑遂許其赴調。其實佑亦有辭鎮歸朝之意，禹錫自不能久於藩幕，見卷十二代佑請朝覲表，時爲貞元十七、八年間（八〇一、八〇二）。禹錫在渭南時蓋與李絳同官，祭興元李司空文（外集卷十）云甸服同邑是也。

貞元十九年（八〇三），擢監察御史。

按：唐制監察御史秩正八品上，於三院御史中爲最下一級，其職掌以巡察監視，糾舉官吏之過失爲主。畿縣簿尉例遷監察御史，爲清望官之初階。同時之人，如柳宗元、元稹、李絳、裴度、牛僧孺等，皆由此選。禹錫得此，即循例舉崔羣自代，羣時方以監察御史裏行居宣歙幕中，名位猶在禹錫之下。而禹錫於元和初貶時，李絳已登庸，及再貶，羣亦入相矣。

禹錫在渭南主簿及監察御史任職期間，御史中丞先後爲李汶、武元衡，京兆尹先後爲韋夏卿、李實，禹錫皆嘗代爲箋奏。同時爲監察御史之可考者四人，即柳宗元、李絳、李程、韓泰。柳、韓與禹錫同陷永貞謫籍，二李則先後爲將相。

禹錫之交王叔文、韋執誼即在此二年中。

按：杜牧爲牛僧孺墓誌，載韋執誼令劉、柳訪僧孺於樊鄉。李珏於執誼有「網羅賢俊」之語。杜、李皆非黨於王、韋者，其言如此。可見執誼是時官雖卑而居翰林學士，已頗得人望。執誼爲韋夏卿從弟，游於夏卿之門者多知名之士（新傳云：「所辟士如路隋、張賈、李景儉等至宰相達官，故世稱知人」）。禹錫嘗爲之草箋奏，則此時禹錫已與執誼訂交尤無可疑。舊唐書禹錫傳云：「貞元末，王叔文於東宫用事，後輩務進，多附麗之。禹錫尤爲叔文知獎，以宰相器待之。」叔文在東宫，歷十餘年，見柳宗元爲其母墓誌，恐禹錫前此在外，無緣與之相見。其識叔文殆較識執誼爲晚。據自傳，蓋由吕温、李景儉及宗元三人之介也。温入吐蕃在貞元二十年（八〇四），則介禹錫於叔文亦前於此。叔文與執誼在德宗、順宗之間俱被信任，而德宗年高得疾，人亦知旦夕將有變，所謂「後進多附麗之」，蓋亦非虚誣。

德宗以貞元二十一年（八〇五）正月卒，太子誦即位，是爲順宗。以韋執誼爲相，王叔文爲翰林學士、户部侍郎、度支鹽鐵副使，朝政一新。

按：德宗在位時，姑息藩鎮，信任宦官，付以兵權，貶斥朝士，多行聚斂擾民之政。及是，叔文主持於内，執誼爲相，行之於外，凡秕政皆罷之。兹據順宗實録列舉是時之措施如下：順宗以正月二十六日即位，二月六日，首罷翰林陰陽星卜醫相覆棊諸待詔。（按實録云：「初，王叔文以棊待詔，既用事，意其與己儕類相亂，罷之。」此説非是。覆棊乃數術一類，舊唐書經籍志有九宫行棊經，屬五行類，與弈棊之屬藝術者不同。此叔文主張斥逐以神怪亂政之人，與其他翰林待詔無預。且叔文本傳言「以棊待詔」，是其進身之始，及德宗令直東宫，則非復專侍太子棊者。又傳言順宗即位之日，召叔文自右銀臺門居於翰林爲學士。學士與翰林雜流雖同冠翰林之名，而流品懸絶，即同一待詔亦有流品之殊，例如王伾已官至散騎常侍猶充翰林待詔是也。實録所謂意其與己儕類相亂，實爲深文。）其次則擢韋執誼爲宰相，東宫時師傅亦分别遷官。

然後改革德宗時諸弊政，一、抑近倖，禁宫市及五坊小兒。二、恤婦女，罷選乳母，出後宫及教坊女妓還其親戚，先後幾及千人。三、止貢獻，罷羨餘及月進，停貢珍玩及時新物。四、明黜陟，斥不恤民艱之京兆尹李實，而召正直敢言得罪德宗之陸贄、姜公輔、鄭餘慶、陽城、蘇弁等。此皆新政之爲時人所稱頌而明載於史者。

至其關係大計者，一爲整理財政。自安史亂後，財賦重心皆在江淮，而統籌度支之鹽鐵轉運使久成外府，非中樞所得問。德宗初年，崔造等嘗欲罷鹽鐵轉運使之職，以其所掌還歸户部，而卒格於事勢，其後仍多以浙西節鎮兼領使務。及是始以宰相杜佑領使居其名，而叔文以户部侍郎爲副居其實。雖叔文爲政日淺，未能見其所籌畫者爲何如，要以置鹽鐵轉運使於中央爲其初步。（通鑑二三六注引憲宗實録云：詔曰：「頃年江淮租賦爰及榷税，委在藩服，使其平均，太上君臨之初，務從省便，令使府歸在中朝。」是憲宗亦不得不以此舉爲是也。）二爲裁抑地方軍閥。德宗姑息藩鎮，武人專恣，殘虐百姓，不獨河北諸鎮已成積重難返之勢，西川之韋臯亦駸駸欲步後塵。（臯傳云：在蜀二十一年，重賦斂以事月進，致蜀土虚竭。）在順宗即位之初，竟以總領三川（謂東西川及山南西道）爲要挾，遣劉闢達意於叔文，叔文欲斬闢以折其謀。使不爲韋執誼所阻撓，則藩鎮皆有所懼，而元和用兵討叛，殘民以逞之殃可以免矣。此叔文建策之善，亦甫見其端而不果行者。三爲奪宦官之兵權，自德宗倚任宦官典神策軍並遣監軍於各道以撓軍政，不獨敗壞政事，且使唐室骨肉之間亦受宦官之宰割，不保朝夕。叔文同神策老將范希朝爲帥，而以才臣韓泰爲幕僚，實欲於不動聲色之中移其魁柄，而俱文珍、薛盈珍、劉光琦等皆久與外鎮相結，怙勢擅權，聞而自危，遂啓廢立之謀，而叔文之謀挫矣。

叔文交游皆一時才士，禹錫其一。凡所策畫當是平日所藴蓄而未能一一見諸施行。實録云：「叔文説中上意，遂有寵，因爲上言，某可爲將，某可爲相，幸異日用之。密結韋執誼并當時有名欲僥倖而速進者，陸質、吕温、李景儉、韓曄、韓泰、陳諫、劉禹錫、柳宗元等十數人，定爲死交，而凌準、程异等又因其黨而進，交遊蹤跡詭祕，莫有知其端者。」叔文傳中則云：「王伾主往來傳授，王叔文主決斷，韋執誼爲文告，劉禹錫、陳諫、韓曄、韓泰、柳宗元、房啓、凌準等謀議唱和，採聽外事。」禹錫傳中則云：「禹錫尤爲叔文知獎，以宰相器待之，順宗即位，久疾不任政事，禁中文誥皆出於叔文，引禹錫及柳宗元入禁中，與之圖議，言無不從。」據此，似實録所謂某可爲相者，即指禹錫，禹錫及宗元身爲郎官御史，又最年少敢爲（禹錫是時三十四歲，宗元三十三歲），其爲永貞新政之重要謀主似可信。

永貞新政之不終，誤於叔文等不能直接君主。通鑑云：「時順宗失音，不能決事，常居宮中施簾帷，獨宦者李忠言、昭容牛氏侍左右，百官奏事，自帷中可其奏。自德宗大漸，王伾先入稱詔召叔文坐翰林中使决事，伾以叔文意入言於忠言，稱詔行下。」證以禹錫自傳云：「是時太上久寢疾，宰臣及用事者（指韋執誼及王叔文）都不得召對。」知王、韋不惟未得兵柄並順宗之面且不得見，内外隔絶，而久握禁軍之俱文珍輩遂得連結中外，擁憲宗監國，繼而逼順宗禪位，王、韋自此獲重咎以至貶死，禹錫與其同僚皆以附王、韋之罪遠斥於外，以成永貞政變之局。永貞，順宗紀元，未及一年而遜位，故是年二月以前稱貞元二十一年，以後稱永貞元年，而次年則憲宗改元元和。（次年正月，順宗卒，其未發喪前之十餘日仍稱永貞二年，而史以其爲日無多略之，惟順宗實録仍存永貞二年太上皇册文。）

禹錫是時遷屯田員外郎，實管度支鹽鐵使之文案〔四〕，乃杜佑與王叔文之間當溝通之任者。又兼崇陵使判官〔五〕，事權尤重。

按：順宗初立，即以宰相杜佑爲度支及諸道鹽鐵轉運使，而以王叔文爲副使。史云：叔文與其黨謀，得國賦在手，則可以結諸用事人，取軍士心以固其權。又懼驟使重權，人心不服，藉杜佑雅有會計之名，位重而務自全，易可制，故先令佑主其名，而自除爲副以專之（通鑑二三六）。其實杜佑本熟於財賦，亦是因人望而用之。禹錫既多年爲佑之幕客，今又爲叔文所倚重，故自監察御史遷屯田員外郎，判度支鹽鐵案，不獨欲使佑與叔文之間無齟齬，亦以禹錫久在江淮，其先世已諳悉鹽鐵職務也。杜佑先爲崇陵使，辦德宗山陵事，佑即以禹錫爲判官。山陵亦利權所在，耳目所指，佑之左右蓋有讒禹錫者，故其上門下武相公啓（卷十八）云：「屬山園事繁，孱懦力竭，本使有内嬖之吏，供司有恃寵之臣，言涉猜嫌，動礙關束，城社之勢，函矢紛然，彌縫其間，崎嶇備盡，始慮罪因事闕，寧虞謗逐跡生？」觀此數語，知必禹錫無以饜干求者之望，衆口交謫，而佑遂爲所惑，故禹錫既遭衆忌，又與佑恩紀不終，其獲罪也，不止王、韋之故，佑亦與有因焉。上杜司徒書（卷十）爲元和元年（八〇六）初至朗州貶所時所作，其言有曰：「倘浮言可以事久而明，衆嗤可以時久而息，弘我大信，以祛羣疑，使熒熒微志無已矣之歎，覬乎異日得夷平民。」又曰：「睽而後合，示終不可睽也，否而後泰，示終不及否也。」然則禹錫猶望佑之能爲之息謗脱罪，其不專爲王、韋之故，不待言矣。此非從本集中搜尋，但信史書，鮮不失之。又武陵書懷據自傳言，前已爲杜丞相奏署崇陵使判官，居月餘日，至是改屯田員外郎，判度支鹽鐵案。又武陵書懷詩（卷二十二）：「校緡資筦榷，復土奉山園。」自注：「時以本官判度支鹽鐵等，兼崇陵使判官。」史又言，德宗山陵，武元衡爲儀仗使，禹錫求爲儀仗使判官，元衡不與（舊元衡傳）。此言大可疑。禹錫以杜佑故吏充崇陵使判官，其事至順，何至求充儀仗判官於元衡？以官論，元衡止御史中丞，而佑爲元宰，以職務論，儀仗使遠不及山陵使之重。即元衡欲以判官屈禹錫，恐禹錫且不屑也。觀禹錫與元衡書，亦不似有此事。至二人之有隙，何因而致，無可爲明證者，蓋元衡自中丞下遷庶子，爲王、韋所斥，以此怨禹錫耳。（實録云：「叔文黨數人貞元末已爲御史在臺，至元衡爲中丞，薄其人，待之鹵莽，皆有所憾。而叔文又以元衡在風憲，欲使附己，使其黨誘以權利，元衡不爲之動。」韓愈撰實録時，下筆必爲元衡地，不足置信，所謂叔文黨數人，自指劉、柳，而劉、柳皆曾於元衡任中丞時爲之草箋表，所謂「待之鹵莽」，亦殊難解。）順宗在位時，朝士争求進取，其失意者怨謗交作，王、韋遂爲衆矢之的，禹錫與柳宗元尤以新進得勢遭忌。

按：通鑑敍叔文等用事之時，有云：「日夜汲汲如狂，互相推奬，曰伊曰周，曰管曰葛，僩然自得，謂天下無人，榮辱進退，生於造次，惟其所欲，不拘程式，士大夫畏之，道路以目。素與往還者，相次拔擢，至一日除數人。其黨或言曰：某可爲某官，不過一二日，輒已得之。於是叔文及其黨十餘家之門晝夜車馬如市。」此必有見擯於王、韋之人，見其黨援之盛，自恨欲進無由，故有此謡諑。舊唐書竇羣傳言：「羣責叔文曰：去年李實伐恩恃貴，傾動一時，此時公逡巡道旁，乃江南一吏耳。今公已處實形勢，又安得不慮路旁有公者乎？」此言可證當時不滿叔文之人乃望其援引不得而生怨望耳。柳宗元寄許孟容書言之尤明切，云：「加以素卑賤，暴起領事，人所不信，射利求進者填門排户，百不一得，一旦快意，更造怨讟，以此大罪之外，詆訶萬端，旁午構扇，盡爲敵讎，協心同攻，外連强暴失職者以致其事。」禹錫既綰要職，復參大政，聲欬自足以招禍。

按：順宗實録云：「禁中文誥皆出於叔文，引禹錫及柳宗元入禁中，與之圖議，京師人士不敢指名，道路以目，時號二王、劉柳。」此自指叔文任翰林學士時，語或過當。然「二王、劉柳」之稱或非無據也，二王謂叔文與王伾。雲仙雜記謂：「順宗時劉禹錫干預大權，門吏接書尺，日數千，禹錫一一報謝，緑珠盆中日用麪一斗爲糊，以供緘封。」或亦非虚構。本集卷十論書儀書云：「爲御史，四方諸侯悉以書來賀。」御史且然，此時聲氣廣通，更可想矣。

未幾而宦官有與藩鎮相結者，迫順宗遜位，擁立憲宗，朝局遂變。

按：順宗之立，宦官中已有持異議者。翰林學士衛次公曰：「太子中外屬心，必不得已，猶應立廣陵王。」廣陵王謂順宗之子純，後爲憲宗也。（詳見通鑑二三六）蓋順宗在德宗初年固已不安於位，德宗所屬意者，乃其姪舒王誼也。（詳見通鑑二三三）當時宫廷之中皆歸宦官操縱，皇室徒擁虚名，宦官又不能不假手朝臣以干政事，要結武將以固軍權，其中又自分朋黨，各有所主。順宗立後，爲其羽翼者曰李忠言，憲宗之立，則俱文珍（即劉忠亮）、劉光琦等之謀也。王、韋既爲順宗所倚任，其爲憲宗之黨所切齒，固無足異矣。

永貞政變爲順、憲父子權位之争。憲宗是時年二十八矣，惟恐不能速得嗣位，利順宗之久膺風疾，遂用俱文珍等之謀，假藩鎮之力，（韋臯之外有河東嚴綬、荆南裴均，皆素與宦官相勾結者）於兩月之間自立爲太子，又由監國以至即真稱帝，必非出於順宗本意，乃宦官從中密謀，强迫行之者。禹錫自傳云：「太上久寢疾，宰臣及用事者都不得召對，宫掖事祕，而建桓立順〔六〕，功歸貴臣。」知王、韋雖號秉政，身在外廷，不及防宫掖之變。且叔文罷内職，居母喪，非但無能爲力，亦毫不與聞。「建桓立順」一語引東漢事爲比，以明其出於宦官權臣之陰謀，此四字暗寓董狐之筆。

順宗被迫遜位，名爲太上皇，實被幽囚，亦與唐室先世高祖、睿宗、玄宗之稱太上皇同，而其遭遇之酷或有過之。故民間盛傳憲宗有逆倫之謀，而順宗有求勤王之舉。其事於新舊書之劉澭傳中微露端倪。山人羅令則者，自長安至秦州，稱太上皇誥，徵兵於刺史劉澭，説澭以廢立，澭不從，執送長安。令則又言，約以德宗山陵時伺便而動。德宗山陵爲是年十月事，憲宗即位甫兩月也。足徵宫廷雖祕其事，而外間已有所聞，此山人爲出於義憤，抑黨於宦官中之李忠言，謀爲順宗勤王，固未可知。此後纔兩月，順宗遂以不起聞，其中隱情不難測度〔七〕。尤以舒王誼亦死於是年十月，皆不能不啓人疑。蓋政變餘波尤頗可駭，國史既諱而不書，元和以後，世人皆畏宦官之威，更不敢攖其怒，故遂成不可究詰之疑案。

憲宗既立，首貶王伾、王叔文，越月，貶禹錫爲連州刺史，至十一月，再貶爲朗州司馬。同貶者，韓泰、韓曄、柳宗元、陳諫、凌準、程异，並後貶之韋執誼爲八人，世號八司馬。

按：禹錫等初貶尚不甚重，亦僅以連累致罪，憲宗雖恨叔文，亦猶未遽仇視之，此必羅令則之獄重觸憲宗之怒，縱不疑令則爲叔文所指使，亦必慮人心猶附順宗，死灰或可復然，故令則之獄起於十月，至十一月即再貶禹錫等，次年正月而順宗以病殁聞，叔文亦於是時賜死。此節前人從未發其覆，蓋令則之獄，當時朝端不欲播揚以彰憲宗篡弑之醜，讀史者遂亦忽之也。

永貞政變，固以順、憲父子之争而起，而其間亦有南北之見存焉。王叔文，越州人，王伾，杭州人，所引之凌準亦杭州人，陸質，蘇州人，伾以操吴語爲人所誚，禹錫、宗元等又皆嘗居江南者。二王以浙西人不由科第而爲翰林學士，宜爲北方士族所疾視。此與長慶中元稹、李德裕非進士出身入學士院同被敵視如出一轍。元和以後之黨派門户於此見其端焉。

禹錫南行中途得再貶之命，適韓愈自連州陽山令量移江陵法曹參軍，相遇於荆南。

按：自傳云：途至荆南，又貶朗州司馬。而和韓愈之岳陽樓詩（外集卷五）注云：時禹錫出爲連州，途出荆南，改武陵司馬，和韻於荆。此注是否禹錫自注，殊爲可疑。以禹錫於九月貶連州，十一月再貶朗州，（下著劉譜作十月，考紀稱己卯，十月丙申朔，不得有己卯，當是十一月）左降官不得停留甚久，未必至十一月方行至荆州也。意者荆南二字泛指湘楚之地，據卷十上杜司徒書述韓愈慰藉之言，知二人必曾相遇，特不敢定其相遇之地，姑志之以存疑。

禹錫在朗州將十年，以文字自遣，所作天論，尤其精思所得。

按：唐制，州司馬爲閒官，不理事，見白居易江州司馬廳壁記。如禹錫之比乃員外司馬同正員，則例尤不得與聞公事。且無官舍可居〔八〕，僅能自給而已，故有讀書爲文之暇。今集中之文可推知爲朗州所作者，有如楚望賦（卷一）、辨易九六論（卷七）、武陵北亭記（卷九）、上杜佑書及啓（卷十、十八）、上李吉甫、武元衡、李絳等啓（卷十八）、董氏武陵集紀（卷十九）、傷我馬詞、救沈志（卷二十）、董侹墓誌、絶編生墓表（外集卷十），均足窺見其謫居時心境。至天論雖未著年月，然據柳宗元集，其意實發於韓愈，而愈自量移江陵後，至元和八九年（八一三、八一四）任史館修撰、知制誥，授中書舍人以前，曾遭屢黜，甚不自聊，爲宗元發此有激之言，必於是時。蓋宗元之天説作於在永州時，而禹錫之天論作於在朗州時，二人嘗以書問相商討〔九〕。天論發明「天人交相勝」之理，而曰：「天之道在生植，其用在强弱」，又曰：「天恒執其所能以臨乎下，非有預乎治亂，人恒執其所能以仰乎天，非有預乎寒暑」，知其所謂天者即自然界也，天人相對即自然界之規律與人之智力相對也。復申言以補其未盡之義曰：「天非務勝乎人，人不宰則歸乎天也；人誠務勝乎天，天無私，故人可勝乎天。」雖曰「天人交相勝」，而其實人可勝天而天不勝人。又論無無形之物，謂：「無形非空乎？空者形之希微者也，爲體也不妨乎物，而爲用也恒資乎有，必依於物而後形焉。」此數語宗元亦深服之以爲甚善，蓋其持論之尤精闢者，惟宗元同具此深湛之思。

遷謫之中，自多怨抑之詞，如謫九年賦、望賦諸篇是，而如明贄論、救沉志，仍自矢堅貞疾惡之意。其南來所經恒有賦詠，及到朗州，尤多專紀風土之巨製，如武陵書懷五十韻（卷二十二）、武陵觀火詩、遊桃源一百韻（卷二十三）、競渡曲、采菱行（卷二十六）及楚望賦（卷一）皆是。又是時爲釋子所作較多。固緣乞食游僧之求請，是當時風氣，禹錫於此時亦頗耽佛教，故送僧元暠南遊詩引（卷二十九）有云：「在席硯者多旁行四句之書，備將迎者皆赤髭白足之侶。」又集中詩文成於此時者多即事之作，故自云：「謫於沅湘間，爲江山風物之所蕩，往往指事成歌詩，或讀書有所感，輒立評議。」（見卷二十劉氏集略説）

此十年中，時政變遷之大者，夏州楊惠琳、西川劉闢、浙西李錡三鎮之討爲憲宗加强統治之初步，稍矯德宗末年姑息之弊。而一挫於成德王承宗，收復河北之機遂失，徒增宦官干預軍政之勢。而賢良科試舉人牛僧孺、李宗閔及考官楊於陵、韋貫之等之忤李吉甫，遂啓由元和至大中兩黨反復構釁之局。是時父執中權德輿及吉甫，故人中李絳、崔羣雖皆相繼柄用，而於禹錫無能爲援。

按：禹錫集中怨誹之作必皆在初貶朗州時，如卷五之華佗論、卷二十一之讀張曲江集作、聚蚊謡、百舌吟、飛鳶操、秋螢引，皆其表表者，他不具論。而上時相杜佑、李吉甫、李絳諸啓，備極哀懇；武元衡雖已出鎮西川，亦以贈物言謝之便，巽詞祈請，有所不得已也。

其在朗州時，刺史蓋已數易人，未能備考，惟知元和六年（八一一）以後有一徐姓，從上杜司徒啓（卷十八）中「一自謫居，七悲秋氣」，「本州徐使君至」數語知之。至九年則竇常來爲刺史，外集卷五有酬竇員外使君寒食日途次松滋詩，竇蓋與禹錫早年同在淮南杜佑幕，故其弟羣雖與王、韋不協，而羣自開州貶所赴任容管途經朗州，禹錫仍爲之草奏。（卷十四有二表皆代羣作。）

元和九年（八一四），召還永貞案中被貶諸人，禹錫自朗州與柳宗元自永州同徵，次年到長安。

按：卷二十四有詩題云：元和甲午歲詔書盡徵江湘逐客余自武陵赴京宿於都亭有懷續來諸君子。而柳集亦有朗州竇常員外寄劉二十八詩見促行騎一詩，又有詔追赴都二月至灞亭上詩。知被召在九年（八一四）冬而到京在十年（八一五）春也。九年二月，李絳罷相，六月、十二月，張弘靖、韋貫之相繼入相，而李吉甫以十月卒於位。揣當時情勢，張、韋二人未必能遽有主張，且與劉、柳無因緣，劉、柳諸人之召回，或仍由絳及吉甫之發端，而武元衡未爲梗耳。又新傳云：會程异復起領運務，乃詔禹錫等悉補遠郡刺史，而元衡方執政，諫官頗言不可用，遂罷。舊傳略同。似九年以前尚有詔補遠郡刺史一事，於本集殊無可徵，而所云异與元衡在位之年月亦不合，疑與後一事本爲一説而誤析爲二。

元和十年二月甫到京，三月復貶爲播州刺史，以柳宗元之請代、裴度之苦争，始改命爲連州。

按：史言「執政有憐其才欲漸進之」者，悉召至京師，諫官争言其不可，上與武元衡亦惡之〔一〇〕。又傳皆言作游玄都觀詠看花君子詩，語涉刺譏，觸怒當軸。此事先見孟棨本事詩，通鑑考異已微辨之。本事詩云：「有素嫉其名者，白於執政，又誣其有怨憤。他日見時宰，與坐，慰問甚厚，既辭，即曰：近者新詩未免爲累，奈何！」今考集中已載此詩，禹錫殆亦不自諱，揆之詩人寄興之體，亦未爲過傷怨謗，況元衡永貞（八〇五）中已官至中丞，未爲不遇，「盡是劉郎去後栽」之語顯非爲元衡而發。至於因貶斥十年後歸而生感慨，此又情理之常，在唐人詩中尤不足爲異。（參見錢大昕養新録）所謂素嫉其名者未審爲何人，要之必非專爲禹錫一人，特禹錫遭嫉特甚，故獨得播州最惡處，通鑑考異論之殆甚確也。禹錫既召而復斥，通鑑但云「諫官争言其不可」，究不知由何人指使，然其爲有人進讒則無可疑，據禹錫蘇州謝恩賜加章服表云：「特降勅書，追赴京國，緣有虚稱，恐居清班，務進者争先，上封者潛毁，巧言易信，孤憤難申」，固已言之歷歷矣。禹錫播州之貶，賴宗元昌言救之，事詳韓愈所撰柳誌。而裴度之力争於憲宗之前，亦詳通鑑考異所引實録及唐諫諍集。本集卷十八謝門下武相公及中書張相公二啓所言，雖未敢歸功於度，而追改已行之詔，自是當時非常之事，兼之連州刺史謝上表（外集卷九）有云：「特降殊恩，得移善部。」衆聽昭彰，必不誣也。

連州之授在是年三月七日，旋以夏秋抵任。

按：連州謝上表云：「伏以南方癘疾多在夏中，臣自發郴州，便染瘴瘧，扶策在道，不敢停留，即以今月十一日到州上訖。」雖未知其何月，當在夏秋之間。武元衡以六月初遇刺，禹錫到任尚有上元衡謝啓，猶未聞此信也。途中與柳宗元同行，至衡陽相别。（詩見卷三十及外集卷七）

自元和十年（八一五）以後，裴度以主討淮西當國，其他諸相，李逢吉、韋貫之、李鄘、李夷簡皆甫入而罷，惟崔羣稍久，與禹錫厚，王涯亦禹錫舊識。十三（八一八）、十四年（八一九），皇甫鎛、程异、令狐楚繼相，异與禹錫同爲永貞八司馬之一，於勢不能爲禹錫援，楚亦在位未久，故禹錫居連州終無量移之望，柳宗元等亦皆未獲遷。

按：禹錫得裴度之助，免播州之行，及度平蔡以後，物望方隆，禹錫自尤望乘時再起，其意於與刑部韓侍郎書（卷十）及上門下裴相公啓（卷十八）陳之甚切，而裴、韓皆未能如其願。蓋淮西平後，憲宗昏惰已萌，度與崔羣號稱能持正論，皆不能安於位，故不暇爲禹錫援手耳。然禹錫值有可爲之時，而四年不得調，故其抑鬱殊甚，於問大鈞賦（卷一）見之。

禹錫至連州一年，即爲刺史廳壁記（卷九），又作莫徭歌（卷二十六）、插田歌、畬田作、沓潮歌（卷二十七）及吏隱亭述（外集卷九），備詳其風土。常與衡州吕温、柳州柳宗元、道州薛景晦、郴州楊於陵、廣州馬總等詩札往還。

十四年，丁母盧氏憂，奉柩北還，至衡陽聞柳宗元之喪，蓋已在歲杪，次年正月乃遣使祭其柩。

按：自傳云：先太君盧氏由彭城縣太君贈至范陽郡太夫人。未敍其丁内艱之年，據外集卷十祭柳員外文推知之。又據卷三十重至衡陽傷柳儀曹詩有「千里江蘺春，故人今不見」之句，似禹錫在衡陽勾留至春乃北歸。

十五年正月，憲宗遇害，宦官中梁守謙擁立太子恒，是爲穆宗。八月，令狐楚罷相後復貶衡州刺史，禹錫始與會面。

按：彭陽唱和集後引（外集卷九）云：「貞元中，予爲御史，彭陽公從事於太原，以文章相往來有日矣。……出爲衡州，方獲會面。……會面交歡者十九年。」是二人本爲文字之交，至是始相見，蓋禹錫居憂在洛陽，楚南行過之也。此後二人之交契益深，然楚居外鎮時爲多，未嘗爲禹錫助。

長慶元年，永貞案中左降官韓泰、韓曄、陳諫均量移，稍得近郡，而禹錫以居憂不與，至是年之冬始授夔州刺史。

按：禹錫以元和十四年遭母喪，未詳何月。據賀平淄青表（卷十四），爲是年三月二十四日，尚在連州，則疑當在秋間。至長慶元年之冬方滿二十七月，故夔州刺史謝上表（卷十四）爲正月五日。

至夔州後即作竹枝詞。

按：竹枝詞引（卷二十七）云：「歲正月，余來建平。」建平之爲夔州無疑，兩唐書本傳皆誤以爲朗州所作。前人多以竹枝詞爲創自禹錫，其實白居易江州赴忠州五十韻詩已有「歌曲竹枝聲」之句，元和末到忠州，亦自作竹枝詞。其一云：「江畔誰人唱竹枝？前聲斷咽後聲遲。怪來調苦緣詞苦，多是通州司馬詩。」則白詞先於劉，而元稹之詞又先於白。所不同者，諸家皆聽竹枝歌然後爲詩以詠之，禹錫則代其地之人，略依其聲而爲之詞，故所用爲巴人之語，所詠爲巴人之事，爲之而不居，成之而不有，禹錫之所以一埽前人蹈襲空洞之弊而卓然不朽者在此。至楊柳枝詞似非一時之作，中有與白唱和者。而其中一首云：「巫峽巫山楊柳多，朝雲暮雨遠相和。因想陽臺無限事，爲君回唱竹枝歌。」則亦有與竹枝詞同時作者。浪淘沙詞疑亦在夔州作。此三詞皆與白唱和，而劉首創之功爲多，在劉集中尤爲傑出。且自禹錫爲此諸詞後，已爲人傳唱矣。故温庭筠輓劉詩云：「京口貴公子，襄陽諸女兒，折花兼踏月，多唱柳郎詞。」至北宋時，猶有傳其聲與詞者。邵氏聞見後録云：「夔州營妓爲喻迪孺扣銅盤歌劉尚書竹枝詞九解……妓家夔州，其先世必事劉尚書者，故獨能傳當時之聲也。」

長慶初元之政視元和中已頗有變革，元稹、白居易皆在禁近，稹與禹錫尤相厚，禹錫甫服闋即有夔州之授，是爲柄用之漸，不料未幾裴度與稹俱罷相，居易貶逐，李逢吉、牛僧孺秉政，禹錫遂僅得自全而已。

按：外集卷一有詩題云始至雲安寄兵部韓侍郎中書白舍人二公近曾遠守故有屬焉，其殷殷屬望於韓愈、白居易者如此。禹錫貶朗州時，稹貶江陵，居易爲翰林學士時，已以詩相寄（見外集卷一），韓、柳、元、白四人皆互相因緣而與禹錫相厚，然論氣類與志事，則柳、元與禹錫皆懷用世之略，而非僅欲以文詞自見者，韓與白抑非其倫，而韓、白之間，志趣又殊。

按：長慶三年四年各有論利害表（卷十四），而卷二十有奏記丞相府論學事，似即其一。是時牛僧孺、李程、竇易直爲相，皆庸暗無遠見者，必不能用禹錫之言。

在夔州曾兩陳州政，其一請罷州縣祀孔，而移其費於學校。

其暇以所聞舊事告於韋執誼之子絢，絢因有劉賓客嘉話録之作。

按：嘉話録序云：「絢少陸機入洛之三歲，多重耳在外之二年，自襄陽負書笈至江陵，拏葉舟，泝巫峽，抵白帝，投謁故贈兵部尚書賓客中山劉公二十八丈，求在左右學問，是歲長慶元年（八二一）春也。蒙丈人許措足侍立，解衣推食，晨昏與諸子起居……」（元年春一語當微有誤。）據此可知禹錫與執誼之交情未渝，執誼爲衣冠望族，少有美譽，親戚故舊遍於朝端，故貶最在後，史且言其與王叔文有異同，似有意爲之開脱者。叔文風厲敢爲，而執誼持重，其異同固宜有之。禹錫集中不及執誼一字，似亦不甚許其人。然執誼爲夏卿從弟，夏卿爲蘇常州刺史時，禹錫在江淮似已與有往還，故夏卿入爲京兆尹，禹錫爲之草奏，而夏卿之壻元稹及夏卿門下諸人（見前）皆與禹錫交好，則與執誼亦必相交有素，故絢以故人子來相依。

禹錫甫至夔州，而元稹即出爲浙東，李德裕出爲浙西，白居易出爲杭州，自此唱和漸盛，蓋諸人既離禁密，始能暢通詩札也。

按：禹錫自到夔州後，與友朋唱和之詩漸多，蓋初起謫籍之故。

長慶四年，自夔州轉授和州。

按：唐制，夔雖本爲都督府，而已改隸荆南爲支郡，和則爲上郡，地望財賦皆較優，雖非美遷，已示擢用之漸。其年五月，李程初入相，六月，裴度復知政事，疑有力焉。其奉命在八月，見歷陽書事詩（外集卷八），時崔羣方爲宣歙觀察使，以故人之誼邀遊宣城，抵任蓋在冬初，故詩有「好令朝集使，結束赴新正」之句。禹錫每至一州，必詳其風土，與武陵書懷等詩皆有以見其素志。又夔、和二州皆有刺史廳壁記之作。

穆宗以長慶四年（八二四）正月卒，太子湛即位，是爲敬宗，童昏失德，李逢吉當國，與裴度、李紳後先構怨。禹錫在和州將及二年，以寶曆二年（八二六）冬解職。其解職之由，當是度復知政事，而逢吉出鎮，故召還將畀以要職。敬宗之遇害即在是年十二月八日，其時禹錫在北歸途中，必猶未及知此變也。

按：禹錫罷和州後遊建康有詩（見外集卷八），又金陵五題引云：「余少爲江南客而未遊秣陵，嘗有遺恨，後爲歷陽守，跂而望之。」（卷二十四）則其蓄志爲建康之遊非一日矣。罷和州後能有此餘暇者，蓋恃裴度在政地，必有以處之也。禹錫北歸，與白居易會於揚州，自此過從方密，唱和幾無虚日。居易亦方罷蘇州，蓋二人皆以度之力被召還朝。

禹錫東至建康，渡江至揚州，取道必經潤州，是時李德裕方居浙西觀察使任。在揚州初逢白居易，自此同行，經楚州入汴，訪令狐楚於開封，然後至洛陽俟命。是時爲大和元年（八二七），江王涵已於先年十二月即位，是爲文宗。

按：文宗即位後即以韋處厚爲相，召還崔羣、李絳，蓋有志於圖治矣。白居易與處厚尤相善，故於大和元年（八二七）三月甫自蘇州刺史罷任北歸即授祕書監，次年又遷刑部侍郎，駸駸大用，而禹錫在洛陽僅得主客郎中分司東都。其罷郡歸洛陽閒居、罷郡歸洛陽寄友人（卷二十二）、洛下初冬拜表有懷上京故人（卷二十四）、爲郎分司寄上都同舍（卷二十五）諸詩，詞旨皆極怨抑。居易臨都驛贈詩亦有「謝守歸爲祕監，馮公老作郎官」之句，爲禹錫不平也。

大和二年春，以裴度之力，起主客郎中，充集賢院學士，自寶曆至大和中，禹錫與李德裕文字往還頗密，蓋以長慶中德裕與元稹、李紳同在翰林相得，三人亦皆爲禹錫之素交，禹錫與牛黨中人雖亦周旋無忤，而志趣則與德裕相近。又作再遊玄都觀詩。

按：集中初至長安詩云：「左遷凡二紀，重見帝城春。」注云：「時自外郡再授郎官。」（卷二十二）舊傳云：「禹錫甚怒武元衡、李逢吉，而裴度稍知之。大和中，度在中書，欲令知制誥，執政又聞詩序，滋不悦，累轉禮部郎中、集賢院學士。」度若有意援禹錫，以掌綸爲至近之路，蓋由此可授舍人，進拜丞郎。今云執政不悦，未知指何人，或同時爲相之王播、路隋歟？集賢學士之職，蓋不得已而思其次也。然三年李宗閔復入，四年度又出鎮山南東道，則禹錫並此不能自安矣。

未幾除禮部郎中，仍兼集賢院學士。在集賢四年，供進新書二千餘卷，爲裴度及朝列中人撰詩文較多，蓋其文名盛於此時。

按：集賢殿在唐代實已代祕書省之職。韓愈送鄭十校理序云：祕書，御府也，天子猶以爲外且遠，不得朝夕視，别置校讎官，曰學士，曰校理，常以寵丞相爲大學士，其他皆達官也。由是集賢之書盛積，書日益多，官日益重。知集賢學士之授，亦必采時望。至禹錫勤於職事，見蘇州謝上表所自述。（卷十五）其時令狐楚、王涯先廟等碑皆以屬之。又與裴度、李絳、崔羣、庾承宣等聯句皆作於是時。禹錫禮部郎中之除，不見於自傳。然集古録目：唐令狐楚先廟碑條下云：禮部郎中集賢院學士劉禹錫撰並書，卷八國學新修五經壁記亦自云爲禮部郎。考其時蓋在大和三年（八二九）。

及裴度再罷政，崔羣又出鎮，李絳先亡，五年（八三一）十月，遂有蘇州刺史之授，六年（八三二）二月抵任，沿途於洛陽、開封等處皆有勾留。

按：舊唐書本傳云：「度罷知政事，禹錫求分司東都，終以恃才褊心，不得久處朝列。六年（八三二），授蘇州刺史。」考是時裴度出鎮，李宗閔、牛僧孺執柄，是牛黨與李德裕交争之始。而漳王之獄旋起，宋申錫被罪，朝政益紊。禹錫久處書殿，無緣進擢，蘇州之授猶不失爲異日外遷廉察之階。當時蘇州號稱名郡，而連年水災之後，藉禹錫能政以善其後，亦非甚不遇，但自此無復敭歷公卿之望矣。

在任二年，賜紫金魚袋。

按：卷十六有蘇州謝恩賜加章服表，卷十七有謝宰相狀。據汝州謝上表（卷十六）有交割之時户口增長語，蓋以災後招集流亡爲功而有此賜。

大和七八（八三三、八三四）年間，李德裕與李宗閔同在相位，迭相排斥，八年（八三四）十月，德裕出鎮，而禹錫以七月轉汝州。自揚子津北渡，蓋會牛僧孺於揚州，會李程於開封。

按：汝州爲近郡，帶防禦使，兼中丞銜，禹錫以資深得之。自蘇赴汝之行蹤，酬淮南牛相公述舊見貽（外集卷六）、將赴汝州途出浚下留辭李相公（卷二十八）二詩可證。而李德裕赴鎮浙西時，亦曾送别。（見卷二十八奉送浙江李僕射相公詩。）

在汝州甫及一年，大和九年（八三五）九月，白居易除同州刺史，不拜，以禹錫繼。是年，李訓、鄭注用事，十一月，甘露變作，而禹錫已抵任矣。

按：禹錫於李、牛二黨迭爲消長之時，不得不委曲周旋。蓋李宗閔、李逢吉、牛僧孺秉權之日久，而德裕屏外之時多，僧孺與禹錫夙有微嫌，（僧孺述舊詩云：莫嫌恃酒輕言語，曾把文章謁後塵。）禹錫尤不得不降志以迎合之，晚年僅往還詩酒園林之間，亦無復攀援之意。推而至於楊嗣復、楊虞卿之倫，皆以與白居易姻戚之故，亦相與委蛇其間。至於訓、注之事，禹錫殊無關涉，驟聞四相之濫被誅夷，殆益懍然有戒心，年既老而宦情遂冷矣。

開成元年，授太子賓客分司東都。

按：自傳云被足疾。禹錫之患足疾雖亦見於白詩，似亦假此爲名以去官。舊唐書本傳云，蘇州秩滿入朝，授汝州刺史，遷太子賓客分司東都。開成初，復爲賓客分司，俄授同州刺史。新書不采，蓋徵之本集有以知其甚誤，賓客分司決在罷同州後，非自賓客分司起爲同州也。是時李德裕新遭貶斥，未幾令狐楚亦出鎮山南西道，禹錫益感孤立，故決然引退。此後即與牛僧孺、裴度、白居易共於洛陽追隨文宴。未幾楚、度皆卒，僧孺復還朝，禹錫所常往還者，遂只餘居易一人，除爲閒適詩外，爲人撰碑志亦多在此數年中。傳云：「禹錫晚年與少傅白居易友善，詩筆文章，時無出其右者。」亦實録也。

四年（八三九），改祕書監分司。

按：自傳未言改官年月，白集酬夢得貧居詠懷見贈云：「時夢得罷賓客除祕監」，列於病中詩十五首之次，序云：開成己未歲（四年八三九），則其授祕書監似在此年以前。外集卷四秋霖即事聯句注：起送上中丞大監。中丞爲禹錫舊銜，大監則新命也。

五年（八四〇）正月，文宗卒，太弟潁王瀍即位，是爲武宗。五月，楊嗣復、李珏罷相，九月，李德裕復相。自此爲德裕專政之時，牛黨皆匿迹。次年（會昌元年八四一），禹錫加檢校禮部尚書兼太子賓客，蓋德裕爲之乞恩數也。禹錫是年已七十歲，自無復起任職司之理。

按：外集卷四會昌春連宴聯句次首題云：僕射來示有「三春向晚，四者難并」之説，……走呈僕射，兼簡尚書。此爲白集中語，僕射謂王起，尚書謂禹錫。詩中「舊儀尊右揆，新命寵春卿」，王起之爲東都留守，乃開成五年（八四〇）事，聯句作於會昌元年（八四一），是禹錫新承禮部尚書之命，似在元年之春矣。

白居易病中詩序云：開成己未歲（八三九），余蒲柳之年六十有八，其第十五首題云：歲暮呈思黯相公皇甫朗之及夢得尚書。己未爲開成四年，已稱之爲夢得尚書。稍可疑。

會昌二年壬戌（八四二）七月卒，年七十有一，贈户部尚書。卒前撰自傳。

按：自傳云「身病之日自爲銘」，蓋撰此傳時已屬疾，未幾而卒。户部尚書之贈見舊唐書本傳，自禮部遷户部，於唐制爲自後行轉中行。韋絢嘉話録作贈兵部尚書，則再轉矣，未知孰是。

葬於滎陽先墓。

按：自傳末銘云：「葬近大墓如生時兮」，蓋有治命依其父祖葬於滎陽之檀山原也。

禹錫嘗娶薛謇之女。

按：福建觀察使薛公神道碑（卷三）云：「愚方冠惠文冠察行馬外事，聆風相厚，謂可妻也，以元女歸之。」知禹錫妻爲薛女。然禹錫爲監察御史在貞元十九年（八〇三），年已三十二矣，似非元室。又傷往賦序（卷一）云：「予授室九年而鰥。」若爲薛女而作，則當在四十一歲爲朗州司馬，而賦中無遷謫之意，恐悼其元室，非爲薛女也。

有子二人，女一人。

按：名子説（卷二十）云：「長子曰咸允，字信臣；次曰同廙，字敬臣。」柳宗元有殷賢戲批書後寄劉連州并示孟崙二童詩，白居易劉白唱和集解亦有「一授夢得小兒崙郎」之語，孟、崙蓋即此二子小名。又據祭虢州楊庶子文（外集卷十），知其長子爲楊歸厚之壻。舊傳云：「子承雍登進士第，亦有才藻。」據丁居晦重修承旨學士壁記，承雍，咸通中爲翰林學士，户部侍郎，十四年（八七三），貶涪州司户，起爲刑部侍郎。

又據劉氏集略説（卷二十）有「子壻博陵崔生」語，知禹錫有女適崔。以上爲其子女之可知者。

又傷往賦云「坐匡牀兮撫嬰兒」，知其元室卒後遺有一兒，而政和本草引傳信方有「頃在武陵生子」一語，當是繼室所生矣。

其自編所著有彭陽唱和集、吴蜀集、汝洛集，皆與令狐楚、李德裕、白居易唱和之作，均見外集卷九。而本集四十卷，見新唐書藝文志，佚其十，止三十卷，宋敏求始輯其所遺爲外集十卷，仍爲四十卷。據禹錫自定劉氏集略爲四十通，則疑即唐志所云之四十卷矣。

按：今所傳正集以文爲多，而晚年詩絶少，外集則詩多於文。而子劉子自傳一篇最爲考禹錫生平主要資料，幸存於外集中。檢白集中尚有答禹錫詩多首，而劉集中無可考，知詩篇仍有遺逸，諒亦無關宏旨耳。

禹錫之文長於析理，故其祭韓吏部文云：「子長在筆，予長在論。」其詩則上接大曆之風，在元和

中介居元、白之間，特運以精思而不廢藻采，尤善取民歌之長以博其趣，蓋自其幼時已以工詩名矣。〔二〕

按：禹錫平生論文之旨在衡州刺史吕君集紀，論詩之旨及其淵源所自則在澈上人文集紀。（均卷十九）其述李翺之言曰：「翺昔與韓吏部退之爲文章盟主，同時倫輩惟柳儀曹、劉賓客。」（見卷十九故中書侍郎平章事韋公集紀）而白居易亦云：「文之神妙莫先於詩，如夢得雪裹高山頭白早，海中仙果子生遲；沉舟側畔千帆過，病樹前頭萬木春之句之類，真謂神妙，在在處處應當有靈物護之。」（劉白唱和集解）至哭劉尚書詩云：「杯酒英雄君與操，文章微婉我知丘。賢豪雖没精靈在，應共微之地下遊。」則非獨詩文之定評，禹錫志事亦於數語中隱栝之矣。

禹錫於餘藝，所工者，醫藥而外，書法其一也。

按：禹錫之傳信方，政和證類本草中猶引用之，雖非專門之學，而自云「其術足以自衛，或行乎門内，疾輒良已」（卷十答道州薛郎中論方書書）。其於書法則見於卷二十論書一文及外集卷七與柳宗元論書法諸詩，所書牌板猶見收於集古録云。

〔一〕宋范祖禹亦字夢得，可證夢得之字取義於禹。

〔二〕劉亮，北史六五、周書一七皆有傳。

〔三〕董晉之卒在貞元十五年正月。

〔四〕唐制，郎官往往兼判他司之事，判度支鹽鐵案者，謂主管度支鹽鐵使下之公事。

〔五〕崇陵爲德宗陵。唐制，每帝殁後，以宰相爲山陵使，總司營葬之事。

〔六〕建桓謂東漢桓帝之立由權臣梁冀，立順謂順帝之立由宦官孫程。禹錫此語乃以冀比韋皋而以程比俱文珍等人也。

〔七〕順宗之被害，史雖不言，而續玄怪録辛公平上仙條託於幽怪之事，謂「有金甲將軍入殿，獻金匕首，收血捧輿」等語，云：「更數月方有攀髯之泣。」據所言聞之於元和初，則必指順宗之死無疑。續玄怪録爲李諒所著，柳宗元集有爲王户部薦李諒表，則諒亦王、韋之黨，宜其於順宗有隱痛，然則唐人殆盛傳順宗之非令終矣。近人卞孝萱考之，似頗可徵信。

〔八〕柳宗元在永州居佛寺，禹錫在朗州所居在瀕江。卷九機汲記云：「謫居之明年，主人授館於百雉之内，江水沄沄，周墉間之」是也。卷二十四又有酬朗州崔員外與任十四兄侍御同過鄙人舊居見懷之什。

〔九〕與董侹論易，亦得柳宗元貽書規其失，侹卒於元和七年，見外集卷十董府君墓誌銘，則其爲在朗州時可決，故知劉、柳書問往復多在此時。

〔一〇〕此用通鑑語，新舊傳皆有誤。

〔一一〕澈上人文集紀及劉氏集略説皆自言童時已以勤學能文名，證之權德輿送劉秀才赴東京覲省序，知所言爲確。

附録二　劉禹錫交遊録

引　言

劉禹錫之一生，主要與唐代永貞至開成間之史事皆有關係。在此時期中，充滿統治集團内部諸方面之矛盾。由於新興之庶族知識分子一部分代表較進步勢力，企圖打擊當權保守分子，進行改革，卒以遭對方反擊而告慘敗。以禹錫參加王叔文集團所領導之鬪争爲最劇烈。禹錫之政治生命雖被挫折，仍在後此之四十年中以文字與友好往還發抒其懷抱。其交遊人物之中，有繼續主張積極者，有一意破壞改革者，亦有一人而互有短長者，亦有依違其間實無主宰者。在此錯綜翻覆之關係中，又連續出現裴度與皇甫鎛等之對立，李紳、元稹與李逢吉等之對立，李德裕與李宗閔，牛僧孺等之對立，鄭覃與楊嗣復等之對立。於永貞政變之外，又爆發宋申錫、漳王之獄，李訓、鄭注甘露之獄。禹錫所往還諸人，或彼或此，俱不能無所牽涉，故爲深入探討禹錫詩文計，不能不兼及其交遊之動向。既於箋證中隨事試爲闡述，猶苦頭緒繁賾，未易疏通，乃復以人爲綱，分别論次，冀可稍明其離合異同之故。凡得五十餘人，人爲一篇，不獨資禹錫詩文之旁證，研唐史者或亦有取焉。

交遊録目次

杜佑

當天寶亂後，中原人士避地至東南者日多，就禹錫所知者言，如白居易早遊吴越，韓愈亦幼隨其兄會南遷，繼而就食江南，柳宗元之父鎮亦嘗舉族如吴，楊於陵亦客於江南，權德輿自其父皋時已寓家洪州，竇羣隱居毗陵，其他更未易屈指。其故有可得言者，蓋江南遘兵較少，而財賦之區，謀生爲易。自代宗廣德二年（七六四），劉晏爲河南江淮以來轉運使，大曆元年（七六六），晏又爲都畿、河南、淮南、江南、湖南、荆南、山南東道轉運常平鑄錢鹽鐵等使，自此所屬諸場院遂爲士人闢一出仕之途徑。亦猶中葉以後士人多就節度觀察使之辟署也。通鑑二二六叙晏居職之十餘年云：「常以爲辦集衆務，在於得人，故必擇通敏精悍廉勤之士而用之，至於勾檢簿書，出納錢穀，必委之士類，吏惟書符牒，不得輕出一言。常言士陷贓賄則淪棄於時，名重於利，故士多清修，吏雖潔廉，終無顯名，故吏多貪汙，……其場院（胡注：場謂交場，船場，院謂巡院）要劇之官必盡一時之選，故晏没之後，掌財賦有聲者多晏之故吏也。」晏傳中歷舉故吏，盧徵其一也。徵傳云：家於鄭之中牟，永泰中，江淮轉運使劉晏辟爲從事，委以腹心之任，屢授殿中侍御史。徵即禹錫之舅氏，家於中牟亦與禹錫爲鄰里。禹錫之父緒，據子劉子自傳云：「天寶末舉族東遷，以違患難，因爲東諸侯所用。後爲浙西從事，本府就加鹽鐵副使，遂轉殿中，主務於事不難想像。

埇橋。」埇橋即巡院所在，漕鹽轉輸自江淮泝汴者皆以此爲咽喉。（李泌云：江淮漕運以埇橋爲咽喉。見通鑑二二三）然則禹錫之父即劉晏所辟知院官之一，而盧徵以親鄰之故爲之汲引，情事不難想像。

杜佑者，希望之子，據佑傳云：潤州刺史韋元甫嘗受恩於希望，奏爲司法參軍，元甫爲浙西觀察、淮南節度，皆辟爲從事。按代宗紀，大曆二年（七六七）正月，元甫自浙西爲尚書右丞，閏六月即出鎮淮南。故佑在蘇揚一帶，亦正劉晏初掌財權之時。劉緒之從事浙西亦或即元甫所辟。佑爲禹錫之父執，宜也。佑傳雖未明言其與劉晏之關係，然佑固諳悉財政者。傳云，楊炎入相，徵入朝，歷工部、金部二郎中，並充水陸轉運使，改度支郎中兼和糴等使。時方軍興，餽運之務悉委於佑，遷户部侍郎判度支，歷官多與計司有關。宜王叔文藉其雅有會計之名，位重而務自全，易可制，故自除爲副以專之也。（通鑑二三六。）統觀前後，禹錫在永貞中以屯田員外郎判度支鹽鐵案，乃在叔文與佑之間，充媒介溝通之任者，良以禹錫爲計吏世家，又曾居佑之使幕，此任非禹錫莫屬也。

唐代使府幕僚，亦似有衣鉢傳授之迹。令狐楚之於李商隱，其尤著者。如佑者，既以使幕起家，與禹錫之父從事相先後，加之禹錫方爲名進士，著文才，則其屬意親任禹錫，爲事理所宜有。禹錫先後爲徐泗及淮南掌書記，見自傳中，其實皆佑之使幕也。及禹錫赴選，旋自渭南尉入爲監察御史，佑亦於同時罷鎮還朝。蓋自貞元十六年（八〇〇）佑兼徐泗節度使始，以至十九年（八〇三）後以檢校司空、司徒、同平章事，充度支鹽鐵等使，迄於永貞之變，禹錫爲之草奏，殆無已時。不獨此也，據外集卷九爲淮南杜相公論西戎表，其表中情事皆涉於貞元初年，則禹錫時甫及冠，猶未第進士，已爲佑草奏矣。禹錫上杜司徒書（卷十）所謂自居門下，僅踰十年，未嘗信宿而不侍坐也。今代筆之文載在集中者，猶未必爲其全豹也。佑於禹錫，恩誼之深應非尋常可比，即佑爲崇陵使亦仍以禹錫爲判官。不意此時佑忽爲讒言所中，使禹錫陷於王叔文韋執誼之獄，不加營救。此中委曲，不能於史傳中求之，就禹錫集中乃可微窺其影響。

禹錫謫朗州後，首遺僕夫專致佑一書（即卷十之上杜司徒書），中有云：「人之至信者心目也，天性者父子也，不惑者聖賢也。然而於竊鈇而知心目之可亂，於掇蜂而知父子之可間，於拾煤而知聖賢之可疑。……飛語一發，臚言四馳，萌芽始奮，枝葉俄茂，方謂語怪，終成禍梯。……況禮道貴終，人情尚舊，嘗盡其力，必加以仁。於犬馬之微，有帷蓋之報，顧異於是，豈無庶幾？」觀此數語，佑於禹錫爲德不卒，已可概見。所謂「飛語一發」，發自何人，語爲何語，文獻不足，無由考實。但非指王、韋之獄，則無疑義。蓋若禹錫之得罪專爲王、韋，則禹錫不能有辭以自解，雖欲自解，決無益也。書中又云：「争先利途，虞相軋則釁起；希合貴意，雖無嫌而謗生。」明謂己之得罪起於私嫌，故書中又云：「始以飛謗生釁，終成公議抵刑。」其意似亦謂有人假王、韋之獄爲報復之舉。云禹錫以王、韋私黨而遭貶斥，猶未盡事之真相也。或者猶以此説無確證，則請再徵之於上門下武相公啓（卷十八）。啓云：「緬思受譴之始，他人不知，屬山園事繁，孱懦力竭，本使有内嬖之吏，供司有恃寵之臣，言涉猜嫌，動礙關束，城社之勢，函矢紛然。彌縫其間，崎嶇備盡。始慮罪因事闕，寧虞謗逐跡生。智乏周身，又誰怨也？」所謂本使，非杜佑而何！明言「内嬖之吏」，則讒謗之生即由佑之左右，尤無可疑矣。佑傳云：「在淮南時，妻梁氏亡後，昇嬖妾李氏爲正室，封密國夫人，親族子弟言之不從，時論非之。」豈其閨門中有人干預公事，疾禹錫之操權，而毁之於佑耶？佑之爲人，所謂位重而務自全者，其時年踰七十，尤易入膚受之愬，蓋禹錫所憤慨而無如何者。

嘉話録載：「佑召賓僚閒語：我致政之後，必買一小駟八九千者，飽食訖而跨之，著一粗布襴衫，入市看盤鈴傀儡，足矣。……司徒深旨不在傀儡，蓋自汙耳。」禹錫言外之意，頗鄙佑之爲人，但爲容身之計而已，禹錫雖倚佑以進身，實非真相知者。

禹錫自上此書後，踰六年始復通問（卷十八）。然及是時佑則愈益老憊，雖名在相位，僅存尸居餘氣而已。啓云：「一自謫居，七悲秋氣」，知作書在元和六年（八一一）之末。又云：「惕厲之日，利於退藏，是以彌年不敢奏記。」知禹錫亦不敢復以重尋舊好望佑也。又云：「近本州徐使君至，奉手筆一函，稱謂不移，問訊加劇，重復點竄，一無客言。」似佑暮年亦悔疏絶禹錫之甚；然佑則於元和七年（八一二）十一月病卒矣。

佑卒後，禹錫猶執門生之禮不衰。唐語林載禹錫之語云：「予嘗爲大司徒杜公之故吏，司徒冢嫡之薨於桂林也，柩過渚宮，予時在朗州，使一介具奠酹以申門吏之禮，爲一祭文。」此自是引嘉話録。惟佑之子式方以長慶二年（八二二）四月卒於桂管觀察使任，見穆宗紀。禹錫時在夔州，非朗州。又集中（卷三）許州文宣王新廟碑云：「禹錫昔年忝岐公門下生，四參公府，近年牧汝州，道許昌，躬閲其政。」此謂佑之孫悰也，時爲忠武節度使。

王叔文

禹錫之於王叔文似非素識，按張建封以貞元十三年（七九七）入朝，論宮市事，其時諫官御史已數諫不聽矣（通鑑二三五）。而叔文本傳云：「皇太子嘗與侍讀論政道，因言宮市之弊。太子曰：寡人見上，當極言之。諸生稱贊其美，叔文獨無言，罷坐，太子謂叔文曰：向論宮市，君獨無言何也？」自是至永貞（八〇五）時蓋將十年，然猶不止此，柳宗元爲叔文母誌云：「貞元中，待詔禁中，以道合於儲后，凡十有八載。」故禹錫先在杜佑淮南幕中，恐無由與叔文相知，至宗元則早識叔文。故宗元寄許京兆孟容書云：「早歲與負罪者親善，始奇其能。」與裴塤書云：「與罪人交十年。」（詳皆見下）故禹錫自傳云：「初，叔文，北海人，自言猛之後，有遠祖風，唯東平吕温、隴西李景儉、河東柳宗元以爲言然，三子者皆與予厚善日夕遇，言其能。叔文實工言治道，能以口辯移人。既得用，自春至秋，其所施爲，人不以爲當非。」〔一〕此數語乃實録，無一字虛。他人

不幸早嘗與游者居權衡之地。」（叔文爲户部侍郎領使，亦得云權衡之地）。與蕭翰林俛書云：「與罪人

不可知，禹錫之附叔文，必宗元引而進之也。然禹錫於叔文亦始終稱其善，曰「人不以爲當非」者，其洽於人心可知。宗元爲叔文母誌，歷敍其職任功効云：「堅明直亮，有文武之用；獻可替否，有匡弼調護之勤；訏謨定命，有扶翼經緯之績；將明出納，有彌綸通變之勞；重輕開塞，有和鈞肅給之效。」其相推重有如此者。舊史據唐實録官書，顛倒黑白，久無人發其覆矣。

永貞之變，實由宦官之陰謀。當德宗病殁之時，倉猝召翰林學士鄭絪、衛次公等至金鑾殿（即學士院所近之殿）草遺詔，宦官或曰：「禁中議所立，尚未定。」衆莫敢對，次公遽言曰：「太子雖有疾，地居冢嫡，中外屬心。必不得已，猶應立廣陵王（憲宗），不然必大亂。」絪等從而和之，議始定。（通鑑二三六）所謂禁中非他，即宦官也。是順宗之立，即已有宦官持異議矣，特史未明言其爲何人耳。據舊唐書宦官傳：「俱文珍，貞元末宦官，後從義父姓曰劉貞亮，……順宗即位，風疾不能視朝政，而宦官李忠言與牛美人侍病，美人受旨於帝，復宣旨於忠言，忠言授之王叔文，叔文與朝士柳宗元、劉禹錫、韓日華（當作韓曄）等圖議，然後下中書，俾韋執誼施行，故王之權振天下。叔文欲奪宦者兵權，每忠言宣命，内臣無敢言者，唯貞亮建議與之爭，知其朋徒熾，慮隳朝政，乃與中官劉光琦、薛文（盈）珍、尚衍、解玉等謀，奏請立廣陵王爲皇太子，勾當軍國大事，順宗可之。貞亮遂召學士衛次公、鄭絪、李程、王涯入金鑾殿，草立儲君詔。及太子受内禪，盡逐叔文之黨。」是則擁順宗者爲李忠言，而仇順宗以擁憲宗者乃俱文珍也。

宮闈中讒人交亂，各有所黨，亦不獨宦官爲然。當貞元初年，順宗雖立爲太子，而已幾爲舒王誼所奪矣。通鑑二三三載其事略云：「郜國大長公主……女爲太子妃，始者，上恩禮甚厚，主常直乘肩輿抵東宮，宗戚皆疾之，或告主淫亂，且爲厭禱……上召李泌告之，且曰，舒王近已長立，孝友温仁。泌曰：何至於是？陛下惟有一子，奈何一旦疑之，欲廢之而立侄？……且陛下昔嘗令太子見臣於蓬萊池，觀其容表非有蠭目豺聲商臣之相也。正恐失於柔仁耳。又太子自貞元以來，常居少陽院，在寢殿之側，未嘗接外人。預外事，安有異謀乎？」觀李泌之奏對，知當時已有人以順宗謀篡弒讒於德宗矣，不然，何至以商臣爲言？通鑑二三五又云：「是時竇（文場）、霍（仙鳴）勢傾中外，藩鎮將帥多出神策軍，臺省清要亦有出其門者矣。」二三六又云：「宦官俱文珍、劉光琦、薛盈珍皆先朝任使舊人。」所謂任使舊人，皆曾任監軍者，韓愈且有送俱文珍詩序。故宦官亦非能自行其是，必與藩方及士大夫相結，方能逞其私志也。

永貞之變，肇於宦官之分黨，而成於藩鎮之固位。舊唐書韋皋傳敍其所以攻擊王、韋，實由自固權位之謀爲王、韋所沮破，皋決非純臣也。（王鳴盛十七史商榷語）皋以令終而劉闢代受其殃，亦一寃獄。傳云：「皋乃使支度副使劉闢使於京師，闢私謁王叔文曰：太尉使致誠於足下，若能致某都領劍南三川，必有以相酬，如不留意，亦有以奉報。叔文大怒，將斬之以徇。韋執誼固止之。闢乃私去。皋知王叔文人情不附，又知與韋執誼有隙，自以大臣可議社稷大計，乃上表請皇太子監國……又上皇太子牋曰：……諒闇之際，方委大臣，而付託偶失於善人，而參決多虧於公政。今羣小得志，隳紊紀綱，官以勢遷，政由情改。朋黨交構。熒惑宸聽。樹置腹心，遍於貴位，潛結左右，難在蕭牆。國賦散於權門，王税不入天府，褻慢無忌，高下在心，貨賄流聞，遷轉失敘。先聖屏黜贓犯之類，咸擢居省寺之間。……太子僾令答之。而裴均、嚴綬牋表繼至，由是政歸太子，盡逐伾、文之黨。」臯之所以怨叔文，正以叔文沮破其專制三川之野心，於唐室不得爲忠也。裴均者，通鑑二三七云：「均素附宦官，得貴顯。……嘗入朝，踰位而立，中丞盧坦揖而退之，均不從，坦曰：昔姚南仲爲僕射位在此。均曰，南仲何人？坦曰：是守正不交權倖者。」此事實采自李翺集，然原文末句是「姚僕射但不是〔事〕敕使耳，何不足以爲例耶？」（可見翺猶敢指斥宦官，而史反爲之諱。）嚴綬者，通鑑二三五云：「宣歙觀察使劉贊卒，……判官嚴綬掌留務，竭府庫以進奉，徵爲刑部員外郎。……河東節度使李説薨，……以刑部員外郎嚴綬嘗以幕僚進奉，記其名，即用爲行軍司馬。……河東節度使鄭儋暴薨……以河東行軍司馬嚴綬爲節度使。綬本傳亦言其厚賂中貴人以招聲援。則宦官與藩方及士大夫相結之迹顯然。內有德宗在位時所親任之諸道盟軍欲怙其舊勢而恐爲新主所斥，外結嗜利貪進之士大夫以興謗毁，（見下文引柳宗元與人書）嗾令素爲宦官所祖庇之藩鎮危言聳聽，導憲宗以篡逼。王、韋遂不得不敗而死矣。韋臯傳云：「在蜀二十一年，重賦斂以事月進，卒致蜀土虚竭。其從事累官稍崇者，則奏爲屬郡刺史，或又署在府幕，多不令還朝。」其牋云：「散府庫之積以賂權門，樹置心腹徧於貴位。」蓋自道其所爲以反噬叔文也。

通鑑二三六云：「叔文盛具酒饌，與諸學士及李忠言、俱文珍、劉光琦等飲於翰林，叔文言曰：叔文母病，以身任國事之故，不得親醫藥，今將求假歸侍。叔文比竭心力，不避危難，皆爲朝廷之恩，一旦去歸，百謗交至，誰肯見察以一言相助乎？」則叔文固知謗議之横起，尤知宦官中俱、劉二人與李忠言不協之足以爲梗矣。是年八月，憲宗即位，十月，幾曾奪嫡之舒王誼卒。山人羅令則自長安如普潤，矯稱太上皇誥，徵兵於秦州刺史劉澭，且説澭以廢立，澭執送長安，并其黨杖殺之。（皆見通鑑同卷及兩唐書劉澭本傳中）此非順宗之被幽囚，民間已有所知乎？此月舒王之死，次年正月順宗之死，皆王、韋敗後之事。其間不無蛛絲馬迹焉。劉澭傳云：「有山人羅令則詣澭言異端數百言皆廢立之事，澭立命縶之，令則又云：某之黨多矣，約以德宗山陵時伺便而動。」按德宗山陵是十月間事，令則謀既敗，十一月，即再貶八司馬，蓋憲宗追恨不已也。禹錫曾爲崇陵使判官，若果有人爲此謀，禹錫之風波尤險矣。

禹錫自傳云：「東宫即皇帝位。是時太上久寢疾，宰臣及用事者都不得召對，宫掖事祕，而建桓立順，功歸貴臣。」所謂宰臣及用事者自指韋執誼及王叔文，王、韋不能面見順宗，而但恃李忠言爲之傳言，其疏遠無所倚如此，宜爲俱文珍輩所窺而無所憚也。「宫掖事祕」四字中含無限隱微曲折。俱文珍之作惡多端與嚴綬之濫結閹宦，史傳不載，獨於白氏長慶集中之論太原事件狀中可見其一斑。其一狀云：「右嚴綬、輔光，太原事迹，其間不可，遠近具知。……其嚴綬早須與替，不可更遲，緣與輔光久相交結，軍中補署職掌，比來盡由輔光，今見别除監軍，小人乍失依託，或恐嚴綬相黨，曲爲妄陳，軍情事宜之間，須過防慮。」其一狀云：「右貞亮（俱文珍）元是舊人，曾任重職。陛下以太原事弊，使替輔光。然臣伏聞貞亮先充汴州監軍日，自置親兵數千，又任三川都監日，專殺李康兩節度使，事迹深爲不可。爲性自用，所在專權。若貞亮處事依前，即太原却受其弊，雖將追改，難以成功。其貞亮發赴本道之時，恐須以承前事切加約束，令其戒懼。」按史但言李康爲高崇文所戮，不知乃劉貞亮爲之。嚴綬以貞元十七年（八〇一）鎮太原，元和四年（八〇九）内召，居易所狀，即此時事，而史皆不詳言之。

王、韋之敗必别有私人怨謗之因素存於其間，試先就柳宗元集中所透露者觀之：與裴塤書云：「僕之罪在年少好事，進而不能止，儔輩恨怒以先得官，又不幸早嘗與游者居權衡之地，十薦賢幸乃一售，不得者譸張排根，僕可出而辯之哉！性又倨野，不能摧折，以故名益惡，勢益險，有喙有耳者相郵傳作醜語耳。不知其卒云何。中心之愆尤若此而已。」與蕭翰林俛書云：「僕不幸，嚮者進當臲卼不安之勢，平居閉門，口舌無數，況又有久與游者乃岌岌而造其門哉？其求進而退者，皆聚爲仇怨，造作粉飾，蔓延益肆，非的然昭晰，自斷於内，則孰能了僕於冥冥之間哉？然僕當時年三十三，甚少，自御史裏行得禮部員外郎，超取顯美，欲免世之求進者怪怒媢嫉，其可得乎？凡人皆欲自達，僕先得顯處，才不能踰同列，聲不能壓當世，世之怒僕宜也。與罪人交十年，官又以是進。辱在附會。聖朝弘大，貶黜甚薄，不能塞衆人之怒：謗語轉侈，囂囂嗷嗷，漸成怪民，飾智求仕者，更詈僕以悦讎人之心，日爲新奇，務相喜可，自以速援引之路，而僕輩坐益困辱。萬罪横生，不知其端。」寄許京兆孟容書云：「宗元早歲，與負罪者親善，始奇其能，謂可以共立仁義，裨教化，過不自料，懃懃勉勵，唯以中正信義爲志，以興堯舜孔子之道利安元元爲務，不知愚陋，不可力彊，其素意如此也。末路孤危，阨塞臲卼，凡事壅隔，很忤貴近，狂疎繆戾，蹈不測之辜，羣言沸騰，鬼神交怒。加以素卑賤，暴起領事，人所不信，射利求進者填門排户，百不一得，一旦快意，更造怨讟，以此大罪之外，詆訶萬端，旁午構煽，盡爲敵讐，協心同攻，外連强暴失職者以致其事。」皆可與禹錫貶謫後與杜佑、武元衡等書同觀。尤與謝賜加章服表中所云：「務進者争先，上封者潛毁，巧言易信，孤憤難申」如出一轍。

韋執誼

禹錫集中不甚稱韋執誼，似以交淺之故。然執誼實亦當時所稱之才士。本傳云：「幼聰俊有才，進士擢第，應制策高等，拜右拾遺，召入翰林爲學士，年才二十餘。德宗尤寵異，相與唱和歌詩，……德宗載誕日，皇太子獻佛像，德宗命執誼爲畫像贊，上令太子賜執誼縑帛以酬之，執誼至東宫謝，太子卒然無以藉言，因曰，學士知王叔文乎？彼偉才也。執誼因是與叔文交甚密。」此爲執誼與叔文結納之由。傳又云：「貞元十九年（八〇三），補闕張正一（順宗實録作張正買。）因上書言事，得召見，王仲舒、韋成季、劉伯芻、裴茝、常仲孺、吕洞等，以嘗同官相善，以正一得召見，偕往賀之。或告執誼曰：正一等上疏論君與王叔文朋黨事，執誼信然之，因召對，奏曰：韋成季等朋聚覬望。德宗令金吾伺之，得其相過從飲食數度，於是盡逐成季等六七人，當時莫測其由。」韋渠牟傳又云：「陸贄免相後，上躬親庶政……除守宰御史皆帝自選擇，然居深宮，所狎而取信者裴延齡、李齊運、王紹、李實、韋執誼洎渠牟，皆權傾相府。」此亦當時朝局一重要關鍵，德宗素性猜忌，東宫官屬尤易涉嫌，執誼居内職而令其謁太子，此時執誼官僅散郎，而能召見問外事，則王、韋之有以結德宗之親任可知，而朝士之妬寵播讒不始於永貞時亦從可想見矣。仲舒，新唐書本傳云「坐累爲連州司户參軍」，蓋即其事。韓愈爲誌其墓，又爲之碑，碑云：「同列有恃恩自得者，衆皆媚承，公嫉其爲人，不直視，由此貶連州司户。」仲舒後爲荆南節度使裴均參謀，裴均即依附宦官而請憲宗監國者，宜其與仲舒爲朋矣。韓愈貶袁州刺史，仲舒爲江西觀察使，不以屬州之禮待愈，改公文「故牒」爲「謹牒」，宜愈爲之諛墓。執誼之斂怨殆非一端，舉此可概其餘也。

雖然，投井下石以毁執誼者固多，公道之言仍未盡泯。杜牧爲牛僧孺墓誌云：「長安南下杜樊鄉東，文安（牛弘）有隋氏賜田數頃，書千卷，尚存。公年十五，依以爲學，不出一室，數年業就，名聲入都中，故丞相韋公執誼以聰明氣勢急於褒拔，如柳宗元、劉禹錫輩以文學秀少皆在門下。韋公亟命柳、劉於樊鄉訪公，曰：願得一相見。公乘驢至門，韋公曰是矣。」李珏作神道碑，語亦略同。僧孺即永貞進士，年輩相當，是執誼之留意人才殊非可抹殺者。其篤念故交蓋未嘗稍懈。或執誼卒後，其子絢謁禹錫於夔州，絢因有劉賓客嘉話録之作。

以衆所指目之人難爲右袒之論，故集中無一言耳。

執誼與叔文不協，據傳言執誼既爲叔文引用，不敢負情。然迫於公議，時時立異，密令人謝叔文曰：不敢負約爲異，欲共成國家之事故也。叔文詬怒，遂成仇怨。叔文既因之得位，亦欲矛盾掩其迹。此似執誼親黨尚衆，欲爲之詞以緩其罪。故得最後貶。然執誼恐亦實與叔文有異同。李翺集中故東川節度使盧公傳云：「順宗皇帝寢疾，王叔文居翰林，決大政，天下懔懔，（盧）坦説宰相韋執誼速白立皇太子以樹國本，執誼深納其言。」則執誼非堅不附憲宗者。蓋叔文孤寒新進，故專倚順宗，自謂能行其志。執誼甲族進士出身，熟於宫府黨援之習，不肯爲直情徑行之舉。觀其沮止叔文誅羊士諤、劉闢二事，不得謂非以士諤與闢皆進士出身而有同類之感也。叔文至欲先斬執誼而盡誅不附己者（皆見通鑑二三六），恐不爲無因。劉、柳於執誼迄無一言，而於叔文則深許之，蓋劉、柳亦惡執誼之持兩端而有以致叔文之敗也。

後四十餘年李德裕亦以爲宣宗所惡而貶崖州，與執誼之行誼有相似者，故德裕集中有祭韋相執誼文云：「儻知公者謂公無罪，不知我者謂我何求。」十六字中含意無窮。故知永貞之變，實由士大夫之分黨，一脈相承，直至會昌、大中之際而未有已。

執誼爲韋夏卿從弟，唐語林載夏卿有知人之鑑，嘗許執誼必爲宰相，又所辟舉如路隨，皇甫鎛皆爲宰相，張賈，段平仲，衛中行，李翺，李景儉，韋詞皆至顯官。是執誼本有聲望，而夏卿門下諸人亦多禹錫之交好。禹錫之與執誼稔習，情事顯然。

順宗實録云：「夏卿爲吏部侍郎，執誼爲翰林學士，受財爲人求科第，夏卿不應，乃探出懷中金，以内夏卿袖，夏卿擺袖引身而去。」此爲誣詆之詞不待言，即令有此事，必行於無人之處，執誼既必不自言，夏卿亦不至不顧族誼宣之於衆以敗其操檢也。順宗實録之不可據往往如此。

柳宗元

禹錫之黨於王叔文，首被同年友柳宗元之稱引，其見於自傳者如此，必非虚語。宗元於叔文始終推重，未嘗有異辭。其寄許京兆孟容書云：「宗元早歲與負罪者親善，始奇其能，謂可以共立仁義，裨教化。過不自料，懃懃勉勵，唯以中正信義爲志，以興堯舜孔子之道利安元元爲務。……加以素卑賤，暴起領事，人所不信，射利求進者填門排户，百不一得，一旦快意，更造怨讟，以此大罪之外詆訶萬端，旁午構扇，盡爲敵讎，協心同攻，外連强暴失職者以致其事。」此數十語於永貞政變之内幕揭發無遺。竇羣所謂「事有不可知」者，非即宗元所謂「射利求進者百不得一，一旦快意更造怨讟」乎？順宗實録所謂「人情疑懼莫測其所爲」者，非即宗元所謂「詆訶萬端，旁午構扇」乎？所謂「外連强暴失職」者非即指劉闢乎？闢固貞元二年（七八六）進士，至是已二十年，意固早望節鉞，而叔文斥之以去，闢遂歸告韋臯以擁立憲宗，陰附俱文珍等。此爲王、韋致敗之最要害處。當時嚴綬、裴均兩節鎮皆以聚斂諛媚爲事者，懼叔文亦有意奪其位，故附皐而謀傾王、韋以自固也。

宗元之言曰：「周仁以重臣爲二千石，許靖以人譽而致三公，近世尤好此類，以爲長者，最得薦寵。」（見與楊京兆憑書）而韓愈爲宗元墓誌，不肯一語涉叔文，反曰：「子厚前時少年，勇於爲人，不自貴重顧藉，謂功業可立就，故坐廢退，既退又無相知有氣力得位者推挽，故卒死於窮裔，材不爲世用，道不行於時也。使子厚在臺省時，自持其身已能如司馬刺史時，亦自不斥，斥時有人力能舉之，且必復用不窮。」雖意在爲宗元惜，然與宗元高世自許之志抑相刺謬矣。況事過境遷，永貞之事已不須諱，而猶囁嚅巽懦若此，豈愈懲於潮州之貶而益爲徇俗苟容耶！故韓非真知柳者。柳於韓殆亦非心服，故與愈論史官書云：「凡居其位思直其道，道苟直，雖死不可回也。如回之，莫若亟去其位。」又云：「退之宜更思，可爲速爲，果卒以爲恐懼不敢，則一日可引去，又何以云行且謀也？」二人所以未能相合者，韓未免於世俗之見耳。

宗元之稱禹錫曰：「中山劉禹錫，明信人也。不知人之實未嘗言，言未嘗不讎。」（送元暠師序）禹錫之於宗元，則三祭之文與集紀與傷愚溪詩皆無一語道其性行，即文章之美亦僅假韓愈、皇甫湜之言發之，非意有所不足也。蓋禹錫知宗元深，決其志事必不湮没，故不爲贅詞，且哀之極亦不暇文也。

禹錫祭柳文有云：「近遇國士，方申眉頭。」此語大可尋味。元和十四年（八一九）在相位者裴度、皇甫鎛、程异、崔羣、令狐楚。而异先卒，度與羣先後出鎮，二語不似指鎛而言，豈謂楚耶？然楚與宗元交誼無可考見。與禹錫亦尚無緣會面，恐亦非也。宗元集中有上門下李夷簡相公陳情書，云：「及今閣下以仁義正直入居相位，宗元實撫心自慶，以爲獲其所望。」或指夷簡之入相爲申眉，然夷簡以元和十三年（八一八）三月相，八月即出爲淮南節度使，不復有推挽之力。意者謂桂管觀察使裴行立能優禮宗元乎？然廉察之於支郡刺史亦未能肩薦揚之任也。總之，宗元即不死，禹錫即不居喪，量移近郡則固有之，大行其志恐亦非其時。

宗元於禹錫固所心服，而論學則不少遷就。其論易則云：「務先窮昔人書，有不可者而後革之。」答天論則云：「無羨言侈論以益其枝葉，姑務本之爲得。」其詞皆甚直。

權德輿

權德輿之父皐於安史亂中逃至江南，家於洪州。北人南渡之風氣開自此時，白居易與禹錫之先代蹤跡略同。舊唐書德輿傳中云：「兩京蹂於胡騎，士君子多以家渡江東，知名之士如李華、柳識兄弟者，皆仰皐之德而友善之。」德輿元和十三年（八一八）卒，年六十，則生於乾元二年（七五九），是南遷後事，故於南方使府關係較深。舊傳：「韓洄黜陟河南，辟爲從事，貞元初復爲江西觀察使李兼判官，再遷監察御史。府罷，杜佑、裴胄皆奏請，二表同日到京。德宗雅聞其名，徵爲太常博士。」自此方爲朝官矣。

德輿曾爲揚子鹽官，與禹錫父緒同時。據德輿奉和許閣老酬淮南崔十七端公詩自注云：「德輿建中興元之間，與崔同爲鹽鐵包大夫從事揚子既濟寺，貞元初，德輿受辟於江西廉推，崔又知度支院，在焉。」又有埇橋夜宴敍别詩，曾與緒同居埇橋，亦可想見。德輿詩中多涉及江東親故及潤州舊居。酬李二十二主簿馬跡山見寄詩云：「予以環衛冗秩罷漕輓從事且久，家居食貧，里巷相接。」可證。緒亦曾爲浙西幕僚，尤可知其多有往還。則其贈禹錫序所云皆易疏釋矣。禹錫早年情事，幸賴此序獲以窺其厓略，不啻爲自傳補遺，是尤可貴也。爲參證之便，録德輿集中送劉秀才登科後侍從赴東京覲省序如下：

每歲儀曹獻賢能之書於王，然後列於禄仕，宣其績用耳。小司徒以楚金餘刃，受詔兼領。彭城劉禹錫實首是科。始予見其丱，已習詩書，佩觿韘，恭敬詳雅，異乎其倫。及今見夫君子之文，所以觀化成，立憲度，末學者爲之，則角逐舛馳，多方而前。子獨居易以遜業，立誠以待問。秉是嗛慤，退然若虚。況侍御兄以文章行實著休問於仁義，義方善慶，君子多之。春服既成，五綵其色，去奉嚴訓，歸承慈歡。與侍御游久者賀而祝之曰：太丘之德，萬石之訓，亦將奉膳羞於公府，敬杖屨於上庠。公卿無慙，龜組交映，不待異日而前知矣。鄙夫既識其幼，乃序夫羣言耳。

細揣文意，「侍御兄」即指禹錫之父緒，幕職例帶憲銜也。禹錫蓋於登第後隨其父赴洛陽，故云「侍從赴東京覲省」。所謂「去奉嚴訓，歸承慈歡」，似其時祖母尚在，方與題合。禹錫登第甫及二十，祖母健在固合情理。

德輿爲相，庸謹而已，值禹錫貶謫之初，不能爲之道地，是不足責者。然德輿之子璩自中書舍人出刺鄭州，贈禹錫詩猶有念舊之意，而禹錫酬鄭州權舍人見寄二十韻詩則未述先世交誼，疑禹錫於德輿不能無缺望。德輿亦庸庸自保之人，本傳言其以「循默罷相」，必非能深知禹錫者。

白居易

禹錫晚年與白居易交誼之篤，過從之密，人所共知，自是由於二人年齒相同，詩力相敵，蹤跡相近。然二人之會合始於何時，猶待探討。按白集中祭苻離六兄文爲貞元十七年（八〇一）作，有去年春居易南遊之語，南遊者，即其集中卷十三詩題所謂自江陵之徐州路上寄兄弟也。是時禹錫方在淮南杜佑幕中，似二人頗有相逢之機會。若就二人之先世言之，居易之父季庚天寶末明經出身，以建中元年（七八〇）授彭城縣令，繼授徐州別駕，充徐泗觀察判官。以貞元十年（七九四）卒於襄州別駕任。（見白集二十九襄州別駕府君事狀）而禹錫之父緒則自天寶末南遷，爲浙西從事，就加鹽鐵副使，主務於埇橋（宿州），罷歸浙右，至揚州卒。其卒也，約爲貞元十三年（七九七）。（據子劉子自傳）又居易居苻離最久，醉後走筆酬劉五主簿詩云：「是時相遇在苻離，我年二十君三十。」其時當在貞元六七年（七九〇、七九一）頃。兩家宦況蹤跡略同，居易與禹錫之結交於弱冠時尤在意中，而兩集中皆未有可資論定者。直至居易自蘇州，禹錫同時亦自和州罷官，禹錫方有酬樂天揚州初逢席上見贈之作。「初逢」二字若作初相見解，則相見之晚亦可驚矣。觀外集卷一第一篇即爲翰林白二十二學士見寄詩一百篇因以答貺詩。居易爲翰林學士是元和三、四、五等年（八〇八、八〇九、八一〇）事，禹錫已謫官矣。則二人縱未相見，亦本有交情可知。次一篇即爲始至雲安寄兵部韓侍郎中書白舍人詩。意在乞援，尤足見交情之厚。惟白集曾經手訂，而與禹錫往還之作只自揚州相逢始。反不如劉集能存前此贈白之詩，則白集中所删舊作不少。

「初逢」「初見」之語，在劉、白詩中似是泛用，乃久别初逢相見之意，故白集有初見劉二十八朗中有感云：「欲話毗陵君反袂，欲言夏口我沾衣，誰知臨老相逢日，悲歎聲多言笑稀。」夏口指元稹，元卒於大和中。劉、白二人斷非初次相見可知。

二人交誼雖不始於揚州相逢時，而過從之密則必自此始。此時白自蘇州引疾，劉則和州解職，裴度與韋處厚方在相位，必有爲二人道地之意，故白即有秘書監之除，劉雖僅得主客分司，未能滿意，然自此脱離守郡之生涯，在其一生猶爲漸入佳境者。途轍既合，蹤跡自親，論詩力亦如驂之靳，故晚年酬唱，往復不衰。今劉集中與白同作之詩，皆見於白集，而見於白集者劉集尚不全備，尤以開成、會昌間所缺最甚，此亦足徵劉集遺落之多。

二人共同之友，其達而在上者，裴度、韋處厚而外，有令狐楚、牛僧孺、崔羣、李絳、李紳、楊嗣復、李程，次則楊虞卿、崔玄亮、馮宿、吴士矩之流，見於詩篇者，不一而足。然劉之摯友柳宗元爲白所不及知，李德裕厚於劉而與白不同臭味。惟元稹在兩人之間，交誼俱不淺，以詩篇往復而論，似與白尤殷勤。然劉所尤親厚者如柳宗元，吕温，李景儉皆亦元之知好，似元、劉之契合更在元白之上。蓋元和以後，士大夫朋黨恩仇翻雲覆雨，殊難究詰，有始相仇而繼相好者，有跡雖同而心則異者，大和、開成間尤甚。禹錫與居易周旋於京洛貴人之間，固猶不能不假其噓吸以霑微禄，命儔嘯侣，此唱彼和，亦聊復爾爾，不得不然。居易之於令狐楚，禹錫之於牛僧孺，尤未必出於由衷之言，連篇累牘，浮光掠影，按之殊無實也。

淳熙祕閣續帖載居易與禹錫一書有云：「平生相識雖多，深者蓋寡，就中與夢得同厚者，深（李絳）敦（崔羣）微（元稹）而已，今相次而去，奈老心何……微既往矣，知音兼勍敵者非夢而誰？」此書不載集中，與劉白唱和集解所云：「彭城劉夢得詩豪者也，其鋒森然，少敢當者。」語意悉合。是居易肺腑之言。蓋平生所伏，惟元與劉也。北夢瑣言云：「白太傅與元相國友善，以詩道著名，時號元白，其集内有詩輓元相云：相看掩淚俱無語，别後傷心事豈知？想得咸陽原上樹，已抽三丈白楊枝。洎自撰墓誌云：與彭城劉夢得爲詩友，殊不言元公，時人疑其隙終也。」孫光憲距大和、開成時未遠，而作此臆測。意者其時未覩長慶集之全，又元與裴度有隙，而白與裴蹤跡轉密，啓人以疑，皆由不知詩酒往還不盡足爲交誼深淺之據也。

居易推重禹錫之「雪裏高山」、「海中仙果」；「沈舟側畔」、「病樹前頭」之句，云真謂神妙。蓋其引喻貼切，真情流露，同時詩人所不能及，亦居易詩格之所不足。元、白、劉三人同開元和新派，各成壁壘，而居易能知人，能服善，此所以得廣大教主之稱歟！

白集中有哭劉尚書夢得二首，其第一首云：「四海聲名白與劉，百年交分兩綢繆。同貧同病退閒日，一死一生臨老頭。杯酒英雄君與操，文章微婉我知丘。賢豪雖没英靈在，應共微之地下遊。」居易晚年詩中極少涉及時政者，禹錫亦然。其感往傷今，驚心觸目，殆只相喻於無言。「文章微婉」一語，概括禹錫一生遭際，與二人之契合，其旨甚深。末句以元、劉並論，不僅指私交，亦指元、劉抱負之相同也。孫光憲之臆測不攻自破。

居易志趣本與禹錫略殊，蓋禹錫未忘用世，而居易則歛盡鋒芒，然居易早年曾揭發擁立憲宗之宦官俱文珍劣迹，詞甚激切，見集中論太原事狀一文。據此一端，其於永貞之變同情於八司馬必矣。所謂「文章微婉」，誠有無限難言者在也。惟居易與楊汝士弟兄有連，楊氏皆親李宗閔、牛僧孺，因與李德裕不相洽，與禹錫之親德裕異趣。北夢瑣言及南部新書皆載德裕不滿居易之語，雖出附會，當非無因。

韓　愈

與禹錫派系不同，而相識偏早者，韓愈也。愈長於禹錫五歲，先一年（貞元八年七九二）進士登科。愈以貞元十九年（八〇三）自四門博士，禹錫自渭南主簿同爲監察御史。蓋禹錫在貞元末同官者，除柳宗元外宜莫親於愈。及禹錫轉屯田員外郎，入王、韋之黨，則愈已貶陽山令矣。愈被謫之由，據洪興祖譜略云：是時有詔以旱饑蠲租之半，有司徵愈急，愈與張署、李方叔上疏言，請寬民徭而免田租。卒爲幸臣所讒，貶連州陽山令。幸臣，李實也。而舊、新書本傳皆云由上疏極論宮市。洪譜本諸李翺所作行狀，皇甫湜所作神道碑。但亦不能盡廢舊史之説，故兩存之。按韓集中有御史臺上論天旱人饑狀，云：「上恩雖弘，下困猶甚，至聞有棄子逐妻以求口食，拆屋伐樹以納稅錢……臣愚以爲此皆羣臣之所未言，陛下之所未知者也。」其語已侵及當道，而江陵途寄王李李三學士詩〔二〕云：「拜疏移閤門，爲忠寧自謀？上陳人疾苦，卒令絶其喉，下陳畿甸内，根本理宜優。積雪驗豐熟，幸寛待蠲䊵。天子惻然感，司空歎綢繆。謂言即施設，乃反遷炎州。同官盡才俊，偏善柳與劉。或慮語言洩，傳之落冤讎。二子不宜爾，將疑斷還不。」其語與狀中「今瑞雪頻降，來年必豐，……容至來年，蠲麥庶得少有存立」者正相符。愈所自言，固無較此更明白者。而方崧卿考正乃云：「蓋爲王叔文、韋執誼等所排，德宗晚年韋、王之黨已成。」此乃習見唐代官書詆毀叔文之語，欲以此爲愈重，而不知適所以輕愈也。王、韋無論在德宗時成黨與否，其不至排愈，可以斷言。蓋永貞新政首黜李實，罷宮市，皆正與愈之主張相同，何排之有？前人亦未嘗不見及此，可不辨矣〔三〕。然愈於王、韋之黨絶之已甚，詆之已苛，此則畢竟無以自解。前詩云：「赫然下明詔，首罪誅共、吺。」比王韋於共工驩兜，此猶可云詩人運用故實不無過甚，且頌聖之詞，亦不得不然也。至其作永貞行，一則謂「天子自將之北軍，一朝奪印付私黨」，此乃爲宦官之擁兵者張目也，再則以拜官超資越序、公然納賄爲罪，此又求官不得者忿嫉之詞也，三則斥爲董賢、侯景，而謂「天位未許庸夫奸」。此則愈益離奇。謂王、韋將謀簒，其誰信之？蓋愈與禹錫既同爲御史，柳宗元之爲御史亦即在此時，年齡科第家世學識聲名皆相若，當愈自陽山量移江陵，幸未墮入劉、柳網中，而得以國子博士召還，親聞當時君相之風旨，自必汲汲以不與劉、柳同黨自明，更汲汲以元和聖德詩獻媚。此公言之者也。若私言之，則於劉、柳亦不能不留日後相見之餘地。故於元和聖德詩之外，再作一永貞行，以醜詆王、韋爲表，而以慰藉劉、柳爲裏，使君相見此詩必深許其忠，而朋好見之亦不至惡其負友。料知劉、柳之於愈亦未嘗不諒其阿世以急於求進之苦心也。且唐時政局起伏無常，劉、柳亦初無引愈爲同調之意，不過正爲其不同調，乃更望愈之仕途亨遂，早據要津，始有彈冠相慶之可冀也。故愈與劉、柳雖在政治上途徑各殊，仍不至損及私交。劉、柳在謫籍中皆無怨愈之言。宗元之卒也，禹錫仍視愈爲宗元至交，祭文中言之極周悉，而宗元之碑誌亦終出愈之手。又禹錫有始至雲安寄兵部韓侍郎中書白舍人二公近曾遠守故有屬焉一詩，亦可見長慶中愈駸駸有柄政之望，禹錫待其援手也。

韓愈與白居易二人同官於朝，而情則不甚相得，愈有同水部張員外籍曲江春遊寄白二十二舍人詩云：「曲江水滿花千樹，有底忙時不肯來？」居易則有酬韓侍郎張博士雨後遊曲江見寄詩云：「何必更隨鞍馬隊，衝泥蹋雨曲江頭？」又久不見韓侍郎戲題四韻以寄之詩云：「近來韓閣老，疎我我心知。户大嫌甜酒，才高笑小詩。」彼此皆若嘲若諷，其有所不足可知。禹錫是時與居易往還未密，故於二人無所軒輊，此亦可連類而論者。至於居間之張籍，則似調停於劉、白、韓三人之間者。

禹錫與愈一生遭遇之最可紀者無如永貞元年禹錫初貶連州而愈自陽山量移江陵，二人適於途中相會也。據舊唐書憲宗紀：是年九月己卯，禹錫授連州刺史。九月丁卯朔，則己卯爲十三日。唐制左降官皆不得停留，禹錫當即以中旬啓行。再貶朗州司馬之日則爲十一月己卯。要之禹錫奉命即行，不能預知有朗州之授，似當取道江陵長沙以至連州。又據愈之岳陽樓詩明有「時當冬之孟」一語，禹錫和愈此詩，二人自應會於岳陽。説者或以禹錫自傳有「予出爲連州，途至荆南，又貶朗州司馬」之語，似與愈相會在江陵，則未必然。試思十月愈尚在岳陽，其到江陵當在十月杪十一月初，此時禹錫何緣在江陵久待耶？自傳所云荆南，蓋包括鄂、岳、譚諸州言之，非以江陵爲荆南也。惟和詩注云：「時禹錫出爲連州，途至荆南，改武陵司馬，和韻於荆。」説者或據此以爲禹錫所自注，必無誤理。而不知此數字即據自傳之文，而增「和韻於荆」四字。即此四字已可證其非禹錫自注也。唐人以用元韻者爲和韻，禹錫詩與愈詩用韻各别，安有所謂和韻？後人刊集者臆爲之説，非可深信。惟禹錫自始至終亦未露出與愈會於岳陽之確據，所云「今朝會荆蠻，斗酒相燕喜，爲予出新什，笑忭隨伸紙」，謂愈前詩甫成仍在岳陽固可，謂離岳陽後出示亦無不可。不得謂非仍有疑竇。

劉集卷十上杜司徒書：「會友人江陵法曹掾韓愈以不幸相悲，且曰：相國扶風公之遇子也厚，非獨余知之，天下之人皆知之矣。余初聞子之横爲口語所中，獨相國深明之，及不得已而退，則爲之流涕以訣，又不得已而讁，則爲之擇地以居，求之於今，難與侔矣。」此則尤可玩味。禹錫此書必作於元和元年（八〇六），自在上年冬禹錫與愈相會之後。書中所謂以不幸相悲，是會面時所言邪，抑否邪？愈自貞元十九年（八〇三）南遷，至元和元年（八〇六）六月始召爲國子博士，於禹錫得罪之故及杜佑委曲相助之隱衷，安所得見又安所得聞邪？以情理度之，愈自南而北，禹錫自北而南，語及京朝近事，必禹錫爲愈言之，愈不能爲禹錫言之也。此蓋禹錫出京時，杜佑示意如此，禹錫至岳陽以告愈，愈乃勸禹錫爲書以陳情，禹錫亦聊假愈之言以發端耳，非愈别有所聞也。愈集中未見與佑往還之迹，當貞元中愈從事汴、徐二府時，佑在淮南，及佑於貞元末還朝爲相，愈或能見之，若永貞、元和之間則必無相見之事。然禹錫必假愈之言以發端者，殆以愈於永貞之政局了無牽涉，言之可無顧忌耳。此事若能更探出綫索，尤足於當時政局有所發明。

禹錫集中有爲李實所撰各文，或以禹錫爲黨於實者。此未知敵友之未易區分也。禹錫誠與實有往還，實或震於禹錫之文名而匄其代筆，此亦情事之常。與永貞新政之貶實通州長史不得併爲一談。爲實作文是情誼之私，貶實是輿論之公，正猶韓愈上實書以「今年已來不得雨者百餘日，種不入土，野無青草，而盗賊不敢起，穀價不敢貴」稱頌之至於此極，而轉盼之間一爲御史則上書稱「棄子逐妻以求口食，拆屋伐樹以納税錢」，亦不得遽詆其反覆自相矛盾也。然愈之上書干乞時曾未思及其不恤民隱，竟以「忠於君，孝於親」濫相推譽，其躁進而不擇言，終亦難於自解耳。

愈與禹錫交遊之間彼此相共者非一，柳宗元，其不待言者也，外此則有如元稹。愈答元侍御書云：「足下以抗直喜言事斥不得立朝，失所不自悔，喜事益堅。」似能深知稹者。稹元配韋氏以元和四年卒，愈爲作墓誌銘。皆稹未顯達時事，及稹與裴度齟齬，愈爲度上佐，二人似交誼不終矣。然愈鎮州宣慰之行，稹猶爲之言於穆宗謂韓愈可惜〔四〕。

崔羣爲劉、白共同之摯友，而愈在羣爲宣州判官時已致書盛稱之曰「考之言行而無瑕尤，窺之閫奥而不見畛域。」二人同年進士，愈長於羣四歲，皆少年登第者。其意氣相得可想。愈隨裴度出征淮西，羣繼度入相，尤足徵二人之取逕相同。愈以諫佛骨得罪，羣力救之。及羣忤憲宗罷相，未幾穆宗即位，愈亦驟遷兵部侍郎，不復藉羣之力矣。能周旋於劉、白、韓之間而始終無間者，崔羣其人也。

李絳亦愈同年進士，元和二年已爲翰林學士，六年入相，十年出爲華州刺史，愈有與華州李尚書書云：「愈於久故游從之中，伏蒙恩獎知待，最深最厚，無有比者。」疑愈之拜河南令遷職方員外郎，絳有力焉，而禹錫則方在謫籍，未獲其援。故禹錫爲其集紀但云：「始愚與公爲布衣游，及仕畿服，幸公同邑（渭南），其後雖翔泳勢異而不以名數革初心。」絳之被害則愈已早卒矣。

禹錫嘗爲韋處厚作集紀，而愈亦有韋侍講盛山十二詩序。其文云：「和者通州元司馬爲宰相，洋州許使君爲京兆，忠州白使君爲中書舍人，李使君爲諫議大夫，黔府嚴中丞爲祕書監，溫司馬爲起居舍人，皆集闕下。」元、白之外，李景儉，溫造亦皆禹錫之友也。禹錫此文述及李翺及愈論文之語，（於李翺條下詳言之。）又稱：「執友崔敦詩爲相，徵拜户部郎中。」處厚之歿，居易祭文最深摯，此又諸人展轉相契之蹤跡也。

八司馬中，劉、柳而外，愈所知者尚有韓泰，其刺袁州時曾舉泰自代，舉狀云：「往因過犯貶黜，至今十五餘年，自領漳州悉心爲治，……臣之政事遠所不如。」禹錫祭柳文亦云：「退之承命，改牧宜陽，……安平、宣英，會有還使。」安平即泰，宣英，韓曄也。三韓並舉，足證禹錫知愈與王、韋之黨初無怨尤，事過境遷，即有之亦淡忘矣。

愈於柳文但云雄深雅健，崔、蔡不足多，似微有不足之意，蓋韓宗西漢，柳近東京，道不同不相爲謀之故，亦仍可見其深悉文章體製，品評恰如其分。而柳之評韓，則有譽無貶，蓋自知人各有能有不能，柳亦自承不能爲韓之文故也。惟禹錫祭韓之文，即效韓體，既能知韓，亦不自菲薄。故云：「子長在筆，予長在論。持矛舉楯，卒不能困。時惟子厚，竄言其間。」六朝以來，謂單行之文爲筆，筆與文對舉，此言韓之工爲古文無異詞也。然韓持論多不堅卓，若與剖析名理，則韓將詞窮，不能敵劉、柳也。而王應麟困學紀聞云：「劉夢得文不及詩，祭韓退之文乃謂子長在筆，予長在論，持矛舉楯，卒莫能困，可笑不自量也。」應麟博通之人而似未細讀劉集者，可笑正在此而不在彼。趙敬襄困學紀聞參注云：「此論字似指談論。」所見稍近是，惜未能竟其説。禹錫文中又有「公鼎侯碑，志隧表阡，一字之價，輦金如山」之語，似與劉叉「諛墓金」之譏同。

當元和時，愈之文學已有定價，白居易雖與愈取徑不同，而長慶集中韓愈比部郎中史館脩撰制亦稱其「學術精博，文力雄健，立詞措意，有班馬之風。求之一時，甚不易得。加以性方道直，介然有守。不交勢利，自致名望。可使執簡，列爲史官。記事書法，必無所苟。」褒詞亦恰如其分。至於愈之所短，則即在其門下者亦不必爲之諱。皇甫湜集中諭業一篇有云：「韓吏部之文如長江大注，千里一道，衝飈激浪，汙流不滯，然而施於灌溉或爽於用。」謂其徒恃氣矜而於實際無所裨補。禹錫不以論許之，固非一人之私言也。

嘉話録中涉及愈者有兩條，一條云：「韓十八愈直是太輕薄，謂李二十六程曰：某與丞相崔大羣同年往還，直是聰明過人。李曰：何處是過人者？韓曰：共愈往還二十餘年，不曾共説著文章，此豈不是聰明過人者？」又一條云：「韓十八初貶之制，席十八舍人爲之詞曰：早登科第，亦有聲名。席既物故，友人曰：席無令子弟，豈有病陰毒傷寒而與不潔喫耶？韓曰：席十八喫不潔太遲。人問之，何也？曰：出語不是。蓋忿其責辭云亦有聲名耳。」（按席夔爲中書舍人在元和中，以元和十二年（八一七）卒，無緣爲愈草貶官之制，此不甚確。）語皆形容愈之褊淺，證之愈與李程之詩，亦可見二人曾有違言。綜愈一生，樹敵亦不少。如白居易則見於詩者，如李紳則見於史者。

永貞政變之真相不明，以愈所撰順宗實録獨存也。愈之爲此，即唐人亦不以爲當。故舊唐書愈傳云：其撰順宗實録，繁簡不當，敍事出於取捨，頗爲當代所非。

元稹

元稹以大曆十四年（七七九）生（見侯鯖録），少禹錫八歲，及元和元年（八〇六），禹錫三十六歲，稹當二十八歲。舊唐書稹傳云：二十八應制舉才識兼茂明於體用科，登第者十八人，稹爲第一，元和四年（八〇九）四月也。制下除右拾遺。此皆無可疑者矣。傳又云：又以前時王叔文、王伾以猥褻待詔蒙幸太子，永貞（八〇五）之際大撓朝政。是以訓導太子宫官宜選正人。此則非稹之原意也。稹之疏有云：「近制宫寮之外，往往以沈滯僻老之儒充侍直侍讀之選，而又疎棄斥逐之，越月逾時不得召見。」叔文與伾豈沈滯僻老，又豈疎棄斥逐者？故知稹意不在攻擊二王也。知稹無意攻擊二王，則稹非僅不與禹錫爲敵且與禹錫有深交從可知矣。

禹錫與稹訂交似反在識白居易之前。據稹傳，二十四調判入第四等，授祕書省校書郎，則當爲貞元十九年（八〇三），正禹錫自渭南主簿遷監察御史時。居易雖亦在京，晤面與否尚無確據。稹則元和五年（八一〇）自東都分司御史貶江陵士曹參軍，與禹錫同在謫籍，而荆、朗二州相去又不甚遠，倍深氣類之感，自在意中。禹錫酬元九院長自江陵見寄詩雖淡淡著筆，而不平之意已在言外。此後九年稹從事唐州（見酬樂天東南行詩自注），次年之春，亦被召入京（見同上）。與劉、柳同時。而再貶通州司馬又亦與劉、柳之出刺連、柳二州同時。（見桐花詩自注）由此可知元和九年（八一四）末之徵還遷客不止王、韋一黨之人，其徵而後斥者，亦有稹在内，不止劉、柳也。然則所謂「王叔文之黨坐謫官者凡十年不量移，執政有憐其才欲漸進之者，悉召至京師，諫官争言其不可，上與武元衡亦惡之」者（通鑑二三九）未盡可信。揣其情事，徵還遷客或爲李吉甫之主張，然不能專爲王黨而發，故稹亦同在此一案中。吉甫初發其端而遽卒，及諸人到京，政局已變，故又同被斥逐也。

又稹謫江陵時，李絳、崔羣方爲翰林學士，曾面論稹無罪，見舊唐書白居易傳。羣與禹錫、居易皆至交，絳與禹錫亦雅故。故由交游氣類言之，此時禹錫與稹必有聲應氣求之感，可以斷言。至於由居易居間而更增文字唱酬之密，乃後此之事，不宜專據此以論禹錫與稹之交情。

元和十四年稹自虢州長史爲膳部員外郎，未幾劉丁艱而柳卒，及稹自翰林學士數遷而入相，禹錫甫到夔州刺史任，稹未及有所設施，居相位僅數月而罷，此時禹錫似未與稹互通信息。或以禹錫之詩有碧澗寺見元九侍御和展上人詩云云，寺在松滋縣，謂是赴夔州所經〔五〕。然是時稹已顯達，居禁近，不應仍以「元九侍御」相稱。且稹以元和十五年（八二〇）五月爲祠部郎中、知制誥（通鑑二四一），次年冬禹錫受夔州之命，其時同在翰林者爲李德裕、李紳，三人皆與禹錫交好。禹錫未嘗不陰受其汲引。自德宗以後，翰林學士頗有左右政局之勢力也。禹錫往來楚境凡六度，一、永貞（八〇五）初貶，二、元和九年（八一四）冬自朗州入京，三、次年自京至連州，四、元和十四年（八一九）丁艱北歸，五、長慶元年（八二一）冬赴夔州，六、四年（八二四）秋自夔州赴和州。第一次有洞庭岳陽樓詩，似不應取松滋道，其三四次亦皆不經此。除第五次外，惟第二次自朗州入京經松滋見積題詩最爲近似，其時積與禹錫同在被徵之列，稱爲侍御最當。自到和州以後，則稱德裕爲李大夫，積爲元相公，唐人稱謂之間，於官位頗不苟也。

積之所友，如德裕、如紳、如居易，亦皆禹錫所友，不待言矣。其所與爲敵者，據史所言，則爲裴度及武儒衡。禹錫與度之關係詳在別條。至於積與度似已至不可調和之程度，蓋度騰章詆積，非有深憾不至於此。以常理而論，度在平淮西以後，被推爲元老重臣，似不應有輕率忿激之章奏，殆必有交扇其間者也。檢舊唐書李德裕傳：「時德裕與李紳、元積俱在翰林，以學識才名相顯，情頗款密，而〔李〕逢吉之黨深惡之……裴度自太原復輔政，是月李逢吉亦自襄陽入朝，乃密賂纖人構成于方獄，六月元積、裴度俱罷相。」情事約略可想，德裕、紳、積三人之情好，於禹錫和德裕述夢詩可覘其一斑。傳所言情頗款密，乃實録也。惟傳云德裕於元和中久不得調亦未甚確，通鑑考異已駁之。以此言之，積與度本非有不可解之仇，亦不至影響禹錫與度之交誼也。積以大和三年（八二九）自浙東入爲尚書左丞，次年復出爲武昌軍節度使。度時方爲相，李宗閔同在相位。其入爲左丞是再起秉鈞之機，而出鎮武昌則再失意也。積贈妻裴柔之詩云：「窮冬到鄉國，正歲别京華。自恨風塵眼，常看遠地花。」其悵恨之情傾寫無餘。則援之者何人，擠之者又何人，誠耐人尋思矣。是時居易在洛陽，禹錫在長安，必與稹相晤，稹赴鎮時，禹錫送至滻橋，見虎丘寺見元相公二年前題名詩自注。

武儒衡與稹不睦，爲唐人所盛傳之事。通鑑二四一詳記其事云：初，膳部員外郎元稹爲江陵士曹，與監軍崔潭峻善，上（穆宗）在東宫聞宫人誦稹歌詩而善之。及即位，潭峻歸朝，獻稹歌詩百餘篇。上問稹安在，對曰：今爲散郎。夏五月庚戌，以稹爲工部郎中知制誥，朝論鄙之。會同僚食瓜於閣下，有青蠅集其上，中書舍人武儒衡以扇揮之曰：適從何來，遽集於此！同僚皆失色，儒衡意氣自若。按稹進身之始即與中官爲敵，甚爲分司御史之獲罪，一則爲斥徐州監軍孟昇之柩不合安於郵驛，再則爲敷水驛與中官劉士元争廳，崔潭峻不容不知其事。其後乃變節而諂事潭峻，亦不能爲稹曲諒矣。所謂「獻稹歌詩百餘篇」，據舊唐書稹傳即有連昌宫詞在内，此則以稹之新體詩爲時世所傳誦，中官進以爲娱，穆宗亦未必能知其規諫之意。所謂朝論鄙之者，蓋稹之遷工部郎中、知制誥太驟，而儒衡是時已正拜中書舍人，以前輩自居。加之稹不由進士出身，尤爲儒衡所輕。故有此譏誚之語耳。儒衡爲禹錫同年進士，此事原與禹錫無關。然武元衡既與禹錫有隙，而儒衡又與稹不相能，則禹錫與稹之同在一黨利害相關可知。

禹錫於稹之晚年，情味尤覺深摯，其詩題云：浙東元相公書歎梅雨鬱蒸之候因寄七言，詩則云：「稽山自與岐山别，何事連年鸑鷟飛。……今日看書最惆悵，爲聞梅雨損朝衣。」望稹再相之意甚切。又微之鎮武昌中路見寄藍橋懷舊之作凄然繼和兼寄安平云：「今日油幢引，他年黄紙追。同爲三楚客，獨有九霄期。宿草恨長在，傷禽飛尚遲。……」安平謂韓泰初貶撫州刺史，繼貶虔州司馬，元和十年（八一五）同再出爲漳州刺史，遷郴州，皆古三楚地也。所謂「藍橋懷舊之作」，指積留呈夢得子厚致用一詩也。詩之末句云：「心知魏闕無多地，十二瓊樓百里西。」蓋即元和九、十年（八一四、八一五）間同劉、柳被召之時。積與宗元交誼亦於此可見。蓋禹錫至滻橋送積赴鎮（見上），必語及當年同貶之事。因而追悼宗元，故積於途中以舊作寄示禹錫也。積之卒，李德裕方鎮西川，亦遥致哀悼，故禹錫有詩題云西川李尚書知愚與元武昌有舊遠示二篇吟之泫然，使積能稍遲十年卒，或與德裕同入相，亦意中事耳。致用爲李景儉字，見柳宗元集與吕道州温論非國語書舊注。

裴度

元和十年（八一五），禹錫再貶，自播改連，出裴度苦争之力。據通鑑考異（見卷二三九），語出實録及唐諫諍集，似無異詞。再證以元稹集中上門下裴相公書云：「安有救裴寰之罪，换禹錫之官則盡易，振天下之窮滯，行涣汗之條目則盡難。」尤足見此事已喧騰於衆口。度時爲御史中丞，甫逾三月，即繼武元衡爲相。按中丞爲次對官，度蓋見詔書而於入對時面請，憲宗許之而於次日語宰相改命。此非度敢於與君相抗争，不易得也。然度於禹錫私交何若，宜先考而論之。按舊書度本傳，貞元五年（七八九）進士，先於禹錫登科者四年，元和六年（八一一）以司封員外郎知制誥，在此以前，自河陰尉遷監察御史，出爲河南府功曹，遷起居舍人。唐詩紀事云：「柳公綽與度同爲西蜀武元衡制官，公綽先入爲吏部郎中，度有詩曰：兩人同日事征西，今日君先奉紫泥。」元衡初鎮西川是元和二年（八〇七）十月事，禹錫已貶朗州矣。貞元中度與禹錫有無往還不可知，然同官京朝爲時亦必甚短。至元和改元以後數年中，則固未必能通情愫。

禹錫集中卷十八有賀門下裴相公及上門下裴相公二啓，皆元和十二年（八一七）平淮西後作。前爲例賀，後陳私情。後啓云：「某前墮危厄，常（嘗）受厚恩，詛盟於心，要之自效。」則連州之改出於度之力争，信而有徵矣。既有此段舊恩，則望度於得君最專之時再一援引，固禹錫所不能已於言者也。元和十三、十四（八一八、八一九）二年間，在相位較久而負時望者，度與崔羣爲最，王涯，程异居位稍短，皆與禹錫有素，李鄘，李夷簡誠不可知，而入相不過數月。若於此時爲禹錫道地，量移近北一大州，以唐時仕途慣例衡之，不爲甚難也，而禹錫與宗元皆不得一沾其庇蔭，蹉跎兩年，而禹錫丁艱，宗元捐館矣。試揣當時情事，疑程异爲八司馬之一，幸而以皇甫鎛之汲引，不獨昭雪前罪，且致身台輔，惴惴焉自保不暇，自不敢復爲永貞案中人乞恩，致涉黨援之謗。度之自淮西歸朝復知政事，當在十三年之歲首，即有討李師道之舉。度在中書，職主軍事，未必有從容薦拔人才之餘暇。及九月而皇甫鎛，程异入相，度乃恥與同列，上言：「臣若不退，天下謂臣不知廉恥；臣若不言，天下謂臣有負恩寵。」而憲宗以爲朋黨，不之省（通鑑二四〇）。自此以後，度與鎛同列，必有如坐針氈之苦，豈敢復有所言乎？禹錫啓云：「異同之論，我以獨見剖之，文武之道，我以全材統之，崇高之位，我以大功居之；造物之權，我以虛心運之。」然則度未平淮西之前，韋貫之、錢徽、蕭俛等沮用兵之議，而憲宗一心倚度，不聽他人之言，禹錫雖遠在湘南，亦有所聞，可見異同之論傳播之廣。又云：「持盈之術，古所難也，實在陰施及物，厚其德基，以左右动庸而百禄是荷，人所欽戴，久而愈宜。」此則於度歸朝以後之杌隉不安未能料及矣。

與此同時，禹錫與刑部韓侍郎書云：「前日赦書下郡國，有棄過之目，……況有吹律者召東風以薰之，其化更益速。雷且奮矣，其知風之自乎？既得位，當行之無忽。」此亦聞韓愈爲度之行軍司馬，功成受賞，煊赫一時，視爲能振拔人才之顯官，而不料只在十四年（七九八）初春，愈已緣諫迎佛骨一表而貶潮州以去矣。

舊唐書禹錫本傳云：「大和二年（八二八）自和州刺史徵還〔六〕，拜主客郎中，禹錫銜前事未已，復作遊玄都觀詩序……禹錫甚怒武元衡、李逢吉，而裴度稍知之。大和中，度在中書，欲令知制誥，執政又聞詩序，滋不悦，累轉禮部郎中、集賢院學士。度罷知政事，禹錫求分司東都。」按元衡已於元和十年（八一五）被刺，逢吉亦以寶曆二年（八二六）之冬出鎮襄陽。所謂執政聞詩序滋不悦者，未知指何人。又大和元年（八二七），王播入相，二年，竇易直出鎮襄陽，韋處厚暴卒，路隋入相，三年，李宗閔入相，四年，牛僧孺，宋申錫相繼入相。此諸人者，韋處厚與禹錫相知，王播，竇易直，在禹錫集中皆曾有往還，路隋則未曾涉及，但三人皆似不至相齮齕。不悦者恐仍爲李宗閔之黨耳。禹錫在和州時，與李德裕、元稹唱和頗勤，述夢一詩，尤見三人同音之雅。宗閔雖與韓愈俱曾從事度之淮西宣慰使幕中，晚節以黨派之故，遂不顧度之舊誼矣。舊唐書宗閔傳云：「（大和）三年（八二九）八月，以本官同平章事。時裴度薦李德裕，將大用。德裕自浙西入朝，爲中人助宗閔者所沮，復出鎮。尋引牛僧孺同知政事，二人唱和，凡德裕之黨盡逐之。」此殆當時實情也。淮西平後，度雖名爲元功重望，而忌之者必多。主要尤在當初反對用兵之諸人。度得意之際，即諸人内愧而不自安之時，此亦情事之必然者。李、牛之隙，肇始於長慶元年（八二一）錢徽知貢舉之一榜，而徽則正請罷淮西爲憲宗所斥之人也，其心既已内愧而不自安，而德裕一黨乃欲興大獄以逼之，宜宗閔之排德裕以救徽〔七〕，既慮德裕之大用，不得不與度立異，度之所以不能爲禹錫謀者，殆以此。

此中關係至爲複雜，出主入奴亦非一定而不可移者。元稹實與德裕善，故錢徽之被斥，稹與李紳有力焉。然度又與稹不睦，至於騰章相詆。稹罷相後，以大和三年（八二九）入爲尚書左丞，四年出鎮武昌，正度在中書秉政之時，若非已捐前隙亦不可得。試問度與稹何以始隙而終睦，則仍是李、牛黨系爲之也。度與稹之嫌隙，構於于方一獄，其事皆李逢吉之黨爲之，既挑起度與稹之隙以陷度於孤立，又排李紳使不安於位（事詳度，紳及張又新傳中）。逢吉，宗閔之陰謀之所以能遂意，又由於中人魏弘簡，劉承偕之構煽（亦詳度傳中）。而其總因則度之名高遭忌也。度爲二李所愚而與稹自相水火，殆久而漸悟，亦或以禹錫、居易二人爲之居間解釋而言歸於好歟！

禹錫集中與度往還之詩皆在罷和州以後，前此殆惟在元和十年（八一五）禹錫自朗州召還京時得一見。自和州還朝，緣何與度深相結納，則無可徵。度本傳：「屬盜起禁闈，宫車晏駕，度與中貴人密謀，誅劉克明等，迎江王立爲天子，以功加門下侍郎、集賢殿大學士、太清宫使。」禹錫之以主客郎中充集賢殿學士，顯出度之所薦矣。觀集中謝裴相公啓云：「某遭不幸，歲將二紀，雖屢更符竹，而未出網羅〔八〕。……豈意天未勦絶，仁人持衡，紆神慮於多方，起堙沈於久廢。……通籍郎位，分曹樂都。……章程有守，拜謝無由。」知禹錫罷和州，初未入京，而已藉度之力獲主客郎中分司東都之命，及大和元年（八二七），度加集賢殿大學士後始入京與度相見，自傳所謂明年追入充集賢殿學士也。

度有喜遇劉二十八偶書兩韻聯句云：「病來佳興少，老去舊遊稀。」自似非在相位時之語氣。又一首題云：「予自到洛中，與樂天爲文酒之會，時時構詠，樂不可支，則慨然共憶夢得，而夢得亦分司至止，歡愜可知。」此則當指禹錫開成元年（八三六）以太子賓客分司東都時。

太和四年（八三〇）度罷政出鎮襄陽，次年禹錫出爲蘇州，八年（八三四），度爲東都留守，禹錫有郡内書懷獻裴侍中留守詩云：「功成頻獻乞身章，擺落襄陽鎮洛陽。……兵符今奉黄公略，書殿曾隨翠鳳翔。心寄華亭一雙鶴，日隨高步繞池塘。」此爲未離蘇州時所作，是年轉任汝州，必經洛陽與度復相見。兩何如詩謝裴令公贈別云：「一言一顧重，重何如！今日陪遊清洛苑，昔年別入承明廬。一東一西別，別何如？終期大冶再鎔鍊，願託扶摇翔碧虚。」詳其語意，不似自蘇赴汝，當是自汝赴同州。又將之官留辭裴令公留守云：「祖帳臨伊水，前旌指渭河。」則明言赴同州任矣。至罷同州改賓客分司，則有自左馮歸洛下酬樂天兼呈裴相公詩。自此以後，皆優游唱和之作，舊唐書度傳所謂視事之隙與詩人白居易、劉禹錫酣宴，終日高歌放言，以詩酒琴書自樂也。至開成二年（八三七）度復出爲河東節度使，二人殆不復相見矣。元和以來政局變幻如此之烈，想二人亦必追話及之而互相慨歎，然經甘露之變，又必相戒以多言賈禍，故詩中無一及時事之語焉。

禹錫之入京直集賢殿即爲度欲引進禹錫之張本，按當時慣例，有文望之正郎知制誥後即不難正拜中書舍人，再轉丞郎即有入相或出鎮之望。禹錫以久屈之身，與同時顯達多爲舊識，人固皆以此相期待也。故居易和禹錫早朝之詩云：「暫留春殿多稱屈，合入綸闈即可知。」已明言之矣。禹錫有制辭數篇，（集中不載，見文苑英華。）殆即是時所擬。然而此願終不遂，豈猶是李宗閔之爲梗乎？

令狐楚

舊唐書李商隱傳云：「商隱能爲古文，不喜偶對，從事令狐楚幕，楚能章奏，遂以其道授商隱。」楚乃以幕僚出身而以能爲公牘文自喜者，其生平亦大致可由此推測。舊唐書本傳云：「李説、嚴綬、鄭儋相繼鎮太原……皆辟爲從事，自掌書記至節度判官。……德宗好文，每太原奏至，能辨楚之所爲，頗稱之。」又云：「鄭儋在鎮暴卒，不及處分後事，軍中喧譁，將有急變，中夜十數騎持刃迫楚至軍門，諸將環之，令草遺表，楚在白刃之中，搦管即成，請示三軍，無不感泣，軍情乃安，自是聲名益重。」此虚説也。德宗末年，方鎮有故，皆順軍情即授節鉞，鄭儋卒後，其繼任者即行軍司馬嚴綬。綬之爲人慣於斂財進奉交結内官（見綬傳），意在取儋而代，故假軍情不安以聳動朝廷耳。若真喧譁將有急變，豈楚一文遂能消弭？蓋楚所草遺表即爲代嚴綬求繼任，故綬得志亦爲楚揄揚。觀後來楚與李逢吉、皇甫鎛相結，宜其與嚴綬相爲表裏。楚以與皇甫鎛、蕭俛俱爲貞元七年（七九一）進士，因緣入相，凡二李之黨多由同年進士相結合，李宗閔、牛僧孺、楊嗣復之人與楚、鎛、俛三人皆其尤彰明較著者。此元和以後政局隱情之關鍵也。

禹錫與楚似交誼頗篤，然楚之所敵者皆禹錫所厚也，其在内職時，以草裴度淮西招撫使制與度不協，以皇甫鎛之故與崔羣不協，長慶初學士元稹，李紳亦皆相左者。本傳云：「物議以楚因鎛作相而逐裴度，羣情共怒，以蕭俛之故，無敢措言。其年（元和十五年八二〇）六月，山陵畢，會有告楚親吏贓污事發，出爲宣歙觀察使。……再貶衡州刺史。時元稹初得幸爲學士，素惡楚與鎛膠固希寵，積草楚衡州制略曰：楚早以文藝，得踐班資，憲宗念才，擢居禁近，異端斯害，獨見不明，密隳討伐之謀，潛附奸邪之黨，因緣得地，進取多門，遂忝台階，實妨賢路。楚深恨積，長慶元年（八二一）四月，量移郢州刺史，遷太子賓客分司東都。二年（八二二）十一月，授……陝虢觀察使，制下旬日，諫官論奏，言楚所犯非輕，未合居廉察之任。上知之，遽令追制，時楚已至陝州，視事一日矣。復授賓客歸東都，時李逢吉作相，極力援楚，以李紳在禁密沮之，未能擅柄。敬宗即位，逢吉逐李紳，尋用楚爲河南尹。」積，紳與楚蓋有不能相容之勢。

然禹錫與楚訂交乃正在此時，集中彭陽唱和集後引云：「公登用至宰相，出爲衡州，方獲會面。輸寫蘊積，相視泫然。」據紀，楚以元和十五年（八二〇）八月貶衡州，是時禹錫在母憂中，未知其會面果在何地。揣其情事，楚以宣歙觀察使再貶衡州，與禹錫以連州刺史再貶朗州司馬相似，故有同病相憐之感，所謂輸寫蘊積者此也。（外集卷三酬令狐相公寄賀遷拜之什自注云：相公昔曾以大寮分司，故有同病相憐之句）

唐人進士同年往往互相援引，已如上述。其從事方鎮幕府者亦有聲應氣求之雅，禹錫與楚皆爲大鎮掌記，雖早未識面，亦自皆欲引爲同調。彭陽唱和集引云：「丞相彭陽公始由貢士以文章爲羽翼……鄙人少時亦嘗以詞藝梯而航之。」復引云：「貞元中，予爲御史，彭陽公從事於太原，以文章相往來有日矣。」即其訂交所由可知。禹錫與楚文章往來，直迄於晚歲，然似止限於文章，而不及政事，楚自寶曆以後，皆居外鎮，在汴州在東都，禹錫固嘗晤面，而楚内召之時，一爲大和二年（八二八）秋至次年春，一爲七年（八三四）夏至開成元年（八三六）夏。亦未再持政柄，故未必能爲禹錫援。禹錫大和二年（八二八）主客郎中、集賢學士之援雖恰值楚爲吏部尚書時，自仍是裴度之力，非楚所能爲也。七年（八三三）以後，禹錫自汝州轉同州，則楚既在京，李宗閔亦在相位，然禹錫同州之授已在宗閔貶明州長史以後，爲甘露四相秉政時矣。楚有寄禮部劉郎中詩云：「一別三年在上京，仙垣終日選羣英。除書每下皆先看，惟有劉郎無姓名。」此楚在鄆州時作，楚以大和三年（八二九）自户部尚書出爲東都留守，「一別三年」即指大和五年（八三一），禹錫尚未除蘇州刺史，是時物望皆以禹錫必當掌誥，楚爲此詩亦順水人情耳。禹錫和詩恰是大和五年（八三一）語氣。

楚與裴度大和二三年（八二八、八二九）間同在朝，自不復尋前隙，故禹錫外集卷二有西池送白二十二東歸兼寄令狐相公聯句，度詩云：「促坐宴迴塘，送君歸洛陽，彼都留上宰，爲我説中腸。」蓋度亦知劉、白皆與楚相厚善也。

劉、白曾於楚鎮宣武時親往訪之，故禹錫外集卷一有詩題云洛中逢白監同話遊梁之樂因寄宣武令狐相公。居易除祕書監是大和初事，禹錫正與居易同罷郡歸洛，楚在宣武亦即此時。又外集卷三有詩題云：途次大梁，雪中逢天平令狐相公書問，兼示新什，因思曩歲從此拜辭，詩句云：「共曾花下別，今獨雪中迴。」所謂途次大梁者，大和五年（八三一）冬禹錫赴蘇州刺史任時也，所謂共曾花下別者，自應指大和元年（八二七）春，自和州返洛陽道出汴州時。此後禹錫入長安，楚亦以大和二年（八二八）秋内召矣。

李商隱文集補編上令狐相公第三狀云：「前月末八郎書中附到同州劉中琴書一封，仰戴吹噓，内惟庸薄。書生十上，曾未聞於明習，劉公一紙，遽有望於招延。」「中琴」不詞，自是「中丞」之誤刊。楚在山南，商隱曾應辟而往，楚之遺表即商隱所草。疑其未赴山南幕以前，楚爲之推轂於禹錫，故有「仰戴吹噓」之語，禹錫必有書願招商隱入幕，特未知商隱果曾與禹錫相見否。

總觀楚之爲人，小有文名，而務營私結黨，所暱近多非端士，即與禹錫氣類不同有明徵。而私交顧始終無間。

牛僧孺

牛僧孺嘗與禹錫有嫌，唐人盛有此説，不爲無因。蓋僧孺爲永貞元年（八〇五）進士，正禹錫身在要津之日，其以後輩禮謁禹錫自在意中。此後僧孺歷官於朝，禹錫無復再起之望，二人之異趣，亦不待言。據傳及紀，元和十五年（八二〇）僧孺自庫部郎中知制誥改御史中丞，長慶三年（八二三）三月自户部侍郎入相，寶曆元年（八二五）正月出鎮武昌。大和四年（八三〇）正月復入相。此時禹錫爲禮部郎中集賢學士，或嘗與之一相見。六年則出爲淮南節度使，至開成二年（八三七）始改東都留守，其時禹錫與白居易皆在洛，唱和之什多作於是時也。

二人始嫌而終好，恐即在開成二年（八三七）以後。按僧孺詩題爲席上贈夢得，而禹錫詩題則爲酬淮南牛相公述舊見貽。若詩題無誤，則此二詩似作於揚州，或禹錫罷蘇州後，道經揚州而僧孺爲之設宴賦詩也。僧孺詩云：「粉署爲郎四十春」，是時禹錫年已六十餘，併其在杜佑幕府時或曾奏署郎官，亦得謂爲「四十年」。其末句云：「莫嫌恃酒輕言語，曾把文章謁後塵。」「莫嫌」二字乃貫以下十二字而言，自謂當年投謁時有凌犯之語也。故禹錫答詩云：「初見相如成賦日，……追思往事咨嗟久。」又以「待公三入」之句爲釋嫌求解之地。雲谿友議中山誨條附會爲禹錫赴任汝州道經襄陽，雖時與地皆不合，然乃二詩中含有恩怨，決非不根之談。

僧孺與李宗閔，楊嗣復深相比附，進退與共，臭味全同。嗣復傳載其與鄭覃争論於文宗前之語云：「鄭覃云：三年（八二九）之後一年不如一年，臣之罪也。陛下縱不誅夷，臣合自求泯滅。」又云：「既一年不如一年，非惟臣合得罪，亦上累聖德，伏請別命賢能，許臣休退。」僧孺傳則載其與文宗問答之語云：「天下何由太平？卿等有意於此乎？僧孺奏曰：臣等待罪輔弼，無能康濟，然臣思太平亦無象，今四夷不至交侵，百姓不至流散，上無淫虐，下無怨讟，私室無强家，公議無壅滯，雖未及至理，亦謂小康。陛下若別求太平，非臣等所及。既退至中書，謂同列曰：吾輩爲宰相，天子責成如是，安可久處兹地耶？」則僧孺與嗣復皆旨在持重苟安，襲常蹈故，與裴度、李德裕之圖功好事者異轍，觀其口吻相似處，即知其有意結納朋比，操縱時論也。加以進士出身之人，皆不欲自壞團結，樂於聞牛、李、楊之緒論，以遂持禄保身之謀。元和以後黨争無非由此而致。

李宗閔傳云：「……應制之歲，李吉甫爲宰相當國，宗閔、僧孺對策，指切時政之失，言甚鯁直，無所迴避。考策官楊於陵、韋貫之、李益等〔九〕又第其策爲中等，又爲不中第者注解牛、李策語，同爲唱誹。又言翰林學士王涯甥皇甫湜中選，考覈之際，不先上言。裴垍時爲學士，居中覆視，無所異同。吉甫泣訴於上前，憲宗不獲已，罷王涯、裴垍學士。」此傳僅言皇甫湜不合以王涯之甥而中選〔一〇〕，裴垍傳則云：「時有皇甫湜對策，其言激切，牛僧孺、李宗閔亦苦詆時政。考官楊於陵、韋貫之升三子之策皆上第，垍居中覆視，無所同異，及爲貴倖泣訴，請罪於上。」所言皇甫湜對策激切，自當是吉甫所訴之主因，然上文則敍吉甫用裴垍之言，翕然有得人之稱，何以於吉甫忽褒忽貶，數行之內，頓相剌謬，兩傳皆詞意閃灼，必有不實不盡。今宗閔、僧孺之對策已不可得見，湜之對策則尚存其集中，其最警切之語如：「今宰相之進見亦有數，侍從之臣皆失其職，百執事奉朝請以退，而律且有議及乘輿之誅，未知爲陛下出納喉舌者誰乎？爲陛下爪牙者爲誰乎？日夕侍從，居從遊豫，論臣下之是非，賞罰之臧否者復何人也？股肱不得而接，何疾如之！爪牙不足以衞，其危甚矣。夫奝夷虧殘之微，偏險之徒，皁隸之職，豈可使之掌王命，握兵柄，内膺腹心之寄，外當耳目之任乎？……」通觀全篇，實無詆斥宰相之一語，但以不能「日延宰相與論義理」責憲宗，爲宰相者方當深感湜之能爲己助，吉甫何至於反泣訴於憲宗耶？裴垍傳易其詞曰「貴倖泣訴」，則事或近是，蓋湜策中實隱指憲宗任中官操兵柄之弊，兼及王武俊士真父子，所謂「奝夷虧殘」是也。若真有泣訴之事，殆必興自中官矣。惟吉甫亦素與樞密使梁守謙相結（見通鑑二三九），守謙輩或果曾泣訴，而吉甫不能持正議則有之，牛、李黨人遂歸獄於吉甫以自重耳。吉甫傳云：憲宗初即位，中書小吏滑涣與知樞密中使劉光琦暱善，頗竊朝權，吉甫請去之。則吉甫初亦非媚事中官者，蓋中官之中黨派亦不一，吉甫不得不就其彼善於此而相結耳。李翺爲楊於陵墓誌（李文公集十四）云：「會考制舉人，奬直言策爲第一，中貴人大怒，宰相有欲因而出之者，由是爲嶺南節度使。」可爲確證。翺、湜皆韓愈之黨，直言策即指湜無疑。

又據吉甫本傳云：「（元和）三年（八〇八）秋，裴均爲僕射，判度支，交結權倖（此權倖自指中官，見通鑑二三七），欲求宰相。先是制策試直言極諫科，其中有譏刺時政，忤犯權倖者，因此均黨揚言皆執政教指，冀以摇動吉甫，賴諫官李約、獨孤郁、李正辭、蕭俛密疏陳奏，帝意乃解。」則譏刺時政正是吉甫意旨，何怒之有？此説果確，則權倖恰是中官而非他人，與宗閔傳中所言似適相反，謂牛李因對策之事而與吉甫構隙，殊不見其可信。

僧孺晚年在洛陽，多與劉、白爲詩酒園林之會。白爲僧孺座主，故有「何須身自得，將相是門生」之句，二人皆年高無復宦情，僧孺亦不忌二人，二人亦不過聊與爲遊伴，只談風月而已。白有同夢得酬牛相公初到洛中小飲見贈詩云：「詩酒放狂猶得在，莫欺白叟與劉君。」言外之意不難窺見。比較二人與僧孺唱和之詩，白頗有恃舊之意，劉則詞句多含諛頌，自處亦極謙抑，足徵其懲前車之覆，力求解釋舊嫌也。

僧孺元和初對策雖不傳，然亦必有規切時政者，據白氏長慶集牛僧孺監察御史制云：「頃對策於廷，其詞亮直。」當時固已以亮直許之，特未必如湜之明斥宦官耳。

李吉甫

唐中葉後士大夫多往來江淮，非流寓即游宦，凡同游江淮歲久者彼此情誼必尤密。然朋黨之分亦自此起。舊唐書李吉甫傳云：「自員外郎出官，留滯江淮十五餘年。」此皆貞元時事，疑禹錫未入京前已及見之。吉甫自饒州刺史爲考功郎中知制誥乃永貞元年（八〇五）八月事，元和二年（八〇七）自中書舍人爲相，則必不及與聞王、韋之獄也。禹錫集中有上淮南李相公啓，或是元和六年（八一一）吉甫自淮南節度使再入相時所作。然啓中言「因揚子程留後行謹奉啓」，程留後謂程异。异傳：「鹽鐵使李巽薦异曉達錢穀，請棄瑕録用，擢爲侍御史，復爲揚子留後。」按巽代杜佑爲鹽鐵使，在元和元年（八〇六），是年八月甫詔八司馬縱逢恩赦不在量移之限。异名仍在八人之中，故知巽之薦异必在此後。吉甫以三年（八〇八）九月出，异恐尚未能遽牽復也。禹錫上杜司徒啓爲元和七年（八一二）作。有「同類牽復，又已三年」之語，异之起用當在元和四年（八一三）。既云淮南李相公，當是自淮南再相之時。异自郴州司馬充揚子留後，故禹錫自朗州得託其寄書。書云：「祝網之日，漏恩者三」，蓋謂元和元年（八〇六）上太上皇尊號一赦，二年（八〇七）郊祭再赦，三年（八〇八）受尊號三赦也。又云：「今幸伍中牽復，司存宇下」，即謂异已起用，則同案中人宜可湔洗也。自是至九年（八一四）十月吉甫卒，先後同列李絳，權德輿，武元衡，張弘靖，必有肯爲王、韋之黨乞恩者，不知誰實助之而誰實沮之，然吉甫於吕温則嘗有所不快。本傳云：「吉甫早歲知獎羊士諤，擢爲監察御史，又司封員外郎吕温有詞藝，吉甫亦眷接之。竇羣亦與羊、吕善，羣初拜御史中丞，奏請士諤爲侍御史，温爲郎中知雜事，吉甫怒其不先關白，而所請又有超資者，持之數日不行，因而有隙。」此吉甫第一次爲相時事，然既云眷接温矣，則吉甫非不知温之才，特爲僉壬所交構耳。傳又云：「性畏慎，雖其不悦者亦無所傷。」則禹錫等之不能免罪又恐難歸咎於吉甫也。

柳宗元集中有上揚州李吉甫相公獻所著文啓云：「始閣下爲尚書郎，薦寵下輩，士之顯於門闌者以十數，而某尚幼不得與於廝役，及閣下遭讒妬在外十餘年，又不得效薄伎於前以希一字之褒貶。公道之行也，閣下乃始爲贊書訓辭，擅文雅於朝，以宗天下，而某又以此時去表著之位，受放逐之罰。」柳與吉甫蹤跡如此，劉亦略相同可知。特柳又有謝李吉甫相公示手札啓云：「六月二十九日，衡州刺史吕温道過永州，辱示相公手札。省録狂瞽，收撫羈縲。」似即復前書者。然元和三年（八〇八）九月，吉甫出鎮揚州，十月，竇羣初貶湖南，再貶黔中，則吕温當亦是初貶均州，再貶道州，其赴道州任必經永州，而赴衡州任無經永州之理，柳集「衡州刺史」必字誤也。温之出京當與吉甫約略同時，故得以手書託温轉致。即此亦可證吉甫傳中眷接温之説非無因。雖有竇羣之隙，於温仍未疏絶也。既未絶温，當亦不致不肯爲禹錫援手矣。

禹錫上門下武相公啓云：「伏以趙國公頃承一顧之重，高邑公夙荷見知之深，雖提挈不忘而顯白無自，蓋以永貞之際，皆在外方，雖得傳聞，莫詳本末。」趙國公謂吉甫，高邑公謂李絳，其意蓋知吉甫及絳於此事不能盡力，非得解於元衡不可也。吉甫在淮南仍以詩示禹錫，禹錫集中卷二十二有奉和淮南李相公早秋即事寄成都武相公詩。

吉甫非但爲元和以後黨論中心人物，其實與永貞政變亦非絶對無關者。據本傳云：「憲宗初即位，中書小吏滑涣與知樞密中使劉克琦暱善，頗竊朝權，吉甫請去之。」此事委曲，史無明文。然劉光琦即首謀立憲宗者，故憲宗深倚任之。當時此輩恃擁戴之功，摧辱朝士，不難想像，王、韋之黨遭害之烈，必即由此輩作祟，吉甫不畏强禦而敢於謀去憲宗從龍之人，則吉甫雖未立於永貞之朝，其不以王、韋爲非已可概見。且首唱討劉闢，亦仍與叔文之主張相合，吉甫之子德裕與禹錫厚善，或亦得於庭聞也。此蘊從無人窺見，故試拈出之，以見永貞政變實爲唐代末期種種變局之總因，得其環中，即可迎刃而解。舊史爲愛憎所蔽，不可不於竅郤中求之也。新唐書吉甫傳載楊歸厚劾中官許遂振之事，歸厚爲吉甫所引用，知裁抑官者爲吉甫之素志，禹錫與歸厚有連，其傾心吉甫亦可知，詳具楊歸厚條。

禹錫於吉甫二子皆有深分。卷二十八送李中丞赴楚州詩即爲吉甫長子德修作也。詩之末句云：「憶君初得崑山玉，同向揚州攜手行。」則禹錫微時即與之款洽。詩又有「故吏猶應記小名」之句，疑吉甫留滯江淮十餘年中德修幼時侍行也。舊唐書不載德修事，新唐書吉甫傳末云：子德修亦有志操，寶曆中爲膳部員外郎，張仲方入爲諫議大夫，德修不欲同朝，出爲舒、湖、楚三州刺史。關德裕者别有專條。

韓愈集中有釋言一篇云：「有來謂愈曰：有讒子於翰林舍人李公與裴公者。」李謂吉甫，裴謂裴垍。按吉甫於憲宗初即位時爲翰林學士中書舍人，元和二年（八〇七）春即拜相。吉甫出鎮，垍乃代相，愈此文當作於二年以前。吉甫與垍素相厚善，垍傳云：「吉甫謂垍曰：吉甫自尚書郎流落遠地，十餘年方歸，便入禁署，今纔滿歲。後進人物罕所接識，……卿多精鑒，今之才傑，爲我言之。垍取筆疏其名氏，得三十餘人，數月之内選用略盡。」愈自江陵召爲國子博士，似亦不得謂非時宰之拔擢，皇甫湜爲愈作神道碑云：「累除國子博士，不麗邪寵，懼而中請分司東都避之。」自即釋言中所謂有人進讒者。豈吉甫及垍作意求才而復有不慊於愈乎？此事與後來朋黨之構釁恐不無相牽連者。

李德裕

禹錫曾受李吉甫之顧遇，見吉甫條下，故亦與德裕接近，集中爲德裕而作之詩文不少。德裕宜能薦拔禹錫者，然自長慶至開成，德裕官雖已達，而始終爲李逢吉、李宗閔、牛僧孺所阨。比會昌中德裕得君專政，則禹錫已老且死矣。

德裕與諸人構怨之因，史言首由吉甫在相位時，宗閔、僧孺對策深詆時政，爲吉甫所怒，（此實不盡然，詳見吉甫與僧孺條下。）繼由吉甫欲定兩河，裴度繼其遺志，而韋貫之、李逢吉深以用兵爲非。韋、李相次罷相，故逢吉常怒吉甫、裴度。此則確爲關鍵所在。

自貞元政主姑息，唐之衰亡分裂已肇其端。德宗既卒，繼事者不得不思矯其弊。王叔文輔順宗，首折韋臯、劉闢割據之謀，移宦官典兵之柄。及憲宗嗣位，杜黄裳始謀伐蜀，李吉甫繼謀經畫兩河〔一〕，吉甫殁而裴度繼之。德裕秉其父訓，始終以富强爲務，觀其會昌中措施，皆叔文、黄裳、吉甫與度一脈相承之旨趣也。至於主安静，戒生事，汲汲以容身保位爲務，因而忌功害能，黨同伐異，則又張弘靖，韋貫之、令狐楚、錢徽、蕭俛以及李逢吉、牛僧孺、李宗閔、楊嗣復諸人夙所主張者也。逢吉既與度相阨，僧孺尤與德裕爲顯敵，史實班班，不勞詞費。蓋王朝之下，有才識者必爲庸庸之輩所疾忌，非獨牛、李爲然，特牛、李之争又别有一重要原因也。

德裕既以門蔭出身，不由進士，若僅爲粗官，固不至遭忌。乃長慶初與非進士出身之元稹同爲翰林學士，而又學識才華無一不出人頭地，唐自貞元後以翰林學士爲將相之階梯，而進士出身者又無不志在優游顯宦。此輩登科時原止恃詩賦薄技，除以文詞相高之外，别無以自見，焉得不覩德裕與稹輩之嶄然露頭角而抱不安乎？而況德裕於元和時久之不調〔二〕，稹亦起自謫籍，皆以疏逖之臣，不二三年即有宰相之望。以視逢吉、宗閔輩之迴翔於郎官、給舍、丞郎有年，然後雍容以踐台席者，階序大不相同。尤足令此輩側目。韋貫之傳云：「貫之爲相，嚴身律下，以清流品爲先，故門無雜賓，有張宿者有口辯，得幸於憲宗，擢爲左補闕，將使淄青，宰臣裴度將爲請章服，貫之曰：「此人得幸，何要假其恩寵耶？」即貫之而可知諸人皆不願進士出身以外之人得預清流，更不願其能躐登政地矣。考唐代政治者，當知此是當時風習也。

此風不自元和始，代宗時元載之獄亦與此有關，載與劉晏皆不由進士，晏之管財賦即載所援引，及載得罪，晏承命訊鞫，不敢專斷，請他官共事，勅李涵、蕭昕、袁傪、常衮、杜亞同推究。蓋晏意在有由進士出身分其責。常衮傳中云：「既懲元載爲政時公道梗，賄賂朋黨大行，不以財勢者無因入仕，衮一切杜絶之，中外百司奏請皆執不與，權與匹夫等，尤排擯非辭賦登科第者。」（崔祐甫傳云「非辭賦登科者莫得進用。」）此亦貫之一流之主張也。元載本附李輔國而進，然助代宗誅魚朝恩，及載之得罪，又先有知内侍省事董秀被誅之事，蓋亦宦官中自分黨系，互相齮齕而牽及朝局。此亦與永貞政變有宦官背景如出一轍。杜牧詠河湟事有詩云：「元載相公曾借箸，憲宗皇帝亦留神。」載之有意經意邊事，亦與元和時事有關。後此牛僧孺爲維州一事而以私害公，掣德裕之肘，亦承此綫索而來。故觀元載、常衮之往事而益可明此風之直貫貞元迄會昌而未有已。此皆禹錫一生所經歷，不明乎此不能深悉禹錫之遭際所由。

禹錫與德裕何年相見，未知其詳。若唱和則當始於長慶末至大和初，德裕與元稹恰分鎮吴越也。集中各詩惟卷二十八奉送浙江李僕射相公赴鎮自注云：「奉送至臨泉驛，書禮見贈拙詩，時在汝州。」按德裕以大和八年（八三四）十一月除浙西，禹錫確在汝州，然德裕赴鎮自當由汴入淮，洛陽大梁是必經之地，禹錫爲守土之官，於例非，能出疆而送者？足徵二人之交厚。德裕秋聲賦作於初入相時，在大和七八年（八三三、八三四）之間，禹錫和之。蓋已有感於不得行其志矣。李賦云：「尚書十一丈鵷掖上僚，人文大匠，聊爲此作以俟知音。」劉賦云：「相國中山公賦秋聲以屬天官太常伯。」天官當是指令狐楚爲吏部尚書。

德裕於大和之末爲相，而被斥出外，不預甘露之事，及武宗即位，始再秉政，似與李訓、鄭注不協。故本傳云：「上欲授訓諫官，德裕奏曰：李訓小人，不可在陛下左右。……俄而鄭注亦自絳州至，訓、注恶德裕排己，九月十日，復召宗閔於興元，授中書侍郎平章事，代德裕。出德裕爲興元節度使。……」然李衛公外集卷三有近倖論云：「李訓因守澄得幸，雖職在近密，而日夕遊於禁中，出入無礙。此時挾守澄之勢，與天子契若魚水，北軍諸將望其顧眄，與目覩天顏無異。若以中旨諭之，購以爵賞，即諸將從之，勢如風靡矣。訓捨此不用，而欲以神州靈臺游徼搏擊之吏，抱關擁篲之徒，以當精甲利兵，亦猶霜蓬之禦烈火矣。」是德裕於訓、注之謀誅宦官亦未嘗以爲非，特惜其不善以宦官制宦官耳。德裕在相位不能不結宦官爲内援，其作此論，蓋有意自明心迹。然澤潞平後，猶追戮甘露案中諸人之遺族，亦未免迎合宦官過當矣。

李紳

禹錫外集卷六有酬浙東李侍郎越州春晚即事長句，按文宗紀，大和七年李紳自太子賓客檢校左散騎常侍充浙東觀察使，代陸亘。浙東自長慶末除元稹後迄禹錫之終，李姓惟紳一人。白居易有醉送李二十常侍赴鎮浙東詩，且紳有「初秋忽奉詔除浙東觀察使檢校右貂」之語，右貂指散騎常侍而言，尤無疑義。禹錫或仍稱紳之户部侍郎舊官則未可知。紳有宿越州天王寺及刼渡西陵別越中父老詩，與禹錫此詩亦頗有相印證之處，紳在浙東似有政聲者。

紳在浙東時，禹錫正刺蘇州，必常有書問往來。紳於過吴門詩中自注云：「大和七年（八三三）余鎮會稽，劉禹錫爲郡，則元和中相識，知與不知索然皆盡。」此其明證。

以元稹、李德裕與禹錫之交情言之，禹錫與紳情分亦必不薄，蓋三人皆長慶初之翰林學士，出處升沈，恩怨離合，皆相關也。尤以紳與李逢吉構怨最深。後來逢吉與李宗閔、牛僧孺、楊嗣復等人迭起事端，以成大和開成會昌大中四朝迭相主奴水火之局，實由紳肇其釁，故不得不先録紳本傳稍爲疏釋以助鈎稽，詞雖稍繁，有所不能避也。

紳傳云：「穆宗召爲翰林學士，與李德裕、元稹同在禁署，時稱三俊，情意相善。尋轉右補闕。長慶元年（八二一）三月，改司勳員外郎知制誥。二年（八二二）二月超拜中書舍人，内職如故。俄而稹作相，尋爲李逢吉教人告稹陰事，稹罷相出爲同州刺史。時德裕與牛僧孺俱有相望，德裕恩顧稍深，逢吉欲用僧孺，懼紳與德裕沮於禁中。二年（八二二）九月，出德裕爲浙西觀察使，乃用僧孺爲平章事。〔長慶三年（八二三）三月〕以紳爲御史中丞，（即代僧孺原官）冀離内職，易掎摭而逐之（臺長例不充翰林學士），乃以韓愈爲京兆尹兼御史大夫，放臺參（唐制御史大夫多不補人，故中丞即爲臺長，京兆尹乃地方官，例應參謁，而愈以兼大夫之故，特詔免參，故紳以爲有傷臺長之尊嚴。）知紳剛褊，必與韓愈忿争，制出，紳果移牒往來，論臺府事體，而愈復性訐，言辭不遜，大喧物論，由是兩罷之。愈改兵部侍郎，紳爲江西觀察使，……改授户部侍郎。中尉王守澄用事，逢吉令門生故吏結託守澄爲援以傾紳，晝夜計畫。會紳族子虞文學知名，隱居華陽，自言不樂仕進，時來京師省紳，虞與從伯耆，進士程昔範皆依紳。及耆拜左拾遺，虞在華陽，寓耆書求薦，書誤達於紳，紳以其進退二三，以書誚之，虞大怨望，及來京師，盡以紳嘗所密話，言逢吉姦邪附會之語告逢吉。逢吉大怒，問計於門人張又新、李續之，咸曰：搢紳皆自惜毛羽，孰肯爲相公搏擊，須得非常奇士出死力者，有前鄧州司倉劉栖楚者，……若相公取之爲諫官，令伺紳之失，一旦於上前暴揚其過，恩寵必替，事苟不行，過在栖楚，亦不足惜也。逢吉乃用李虞、程昔範，劉栖楚，皆擢爲拾遺以伺紳隙。（按紳集中趨翰苑遭誣搆詩自注：「思政面論逢吉、崔稹姦邪，劉栖楚、柏耆凶險，張又新，蘇景修朋黨也。」此是紳在翰林時面陳於穆宗者，紳所自言當不誤，而紳傳未采之。）俄而穆宗晏駕，敬宗初即位，逢吉快紳失勢，慮嗣君復用之，……王守澄每從容謂敬宗曰：陛下登九五，逢吉之助也。先朝初定儲貳，唯臣備知，時翰林學士杜元穎，李紳勸立深王，而逢吉固請立陛下，而李續之、李虞繼獻章疏，……乃貶紳端州司馬，（張又新傳記紳之貶云：朝臣表賀，又至中書賀丞相，及門，門者止之曰：請少留，緣張補闕在齋内與相公談。俄而又新揮汗而出，旅揖羣官曰：端溪之事，又新不敢多讓，人皆辟易憚之。與續之等七人時號八關十六子。）紳之貶也，正人腹誹，無敢有言，唯翰林學士韋處厚上疏極言逢吉姦邪，誣摭紳罪，……會禁中檢尋舊事，得穆宗時封書一篋，發之，得裴度，杜元穎與紳三人所獻疏，請立敬宗爲太子，帝感悟興歎，悉命焚逢吉黨所上謗書，由是讒言稍息，紳黨得保全。（紳黨者，通鑑二四三云：貶翰林學士龐嚴爲信州刺史，蔣防爲汀州刺史，嚴，壽州人，與防皆紳所引也。）及寶曆改元大赦，逢吉定赦書節文，不欲紳量移，但云左降官已經量移者與量移，不言左降官與量移，韋處厚復上疏論之，語在處厚傳。帝特追赦書添節文云：左降官與量移，紳方移爲江州長史，再遷太子賓客分司東都。大和七年（八三三）李德裕作相，七月，檢校左常侍、越州刺史、浙東觀察使。九年（八三五），李訓用事，李宗閔復相，與李訓、鄭注連衡，排擯德裕罷相，紳與德裕俱以太子賓客分司。開成元年（八三六），鄭覃輔政，起德裕爲浙西觀察使，紳爲河南尹。六月，檢校户部尚書，汴州刺史，宣武節度，宋亳汴潁觀察等使。……武宗即位，加檢校尚書右僕射，揚州大都督府長史，知淮南節度大使事。會昌元年（八四一），入爲兵部侍郎同平章事。綜其一生仕履，皆緣德裕之故，與逢吉、宗閔勢力互爲消長。

元和中元稹、白居易以新樂府達民隱，刺時弊，其端實開於紳，稹集中和李校書新題樂府序云：「余友李公垂貺余樂府新題二十首，雅有所謂不虚爲文。」元、白與紳所致力於文學者趨向相同。

李逢吉

李逢吉進士登科遲於禹錫一年，據傳，釋褐後自振武節度掌書記入朝爲拾遺補闕，使吐蕃、南詔，其使還拜祠部郎中在元和四年。十一年爲相。與禹錫同遊之日似不多，少有款曲，然亦當無怨隙。

逢吉爲相，正與裴度同時，裴度主用兵，而逢吉言師老財竭，不欲討蔡，令狐楚時爲翰林學士，與逢吉善，度恐其合中外之勢以沮軍事，罷楚學士。踰月，逢吉亦罷爲東川節度使。（檃括通鑑二四〇及新舊二傳）此李、裴結怨之端也。

逢吉與宗閔俱爲李德裕、元稹、李紳之敵，而逢吉力沮裴度淮西用兵，宗閔又身在度之幕府。此中錯綜關係不易爬梳，然若從德裕、稹、紳三人同在學士院之迹象觀之，則不難得其肯綮也。宗閔以女壻蘇巢被覆落進士怨三人之發難。此事發生與逢吉之陷稹正相先後。二人之密通聲氣可知。舊唐書逢吉本傳云：「度在太原時常上表論稹姦邪，及同居相位，逢吉以爲勢必相傾，乃遣人告和王傅于方結客欲爲元稹刺裴度。」此據長慶集稹之自序言之。自序云：「是時裴度在太原，亦有宰相望，巧者謀欲俱廢之，乃以予所無構於度，裴奏至，驗之皆失實，上以裴方握兵，不欲校曲直，出予爲工部侍郎，而相裴之期亦衰矣。不累月，上盡得所構者，雖不能暴揚之，遂果初意，卒用裴與予俱爲宰相，復有購狂民告予借客刺裴者，鞫之復無狀，而裴與予以故得俱罷免。」夫裴度已於元和十年（八一五）爲相，負朝野重名，稹爲新進，安得云度亦有宰相望？又安得云相度之期亦衰？玩其語氣，稹於度確有不滿之意。逢吉等蓋窺見其隱而利其兩敗俱傷也。

逢吉兩爲相，專喜與刺客結緣，初則造元稹刺裴度之説，繼則嗾安再榮告武昭謀刺己，而以號稱氣俠之李涉、茅彙供使令，其爲人不軌於正可知。而韋處厚於救李紳一事騰章直斥逢吉之非，逢吉之不協輿情，又可概見。

逢吉黨於李宗閔、令狐楚而仇於裴度、元稹、李紳，禹錫則周旋其間。然禹錫於長慶寶曆間之政局，身無所預，大和以後，逢吉之勢已衰，殆亦不過虛與委蛇而已。外集卷六有詩題云將赴蘇州途出洛陽留守李相公累中宴餞寵行話舊形於篇章謹抒下情以申仰謝。逢吉以大和五年（八三一）自宣武節度使改東都留守，正禹錫赴蘇州任之時，話舊之言，當是指貞元、永貞間之蹤跡。觀詩題措語之謙謹，知其交情不深也。

李絳

李絳是貞元八年（七九二）進士，早禹錫一科，與韓愈、崔羣同科，亦貞元末監察御史。禹錫集中唐故相國李公集紀云：始愚與公爲布衣游，及仕畿服，幸公同邑。謂先後爲渭南尉也。絳自元和二年（八〇七）爲翰林學士，六年（八一一）十一月入相，九年（八一四）二月罷。同在相位者李吉甫、權德輿、武元衡。本傳云，與吉甫不協。而元衡又與禹錫有夙嫌，故絳雖得政，未嘗爲禹錫援手〔二三〕。禹錫爲絳作集紀，云其後雖翔泳勢異，而不以名數革初心。似有不足之意，蓋爲此也。及大和元年，絳以太子少師分司東都内召爲太常卿，禹錫在洛陽長安皆嘗相見話舊。未幾絳出鎮興元，四年被害。故集中祭興元李司空文云：「一持化權，一謫海壖。本同末異，如矢别弦。雲龍井蛙，勢不相見。二紀迴泊，一朝會面。（按此數語仍似有憾於絳之不能爲謀也）公爲故相，愚似悲翁。契闊相遇，凄涼萬重。復以郎吏，交歡上公。披襟道舊，劇談中酒。清洛泛舟，鑿龍攜手。公西入關，愚亦徵還。（按此謂絳入爲太常卿，禹錫亦以禮部郎中直集賢殿）削去苛禮，招邀清閒。廣陌聯鑣，高臺看山。尋春適野，醉舞花間。」二人離合始終皆言之歷歷。禹錫外集卷二載花下醉中聯句，即楊嗣復、庾承宣、白居易與絳及禹錫同會之作。絳在元和中身居禁近，雖云直言敢諫，畢竟爲憲宗所倚任，至歷八年之久，禹錫不得不望之甚深，故其上中書李相公啓云：「去年國子主簿楊歸厚致書相慶，伏承相公言及廢錮，愍色甚深。……不窺牆仞，九年於兹。高卑邈殊，禮數懸絶。……相公久以訏謨，參于宥密，材既爲時而出，道以得君而專。令發於流水之源，化行猶偃草之易。」按歸厚以元和七年（八一二）之末貶國子主簿分司，其致書當在八年（八一三），此書則作於九年（八一四）也。九年之春絳已罷爲禮部尚書。恐此書擲於虚牝矣。

郡齋讀書志：李絳論諫集七卷，云：絳偉儀質，以直道進退，望冠一時，賢不肖大分，屢爲讒邪所中。平生論諫數十百事，其甥夏侯孜所編，大中史官蔣偕爲序。當嗣子編集時未全收入也。

淳熙祕閣續帖載白居易與禹錫書云：平生相識雖多，深者蓋寡，就中與夢得同厚者，深、敦、微而已。絳字深之，以絳與崔羣、元稹并舉，則交期又異於尋常。

韋處厚

禹錫集中有唐故中書侍郎平章事韋公集紀，爲韋處厚作。據文中稱河南元公稹，京兆韋公淳（處厚原名）以才識兼茂徵，舊傳云應賢良方正，擢居異等。恐不合。處厚不獨與稹同科，復與李紳爲同年進士（亦元和元年八〇六），此與寶曆中李逢吉與紳構怨事有關。舊傳云：敬宗嗣位，李逢吉用事，素惡李紳，乃構成其罪，禍將不測，處厚與紳皆以孤進，同年進士，心頗傷之，乃上疏曰：「臣竊聞朋黨議論，以李紳貶黜尚輕，……紳先朝奬用，擢在翰林，無過可書，無罪可戮。今羣黨得志，讒嫉大興，詢於人情，皆甚歎駭。……今逢吉門下故吏遍滿朝行，侵毁加誣，何詞不有？……紳得減死，貶端州司馬。」又云：「寶曆元年（八二五），……肆赦，李逢吉以李紳之故，所撰赦文但云左降官已經量移者與量移，不言未量移者，蓋欲紳不受恩例。處厚上疏曰：伏見赦文節目中，左降官有不該恩澤者，……臣聞物議皆言逢吉恐李紳量移，故有此節。若如此，則應是近年流貶官，因李紳一人皆不得量移。……臣與逢吉素無讎嫌，與李紳本非親黨，所論者全大體，所陳者在至公。」是逢吉之黨與紳水火，已騰於衆口，形於奏章，而處厚袒紳以攻逢吉，亦所不諱也。

處厚又與韋貫之善，故貫之於元和十一年（八一六）諫鎮、蔡二方同時用兵，自宰相左遷湖南觀察使，處厚亦自考功員外郎貶開州刺史。在開州作盛山十二詩。長慶二年（八二二），召入翰林爲侍講學士，韓愈爲作序，云：「于時應而和者凡十人，及此年，韋侯爲中書舍人侍講六經禁中，和者通州元司馬爲宰相，洋州許使君爲京兆，忠州白使君爲中書舍人，李使君爲諫議大夫，黔府嚴中丞爲祕書監，温司馬爲起居舍人，皆集闕下。」謂元稹、許康佐、白居易、李景儉、嚴謩、温造，大半亦皆禹錫之知交也。

處厚既坐貫之之黨而貶，貫之之爲人居於何黨，亦在所必究。據傳，元和三年（八〇八）策賢良，貫之與楊於陵、鄭敬、李益同爲考策官，貫之奏居上第者三人，言實指切時政，不顧忌諱，雖同考者皆難其詞直，貫之獨署其奏，遂出爲果州刺史，道中黜巴州刺史，此即李吉甫父子與牛、李構怨之始。傳又稱其爲相以清流品爲先，故門無雜賓，張仲素、段文昌進名爲學士，貫之皆阻之，以行止未正不宜在内廷。又張宿以布衣擢左補闕，將使淄青，裴度欲爲請章服（賜緋），貫之曰：「此人得幸，何要假其恩寵？」按通鑑二三九云：「初，德宗多猜忌，朝士有相過從者，金吾皆伺察以聞，宰相不敢私第見客，(裴)度奏：今寇盜未平，宰相宜招延四方賢才，與參謀議，始請於私第見客。」是貫之不獨爲用兵事與度不合，亦不善度之所爲也。其意偏重流品，亦即偏重科第門閥，與楊於陵、嗣復父子所見大抵相同。

然處厚則與禹錫所善諸人較爲接近。禹錫所作集紀云：「執友崔敦詩(羣)爲相，徵拜户部郎中，至闕下旬歲間以本官知制誥。」而崔羣固爲裴度出征時代之秉政之宰相也。羣入相不及兩月而李逢吉罷相，其消息不難揣知矣。

崔羣與禹錫及白居易皆同甲子，既稱羣爲處厚執友，則二人皆與處厚相善自不待言，居易有祭中書韋相公文，有同科第，聯官寮，奉笑言，蒙推獎之語，同科第謂同舉元和元年制科，聯官寮謂長慶初同爲中書舍人，而尤以同受佛戒持齋爲相契之因，禹錫集紀亦有「感相國之平昔」一語。意者處厚爲相之日，居易刑部侍郎之除，禹錫集賢學士之命，不盡由裴度之援，而處厚亦與有力焉。集中只有謝裴度竇易直二啓，或於處厚則不待宣之於文字也。處厚雖緣韋貫之而暫貶，實非若令狐楚、皇甫鎛等專與裴度爲難者。

禹錫爲處厚集紀，實由處厚之子藩謂李翺以此相推，翺亦處厚之所援引，故其集中祭中書韋相公文云：「公賢偶時，羽若飛鴻。走斥於外，困不能通。公相未幾，遞歸自東。司諫左垣，視草禁中。汲引之惠，如帆得風。」

呂温

禹錫哭呂衡州詩云：「空懷濟世安人略，不見男婚女嫁時。」濟世安人與柳宗元祭文所云佐王之志没而不立之意相同，蓋非虚語。宗元東平呂君誄云：「君有智勇孝仁，惟其能可用康天下，惟其志可用經百世，不克而死，世亦無由知焉。」又云：「君之文章宜端於百世，今其存者非君之極言也，獨其詞耳。君之理行宜極於天下，今其聞者非君之盡力也，獨其跡耳。萬不試而一出焉，猶爲當世甚重，若使幸得出其什二三，則巍然爲偉人，與世無窮，其可涯也。」宗元自視甚高，而推重呂温如此。非獨劉、柳，元稹哭呂衡州詩，一則曰：「傷心死諸葛，憂道不憂餘。」再則曰：「遥聞不瞑目，非是不憐吴。」則其平日抱負可想，禹錫「濟世安人」一語信足極其爲人矣。且王、韋之黨，惟温脱然，可期其大用，則同黨皆蒙其益，宗元又有祭文云：「自友朋凋喪，志業殆絶，唯望化光伸其宏略，震耀昌大，興行於時，使斯人徒知我所立，今復往矣，吾道息矣，雖其存者，志亦死矣。」語之沈痛如此。温之才略蓋遠出儕輩之上。稹詩又有「杜預春秋癖，揚雄著述精。在時兼不語，終古定歸名」之句，亦具有深意。與禹錫爲呂君集紀所謂始學左氏書，故其文微爲富豔者合。據宗元答元饒州論春秋書，述其與韓曄、呂温共論春秋，於韓泰處得陸質之春秋微指，於温處得其集注，又於凌準處盡得其宗指辯疑集注，又稱質爲給事中與宗元入尚書同日，居又同巷，得執弟子禮。是王、韋黨中，呂、柳、凌與二韓皆傳陸氏春秋之學者也。舊唐書質本傳云：「順宗即位，質素與韋執誼善，由是徵爲給事中，皇太子侍讀，仍改賜名質。」通鑑二三六：「韋執誼自以專權，恐太子不悦，故以質爲侍讀，使潛伺太子意，且解之。及質發言，太子怒曰：「陛下令先生爲寡人講經義耳，何爲預他事？」〔一四〕質之病且卒在八司馬貶前，故不及於罪。質説春秋，本於啖助，在唐時首采公羊之義，謂春秋用二帝三王法，以夏爲本，不壹守周典。（見新唐書助本傳）是王、韋變法，暗用啖氏之經義，以尊王攘夷爲指歸，有撥亂反正之抱負，故八司馬多其徒黨也。禹錫雖未稱述陸質，而唐語林二載禹錫與柳八、韓七詣施士匄聽毛詩。施士匄者吴人，亦講左氏春秋，亦見新唐書助傳中及韓愈集中施先生墓銘。諸人皆喜春秋，而元稹能知其故，宜其與八司馬交誼特深矣。二王爲吴人，陸、施又皆吴人，王、韋一黨所以遭忌，亦有南人講學之關係，非僅由於順、憲父子間之矛盾。此中微妙，昔人殊尠揭發，故於論呂温時附及之。

禹錫自傳云：「初，叔文北海人，自言猛之後，有遠祖風，唯東平呂温、隴西李景儉、河東柳宗元以爲信然，三子者皆與予厚善，日夕過言其能。」禹錫與温之交誼於兹可見，按温傳，二十年（八〇四）冬副工部侍郎張薦爲入吐蕃使。則劉、柳與温納交於叔文，皆在貞元十九年（八〇三）冬與二十年（八〇四）冬一年之間，其實亦甚暫也。温以元和元年（八〇六）使還，六年卒於衡州，見柳宗元集。禹錫等皆不復與相見。而呂衡州集有郡内書懷寄劉連州竇夔州詩，劉、竇刺連、夔遠在其後，疑是他人編呂集時誤題。

韓泰

韓泰在八司馬中蓋最擅幹才，且官資較劉、柳等爲高。舊唐書王叔文傳云：「貞元中累遷至户部郎中。（據禹錫酬楊八庶子喜韓吴興與予同遷見贈詩自注，泰自度支郎中出爲行軍司馬，非户部郎中）王叔文用爲范希朝神策行營節度行軍司馬。泰最有籌畫，能決陰事，深爲伾、叔文之所重。坐貶自虔州司馬量移漳州刺史，遷郴州。」泰之所以爲王、韋助者，視劉、柳諸人爲尤重大。順宗實録云：「謀奪宦官兵，以制四海命之，既令范希朝、韓泰總統京西諸城鎮行營兵馬，中人尚未悟，會邊上諸將各以狀辭中尉，且言方屬希朝，中人始悟兵柄爲叔文所奪，乃大怒曰：從其謀，吾屬必死其手。密令其使歸告諸將曰：無以兵屬人。希朝至奉天，諸將無至者。韓泰白叔文，計無所出，唯曰奈何奈何。」順宗實録大抵皆曲筆，獨此數語直敍宦官恨叔文奪兵權，情事躍然如繪。非實録之忽主公道，正以韓愈心中視宦官掌兵爲足以鞏固皇權耳。其永貞行云：「北軍百萬虎與貔，天子自將非他師，一朝奪印付私黨」云云，可證其别有所見。又舊唐書范希朝傳云：「順宗時，王叔文黨用事，將授韓泰以兵柄，利希朝老疾易制，及命爲左神策、京西諸城鎮行營節度使，鎮奉天，而以泰爲副，欲因代之。」通鑑亦采其語。然希朝本爲神策軍夙將，貞元十二年以後，神策軍置護軍中尉及中護軍，塞上往往稱神策行營，内統於中人。（新唐書兵志）故希朝仍受宦官袒庇，不爲王、韋所累。亦可見王、韋用希朝以潛奪宦官兵柄，乃苦心積慮而後出之者也。

然泰之被謗似不如劉、柳之甚。故韓愈授袁州刺史時，有舉泰自代狀，云：「前件官詞學優長，才器端實，早登科第，亦更臺省，往因過犯貶黜，至今十五餘年，自領漳州，悉心爲治……臣在潮州之日，與其州界相接，臣之政事遠所不如。」此是元和十五年（八二〇）事。愈已爲顯宦，甫經獲罪，而敢舉永貞舊案中人，必稔知其仇謗已漸消也。

禹錫祭柳員外文云：「安平宣英，會有還使。」安平即泰字，知與劉、柳交誼皆篤。又洛中逢韓七中丞之吴興口號五首（卷二十八）有云：「昔年意氣結羣英，幾度朝回一字行。海北天南零落盡，兩人相見洛陽城。」於貞元、永貞之事已暢言無隱，蓋此時八司馬已僅存劉、韓二人，官已漸顯，不復存顧忌矣。禹錫又有遥和韓睦州元相公二君子詩，據嘉泰吴興志，郡守題名：「韓泰，大和元年（八二七）七月三日自睦州刺史拜。」則是年以前泰在睦州，積在浙東。泰蓋罷睦州後曾入京，故得與禹錫於洛中相會也。

禹錫又有寄湖州韓中丞詩（外集卷八）云：「老郎日日憂蒼鬢，遠守年年厭白蘋。終日相思不相見，長頻相見是何人？」蓋方以韓之出守爲羨，自是大和二、三年（八二八、八二九）間在長安所寄。又酬楊八庶子喜韓吴興與予同遷見贈詩（外集卷六）自注云：「吴興與予中外兄弟」，又云：「吴興與予同年判入等第」，又云：「吴興與予同爲御史。」詩中有句云：「遠守慙侯籍，徵還荷詔條。悴容惟舌在，别恨幾魂銷。……虎綬懸新印，龍舺理去橈。斷腸天北郡，攜手洛陽橋。幢蓋今雖貴，弓旌會見招。其如草玄客，空宇久寥寥。」仍於泰存歎羡之意。知所謂同遷者，指泰遷湖州，而禹錫僅遷郎中耳。二詩互參，知大和初年距永貞已遠，當時之恩怨已泯，禹錫與泰歸然尚存，自不免存晚達之望。

白居易集中初見劉二十八郎中有感云：「欲話毗陵君反袂，欲言夏口我霑衣。誰知臨老相逢日，悲歎聲多語笑稀。」以劉、白二人之知交言之，夏口自指元稹卒於武昌節度使任。而毗陵謂誰，頗難指實。岑仲勉唐史餘瀋據吴興談志一四云：「韓泰，大和元年（八二七）七月三日自睦州刺史拜，遷常州刺史。」以泰爲歷睦、湖二州而官卒常州。果爾，則泰之遷常州當在大和四五年（八三〇、八三一），與元稹之卒似相先後，稱禹錫爲郎中亦合。泰與禹錫之交誼亦可與元、白相衡。此爲自來説唐人詩者所未發見。似無可疑矣。然泰之曾拜常州刺史，别無所據，劉集中既無一字及此，且白與劉究不應云初見，或者題中「初見」上應有「洛中」二字而偶脱耳。識疑於此以俟續證。

柳宗元送崔羣序有云：「安平厲莊端毅，高朗振邁，説崔君之正。」數語可測知泰之性行。

韓曄

舊唐書王叔文傳後云：「韓曄，宰相滉之族子，有俊才，依附韋執誼，累遷尚書司封郎中。

叔文敗，貶池州刺史，尋改饒州司馬，量移汀州刺史，又轉永州卒。」其事跡不甚詳。然在八司馬之中，池、饒二州皆較爲善地，非有人爲之斡旋不及此。韓皋傳云：「皋恃前輩，頗以簡倨自處。順宗時王叔文黨盛，皋嫉之，謂人曰：吾不能事新貴。皋從弟曄幸於叔文，以告之，因出爲鄂州刺史。」曄殆以韓氏累葉卿相之故，及禍稍輕也。禹錫有詩題云聞韓賓擢第歸覲以詩美之兼賀韓十五曹長時韓牧永州（卷二十四）。而祭柳員外文云：「安平宣英，會有還使。悉已如禮，形於其書。」宣英即曄也。曄於元和十年（八一五）授汀州刺史。穆宗紀：長慶元年（八二一）三月乙丑，以漳州刺史韓泰爲郴州刺史，汀州刺史韓曄爲永州刺史，循州刺史陳諫爲道州刺史。而柳宗元、凌準已前卒，不獲量移，禹錫以丁憂不與，而服闋授夔州，則反優於量移者。此時宰相皆非有意右禹錫之人，當是李德裕、元稹、李紳三學士之力耳。八司馬除程异致位宰相外，仍以禹錫爲差得際遇，蓋交游及年壽有以致之。

凌準

八司馬之中，凌準尤不幸先死，其事跡從柳宗元所爲權厝誌觀之，亦非碌碌者，而舊唐書不爲立傳。據誌，準，富春人，字宗一，嘗著漢後春秋二十餘萬言，又著六經解圍人文集未就。以金吾兵曹爲邠寧節度掌書記，復還侍御史，爲浙東廉使判官，召爲翰林學士。柳集舊注以浙東廉使爲賈全，是貞元十八年（八〇二）事，二十一年自浙東召爲翰林學士，而舊唐書王叔文傳復云：「貞元二十年（八〇四）自浙東觀察判官召入，王叔文與準有舊，引用爲翰林學士。」似舊唐書作「二十年」者得之。蓋誌又云：「德宗崩，邇臣議祕三日乃下遺詔，君獨抗危詞以語同列王伾，畫其不可者十六七，乃以旦日發喪。」是準在二十一年（八〇五）正月以前已充内職也。按舊唐書鄭絪傳云：「貞元末，德宗晏駕，順宗初即位，遺詔不時宣下，絪與同列衞次公密申正論，中人不敢違。」此必唐之史臣不欲於王、韋之黨有褒許之詞，縱有此事亦不肯歸之準也。然誌之所云，仍有可疑，王伾以永貞元年（八〇五）三月辛未爲翰林學士，通鑑載其月日如此，順宗未即位以前，未必有以東宫下僚擢掌内制之舉，則所謂「同列王伾」者無因。且準既已身居翰林學士之職，又何必抗危詞以語王伾耶？疑同時諸學士皆與聞此議，皆不以宦官之祕不發喪爲然，史臣以準爲獲罪之人，故刊落其名，獨予絪及次公。又以立順宗有迎合王、韋之嫌，故於次公傳中則云，及順宗在諒闇，外有王叔文輩操權樹黨，無復經制，次公與鄭絪同處内直，多所匡正。而於絪傳中亦云：及王伾、王叔文朋黨擅權之際，絪又能守道中立。其爲有意斡旋之語，固已顯然。順宗元紀準事不當有誤，且此文作於元和中謫永州時，憂讒畏譏之不暇，苟非時論所周知之事亦必不敢形於筆墨。以此推之，伾、準、絪、次公四人皆與聞草德宗遺詔之事也。伾、準皆杭州人，準爲伾所引與同列，似可信，叔文與準有舊，疑以曾爲浙東判官之故，叔文，越州人也。南人聯袂而居禁密之地，宜爲當時士論所駭，證以史言伾寢陋吴語，以此爲伾罪，愈足見南北地域之見亦有以召永貞之變也。

宗元又有哭連州凌員外司馬詩：「孝文留弓劍，中外方危疑。抗擊促遺詔，定命由陳辭。」再言之不已，欲人知其信而有徵也。詩又云：「徒隸肅曹官，征賦參有司。」即誌所云：「遂入爲尚書郎，仍以文章侍從，由本官參度支，調發出納，姦吏衰止。」舊注云：「遷尚書都官員外郎，王叔文兼度支鹽鐵副使，以準佐其府。」準與禹錫同曹，而禹錫集中未涉及之。準以元和三年卒於連州佛寺，故不獲預元和九年（八一四）之徵也。

李程

舊唐書李程傳：「字表臣……貞元十二年（七九六）進士擢第，又登宏辭科，累辟使府。二十年入朝爲監察御史。其年秋，召充翰林學士。順宗即位，爲王叔文所排，罷學士。三遷爲員外郎。」是程與禹錫本同官也。韓愈集中有赴江陵途中寄贈王二十補闕李十一拾遺李二十六員外翰林三學士詩。王二十爲王涯。據涯傳，貞元二十年十月召充翰林學士，元和三年（八〇八）爲宰相李吉甫所怒罷學士。李十一爲李建。據建傳，德宗聞其名，用爲右拾遺翰林學士，元和六年（八一一）坐事罷直。是三人同時爲學士，而獨程爲叔文所排也。禹錫於程或不免微嫌。此後程出爲西川節度行軍司馬，十年（八一五）入爲兵部郎中知制誥，即禹錫自朗州被召入京時，程以三月己卯命，禹錫以乙酉復貶連州，此時必曾一敍舊誼。於禹錫代程祭柳宗元文中見之，所謂「中復賜環，上京良遇，曾不逾月，君又即路」，正敍此時情景也。十三年（八一八）程自禮部侍郎出爲鄂岳觀察使，至長慶二年（八二二）鄂岳始除崔元略。十五年（八二〇）禹錫自連州丁母憂北歸，及長慶二年（八二二）到夔州任，皆必經武昌與程相見，故集中有鄂渚留別李二十一表臣大夫〔一五〕、答表臣贈別、始發鄂渚寄表臣、出鄂州界懷表臣、重寄表臣諸詩。特以元和十四五年（八一九、八二〇）及長慶元二（八二一、八二二）年，禹錫過武昌皆值冬春之交，難憑詩中物色以斷其先後。以事理度之，禹錫丁憂北歸，似不應於途中流連宴飲，且北歸宜遵陸，不應有江流江帆等句也，當是赴夔州時作。

程於禹錫似已無嫌，而韓愈不知何事獨與相忤，愈自袁州召拜國子祭酒，有至江州寄鄂岳李大夫詩云：「我昔實愚惷，不能降色辭，……公其務貰過，我亦請改事。」語殊露骨。愈有自袁州還京行次安陸詩，恐以避程之故，竟不取道武昌矣。及長慶四年（八二四）五月，程入相，愈則即於是年十二月卒，未知其果於和好否。

程以寶曆二年（八二六）除河東節度使，大和四年（八三〇）三月移河中，六年（八三二）七月入爲左僕射，旋又爲宣武、河中兩鎮，開成二年（八三七）以山南東道節度使卒。禹錫集中有冬夜宴河中李相公中堂命箏歌送酒詩，若非大和五年（八三一）自京赴蘇州時訪程，即九年（八三五）自汝州移同州時訪程話舊也。

大和八年（八三四）禹錫自蘇州移汝州，亦曾謁程於汴州，集有將赴汝州途出浚下留辭李相公詩。（卷二十八）詩有「鄂渚一別十四年」之句，自元和十五年（八二〇）至是正十四年。

程與柳宗元交誼亦當不薄，禹錫祭柳員外文云：「鄂渚差近，表臣分深，想其聞訃，必勇於義，已命所使，持書徑行，友道尚終，當必加厚。」又爲鄂州李大夫祭柳員外文云：「昔者與君，交臂相得。一言一笑，未始有極。馳聲日下，騖名天衢，射策差池，高科齊驅。攜手書殿，分曹藍曲，心志諧同，追歡相續。……甸服載期，同升憲府，察視之列，斯焉接武。君遷外郎，予侍内闈，出處雖閑，音塵不虧。……予來夏口，忽復三年，離索則久，音貺屢傳。」

劉集卷二十二有分司東都蒙襄陽李司徒相公書問因以奉寄一詩，殆爲最後一次往還。程傳云：（開成）二年（八三七）三月，檢校司徒，出爲襄州刺史山南東道節度使。時禹錫以賓客分司居洛。詩云：「舉世往還盡，何人心事同。」語殊悲愴，二人皆不久於人世矣。程以開成四年（八三九）卒，繼之者爲牛僧孺。

段平仲

舊唐書段平仲傳：「字秉庸，武威人……登進士第。杜佑、李復相繼鎮淮南，皆表平仲爲掌書記，復移鎮華州、滑州，仍爲從事。入朝爲監察御史。……貞元十四年（七九八），京師旱，詔擇御史郎官各一人，發廩振恤，平仲與考功員外郎陳歸當奉使，……由是坐廢七年。」其在淮南使幕與禹錫同時，而入爲御史則早於禹錫。禹錫集中有詩題云揚州春夜與李端公益張侍御登段侍御平仲（或本誤仲爲路）密縣李少府暢祕書張正字復元同會於水館對酒聯句追刻燭擊銅鉢故事遲輒舉觥以飲之逮夜艾羣公沾醉紛然就枕余偶獨醒因題詩於段君枕上以志其事可見禹錫與平仲之相狎也。平仲雖早達，而以坐廢七年之故，復與禹錫先後任和州刺史。禹錫有送湘陽熊判官因寄江西裴中丞詩，注云：「中丞……厥後牧和州，……初中丞自尚書屯田員外郎出守，踵其武者今給事中穆公，代給事者右丞段公，予不佞，繼右丞之後。」又有遥傷段右丞詩，注云：「江湖舊遊，南宫交代。」江湖舊遊者謂俱從事淮南，南宫交代者謂先後爲屯田員外郎也。舊傳載其劾吐突承璀事，承璀討鎮州無功，事在元和五年（八一〇），平仲於六年（八一一）以給事中詳定減省官員，轉右丞在此後。傳云以疾改太子左庶子卒，禹錫或未及聞其所終之官。舊傳「右丞」作「左丞」，當誤。新傳與劉集合。

又平仲亦曾遊於蘇州刺史韋夏卿幕中，李紳過吴門詩自注云：「貞元中，余以布衣多遊吴郡中，韋夏卿首爲知遇，常陪宴席，段平仲……十餘輩日同杯酒。」特未知與遊淮南孰爲先後。

崔玄亮

崔玄亮字晦叔，爲白居易同年進士，交誼最篤，長慶集中屢見。禹錫集中有與玄亮詩三首：一、奉酬湖州崔郎中見寄（卷二十五）云：「山陽昔相遇，灼灼晨葩鮮。……行當衰莫日，臥理淮海壖。」似在和州時作。二、湖州崔郎中曹長寄三癖詩自言癖在詩與琴酒……故爲四韻以謝之。（亦卷二十五）詩云：「酒對青山月，詩韻白蘋風。」三、酬湖州崔郎中見寄（外集卷六）云：「昔年與兄遊，文似馬長卿。……豈非山水鄉，蕩漾神機清？」據嘉泰吴興志：崔元（玄）亮，長慶三年（八二三）十一月二十二日自刑部郎中拜，獨孤邁，寶曆二年（八二六）九月十三日自歙州刺史拜。禹錫長慶四年（八二四）八月除和州刺史，寶曆二年（八二六）冬罷，其時正相當，皆玄亮在湖州時也。

舊唐書本傳云：「久遊江湖，至元和初，因知己薦達，入朝再遷監察御史，轉侍御史，出爲密、湖、曹三郡刺史，……大和初，入爲太常少卿，四年（八三九），拜諫議大夫，……遷右散騎常侍，來年，宰相宋申錫爲鄭注所構，獄自内起，京師震懼，玄亮首率諫官十四人詣延英請對，……七年（八三三），以疾求爲外任，宰相以弘農便其所請，乃授檢校左散騎常侍虢州刺史。」白居易撰其墓誌，則密州之後又爲歙州刺史，自湖州入爲祕書少監，改曹州刺史，謝病不就，宋申錫獄後曾拜太子賓客分司，皆傳所不載。

禹錫與玄亮未達時相識似在楚州，故有山陽昔相遇之句。蓋即傳所謂久遊江湖時也。大和初禹錫在長安當復與之過從。

墓誌載其遺誡云：「自天寶已還，山東士人皆改葬兩京，利於便近。唯吾一族，至今不遷。

我歿，宜歸全於滏陽先塋。」足見唐中葉以後之里貫皆不足據。有以移貫京兆爲榮者，于頔是也。玄亮則矯俗而不肯去其本貫者，禹錫集中爲京兆李尹答于襄州二書可並觀焉。

玄亮今存和白樂天詩一首，末云：「幾人樽下同歌詠，數盞燈前共獻酬。相對憶劉劉在遠，寒宵耿耿夢長洲。」此則玄亮入爲朝官時，禹錫已至蘇州也。

外集卷二有詩題云樂天見示傷微之敦詩晦叔三君子皆有深分因成是詩以寄，據白撰墓誌，玄亮大和七年（八三三）七月十一日卒於虢州。（但感舊云夏，與七月異。）白感舊詩序云：「故李侍郎杓直，長慶元年（八二一）春薨，元相公微之，大和六（當作五）年（五年爲八三一）秋薨，崔侍郎晦叔大和七年（八三三）夏薨，劉尚書夢得會昌二年（八四二）秋薨。」詩有「平生定交取人窄，屈指相知惟五人」之句。四人之中李建與玄亮雖以居易之故同爲知交，縱跡則不如元白與劉之密矣。

楊虞卿

楊虞卿字師皐，元和五年（八一〇）進士，其爲牛、李私黨，蓋以宗人楊嗣復之故。據舊唐書本傳，大和七年（八三三），李宗閔罷相，李德裕知政事，出爲常州刺史。禹錫是時正在蘇州。其寄毗陵楊給事詩云：「東城南陌昔同遊，座上人無第二流。屈指如今已零落，且須歡喜作鄰州。」（外集卷八）按禹錫貞元末在京時，虞卿尚未通籍，所云昔同遊者，或是指元和十年（八一五）春事也。

虞卿之再入而終於貶死，傳載其事云：「虞卿性柔佞，能阿附權幸以爲姦利。每歲銓曹貢部，爲舉選人馳走取科第，占員闕，無不得其所欲，升沈取捨出其脣吻。而李宗閔待之如骨肉，以能朋比唱和，故時號黨魁。大和八年（八三四），宗閔復入相，尋召爲工部侍郎。九年（八三五）四月，拜京兆尹。其年六月，京師訛言鄭注爲上合金丹，須小兒心肝，密旨捕小兒無算。民間相告語，扃鎖小兒甚密，街肆恟恟，上聞之不悦，鄭注頗不自安。御史大夫李固言素嫉虞卿朋黨，乃奏曰：臣昨窮問其由，此語出於京兆尹從人，因此扇於都下。上怒，即令收虞卿下獄。虞卿弟漢公并男知進等八人自繫，撾鼓訴寃，詔虞卿歸私第。翌日貶虔州司馬，再貶虔州司户，卒于貶所。」此爲牛、李黨一次重大打擊。李宗閔傳云：「楊虞卿得罪，宗閔極言救解，文宗怒斥之曰：爾嘗謂鄭覃是妖氣，今作妖，覃耶爾耶？翌日貶明州刺史，尋再貶處州長史。」自此雖有楊嗣復、李珏開成三年（八三八）在相位爲宗閔謀復起，其勢衰矣。

虞卿雖與白居易姻親，然交誼尚不繫乎此，居易集中與虞卿書云：「自僕再來京師，足下守官鄠縣，吏職拘絆，相見甚稀，凡半年餘，與足下開口而笑者不過三四。及僕左降詔下，明日而東，足下從城西來，抵昭國坊已不及矣。走馬至滻水，才及一執手，憫然而訣。……且與師皐始於宣城相識，迨于今十七八年，可謂故矣。又僕之妻即足下從父妹，可謂親矣。親如是，故如是，人之情又何加焉？然僕與足下相知則不在此。」據此則居易初識虞卿，年方二十六七，此書作於初貶江州刺史時爲四十四歲也。其詞雖甚親厚，然似已料及虞卿之不終。蓋書中又云：「然足下之美如此，而僕側聞蚩蚩之徒不悦足下者已不少矣。但恐道日長而毁日至，位益顯而謗益多，……師皋！人生未死間，千變萬化，若不情恕於外，理遣於中，欲何爲哉！」虞卿之卒於虔州，居易有詩云：「往者何人送者誰，樂天哭别師皋時。平生分義向人盡，今日哀寃唯我知。」居易於此蓋有難言之隱。禹錫集中涉及虞卿者尚有二首，一和楊師皋給事傷小姬英英，一和浙西王尚書聞常州楊給事製新樓因寄之作。皆與前詩爲前後一二年間之作。

虞卿之卒似在大和九年（八三五），禹錫是時方在汝州、同州之間，蓋已知朝局之變幻莫測，不甚於文字中著議論矣。李商隱哭虔州楊侍郎詩云：「甘心親垤蟻，旋踵戮城狐。」正指其卒後不久即有甘露之變也。詩又云：「如何大丞相，翻作弛刑徒。」似指李宗閔。「中憲方外易，尹京方就誅。」中憲當即謂陷虞卿之御史大夫李固言。商隱於甘露之變力持公論，不恤犯時忌，自作有感、重有感二詩外，有爲鄭州天水公言甘露事表云〔一六〕：「宰臣王涯等或久服顯榮，或超蒙委任，徒思改作，未可與權。」語亦暗指甘露諸臣之蓄志除奸，而於哭虞卿詩則又斥爲城狐，旨趣自相背馳。蓋虞卿雖有黨魁之號，時論亦以爲罪之太過也。因論禹錫與虞卿之交道而附及之。

李珏

李珏亦牛、李之黨也。舊唐書本傳云：「大和五年（八三一），李宗閔、牛僧孺在相，與珏親厚，改度支郎中知制誥。遂入翰林充學士。七年（八三三）三月，正拜中書舍人。九年（八三五）五月，轉户部侍郎充職。七月，宗閔得罪，珏坐累出爲江州刺史。開成元年（八三六）四月，以太子賓客分司東都，遷河南尹。……三年（八三八），楊嗣復輔政，薦珏以本官同平章事。」武宗即位，以嗣復、珏黨於安王、陳王俱貶。其任河南尹時禹錫應其請爲春禊，見白居易三月三日祓禊洛濱序。及珏復召入朝，禹錫亦有奉送李户部侍郎自河南尹再除本官歸闕詩，然不過應酬之作而已。

楊嗣復傳載珏與鄭覃交争於文宗前，「珏曰：今有邊事論奏。覃曰：論邊事安危，臣不如珏，嫉惡則珏不如臣。」珏之朋比深爲覃所嫉如此。李宗閔傳又載其與覃争論之語云：「陳夷行曰：比者宗閔得罪，以朋黨之故，恕死爲幸。寶曆初，李續之、張又新、蘇景胤等朋比姦險，幾傾朝廷，時號八關十六子。李珏曰：主此事者罪在逢吉，李續之居喪服闋，不可不與一官。臣恐中外衣冠交興議論，非爲續之輩也。」珏以中外衣冠交興議論爲言，是當時士大夫爲衣食之謀，利害與共，在所必争，其情態如見。史稱覃嫉惡太過，多所不容，而文宗亦以夷行議論太過恩禮漸薄，足以見牛、李利用士大夫功名利禄之心而益深黨援勾引也。

楊嗣復

楊嗣復爲牛、李黨中要人之一。舊唐書本傳云：「長慶元年（八二一）十月，以庫部郎中知制誥，正拜中書舍人。嗣復與牛僧孺、李宗閔皆權德輿貢舉門生，情義相得，進退取捨多與之同，四年（八二四），僧孺作相，欲薦拔大用，又以於陵爲東都留守，未歷相位，乃令嗣復權知禮部侍郎。」此後大和七年（八三三），宗閔罷相，李德裕輔政，出爲東川節度使，九年（八三五），宗閔復知政事，移西川。開成二年（八三七）入爲户部侍郎，領鹽鐵使，三年（八三八）入相，與鄭覃、陳夷行同列。本傳記其相爭之語曰：「鄭覃曰：陛下須防朋黨，嗣復曰：鄭覃疑臣朋黨，乞陛下放臣歸去。因拜乞罷免。李珏曰：比來朋黨近亦稍弭。覃曰：近有小朋黨生。帝曰：此輩凋喪向盡。覃曰：楊漢公、張又新、李續之即今尚在。……鄭覃曰：陛下開成元年二年（八三六、八三七）政事至好，三年四年漸不如前。嗣復曰：元年二年是鄭覃、夷行用事，三年四年（八三八、八三九）臣與李珏同之。……鄭覃云：三年之後一年不如一年，臣之罪也。……嗣復數日不入，上表請罷，帝方委用，乃罷鄭覃、夷行知政事。」此開成四年（八三九）五月事也。其時文宗已鬱鬱受制於宦官，太子死於宫闈之變，奄奄一息，無裁決政事之能矣，而兩黨猶齗齗争競如此。此後才一年，嗣復罷守吏部尚書，珏貶太常卿。〔一七〕禹錫集中有奉和吏部楊尚書太常李卿二相公策免後即事述懷贈答十韻，語殊膚泛。按禹錫以開成元年（八三六）自同州授賓客分司，其時在相位者爲鄭覃、李石，以氣類而論，似即出覃之力。五年爲祕書監分司，則或由嗣復。要之，禹錫此時年老，怵於朝端南北司及黨禍之烈，必亦無意於進取，故於覃、夷行及嗣復、珏之間亦無不虛與委蛇耳。

嗣復與覃爲牛、李黨援之故而生争競，非一日也。通鑑於開成三年（八三八）李宗閔自衡州司馬量移杭州刺史一事紀之云：「楊嗣復欲援進李宗閔，恐爲鄭覃所阻，乃先令宦官諷上，上臨朝謂宰相曰：宗閔積年在外，宜與一官。鄭覃曰：陛下若憐宗閔之遠，止可移近北數百里，不宜再用，用之臣請先避位。陳夷行曰：宗閔曏以朋黨亂政，陛下何愛此纖人？楊嗣復曰：事貴得中，不可但徇愛憎。上曰：可與一州。覃曰：與州太優，止可洪州司馬耳。因與嗣復互相詆訐以爲黨。上曰：與一州無傷。」〔一八〕（通鑑二四六）按覃以門蔭出身，疾進士浮薄，與李德裕旨趣相同，當國時主罷進士科。宜嗣復等以科名相矜尚者如冰炭不相容也。禹錫於高陵令劉君遺愛碑中稱覃爲端士，是亦深服覃之爲人。

嗣復之陷於朋黨，亦其家風使然。其父於陵傳中云：元和初，以考策昇直言極諫牛僧孺等，爲執政所怒，出爲嶺南節度使。及淮西用兵時，爲兵部侍郎判度支，以高霞寓奏饋運不繼，貶郴州刺史。禹錫集中有和楊侍郎初至郴州紀事書情題郡齋八韻、和郴州楊侍郎翫郡齋紫薇花、和南海馬大夫聞楊侍郎出守郴州因有寄上之作三詩。（均外集卷五）語皆諛頌，非有深意。禹錫既早與於陵往還，晚又以楊氏爲白居易之姻親，與楊虞卿、汝士兄弟又相友好，故集中有詩題云寄和東川楊尚書慕巢兼寄西川繼之（嗣復字）二公近從弟兄情分偏睦早忝遊舊因成是詩。（外集卷四）居易集中則與嗣復兄弟投贈之詩尤多矣。

李夷簡

李夷簡爲貞元二年（七八六）進士，新唐書宗室宰相傳云：以宗室子補鄭丞，棄官擢進士第，由監察御史坐小累下遷虔州司户參軍。九歲，復爲殿中侍御史。元和時至御史中丞。蓋沈淪已久矣。後自户部侍郎判度支出爲山南東道及劍南西川節度使。元和十三年召爲御史大夫，入相。禹錫集中賀門下李相公啓注云：自西川入爲大夫拜相。啓云：同主國柄如吹塤篪，與本傳所云：裴度當國，帝倚以平賊，夷簡自謂才不能有以過度，乃求外遷，意亦正合。疑夷簡即由度援引也。夷簡在相位不過三月，禹錫時在連州，賀啓到京，夷簡殆已赴鎮淮南矣。

夷簡以私怨劾楊憑，幾陷重辟（見新、舊書憑傳），而楊氏羣從皆劉、柳所厚，宗元先友記中稱其皆孝友有文章。禹錫有答楊八敬之詩，敬之即憑之姪也。夷簡似不爲當時士望所歸者。而宗元與禹錫同時乞哀於夷簡，宗元上門下李夷簡相公陳情書云：「閣下以仁義正直入居相位，宗元實撫心自慶，以爲獲其所望。」其詞之卑屈迫切如此，蓋亦有由。元和六年（八一一）夷簡鎮襄陽時，曾以書慰宗元，宗元集中有謝李夷簡尚書委曲撫問書云：「特賜記憶，過蒙存問。」是夷簡於宗元有先施之誼也。當淮西平後，例應大行慶宥，故禹錫、宗元均極致其引領之意，意夷簡能助度起廢振淹耳。

白居易有聞李尚書拜相因以長句寄賀微之詩云：「憐君不久在通川，知己新提造化權。」而元稹有病馬詩寄上李尚書，是元和九年（八一四）作，夷簡從八年（八一三）正月除西川，足證所謂李尚書即夷簡也。稹答居易前詩云：「尚書入用雖旬月，司馬銜寃已十年。若待更遭秋瘴後，便愁平地有重泉。」正是夷簡以三月入相後之語。居易稱夷簡爲稹之知己，然則禹錫、宗元屬望夷簡如此殷切，或亦以夷簡素有好士之名歟！

禹錫有上僕射李相公書云：「州吏還，伏蒙擺落常態，手筆具書，言及貞元中登朝人逮今無十輩，及發中書相公一函，具道閣下亟言曩遊，顔間頗有哀色。」按夷簡於長慶二年（八二二）三月自淮南召爲右僕射，（據舊唐書穆宗紀。新唐書本傳云：「辭不拜。」）其時元稹正在相位。疑僕射李相公即夷簡，而中書相公即稹也。稹爲中書侍郎，見新唐書宰相表。州吏者禹錫方爲夔州刺史，指夔州之屬吏。貞元登朝人與夷簡資歷亦合。以此書相印證，非但稹與夷簡交誼頗深，即禹錫亦與之爲舊識也。

錢徽

錢徽爲貞元元年（七八五）進士，於禹錫交遊中年輩居長。韓愈屢與徽及盧汀唱和，一、和虞部盧四（汀）酬翰林錢七（徽）赤籐杖歌，二、奉酬盧給事雲夫四兄曲江荷花行見寄并呈上錢七兄閣老張十八助教，三、奉和錢七兄曹長盆池所植。而徽於淮西用兵之時，上疏言用兵累歲，供饋力殫，憲宗不悦，罷徽學士之職，則與愈之附裴度力主討蔡之旨不合。然愈仍於元和十二年（八一七）除刑部侍郎時舉徽自代，舉狀中稱時名年輩俱在臣前。蓋無害於私交也。徽爲翰林學士在元和中，似與禹錫無由款曲，然此後徽之行止乃與禹錫之交游大有膠葛。兹先録舊唐書徽本傳於下：「長慶元年（八二一）爲禮部侍郎，時宰相段文昌出鎮蜀川，……故刑部侍郎楊憑……子渾之求進，……文昌將發，面託錢徽，繼以私書保薦。翰林學士李紳亦託舉子周漢賓於徽，及榜出，渾之、漢賓皆不中選。李宗閔與元稹素相厚善，初稹以直道譴逐久之，及得還朝，大改前志，由逕以徼進達，宗閔亦急於進取，二人遂有嫌隙。楊汝士與徽有舊，是歲，宗閔子壻蘇巢及汝士季弟殷士俱及第。故文昌、李紳大怨，文昌赴鎮，辭日，内殿面奏，言徽所放進士鄭朗等十四人皆子弟藝薄，不當在選中。穆宗以其事訪於學士元稹、李紳，二人對與文昌同，遂命中書舍人王起、主客郎中知制誥白居易於子亭重試，……尋貶徽爲江州刺史，中書舍人李宗閔劍州刺史，右補闕楊汝士開江令。……乃下詔曰：……末代偷巧，内荏外剛。卿大夫無進思盡忠之誠，多退有後言之謗。士庶人無切磋琢磨之益，多銷鑠浸潤之讒。進則訣言諂笑以相求，退則羣居州處以相議。留中不出之請，蓋發其陰私，公論不容之誅，是生於朋黨。擢一官則曰恩皆自我，黜一職則曰事出他門。比周之迹已彰，尚矜介特；由徑之蹤盡露，自謂貞方。居省寺者不以勤恪涖官，而曰務從簡易；提紀綱者不以準繩檢下，而曰密奏風聞。獻章疏者更相是非，備顧問者互有憎愛。……元稹之辭也。」朋黨紛争肇端於牛僧孺、李宗閔之對策，大盛於錢徽一榜之覆試。而穆宗此詔實曲盡當時士大夫營私造謗互爲恩怨之醜態。稹嘗云：「誓欲通愚謇，生憎效喔咿。佞存真妄婦，諫死是男兒。」（見酬翰林白學士代書詩）其早歲風節固亦不凡，在長慶中已稍變節。（詳見元稹條）然此詔之辭不可非也。

禹錫集中有詩題云：途次華州陪錢大夫登城北樓春望因覩李崔令狐三相國唱和之什翰林舊侶……皆忝夙眷……。詩有「莫怪老郎呈濫吹，宦途雖別舊情親」之句，似亦非與徽無舊者。

徽與白居易似無嫌，居易有錢侍郎使君以題盧山草堂詩見寄因酬之一詩，即徽任江州刺史所作，及居易赴杭州任，再過江州，尚有吉祥寺見錢侍郎題名一詩。又有喜錢左丞再除華州及和錢華州題少華清光詩。

徽傳云：子可復、可及（新傳作可復、方義）皆登進士第，可復累官至禮部郎中。大和九年（八三五），鄭注出鎮鳳翔，李訓選名家子以爲賓佐，授可復檢校兵部郎中兼御史中丞，充鳳翔節度副使。其年十一月，李訓敗，鄭注誅，可復爲鳳翔監軍使所害。禹錫有和州送錢侍御自宣州幕拜官使於華州觀省詩，注云：「侍御即王相公貴壻。」王相公當是王涯，其爲甘露連累，恐由於此。此侍御必可復也。宣州指崔羣。蓋徽爲大曆才子錢起之子，元和諸詩人猶承大曆遺風，故徽父子爲時流所宗仰。新傳云：方義終太子賓客，子珝亦善文辭。

馮宿

禹錫有酬馮十七舍人宿衛贈別詩（外集卷五）云〔一九〕：「少年爲別日，隋宫楊柳陰，白首相逢處，巴江煙浪深。」按舊唐書馮宿傳：徐州張建封辟爲掌書記，建封卒，宿爲其子愔説王武俊表求節鉞。禹錫與之爲別，當在徐、汴間。據巴江之句則禹錫在夔州時或宿曾奉使南來也。宿爲韓愈同年進士，愈有答馮宿書云：「在京城時囂囂之徒相訾百倍，足下時與僕居，朝夕同出入起居。」二人交可謂密矣，愈自宣武董晉幕赴徐州張建封幕，宿之在徐幕或即愈所汲引，及元和十二年（八一七）裴度征淮西，愈爲行軍司馬，宿爲節度判官，自亦愈之力。據傳，長慶元二年（八二一、八二二）宿皆以郎中知制誥，爲山南東道節度使牛元翼留後，此時禹錫在夔州，殊不似有與宿相逢之會。惟宿以大和二年（八二八）拜河南尹，四年（八三〇）入爲工部侍郎，九年（八三五）出鎮東川，則與禹錫頻有往還斷無疑也。集中同樂天送河南馮尹學士詩（外集卷一）有「共羨府中棠棣好」之句，謂其弟定爲河南少尹也。稱學士者，兼集賢殿學士也。宿在裴度淮西幕中與李宗閔同僚，其爲牛、李黨與否不可知，然觀其遷官在大和四年（八三〇）以後，顯然出於牛、李之援。東川之授在九年（八三五）二月，是宗閔尚未遭貶以前，若至五六月以後即未必得此峻擢矣。

又據舊唐書穆宗紀，長慶元年（八二一），李景儉史館飲酒一獄，馮宿與楊嗣復各罰一季俸料，謂與景儉同飲，先起不貶官。此時宰相爲崔植、杜元穎、王播、宿與嗣復獨邀寬典，非亦以元穎與嗣復及宿之弟審皆同年進士之故耶？以此諸事合觀，牛、李之黨持科目同年之見可謂牢不可破，無所不用其極矣。

王涯

甘露四相中王涯年輩最長，歷官最久，故禹錫獨與之爲舊交。集中逢王十二學士入翰林因以詩贈〔二〇〕，注云：「時貞元二十年（八〇四），王以藍田尉充學士。」詩云：「廐馬翩翩禁外逢，星槎上漢杳難從。」歆羨溢於言表。蓋禹錫進士登科僅次於涯一年，先自藍田尉入爲監察御史而不得内職故也。舊唐書涯本傳云：元和三年（八〇八），爲宰相李吉甫所怒，罷學士，守都官員外郎，再貶虢州司馬。此指涯甥皇甫湜對策事也，具見李宗閔傳。宗閔傳以三年爲四年誤，三年九月，吉甫已出鎮淮南矣。憲宗紀云：「四月乙丑，貶翰林學士王涯虢州司馬，時涯甥皇甫湜與牛僧孺、李宗閔並登賢良方正科第三等，策語太切，權倖惡之，故涯坐親累貶。」則涯與牛、李有緣而與李德裕、元稹、李紳、白居易等皆不相合也。白居易傳云：「十年七月，盜殺宰相武元衡，居易首上疏論其冤，急請捕賊以雪國恥。宰相以宫官非諫職，不當先諫官言事，會有素惡居易者，掎摭居易言浮華無行，其母因看花墮井而死，而居易作賞花及新井詩，甚傷名教，不宜寘彼周行。執政方惡其言事，奏貶爲江表刺史。詔出，中書舍人王涯上疏論之，言居易所犯狀迹不宜治郡，追詔授江州司馬。」是時宰相爲張弘靖、韋貫之，皆非愛才之相，貫之又爲牛、李之考策官，涯殆有以迎合之。遂與居易自此水火矣。甘露變後，居易有「當君白首同歸日，是我青山獨往時」之句。猶有不歉之意。涯出鎮後以大和三年（八二九）春復入爲太常卿，居易即以是年春自刑部侍郎歸東都，遂不復出，殆避此宿嫌也。禹錫方以郎官直集賢殿，集中代郡開國公王氏先廟碑，即應涯所請而作。及涯被禍，禹錫甫到同州刺史任，於甘露事變之始末，僅能得之官報，故默無一言矣。

禹錫集中尚有和東川王相公新漲驛池八韻，其時在長慶元年三年（八二一——八二三）之間，禹錫方在夔州。要之禹錫與涯相交歲久，甘露之禍，人所同憤，雖無一言，亦不能不隱爲之悲也。

薛伯高

禹錫凡兩答道州薛郎中書，皆稱薛爲兄，第二書有我與子中外屬，當爲伯仲之語。則薛與禹錫舊姻，且年較長也。」〔三〕據柳宗元道州毁鼻亭神記，元和九年（八一四），河東薛公由刑部郎中刺道州。合之道州文宣王碑所云儒師河東薛公伯高由尚書刑部郎中爲道州，即其人也。然新唐書藝文志有「薛景晦古今集驗方十卷」，與禹錫論方書之語合。亦注云：「元和刑部郎中貶道州刺史。」其爲一人無疑。禹錫外集卷九，傳信方述：「江華守河東薛景晦以所著古今集驗方十通爲贈。」亦稱景晦。是當名景晦字伯高。柳所撰碑稱其字恐不合行文之例，抑可疑也。薛之被貶不知何事，按楊於陵傳云：（元和）九年（八一四）妖人楊叔高自廣州來，干於陵請爲己輔。於陵奏殺之。此案甚離奇，或由此牽及。不然則八年（八一三）梁正言之獄，〔一三〕遣三司使按問，坐死徙者甚多，薛爲刑部郎中，或以守法不阿而忤憲宗之意，皆未可知。柳集中道州文宣王廟碑未明著薛貶道州之年，毁鼻亭神記所云元和九年（八一四），非指其初至道州之時，故難斷其以何事獲罪也。

宗元先君石表陰先友記云：「薛伯高，同郡人，好讀書，號爲長者，後至尚書卒。」仍稱其字。後至尚書一語亦可疑。惟以伯高之年齒而論，固宜爲宗元之先友也。

顧少連

顧少連以貞元九年（七九三）知貢舉，禹錫之座主也。據德宗紀，貞元十六年（八〇〇）五月自吏部侍郎爲京兆尹，十七年（八〇一）十月爲吏部尚書，十八年（八〇二）六月爲兵部尚書東都留守，十九年（八〇四）十月，以韋夏卿代，蓋即卒於是年。柳宗元集有與顧十郎書云：「大凡以文出門下，由庶士而登司徒者七十有九人，（舊注云：貞元九年十年〔七九三、七九四〕顧少連以禮部侍郎知貢舉，取進士六十人，諸科十九人。）執事試追狀其態，則果能效用者出矣。然而中間招衆口飛語，譁然譸張者豈他人耶？夫固出自門下。賴中山劉禹錫等遑遑惕憂，無日不在信臣之門，以務白大德。順宗時，顯贈榮謚〔二三〕，揚于天官，敷于天下，以爲親戚門生光寵。不意瑣瑣者復以病執事。」所謂「門下」之「譁然譸張」者不知果爲誰。此兩科進士之好立異同者，九年（七九三）則武儒衡，十年（七九四）則李逢吉也。此足見同門之中有操戈相攻者，雖已死之顧少連猶不得免也。少連傳云：「裴延齡方横，無敢忤者，嘗與少連會田鎬第，酒酣，少連挺笏曰：段秀實笏擊賊臣，今吾笏將擊姦臣。」少連之召怒，或以此耶？

登科記考載吕温祭座主故兵部尚書顧公文曰：「維貞元十年（七九四）（按當作十九年（八〇三），據全唐文四七八杜黄裳撰顧少連碑稱貞元癸未（即十九年）推知登科記考之誤奪一字。）

門生侍御史王播，監察御史劉禹錫、陳諷、柳宗元，左拾遺吕温、李逢吉，右拾遺盧元輔，劍南西川觀察支使李正叔，萬年縣主簿談元茂，集賢殿校書郎王起，祕書省校書郎李建，京兆府文學李逢，渭南縣尉席夔，鄠縣尉張隸初，奉禮郎獨孤郁，協律郎蕭節，奉禮郎時元佐，滎陽主簿李宗衡，前鄉貢進士鄭素。」觀此諸人姓名有以知禹錫同門中之薰蕕相雜矣。

竇易直

竇易直以長慶四年（八二四）與李程同入相，至大和二年（八二八）始出爲山南東道節度使。在位既久，碌碌無所短長，而禹錫自罷和州爲主客郎中分司東都以至遷禮部郎中集賢殿學士，皆其偕裴度爲相之時。易直非但與禹錫有舊，且嘗通問。禹錫集中謝竇相公啓云：「昨蒙罷免，甘守丘園。相公不棄舊遊，特哀久廢，每奉華翰，賜之衷言，果蒙新恩，重忝清貫，……分曹有繫，拜謝無由。」新命即指主客分司之命也。語意頗爲親摯。則易直之於禹錫本爲相知也。據易直本傳，乃明經出身，不由進士，未知其入仕始於何年，所謂舊遊當在貞元之末耳。新、舊傳皆云：易直執政，未嘗引用親黨。而舊傳别申之曰：凡於公舉即無所避。然則禹錫之得其力，亦正足證禹錫僅舊識而非其親黨耳。此時朝中朋黨方熾，宰相無不引用親黨者，故史於易直特標此語，以明易直所以能久任而不遭時忌。

韋夏卿

禹錫集中有爲京兆韋尹進衣等狀及賀元日祥雪等表。據舊唐書韋夏卿傳，大曆中應制舉，自給事中出爲常州、蘇州刺史，張建封卒，代爲徐泗濠節度使，未任，徵爲吏部侍郎，轉京兆尹。據憲宗紀，其授京兆尹是貞元十七年（八〇一）十月事。十九年（八〇三）十月，改東都留守。禹錫時方自渭南尉入爲監察御史。疑夏卿爲京兆時就渭南索禹錫爲文，繼夏卿爲京兆者即李實，而禹錫亦代實爲文，當是循夏卿舊例。而夏卿雖已得東都新命，其瀕行之謝賜食狀亦仍乞禹錫代撰也。

夏卿爲禹錫前輩，又有傾心才彦之稱，或其在蘇、常時已相知矣。夏卿力薦竇羣，羣乃與王、韋齟齬，則似在夏卿卒後。

唐語林三：「韋獻公夏卿不經方鎮，唯嘗於東都留守辟吏八人，而路公隨，皇甫崖州鎛皆爲宰相，張尚書賈，段給事平仲，衛大夫中行，李常侍翺，李諫議景儉，李湖南詞皆至顯官。」新唐書本傳略采之，諸人多爲禹錫知友。

夏卿爲韋執誼之從兄，禹錫之爲韋黨，是由夏卿之故，抑先稔執誼而後識夏卿，則未可定。

據新唐書夏卿傳，夏卿弟正卿之子瓘爲中書舍人，與李德裕善，李宗閔惡之，德裕罷，貶爲明州長史。會昌末，累遷楚州刺史，終桂管觀察使。亦牛、李黨爭中人也。

夏卿女適元稹，見韓愈所爲墓誌，誌云：「夫人於僕射（謂夏卿）爲季女，愛之，選壻得今御史河南元稹，稹時以選校書祕書省中。」時稹猶未舉制科第一，則是夏卿識拔稹於微時。稹之悼亡詩云：「謝公最小偏憐女」，與誌亦合。

獨孤郁

獨孤郁，貞元十四年（七九八）進士。父及，與李華、蕭穎士齊名，爲一時文宗。禹錫集卷三十有傷獨孤舍人詩序云：「貞元中，余以御史監祠事，河南獨孤生始仕爲奉禮郎，有事宗廟郊時，必與之俱，由是甚熟。」而舊唐書郁傳云貞元末爲監察御史，傳誤也。韓愈爲郁墓誌亦云選授奉禮郎。郁以元和四年（八〇九）自拾遺轉補闕，五年（八一〇）召充翰林學士，遷起居郎，以妻父權德輿爲相，辭内職，遷考功員外郎。七年（八一二）以本官知制誥，八年（八一三）轉駕部郎中，復召爲翰林學士，九年（八一四）十一月改祕書少監，次年正月卒。禹錫序云：「視草禁中，上方許以宰相，元和十年（八一五）春，余祇召抵京師，次都亭日舍人疾不起。」情事甚合。惟云仕至中書舍人，不可解，翰林學士知制誥雖行中書舍人之職，然郁未正拜中書舍人，不當以此稱之。禹錫言外之意謂昔時官卑晚進之人且有宰相之望，因而深悲己之沈淪也。愈與郁皆爲史館修撰，而歷時尤久，故誌中述郁兄朗之言云：「子知吾弟久，故屬以銘。」郁爲權德輿壻，而禹錫詩序中無一語及之，豈以德輿在相位未嘗爲援而有所不足耶？

李　實

禹錫集中爲京兆李尹作表者二，作狀者二，作書者二，柳宗元集亦有爲李京兆祭楊凝郎中文，皆爲李實作，李爲京兆尹，正劉、柳貞元十九年（八〇三）爲監察御史時。憲司而爲京尹掌記，在唐時殆不足異。韓愈上實書譽之過甚，謂二十年（八〇四）之旱災不爲害，而又進狀極言民間之困於誅求。（詳見韓愈條下）實之爲人果何如，殊難得其真相。然據舊唐書實傳言：陵轢公卿百執事，隨其喜怒，誣奏遷逐者相繼。實雖非端人，亦難免有怨家歸惡之言也。舊唐書竇羣傳云：「羣對王叔文云：去年李實伐恩恃貴，傾動一時，此時公逡巡路旁，乃江南一吏耳，今公已處實形勢，又安得不慮路旁有公者乎？」觀此數言，即可見實之敗，亦不免由於失志者之謗讟搖撼，叔文之敗亦未嘗非出一轍也。

唐語林載：「李實爲司農卿，督責官租。蕭祐居喪，輸不及期，實怒，召至，租卒亦至，得不罪。會有賜與，當謝狀，秉筆者有故未至，實乃曰：召衣齊衰者。祐至，立爲草狀，實大喜，延英面薦，德宗令問喪期，屈指以待。及釋服日，以處士拜拾遺。」實之愛才如此，禹錫爲之草箋表，亦無足怪矣。

柳公綽

禹錫集中有舉開州柳使君公綽自代狀。爲貞元二十一年（八〇五）四月初任屯田員外郎時作。舊唐書柳公綽傳，以殿中侍御史薦授開州刺史。狀云：「前件官以賢良方正再歘王庭，在流輩間號爲端士，昨除遠郡，人皆惜之。」與傳合。傳又云：入爲侍御史，再遷吏部員外郎。則禹錫遭貶謫以後之事矣。此後公綽隨武元衡入蜀爲判官，以忤李吉甫，自御史中丞出爲湖南觀察使，是元和六年（八一一）事，柳宗元在永州，爲之草謝表。大和三年（八二九）爲刑部尚書，禹錫在京，當與相見。傳云：性端介寡合，與錢徽、蔣乂、杜元穎、薛存誠文雅相知，交情款密。蓋與宗元或因宗族之故，粗有往還，而與劉則殊落落。而劉舉以自代，又不似無深交者。不可解。

李翱

李翺嘗稱張籍、李景儉爲奇才，見其集中薦所知於徐州張僕射書。以景儉與劉、柳之關係言之，翺亦當與禹錫交好也。尤以與李逢吉相忤，則不入牛、李之黨可知。舊唐書翺本傳云：「翺與李景儉友善。初，景儉拜諫議大夫，舉翺自代，至是景儉貶黜，七月，出翺爲朗州刺史，俄而景儉復爲諫議大夫，翶亦入爲禮部郎中。翶自負詞藝，以爲合知制誥，以久未如志，鬱鬱不樂。因入中書謁宰相，面數李逢吉之過失，逢吉不之校，翶心不自安，乃請告滿百日。有司準例停官，逢吉奏授廬州刺史。大和初入朝爲諫議大夫，尋以本官知制誥，三年二月拜中書舍人。」此時禹錫亦在朝，當有往還之雅矣。

翶於文章之事，與韓愈爲同道，然於劉、柳仍所推服。禹錫集中韋公集紀末段有云：「初，翶昔與韓吏部爲文章盟主〔二四〕，同時倫輩惟柳儀曹宗元、劉賓客夢得耳。韓、柳之逝久矣，今翶又被病，慮不能自述，有孤前言，齎恨無已，將子薦誠於劉君乎？無何，習之夢奠於襄州，蕃具道其語。」蕃既纂修父書，咨于先執李習之，請文爲領袖，許而未就。一旦習之憮然謂蕃曰：

然翶嘗從事楊於陵廣南府，恐亦黨於楊氏父子者。據翶集中南來録，其過虔州時，又嘗與韓泰同遊山。

嚴綬

嚴綬以宣歙判官進奉得刑部員外郎，五年之間即自河東行軍司馬爲節度使。非厚結宦官不至此。憲宗之立，由綬與裴均繼韋臯上牋勸進，王、韋之敗，與有力焉，詳王叔文條下。舊唐書綬本傳云：「鋭於勢利，不存名節，人士以此薄之。嘗預百寮廊下食，上令中使馬江朝賜櫻桃，綬居兩班之首，在方鎮時識江朝，敍語次不覺屈膝而拜，御史大夫高郢亦從而拜。」其始終諂事宦官如此。禹錫集中詩題一則曰江陵嚴司空見示與成都武相公唱和因命同作，再則曰元和癸巳歲（八一三）仲秋詔發江陵偏師問罪蠻徼後命宣慰釋兵歸降凱旋之辰率爾成詠寄江陵嚴司空。綬鎮荆南始於元和六年（八一一）三月，元稹正爲江陵士曹參軍，亦在其府下〔二五〕，豈以此之故不得不周旋之耶？然其人必非禹錫所心許矣。

裴均

憲宗紀，元和三年（八〇八）四月，以荆南節度使裴均爲右僕射判度支。按新唐書裴行儉傳附均事云：「初均與崔太素俱事中人竇文場，太素嘗晨省文場，入卧内，自謂待己甚厚，徐覰後榻有頻伸者，乃均也，德宗以均任方鎮，欲遂相之，諫官李約上疏斥均爲文場養子，不可汙台輔，乃止。」通鑑二三七亦記御史中丞盧坦譏之之語。禹錫集中卷九有復荆門縣記即爲均作，其詞甚卑屈，蓋遷人在其屬郡，不得不撰詞求容耳。憲宗之立，由均與韋臯、嚴綬陰受宦官之指使，詳見王叔文條。

王璠

禹錫外集卷六和浙西王尚書聞常州楊給事製新樓因寄之作自注云：「尚書在南宮爲左丞，

給事與禹錫皆是郎吏。」按王璠傳，元和五年（八一〇）進士，寶曆元年（八二五）二月，轉御史中丞。時李逢吉爲宰相，與璠親厚，故自郎官掌誥便拜中丞。恃逢吉之勢，稍横。常與左僕射李絳相遇於街，交車而不避。……二年（八二六）七月，出爲河南尹。大和二年（八二八），從本官權知東都選，十月，轉尚書右丞，勑選畢入朝。三年（八二九），改吏部侍郎。四年（八三〇）七月，拜京兆尹兼御史大夫，十二月，遷右丞，判太常卿事。六年（八三二）八月，檢校禮部尚書、潤州刺史、浙西觀察使，與詩注全合。

楊歸厚

禹錫姻戚之中恩誼尤厚者爲楊歸厚（見卷二十四詩題，寄楊虢州與之舊姻）。據外集卷十祭虢州楊庶子文云：「與君交歡，已過三紀，維私之愛，與衆無比。乃命長嗣，爲君半子。誰無外姻，君實知己。」則歸厚爲禹錫僚壻，而禹錫之長子又歸厚之壻也。憲宗紀：元和七年（八一二）十二月丙辰，左拾遺楊歸厚以自娶婦進狀借禮會院，貶國子主簿分司。此乃託詞也。據新唐書李吉甫傳，左拾遺楊歸厚嘗請對，日已旰，帝令它日見，固請不肯退，既見極論中人許遂振之姦，（遂振與楊於陵不協，見裴垍傳。）又歷詆輔相求自試，又表假郵置院具婚禮。帝怒其輕肆，欲遠斥之，李絳爲言不能得。吉甫見帝謝引用之非，帝意釋，得以國子主簿分司東都。此則歸厚以兩省供奉官面劾中官，因觸憲宗之怒，實震動當時之一大事。禹錫外集卷五寄楊八拾遺詩題下注云：「時出爲國子主簿分司東都，王（韓）十八員外亦轉國子博士同在洛陽。」[二六]詩云：「聞君前日獨庭爭，漢帝偏知白馬生。……洛陽本自宜才子，海内而今有直聲。」正謂此時事。韓愈年譜亦據禹錫此詩末句：「爲謝同寮老博士，范雲來歲即公卿」云：楊八名歸厚，是年十二月自拾遺貶國子主簿分司，見舊史，同寮老博士謂退之也。禹錫集中卷二十四又有寄楊八壽州云：「聖朝方用敢言者，次第應須舊諫臣。」又李賈二大諫拜命後寄楊八壽州云：「諫省新登二直臣，萬方驚喜捧絲綸。則知天子明如日，肯放淮陽高卧人。」皆仍承前事言之。

歸厚遷鄭州刺史在大和初，禹錫在東西二京間，或曾與之相見。卷八鄭州刺史廳東壁記及管城新驛記皆爲歸厚作也。歸厚字貞一，即見此文中。自鄭州還號州，大和六年卒於任（據祭文）。寄楊號州與之舊姻詩云：「避地江湖知幾春，今來本郡擁朱輪。……各繫一官難命駕，每懷前好易沾巾。」知其赴號州時禹錫已在蘇州矣。

外集卷五又有寄唐州楊八歸厚、重寄絶句、春日寄楊八唐州二首凡三題。其詞意皆相連屬，蓋淮西初平，唐爲創夷未復之地。計歸厚五任刺史，故祭文云：「五剖竹符，皆有聲績。南湘潛化，巴人啞啞。比陽布和，戰地盡闢。」知唐州之授，乃第二任。巴人謂萬州，見白居易集。楊在萬州，白在忠州，正元和末事，故白詩云：「忠萬樓中南北望，南州煙水北州雲。兩州何事偏相憶，各是籠禽作使君。」

陳諫

禹錫集中似未明見陳諫之名，在八司馬中，諫亦似少表見。據舊唐書王叔文傳附載，陳諫至叔文敗，已出爲河中少尹，自台州司馬量移封州刺史，轉通州卒。而元氏長慶集有陳諫循州刺史制云：「勑封州刺史陳諫，倜儻好奇之士，常患於不慎所從，負累於俗。過而能改，人其舍諸！以爾諫敏於儒學，志於政經。自理臨封，尋彰美化。分憂是切，滿歲宜遷。始求循吏之才，以撫遠方之俗。爾宜樹德，朕不記瑕。可使持節循州刺史。」則舊書恐漏循州一節。

嚴休復

嚴休復事具裴垍傳中，云：垍在中書，有獨孤郁、李正辭、嚴休復自拾遺轉補闕，及參謝之際，垍廷語之曰：「獨孤與李二補闕，孜孜獻納，今之遷轉可謂酬勞無愧矣。嚴補闕官業，或異於斯，昨者進擬，不無疑緩。」休復慙恧而退。其人風操蓋無可稱者。而禹錫於大和中與之唱和時，官已至給事中。據紀，大和四年（八三〇），李虞仲爲華州刺史代休復。七年（八三三）以散騎常侍除河南尹，其年十二月且遷平盧節度使。九年二月即改除王彦威，蓋終於是官。

李仍叔

禹錫外集卷四有和樂天宴李周美中丞宅池上賞櫻桃花詩，按舊唐書李逢吉傳：「水部郎中李仍叔，程之族，知武昭鬱鬱恨不得官，仍叔謂昭曰：程欲與公官，但逢吉沮之。」此是程於寶曆中任宰相時事，仍叔方爲水部郎中。其後或仍由程之援引，禹錫或亦緣程而與相識。仍叔以大和八年（八三四）自宗正卿除湖南觀察使。稱中丞者必其觀察使所兼憲銜。曾爲宗卿，故禹錫詩有「王孫」之語。此後仍叔與禹錫在開成中同爲賓客分司，白居易三月三日祓禊洛濱詩序中載其名。

李　益

禹錫集中卷二十四詩題云：揚州春夜李端公益張侍御登段侍御平仲密縣李少府暢祕書張正字復元同會於水館。此李益即舊唐書卷一三七之李益也。外集卷三和令狐相公言懷寄河中楊少尹有「邊月空悲蘆管秋」之句，注云：李尚書。據益傳云：「其征人歌、早行篇好事者畫爲屏障，迴樂峯（當作烽）前沙似雪，受降城外月如霜之句，天下以爲歌詞。……北遊河朔，幽州劉濟辟爲從事，嘗與濟詩而有不上望京樓之句。憲宗雅聞其名，自河北召還，用爲祕書少監，集賢殿學士。自負才地，多所凌忽，爲衆不容。諫官舉其幽州詩句，降居散秩，俄而復用爲祕書監，遷太子賓客，集賢學士判院事，轉右散騎常侍。大和初，以禮部尚書致仕卒。」想禹錫與益自揚州別後復於大和初相見於長安。

張署

劉、柳、韓三人皆與張署爲友，柳集有同劉二十八院長述舊言懷感時書事奉寄澧州張員外使君詩，備述平生蹤跡。詩云：「繼酬天禄署，俱尉甸侯家。憲府初收迹，丹墀共拜嘉。」舊注：「張署貞元中進士博學宏詞爲校書郎，公亦爲集賢殿正字，署爲京兆武功尉，公亦爲藍田縣尉。署至武功拜監察御史，公亦自集賢殿正字爲監察御史。」又云：「未竟遷喬樂，俄成失路嗟。」舊注：「貞元十九年（八〇三）署自監察御史貶爲郴州臨武縣令。」又云：「京邑搜貞幹，南宫步渥窪。」舊注：「署自臨武量移江陵掾，自江陵掾入爲京兆府司録參軍。署自司録遷尚書刑部員外郎。自員外出爲虔州刺史，自虔州遷澧州刺史。」詩又有「言姻喜附葭」之句，則署妻爲宗元之族也。禹錫原詩五十二韻今不存集中矣。韓愈唐故河南令張君墓誌銘云：「自京兆武功尉拜監察御史，爲幸臣所讒，與同輩韓愈、李方叔三人俱爲縣令南方。二年逢恩俱徙掾江陵。半歲，邕管奏君爲判官，改殿中侍御史，不行，拜京兆府司録，……京兆改鳳翔尹，以節鎮京西。（舊注：

元和二年〔八〇七〕二月李鄘爲鳳翔隴右節度使，表署爲判官。）請與君俱，改禮部員外郎，爲觀察使判官。帥他遷，（舊注：元和四年〔八〇九〕三月以鄘爲江東節度使。）君不樂久去京師，謝歸，用前能，拜三原令，歲餘遷尚書刑部員外郎。……改虔州刺史……改澧州刺史。民稅出雜物與錢，尚書有經數，觀察使牒州徵民錢倍經，君曰：刺史可爲法，不可貪官害民，留牒不肯從，竟以代罷。觀察使劇吏案簿書，十日不得毫毛罪，改河南令。……」此爲署生平較詳之記載，其得罪於觀察使而罷澧州，不知誰實爲觀察使。禹錫外集卷五有酬竇員外郡齋宴客偶命柘枝因見寄因呈張十一院長元九侍御詩自注云：「員外兼節度判官，佐平蠻之略，張初罷郡，元方從事。」參以卷二十二元和癸巳歲仲秋詔發江陵偏師問罪蠻徼後命宣慰釋兵歸降凱旋之辰率爾成詠寄荆南嚴司空一詩，知署罷澧州當在元和八年（八一三）也。澧州爲荆南巡屬，徵錢逾制殆即嚴綬所爲矣。

竇羣

與禹錫蹤跡同而黨系異者，竇氏兄弟是也。禹錫之在朗州，竇常自水部員外郎來爲刺史，常於松滋渡先寄禹錫一詩，禹錫和詩。又別有酬竇員外郡齋宴客偶命柘枝因見寄兼呈張十一院長元九侍御及酬竇員外旬休早涼見示二詩，俱見外集卷五。又朗州竇員外見示與澧州元郎中郡齋贈答長句二篇因而繼和、竇朗州見示與澧州元郎中早秋贈答命同作，俱見卷二十四。

常弟羣傳云：「貞元中，蘇州刺史韋夏卿……薦羣，徵拜左拾遺，遷侍御史，……王叔文之黨柳宗元、劉禹錫皆慢羣，羣不附之，其黨議欲貶羣官，韋執誼止之。羣嘗謁王叔文，叔文命徹榻而進，羣揖之曰：夫事有不可知者。叔文曰：如何！羣曰：去年李實伐恩恃貴，傾動一時，此時公逡巡路旁，乃江南一吏耳。今公已處實形勢，安得不慮路旁有公者乎？叔文雖異其言，竟不之用。……宰相武元衡、李吉甫皆愛重之，召入爲吏部郎中。元衡輔政，舉羣代己爲中丞，羣奏刑部郎中吕温，羊士諤爲御史，吉甫以羊吕險躁，持之數日不下，羣等怒，怨吉甫。〔元和〕三年（八〇八）八月，吉甫罷相，出鎮淮南，羣等欲因失恩傾之……僞構吉甫陰事……憲宗怒，將誅羣等，吉甫救之，出爲湖南觀察使。數日改黔州刺史，黔中觀察使……六年（八一一）九月，貶開州刺史，在郡二年改容州刺史，容管經略觀察使。」叔文、吉甫皆禹錫所厚也，羣皆與不協。觀其所以進規叔文者，不過士大夫希進容身干譽徇俗之恒言，即其性行識解亦可概見。而羣自開州赴任容州，經朗州相逢仍以謝上表託禹錫代撰（見卷十四），其人恐非禹錫之所心許者。或以其兄常方爲朗州刺史之故，不得不與周旋耳。按常傳，貞元十四年（七九八），杜佑鎮淮南，奏授校書郎，爲節度參謀，則禹錫早年與之同僚，及常轉夔州，禹錫仍和其悼妓、悼姬詩（見卷三十）。常以寶曆元年（八二五）卒，則禹錫長慶以後殆不復與往還矣。

王彦威

禹錫外集卷九唐故監察御史贈尚書右僕射王公神道碑銘云：「季子彦威……及學成立朝，爲鴻儒，入用爲能臣，參定儀制，財成經費，起書生，擁旄節。今又領全師鎮上游。」外集卷六有和陳許王尚書酬白少傅侍郎長句因通簡汝洛舊遊之什。據彦威本傳，其鎮陳許在開成三年（八三八）七月，會昌中入爲兵部侍郎。則禹錫作此詩及此文皆在其退居洛陽之晚年矣。

彦威不由科目出身，致身通顯，爲元和以後罕見之事，據墓誌知其與李鄘爲内姻，或藉鄘之勢。鄘附吐突承璀而得相位，與彦威皆無可取者。禹錫亦聊徇其情而已。據彦威本傳，其趨附中官尤有明徵。傳載彦威判度支時，心希大用，以仇士良等禁中用事，凡内官請託無不如意，復修王播舊事貢奉羨餘，殆無虚日。其時宰相李固言判户部，而彦威判度支，其爲互相倚結亦可概見。傳又言宰相惡其所爲，左授衛尉卿。宰相必指鄭覃、陳夷行。及開成三年（八三八）楊嗣復、李珏爲相，則彦威自分司官起爲忠武節度使。固言、嗣復、珏皆李宗閔之黨，而覃與夷行正相水火，則彦威之附宗閔一黨以取富貴，尤無可疑。禹錫於宗閔之黨方得勢時，不顯與立異，亦不絶往還，要之胸中非不辨涇渭者。

崔羣

崔羣與禹錫及白居易生皆同歲，而科第則早於禹錫一年。其早年從事江南使府，爲記室中之負時望者，亦與禹錫略同，故禹錫入朝爲監察御史，即舉羣自代。羣之爲人，韓愈稱之曰：「考之言行而無瑕尤，窺之閫奥而不見畛域，明白淳粹，輝光日新。」（見與羣書）柳宗元稱之曰：「有柔儒温文之道，以和其氣，近仁復禮，物議歸厚。有雅厚直方之誠，以正其性，懿論忠告，交道甚直。」（見送羣序）所許至矣。宗元文中又言及韓泰，是羣於八司馬中交其三。其在翰林，在中書，皆能抒直言，持大體，在元和諸宰執中，亦矯矯者。然居易之自江州司馬授忠州刺史，猶得其助力，而禹錫則當羣秉政之年始終未獲量移。以交誼而論，當無間隙，蓋爲事勢所格，無可如何也。此後羣居外鎮，尤無能爲力。大和五年（八三一），羣曾入爲吏部尚書，禹錫方以郎官學士任職京師，忽忽看花話舊而已。

羣以元和十二年（八一七）七月入相，十四年（八一九）十二月罷，與裴度同時秉政，而力斥皇甫鎛之聚斂奸諛，因之鎛毁羣於憲宗，謂羣於上憲宗尊號中不肯用「孝德」二字，大觸憲宗之怒罷相，黜爲湖南觀察。蓋憲宗於其父有隱慝，常恐人議之故。是羣之與皇甫、令狐等人正處於對立也。

禹錫歷陽書事詩七十韻，記其赴和州刺史任先過宣州，爲羣邀留情話，款密逾恒。羣卒後，和居易過其故宅詩有自注云：「敦詩與予友樂天三人同甲子，平生相約同休洛中。」尤可見其交誼久要，不以升沉異趣。

張籍

張籍以吴人遍交京洛諸詩流，爲元和詩壇樹立一新詩派，韓愈、元稹、白居易及禹錫皆尤其所稔，而周旋其間各無所忤。且其爲韓作詩即摹韓格，爲元、白作詩即似元白體，樂府及七言近體尤與禹錫相近，至於諸人所共交之友，如裴度、令狐楚、韋處厚、王建、楊巨源、姚合等，殆指不勝屈。禹錫與籍交情始於何時，無明文可據，籍寄和州劉使君詩首句云：「别離已久猶爲郡」，似在京洛時早已相識。證以其贈主客劉郎中詩云：「憶昔君登南省日，老夫猶是褐衣身。誰知二十餘年後，來作客曹相替人。」則禹錫在貞元、永貞間，籍必已以後輩謁之矣。

姚合

姚合有寄主客劉郎中詩云：「漢朝共許賈生賢，遷謫還應是宿緣。仰德多時方會面，拜兄何暇更論年？嵩山晴色來城裏，洛水寒光出岸邊。清景早朝吟麗思，題詩應費益州箋。」據詩意蓋禹錫初除主客郎中分司東都時，合始與相見於洛陽，時爲大和元年（八二七）之秋。禹錫是時有冬初拜表懷上都故人一詩，合和之云：「九陌喧喧騎吏催，百官拜表禁城開。林疏曉日明紅葉，塵静寒霜覆緑苔。玉佩聲微班始定，金函光動案初來。此時共想朝天客，謝食方從閣裏迴。」與前詩約略同時，故前詩有「清景早朝吟麗思」之語。

禹錫赴蘇州刺史任，合亦有詩送之，首句云「三十年來天下名」，其傾倒亦至矣。

全唐詩姚合卷中有寄主客劉員外禹錫五律一首，語氣及稱謂皆不合，必是誤收，附辨於此。

楊巨源

元和中詩人與禹錫之詩格相近者曰楊巨源，交友亦多相同。裴度、令狐楚外，韓愈、白居易、元稹皆是也。禹錫有酬楊司業巨源見寄詩云：「辟雍流水近靈臺，中有詩篇絶世才，……莫道專城管雲雨，其如心似不然灰。」知巨源在國子監時寄禹錫於夔州，今巨源集中無原唱，但有早春呈劉員外一詩，語意亦不類。

巨源有大隄曲及楊花落二詩皆似禹錫之七言歌行，而寄江州白司馬一詩又極似居易詩體。可見其兼受劉、白之影響。

温庭筠

温、李號晚唐詩人二大家，考其時代與禹錫相接，非無淵源者。商隱得白居易賞愛，於其誌墓之文已可窺見，而大和中白、劉皆與令狐楚情好甚密，商隱既受知於楚，不容不語及之，故禹錫在同州，商隱嘗以楚之介往謁。已見令狐楚條下。庭筠事跡既不多見，與禹錫有無一日之雅不可知，然其集中有祕書劉尚書挽歌詞二首云：「王筆活鸞鳳，謝詩生芙蓉。學筵開絳帳，譚柄發洪鐘。粉署見飛鵬，玉山猜卧龍。遺風麗清韻，蕭散九原松。」「麈尾近良玉，鶴裘吹素絲。壞陵殷浩謫，春墅謝安棋。京口貴公子，襄陽諸女兒。折花兼踏月，多唱柳郎詞。」此詩列其集中之裴度及莊恪太子挽詞之次，時代與禹錫相近，語氣亦殊相稱，自即挽禹錫之作。題中稱祕書劉尚書，蓋兼其新舊官言之，以祕書監爲實職，而尚書乃檢校官也。柳郎詞當即指柳枝詞。

〔一〕新唐書禹錫傳中引此語，删去非字，與禹錫原意適相反。

〔二〕謂王涯、李建、李程。

〔三〕韓集舊注云：蔡寬夫詩話云：退之陽山之貶，以詩考之，亦爲王叔文、韋執誼所排耳。……苕溪漁隱曰：「余閱洪氏年譜，然後知寬夫爲誤。」

〔四〕此爲新唐書韓愈傳中語。

〔五〕卞孝萱劉禹錫年譜之説如此。按：竇常赴朗州任途次松滋渡，以詩贈禹錫，禹錫有和詩，足證由京往朗州及由朗州往京，皆應先經松滋。

〔六〕據白居易年譜，禹錫以寶曆二年（八二六）還自和州，舊唐書云「大和」者，謂作再遊玄都觀詩是大和二年（八二八）三月事，見禹錫自爲詩序。非謂大和二年（八二六）始自和州徵還。

〔七〕此因李宗閔之壻蘇巢在錢徽下登科之故。

〔八〕此即揚州初逢白居易時之詩所謂「巴山楚水淒涼地，二十三年棄置身」，謝賓相公啓亦云：「一辭朝列，二十三年。」

〔九〕據李文公集十四。楊於陵墓誌，尚有鄭敬一人。

〔一〇〕通鑑二三七：「李吉甫惡其言直，泣訴於上，且言翰林學士裴垍、王涯覆策，湜，涯之甥也，涯不先言，垍無所異同。

〔一一〕用舊唐書李德裕傳語。

〔一二〕同上。

〔一三〕參見李吉甫條引禹錫上門下武相公啓。

〔一四〕舊唐書陸質傳文字有脱誤，故據通鑑。

〔一五〕李二十一當作李二十六，見上引韓愈詩題，太平廣記引嘉話録亦作二十六，見岑仲勉唐人行第録。

〔一六〕據張采田玉溪生年譜會箋引邵氏聞見後録。

〔一七〕據新唐書宰相表。

〔一八〕通鑑此節采舊唐書李宗閔傳，而删去李珏與陳夷行辨駁之語，參見李珏條下。

〔一九〕衛字無理，必是衍文。

〔二〇〕據韓愈赴江陵途中寄贈三學士詩，當作王二十。

〔二一〕第二書有「兄長於大曆初，愚長於貞元中」之語，所謂長者，指成年出仕而言，則伯高之年當長於禹錫二十餘歲。

〔二二〕事詳于頔傳中。

〔二三〕新唐書顧少連傳云：「贈尚書右僕射，謚曰敬。」故曰顯贈榮謚。

〔二四〕此與字乃許與之意，非翺自謂與愈同爲文章盟主也。

〔二五〕元氏長慶集有代嚴綬撰表及和詩。

〔二六〕韓十八員外即韓愈。

附録三　永貞至開成時政記

時政記編例

一、本書按劉禹錫實際參加政治之時期，起永貞迄開成，以年表方式，略述當時人物之仕履行蹤，藉爲探討禹錫詩文一助。

一、每年首列卿相之除免及其他重要事件，均以舊書各紀爲主，次采唐方鎮年表，備列各節度、觀察使之姓名，再次則采各傳及他書之足資佐證者，尤注重内外兩制之人物，又次則録登科記考是年主試及登科之人數姓名，殿以禹錫本人之主要事跡。

一、禹錫卒於會昌二年，舊紀於武宗時事已多闕略，仍將此二年事附載卷末。

一、舊紀於職官除免，體例本極參差，各傳於本人事跡亦多不載年月，兹僅録存大要，武人皆從略，姓名罕見者亦從略。

一、所引各書有從簡稱者，如登科記考稱記考，郎官石柱題名考稱郎考，翰林學士承旨廳壁記稱壁記。

唐德宗貞元二十一年 順宗永貞元年 乙酉（八〇五）

正月，德宗卒，順宗即位。

二月，吏部郎中韋執誼爲尚書右丞入相。（按傳作左丞）

三月，王伾、王叔文均爲翰林學士，叔文旋爲户部侍郎鹽鐵副使。

王權爲京兆尹。

五月，范希朝、韓泰領京西神策軍。

杜佑爲鹽鐵使。

侍御史竇羣劾屯田員外郎劉禹錫。

宣歙巡官羊士諤貶汀州寧化尉。

韓皐爲尚書右丞。

西川節度使韋皋與荆南裴均、河東嚴綬請太子監國。

太常卿杜黄裳、左金吾衛大將軍袁滋爲相。

八月，憲宗即位。

貶王伾，殺王叔文。

左丞鄭餘慶爲相。

貶韋執誼及韓泰、韓曄、柳宗元、劉禹錫、陳諫、凌準、程异。

貶京兆尹王權，御史中丞李鄘繼，右庶子武元衡爲中丞。

東都留守韋夏卿免，兵部尚書王紹繼。

袁滋爲西川節度使，未行，貶。

中書舍人鄭絪爲相。

是年諸鎮：鳳翔張敬則，邠寧高固，涇原段祐，鄜坊裴玢，夏綏韓全義、李演，朔方李欒，振武閻巨源，宣武韓弘，義成李元素，忠武劉昌裔，武寧張愔，淄青李師古，河陽元韶、孟元陽，陜虢崔忠，河東嚴綬，河中鄭元，昭義盧從史，義武張茂昭，義昌程懷信、執恭，幽州劉濟，成德王士真，魏博田季安，山南東于頔，山南西嚴礪，荆南裴均，淮南王鍔，浙西李錡，浙東賈全、楊於陵，宣歙崔衍、穆贊、路應，江西李巽、楊憑，福建柳冕，鄂岳韓皐，湖南楊憑改江西，薛苹繼，黔中郗士美，西川韋皐、劉闢，東川李庚被殺，十二月除韋丹，嶺南徐申，邕管路恕，容管韋丹，桂管顏證，静海趙昌。

衛次公自左補闕翰林學士轉司勳員外郎（舊傳）。

唐次自夔州刺史爲吏部郎中知制誥（舊傳）。

鄭絪自司勳員外翰林學士知制誥爲中書舍人（韓集實録）。
李吉甫自饒州刺史爲考功郎中知制誥翰林學士，旋除中書舍人（舊傳參壁記）。
裴垍自考功員外遷本司郎中知制誥翰林學士（舊紀）。
樊宗師任金部郎中（韓集墓誌）。（按誌言以金部郎中告哀南方，當即此時。）
徵衢州別駕令狐峘爲秘書少監，既至卒（舊傳）。
賈耽、陸贄、鄭珣瑜、穆贊、陸質、陽城俱卒。
知貢舉權德輿，進士二十九人：沈傳師、竇修、劉述古、韋珩、李宗閔、牛僧孺、楊嗣復、馮審、羅立言、陳鴻、杜元穎、蕭籍。（杜元穎據傳）
是年四月，禹錫自監察御史授屯田員外郎。（再游玄都觀詩序及舉柳公綽自代狀）

憲宗元和元年丙戌（八〇六）

正月，順宗卒。
高崇文討西川劉闢。
策試制舉人，得元稹等。
杜佑罷鹽鐵轉運使，李巽繼。

京兆尹李鄘爲右丞，鄭雲逵繼，旋卒，兵部侍郎韋武繼，又除董叔經，亦卒，未幾仍命李鄘。

鄭餘慶罷相爲賓客、祭酒，旋爲河南尹。

命左降官韋執誼等遇赦不量移。

韋況爲諫議大夫。

吏部侍郎趙宗儒繼王紹爲東都留守。

給事中劉宗經爲華州刺史。

簡王傅王權爲河南尹。

殺夏綏留後楊惠琳。

是年諸鎮：鳳翔張敬則，邠寧高固，涇原段祐，鄜坊裴玢，夏綏李演、李愿，朔方李欒，振武閻巨源，宣武韓弘，義成袁滋，忠武劉昌裔，武寧王紹，淄青李師道，河陽孟元陽，陝虢李上公，河東嚴綬，河中鄭元，昭義盧從史，義武張茂昭，義昌程執恭，幽州劉濟，成德王士真，魏博田季安，山南東于頔，山南西嚴礪、柳晟，荆南裴均，淮南王鍔，浙西李錡，浙東楊於陵，宣歙路應，江西楊憑，福建閻濟美，鄂岳韓臯，湖南薛苹，黔中郗士美，西川高崇文、武元衡，東川韋丹、高崇文、嚴礪，嶺南徐申、趙昌，邕管路恕，容管房啓，桂管顏證，静海趙昌、張舟。

吕温使吐蕃還，自侍御史爲户部員外。（新傳）

兵部員外辛秘爲湖州刺史。（英華牛僧孺撰碑）

白居易授盩厔尉。（舊傳）

元稹授左拾遺。（本集）（按舊傳除右拾遺，侯鯖録亦作左拾遺。）

韋夏卿卒。（舊紀）

知貢舉崔邠，進士二十三人：武翊黄、皇甫湜、陸暢、張復、李紳、李顧言、韋淳、崔公信、王正雅、張勝之、韓佽、李虞仲、高釴。（按武翊黄爲武元衡之子，韋淳後改名處厚，李虞仲爲李端之子。）

才識兼茂科崔琯及第。（會要）白居易、元稹、羅讓、薛存慶、崔韙、獨孤郁。（記考）

達於吏理科陳岵及第。（會要）（按元稹集永福寺名壁記有處州刺史陳岵）

是年劉禹錫在朗州司馬任。

元和二年丁亥（八〇七）

杜黄裳罷相爲河中節度使。

户部侍郎武元衡、中書舍人翰林學士李吉甫爲相。元衡兼判户部。旋出爲西川節度使。

浙西李錡事起，旋敗死。

職方員外王潔爲嶺南選補使，監察御史崔元方監之。

京兆尹李鄘爲鳳翔節度使。

李吉甫上元和國計簿。

是年諸鎭：鳳翔張敬則、李鄘，邠寧高固、高崇文，涇原段祐，鄜坊裴玢，夏綏李愿，朔方范希朝，振武閻巨源，宣武韓弘，義成袁滋，忠武劉昌裔，武寧王紹，淄青李師道，河陽孟元陽，陝虢李上公，河東嚴綬，河中杜黄裳，昭義盧從史，義武張茂昭，義昌程執恭，幽州劉濟，成德王士真，魏博田季安，山南東于頔，山南西柳晟，荆南裴均，淮南王鍔，浙西李錡、李元素，浙東楊於陵，宣歙路應，江西楊憑、韋丹，福建閻濟美、陸庶，鄂岳韓臯，湖南薛苹，黔中李詞，西川武元衡，東川嚴礪，嶺南趙昌，邕管路恕，容管房啓，桂管顔證，静海張舟。

白居易爲翰林學士。（舊傳）

元稹爲監察御史。（侯鯖録）

李絳自翰林學士爲主客員外。（舊傳）

裴垍爲中書舍人。（壁記）

盧東美爲考功員外。（會要）（按崔造、韓會、盧東美、張正則在永泰中號四夔，見舊唐書崔造傳。）

李紳在浙西幕。（紳有過潤州詩序云：元和二年，以前進士爲鎭海軍書奏從事。）

吏部郎中房式、度支郎中崔光等删定開元格後勑。（英華）

令狐丕上其父峘所撰代宗實録。（舊紀）（按傳在三年。）

保義軍節度使劉澭卒。（舊紀）（按永貞元年山人羅令則稱奉太上皇徵兵於秦州刺史劉澭圖廢憲宗，澭執送長安殺之，故憲宗寵以保義軍號。）

知貢舉崔邠，進士二十八人：王源中、竇鞏、孫簡、崔咸、張存則、李正封、白行簡、錢衆仲、楊敬之、費冠卿、張後餘、王參元、張弦、權璩、齊煦、韋楚材、吴武陵。（按孫簡爲孫逖曾孫，白行簡爲白居易弟，楊敬之爲楊憑姪，權璩爲權德輿子。）

賢良科李正封及第。（會要）

博通墳典科陸亘及第。（會要）

是年劉禹錫在朗州司馬任。沅南三月至六月不雨。（本集）

元和三年戊子（八〇八）

皇甫湜、牛僧孺、李宗閔賢良對策切直，考官韋貫之等貶降有差，翰林學士王涯以累左遷虢州司馬。

户部侍郎楊於陵爲嶺南節度使。

裴均爲右僕射，旋又出爲山南東道節度使。

河南尹鄭餘慶爲東都留守。

李吉甫罷相，出爲淮南節度使。

户部侍郎裴垍爲相。

太常卿高郢爲御史大夫。

是年諸鎮：鳳翔李鄘，邠寧高崇文，涇原段祐、朱忠亮，鄜坊裴玢、路恕，夏綏李愿，朔方范希朝，振武張奉國，宣武韓弘，義成袁滋，忠武劉昌裔，武寧王紹，淄青李師道，河陽孟元陽，陝虢房式，河東嚴綬，河中杜黄裳、王鍔，昭義盧從史，義武張茂昭，義昌程執恭，幽州劉濟，成德王士真，魏博田季安，山南東于頔、裴均，山南西裴玢，荆南裴均、趙昌，淮南王鍔、李吉甫，浙西李元素、韓皐，浙東楊於陵、閻濟美，宣歙路應，江西韋丹，福建陸庶，鄂岳韓皐、郗士美，湖南李衆，黔中竇羣，西川武元衡，東川嚴礪，嶺南趙昌、楊於陵，邕管趙良金，容管房啓，桂管顔證，静海張舟。

吕温爲刑部郎中知雜，旋以劾李吉甫貶道州刺史，羊士諤貶資州刺史。（舊傳）

李程知制誥，旋授隨州刺史。（壁記）

錢徽自祠部員外充翰林學士。（壁記）

韋弘景爲左拾遺，尋充翰林學士。（舊傳）

白居易爲左拾遺。（舊傳）

杜黄裳卒。（舊紀）

河南少尹裴復卒。（韓集）

知貢舉衞次公，進士十九人：柳公權、周況、鄭肅、陸亘。

樊宗師擢軍謀宏遠科。（舊傳）

是年劉禹錫在朗州司馬任。

元和四年己丑（八〇九）

太常卿李元素爲户部尚書判度支。

兵部侍郎權德輿爲太常卿。

鄭絪罷相爲賓客。

給事中李藩爲相。

御史大夫高郢爲兵部尚書。

李鄘爲鹽鐵使。

刑部郎中李夷簡爲御史中丞，彈京兆尹楊憑，憑貶臨賀尉，右丞許孟容代憑。

成德王士真卒，王承宗不奉命，吐突承璀爲招討使。

淮西吴少誠卒，吴少陽繼。

歸登、吕元膺爲太子諸王侍讀。

陜虢觀察使房式爲河南尹。

是年諸鎮：鳳翔李鄘，邠寧高崇文、閻巨源，涇原朱忠亮，鄜坊路恕，夏綏李愿，朔方范希朝、王佖，振武張奉國，宣武韓弘，義成袁滋，忠武劉昌裔，武寧王紹，淄青李師道，河陽孟元陽，陜虢房式、張弘靖，河東嚴綬、李鄘、范希朝，河中王鍔，昭義盧從史，義武張茂昭，義昌程執恭，幽州劉濟，成德王士真、王承宗，魏博田季安，山南東裴均，山南西裴玢，荆南趙昌，淮南李吉甫，浙西韓臯，浙東薛苹，宣歙路應，江西韋丹，福建元義方，鄂岳郗士美，湖南李衆，黔中竇羣，西川武元衡，東川潘孟陽，嶺南楊於陵，邕管趙良金，容管房啓，静海張舟。

獨孤郁轉右補闕。（舊傳）

李絳加司勳郎中知制誥。（壁記）

孟簡自司封郎中授諫議大夫。（舊傳）（按：新傳云，簡不附王叔文。又按羊士諤有故蕭尚書瓔柏齋前玉蘂樹與王起居吏部孟員外同賞詩及和蕭侍御有懷吏部孟員外并見贈詩。郎考謂即簡。）

李逢吉使南詔還，授祠部郎中，轉右司。（舊傳）

李翺、韋詞赴嶺南幕。（李文公集）

祭酒馮伉卒。（舊紀及傳）

李巽卒。（舊紀）

李鄘卒。（舊紀）

嚴礪卒。（舊傳）（按：元稹按東川，即劾礪贜罪，正在礪卒後。）

杜兼卒。（舊傳）

知貢舉張弘靖，進士二十人：韋瓘、鮑溶、郭承嘏、楊汝士、盧商、趙蕃、盧鈞、李行修、范傳質、陳至、張徹。（按：楊汝士爲楊虞卿從兄，張徹爲韓愈姪壻。）

是年劉禹錫在朗州司馬任。

元和五年庚寅（八一〇）

昭義盧從史爲烏重胤誘執。

罷討王承宗。

東臺御史元稹貶江陵士曹參軍。

御史中丞李夷簡爲户部侍郎判度支，兵部侍郎王播代夷簡。

韋貫之爲中書舍人，裴度爲司封員外郎知制誥。

常州刺史李遜爲浙東觀察使。
太常卿權德輿爲相。
京兆尹許孟容爲兵部侍郎，中丞王播代孟容，吕元膺代播。
裴垍罷相爲兵部尚書。
盧坦爲鹽鐵使。
吏部郎中柳公綽爲御史中丞。
鄂岳觀察使郗士美爲河南尹，吕元膺代士美。
吏部侍郎崔邠爲太常卿。
是年諸鎮：鳳翔孫璹，邠寧閻巨源，涇原朱忠亮，鄜坊路恕，夏綏李愿，朔方王佖，振武李光進，宣武韓弘，義成袁滋，忠武劉昌裔，武寧王紹，淄青李師道，河陽孟元陽、烏重胤，陝虢張弘靖，河東范希朝、王鍔，河中王鍔、張茂昭，昭義盧從史，孟元陽，義武張茂昭、任迪簡，義昌程執恭，幽州劉濟、劉總，成德王承宗，魏博田季安，山南東裴均，山南西裴玢，荆南趙宗儒，淮南李吉甫，浙西韓臯、薛苹，浙東李遜，宣歙盧坦、房式，江西韋丹、李少和，福建元義方，鄂岳郗士美、吕元膺，湖南李衆，黔中竇羣，西川武元衡，東川潘孟陽，嶺南楊於陵、鄭絪，邕管崔詠，容管房啓，静海張舟、馬總
白居易授京兆府户曹參軍。（舊傳）

職方郎中王仲舒知制誥。（舊傳）
裴度爲司封員外郎知制誥。（舊紀）
王涯自虢州司馬入爲吏部員外。（舊傳）
李絳自司勳員外知制誥加本司郎中，依前翰林學士，旋正授中書舍人。（壁記）
獨孤郁自起居郎遷考功員外充史館修撰。（舊傳）
吕衡遷衡州刺史。（舊傳）
李元素卒。（舊紀）
鄭雲逵卒。（舊傳）
知貢舉崔樞，進士三十二人：李顧行、李仍叔、陳彦博、王璠、崔蠡、崔元儒、楊虞卿、唐扶、孔敏行，錢識、孟琯、裴大章。（按崔蠡爲崔寧之姪孫，崔元儒爲崔元略之弟，唐扶爲唐次之子。）
柳宗元有聞籍田有感詩。（注云詔來年正月東郊籍田。）盧仝作月蝕詩。（詩云新天子即位五年，歲次庚寅。）
是年劉禹錫在朗州司馬任。

元和六年辛卯（八一一）

李吉甫復相。

李藩罷相爲詹事，旋爲華州刺史，卒。
太府卿裴次元爲福建觀察使。
右丞衞次公爲陝虢觀察使。
翰林學士李絳爲户部侍郎，旋爲相。
兵部尚書裴垍爲賓客。
諫議大夫裴堪爲同州刺史。
鹽鐵使盧坦爲户部侍郎判度支，京兆尹王播代坦，福建觀察使元義方代播。
御史中丞柳公綽爲湖南觀察使。竇易直代公綽。
常州刺史崔芃爲江西觀察使，次年卒。
蜀州刺史崔能爲黔中觀察使。
黔中觀察使竇羣貶開州刺史。
户部尚書韓臯爲東都留守，代鄭餘慶，餘慶爲吏部尚書。
是年諸鎮：鳳翔李惟簡，邠寧閻巨源，涇原朱忠亮，鄜坊路恕，夏綏張恕，朔方王佖，振武李光進，宣武韓弘，義成袁滋，忠武劉昌裔，武寧李愿，淄青李師道，河陽烏重胤，陝虢張弘靖、衞次公，河東王鍔，河中張茂昭、張弘靖，昭義孟元陽、郗士美，義武任迪簡，義昌程執恭，幽州劉總，成德王承宗，魏博田季安，山南東裴均、李夷簡，山南西裴玢，荆南趙宗儒、嚴綬，淮南李鄘，浙西薛苹，浙東李遜，宣歙房式，江西崔芃，福建裴次元，鄂岳吕元膺，湖南柳公綽，黔中竇羣、崔能，西川武元衡，東川潘孟陽，嶺南鄭絪，邕管崔詠，容管房啓，静海馬總。

裴度爲司封郎中知制誥。（舊傳）

裴茝爲國子司業。（舊紀）（按：新志有裴茝内外親族五服儀二卷，又書儀三卷，云茝元和太常少卿。）

于敖爲監察御史。（舊傳）

錢徽爲祠都郎中知制誥。（舊傳）

蕭俛以右補闕知制誥。（舊傳）

鄭肅爲太常少卿。（舊傳）

白居易丁母憂。（舊傳）

高郢卒。（舊紀）

裴垍卒。（舊傳）

知貢舉于尹躬。進士二十人：王質、盧簡辭、高銖、郭周藩、侯洌、謝楚。（按盧簡辭爲盧綸之子，綸四子皆登進士第，見舊傳。）

是年劉禹錫在朗州司馬任。

元和七年壬辰（八一二）

京兆尹元義方爲鄜坊節度使，司農卿李銛代義方。

魏博軍亂，田興以六州請命，改名弘正。裴度宣慰魏博。

蘇州刺史范傳正爲宣歙觀察使。

立遂王宥爲太子，李逢吉、李巨充太子諸王侍讀。

同州刺史裴堪爲江西觀察使，京兆尹裴向代堪。

兵部侍郎許孟容爲河南尹。

袁滋爲户部尚書。

左拾遺楊歸厚貶國子主簿分司。

是年諸鎮：鳳翔李惟簡，邠寧閻巨源，涇原朱忠亮，鄜坊元義方，夏綏張煦，朔方王佖，振武李光進，宣武韓弘，義成袁滋、薛平，忠武劉昌裔，武寧李寧，淄青李師道，河陽烏重胤，陜虢衞次公，河東王鍔，河中張弘靖，昭義郗士美，義武任迪簡，義昌程執恭，幽州劉總，成德王承宗，魏博田季安、田興，山南東李夷簡，山南西裴玢、趙宗儒，荆南嚴綬，淮南李鄘，浙西薛苹，浙東李遜，宣歙房式、范傳正，江西崔芃、裴堪，福建裴次元，鄂岳呂元膺，湖南柳公綽，黔中崔能，西川武元衡，東川潘孟陽，嶺南鄭絪，邕管崔詠，容管房啓，静海馬總。

竇常爲朗州刺史。（劉集）

王涯爲兵部郎中知制誥。（舊傳）

蕭俛自右補闕加司封員外，充翰林學士，九年（八一四）加駕部郎中知制誥。（壁記）（按新傳云，六年召爲翰林學士，凡三年進知制誥，坐與張仲方善奪學士，微異。）

沈亞之還吴。（李賀送沈亞之歌序）

杜佑致仕旋卒。（舊紀）

李商隱生。（張采田譜）

温庭筠生。（夏承燾譜）

知貢舉許孟容，進士二十九人：李固言、李漢、陳夷行、李珏、歸融、賈餗、姚嗣卿。（按李漢爲韓愈之壻，姚嗣卿唐語林作姚嗣。）

是年劉禹錫在朗州司馬任。

元和八年癸巳（八一三）

權德輿罷相爲禮部尚書，旋改東都留守。

梁正言獄起，于頔貶恩王傅。

桂管觀察使房啓未上得罪貶，馬總繼，江州刺史張勔代總未行，又以蘄州刺史裴行立代。

武元衡復相。

潘孟陽爲户部侍郎判度支。

給事中竇易直爲陝虢觀察使。

蘇州刺史張正甫爲湖南觀察使。

翰林學士韋弘景罷守司封員外郎本官。

裴次元爲河南尹。

泗州刺史薛謇爲福建觀察使。

京兆尹李銛爲鄜坊觀察使，裴武代銛。

振武軍亂。

是年諸鎮：鳳翔李惟簡，邠寧閻巨源，涇原朱忠亮、朱光榮，鄜坊元義方、薛伾、裴武、李銛，夏綏田縉，朔方李光進，振武李進賢、張煦，宣武韓弘，義成薛平，忠武劉昌裔、韓臯，武寧李愿，淄青李師道，河陽烏重胤，陝虢竇易直，河東王鍔，河中張弘靖，昭義郗士美，義武任迪簡，義昌程執恭，幽州劉總，成德王承宗，魏博田弘正，山南東李夷簡、袁滋，山南西趙宗儒，荆南嚴綬，淮南李鄘，浙西薛苹，浙東李遜，宣歙范傳正，江西裴堪，福建裴次元、薛謇，鄂岳柳公綽，湖南柳公綽、張正甫，黔中李道古，西川武元衡、李夷簡，東川潘孟陽、盧坦、嶺南鄭絪、馬總，邕管崔詠、馬平陽，容管房啓、竇羣，桂管房啓、馬總、崔詠，静海馬總、張勔、裴行立。

祠部郎中翰林學士知制誥錢徽轉司封郎中。（舊傳）

李虚中卒。（韓集）

知貢舉韋貫之，進士三十人：尹極，舒元輿，張蕭遠，王會，楊漢公。（按楊漢公爲虞卿之弟。）

是年劉禹錫在朗州司馬任。

元和九年甲午（八一四）

李絳罷相爲禮部尚書。

趙宗儒爲御史大夫。

鄭絪爲工部尚書。

張弘靖自河中入相。

王涯、韋綬爲太子諸王侍讀。

左丞孔戣爲華州刺史。

給事中孟簡爲浙東觀察使。

韓皋爲吏部尚書，旋改賓客。

令狐楚自職方郎中知制誥。充翰林學士蕭俛爲駕部郎中知制誥。（參本傳）

左丞吕元膺爲東都留守。

裴度自中書舍人爲御史中丞，代胡證。

右丞韋貫之爲相。

討吴元濟。

是年諸鎮：鳳翔李惟簡，邠寧閻巨源，涇原朱光榮，鄜坊李銛，夏綏田縉，朔方李光進，振武張煦，胡證，宣武韓弘，義成薛平，忠武韓皋、李光顔，武寧李愿，淄青李師道，河陽烏重胤，陜虢竇易直，河東王鍔，河中張弘靖、趙宗儒，昭義郗士美，義武渾鎬，義昌程執恭，幽州劉總，成德王承宗，魏博田弘正，山南東袁滋、嚴綬，山南西鄭餘慶，荆南嚴綬、袁滋，淮南李鄘，浙西薛苹，浙東孟簡，宣歙范傳正，江西裴堪，福建薛謇，鄂岳柳公綽，湖南張正甫，黔中李道古，西川李夷簡，東川盧坦，嶺南馬總，邕管馬平陽，容管竇羣，桂管崔詠，静海裴行立。

白居易爲左贊善大夫。（舊傳）

徐晦自都官員外充翰林學士，次年轉司封郎中。（壁記）

韓愈爲考功郎中知制誥，依前史館修撰。（洪譜）

徐放爲衢州刺史。（韓集）（按：劉集有衢州徐員外贈縞紵詩。）

李吉甫卒。（舊紀）

竇羣自容管還朝卒。（舊傳）

知貢舉韋貫之，進士二十七人：張又新、李德垂、殷堯藩、高鍇、陳商。（按李德垂疑即舊李紳傳之李續之，高鍇爲高釴之弟。）

是年劉禹錫在朗州刺史任，十二月，與柳宗元、元稹等同召還。（各本集）

元和十年乙未（八一五）

禮部尚書李絳爲華州刺史。

李程自西川行軍司馬爲兵部郎中知制誥。

韓泰、柳宗元、韓曄、陳諫、劉禹錫，自虔、永、饒、台、朗州司馬授漳、柳、汀、封、連州刺史。

武元衡被刺卒。

裴度爲相。

京兆尹裴武爲司農卿。

韓皐自賓客爲兵部尚書。于頔自賓客爲户部尚書。

户部侍郎李遜鎮襄陽、高霞寓爲唐鄧節度使。

討王承宗。

是年諸鎮：鳳翔李惟簡，邠寧郭釗，涇原李彙、王潛，鄜坊李銛，夏綏田縉，朔方李光進、杜叔良，振武胡證，宣武韓弘，義成薛平，忠武李光顔，武寧李愿，淄青李師道，河陽烏重胤，陝虢崔從，河東王鍔，河中趙宗儒，昭義郗士美，義武渾鎬，義昌程執恭，幽州劉總，成德王承宗，魏博田弘正，山南東嚴綬、李遜、高霞寓分領，山南西鄭餘慶，荆南袁滋，淮南李鄘，浙西薛苹，浙東孟簡，宣歙范傳正，江西裴次元，福建薛謇、元錫，鄂岳柳公綽，湖南張正甫，黔中李道古，西川李夷簡，東川盧坦，嶺南馬總，邕管徐俊，容管陽旻，桂管崔詠，静海裴行立。

崔從爲中丞。（舊崔慎由傳）

楊嗣復爲刑部員外。（舊傳）

庾承宣爲考功員外。（韓集）

元稹爲通州司馬。（本集）

白居易爲江州司馬。（舊傳）

權德輿修長行敕三十卷成。（舊紀）

劉伯芻卒。（舊傳）

崔邠卒。（舊傳）

潘孟陽卒。（舊傳）

獨孤郁卒。（劉集）

知貢舉崔羣，進士三十人：沈亞之、滕邁、裴夷直、封敖、張嗣初、任畹，龐嚴、胡□、韓復、張正謨、紇干臮、劉巖夫、李干、吕讓。（按李干爲韓愈之姪孫壻，吕讓爲吕渭之子。）

是年二月劉禹錫至長安，五月至連州。

元和十一年丙申（八一六）

張弘靖罷相爲河東節度使。

中書舍人李逢吉爲相。

華州刺史李絳爲兵部尚書，裴武代絳，旋爲荆南節度使。

河南尹鄭權爲山南東道節度使。

户部侍郎楊於陵貶郴州刺史。

韋貫之罷相爲吏部侍郎，再貶湖南。並貶吏部侍郎韋顗爲陝州，刑部郎中李正辭爲金州，度支薛公幹爲房州，屯田李宣爲忠州，考功韋處厚爲開州，禮部員外崔韶爲果州刺史。

刑部尚書權德輿爲山南西道節度使。

司農卿王遂爲宣歙觀察使。

京兆尹李錡爲浙西觀察使。

工部侍郎王涯爲相。

是年諸鎮：鳳翔李惟簡，邠寧郭釗，涇原王潛，鄜坊李銛，夏綏田縉，朔方杜叔良，振武胡證，宣武韓弘，義成薛平，忠武李光顔，武寧李愿，淄青李師道，河陽烏重胤，陝虢崔從，河東張弘靖，河中吕元膺，昭義郗士美，義武陳楚，義昌程執恭，幽州劉總，成德王承宗，魏博田弘正，山南東鄭權，山南西權德輿，荆南袁滋、裴武，淮南李鄘，浙西李錡，浙東孟簡，宣歙王遂，江西裴次元，福建元錫，鄂岳柳公綽、李道古，湖南韋貫之，西川李夷簡，東川盧坦，嶺南馬總，邕管韋悦，容管陽旻，桂管崔詠，静海裴行立。

翰林學士錢徽、蕭俛以請罷兵罷守本官。（通鑑）

段文昌自祠部員外充翰林學士。（舊傳）

李德裕爲太原掌書記。（舊傳）

韓愈爲中書舍人。（洪譜）

禮部郎中張仲素充翰林學士。（壁記）

江南大水。（舊五行志）

知貢舉李逢吉，進士三十三人：鄭澥、姚合、廖有方、周匡物、令狐定、皇甫曙、劉端夫、李方、楊之罘。（按：姚合爲姚崇之曾孫，廖有方後改名游卿，見柳集，令狐定爲令狐楚之弟。）

是年劉禹錫在連州刺史任。

元和十二年丁酉（八一七）

義武渾鎬、唐鄧袁滋貶循、撫州刺史。

度支郎中張仲方貶遂州司馬。

左丞許孟容爲東都留守。

衛尉卿程异爲鹽鐵使，代王播。

祭酒孔戣爲嶺南節度使。

崔羣自户部侍郎爲相。

裴度爲彰義節度，宣慰淮西，馬總爲副使，右庶子韓愈充司馬，司勳員外李正封、都官員外馮宿、禮部員外李宗閔充判官書記。

昭義節度使郗士美爲工部尚書，河南尹辛秘，代士美。

孟簡爲户部侍郎。

同州刺史張正甫爲河南尹。

李逢吉罷相爲東川節度使。

京兆尹竇易直貶金州刺史。

邢部郎中知雜崔元略爲御史中丞。

韋貫之爲賓客分司。

李鄘自淮南節度使入爲相。

韓愈爲刑部侍郎。

淮西平。

是年諸鎮：鳳翔李惟簡，邠寧郭釗，涇原王潛，鄜坊韓公武，夏綏田縉，朔方杜叔良，振武胡證，宣武韓弘，義成薛平，忠武李光顔，武寧李愿，淄青李師道，河陽烏重胤，陝虢崔從，河東張弘靖，河中吕元膺，昭義郗士美、辛秘，義武陳楚，義昌程執恭改名權，幽州劉總，成德王承宗，魏博田弘正，山南東李愬，山南西權德輿，荆南裴武，淮南李鄘、衛次公，浙西李翛，浙東薛戎，宣歙王遂，江西裴次元，福建元錫，鄂岳李道古，湖南韋貫之、袁滋，黔中魏義通，西川李夷簡，東川盧坦、李逢吉，嶺南崔詠、孔戣，邕管韋悦，容管陽旻，桂管裴行立，

杜元穎自太常博士充翰林學士。（壁記）

武儒衡以户部郎中權諫議大夫知制誥。（舊傳）

鄭澥爲李愬判官。（舊李愬傳）（按：新書藝文志有鄭澥録一卷。）

元稹作深春詩。（本集）

知貢舉李程，進士三十五人：蕭傑、崔龜從。
是年劉禹錫在連州刺史任。

元和十三年戊戌（八一八）

禮部尚書王播爲西川節度使。
同州刺史鄭絪爲東都留守。
李鄘罷相爲户部尚書，御史大夫李夷簡爲相，旋出爲淮南節度使。
鄭餘慶爲左僕射，旋出爲鳳翔節度使。
王涯罷相爲兵部侍郎。
户部侍郎皇甫鎛、鹽鐵使程异俱爲相。
右丞崔從爲山南西道節度使。
華州刺史令狐楚爲河陽節度使。
討李師道。赦王承宗。
是年諸鎮：鳳翔李惟簡、李愬、鄭餘慶，邠寧郭釗、程權，涇原王權，鄜坊韓公武，夏綏田縉，朔方杜叔良，振武高霞寓，宣武韓弘，義成薛平，忠武李光顔，武寧李愬，淄青李師道，河陽烏重胤、令狐楚，陝虢裴向，河東張弘靖，河中呂元膺，昭義辛秘，義武陳楚，義昌鄭權、烏重胤，幽州劉總，成德王承宗，魏博田弘正，山南東李愬、孟簡，山南西權德輿、崔從，荆南裴武，淮南衛次公、李夷簡，浙西李翛，浙東薛戎，宣歙竇易直，江西裴次元，福建元錫，鄂岳李程，湖南袁滋、崔倰，黔中魏義通，西川李夷簡、王播，東川李逢吉，嶺南孔戣，邕管李位，容管陽旻，桂管裴行立，

鄭餘慶爲禮儀詳定使，崔郾爲判官。（郎考）

鄭餘慶詳定格後勅三十卷，左司郎中崔郾、吏部郎中陳諷、禮部員外庾敬休、著作郎王長文、集賢校理元從質、國子博士林寶同修。（會要）（按：徐松云，舊鄭餘慶傳陳諷作陳佩者誤。）

秘書少監史館修撰馬宇卒。（英華墓誌）（按會要是年馬宇撰上鳳池録五十卷。）

白居易爲忠州刺史（舊傳）

許孟容卒。（舊傳）

衛次公卒。（舊傳）

權德輿卒。（舊傳）

袁滋卒。（舊紀）

知貢舉庾承宣，進士三十二人：獨孤樟、李廓、李石、柳仲郢、程昔範、王洙、樂坤、劉軻、潘存實、陳彤。（按：李廓爲李程之子，柳仲郢爲柳公綽之子。又按：劉軻上座主書自稱沛上耕人。）

是年劉禹錫在連州刺史任。

元和十四年己亥（八一九）

刑部侍郎韓愈貶潮州刺史，旋移袁州。

商州刺史嚴謨爲黔中觀察使。

中書舍人衞中行爲華州刺史。

裴度罷相爲河東節度使。

張弘靖爲吏部尚書。

刑部侍郎柳公綽爲鹽鐵使。

户部侍郎歸登爲工部尚書。

鄭州刺史裴乂爲福建觀察使。

令狐楚爲相。

永州刺史韋正武爲邕管觀察使。

户部尚書李鄘爲東都留守。

起居舍人裴潾貶江陵令。

崔羣罷相爲湖南觀察使。

是年諸鎮：鳳翔李愿，邠寧程權、李光顔，涇原王潛，鄜坊韓公武，夏綏李聽，朔方杜叔良，振武高霞寓，宣武張弘靖，義成薛平、劉悟，忠武李光顔、郗士美、李遜，天平馬總，兗海王遂，武寧李愬，淄青李師道、薛平，河陽令狐楚、魏義通，陝虢裴向，河東張弘靖、裴度，河中李絳，昭義辛祕，義武陳楚，義昌烏重胤，幽州劉總，成德王承宗，魏博田弘正，山南東孟簡，山南西崔從，荆南裴武，淮南李夷簡，浙西竇易直，浙東薛戎，宣歙竇易直、元錫，江西裴次元，福建元錫、裴乂，鄂岳李程，湖南崔羣，黔中魏義通、嚴謨，西川王播，東川李逢吉，嶺南孔戣，邕管韋正武，容管陽旻，桂管裴行立，静海李象古被殺、桂仲武。

王璠爲職方郎中知制誥。（舊傳）

王起爲比部郎中知制誥。（舊傳）

鄭覃自刑部郎中爲諫議大夫。（舊傳）

李德裕爲監察御史。（舊傳）

李應爲湖州刺史。（會要）

白居易自忠州刺史爲司門員外。（舊傳）

元稹自虢州司馬爲膳部員外。（舊傳）

程异卒。（舊紀）

柳宗元卒。（劉集）

知貢舉庾承宣。進士三十一人：韋諶、章孝標、陳去疾、馬植、李讓夷、張庾、韋中立。

是年劉禹錫丁母憂，冬北歸。（本集）

元和十五年庚子（八二〇）

憲宗卒，穆宗嗣位。吐突承璀以謀立澧王惲被殺。

崔倰爲户部侍郎判度支。

皇甫鎛貶崖州司户。

御史中丞蕭俛、翰林學士段文昌爲相。

諫議大夫李景儉貶建州刺史。

太僕卿杜式方爲桂管觀察使。

户部侍郎楊於陵爲户部尚書。

詹事分司韋貫之爲河南尹。

賓客分司孟簡貶吉州司馬。

中書舍人王仲舒爲江西觀察使。

考功員外李翺爲朗州刺史。

李絳爲兵部尚書，旋爲御史大夫。

大理卿孔戣爲湖南觀察使。

令狐楚罷相爲宣歙觀察使，再貶衡州刺史。

御史中丞崔植爲相。

宗正卿李翺爲華州刺史。

駕部郎中李宗閔爲中書舍人。

吏部侍郎崔羣爲御史大夫，旋爲武寧節度使。

嶺南節度使孔戣爲吏部侍郎，將作監崔能代戣。

成德節度使王承宗卒，鄭覃宣慰成德。

袁州刺史韓愈爲國子祭酒。

華州刺史衞中行爲陝虢觀察使。

庫部郎中知制誥牛僧孺爲御史中丞。

是年諸鎮：鳳翔李愿，邠寧李光顏，涇原王潛，鄜坊韓璀，夏綏李聽、李祐，朔方李聽，振武張惟清，宣武張弘靖，義成劉悟、王承元，忠武李遜，天平馬總，兗海曹華，武寧李愬、崔羣，淄青薛平，河陽魏義通，陝虢衞中行，河東裴度，河中李絳、韓弘，昭義李愬、劉悟，義武陳楚，義昌烏重胤，幽州劉總，成德王承宗、田弘正，魏博田弘正、李愬，山南東李逢吉，山南西崔從，荆南裴武，淮南李夷簡，浙西竇易直，浙東薛戎，宣歙元錫，江西王仲舒，福建裴乂，鄂岳李程，湖南崔羣、孔戢，黔中嚴謨，西川王播，東川李逢吉、王涯，嶺南孔戣、崔能，容管陽旻旋卒，桂管裴行立、杜式方，静海裴行立旋卒。

司門員外郎白居易爲主客郎中知制誥。（舊紀）

元稹爲祠部郎中知制誥。（舊傳）

庾敬休自禮部員外充翰林學士，次年出。（壁記）

沈傳師自司門員外加司勳郎中充翰林學士。（壁記）（按杜牧撰行狀稱旋爲兵部郎中、中書舍人。）

路隋自司勳員外侍講學士轉本司郎中，次年遷諫議大夫。（壁記）

李肇自右補闕翰林學士加司勳員外。（壁記）

李德裕自監察御史充翰林學士，加屯田員外。（壁記）

獨孤朗爲考功員外，兼史館修撰。（舊傳）

李紳除右拾遺，召入翰林。（李紳詩注）

前坊州刺史班肅爲司封員外。（新皇甫鎛傳）（按鎛以是年貶，肅緣餞鎛爲衆議所重復官，故繫於此。詳元稹所撰制詞。又肅爲班宏之子，嚴震之壻。見柳宗元集。）

李虞仲爲祠部員外。（白集）

李鄘卒。（舊紀）

裴次元卒（舊紀）

吕元膺卒。（舊傳）

歸登卒。（舊傳）

知貢舉李建，進士二十九人：盧儲、鄭亞、盧戡，吕述、裴乾餘、施肩吾、唐持、姚康、崔嘏、陳越石、盧宏正。（按唐持爲唐扶之弟。）

是年劉禹錫居母喪。

穆宗長慶元年辛丑（八二一）

蕭俛罷相爲右僕射，旋改吏部尚書，韓皐代爲右僕射。

左散騎常侍崔元略爲黔中觀察使。

户部侍郎翰林學士杜元穎爲相。

段文昌罷相爲西川節度使。

鹽鐵使王播爲相。

左丞韋綬爲禮部尚書。

兵部侍郎柳公綽爲京兆尹兼御史大夫，旋改吏部侍郎。

屯田員外李德裕爲考功郎中，左補闕李紳爲司勳員外，依前知制誥翰林學士。

王起、白居易重試進士。

漳州韓泰、汀州韓曄、循州陳諫量移郴、永、道州刺史。

禮部侍郎錢徽、中書舍人李宗閔貶江、劍州刺史，右補闕楊汝士貶開州開江令。

衡州刺史令狐楚、吉州司馬孟簡量移郢、睦州刺史。

考功員外李渤貶虔州刺史。

幽州軍亂，張弘靖貶賓客分司，再貶吉州刺史。

鎮州軍亂，田弘正、田布相繼死。

韓愈爲兵部侍郎。

建州刺史李景儉爲諫議大夫。

裴度爲幽鎮招撫使。

刑部尚書王播爲相，仍兼鹽鐵使。

中書舍人知貢舉王起爲禮部侍郎。

兵部郎中楊嗣復知制誥。

東都留守鄭絪爲吏部尚書，吏部尚書李絳代絪。

工部尚書丁公著爲浙東觀察使。

主客郎中知制誥白居易爲中書舍人。

裴度論元稹，稹罷學士爲工部侍郎。

户部侍郎崔倰爲工部尚書判度支。

白居易、陳岵、賈餗同考制策。

諫議大夫李景儉、考功員外郎獨孤朗、起居舍人温造、司勳員外郎李肇、刑部員外郎王鎰貶楚、韶、朗、澧、郢州刺史。兵部郎中知制誥馮宿、庫部郎中知制誥楊嗣復均罰俸。

赦朱克融。

是年諸鎮：鳳翔李光顔、李愿、李遜，邠寧李光顔、高霞寓，涇原王潛、田布、楊元卿，鄜坊韓璀改名充，夏綏李祐，朔方李聽，振武張惟清，宣武張弘靖、李愿，義成王承元，忠武李遜、李光顔，天平馬總，兖海曹華，武寧崔羣，淄青薛平，河陽田布、郭釗，陝虢衛中行，河東裴度，河中韓弘，昭義劉悟，義武陳楚，義昌烏重胤、杜叔良，幽州張弘靖、朱克融，成德田弘正、王庭湊，魏博李愬、田布，山南東李逢吉，山南西崔從、烏重胤，荆南王潛、裴武，淮南李夷簡，浙西竇易直，浙東丁公著，宣歙元錫，江西王仲舒，福建裴乂，鄂岳李程，湖南孔戣，黔中崔元略，西川王播、段文昌，東川王涯，嶺南崔能，容管嚴公素，桂管杜式方。

蔣防自右補闕充翰林學士，次年爲司封員外，三年加知制誥。（壁記）

右補闕翰林學士李紳爲司勳員外知制誥，旋授中書舍人。（舊傳）

高釴自起居郎充翰林學士。（舊傳）

馮宿以刑部郎中知制誥。（舊傳）

李建卒。（白居易撰墓碑及紀）（按：舊傳誤。）

蔣乂卒。（舊傳）

薛戎卒。（舊傳）

韋貫之卒。（舊傳）

知貢舉錢徽，重試官王起、白居易，進士二十五人，駮下十一人，重試及第十四人（據徐氏改訂）：李𪈘、李欵、盧鍇、盧簡求、崔璵、裴譔、皇甫宏、孔温業，趙存約、竇洵直。（按李𪈘後改名回，盧簡求爲盧綸之子，裴譔爲裴度之子，孔紹業爲孔戢之子。黜落之人中有鄭覃之弟朗，楊汝士之弟殷士，李宗閔之壻蘇巢。）

軍謀宏遠科吴思及弟。（會要）

詳明政術科崔郢及第。（會要）

賢良科陳元錫、吕述、龐嚴、崔嘏及第。（會要、舊傳）（按：崔嘏授校書郎，見册府，後貶官在大中初。）

是年劉禹錫授夔州刺史。（本集謝上表）月未詳，蓋以是年服闋。）

長慶二年壬寅（八二二）

工部尚書崔倰爲鳳翔節度使。

李遜爲刑部尚書，旋卒。

兵部侍郎韓愈宣慰鎮州。

赦王庭湊。

考功郎中知制誥李德裕爲中書舍人，依前翰林學士，旋遷御史中丞。

崔植罷相爲刑部尚書。

工部侍郎元稹爲相。

司勳員外知制誥李紳爲中書舍人依前翰林學士。

裴度復知政事，王播爲鹽鐵使。

武寧節度使崔羣爲秘書監分司。

韋處厚爲中書舍人，路隋爲諫議大夫。

德州刺史李景儉爲諫議大夫。

裴度罷相爲右僕射，元稹罷相爲同州刺史。

兵部尚書李逢吉爲相。

前右僕射李夷簡爲太子少保分司，旋卒。

中書舍人白居易爲杭州刺史。

李源爲諫議大夫。

汴州軍亂。

絳州刺史崔弘禮繼崔倰爲河南尹。

左僕射韓臯爲東都留守。

李絳爲華州刺史。

御史中丞李德裕爲浙西觀察使，浙西竇易直爲吏部侍郎，吏部侍郎柳公綽爲御史大夫。

工部侍郎鄭權爲工部尚書，前華州刺史許季同爲工部侍郎。

吏部尚書鄭絪爲太子少傅。

太常卿趙宗儒爲吏部尚書。户部尚書楊於陵爲太常卿。

賓客令狐楚爲陝虢，旋以左丞庾承宣爲陝虢，楚復爲賓客分司。

户部侍郎張平叔貶通州刺史。吏部侍郎竇易直爲户部侍郎判度支。

衞中行爲右丞。

是年諸鎮：鳳翔崔倰、王承元，邠寧高霞寓，涇原楊元卿，鄜坊韓充、王承元、崔從，夏綏李祐，朔方李進誠，振武張惟清，宣武李愿、韓充，義成韓充、曹華，忠武李光顔，天平烏重胤，兗海高承簡，武寧崔羣、王智興，淄青薛平，河陽郭釗、陳楚，陝虢令狐楚、庾承宣，河東裴度、李聽，河中韓弘、郭釗，昭義劉悟，義武陳楚、柳公濟，義昌杜叔良、李光顔、李全略，幽州朱克融，成德王庭湊，魏博田布自殺、史憲誠。山南東李逢吉、牛元翼，山南西烏重胤、韋綬，荆南王潛，淮南李夷簡、裴度、王播，浙西竇易直、李德裕，浙東丁公著，江西王仲舒，福建裴乂，湖南孔戢，黔中崔元略，西川段文昌，東川王涯，嶺南崔能，邕管崔結、桂仲武，容管嚴公素，桂管杜式方卒、嚴謨。

龐嚴爲翰林學士。（舊傳）

宋申錫爲起居舍人。（舊傳）

孫革爲刑部員外郎。（舊刑法志）（按：韓翃有送孫革及第歸江南詩。）

柳登卒。（舊傳）

韓皐卒。（舊傳）

嚴綬卒。（舊傳）

竇牟卒。（舊傳）

李遜卒。（舊紀）（按傳作三年恐誤。）

孟簡卒。（舊紀）

知貢舉王起，進士二十九人：白敏中、賀拔惎、周墀、陳標、苗愔、丁居晦、浩虚舟、裴休。（按：白敏中爲白居易之從弟。）

是年正月劉禹錫至夔州刺史任。（本集謝上表）

長慶三年癸卯（八二三）

御史中丞牛僧孺爲相。

吏部侍郎韓愈爲京兆尹，旋改兵部，又改吏部侍郎。

御史中丞李紳爲江西觀察使，旋改户部侍郎。

杜元穎罷相爲西川節度使。

賈直言爲諫議大夫。

是年諸鎮：鳳翔王承元，邠寧高霞寓，涇原楊元卿，鄜坊崔從，夏綏李祐，朔方李進誠，振武張惟清，宣武韓充，義成曹華、高承簡，忠武李光顔，天平烏重胤，兖海王沛，武寧王智興，淄青薛平，河陽陳楚、崔宏禮，陝虢庾承宣，河東李聽，河中郭釗，昭義劉悟，義武柳公濟，義昌李全略，幽州朱克融，成德王庭湊，魏博史憲誠，山南東牛元翼卒、柳公綽，山南西韋綬卒、裴度，荆南王潛，淮南王播，浙西李德裕，浙東元稹，宣歙崔羣，江西王仲舒卒、薛放，福建裴乂，鄂岳崔元略、崔植，湖南孔戡卒、沈傳師，西川杜元穎，東川王涯、李絳，嶺南鄭權，邕管桂仲武，容管嚴公素，桂管嚴謨，静海李元喜。

户部尚書崔倰卒。（舊紀）

國子祭酒韋乾慶卒。（舊紀）

户部尚書馬總卒。（舊紀）

户部郎中王正雅、司門員外郎齊推、大理司直楊倞等詳定勑格。（會要）（按正雅卒官大理卿。郎考云：新表終山南東道節度使，誤。）（又按新藝文志、楊倞注荀子二十卷。注，汝士子，大理評事。）

知貢舉王起進士二十八人：鄭冠、袁不約、顧師邕、李敬方、韓湘、李餘、李訓。（按韓湘爲韓愈之族孫，李訓本名仲言，其登第年未能確定。）

是年劉禹錫在夔州刺史任。

長慶四年甲辰（八二四）

正月穆宗卒，敬宗嗣位。

户部侍郎李紳貶端州司馬，翰林學士龐嚴、蔣防以紳黨貶信、汀州刺史。

右丞韋顗爲户部侍郎，旋爲御史中丞。

賓客令狐楚爲河南尹，旋爲宣武節度使，兵部侍郎，王起代爲河南尹。

御史大夫王涯爲户部尚書，兼鹽鐵使。

吏部侍郎李程，户部侍郎竇易直爲相。

吏部尚書趙宗儒爲太常卿，兵部尚書鄭絪代宗儒，郭釗代絪。

大理卿崔元略爲京兆尹。

吏部侍郎崔從爲太常卿，代趙宗儒。

韋顗爲御史中丞。

刑部侍郎韋弘景爲吏部侍郎，工部侍郎于敖爲刑部侍郎。

劉栖楚爲諫議大夫。

是年諸鎮：鳳翔王承元，邠寧高霞寓，涇原楊元卿，鄜坊康藝全，夏綏傅良弼，朔方李進誠，振武張惟清，宣武韓充、令狐楚，義成高承簡，忠武李光顔，天平烏重胤，兗海王沛，武寧王智興，淄青薛平，河陽崔宏禮，陝虢庾承宣，河東李聽，河中郭釗、李愿，昭義劉悟，義武柳公濟，義昌李全略，幽州朱克融，成德王庭凑，魏博史憲誠，山南東柳公綽，山南西裴度，荆南王潛，淮南王播，浙西李德裕，浙東元稹，宣歙崔羣，江西薛放，福建徐晦，鄂岳崔植，湖南沈傳師，西川杜元穎，東川李絳，嶺南鄭權卒、崔植，邕管桂仲武，容管嚴公素，桂管嚴謨，靜海李元喜。

職方郎中王璠知制誥。（舊傳）

楊虞卿爲吏部員外。（舊傳）

吏部郎中于敖爲給事中。（舊傳）（按：紀稱是年爲工侍、刑侍。）

庫部郎中賈餗爲常州刺史。（舊傳）

高重以司門郎中充講學，旋爲諫議大夫。（壁記）

司農少卿李彤坐贓貶吉州司馬。（舊紀）（按：權德輿集李府君雍墓志云：「萬年尉彤，予之重表甥也。」）

許季同卒（舊紀）

韓臯卒。（舊紀）

韓愈卒。（舊紀）

武儒衡卒。（舊紀）

孔戣卒。（舊傳）

知貢舉李宗閔，進士三十二人：李羣、韓琮、韋楚老、李甘、韓昶、唐沖、薛庠、袁都。（按：韓昶爲韓愈之子。）

劉禹錫自夔州授和州刺史。（按歷陽書事序云：長慶四年（八二四）八月，自夔州轉歷陽，友人崔敦詩（羣）罷丞相鎮宣城。）

敬宗寶曆元年乙巳（八二五）

牛僧孺罷相爲武昌節度使。

給事中李渤爲桂管觀察使。

禮部郎中李翺爲廬州刺史。

知制誥王播爲御史中丞。

鄭涵、崔琯、李虞仲充考制策官。

諫議大夫劉栖楚爲刑部侍郎。

東川節度使李絳爲左僕射，旋爲太子少師分司。

户部侍郎韋顗爲吏部侍郎，京兆尹崔元略代顗，權工部侍郎鄭覃代元略，給事中盧元輔代覃。

左散騎常侍胡證爲户部尚書判度支。

刑部尚書段文昌爲兵部尚書，依前判左丞。

武昭獄發，李仲言、李涉配流。

御史中丞王播爲工部侍郎，諫議大夫獨孤朗代播。

刑部侍郎劉栖楚爲京兆尹。

是年諸鎮：鳳翔王承元，邠寧高霞寓，涇原楊元卿，鄜坊康藝全，夏綏傅良弼，朔方李進誠，振武張惟清，宣武令狐楚，義成李聽，忠武李光顔、王沛，天平烏重胤，兗海王沛，武寧王智興，淄青康志睦，河陽崔宏禮，河東李聽、李光顔，河中李愿卒、薛平，昭義劉悟卒、劉從諫，義武柳公濟，義昌李全略，幽州李載義，成德王庭湊，魏博史憲誠，山南東柳公綽，山南西裴度，荆南王潛，淮南王播，浙西李德裕，浙東元稹，宣歙崔羣，江西薛放卒、殷侑，福建徐晦，鄂岳牛僧孺，湖南沈傳師，西川杜元穎，東川李絳、郭釗，嶺南崔植，邕管桂仲武，容管嚴公素（按紀書是年公素爲容管，似誤。）桂管李渤，静海李元喜。

王源中自户部郎中充翰林學士。（壁記）

宋申錫自禮部員外充侍講學士。（壁記）（按：舊傳在寶曆二年。）

李宗閔爲兵部侍郎。（舊傳）

李紳爲江州刺史。（本集）（按：舊傳作江州長史。）

白居易爲蘇州刺史。（養新餘録）

裴堪卒。（舊紀）

竇常卒。（舊傳）

盧士玫卒。（舊傳）

饒州刺史吴丹卒。（白集吴府君碑銘）

李德裕有伊川卜山居詩。（本集）

知貢舉楊嗣復，進士三十三人：柳璟、歐陽衮、易之武、楊洵美、李從晦、裴素、杜勝。（按：柳璟爲柳登之子。）

賢良科元晦、楊魯士、趙祝及第。（會要）

是年劉禹錫在和州刺史任。

寶曆二年丙午（八二六）

衛尉卿劉遵古爲湖南觀察使。

祭酒衛中行爲福建觀察使。

裴度自山南西道復知政事，禮部尚書王涯代度。

同州刺史蕭俛爲太子少保分司，工部尚書裴武代俛。

吏部侍郎韋弘景爲陝虢觀察使。

幽州軍亂。

右丞丁公著爲兵部侍郎。
沈傳師爲左丞。
工部侍郎王播爲河南尹代王起，起爲吏部侍郎，徐晦爲工部侍郎。
太府卿李憲爲江西觀察使。
太常卿崔從爲東都留守。
李程罷相爲河東、李逢吉罷相爲山南東道節度使。
中書舍人崔郾爲禮部侍郎。
户部尚書胡證爲嶺南節度使。
敬宗卒，文宗嗣位。
兵部侍郎翰林學士韋處厚爲相。
柳公綽爲刑部尚書。
殷侑爲大理卿。
是年諸鎮：鳳翔王承元，邠寧高霞寓卒、高承簡。涇原楊元卿、李祐，鄜坊康藝全，夏綏傅良弼，朔方李惟誠，振武張惟清，宣武令狐楚，義成李聽，忠武王沛，天平烏重胤，兖海張茂宗，武寧王智興，淄青康承睦，河陽崔宏禮、楊元卿，陝虢韋弘景，河東李光顔卒、李程，河中薛平，昭義劉從諫，義武柳公濟，義昌李全略卒、李同捷，幽州朱克融被殺、李載義，成德王庭湊，魏博史憲誠，山南東柳公綽、李逢吉，山南西裴度、王涯，荆南王潛，淮南王播，浙西李德裕，浙東元稹，宣歙崔羣，江西李憲，福建徐晦、衛中行，鄂岳牛僧孺，湖南劉遵古，西川杜元穎，東川郭釗，嶺南崔植、胡證，容管嚴公素，桂管李渤，静海李元喜。

鄭瀚爲侍講學士。（舊傳）

徐晦爲同州刺史。（舊傳）

馮定爲郢州刺史。（舊傳）

李繁爲亳州刺史。（舊傳）

姚合爲監察御史，遷户部員外。（唐才子傳）（按：但云寶曆中，始繫於此。）

李翺卒。（舊紀）

高霞寓卒。（舊紀）

白行簡卒。（舊傳）

知貢舉楊嗣復，進士三十五人：裴俅、張知實、朱慶餘、夏侯孜、劉蕡、李方元、鄭復禮、郭言揚、盧求、崔球、劉符。（按裴俅爲裴休之弟，盧求爲李翺之壻、盧攜之父，崔球爲崔珙之弟，劉符八子皆登進士第，即崇龜等。）

是年冬劉禹錫罷和州刺史，遊建康，道揚州，白居易亦罷蘇州相遇同返洛陽。

文宗大和元年丁未（八二七）

御史中丞獨孤朗爲户部侍郎。

兵部尚書段文昌爲御史大夫。

左散騎常侍李益爲禮部尚書致仕。

京兆尹劉栖楚爲桂管觀察使，吏部侍郎庾承宣代栖楚。栖楚旋卒，諫議大夫蕭裕繼。

宣歙觀察使崔羣爲兵部尚書。

右散騎常侍張正甫爲工部尚書。

崔植爲户部尚書。

華州刺史錢徽爲右丞，崔宏禮代徽。

前蘇州刺史白居易爲秘書監。

楊於陵爲右僕射，致仕。

禮部尚書蕭俛爲太子少師分司。

貶李逢吉黨李續、張又新爲涪、汀州刺史。

王播自淮南節度使復知政事。段文昌代播。

工部侍郎獨孤朗爲福建觀察使，道卒，諫議大夫張仲方繼。

太府卿裴弘泰爲黔中觀察使。

討滄景李同捷。

李德裕、元稹並加檢校禮部尚書。

左丞錢徽復爲華州刺史。

是年諸鎮：鳳翔王承元，邠寧高承簡卒、柳公綽，涇原李祐，鄜坊何文哲，夏綏傅良弼，朔方李進誠，振武李泳，宣武令狐楚，義成李聽，忠武王沛、高瑀，天平烏重胤卒、崔宏禮，兖海張茂宗，武寧王智興，淄青康志睦，河陽楊元卿，陝虢韋宏景，河東李程，河中薛平，昭義劉從諫，義武柳公濟，義昌烏重胤、李寰，幽州李載義，成德王庭湊，魏博史憲誠，山南東李逢吉，山南西王涯，荆南王潛，淮南王播，段文昌，浙西李德裕，浙東元稹，宣歙崔羣、于敖，江西李憲，福建張仲方，鄂岳牛僧孺，湖南王公亮，黔中裴弘泰，西川杜元穎，東川郭釗，嶺南胡證，容管王茂元、張遵，容管嚴公素、王茂元，桂管劉栖楚卒、蕭祐，静海韓約。

左司郎中温造權中丞。（郎考）

宋申錫自禮部員外充翰林學士，遷户部郎中知制誥。（壁記）

許康佐自度支郎中改駕部充侍講學士。（壁記）

李讓夷自右拾遺充翰林學士。（舊傳）（按：史但言大和初，姑繫於此。）

知貢舉崔郾，進士三十三人：李郃、蕭倣、崔慎由、陳會、許玫、崔鉉、侯固、陸賓虞、韋慤、房千里。（按蕭倣爲蕭俛之從弟，崔慎由爲崔融之玄孫，崔鉉爲崔元略之子。）
是年劉禹錫除主客郎中分司東都。（養新録卷六）（按舊傳繫於次年非是。）

大和二年戊申（八二八）

策試制舉人劉蕡下第，裴休等二十二人皆除官。
馮宿、賈餗、龐嚴爲考制策官。
右散騎常侍孔戢爲京兆尹。
兵部侍郎王起爲陝虢觀察使，代韋弘景，弘景爲左丞。
刑部侍郎盧元輔爲兵侍，白居易代元輔。
吏部侍郎丁公著爲刑部尚書。
討成德王庭湊。
吏部尚書鄭絪爲太子少保。
盧元輔爲華州刺史代錢徽，徽爲吏部尚書致仕。旋以户部尚書崔植爲華州刺史。
竇易直罷相爲山南東道節度使。

宣武節度使令狐楚入爲户部尚書，李逢吉代楚。

右丞沈傳師爲江西觀察使，河南尹王璠代傳師，左散騎常侍馮宿代璠。

兵部侍郎翰林學士路隋爲相。

是年諸鎮：鳳翔王承元，邠寧柳公綽、李進誠，涇原李祐，鄜坊何文哲，夏綏李寰，朔方李進誠、李文悦，振武李泳，宣武令狐楚、李逢吉，義成李聽，忠武高瑀，天平崔宏禮，兖海張茂宗，武寧王智興，淄青康承睦，河陽楊元卿，陝虢韋弘景、王起，河東李程，河中薛平，昭義劉從諫，義武柳公濟，義昌李寰、傅良弼、李祐，幽州李載義，成德王庭湊，魏博史憲誠被殺、何進滔，山南東李逢吉、竇易直，山南西王涯，荆南王潛，淮南段文昌，浙西李德裕，浙東元稹，宣歙于敖，江西李憲、沈傳師，福建張仲方，鄂岳牛僧孺，湖南王公亮，黔中裴弘泰，西川杜元穎，東川郭釗，嶺南胡證卒、李憲，容管王茂元，桂管蕭祐卒，静海韓約被逐。

兵部郎中路巖爲諫議大夫。（舊傳）（新傳云：文宗朝累官中書舍人翰林學士。）

崔龜從自右拾遺爲太常博士。（舊傳）

柳公權自司封員外充侍書學士，旋改庫部郎中。（壁記）

吏部員外楊虞卿停任。（舊傳）

李伉爲鄧州向城尉。（會要）（按勞格云：萬首唐人絶句有李伉責宜陽到荆渚詩。目録云：李伉袁州刺史，新藝文志云：李伉系蒙二卷。）

宇文籍卒。（舊傳）

韋處厚卒。（舊傳）

是歲大有年。（白集）

知貢舉崔郾。進士三十七人：韋籌、厲元、鍾輅、杜牧、崔黯、鄭溥。制科崔璵及第。（郎考）

賢良科裴素、苗愔、韓賓、崔渠及第。（會要）

軍謀科鄭冠、李式及第。（會要）

是年劉禹錫爲主客郎中直集賢院，入都，作再游玄都詩。（養新録）

大和三年己酉（八二九）

太常卿李絳與山南西道節度使王涯互换。

兵部尚書崔羣爲荆南節度使。

户部尚書令狐楚爲東都留守，前東都留守崔從代楚。

滄景平。

魏博軍亂。

京兆尹崔護爲嶺南節度使，大理卿李諒代護。
吏部侍郎李宗閔爲相。
李德裕自浙西入爲兵部侍郎，丁公著代德裕，德裕旋出爲義成節度使。
赦王庭湊。
前睦州刺史陸亘爲浙東觀察使。
元稹自浙東入爲左丞代韋弘景，弘景爲禮部尚書。
户部侍郎崔元略爲户部尚書判度支。
中書舍人韋詞爲湖南觀察使。
西川杜元穎貶韶州刺史，再貶循州司馬。
御史中丞温造爲右丞，吏部郎中宇文鼎代造。（按會要：大和三年（八二九），華州刺史宇文鼎等坐贓，疑有誤。）
是年諸鎮：鳳翔王承元，邠寧李進誠、李聽，涇原張惟清，鄜坊何文哲，夏綏李寰，朔方李文悦，振武李泳，宣武李逢吉，義成李聽、李德裕，忠武高瑀，天平令狐楚，兖海張茂宗，武寧王智興，淄青康志睦，河陽楊元卿，陝虢王起，河東李程，河中薛平，昭義劉從諫，義武柳公濟、張璠，義昌李祐、李岵、傅毅、殷侑，幽州李載義，成德王庭湊，魏博何進滔，山南東竇易直，山南西王涯、李絳，荆南王潛卒、崔羣，淮南段文昌，浙西李德裕、丁公著，浙東元稹、陸亘，宣歙于敖，江西沈傳師，福建張仲方，鄂岳牛僧孺，湖南韋詞，黔中裴弘泰，西川杜元穎、郭釗，東川郭釗、劉遵古，嶺南李憲卒、崔護，邕管王茂元。

白居易爲賓客。（舊傳）

柳公綽爲刑部尚書。（舊傳）

高釴爲刑部侍郎。（舊傳）

王璠爲吏部侍郎。（舊傳）

李翺爲中書舍人。（舊傳）

賈餗爲中書舍人。（舊傳）

鄭覃自左散騎常侍充翰林學士。（舊傳）

陳夷行爲起居郎史館修撰。（舊傳）

楊汝士爲職方郎中知制誥，尋除中書舍人。（舊傳）

崔鄲自考功郎中充翰林學士知制誥，次年拜中書舍人。（壁記）

高鍇爲考功員外郎。（新選舉志）

崔咸爲中書舍人。（英華）

高元裕任司勳員外。（廣記引集異記）

西川判官紇干㟧貶郢州長史。（舊杜元穎傳）

杜牧佐江西沈傳師幕。(杜集張好好詩序)(按舊沈傳師傳云,大和元年(八二七)卒,年五十九,而杜集明云大和三年(八二九)佐故吏部沈公江西幕,又云,後一歲公移鎮宣城,與舊紀亦合,則傳有誤字無疑。)

鄭絪卒。(舊紀)

錢徽卒。(舊傳)

崔植卒。(舊傳)

盧元輔卒。(舊傳)

孔戣卒。(舊傳)

是歲大雨水。(舊五行志)

知貢舉鄭澣、(舊書作瀚,即原名)進士二十五人:崔瑶、邢羣、鄭齊之、李景素。

是年劉禹錫爲禮部郎中,集賢殿學士。

大和四年庚戌(八三〇)

牛僧孺復爲相。

兵部侍郎崔郾爲陝虢觀察使。

王播卒，王涯爲吏部尚書充鹽鐵使。

左丞元稹爲武昌節度使，王起代稹。

興元軍亂，李絳被害。

河東節度使李程移河東，刑部尚書柳公綽代程。

衛尉卿桂仲武爲福建觀察使。

崔羣爲太常卿。

中書舍人李虞仲爲華州刺史，代嚴休復，休復爲右散騎常侍。

右散騎常侍、侍講學士鄭覃爲工部尚書。（舊傳作工侍。）

左丞王起爲户部尚書代崔元略，元略爲東都留守，旋改義成卒。

前東都留守崔弘禮爲刑部尚書，旋復爲東都留守，卒。

右丞宋申錫爲相。

吏部侍郎王璠爲京兆尹，旋以工部侍郎崔琯代。

大理卿裴誼爲江西觀察使，代沈傳師，傳師移宣歙。

裴度復出爲山南東道節度使，代竇易直，易直爲左僕射。

左丞庾承宣爲兗海節度使。

同州刺史高重爲湖南觀察使。

工部侍郎崔琯爲京兆尹。

白居易爲河南尹代韋弘景，弘景爲東都留守。（按：傳云五年。）

是年諸鎮：鳳翔王承元，邠寧李聽，涇原張惟清，鄜坊丘直方，夏綏李寰、董重質，朔方李文悦，振武李泳，宣武李逢吉，義成李德裕、崔元略，段嶷，忠武高瑀，天平令狐楚，兗海張茂宗、庾承宣，武寧王智興，淄青康志睦，河陽楊元卿，陝虢崔郾，河東李程、柳公綽，河中薛平、李程，昭義劉從諫，義武張璠，義昌殷侑，幽州李載義，成德王庭湊，魏博何進滔，山南東竇易直、裴度，山南西李絳被殺、温造繼，荆南崔羣、段文昌，淮南段文昌、崔從，浙西丁公著，浙東陸亘，宣歙于敖卒、沈傳師，江西沈傳師、裴誼，福建桂仲武，鄂岳牛僧孺、元稹，湖南韋詞、高重，黔中裴弘泰，西川郭釗、李德裕，東川劉遵古，嶺南崔護，邕管董昌齡，容管王茂元，桂管李諒，静海鄭綽。

裴潾爲汝州刺史。（舊傳）

李漢爲兵部員外知制誥。（舊傳）

李固言爲給事中。（舊傳）

路羣爲翰林學士。（舊傳）

崔玄亮爲諫議大夫。（舊傳）

馮宿爲工部侍郎。（舊傳）

權璩任考功員外。（劉集：酬鄭州權舍人見寄詩注云，鄙人……罹譴謫，重入南宮爲禮部郎中，舍人方任考功員外郎。）

李紳爲壽州刺史。（李紳集云：二月被命壽陽，時替裴五墉。）

張賈卒。（舊紀）

楊於陵卒。（舊紀）

崔元略卒。（舊紀）

裴向卒。（舊傳）

于敖卒。（舊傳）

知貢舉鄭澣，進士二十五人：宋邧，林簡言、楊發、令狐綯、魏扶、鄭滂，韋周方。（按：令狐綯爲令狐楚之子。）

博學宏詞科劉瞻登第。（舊傳）

是年劉禹錫任禮部郎中、集賢殿學士。

大和五年辛亥（八三一）

幽州軍亂。

宋申錫獄起，貶開州司馬。

山南西道節度使温造爲兵部侍郎，旋爲東都留守。

京兆尹崔琯爲左丞，龐嚴代琯，嚴旋卒，司農卿杜悰繼。

給事中羅讓爲福建觀察使。

宣武節度使李逢吉爲東都留守，代温造，造爲河陽節度使。

中書舍人崔咸爲陝州防禦使。

翰林學士薛廷老，李讓夷罷守本官。

刑部員外舒元輿貶著作郎。

裴弘泰自桂管觀察使貶饒州刺史。以鄭州刺史李翺繼。

是年淮、浙、荆等處皆大水。

是年諸鎮：鳳翔王承元、竇易直，邠寧李聽，涇原張惟清，鄜坊丘直方，夏綏董重質，朔方李文悦，振武李泳，宣武楊元卿，義成段嶷，忠武高瑀，天平令狐楚，兗海庾承宣，武寧王智興，淄青王承元，河陽楊元卿、温造，河東柳公綽，河中李程，昭義劉從諫，義武張璠，義昌殷侑，幽州李載義被逐、楊志誠，成德王庭湊，魏博何進滔，山南東裴度，山南西温造、李載義，荆南段文昌，淮南崔從，浙西丁公著，浙東陸亘，宣歙沈傳師，江西裴誼，福建桂仲武卒、羅讓，鄂岳元稹卒、崔郾，湖南高重，黔中裴弘泰、陳正儀，西川李德裕，東川劉遵古，嶺南李諒，邕管董昌齡，容管王茂元，桂管李諒、裴弘泰、李翺，静海鄭綽。

白唐易爲河南尹（舊傳）

楊虞卿爲諫議大夫。（舊傳）

高銖爲給事中。（舊傳）

柳仲郢爲侍御史。（舊傳）

路羣爲中書舍人。（舊傳）

李珏自度支郎中知制誥充翰林學士。（壁記）

李敬方任歙州。（郎考）（按：新唐書藝文志有李敬方詩一卷，注云大和歙州刺史。全唐文湯泉銘有「大中五年」語，大中爲大和之誤。）

韋弘景卒。（舊紀）

元稹卒。（舊紀）

李渤卒。（舊傳）

知貢舉賈餗，進士二十五人：杜陟、李遠，殷羽、徐商、李汶儒、苗惲。

是年冬劉禹錫除蘇州刺史。

大和六年壬子（八三二）

殷侑爲天平節度使，代令狐楚，楚移河東。

河中節度使李程爲左僕射。

御史中丞宇文鼎爲户部侍郎判度支，代王起，起爲河中節度使，駕部郎中李漢爲中丞。

右丞王璠爲浙西觀察使，代丁公著，公著爲太常卿，旋卒。

諫議大夫王彦威爲河中少尹。

牛僧孺罷相爲淮南節度使。

右丞崔琯爲荆南節度使。

西川節度使李德裕爲兵部尚書。

是年諸鎮：鳳翔竇易直，邠寧李聽、孟友亮，涇原張惟清卒、康志睦，鄜坊史孝章，夏綏董重質、李昌言，朔方李文悦、王晏平，振武李泳，宣武楊元卿，義成段嶷，忠武高瑀、王智興，天平令狐楚、殷侑，兗海李文悦，武寧王智興、高瑀，淄青王承元，河陽温造，河東柳公綽、令狐楚，河中李程、王起，昭義劉從諫，義武張璠，義昌殷佑、李彦佐，幽州楊志誠，成德王庭湊，魏博何進滔，山南東裴度，山南西李載義，荆南段文昌、崔琯，淮南崔從卒、牛僧孺，浙西丁公著、王璠，浙東陸亘，宣歙沈傳師，江西裴誼，福建羅讓，鄂岳崔郾，湖南高重，黔中陳正儀，西川李德裕、段文昌，東川劉遵古，嶺南李諒，邕管董昌齡，桂管李翺，静海鄭綽。

楊虞卿爲給事中。（舊傳）

高鍇爲諫議大夫。（舊傳）

歸融自工部郎中充翰林學士。（舊傳）（按：舊傳但云六年，郎考謂據文義當補大和，是也。又據壁記以爲九年入翰林，非六年，則不知壁記有缺文，亦非也。）

李固言爲工部侍郎。（舊傳）

柳公綽卒。（舊紀）

趙宗儒卒。（舊紀）

杜元穎卒。（舊紀）

崔從卒。（舊紀）

崔羣卒。（舊傳）按：白詩云：「去年八月哭微之，今年八月哭敦詩」，而詩注云「積大和六年（八三二）卒」，六年當作五年。

知貢舉賈餗，進士二十五人：李珪、許渾、畢諴、韋澳、杜顗、侯春時、崔□。（按：杜顗爲杜牧之弟，崔某見許渾詩。）

是年春劉禹錫到蘇州刺史任。

大和七年癸丑（八三三）

太府卿崔洪爲嶺南節度使，旋改武寧，代高瑀，瑀爲刑部尚書。

吏部侍郎庾承宣爲太常卿。

宗正卿李詵爲陜州防禦使代崔咸，咸爲右散騎常侍。

兵部尚書李德裕爲相。

前户部侍郎楊嗣復爲左丞。

左散騎常侍張仲方爲賓客分司。

於埇橋置宿州，以東都鹽鐵院官吴季真爲刺史。

給事中楊虞卿、中書舍人張元夫爲常、汝州刺史。

太府卿韋長爲京兆尹。

散騎常侍嚴休復爲河南尹。

給事中蕭澣爲鄭州刺史。

同州刺史吴士矩爲江西觀察使，吏部侍郎高釴代士矩。

工部侍郎李固言爲右丞，（傳作左丞）中書舍人楊汝士代固言。

宣歙觀察使沈傳師爲吏部侍郎，裴誼代傳師。

河南尹白居易爲賓客分司。

御史中丞李漢爲禮部侍郎。

工部尚書侍講學士鄭覃爲御史大夫。

李宗閔罷相爲山南西道節度使。

河東節度使令狐楚爲吏部尚書。

王涯復相，仍兼鹽鐵使。

左丞楊嗣復爲東川節度使，户部侍郎庾承宣代嗣復。

給事中崔戎爲華州刺史。

賓客李紳爲浙東觀察使。

河中節度使王起爲兵部尚書。

鄭注爲通王府司馬兼侍御史，充神策軍判官。

河南尹嚴休復爲淄青節度使，給事中王質權河南尹。

河東副使李石爲給事中。

是年諸鎮：鳳翔竇易直卒、杜悰、李聽，邠寧孟友亮、李用，涇原張惟清、康志睦先後卒、朱叔夜，鄜坊史孝章，夏綏李昌言，朔方王晏平，振武李泳，宣武李程，義成段嶷，忠武王智興、高瑀，天平殷侑，兖海李文悦，武寧崔珙，淄青王承元卒、嚴休復，河陽温造，河東令狐楚、李載義，河中王起、王智興，昭義劉從諫，義武張璠，義昌李彦佐，幽州楊志誠，成德王庭湊，魏博何進滔，山南東裴度，山南西李載義、李宗閔，荆南崔瑄，淮南牛僧孺，浙西王璠，浙東陸亘、李紳，宣歙沈傳師、裴誼、陸亘，江西裴誼，吴士矩，福建羅讓，鄂岳崔郾，湖南李翺，黔中陳正儀，西川段文昌，東川楊嗣復，嶺南李諒、崔珙、王茂元，邕管董昌齡，桂管李翱、李從易，静海劉旻。

裴潾爲左散騎常侍，充集賢殿學士。（舊傳）

吏部員外陳夷行爲翰林學士。（壁記）

鄭涯自左補闕充翰林學士。（壁記）

杜牧作罪言。（舊傳）

楊元卿卒。（舊紀）

崔玄亮卒。（白集）

宋申錫卒。（舊紀）

知貢舉賈餗，進士二十五人：李餘、李福、魏謩、胡溵。（按：李福爲李石之弟，魏謩爲魏徵五世孫。）

是年劉禹錫在蘇州刺史任，賜金紫。

大和八年甲寅（八三四）

山南東道裴度爲東都留守，代李逢吉，逢吉爲右僕射。旋致仕。

右丞李固言爲華州刺史，代崔戎，戎爲兖海觀察使。戎旋卒。

宿州刺史吴季真鎮邕管。
兵部侍郎翰林學士王源中爲禮部尚書，旋出爲山南西道節度使。
工部侍郎楊汝士爲同州刺史。
河南尹王質爲宣歙觀察使，吏部侍郎鄭澣代質。
山南西道節度使李宗閔爲相。
李德裕罷相爲山南西道節度使，旋改兵部尚書，又出爲鎮海節度使。
李仲言爲國子博士充侍講學士，旋改名訓。
御史大夫鄭覃爲户部尚書。
户部侍郎李漢爲華州刺史。
温造爲御史大夫。
昭義副使鄭注爲太僕卿。
賓客分司張仲方爲左散騎常侍。
常州刺史楊虞卿爲工部侍郎。
宗正卿李仍叔爲湖南觀察使，代李翺、翺爲刑部侍郎代裴潾，潾爲華州刺史。
是年諸鎮：鳳翔李聽，邠寧李用，涇原朱叔夜，鄜坊史孝章，夏綏李昌言，朔方王晏平，宣武李程，忠武高瑀卒、杜悰，天平殷侑，兗海崔戎卒、崔杞，武寧崔珙，淄青嚴休復，河陽温造、蕭珙，河東李載義，河中王智興，昭義劉從諫，義武張璠，義昌李彥佐，幽州楊志誠被逐、史元忠，魏博何進滔，山南東裴度、王起，山南西李宗閔、王源中，荆南韋長，淮南牛僧孺，浙西王璠、李德裕，浙東李紳，宣歙陸亘卒、王質，江西吴士矩，福建羅讓、段倫，鄂岳崔鄲，湖南李翺、李仍叔，黔中陳正儀，西川段文昌，東川楊嗣復，嶺南王茂元，邕管吴季真，桂管李從易，静海韓威。

殿中侍御史元晦充翰林學士，次年出。（壁記）

唐扶爲弘文館學士判院事。（舊傳）

李紳自浙東除賓客分司。（本集宿越州天王寺詩序，紀在次年。）

賈餗爲京兆尹。（舊傳）

陳夷行爲諫議大夫。（舊傳）

裴潾進大和通選。（舊紀）

李德裕進柳氏舊聞。（舊紀）

張正甫卒。（舊紀）

高鉞卒。（舊紀）

是年淮浙等處水災。（舊紀）（按：李紳集云浙西旱）

是年劉禹錫自蘇州遷汝州刺史。（新傳）

大和九年乙卯（八三五）

太常卿庾承宣爲天平節度使，代殷侑，侑爲刑部尚書。

右散騎常侍舒元輿爲陝州觀察使。

司農卿王彦威爲淄青節度使。

浙西觀察使李德裕以漳王事貶賓客分司，再貶袁州長史，京兆尹賈餗爲浙西觀察使。工部侍郎楊虞卿代餗。

給事中韓佽爲桂管觀察使。

路隋罷相爲鎮海節度使，旋卒。

賈餗爲相。

浙東觀察使李紳爲賓客分司，給事中高銖代紳。

御史大夫温造爲禮部尚書，旋卒，吏部侍郎李固言代造。

右丞王璠爲户部尚書判度支，代鄭覃，覃爲秘書監。

吏部尚書令狐楚爲太常卿。

京兆尹楊虞卿坐妖言貶虔州司馬，辛相李宗閔貶明州刺史，再貶虔州長史，三貶潮州司户。吏部侍郎李漢、刑部侍郎蕭澣、工部侍郎崔侑、吏部郎中張諷，考功郎中蘇滌，户部郎中楊敬之貶郊、遂、洋、夔、忠、連州刺史。侍御史李甘爲封州司馬，殿中侍御史蘇特爲潘州司户。

李固言爲相，旋出爲山南西道節度使。

右司郎中侍御史知雜舒元輿爲御史中丞。

李訓爲兵部郎中知制誥，仍充侍講學士。

大理卿羅讓爲散騎常侍，汝州刺史郭行餘爲大理卿，旋爲邠寧節度使。

吉州刺史裴泰爲邕管觀察使。

户部侍李翺爲山南東道節度使代王起，起爲兵部尚書判户部。

太僕卿鄭注爲工部尚書充侍講學士，爲鳳翔節度使。

秘書監鄭覃爲刑部尚書。

户部侍郎翰林學士李珏貶江州刺史。

中書舍人權璩貶鄭州刺史。

中書舍人高元裕貶閬州刺史。

蘇州刺史盧周仁爲湖南觀察使。

賓客分司白居易爲同州刺史，代楊汝士，旋改太子少傅分司。

李固言罷相爲山南西道節度使。

御史中丞舒元輿、兵部郎中知制誥李訓爲相。
刑部郎中兼侍御史知雜李孝本權御史中丞。
吏部尚書令狐楚爲左僕射，刑部尚書鄭覃爲右僕射，王源中爲刑部尚書。
殺王守澄。
户部尚書判度支王璠爲河東節度使，京兆尹李石爲户部侍郎判度支。
甘露事起，殺王涯、賈餗、舒元輿、李訓、王璠、郭行餘、鄭注、羅立言、李孝本、韓約等。
鄭覃、李石爲相。
權京兆尹張仲方爲華州刺史。
給事中李翊爲中丞。
是年諸鎮：鳳翔李聽、鄭注、陳君奕，邠寧郭行餘未任死、涇原劉沔、王茂元，鄜坊史孝章、趙儋、蕭珙，夏綏李昌言，朔方王晏平，振武劉沔，宣武李程、王智興，義成史孝章，忠武李聽、杜悰，天平殷侑、庾丞宣卒、殷侑復任、王源中，兗海崔杞，武寧崔珙，淄青王彦威，河陽蕭珙、李泳，河中王智興、李程，昭義劉從諫，義武張璠，義昌李彦佐，幽州史元忠，成德王元逵，魏博何進滔，山南東王起、李翺，山南西王源中、李固言，荆南韋長，淮南牛僧孺，浙西李德裕、賈餗、路隋、崔鄲，浙東李紳、高銖，宣歙王質，江西吴士矩，福建段倫，鄂岳崔鄲、高重，湖南盧周仁，黔中李玭，西川段文昌、楊嗣復，東川楊嗣復、馮宿，嶺南王茂元、李從易，邕管裴弘泰，

容管胡沐，桂管李從易、韓佽，静海田羣（紀作前棣州刺史田早，此據田弘正傳）

李讓夷爲諫議大夫。（舊傳）

盧鈞爲給事中。（舊傳）

崔龜從爲司勳郎中知制誥，旋拜中書舍人。（舊傳）

令狐定爲職方員外，弘文館直學士。（舊傳）

唐扶爲職方郎中，權中書舍人。（舊傳）

丁居晦自起居舍人集賢院直學士充翰林學士。（壁記）

黎埴自右補闕充翰林學士。（壁記）

韋温自考功員外爲諫議大夫知制誥。（杜牧集韋公墓誌銘）

李逢吉卒。（舊紀）

段文昌卒。（舊紀）

庾承宣卒。（舊紀）

沈傳師卒。（舊紀）

温造卒。（舊紀）

崔鄯卒。（舊紀）

知貢舉崔鄲，進士二十五人：鄭確、賈馳、何扶、牛蔚、侯固。（按：牛蔚爲僧孺之子。）

是年十月劉禹錫自汝州刺史遷同州，十二月至同州任。

開成元年丙辰（八三六）

秘書監韋縝爲工部尚書。

右左散騎常侍羅讓爲江西觀察使。

袁州長史李德裕爲滁州刺史，旋爲賓客分司，又出爲浙西觀察使。

河南尹鄭澣爲左丞，賓客分司李紳代澣。（按紀在四月，李紳集拜三川守詩序云開成元年三月。）紳旋爲宣武節度使。

亳州刺史裴弘泰爲義成節度使。

潮州司户李宗閔爲衡州司馬，江州刺史李珏爲賓客分司。

李固言爲相，判户部，李石判度支兼鹽鐵使。

翰林學士歸融爲御史中丞，旋爲京兆尹。

給事中盧鈞爲華州防禦使。

右丞鄭肅爲陜虢觀察使，陜虢復使額。

中書舍人唐扶爲福建觀察使。

河中節度使李程爲左僕射。

刑部尚書殷侑爲山南東道節度使。

平盧節度使王彦威爲户部侍郎判度支。

壽州刺史高承恭爲邕管節度使。

中書舍人崔龜從爲華州防禦使，代盧鈞。

兵部侍郎楊汝士爲東川節度使。

是年諸鎮：鳳翔陳君奕，邠寧李用，涇原王茂元，鄜坊蕭洪旋貶、傅毅，夏綏劉源，朔方魏仲卿，振武劉沔，宣武王智興卒、李紳，義成史孝章、裴弘泰，忠武杜悰，天平王源中，兗海崔杞，武寧薛元賞，淄青王彦威、陳君賞，河陽李泳，陜虢鄭肅，河東李載義，河中李程、李聽，昭義劉從諫，義武張璠，義昌李彦佑，幽州史元忠，成德王元逵，魏博何進滔，山南東李翺、殷侑，山南西李固言、令狐楚，荆南韋長，淮南牛僧孺，浙西崔鄲卒、李德裕，浙東高銖，宣歙王質，江西羅讓，福建唐扶，鄂岳高重，湖南盧行術，黔中李玭，西川楊嗣復，東川馮宿卒、楊汝士，嶺南李從易卒、盧鈞，邕管高承恭，桂管韓佽。

馮宿卒。（舊紀）

李虞仲卒。（舊傳）

蕭澣卒。（李商隱集）

王質卒。（劉集）（按：紀在次年。）

知貢舉高鍇進士四十人：陳上美、鄭史、蔡京、陸瓌、李□、劉瑑、裴德融。（按鄭史爲鄭谷之父，李□見鄭谷詩，其下二人亦未確定。）

是年劉禹錫在同州刺史任，以足疾改太子賓客分司。（本集）

開成二年丁巳（八三七）

吏部侍郎崔鄲爲宣歙觀察使。

右丞鄭澣爲刑部尚書。

左僕射李程爲山南東道節度使，代殷侑，侑爲賓客分司。

河南尹李珏爲户部侍郎，兵部侍郎裴潾代珏。

工部侍郎知制誥翰林學士陳夷行爲相。

中書舍人敬昕爲江西觀察使。

東都留守裴度爲河東節度使，淮南牛僧孺代度，浙西觀察使李德裕鎮淮南，蘇州刺史盧商代德裕。

河陽軍亂。

崔珙爲京兆尹。

御史中丞狄兼謨爲刑部侍郎。

前京兆尹歸融爲秘書監。

給事中李翊爲湖南觀察使。

太府卿張賈爲兗海觀察使。

户部侍郎王彦威爲衛尉卿分司。

李固言罷相爲西川節度使。

楊嗣復爲户部尚書充鹽鐵使。

刑部尚書鄭澣爲山南西道節度使。

是年諸鎮：鳳翔陳君奕，邠寧李用卒、李直臣，涇原王茂元，鄜坊傅毅，夏綏劉源，朔方魏仲卿，振武劉沔，宣武李紳，義成裴弘泰，忠武杜悰、殷侑，天平王源中，兗海張賈，武寧薛元賞，淄青陳君賞，河陽李泳被逐、李執方，陝虢鄭肅、盧行術，河東李載義、裴度，河中李聽，昭義劉從諫，義武張璠，義昌李彦佐，幽州史元忠，成德王元逵，魏博何進滔，山南東殷侑、李程，山南西令狐楚卒、鄭澣，荆南韋長，淮南牛僧孺、李德裕，浙西李德裕、盧商，浙東高銖，宣歙崔鄲，江西羅讓卒、敬昕，福建唐扶，鄂岳高重，湖南盧行術、李翊，黔中李玭，西川楊嗣復、李固言，東川楊汝士，嶺南盧鈞，桂管韓佽、嚴謩，静海馬植。

蕭俶爲楚州刺史。（舊傳）

周墀自考功員外知制誥充翰林學士。（壁記）

國子監石經成。（舊紀）

王質卒。（舊紀）

鄭居中卒。（郎考）

張仲方卒。（舊傳）

令狐楚卒。（舊傳）

知貢舉高鍇，進士四十人：李肱、張棠、沈黄中、王收、柳棠、李商隱、韓瞻、獨孤雲、韋潘、鄭憲、郭植、李定言、牛蘩、鄭茂諶、曹確、楊鴻、楊戴、吴當。（按：韓瞻爲韓偓之父，牛蘩爲牛僧孺之子，鄭茂諶爲鄭餘慶之孫、鄭澣之子，後名茂休。）

是年劉禹錫仍爲賓客分司。

開成三年戊午（八三八）

楊嗣復、李珏爲相。

李石罷相爲荆南節度使，荆南韋長爲河南尹。

衡州司馬李宗閔爲杭州刺史。

同州刺史孫簡爲陝虢觀察使，左丞盧載代簡。

給事中裴衮爲華州防禦使。

吴士矩坐贓長流端州。

吏部侍郎高鍇鎮鄂岳，觀察使代高重，重爲兵部侍郎。

河南大水，分命給事中盧弘宣、刑部郎中崔瑨宣慰。

左丞崔琯爲東都留守，東都留守牛僧孺爲左僕射。

易定軍亂。

少府監張沼爲黔中觀察使。

中書舍人李景讓爲華州防禦使。

翰林學士丁居晦爲御史中丞。

兵部侍郎狄兼謨爲河東節度使。

是年諸鎮：鳳翔陳君奕，邠寧李直臣、史孝章卒、郭旼，涇原王茂元，鄜坊傅毅，夏綏劉源卒、高霞寓，朔方魏仲卿，振武劉沔，宣武李紳，義成裴弘泰，忠武殷侑卒、王彦威，天平王源中卒、李彦佐、兗海張賈，武寧薛元賞，淄青陳君賞，河陽李執方，陝虢孫簡，河東裴度、狄兼謨，河中李聽，昭義劉從諫，義武張璠卒、李仲遷、韓威，義昌李彦佐、劉約，幽州史元忠，成德王元逵，魏博何進滔，山南東李程，山南西鄭澣，荆南韋長、李石，淮南李德裕，浙西盧商，浙東高銖，宣歙崔鄲，江西敬昕，福建唐扶，鄂岳高重、高鍇，湖南李翊，黔中張沼，西川李固言，東川楊汝士，嶺南盧鈞，邕管唐弘實，桂管嚴謩，静海馬植。

柳公權爲工部侍郎。（舊傳）

裴素自司封員外兼起居郎史館修撰充翰林學士。（壁記）

柳璟自翰林學士承旨駕部郎中知制誥遷中書舍人。（玉谿生年譜會箋）

崔鄑自商州防禦判官入爲監察御史。（舊崔元暐傳）

杜慥自江州刺史改湖州。（杜牧集）

薛廷老卒。（舊傳）

裴潾卒。（舊紀）

知貢舉高鍇，進士四十人：裴思謙，趙璜、李滂、蕭膺、歸仁晦、沈朗、陳嘏。

是年劉禹錫仍爲賓客分司。

開成四年己未（八三九）

吏部侍郎鄭肅爲河中節度使。

蘇州刺史李道樞爲浙東觀察使，旋卒，楚州蕭俶繼。

諫議大夫高元裕爲御史中丞。

大理卿盧貞爲福建觀察使。

吏部侍郎歸融爲山南西道節度使。

宣歙觀察使崔鄲爲太常卿，户部侍郎崔龜從代鄲。

鄭覃、陳夷行罷相，覃爲左僕射，夷行爲吏部侍郎。

河南尹韋長爲淄青節度使，刑部侍郎高鍇代長。

太常卿崔鄲爲相。

給事中姚合爲陝虢觀察使。

東川節度使楊汝士爲吏部侍郎，吏部侍郎陳夷行爲華州防禦使。

蘇州刺史李穎爲江西觀察使。

諫議大夫馮審爲桂管觀察使。（據傳爲馮審，紀誤作馮定。）

京兆尹鄭復爲東川節度使，敬昕代復。

杭州刺史李宗閔爲賓客分司。

是年諸鎮：鳳翔陳君奕，邠寧郭旼卒、符澈，涇原王茂元，鄜坊李昌言，朔方魏仲卿，振武劉沔，宣武李紳，義成裴弘泰，忠武王彦威，天平李彦佐，兖海張賈，武寧薛元賞，淄青韋長，陝虢姚合，河東狄兼謨，河中李聽、鄭肅，昭義劉從諫，義武韓威，義昌劉約，幽州史元忠，成德王元逵，魏博何進滔，山南東李程卒、牛僧孺，山南西鄭澣卒、歸融，荆南李石，淮南李德裕，浙西盧商，浙東高銖、李道樞，宣歙崔鄲，崔龜從，江西敬昕、李穎，福建唐扶卒、盧貞，鄂岳高鍇，湖南李翊，黔中張沼，西川李固言，東川楊汝士、鄭復，嶺南盧鈞，桂管嚴謩卒、馮審，靜海馬植。

鄭澣卒。（舊紀）

高少逸充侍講學士。（郎考）

鄭朗自考功郎中遷諫議大夫。（舊傳）

周墀爲中書舍人。（舊傳）

裴度卒。（舊紀）

知貢舉崔蠡，進士三十人：崔□、曹汾、田章。

是年劉禹錫改秘書監分司。

開成五年庚申（八四〇）

文宗卒，武宗嗣位。

殺楊賢妃、陳王成美，安王溶。

户部尚書判度支崔珙、華州刺史陳夷行爲相。（按：夷行入相，表在次年。）

殺中官劉弘逸、薛季稜。

楊嗣復、李珏罷相爲湖南及桂管觀察使，中丞裴夷直爲杭州刺史。

李德裕爲相。

是年諸鎮：鳳翔陳君奕，邠寧符澈，涇原王茂元、楊鎮，鄜坊李昌元，朔方魏仲卿，振武劉沔，宣武李紳、王彦威，義成高銖，忠武王茂元，天平李彦佐，武寧薛元賞、李彦佐，淄青韋長，河陽李執方，陝虢韋温，河東狄兼謨，河中鄭肅，昭義劉從諫，義武陳君賞，義昌劉約，幽州史元忠，成德王元逵，魏博何進滔，山南東牛僧孺，山南西歸融，荆南李石，淮南李德裕、李紳，浙西盧商，浙東蕭俶，江西李穎，福建盧貞，鄂岳高鍇，湖南楊嗣復，黔中張沼，西川李固言，東川鄭復，嶺南盧鈞，桂管馮審、李珏，静海馬植。

司封員外盧懿充侍講學士。（壁記）

兵部員外周敬復知制誥。（壁記）

左補闕李訥充翰林學士。（壁記）

司勳員外崔鉉充翰林學士。（壁記）

兵部員外史館修撰敬晦充翰林學士。（壁記）

考功員外集賢院直學士李褒充翰學轉庫部郎中知制誥。（壁記）
崔琯卒。（舊傳）
知貢舉李景讓，進士三十人：李從實，喻鳧、李蔚、楊知退、沈樞、楊假、薛眈。（按楊假爲楊收之兄。）
是年劉禹錫爲祕書監分司。

武宗會昌元年辛酉（八四一）

湖南楊嗣復、桂管李珏、杭州裴夷直再貶湖州、端州司馬、驩州司户。
幽州軍亂。
山南東道節度使牛僧孺爲太子太師。
崔鄲罷相爲西川節度使。
是年諸鎮：鳳翔陳君奕，邠寧王宰，涇原楊鎮，鄜坊李昌元、振武劉沔，宣武王彦威，義成高銖，忠武王茂元，天平薛元賞，兗海李玭，武寧李彦佐，淄青烏漢貞，河陽李執方，陝虢韋温，河東符澈，河中孫簡，昭義劉從諫，義武陳君賞，義昌劉約，幽州史元忠被逐，張仲武，成德王元逵，魏博何進滔、何重順，山南東牛僧孺、盧鈞，山南西崔琯，荆南李石，淮南李紳，浙西盧簡辭，浙東蕭俶，宣歙崔龜從，福建黎植，鄂岳崔蠡，湖南楊嗣復，盧簡辭，黔中馬植，西川李固言，崔鄲，東川歸融，桂管李珏，蔣係。

知貢舉柳璟，進士三十人：崔峴、薛逢、沈詢、楊收、王鐸、李蠙、談銖、康□、謝防。

是年劉禹錫加檢校禮部尚書，兼太子賓客。

會昌二年辛酉（八四二）

淮南節度使李紳爲相。（舊紀爲元年，今依通鑑。）

陳夷行罷相爲左僕射，左丞李讓夷爲相。

是年諸鎮：鳳翔陳君奕，邠寧王宰，涇原楊鎮，鄜坊李昌元，振武李忠順，宣武王彦威，義成高銖，忠武王茂元，天平薛元賞，兗海李玭，武寧李彦佐，淄青烏漢貞，河陽李執方，陝虢韋温，河東劉沔，河中孫簡，昭義劉從諫，義武陳君賞，義昌劉約，幽州張仲武，成德王元逵，魏博何重順，山南東盧鈞，山南西崔綰，荆南李石，淮南杜悰，浙西盧簡辭，浙東蕭俶，李師稷，宣歙崔龜從，江西裴休，福建黎植，鄂岳崔蠡，黔中馬植，西川崔鄲，東川歸融，桂管蔣係。

令狐綯爲户部員外。（舊傳）

白敏中爲户部員外。（白集送敏中新授户部員外郎西歸詩注云，長慶初予爲主客郎中知制誥，遷中書舍人，去今二十一年。壁記作兵部。）

韋琮自起居舍人史館修撰充翰林學士加司勳員外。（壁記）

左司郎中封敖充翰林學士。（郎考）

白居易罷太子少傅。（本集）

鄭覃卒。（舊紀）

知貢舉柳璟，進士三十人：鄭顥、張潛、鄭從讜、鄭畋、鄭誠、郭京、宋震、崔樞。（按：鄭顥爲鄭絪之孫，鄭祗德之子，鄭從讜爲鄭餘慶之孫，鄭畋爲鄭亞之子。）

李商隱書判拔萃。（舊傳）

是年劉禹錫卒，年七十一。（白集）

附録四　餘録

箋證寫定既竟，復有無所附麗者若干條，於治劉集不無少裨，爰綴録於此，略引其端以待探究焉。

一

於劉禹錫之詩備致推崇，而又能得其肯綮者，莫如王夫之。其言曰：「七言絶句，初盛唐既饒有之，稍以鄭重故損其風神。至劉夢得而後宏放出於天然，於以楊扢性情，駁娑景物，無不宛爾成章，誠小詩之聖證矣。此體一以才情爲主，言簡者最忌局促，局促則必有滯累，苟無滯累，又蕭索無餘。非有紅爐點雪之襟宇，則方欲馳騁，忽爾蹇躓，意在矜莊，祇成疲薾。以此求之，知率筆口占之難倍於按律合轍也。夢得而後，惟天分高朗者能步其芳塵，白樂天、蘇子瞻皆有合作，近則湯義仍、徐文長、袁中郎往往能居勝地，無不以夢得爲活譜。」按：王氏雖只就七言絶句言之，其所謂宏放出於天然者，亦實足以概其全體。

二

洪亮吉北江詩話卷六：「開寶諸賢七律以王右丞、李東川爲正宗，右丞之精深華妙，東川之清麗典則，皆非他人所及。然門徑始開，尚未極其變也。至大曆十才子，對偶始參以活句，盡變化錯綜之妙。如盧綸『家在夢中何日到，春來江上幾人還』，劉長卿：『漢女有道恩猶薄，湘水無情弔豈知。』劉禹錫『懷舊空吟聞笛賦，到鄉翻似爛柯人』，白居易『曾犯龍鱗容不死，欲騎鶴背覓長生』，開後人多少法門。即以七律論，究當以此種爲法。」按：洪氏所論頗能盡古今之變，然大曆諸家仍僅能啓導先路，至元和始極變化之能事。元和諸家之中，尤以七律見長者首推禹錫，而後温、李承之。後世沿流導瀾者衆，故禹錫開創之功不甚爲人所重耳。

三

沈德潛論詩，時不免庸腐之病，蓋其時風氣使然，不足深責。然其論劉詩亦非毫無是處者。其説詩晬語云：大曆十子後，劉夢得骨幹氣魄似又高於隨州。人與樂天並稱，緣劉、白有唱和集耳，白之淺易未可同日語也。蕭山毛大可尊白詘劉，每難測其指趣。柳子厚哀怨有節，律中騷體，與夢得故是敵手。

四

宋人之中，蘇軾似爲能知禹錫者。東坡題跋云：「每風自四山而下，震動大木，掩冉衆草，紛紅駭緑，蓊勃薌氣。柳子厚、劉夢得皆善造語，若此句殆入妙矣。夢得云：水禽嬉戲，引吭伸翮。紛驚鳴而決起，拾綵翠於沙礫。亦妙語也。」按：所引出劉集卷一之楚望賦，此文既素不爲人所稱，而蘇氏能知其妙，可謂具隻眼者。又後山詩話云：「蘇詩始學劉禹錫，故多怨刺，不可不慎也。」其謂蘇學劉，必非無據。然謂多怨刺，則甚不然。蘇詩譏訕時政之語，乃以不樂王安石之變法，非若劉詩之爲民間申疾苦，深合於興觀羣怨之旨。此又不可不辨。

又曲洧舊聞九：「或曰：東坡詩始學劉夢得，不識此論誠然乎哉？予應之曰：予建中靖國間在參寥座，見宗子士暕以此問參寥，參寥曰：此陳無己之論也。東坡天才，無施不可，以少也實嗜夢得詩，故造詞遣言峻峙淵深，時有夢得波峭。然無己此論，施於黄州以前可也。坡自元豐末還朝後，出入李、杜，則夢得已有奔逸絶塵之歎矣。」按：蘇詩未見有似劉處，然宋人詩因無不自唐人出者，其服膺劉詩則宜亦有之。朱氏此説固足廣異聞耳。

又容齋隨筆卷十四云：劉夢得山圍故國周遭在，潮打空城寂寞回之句，白樂天以爲後之詩人無復措詞。坡公仿之曰：山圍故國城空在，潮打西陵意未平。坡公天才出語驚世。如追和陶詩，真與之齊驅，獨此二者比之韋、劉爲不侔，豈非絶唱寡和，理自應爾耶？」（按：此條上文涉及韋應物寄全椒山中道士詩，故云。）

四庫全書總目提要云：「陳師道稱蘇軾詩初學禹錫，吕本中亦謂蘇軾晚年令人學禹錫詩，以爲用意深遠，有曲折處。」師道語已見前，本中語見苕溪漁隱叢話後集卷二十引吕氏童蒙訓。

五

全唐詩話續編引黄常明云：夢得詩：「只恐鳴騶催道上，不容待得晚菘嘗」，乃周彦倫答文惠太子問山中菜食，云：春初早韭，秋末晚菘，此以兩字用事者，送熊判官云：「臨軒弄郡章，得人方付此。」乃用漢高弄印兒寬事，此以一字用事者。按：弄印乃趙堯事，與兒寬無與。古今用典，但取大意，禹錫尤能運成語而使人不覺，黄氏之言猶未免拘執。

六

後人所傳禹錫之詩爲集所不載者二首。其一，本事詩云：「劉尚書禹錫罷和州，爲主客郎中集賢學士，李司空罷鎮在京，慕劉名，嘗邀至第中，厚設飲饌，酒酣，命妙妓歌以送之，劉於席上賦詩曰：鬖鬌梳頭宫様妝，春風一曲杜韋娘。司空見慣渾閑事，斷盡江南刺史腸。李因以妓贈之。」鬖髩字亦作低墮。

按：此詩可疑，本無待辨。而苕溪漁隱叢話卷九引韓子蒼以爲韋應物事，又云：「此是韋集後王欽臣所作序載國史補之語。」殊不可解。又升庵詩話云：「本事詩載劉禹錫杜司空席上贈妓詩云：浮渲梳頭宫様妝，春風一曲杜韋娘。今本浮渲梳頭作高髻雲鬟，又以爲韋應物詩者，誤也。蓋韋與劉皆嘗爲蘇州刺史，是以傳疑。浮渲字妙，畫家以墨飾美人鬢髮，謂之渲染。」亦未知所據。又唐人萬首絶句作「髮鬢梳頭」，必鬖髩二字之訛。

其二，雲谿友議云：「湖州崔郎中芻言初爲越副戎，宴席中有周德華，德華者乃劉採春女也，雖羅嗊之歌不及其母，而楊柳枝詞採春難及……所唱者七八篇，乃近日名流之詠也……劉禹錫尚書一首：春江一曲柳千條，二十年前舊板橋，曾與美人樓上别，恨無消息到今朝。」按：全唐詩已以此詩録入禹錫卷中。

又丹鉛總録卷十六，「晉桓玄喜陳書畫，客有不濯手而執書帙者，偶涴之，後遂不設寒具。齊民要術并食經皆云環餅，世疑饊子也。劉禹錫寒具詩：纖手搓來玉數尋，碧油煎出嫩黄深。夜來春睡無輕重，壓匾佳人纏臂金。蓋以寒具爲饊子也。……」劉集無此詩，楊説不足據。

七

劉集雖幸而傳世，真能通觀首尾者殆不多，前人論之者，往往不過摘其斷句。楊慎雖亦僅著眼其詞華，然猶是能深入者。升庵詩話云：元和以後，詩人之全集可觀者數家，當以劉禹錫爲第一。其詩入選及人所膾炙，不下百首矣。其未經選，全篇如麥絲瀑云：飛流透嵌隙，噴灑如絲棼。含暈迎初旭，翻光破夕曛。餘波繞石去，碎響隔溪聞。却望瓊沙際，逶迤見脈分。樂府絶句云：大艑高帆一百尺，新聲促柱十三弦。揚州市裏商人女，來占西江明月天。詠硯云：烟嵐餘斐亹，水墨兩氤氲。好與陶貞白，松窗寫紫文。詠鶯雜體云：鶯，能語，多情。春將半，天欲明。始逢南陌，復集東城。林疎時見影，花密但聞聲。營中緩催短笛，樓上欲定哀箏。千門萬户垂楊裏，百囀如簧烟景晴。五言摘句，如桃花迷隱跡，楔葉慰忠魂。又，殘兵疑鶴唳，空壘辨烏聲。又，路塵高出樹，山火遠連霞。又，登臺吸瑞景，飛步翼神飈。詠花云：香歸荀一作陶令宅，豔入孝皇家。園景云：傅粉琅玕節，薰香菡萏莖，榴花裙色好，桐子藥丸成。妓席云：容華本南國，粧束學西京，月落方收鼓，天寒更炙笙。七言：如中國書流讓皇象，北朝文士重徐陵。又，桂嶺雨餘多鶴跡，茗園晴望似龍鱗。又，連檣估客吹羌笛，盪槳巴童歌竹枝。又，眼前名利同春夢，醉裏風情敵少年。又，野草芳菲紅錦地，遊絲撩亂碧羅天。又，青城三百九十橋，夾岸朱樓隔柳條。又，三花秀色通春幌，十字春波繞宅牆。又，海嶠新辭永嘉守，夷門重見信陵君。又，水底遠山雲似雪，橋邊平岸草如烟。又，外集有歡舞一首云：山鷄臨清鏡，石燕赴遥津。何如上客會，長袖入華裀。體輕若無骨，觀者皆聳神。曲盡回身去，層波猶注人。宛有六朝風致，尤可喜也。劉全集今多不傳，予舊選之爲句圖，今録其尤著者於兹云。

八

柳河東集有詩題云：同劉二十八院長述舊言懷感時書事奉寄澧州張員外使君五十二韻之作其韻增至八十通贈二君子，據柳詩之排比宏富，知禹錫原作必包含事實，可爲自傳之旁證，而集中獨佚此大篇，深可惜也。柳詩云：「弱歲遊玄圃，先容幸棄瑕。名勞長者記，文許後生誇。鶵翼嘗披隼，蓬心類倚麻。繼酬天禄署，俱尉甸侯家。憲府初收迹，丹墀共拜嘉。分行參瑞獸，傳點亂宫鴉。執簡寧循枉？持書每去邪。鸞凰標魏闕，熊武負崇牙。辨色宜相顧，傾心自不譁。金爐仄流月，紫殿啓晨縀。未竟遷喬樂，俄成失路嗟。還如渡遼水，更似謫長沙。别怨秦城暮，途窮越嶺斜。訟庭閒枳棘，候吏逐麋麚。三載皇恩暢，千年聖曆遐。朝宗延架海，師役罷梁溠。京邑搜貞幹，南宫步渥洼。世推材是梓，人仰驥中驊。歘刺苗人地，仍逾贛石涯。禮容垂璵琫，戎備響鉦鍜。寵即郎官舊，威從太守加。建旗翻鷙鳥，負弩繞文蛇。册府榮八命，中闈盛六珈。肯隨胡質矯，方惡馬融奢。褒德符新換，懷仁道併遮。俗嫌龍節晚，朝訝介圭賒。禹貢輸苞匭，周官賦秉秅。雄風吞七澤，異産控三巴。即事觀農稼，因時展物華。秋原被蘭葉，春渚漲桃花。令肅軍無擾，程懸市禁賈。不應虞竭澤，寧復歎棲苴。蹀躞騶先駕，籠銅鼓報衙。染毫東國素，濡印錦溪砂。貨積舟難泊，人歸山倍畬。吴歈工折柳，楚舞舊傳芭。隱几松爲曲，傾樽石作汙。寒初榮橘柚，夏首薦枇杷。祀變荆巫禱，風移魯婦髽。已聞施愷悌，還覩正奇衺。慕友慙連璧，言姻喜附葭。沉埋全死地，流落半生涯。入郡腰恒折，逢人手盡叉。敢辭親恥汙，唯恐長疵瘕。善幻迷冰火，齊諧笑柏塗。東門牛屢飯，中散蝨空爬。逸戲看猿鬬，殊音辨馬撾。渚行狐作孽，林宿鳥爲猜。同病憂能老，新聲厲似姱。豈知千仞墜，祇爲一毫差。守道甘長絶，明心欲自剄。貯愁聽夜雨，隔淚數殘葩。梟族音常聒，豺羣喙競呀。岸蘆翻毒蜃，磎竹鬬狂犘。野鶩行看弋，江魚或共扠。瘴氛恒積潤，訛火亟生煆。耳静煩喧蟻，魂驚怯怒蛙。風枝散陳葉，霜蔓綖寒瓜。霧密前山桂，冰枯曲沼蕸。思鄉比莊舄，遯世遇眭夸。漁舍茨荒草，村橋卧古槎。御寒衾用罽，挹水勺仍椰。窗蠹惟潛蝎，甍涎競綴蝸。引泉開放竇，護藥插新笆。樹怪花因槲，虫憐目待蝦。驟歌喉易嗄，繞醉鼻成齇。曳捶牽羸馬，垂簑牧艾豭。已看能類鼈，猶訝雉爲鷨。誰采中原菽，徒巾下澤車。俚兒供苦笋，傖父饋酸樝。勸策扶危杖，邀持當酒茶。道流徵短褐，禪客會袈裟。香飯舂菰米，珍蔬折五茄。方期飲甘露，更欲吸流霞。屋鼠從穿穴，林狙任攫拏。春衫裁白紵，朝帽挂烏紗。屢歎恢恢網，頻摇肅肅罝。衰榮因蓂莢，盈缺幾蝦蟆。路識溝邊柳，城聞隴上笳。共思指佩處，千騎擁青緺。」

按：詩中有「仍逾贛石涯」一語，指張署自虔州刺史移澧州也。韓昌黎集祭河南張員外文，自署結銜爲「彰義軍行軍司馬」，是元和十二年（八一七）事。舊注云：元和二年（八〇七），公分教東都，署爲京兆府司録參軍。則署刺虔、澧州在其後。是劉、柳在朗、永時也。

九

宋沈作喆寓簡四云：「因觀劉中山集，見有任同州刺史日謝表云：伏奉制書，以當州連年歉旱，特放開成元年（八三六）夏青苗錢，并賜粟麥六萬石，仰長吏逐急濟用，不得非時量有抽斂於百姓者。又表云：勅牒度支奏諸道節度觀察使及州府借便省司錢物斛斗等數内，同州欠三萬六千二十三貫石，並放免。按夢得以大和九年（八三五）至同州，明年改元開成，此表皆開成初也。唐至開成已爲季世，然朝廷州縣猶有憂民之心，其所施惠寬貸以予民者，一同州至緡錢粟斗以數萬計，合諸道無慮數十百萬，猶賢於後世當民力困敝無蓋藏之時，剥膚次骨，盡其膏血而曾不之恤者，有間矣。」按：帝王詔令無不自居於發政施仁，臣下亦動以深仁厚澤爲頌。沈氏若假此以諷時，固未爲不是，若摭此一事而遂謂唐之朝廷州縣猶有憂民之心，亦謬甚矣。

十

柳宗元集有爲劉同州謝上表，舊注云：劉同州未詳，德宗貞元十八年（八〇二），以同州刺史劉公濟爲鄜州刺史、鄜坊丹延節度使，豈即此人耶？當在京師時作。按：舊注是也。此劉同州決非禹錫，不待辨而可知。宋人未見及此，而以柳文爲僞。沈作喆寓簡四：「柳子厚文多假妄，……有代劉禹錫同州謝上表。予按子厚以元和十四年（八一九）十月死柳州，而禹錫至文宗朝大和九年（八三五）始遷同州，距子厚之死十七年矣，安得尚爲禹錫作表？其文卑弱，作僞顯然。而編摩者疎謬，不能删去，讀其書者亦不復發擿，可歎也。賓客集中自有同州刺史兼長春宫使謝表甚善。子厚集中又有上大理崔卿啓等，亦塵俗凡陋，非子厚文。」按：柳集此文頗有古意，不得謂爲卑弱，以與劉文相較，貞元、大和風格已大不同，宋人未細考，其論不足據也。

十一

苕溪漁隱叢話引諸家論劉詩之語，多不得要領。其引隱居詩話謂：「禹錫自有可稱之句甚多，顧白居易不能知之。」最爲可笑。居易之稱禹錫曰：文章微婉我知丘，禹錫詩中之深微處，唐之同時人且不能盡知，豈後人所易窺見耶？又引雪浪齋日記云：「荆公喜唐人楓林社日鼓，茅屋午時雞。書於劉楚公第。或以爲此即儲光羲詩。苕溪漁隱曰：此一聯，乃夢得秋日送客至潛水驛詩，非儲光羲也。」足見宋人多不詳觀劉集。

又艇齋詩話云：「劉夢得：神林社日鼓，茅屋午時鷄，温庭筠：鷄聲茅店月，人迹板橋霜，皆佳句，然不若韋蘇州：緑陰生晝静，孤花表春餘。」以楓爲神，未知其有據否。

十二

劉克莊後村詩話新集卷五録禹錫詩句甚多，末云：「夢得德宗朝已爲郎官御史，坐伾、文黨久斥於外，晚與樂天皆爲午橋賓客，累官至侍從，然八十餘矣。既死，微之有五言云：并失鴛鸞侶，空餘麋鹿身，只應嵩少下，長作獨遊人。「官至侍從」一語亦是宋時制度，非可以論唐人。」按：克莊此言幾於夢囈，竟不知元、劉二人之年齒與存殁。殊不值一哂。然其前集卷一亦有此一條，舉似數首云：「皆雄渾老蒼，沈着痛快，小家數不能及也。絶句尤工。」又引答樂天云：「莫道桑榆晚，爲霞尚滿天，亦足見其精華老而不竭。」似亦非未觀劉集者，蓋不考史實，但知談文，宋人習氣如此。

十三

清吴喬圍爐詩話云：「劉夢得五言古詩多學南北朝，近體多雜古調，五古是其勝場，可喜處多在新聲變調尖警不含蓄者，七言大致多可觀。」又云：「夢得佳詩多在朗、連、夔、蘇時作主客以後，始自疎縱，與白傅唱和者尤多老人衰颯之音。七律雖多美言，亦多熟調，名宿猶爾，可不懍懍！送李侍郎自河南尹再除本官、贈令狐相公鎮太原等詩，或切其地，或切其人，或切其事與景，八面俱鋒。」按：禹錫之詩，何者爲因，何者爲創，既須通觀唐人之作，又須通觀全集。吴氏謂其五言古詩多學南北朝，此不知唐人名家之詩無不淵源南北朝者，同時之韓愈，稍後之李商隱，其集中亦多有學南北朝之作，非必禹錫獨異也。近體多雜古調之語，尤不知其何所指，若云古詩偶雜近體則有之，如送僧方及南謁柳員外是。又「新聲變調尖警」云云，亦不甚確。元和詩人皆厭薄陳腐，競尚創新，乃時代風氣使然。吴氏若意在竹枝詞、浪淘沙諸篇，則其言差是。

十四

陸時雍詩鏡總論云：「專尋好意不理聲格，此中晚唐絶句所以病也。詩不待意，即景自成，意不待尋，興情即是。王昌齡多意而多用之，李太白寡意而寡用之，昌齡得之椎鍊，太白出於自然，然而昌齡之意象深矣。劉禹錫一往深情，寄言無限，隨物感興，往往調笑而成。南宫舊吏來相問，何處淹留白髮生！舊人惟有何戡在，更與殷勤唱渭城。更有何意索得？此所以有水到渠成之説也。」又云：「劉夢得七言絶、柳子厚五言古俱深於哀怨，謂騷之餘派可，劉婉多風，柳直損致。世稱韋、柳，則以本色見長耳。」按：婉而多風，與白居易論劉之語差合。

十五

宋人於禹錫詩多影響附會之談，如王安石寄蔡天啓詩云：「杖藜緣塹復穿橋，誰與高秋共寂寥。佇立東岡一搔首，冷雲衰草暮迢迢。」李壁注之云：「劉賓客詩：人道逢秋轉寂寥，我言秋日勝春朝。晴空一鶚排雲上，便引詩情到碧霄。兩詩相似亦相角也。」其實兩詩無相似處，禹錫詩境高處，安石所不能及，且亦無相角之意。

又黄庭堅集題蘇徯作牧護歌後云：「劉夢得作夔州刺史時樂府有牧護歌，似賽神曲，不可解。」按：禹錫在夔州有竹枝詞，無牧護歌。張祜有穆護砂詩，庭堅殆誤記耳。

十六

全唐文禹錫卷中各篇爲本集所無者，如擬册齊、晉、楚王文，及授某官制，皆羌無事實，本不足存。其謝手詔慰撫表及謝恩存問表，列在爲淮南杜相公謝賜墨詔第二表之前，語氣皆不合杜佑身分。又代李相公賀登極第一第二兩表，似爲順宗、憲宗相繼即位而作，第二表指内禪，語意甚明。然「冰霰傷和，人情慢蔽」等語，詞既不順，亦殊不似賀表中所用。貞元末年使相中亦似無李姓者，禹錫當時亦未必爲藩鎮草賀表，皆不足據。

宋以後古文選本相沿有禹錫陋室銘，而本集不載。察其語意，以揚雄、諸葛亮自比，絶不合禹錫之身世，禹錫未登朝時，固已有宦達之望，非有慕於隱遯。至於「談笑有鴻儒，往來無白丁」，禹錫更不至出語庸陋如此。況文格纖仄，亦迥非元和中所有，不待辨而可知，不解宋人何以言之鑿鑿。如輿地紀勝：「和州景物有陋室，云唐劉禹錫所闢。又有陋室銘，禹錫所撰，今見存。」又云：「劉禹錫陋室銘柳公權書，在廳事西偏之陋室。」又：全唐文紀事卷一〇三引輿地碑目：陋室銘不知在何所。政和中，郡民至龜頭土城上茅棘中見一頑石，其色如鐵，面平可坐，因刮拭之，仿佛有字，題曰陋室銘，唐劉禹錫文，今其碑在明月樓。又乾隆御製詩二集自注：「定州南有陋室，相傳劉禹錫製銘即其處。然跡其生平，趨炎亂政，實有愧於德馨之語。」附會至定州，尤可笑矣。

十七

宋、明人詩話中論禹錫之詩，往往褒貶雜出，姑録數條爲例，當分别觀之。

蔡夢弼草堂詩話：「詩眼曰：世俗喜綺麗，知文者能輕之，後生好風花，老大即厭之。然文章論當理不當理耳。苟當於理則綺麗風花同入於妙，苟不當理則一切皆爲長語。上自齊梁諸公，下至劉夢得輩，往往以綺麗風花累其正氣，其過在於理不勝而詞有餘也。」

楊慎升庵詩話引敖陶孫器之詩評云：「劉夢得如鏤冰雕瓊，流光自照。」（按：此評似謂其空明而無實相，亦非篤論。）

謝榛四溟詩話云：「意巧則淺，若劉禹錫遥望洞庭湖水面，白銀盤裏一青螺，是也。」

吴可藏海詩話云：「有大才作小詩輒不工，退之是也。子蒼然之，劉禹錫、柳子厚小詩極妙。」

張戒歲寒堂詩話云：「張司業詩與元、白一律，專以道得人心中事爲工，但白才多而意切，張思深而語精，元體輕而詞躁爾。籍律詩雖有味而少文，遠不逮李義山、劉夢得、杜牧之。然籍之樂府，諸人未必能也。」

又：「李義山、劉夢得、杜牧之三人筆力不相上下，大抵工律詩而不工古詩，七言尤工，五言微弱，雖有佳句，然不能如韋、柳、王、孟之高致也。義山多奇趣，夢得有高韻，牧之專事華藻，此其優劣耳。」

李東陽麓堂詩話云：「質而不俚是詩家難事，樂府歌辭所載木蘭辭前首最近古。唐詩張文昌善用俚語，劉夢得竹枝亦入妙。至白樂天令老嫗解之，遂失之淺俗，其意豈不以李義山輩爲僻澀而反之，而弊一至是，豈古人之作端使然哉？」（按：李義山在樂天之後，而謂樂天以爲僻澀而反之，明人議論蹈空往往如此。）

胡應麟詩藪云：「中唐白居易、劉禹錫、元稹詩皆傳播四裔而不滿後人者，一擯於李、杜，再擯於錢、劉也。然蕭、李名浮其實，即非諸子掩之，固自難矣。劉、白時代壓之，格律稍左，其才固自縱横。」

又云：「元和以後，詩道寖晚，而人才故自横絶一時，若昌黎之宏偉，柳州之精工，夢得之雄奇，樂天之浩博，皆大家材具也。今人概以中晚束之高閣。若根脚堅牢，眼目精利，泛取讀之，亦足充擴襟靈，贊助筆力。（按：此評以雄奇許禹錫，以浩博許居易，亦是別解。）

十八

今傳世之禹錫手書以乘廣禪師碑爲最著。考高僧集三集卷二十七唐剡沃洲山禪院寂然傳：「釋寂然，姓白氏，不知何許人也，……後終於山院，大和七年（八三三），時白樂天在河南保釐爲記，劉賓客禹錫書之。」禹錫是時方刺蘇州。此記未見著録。

又胡應麟詩藪云：「元和以來，詞翰兼奇者，有柳柳州宗元、劉尚書禹錫及楊公，劉、楊二人，詞翰之外，别精篇什……楊祭酒即敬之，語項斯者。」其語未知何本，稱禹錫書法者殊不多見。

又禹錫所作碑誌，不盡傳於集中，宋人尚多見之。金石録云：「右唐韋翃墓誌，劉禹錫撰。」世所傳禹錫文集無此誌，蓋禹錫集本四十卷，今亡其十卷，墓誌皆闕，非獨此一篇也。翃有子詢，仕爲湖南觀察使，舊史有傳，新史無之。墓誌云翃父幼卿，而傳作召卿，墓誌云，翃官終殿中侍御史，而傳作侍御史，皆非也。

十九

淳熙祕閣續帖載白居易書略云：「韋揚子遞中李宗直、陳清等至，連奉三問，并慰馳心。前月廿六日崔家送終事畢，執紼之時，長慟而已。況見所示祭文及祭微哀辭，豈勝凄咽！平生相識雖多，深者蓋寡，就中占夢得同厚者，深、敦、微而已。今相次而去，奈老心何！以此思之，遂有奉寄長句，長句而下，或感事，或遣懷，或對境，共十篇。今又録往。公事之暇，爲遍覽之。亦可悲，亦可哂也。微既往矣，知音兼勍敵者非夢而誰！故來示有脱膊毒拳腦門起倒之戲，如此之樂，誰復知之！從報白君『甋榴裙』之逸句，少有登高之稱，豈人之遠思，唯餘兩僕射之歎詞？乃至金環翠羽之悽韻，每吟皆數四，如清光在前。向前兩度寄詩，皆酒酣操簡，或書不成字，或言涉無端，此病固蒙素知，終在希君恕醉人耳。沃洲僧往，又蒙與書，便是數百年盛事，可謂頭結緣耳。宗直還，奉狀不宣。」按：韋揚子即卷十七蘇州舉韋中丞自代狀中之韋應物，是時禹錫由蘇州寓書洛陽，故附其揚子巡院之公文轉遞。居易書中所云「崔家送終事畢」，指大和六年（八三二）崔羣之卒也。云「所示祭文及祭微哀辭」，考元稹卒於五年（八三一），略在禹錫除蘇州刺史之前，或禹錫於稹歸葬咸陽時遥致祭文耳。（居易詩中載稹以大和六年七月葬咸陽。）

二十

白居易集哭劉尚書夢得二首云：「四海齊名白與劉，百年交分兩綢繆。同貧同病退閒日，一死一生臨老頭。杯酒英雄君與操，文章微婉我知丘。賢豪雖殁英靈在，應共微之地下遊。」「今日哭君吾道孤，寢門淚滿白髭鬚。不知箭折弓何用，兼恐脣亡齒亦枯。窅窅窮泉埋寶玉，駸駸落景挂桑榆。夜臺暮齒期非遠，但問前頭相見無？」劉之卒年七十一，卒後四年，白亦卒矣。此後復有感舊詩云：「晦叔（崔玄亮）墳荒草已陳，夢得墓濕土猶新。微之捐館將一紀，杓直（李建）歸丘二十春。平生定交取人窄，屈指相交唯五人。四人先去我在後，一枝蒲柳衰殘身。豈無晚歲新相識？相識面親心不親。人生莫羨苦長命，命長感舊多悲辛。」具見劉、白二人交情之篤。至於晚歲論詩之契合，則白集中有與劉蘇州書云：「嗟乎！微之先我去矣。詩敵之勍者，非夢得而誰？前後相答，彼此非一。彼雖無虛可擊，此亦非利不行。但止交綏，未嘗失律。然得雋之句，警策之篇，多因彼唱此和中得之，他人未嘗能發也。」而劉之金陵五題序亦有云：適有客以金陵五題相示，逌爾生思，欻然有得。他日友人白樂天掉頭苦吟，歎賞良久，且曰：「石頭題詩云：潮打空城寂寞迴，吾知後之詩人不復措詞矣。餘四詠雖不及此，亦不孤樂天之言爾。」此尤足證四海齊名，百年交分之非虛也。

二十一

陳鴻墀全唐文紀事卷五三：「北夢瑣言：白少傅居易文章冠世，不躋大位。先是，劉禹錫大和中爲賓客時，李太尉德裕同分司東都，禹錫謁於德裕曰：近曾得白居易文集否？德裕曰：累有相示，別令收貯，然未一披，今日爲吾子覽之。及取看，盈其箱笥，没於塵坌，既啓之而復卷之，謂禹錫曰：吾於此人不足久矣，其文章精絶，何必覽焉？但恐迴吾之心，所以不欲觀覽（廣記有此六字）其見抑也如此。衣冠之士並皆忌之，咸曰：有學士才，非宰相器。識者於其答制中見經綸之用，爲時所排，此（比）賈誼在漢文之朝，不爲卿相，知人皆惜之。鴻墀謹案：南部新書謂白傅每有所寄文章，李緘之一篋，劉三復或請之，曰：見詞翰則迴吾心矣。與瑣言作劉禹錫異。全唐詩話與此同。」按：北夢瑣言尚有數語云：「葆光子曰：李衞公之抑忌白少傅，舉類而知也。初，文宗命德裕論朝中朋黨，首以楊虞卿、牛僧孺爲言，楊、牛即白公密友也。其不引翼，義在於斯，非抑文章也，慮其朋比而掣肘也。」光憲此言，亦非無據。惟德裕、禹錫同爲賓客分司，在大和、開成之間，白、劉皆届懸本已近，德裕亦不致慮居易之柄用耳。

二十二

劉賓客嘉話録：「爲詩用僻字須有來處。宋考功詩云：馬上逢寒食，春來不見餳，嘗疑此字。因讀毛詩鄭箋説簫處注云：即今賣餳人家物。六經唯此注中有餳字。緣明日是重陽，欲押一餻字，尋思六經，竟未見有餻字，不敢爲之。」後人爲此頗多論辯。如野客叢書六云：「宋景文公曰：夢得嘗作九日詩，欲用餻字，思六經中無此字，遂止。故景文九日詩曰：劉郎不肯題餻字，虚負人生一世豪。僕讀周禮疏，羞籩之實，糗餌粉餈，鄭箋今之餈糕，安謂六經中無此字邪？又觀揚雄方言亦有此字。苕溪漁隱謂古人九日詩未有用餻字，惟崔德符和吕居仁一詩有買餻沽酒之語。」

又野客叢書七云：「劉禹錫嘗曰：詩用僻字須有來處。宋考功詩曰：馬上逢寒食，春來不見餳，疑此字僻。因讀毛詩有瞽注，乃知六經中惟此注有餳字。僕觀揚雄方言有此一字，觀樊儵傳，三歲獻甘醪膏餳，知漢人嘗有此語。又考周禮少師掌教簫注，亦有餳字，則是餳字六經中不但詩注有此一字，又見於周禮注矣。禹錫所言，是未深考。僕因觀唐人詩集有曰：馬上逢寒食，途中屬暮春。可憐江浦望，不見洛橋人。此宋考功途中寒食詩也。有曰：嶺表逢寒食，春來不見餳，洛中新甲子，何日是清明？此沈佺期詩也。禹錫舉考功馬上逢寒食之言，而綴以佺期春來不見餳之句，是又誤以二詩爲一詩言耳。」

二十三

全唐詩各卷贈和禹錫之詩，除已采入箋證者外，尚有以下數首。

竇鞏送劉禹錫詩云：「十年憔悴武陵溪，鶴病深林玉在泥。今日太行平似砥，九霄初倚入雲梯。」蓋禹錫自朗州司馬召入京時也。

戴叔倫寄劉禹錫詩云：「謝相園西石徑斜，知君習隱暫爲家。有時出郭行芳草，長日臨池看落花。春去能忘詩共賦，客來應是酒頻賒。五年不見西山色，悵望浮雲隱落霞。」按：全唐詩小傳：「戴叔倫，潤州金壇人，劉晏管鹽鐵，表主運湖南，嗣曹王皐領湖南江西，表佐幕府，皐討李希烈，留叔倫領府事，試守撫州刺史，俄即真，遷容管經略使。德宗嘗賦中和節詩遣使寵賜。」按：討李希烈是建中間事。叔倫與禹錫年輩稍遠，據權德輿所撰墓誌，叔倫卒於貞元五年（七八九），禹錫方十餘歲，語氣亦不似贈一成童之人，詩題必有誤。

竇羣有贈劉大兄院長詩云：「萬年枝下昔同趨，三事行中半已無。路自長沙忽相見，共驚雙鬢别來殊。」按：羣以元和三年（八〇八）自御史中丞出爲湖南觀察使，既行，改黔中，疑途次與禹錫相見而有此贈。

殷堯藩有送劉禹錫侍御出刺連州詩云：「遐荒迢遞五羊城，歸興濃消客裏情。家近似忘山路險，土甘殊覺瘴煙輕。梅花清入羅浮夢，荔子紅分廣海程。此去定知償隱趣，石田春雨讀書耕。」按：此詩全不似送劉語氣，亦恐題有誤。

張祜寓懷寄蘇州劉郎中云：「一聞周召佐明時，西望都門强策羸。天子好文才自薄，諸侯力薦命猶奇。賀知章口徒勞説，孟浩然身更不疑。唯是勝遊行未遍，欲離京國尚遲遲。」注云：

「時以天平公薦罷歸。」似張深得劉之揄揚也。

薛濤有和劉賓客玉蕣詩云：「瓊枝的皪露珊珊，欲折如披玉彩寒。閑拂朱房何所似，緣山偏映月輪殘。」

二十四

據全唐詩禹錫卷中有下列各首，不見集中，其來歷待考。白鷹一首語意尤不似禹錫之作。

虎丘寺路宴：青林虎丘寺，林際翠微路。立見山僧來，遥從鳥飛處。兹峯淪寶玉，千載惟丘墓。埋劍人空傳，鑿山龍已去。捫蘿披翳薈，路轉夕陰遽。虎嘯崖谷寒，猿鳴松杉暮。徘徊北樓上，海江窮一顧。日映千里帆，鴉歸萬家樹。暫因愜所適，果得捐外慮。庭暗棲還雲，簷香滴甘露。久迷空寂理，多爲聲華故。永欲投此山，餘生豈能誤？

缺題：故人日已遠，窗下塵滿琴。坐對一尊酒，恨多無力斟。幕疎螢色迥，露重月華深。萬境與羣籟，此時情豈任？

晚步楊子游南塘望沙尾：淮海多夏雨，曉來天始晴。蕭條長風至，千里孤雲生。卑濕久喧濁，褰開偶虛清。客遊廣陵郡，晚出臨江城。郊外緑楊陰，江中沙嶼明。歸帆翳盡日，去櫂聞遺聲。鄉國殊渺漫，羈心目懸旌。悠然京華意，悵望懷遠程。薄暮大山上，翩翩雙鳥征。

白鷹：毛羽褊斕白紵裁，馬前擎出不驚猜。輕抛一點入雲去，喝殺三聲掠地來。緑玉嘴攢雞腦破，玄金爪擘兔心開。都緣解搦生靈物，所以人人道俊哉。

樓上：江上樓高二十梯，梯梯登遍與雲齊。人從別浦經年去，天向平蕪盡處低。

二十五

記禹錫佚事者多出附會，如玉泉子：先時韋臯奏使入長安，素與劉禹錫深交，禹錫時爲禮部員外郎，與日者從容。（段）文昌入謁，日者匿於簾下。既去，日者爲（謂）禹錫曰：員外若圖省轉，事勢殊遠，須待十年後此客入相，方轉本曹正郎耳。自是禹錫失意，連授外官，十餘年文昌入相，方除禹錫吏部郎中。

唐語林卷六云：「劉禹錫爲屯田員外郎，旦夕有騰超之勢。知一僧有術數，寓直日，邀至省，方欲問命，報韋秀才在門外，不得已見之，令僧坐簾下。韋獻卷已，略省之，意色頗倦，韋覺告去。僧吁嘆良久曰：某欲言，員外心不愜如何？員外後遷乃本曹郎中也。然須待適來韋秀才知印處置。禹錫大怒，揖出之。不旬日貶官，韋乃處厚相，二十餘年在中書，禹錫轉爲屯田郎中。」按：文昌爲相之日，禹錫猶在謫籍，處厚爲相之日，禹錫官乃主客郎中，亦非屯田本曹也。二説出於一源。皆無稽之談也。又考劉賓客嘉話録云：「薛邕侍郎有宰相望，時有張山人善相，崔造相公方爲兵部郎中，與前進士姜公輔同在薛侍郎坐中，薛問張山人曰：坐中有宰相否？心在己身多矣。張曰有。薛曰：幾人？曰有兩人。曰何人？曰崔、姜兩人必同時宰相，薛默然不樂。既而崔郎中徐問張曰：何以同時？意謂姜公始前進士，己正郎，勢不相近也。曰命合如此，仍郎中在姜之後。」疑禹錫平日喜談此類之事，人遂歸之於禹錫本身耳。

二十六

文昌雜録云：「工部王侍郎言，昔與先兄同官河内，嘗借親書劉夢得集四册，後不復見還，今尚存否？余歸索於書橐中，果有劉集一部，細書小楷，末有印記克臣二字，待郎名也，因以還之，凡四十五年復歸王氏，侍郎且言，二十歲寫此書，今七十年矣，不惟不復能寫小字，遠視亦已不見，又可慨然也。」按：龐元英爲元豐間人，可見北宋時寫書之風尚未改，惟已變卷子爲册子矣，四册略與今之四十卷相當，蓋彼時劉集已非全璧也。

《中國古典文學叢書》已出書目

詩經今注	高亨注
楚辭集注	[宋]朱熹撰　黄靈庚點校
楚辭今注	湯炳正、李大明、李誠、熊良智注
司馬相如集校注	[漢]司馬相如著　金國永校注
揚雄集校注	[漢]揚雄著　張震澤校注
張衡詩文集校注	[漢]張衡著　張震澤校注
阮籍集	[魏]阮籍著　李志鈞等校點
陸機集校箋	[晉]陸機著　楊明校箋
陶淵明集校箋(修訂本)	[晉]陶潛著　龔斌校箋
世説新語箋疏(修訂本)	[南朝宋]劉義慶撰　余嘉錫箋疏　周祖謨等整理
世説新語校釋(增訂本)	[南朝宋]劉義慶撰　[南朝梁]劉孝標注　龔斌校釋
鮑參軍集注	[南朝宋]鮑照著　錢仲聯增補集説校
謝宣城集校注	[南朝齊]謝朓著　曹融南校注集説
江文通集校注	[南朝梁]江淹著　丁福林、楊勝朋校注
文心雕龍義證	[南朝梁]劉勰著　詹鍈義證
詩品集注(增訂本)	[梁]鍾嶸著　曹旭集注
文選	[梁]蕭統編　[唐]李善注

蕭繹集校注	[南朝梁]蕭繹著　陳志平、熊清元校注
玉臺新咏彙校	吴冠文、談蓓芳、章培恒彙校
王梵志詩校注(增訂本)	[唐]王梵志著　項楚校注
盧照鄰集箋注	[唐]盧照鄰著　祝尚書箋注
駱臨海集箋注	[唐]駱賓王著　[清]陳熙晉箋注
王子安集注	[唐]王勃著　[清]蔣清翊注
陳子昂集(修訂本)	[唐]陳子昂撰　徐鵬校點
孟浩然詩集箋注(增訂本)	[唐]孟浩然著　佟培基箋注
王右丞集箋注	[唐]王維著　[清]趙殿成箋注
李白集校注	[唐]李白著　瞿蜕園、朱金城校注
高適集校注(修訂本)	[唐]高適著　孫欽善校注
杜詩趙次公先後解輯校	[唐]杜甫著　[宋]趙次公注　林繼中輯校
新刊校定集注杜詩	[唐]杜甫著　[宋]郭知達輯注　聶巧平點校
新定杜工部草堂詩箋斠證	[唐]杜甫著　[宋]魯訔編　[宋]蔡夢弼會箋　曾祥波新定斠證
杜詩鏡銓	[唐]杜甫著　[清]楊倫箋注
錢注杜詩	[唐]杜甫著　[清]錢謙益箋注
杜甫集校注	[唐]杜甫著　謝思煒校注
岑參集校注	[唐]岑參著　陳鐵民、侯忠義校注
戴叔倫詩集校注	[唐]戴叔倫著　蔣寅校注
韋應物集校注(增訂本)	[唐]韋應物著　陶敏、王友勝校注
權德輿詩文集	[唐]權德輿撰　郭廣偉校點
王建詩集校注	[唐]王建著　尹占華校注
韓昌黎詩繫年集釋	[唐]韓愈著　錢仲聯集釋
韓昌黎文集校注	[唐]韓愈著　馬其昶校注　馬茂元整理

劉禹錫集箋證	[唐]劉禹錫著　瞿蜕園箋證
白居易集箋校	[唐]白居易著　朱金城箋校
柳宗元詩箋釋	[唐]柳宗元著　王國安箋釋
柳河東集	[唐]柳宗元著　[宋]廖瑩中輯注
元稹集校注	[唐]元稹著　周相録校注
長江集新校	[唐]賈島著　李嘉言新校
張祜詩集校注	[唐]張祜著　尹占華校注
三家評注李長吉歌詩	[唐]李賀著　[清]王琦等評注 蔣凡校點
樊川文集	[唐]杜牧著　陳允吉校點
樊川詩集注	[唐]杜牧著　[清]馮集梧注
温飛卿詩集箋注	[唐]温庭筠著　[清]曾益等箋注
玉谿生詩集箋注	[唐]李商隱著　[清]馮浩箋注 蔣凡校點
樊南文集	[唐]李商隱著　[清]馮浩詳注 錢振倫、錢振常箋注
皮子文藪	[唐]皮日休著　蕭滌非、鄭慶篤整理
鄭谷詩集箋注	[唐]鄭谷著 嚴壽澂、黄明、趙昌平箋注
韋莊集箋注	[五代]韋莊著　聶安福箋注
李璟李煜詞校注	[南唐]李璟、李煜著　詹安泰校注
張先集編年校注	[宋]張先著　吴熊和、沈松勤校注
二晏詞箋注	[宋]晏殊、晏幾道著　張草紉箋注
乐章集校箋	[宋]柳永著　陶然、姚逸超校箋
梅堯臣集編年校注	[宋]梅堯臣著　朱東潤編年校注
歐陽修詩文集校箋	[宋]歐陽修著　洪本健校箋
歐陽修詞校注	[宋]歐陽修著　胡可先、徐邁校注
蘇舜欽集	[宋]蘇舜欽著　沈文倬校點

嘉祐集箋注	[宋]蘇洵著　曾棗莊、金成禮箋注
王荆文公詩箋注(修訂版)	[宋]王安石著　[宋]李壁箋注　高克勤點校
王令集	[宋]王令著　沈文倬校點
蘇軾詩集合注	[宋]蘇軾著　[清]馮應榴注　黄任軻、朱懷春校點
東坡樂府箋	[宋]蘇軾著　[清]朱孝臧編年　龍榆生校箋
東坡詞傅幹注校證	[宋]蘇軾著　[宋]傅幹注　劉尚榮校證
欒城集	[宋]蘇轍著　曾棗莊、馬德富校點
山谷詩集注	[宋]黄庭堅著　[宋]任淵、史容、史季温注　黄寶華點校
山谷詩注續補	[宋]黄庭堅著　陳永正、何澤棠注
山谷詞校注	[宋]黄庭堅著　馬興榮、祝振玉校注
淮海集箋注	[宋]秦觀撰　徐培均箋注
淮海居士長短句箋注	[宋]秦觀著　徐培均箋注
清真集箋注	[宋]周邦彦著　羅忼烈箋注
石門文字禪校注	[宋]釋惠洪撰　周裕鍇校注
石林詞箋注	[宋]葉夢得著　蔣哲倫箋注
樵歌校注	[宋]朱敦儒著　鄧子勉校注
李清照集箋注(修訂本)	[宋]李清照著　徐培均箋注
吕本中詩集箋注	[宋]吕本中著　祝尚書箋注
陳與義集校箋	[宋]陳與義著　白敦仁校箋
蘆川詞箋注	[宋]張元幹著　曹濟平箋注
劍南詩稿校注	[宋]陸游著　錢仲聯校注
放翁詞編年箋注(增訂本)	[宋]陸游著　夏承燾、吴熊和箋注　陶然訂補

渭南文集箋校　　[宋]陸游著　朱迎平箋校
范石湖集　　[宋]范成大撰　富壽蓀標校
范成大集校箋　　[宋]范成大撰　吴企民校箋
于湖居士文集　　[宋]張孝祥著　徐鵬校點
稼軒詞編年箋注(定本)　　[宋]辛棄疾撰　鄧廣銘箋注
辛棄疾詞校箋　　[宋]辛棄疾著　吴企明校箋
姜白石詞編年箋校　　[宋]姜夔著　夏承燾箋校
後村詞箋注　　[宋]劉克莊著　錢仲聯箋注
瀛奎律髓彙評　　[元]方回選評　李慶甲集評校點
雁門集　　[元]薩都拉著　殷孟倫、朱廣祁校點
揭傒斯全集　　[元]揭傒斯著　李夢生標校
高青丘集　　[明]高啓著　[清]金檀注　徐澄宇、沈北宗校點
唐寅集　　[明]唐寅著　周道振、張月尊輯校
文徵明集(增訂本)　　[明]文徵明著　周道振輯校
震川先生集　　[明]歸有光著　周本淳校點
海浮山堂詞稿　　[明]馮惟敏著　凌景埏、謝伯陽標校
滄溟先生集　　[明]李攀龍著　包敬第標校
梁辰魚集　　[明]梁辰魚著　吴書蔭編集校點
沈璟集　　[明]沈璟著　徐朔方輯校
湯顯祖詩文集　　[明]湯顯祖著　徐朔方箋校
湯顯祖戲曲集　　[明]湯顯祖著　錢南揚校點
白蘇齋類集　　[明]袁宗道著　錢伯城校點
袁宏道集箋校　　[明]袁宏道著　錢伯城箋校
珂雪齋集　　[明]袁中道著　錢伯城點校

隱秀軒集	[明]鍾惺著　李先耕、崔重慶標校
譚元春集	[明]譚元春著　陳杏珍標校
張岱詩文集(增訂本)	[明]張岱著　夏咸淳輯校
陳子龍詩集	[明]陳子龍著 施蟄存、馬祖熙標校
夏完淳集箋校(修訂本)	[明]夏完淳著　白堅箋校
牧齋初學集	[清]錢謙益著　[清]錢曾箋注 錢仲聯標校
牧齋有學集	[清]錢謙益著　[清]錢曾箋注 錢仲聯標校
牧齋雜著	[清]錢謙益著　[清]錢曾箋注 錢仲聯標校
牧齋初學集詩注彙校	[清]錢謙益著　[清]錢曾箋注 卿朝暉輯校
李玉戲曲集	[清]李玉著 陳古虞、陳多、馬聖貴點校
吴梅村全集	[清]吴偉業著　李學穎集評標校
歸莊集	[清]歸莊著
顧亭林詩集彙注	[清]顧炎武著　王蘧常輯注 吴丕績標校
安雅堂全集	[清]宋琬著　馬祖熙標校
吴嘉紀詩箋校	[清]吴嘉紀著　楊積慶箋校
陳維崧集	[清]陳維崧著　陳振鵬標點 李學穎校補
屈大均詩詞編年校箋	[清]屈大均著　陳永正等校箋
秋笳集	[清]吴兆騫撰　麻守中校點
漁洋精華録集釋	[清]王士禛著 李毓芙、牟通、李茂肅整理

聊齋志異會校會注會評本	[清]蒲松齡著　張友鶴輯校
敬業堂詩集	[清]查慎行著　周劭標點
納蘭詞箋注	[清]納蘭性德著　張草紉箋注
方苞集	[清]方苞著　劉季高校點
樊榭山房集	[清]厲鶚著　[清]董兆熊注　陳九思標校
劉大櫆集	[清]劉大櫆著　吴孟復標點
儒林外史彙校彙評(增訂版)	[清]吴敬梓著　李漢秋輯校
小倉山房詩文集	[清]袁枚著　周本淳標校
忠雅堂集校箋	[清]蔣士銓著　邵海清校　李夢生箋
甌北集	[清]趙翼著　李學穎、曹光甫校點
惜抱軒詩文集	[清]姚鼐著　劉季高標校
兩當軒集	[清]黄景仁著　李國章校點
惲敬集	[清]惲敬著　萬陸、謝珊珊、林振岳標校　林振岳集評
茗柯文編	[清]張惠言著　黄立新校點
瓶水齋詩集	[清]舒位著　曹光甫點校
龔自珍全集	[清]龔自珍著　王佩諍校點
龔自珍詩集編年校注	[清]龔自珍著　劉逸生、周錫䪖校注
水雲樓詩詞箋注	[清]蔣春霖著　劉勇剛箋注
人境廬詩草箋注	[清]黄遵憲著　錢仲聯箋注
嶺雲海日樓詩鈔	[清]丘逢甲著　丘鑄昌標點

劉禹錫集箋證
四角號碼篇名索引

一、本索引供查檢《劉禹錫集箋證》詩文篇名之用。所録篇名，以本書正文的題目爲準，遇有總題和小題者，二者均出條。書中原附的他人之作，如卷五《天論》三篇之前有柳宗元的《天説》，外集卷四有裴度與作者的聯句，均同時出條，並在題下用括號注明柳宗元、裴度。

二、本索引採用四角號碼檢字法編排。凡題目的第一字，標出四角號碼及其附角，第二字標第一第二角，第三字起雖不標號碼，但其順序仍按四角號碼。每題之後的阿拉伯字，爲該題在書中的頁碼。

三、篇名相同者按二種類型處理：詩歌，用括號注明首句；文，相同題目均照列，以頁碼小者在前。

四、後附筆劃順序檢字。凡題目的第一字，用筆劃順序排列，注明四角號碼及其附角，可與本索引對照使用。

筆劃順序檢字

本檢字爲便利習慣使用筆劃順序檢字者查檢四角號碼索引之用。凡本書索引中的第一個字,依筆劃順序排列。同筆劃的,按點、横、直、撇、折五種起筆排列。每字之後注明四角號碼及其附角,可憑此查檢索引字頭。

八　劃

九　劃

十　劃

十一劃

梁 3390_4
寄 3062_1
宿 3026_1
許 0864_0
望 0710_4
視 3621_0
莫 4443_0
連 3530_4
救 4814_0
曹 5560_6
晚 6701_6
將 2724_2
國 6015_3
崔 2221_4
偶 2622_7
途 3830_9
魚 2733_6
逢 3730_4
晝 5010_6
問 7760_7
尉 7420_0
張 1123_2
終 2793_3
陪 7026_1

十二劃

渾 3715_6
湖 3712_0
寓 3042_7
詠 0363_2
善 8060_5
彭 4212_2
喜 4060_5
華 4450_4
萋 4440_4
棼 4422_7
揚 5602_7
插 5207_7
雲 1073_1
鄂 6722_7
爲 2022_7
答 8860_1
順 2108_6
畬 8060_9
復 2824_7
猶 4826_1
祭 2790_1
登 1210_8
發 1224_7
尋 1734_6
閑 7790_4
賀 4680_6
絶 2791_7
陽 7622_7
隄 7628_1

十三劃

新 0292_1
遊 3830_4
福 3126_6
董 4410_4
敬 4864_0
楊 4692_7
楚 4480_1
酬 1260_0
賈 1080_6
歲 2125_3
路 6716_4
蜀 6012_7
傳 2524_3
會 8060_6
微 2824_0
傷 2822_7
與 7780_1
經 2191_1

十四劃

漢 3413_4
說 0861_6
廣 0028_6
碧 1660_1
臺 4010_4
蒙 4423_2
蒲 4412_7
聚 1723_2
監 7810_7
嘗 9060_1
裴 1173_2
團 6034_3
管 8877_7
僕 2223_4
遥 3730_7
翠 1740_8
聞 7740_1